吕长春诗词盛典系列丛书

# 诗词盛典 I

第一卷～第二卷

吕长春格律诗词六万八千首（全四册）

吕长春 著

中国书籍出版社
China Book Press

## 步铭
——记诗词盛典 I Ⅱ Ⅲ

古古今今主客人　生生息息匹夫身　年年岁岁苦经纶

两万三千三百日　十三万首佩文臻　方圆格律作香尘

图书在版编目（CIP）数据

诗词盛典：吕长春格律诗词六万八千首 / 吕长春著. — 北京：中国书籍出版社，2017.10

ISBN 978-7-5068-6024-6

Ⅰ.①诗… Ⅱ.①吕… Ⅲ.①诗词—作品集—中国—当代 Ⅳ.①I227

中国版本图书馆CIP数据核字（2017）第245282号

**诗词盛典：吕长春格律诗词六万八千首**

吕长春　著

| | |
|---|---|
| 责任编辑 | 吴化强 |
| 责任印制 | 孙马飞　马　芝 |
| 封面设计 | 东方美迪 |
| 出版发行 | 中国书籍出版社 |
| 地　　址 | 北京市丰台区三路居路97号（邮编：100073） |
| 电　　话 | （010）52257143（总编室）　　（010）52257140（发行部） |
| 电子邮箱 | eo@chinabp.com.cn |
| 经　　销 | 全国新华书店 |
| 印　　刷 | 三河市顺兴印务有限公司 |
| 开　　本 | 787毫米×1092毫米　1/16 |
| 字　　数 | 4000千字 |
| 印　　张 | 130 |
| 版　　次 | 2017年12月第1版　2017年12月第1次印刷 |
| 书　　号 | ISBN 978-7-5068-6024-6 |
| 定　　价 | 1286.00（全四册） |

版权所有　翻印必究

辽宁·桓仁 故乡

全家福

全国地铁办公室

台城 一家老小

女儿一家

兄弟姐妹

私塾　　　　　　　　　　　一世夫妻

十年沧桑

这里的世界只有两种颜色 　　　　　　　　一条线把地球分成两半

首相、省长、顾问 　　　　　　　　　　　独木成林

# 一个人的诗词长城

《诗词盛典——吕长春格律诗词系列丛书》出版前言

2017年1月27日，中共中央办公厅、国务院办公厅联合印发了《关于实施中华优秀传统文化传承发展工程的意见》（以下简称意见），新中国成立以来，这是党和国家政府第一次以中央文件形式专题阐述中华优秀传统文化传承发展工作，表现并彰显出了中央对传统文化前所未有的重视程度与践行决心，昭示着国学即将迎来真正的解放与全面的复兴。

如果说国学是中华民族文化根元取之不竭的宝库，那么传统诗词就是这宝库里最为璀璨的明珠。21世纪以来，中华诗词文化事业方兴未艾，欣欣向荣，然而正如习近平总书记在文艺工作座谈会上所提到的，当前文艺创作还存在有数量无质量，有高原无高峰的缺憾。传统诗词也不例外，最为突出的，就是在传统诗词的承继发扬与现实效用上还远远不够，往往呈现古人多，今人少；诵读多，领悟少；研究多，创作少的习惯与现状。在中央统一要求把传统文化融汇创新并贯穿国民教育始终的时代背景下，文化界、学术界、诗词界、教育界、出版界迫切需要推出一批古为今用、推陈出新的优秀传统诗词作品，令古老的诗词歌赋在每一个当下都能焕发出现实的光彩，让每一位阅读者都能感到读有所得，知一反三，让每一个学习者都能从中悟到中华优秀传统文化独特的气度、智慧与神韵。

正是在这种背景与需求下，中国书籍出版社隆重推出近一千万字的煌煌巨著《吕长春格律诗词系列丛书》，以此作为对《意见》的落实与响应，希望凭借着中华传统文化全面复兴的时代东风，将丛书作为"中华优秀传统文化继承发展实施工程"中的一个抓手，以文化人、以诗育人，弘扬国粹，提振国学。

作为本书作者，吕长春先生年近七秩，较之时下风云人物、网络大 V，可谓不见经传、藉藉无名。这很大程度上与长春先生不求闻达的心态与行止有关。其实作者人生经历极为丰富，早年即在国务院经济研究中心担任要职，通晓俄德英日四语，主持多项外贸谈判，后又参办香港和蛇口及苏州工业园区，创设信托银行，而今为马来西亚和巴布亚新几内亚国家部长级顾问，于事业一途早证圆满。然而其内心最深的热情、毕生最大的倾注，则要归之于中华传统歌赋诗词。作者工科出身，且专外语，论传统文化并非科班严训，本是半路出家，却独钟诗词格律，几十年来手不释卷，笔不停挥，朝朝有吟啸，日日发新辞。大半生心血，铸就十三万首谨尊法度而又自蕴意趣的诗词歌赋，这已经不是一般意义上的自况或唱和，而是传统诗词领域横空出世的一座独特的大厦、一幅辽阔的壮锦，概括地说，它将带给传统诗词爱好者几个不一样的阅读感受：

## 一、数量前无古人，质量精益求精

本丛书共收吕长春格律诗词十三万余首，截至今年初夏，作者共完成古今诗佩文韵格律诗词六万八千首、读写康熙御制全唐诗五万两千首、读写唐圭璋全宋词一万七千首，三者累计十三万七千首，草稿和正本约 1700 万字，不仅远远超过了号称诗词高产冠军乾隆皇帝的四万三千首，也超过了《全唐诗》的四万八千首，从诗词创作体量层面而言，这个数量是可以载入史册的。更为难得的，是作品数量和质量的相对统一，现代人著古诗，往往要么求意境而失工整，要么得格律而弃内涵，更多的则是平仄不分，声韵全无。本书诗词十三万首，却丝毫不因数量之巨而在格律上有所敷衍，于海量的数量下仍能基本保持格律工整、法度谨严、意境蕴藉的水准，的确是蔚为大观、蔚为奇观。

## 二、形制丰富多彩，体裁不一而足

本书堪称中华传统诗词形制与体裁读写的集大成者，举凡格律、古风、歌行、乐府、竹枝词、长短句、词牌、中长调、曲赋等，皆在十三万首中包罗万有，融汇一炉。作者诸体皆读、皆用，皆能，转换自得，如数家珍，诗词爱好者观之如入诗词之百花深处，又如观曲赋之大树千枝。

## 三、题材联通中外，元素纵横古今

作者以毕生之力，著海量诗词，却并非务空务虚、泛泛而咏。丛书以三个系列为轮轴，以百万诗行为辐条，犹如一条绵绵不绝而又风景殊胜的诗词大道。从创作题材来看，均以古诗为眼，以今诗点睛，即读一首古诗，写一首今诗，古诗中未道尽的渊源、人事、意味，都在对应的今诗里脉脉相承、遥遥相应。就内容元素而言，更是至广至深，上至三皇五帝，下至一带一路，纵横几万里，上下数千年，读之品之，犹如时空飞越，古今穿梭。

## 四、高张现实观照，洋溢时代气息

一个时代有一个时代的文学，一个时代有一个时代的诗歌。诗映现实、歌咏时代，历来是我国诗歌创作的一个优良传统，也是落实习近平总书记文艺作品要出精品、见高峰思想的重要体现。长春先生人生阅历极为丰富，参与政务体改,主持外贸谈判,兴办工业园区,创设信托银行,一幕幕时代变革与社会发展,历历在目,如在眼前,都在其笔下化作凝固的记忆,时代的新声。而贯穿始终的,则是作者对共和国深厚的感情,对改革开放成就的记录,对中华民族历史与文化的弘扬。

中国书籍出版社有限公司在传统文化出版与传播方面向有建树,近年来与中华诗词研究院、中华诗词学会、北京诗词学会等团体单位和个人深度合作,出版了一批诗词专业图书,在业界拥有独特影响,受到社会广泛好评。《诗词盛典——吕长春格律诗词系列丛书》则是我社诗词图书产品线中较有典型意义的特殊作品,我们希望让更多人们知道:在传统诗词日渐式微的现在,还有这么一位半路出家的退休老人为此而孜孜不倦、情倾一生,如能因之而重新唤起人们对中华传统文化的热爱,对读诗论诗写诗的热情,那更是大有功德的好事。

吕长春先生读写诗词70年,25550天平均每日一千字,计2555万字,万里长城1700万砖,则70年笔墨相当于1.5个万里长城,作者坚韧的专注度和惊人的创造力于此可观,从这个意义上看,诗词盛典犹如作者自己铸就的一座诗词长城,但作者毕竟是半路出家,有意读唐宋,无意作诗人,故此,这座诗词长城上的每块砖是否厚重,成色如何,请所有诗词爱好者批评、指正。中国书籍出版社愿以此结缘有志于承继中华优秀传统文化的各界人士,为中华优秀传统文化的复兴、繁荣与提振,尽我们一点微薄的力量。

中国书籍出版社

2020-07-10

# 目录

## 一、大唐气象

### 第一卷 唐诗品读

一、《全唐诗》 …… 5
二、《王维——中国古典诗词精品赏读》 …… 15
三、《白居易——中国古典诗词精品赏读》 …… 17
四、《李商隐——中国古典诗词精品赏读》 …… 18
五、《唐诗二十讲》 …… 19
六、《唐诗地图》 …… 24
七、《唐诗答疑录》 …… 30
八、《唐诗画谱》 …… 33
九、《唐诗的历史》 …… 40
十、《唐诗故事》 …… 46
十一、《唐诗的故事》 …… 52
十二、《原来唐诗可以这样读》 …… 56
十三、《华美的大唐碎片》 …… 67
十四、《唐诗实用分类图典》 …… 71
十五、《唐人万首绝句选》 …… 83
十六、《唐诗三百首》 …… 110

# 第二卷
# 唐诗百话

| 一、细说唐代二十朝 | 127 |
| --- | --- |
| 二、读《唐才子校注》 | 135 |
| 三、读《唐诗百话》 | 149 |
| 四、读《图说唐诗100名言》 | 155 |
| 五、读《禅》 | 162 |
| 六、读《一轮明月照禅心》 | 164 |
| 七、《唐诗一》 | 172 |
| 八、《唐诗二》 | 176 |
| 九、《唐诗三》 | 208 |
| 十、《唐诗四》 | 243 |
| 十一、唐诗密码 | 274 |
| 十二、大唐风度 | 285 |
| 十三、品读唐诗有感 | 290 |
| 十四、唐人万首绝句 | 302 |
| 十五、唐诗里的衣食住行 | 354 |
| 十六、《唐诗三百首》读后 | 360 |
| 十七、唐宋八大家 | 379 |
| 十八、唐诗解读 | 381 |
| 十九、唐诗排行榜 | 395 |
| 二十、唐诗三百首图说 | 400 |
| 二十一、唐诗万象 | 408 |
| 二十二、武则天正传 | 417 |
| 二十三、唐人万首绝句选 | 420 |
| 二十四、国人必读唐诗手册 | 456 |
| 二十五、唐鉴 | 483 |

# 大唐气象

唐·王维
辋川图

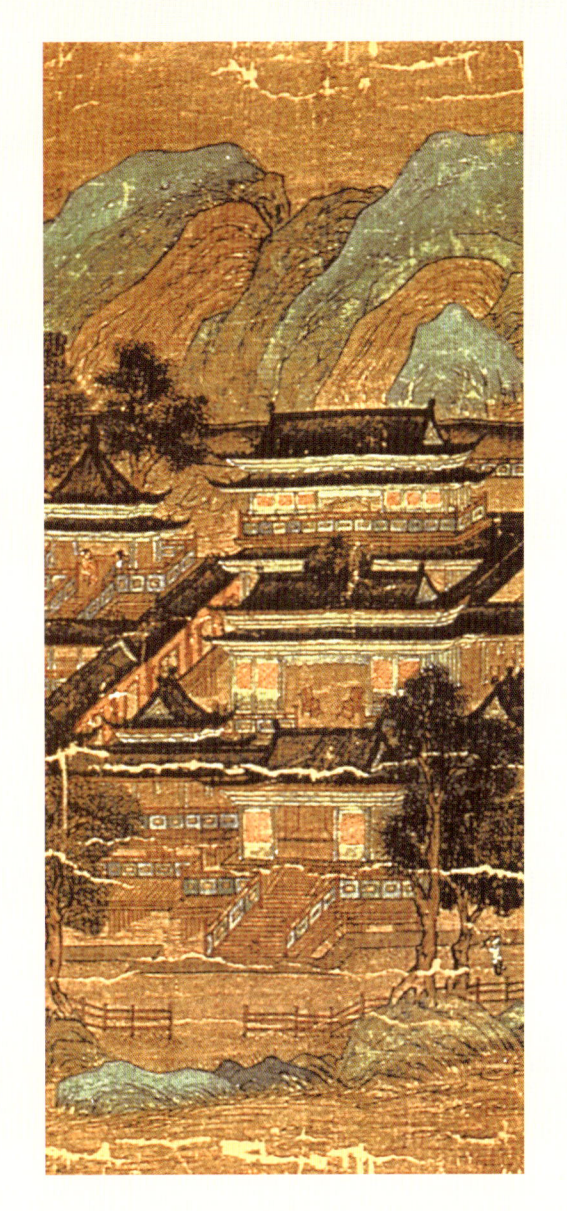

第一卷

# 唐诗品读

# 一、《全唐诗》

[清] 彭定求 等编 上海古籍出版社
1986年10月 第1版

**1 全唐诗**
康熙御制三千客，三百年间五万诗。
率治规矩天下守，射之就范一心知。
注：御制全唐诗四万八千九百余首，诗家
二千三百余人，是唐三百余年之精华荟萃。

**2 太宗皇帝**
凌烟阁上廿四图，馆里文学十八儒。
玄武门中三百载，李唐天下二千夫。
太宗廿四贞观尽，留下生名庶几孤。
经术锐情南北治，风雅论语换桃符。

**又**
唐标铁柱过云南，问过天坛问地坛。
秦汉九州昭日月，咸英一曲纳楼兰。

**又**
东风函谷帝秦川，日月桃符换旧年。
二代隋炀寻不尽，唐王隋制用心传。

**3 读《饮马长城窟行》**
昭阳殿上论交河，万寿宫中问九歌。
饮马长城窟外水，胡笳不尽帝王多。

**4 读《执契静三边》**
三边日月一光明，五岳山峰半枯荣。
天下千家寻富庶，人中万姓向陛平。

**5 读《入潼关》**
潼关问肴函，京畿向江南。
白马鸡鸣寺，知名水泽潭。

**6 读《于北平作》**
天下正衣冠，人中肃杏坛。
北平君子树，百帜饰金銮。

**7 唐安东郡**
高丽一安东，三军半大同。
疆名辽海外，问鼎凤梧桐。

**8 守岁**
岁尾一年头，兴家半国忧。
明来天下数，夜去暮朝求。

**9 读高宗皇帝《守岁》**
暮尽一冬尘，朝来半故春。
东风羞草木，日月色天津。

**10 读《中宗皇帝 九月九日幸临渭亭登高得秋字》**
重上十三楼，风中七八州。
黄河流落叶，泾渭不知愁。

**11 始皇陵**
西陆去人情，阿房已灭名。
长城千古战，水火万家倾。

**12 读睿宗皇帝《石淙》**
磊石一青峰，鸣泉半水踪。
天台天目见，北海北成龙。

**13 明皇帝**
开元天宝一云龙，白石禅音半鼓钟。
武翌楚王临六郡，海棠泉水醉芙蓉。
梨园曲尽寻三界，汉瓦秦砖数九重。
四十七年皇帝改，长生殿里半行踪。

**14 过背阳宫**
秦川百里背阳宫，白石青莲处处同。
五品泰山齐鲁在，九州风雨吴江东。
柳杨俯仰千年泽，上下声名万家风。
逐鹿周唐知子女，呼天唤雨是英雄。

**15 明皇**
百年一度一风云，李武三朝半不分。
天宝华清池水冷，开元不问石榴裙。

**16 春分**
天地一黄云，人间半老君。
心中知上下，泾渭问春分。

**17 读《登蒲州逍遥楼》**
泾渭洛水一分明，杨柳风尘半未清。
今古逍遥楼上客，去来鹳雀自声名。

### 18 春台望
洛阳柳色入天津，上苑江清洇旧尘。
芳树落花花不尽，桃红流水水无邻。

### 19 首夏花萼楼宴及同二相以下群臣乐游园宴
花萼楼观紫气生，宁王山视瑞光明。
君臣上下清平乐，草木春秋日月城。
明皇曰：万物莫不气兆乎上而形视乎下

### 20 赐道士邓紫阳
太乙三清一老君，九天五味半青云。
长生殿上如相问，白石人中两地分。

### 21 千秋节
一生一世一千秋，花萼楼中万岁求。
此日彼时寻不见，年年月月大江流。

### 22 平胡
不平胡里一平胡，安史难安御儿殊。
马嵬坡前天宝尽，洛阳城外念奴孤。

### 23 傀儡吟
一作咏木老人诗
一日一黄昏，千山万壑恩。
人中多有短，天下老无垠。

### 24 肃宗皇帝
七年天子半声名，一蜀明皇两地情。
犹有梨园千万岁，延英殿外玉人行。

### 25 德宗皇帝
奉节郡王笔墨清，咨堂殿夜藻文明。
孝文南得三江水，节日中和四海晴。

### 26 宣宗皇帝吊白居易
长安居易一居情，六十年中几枯荣。
不负离离原上草，得来天下御名声。

### 27 昭宗皇帝 咏雷
人间牛马一声雷，天下书生万岁摧。
自此唐家三百载，阴晴雨后宋王来。

### 28 则天皇后
文水金轮半并州，自名武曌十三流。
凌烟阁上群雄去，花萼楼中玉女羞。
注：皇后垂拱集百卷，金轮集六卷，存诗四十六篇。三教九流加女流乃唐十三流。

### 29 则天皇帝行
武曌唐明玉帝行，宗昌男女半人情。
一杯泥土家天下，处处难名处处名。

### 30 无字碑上一半名
一代天皇半女娥，五音半入十三和。
有情半出行天下，无字碑铭半少多。

### 31 制袍字赠狄仁杰
敷政术守清勤升显位历相臣
半九人间半九流，一生浮沉一生忧。
周周李李唐天下，去去来来一半州。

### 32 徐贤妃进太宗
长安五月一湖州，八岁才人半惠流。
临镜朝来妆未卸，千金笑出玉皇楼。

### 33 上官昭容
九月九日上幸慈恩寺登浮图，群臣上菊花寿酒
一半天性一去来，浮图重决玉章才。
香园万乘名儒尽，九月重阳九月开。

### 34 新丰温泉
三冬腊月一梅花，半日温泉玉色斜。
天子坝川龙马驻，云中紫气帝王家。

### 35 游长宁公主流杯池
流杯池上醉长宁，不见明皇问采萍。
尤有珍珠天下去，太真如星向天庭。

### 36 宜芬公主虚池驿题屏风
回头不住问长安，客驿虚池落叶残。
何日心平知所以，君王只要路行难。

### 37 南唐先主李升 咏灯
天下半分明，人间一浊清。
书生逊自己，进士问身名。

### 38 嗣主李璟 游后湖赏莲花
天地一莲花，乾坤半客家。
禅音钟鼓继，流水浪淘沙。

### 39 后主李煜 梅花
瑶光殿上种梅花，天下清香落日斜。
春水流芳何处去，东君不待玉人家。

### 40 蜀后主王衍幸秦川上梓潼山忧边
上下两秦川，忧心一半边。
光天明枯石，岭露纵寒烟。
万乘年华少，千寻日月圆。
枯荣知草木，浮沉百家田。

### 41 蜀高祖王建字光图许州舞阳人
建字问西川，光图日月年。
剑门三峡外，只锁去来船。

### 42 吴越王钱镠
临安一曲十三州，斗牛三江半自流。
吟咏寻来天下客，列旌驷马问春秋。

### 43 后蜀嗣主孟昶避暑摩珂池上作
水殿风清何地天，玉肌倩影数流年。
摩珂池上香云客，月落西庭月半边。

### 44 蜀太后徐氏
徐耕二女纳王田，贤淑青城问缺圆。
都是丈人观外客，真仙信有玉壶缘。

### 45 玄都观
玄都观中一半仙，蜀唐天下二三缘。
宋人不要军兵马，已尽西川五十年。

### 46 郊庙歌辞 十二和
天地家皇十二和，人年玉帛一千歌。
昭元肃寿承休继，豫顺舒雍永太多。

### 47 郊庙歌辞 五音
宫徵角羽商，李武半周唐。
天子寻天下，臣民乐暖凉。

**48 郊庙歌辞**

晋昭德成不多歌,织女牛郎未过河。
进士天中寻乐府,秀才心理待横波。

**49 乐府杂曲 巫山高**

巫山万张高,天下半胡袍。
市井胡姬舞,长安有碧桃。
人间云雨夜,巷里脂民膏。
十二峰中客,三年诲后韬。

**50 褚亮 临高台**

天下玉人娇,云中彩色潮。
台高千里目,水落万山遥。

**51 张籍 横吹曲辞·陇头**

陇秦已尽入凉州,不到高昌日月流。
铁马金戈天下去,书生自古百年忧。

**52 魏征 出关**

中原逐鹿玉门关,天子回头半玉颜。
驱马千山三五水,黄河九曲十八湾。

**53 张籍 望行人**

三秋落叶风,九夏留江东。
西陆行人少,江南过客鸿。
日明同里水,寒色未央宫。
进士千年志,楼兰一世雄。

**54 卢照邻 折杨柳**

百万柳杨河,千家坝水多。
长安西不尽,出塞玉门歌。

**55 宋之问 相和歌辞·江南曲**

江湖一日半无风,天下三江九脉东。
人在城中人不在,桃红五月小桃红。

**56 刘驾 苦寒行**

书生天下苦寒行,进士人间左右名。
只见楼兰多草木,沙鸣尤得玉门情。

**57 李白 子夜四时歌·春歌**

红落清明雨,江湖左右家。
洞庭山色客,玉手碧螺茶。

妆淡心中暖,人间二月花。

**58 王建 舞曲歌辞·独漉歌**

独漉水无沙,长安客问家。
公孙娘剑舞,锋利向天涯。

**59 刘长卿 琴曲歌辞·湘妃**

帝子一生平,湘妃半不声。
洞庭流竹泪,日月向江明。

**60 胡笳十八拍**

天下音琴节上鸣,人心十八拍中行。
荣荣枯枯春秋尽,沉沉浮浮日月明。

**61 孟郊 乐府朵曲新词·出门行**

还闻兄弟声,不见父母情。
日月悠悠去,人心淡淡平。

**62 沈佺期 古别离**

天下水悠悠,人间日月流。
江流江不在,何以问江楼。
追逐春秋去,声鸣草木忧。
潮平东海岸,君子不回头。

**63 王建 辽东行**

日月满辽东,江湖一客鸣。
安东郡不守,天后父母声。
五女隋唐尽,烟囱草木荣。
还来留别意,九十百生名。

**64 顾况 竹枝**

苍梧斑竹楚云飞,帝子洞庭不得归。
留下三湘千古泪,竹枝一曲九歌妃。

**65 李端 拜新月**

天下有风云,心中只问君。
婵娟宫中苦,织女锦衣裙。

**66 张说 苏幕遮**

苏幕遮舞玉姬胡,裸露琉璃问小姑。
一曲张扬天下尽,千年情色世中无。

**67 张志和 渔父歌**

洞庭山里半春莺,拙政园中四壁晴。

沧浪亭前天下水,虎丘剑下一声名。

**68 李贺 苏小小歌**

荒塘十里满荷花,雨露千年玉茎斜。
出水芙蓉姿色尽,西湖小小问天涯。

**69 杜甫 大麦行**

七月炎光小麦黄,一半夫人一半伤。
夜里相思还旧梦,平明劳作栋无梁。

**70 温庭筠 敕勒歌**

五月东风敕勒川,千家霹雨去来船。
阴山不问江南客,一半年华一半天。

**71 白居易 闺怨词**

更三月五溪,夜半雁双栖。
未得相思梦,江湖水过堤。
小小红楼北,纱窗柳夏西。
玉心浮露水,香沉化春泥。

**72 张籍 吴楚歌 一曰燕美人歌**

一脉吴音故客来,九江不住楚江开。
燕山夜话相思语,不见声情为何回。

**73 陈羽 步虚词**

不问江湖不问书,易人天下易人居。
长安城外花三月,雁塔名中俯仰余。

**74 王珪 咏汉高祖**

一霸江东一沛公,东风天下半东风。
鸿门宴后君何在,万世英名万世空。

**75 咏淮阴侯**

一人成败一生侯,半壁君王半壁愁。
半前半后寻自己,一心一意一神州。

**76 咏长孙无忌**

凌烟阁上一冠名,半事难成半事成。
凤落黔州生死去,贞观已不问平生。

**77 长孙无忌 灞桥待李将军**

天下难名李将军,生平尤见石榴裙。
精英不得精英在,一阵风云不是云。

## 78 魏征 黄帝宫音
雍舒六律两坤干，角羽五音半地天。
青帝黄中千位正，休平永祚一唐年。

## 79 赋西汉
楚汉半鸿门，燕赵一儿孙。
兴亡三君子，成败两妇人。

## 80 述怀
玄成洗马魏州人，逐鹿中原投笔身。
杖策纵横天子路，江山出没向秋春。
侯嬴一诺人生志，季布三声士子臣。
万国会涂山上客，贞观之治正衣巾。

## 81 褚亮 祈谷乐章
中和十二五音平，日月千山万岁声。
天下人间荣草木，文学院里问声名。

## 82 临高台
燕赵拜金台，张良易水开。
千年寻楚汉，万岁沛公来。

## 83 陆敬 游隋故都
汴水千年万里长，秦汉一晋两隋唐。
长城内外多征战，天下苏杭日月光。
京洛渭泾清浊在，王言九鼎十州荒。
宫深尤见春秋草，翠积高天问始皇。

## 84 杨师道 咏砚
池下满风云，中间黑白分。
文华千古事，墨润万人君。
日月两潭客，河山一半皴。
东西春色色，南北雨纷纷。

## 85 徐敬宗
谁得问公孙，牛羊不入村。
官宦知自己，天下半黄昏。

## 86 咏鸟
朝暮一清音，春秋半寸金。
东风啼细雨，倾问老人心。

## 87 虞世南 从军行
弘文馆里半秋春，学士心中一旧臣。
不废运河千载去，余姚富甲万家绅。
长城上下从军战，烽火连天不见人。
雪重阴山寻白马，死生李陵问胡尘。

## 88 春夜
夜半落花声，三更梦未明。
窗纱沾细雨，不得问心情。

## 89 王绩 古意
王绩字无功，平生嗜酒风。
龙门丞上客，焦去自西东。

## 90 田家三首
长安不易居，洛水未知鱼。
酒后千家客，村前一醉疏。
文章三古牧，田舍半空虚。
暮色乡间路，相逢莫问锄。

## 91 山中叙志
山中一水流，物外半春秋。
百里无人迹，千年有沉浮。
枯荣云起落，俯仰止峰丘。
偶有孟光问，梁鸿待妇求。

## 92 野望
山山落叶飞，水水色朝晖。
俱是春秋客，难随日月归。

## 93 孔绍安 落叶
春秋一客心，浮沉半鸣琴。
落叶寻天下，江山自古今。

## 94 陈子良 新宫词
春色入兰宫，花园出夏虫。
鸳鸯凫碧水，啼鸟问西东。

## 95 七夕
织女问牛郎，天河待鹊娘。
心中多乞巧，天下尽衷肠。

## 96 马周 凌朝浮江旅思
暮色一归舟，山光半自流。
风平船不进，雨重客三秋。
不尽千年水，云浮两地愁。
梦中听妇问，还待古人忧。

## 97 萧翼 答辩才探得招字
御史状元桥，兰亭序自消。
和尚知酒醉，寺外一名遥。
萧翼长孤雁，群情何必昭。
辩才寻自己，上下见云霄。

## 98 欧阳询 道失
陈王孔贵妃，后主暮云飞。
道失知天下，人间半是非。

## 99 阎立本 巫山高
凌烟阁上半云霄，十八儒冠学士桥。
留下巫山高一首，笔工年后玉人遥。

## 100 上官仪 王昭君
人间一缺园，天下半秋千。
汉殿东风晚，春光入胡妍。
阴山知故友，属草敕勒川。
尤见青冢怨，临妆客旧年。

## 101 卢照邻 关山月
月暗玉门关，云明日月山。
长安多汉客，青海半胡湾。

## 102 咏史
百岁半声名，千年一枯荣。
隋唐秦汉尽，汴水自光明。

## 103 李百药 渡汉江
龟蛇锁汉江，川蜀百帆扬。
归心红日落，情羞晚镜妆。

## 104 郭正一 奉和太子纳妃太平公主出降
桂冕初开笋，声名出入齐。
云霓千水碧，秦晋一东西。

## 105 杜易简 湘川新曲
湘潭竹泪半枯洲，渡口长沙一旧流。
叶落韶山根何在，东方红里问春秋。

## 106 狄仁杰
武李中宗一并州，江南御史半朝忧。

周唐泥土仁杰水，梁国相公大理愁。

### 107韦承庆 折杨柳
三春杨柳灞桥边，百色扬州碧客船。
汴水苏杭千万缘，高楼帐妇问流年。

### 108宗楚客
楚客一河东，三思半不同。
人间名利尽，天下有无中。

### 109张九龄
半李唐家半去留，九龄风度一韶州。
集贤院士张说举，林甫明皇子寿愁。

### 110临泛东湖 时在洪州
日月半洪州，声名一水流。
江城关碧色，社稷纵云游。

### 111感遇十二首
天上一孤鸿，云中半丽宫。
长安朱雀北，水色洛阳东。
半月龙门宴，三秋上苑枫。
社日声鸣中，人生各不同。

### 112湘灵
斑竹一洞庭，长沙半布丁。
湘江云缈缈，岳丽草青青。

### 113折杨柳
纤纤手折柳杨枝，啸啸西行日月迟。
人在灞桥心在客，有情之后是无知。

### 114立春日晨起对积雪
瑶华处处腊梅开，玉影疏疏二月回。
重色人前明雪去，东风月下暗香来。

### 115林亭咏
云南竹气清，天水马声鸣。
不见江湖色，还闻玉树声。
金陵秦淮客，京洛故人情。
十里长亭问，三生自苦营。

### 116望月怀远
之一：
身边一月明，社外半孤清。
塞北长城在，江南汴水声。
千家烟火细，万树雨阴晴。
天下三千客，春峰十八名。

之二：
水月绕江城，孤村问色明。
书生天下见，落叶不同声。

### 117登荆州城楼
上下荆州百尺楼，沉浮楚水一春秋。
流中只见江东去，客里声鸣半九州。

### 118杨炯 巫峡
一水悬河半水扬，四杰张说古人肠。
巫山峡谷千年碧，十二峰中万色芳。

### 119宋之问 息夫人
息夫人断楚人肠，天下红颜不罢妆。
宋之问终寻问客，刘郎自应向萧娘。

### 120江宁晚望
夕阳西下一黄昏，古树扬明半远村。
客里舟帆青海水，江流不尽问鸿门。

### 121咏笛
羌笛半胡声，昭阳一凤鸣。
人情姬自舞，秋色月中清。

### 122铜雀台
露尽雨花开，霜平铜雀台。
三朝荣草木，九鼎不难来。
西望漳河水，东流去不回。
绮罗香犹在，今古一枝梅。

### 123大明宫
夕照大明宫，黄昏柘树丛。
秋风千叶落，不见半归鸿。

### 124昆明池
月上半昆明，池中一玉清。
太平公主问，豫鲁是身名。

### 125游法华寺
凤出太阳宫，仙来月下空。
法华潭水寺，高釉落清风。
僧去寒门北，云来秀色东。
平明无过客，夜半有鸣虫。

### 126谒二妃庙
妃庙一天尊，潇湘半客魂。
清风寻竹泪，山雨问黄昏。

### 127崔颢
上下自三思，光明夜半时。
端门常出入，天下一人知。

### 128慈恩寺
寺里一慈恩，人前半客门。
重阳扬九鼎，落叶向黄昏。
壁上浮图色，禅中沉六根。
心明传教士，夕阳满乾坤。

### 129望韩公堆
何处望秦川，西东问归年。
孤身寻故客，落叶是归缘。

### 130王勃
跃上龙门一子安，滕王高阁水秋寒。
四杰天下文思尽，交趾年年问玉冠。

### 131怀仙
幽州半玉仙，交趾一人缘。
道士心中过，人间问缺园。
山前多白石，陌后少青莲。
留下三十卷，扬长廿八年。

### 132春庄
日月一村庄，芝兰半草堂。
清泉流细露，水色媚春娘。

### 133九日
九日十三重，三门八百松。
山中多草木，天下满人踪。

### 134九日
黄鹤楼中半故乡，滕王阁上九江扬。

夕阳日下天山上，无限风云夜半香。

## 135 李峤 清明日龙门游泛
清明泛水向龙门，三月鲤鱼半出村。
跃上春关多雨露，人间天下一乾坤。

## 又
唐周大手笔中书，双笔年华进士余。
不见神龙寻玉女，金城公主待西茹。

## 136 洛水
陈王只问津，天下去来人。
九洛波连水，三川玉色邻。
金晖明客舍，玉凤一天春。
浦日神龟出，韶华向晋秦。

## 137 李峤 萍
三春问初萍，九夏满碧青。
漫池云色落，井藻到中庭。

## 138 兰菊竹梅
汉驿紫金英，秋风玉律津。
潇湘千滴泪，春色半寒明。

## 139 杜审言、李峤、崔融、苏味道 文章四友
文章四友半峰川，必简三江一处流。
天下易之多兄弟，官人学士少人求。

## 140 登襄阳城
襄阳城外向檀溪，的庐飞云草木荒。
汉去唐来天下在，江山南北一东西。

## 141 渡湘江
三湘竹泪九江流，万里风云一叶秋。
天下山河寻何处，人间日月问高楼。

## 142 姚崇 夜渡江
浮香半夜莲，沉色一心船。
暗影渔家火，明情客路悬。
无人寻渡口，有草乱渚烟。
朱雀长安步，苍茫是远天。

## 143 苏味道
文章四友半栋梁，双笔乡人进士堂。
不身易之苏味道，还知天下是明皇。

## 144 咏井
床前明月光，床，井也。
青莲带意听，井床待夕灵。
举头望明月，清霜薄院庭。

## 145 巫山
巫山下夕阳，暮雨问高唐。
楚客朝云重，长江峡水长。

## 146 崔融 关山月
关山烟雨半苍茫，夜话辽东一故乡。
月下千年圆缺继，人中百岁枯荣尝。

## 147 阎朝隐 采莲女
莲花影色满汀洲，采女纱妆一半羞。
隔岸牛郎波水动，心情未免见时幽。

## 148 李适 饯唐永昌赴任东都
钱塘百里一潮扬，八月千年半海光。
涌跃风云声越北，回头是岸老盐仓。

## 149 刘宪 折杨柳
上下辽东一弱冠，去来天下半衣寒。
山河杨柳山河岸，折尽还生色远峦。

## 150 折杨柳
杨柳年年汴水岸，书生日日入心天。
离离别别情难尽，枯枯荣荣问何年。

## 151 苏颋 长相思
天门山上春云起，三月桃花满新枝。
隔岸船家点夜火，青莲白石心难知。
心难知，细雨入纱窗。相思还此时。

## 152 边秋薄暮
霜重一寒天，秋明半北川。
榆关飞叶落，边塞肃风悬。
汴水阴晴雨，长城日月年。
江南多草木，天下自坤干。

## 153 九月九日望蜀台
重阳一日半分明，秋色三山两水平。
尤有青黄南岭易，大江东去北人声。

## 154 姜晞、姜皎 龙池篇
鲤鱼日月跃龙门，归雁千年问水村。
天子云峰三世界，春关不尽一黄昏。
帝京篇外骆宾王，上下蝉声草木荒。
武曌南冠吟檄语，宰相周李半家唐。

## 155 帝京篇
山河八水分，泾渭半风云。
塞外惊弓马，宫中石榴裙。

## 156 从军行
三军一古今，八戒半音琴。
汴水千年色，黄河九曲心。

## 157 望乡夕泛
天涯一月寒，上苑半天冠。
临水清明问，迎风客不安。
群言行者苦，独坐问时难。
君望长安夜，舟横溪泛澜。

## 158 别李峤得胜字
江南一月冰，西陆半昭陵。
五百年中客，千言一废兴。

## 159 在兖州饯宋五之问
青云问去鸿，玉壶满秋风。
泗水千言醉，音心万古同。

## 160 在狱咏蝉 酷吏贪钱
声名一半天，上下二三蝉。
春水知天下，秋风问月悬。
恶人先告状，君子后人缘。
不得高堂客，凸镜故缺圆。

## 161 秋雁
人间半古今，天下一归心。
塞外知冷暖，云中问客音。
排空分左右，岸泽不晴阴。
有意潇湘渡，难安草木深。

## 162 寒江夜泊问邻家

江寒一月明，夜泊半舟横。
知兄行天下，不在玉壶情。

## 163 武三思

梁王使得一天官，安乐宫中半主难。
为有三思知酷吏，身名百载不王冠。

## 164 张易之 张昌宗

昌宗难弟易之兄，何隐难鸣武翠城。
不见唐周唐又李，文章四友代名声。

## 165 于季子咏云

九州浮岛半天倾，万岁光明一界城。
沟壑山川河水色，江村月桂主阴晴。

## 166 乔知之 长信宫中树

长信宫中一树晴，同州村外半迁名。
婀娜十日芝兰殿，冠弱芳菲满玉城。

## 167 巫山高

巫山十二峰，白帝半江城。
谁锁长江水，长亭五里鸣。

## 168 绿珠篇

窈娘井下一衣巾，承嗣知之半失身。
天下声名天下尽，秋春无后又秋春。
知之侃备一齐家，只待唐周半日斜。
兄弟三人寻塞出，长门怨尽问天涯。

注：窈娘知之妾。武承嗣采之。知之
以诗致情。窈娘投井死，承嗣杀知之。

## 169 刘希夷 春女行

女儿一心春，相思半去人。
知情慵惰懒，唯梦入天津。

## 170 采桑

三月草青青，吴江五里亭。
桑蚕丝自锁，何必问昭陵。

## 171 采桑

汴水一苏杭，江南半柳杨。
吴中千织女，同里万蚕桑。
木渎水荒塘，东山杏出墙。

黄昏天下约，镜里照红妆。

## 172 陈子昂

伯玉顾胡琴，春关问一音。
江山知己任，天下士人心。

## 173 轩辕台

轩辕台上满春生，燕赵人前草木明。
牧马中原天下在，人间百日问秋鸣。

## 174 燕昭王

夕照半金台，昭王一御裁。
南登寻碣石，北去问归来。

## 175 燕太子

匕首一千金，秦川半子心。
死生兄弟尽，成败燕人音。

## 176 度荆门望楚

楚客问云根，江流出蜀门。
东西三峡水，上下满黄昏。

## 177 送客

天下万声鸣，人间半枯荣。
行空三世界，归客一生平。

## 178 张说 山夜闻钟

山深古刹钟，枯舍半从容。
谷雨三清寺，禅音一片松。

## 179 泰山

祈念一泰山，天门半御关。
九江青海水，五品奉皇颜。

## 180 凤楼寻胜地

东山半白云，西陆一春分。
绿水寻杨柳，红妆问客君。

## 181 下江南向夔州

夔州不锁门，三峡去江村。
蜀帝杜鹃曲，江明月下魂。
清流东逝水，高枕待黄昏。
不尽巫山雨，还闻色五蕴。

## 182 书香能和尚塔

空余一塔名，色满半京城。
何顾身前后，禅音左右荣。

## 183 九日进茱萸山

茱萸九日扬，离客一年伤。
来去三千夜，相思半断肠。

## 184 苏幕遮

幕遮塞北紫髯髯，玉色胡姬白石壶。
明月琉璃钟股响，黄丝项颈挂珍珠。

## 185 江上逢春

秦川一来春，江湖半去人。
朱雀长安路，天津上苑辰。

## 186 张均

长流合浦半开元，江上春秋一草萱。
谁向玄宗安史乱，人生自古二三言。

## 187 张泊

尚宁文章司马尘，虚名安史坐相邻。
可怜一父张说在，留下泰山不在人。

## 188 韦嗣立 偶游龙门呈诸大僚

骊山别业去龙门，一片深林一小村。
犹有逍遥公自在，小桥流水半黄昏。

## 189 魏知古 玄元观寻李先生不遇

叶落深山一上人，鹤寻羽客半乾坤。
玄元观里知天下，白石炉中紫禁纯。

## 190 沈佺期

云卿月下易子门，天下无知草木根。
芳树百花明世界，高山流水入黄昏。

## 191 有所思

有所天门有所思，无知天命不知时。
开元天宝周唐在，五百天年日月迟。

## 192 寒食

乞火问云烟，春关向雨船。
清明花百树，客舍玉千田。

### 193 王琚 同燕公泛洞庭
万亩一洞庭，三江半色青。
桥明天下去，水暗十里汀。

### 194 张柬之 出塞
宗昌不出易之名，无字碑中李武情。
伯劳东飞鸣不止，开元不到半阴晴。

### 195 王绍宗 别离怨
天下一辽东，人间半色空。
家乡思不尽，梦里雨蒙蒙。

### 196 李崇嗣 寒食
日月近清明，江湖半枯荣。
寒食寻火乞，细雨润无声。

### 197 吕太一 院中竹
青青一竹篁，淡淡半荒塘。
春社房屋秀，江南草木芳。

### 198 李如璧 明月
十五婵娟十六圆，一人天下一人田。
明光万里明光远，五色春秋五色天。

### 199 李澄之 秋庭夜月有怀
雨过江村落叶秋，嫦娥桂影色明楼。
人间后羿寒宫悔，天下黄河九曲流。

### 200 武平一 游泾川琴溪
泾川流水一琴溪，十里塘明十里啼。
桃李出墙来去色，梅花落尽半春泥。

### 201 上邪
汉朝民歌："上邪！我欲与君相知，长命无绝衰。山无陵，江水为竭，冬雷阵阵，夏雨雪，天地合，乃敢与君绝。"
三千弟子一人名，半夜相思万古情。
双雁云中寻形影，鸳鸯水下向春鸣。

### 202 萧至忠 陪游上苑遇雪
东风一半春，瑞雪二三人。
上苑千章树，长安万玉津。

### 203 张锡 奉和九月九日登慈恩寺浮图应制
八水绕长安，千家望玉冠。
浮图钟鼓客，上苑白云端。
恩泽香河水，禅音寺社坛。
九门来去问，万乘驾天銮。

### 204 徐坚 钱塘永昌
三教珠英丽正身，七人书府集贤人。
鸿宾祖帐别离处，不尽西河万里尘。

### 205 李元纮 相思怨
交河万里云，天下一衣裙。
入梦随君去，归来半夜分。

### 206 胡浩 和宋之问寒食题临江驿
白发半人心，丹青一客音。
春明天下水，秋叶古今寻。

### 207 李造之
不是左相身，宜春太守尘。
云峰荣枯草，俱是去来人。

### 208 李泌 咏方圆动静
七岁方圆半玉音，三江日月一春金。
明皇天宝忘天下，刺史杭州四品阴。

### 209 袁晖 三月闺情
花流三月春，色满五蕴人。
梦里相思去，归来一半尘。

### 210 贺知章
开元丽正入集贤，天宝还乡御曲怜。
八十六年三道士，四胡狂客半人天。

### 211 回乡偶书
其一：
两处桃花两处开，一人天下一人回。
镜湖诏赐剡川水，不去长安不去来。

其二：
一半家乡一半歌，万千日月万千河。
烟囱山下浑江水，五女云中草木多。

### 212 王湾 次北固山下
十里一长亭，三生半渭泾。
千年潮北固，百岁易昭陵。
客岸无舟水，金山浦蓼汀。
长江流改道，余洲满浮萍。

### 213 张子容 春江花月夜
月照浣纱人，江明一半身。
心平花水夜，水色入天津。
细柳寻风水，鸣虫向晋秦。
春潮常涌动，旧约自心珍。

### 214 则天皇后 曳鼎歌
夜漏一玄旗，唐周半帝畿。
扬光天下去，日月念人祈。
自古知尧舜，千年世所稀。
禹融九州鼎，曌后李隆基。

### 215 唐享昊天乐
第十一—第十二
天高日月光，紫极问朝堂。
玄鉴黄庭树，坤似草木芳。
音和庄心礼，奠壁祈云扬。
干路登金阙，荷恩十二章。

### 216 唐明堂乐章 外办将出
三章出将人，五蕴入天津。
万宇和风至，千家细雨频。
周隋唐武则，天道制秋春。
塞外长城北，江南汴水陈。

### 217 皇帝行
山前俯仰心，驾下韵音琴。
天下和风雨，人间万古今。

### 218 宫音，角音，徵音，商音，羽音
人间有五音，天地七弦琴。
四季虫花鸟，三生八面心。

### 219 昭和，致和，九和，显和，敬和，齐和，仁和，德和，裎和，通和，归和
人间一百和，天下万千歌。
帝苑花间色，黄河水上波。

## 220 张旭 春草
酒后老苏州，人前劲草游。
边城寻日落，铁甲故夫秋。
不尽江南水，还呼塞北楼。
书中天下外，士里圣名流。

## 221 柳
万里一风流，千年半壁休。
行船寻水岸，归客问情由。

## 222 张若虚
吴中四士各千秋，天宝知章故客游。
草圣若虚春水冷，包融月夜玉扬州。
笛声远近桥连岸，潮满钱塘逐日楼。
树色枯荣多泽雨，花明来去大江流。

## 223 崔国辅 中流曲
天下一归舟，芳菲半渚洲。
船平知渡口，水阔问中流。

## 224 婕妤怨
长信宫中一半生，婕妤天下二三晴。
秋风日日多严肃，春草年年少枯荣。

## 225 李林甫 送贺监归四明应制
天下山河问四明，人间狂客足三生。
御皇恩赐剡溪水，日日风光日日情。

## 226 王维
上苑花明半丰清，琴音公主一生平。
阳暗安史菩提寺，过客春关过客名。

## 227 辋川
辋川自枯荣，友客向声鸣。
琴瑟三界外，禅音两半生。

## 228 赠裴十迪
色水一阴晴，浮舟两岸明。
辋川裴十迪，天下半声鸣。

## 229 送綦毋秘书弃官还江东
啸啸一江东，沧沧半色空。
千年多世界，万岁少飞鸿。

## 230 春中田园作
燕鸣故水多，社日醉人歌。
满目田园色，纵横问小荷。
梅中桃碧玉，月下待姮娥。
淡淡东风雨，茵茵谷麦禾。

## 231 李陵咏
三边一李陵，两汉半零丁。
壮士阴山雪，长安草色青。
殿中金将客，天下玉壶冰。
身后长安水，人前座右铭。

## 232 赠裴迪
辋川一水深，裴迪半琴音。
醉去寻身影，情来问客心。

## 233 送张道士归山
炉中白石山，天下玉门关。
道士春峰去，高人自得还。

## 234 山居秋暝
清泉石上流，水色月中秋。
不见空山雨，还闻落叶休。
心思三界外，慕约一渔舟。
杖策平林里，声鸣满渚洲。

## 235 辋川集
不见临湖亭上柳，还闻文杏馆中声。
孟城坳外宫槐栢，斤竹歌湖柳浪莺。
白石滩中多草木，鸟鸣涧里少阴晴。
萍池鹿柴飞云落，坞迪莲花北垞明。

## 236 菩提寺示裴迪
千年草木野生烟，万户人心过客船。
去去来来江下水，朝朝暮暮种禾田。

## 237 院集和兄维
三思青海三江源，一念长城一缺园。
兄弟终南山上问，人家社北客中言。

## 238 裴迪 青龙寺昙壁上人院集
上人院里一青龙，下界山中半客松。
遮日浮云平宇宙，溪流白石问更钟。

## 239 木兰柴
木兰柴色一清空，斤竹云烟半不同。
九日茱萸寻客至，十年白石上人中。

## 240 栾家濑
栾家濑渚水无平，鹿柴临湖色有声。
为得先机寻后语，不惊鸥鹭自先鸣。

## 241 酬王维
莲花并蒂半池开，鹤影孤情一客来。
诗画四方咏自己，禅音八面向金台。

## 242 崔颢 长安道 一作霍将军
朱雀长安道，阴山霍将军。
朝堂明汉水，边塞雪纷纷。

## 243 雁门胡人歌
解放军中一玉关，荒原草上半胡颜。
山山代郡山山木，曲曲黄河曲曲湾。

## 244 晚入汴水
昨夜入南楼，今朝出北州。
江湖连汴水，天下继春秋。

## 245 祖咏 渡淮河寄平一
大云一日明，岸柳半荣生。
淮水分南北，舟中橘枳名。

## 246 答王维留宿
回首见辋州，烟云似来年。
临湖王摩诘，竹里一指禅。

## 247 李颀 湘夫人
竹泪落芳洲，潇湘尽日流。
九嶷山下客，一月水中秋。

## 248 送王昌龄
金陵草色青，野寺玉壶冰。
淡淡江湖水，悠悠十里亭。

## 249 望秦川
八百里秦川，长城半月圆。
二千年往事，汴水一人缘。

### 250 储光羲 田家即事寄金阳
日月一田中，身心半舍东。
金阳明故客，玉兔守寒宫。

### 251 洛桥送别
江湖一去舟，洛水半春秋。
车仗陈王客，宓妃楚汉游。

### 252 沧浪峡
云中半猿愁，山下一江流。
窄窄沧浪峡，高高白壁秋。

### 253 明妃曲
一叶落阴山，三王半不颜。
黄河多儿女，朱雀少人还。

### 254 王昌龄 出塞
桃花四面开，汴水一河来。
天下无君子，江湖有怪才。
长安问朱雀，蜀道问金台。
马放南山外，心思玉手栽。
天津桥上望，上苑曲中回。
啸啸阴山去，清清十二杯。

### 255 太湖秋夕
天下江湖水，人间意气微。
洞庭山上树，缥缈色中晖。
落雁知南北，孤舟去是归。

### 256 九江口作
平明问九江，夜半读寒窗。
城外浔阳渡，心中满故邦。
悲鸣栖水岸，惊叹雁无双。

### 257 驾幸河东
悠悠半世空，幸驾一河东。
秦晋明天水，汾桥暖色中。
千云祥日月，万乘紫微同。

### 258 从军行
阴山一马川，碣石半榆关。
四面黄金甲，千年白日还。

### 259 从军行
一马上阴山，千军度百关。
书生烽火问，边将待秋颜。
天下承天子，霜寒不见还。

### 260 春宫曲
一半梅花一半桃，三宫六院五宫袍。
未央殿上明灯火，歌舞平阳曲尽高。

### 261 浣纱女
一日钱塘一日家，半江儿女半江花。
姑苏城外杭州北，日月风姿日月华。

### 262 芙蓉楼送辛渐
雨寒一夜两江湖，色满三山二水孤。
楚客冰心多醉客，金陵曲尽问东吴。

### 263 梁苑
梁园竹色半青烟，朱雀风云一故年。
谁向长安寻去客，丹阳城外有来船。

### 264 常建 宿王昌龄隐居
西山一鹤群，古木半边分。
草碧闻啼鸟，花明月伴君。
泉溪平渡口，壑谷问青云。
种籽凭心下，耕人自在耕。

### 265 燕居
东北过榆关，西南横断山。
书生知进士，梦尽待乡颜。

### 266 刘长卿 江中对月
半月一瓜洲，三山二水流。
江平钟鼓寺，秦淮色红楼。

### 267 过桃花夫人庙（即息夫人）
天下一夫人，江山半不春。
王侯忘社稷，云雨满天津。

### 268 龙门八咏
阙口鱼龙玉石楼，水东渡岸远公忧。
福山塔下寒夜色，月下听砧一半秋。

### 269 旧居
五女山前一故乡，佟家江上半愁肠。
旧居何处新居在，月下燕京忆爷娘。

### 270 晚春归山居题窗前竹
夜半听风闻雨声，平明待客逐云晴。
思心淡淡寻浮沉，暮色茫茫见枯荣。

### 271 舟中送僧
其一：
万里一孤僧，千年半五陵。
舒心知自己，残卷向青灯。

其二：
独影半江流，孤僧一去舟。
禅音天下在，佛祖客心留。

### 272 铜雀台
万里一高台，千年半壁开。
升平歌舞曲，兴废玉人来。
金屋藏娇色，昭阳露水催。
漳河东去水，天下不知回。

### 273 颜真卿
生平直正一名清，浮沉官场半枯荣。
留下丹青颜色好，鲁公行草满唐城。

### 274 孟浩然
四十鹿门山，三生帝御颜。
明皇听不悦，谁是弃人还。

### 275 望洞庭湖呈张丞相
连海一潮平，江湖半暮声。
孤山浮雨色，汐水逐云晴。
荆楚吴中阔，天涯送客情。
未得丞相在，帆船不自鸣。

### 276 晚泊浔阳望庐山
其一：
天下一庐山，云中半玉颜。
百川千日雨，三叠九溪还。

其二：
阁上问浔阳，云中向月光。

泊舟春柳岸，酤酒水荒塘。

### 277夜渡湘水
云雨德山楼，清风橘子洲。
潇湘寻渡口，楚客问归舟。

### 278春情 一作晴
春雨半云平，红妆一镜明。
心中庭下草，月上是阴晴。

### 279登万岁楼 思故家拆迁居无原所
万岁楼中半月明，千川夜下一江声。
故乡何处难寻问，天下东流未尽愁。

### 280宿建德江
野岭二三津，清江一半春。
香凝花露水，色淡月边人。

### 281春晓
月色一半花，云明四五家。
小桥湖水岸，碧玉客船华。

### 282李白 静夜思
井阑一月光，天下半清霜。
水下人边影，宫中客故乡。

### 283横江词
横江四望问西秦，青海三江上北辰。
汴水流明来去客，长城旨在对胡人。

### 284金陵城西楼月下吟
金陵城里石头城，秦淮桥中渡口声。
月色王家桃叶在，乌衣巷口半阴晴。

### 285宣州清溪
清溪日月下宣州，水色云烟上客愁。
镜里新安江岭碧，心中朱雀路悠悠。

### 286巴陵赠贾舍人
问君一路到长沙，汉帝三朝问客家。
上下潇湘寻旧赋，沉浮屈子九歌华。

### 287赠汪伦
一醉万人名，千年半古声。
桃花潭水浅，君子客中情。

### 288望终南山寄紫阁隐者
上苑一江寒，南山半王冠。
三清天下水，五音隐中安。

### 289春日归山寄孟浩然
流水子期缘，高山伯牙弦。
浮云黄鹤去，白石待青莲。
汉口长江岸，襄阳草木田。
龟峰明渚镜，野径度前川。

### 290鹦鹉洲
鹦鹉洲头草木秋，陇山飞去不知愁。
云烟漫漫汉江水，魏主声声楚客休。

---

## 二、《王维——中国古典诗词精品赏读》

陈殊原　编著　五洲传播出版社
2005年10月第1版 第一次印刷
王维：唐，701—761年，太原祁县人（今山西祁县）人。

---

### 1赠摩诘
清名上苑村，玉笛曲江门。
日月心中间，空余画乾坤。

### 2曲江题名
一仕过春关，半生宦游颜。
辋川晴天水，长安日月还。

### 3读《九月九日忆山东兄弟》
**寄辽东兄弟**
五女山云一衣襟，佟家浑水半天林。
乡村兄弟书生去，进退相思问古今。

### 4读《少年行，其一》
**赠王摩诘**
辋川山清高，曲江水浊深。
一名天下满，何谓是君音。

### 5读《观猎》
天惊胡塞尘，地顺唐家人。
天下心中问，乾坤笔下珍。
前无知己树，回首一清沟。
自古荣春里，心音不尽秦。

### 6读《西施咏》
镜后一锦帏，宫中半是非。
艳华浣纱女，国艳吴王妃。
馆娃天平锁，勾践剑池归。
春秋争五霸，西子兴雨霏。
自古情儿女，清心月徘徊。
商家范蠡舟，角羽宫商徵。
芙蓉天下重，此身宁平微。

### 7和《归嵩山作》
中岳家国尽，摩诘问嵩峦。
隐居禅房暖，闲泉石上寒。
人生吟边塞，仕途玉门关。
此地明心处，春光济州冠。

## 8 和王维《使至塞上》

塞上草生寒，边西梦容颜。
秦时符子马，李广汉时关。
驰张闻苏武，兴度见河湾。
史幺叹所以，雪甲乱天山。

## 9 读《陇头吟》

**塞北吟**

大漠去西黄河湾，春风未改三边颜。
羌笛不忘蔡文姬，高河犹有落日还。
月满楼兰问楼兰，唱罢阳关过阳关。
好记李陵一马战，怯忘苏武半节班。
一生功过尘埃落，九鼎江山寄时潜。

## 10 读《汉江临泛》

**汉江**

千军三国绒，一将大江东。
击鼓鹦鹉草，声名襄樊雄。
三朝波浪折，十载水濛濛。
日月南阳闲，辋川闭谷空。

## 11 读《送沈子福归江东》

**江南**

浣女倾城一国空，藏娇碧玉半吴中。
周庄同里思进退，隋河江流还向东。

## 12 读《终南别业》

**辋川**

佛道一千家，书田半桑麻。
洛阳重德彘，天地问心嘉。
柳暗山河路，花明暮色华。
禅房知日月，辋川近天涯。

## 13 读《终南山》

**终南山曲**

太乙凭晓芜，终南任扶苏。
日月转阴晴，云水华槐榆。
进退思荣辱，上下问有无。
半山半君子，一人一丈夫。

## 14 读《送元二使安西》

**友人**

阳春白雪问巴人，流水高山故知音。
莫道前程无所以，人心留下问时君。

## 15 读《相思》

其一：

红豆一心秋，江花半木楼。
音琴来旧问，日月入情流。

其二：

斜阳半马牛，雁丘一晋州。
红豆来情色，相思入心流。

## 16 读《辋川闲居赠裴秀才迪》

**辋川**

耕田五柳泉，闭谷坐辋川。
日暮鸟鸣叶，月华问石烟。
露珠明草木，天下树高蝉。
三心两心里，一人半人天。

## 17 读《积雨辋川庄作》

**辋川曲**

半隐半仕半山庄，一人一泉一圆方。
之问积雨萌夏木，摩诘别业种梓桑。
蝉鸣高树湾自好，水流谷低尽落扬。
年年枯荣年年碧，处处日月处处光。

## 18 读《鹿柴》

万里一空山，千年半月还。
枫林归日晚，栌叶尽浮颜。

## 19 读《竹里馆》

枝枝志寸豪，节节论千条。
月淡星稀望，心空为增高。

## 20 读《山居秋暝》

**立秋词**

一禾一火半天干，半朗半暮半暖寒。
只得人间分明立，出水芙蓉待荷残。

## 21 读《山中》

一鸟问泉林，千山惊客心。
同归无日月，白石沉云深。

## 22 读《山中送别》

**别业家思**

朝来露水汜，暮去落云飞。
草木千年尽，心中儿女归。

## 23 读《酬张少府》

**酬唱词**

草木有本命，去来自无心。
朝辞不所欲，暮归霞光林。
一字一世界，半天半云深。
波碧孤浦远，理顺求知音。

## 24 读《新晴野望》

**野望**

雨净竟空新，楼高望远尘。
金山云水寺，柳暗书香人。
水碧芙蓉色，斜阳两地春。
心家园半宙，客舍月干珍。

## 25 读《鸟鸣涧》

**客至晚春斋**

月色一晴明，泉音半凤鸣。
心闲平池水，忽得宿鸟惊。

## 26 和王维《过香积寺》

不负净土宗，禅心三界重。
香积无寺远，古刹有鸣钟。
兴哀梵音传，来去墨留踪。
山花明阡陌，日月一青峰。

# 三、《白居易——中国古典诗词精品赏读》

陈才智 编著 五洲传播出版社
2005年10月第1版 第一次印刷
白居易：唐，772—846，字乐天，号香山居士。

## 1 白居易
香山醉吟浔阳城，琵琶声断上苑名。
八节险滩疏旧都，钱塘六湖客心惊。
人品诗出千家水，文藻白云万古横。
三千八百四十首，一长天下一长情。

## 2 读《赋得古原草送别》
**姑苏**
烟云细雨平，迟暮玉人城。
水碧姑苏巷，桥正同里名。
春梅香暗落，杏李色明生。
出入人心重，洞庭梦里晴。

## 3 读《自河南经乱，关内阻饥，兄弟离散，各在一处。因望月有感，聊书所怀，寄上浮梁大兄、于潜六兄、乌江十五兄，兼示符离及下邽弟妹》
空还色时色时空，水去南关后向东。
大漠楼兰沙草尽，夕阳落霞问家翁。
山光月满婆娑影，梦断兰堂三五雄。
聚散半生千里望，乡心一夜六处同。

## 4 读《邯郸冬至夜思家》
**其一：寄李将军**
燕山射虎半春秋，飞将声名一云楼。
留下人君千古恨，江湖常似向东流。

**其二：思家**
客问夕阳斜，人怜野草花。
平生生南北，夜梦爹娘家。

## 5 读《长恨歌》
**杨贵妃曲**
人来人去人无声，月圆月缺月阴晴。
骊山紫光华清池，海藻深浅醉芙蓉。
梨园子弟霓裳舞，长生殿外御皇明。
原李春水向心流，留下花色一城倾。
七夕阶下问万物，一生何物谓平情。

## 6 读《观刈麦》
**麦词**
天下一社稷，田间半梓桑。
仕宦沉浮云，耕耘日月光。
庭前梁父吟，柴扉草木香。
秋收十粒籽，光予晨夫尝。

## 7 读《买花》
**暮归**
远山夕照斜，落色满江花。
有约依依去，明倾万里华。

## 8 读《上阳白发人》
**上阳人**
草木荫沉正御春，百媚艳艳上阳人。
平生遂向空宫宿，半是人心半是尘。

## 9 读《新丰折臂翁》
**和白乐天**
御庭一呼折臂翁，边塞三军何事行。
国家家国两无主，人生生半人半同。
宰相府第依色立，将军沙场何战功。
农夫心中耕桑梓，宦官场外问东宫。
朝朝代代云具阙，此宫不是彼人宫。

## 10 读《望驿台》
**唯亭**
唯亭千里水光明，隋水千家色不平。
半岸吴江梅万亩，余香不尽世人声。

## 11 读《宿紫阁山北村》
**乘客**
紫阁山北村，龙泉寺南门。
天下无一物，尽是去来人。

## 12 读《琵琶行》
**琵琶亭**
切切私语琵琶声，如诉如泣十里横。
浔阳城楼骤风雨，九江流水逐险情。
孙竹六弦非六弦，不是一生是一生。
人有春江花月夜，路无坦荡十里平。
官宦言下久安沉，农樵心中日月明。

## 13 读《暮江吟》
暮江锦绣夕阳红，半照心扉半水平。
留取浮霞明水色，江花不尽尽人情。

## 14 读《夜雪》
**雪**
雪重半城倾，门户一夜明。
云天连月旷，为争梅花情。

## 15 读《问刘十九》
**客舍**
春云守蒿烟，细叶锁流泉。

玉露珍珠成，明光碧色滇。

### 16读《大林寺桃花》

洞庭山梅园

梅花暗尽杏花开，水碧江湖客去来。
色重洞庭花雨多，江东犹有梳妆台。

### 17读《花非花》

柳巷浅，柳巷深，折取柳丝问行人。
名花春，野花春，柳暗花明又一春。

### 18读《钱塘湖春行》

西子

湖南六和塔，城中一钱塘。
琴浪小小墓，鹤飞梅子芳。
晓纵苏堤柳，暮归春湖光。
应忆白司马，铭碑元積扬。

### 19读《与梦得沽酒闲饮且约后期》

致白文公词

天地人中半人间，三六五天一岁年。
朝怜幽草杨柳岸，暮归芳塘客家船。
庭院读书沙塞旧，留下闲心忆江南。
应问王维李商隐，再和李杜白乐天。
二万四千八百首，只叙清高胜管弦。

### 20寄白居易

书生重读白乐天，西子还耕司马田。
六湖春晓苏堤问，千年旧事寄心连。

## 四、《李商隐——中国古典诗词精品赏读》

武略 编著 五洲传播出版社
2005年10月第1版 第一次印刷
李商隐：唐，812—858，字义山，号樊南生。

### 1题赠李商隐兄

一梦无休一梦休，半烟含雨半烟流。
天云不问负金陵，只寄人情望江楼。

### 2燕京北海望荷

千荷碧水醉芙蓉，半街烟云重御城。
淡雨沉浮辽北海，清门闭锁付清名。

### 3读《宿骆氏亭寄崔雍崔衮》寄商隐兄北海

半水无清一水泙，千枝绿叶百红枝。
天上地下连人间，碧螺心人玉影中。

### 4读《曲江》

其一：

隋时山川唐水河，楼兰风雨御前歌。
天荒常应春秋问，地老还闻草木多。

其二：

曲江题名半是非，灞陵心花一色徽。
始问文宗浬泾渭，天高甘露谁人归。

### 5读《无题二首，其一》无题范蠡

从政为商两不容，碧玉闺秀一城中。
范蠡推舟五湖去，西施辞旧半是庭。

春色分予姑苏暖，暗香浮动女儿红。
隋河依旧富同里，钱塘不满问江东。

### 6读《无题四首，其一》无题

柳浪闻莺莺无踪，花港观鱼鱼千重。
一夜春雨一夜梦，五湖落霞五湖溶。
大江东去东坡去，小家碧玉是情浓。
七情六欲人心外，三夏过后醉芙蓉。

### 7读《无题》

事事不难事事难，日月无痕日月残。
半生追是半生索，一流未干一流干。
有情只向雁丘问，天意耕凿三寸宽。
应知天高知地老，未悔人生在人冠。

### 8读《代赠二首，其一》无题

七情六欲欲无休，二意三心心有求。
后生前生今生问，望江楼上送江流。

### 9读《安定城楼》望江楼

红流自去望江楼，岸芷汀兰尽浦洲。
九脉潇明闻楚辞，三宫大夫秭归休。
江湖险恶多知己，草木山川八月秋。
半部论语名天下，一生只向其中求。

### 10读《马嵬》骊山

长生殿上此生求，海外扶桑心外游。
不忘君心汤海棠，芙蓉出水艳华州。
玄宗不堪安史乱，胡马长安日月秋。
脚下骊山军将变，天颜何事可消愁。

### 11读《落花》

疏影伴云飞，香经落色晖。
光华沾白发，粉黛满春帏。
步慢心思重，情寡不忍归。
千花千陌尽，一暮一人回。

### 12读《晚晴》暮

书生问御城，进士逐名清。
远望楼高上，人杰重晚情。
佛心天地里，道法自纵横。
小窗黄昏暗，云中一半明。

### 13读《蝉》

生当寻高洁，相如为远鸣。
人间重雨碧，天下恨无声。

荒花园幽草，君心不谓平。
斜阳情更切，暮落尽明清。

### 14读《贾生》
华光四落半彩茵，斑竹三湘一月珍。
百溪山川男儿弹，忧心天下是仁心。

### 15读《夜雨寄北》寄北
人间乞巧鹊桥西，天上云平织女啼。
泪尽牛郎心不已，芳心夜雨化香泥。

### 16读《七月二十九日崇让宅宴客》七夕
七夕流萤捕得明，寒光一窗夜声清。
相思为有怜幽草，尤遗心音忡属传。
只恐天云重隔断，牛郎织女半无声。
心中喜鹊挤无遮，坐待人静好事成。

### 17读《嫦娥》
一昼清光梦已深，千年桂影玉心沉。
应识天下浮烟火，多少思念月下吟。

### 18读《无题二首，其二》无题
小姑居处是情郎，半是相思半忧伤。
镜里羞心知思爱，似非似是懒梳妆。
人心正值黄昏约，偏短春宵月半荒。
照本宣科天地拜，惆怅未尽尽清狂。

### 19读《杜工部蜀中离席》君
天马行空不合群，独来独往别殷勤。

归林暮鸟斜阳尽，下括牛羊不离分。
水岸江流流水岸，云中有雨雨中云。
我行我素信高洁，御街谁人不识君。

### 20读《二月二日》二月三日
二月生平是一名，春江水色问人情。
杨枝柳叶扬长去，鸟语花芳尽人情。
十载春关天下客，半事未成一名成。
京华故里还来问，暮色茫茫远近明。

### 21读《筹笔驿》译春
幽芳驿外无人怜，地接天云水接天。
自古声鸣孤客舍，寒时暖初暖更乾。
阡陌拔尽知荣至，一脉连心半世缘。
何故平明梁父吟，平平仄仄二千年。

### 22读《重过圣女祠》圣女祠
人间无字徽，岁月有心扉。
梦里春云重，高唐楚客归。
风花香沉落，雪月守明晖。
自得空兰去，清心不须回。

### 23读《春雨》
暮暗一天霖，春云半寸心。
村中千百树，绿色细心寻。
草木知荣枯，人情问浅深。
华水浦万物，幽草自知今。

### 24读《隋宫》隋曲
隋唐自古是一家，彼处兴荣此处华。
唐人间鼎周朝事，隋河此去富天涯。
不到长城非好汉，应惜李广日夕斜。
地下若逢陈后主，还心重唱后庭花。

### 25读《乐游原》和李商隐乐游原
天年日月门，草木枯荣村。
暮重千家雨，人情半黄昏。

### 26读《风雨》
雨沉一江天，风华半旧年。
沙河惊汉马，同里问管弦。
老子知音重，禅房结旧缘。
人心闻善哉，三世过三千。

### 27读《锦瑟》
苏杭丝竹多管弦，正道人间少陈年。
柳巷荫深鸣画眉，吴江水浅尽杜鹃。
挂冠沧海千年间，布履桑田一袭烟。
草暗花明今古事，官家只耕自家田。

### 28情
情在心中何为情，生平豪杰一人生。
可怜幽草阳明水，不忍君人间纵横。
烟御街，小窗明。芳华玉色一城倾。
知无雁丘经风雨。过去长亭是短鸣。

---

# 五、《唐诗二十讲》

张爱华　著　新世界出版社
2004年10月第1版　2004年10月北京第1次印刷

---

### 第一讲：概述 "前不见古人，后不见来者"

**1 江湖半玉津**，草木一年春。
古古今今事，来来去去人。

**2 读马远 水图（之一）洞庭风细**
洞庭雨细理纹平，夕照孤山岭树明。

咫尺天涯君子见，千舟水下暗声鸣。

**3 孟浩然**
波撼岳阳城，江湖八月平。
人君明主弃，老病故舟横。
寻迹知天下，纵鱼钓者情。
沙场斜照去，岭树影孤城。

**4 沈周 "庐山图"**
三叠庐山泉，千虫白鹿天。
杜鹃香满月，水色入华年。

### 第二讲：游学"黄河落天走东海，万里写入胸怀间"

**1** 黄河九曲一千湾，西出东流万里山。

白石昆仑明天尊,杏坛子弟半朝班。

### 2 蒋嵩 "渔舟读书图"

舟平雨里云,柳仄水中分。
叶影渊鱼重,江山只问君。

### 3 陶成 "云中送别图"

千年十里一长亭,画叶平生半彩萍。
沉沉浮浮云卷舒,来来去去故山青。

### 4 魏之璜 "千岩竞秀图——李白清溪行"

黄河万里一心田,柳柳扬扬半旧年。
暮宿朝飞溪水岸,江山处处尽云烟。

### 5 丁云鹏 "松下人物图"

松明一苦禅,泽暗半青天。
白石心中尽,山河梦里怜。

### 6 邹喆 "山水图"——孟郊 "游终南山"

林平一挂冠,雪色半天寒。
树直人心正,南山叶不残。

### 7 李群玉 "放鱼"

江湖一故楼,草木半春秋。
子弟龙门跃,心思未封侯。
云云生片尘,淡淡守帆舟。
楚客高峡梦,湘妃总自流。

## 第三讲:应试 "太宗皇帝真长策,赚得英雄尽白头"

### 1 王蒙 "春山读书图"

其一:长安居不易,色碧一光荣。
但见乐天草,春风吹又生。
其二:江山千雨夜,碧草十芳荫。
泽水丹青近,荒原路不明。
茫茫云浮沉,年年半枯荣。

### 2 春关

试铨一日十载寒,千明注唱半生官。
春关碧服长生殿,酒尽江砚谢性坛。

### 3 燕文贵 "溪山楼观图"——钱起 "曲终人不见,江上数峰青"

江平一岭青,柳岸半流萤。
楚客琴音问,心明织女星。

## 第四讲:高中 "春风得意马蹄疾,一日看尽长安花"

### 1 萧云从 "雪岳读书图 唐朝二百九十年,进士及第六千四百员"

唐朝二百九十年,进士六千四百员。
万里天山峰不尽,千家举子数长安。
云里谷壑川流满,雪色寒冠挂峦巅。
弟子堂明吟论语,梅花疏影御婵娟。

### 2 沈周 "京江送别"

其一:江湖半柳杨,进退一家乡。
业暗春秋梦,心明日月光。
其二:暮落一江流,月明半闺楼。
幽幽鸣虫纹,寂寂待来舟。

### 3 卞文瑜 "梅花书屋一朝看尽长安花"

雪色一梅花,寒光半石崖。
窗明泉落下,玉影读书家。

### 4 姚合 "杏园"

二月杏花开,春关曲水来。
芙蓉园中影,上宛玉楼台。

### 5 翁承赞 "擢探花使者三首"

尽是春风及第花,芙蓉半折半枝斜。
长安暮色心田暖,紫毫云峰御人家。

### 6 仇英 "吹箫引凤图"

高阳问瑶台,弄玉引凤来。
媲美同萧史,云峰来不回。

### 7 及第

泰山别驾紫玉楼,离问吴江陌雨秋。
不知平康香馆殿,长安月色曲江流。

## 第五讲:边塞 "百战苦不归,刀头怨明月"

### 1 马琬 "雪岗渡关图"

天山逶迤一千峰,九曲黄河十八重。
漠漠沙雪惊落雁,茫茫海市误人踪。

### 2 玉门

凉州边外一泉流,日落交河半壁秋。
曲尽胡姬月犹舞,红妆玉颜收沙洲。

### 3 赵霖 "昭陵六骏图"

鹧鸪天

易水人言半不弯,寒光月色一阳关。
荒原离离生明草,冷漠昭陵六骏蛮。
天淡淡问心弦艰,平沙落雁暗天山。
胡琴不知长安夜,玉帝扬花马不远。

### 4 张萱 "捣练图"

秋风摇摇一天干,八月清清半月寒。
捣练妇人闻边北,声声落叶梦长安。

### 5 陈裸 "画王维诗意图"——"闭门读书多岁月,种松皆作老龙鳞"

开门闭户守心宗,抱水环山锁玉龙。
画里诗中天下论,朝晖夕照故鳞松。

### 6 塞上曲

天山雪色玉原东,石头楼兰不问雄。
犹有汉家闺妇梦,千夫未见建章宫。

## 第六讲:任职 "官职卑微从客笑,性灵闲野向钱疏"

### 1 及第作尉十三贯九品芝麻官

皇家二顷田,九品寸江山。
少府金阙问,青衣自己怜。

### 2 周臣 "沧浪濯足图"

山中半古今,水色一云深。
淡淡沧浪水,悠悠子弟心。

### 3 吴镇 "渔父图"

渔幺不慕半泉明,汨罗东流一品清。
直臣潇湘沙水净,平声俯仰尽阴晴。
功夫论语名天下,泽暗孤帆草山荫。
碧叶高堂云雨多,山闲寺旧故禅鸣。

### 4 钱选 "归去来辞图"

万里江湖一舟横,千家碧玉半云瑛。
禅音柳暗来去客,白石丹青读仕声。

### 5 苏六朋 "清平调"

一醉长安一醉生,千年吟名千年英。
芙蓉出水华清池,碧云凝脂滟色明。
及第君王正九品,翰林供奉曲颜平。
春关枯尽寒窗苦,群玉香亭玉笛声。

## 第七讲：刺事"文章合为时而著，歌诗合为事而作"

**1 曲曲江河水，啸啸陈子昂。**
东流今古去，西岳沉浮光。

**2 蚕织图**
腊月桑蚕十日眠，小堂三月一妆妍。
扒箱锦昂长安色，女儿心中犹自怜。

**3 金延标"负担图"——张籍野老歌**
种籽一山田，心思半亩园。
樵云峰岭尽，夜半待枯颜。
隔篱妇夫望，人声入旧泉。
归来门影疏，雪沉玉家烟。

**4 张萱"虢国夫人游春图"**
平明御马半秦津，不著胭脂一玉身。
都是玄宗汤下客，芙蓉出水色惊人。
长安三月桃花重，细腻心胸尽入春。
只问倾城倾国艳，天生女儿举家珍。

**5 金延标"负担图"**
紫荆轻唤半惊人，隔篱妇人一夜春。
月落心重明草木，溪流树影玉家珍。

## 第八讲：宴饮"国色朝酣酒，天香夜染衣"

**1 吴伟"歌舞图"**
倾城媚女一艳堂，玉色胡姬半流光。
子弟梨园歌舞尽，高峡云雨卸红妆。

**2 佚名"伏醉图"**
人鸣酒色清，梦沉玉壶明。
何处冰心在，啸啸醉一生。

**3 马远"华灯待宴图"**
生闻上苑城，寻影玉杯倾。
醉酒长安市，华灯夜宴明。

**4 崔子忠"杏园夜宴图—刘禹锡 李绅"**
罗裙短薄刺史肠，一曲春风杜韦娘。
未尽音断潜伴去，司空见惯半刘郎。

**5 玄宗**
宁王一慰怜，玉笛半采萍。
念奴扬音去，玄宗雨后听。

## 第九讲：纪赠"还君明珠双泪垂，恨不相逢未嫁时"

**1 赵佶"听琴图"——欲取鸣琴弹，恨无知音赏**
秋风问雨一梧桐，夜渗琴音半故中。
天低云高重日月，无绪落叶任西东。
乡心赵佶皇家尽，塞外胡人问称雄。
原来松林君子少，宫廷尽去何未终。

**2 梁楷"太白行吟图"**
一醉蜀江颜，千流太白还。
供奉心不客，何故敬亭山。

**3 张复阳"山水图——桥回行欲断，堤远意相随"**
高山流水一知音，三弄梅花半客心。
柳丝隐晴船岸短，长亭驿路影云深。
空怀暮色天山远，究由斜阳问古今。
日守山门明古寺，禅鸣故旧满衣襟。

**4 周臣"柴门送客图"杜甫《南邻》"相送柴门月色新"**
柴门虚落一孤洲，月色江湖自流。
下里巴人来去尽，渔舟唱晚入春秋。

**5 杜堇"陪月闲行图"——山光忽西落，池月渐东上**
心平暮淡一青松，月色山光半玉龙。
只问乡情知三边，东流犹取故江峰。

**6 罗隐**
平生不隐隐平生，求尽声名不见名。
臣海无涯衣布凉，云英依旧掌中倾。

**7 钟钦礼"高士观瀑图"——李白"银河倒挂三石粮"**
千川飞流半鱼粮，万壑云烟一夕阳。
影暗心明知日月，音高曲寡问荒塘。

**8 崔郊"赠婢"**
及第一寒窗，斜阳半曲江。
萧郎心不下，犹落二人邦。

**9 郭诩"琵琶行图"**
江流曲别琵琶音，推就西秦上宛林。
晚镜开明桃李暗，晓堂草木枯荣心。
阳平水重山光厚，故郡楼霜问如今。
暮暮朝朝花月夜，舒舒卷卷雨云深。

## 第十讲：唱和"吾谋适不用，勿谓知音稀"

**1 唐寅"春山伴侣图"**
漱玉流泉一梵音，春山白石半胡琴。
波临草岸夕阳重，叶碧芳华三寸心。

**2 文嘉绘"设色山水图"**
雨雨云云一古琴，山山水水半人心。
波明曲岸梅花岭，月色寒光自古今。

**3 赵松雪"送荫会琴图"**
山光绿未匀，水色曲江春。
夕暮知平落，琴音主客津。

**4 玉萧**
山明草木半来春，水暗风云一去尘。
玉笛声平问万古，无人深处有知人。

**5 刘禹锡与柳宗元**
京州半西东，刘柳一南宫。
寺庵桃花落，长安曲未终。

**6 幽栖**
千山千岭暗，一小一云明。
彼岸弯桥渡，心音处处鸣。

**7 文征明"绿荫长话图"与"髡残绘结社林泉图"**
泉林水重梨花轻，谷壑烟寒李色明。
三月春津虫鸟静，千年草木一枯荣。

## 第十一讲：题咏"人世几回伤往事，山形依旧枕寒流"

**1 阳光草木一春秋，不识唐人三十州。**
未问秦川闻泾渭，江楼旧故枕寒流。

**2 王时敏"杜甫诗意画册"——含风翠碧孤云细**
一树丹青半壁红，千峰木稠九溪逢。
书窗临池波明亮，坡岸光华万里枫。

21

## 3 王时敏 "杜甫诗意画册"——楚江巫峡半云雨

其一：

云断三楚峡江开，越女吴宫勾践台。
不尽东流千古尽，轻舟渡口去还来。

其二：

峰光碧树千村守，水色红枫万木开。
自然丹青分不定，春秋形影入心来。

## 4 王时敏 "杜甫诗意画册"——白沙翠竹江村暮

月色山重暗，霜林水复弯。
江村归宿鸟，曲经入寒山。

## 5 王时敏 "杜甫诗意画册"——蓬门今始为君开

俯仰人中一古今，止行天下半音琴。
清溪水岸千峰碧，明桥竹经万客心。

## 6 王时敏 "杜甫诗意画册"——孤松隔水奏笙篁

二水金陵半楚人，三山入怀一衣巾。
胭脂色重春江暖，眉黛云平柳岸寒。

## 7 王时敏 "杜甫诗意画册"——玉山高并雨峰寒

碧泽光明两岸平，坤山树色半荣生。
桥中玉影船帆落，水上扬花鹧鸪鸣。

## 8 张路 "山雨欲来图"——山雨欲来风满楼

其一：

千山万里秋，九脉三江流。
树影云浮沉，风声两满楼。

其二：

夕阳晚照五陵云，故土乡心半城听。
旧步唐宫寻遗表，芙蓉落尽不闻君。

其三：

风云扫荡一山川，草木天平半雨烟。
下拉牛羊寻近路，惊心初起不鸣蝉。

## 9 昭君

汉家画图一千心，塞外沙尘半怨琴。
单于阴山思万古，荆州出色紫云深。

## 10 阿娇

阿娇曲尽半庭花，督护葡萄一省华。
日后媚娘香草多，寻幸不及帝王家。
金屋初落羽云舞，不言平阳透胸纱。
陈后平明思落日，宫中玉色浪淘沙。

## 11 王时敏 "杜甫诗意画册"——石门斜日斗林丘

夕阳一落半心开，社稷千家万影来。
月色山村秋叶重，人烟散尽客徘徊。

## 12 王时敏 "杜甫诗意画册"——近市浮烟翠且重

一年草木一年春，莫愁心思贾客沉。
雨后春宵亭烛暗，声情莫问息夫人。

## 13 宁王宪宴王维

其一：

纤纤白皙一桃花，细弱明哲半宫华。
曲尽肠断情不尽，心音玉笛误还家。

其二：

荣荣枯枯一秋春，暮暮朝朝半晋秦。
楚腰金屋皇后去，王宫尽是落凤人。

## 第十二讲：登览 "欲穷千里目，更上一层楼"

### 1 其一：

万里黄河万里川，千家碧色一江夫。
中原逐鹿云峰尽，耕凿心平上下田。

其二：

黄河一水流，鹳雀半明楼。
万里心中路，千山问沉浮。

### 2 王谔 "江阁眺月图"

山村一木楼，港岸半归舟。
揽物江湖去，君心进退忧。

### 3 樊圻 江干风雨图

心中草木一春秋，天下江湖九脉流。
但及深湾浮日月，千年万里问江楼。

## 4 马远 "山径春行图"

山村一孤楼，柳岸半归舟。
曲径江湖尽，君心付水流。

## 5 罗稚川 "寒林群鸦图"

洲明草暗半琴音，落叶高楼一客心。
万点寒声鸣草木，禅钟夕暮寺云深。

## 6 赵松雪 "鹊华秋色图"

一度春荣一度秋，千门论语半家侯。
声名此彼秋云重，五音年前黄鹤楼。

## 7 赵松雪 "水村图"

江村雨细水云深，客舍黄粱醉梦心。
薄暮天光明远树，斜阳不尽鼓钟声。

## 8 谢时臣 "蜀道图"

鸣心楚客一湘流，峡碧江明半草洲。
上下天平云水岸，吴山不问蜀江楼。

## 9 马琬 "暮云诗意图"——往来成古今，千年一古今

其一：

清明落日春，谷雨淡妆人。
三月扬花尽，千村月色邻。

其二：

千年一古今，万里半云深。
月淡明花色，香凝草木心。

其三：

眼下千年尽，心中万里忧。
高山明不平，曲水自东流。

## 第十三讲：节令 "海上生明月，天涯共此时"

### 1 盛茂烨 "梅柳待腊图"

二月霜衣腊尽华，洞庭百里玉千家。
梅花影疏心中暖，柳丝春晓日边斜。

### 2 谢时臣 "杜陵诗意图"

其一：

断桥草岸水清明，客路深山木纵横。
不问寒泉流何处，文心雕尽苦平生。

其二：

霜天雪色一芙蓉，素影明妆半玉龙。
过客归来依白马，春光日月半鼓钟。

其三：

篁塘十亩一心平，草木园城半泽清。
月暗流萤飞不定，晓明啼鸟问云轻。

其四：

云山草岸雨材风，竹流溪流水色空。
沼泽清明天日影，江华隋漠问吴东。

3 端午

楚水无名直臣冤，明阳重五待轩辕。
江山不守浮云去，雨色潇湘椿茂萱。

4 孙克弘 "雨景山水图"——僧房十日掩柴门

春山雨色半云烟，玉树伽桥一客船。
二月山中禅房暖，千音菩萨度河川。

5 文伯仁 "秋山游览图"

千年草木半深山，万里江湖一孤帆。
渚碧沙平杨柳岸，斜阳楚客重轻还。

## 第十四讲：思乡 "此夜曲中闻折柳，何人不起故园情"

1 寒窗十载梦黄粱，晓月千光待紫阳。
二月春关明水色，高堂九品尽思乡。

2 倪瓒 "雨后空林园"

一山一水半天扉，千岭千峰一紫薇。
雨后禅房孤独暗，空林落叶问心归。

3 朱德润 "秀野轩图"

千山逶迤一云横，万里江花半月明。
处处人心天下客，家家烛火尽性情。

4 方从义 "东晋风流图" 杜牧——可怜东晋最风流

泉明岭暗夕阳深，池榭篁林约客琴。
留取丹青冠曲水，云华四壁半人心。

5 蒋乾 "抱琴独坐图"

千峰半泊清，两岸一桥明。
日暮琴音问，乡心落叶声。

6 唐棣 "松荫聚饮图"

千家半离亭，十里一峰青。
草木春秋问，人心上下听。

7 唐寅 "骑驴归思图"

山林杏色一云天，玉笛斜阳半竹泉。
曲曲桥堂花满岸，年年面壁待心田。

8 倪瓒 "秋亭嘉树图"

扬扬曲曲半东江，念念思思一旧邦。
水色秋亭嘉树碧，平湖月淡入寒窗。

9 唐棣 "松浦归渔图"

渔樵一半一归心，半隐斜阳半古今。
谁问高堂忧远树，家中烛火过来人。

## 第十五讲：别离 "离魂莫惆怅，看取宝刀雄"

1 沈铉 "平林远山图" 若问行人去哪边？

平林漠漠半云烟，暮水悠悠一路边。
柳岸桥横横野渡，远山不尽去青天。

2 陶成 "云中送别图"

云中醉酒流，雨后暮林秋。
为送君人去，高瞻一层楼。

3 沈铉 "平林远山图"

远岭平林雨如烟，长桥碧水度心田。
斜阳落照禅声近，古寺钟声一日边。

## 第十六讲：居家 "盘飧市远无兼味，樽酒家贫只旧醅"

1 周昉 "簪花仕女图"

枫丹白露玉人心，薄淡纱妆乱弹琴。
皙洁肌肤丰润泽，金钗媚影佩环音。

2 庄麟 "翠雨轩图"

开轩一落泉，闭户半芒莲。
竹篱居心淡，云林润月弦。
桥平连两岸，菽碧序村田。
草屋吟声断，明塘玉影怜。

3 佚名 "宫乐图"

宫中一夜流，草上半清秋。
曲尽人声去，心思绪德愁。

4 周昉 "簪花仕女图"

艳妆皙臂合欢堂，慢步花香待玉娘。
为有倾城生秀色，芙蓉水淡问天皇。

## 第十七讲：迁谪 "一为迁客去长沙，西望长安不见家"

1 楚鄂无名直子家，湘江不尽浪淘沙。
君心只应东流水，泊泊平平斗海涯。

2 查士标 "云客水影图"

其一：

浮浮沉沉半云容，卷卷舒舒一夏冬。
影影光光满壑谷，重重叠叠尽龙钟。

其二：

舟游水色一云中，客逐东流半旧情。
树影琴声扬日月，斜阳只照顶山明。

3 龚贤 "溪山无尽图"

高山流水一江明，落雁平沙半菭生。
上下心思问日月，浊清沧浪自纵横。

4 张观 "山林清趣图"

江河自古浪淘沙，草木春秋自疏华。
随波逐流无止境，浩浩荡荡到天涯。

5 查士标 "空山结屋图"

其一：

林泉日暮半流东，落叶秋深一去鸿。
旧寺禅音空即色，心中拾得色说空。

其二：

山高水泽草堂东，柳岸桥明暮色空。
楚客长沙纵人心，潇湘落日有无中。

6 姚延美 "有余闲图"

其一：

楚水半清明，长沙一旧情。
乡天人所望，梦尽故云平。

其二：

秦淮一半半洞庭，十里江湖百里汀。
楚客长沙人水净，天平岑厚草青青。

诗词盛典 | 吕长春格律诗词六万八千首（全四册）

## 第十八讲：隐逸 "妙年秉愿逃俗纷，归卧嵩丘弄白云"

### 1 谢缙 "溪隐图"

其一：

官官隐隐半心田，水水山山一守园。
原来渔樵江渚上，春秋岁月不怨天。

其二：

溪流一客船，草屋半青天。
竹篱桥江岸，云烟待月弦。

### 2 吴镇 "洞庭渔隐图"

其一：

山光草木深，月色客人心。
柳岸扬舟去，川流一古今。

其二：

一叶孤舟万里云，千山碧草雨纷纷。
情情结结山中隐，去去来来钓紫君。

其三：

渔公三寸田，只在钓江天。
暮日山中隐，朝生紫袍眠。

### 3 黄公望 "富春山居图"

山居半择天，隐逸一鸣蝉。
客逐东流去，人心尽日眠。

### 4 方从义 "武夷放棹"

寒山放棹归，落雁逐湘回。
一日排云上，人行尽客飞。

### 5 夏圭 "雪堂客话图"

梅堂客话暖寒庐，疏影花明玉洁居。
钓尽孤舟香雪海，窗纱旧影半图书。

### 6 梁楷 "雪景山水图"

冰鳞雪甲寒，岭树冕玉冠。
暮野云烟重，清春被素衾。

### 7 朱德润 "松溪钓艇图"

空山鸟榭一涧鸣，色水云浮半玉倾。
俯仰人心归去客，樵渔未尽不声名。

### 8 法常 "渔村夕照图"

夕照半云林，浮霞一片金。
空空明碧野，寂寂去来心。

### 9 吴镇 "秋江渔隐图"

悬泉半秋音，重峰一层林。
高堂云淡淡，寺雨夜深深。

## 第十九讲：艳情 "来如春梦几多时，去似朝云无觅处"

### 1 香波玉手杜秋娘，就就推推半薄妆。
但见胡姬裙舞醉，君心梦里求凤凰。

### 2 卫九鼎 "洛神图"

东流洛水半无尘，宓妃凌波一锦巾。
子建文章华去日，人间留下窈窕身。

## 第二十讲：游仙 "我来问道无余说，云在青霄水在瓶"

### 1 莲花口岸一心禅，草屋高堂半心边。
潭泽云深天地暗，华亭草碧去来船。

# 六、《唐诗地图》

吴真 著 南方日报出版社
2003年4月第1版 第1次印刷

## 一、梦回唐朝

### （一）废都佚闻

兴亡三百年，俯仰一人间。
草木知荣枯，生名任自然。

### 1 读 "一日看尽长安花

——孟郊《登科后》"

万国春关一日天，千家乞火半生年。
长安进士慈恩寺，探尽花香九品员。

### 2 读 "红裙妒杀石榴花

——万楚《五日观伎》"

暮色半草萱，落照一荒原。
日月无浮沉，心平不简繁。

### 3 读 "乌膏注唇唇似泥

——刘禹锡《司空见惯赠李司空》"

长安草碧刘家郎，曲尽花明刺史肠。
白雪阳春云泽雨，司空见惯杜韦娘。

### 4 读 "笑入胡姬酒肆中

——李白《少年行》"

黄河九曲未识东，茂陵荒原不称雄。
酒肆闲闻点绛唇，胡姬劝醉问寒宫。

### 5 读 "灞桥伤别

——王维《送元二使安西》"

咸阳折柳离时珍，渭水东流入旧津。
雨尽山明云未尽，阳关三叠客行人。

### 6 读明代吴伟《灞桥风雪图》

阳春白雪乱梅花，竹影浮香草木斜。
玉笛江南云雨多，渔舟唱晚故人家。

### 7 读罗隐《柳》

咸阳柳色草茵茵，绿芜烟云不定人。
唯见灞桥桥下水，相依丝丝一年春。

### 8 读 "终南捷径

——王维《山居秋暝》"

禅音五蕴秋，水色半心流。
古寺千霞落，斜阳一归舟。

### 9 读李商隐《锦瑟》

心清入兰田，玉色出云烟。

念奴阳关北，胡姬太乙泉。

**10 读王维《少年行》**

英雄自古出少年，六朝兴亡入旧川。
一诺呼啸名天下，纵横万里尽云烟。

**11 读王维《少年行》**

扬声马踏玉人边，胄甲雕翎问酒泉。
磊落光明堂上客，心胸坦荡大漠天。

**12 读李贺《南园十三首》其五**

凌烟阁上万家侯，西域尘中十五州。
一马当先声犹在，千城叶落月弦钩。

**13 读华山韩愈**

苍龙岭上问韩愈，失色惊心故业虚。
绝笔华山千古去，书生原来不知书。

**（二）当悲壮遇上浓艳**

**1 读"风尘三尺剑，社稷一戎衣**
**——杜甫《重经昭陵》"**

沉落一昭陵，沧桑半无征。
一千年过去，日月谁人弘。

**2 读"开箱验取石榴裙"**

其一：
梁山八水绕风云，无字中宗石榴裙。
大周唐家天下尽，朝朝暮暮雨纷纷。

其二：
梁山草木乱纷纷，武曌唐宗尽云云。
应问心人娘如意，终南落日不识君。

**3 读李白《清平调》**

开元天宝半玄宗，云雨华清出水容。
玉笛声声怨不尽，人间留下一芙蓉。

**二、丝路花雨**

**1 读"但使龙城飞将在（天水）**
**——王昌龄《出塞》"**

秦州射虎御龙城，一将军家石马坪。
天水云平天下问，千年去尽尽声名。

**2 读"永忆江湖归白发（泾州）**
**——李商隐《安定城楼》"**

其一：
万里沙场半定楼，千年胄甲一闺愁。
归来不问天山水，西出萧关是凉州。

其二：
春光初度凉州西，白石云断旧垣疑。
海市千年城故去，沙鸣犹有玉人啼。

**3 读"河水浸城墙（兰州）**
**——岑参《题金城临河驿楼》"**

金城苦水一花香，玫瑰黄河半水扬。
客驿兰州闻浊浪，五泉白塔护城墙。

**4 读"横行青海夜带刀（青海湖）**
**——李白《答王十二寒夜独酌有怀》"**

青海湖光日月山，荒云漫卷玉门关。
沙鸣不尽千年怨，柳暗文成不见还。

**5 读"黄河九曲今归汉（甘南）**
**——薛逢《凉州词》"**

一诺天山玉雪霜，平明尽处问斜阳。
金鸣月落荒城外，万里云峰不故乡。

**6 读"三箭定天山（祁连山）**
**——《新唐书·薛仁贵传》"**

天山冰雪万峰寒，一诺楼兰去行难。
戈壁荒沙云水尽，朝堂只论奉金冠。

**7 读"弱水三千（甘州）**
**——王维《使至塞上》"**

甘州弱水泉，细浪问居然。
尘重惊今古，云荒入孤烟。
胡杨明柳色，刺草暗沙田。
犹见山河晚，还闻日月怜。

**8 读"葡萄美酒夜光杯（凉州）**
**——王翰《凉州词》"**

阳关三叠半凉州，莫愁红颜一玉楼。
酒醉胡姬园日落，葡萄叶垂挂吴钩。
云峰岭树斜阳外，年少心中二十秋。
公主琵琶音未尽，荒沙万里不平流。

**9 读"黄河远上白云间（敦煌）**
**——王之涣《凉州词》"**

日落风平月牙弯，飞天敦画响沙山。
千年草木还杨柳，万物心澄玉门关。

**10 读"西出阳关无故人（阳关）**
**——王维《送元二使安西》"**

其一：
日落阳关闻故人，琵琶反弹净沙尘。
孤城不闭秦时月，只向胡姬酒肆春。

其二：
汉苇秦城乌夜啼，残垣丘壁玉门西。
长安念奴折杨柳，欲问人心碧草低。

**11 读"雁塞通盐泽（罗布泊）**
**——岑参《北庭作》"**

盐泽楼兰十万天，长安敦酒半残泉。
黄河不入白云里，沙埋孤城酒外眠。

**12 读岑参《北庭作》**

沙鸣苦海边，盐泽万荒川。
谁问南雁尽，还余故婵娟。

**13 读"不破楼兰终不还（楼兰古国）**
**——王昌龄《从军行七首之六》"**

无边苦海一楼兰，孔雀流断两壁干。
碎叶城中沙尘重，唐人犹有月残寒。

**14 读"功名只向马上取（哈密）**
**——岑参《送李副使赴碛西官军》"**

塞外酒肆半胡情，八月葡萄一汉清。
轮台千山明日月，天天向上取功名。

**15 读"轮台九月风夜吼（轮台）**
**——岑参《走马川行奉送出师西征》"**

轮台一云城，交流半雪倾。
千军华草木，八月问声名。

**16 读"瀚海阑干百丈冰（天山）**
**——岑参《白雪歌送武判官归京》"**

冰川雪月玉光明，白石天山草木倾。
曙色昆仑扬海内，黄河落日曲人情。
归心塞外鸿鹄尽，应念家乡白枯荣。
夜半胡琴音未了，鸣中马上淡声名。

17 读"不知阴阳炭,何独燃此中(吐鲁番)
——岑参《经火山》"
火上山中一念空,血光天马半青龙。
云飞交河残阳在,水度高昌玉色东。

18 读"白马啸西风(高昌交河故城)
——李顾《古从军行》"
高昌暮色半沙荒,日落交河一炎凉。
一将葡萄归汉室,野云不尽问沧桑。

19 读"铁门天西涯(铁门关)
——岑参《题铁门关楼》"
江南月照铁门关,客驿胡姬醉玉颜。
唯有葡萄香汉室,应闻三箭定天山。

20 读"龟兹乐舞(库车)
——张祜《春莺啭》"
龟兹羊羔玉枝花,短薄胡姬软舞纱。
眉目声情娇怂奴,春莺不语问年华。

21 读"平沙万里绝人烟(丝路南道)
——岑参《碛中作》"
万里荒沙万里天,千年草水尽千年。
峰青犹有中原月,一月不绝一回圆。

22 读"白草通疏勒(喀什)"
冰峰雪水半江河,草碧人扬一星罗。
客送香妃归六人,皇城十里丁蹉跎。

三、慢慢地陪着你走——长城与黄河
阳关漠漠一黄昏,岁月苍苍半玉门。
塞雁沙寒归旧水,潇湘过客故园温。

(一)出塞曲

1 读"饮马长城窟(嘉峪关)
——王昌龄《从军行·其二》李益《听晓角》"

其一:
天城汉月半沙鸣,枯草秦沙一枯荣。
破壁残垣黄河断,桑樟隋水问声名。

其二:
琵琶反弹一声声,十日关山十日晴。
草枯沙扬黄水断,君心隋水问长城。

2 读"记取黄河温柔时(银川)
——刘禹锡《浪淘沙》"
黄河九曲浪淘沙,留在宁夏半羊麻。
几何人心天上去,牛郎织女不还家。

3 读"何人倚剑白云天(贺兰山)
——李益《盐州过胡儿饮马泉》"
马放阴山西夏东,胡姬劝酒醉声同。
黄河半断清流尽,天下无情是有情。

4 读"不教胡马度阴山(阴山)
——王昌龄《出塞》"
渭城西望玉门关,雪封黄河十八湾。
为修长城人何处,秦皇壁垒斗阴山。

5 读李益《夜上受降城闻笛》
云中督府一山杨,受降城中月半霜。
玉笛黄河流去慢,呼和应问甜高粱。

(二)大话西游之宁夏

1 读"紫霞泛舟(沙湖)"
沙湖一翠微,人间半是非。
悟空心滴泪,男儿百年归。

2 读"蜘蛛精艳浴(镇北堡)"
云平十八湾,水淡贺兰山。
月色胡琴断,心中万里还。

3 读"猴牛大战(腾格里沙漠)
——张籍《凉州词》"
秦腔不断大漠荒,万里云河暮色扬。
日月清真心犹在,天命不息问黄粱。

(三)河边的故事

1 读"兰花花(米脂)"

其一:
一曲信天游,黄河半壁流。
心音情不尽,玉色米脂羞。

其二:
米脂玉色香,绥德梦黄粱。
吕布声名去,貂蝉三国扬。

2 读陈陶《陇西行》
桃花色重一年春,陇西云明半客秦。
无定河流问旧泪,征边自古为何人。

3 读"大红灯笼高高挂(平遥)"
升平厚重郭汾阳,女儿红灯半御香。
四代皇家重旨封,风云不尽一牛郎。

4 读"飞黄腾达(壶口)
——李白《将进酒》"
飞黄腾达问天涯,咆哮奔流逐浪花。
一口扬长东万里,孟门乱淘九州沙。

5 读"张生跳墙(永济)
——《西厢记》"

其一:
万里一春秋,千年半九州。
斜阳天外客,鹳雀鸣旧楼。

其二:
人心普救寺中堂,玉影斜阳日月光。
鹳雀楼高心万里,西厢月落问红妆。

6 读"三棍僧救唐王(嵩山)
——孟郊《洛桥晚望》"

其一:
天津桥上一城霜,泾水流中半抑扬。
僧寺秦王杨柳色,嵩山雪白映荒塘。

其二:
父母心中五味同,禅音留下百年空。
浑江五女家乡在,奈何东山落叶枫。

7 读"齐鲁青未了(泰山)
——杜甫《望岳》"
齐鲁半河湾,封禅一泰山。
玄宗呼五品,张说守相闲。
啸啸天门上,悠悠岭树关。
声声鸣万里,玉盘问人颜。

(四)作为陪都的洛阳

1 读"樊素口,小蛮腰
——白居易《池上篇》"
天河淡淡一津梁,柳池茵茵半洛阳。
六朝嘉苍荣枯尽,千年故都遗书香。
园中樊素音心曲,竹下腰姿小蛮妆。
酒醉堂亭天下事,龙门月色影桥霜。

## 2 读"她比烟花寂寞

——元稹《行宫》"

冷落上阳宫,孤心夕照红。
花流春色尽,暮重独空空。

## 3 读《菩萨蛮·洛阳》

龙门雨色禅音客,钟声马寺云烟泽。
金谷向春晴,邙山重晚明。
平泉朝石白,洛浦秋风陌。
铜陀夕风平,天津深处鸣。

## 4 焚身以火

武则天"蜡日宣诏幸上苑"
周断上阳宫,唐家渭水东。
年中八十二,武瞾一生终。
无字碑铭白,心思四壁空。
天门闻刑酷,五陵问君翁。

## 四、恋恋风尘——四川

### (一)格调

#### 1 读"山居别业

——王维《终南别业》"

终南雪色半长安,上苑花明一银冠。
玉笛梨园鸣子弟,金阙殿上问春寒。
山青水泽平阳岸,草暗人名步邯郸。
莺莺宫中鸣翠柳,今古古御中看。

#### 2 读杜甫《绝句》

草堂碧色半前川,女儿花溪问客船。
益雨锦江千万水,东吴西岭万千山。

#### 3 读"松、竹、琴、棋、雨

——李商隐《夜雨寄北》"

巴山夜雨半相思,草碧花溪一夜时。
隔岸邻人琴不语,江流薛笺有心知。

#### 4 读"晃晃悠悠"

蜀相云天一古今,锦宫竹影半音琴。
芙蓉色城关外,武侯心平老臣心。

### (二)红尘如梦

#### 1 读"此情可待成追忆

—— 薛涛《赠远》"

蕙质一兰心,芙蓉半故琴。

江流楼不问,水色入秋深。

#### 2 读"只是当时已惘然

——元稹《寄赠薛涛》"

枇杷院雨消,竹泪问芭蕉。
点点澄明色,珠光半落磬。

### (三)般若波罗蜜

#### 1 读韩愈《左迁至蓝关示侄孙湘》

禅音一法门,左迁半黄昏。
啸啸潮州去,湘桥守海村。

#### 2 读李白《峨眉山月歌》

心中有佛一生平,岷江大渡青衣倾。
草木峨眉禅日月,凌云乌尤合龟城。
三山三水江楼问,舍眼高僧般若明。
海通法师人犹在,锦官应识至名声。

## 五、春水流

#### 1 读张若虚《春江花月夜》

万里春江一九州,千年雪水三江楼。
河源日月明今古,夜雨锦官楚客愁。
群玉潇湘青竹泪,姑苏申沪淡清秋。
渔樵不语人自在,问尽山光见马牛。
有色荒塘知草木,生鸣未止是孤囚。
来来去去花香月,暮暮朝朝水择流。

### (一)话说三峡

#### 1 读"一夫当关,万夫莫开(蜀道)

——李白《蜀道难》"

蚕从秦王蜀道难,五牛五石半心寒。
惊涛拍岸云光断,一泻东流日月残。

#### 2 读"轻舟已过万重山(瞿塘峡)

——李白《早发白帝城》"

三峡金牛栈道还,巫溪月色剑门关。
江楼不问人心问,一去江流十万山。

#### 3 读刘禹锡《竹枝词》其六、其七

其一:
人心不断借荆州,一日江陵十日愁。
石石光明鸣水水,声名自古付东流。

其二:
滟滪半夔门,瞿塘十二滩。
人心流水去,九曲一千弯。

#### 4 读"江流石不转(杜甫的三峡)

——杜甫《八阵图》"

其一:
布衣三分国,心华八阵图。
得时失时得,无有有是无。

其二:
夔州石水两平沙,八阵江流三峡华。
诸曹东风惊赤壁,声名蜀魏半吴家。

#### 5 读"除却巫山不是云

——白居易《花非花》"

云非云,烟非烟。花是花,泉是泉。
晴雨巫山扬两岸,高唐草木自年年。

#### 6 读元稹《离思》

来来去去一千君,暮暮朝朝两半云。
梦尽高唐阳台暗,巫山淑女自芳芬。

#### 7 读"后三峡时代"

平湖十里天,秋归半流泉。
谁问巫峡水,江陵不渡船。

### (二)滚滚长江东逝水

#### 1 读"江流天地外(襄阳)

——孟浩然《春晓》"

春梅一玉时,冬雪半疏枝。
暮色花香重,今年雨水迟。

#### 孟浩然"与诸子登岘山"

天下一岘山,人间半泪娴。
襄阳君子问,不才弃家还。

#### 2 王维《汉江临眺》

北水一汉江,东流半故邦。
千年关羽在,十载过寒窗。

#### 3 读"楼高望断天涯路(名楼)

——杜甫《登岳阳楼》"

岳阳百尺楼,草木一春秋。
浪济洞庭上,潇湘竹泪流。
云烟泊万里,进退数千忧。

27

天下江湖梦,人间问沉浮。

**4 读崔颢《黄鹤楼》**

黄鹤浮飞一故楼,天云沉落半扬州。
吴宫碧玉千家雨,楚客孤音万里舟。
白石君心鹦鹉尽,禅音日度不人愁。
斜阳尽照忧时重,芳草余香任水流。

**5 读王勃《滕王阁序》**

天涯一孤舟,水阔半江楼。
草碧千村色,阁高万里秋。
云荒湖中月,叶落逐潮流。
画栋雕梁重,人间问莫愁。

**6 读"采石矶太白楼"**

——李白《宣州谢脁楼饯别校书叔云》

安徽采石楼,谢脁尽无忧。
白石思千古,青莲不问愁。
天光明蜀道,水色暗宣州。
叶落秋云尽,江平任自流。

**7 读"误入武陵源(张家界)"**

云烟淡淡水深深,草木青青意寻寻。
借问桃花源何处,桃源处处在人心。
春荣岁月荒塘照,落叶时光沾布襟。
天下悠悠思隐逸,心中啸啸问音琴。

**8 读"东林一别,虎溪三笑(庐山)"**

一别东林五老峰,虎溪三笑两芙蓉。
紫阳隔岸山泉雨,岭树云烟草木踪。

**9 读"李白《望庐山瀑布》、徐凝《庐山瀑布》"**

其一:

天雨黄岩五百年,庐山壁垒一千泉。
云烟浩荡阳明乱,水色浮光落九天。

其二:春夏秋冬

秀谷花红一水涂,石门雨色半云龙。
虎溪三啸声名尽,玉影梅香一炉雪峰。

**10 读"峰呈五老,泉分三叠"**

——白居易《大林寺桃花》

庐山迷雾半云泉,大寺桃花一芳天。
春归何处黄岩晚,夜月禅声入梦眠。

**(三)旧时王谢堂前燕**

六朝金陵故子烟,千年隋水陈青莲。
东流只向苏杭去,不问风云问蚕田。

**1 读"山形依旧枕寒流(南京)"**

水色山光半废兴,龙蟠虎踞一金陵。
怀王楚客东吴尽,后主秦淮夜如冰。

**2 读刘禹锡《石头城》**

石头城中一叶秋,钟山岭外三江流。
暮暮朝朝浮云尽,废废兴兴半九州。
上苑花明泾渭客,吴宫夜雨淑青楼。
人生几度江湖水,西塞桃花问谁收。

**3 读刘禹锡《乌衣巷》**

万里天光夕照斜,千年雨水玉人家。
金陵子弟胡姬酒,苍口心中野草花。

**4 读李白《登金陵凤凰台》**

金陵草木鹦鹉洲,楚客凤凰醉酒楼。
汉水吴宫知客问,天门中断杞人忧。

**5 读"商女不知亡国恨(南京)"**

——杜牧《泊秦淮》

江流万里半淘沙,六朝千年一故家。
叔宝胭脂凝玉色,梅香不尽问桃花。

**6 读李商隐《隋宫》**

吴宫隋水疏枝华,见惯唐标铁柱斜。
尤问南朝文帝墓,无知玉树后庭花。

**7 读崔颢《长干曲》**

青梅半江村,竹马一云门。
长干枫丹色,横塘白鹭恩。

**8 读"摇滚江山(镇江)"**

——王昌龄《芙蓉楼送辛渐》

出水芙蓉一玉楼,堂风问客酒中秋。
江宁色淡浮云沉,半入孤帆半入流。

**9 读王湾《次北固山下》**

焦山北国一金山,京口中泠半玉颜。
草木人泉知淡泊,禅音白石度心闲。
注:草木人中为茶字,茶以井上水,泉下水,江中水为佳,中泠泉称天下第一泉。

**六、能不忆江南**

**1 千年旧梦半江源**,一笑江湖月缺圆。
疏雨东吴与淡淡,鲈羹芡实烩莼羹。

**2 读杜牧《江南春》**

淡淡细雨一江南,落落烟花半水涵。
碧草无心黄色断,红浪未尽入青兰。

**3 读杜牧《寄扬州韩绰判官》**

花淡雨色一明桥,潮瘦心中半玉箫。
西子声名澄月夜,千家露湿向芭蕉。

**4 读韦庄《菩萨蛮》**

心安自得乡家别,花甲月色尝圆缺。
叶落问寒山,日明山海关。
春淡杨柳折,水泽芳名杰。
啸啸一人间,谁知今古还。

**5 读"十年一觉扬州梦"**

——杜甫《遣怀》

江南一半一声名,万里江湖万种情。
水岸烟云船上客,桥中玉笛醉人平。
山花二月明杨柳,碧玉脂华露雨清。
色满荒塘思旧梦,潮流不尽问纵横。

**6 读杜牧《赠别》**

秦楼楚馆一声鸣,野草桃花半枯荣。
色断江南明月夜,人心豆蔻逐倾城。

**7 读"二分无赖是扬州"**

——徐凝《忆扬州》

琼花三月一扬州,细雨千家碧玉流。
二分婵娟羞蕊色,萧娘十载问妆楼。

**8 读"明月一竿竹(太湖)"**

——罗隐《归五湖》

江湖昭谏一纵横,草木钟陵一云英。
雨水终南人泽润,浮华不住问光明。

**9 读"桃花流水鳜鱼肥(湖州)"**

——张志和《渔歌子》

湖州北望半江湖,三月桃花一玉奴。
隔岸村红水色尽,鲤鱼十里跃姑苏。

**10 读"身花影倩人扶(同里)"**

——陆龟蒙《和袭美春夕酒醒》

江南富土半云舒,同里君思一退居。

拙政园中知龟蒙，姑苏十里问香余。

**11 读"人家尽枕河（甪直）**
——杜荀鹤《送人游吴》"
桥平水半波，色重玉人荷。
醉问姑苏梦，云舒一曲歌。
吴县千户少，甪直五鱼多。
细细江南雨，淡淡柳丝娑。

**12 读"江枫渔火对愁眠（苏州）**
——张继《枫桥夜泊》"
烟波水上杏花天，朝芴山中月云眠。
夜半禅钟声不住，寒山拾得过来船。

**13 读刘长卿《送严士元》**
虎丘吴宫醉名声，万里江湖问月明。
柳叶荷云平水上，枫桥断雨一心平。
梅花半落红流去，疏影余香西山倾。
达理知今古路，青衣只误读书生。

**14 读"吴王宫里醉西施（苏州）**
——皮日休《馆娃宫怀古》"
清明山上姑苏台，馆娃宫中楪叶开。
勾践吴东思薪胆，西施只向太湖哀。

**15 读白居易《忆江南·其三》**
斜桥分水半香溪，净土灵岩一玉堤。
草木年年荣枯去，人心谁问太湖西。

## 七、放舟东下——从黄山到富春江

**1 读"山登绝顶我为峰（黄山）**
——刘海粟《海到尽时天是岸，
山登绝顶我为峰》"

其一：
山高万仞佛一生，亿亩云深任枯荣。
吐纳天机人上下，春秋挥斥自纵横。

其二：
百态千姿一万松，舒平卷曲半云龙。
梅花初落惊霜玉，夜半还来问雪钟。

**2 读"人歌人哭水声中（屯溪）**
——杜牧《题宣州开元寺水阁，
阁下宛溪，夹溪居人》"
古今天下半殊同，草木人间一色空。

夹树杜鹃花碧岭，溪林径湿绿雨红。
开元寺晚钟声远，参差桑茶九州东。
白石阳明千壁垒，山明五彩牡丹枫。

**3 读"菊花须插满头归（黟县）**
——杜牧《九日齐山登高》"
余光歙砚十山空，水色黄昏百溪同。
白石齐云山近远，黟县草木半江东。
朝天五岳桃源里，四水归堂一袖风。
玉笛声平鸣夕照，烟霞散落老梧桐。

**4 读"秋色老梧桐（婺源）**
——李白《秋登宣城谢北楼》"
宣城雨丝一无声，歙砚书香半色明。
水泽清华桥古渡，江湾锦鲤紫龙名。

**5 读"清溪清我心（歙县）**
——李白《清溪行》"
水色一清心，山明半古今。
溪流云落尽，竹叶抚音琴。
古镇渔梁坝，青莲白石深。
新安江晚渡，镜中何人寻。

**6 读"人在画中游（千岛湖）"**
钩心斗角半雕梁，深爱渔樵一皖杭。
海瑞心中知草木，宰相岛上尽山光。

**7 读"到乡翻似烂柯人（衢州）**
——戴叔伦《兰溪棹歌》"
石破天惊水月湾，兰溪烂柯天心颜。
桃花一日红云色，锦鲤千龙浙西湾。

**8 读"野旷天低树，江清月近人**
（富春江）——孟浩然《宿建德江》"
轩辕严光七里滩，黄粱刘秀一朝冠。
山明水碧天云低，月半江清客泓滦。

**9 读"无物结同心，烟花不堪剪**
（杭州）——李贺《苏小小墓》"
隔岸芙蓉问南浔，西湖水色结同心。
幽兰小小荷云雨，冷翠烟花入半琴。

**10 读白居易《钱塘湖春行》**
三潭印月一苏堤，柳浪闻莺半西。
曲池风荷莲子重，桃花渡口染春泥，
钱塘八月潮流去，虎跑孤山任鸟啼。

下弦平湖连树影，上心碧水问兰溪。

**11 读"平生不平事，尽向毛孔散**
（杭州）——卢仝《走笔谢孟谏议寄新茶》"

其一：
一碗喉吻润，两碗破孤闷。
三碗搜枯肠，唯有文字五千卷。
四碗发轻汗，生平不平事，尽向毛孔散。
五碗肌骨清，六碗通仙灵。
七碗吃不得也，唯觉两腋习习清风生。
蓬莱山，在何处？玉川子，
乘此清风欲归去。

其二：唐七泉
镇江中冷泉，无锡惠山泉。
苏州虎丘泉，丹阳观音泉。
扬州大明泉，吴淞江淮水。

其三：茶
中冷虎丘惠山泉，淮水吴淞大明烟。
井上江中水下水，观音草木是人天。

**12 读"惊涛来似雪（钱塘江）"**
钱塘八月逐潮流，抑抑扬扬二问秋。
万里千年明月夜，梨花不尽雪花愁。

**13 孟浩然《惊涛来似雪，一座凛生寒》**
八月一潮平，千年半啸声。
云烟海宁北，雪浪玉涛明。
浩荡钱塘水，杭州灵隐城。
人惊天地外，仰止人心情。

## 八、我欲因之梦吴越——唐诗之路

**1 读"一夜飞渡镜湖月（绍兴）**
——贺知章《回乡偶书》"
十部阳桥一里河，合时不多离时多。
江湖日月云烟水，寂寂相思梦里波。

**2 读"红酥手（绍兴）**
——李白《越女词》"
玉色鉴湖波，凝脂羞碧荷。
日暮莲心重，芙蓉出水娥。

**3 读"黄藤酒（绍兴）**

——白居易《问刘十九》"

流觞曲水一兰亭，鹅瘦云平半池青。
戴逯柯桥流水去，金庭白石尽浮萍。
注：王子猷雪夜访戴不遇，有乘兴而来兴尽而返。

**4 读"我伎今朝如花月（上虞）**

——李白《东山吟》"

其一：

东山问杏花，出墙净胡沙。
同属春光里，江山不顾家。

其二：

剡溪李叔同，天下有无中。
指石斜阳外，江山万事空。

**5 读"岂知书剑老风尘（新昌）**

——李白《秋下荆门》、刘长卿《送上人》、李白《梦游天姥吟留别》"

千年啸啸百岁尘，一隐东山三十春。
野鹤孤云苑鲈脍，江湖水淡布衣巾。
明中天姥横天立，壁外苍生不问秦。

**6 读"野旷沙岸净（楠溪江）"**

水淡永嘉吴，云平雁荡山。
温州春水暖，射履待人还。

**7 读"鳌身映天黑（普陀山）**

——王维《送秘书晁监还日本国》"

观音祖国中，不肯去海东。
月色乡村树，禅音海日红。
东钱湖草木，水复幻无穷。
暮鼓天童寺，钟声普陀空。

# 七、《唐诗答疑录》

张天健　著　中国文联出版社
2004 年 9 月第 1 版第 1 次印刷

**第一篇**

**1 读李白《静夜思》**

江湖日月光，草木水云扬。
少小闻春雨，霜心问爹娘。

**2 读杜甫《前后出塞诗》**

将帅一名扬，千军半死伤。
沙场浮白骨，胜负问秦王。

**3 读白居易《长恨歌：夜雨闻铃肠断声》**

无君自古不无臣，去去来来始有人。
一梦明皇天子去，上亭驿客雨霖洵。
潼江水碧东流落，蜀道龙松旧旧身。
吊儿闻名空四壁，郎当马嵬泪衣巾。

**4 读魏征《述怀》**

春秋半古今，天下一人心。
上下纵横论，江湖草木深。
空山泉雨淑，谷壑鸟鸣琴。
隋水秦城外，苏杭桂子音。

**5 读王勃《杜少府之任蜀州》**

心中一君邻，客下半儒巾。
少小江湖水，声名岭驿尘。
山前无老虎，雨后有春津。
笑待阳关路，幽闲自由人。

**6 读杨炯《盂兰盆赋》**

盈川仰止半纷纭，琴泉寺里一故君。
敬业兴唐王周武，书生达理不知军。

**7 读张若虚《春江花月夜》**

江春暖泽沙，湖光水明霞。
岭上浮云重，心中二月花。
青枫千叶碧，初草半清华。
鸟随天空尽，舟平自然家。

**8 读武则天《如意娘》**

唐周武后一媚娘，水碧朱思半夜霜。
感业残钟鸣不止，平明数泪满衣裳。

**9 读贺知章《回乡偶书》**

二月旧亭台，千秋独自开。
天空明月去，水上诸星来。
白石声名暗，江湖自度梅。
波流连云色，镜泽玉人回。（玄宗赐千秋观）

**10 读崔颢《黄鹤楼》**

野鹤黄云一故楼，花明草暗半扬州。
生鸣尤在千秋尽，赤壁江华万古流。

**11 读李白《早发白帝城》**

卷卷舒舒任色稠，浮浮沉沉自情流。
明明淡淡千家雨，潇潇洒洒一清秋。

**12 读王之涣《登鹳雀楼》**

黄河九曲湾，白日半依山。
色泽天云外，光霞草木闲。

**13 读高适《年五十始学为诗》**

五十天命及第名，千年文字苦吟成。
蹉跎日月田家客，故野渔樵自一生。

**14 读"诗僧寒山"**

天台半玉颜，拾得一寒山。
不为荒城客，寻心不问还。

**15 读李白《望天门山》**

十里浦东故水来，千年渔火旧江衰。
浩浩荡荡扬长去，曲曲流流九徘徊。
波谷静，岭花开。巴人楚客问瀛台。

长沙竹泪风平浪,夜雨潇湘尽一杯。

**16 读王维《使至塞上》**

海市玉门关,沙鸣月牙弯。
千年闻石化,一日不知闲。

**17 读《早发上东门》**

东邻泾水问西秦,白石青莲半客人。
望尽天门江水断,心中不尽洛阳尘。

**18 读《旗亭画壁》**

寒江夜雨一姑苏,寂寞居云半玉奴。
奉帚平明寻日影,黄河万里下江湖。
阳春白雪孤城闭,下里巴人尽有无。
之涣昌龄高适问,旗亭画壁对冰壶。

**19 读杜甫"轻薄桃花逐水流"**

桃花落尽水空流,杏李芳华满九州。
百姝扬名平草野,千妹锦色入云楼。
繁繁简简天光淡,暗暗明明水色羞。
抑抑扬扬半主客,冬冬夏夏一春秋。

**20 读杨贵妃《赠张云容舞》**

罗衣袖平散幽香,玉步云容舞霓裳。
侍守贵妃千日里,心飞意动媚宫娘。

**21 读杜甫《茅屋为秋风所破歌》**

知书一草堂,夜雨半明光。
浣水桃花湿,溪流问四娘。

**22 读王昌龄"寒雨连江夜入吴"**

金陵隋水吴,夜雨楚山孤。
竹影潇湘泪,江声问念奴。

**23 读杜甫"窗含西岭千秋雪"**

枫丹白露一蓉城,锦浣溪明半池清。
月色草堂吟不断,桃花深处读书声。

**24 读杜甫"暖老思燕玉"**

八十人生知不暖,千金子女问寒山。
阳明玉石秦皇去,燕赵书名日月还。

**25 读李白《梦游天姥吟留别》**

千吟千得失,一梦一天山。
白石剡溪月,空鸣日闲关。
明皇堂上客,上苑草中颜。
酒醒长安去,青莲何处还。

**26 读刘长卿《却归睦州至七里滩下作》**

秋风半凋颜,暮雨一河滩。
叶落荷莲老,山川水禽寒。
江洲云沉寂,草木日夕残。
但见萧娘去,流江不问澜。

**27 读杜甫《旅夜书怀》**

光明八月秋,浪逐大江流。
客问吴江水,钱塘日月浮。
潮平天海日,汐沉地云楼。
六合人心在,千年进退忧。

**28 读张志和《渔歌子》**

其一:

一问龟龄一金华,半钓烟波半钓纱。
闲樵青,渔童家。春光墙外两杏花。

其二:

一半渔樵一半家,万千草木万千华。
一江山,半桑麻,千年岭树万里花。

其三:

一半江湖一半天,千年草木万里船。
数峰青,群山烟。不钓游鱼只钓泉。

其四:

淡雨姑苏戚涤关,洞庭百媚尽玉颜。
桃花坞,雪溪湾。一岸芳香西塞山。

其五:

一线潮扬一杭州,千家莼鲈千蟹囚。
八月秋,五湖楼,隋水扬帆江自流。

其六:

一半莲心一半羞,弦月清明弦月楼。
玉音断,琴声流,不问杜牧问湖州。

**29 读韦应物《郡斋雨中与诸文士燕集》**

隋水入汪洋,春光问岭苍。
渔樵居处浅,草木谱玉章。
海日云烟阔,天山雨雪疆。
高深鱼鸟多,远大自明堂。

**30 读李白《戏赠杜甫》**

余寒散尽问斜塘,落叶寻音色半黄。
酒入心中闲不住,天明月淡待秋香。

**31 读刘长卿《逢雪宿芙蓉山主人》**

山南云万树,岭北玉千村。
夜雪烛火重,心中小儿孙。

**32 读韩翃《寒食》**

韩翃御诏半南阳,杏李东风一故香。
制书德宗飞花至,烟轻三月著春妆。
法灵寺里姿色在,柳氏声中纳炎凉。
许俊横云无言语,章台有路上高唐。

**33 读西鄙人《哥舒歌》**

汉人一旧乡,鞑靼半胡杨。
牧马阴山下,纵横草木疆。

**34 读韦应物《逢杨开府》**

书房折节半故乡,三卫玄宗一炎凉。
拙政姑苏永空寺,无人渡口月如霜。

**35 读元结《系乐府》、白居易《新乐府》、皮日休《正乐府》之关系**

山中半月弦,岭上一鸣泉。
草木君心问,明阳换旧田。

**36 读李益《夜上受降城闻笛》**

生平李益半尘津,刻客轻浮一茧春。
小玉肠绝名女子,黄衫只问负心人。

**37 读韩愈《左迁至蓝关示侄孙湘》**

江东雨夜一寒生,岭南云平半不声。
未问韩湘海上去,蓝关自德一身名。

**38 读戴叔伦《冬日有怀李贺长吉》**

年年草木半秋冬,日日江河一无踪。
叔伦生前无贺言,英名只留别重逢。

**39 读李商隐《韩碑》**

今今古古一君明,沉沉浮浮半枯荣。
推倒韩碑裴度辞,平淮王土不英名。

**40 读柳宗元《渔翁》**

舟飞三峡击中流,赤壁千山度晚秋。
白露枫丹明日月,天云不住问江楼。

**41 读白居易《赋得古原草送别》**

泽雨半浮萍,荒原一草青。
春风无止境,日日入家庭。

31

## 42 读刘禹锡《西塞山怀古》

西陵一峡半船家，宜昌千山万里花。
铁锁长江波不尽，云消石垒日山斜。
阳明岭树春秋木，水暗峰光浪淘沙。
四海云游天下客，心平故里话桑麻。

## 43 读刘禹锡《乌衣巷》

千门柳暗半桃花，六朝金陵一日斜。
见惯刘郎今又来，家家不是旧家家。

## 44 读戎昱《上湖南崔中丞》

清风一泽潭，竹泪半湖南。
自古姓名在，知心诺顿涵。

## 45 读张继《枫桥夜泊》

江村月色水桥中，叶尽寒山客异同。
夜半钟声鸣旧寺，乌啼异域范家枫。
姑苏一字闻今古，拾得千音封宿宫。
去去来来禅日月，心平法和渡时空。

## 46 读花蕊夫人《宫词》

江平水暗沙，草茸箐芳华。
影羞宫中月，云烟半帝家。
旗降天下尽，蜀客度寒鸦。
委地芙蓉色，春风待日斜。

## 47 读杜牧"牧童遥指杏花村"

黄公酒醉杏花村，乞火清明半暮昏。
篱外烟云红色重，贵池细雨入扉门。

## 48 读杜牧《过华清宫》

离枝一梦华清宫，七夕长生殿外同。
玉露霓裳尘不尽，无中自有御妆红。

## 49 读韦庄《秦妇吟》

丁亥九月九日重阳香山
千山落叶半黄昏，十里风云一寺门。
故客香峰红色暗，重阳岭上望归村。

## 50 读杜甫《石壕吏》

霜明一月寒，叶沉半青丹。
客向山川夜，黄河泪渐干。

## 51 读白居易《赠内》

其一：
梁鸿齐眉君，陶潜营生群。
出没寒宫月，周唐石榴裙。
南山浮落叶，泾渭不难分。
万里风江水，千家故客云。

其二：
院中日月半秋妆，案上书明喜鹊忙。
影里天云深无比，晴空万里一家乡。

## 52 读孟郊《一贫彻骨》

秋明渭水滨，竹影玉姿珍。
雁息寒江岸，天平夜月贫。

## 53 读李贺"八关十六子"之疑

一处长安一处春，年年月月半宫陈。
东流不尽声名尽，原是婵娟月下人。

## 54 读关盼盼《燕子楼》

燕子楼空一夜霜，相思梦短半寒凉。
心中旧日云中雨，谁问香波玉萧娘。

## 55 读刘禹锡《酬乐天扬州初逢席上见赠》

一年一度一桃开，二十三年折复来。
冷眼玄都观下水，流红北去又南回。

## 56 读李贺《雁门太守行》

借题发挥一雁门，沙明紫塞半黄昏。
金台甲暗千年弃，易水残阳问儿孙。

## 57 读葛鸦儿《怀良人》

本草纲目曰："俗传胡麻，夫妇同种则茂。"
孟棨《本事诗》记载："朱滔括兵而放归士。"
寒宫日半半胡麻，一客生平一客家。
夜梦幽州乡水色，东流落叶半紫阳斜。

## 58 读刘禹锡《杜司空席上赠伎诗》

司空见惯杜韦娘，桎子姑苏夜半香。
二十三年波折尽，萧郎不是是刘郎。

## 59 读杜牧《登九峰楼寄张祜》

一夕楼庭一夕空，三宫六院山无同。
心思只随东流水，不见山河暮色中。
犹有千年元白辞，声名凝祜进士红。
知音杜应取樵晚，何处琴台月不终。

## 60 读鱼玄机《江陵愁望有寄》

一树梅花一万枝，香凝疏影半心迟。
流红方问春云多，落去声声是此时。

## 61 读张籍、王建乐府之疑

云峰一丈夫，水国半珍珠。
人心多不见，瀚墨知书儒。

## 62 读刘禹锡《杨柳枝》

云溪十步遥，碧柳一千条。
玉笛春江水，知音旧板桥。

## 63 读李贺《高轩过》

寺后一高阳，山中半玉霜。
月问春秋水，人思旧故乡。

## 64 读贾岛《旅次朔方》

一日心思半月霜，关中旧事满斜阳。
天云日月闻浮沉，客舍年年问故乡。

## 65 读韩愈

韩门子弟半春秋，吕氏秦皇一人忧。
枯枯荣荣天下计，来来去去尽东流。

## 66 读杜牧"千里莺啼绿映红"

山花色重一江红，草树云浮半峡东。
水泽天光明谷底，心平雨淡问春虫。

## 67 读温庭筠"鸡声茅店月"

云平百牛羊，岭木半斜阳。
紫色庭院树，余光篱竹梁。
鱼游浮草藻，水影沉书堂。
客舍千日尽，人心一故乡。

## 68 读郑畋《马嵬坡》

夜雨声声泡旧尘，寒云淡淡草茵茵。
千家灯火千家色，半是清明半是春。

## 69 读白居易《杨柳枝词》

满目斜阳满目情，杨枝骆马尽声名。
倾心勿施无中有，留下黄昏步自横。

## 70 读许浑《凌歊台》

其一：
江平半夕琴，水阔一林阴。
影暗山光重，云明紫色深。

其二：过洞庭山
嫦娥半见一江流，叶落千音万里秋。

日夕残荷莲子重，山光影色入空楼。

### 71 读曹松"一将功成万骨枯"

进士声名七十余，同朝五榜老人居。
江湖夜雨春秋尽，可怜人生帝业墟。

### 72 读郑谷《鹧鸪》

清江日落满黄昏，鹧鸪声鸣一故门。
回首斜阳生紫色，朝花夕拾半乡村。

### 73 读罗隐《偶题》

声名望罗隐，世故问云英。
俱是红尘里，浮华何收成。

### 74 读张泌"别梦依依到谢家"

月缺萧娘半谢家，心孤夜尽一香纱。
平明柳丝烟云重，士进云英二月花。

### 75 读贯休《献钱尚父》

练练秋江一钓舟，明明潭影半晴楼。
千年诘誉千年尽，万里风光万里秋。
直钩山河今古事，轻浮剑马寺人休。
凌烟阁上声名外，只将英华十四州。

### 76 读杜甫《八阵图》

水落一年秋，云浮半神州。
夔门生古色，白帝挟江流。
壁暗千峰栈，光明万里舟。
八阵东吴去，浩荡不须收。

### 77 读元稹《寄赠薛涛》

夜里芙蓉独自开，平明菖蒲满阳台。
相思元稹秦川去，梦里薛涛蜀笺来。

### 78 读杜牧《寄扬州韩绰判官》韦庄《过扬州》

梅花落尽半春泥，色重香流一玉溪。
谁问萧娘桥岸多，扬州曲尽水云低。

## 第二篇

### 1 唐代诗歌赛事之盛

其一：

春关墨池一龙门，上苑烟云半雨村。
岭外斜阳凝紫树，山中淑气淡黄昏。

其二：

荒塘十亩一心田，雨色千川半草芊。
日暮龙门千岸碧，春归孤桐万里天。
东方之问佺期制，荀令昆明李端泉。
鹧鸪入林鸣柳色，芙蓉出水醉少年。

### 2 唐诗人之多

两千二百余，泾渭一圣居。
才子升平事，佳人帝业墟。
旗亭音不尽，上官评估疏。
之问林中鸟，东方半意初。

### 3 读"诗中有画，画中有诗"

枫林赤色半红烟，白石寒流一金川。
万里云山衣旧色，千年落叶不知还。

### 4 唐诗典章

其一：

枫林赤色半红烟，白石寒流一金川。
万里云山衣楚色，千年落叶不知还。

其二：

野火春风顾况惊，居易渭水一声名。
湘灵曲终人心见，钱起江鸣李时清。
一士韩翃吟御书，春花二月满京城。
门前推敲沙场客，身后萧郎司空情。

其三：

云雨分飞二十年，巫峰楚客一天筵。
君家蕊珠岳阳水，不问宁王旧日泉。
淡淡春雨江上树，幽幽夜半月中弦。
声声至何满子，落落君心醒时眠。

### 5 关于唐代的行卷

雁门寒色重，渭水虞清明。
千岁千今古，一年一枯荣。

### 6 唐诗中的韵味

暮色入斜塘，寒云染紫光。
吴江流草岸，同里沉梅香。

# 八、《唐诗画谱》

［明］黄凤池　编　山东画报出版社
2004年2月第1版　2004年2月第1次印刷

### 1 读《太宗皇帝赐房玄龄》

太液一春梅，西园半壁开。
房谋和杜断，贞观太子来。

### 2 读虞世南《春夜》

堂前日色开，窗后暗香来。
柳岸莺啼断，竹光影去回。

### 3 读李群玉《静夜相思》

其一：

月色一红妆，浦明半草堂。
相思心费尽，不及草花香。

其二：

文山明斑竹，帝子暗潇湘。
但问凤凰游，和君楚峡塘。

### 4 读杜荀鹤《马上作》

长亭复长亭，柳丝系柳丝。
十年一回首，半生两不知。

### 5 读裴夷直《前山》

云深一寺钟，暮色三山峰。

谁问泉声外，禅音五蕴宗。

### 6读许浑《雨后思湖居》
平生问枝梁，十里尽村杨。
叶落明湖水，斜阳万里光。

### 7读高骈《送春》
雨细半红溪，莺鸣一玉堤。
浦明花点水，碧荷欲开笄。

### 8读张乔《夜渔》
鸟蓬笛一舟，直钩半心煮。
往复春秋水，塘明钓诸洲。

### 9项斯《江村夜归》
江村落月归，竹板问渔回。
妇女堂前待，潮平芦草菲。

### 10读左偃《郊原晚望》
莺鸣桥岸柳，夕照满江村。
逝夫溪流水，霞光望儿孙。

### 11读李白《示家人》
平生白石年，一醉玉冠西。
暮色青莲晚，归来问贫妻。

### 12读杜甫《酒旗》
浮云半水烟，酒旗一春怜。
俯仰山田间，忧心满旧年。

### 13读姚合《老马》
伏枥一千犁，朝平半国西。
阡陌知识途，夜夜嘶嘶嘶。

### 14读崔道融《牧竖》
斜阳闻牛语，笛韵摇青莲。
茅屋光华里，鸣声落共田。

### 15读王轩《题西施石》
其一：
苎罗三家仁，浣溪十里春。
吴宫西施去，何必遗伊人。

其二：
洁尚崇天伦，清明问月珍。

吴王平五霸，何必遗春人。

### 16读丘为《左掖梨花》
花华玉色晖，碧草淡香帏。
水色江湖岸，心明御阶归。

### 17读皮日休《闲夜酒醒》
蕉暗乌衣巷，明塘玉千里。
千声鸣一醉，天子唤时起。

### 18读司空图《偶题》
云扬一柳川，露重半花烟。
玉色明湖里，桃红碧水边。

### 19读杜牧《送人游湖南》
一棹潇湘去，千年直臣扬。
贾生知落叶，寻拾旧芬芳。

### 20读骆宾王《在军登城楼》
蝉鸣半碑寒，檄讨一长安。
帐下为知音，潮来灵隐冠。

### 21读陈叔达《菊》
秋霜一玉明，草色半精英。
夕照平天下，人间尚晚荣。

### 22翁祝艾琳生日
今春半叶明，旧日一精英。
五岁艾琳孙，斜阳尽晚荣。

### 23读卢照邻《葭川独泛》
两只点烟浪，一行排云上。
船闲任纵横，心平随荡漾。

### 24读孔德绍《咏叶》
叶落问人心，明波惜旧林。
浮浮又沉沉，何处问归根。

### 25读王绩《夜还东溪》
其一：
青溪半钟山，故土一乡关。
月色明明间，长安未见还。

其二：
青溪夜月湾，阶苔拾踪还。

石径浮平水，山林问旧闲。

### 26读王勃《早春野望》
碧色满明汀，荒原万里青。
心平江岸柳，池旧半浮萍。

### 27读李峤《风》
浮沉一秋叶，杨柳半春花。
逐波流船去，江湖浪淘沙。

### 28读韦承庆《江楼》
独问顶楼云，雁丘四方闻。
排空飞南北，好问锁临汾。

### 29读贺知章《偶游主人园》
其一：
心中三寸田，眼下九江泉。
碧水千流去，明堂万里烟。

其二：
桥明江南岸，水碧五湖烟。
论语堂前读，心中半亩园。

### 30读袁晖《三月闺怨》
三月黄花淡，江湖雨暗天。
清明明草木，色落故人怜。

### 31读王维《竹里馆》
竹影平明月，江流问旧潮。
琴音粼水色，白石玉心遥。

### 32读王适《江滨梅》
其一：
汉江草色春，石岸水依人。
暗里香浮动，清姿绿珠邻。

其二：
依山半向君，细雨一江滨。
草岸明嫫女，余香暗袭人。

### 33读裴迪《华子冈》
一山仁君树，千溪碧翠薇。
云平桥板水，暮沉夕阳晖。

## 34读裴度《溪居》

云华一碧溪，雨暗半香泥。
暮色流红去，扬长洛水西。

## 35读刘禹锡《庭竹》

其一：

暮暗雨声知，平明碧水池。
心中空一尺，节外不生枝。

其二：

姿影为人师，亮节省玉芒。
清高明雨色，离奇淑女池。

## 36读白居易《友人夜访》

月淡故人来，家门影暗开。
长安居易少，司马善独梅。

## 37读孟浩然《春晓》

其一：

草色半平晓，花香一多少。
天明春露重，欲醒闻啼鸟。

其二：

花明一柳杪，色暗半池沼。
谁问窈窕女，云中梦春晓。

其三：

邻家女儿窈，临窗唤翠鸟。
旧日平明梦，黄莺不啼晓。

## 38读韩愈《北楼》

其一：

江流暮色来，月淡浊浪开。
一窗江山锁，千帆去不回。

其二：

斜阳满郡楼，暮色半江流。
残叶平浮沉，荒茫一日秋。

## 39读张九龄《答靳博士》

桃花隔墙开，月色玉姿来。
桥板浸流水，春心碧草媒。

## 40读刘长卿《逢雪宿芙蓉山》

雪重芙蓉镇，云平浸白尘。
烛光明客入，匆醒三更邻。

## 41读李益《天津桥南山中》

君虞一水东，韦执半云中。
孟郊天桥问，秦川贾岛空。

## 42读钱起《江行》

举目问飞鸿，仰天逐畅穹。
江湖心半在，夕照满山红。

## 43读皇甫曾《山下泉》

林中泉白石，树影问流声。
暮色山花水，云光碧草平。

## 44读顾况《溪上》

荷碧夕阳红，莲心并蒂宫。
浮光归待晚，出水玉人同。

## 45读韦应物《咏春雪》

天光衣白絮，玉影半无姿。
相似梅花天，香来意不迟。

## 46读柳宗元《登柳州峨山》

夕照临川流，澄光俯影浮。
排空云水上，十岁守江洲。

## 47读司空曙《黄子陂》

草岸散芳菲，阳明落叶晖。
泉流来未晚，柳色半回归。

## 48读张籍《岸花》

花明桥岸绿，色碧柳杨条。
鸟寂流川水，心平半谷消。

## 49读岑参《题僧读经堂》

其一：

三藏一禅宗，五岳半岑峰。
十年心面壁，静修九天重。

其二：

一去一山峰，半禅半古松。
十年明草木，三界养心宗。

## 50读许敬宗《拟江令……九日赋》

其一：

霜重菊半开，叶轻自徘徊。
谁问衡阳渡，家乡梦暗来。

其二：

芳香独下开，尚洁待霜来。
篱下荒原外，清高日寒才。

## 51读李义府《咏乌》

其一：

天高云淡淡，树下草萋萋。
露重宫林暖，金阶一鸟啼。

其二：

羽翼半东堤，栖心一夜啼。
山川千碧尽，为借一楼栖。

## 52读王维《归思》

高峡壁磊澄江，浮云卷舒寒窗。
朝暮出入将相，樵渔去来无双。

## 53读卢纶《秋千》

邻家出墙红杏，隔船影落秋千。
一轮明月初上，半心未问炊烟。

## 54读王建《江南》

其一：

一舟一帆一江，半枯半荣半生。
但知客心明水，莫听岑猿呼声。

其二：

一山一枯一荣，半水半浊半清。
夕阳心中无限，高山多得光明。

## 55读曾参《村居》

爽岸桃李芳华，浮云陞塘落霞。
草堂开窗闻莺，孤村津明人家。

## 56读韦元旦《雪梅》

山华水华人华，雪花梅花烛花。
玉妆暖动树心，暗香未平天涯。

### 57读钱起《舟兴》

青浦吴笛莲歌,同里斜阳隋河。
浮日小舟荷塘,归女采尽香萝。

### 58读王维《幽居》

其一:

云孤远村近村,莺飞平原高原。
颜回陋巷居易,渊明柳堂柴门。

其二:

颜回独树一帜,五柳清烟半门。
花江半桥春水,月明两岸渔村。

### 59读张谓《白鹭》

明湖沼梁晴空,平川野鹤浮云。
悠悠归客问泽,淡淡闲心临汾。

### 60读王昌龄《望月》

姮娥心绪分明,广寒桂子平生。
人间草色花影,天上有笑无声。

### 61读王建《田园乐》

渔夫半船江花,樵翁满怀夕斜。
鸟鸣山外杏坛,暮色田中桑麻。

### 62读王建《三台》

抱琴只问君子,读书敞轩鼓钟。
落泉轻潭重泽,流华有影无踪。

### 63读皇甫冉《问居季司直》

其一:

门前水流向东,山谷山明社家。
天色一明一暗,浦泽半草半花。

其二:

湟浦四岸芦花,夕阳一船明霞。
清澈千里风云,浪淘万亩晴沙。

### 64读李白《村居》

其一:

曲径幽幽翠绿,夕阳隐隐紫红。
一行凫雁排云,两只鹧鸪春鸣。

其二:

一桥水天空空,半船云烟濛濛。
鸟鸣水流南北,草暗花明西东。

### 65读王昌龄《途咏》

一寺一舟一塘,半荷半花半妆。
渡口无人问津,拾得夕阳余光。

### 66读皇甫冉《小江怀灵山人》

其一:

春泽年年载舟,津浦处处精瑛。
此桥彼岸何去,尤闻落叶钟声。

其二:

一舟半载落虹,两岸三春流红。
泽明远烟近水,山深暮鼓西东。

### 67读柳宗元《遣怀》

其一:

谁问长门音人,唯闻流莺鸣津。
故箸薄妆不正,只恐花落三春。

其二:

莺鸣花落三春,重门轻锁一人。
林下流溪流影,山中浮云浥尘。

### 68读孟宛《闰月重阳赏菊》

其一:

年年岁岁重阳,山山水水风光。
孟嘉孤芳自尝,老子天地玄黄。

其二:

深山孤寺清云,水泽黄菊重阳。
父母兄弟亲友,心情世态炎凉。

### 69读王建《村居》

其一:

年年朝云暮雨,岁岁春暖秋寒。
谁问风雨五陵,拾得桑麻秦川。

其二:

黄菊清溪旧岸,明月深宫新寒。
古今去来丹青,沽名钓誉衣冠。

### 70读杜牧《山行》

其一:

初问小家碧玉,重复桥岸柳宫。
悠悠古今路下,渺渺烟雨山中。

其二:

夕落云中雨中,桥连山空水空。
归途碧水明暗,任马依心西东。

### 71读白浩然《秋晚》

其一:

阳关梅花三弄,雨打芭蕉梧桐。
花好渔舟唱晚,月圆鸟语山空。

其二:

心平一堂月色,花明半步桥风。
砧声此起彼伏,雁归闽西浙东。

### 72读白居易《自述》

其一:

居易不易长安,出师未师卧龙。
三分天下半心,八阵图画一寄。

其二:

孤鹤无影无踪,闲云依梅依松。
古今砚池春秋,子弟杏坛鼓钟。

### 73读李白《醉兴》

一生一醒一醉,半家半国半荣。
当涂水底捞月,长安沉香清平。

### 74读李白《雪梅》

太湖半寸春草,西山万亩红梅。
雪花乱穿芳林,玉衣姿影香来。

### 75读王摩诘《散怀》

桃花入门沉香,红杏出墙浮邻。
草木风华正茂,村社云雨春津。

### 76读刘长卿《对琴》

春风依旧玉门,梅花不到阳关。
枯荣岭南岭北,草木东山西山。

**77读张瀚《端阳龙舟》**

其一：

屈子湘水净臣，贾生长沙请缨。
天下应知自己，今古虚求声名。

其二：

湘水屈原一名，长河贾谊半生。
三辞两赋今古，五湖九州枯荣。

**78读刘长卿《感怀》**

月明桥东桥西，水流云溪雨溪。
斑竹年年有泪，长河处处雁啼。

**79读张仲素《山寺秋霁》**

一蓑溪云烟雨，半舟泉声炎凉。
夕阳深山古刹，禅音钟鼓抑扬。

**80读白居易《长门怨》**

其一：

春心长门冷落，妩媚花红香帏。
一情月满天下，半怨音序芳扉。

其二：

千妃简出宫门，半生芳名未归。
汉宫朝云暮雨，心猿意马非非。

**81读王维《春眠》**

其一：

村中春色柳烟，窗外桃花溪涓。
燕子垒泥初社，睡榻半醒半眠。

其二：

柳浪闻莺云雨，三潭印月春烟。
落花流水浣纱，夕阳如茶客船。

**82读杜牧《野望》**

其一：

山川一路啸啸，云雨半江沼沼。
鸟鸣平芜杳杳，舟寻溪径迢迢。

其二：

晴川平河落雁，昆山风壑云泉。
渡桥两峰夕照，春江一月归船。

**83读韦元旦《烟雨》**

其一：

船明桥暗洲渚，江流浦泽吴楚。
烟雨空濛山色，琴韵谐和律吕。

其二：

断桥桥断不断，蝉鸣鸣蝉闻蝉。
蓑衣烟雨平浦，湖光山色归船。

其三：

明塘半雨烟，淡水一菀田。
三月鲤鱼跃，江湖芦草边。

**84读李白《莲花》**

其一：

十里荷叶莲塘，一舟采女薄妆。
亭亭芙蓉出水，落落玉珠银光。

其二：

一枝芙蓉出塘，十里荷叶碧妆。
夕阳扶疏青莲，玉色不染芳香。

**85读岑参《春山晚行》**

夕阳桃李春宫，暮色杨柳飞鸿。
小舟只渡彼岸，斜光不问西东。

**86读白乐天《溪村》**

长亭五里十里，短桥一步一花。
莺鸣两峰溪树，轩敞半村江华。

**87读王建《秋闺新月》**

闺中不扫落叶，月下未闻酒泉。
心计雁声渐远，梦回辽阳不眠。

**88读崔惠童《渡黄河》**

孟津一声惊雷，壶口半天白雪。
龙蛇万里九曲，斗牛七星云台。

**89读李白《春景》**

天心隋寺山色，故客雁宕梅花。
九村浮云托月，十里明溪淘沙。

**90读李白《夏景》**

其一：

竹筸掩映溪流，杨柳露沾蝉声。
清音荷香十里，高客余音一鸣。

其二：

十亩碧荷浮明，一片玉花莲城。
采女水中心上，鸳鸯一停一行。

**91读李白《秋景》**

平空一行归雁，繁华五色平林。
扑萤流明溪水，韵落叶惊寒音。

**92读李邕《题画》**

半生半官半民，一诗一画一茶。
山林松竹君子，冰雪姿色玉梅花。

**93读刘长卿《寻张逸人山居》**

雨中巴蜀栈道，云里川渝江花。
风行一日白帝，心系半壁船家。

**94读柳宗元《寒食》**

梅红春云春雨，柳浪莺鸣莺飞。
吴江寒窗寒食，乞火游子游归。

**95读杜甫《村乐》**

心平五湖山水，书香九州华丰。
夕阳依旧千里，天下回归人翁。

**96读杜牧《草庐》**

刘备三顾茅庐，孔明两表出师。
草船借箭一战，成败孰论千芳。

**97读王勃《独坐》**

草色若有若无，青山自枯自荣。
明华落霞未晚，独坐朝云又生。

**98读罗隐《忆雁山》**

一隐一明一暗，半栖半春半秋。
古刹深山古寺，家乡携侣同游。

**99读王建《游宕山》**

舲船玉颜羞色，隔岸花明江开。
荷塘莲子未结，月影心中去来。

第一卷　唐诗品读

37

### 100读高适《元日》
紫阳一日高堂,落霞千里英光。
泽被家家户户,年华悠悠扬扬。

### 101读王维《田园乐》
心耕半亩田园,书香一脉河山。
燕赵二国十郡,黄河七曲八湾。

### 102读骆宾王《辟谷》
白石色重青莲,禅音幽清苦蝉。
辟谷尤问钟声,人生去年今年。

### 103读王维《自适》
其一:
一人一春一秋,半天半屹半流。
自知始知是知,造风造雨造舟。

其二:
心种半亩稻菽,笔耕十里松竹。
不为五斗折腰,但得一瓢侍读。

### 104读白浩然《遇风》
沙场千里尘光,折戟万户中堂。
阳关海市蜃楼,玉门寒雪冰霜。

### 105读罗隐《洛阳》
香暗侯门深处,影繁宫廷人家。
桃李红杏出墙,夕阳炊烟西斜。

### 106读韦庄《思乡》
彼来千人千古,此去一生一年。
浪迹天涯海角,同问寒宫婵娟。

### 107读李白《冬景》
白石青衣小帽,三弄九寒一温。
浩洁左邻右舍,余香十里八村。

### 108读罗隐《秋闺新月》
暮归雪村浩劫,晓问梅花如烟。
徘徊镜中空叹,寻觅月下独眠。

### 109读德宗皇帝李适《九日》
其一:
山明水暗夕阳多,树影烟云禁地河。
九日重阳千岑上,霜花独色帝家歌。

其二:
楼高水淡一菊花,草暗云平半夕斜。
不问重阳杨柳岸,秋霜只落府人家。

其三:
皇苑废尽帝王多,万户长安泾水波。
击水中流船万里,江山潇鼓动明歌。

### 110读王昌龄《观猎》
沙明大漠去秦稀,水暗寒云沾边衣。
不惜少年生子责,秋翁只识半帝畿。

### 111读李白《峨眉山月歌》
一月江明一水秋,半峡叶暗半寒流。
心思如斯东去尽,山云随楚逐吴州。

### 112读杜甫《江畔独步寻花》
其一:
玉立花娘半及笄,桃媚墙外一杏梨。
家明柳岸东流水,为问锦溪鸟未啼。

其二:
花明柳暗四娘家,水色春云半夕斜。
隔窗桃花相掩映,莺鸣不住问天华。

### 113读顾况《叶道士山房》
水性杨花白石桥,杏坛弟子弄玉箫。
凤凰已去天云外,沧桑明朝八月潮。

### 114读王维《少年行》
山东山西一山边,湖北湖南半水烟。
五岳少林心意倾,江湖岁月问少年。

### 115读卢仝《逢郑三游山》
溪前君子客心重,水下平渊问蛇龙。
垒石千峰明古往,深山旧寺谁鸣钟。

### 116读白居易《晚秋闲居》
其一:
清心不已问生平,绕几余韵寻旧名。
渭水桥明寒枯荷,秋霜无语半心声。

其二:
一心曲径一心情,半岸秋花半岸明。
日月知时来相照,山河未寻旧平宗。

### 117读刘禹锡《夜泊湘川》
逐客江川月色深,桃花帝畿泪衣巾。
长沙直臣人心久,泪尽湘妃斑竹心。

### 118读贾至《别裴九弟》
春江未问岸花流,满目潇湘逐客舟。
爽岸梅香留不住,心平水滴到扬州。

### 119读高适《听张立本女吟》
竹影婆娑月如霜,云烟杳杳自心伤。
心明玉碎尘色外,无数声音暗凄凉。

### 120读戎昱《早梅》
雪花半冰半冬华,疏叶梅香一人家。
玉满心中先春暖,清高自许向天斜。

### 121读常建《三日寻李九庄》
永和三日一平舟,君子兰亭曲旧流。
草木荣华桃叶渡,春光普及故人楼。

### 122读李华《春行寄兴》
其一:
桃花水岸草平溪,渡口舟横鸟不啼。
十里荷花明夕照,千家燕子垒香泥。

其二:
鹦鹉洲头草萋萋,暮色连昌水暗西。
不见人心花自落,风来雨去鸟空啼。

### 123读张潮《采莲词》
其一:
晴荷万亩夕阳红,水色天平采女中。
半去薄妆莲子落,衣裳偏向牛郎东。

其二:
云浮色落一塘东,叶碧莲荷半夕红。
出水芙蓉尘不染,亭亭玉立接江虹。

### 124读樊晃《南中感怀》
十里长亭人未回,知时草木虫声来。

一荣一枯千山去，半废半兴故岭梅。

### 125读张颠《桃花矶》
隐隐渡口隔秦烟，落落桃花白石眠。
谁问渔翁汉水岸，樵夫不去隔山田。

### 126读钱起《暮春归故山草堂》
桃李园中花半飞，松梅月下一君归。
清溪夜寻书生梦，竹影婆娑遮幄帏。

### 127读窦巩《秋夕》
阑竿月色一霜桐，无力秋虫半西东。
鸟栖平林鸣不住，荷塘两岸是秋风。

### 128读郎士元《柏林寺南望》
柏林寺里一鼓钟，暮色苍茫半岭峰。
回首浮云明荷泽，来时行影去时踪。

### 129读刘长卿《寻盛禅师兰若》
一寺禅音一旧年，平生五蕴四空烟。
古今去留千山外，草木兴荣三界田。

### 130读卢纶《山中》
松花树影月明泉，草色平塘白石天。
也度梵音心不曲，山中柏积脉生禅。

### 131读李涉《题开圣寺》
半草半林半鼓钟，一山一水一禅宗。
月明推敲高堂客，寺下空心五棵松。

### 132读韩翃《羽林少年行》
皇家曙色半城东，渭水平流一望空。
系柳长安明折取，风流草木醉梧桐。

### 133读朱可久《西亭晚宴》
其一：
菊花落尽一冬寒，月色霜天半草残。
宴隋吴江东流去，钱塘八月望潮澜。
其二：
残荷夜色半江寒，叶暗霜明一旧峦。
月落菊花黄四壁，丹青笔下肃千栏。

### 134读裴度《咏兰》
其一：
清高玉影半天涯，傲骨芳香二月华。
不待桃花春色尽，君平只留苦寒家。
其二：
疏枝清香明姿色，悠然细叶半山涯。
君正三月唤桃李，为有长年四季花。

### 135读李益《汴河曲》
其一：
汴水东流九脉春，秦城废垣半沙尘。
千年柳絮吴江雨，草碧花明同里人。
其二：
秦皇汉武扬沙尘，汴水炀帝一隋人。
九曲黄河流不尽，荥阳盱眙万年春。
其三：
汴河未正杨广人，贞观唐家武瞾尘。
水暗花明船问客，流芳百代隔山春。

### 136读李贺《昌谷新竹》
半春半夏半云来，一节千枝一势开。
雨后天光姿色尽，清高傲影满亭台。

### 137读徐凝《庐山瀑布》
飞流万仞白云直，岭落惊雷三叠息。
一降千山匡庐下，川平谷幽碧山色。

### 138读王昌龄《西宫秋怨》
其一：
香澈腻肤露脂霜，玉色窈窕凤求凰。
悄悄心情空水殿，明明月色上东床。
其二：
寥寥日月半情荒，寞寞年华一夜凉。
怨断长门心何在，叶落不似旧恩光。

### 139读羊士谔《郡中即事》
雨露荷平一波澜，风华碧水半玉珊。
莺鸣隔岸苇草短，情影依霞夕照残。

### 140读刘商《题潘师房》
其一：
半是山宅半是苔，一衣霜雪一衣梅。
无人往去无人踪，春风有心春风来。
其二：
洞口桥平半日开，云浮绝壁一鹤来。
山风常扫秋时叶，暮色清心八戒台。

### 141读施肩吾《春词》
未著红衣暗碧桃，东风不语紫阳高。
山中杜鹃花千树，界外心平试色袍。

### 142读武元衡《宿青阳驿》
其一：
月上空心五色寒，溪下星光九州冠。
青阳驿淡平生力，路途扬长墨如丹。
其二：
一驿心思墨未干，三秋月色水桥寒。
生来啸啸忧天短，此去扬扬扶弱冠。

### 143读章孝标《归燕献主司》
一年初社一年飞，半垒新泥半垒围。
上苑林华栖一枝，茂名曲江润泽归。

### 144读韦应物《寄诸弟》
其一：
一年一节一心思，半土半乡半儿时。
常是兄弟相牵引，同堂娘爷谢亲师。
其二：
一枝松竹一兰芷，半敞门轩半心思。
月上宫中寒色尽，芭蕉叶里雨住时。
其三：
芭蕉叶上兄弟诗，池下莲荷雨水迟。
点点滴滴珍珠泪，朝朝暮暮尽相思。

### 145读戎昱《移家别湖上亭》
其一：
湖中暗柳别时亭，岸上明花问去声。
移客闻莺莺不语，清心离落待莺鸣。

其二：

别样心思水上亭，江流无语草春青。
黄莺频频鸣声续，柳丝宁时不折宁。

### 146读陈羽《伏冀西湖送人》

白石人丹洞里开，桃花谢客几回来。
心中有意长来往，无数山峰逐水来。

### 147读熊孺登《春郊醉中》

其一：

溪明柳色草茵茵，池水花光波粼粼。
不觉桃源人谢客，平心只问守中春。

其二：

三月花香半醉人，江南杨柳一家春。
溪流不住桥平仄，未休啼莺问故君。

### 148读李约《江南春》

其一：

一丝春芳三弄梅，溪华二月玉门开。
江南水暖姑苏客，草碧心明姗姗来。

其二：

百亩疏梅香雪海，五湖洞庭两山开。
钱塘处处春色早，江南年年燕子来。

### 149读张又新《牡丹》

小露花心半玉音，明华牡丹一鸣琴。
溪流唤起芳千树，霞满长安问古今。

### 150读于鹄《江南意》

半溪碧色半天云，一池春花一迷津。

谁问牛郎牛不语，情中织女女人心。

### 151读元稹《菊花》

其一：

鸿鹄常问故陶家，篱边斜阳十株斜。
薄玉铺伏好姿色，菊花开尽是霜花。

其二：

清空十月故人家，半篱秋明疏影斜。
但分霜冰分洁净，大寒之后是梅花。

### 152读朱绛《春女怨》

春光未晚一草迟，女怨情深半不知。
只见池塘波纹静，黄昏有约是几时。

### 153读王建《十五夜望月》

其一：

中秋月色向人家，一半桂香一半华。
兄弟心中同起坐，朝朝暮暮问夕斜。

其二：

寒宫落尽月西斜，桂叶团圆一万家。
月色明明人尽问，桑麻之后又桑麻。

### 154读陆畅《题独孤少府园林》

秦时不邻汉时邻，隋时东流唐水津。
依旧桃花红千里，江山尽是过来人。

### 155读刘言史《竹里梅》

竹篁里面一梅花，玉叶千枝半影斜。
片片流红织水色，芳香不减暗年华。

### 156读李翱《赠药山高僧惟俨》

其一：

心中止水半念超，般若禅音一暮朝。
谁问新罗方丈远，钟鸣三界度芭蕉。

其二：

千里家乡一海遥，半生辟谷三尘消。
山林夜寂禅音落，空月方丈问芭蕉。

### 157读李端《闺情》

其一：

半岸鹊桥半月明，一河夜会一江盟。
晓妆未着梦中醒，隔水相望喜鹊鸣。

其二：

暗影浮云鸟不鸣，灯光隔岸月平明。
邻家夜半扬渔火，谁问深闺女儿声。

### 158读郑谷《蜀中赏海棠》

其一：

草色春云一淡妆，芳明池水半蜀乡。
晴堂问读声杨柳，隔篱邻家呼回娘。

其二：

花溪水色半红妆，酒尽楼空一草堂。
落下海棠君子问，音心子美曲江杨。

### 159自鸣

踏尽枣花净尘沙，心田耕凿问桑麻。
荣荣辱辱归来去，水水山山满一家。

# 九、《唐诗的历史》

张恩富 著　重庆出版社
2006年3月第1版第1次印刷

**盛世唐朝·卷一**

初唐诗歌十九首

### 1读初唐·李世民《赐房玄龄》

养本半天下，治国一人心。
春光明白石，秋实鼓钟音。

### 2读初唐·虞世南《蝉》

翼薄一清宫，声远半惊鸿。
高心鸣达志，不足问苍穹。

## 3 读《客心》

江南半淡雨，塞北一心扉。
玉门沙漠暗，衡阳月色归。

## 4 读武媚娘《古诗》

其一：

感业寺中唐太宗，石榴裙下未央宫。
至今尤问半唐周，男女不同女男同。

其二：

感业寺中夕阳斜，才人昭仪两帝家。
文水草碧均州冷，长安花尽媚娘华。

## 5 读初唐·杜审言《和晋陵陆丞早春游望》

其一：

船行客岸人，物惊浦淞津。
波折寻东皋，阳春问西秦。
云平江口树，柳暗暮色萍。
向晚一花重，知音半居邻。

其二：

洞庭三更荣，春光五湖平。
疏枝花明暗，余韵色淡生。
江村香雪海，客驿翠鸟鸣。
三弄知音信，杨柳怨无声。

## 6 读唐太宗李世民《兰亭》

一树贞观一丹青，半唐江山半兰亭。
玄武门下秦王变，辩才寺中萧翼铭。

## 7 读初唐·杜审言《渡湘江》

独迁心中半南流，春花月下一天忧。
香波袭月长沙客，满目潇湘旧影楼。

## 8 读初唐·苏味道《正月十五日夜》咏梅

香华玉影锁，三弄梅花开。
冰雪半冬尽，春风一日来。
云光明曙色，故枝暗香回。
百媚桃源树，群芳指腹媒。

## 9 读初唐·沈佺期《古意呈乔补阙知之》

烛泪平秋落，云深梦辽阳。
虫鸣寒雁栖，月色莫愁霜。
一字排天久，余音濮苇塘。
思心空旧枕，请问嫁时妆。

## 10 读初唐·宋之问《渡汉江》

岁岁半枯荣，年年一秋春。
长安知天下，岭北问乡人。

## 11 读初唐·王勃《杜少府之任蜀州》

心思一日春，马踏半天津。
万户云烟重，千山夕照新。
华亭知主便，远客如近邻。
俯问曲江草，仰收塞外尘。

## 12 读初唐·王勃《咏风》

依依半暮平，落落一泉声。
漫卷空山客，荒铺隅水明。
深川清叶扫，影摇月晴宫。
忽为云雨暗，心听松涛鸣。

## 13 读初唐·杨炯《从军行》

啸啸一书生，淡淡半心情。
玉门千夫勇，长安三户荣。
邻光书论语，出将扫龙城。
感业春光昶，天海石柱名。

## 14 读初唐·骆宾王《在狱咏蝉》

西陆蝉鸣久，南冠檄文深。
悠悠江浙潮，啸啸士人心。
一事一成败，半生半寺吟。
朝夕明月夜，天下问清音。

## 15 读初唐·寒山《杳杳寒山道》

朝夕寒山春，去来天地人。
心思寻南溟，钟鼓问北宸。
九夏半拾得，五蕴一禅身。
生当年年步，平若日日臻。

## 16 读初唐·陈子昂《登幽州台歌》

半生半天地，一人一古今。
萧萧易水去来，悠悠长安音琴。

## 17 读初唐·陈子昂《春夜别友人》

春江雨水烟，灞桥入云川。
一声阳关曲，梅花尘北年。
朝明来志短，夕暮去情绪。
回首忧心重，中秋月未圆。

## 18 读初唐·张若虚《春江花月夜》

春江花月女儿妆，水色光影日月塘。
碧玉船中杨柳曲，胡姬裙下郁金香。
流水楼台送流水，芳甸草岸桃李疆。
可怜隔年未还家，一梦夕照向潇湘。

## 19 读初唐·张说《送梁六自洞庭山》

万里江平洞庭楼，千家日月岳阳秋。
姑峰白石潭州牧，暮雨朝云四方流。

### 盛唐诗歌五首

## 20 读盛唐·李白《望天门山》

梁山坡下一江来，当涂湖中半月徊。
水暗流明花鸟去，心重客舍杜鹃开。

## 21 读盛唐·李白《黄鹤楼送孟浩然之广陵》

江华万里一天流，玉笛千家半壁秋。
三月琼花明故客，二分无赖在扬州。

## 22 读盛唐·李白《行路难》

心平足下十山川，路折云中一万年。
九曲黄河流不尽，千峰昆仑纳溪泉。
钱塘无奈惊海涛，西陆风云涵养田。
啸啸阳关辞故里，悠悠碣石问还来。

## 23 读盛唐·李白《宣州谢朓楼饯别校书叔云》

一世青衣未入流，半宫玉真翰林休。
金殿赐酒明人客，三月烟花太白秋。

## 24 读盛唐·李白《将进酒》

绯服紫衣青眼开，朝笏银鱼佩瑶台。
长亭万里扬州路，半生孤音三百杯。
天子呼名扶酒醉，空山寂寞尽心来。
曲江杨柳归荣枯，草木江湖一度梅。

## 仙乐飘飘·卷二

### 盛唐诗歌二十四首

## 1 读盛唐·李白《月下独酌》

月下花暗明，湖中柳色春。
江平波未涌，岸阔水云津。
朝夕浮华远，山川西施颦。
冰心余旧酒，不见去来人。

## 2 读盛唐·李白《早发白帝城》

一水东流万岁年,千峰石垒半江山。
天生我才扬长去,何须酒肠问杜鹃。

## 3 读盛唐·杜甫《望岳》

其一:

一齐一鲁一泰山,半天半地半云寰。
梨花杏花雪花乱,玉树玉人玉色关。

其二:

鲁山东海阳,齐岳雄峙光。
踏半十重浪,引渡力家粱。
落叶天门雨,惊心六朝荒。
禅音同朝夕,白石共暖凉。

## 4 读盛唐·杜甫《饮中八仙》

一诺汉家一酒泉,半市玉树半云眠。
冰心月色八仙醉,天子呼来不上船。

## 5 读盛唐·杜甫《蜀相》

南阳卧龙村,蜀相老臣门。
表垂五丈原,名重半王孙。

## 6 杜甫

蜀酒花溪抚旧琴,锦江水淡草堂音。
千流波涌川中碧,隔岸空鸣树影深。
女儿梳妆平奉节,杜鹃轻啼帝王心。
忧天未成忧自己,三峡斜阳满衣襟。

## 7 读盛唐·杜甫《登岳阳楼》

洞庭渤涌江南楼,幕落君山五蕴秋。
一字排空归雁至,江湖吞荡楚吴浮。
云天水暗潇湘泪,斑竹忧心日月流。
直臣长沙沙尘净,岳阳波月月扬州。

## 8 读盛唐·杜甫《登高》

长江万里一心力,九脉斜阳半补来。
夔门长空平仄仄,惊澜水谷玉瑶台。
云烟起伏旷天地,波浪涛光邑尘埃。
何处猿声鸣三峡,东流不尽任心回。

## 9 读盛唐·杜甫《江南逢李龟年》

玄宗子弟御香曛,乐府明皇胡午云。
日月山川还依旧,君非知已已非君。
平湖李谟笛声尽,筌篌余音小子勋。

海棠汤清泉水冷,歌华未终胡人裙。

## 10 读盛唐·张九龄《望月怀远》

月淡春江夜,花明岸柳枝。
虫鸣音知已,草木叶舒时。
树影红豆重,心中灭烛思。
一江千里去,梦暗两相知。

## 11 读盛唐·贺知章《回乡偶书二首》

其一:

五十年中一两回,九冬梅子三音开。
流红尘落香浮动,故里心思尽徘徊。

其二:

西下斜阳一水多,心音故重半逝波。
山川犹念人情旧,兄弟相知问岁何。

## 12 读盛唐·王维《九月九日忆山东兄弟》

一岁一生一去人,半主半客半清尘。
斜阳远近高峰照,兄弟江湖无旧邻。

## 13 读盛唐·王维《送元二使安西》

旧京桃花半西秦,长安柳丝邑清尘。
红颜玉门边塞远,故人心中有故人。

## 14 念奴

波水漪潋眉目情,音昂举秋玉心清。
九州一曲天下寂,二十五郎血气明。

## 15 读盛唐·王维《鸟鸣涧》

其一:

春山花落偶,波水草云平。
淡淡山光远,空空鸟无声。

其二:

花开鸟鸣涧,水漾滟云情。
月淡空川静,潭平叶发声。

其三:

秋云浮沉曲,树影抑扬平。
桂子寒宫落,人间万里明。

其四:

梅花荫草木,雪蘙赋村城。
岁月冰心暖,寒端涧鸟鸣。

## 16 读盛唐·王维《辋川闲居赠裴秀才迪》

其一:

山光花叶落,水色寺门闲。
暮虫鸣天地,斜阳日边禅。

其二:

心思一辋川,墟里半家烟。
接舆怜红豆,长安问玉莲。
丹青生旧蕴,日月熙流年。
一揽千峰岭,孤云万里天。

## 17 读盛唐·孟浩然《春晓》

其一:

澄池草茸迟,柳岸云光晓。
落花书案东,梦晚书香袅。

其二:

一夜春云一梦晓,半池落花半心了。
江南处处香泥深,桃李村村闻啼鸟。

## 18 读盛唐·孟浩然《望洞庭湖赠张丞相》

四海半云生,五湖一舟横。
江天明斑竹,碧玉暗南城。
波摇岳阳霁,云浮日月晴。
尚翁空直钩,自有纵鱼情。

## 19 读盛唐·常建《题破山寺后禅院》

山门出梵音,月影度清林。
曲径思平仄,高堂问古今。
人生空色里,五蕴尽芳阴。
拾得琴声近,禅房一念深。

## 20 读盛唐·王翰《凉州词》

沙光尘影胡人来,戈壁天云曲曲开。
边塞长城秦帝去,江河隋水故人回。

## 21 读盛唐·王之涣《登鹳雀楼》

鹳雀声鸣问蒲州,黄河曲折随心流。
斜阳无限云天遥,草木光华日月游。

## 22 读盛唐·王之涣《凉州词》

黄河九曲十八湾,塞尘凉州万沙山。
海市幽幽荒玉门,客心啸啸出阳关。

交河落日斜阳照,胡姬楼兰舞奴颜。
犹记李广汉箭去,酒泉未醉待家还。

**23 读盛唐·李颀《古从军行》**
万里长城一烽烟,千家葡萄两天寒。
黄沙白骨浮云暗,隋水东流富里田。
塞外越雁飞南北,荒城雨雪万人怜。
玉门关上玉门玉,夜抱琵琶胡梦眠。

**24 读盛唐·李颀《听安万善吹觱篥歌》**
胡姬胡舞胡音弦,客舍客心客音怜。
一曲长安天上有,万亩花林牡丹田。
唤来百媚花千子,未惊芳芬醉里眠。
旧步依依杨柳岸,心音筝篥月中园。

**仕女流韵·卷三**

**盛唐诗歌十二首**

**1 读盛唐·王昌龄《出塞二首》(其一)**
万里长城无数关,千家烽火半人湾。
飞将不在幽燕中,唱尽阳关不出山。

**2 读盛唐·王昌龄《芙蓉楼送辛渐》**

其一:
碧玉斜阳淡水吴,江湖楚客水天呼。
云烟娃馆天平暗,醉过姑苏问润州。

其二:
雨色山光半扬州,吴山楚水芙蓉楼。
天云玉壶平明客,北固冰心任自流。

**3 读盛唐·王昌龄《长信秋词五首》(其三)**
一半冬春一度开,昭阳影自长信来。
芳香欲动浮华弃,玉锁心颜色徘徊。

**4 读盛唐·刘眘虚《阙题》**

其一:
白石甫芳堂,禅音纳玉光。
春江花五蕴,草木碧荒塘。
拾得流红尽,寒山赋夕阳。
心音路步下,回首故家乡。

其二:
道出函谷关,禅音西陆山。

江川明五蕴,曲径遂一还。

其三:
水淡半阳光,云深一旧塘。
人中寻天下,书外尽家乡。

**5 读盛唐·王湾《次北固山下》**

其一:
雪明天山水,江暗北固年。
东流荒古道,月色满长安。
楚客潇湘夜,吴宫吐纳烟。
门中一月淡,人下半心丹。

其二:
年年除夕一家圆,岁岁生平半云烟。
雪封乡山千里树,青重砚池三江泉。
春梅已送芳香暖,影色红颜辞旧年。
唤住桃李华章木,天光子弟养心田。

**6 读盛唐·崔颢《黄鹤楼》**
楼兴楼废黄鹤楼,州霪州乾华鹦鹉洲。
子期高山明草木,流水伯牙付江流。
汉阳击鼓魏人间,十载庄王楚客秋。
波涌晓光洞庭去,夕阳色被满神州。

**7 读盛唐·崔颢《黄鹤楼》**

其一:
仄仄平平不粘对,同形文字重是非。
拾得心中生桂子,惊人半举律文晖。

其二:
唐诗读尽高唐问,拾得隋音释译乡。
一意出心文藻室,三华正典韵炎凉。

**8 读盛唐·张旭《山中留客》**
一竖一横一帛晖,半来半去半回归。
山光雨色云烟重,幕影流明沾旧衣。

**9 读盛唐·祖咏《终南望余雪》**
望岭一朝冠,山高玉绮绒。
余寒明泾渭,雪涣泽英蛮。

**10 读盛唐·高适《燕歌行》**
燕山夜话一门香,碣石风云半赵凉。
只言长城飞将在,昭阳日暮落残光。
雄关古寺香浮暖,草木春秋箭甲荒。

犹听吴人长隋水,江南处处鱼米乡。

**11 读盛唐·高适《听张立本女吟》**
心音未定薄纱妆,娴步余吟纳炎凉。
丝竹琴弦凝玉脂,颜妍朱唇曲抑扬。

**12 读盛唐·岑参《白雪歌送武判官归京》**
胡沙十月玉山峦,九曲黄河冰雪寒。
万里霜天明树挂,千家灯火暗余桓。
村衣银甲光芒射,皓洁生平无垠滩。
客心春风来罗幕,胡琴未尽一心丹。

**盛唐诗歌四首**

**1 读盛唐·岑参《走马川行奉送出师西征》**
千顷大漠海市船,万里黄云暗尘烟。
劝酒胡姬人玉醉,汉家颜色走马川。

**2 读盛唐·万楚《五日观伎》**
春云沾湿薄吴纱,细丽香凝珍珠花。
醉舞方知萱草色,心音未乞故人家。
千情百转风光尽,碧玉肤脂四壁华。
怅娴雅俗神驰往,余韵满府夕阳斜。

**3 读盛唐·刘方平《月夜》**
寂寂山林夕照斜,空空壑谷暗天涯。
禅心廖廖香云雨,客舍明明月半家。

**4 咏梅**
云淡月明半夜花,疏枝玉叶一人家。
年年雨水藏春泥,岁岁余香满天涯。

**卷四**

**中唐诗歌二十一首**

**1 读中唐·韦应物《滁州西涧》**

其一:
云烟西涧半心平,幽草东华一念生。
啸啸古今任朝夕,悠悠天下自纵横。

其二:
空空旷旷鼓钟声,郁郁苍苍幽草生。
西涧深川浮日月,滁州应物论阴晴。

## 2 李白

**其一：**

两朝相府平生醉，十八君人饮百川。
一醉华光天子呼，冰心当涂问婵娟。

**其二：**

青莲居士青莲乡，不易长安居易堂。
西出函谷闻杏坛，千年儒道释天光。

**其三：**

十载裴旻砺一剑，李白诗酒吟百篇。
张旭丹青挥发指，草堂杜甫待千帆。

## 3 读中唐·刘长卿《长沙过贾谊宅》

直臣长沙水净，玉壶之古古今明。
天中楚客寻湘水，太傅潇湘竹泪横。
雨淡云林江岸阔，流华暮色入洞庭。
阳关三叠人人唱，匹夫先知一书生。

## 4 读中唐·孟郊《游子吟》

慈母门中望，游子去不归。
心上半滴水，天下一春晖。
千年云起落，万家草木扉。

## 5 读中唐·柳宗元《江雪》

千山无梁殿，万里雪花明。
啸啸寻知己，空空任鼓钟。
人间流泾渭，天下百媚生。
直钩江山望，心中钓者情。

## 6 读中唐·韩愈《春雪》

**其一：**

千年月影水天华，二月梅山万里花。
雨淡春云香雪海，芳泥暗送半人家。

**其二：**

梅花雪里乱穿衣，丝絮江湖片甲飞。
苍苍茫茫舒四野，辽辽阔阔玉人归。

**其三：**

江村玉冰半山涯，五润香流沉万家。
白雪公主高洁影，平明树色乱飞花。

## 7 读中唐·韩愈《左迁至蓝关示侄孙湘》

**其一：**

释道儒冠七色天，来来去去五千年。
玄奘西取真经卷，韩愈蓝关思左迁。
秦岭峰寒朝谏重，长安灞桥水云烟。
无心湘子平心问，忙里闲里尽日眠。

**其二：**

嵯峨亘横一南山，云烟雾遮半君颜。
明心媚语长生殿，直谏明臣玉门关。
尘旧蹉跎门下客，长河曲折万家湾。
心思只寄平今古，何妨吟啸淡去还。

## 8 读中唐·刘禹锡《乌衣巷》

**其一：**

一春一秋一明华，半暮半朝半日斜。
池水中分文德月，秦淮夜渡谁人家。

**其二：**

秦淮夜栖半人家，燕子乌衣付暗华。
玄武门中梁上草，年来朱雀问天涯。

**其三：**

秦淮河水暗淘沙，野草乌衣半桑麻。
尽日风流王谢去，庭燕还寻故人家。

## 9 读中唐·刘禹锡《竹枝词》

平平仄仄一江晴，草草花花半日明。
暮暮朝朝云雨泽，来来去去问心声。

## 10 读中唐·李益《夜上受降城闻笛》

羌音玉笛一飞扬，酒色胡姬半媚娘。
月暗沙城乡梦旧，燕山夜话夜阑香。

## 11 读中唐·李益《写情》

明妆薄衫半心羞，月淡云浮一点愁。
与谁平分秋夜初，情音西厢待东楼。

## 12 读中唐·司空曙《喜外弟卢纶见宿》

杏色问东邻，桃花落三春。
门前江水暖，窗下草清人。
客至幽径寻，高堂待月珍。
纵横时间论，朝夕沾衣巾。

## 13 读中唐·戎昱《咏史》

**其一：**

汉家多日月，和战少姻亲。
弟子一生死，成败半妇人。
江山明玉颜，谁计静胡尘。
五岭秦川外，春秋枉月珍。

**其二：**

青冢平平一黄昏，荒原宽宽半沙尘。
宫中淑女人心述，男儿汉家水雨邻。

## 14 读中唐·张继《枫桥夜泊》

姑苏草木一天年，枫叶桥云半雨烟。
拾得江湖明朝夕，寒山钟鼓度心田。

## 15 茶人陆鸿渐

一茶一人一禅门，半师半文半子孙。
竟陵桑翁识知己，人在草木汉家村。

## 16 读中唐·钱起《省试湘灵鼓瑟》

水路半丹青，湘灵客下听。
情音云雨瑟，泪水竹沾汀。
遗韵明今古，悲风化帖萤。
长沙沙水静，直木木心铭。
楚客江山问，冠缨张九龄。
长安知尽力，冯夷付独丁。

## 17 读中唐·张籍《秋思》

扬长西陆一秋虫，烛火平分半月宫。
暮暮朝朝心不尽，来来去去总由衷。

## 18 读中唐·张籍《夜到渔家》

暮色一高峰，江青半柴扉。
山明村树叶，柳暗待船归。
竹篱幽径细，渔樵旧影回。
人心平四野，不使故雁飞。

## 19 读中唐·王建《十五夜望月寄杜良中》

寒宫半露半桂花，一品秋香一天涯。
十五不圆十六圆，心思多在客人家。

## 20 读中唐·白居易《问刘十九》

余晖半暗半江湖，冰心一寸一旧孤。
客雨还归杨柳岸，问君何不唤念奴。

## 21 读中唐·白居易《长恨歌》

**其一：**

长生殿上七夕怜，霓裳曲中一夜寒。
出水芙蓉海棠色，香云雪肌露芳田。
华清汤暖凝脂粉，御帐纱平慵白娟。

瑶池蓬莱闻玉真,无人夜半待心还。

其二：

清纱西施越宫怜,出塞昭君琵琶妍。
除奸貂蝉汉室尽,梨园太真问管弦。
媛名女儿倾国色,未使书生匹夫眠。
兴衰胜负君子问,朝夕夕去三关田。

## 诗外烟霞·卷五

### 中唐诗歌十一首

**1 读中唐·元稹《遣悲怀三首》**

莺莺微亡一人田,淡淡江湖半白莲。
不问红楼去逝水,丹青不尽尽伶怜。
文华初落锦溪笺,墨线长安夜月弦。
落叶有心浮沉问,琴音黔娄有婵娟。

**2 李白**

一生白石一青莲,半寸心思半玉田。
轻去人间平酒色,呼来天子不上船。

**3 杜甫**

草堂夜暗雨纷纭,柳岸锦溪问碧裙。
但请邻家珍旧酒,清心只读不朝君

**4 读中唐·张祜《集灵台》**

胡家拾得半琴音,边塞人心一占今。
月下岑参吟五车,宫中念奴泪满襟。

**5 虢国夫人**

光华一现半明津,采女千人九品臣。
上万宫嫔羞粉黛,明生女儿误冠巾。

**6 马周**

沧浪浊酒一宅门,下足君王一谏村。
未暖孤衾江岸树,川名资助上苑恩。

**7 王勃**

章江阁下一天云,儿女心中半月芬。
夕照霞光江色远,排空鹭翼九州君。

**8 中唐·贾岛《忆江上吴处士》**

暮暗闽江船,波明碧水莲。
长安秋叶落,渭水问乡田。
夕拾朝花尘,去来半月弦。
仰天长啸啸,淡淡话余年。

**9 唐人**

郊寒岛瘦一清泉,半推半敲半旧年。
险怪东野平君子,渊潭水色多云天。

**10 读中唐·李贺《李凭箜篌引》**

箜篌摇动一江音,净臣湘波半冰心。
汨罗晴沙明楚子,声名曲尽染寒林。
斑竹沾湿情人泪,渔火江平两壁吟。
留下余歌浮下里,今秋细雨沾衣襟。

**11 读中唐·李贺《南园十三首》(其二)**

未尽残阳一虫鸣,东流隋水半吴宫。
秋寒暮色光明分,约会江湖各西东。

## 唐人多惧内·卷六

### 晚唐诗歌十首

**1 读晚唐·杜牧《山行》**

峰光树影夕阳斜,白石儒冠问小家。
落叶秋山平天下,江华岭上五林花。

**2 读晚唐·杜牧《泊秦淮》**

柳暗云平夕照斜,秦淮夜渡故人家。
文德桥下分明月,朱雀江声二丽华。

**3 读晚唐·杜牧《屏风绝句》**

朝云暮雨楚宫腰,仕女簪化教玉箫。
浅薄红妆着色近,丹青尽在问心遥。

**4 读晚唐·杜牧《清明》**

云烟淡漠半清明,乞火邻家一书生。
沾雨桃花红几许,心中草木问春声。

**5 清明 扬州**

云云雨雨草花烟,暮暮朝朝酒客眠。
无力春风江北岸,扬州柳丝系来船。

**6 读晚唐·李商隐《宿骆氏亭寄怀崔雍崔衮》**

其一：姑苏

小家碧玉一江东,坂桥流明隔旧城。
月色烟华平晚影,青莲白石半名声。

其二：玉门

阳关八月雁楼明,万里荒沙海市清。
不见长城人迹尽,千家士战一朝中。

其三：凉州

朝闻大漠半平生,暮拾玉壶一夜晴。
胡马云川雁迹尽,凉州万里月光明。

**7 黄鹤楼**

黄鹤楼下水天流,汉口阳明楚叶秋。
故客平舟千帆竞,君年旧酒半扬州。
心情未了龟蛇锁,草木荣华鹦鹉洲。
谁问黄鹤飞何处,古今兴废大江楼。

**8 读晚唐·李商隐《夜雨寄北》**

其一：

一书一笔一砚池,半意心心半不知。
落叶音平余寒尽,光明起落玉人迟。

其二：

巴山夜雨雨荷平,西川旧峡峡水生。
树暗江舟秋渔火,音重隔岸问心情。

**9 读晚唐·李商隐《乐游原》**

其一：

天空半水村,壶口一江门。
暮色浮荒草,余晖被子孙。

其二：

黄河旧塞屯,淡水万家恩。
曲曲弯弯去,东流入海门。

其三：

斜阳半远心,万里一黄昏。
不惜山峰上,明朝又子孙。

**10 读晚唐·李商隐《锦瑟》**

一曲一鸣一旧弦,半晴半雨半归年。
庄子望帝春心梦,杜宇声声唤荷莲。
去去来来生曲怨,朝朝夕夕问情怜。
余音但寄心思在,难尽天耕三寸田。

## 唐诗的吟唱·卷六

### 晚唐诗歌十七首

**1 读晚唐·李商隐《齐宫词》**

废帝青云十里亭,潘妃玉莲一天听。
江山不改东昏侯,梁台浮萍西雨冷。

诗词盛典 | 吕长春格律诗词六万八千首（全四册）

2 读晚唐·温庭筠《商山早行》

其一：

寒泉五色光，白石玉凝霜。
荣枯暖凉水，春秋问故乡。
廖廖经雪雨，寞寞待斜阳。
足下平千里，余明满西厢。

其二：温庭筠

飞卿一花间，唐宋半时眠。
留下相思梦，夜夜问婵娟。

3 读晚唐·许浑《咸阳城西楼晚眺》

渭水光明万里秋，咸阳落叶一青楼。
五陵尘雨沙荒尽，八骏扬华玉石骝。
谁修长城浮金甲，汉家葡萄入胡流。
飞燕曲终宫门冷，李兵千年至今忧。

4 骆宾王

楼观沧海一江入，水逐明潮半渤平。
但求心高明日久，来时不问去时名。

5 读晚唐·赵嘏《江楼感旧》

自古江流问江楼，光明逐水逝东游。
一年一度一心客，半淡半华半扬州。

6 读晚唐·皮日休《汴河怀古》

万里长城百战多，千年社稷一炀河。

沙扬白骨浮荒漠，水色吴江渔米歌。

7 读晚唐·陆龟蒙《和袭美春夕酒醒》

其一：

半月平湖半西吴，一江碧影一江苏。
花明三月烟云重，柳暗心音问玉壶。

其二：

东问淞江西五湖，人生来去半姑苏。
年年日日浮明水，岁岁云烟夜雨吴。

8 读晚唐·钱珝《未展芭蕉》

夜雨云烟露未干，芳心蜷曲帐畏寒。
明明小叶萌时约，玉立舒平扶碧栏。

9 读晚唐·章碣《焚书坑》

六王四海一秦居，半壁江山两代余。
败败成成成里败，书书写写写中书。

10 读晚唐·秦韬玉《贫女》

三月流花半暗香，江船十里一明塘。
湖村雨低杏李岸，女儿镜中羞色光。
推窗开轩闻钗荆，邻家隔墙问红妆。
春寒未尽人心暖，默守闺中薄淡裳。

11 读晚唐·杜荀鹤《春宫怨》

隔窗一花容，镜中半玉胸。
朝闻鸣树影，但求梦时踪。

唯见春宫暗，东风水色重。
浣纱清柳岸，越人锁吴宫。

12 读晚唐·韦庄《台城》

江村夜雨一云平，碧玉明花半台城。
柳色依旧千载里，烟浮六朝两声名。

13 江雪

雪上高山近苍天，寒江冰封锁峰莲。
钓心独有无钓意，只向皓洁酒里眠。

14 读晚唐·陈陶《陇西行》

九曲黄河净边尘，半天陇西问冠巾。
未知匹夫音心重，长安日下梦春人。

15 读晚唐·张泌《寄人》

雨夜江村问桑麻，吴宫月下落香花。
朝朝暮暮春秋问，去去来来寻故家。

16 雪

柳絮平风道韫家，桃花月影色明霞。
依依约约黄昏后，一半春光玉脂华。

17 读晚唐·金昌绪《春怨》

暮色一香溪，光华半鹭啼。
闺中心无力，燕子垒新泥。

# 十、《唐诗故事》

阿袁 著 九州出版社
2006 年 10 月第 1 版 2006 年 10 月第 1 次印刷

## （一）序

### 1 唐诗韵事

音心杜牧韵华宫，霸主常思楚客东。
为寄湘妃群玉去，珍珠敢却采萍终。

### 之二

敢却珍珠一采萍，湘江群玉九脉青。
人心暮色淡淡雨，莫留相思十里亭。

### 2 三峡

其一：

云明浮三峡，夕照浸江花。
水色天空尽，船惊不问家。

其二：

水声惊三峡，暮色浸明华。
五月香流去，鸣船入客家。

## （二）正文

### 1 "自有清才胜曹植"

柳公权

柳骨心正笔直工，春衣塞外文宗戎。
吟诗七步何时念，三步皇恩未央宫。
煮豆漉菽为汁尽，相煎其釜一根同。
年年折戟浮沙尘，子建华原问权翁。

# 第一卷　唐诗品读

## 2 "往事难堪饭后钟"

鹧鸪天·唐人宰相王播

草木年年一枯荣，荣荣辱辱半功成。
东风不改平天地，薄世浮名尽阴晴。
堂上客，饭前钟，恶昭寺里俗家英。
相知三十尘缘尽，何谓寒山间寻声。

## 3 "逢人说项善何多"

一韩一李一敬之，三十啸吟半项斯。
五韵王冠余步远，四时草木未碧迟。

## 4 "宴请茫然避状元"

卢肇

一竹一茅一光荣，半月半云半水生。
处处心平空杳杳，前前后后自声明。

## 5 "瑟鼓湘灵几辈知"

姑苏

隋河半吴泾，江湖两洞庭。
人来明碧螺，水去数峰青。
雨细云天远，烟和色茂廷。
平心浮日月，白芷尘香萍。

## 6 "诗好喜看成快婿
——姚太守择婿李频诗"

鹧鸪天·洞庭

水碧烟明小姑怜，江花柳岸洞庭船。
蒲天苇地渔公淡，流尽湘妃半睡莲。
清君侧，竹心田，梅花疏影暗香天。
岳阳常问云梦泽，日月心思对华年。

## 7 "敢说宣宗不懂诗
——贾岛跟皇帝争诗稿被贬官"

推敲月下问长安，贾岛宣宗扬子寒。
除夕范阳守岁尽，浪仙僧侣一名冠。

## 8 "三生有幸识精魂
——书生李源跟和尚的奇异交往"

三生有幸

情人惭愧知音去，暮色溪云玉石开。
一夜中秋天竺寺，三生有幸泽园来。

## 9 "累身岂止干皇帝
——温助教才高命太舛"

方城近在长沙船，八叉明主尤可怜。

玉条脱酥金步摇，南华只读二前篇。
放荡不羁菩萨蛮，曲尽宣宗锁逝川。
微服堂明诗上客，知心未已问流年。

## 10 "共比考生为美女"

引卷 近试上张水部

其一：

十载寒光一夜烛，晓明玉色半妆姑。
音心尤问长安第，古往今来谁有无。

其二：张籍

文平半古今，曲尽一千金。
去去来来客，光明日月心。

## 11 "情深误哭应无悔"

李白改晁衡

树影扶桑半海东，长安仲满一心空。
沧浪一水禅音重，大历云山金刚躬。

## 12 "弹筝词得弹筝女
——知音诗人当场笑抱美人归"

其一：

李端韵满十二弦，镜儿凝脂六律圆。
玉色音流情不住，文思原在曲中悬。

其二：

蒙恬边塞一丹青，月色乡关半筝灵。
李斯文断明劝客，高堂指鹿自零丁。
东临碣石声闻尽，读书始知读书图。
折戟沙平浮遗恨，长城旧话只空听。

其三：

千军赤壁一周郎，素手凝心半玉娘。
铜雀春深莺不语，东吴子弟小乔妆。

## 13 "倚云红杏笑春风
——高蟾愤然赋诗有幸获功名"

下第后上永崇高待郎

其一：

余心有怨半平生，草碧花红一枯荣。
雪村秋江春水暖，塘明九夏尽芙蓉。

其二：

日边红杏出墙来，天光桃李迎风开。
心中自有论横纵，日月年年一度梅。

## 14 "别有地天栖谪仙
——李太白悲剧一生的心路历程"

贵妃研墨问太平，力士国忠故事生。
逐金还山青莲去，玄宗调羹半声名。

## 15 "忍说重逢仍死别
——悲欢离合写满赵倚楼"

长安柳绿一使君，浙帅青娥半夜云。
横水依楼情自重，香魂杳杳问芳芬。

## 16 "睡痰脸上何人拭
——宰相娄师德然宰肚里能撑船"

心中三寸田，地上一生年。
此去为人下，肚里能撑船。

## 17 "自重何曾真见弃
——孟浩然与唐玄宗"

其一：

洞庭波涌小姑闲，不才明主弃御颜。
谁问终南山下客，朝朝暮暮不待还。

其二：

明主一士终南弃，波涌洞庭孟浩然。
汐去潮来云梦泽，朝思暮愁一孤泉。

## 18 "呕心只为天惊句
——李贺的小布袋究能装得下多少好诗"

燕山舞雪沙，一箭半人家。
御酒三边醉，神州夕照斜。

## 19 "滕王阁上诗，谁识一王勃"

云烟渺茫一江东，滕王高阁半秋风。
暮色霞光平九脉，龙门勃发尽飞鸿。

## 20 "意足终南望余雪
——被破格录取的祖咏重陷人生困境"

其一：

祖咏终南雪不消，明光不减济云桥。
山中皓素长安市，玉洁莲花待早朝。

其二：

化作春云泽婧瑛，秋明尤问肃天平。
浮云直上南门客，下搂江河万物生。

其三：

玉色半冠明，终南一泽生。

知时寒暖问，九脉待春荣。
落洁浮云近，重林拥太平。
惊呼千虫蛰，雨润万家清。

### 21 "何曾高士叹途穷
——品德高尚的司空图连盗寇也敬畏"
初一无明十五明，高人司徒半穷生。
云云盗寇王官谷，日月朗朗三休成。

### 22 "性傲才高阻力多
——薛逢一再讥讽"差同学，当宰相""
天高地厚是多少，人前事后问鹭晓。
人生拾得相知足，不识时令应为了。

### 23 "叛臣空负射雕才
——'落雕御史'高骈空有高才遭摆布"
落雕御史问诸官，消日渔船五湖东。
岁岁年成何就，正正逆逆一生空。

### 24 "谗言终使官难做
——张正直高才难道为赏钱"
登单于台歌

其一：
黄河日边来，燕赵拜金台。
易水寒流去，梅花疏影开。

其二：
江南细雨沾纤草，塞北淡云泡落花。
水阔江湖明两岸，天高日问千家。

### 25 "谢诗差幸人原谅
——崔橹谢罪诗真是戒酒良方"
东风不力玉壶羞，细雨平明冰心流。
杜牧人心时蕴藉，崔橹谢罪谁应酬。

### 26 "长安米贵居何易
——白居易早年立足京师"
长安米贵一乐天，居易香山半仕泉。
略识之无原上草，杭州尤耕有心田。
莺鸣柳浪鱼跃水，夜问西湖月含烟。
塔上扬名白堤岸，还归下邳夕阳岭。

### 27 "任是女含难动心
——陈陶的坚贞操守小伎为之感动"
陈陶三教布衣巾，严宇莲花入客邻。
云雨巫山阳台岸，中原帝子楚君嫔。

剑浦玉影明阙暗，九脉山中草木深。
暮暮朗朗江川水，来来去去地天人。

### 28 "情断可堪桥不断
——雍陶刺史情意难尽改桥名"

其一：三峡
云重千岩暗，夕照一江华。
水浮平空峡，猿鸣仄舟家。

其二：折柳桥
江清淑玉声，影暗落霞明。
折柳浮云重，扶桥沉雨情。

### 29 "不信萧郎是路人
——崔郊与戎昱同怜于頔元帅"
巫山云雨两芳芬，阳台音琴一碧裙。
于頔萧郎天下客，陌路侯门但闻君。

### 30 "势盛杨家真炙手
——杨钊，张易之子，玄宗赐名国忠"
周皇易之一国忠，武曌玄宗半旧宫。
虢国韩秦倾四合，曲江柳岸雨云中。
人心沉浸芙蓉色，胡子开元盛世终。
谁问贵妃知儿女，唐家不主水流东。

### 31 "绿叶阴中怅杜郎
——杜牧凄美人生"
一日无非十四年，平生御史半芳妍。
洛阳司徒惊堂奥，言下云英三寸田。
夜漫青楼扬州梦，张祐却忘玉纤纤。
香凝脂浸湖州艳，留下叹问女娲。

### 32 "蜂蝶哪容侵瘦菊
——坚贞自守的女人"
十五寒宫一日园，朝云暮雨半心田。
平生茹苦菊花见，去去来来耕岁年。

### 33 "一诗生死定终身
——郑还古说是不幸也是幸"
唐人一赵颜，进士半深山。
真真明媚女，人心绿珠还。

### 34 "帝泽岂如和尚泽
——王贞白逃不脱和尚掌中字(王贞白字有道)"
御水西东流，和尚南北楼。
波中明有道，四十问贯休。

### 35 "梦里相思不去心"
唐旺词
六合待十娘，五味问七郎。
生前浓疏泽，梦后桃李香。

### 36 "登第凭谁怜下第
——温宪酒后题诗寺院"

其一：
年年寒食半清明，岁岁声名一品荣。
及第长安人落第，杨花柳絮延昌情。

其二：
明泉日月明，疏影雨云平。
小舟凭来去，丹青任纵横。

### 37 "红颜感义因诗死
——燕子楼关盼盼因居易诗而死"
步关盼盼韵

其一：
一寸相思一寸霜，半家灯火半家床。
心寒冷食心寒尽，隔岸声鸣隔岸长。

其二：
尚书一去不知回，乳燕双双自去来。
夜尽霓裳空自锁，知音粉黛守心灰。

其三：
燕子楼空雨如烟，华堂旧酒月半弦。
千家曲尽无颜色，一日香消足百年。

### 38 燕子楼

其一：
燕子空余燕子楼，江苏不尽一徐州。
还知尚书情思在，谁问舍人是非流。

其二：
人去楼空一水东，乐天客言半曲终。
相知燕子春泥暖，尤有尚书细晕红。

### 39 "神膏救女谢良媒"
姑苏洞庭
一夜春心半薄纱，五湖碧玉两山斜。
梅花岭上香波色，雨落台城帝子家。

## 40 "共看免役比诗才

——露拚沙鹤起，人卧钓船流"

沙平一蜇惊，柳仄半清明。
月移关山度，人和隋水荣。

## 41 "感激何人知将相

——刘禹锡史诗记录官军突袭蔡州城"

感激皆涕零 平蔡行
汝南李愬蔡州城，裴度刘郎泾渭声。
鼓角平明霏血重，感激涕零一和平。

## 42 "难禁贱人忙嫁人

——面对女人变节房千里果然志千里"

一秋月色一秋霜，千夜风声半夜凉。
万里江湖横剑客，千家玉影锁鱼梁。

## 43 "缘结军衣一首诗"

未央宫中情不眠，护庭都府石沙宣。
边军征战折金甲，马生僖宗守四川。
春秋
情心夜烛开，玉锁晓妆来。
暮雨草露水，朝云花江台。

## 44 "美眷能飞仗老奴

——昆嵩奴月十五园红绡"

月色园中流玉泉，蓬莱岛上问婵娟。
云中梦里倾心见，半寄相思半寄怜。

## 45 "八斗才高独眼龙

——座师开玩笑的皮日休竟开黄巢玩笑"

醉士皮日休，侍郎两日忧。
黄巢心不快，隔岸水流断。

## 46 "桃花几度笑刘郎"

刘禹锡

其一：

郎州司马一人家，白石玄都半落花。
昔日堂前王谢客，如今庶子问桑麻。

其二：

长安五月桃花开，三度刘郎楚辞回。
小子云消朝夕尽，红尘看破去由来。

其三：

十四年中七八州，春秋不尽半清流。

桃花九亩玄都观，一世陵轹上下忧。

## 47 "昌符成败惟奴婢"

其一：

次次浮浮半旧娘，朝朝暮暮一红妆。
镜中日月春花冷，野草芳香天事荒。

其二：

柳岸春江一水流，云烟雨色半青楼。
悠悠落落音琴曲，儒儒婷婷碧玉愁。

## 48 "哀挽情悲沈亚之"

弄玉箫声一曲终，穆云亚之半秦宫。
香波月下桃花落，不梦黄粱水色东。

## 49 "伪官幸仕一诗救

——王维为保名节不惜用瘖药"

蜀川半日雨生烟，摩诘千年三寸田。
暮尽明皇安史乱，丹青月下一婵娟。
汉诏未闻宫凝碧，万户心音玉笛咽。
朝凤百鸟子朝天，九脉归来断雷么。

## 50 "奇节玉箫生死爱

——封疆大吏韦皋夫人奇异生死缘"

桂树寒宫影西斜，箫音不断玉人家。
五年七载十六岁，白石郡王重碧纱。

## 51 "燕书能感丈夫归

——玉京归燕冢，任宗问燕书"

春燕寄书问荆州，任宗仲隋入旧流。
故翼知飞独自单，张说喂文留春秋。

## 52 "几家红叶是良媒"

御水流红一素怀，情重女儿半裙钗。
深宫顾况于君咏，可叹明王拾玉阶。

## 53 "缕金箱启情人死

——欧阳詹与乐伎情事俱终"

西问秦州万里云，东归晋右半家君。
一年不胜相思病，十日欧阳追旧裙。

## 54 "救人自救惜琦行"

千家烛火一心遥，五蕴清心半玉桥。
七月中元长生殿，芙蓉苑里去来消。

## 55 "捷才能餍权臣魄

——武则天笑左司郎中张之一对自家人被嘲"

花明石榴裙，草岸左司君。
有字唐家碑，无心武氅云。

## 56 "敢却珍珠江采萍"

夜赋楼东一采萍，珍珠退去半零丁。
薏宫叶落秋光尽，故殿梅花影疏庭。

## 57 "观中妒杀女诗人

——鱼玄机"

咸宜观中幼微生，心前嫉妒绿翘情。
春津玉坛音琴多，题字金阙慕虚名。

## 58 "劝夫立志死夫事

——洁身自好的宰相夫人王韫秀"

清心洁身一侯门，三十余年女儿村。
问至冠带断旧日，昭阳殿下尽黄昏。

## 59 "阴阳同许抱幽贞"

天明三古尘，夜半一春津。
去去来来客，朝朝暮暮人。

## 60 "诗佛吟诗救饼师

——王维仗义执言赋诗感宁王李宪"

秋霜一度半波春，骤雨云平一 楚人。
摩诘宁王闻息妫，心明拾得暗君尘。

## 61 "别开生面写将军"

凌烟阁里阎立本，太宗殿上画功臣。
七十年来闻曹霸，始知曹操旧将军。

## 62 "添钉脑后成遗恨

——卢仝七碗"

一日一人生，千年半枯荣。
卢山甘露变，七碗留声名。

## 63 "春风得意看名花

——湖州人孟郊一日看尽长安花"

十里长亭游子吟，千年诗书自鸣琴。
金榜及第生平尽，得意春风父母心。

## 64 "忍向扬州营墓田

——张祜"

十里扬州三寸田，一桥玉笛半云烟。
琼花五月人心近，月色湖清客自怜。

## 吕长春格律诗词六万八千首（全四册）

### 65 "燕儿救得相公命
——张九龄：咏燕"
博物一人来，中书半章台。
玄宗知忘国，燕子故乡回。

### 66 "古人诗格欣重立
——陈子昂"
任侠仗义半名吟，幽州台上一古今。
只有蜀人陈子昂，胡琴原唱不知音。

### 67 "一字师传郑鹧鸪"
两岭阳斜旧亭台，依云疏影客时开。
幽香随月春泥满，素艳凭心玉色来。

### 68 "棱棱傲骨识诗僧
——贯休"

**其一：**
江浙碧色一千楼，草木苏杭十八州。
隋水吴波明日月，钱塘西子泽光流。

**其二：**
山光水色一千楼，雨淡云烟十八州。
草碧花明朝朝野尽，江湖月夜两春秋。

### 69 "强盗何曾不解诗
——李涉清溪子定居香庐峰白鹿洞"

**其一：**
书生夜客一将军，楚囚诗名半剑云。
白鹿庐山学李涉，江村犹有梦中闻。

**其二：**
排空一字半云深，故影千行万古今。
籍竹潇湘流泪尽，衡阳夜客问人心。

### 70 "辛酸帝子求官路
——皇帝外甥刘得仁"
一生尘土一时消，半壁相思半路遥。
犹见云峰明御苑，江湖谁问落花潮。

### 71 "成也因诗败也诗
——李白欣赏的崔颢却被李邕骂"

**其一：**
姑苏村外柳，隋水陆中舟。
碧玉家人问，平桥淡水流。

**其二：**
汴人半春秋，黄鹤一楚楼。
崔君鸣古意，折节读苏州。

### 72 "卷土重来怜项羽"
八十子弟大江东，西出洛阳阿房宫。
不问兵家成败高，汉汉楚楚万年空。

### 73 "避奸诗作遭奸恨
——左相李适之辞而被李林甫害"
官相患罢摧，八仙不衔杯。
少保心思客，无人入纹来。

### 74 "白傅诗情老妪知"
斜阳浮岭树，柳絮上杨花。
谁问春秋故，江山万人家。

### 75 "貌丑惊逃相门女
——杭州罗隐"
雪月春花半古今，江南塞北一浮云。
船平载尽霖铃雨，不觉年年柳色深。

### 76 "游仙诗罢忍成仙
——曹唐与罗隐"
山高流水音，白石问人心。
不见荒原远，啸啸卧痕深。

### 77 "诗仙别有清平调
——李白"

**其一：**
心轻情重群玉聆，杨花离絮半音听。
沉香凝碧昭阳月，色暗江南一采萍。
太湖

**其二：**
杨花一落墙，柳丝半凝光。
碧水浮明色，杏花沉玉香。
江湖船近远，泽浦日天荒。
草木河山客，心中旧梦乡。

### 78 "杀杜居然成杜名
——罗虬赋诗百首只为误杀所爱人红儿"
江霞落尽夕阳深，碧色光华草木心。
尘外窈娘情有恨，花红日月半香吟。

### 79 "生吞活剥张怀庆
——活剥张昌龄，生吞郭正一"
枣强开花一绿生，怀庆碧岸半红明。
高门月色微微暗，夜窗清光淡淡晴。
冯媛凝脂秦岭玉，阿娇一曲满汉城。
生情缕月零丁字，出性裁云问别名。

### 80 "墓里人讥田舍翁
——沈彬，字子文，筠州高安人"
人心不出门，紫府问明村。
白石光阳色，来时去队痕。

### 81 "面试华章倚马成
——李端与钱起"

**其一：**
升平日上一风流，李端钱起半问候。
玉笛声声云远近，文华虚影红楼。
桃花源里山依旧，五柳声名不问秋。
日暮堂明高客筝，萧郎旧结去无忧。

**其二：**
吴江隋水一东流，项羽刘邦半御楼。
楚人汉王闻雀跃，名华子弟不封侯。

**其三：**
吴江柳岸草芊芊，岭树梅花月色园。
西厢阿娇鸣玉笛，东楼念奴弄管弦。
春云不泽渔樵夫，秋雨实惠半亩田。
月色洞庭明水岸，寒山拾得雨云烟。

### 82 "无暇探春惟育子——谭意歌"
潇湘日上一春回，雨落梅花半日开。
洗净人君流水去，相思不尽故心来。

### 83 "后娘虐待凭谁谴"
六事开元谐世龙，幽州帅卒问玄宗。
人心月色知相照，留下残妆度严冬。

### 84 "非关和尚独推敲"
渭水秋风一夜寒，南山落叶半长安。
钟声古刹园园守，推敲禅文字字难。

### 85 "画壁旗亭赌风雅"

**其一：**
霜浮渭水湾，雪封终南山。

素怀千宫色，长安一玉颜。

**其二：王昌龄、高适、王之涣**

夜雨连江一舟寒，心中有泪半妆残。
平明奉扫宫门近，无力春风问女冠。

## 86 "人面桃花笑崔护"

年年三月桃花开，日暖心明玉影来。
但见人今某在斯，桃花依旧循音回。

## 87 "自有凤凰胜黄鹤"

黄鹤西辞龟山楼，楚水东去汉水流。
渺渺浮云乡梦远，萋萋草色客心羞。
宫中馆娃闻吴房，一鸣惊人作楚侯。
任问两江凤凰台，君听三鼓鹦鹉洲。

## 88 "水国谁知无限愁"

——李群玉诗才惊动二妃临

文山一语蕴千愁，斑竹青光泪万流。
雨色平湖惊古祠，扶桑旧客问湘楼。
小姑浦渚烟波尽，二妃荣华故水秋。
日暮斜阳温芳苍，山深月落玉心羞。

## 89 "写罢宫词哭野田"

——王建临危笑使'杀手铜'

四时一年春，五湖九脉津。
深宫明日月，天下正衣巾。

## 90 "回头浪子忆豪情"

——完人韦应物的'忏悔录'

人生老幼谁无情，泾渭同流未分明。
唯有心思平四野，来来去去自纵横。

## 91 "诗成宰相恨何多"

——武元衡

唐相一元衡，半国二王中。
草木天光近，晓君日未明。
高堂思旧事，夜客问平生。
身后声名尽，德宗重延英。

## 92 "爱友亲民柳柳州"

——柳宗元患难见真情

**其一：**

沉沉浮浮一云烟，柳柳州州十二年。
贬谪洞庭荒日月，扬波永贞半晴天。
朱弦谢客春秋去，寂寞心中种柑田。
夕照二王八司马，今今古古何时园。

**其二：**

永贞年中柳柳州，贬谪江湖日月流。
古古今今天谢者，人人岁岁一春秋。

## 93 "二人冤死岂缘诗

——左司郎中乔知之与窈娘"

知之不得问窈娘，金谷家人绿珠堂。
承嗣骄奢横御府，侯门井月夜秋长。
明珠有泪年年尽，碧玉尚清岁岁凉。
完竟人间情何物，生生死死两茫茫。

## 94 "肠断一声'何满子'"

唐武宗与孟才人一曲断肠

**其一：**

一曲肠断孟才人，武宗不去客云津。
深宫何处何满子，半日笙箫半日春。

**其二：何满子**

深宫月色堂，故客玉人妆。
曲尽何满子，断音断孟肠。

## 95 "代作诗成夫妇欢

——朱温、朱淘诗"

十载窗明一日寒，今生尘暗半人千。
心中玉影驾被冷，布荆胡麻树影单。
夜下衣裙空脱落，春风无力画眉残。
光断烛泪声声远，谁问夫君向月看。

## 96 "何曾辜负一生心

——才子丑妇相敬如宾"

花开处处看花心，才子佳人玉笛音。
奉贤家中明月近，三元夜半抚鸣琴。

## 97 "名姓虽同官独封

——春城无处不飞花"

阳春白雪疏枝花，下里巴人暮日斜。
三弄梅花香雪海，小家碧玉一天涯。

## 98 "莫怪空门不识人

——杜牧佛门说世俗事"

文幺寺里一禅鸣，进士声名半日清。
上苑芳华明白石，空门寂寂有无平。

## 99 "恩怨分飞二十年

——李绅宰相爱才赠女"

**其一：**

三元及第半淮南，云雨分飞二十年。
三俊宰相知冷暖，相门赠人渡江船。

**其二：**

公垂六岁一孤人，三俊千诗半李绅。
粒粒辛苦天下事，宰相苑圃尽华春。
司空见惯韦娘曲，曲尽刘邦合衣巾。
刺使江南来过客，集贤府里梦中人。

## 100 "嗫嚅翁结放鱼情"

雨雨云云下农村，辛辛苦苦上龙门。
惊天动地黄河水，性寻鹘流竟乾坤。

## 101 "再逢何处问人生

——元稹"

**元白**

长安一半半梁州，宦仕辛名两水流。
司马乐天慈恩远，川君元稹问江楼。
杭州白堤平湖月，薛婆溪涛尽日忧。
西厢黄昏纹影暗，风花雪月是春秋。

# 十一、《唐诗的故事》

王曙 著　北京工业大学出版社
2007年1月第1版　2007年1月第1次印刷

---

1 秦时阿房汉家楼，隋炀音韵唐代修。
万古智慧佛道儒，千年兴衰逆引舟。

**2 闻王昌龄 高适 王之涣之唱 李涉夜客韩翃谒王 贾岛 韩愈推敲之作**

寒江夜雨玉心孤，章台烟云有是无。
叶落秋宫明白石，阳关尘暗一丈夫。
长安推敲禅音寺，日暮汉家传蜡烛。
绿林豪客先称子，开箧私读日前书。

## 第一章　帝国之都

**3 李世民《帝京篇》**

四关对峙一长安，八水平流半暖寒。
贞观唐人天下治，斜阳无限旧朝冠。

**4 贺知章《咏柳》**

门前三修竹，心里半部书。
客暗平生路，堂明问有无。

**5 明文征明《野渡无人舟自横》画作**

上马河边江波平，高堂草峰玉人情。
野塘荷落闻风雨，碧叶黄莺向旧鸣。

**6 清潘振镛《坐看牵牛织女星》**

十里长安问水萍，千年七夕暗云屏。
心中牵牛依人问，唯有相思梦里听。

**7 祖咏《终南望余雪》**

冠浮终南山，雪暗玉门关。
林影泉溪水，天云月色颜。

**8 苏味道《正月十五夜》**

宰相模棱一京城，李武朝堂半宦清。
无字碑前苏味道，人知上下是纵横。

**9 岑参《和贾至舍人早朝大明宫之作》**

紫阳南薰殿，碧落沉香亭。
星辞晓光峰，莺鸣露草莛。
皇州云色淡，凤池客中庭。
白雪阳春曲，心音巴人听。

**10 清改琦《长安市上酒家眠》**

桃花十里一清潭，酒肆千家半雨烟。
醉酒平明闻不醉，泾川谁问御家眠。

**11 刘禹锡《赏牡丹》**

庭前牡丹一光明，观里桃花多不平。
十载刘郎堂外客，长安仆从半京城。

**12 崔护《题都城南庄》**

桃花岁岁一古风，女儿心思半颜红。
崔郎人生家外客，博陵还寄问重逢。

**13 张潮《采莲词》**

心平小舟碧湖东，玉影波光醉荷中。
日暮江明闻织女，牛郎不在草天空。

## 第二章　唐玄宗与杨贵妃

**14 清袁江《汉皇重色思倾国》**

太液芙蓉玉色华，长安碧柳万千家。
明皇羽衣霓裳舞，后庭花姬树影斜。
暮重寒宫瑶池客，骊山应如浪淘沙。
怜心七夕海棠汤，始觉高堂话桑麻。

**15 张祜《雨霖铃》**

夜雨霖铃半无音，长生殿暗一云深。
倾城一舞胡人至，上苑分明旧日心。

**16 清康涛《七月七日长生殿》**

海棠出浴羞华莲，未着红妆凝玉环。
无力东风花色淡，倾城一舞蓬莱妍。
明皇子弟堂前曲，未央宫廷半夜弦。
四十八年情谊旧，长生七夕故心田。

**17 唐佚名《杨贵妃上马图》**

其一：

杨家四国四倾龙，一代开元一玄宗。
不着粉黛姿色好，人中功夫尽华容。

其二：

七夕心情半西秦，唐家媚丽一女身。
春明无力华清池，贵妃只是梦里人。

**18 清袁江《四更吐山月，残夜水明楼》**

明楼一水湾，暗岭半秋山。
落叶浮云尽，雁辞玉门关。

**19 清石涛《低头思故乡》**

其一：

三间明堂一峰山，云林两壁半清闲。
平湖月色相思雨，望断江流去不还。

其二：

数尽寒光上下弦，书生可叹不耕田。
平平仄仄心音乱，三进院庭月色怜。

**20 安史之乱**

天宝烽火十五年，刀剑寄舒守家田。
朝中朝姬舞天下，相知渔阳安史宣。
谁问人亡三千万，城乡举目无家全。
玄宗只叹霖铃雨，不及鲁娥惜葵园。

## 第三章　九曲黄河

**21 九曲黄河十八弯，东流十省一元根**

平明四渎山环抱，始谓汉家黄水村。
直臣长沙雁丘问，中原逐鹿跃龙门。
吟啸何妨浪淘尽，且辞朝阳接暮昏。

## 22 黄河

**其一：**

水暗一昆仑，天明半乾坤。
千山鸣鸟尽，四渎万龙门。
黄河汉家呼，湾中夕照村。
东流沧海去，三古故人根。

**其二：**

女儿织锦牛耕田，蒲昌海水问张骞。
清清浊浊千年去，淡淡平平万缺圆。
曲曲湾湾沙滩渍，洋洋落落九脉传。
洛书河图周易出，留下神州好山川。

## 第四章

### 23 王之涣《登鹳雀楼》

**其一：**

楼明鹳雀水，暮寒雪花山。
岭高斜阳树，人心居庸关。

**其二：**

斜阳只照雪花山，鹳雀浦州女儿颜。
欲求人心知远近，闺华只有待君还。

**其三：**

斜阳中条山，鹳雀西山弯。
岭上心无限，汉人不言还。

### 24 元好问《雁丘》

汾水飞雁沉，元君半丘寒。
秦川舒卷易，故土俯仰难。
谁问衡阳雁，中岳两翼残。
情怜半儿女，天下一峦冠。

### 25 明周臣《香山九老图轴》

君子林中九君子，香山叶下一香山。
华章未尽华章续，酒醉无醒酒醉颜。

### 26 白居易《友人夜访》

竹影心中动，菊花篱边开。
琴音鸣叶落，月淡故人来。

### 27 

峰光树影洛神浦，桑榆芳华窈娘堤。
晓月天津平明色，龙门水暗未莺啼。

## 第五章

### 28 诗意长江

千年水暗川云暮，一石浮沉五江村。
白盐山开平赤甲，雀鸣不住问夔门。

### 29《白帝城》

白帝只箸白帝宫，夔石紫阳夔石中。
不由五莽知西汉，长安未止一江东。

### 30 刘禹锡《巫山神女庙》

**其一：**

半蜀半吴半楚水，一天一地一江华。
山中云雨重情出，原来高峡玉女家。

**其二：**

巫山三峡十二峰，一水长江九脉东。
应问瑶姬川壑断，云风雨重几飞鸿。
公孙白帝子阳去，李端江寒楚王宫。
循之光明江色暗，皇甫暮落是天空。

### 31 李白《渡荆门送别》

横流十万川，纵观五千年。
楚客山河外，荒流三峡前。

### 32 张说《和尹从事懋泛洞庭》

万里明湖碧水天，千年草木色青莲。
忧心不尽洞庭尽，谁问岳阳去客船。

### 33 白居易《题岳阳楼》

洞庭水问岳阳楼，秋实春花几何休。
又有后庭花玉树，长江不尽济天流。
晓桥夕色平津度，万里江湖日月忧。
但见归舟闻草木，烟波有语무人愁。

### 34 明佚名《东风不与周郎便》

蜀客吴人三寸田，东风只借不还年。
将军有勇开黄盖，二主筹谋向草船。
上若重情难灭曹，家国鼎立一君天。
心中小乔江流问，谁解相思女儿怜。

### 35 明安正文《黄鹤楼轴图》

芳心碧影游，夜色逐天流。
黄鹤楼明水，汉江月淡秋。

### 36 清关槐《黄鹤一去不复返》

荆州水淡暗长沙，鹤去汉阳不问家。
两岸洄流帆楫待，夔门一出尽江花。

### 37 李白《望庐山瀑布》

香庐寺下一江流，万岭千泉九脉头。
此水湘明净直臣，江山未改半春秋。

### 38 明谢时臣《飞流直下三千尺》

庐山可望、不可及也
匡庐天水挂溪泉，三叠云林半雨烟。
落日归山峰岭色，江花树影一千帆。

### 39 禅

心平一佛生，悟净八方明。
拾得千平仄，江山半枯荣。

### 40 清 王恒《槛外长江空自流》

王勃一赋半洪州，四座惊华一水流。
雨色江平明伯屿，秋郡阁颐碧光游。
江湖倚势高云淡，天下人中日月楼。
何处帝王兴废去，荣荣枯枯问无休。

### 41 清石涛《孤帆一片日边来》

千年风雨半蹉跎，万里潇湘一苑荷。
背市临川洋泽暗，来来去去月如梭。
红霞落浦明漪远，夹岸秋鹜问旧波。
碧色长江流不尽，闲云随水罢啸歌。

### 42 清石涛《两岸青山相对出》

西梁东梁水色天，湘江楚江一孤帆。
江山不尽人何处，谁问太白酒里眠。

### 43 刘郎《西塞山怀古》

元白刘郎楚客羞，长江万里问江楼。
汉时水色晋明暗，两分蜀吴半升州。
二水三山依旧去，秦淮曲折向东流。
金陵赤壁仲谋近，故垒章台一叶秋。

### 44 韦庄《台城》

二水三山半金陵，八荒六朝一台城。
潘妃沽酒空阅武，旧日梅花暮色明。

### 45 秦淮

明时无色不清明，不容书生读书生。
玉树还思陈后主，秦淮不负玉楼名。

### 46 佛家江南

汉时般若吴时钟，建初寺里一禅封。

心中石头东山去，一叶渡江少林踪。

### 47 扬州
扬州水色厌江湖，碧草丹阳楚客疏。
三月琼花明玉笛，香云夜半入姑苏。

### 48 张继《枫桥夜泊》
寒山寺外三更钟，拾得心中半卧龙。
不问张继闻夜泊，欧阳未解看秋松。

### 49 白居易《余杭形胜》
人间尽知一钱塘，运河东流半隋炀。
不知长城平铁甲，沙场万里谁名芳。

### 50 白居易《溪村》
扁舟残叶一溪村，暮色平明半水门。
隔岸梅花还疏影，心思无限尽黄昏。

### 51 骆宾王《军中登城楼》
一杯亡土半长江，十地隋河一钱塘。
石榴裙中武曌去，蝉鸣西陵骆宾王。
灵隐寺中宋之问，门对江潮桂子香。
尤问孤媚无字碑，高洁未可万人芳。

## 第六章　蜀地繁华

### 52 清袁耀《蜀道之难难于上青天》
蜀人未问剑门关，不渡川江滟滪滩。
岭暗花明秦栈道，春光蚕是从半云颜。
峻峰米苍黄鹄栖，夜雨巴峡猿猿艰。
侧畔长安闻客去，家乡只守不出山。

### 53 清袁耀
山从人面起，云傍马头生。
一水一人生，半花半蜀城。
川明巴里树，月照巫峡晴。
府上山仰止，人间色俯平。
朝朝夕客谢，暮暮问归情。

### 54 新安俞士仁杜甫《江畔独步寻花》画作
月轻锦官城，云重玉柳轻。
花明江峰雨，水淡去流清。
客寻黄四娘，溪光醉酒声。
春心桃边树，草碧问人鸣。

### 55 成都草堂
少陵草屋半朝冠，客舍江村一袖寒。
渡口泛溪明水岸，锦花影重尽青丹。

### 56 明戴进《三顾频烦天下计》
三顾茅庐一人心，五虎上将半臣音。
小道华容君子言，天无灭曹雨云深。

### 57 清孙忆《出师未捷身先死》
松柏常向惠陵东，犹问甘棠敬昭公。
蜀道难予出师表，还思白帝尽居躬。

### 58 杜甫《琴台》
一曲凤求凰，半壁卓文君。
夜烛胡姬酒，朝花湿罗裙。
琴台知寂寂，灌口雨纷纷。
草色茂陵暗，锦官石犀云。

## 第七章　献诗干谒

### 59 明项圣谟"明月松间照，清泉石上流"

**其一：**
一岁一春秋，平生四海游。
禅音鸣十郡，无桨殿九州。
暮色空山寺，溪流晚渡舟。
芳明松子落，月淡玉莲楼。

**其二：**
知音摩诘琴，红豆玉真心。
不向岐王问，状元一枝阴。

### 60 朱庆余《闺意上张水部》
宫廷上下半君忧，宦海沉浮一孤舟。
十载寒门明论语，千家弟子付东流。
居易离离原中草，待晓堂前拜舅侯。
不及公卿开御锁，斜阳未尽几春秋。

### 61 陈子昂《登幽州台歌》
胡琴身碎陈子昂，惊落长安续旧章。
一呼幽州台水暗，悠悠天地日月乡。

### 62 孟浩然《岁暮归南山》
浩然未吟岳阳东，不识庭筠玄宗公。
日冕浮华明主弃，云冠水波一江空。

### 63 清钱慧安《花落知多少》
烛光芳明晓，香泥月落鸟。
云烟疏影重，夜梦知多少。

### 64 钱起《舟兴》
浦霞一钓船，板桥半香烟。
色满湖前树，云平月下莲。

### 65 临江仙《湘灵鼓瑟》
竹泪青名芳旧浦，汀兰岸芷洞庭。
苍梧不尽小姑情。帝君流去水，
曲尽未人平。自古湘君潇瑟冷，
云重雨淡华清。江舟月色色濛濛，
千家忡九脉，万里问纵横。

### 66 孟郊《游子吟》
山深三寸草，水下一春高。
老母相思子，人来自不消。

### 67 章孝标《归燕词辞工部侍郎》
一春一子一沙尘，半日半家一轮巾。
月月俯仰飞柳叶，年年寻栖书香门。

### 68 温庭筠《菩萨蛮》
有弦即弄杏园林，见孔声平柳巷心。
宰辅赵公李商隐，郭令庭筠中书吟。
金秋玉步鹦鹉赋，禁苑池沼凤凰吟。
重叠峨眉菩萨蛮，云雨不及方城深。

### 69 温庭筠《商山早行》
浦口沙洲三五塘，排云至上一千行。
惊心落叶江湖暗，犹及花间客梦荒。
夜月弦平星河雾，人迹谁踏板桥霜。
玉门一望啸啸去，只向阳关问天光。

## 第八章　关于长生

### 70 古今叹
祖龙墓下一扶苏，暮色茂陵半汉奴。
建章宫中承玉露，帝王丘垒不知孤。
仙人泪尽声千里，未解曹睿人有无。
三十六宫今何处，荒烟落日照旧株。

## 第九章　唐人边塞诗

71 万里荒漠一岁秋，千年旧垣半城楼。
朝辉暮色明阳社，古往今来日月游。

草木枯荣知四季，山云浮沉几时休。
沙光尘塞金甲尽，未见黄河清净流。

**72 清袁江《溪云初起日沉阁山雨欲来风满楼》**

暮雨风声一旧楼，春江草岸半东流。
云重water暗山川落，色轻潮扬逐扁舟。

**73 李益《盐州过胡儿饮马泉》**

刘琨一夜胡笳人，十里寒光边塞尘。
柳岸中原明月夜，杨花落尽九州春。

**74 清袁耀《山雨欲来风满楼》**

云烟碧沉林，暮色水浮金。
草木山风雨，松竹自根深。

**75 陈陶《陇西行》**

三叠阳关半胡尘，五湖暮色一春津。
相思过从红烛始，一望渭城泪沾巾。

**76 李益《度破讷沙》**

楼兰不闭玉门关，戈壁扬沙半阴山。
月色弦明青冢问，心中一处梦红颜。

**77 长城**

日落平沙半月消，峰明草暗一江桥。
将军三箭天山去，旧塞金甲霍骠姚。
可敦弘化吐谷浑，文成公主西藏遥。
沙州村西秦川北，铁柱唐家作一标。

**78 玉门关**

阳关三叠半沙山，塞外胡笳一红颜。
渔舟唱晚吴水月，阳春白雪玉门关。

**79 杜牧《河湟》**

元载衣冠夺西市，宪宗遗弓不东巡。
凉州牧羊胡服舞，白发还思五柳人。

**80 薛逢《凉州词》**

凉州西州十一州，泾水渭水两水流。
丝绸路上闻故曲，月下长安寻旧楼。

**81 岑参《天山雪歌送萧治归京》**

天山雪水一伊州，冰封昆仑半玉楼。
日落交河残垣旧，云高叶落北庭秋。

**82 玉门词**

千山万山梅花开，一点二点故城台。

玉关玉妆十八州，故人故心暗香来。

**83 交河**

交河故国夕阳斜，尘断残垣万里沙。
暮色茫茫光被厚，千年淡淡谁人家。

**84 春**

昆仑一夜鼓钟声，御街千家日月明。
异土风光平故旧，庭州客问炼丹城。

**85 楼兰**

荒漠沉尘玉门东，未斩楼兰问去鸿。
折戟沙明云起落，余晖不及旧残宫。

**86 岑参《题僧读经堂》**

开轩万里天，闭谷三藏禅。
慧觉知心静，钟声问清泉。

**87 高昌故城**

日落沙明一高昌，余光犹蒸半荒疆。
君心不必秦皇帝，怨尽琵琶问寂凉。

**88 王昌龄《从军行》**

碎叶城东半月圆，春风无雨玉门田。
天山九月寒刀冽，不去楼兰终不眠。
花明五原问库车，薛平三箭射成边。
居然国外天骄子，尤见胡姬舞翩翩。

## 第十章　大唐艺术

**89 王维《赠裴旻将军》**

裴旻北平万箭倾，云中剑器一天兵。
射虎三十华城里，只留将军故时名。

**90 李思训吴道子与"宣和画谱"**

三绝朝冠一世兴，千川水色半江陵。
王命思训吴道子，张旭丹青裴旻膺。

**91 唐周昉《簪花仕女图》**

韩干周昉一纵横，似有还无半私情。
问妇知心神意会，不是相思是人生。

**92 王维《竹里馆》**

一半田园一半山，千杆碧竹九流弯。
琴音淡淡和风雨，月色明明野草间。

**93 王维《幽居》**

月色半孤烟，幽居一青莲。

五柳松竹里，琴音醉不眠。

**94 唐周昉《簪花仕女图》**

丰颊酥胸肩无惰，雪肌脂肤玉色浓。
吴宫楚姬芊腰细，仕女无音问玄宗。
酒醉牡丹华汤暖，簪花拈草半芙蓉。
婷婷婉婉香波里，艳俏情中自不穷。

**95 王维《辋川图》**

堂中日月一川明，窗外湖山半辋清。
咫尺天涯千幅画，长安雨色万诗城。
琵琶进士人心短，留取丹青忆纵横。
水浸寒光秋叶近，沧州月淡客禅鸣。

**96 康昆仑玄宗第一琵琶**

敦煌112窟中唐　反弹琵琶

柱柱弦弦五音工，弹弹拨拨六幺穷。
枫香调上昆仑奴，雨歇云断万念空。
寺里庄严杨柳曲，凉州道调胡人终。
传承一脉妍媚女，反弹琵琶入汉宫。

**97 玄宗第一笛李谟**

余音未尽去云回，未及孤生半曲开。
茅屋还明君何处，笛声只唤故人来。

**98 唐人宫乐**

五音未尽玄宗消，九女梨园弄韵潮。
筚篥声中幽妇泪，笛横紫陌上阳昭。
将军出塞琵琶响，月淡霜寒度临姚。
玉色华清凝肤脂，霓裳马嵬洛阳桥。

**99 杜甫《夜闻筚篥》**

筚篥声扬万竹声，江州司马五音鸣。
寒山寺外风霜叶，拾得江花隔岸明。
三叠阳关千石垒，人间指下一生名。
碧玉江湖邻家月，异客心中暗自惊。

**100 李贺《昌谷新竹》**

东风竹雨半云烟，玉影高洁一谷川。
隔岸青光枝节势，平平仄仄万家园。

**101 刘长卿《逢雪宿芙蓉山主人》**

日暮雪平山，人寒玉影关。
归心家书近，柴扉守去还。

**102 清胡锡珪《此物最相思》**

李龟年

其一：

小家碧玉一红豆，大家闺秀半清秋。
岁月梨园李龟年，霓裳贵妃玉颜羞。

其二：

潭州流落十余年，失题相思半月烟。
采尽红豆望何处，风清色淡不知眠。

**103 明佚名《教来掌上舞》**

明皇墓后半松生，公孙娘家一剑横。
绛眉广袖天地舞，清光锐器海山明。
倾城妇女安史乱，谢世文华梨园惊。
犹有余姿寒日映，声声不尽却无声。

**104 元稹《胡旋女》**

胡姬一舞纨，客姑半长安。
玉水芙蓉脂，倾城薄衫单。
霓裳明月色，不及玉人姗。
可叹玄宗去，心音不守冠。

**105 红衣舞女**

脱尽红衣舞妮姑，罗袍散落拓枝奴。
倾城婀娜长安日，眉目传心迷苏吴。
紫罗衫断裙裾去，朝云暮雨情不孤。
香波玉露胸白雪，谁问江山有是无。

**106 王建《霓裳词十首》**

轻薄霓裳重玉环，羽衣飘拂暗仙山。
华清水温云雨晚，星月依心问肤颜。

碧栏香汤情落落，阳台岥步意娴娴。
天生可叹一君子，半求佛道半求鼍。

**第十一章 唐朝妇女**

**107 唐侍女图**

三国夫人半倾城，一夜东风玉色明。
只教梨花园子弟，横笛犹尽江采萍。
阿蛮念奴声无尽，未问宁王梅妃情。
草碧上阳宫水冷，无心尤重有心生。

**108 崔郊《赠去婢》**

闺心泪下一衣巾，陌途平生半客人。
于頔侯门知绿珠，萧郎日月尽春珍。

**109 王建《镜听词》**

镜问心中半夜声，天河西岸一情明。
灯前有约春津梦，半着晓妆问阴晴。

**110 上阳宫人**

蝉声西陆鸣，洛谷上阳清。
谁问无字碑，桃花落尘生。

**111 明仇英《枫叶荻花秋瑟瑟》**

浔阳江岸一空船，暮阁滕王半晚烟。
杜宇啼声心犹冷，琵琶叹息月难眠。
长安不易怨杨柳，谷水阳宫洛水怜。
七情人间生俗愿，五音不全共婵娟。

**第十二章 诗歌、爱情与记忆**

**112 望帝春心一杜鹃**，庄生故梦半华年。
牛中李外无牛李，暮雨朝云失玉婵。

一纸华章平博古，半生仕宦庶人怜。
音断有谱年年忆，锦瑟无端五十弦。

**113 明佚名《烟花不堪剪》**

碧柳华阳水晶寒，人公况念张懿官。
阊门雨后吴宫殿，瑶台同心紫气澜。
一物相思生隔岸，来时容易去时难。
春花不尽管弦尽，物结青楼弃冕冠。

**114 李商隐《无题》**

一度刘郎一旧峦，半余情幸半前冠。
宓妃昨夜心中问，紫玉情江锁故澜。

**115 明周臣《霜叶红于二月花》**

半壁云烟半雨烟，清明一水一心田。
年年案几书香重，日日人心问地天。
得意春风花柳岸，琴音未尽汉江船。
多情总被相思误，普渡众生月上弦。

**116 明佚名《待月西厢下》**

普救寺明半书生，春心树下一莺鸣。
红娘西厢传音信，夜半花开尽私情。

**117 白居易《重到毓材宅有感》**

湘灵雨泪一珠明，玉脂芙蓉半水生。
夜色独眠怨衫冷，悬悬落落问香情。

**118 明佚名《蛩声入罗幕》**

一朝一夕一心空，半纬半经半西东。
织女牛郎长河岸，春明不问柳杨风。

# 十二、《原来唐诗可以这样读》

柏桦 著　中国广播电视出版社
2006年4月第1版　2006年4月第1次印刷

**初唐卷　青铜之光**

**（一）**

书香半世家，墨色一年华。
寂寂平天下，簌簌落枣花。

金阳朝夕重，日月浪淘沙。
草木明今古，人心满暮霞。

**1 王梵志《我昔未生时》**

无知是所知，去去是来时。

世上平生事，人中自己思。
蝉鸣心了了，岁岁枯荣枝。
上下千年尽，黎阳一唐诗。

## 2 寒山《时人见寒山》

**其一：**

江河玉壶关，空色度寒山。
去去来来间，荣荣辱辱还。
朝朝明万里，暮暮暗千颜。
曲径禅音重，春秋日月间。

**其二：寒山《杳杳寒山道》**

人心千世界，草木一秋春。
暮霞远峰明，朝晖进水珍。
空空浮日月，色色次滨津。
古古今今事，来来去去人。

**其三：**

拾得寒山一古今，国清寺里半人心。
黎阳白石中山垒，九曲黄河壶口音。

## 3 杨炯《从军行》

十里一云平，千年半书生。
孤王明隋水，万夫筑龙城。
上苑胡姬舞，芙蓉出水明。
音琴凝碧池，谁负将军名。

## 4 骆宾王《于易水送人》

山山落叶片残，燕赵易水寒。
一诺英雄尽，天明太子丹。

## 5 骆宾王《在狱咏蝉》

独木自成林，孤鸿岭外音。
潇湘闻楚客，竹影问清吟。
寺下门中海，潮平碧水深。
黄昏无限好，晚照是君心。

## 6 宋之问《题大庾岭北驿》

年中一度回，月下影徘徊。
徒因凉州冷，长安落叶催。
潇湘江岸忧，斑竹玉心来。
又饮故河水，家乡岭上梅。

## 7 沈佺期《独不见》

荣荣辱辱一黄粱，雨雨云云半草堂。
月色霜平水岸，山青树碧纳炎凉。
去鸣夜晚沙洲宿，落雁荒塘客鸳鸯。
寥寥人生长忧怨，心音只留忆辽阳。

## 8 陈子昂《感遇三十八首》其二

淡淡兰香素，芊芊杜若情。
心明来紫日，曲径去春荣。
暮暮朝朝雨，空空色色平。
君心凝上苑，不虚问冠名。

## 9 其三十四首

夕暮重清洲，名霞任滥游。
山光千水碧，草木一年秋。
色空蝉鸣树，云天月半楼。
啸啸情不已，寞寞叹东流。
燕赵数人忧，明堂尽沉浮。
广寒宫里客，易水度帆舟。
谁守江湖上，心华忘自羞。
家乡无万里，一语吴王侯。

## 10 陈子昂《燕昭王》

天明万古开，不见一人来。
谁问黄金尽，啸啸何处回。

## 11 陈子昂《春夜别友人》

川流半雨烟，楚客一华年。
离岸琴音断，长亭月未圆。
村桥杨柳折，指日采青莲。
只任江湖去，人间共地天。

## 12 陈子昂《登幽州台歌》

**其一：**

天地一苍苍，人生半茫茫。
啸啸古今去来，年年草木青黄。

**其二：**

暮落一山光，无尽半炎凉。
天地去来古今，人间沉浮兴亡。
悠悠黄台上，一山栋梁一荒塘。

## 13 杜审言《和晋陵陆丞早春游望》

平心一故人，循道半生身。
隋水明同里，钱塘海日春。
波华吴草碧，浦泽西湖纯。
折柳佳人问，江南尽儒巾。

## 14 贺知章《回乡偶书》

**其一：**

中流击水一江开，万马平川半日来。
海月东归川百汇，朝天夕地何徘徊。

**其二：**

乡归何处一终回，不尽童心半去来。
夜半山花香枕岸，忽惊旧梦故乡梅。

**其三：鹧鸪天**

草木年年一枯荣，斜阳阶下半生平。
宫中西子扬花去，柳岸江湖日月明。
桥叶重，小舟横，人心旧往旧时萌。
千年不尽家乡水，四壁河山少小名。

**其四：**

宦海平生问赵州，镜湖水草逐溪游。
夫差国下钟鼓尽，西子江山柳岸羞。
乡音近，乌蓬舟，家香国色往明楼。
清泉只随斜阳照，草木日月阶下流。

## 15 贺知章《咏柳》

四明狂客半言高，东风细雨一重蒿。
杨花柳叶桃心色，镜水红妆铺碧毛。

# 盛唐卷　一分为仙 一分为圣 一分为佛

## （一）乡

玉门心中一柳杨，馆娃窗下半芳香。
平沙落雁归来影，月色晓塘是故乡。

## 1 王之涣《登鹳雀楼》

**其一：**

一层楼高一重天，半川风雨半云烟。
黄河入海千弯折，落日荒原一处禅。

**其二：**

水去望江楼，帆来问故洲。
心思知远近，草木付春秋。

## 2 王之涣《凉州词》

**其一：**

黄河九曲一人间，昆仑万仞半天山。
心鸣寒外凉州月，西行吟啸玉门关。

**其二：**

孤城一望半凉州，西去阳关万古流。
海市蜃楼晴不尽，天云野暮树秦楼。

**3 张九龄《望月怀远》**

心明怜月色，客主共婵娟。
鹊渡桥河冷，孤姑影自妍。
瑶台无日月，玉手织锦天。
七夕相思见，牛郎一梦年。

**4 孟浩然《宿业师山房待丁大不至》**

斜阳满壑明，岸水尽峰清。
暮平千山石，溪流一谷声。
云光桃李色，岭树映川晴。
曲径禅房近，风泉半蜇鸣。

**5 孟浩然《与诸子登岘山》**

天下半人心，平生一古今。
岘山云水泽，羊祜故登临。
楚霸汉王尽，浙流楚客襟。
碑铭无字泪，草木尽音琴。

**6 孟浩然《岁暮归南山》**

上苑青云疏，玄宗北阙余。
明主知学子，落叶未秋书。
文心倾才齐，归去一名居。
俯仰临川下，南山不问渔。

**7 孟浩然《过故人庄》**

心荫上苑花，月落故人家。
烛火寒光尽，泉声夜半筇。
朝驰书北阙，暮问种桑麻。
仗楫山月去，重阳桂子华。

**8 孟浩然《宿桐庐江寄广陵旧游》**

绝顶半云楼，中流一落舟。
读书千万卷，上苑终生秋。
只饮春水光，激扬过荆州。
声声鸣不止，寂寂不知休。

**9 孟浩然《早寒有怀》**

月落皇林一早寒，金枝未栖半君冠。
荆襄泪尽南山去，唯见春津碧荷残。
武陵秦衣汉苑树，斜阳多少应高看。
霞光不尽江湖岸，枯枯荣荣墨不干。

**10 孟浩然《留别王维》**

皇林半紫薇，孟子一心扉。
摩诘玄宗见，朝堂纳重帏。
洞庭山水尽，未语自非非。
只种鹿门草，生平日月归。

**11 孟浩然《春晓》**

其一：

风风知雨雨，花花问草草。
枯枯荣荣去，朝朝暮暮少。

其二：

春梦有大小，草碧无多少。
落红流水清，芳名鹿门鸟。

**12 祖咏《望蓟门》**

生平子弟一名倾，上苑书香半国城。
蓟雪残阳寒燕赵，香山沉叶问帝京。
飞将遗矢惊虎尽，烽火幽王乱危旌。
海日天津年岁色，金门玉镇古今鸣。

**13 张旭《桃花溪》**

桃花色沉一云烟，卸下红妆半月泉。
应问春华明几许，芳名玉影梦中眠。

**14 王湾《次北固山下》**

吴宫雨色烟，隋水客鸣船。
月淡春江暖，花明去日眠。
姑苏城外寺，碧草问青莲。
一击中流去，江湖寄岁年。

**15 丘为《寻西山隐者不遇》**

叶落一深山，禅堂半玉颜。
天平明日月，不寻去来还。

**16 常建《宿王昌龄隐居》**

其一：

溪清一片云，月淡半知君。
玉影花间草，心平一夜芬。

其二：

清溪明日月，竹篁养浮云。
舞鹤排空上，梅香暗客君。
敞轩流露白，水纹落花芬。
武陵桃园外，汉衣问鸟群。

**17 常建《破山寺后禅院》**

其一：

客影入禅林，空山问色心。
斜阳无限好，寺满磬钟音。
自在知人性，菩萨一念深。
清高明水洞，俱寂忘鸣琴。

其二：

草木半人心，禅堂一念深。
云浮山寺静，鸟栖问鸣琴。
空色明今古，天平哺梵音。
声名无水渡，万物载佛阴。

**18 崔曙《九日登望仙台呈刘明府》**

其一：

重阳一日万山开，九月江湖半去来。
留下斜阳明高处，倾心未尽菊花杯。

其二：

三晋浮云去，清风二陵来。
河平仙翁近，尹喜菊花开。

**19 李颀《古从军行》**

剑断交河沙，胡姬舞落霞。
荒烟扬大漠，野芒暗天涯。
葡萄长安醉，无还女儿家。
阳关归雁尽，羌笛夕阳斜。

**20 李颀《送陈章甫》**

四月大麦黄，三边枣花香。
青山朝夕见，绿水日月长。
君子一坦荡，天下半故乡。
心怀千万卷，江湖两炎凉。
宫深相思苦，门重鬓毛霜。
垂钓钓黄河，高论纵华堂。
鹊断舟不渡，缨足问沧浪。
郑人不还家，引子张子房。
故林曲径多，辞冠守禅菉。

**21 李颀《送魏万之京》**

秋霜一夜渡黄河，游子长安上苑歌。
月淡归鸿湘竹去，曲江水落问平荷。
中原逐鹿君子少，燕赵深宫旧事多。
荏苒时光老土地，桃花杏坛半蹉跎。

**22 王昌龄《出塞》**

其一：

秦去长城汉去关，东流隋水未人还。

惊呼史翁丹青重，富甲江南十八湾。

其二：

荒烟落照玉门关，次影平沙月牙山。
羌笛声声汉苑客，将军一箭酒泉湾。

## 23 王昌龄《从军行七首》

其一：

长沙落日交河湾，月暗胡杨玉门关。
百战金甲浮旧志，楼兰沉尽谁人还。

其二：

荒沙万里一黄昏，海市晴云半玉门。
五马斜阳霞满地，楼兰废垣梦王孙。

## 24 王昌龄《长信怨》

昭阳月色一梅开，长信宫中半寻台。
司马诗赋平日月，光明不斗玉心来。

## 25 王昌龄《芙蓉楼送辛渐》

平生宦客一江湖，细雨烟浓半越吴。
上苑云林桥下水，洞庭不问楚山孤。

## 26 孟浩然《春晓》

其一：

一庭碧色一鸣鸟，半树枣花半玉晓。
上下排云心不已，斜阳未可问多少。

其二：

右树君心一草堂，花明碧色半芳香。
幽幽曲径庭院重，淡淡禅音日月光。

## 27 王昌龄《闺怨》

其一：

柳浪闻莺玉色羞，花港观鱼闺情流。
断桥未断苏堤水，淡薄春妆上层楼。

其二：

雨尽春风半梦羞，晓窗乳燕半鸣洲。
双桥柳岸杨花浪，同里桑麻水自流。

## 28 刘眘虚《阙题》

柳暗半村乡，晴荷一碧杨。
山光云水重，草木色荒塘。
影树生今古，天平纳炎凉。
斜阳明远近，不惜照黄粱。

## 29 崔颢《黄鹤楼》

槛外天空万里流，孤舟楚客一臣休。
来来去去黄鹤尽，鼓歌鹦鹉草木秋。
三国烟云惊汉水，千川碧落半江游。
河山不断人心淡，豪杰乡关问九州。

## 30 崔颢《长干曲二首》

泉明一晚妆，月泊半横塘。
妾身春关心，君心宿西厢。
山花香色近，女儿待名扬。
西子虎丘问，江湖十里霜。

## 31 王维《送别》

南山一白云，碧水半村昕。
沉沉浮浮去，舒舒卷卷嚯。
门开明上下，窗含雨纷纷。
夕夕朝朝问，来来去去君。

## 32 王维《春中田园作》

平生日月客，稼穑梨花白。
燕子重梁垒，书香积旧脉。
兴荣知进退，耕凿问桑陌。
夏雨荷声继，春华尽润泽。

## 33 王维《老将行》

其一：

塞上斜阳一风光，沙场边外半故乡。
千军万马出师表，百旅雄兵意气扬。
箭射楼兰沙似雪，天山玉鳞月如霜。
年年相思春情尽，处处寒门酒入肠。

其二：

一语江湖万里霜，半生塞外半名扬。
烽火不断秋风劲，醉卧凉州尽夕阳。
棘荆沙明云色远，荒原不尽问胡杨。
楼兰百夫重开宴，谁见葡萄女儿妆。
上苑江平蓝月夜，天山雪色玉朝堂。

## 34 王维《辋川闲居赠裴秀才迪》

辋水半兰田，江洲一色烟。
蝉鸣高树柳，日落低秋泉。
旧府闻风雨，梅山淡池莲。
清清流不断，啸啸客心禅。

## 35 王维《过香积寺》

心中香积寺，岭上飞来峰。
落日鸣施主，深林问鼓钟。
流泉千尺崖，碧色万山松。
树暗寒云尽，人明一祖宗。

## 36 王维《山居秋暝》

荷塘半水洲，淡月一心流。
影疏泉明白，松花桂子秋。
空鸣山野尽，色落故门愁。
谁问云烟重，婵娟玉满楼。

## 37 王维《终南别业》

月色一相思，人生半自知。
南山云起落，故步朝夕时。
暮从平川去，晴云草木姿。
斜阳天下满，吐纳尽灵芒。

## 38 王维《归嵩山作》

面壁一嵩山，黄河九曲弯。
朝花明古寺，拾得日心闲。
壶口知君度，斜阳万里颜。
归来闻去水，不舍玉门关。

## 39 王维《使至塞上》

其一：

容月半心边，归人一故天。
沙平秦塞树，夜重刘家川。
剑戟荒云折，楼兰望酒泉。
寒光明铁甲，叹息离时园。

其二：

楼兰古国一孤烟，九曲黄河半旧川。
落日依依明远近，荒沙漠漠问天山。

## 40 王维《秋夜独坐》

独坐待月明，落叶问秋鸣。
旧忆千山寺，相思一户声。
泉溪空水色，形影重人生。
一出云林上，遥遥万里清。

## 41 王维《鹿柴》

山空落叶声，水色禽虫鸣。
沉沉浮浮云，平平淡淡情。

### 42 王维《竹里馆》

策杖山川里，啸啸复啸啸。
梅竹鹤三影，知音知多少。

### 43 王维《鸟鸣涧》

古刹流寒色，禅房面壁空。
鸟鸣千水涧，叶落一川东。

### 44 王维《漆园》

父母一衣食，家乡半故步。
宦游九品下，山光天上暮。

### 45 王维《杂诗》

明明雪半门，浩浩玉千村。
二月霜寒色，梅心一半温。

### 46 王维《相思》

帐下一虞姬，江东百万师。
心中红豆影，天下楚汉时。

### 47 王维《书事》

月暗暖千梅，心明户半开。
寒平霜夜短，天色池中来。

### 48 王维《九月九日忆山东兄弟》

江南客北辛，独是辽东人。
晚树斜阳问，知无父母身。

### 49 王维《送元二使安西》

人间谁道不知春，西出阳关问故人。
旧垣楼兰城不在，月明犹有自家珍。

### 50 李白《早发白帝城》

长江水去一千山，九曲黄河十八弯。
柳暗花明年岁尽，忧思进退一人还。

### 51 李白《黄鹤楼送孟浩然之广陵》

汉阳自古飞黄鹤，三月琼花落扬州。
但随君心凝日月，红楼不断问江流。

### 52 李白《赠孟浩然》

泉流一问君，暮沉半芳云。
挥手长安去，山中美野芹。
心平金阙冷，白石玉人裙。
摩诘玄宗问，洞庭故日曛。

### 53 李白《下终南山过斛斯山人宿置酒》

碧色山川满，溪平入翠微。
清弦明树影，草暗散余晖。
西水流东岸，南山华北扉。
篁林幽曲径，岭竹掩重帷。
长安上苑草，拙政下人归。
守户知今古，开轩孰是非。
君音心逸隐，何计寻青衣。
陶然年年岁，云中雁独飞。

### 54 李白《月下独酌》

天平三迷津，古今两地春。
月色连朝夕，枯荣自比邻。
梦去情中起，影来心外亲。
仰俯求石垒，上水尽浮萍。
去来已空空，小大亦粼粼。
御苑宫庭草，沙寒大漠尘。
为求半知己，但行一人身。

### 55 李白《静夜思》

其一：

寒窗十玉章，砚池九重光。
夜半相思尽，千心梦故长。

其二：

槛外月凝光，宫中锁炎凉。
中秋明万里，落叶暗千霜。

### 56 李白《长干行》

竹马问青梅，春花三弄开。
香平浮白雪，影疏照亭台。
唤出艳姿色，月清自去回。
相思君日多，为有一心来。

### 57 李白《赠汪伦》

其一：

半洲柳岸半舟明，一潭桃花一水清。
渺渺烟波扬万里，纷纷杜鹃离千鸣。

其二：

碧波烟江柳丝行，桃花潭水雪莲生。
心清玉壶冰心问，未尽春寒雨色荣。

### 58 李白《梦游天姥吟留别》

朝阳紫九州，月色镜湖秋。
白石平明火，人心海日楼。
斜阳无限好，天下去名流。
俯仰河山尽，华年进退忧。

### 59 李白《金陵酒肆留别》

吴楼玉色小家香，子弟金陵劝夕阳。
草暗花明春水泽，舟桥折柳离心伤。

### 60 李白《宣州谢朓楼饯别校书叔云》

少林面壁心闭谷，玉脂华清七夕游。
胸怀天下自日月，目尽千山任春秋。
大漠荒沙明海市，阳关酒醉尽餍楼。
云浮九脉未得意，甲沉万里不消愁。
三山纵横半人思，五湖放荡一飞舟。

### 61 李白《将进酒》

太白酒心秋，黄河玉水流。
敬亭山上客，月色水中游。

### 62 李白《侠客行》

其一：

霜明万水清，暮尽半生平。
天下千山岭，人心一纵横。
年华知日月，壮士惜阴晴。
犹有斜阳远，还闻伏枥鸣。

其二：

生前身后名，月下日中英。
燕客迟易水，吴姬劝酒声。
山川重草木，岭树映光明。
昆仑晴云雪，姑苏淡水泓。
潮平白石名，汐泽山家情。
子曰江山逝，人心问纵横。
堂堂闻论语，啸啸叹平生。
诺诺阳关去，霏霏玉树情。
邯郸故步盟，海棠温泉更。
应帖金阙酒，栢梁岁末城。
斜阳依水尽，九脉一功成。
留下浮霞赋，朝来半枯荣。

### 63 李白《赠汪伦》

秋浦声中泾县名，桃花潭水半光荣。
青莲未尽汪伦酒，未止帆舟亦不行。

### 64 李白《清平调二首》

其一：

明花不同玉心同，海棠芙蓉水色中。

直道华清春汤暖,云天七夕半秋龙。

其二:

花开舞断兴庆宫,玉色凝脂牡丹丰。
不尽尽春华春水满,浮香亭北薄妆红。

其三:

芙蓉出水御堂香,半露肤脂半薄妆。
色雨巫山云淡淡,人间一曲一凤凰。

其四:

倾城误国一牡丹,半舞霓裳半玉姗。
原色梨园春雨多,天惠泽尽问儒冠。

### 65 杜甫《赠李白》

三味书屋一世空,四川九脉半清宫。
纵诗纵酒纵南北,七言五语天下雄。

### 66 杜甫《闻官军收河南河北》

半思退退半斜阳,一品人生一故乡。
海阔天空涯三亚,中流砥柱逐东江。
朝云三峡凤凰去,楚国山中间栋梁。
暮色黄鹤楼上客,吴姬只劝旧薄妆。

### 67 杜甫《望岳》

岱岳杏坛春,南山四方人。
心中怀石磊,海上逐天津。
绝顶齐鲁比,盘桓燕赵邻。
俱是英雄问,风云至古今。

### 68 杜甫《饮中八仙歌》

乡音贺酒醉生眠,三斗汝阳封酒泉。
适之千金避贤酒,宗之酒傲玉少年。
苏晋痴酒禅音咏,酒斗太白诗百篇。
张旭酒杯挥毫墨,焦遂五酒妙语烟。
醉寻生平名岁月,天皇呼之不上船。

### 69 杜甫《春望》

草不一知时,春秋半无心。
华清泉水暖,梨园多知音。
马嵬长安望,川驿铃雨霖。
兴衰来去客,匆匆自古今。

### 70 杜甫《贫交行》

朝朝暮暮一云雨,去去来来半水度。
管鲍知心明不忌,人生齐眉何知苦。

### 71 杜甫《赠卫八处士》

少小秉烛光,家邻共故乡。
华甲年即去,回首问斜阳。
旧居不知处,龄同尽鬓霜。
如今浮暮色,劝郎领余光。
叶落读书堂,还知守四方。
邯郸城学步,辛苦梦黄粱。
岁月东风换,心中送炎凉。
山海关北望,念念相思长。
辽东人雪月,蓟燕度荒塘。

### 72 杜甫《茅屋为秋风所破歌》

浣水花溪一草堂,锦官城外半家乡。
长安雨沾川江夜,隔岸还呼问南阳。

### 73 杜甫《登高》

斜阳重上故雁来,梦里天云鬓毛衰。
但见幽州飞将在,酒泉无知一箭回。
孤城落日山光满,疏影窗寒夜徘徊。
夔州川平流不尽,心音不了菊花开。

### 74 杜甫《春夜喜雨》

江南一晓晴,客舍半流明。
淡淡浮云上,幽幽碧色平。
鸿雁飞塞北,姑苏问书生。
三叠阳关唱,梅花日月情。

### 75 杜甫《曲江二首》

其一:

上苑花开半入春,曲江草碧一年新。
长安御内声名上,燕子春泥垒故尘。
枯枯荣荣明草木,朝朝夕夕宦游秦。
江山四方忧天下,尽是灞桥过去人。

其二:

岭上山花满柴扉,泽中日月尽光晖。
芳香十里春风淡,碧色千心下翠微。
圣贤人中生草木,浮云水下沉无归。
天下雪暗斜阳尽,四方鸿雁北南飞。

### 76 杜甫《哀江头》

长安里巷满胡尘,上苑玄宗日月珍。
剑阁还闻霖铃雨,郦山不见玉颜春。
华清池水芙蓉去,野草金阙来去人。
七夕长生殿上客,开元天宝是汉秦。

### 77 杜甫《兵车行》

咸阳泾渭水东流,上苑长安草木秋。
玉骢胡姬边塞曲,唐家男儿战凉州。
兵车铁马刀光影,一夜乡人梦不休。
盔甲无知明冬夏,沙场暮色守军愁。
斜阳依旧岭中满,泾渭安史乱封侯。
日月平明闲万户,金阙故土守红楼。

### 78 王维《相思》

其一:

江南红豆影,心中万千枝。
暮暮朝朝问,云云雨雨思。

其二:

春云一日知,寸草半芳芒。
镜里钗红豆,心中夜雨时。

### 79 杜甫《绝句漫兴九首》

其一:

聊赖春光落草青,东风带雨逐浮萍。
山花柳色江水碧,岭树云平十里亭。

其二:

梅花竹外落香尘,燕子山中上下频。
日月栋梁春泥垒,心惊客舍读书人。

### 80 杜甫《登楼》

江楼日落故人心,夕拾朝花过客吟。
水色溪平流对岸,春香草木半无音。
千林影树幽幽暗,万户灯火一古今。
啸啸江东豪士在,排云一鹤逐深林。

### 81 杜甫《丹青引赠曹将军霸》

生来一去一浮云,半垒书香半凿耘。
天子呼来船上去,丹青傲岸过五军。
锦官客老高人尽,敬业家名上下闻。
万里长安依旧柳,千年未尽梦还君。

### 82 杜甫《江南逢李龟年》

一度玄宗一度君,十年动乱十年闻。
胡姬舞尽霖铃雨,江南半曲泪纷纷。

### 83 杜甫《遣闷戏呈路十九曹长》

黄莺一翼干,白鹭半湿颜。

草碧光阳舞，江云重逐澜。
晴空千万曲，水色逐溪滩。
霏霏鸣天下，扬扬寻旧峦。

**84 杜甫《观公孙大娘弟子舞剑器行》**

云浮白帝城，雨落大江东。
剑影扬天下，江山半枯荣。
公孙娘子弟，临颍出皇明。
寞寞玄寄去，唐家一代倾。

**85 杜甫《宿府》**

一生客吏一生寒，月落浙江月落寒。
难为锦官官难为，长安不易长安安。
金阙上苑翰林院，草木阳明露水干。
九品青衣无日冕，千古少陵挂空冠。

**86 高适《封丘作》**

一生耕凿一心田，半梦春花半夜眠。
自古官场浮沉去，堂鞭庶子众天怜。
深山隐逸知今古，淡着青衣误经年。
洞外流来秦苑水，汉时翠柏武陵船。

**87 岑参《白雪歌送武判官归京》**

一树明霜一树花，千家玉衣千家华。
河山万里洗洁尽，冰雪云烟笼桑麻。

**88 岑参《九日思长安故园》**

其一：

一诺登高处，千山菊色开。
心中明故里，玉影旧思来。

其二：

生来客去半人家，一诺阳关夕照斜。
三弄梅花山水淡，渔舟唱晚海江花。

**89 刘方平《月夜》**

其一：

一半光明一半斜，千家玉影万家花。
婵娟色淡人心远，落落婷婷年海涯。

其二：

东风雨色晓窗纱，故苑心思玉影斜。
露淡春江花月夜，云浮云落浮玉家。

**90 刘方平《春怨》**

其一：

春园百色半黄昏，客舍无人一酒村。
曲尽花发杨柳怨，桃溪水淡绿千门。

其二：

桃花未尽梨花开，日上黄河月上来。
惜别依依杨柳曲，心音未整晓妆台。

**91 元结《石鱼湖上醉歌》**

石鱼湖，半洞庭。日月不断波光青。
云起落，辰暮星。千鸟渔舟唱晚听。
山樽水酒情知醉，唯有江花十里庭。
下里巴人人不尽，阳春白雪座右铭。

## 中唐卷　群芳灿烂

**（一）**

深深竹叶一枝斜，疏影清寒半客家。
化作春泥香不尽，还呼百媚李桃花。

**1 刘长卿《弹琴》**

其一：

书窗十载寒，上苑一衣单。
曲水花明暗，琴音问儒冠。

其二：

文房四宝残，大历一人丹。
汉水知音去，河间古调弹。

**2 刘长卿《送灵澈》**

钟声古寺田，暮色落天泉。
日月江山客，心空一指禅。

**3 张渭《题长安壁主人》**

天涯咫尺柳杨春，暮雨朝云日月珍。
应诺天中千万里，明明认真一心人。

**4 顾况《公子行》**

金屋未锁重红门，院落深深小儿孙。
歌舞升平呼草木，心轻酒醉怨天恩。
荒塘御苑书香梦，妄言皇家不夕昏。
不问窗寒春雨泽，声名之外自扬魂。

**5 张继《枫桥夜泊》**

其一：

寒山拾得三江天，会稽姑苏半玉船。
叶落钟声桥水岸，云空雨色一心禅。

其二：

隋水姑苏半雨烟，寒山拾得一来船。
江湖日月流心岸，古寺钟声落叶眠。

其三：

云明雨暗半江烟，柳絮杨花一度船。
水色春江花月夜，心平寺下问青莲。

**6 钱起《赠阙下裴舍人》**

寒窗十载半书心，上苑千名一御音。
日月云天浮沉水，金阙草木雨中深。
春光曲水鸣花树，砚墨丹青论古今。
但见宫中朝夕问，余情只向去还吟。

**7 郎士元《听邻家吹笙》**

笙平日暮一邻家，出墙红花半西斜。
静待音韵余不尽，开轩只见月光华。

**8 司空曙《云阳馆与韩绅宿别》**

心中半池田，天下一江山。
暮雨云阳梦，朝云旧客年。
香流杨柳岸，草碧杏花烟。
玉叶寒光重，春归月待圆。

**9 杜甫《月夜》**

清光月色寒，露湿玉心干。
辰问长安柳，阳斜曲水澜。
情重香鬓暖，浣汐草堂残。
隐逸锦官外，书生误挂冠。

**10 皎然《寻陆鸿渐不遇》**

人中草木花，鸿渐拾林芽。
一杯清香味，千年话蚕麻。
心平山寺里，淡泊夕阳斜。
切玉禅音近，云峰入客家。

**11 李端《听筝》**

其一：

半月半明天，千声一心弦。
知音凤求凰，玉影待情圆。

其二：

音清香水岸，露重玉人肩。
为持周郎顾，心中先拂弦。

其三：

心明三五弦，色淡万千泉。
玉手周郎问，余音落客田。

## 12 李端《拜新月》

黄昏约鹊来，七夕暮云开。
织女思桥岸，牛郎入瑶台。

## 13 韩氏《题红叶》

其一：

上苑春秋雨，深宫日月闲。
心思红叶寄，卢渥谢居颜。

其二：

长安半玉关，叶重一人间。
只约深宫尽，红颜谢水还。

## 14 柳中庸《征人怨》

年年岁岁锁阳关，暮暮朝朝望月还。
百战黄沙金甲暗，寒书雁去问家颜。

## 15 戴叔伦《除夜宿石头驿》

年年一秋春，月月半家人。
朝夕明阳远，平明露水淳。
金陵香泥重，除夜报竹频。
日日相思尽，年年历苦辛。

## 16 戴叔伦《兰溪棹歌》

其一：

月落兰溪柳叶湾，桃花草岸鲤鱼滩。
云烟露沉荷珠重，泽水清明影树山。

其二：

婵娟未问兰溪湾，夜色云峰鲤鱼滩。
曙半烟重荷叶沉，珍珠玉滴沾衣还。

## 17 韦应物《寄全椒山中道士》

其一：

心清斋外斋，人重客中客。
香坛千岁尽，全椒半石白。
念念知心意，幽幽问水泽。

山空还闭谷，天明雪皓栖。

其二：

清明一朝冷，烛暗半夕客。
雨水泽东山，云浮煮白石。
拾阶上天脉，昆仑原始伯。
开心自纵横，闭谷度阡陌。

其三：

山中一念空，木下半侠客。
浔浔水山远，云云石天白。
心心待草木，淡淡付朝夕。
有心是无心，无迹本有迹。

其四：

春花秋月多，四面八方泽。
昨夜辞杏坛，曙色问荒陌。
幽幽空山在，淡淡雨石白。
心上一指禅，林中半侠客。

## 18 韦应物《初发扬子寄元大校书》

帆舟一水渡，草木半云树。
叶落音心重，烟云十里雾。
姑苏三卫郎，酒肆邯郸步。
曲尽扬州去，江天三分暮。

## 19 韦应物《寄李儋元锡》

去岁长安折柳天，今春西涧抱花眠。
心中月下相思问，岭外云峰故专员。
水水山山空宫客，朝朝夕夕度帆船。
人知雨泽江南岸，但寄清明月半园。

## 20 韦应物《长安遇冯著》

山中一丈夫，客上半殊途。
燕子春云近，香尘故垒余。
君心耕凿去，夕照玉江湖。
只从长安别，音琴唤念奴。

## 21 韦应物《滁州西涧》

其一：

半山半壑半川明，一石一虫一叶声。
枯枯荣荣烟雨重，花花草草暗时萌。

其二：

卷卷舒舒半云平，暮暮朝朝一鸟鸣。
柳浪闻莺人何处，江花色尽半小舟横。

## 22 卢纶《塞下曲六首，其二》

西塞尘沙重，荒原草木弓。
青楼千玉色，尽在日烟中。
塞外千沙丘，汉中一葡萄。
胡笳十八拍，匈奴雁声高。

## 23 李益《喜见外弟又言别》

十载各秋冬，一生半鼓钟。
心中鸣草木，梦里寻音容。
少小豪妆扮，书香沿古宗。
今知无言处，只问阶前松。

## 24 李益《立秋前一日览镜》

其一：

万事一镜空，生平半念中。
悠悠秋分水，啸啸古今同。

其二：

幽幽隋水半江东，啸啸年华半西宫。
淡淡春秋人自锁，明明白石去来空。

其三：

秋分天地两分明，万里江山半枯荣。
但得人心千石尽，声名身外一生鸣。

## 25 李益《夜上受降城闻笛》

其一：

书香半论语，白石一山煮。
谁闻家乡事，月中寻玉杵。

其二：

万里一家乡，千年半雪霜。
阳关鸣羌笛，月色问柳杨。

其三：

千年故水西东流，一半生平燕赵秋。
夕照无限楼上下，家乡何处晚晴忧。

## 26 李益《江南曲》

其一：

细雨问金陵，春风闻瞿塘。
逝者如逝夫，月色女儿妆。

其二：

言志夫妻一生忧，两地客心半家愁。

但知鸳鸯暖水浅，不问九脉十八洲。

**27 孟郊《秋怀》**

叶落半江寒，平明一衣单。
阳关霜雪重，燕赵守名冠。
月色云天外，黄河枯草滩。
心知忧远近，砚池沉波澜。

**28 孟郊《登科后》**

其一：

上苑光明一两花，曲江水暗万千家。
春关不及声名去，自古书生浪淘沙。

其二：

春关拾得帝王家，探得长安十日花。
得意春风杨柳岸，声名上苑得光华。

**29 崔护《题都城南庄》**

其一：

桃花一面中，流水两心同。
万物依时节，情思告乃翁。

其二：

高山影树夕阳红，回照人间小镜东。
但见流花明水色，心思未及广寒宫。

**30 张籍《成都曲》**

千年东风落益州，万里花光沿雨流。
御马锦官城外去，人心尽问蜀相秋。

**31 王建《新嫁娘》**

其一：

红堂万烛光，玉壶百年香。
且待庭中客，还衣问伴娘。

其二：

塘清荷露水，月半夜来香。
晓纵平明色，芙蓉满池光。

**32 薛涛《罚赴边有怀上韦相公》**

春香燕垒泥，玉色浣花溪。
未尽青楼梦，锦官怯边啼。

**33 韩愈《早春呈水部张十八员外》**

其一：

一日芳华三月初，寒窗乞火半皇居。

花明草暗空前色，有在无中似多余。

其二：

点点滴滴雨丝无，拂拂荡荡柳岸苏。
青青草色江山碧，兔兔东风何处符。

**34 韩愈《山石》**

石径山行雨霏霏，百鸟元音岭翠巍。
暮色茫茫云落下，荒林寂寂水烟归。
孤明古寺禅音重，老僧心平对烛辉。
涧壁溪流声溅溅，春衣未尽守香围。

**35 刘禹锡《酬乐天扬州初逢席上见赠》**

草木年年半草茵，书生岁岁一书人。
吴宫落寞江湖水，楚客扬州问三秦。
雨细姑苏声不定，露寒二十三年尘。
梅花疏影香心重，冬雪消融又是春。

**36 柳宗元《江雪》**

其一：

寒江钓雪山，竹影问心闲。
任由孤舟去，江湖不须还。

其二：

孤舟钓雪花，半生问天涯。
夕照相知久，人心老误家。

**37 刘禹锡《淮阴行》**

梅花落玉塘，燕子垒春芳。
呢喃栋梁上，红流女儿妆。

**38 刘禹锡《竹枝词》**

柳岸船明半不行，斜阳落照一江平。
人心随水流还止，只问刘郎不问名。

**39 刘禹锡《乌衣巷》**

其一：

朱雀桥明玉影花，琴音未尽夕阳斜。
秦淮巷口云烟重，莫愁江湖三两家。

其二：

金陵石头夕阳斜，春秋江湖燕子家。
细雨秦淮杨柳岸，知心燕子到天涯。

**40 刘禹锡《春词》**

居易梦得问扬州，折折波波锁御愁。

槛外长江流不住，桃花上苑待春秋。

**41 柳宗元《江雪》**

其一：

千山万径绝，十里一江雪。
策杖云烟外，霜天月半缺。

其二：

千山万树梨花开，皓洁芙蓉玉色来。
立异标心相思在，凝脂三尺暗香梅。

其三：

千山远处一枝来，万壑空鸣雪半开。
厚厚深深重三尺，凝香沉下似徘徊。

**42 柳宗元《渔翁》**

湘江淡淡问楚竹，消散云烟直臣逐。
树外斜阳明不尽，渔心不在望遥鹜。

**43 贾岛《题李凝幽居》**

烛下径明，心中易乾坤。
池里放生，天外问寒温。
浮云明旧刹，古寺满黄昏。
落坐坛房客，禅音月半门。

**44 贾岛《寻隐者不遇》**

月色半江门，梅花一水村。
人间知草木，天下满黄昏。
碧落山中寺，心思梦里蕴。
幽幽闻竹叶，啸啸问乾坤。

**45 贾岛《忆江上吴处士》**

终南一雪冠，渭水半云端。
细细江南雨，幽幽玉桂残。
君心重离别，墨池慰青丹。
谁问孤人去，江流白石寒。

**46 白居易《问刘十九》**

暮色一江湖，船家半玉昊。
烟云春雨细，处士醉秋鲈。

**47 白居易《草》**

离离原上草，萌萌半光荣。
一马天空去，千山日月明。
浮云生古甸，夕照落芳晴。
暮暗胡姬酒，心平旧竺情。

**48 白居易《琵琶行》**

其一：

七江夜月半清明，七弦琵琶一曲鸣。
司马江州情不尽，长安上苑曲江名。
波兴未了山光暗，碧岸音重问水平。
草木茫茫虫影去，天涯淡淡有无声。

其二：

钩心斗角杜檐明，碧水滕王阁槛横。
故郡临川孤鹜去，浔阳客竹一人生。
春荣秋肃知天下，海阔云空任自行。
何处心思何处遣，寒声不住问春英。

**49 白居易《花非花》**

水是水，山是山，水水山山知一斑。
云非云，雨非雨，云云雨雨寻归处。
花非花，草非草，花花草草间多少。
朝是朝，暮是暮，朝朝暮暮相思处。

**50 白居易《舟中读元九诗》**

其一：

乐天微亡问声名，宦海浮云任暗明。
一半心思荒日月，千家草木自枯荣。

其二：

江州司马半江行，一夜渔火一水明。
微亡生平浪不定，浮华未尽问潮声。

**51 白居易《邯郸冬至夜思家》**

冬至梅花半逐春，浮香暗动一儒巾。
心音客驿乡思梦，俱念家中寄外人。

**52 白居易《欲与元八卜邻，先是有赠》**

年年有约一心春，夜夜家韵半邻人。
首句居易更未足，汝书颔联沾衣巾。
余音隔壁明堂绕，月色共赏砚池珍。
上苑花开天下问，无忧御水草茵茵。

**53 白居易《秋雨夜眠》**

其一：

秋虫雨夜半心空，影暗烛光一少翁。
入初晓窗龙马砚，霜寒通叶玉阶红。
黄粱燕赵扬易水，齐鲁泰山问天宫。
梦里江湖忧未定，姑苏刺史满桥枫。

其二：

无心雨夜眠，隋水逐吴船。
留下姑苏梦，红妆不问年。

**54 白居易《与梦得沽酒闲饮且约后期》**

朗州司马一桃花，刺史姑苏半月家。
上苑声名眠御酒，宫阙进士满天涯。
书香狂傲丹青重，晚色知音柳岸华。
梦得长安空见惯，乐天隋水问桑麻。

**55 元稹《离思》**

一脉巫山半雨云，千峰碧水万家君。
山光水影东流去，楚客吴宫白日曛。

**56 李贺《雁门太守行》**

燕赵城东荆轲回，黄金铺就旧人台。
清名不尽天光暗，一诺千金古古来。
草衰荒明幽远径，斜阳鞍马玉花开。
霜凝岭树飞鸟尽，月色很川夜徘徊。

**57 李贺《苏小小墓》**

其一：

江湖半断桥，落叶一萧萧。
牧鹤云天去，生平女儿娇。
莺鸣秋荷岸，月色玉芭蕉。
曲断钱塘水，风流向海潮。

其二：

一了了，一小小，一心半断桥。
一暮暮，一朝朝，八月钱塘潮。
西子湖，白堤桥，牧鹤亭南苏小小。
云为裳，花为妆，曲曲明夜宵。
梅花寒，芝兰香，玉影约窈窕。
水不尽，山不摇，李贺嘱文记。

**58 李贺《秋来》**

霜凝群玉百村晴，鸿雁归飞万里鸣。
竹泪衡阳天下水，排云直上古今盟。
斜阳铺覆山河尽，夕照无限岭树明。
落叶潇洒不拘束，春秋一半一生名。

**59 李贺《南园十三首其五》**

其一：

年年月月一弦钩，夕夕朝朝半九州。

去去来来声不尽，杨杨柳柳任江流。

其二：

马踏江湖水，云平五十州。
悠悠今古去，淡淡一春秋。

**60 李贺《南园十三首其六》**

寒江夜色一秋虫，玉色婵娟半辽东。
李广枪刀平燕赵，声名未入广寒宫。

**61 张继《枫桥夜泊》**

其一：

枫桥月下一船横，楚客姑苏半不鸣。
谁问寒钟清古寺，霜凝落叶谁无情。

其二：

姑苏古寺半无眠，拾得钟声满客船。
月落枫桥夜色尽，寒山渔火一江天。

**62 李贺《金铜仙人辞汉歌》**

桂树一秋香，人间半炎凉。
金铜寻处尽，茂陵问刘郎。
易水飞将去，寒宫玉兔堂。
人情人亦老，万里代桃僵。

**63 李贺《将进酒》**

心中玉壶暮云开，岭外天光酒色来。
草岸江流东不语，今年去日故亭台。

**64 朱庆馀《闺意上张水部》**

十年一日半书烛，百岁平生谢舅姑。
砚池丹青君论语，忧心不尽有还无。

**65 徐凝《忆扬州》**

琼花三月满扬州，两子生平问水流。
二分月明空夜色，一家烛火半春羞。

**66 张祜《到广陵》**

长安雨细付东流，三月香花满九州。
下里巴人广陵水，阳春白雪问吴楼。
千金一诺江湖上，尽江山亡国侯。
三十四桥明月夜，声声玉笛不行舟。

**67 姚合《闲居遣兴》**

性能一生心，山高半木林。
波平鱼广洞，夕照晚晴深。
砚池千天下，书香两古今。

婵娟春水泽，月色雨云阴。

## 晚唐卷　最后的白银

### （一）

空空一古今，淡淡半人心。
岭树斜阳远，禅门夜语深。

### 1 杜牧《叹花》

其一：

湖州雨水迟，上苑邻芳时。
一梦十年尽，余邻四岁枝。

其二：

一梦寻春时，千请情落故枝。
流江烟水阔，失诺谁家知。

其三：

一梦湖州寻小花，十年许诺玉枝斜。
三春柳碧婵娟水，九夏莲心入别家。

### 2 杜牧《遣怀》

其一：

江湖落叶行，楚腰掌中轻。
一觉扬州梦，青楼薄幸名。

其二：曲

十载寒窗一枯荣，姑苏三岁隋河平。
半明半暗半心思，一江一湖一生名。

### 3 杜牧《赠别二首》

其一：

万里晴云半卷舒，千年古渡一裙裾。
心中碧草凝香玉，不住相思水多余。

其二：

有意无情梦不成，长安上苑御情倾。
心中一笑年年尽，二分湖州月不明。

### 4 杜牧《寄扬州韩绰判官》

三月琼花一月桥，湖心水瘦半心潮。
楼中玉笛声声问，柳暗春明何处消。

### 5 杜牧《兵部尚书席上作》

其一：

李愿绮筵开，长安御史来。
尚书知所以，玉粉紫云回。

其二：

三弄一花开，心中拾百杯。
红杏明墙外，自随紫云来。

### 6 杜牧《初冬夜饮》

天街落叶残，客舍侵霜寒。
梦里梅花夜，青楼暗玉冠。

### 7 杜牧《题乌江亭》

其一：

逝者一独枝，乌江半帛旗。
虞姬情下曲，还当万千师。

其二：

楚界问汉宫，悠悠万世空。
声名千丈夫，啸啸大江东。

### 8 杜牧《赤壁》

赤壁周郎火未消，明船借箭一惊潮。
天无灭曹华容道，铜雀春音问二乔。

### 9 杜牧《泊秦淮》

其一：

建邺浪淘沙，三山二水华。
秦淮桃叶渡，御柳夕阳斜。

其二：

长沙沙水水无沙，朱雀雀桥桥岸花。
斑竹潇湘流泪尽，扬州子弟后廷家。

### 10 杜牧《题宣州开元寺水阁》

开元寺水水天空，曲经禅房渡岸同。
暮暮朝朝钟鼓继，来来去去草木中。
春华结社秋实守，拾得寒山西子东。
卧薪尝胆吴越尽，江湖范蠡玉笛风。

### 11 杜牧《清明》

雨细清明色淡村，书香云火入寒门。
声名上苑知天地，三弄梅花过五蕴。

### 12 李商隐《锦瑟》

西出阳关玉月烟，胡笳汉笛尽华年。
斜阳万里无限去，缺缺圆圆上下弦。

### 13 李商隐《花下醉》

一夜春心半玉花，山山水水两芳华。
风清月淡明妆薄，曲尽烛红故客家。

### 14 李商隐《无题》

拾汲流红暗自羞，情思豆蔻一心愁。
荣华草木花香夜，渺渺江平送小舟。
昨日裁成云水裙，梦中只留上烛楼。
春风未嫁萧郎误，惟恐芙蓉半入秋。

### 15 李商隐《夜雨寄北》

十里长亭柳丝情，千年客驿问平生。
江湖老大心音重，少小家中啸啸鸣。

### 16 李商隐《闺情》

辰钟暮鼓半禅枝，夕拾朝花一夜迟。
月满风平烛暗梦，心中一枕各相思。

### 17 李商隐《嫦娥》

天寒月暗夜霜沉，七夕鹊桥织女心。
俯仰清宫云淡淡，人间乞巧静无音。

### 18 李商隐《登乐游原》

其一：

人间知造应，天下约情心。
碧草荒原上，斜阳唤地音。

其二：

琴中任五音，足下随人心。
碧水荒原色，斜阳岭外云。

### 19 李商隐《贾生》

长沙水淡净直臣，未央宫深问鬼神。
楚客心中知坦荡，天门虚席重人珍。

### 20 许浑《金陵怀古》

山光水色金陵东，六朝烟云十国终。
后主丽华惊隋炀，歌华犹存景阳宫。
吴江汴水江南岸，塞外长城万世空。
柳暗皇家梁武帝，莫愁不及问飞鸿。

### 21 杜牧《清明》

其一：

清明不尽一清明，草木青青问枯荣。
上下空空知客醉，名声未曾半名声。

其二：
潇潇细雨满梧桐，碧柳茵茵半旧宫。
虎踞龙盘今古尽，东山再起谢家翁。
春江水淡明云落，玉砌心石燕东。
蒲口芳兰烟泽水，青门微步拾流红。

**22 温庭筠《过陈琳墓》**
建安七子一陈琳，旧冢怜君半佑军。
词客放诞忧凭吊，青楼欲辞学从文。
书香案几红妆色，石碑金阙锁暮云。
鹦鹉洲头还枯草，声名不尽九天闻。

**23 马戴《出塞》**
其一：
书生一战袍，边客半金刀。
马踏沙河水，心音逐浪豪。

其二：
阳关三叠卸征袍，赤膊扬声不用刀。
玉笛还鸣荒草去，轻取单于过临洮。

**24 罗隐《赠伎云英》**
其一：
钟陵草木十余春，玉色云英失落心。
客子青楼江水去，如人俱星不如人。

其二：
江东一别十余春，玉色云英照客身。
一未功名颜未嫁，如人何处不如人。

**25 罗隐《自遣》**
十进春关一第休，声名两恨半青楼。
平明夕暮江东客，去去来来任自流。

**26 皮日休《闲夜酒醒》**
梦里一山高，心中半葡萄。
婵娟颜不见，醉客问梅桃。

**27 陆龟蒙《怀宛陵旧游》**
谢朓东山一旧楼，青莲不问半归舟。
天心碧色明江底，树影山光任水流。

**28 郑谷《中年》**
其一：
淡淡江南淡淡天，悠悠隋河悠悠船。
吴宫草木吴江水，虎丘尝胆客不眠。
万里平湖明碧畔，人家玉影问婵娟。
中年自在心音在，随缘耕来三寸田。

其二：
江湖碧色一山川，两岸桃花半水田。
守愚声声鸣鹧鸪，天光九州雨云烟。

**29 韦庄《台城》**
其一：
金陵一梦六朝空，隋河千年半向东。
淡淡花雨天淡淡，婵娟玉影问吴宫。

其二：
金鸡未啼旧山名，柳色江中草枯荣。
谁问南朝千年寺，风云暗落雨倾城。

其三：
大姑问罢问小姑，一低一扬半玉壶。
碧浪洞庭明五岳，原来天下大丈夫。

**30 韩偓《已凉》**
其一：
半去凝脂半去妆，荷塘未枯碧荷塘。
莲心未满秋分雨，玉色寒宫月见凉。

其二：
一树寒梅十里香，千村玉叶半光扬。
琴音不断思乡梦，剪尽烛花窗外霜。

**31 杜荀鹤《赠质上人》**
禅禅寺寺净沙尘，色色空空度迷津。
客客去来无客客，人人俯仰是人人。

**32 杜秋娘《金缕衣》**
其一：
天津折柳一千枝，楚客长安半别时。
三叠阳关心已去，渔舟唱晚玉人知。

其二：
婷婷玉立色天衣，朵朵芙蓉出水时。
豆蔻年华芳许许，春花草色万千枝。

2007年12月18日
北京养春堂

---

# 十三、《华美的大唐碎片》

江湖夜雨 著　京华出版社
2007年4月第1版　2007年4月第1次印刷

---

**1 读吟唐诗**
其一：
朝朝夕夕一阴晴，辱辱荣荣半暗明。
树影鱼游云落下，庭花枣叶读书声。

其二：斜塘
碧色荷塘半玉成，斜阳摇动一平生。
江天水暗云浮沉，滴露珠圆待雨明。

**2 读李世民《帝京篇，其一》**
全唐诗开卷第一首
秦川千户宅，函谷一人居。
天下桑麻社，家国商贾余。
祖龙城犹在，隋水帝王墟。
世民依前制，音心南北疏。

**3 读李世民《初秋夜坐》**
日远夕阳时，秋蝉问晚枝。
高洁重地厚，无限一天知。
岁岁山荣枯，年年泽沉池。
清心净尘埃，月色坐相思。

## 诗词盛典Ⅰ 吕长春格律诗词六万八千首（全四册）

**4 读李世民《赋得早雁出云鸣》**

秋明玉色清，西陆碧空晴。
叶落阳关曲，飞雁去岁萌。

**5 李世民**

玄武门前一夜名，秦王月下半平生。
长安将士绿林呼，未央宫中男儿盟。
贞观天宝明天下，唐家武曌尽兴荣。
玄应释音人心重，萧翼兰亭五陵城。

**6 读长孙皇后《春游曲》**

碧落花开半日明，红妆淡色一春晴。
心中玉房云浮动，羞怯鸳鸯结伴鸣。
谁说上苑朝夕少，兰音常问柳莺声。
芙蓉出水衣纱短，四壁风华待身名。

**7 唐周**

半周半唐一帝成，一李一武半家荣。
心中常持石榴裙，尘埃沙城旧故名。

**8 读徐贤妃《进太宗》**

息兵朝家罢役台，千金一笑玉人来。
妇明艳色销今古，俱是声名去不回。

**9 徐贤妃**

贵淑德贤一贤妃，江湖山川半翠微。
倾国颜色色天下，久思华章章日晖。

**10 读《与欧阳询互嘲》**

其一：
半人平天下，三生一字优。
山川猴里去，言外大江流。

其二：
色暗月园寒，相思玉泪干。
丹青平丘谷，唯见叶秋残。

**11《答辨才，探得招字》**

苦夜半良宵，心生一败招。
音平明寺近，拾得玉宫遥。
新酒奉君醉，兰亭三弄调。
高山流水去，辨才欲情消。

**12《设缸面酒款萧益，探得来字》**

辨才一心开，兰亭半壁来。
云平琴寂寞，月色影徘徊。

夜暗流水去，知音曲尽台。
堂明君子饮，寺淡守圆灰。

**13 武则天《如意娘》**

其一：
意马心猿半问君，唐家武周一纷纭。
堂皇易之斜阳尽，阶短明明石榴裙。

其二：
念念思思石榴裙，新新旧旧半人君。
心中玉房浮云多，月下情明影色芬。

**14 武曌**

一半朱碧一半芬，家中玉影两人君。
五陵草木长安尘，无字碑平雨小耘。

**15 读李贤《黄台瓜辞》**

其一：
唐唐李李平天下，武武周周一人非。
李下瓜田君取尽，英雄去后何人归。

其二：
取尽田瓜尽不留，长安日下下巴州。
碑中无字碑心仄，三摘天高半枯秋。

**16 李治《太子纳妃太平公主出降》**

李显太平一日非，薛绍韦后半宫晖。
中天六合周唐下，尘暗五陵雨不归。

**17 句**

上苑华林雨色稀，吴宫幽草馆娃衣。
江湖人在寻蒲菽，天水山川满故晖。

**18 许敬宗《拟江令于长安归扬州九日赋》**

其一：
楚客女颜开，吴宫玉影来。
江湖云雨重，水色百花开。

其二：
心中日月开，云上沉浮来。
偏执霜华重，平明奉天回。

其三：
年年霜色重，日日向天开。
枯枯荣荣尽，朝朝夕夕来。

**19 春**

雪花玉色催，红落李桃开。
碧影繁枝重，香尘燕子来。

**20 李义府《堂堂词二首》**

荒沙秋色尽，漠尘沾人衣。
啸啸阳关去，心重客不归。

**21 读《腊日宣诏幸上苑》**

上苑花开一未知，春梅腊月暗香时。
唐家天子周天下，不见牡丹借一枝。

**22 宋之问《题张老松树》**

暮落天空八月清，中秋月色万城明。
斜人画诗凭林木，水泽山东之问生。

**23 读宋之问《渡汉江》**

越州钦州半岭南，乡人不问一心断。
成都偏向寻卜卦，之问生平自言叹。

**24 读张昌宗《少年行》**

其一：
女里豪杰遂女流，寒门阶下问闺楼。
唐家可叹书生少，不见君颜问奴颜。

其二：
一诺千金易之寒，箫声未央玉人姗。
天涯咫尺江湖上，叶落秋山碧水澜。

**25 读乔知之《绿珠篇》**

其一：
石崇名园一夜声，绿珠自许半井情。
千年结发心先死，粉黛家奴玉色生。

其二：
石崇楼高一绿珠，知之碧玉半有无。
萧郎传巾侯门里，崔郊纵情收玉奴。

**26 上官昭容《驾幸新丰温泉宫献诗三首》**

一岫青云沉坝川，半家烛火玉人田。
秦山南北昭容韵，驾后王前裁臣宴。
开验中宗石榴裙，三思韦后未生年。
琼花垒色昭文馆，尽点文华无尽怜。

**27 读崔湜《婕妤怨》**

其一：

细雨半泽东，春花一镜中。
芙蓉出渭水，菊色入塞风。

其二：

日月明空一色空，人心草木半春红。
山林君子五蕴淡，云雨书生两处同。

其三：

天津桥下百花惊，上苑林中五色萌。
昭容太平一崔湜，帷屏枕席半人生。

**28 吊上官婉儿**

芙蓉出水半纱妆，玉色昭容一池塘。
虚假开轩文月淡，萧声幽幽问凤凰。

**29 读宋之问《奉和晦日幸昆明池应制》**

春津云初动，疏影夜半开。
葇草昆明池，水平鲲鱼回。
芳香浮御阶，玉姿柳明催。
昨暮东风慢，晓晴问公台。
天方文藻井，不曲昭阳才。
尽日空明不尽，天子日日来。

**30 读李隆基《旋师喜捷》**

一韬一略一是非，半乱半安半媚妃。
出水芙蓉好帐暖，梨园子弟浴王晖。
开元盛世汉将尽，天宝安史马岿微。
夜雨霖铃半驿冷，长生殿上一情归。

**31 唐塞**

幽州叶落一香山，玉尘沙门半阳关。
海市蜃楼戈壁远，排云雁字故河湾。

**32 读薛令之《自悼》**

其一：

夕夕朝朝日日餐，非非是是方圆官。
寻寻常常寻常去，暖暖寒寒问暖寒。

其二：

明皇一桂冠，白石半山峦。
四野朝庭事，时同问暖寒。

其三：

心平诸事宽，先生半空盘。
柴篱明天下，余荫后世安。

**33 读王维《奉和圣制幸玉真公主山庄因题石壁》**

吴宫淑女家，隋水问桑麻。
云雨烟华重，瑶台满落霞。
荷塘明桥色，水细小船华。
淡淡桃花雨，平平柳丝斜。
中正半白石，拾得一天涯。
暮重思君子，朝阳故窗纱。
玉真公主约，琴鸣蔽尘沙。
时运济州迁，书画千年嘉。

**34 读王维《赋汤清如玉壶冰》**

吴江水淡香，细雨暗明堂。
桃李流红尽，春燕垒泥芳。
胡人菩萨蛮，荆轲念奴妆。
玉真秦楼馆，壶清临海棠。
琵琶郁轮袍，诗画重黄粱。
御苑一枝暖，家国半故乡。

**35 读张说《唐封泰山乐章，豫和六首》**

其一：

泰山御封禅音逢，上下云龙日月踪。
一举开元天宝尽，贵妃裙边半玄宗。

其二：

张说半泰山，郑益一青颜。
明来东海上，五品问朝班。

**36 读李白《玉真仙人词》**

其一：

青莲玉真颜，雨落敬亭山。
川谷空日月，江河十八湾。
阳明平四野，烟消玉门关。
月下咏芙蓉，心中疏御还。

其二：

太白心中半云鬟，敬亭山上一叶闲。
玉真相思知红豆，安国馆外玄女颜。

其三：

心在玉门关，情浮敬亭山。
云平太白月，叶淡玉真还。
夫子出函谷，花明女儿缘。
相思红豆去，摩诘问心颜。

**37 读吴筠《高士咏，混元皇帝》**

其一：

地厚九仙居，天高三气舒。
吴冠唐李姓，白石故如琚。
老子青莲问，禅音未尝虚。
玄元知自己，欲行且深疏。

其二：

一地一天一玄元，半前半后半简繁。
禅音淡泊释家近，儒学人心问轩辕。

**38 读宜芳公主《虚池驿题屏风》**

汉家玉容尽胡沙，将士长安不为家。
塞外红妆平尘埃，琵琶曲断暗年华。
长城落叶山涯隔，枯树霜天雪冰花。
折戟葡萄还一籽，中原谁问种桑麻。

**39 读杜甫《陪诸贵公子丈八沟携伎纳凉，晚际遇雨》**

其一：

江霞平五色，树影去时迟。
楚客浮光尽，吴姬问玉池。
斜阳明碧荷，岸柳垂青枝。
渭水阴晴多，音琴何为知。

其二：

岭暗半风头，江华一渚洲。
云浮朝去帆，水落晚归舟。
金陵问念奴，沙城八月秋。
追逐歌舞乱，不消万年忧。

**40 读江采萍《谢赐珍珠》**

月暗珍珠秋色廖，梅妃犹记玉鸣萧。
春泥处处香如故，蕙质兰心透绞纳。

**41 唐玄宗**

珍珠未断御心消，水淡采萍故土遥，
无言闽江半月色，平阳叶落紫宸迢。

东樱七夕天华晚，月下瑶台梨园涧。
出水芙蓉春汤暖，闻铃夜雨念奴娇。

**42 读颜真卿《赠裴将军》**

长安边蓟一天云，燕赵长安二将军。
射虎裴旻平北塞，迎刀断矢奚人闻。
安史之乱范阳战，七十英雄尚文昕。
志柏虬枝今古书，威风凛凛颜家筋。

**43 读杜甫《哀王孙》**

天孙大娘半将军，锦水草堂一月曛。
犹问开元胡儿舞，天宝之乱两朝分。
川江夜半霖铃雨，不是闻君是问君。
孰论成败兴衰尽，来来去去亦纷纷。

**44 读王维《凝碧池》**

其一：

菩提寺下野云烟，碧池晴中不望天。
梨园空空君子去，长安寞寞月平弦。

其二：

清泾浊渭半长安，百臣皇帝两代天。
九嫔四妃官驿断，千家万户舞炊烟。
空空上苑凝寒碧，淡淡朝宫月下弦。
重忆开元张九龄，霖铃秋雨泣锦川。

**45 读李白《永王东巡歌十一首》**

谁问君王玉马鞭，刀枪剑戟无琼筵。
书生妄论胡沙净，目瞳示王三日边。

**46 读高力士《感巫州荠菜》**

荠菜早春荣，肤寒伏土生。
还知高力士，不改一声名。

**47 读张巡《守睢阳作》**

血染半睢阳，苏淮一袭芳。
张巡义齿呼，安史赋人伥。
间丘昌龄济，丞相正气扬。
春到天子战，犹见地天光。

**48 读李泌《咏方圆动静》**

人间半动静，天下一方圆。
黑白千军马，心中三寸田。

**49 读严武《巴岭答杜二见忆》**

夜问锦溪月色知，草堂客舍菊花迟。

云浮雨落人心冷，尘暗沙扬上苑枝。
曾问长安千子指，洛阳杜二谱新诗。
鸟鸣爱屋琵琶尽，两岭昆仑有灵芝。

**50 读严武《军城早秋》**

其一：

千年帝子一江山，万里长城半旧关。
但有飞将明不守，东流隋水富家还。

其二：

寒宫月色旧时关，落叶生平满故山。
富甲江南明隋水，鸿雁去尽隔年还。

**51 读河北士人《寄内诗》**

书生砚池化璃田，武甲声名守旧军。
草木心中明日月，花鸟月下谢山川。

**52 读王韫秀《同夫游秦》**

霜寒三九一花春，五蕴天香半袭人。
轻淡离音扫陈旧，君人一诺两苏秦。

**53 李广**

子吏声名论纷纷，王公拾废石榴裙。
幽州少儿年年唱，塞外飞将十万军。

**54 咏梅**

一花一月一迷津，半渭半泾半西秦。
影化残霜五蕴水，香泥还作四时春。

**55 读柳氏《杨柳枝》**

折柳丝，离人情，杨柳枝下江水平。
柳丝条条悦韩翃，许俊温酒斩华雄。

**56 读李端《赠郭驸马》**

上苑华韵暮色楼，凤凰形影夕玉宫侯。
天生泾渭知清浊，犹见曲江浅薄流。
大历才子郭郎顾，家姬镜儿有意求。
素音酥手传心弦，半是闺情半春秋。

**57 读薛涛《贼平后上高相公》**

其一：

一江波华日月光，两山壁垒夕朝茫。
江山自古沧桑去，尽往英雄八面昂。

其二：

江花不尽水江楼，三十年华四十秋。

一笺薛涛春色重，元镇两地暗心流。
川音楚客鹦鹉舌，窗镜云鸟问蜀囚。
十一官伎节度使，斜阳不及九州游。

**58 读武元衡《秋日书怀》**

其一：

时时刻刻一君班，国国家家半不还。
日理机关平蜀相，重楼月色羞红颜。
梁州落叶惊鸟栖，未见归雁问湘湾。
千古知音纵倦隐，使君上苑向春关。

其二：

花田月色四方春，金楼玉女两心邻。
梁州一曲余音去，三弄梅花度西秦。
杯里平生浮日月，江湖端谨向天津。
早朝旦辞靖安坊，未ðến唐韵何处臻。

**59 读白居易《新沐浴》**

朝露岁岁一清寒，夕照年年半华丹。
不易居易白居易，乐天白得乐乐天。
官官隐隐凭思退，暗暗明明任盘桓。
草碧花香人性近，平平常常故兴叹。

**60 读白居易《春尽日宴罢，感事独吟》**

春香秋香夜阑香，暮光辰光日月光。
不易居易情里客，樊素小蛮老马凉。
声名无字长安姬，西子平湖白堤妆。
百里方圆治水域，花心月下染芳塘。

**61 读李昂《宫中题》**

宫中侍臣知，上苑草荒时。
天地人无为，心平未必迟。

**62 读李忱《百丈山》**

山佛百丈一峰峦，天子龙衣半万般。
暮暮朝朝荒日月，来来去去逐宦冠。
风云万壑山光满，三月春泽十月寒。
十岭流泉高处出，波涛入海下云端。

**63 读赵嘏《长安秋望》**

斜阳渐尽落霞流，岭树高映碧叶楼。
影暗山中鹤林寺，夫重函谷印重州。
烟光徐徐山南沉，淡淡云天无偏忧。
拾得红衣鸣去尽，江山叶暗半春秋。

**64 读薛能《筹军驿》**

七擒问孟获，奉王下祁山。
南阳君三顾，赤壁劝吴颜。
不信东风雨，周郎玉弓弯。
前后出师表，不复蜀思关。

**65 读高骈《池上送春》**

天云入水碧波心，日色山光照重林。
回首花明平淡绿，江湖影摇和音琴。

**66 读罗隐《野狐泉》**

破壁残垣旧寺尘，荒堂衰草蓬池滨。
花明月色一君子，半施妩媚半是人。

**67 读杜荀鹤《梁王座上赋无云雨》**

其一：

昭宗半代一朝空，十国天平五代同。
裙带宦官黄河水，藩镇割据巴川红。
明皇孰谓唐人变，叶落长安各西东。
谁问江湖常醉客，云天犹可望飞鸿。

其二：

长安洛下半云深，尘暗昭陵一御林。
李武唐家安史乱，黄花不尽天时阴。
金甲十载秦妇问，枯枯荣荣世人心。
何等江山凭俯仰，经天日月自古今。

**68 唐**

兴兴衰衰天时空，雨雨云云夕照红。
社稷千年凭日月，江山万古尽异同。

2008 年 8 月 18 日
北京养春堂

---

# 十四、《唐诗实用分类图典》

商韬、商慧锦　选注　上海远东出版社
2000 年 1 月版

---

**1 虞世南　咏蝉**

立夏半高风，三声九脉同。
清音凡独响，南北向西东。

**2 王维　野望**

邻人问采薇，露似雨霏霏。
岭上秋花色，霜明一滴晖，
客心寻此阔，群雁向南飞。
徒见人来往，纵横尽是非。

**3 王维　春桂问答　梅村**

霜落玉枝斜，寒心不见花。
枯荣寻腊月，岁岁自芳涯。
十日呼桃李，千年不向家。
山中香雪海，天下入春华。

**4 卢照邻　曲池荷**

入夏醉芙蓉，三春碧叶雍。
莲心含色重，根玉半无踪。

**5 骆宾王　于易水送人　易水**

人间易水寒，天下客心宽。
日月春秋色，咏蝉问玉冠。

**6 李峤　中秋月**

色满广寒宫，嫦娥一日穿。
相思人不语，后羿向西东。

**7 王勃　思归**

江上一舟归，山中两叶飞。
夕阳常问止，月色入秋闱。

**8 王勃　送杜少府之任蜀川**

半部论苏秦，千年渡古津。
连横知六国，纵合为君臣。
海角天涯尽，千山万里人。
春秋心伺待，谁必自沾巾。

**9 宋之问　渡汉江　乡音**

一日念乡亲，三声问故人。
心中天地下，梦里是家春。

**10 郭震　米囊花**

御米芳华木草深，阳春白雪地天霖。
巴人下里青春尽，何必高堂献此心。

**11 东方虬　春雪**

其一：

天华慢慢来，鳞角尽心开。
素表高天地，春庄满玉台。

其二：

仙女散花开，扶疏玉自来。
心中香雪海，天下万枝梅。

**12 贺知章　回乡偶书**

酒不知心酒一杯，万家草木万家梅。
儿时少小江湖望，远去江南不道回。

**13 陈子昂　春夜别友人**

明月五千年，书生二万天。
京中才子少，岭外尽闲田。
半部君心论，聆听一世缘。
高堂惊旧梦，何以别时圆。

**14 张说　蜀道后期**

川栈

白帝半生名，春秋一枯荣。

隆中人有路，客问锦官城。

### 15 张九龄　湖口望庐山瀑布水
山前挂水云，烟雾雨纷纷。
珠玉飞天上，华光女儿裙。
惊流潭里色，雷动地边分。
忽见清风怒，声鸣一万军。

### 16 韦承庆　宦客
春江日日流，朝暮向归舟。
雁宿晴沙夜，人寻客栈愁。
山荒荣枯色，云彩沉浮游。
但有清思在，年年不自由。

### 17 王之涣　登鹳雀楼
黄河九曲流，夕照十三州。
海角无涯水，人心层层楼。

### 18 王之涣　宴词
水天一色一春秋，滟潋千波万里舟。
桃李花开春不晚，黄河依旧向东流。

### 19 孟浩然　春晓
芳华碧露少，处处香绰绰。
暮朝桃溪流，人去花丛晓。

### 20 孟浩然　夏日南亭怀辛大
山中满夕阳，泽下沉青光。
暮色泉声鸟，苍茫半客肠。
风云藏旧衲，古渡犹浮荒。
赏桂西施巷，茗茶碧螺香。
天下常相向，人中意气扬。

### 21 孟浩然　宿建德江
草木一天津，舟帆万里人。
钱塘惊八月，天下未分均。

### 22 孟浩然　渔樵
渔樵一水川，朝野半人年。
鸟在山深秀，鱼游浦泽缘。
高歌寻客至，敞卧云飞天。
一釜凿天地，千帆日月边。

### 23 孟浩然　过故人山庄　海南　张青
云游四方家，宦客半天涯。
海角山河尽，潮平暗海沙。
晴滩波初静，日暮天光斜。
仰止凭轩向，张青玉浪花。

### 24 张旭　桃花溪　桃花源记
丹青册附世云烟，只逸桃源半亩田。
见得秦耕隋种树，天人一半一人天。

### 25 张旭　山中留客
一滴源泉一滴晖，半思成就半思归。
生萋草木烟含雨，日月川流去不徽。

### 26 七岁女子　送兄
武则天如意年间召七岁女赋词送兄
人情半入围，国声一云飞。
如意年中间，心田故雁归。

### 27 李颀　送魏万之京　离歌
相寻时少别时多，草木逢春一去波。
鸿雁年年南北往，淡云半度半光河。
读书自始寻天下，离合悲欢苦为歌。
忧国忧民忧自己，瞻前顾后问蹉跎。

### 28 王昌龄　塞下曲
古北一萧萧，长城半路遥。
隋唐人所争，旧主向前朝。
玉帛沉沙荒，残垣度国消。
兵家寻于此，山水是人骄。

### 29 王昌龄　望临洮
岁岁水云消，年年沙似潮。
平原多落雁，夜半少临洮。
何处长城外，西秦二世枭。
黄尘烟古道，心力尽东辽。

### 30 王昌龄　采莲曲
九色芙蓉半玉台，三春心事偷情猜。
滩滩水水临心照，一阵香风尽自开。

### 31 王昌龄　黄鹤楼
半入江湖半入吴，三山二水楚山孤。
千金一诺江东去，帐下虞姬舞玉壶。

### 32 王昌龄　浣纱女
暮色钱塘玉色家，半江渔火半江华。
湖头初起三春色，西子晴波一处花。

### 33 祖咏　江南旅情
玉色一风遥，钱塘八月潮。
姑苏烟雨夜，渔火梦难消。
月半寒山寺，残灯烛火廖。
心随流水去，叶落问枫桥。

### 34 王维　青溪
天下一青溪，心中半月梨。
川流明碧色，岭重鸟空啼。
岸芷汀兰碧，波光玉影西。
樵渔相互问，朝野水云低。

### 35 王维　渭川田家
泛渭多分明，山川草木生。
心中天下念，朝野论纵横。
京洛寻才子，书生故子情。
惊来千古迹，日日马前生。

### 36 王维　山居秋暝
古寺淡中秋，烟云静静流。
江湖霜叶落，月色待归舟。
拾得钟声尽，书藏玉竹楼。
天涯芳草岁，啸啸十三州。

### 37 王维　终南山
终南雪色珠，太乙玉娇奴。
赤壁周郎将，云飞三国无。
临川山石重，逐月地天图。
啸啸群雄去，声声一丈夫。

### 38 王维　观猎渭城
君高半围城，书生问枯荣。
茫茫云水尽，啸啸大江情。
一箭射雕去，千年乌雅鸣。
英雄无所以，心下自无平。

### 39 王维　使至塞上
枯草肃霜山，沙尘问塞还。

围城山水外，饮马玉门关。
断壁长城旧，原荒日月艰。
孤烟寻折戟，回首夕阳闲。

### 40 王维 归嵩山作
游僧半闭关，草木一嵩山。
流水冬云尽，清晖夏雨还。
红尘浮古道，世俗沉人湾。
古刹空空色，禅鸣尽日颜。

### 41 王维 鹿柴 空山
山空鸟不飞，寺旧客寻归。
霞落清流上，光浮满紫薇。

### 42 王维 白石滩
白水也西东，湾滩月日中。
明流三古尽，故色半寒宫。

### 43 王维 竹里馆
月淡竹心昭，清风旧梦消。
心情人付水，色满一溪潮。

### 44 王维 辛夷坞
木末一芙蓉，辛夷半古踪。
花开花自落，相似不同逢。
注：桂花又称木，笔有春秋四季之花。

### 45 王维 鸟鸣涧
叶落桂华中，人心月色同。
一泉惊池下，半夜静山空。

### 46 王维 山中
山泉细细流，林密鸟无秋。
虚有人城故，高峰自不忧。

### 47 王维 杂诗 梅
一半倚天斜，千年腊月花。
三春晖独领，五万李桃家。

### 48 王维 相思
一水西西湖，三光二月吴。
千年寻范蠡，西子向姑苏。

### 49 王维 九月九日忆山东兄弟 重阳
客在幽州四拾春，心因地主辽东人。
重阳高足家乡望，风雨潇潇处处珍。

### 50 王维 渭城曲
渭城柳下已无人，才子门中半入春。
一日云峰天下士，千年来去是红尘。

### 51 丘为 题农夫庐舍 春
桃李一家园，农夫半亩田。
春耕千粒子，秋后万家年。

### 52 王湾 次北固山下
云锁焦金关，江流北固山。
青青鹦鹉草，扬子易桑颜。
下里巴人去，高山流水还。
润州听楚曲，蜀客入吴湾。

### 53 李康成 采莲曲
连心露，水上半珍珠。丝丝不挂千岛湖，
短短衣衫半扶苏，红白粉绿有时无。
船低昂，人沉浮。玉远近，采莲渠。

### 54 丁仙芝 渡扬子江
一壁砥中流，三江半入秋。
晴波随水远，浊浪十三州。
寺里朝晖近，润州夕照愁。
金陵风月在，草木碧南楼。

### 55 答李白
白石问青莲，钟惊俗世缘。
红尘寻古寺，上苑半人年。
蜀客知黄鹤，长安下水船。
知闻知不闻，来天自去天。

### 56 李白 宿五松山下荀媪家
山深鸟不还，清水养红颜。
过客溪泉上，山翁未得闲。
青松积草木，日月照三湾。
夜半高堂问，人生字何间。

### 57 李白 渡荆门送别
三江下荆州，一水向天游。

楚客言三诺，长沙不可求。
云浮寻何处，烟结雨飞舟。
奔腾扬长去，声鸣万里流。

### 58 李白 望庐山瀑布
一半匡庐一半烟，千年流水挂千年。
洞庭跌落悬崖岸，也是云波也是天。

### 59 李白 夜下征虏亭
客去问金陵，船家秦淮灯。
桃花明月夜，曲渡一江凝。

### 60 李白 横江词六首
横江一月明，采石半江清。
梁武心中寺，金陵客不平。

### 61 钱塘潮
钱塘八月怒涛扬，四面潮天万里荒。
海宁重寻云水岸，疯狂何处是斜阳。

### 62 横江
切断横江问水君，管弦落下乱纷纷。
风波烟里轻舟去，也是江天也是云。

### 63 海神
扑向天门去不回，浙江二月万花开。
推流逐浪扬长去，白雪满天滚滚来。
注：浙江即钱塘江，天门是山名，在安徽当涂。有东西梁山对峙，如门中流江水。

### 64 横江馆前
一路风波至欲行，横江下海半鸣声。
四平八稳心思重，也不阴云也不晴。

### 65 横江词
一谷川流一水开，三山云雨二江回。
公无渡口君无渡，天马行空去复来。
注：汉乐府"公无渡河"，鲜卑公欲渡，妻曰不可，公亡于渡，妻琴曰："公无渡河，公竟渡河，渡河至死，公竟奈何。"遂投河自尽而终。

### 66 李白 丁都护歌
云阳万里肠，别离一家乡。

月半孤云落，吴牛下夕阳。
家中藏妻小，世上取扬长。
草木知时节，人生日月光。

### 67李白 鲁郡

之一：

云飞柳丝条，雨落志无消。
天地秋风里，光明日月霄。
排空人字去，雁影少孤廖。
来去衡阳岸，聆听八月潮。

之二：

落叶向天高，云平沉二毛。
飞扬寻万里，秦汉半胡桃。
齐鲁泰山下，幽燕论离骚。
君心知自己，和意与曹操。

### 68李白 秋浦

之一：

炉边一千年，天宫半紫烟。
高风寻亮节，夜半问婵娟。

之二：

秋浦一云消，晴光八月潮。
分明天地里，君子自琼瑶。

### 69秋浦

秋浦泽生晖，归鸿不择飞。
目随霞落去，玉色不回归。

### 70 李白 谢公亭

君子尚交游，东华善自忧。
纵横天下事，挥斥古今秋。
映水花萤翠，春风雪月舟。
风停寻海角，雨落向重楼。

### 71李白 沙丘城外寄杜甫 友情

文辉曲阜城，鸿鹄怯无声。
辰沮风边草，斜阳水下明。
石门闻古寺，宿旧别难情。
此去思南北，还来不尽鸣。

注：李杜同游齐鲁，秋中于曲阜石门寺阔别于天宝五年。

### 72李白 峨眉山月歌 思渝

乐山驿客上渝州，半自江东半自流。
一峡三川三峡水，青衣十丈入飞舟。

### 73李白寄东鲁二稚子 寄姑苏

吴地问桑叶，怯心警鸣蚕。
斗室闻涌动，寸土一万泉。
桃李尚未及，村溪落船帆。
水流小桥下，心重金屋前。
东山疏梅斜，太湖满雨烟。
客寄姑苏城，悠悠已三年。
暗香自浮去，丝竹五十弦。
守子名吕赢，寻父玉池边。
同渡姑苏月，抱晖如涌泉。
小女名吕今，亦问拙政园。
子子女女去，孤情不自怜。
独向明月夜，书中残不全。
宦事以久违，随意过前川。

### 74李白 金乡送韦八之西京 离别

离别问苏堤，忧情见雨低。
五湖多酒泪，一鸣少清啼。
常闻咸阳树，飞鸿择暮栖。
心明知自己，月色夜郎西。

### 75李白 越女词五首 客舍苏州

七步一村桥，三潮两日消。
云烟花雨夜，碧玉小家娇。

### 76 采莲

半亩半莲花，红颜玉色斜。
芙蓉偷出水，倩影不回家。

### 77耶溪

耶溪一玉霜，浣女半羞床。
西子斜阳后，心中满月光。

### 78李白 早发白帝城

群雄逐鹿一人间，三峡飞舟两岸山。
赤壁江流寻铁锁，无师白帝宿寒颜。

### 79李白 赠汪沦 太湖

江湖浩渺雨烟城，流水桃花夜露生。

隔岸船家相问讯，望晴不负去东情。

### 80李白 黄鹤楼送孟浩然之广陵

不辞黄鹤故人楼，只问江流鹦鹉洲。
云雨龟蛇羁汉口，人情七味半东流。

### 81李白 闻王昌龄左迁龙标遥有此寄五溪

夜色清清月半西，玉影淡淡客五溪。
朝朝野野堂中问，独抱琵琶鸟不啼。

### 82李白 劳劳亭

月半守金陵，瓜洲不问灯。
春风桃李下，十里客心冰。
淡淡一渚汀，明明五里萍。
劳劳亭上客，丝丝柳青青。

### 83李白 静夜思

云浮十地霜，五色一林扬。
只记家乡水，心中日月光。

### 84崔颢 长干曲

家中如意去，路上一帆扬。
客问颜如玉，还来就故乡。

### 85高适 别董大

自取书香自白云，琵琶半抱半衣裙。
东风不忘凭心愿，一曲悠扬便是君。

### 86王维 渭城曲

万紫轻浮问故人，洛城才子入天津。
未终一曲阳关去，半是东吴半是尘。

### 87高适 塞上听吹笛

浮云万里半天山，羌笛人终塞外关。
不尽沙尘鸣不已，雪花落尽一心还。

### 88高适 营州歌

胡儿三春不问家，营州半夜未寻花。
弯弓一箭城门下，无数苍茫玉影斜。

### 89储光羲 钓鱼湾

江河九曲湾，古寺半门关。
只见三春草，无知沉玉颜。

光辉潭泽满,日月落天山。
不禁情人间,心居何处还。

## 90 储光羲 田家即事

四更一春闱,三星半色微。
梨花香满树,农事不时违。
耕耘黑土地,拾得向人衣。
应天相识不,田里是无非。
青鹊登枝笑,村茶埂岸围。
劳劳心恻隐,慈念大悲扉。
一只深山鸟,乡情半日归。
凭人知己问,隔岭雨纷纷。

## 91 戎昱 霁雪

一天缟素云望晴,半树孤枝雪不轻。
薄暮重重铺玉色,返光四照暗香生。

## 92 戎昱 咏史

汉界楚河山,皇家庶子艰。
金台人不拜,吕后死生关。
一诺江东去,姬虞舞帐颜。
前年成败尽,万里一河湾。

## 93 刘长卿 逢雪宿芙蓉山主人

梅花半不分,玉色一香雯。
厚重人迹尽,苍茫四野云。

## 94 刘长卿 碧涧别墅喜皇甫侍御访

朝夕晴阴易,春秋半古今。
明明燃旧烛,淡淡读书心。
当自孤来往,芳华月下寻。
江桥三古色,只求一山深。

## 95 刘长卿 归渔阳

匹马问桑乾,渔阳半北天。
京中今古论,天下一方圆。
暮色烛光暗,书多三寸田。
临思高处向,只任水江涎。

## 96 刘方平 夜月

一钟一鼓一人家,半月三更玉色斜。
寺里百花囚不禁,春江流水忘情沙。

## 97 杜甫 望岳

泰山不问樵,凌顶路遥遥。
五岳心中小,三更世事消。
鲁齐才子少,自古一人桥。
天下藏芳华,山高海日潮。

## 98 杜甫 前出塞

帝国不封疆,王师未列强。
三十年逐鹿,五霸主时尝。
折戟沙中错,风声入塞凉。
高堂听阔论,战场几人长。

## 99 杜甫 后出塞

风雪一沙霜,残阳半漠荒。
一望三万里,半夜七斗扬。
寒气侵衣甲,沙丘曲断肠。
忽惊羌笛响,碣石玉门荒。

## 100 杜甫 羌村三首 省心

帐下七军鼙,平明五帐两。
云浮千里水,月满半清溪。
人在人情在,三星北斗齐。
寒心花雨下,落尽化春泥。

## 101 杜甫 梦李白

傲是笑衣裙,心清酒不分。
瑶台鸣足下,玉洁自纷纭。
忽作敬亭唱,声闻宦客文。
风华留万古,天下数人君。

## 102 杜甫 南邻 同里相邻

十里荒塘露满巾,青苔半亩退思人。
园中旧主弄云去,水上芙蓉不染尘。
隔岸周庄商贾客,桥船曲水小舟新。
江南处处多烟雨,也是晴云也是津。

## 103 杜甫 月夜忆舍弟 月思

月半唯孤明,清寒四五更。
京燕千百士,朝夕半荣生。
兄弟三局长,县省国字英。
重阳常问去,故客只一鸣。

## 104 杜甫 客至

方丈心中户半开,鸣蝉喜鹊一窗来。
心扉三寸怜情在,半是池鱼半是苔。
笔砚生辉成四宝,文房独秀向千才。
自由自在凭来去,随愿随心不徘徊。

## 105 杜甫 漫兴

无知河藕才尖尖,隔水朝云露半沾。
雨后春扬三寸势,佳人才子自思谦。

## 106 杜甫 春夜喜雨

姑苏夜半明,寺外露烟生。
碧绿江湖水,黄花待雨晴。
香风春色变,柳岸客船平。
晚唱寻渔火,聆听玉笛声。

## 107 杜甫 寻花

腊月寒心半是冬,浮香自得百花踪。
东西山里梅花落,色满洞庭碧螺峰。

## 108 杜甫 一春和

晴河一万光,弱柳两三塘。
同里运河水,江村草木香。

## 109 杜甫 二吴

山里半春泉,心中二寸田。
吴江晴雨去,客入一家船。

## 110 杜甫 客舍

三天天日雨如烟,一半春心一半园。
花落水流闻鹧鸪,应知弱柳不系船。

## 111 杜甫 怀古

呼和浩特半黄昏,留下空冢一古村。
大漠连天牛马草,匈奴实诚戟弓奔。
汉宫月下无人画,单于王嫱问蒙门。
留下琵琶君不怨,分明还是蜀人根。

## 112 杜甫 白帝

白帝城中怨气津,出师来捷桃园人。
三家鼎立三家尽,一半荆州两国臣。
三峡激流闻赤壁,五原夕照入东犨。
卧龙五虎风云去,不见周郎已旧尘。

### 113 杜甫 草堂
草堂至日已无邻，一半春秋一半人。
枣叶声中听日月，唐家语下盖冠巾。

### 114 杜甫 下江陵
琼花半月满江陵，玉笛禅音寺下灯。
二十四桥声犹在，鲤鱼跳跃早行僧。

### 115 杜甫 夔州歌 望晴之日吟扬州一首
月半桥中五百年，湖西歌舞二千娟。
环花一夜三更暖，芦笛千枝一玉泉。
辛巳十一月十三日于京

### 116 夔州歌 扬子江
千川百水半金陵，一十三峰两雄鹰。
砥柱中流闻滟滪，巫山展翅是天鹏。

### 117 岑参 秦川
万水尽东流，千心年雍州。
京中才子问，浪迹一川游。

### 118 岑参 逢入京史
书生一诺百花残，皓首终南意气丹。
论语声名天下治，五州何处不平安。

### 119 岑参 武威送刘判官赴碛西行军 大漠
一声令下问胡川，万马音音大漠传。
五月半明花簇锦，将军一箭到天山。

### 120 岑参 碛中做
黄河万里远连天，百种风情待月园。
羌笛三声杨柳尽，碛中沙荒马入烟。

### 121 岑参 春梦
梦春一刻值千金，三缺三圆见半霖。
都是江南寻水客，琵琶枕上待人心。

### 122 常非月 咏谈容娘
沙中一缺圆，马上半扬天。
夜色容娘舞，怜情纳蝶娟。
馆娃杨柳丝，念奴玉人弦。
不见大小，情含天地缘。

### 123 张继 枫桥夜泊 寒山寺
一半丹枫一半天，三江渔火西江船。
寒山寺内钟声月，拾得姑苏约客船。

### 124 张继 阊门即事 隋帝
运河往去逐商船，稻菽黄花万亩田。
废尽文章隋炀帝，谁言西陆是江南。

### 125 皇甫冉 送王司直 浔阳
千波逐海光，一浪到浔阳。
日日闻潮水，同心问故乡。

### 126 皇甫冉 海门
润州，镇江以东江面宽阔襟海而称
八月问江村，三潮注海门。
瓜洲波不渡，扬子向黄昏。

### 127 钱起 侠者
故水不寻华，悲歌剧孟家。
平平辞故园，淡淡去天涯。

### 128 钱起（吴兴人湖州）归鸿
泽浦寒沙一半苔，衡阳落雁二三回。
蒲湘明月多清怨，不忍归心叶落来。

### 129 顾况 田家
之一：
鸡头米玉香，螃蟹满心黄。
八月中秋晚，人家待夕阳。

之二：
芙蓉岸边斜，沐后满香家。
夜苦三江水，忘情半月花。

### 130 戴叔伦 三闾大夫庙
离骚赋湘音，清歌意气深。
汨罗千古在，收入一天心。

### 131 戴叔伦 兰溪（浙江兰溪县）
曲向兰溪十八湾，千流玉色一江颜。
芳华满地浣纱女，不须春心柳丝闲。

### 132 韦应物 秋夜寄立二十二员外
月影下林川，敞轩不入眠。
山空凭水静，落叶一心船。

### 133 韦应物（滁州西涧）春草
山高半寸草幽生，弦月三溪两岸鸣。
满壁生辉春雨后，云光还近色清清。

### 134 张潮 采莲词
舟平尤见夕阳浓，露水三重玉一宗。
荷在塘中寻自主，莲心只入碧芙蓉。

### 135 卢纶 和张仆射 塞下曲
英雄塞下同，月色雁惊风。
一箭楼兰去，沙河野马中。

### 136 卢纶 塞下曲
昭君不问刀，胡地满葡萄。
争战非人战，单于向旧旄。

### 137 卢纶 山店
山山水水一春云，地地天天半气氛。
为约清泉明石影，楼台隔岸是文君。

### 138 李端 拜新月
弓弦渐渐开，玉影沉浮来。
且莫人言响，人心去不回。

### 139 于鹄 江南曲
船边隔岸一家邻，处处云光处处春。
忽然五湖杨柳色，洞庭山里杏花人。

### 140 于鹄 巴女
半云半雨半黄昏，一楚三巴小女村。
切莫惊飞藏雨鸟，此时只以约心门。

### 141 李益 水宿闻雁
清清浦泽乡，浩浩月明光。
落叶荷寒至，秋时到衡阳。

### 142 李益 度破讷河 沙漠
平沙落雁草秋肥，荒泽流萤不愿飞。
旧约平明协伴侣，只向潇湘寻日归。

### 143 窦叔向 夏夜宿表兄话旧
雨打芭蕉带意听，琵琶半报问玉玲。
五湖水色云烟重，两岸洞庭二月青。

一寸肝胆约故友，三杯浊酒叹零丁。
客心已久时时驿，月半江湖雨上萍。

### 144窦常 七夕
云深夜静问三更，银汉西河渡七情。
但使人间音尤乏，牛郎织女守空明。

### 145畅当 黄河泽浦
溟溟泽浦宽，无力纵天寒。
朝夕滩湾少，黄河半日残。

### 146王表 咸德乐 江楼
三江东去问江楼，半度春荣半度秋。
月月年年关山曲，前前后后纵飘游。

### 147李约 观祈雨
人间有力祈苍天，倒柜翻箱聚旧缘。
为求心中三滴雨，大师不免口河悬。

### 148孟郊 郊寒岛瘦 游子吟
念念一心悬，辛辛半口苦泉。
满州南海北，父母未尝田。
少小寻天下，游心度日年。
如今知大小，世上何人缘。

### 149孟郊 苦吟 归
生亡知父母，拾得一时归。
报去长江水，三春日日晖。

### 150孟郊 洛桥晚望
洛阳洛桥即天津桥洛水之上
天津桥上夕阳斜，洛水云中故客家。
柳丝随风寻玉影，阳关一曲向天涯。

### 151刘商 送别
才人有约别长安，啸啸东门柳色寒。
应惜幽州望晴女，几时园后几时残。

### 152武元衡 春兴
霏霏细雨向姑苏，草色青青柳岸吴。
山里梅花桃李续，人间七色有无孤。

### 153张碧 农父
一心早至问三星，七亩新田待万垄。

过去荒年状元考，原来仕宦十年铭。

### 154陈羽 从军虎丘行
半施文华半施军，三元孙子一元裙。
六宫粉黛循章法，不舍王妃舍故君。

### 155张籍 夜到渔家
渔火照船归，星月入柴扉。
蒲苇三五处，雁宿夜不飞。
天高皇帝远，瓜洲五味稀。
沙晴潮泊岸，鱼市半蓑衣。

### 156张籍 秋思
二鸿未至旧湘东，十里斜阳故水红。
拾得笛声三两曲，江中沉落一千枫。

### 157王健 田家
田家少人居，种豆北山墟。
岁夕春荒度，年年间减余。

### 158王健 雨过山村
同里小桥村一号居
霞辉只差两三家，隔岸杨梅七八斜。
不用妇姑寻柳唱，叮咛只需后庭花。

### 159王健 海人谣 珠人
珍珠万泪一千珠，雨暗三明半色扶。
碧水宫中阳光纳，小船来往入珊瑚。

### 160 王健 秋千词
不下秋千上玉楼，姑苏城北已三秋。
船来船往扬州路，昨日信人问马牛。
只任心中思念重，梧桐树下尽情游。
落巾羞向人前后，为寄心思向谁求。

### 161王健 新嫁衣
姑心半入芳，上拜贰高堂。
不是颜如玉，羞藏入嫁妆。

### 162韩愈 春雪
乱照梅花万里华，纷纷落落千经斜。
春桃未熟无知色，香气袭人不返家。

### 163韩愈 同张水部籍曲江春游寄白二十二舍人 寄白居易
三潭印月月天开，十面西湖水色来。
会调阴阳浮碧柳，青山夕照上楼台。

### 164韩愈 听颖师和尚弹琴 春江花月夜
色满富春塘，淙淙十年光。
云龙浮古瑟，曲调尽昂扬。
玉手弦笙引，江华凤求凰。
园中啼百鸟，十禽向红娘。
忽然长江浪，惊心赤壁荒。
淡淡江水月，落落玉牙床。
夜色人心动，禅师话客房。
桃李芳流去，香江入寸肠。
春江花月夜，女儿曲来芳。

### 165雍裕之 农家望晴
观爵士舞任女人摇摇摆摆
胡姬女儿汉家来，只任望晴早晚开。
纵此天天生旧梦，新颜独有逐情回。

### 166吕温 贞元十四年旱甚见权门移芍药 官宦
得月楼台半是尘，秦河淮水问花人。
乌衣巷口兵丁尽，王谢家门不问秦。

### 167刘禹锡 秋风引
之一：
梧桐一叶云，去雁半纷纷。
阔别高唐水，宦游何地君。

之二：农家望晴
一日望晴万亩沙，农家五月半庭花。
只约天下信息在，夜续三更入梦华。

### 168刘禹锡 视刀环歌
桃花流水浅，观静草青深。
还近半月下，人心一古今。

### 169刘禹锡 堤上行
忧逸畏讥间封侯，岸外春江岸上楼。
九曲东流流不尽，春秋去后又春秋。

### 170 刘禹锡　吴歌桃叶
太湖烟雨雨烟多，水光洞庭色半波。
昨夜吴江桃李下，小桥一步满吴歌。

### 171 刘禹锡　踏歌词
竹枝曲尽入情传，玉色倾心月未园。
渔火泊船杨柳岸，萧郎何处客心田。

### 172 竹枝
四季人间问竹枝，男耕女织意无辞。
花开花落寻归宿，塞北江南处处知。

### 173 刘禹锡　竹枝词　寨歌
山上山中是一家，苗前苗后玉三华。
布衣笛声千声响，傣女舞姿七八花。

### 174 刘禹锡　竹枝词
之一：
夔门不锁翟塘流，白帝城中蜀客愁。
水去船来望夫石，中流砥柱立千秋。

之二：
朝云暮雨月前花，云去船来日夕斜。
滟滪滩中寻砥柱，望夫石上一人家。

### 175 刘禹锡　竹枝词
扬长曲折拾九湾，人后人前玉小蛮。
莫说无风还起浪，心中只是纳郎颜。

### 176 刘禹锡　竹枝四
注：白盐山在夔州东。
一年四季草青青，二次三番十里亭。
只起竹枝千万曲，夔门锁住白盐听。

### 177 刘禹锡　浪淘沙九首选三
只见阳关一万沙，牛郎水浅误还家。
江流九曲心无止，不问张骞自夕斜。
注：汉张骞探黄河之源乘筏上朔到牛郎织女家。

### 178 刘禹锡　浪淘沙之二
注：乐府曲辞　原民曲入教坊
织女常年不在家，黄河九曲日西斜。
一波一浪情流水，二意三心问落花。

### 179 浪淘沙之三
竹枝一曲一心开，半水淘金半水来。
唱去唱来天色晚，人间留下玉人台。

### 180 刘禹锡　乌衣巷
之一：
玉影桥边七八家，乌衣巷口半生涯。
声平歌舞书生去，淑女飞来半朝花。

之二：
得月桥边七八花，状元门口二三家。
明清已尽人心在，何处人生日不斜。

### 181 白居易　李白墓
采石江中太白台，穷波酒尽月云开。
王命瑶池惊心客，出浴芙蓉露水来。

### 182 白居易　赋得古原草送别姑苏
年年问枯荣，岁岁待阴晴。
山上接烟雨，江明一诺生。
心田疏古道，意下漫天明。
半月春江岸，三年向日横。

### 183 白居易　暮江吟
三山影暗暮江东，二水分流月色濛。
自去瓜洲天外渡，秦王原在有无中。

### 184 白居易　浪淘沙
龙井村中百尺泉，望晴茶叶五重烟。
雾云山里新茗试，碧螺沧桑一世田。

### 185 白居易　钱塘湖春行
雨露江湖酒入溪，烟重客色玉人笋。
风云月下杭州令，十里钱塘一寸泥。
绿尽孤山杨柳岸，三潭印月鸟空啼。
无心拾阶心情在，谁问断桥谁断堤。

### 186 白居易　离杭州令赴洛阳作茅城驿
十里问乡堤，三天兴草齐。
一诗名壁上，五味别无题。
云白悠悠在，雨秋多自凄。
平明知何去，不恐玉门西。

### 187 李绅　古风二首
之一：
子女大人词，天长父母知。
泉流桃李下，可叹落华时。

之二：
一事不无成，三生半辅明。
心中闻儿女，默默待阴晴。

### 188 李绅　却望无锡芙蓉湖
半暮平湖落日晖，芙蓉初出玉衣妃。
华光流下沾云水，只恐流明向鸟飞。

### 189 柳宗元　江雪
山前三尺雪，岭后一层冰。
天下无人处，余明半寺灯。

### 190 柳宗元　与浩初上人同看寄京华亲故
园山处处叙衷肠，清水淡淡日月光。
去里无心来里往，情中但得是家乡。

### 191 柳宗元　渔翁
一领潇湘半问吴，两妃泪干竹心孤。
高塘且دست行云雨，同是千年两代殊。
青山淡淡姑心在，来去渔翁有时无。

### 192 柳宗元　田家
乞火向邻家，寒食四壁嗟。
初初原上草，寥寥月半斜。
船家还问客，宦去拾天涯。
雨后烟云重，明前自采茶。
桑柘新蚕养，二月草木花。
西山莼苽问，洞庭不见衙。
五谷人人种，还听女儿爹。
落华遂水去，碧色入衣车。
人道江南好，常闻异鸟嘉。

### 193 元稹　西归
六朝旧事满唐州，两袖清风故国楼。
会问儿童无学步，时时自己一春秋。

**194元稹 酬李甫见赠 寄杜甫**
锦官城外有心寻，杜甫平生瞩念深。
隔篱闻呼三五语，草堂自此落人心。

**195 元稹 嫦娥词 江南女儿**
淡淡江南女儿香，人前处处好心肠。
柳阴拂荡浮云影，玉叶清溪浣洗忙。
蚕卧三春心抽丝，千家宝贝白云床。
心中抽出相思丝，尽是绵情细又长。
委婉呢喃燕子语，婀娜曲意问红妆。
春蚕到死丝方尽，女儿江南贴花黄。
桑叶小船来往少，茹辛茹苦是绸乡。
天明只要他人想，吴里清气举世香。

**196贾岛（法名无本，韩愈劝其还俗，范阳人）忆江上吴处士**
吴江
云低靠岸船，水抑雨生烟。
不志吴中客，姑苏女儿园。
清明知禁火，谷雨不耕田。
似应怜香玉，还心丝竹缘。

**197贾岛 裴度权贵作亭化平宅**
题兴化园亭
一去千年不见亭，残垣旧土草青青。
田禾化为芳华尽，稻谷兴中四海丁。

**198贾岛 题李凝幽居**
三秋初纳霜，一夜肃风扬。
柳丝渔阳晚，寒山度四方。
小桥流水细，碧玉尚书房。
拙政园中草，青中半不黄。

**199杨敬之 赠项斯 斯父**
禅房草木新，经卷化红尘。
万里僧还问，来来去去人。

**200殷尧藩 文森**
男儿向长安，东风向玉冠。
一鸣天下去，十载待窗寒。

**201薛涛 锦官城筹边楼**
只问西川四十州，江湖回首三南楼。
洞庭月夜心中与，啸啸风华疑为秋。

**202胡令能 苏绣**
一声嗔唤一声娇，半是江平半是潮。
绣入吴中凤求凰，悠悠碧柳尽春條。

**203李贺 南园 李贺一**
李贺家居福昌河南宜阳县，有南北二园，南园读书
南园读馆一心余，玉色书中半念居。
论语高谈堂上客，纵容自己只予书。

**204李贺二**
贞观十七年李世民将二十四功臣像，画于凌烟阁予此表扬
凌烟阁月淡如霜，白马寺僧殿无梁。
一路三千尘和土，六朝两济故人荒。

**205 李贺三**
春关一日一英雄，半部三明万古中。
此去关山州五十，文工武治尽沧穿。

**206李贺四**
丛中碧绿玉人来，一夜三尖雨后开。
节节朝天如竹破，纷纷荐落满新苔。

**207 李贺五 北园竹之二**
高唐云雨半霏霏，群玉山头一旧衣。
斑竹一枝千滴泪，夜半潇湘二人归。

**208 李贺六 马诗二十三首选四**
山深一细泉，大漠半云烟。
天马行空去，光华处处缘。

**209李贺七 马之二**
玉骢数天年，千军一当先。
风驰三皇逐，扫荡七军团。

**210李贺八 马之三 房星**
马骓势非凡，江东一日衔。
矢前闻赤兔，楚汉旧衣衫。

注：房星，二十八宿之一马星；
马为房星之精应房精而生。

**211李贺九 马之四**
房星万里扬，草低见牛羊。
朝闻黄骢去，楼兰赤兔光。

**212 施肩吾 江南怨**
万亩五湖一玉鳞，三桥两岸半香苑。
小舟过去寻杨柳，李杏桃花入客邻。

**213 李敬方 汴歌**
汴河自古是非多，只道隋炀夺玉娥。
拾得千年繁华地，长城何处此先河。

**214 杜牧一 过华清宫三首 华清池**
华清色水玉芙蓉，舞尽长安太白踪。
留下七绝绝代唱，梨园子弟骊山逢。

**215杜牧二**
石榴裙前李武裁，南冠客尽谁人来。
典书已尽该不该，唐家子弟去无回。
玄宗尤奏霓裳曲，李煜词踪亡国台。

**216杜牧三**
安禄山中醉儿生，渔阳城外月无明。
芙蓉为取胡旋舞，天下华清玉色晴。
注：安禄山体胖能作胡旋舞。

**217杜牧 沈下贤**
小敷山下梦衣中，四围江湖士不尘。
已是荒凉难自得，空空日月向人人。

**218杜牧 齐安郡中偶题**
溪桥落日不忘东，枯荷按云点滴中。
曾是斜阳相照顾，心约水暖醉梧桐。

**219杜牧 村行**
雨色已三春，云归陌路人。
柳杨风不系，桃李问烟津。
山里牛羊水，心中向客邻。
月明寻形影，怯恐梦时珍。

## 220 杜牧　题村舍
一亩蚕桑半亩藜，三春草木两家堤。
塘前塘后清明去，鸟在烟中尽日啼。

## 221 杜牧　怀吴中冯秀才
十里烟云九部桥，三家玉带一家遥。
五湖舟上啸啸去，同里园中退思潮。

## 222 杜牧　清明
江湖水色月黄昏，影遥尽香半出门。
只见邻家新火照，草青烟暗小江村。

## 223 杜牧　别家
此去江湖不问家，尚书冷落日西斜。
回头是岸寒山寺，仰止禅心拾得花。

## 224 杜牧　归家
不明何处问归家，与争声明到海涯。
老态方知心父母，龙钟鬓白不年华。

## 225 许浑　谢亭送别
宦客来时任自由，东方不在向西舟。
京中才子扬帆去，赋满南楼赋北楼

## 226 雍陶　城西访友人别墅
夕阳回照玉枝斜，却携香风百里花。
只向山中云雨问，年年处处尽芳华。

## 227 方干　思江南
夜半孤明梦不成，不知何处是声名。
声明只被声明误，四壁书香只一鸣。

## 228 薛莹　锦
平明月色稀，紫气初沾衣。
选胜玉皇顶，天河织锦玑。

## 229 温庭筠　江南雨
隔江花草隔江船，云雨邻家雨半帆。
山下五湖明里去，吴江情意一城烟。

## 230 温庭筠　分水岭
东流西水一清清，半有声鸣半有情。
北有蟠冢分水岭，人心留住万年行。

## 231 温庭筠　商山早行
客问千山寺，知思一故乡。
寺空三世界，乡重半家阳。
柳暗江桥外，花明女儿妆。
五陵尘已旧，草木半年荒。

## 232 李商隐　天涯
落叶一天涯，归鸿半暮霞。
夕阳情未了，晚照只秋花。

## 233 李商隐　无题
秋千一杏花，色入万人家。
常见东流水，书生半日华。
寸心高阁上，春草满天涯。
落下秋实沉，飞扬尽女霞。
为望枫林晚，裙红二月花。

## 234 李商隐　灞岸
渭泾草木已青青，上苑长安雨未停。
此去三春秦汉路，紫烟一日尽浮萍。

## 235 李商隐　宿骆氏亭寄怀崔雍崔衮
幽州秋叶锁燕京，独慎人生隔围城。
落落大方扬抑去，人间留下晚来情。

## 236 李商隐　杜牧
高楼西风已黄昏，仕宦迷茫色半门。
借问山中云水重，牧童遥指杏花村。

## 237 李商隐　忆梅
香雪海天涯，芳明一万家。
江南三两日，儿女追流花。

## 238 李商隐　微雨
日日雨云霖，轻浮夜不深。
平明无与共，懒出梦人心。

## 239 李商隐　霜月
衡阳城里渐无蝉，西陵荒漠沙上天。
半尺霜明惊月冷，雁声一句玉含烟。
注：青女主霜雪，女神素娥即嫦娥。

## 240 李商隐　离亭赋得折杨柳
杨柳依依落鸟飞，离亭啸啸日浮回。
夕阳不尽情无了，不到源头不是归。

## 241 李商隐　隋宫
隋宫隋水九重天，秦汉长城一缺园。
半岸江都春水绿，千年塞北不流船。

## 242 李商隐　无题
溧阳公主梁简文帝女嫁侯景
一半地上一半天，溧阳公主问丝弦。
风花雪月江湖岸，村野茅屋玉女娟。
独宿三更知冷暖，乳燕二月寄梁前。
无端寺侣僧门外，也问心思也问缘。

## 243 李商隐　乐遊原
重问乐遊园，云中一半天。
夕阳原向晚，无限似流泉。

## 244 李群玉　放鱼
天地一溪泉，江湖半雨烟。
人寻湘竹问，高峡自无田。

## 245 李群玉　引水行　山光
一谷寒泉一谷烟，半流江水半流年。
争明斗暗喷波出，一月天明一月圆。

## 246 项斯　江村夜泊
船泊一江村，云亭半入门。
月明千万水，渔火两三屯。

## 247 曹邺　官仓鼠
官宦场中一手扬，迁升浮沉半心肠。
朝登高歌凭望还，暮到江湖自然凉。

## 248 皇甫松　采莲子一
暮色茫茫约采莲，水波漾漾弄轻船。
芙蓉悄悄知情水，弃下红裙如玉妍。

## 249 皇甫松　采莲子二
半是芙蓉半是秋，一心莲子一心游。
晴荷碧叶藏心事，恐为花红满色羞。

## 250 皇甫松　浪淘沙一
遥望洲诸半江村，一水波波一水门。
扬子滩头寻渡口，淘沙浪里是黄昏。

### 251 黄甫松　浪淘沙二

豆蔻年华一小舟，飞霞天水半江流。
晴沙细细波淘尽，淡淡湖光不可求。

### 252 曹松　商山商于原

三月春华草木香，一家儿女共芳堂。
只求和顺寻常度，独有慈心古道扬。

### 253 来鹄　蚕妇

村外桑麻叶半深，桃花流水雨霖铃。
年年将养年年问，一半人前一半心。

### 254 来鹄　题庐山双剑锋

夕乱匡庐双剑峰，洞中不见醉芙蓉。
临流变化惊心术，四面山中何处龙。

### 255 来鹄　云

舒舒苍苍半人间，沉沉浮浮一事闲。
落暮朝晖相似久，琼楼玉宇彩光还。

### 256 来鹄　鹭鸶

色半云中月半归，鹭鸶一只不远飞。
依依芳浦依湖水，不隔游鱼草木薇。

### 257 于溃　边戍卒伤春

万里自扬长，霜重草木荒。
江南花月夜，塞北雪海仓。
疑有梅香色，春心忆旧乡。
天明明自己，望去尽茫茫。

### 258 罗隐　金钱花

金钱花，子午花。
散尽金钱花不去，子时谢落午时华。
堪须折时尽须折，留取情中伴天涯。

### 259 罗隐　黄雪

天山雪色多，素野一天河。
忽有香浮动，花乡旧叶歌。

### 260 罗隐　西施

娃馆宫中一越花，声声丝竹半吴家。
香身沉入五湖里，留下范蠡问落霞。

### 261 皮日休　汴河怀古

之一：

世事家邦故事多，东华姿泽一长河。
兴亡匹夫闻千古，谷水连江洛水波。
历代君王倾国色，隋炀怨独玉舟歌。
求全不是还责备，自古人人都待娥。

之二：

一半黄河扬子江，十年学子问寒窗。
隋音唐韵风骚在，波有隋炀谈何邦。
注：隋始学府，始诗音，始汴水，始商交。

### 262 皮日休　金钱花

不尊不卑向秋华，还富还贫问万家。
只从人间心愿客，一年一度满黄花

### 263 陆龟蒙（姑苏人，屡不中，隐松江甫里）

岸和袭美（皮日休）约侣
残月辽江静似月，无心约侣任舟童。
只约山水颜如玉，渔火明明在水中。

### 264 陆龟蒙　和袭美泰伯庙

在苏州北五十里梅里村，古周太公长子泰伯次子虞仲少子季历，季历生子昌——文王。太公认为周兴于子昌而立泰伯虞仲亡荆越，文身断发落于吴。

之一：

五湖花柳五湖芳，雨半烟云两半茫。
不向三千年里事，子民十万落荒塘。

之二：

秦伯虞仲一半吴，周天雨水两三苏。
事昌季历江湖外，不见兴亡不见孤。

### 265 陆龟蒙　白莲

千年素珏满瑶池，半岸芙蓉玉为枝。
明月星稀光浦泽，不择未栖啼鹭鸶。

### 266 陆龟蒙　新沙

一涨一退一新沙，枯枯荣荣半旧华。
课税官人年不减，蓬莱玉子自无家。

### 267 高骈　山夏日

九夏芙蓉碧玉光，三春杨柳半过墙。
池中沉入弓弦月，叶下私藏两鸳鸯。

### 268 韦庄　悯耕者

耕者怜心五谷生，枯荣草木一年明。
农夫自古兴叹水，日月寻天自围城。

### 269 泰山玉皇顶

雄峙五岳一山东，天下独尊半势同。
会待海云喷日出，皇顶色满尽红中。

### 270 韦庄　台城

丝柳云烟一故城，湖波来去六朝情。
鸡鸣寺里闻钟鼓，梁武人间自枯荣。

### 271 聂夷中　公子家

荒草满残垣，秋虫半不喧。
长亭无古道，留下待轩辕。

### 272 聂夷中　田家斫荒

父子决东山，三星半未还。
书中闻进士，家国在人间。

### 273 聂夷中　咏田家

春种三粒子，秋事半庭堂。
自剪见杨柳，闻风自己粮。
绮罗羞腊月，不为一筵香。
拾事田家俭，殷勤日月光。

### 274 司空图　漫题

清明月色半回春，乞火书灯一故人。
窗外暗香疏影动，羞颜唯恐晋边秦。

### 275 司空图　即事

湖光一雨烟，渔火半江船。
云落三山谷，临风七尺天。

### 276 司空图　华清池

清清一池泉，淡淡二人前。
谁问骊山下，长生殿下年。

### 277 司空图　独望

楼上独望晴，羞颜玉色清。
山川常言志，云雨向人情。

### 278 高蟾　宋汴道中（开封府）

平野隋天云，山川问地君。
倚楼思远尽，天下任人分。

### 279 高蟾（进士主孝官下弟后上永崇高侍郎）

杏坛弟子一人来，论语春关半政开。
曲阜先师先率表，圣贤天下洛阳才。

### 280 黄巢题菊花（青帝司春神）

桃李开时我不开，玉人心中玉人来。
人间自有春秋半，留下黄花待腊梅。

### 281 黄巢　菊花

青娥只惜菊花秋，京洛城中一夜来。
一岁枯荣天下去，冷香不取向年流。

### 282 张碣　焚书坑

孔府家中一壁居，教人藏下半从书。
知心儒可知天下，何为坑书帝业虚。

### 283 韩偓　自沙县抵龙溪县值泉州军过村

落皆空，因有一绝。
一泉飞落半流霞，两壁河山满野花。
空谷临江山水尽，清流自去向天涯。

### 284 杜荀鹤　再经胡城县（安徽阜阳）

处处无声处处声，民脂官取去官成。
耕凿谁问知田亩，天子朝中坐自横。

### 285 杜荀鹤　蚕妇

一万蚕声一半家，十村桑叶两丝华。
蚕娘绣出云中锦，玉洁平生著桑麻。

### 286 杜荀鹤

天下无私便有公，衣食父母取耕农。
公孙游子蔽阴下，但得年年稻谷丰。

### 287 杜荀鹤　山中寡妇

孤逢山上一孤桥，三寸相思十寸遥。
玉洁冰心守玉柱，春来红水夏来潮。
临窗镜下人心老，水秀山青故客寥。
只隔人中千步路，枯荣草木情难销。

### 288 吴融　杨花

柳絮杨花入日春，五湖云雨出无人。
风津浦口问杨柳，只向东风不向秦。

### 289 崔道融

花落水流红，春光玉色中。
江湖明月夜，曲尽客心终。

### 290 崔到融　春晚

洞庭刻木楼，山下苦行舟。
只饮三春酒，江湖一水流。
花香明月夜，事事用心求。
尤问镜湖色，家乡不自愁。

### 291 崔道融　鸡鸣

三更月落一声啼，五斗文华半玉溪。
村后村前尽俯仰，报晓未解化春泥。

### 292 王驾　雨晴

红杏墙前玉体斜，满园春色李桃花。
一心两滴情人泪，万语千言隔半家。

### 293 王驾　社日

吴江社日入情扉，舟泊江湖向柴扉。
一曲阳春人半醉，三心儿女两忘归。

### 294 钱珝　江行 无题百首选五之一

江湖只问舟，水雨向天游。
望远楼高处，云天是尽头。

### 295 钱珝　江行二

云去一山阳，船来半水光。
江湖寻不尽，暮落旧斜塘。

### 296 钱珝　江行三

月半满江湖，人平问独孤。
声鸣寻自己，草木向扶苏。

### 297 钱珝　江行四

渔火两三家，寥寥玉影斜。
瓜洲扬子水，留下问晴沙。

### 298 钱珝　江行五

轻舟一层霜，天际半苍茫。
任子遥遥去，寥寥向梦乡。

### 299 吕村　江行

自古向东流，江湖处处游。
天高寻自己，不问一春秋。

### 300 吕村　江行

何处问江行，江湖半月明。
停舟忙四顾，水色柒舱槛。

### 301 楚

蛮夷戎狄著楚辞，荆山江汉问无知。
三千年里纵横论，日月星辰经纬时。

# 十五、《唐人万首绝句选》

[清]王士祯 编 华夏出版社
2001年8月北京第1版 2001年8月北京第1次印刷

## 唐人万首绝句选卷一

### 五言绝句（一）

**1 绝句**
楚调吴声一乐生，西曲南弄半府平。
梨园弟子黄河远，折柳旗亭日月明。

**2 王勃 寒夜思三首**
寒衣夜下思，落叶月无时。
故客家乡梦，人心不可知。

上苑千杨柳，下里万人友。
西出阳关去，长安咕旧酒。

见物最相思，心中梦半知。
江湖云不止，月缺月圆时。

**3 别人**
落叶一乡人，生平半迷津。
名声杨柳绿，利禄浊清尘。

**4 思归**
长江一叶归，豫客半壁晖。
暮色依天尽，荒云卷曲飞。

**5 卢照邻 曲江花**
朝闻半秋风，暮送一飞鸿。
西陆禅音在，声声南北中。

**6 骆宾王 易水**
易水半年燕丹，清明一岁寒。
绵山闻子推，南客问平冠。

**7 上官仪 洛堤晓行**
啸啸四川流，幽幽东吴秋。
潇湘鸿不语，楚鄂锁江楼。

**8 韦承庆 南行别弟**
江湖十日春，上苑半清尘。
但向阳关去，依依下里人。

**9 宋之问 途中寒食**
清明半故乡，暮色一苍茫。
泾渭分明水，长安乞火忙。

三年一故乡，八月半钱塘。
寺对灵山路，心生日月光。

**10 送杜审言**
客路半无声，江湖一色明。
云平吴上水，雨细越中情。

**11 张说 蜀道后期**
独峙一泰山，黄河十八湾。
玄宗闻五品，齐鲁自君颜。

**12 广州作**
飞鸿谢岭南，日月间湘潭。
离客三江水，梅心五味甘。

**13 读郭元振《子夜春歌二首》**
岁岁望飞鸿，年年间大同。
寒心南北翼，不息楚江东。

月色半春枝，东风话雨迟。
青楼弯柳条，玉影自怜时。

**14 苏颋 汾上惊秋**
岭重沉浮云，河青雁丘汾。
天光千万里，一诺一心君。

**15 读张九龄《自君之出矣》**
清明一曲江，博物半寒窗。
泾渭长安水，终南雪色双。

**16 王适 江上梅**
梅芳一苦辛，草木半春津。
玉影天中月，香袭夜下人。

**17 东方虬 王昭君二首**
胡姬半故人，草木一年春。
塞上风沙重，长安仕宦尘。

春秋不自容，日月去无踪。
一曲琵琶怨，千年问白龙。

**18 卢僎 南楼望**
天下一秋春，江湖斗迷津。
心同秦汉水，俱是故乡人。

**19 途中**
楚客许湘鸿，诗书问周公。
耕耤知宝玉，落叶不闻风。

**20 王维 答裴迪**
白石问寒流，山西泾渭秋。
终南峰雪重，不上御家楼。

**21 鸟鸣涧**
禅音七色空，白石五蕴虹。
草木春秋里，花虫日月中。

**22 萍池**
叶碧一江青，花明半池萍。
风平波不尽，岭重掩长亭。

**23 鸬鹚堰**
青浦半故乡，申沪一朝阳。
何故京津望，心中问爹娘。

### 24 孟城坳
杨柳一年青，风云十里亭。
人生知马力，何故向浮萍。

### 25 华子冈
岭重鸟无穷，山深树有风。
泉流鸣自己，草色映飞鸿。

### 26 斤竹岭
石岸一丛丛，心田半省空。
枝高平气节，翠色满冬宫。

### 27 鹿柴
流泉不问人，落叶乱平津。
暮色山光远，月心只自怜。

### 28 木兰柴
落叶满秋山，荒云半玉颜。
飞鸿湘水尽，天马逐家还。

### 29 南垞
柳岸一人家，江村半日斜。
春风花万顷，草木色千华。

### 30 栾家濑
白鹭栖又惊，音琴止复鸣。
秋风终不定，驿客怀人情。

### 31 白石滩
禅音精舍鸣，白石道人生。
寺外东流水，心中半月平。

### 32 竹里馆
临里一水城，垒石半流明。
节节向天仰，篁篁自云平。

### 33 辛夷坞
出水一芙蓉，荷塘半素踪。
江青明碧影，何处问情墉。

### 34 漆园
傲吏一庄周，生人半易求。
沉浮闻诸子，上下尽华流。

### 35 山中送别
子女未家归，爷娘敞柴扉。
年年春草绿，事事何心违。

### 36 左掖梨花
春山半梨花，水色一人家。
不打黄莺梦，相思洒海涯。

### 37 息夫人
自古息夫人，无知楚王身。
心中思不尽，还念旧时恩。

### 38 相思子
东风十万枝，冬雪一心知。
腊冬浮香里，袭人梦不迟。

### 39 班婕妤
落叶草原荒，天云旷日扬。
昭君胡梦怨，月半汉家堂。

### 40 杂咏二首
洞庭水色深，虎丘越人琴。
日月闻云雨，音心问古今。

一鸟一声鸣，千家碧玉生。
雨云平阶下，草色五湖明。

### 41 裴迪 鹿柴
拾得问寒山，禅音度客颜。
姑苏城外寺，日月玉门关。

### 42 木兰柴
春风过二泉，草木碧千年。
不尽春秋月，人生何处眠。

### 43 茱萸沜
荒原八月寒，古木万年残。
可见云浮沉，无知杏花干。

### 44 宫槐柏
汉王一深宫，新妇半去鸣。
年年湖上影，日日有无中。

### 45 南垞
孤舟一夕平，日暮半无声。
掠过寒滔影，还闻故客鸣。

### 46 金屑泉
声音一线天，色碧半流泉。
浩然华云落，心冠玉容年。

### 47 白石滩
临流白石滩，叠碎玉荒澜。
日落寒光尽，心中住色丹。

### 48 送崔九
何处是桃源，草木五陵萱。
心中无自己，天下有轩辕。

### 49 李白 玉阶怨
白石半生平，心田一客名。
四川音不改，徽月独声情。

### 50 夜思
一岁一重阳，年年间故乡。
江山云水色，暮沉半月光。

### 51 铜官山
月满五松山，云重铜陵关。
挤露明夜半，不见去人还。

### 52 敬亭独坐
御念敬亭山，心慈故客颜。
长安宫柳尽，上苑一人还。

### 53 青溪半夜闻笛
贵池一青溪，秋浦半堤。
声名鸣不止，日月自东西。

### 54 秋浦歌
一日半梅花，千年一夜斜。
寒霜心血动，玉影到人家。

### 55 送陆判官往琵琶峡
蜀水锁琵琶，川流问楚家。
人心见日月，草木自无涯。

## 第一卷　唐诗品读

**56 重忆贺监**

江东贺老来，建邺万梅开。
沽酒平明月，浮云去不回。

**57 杜甫　八阵图**

江苏夜雨吴，白帝梦心孤。
勾践夫差尽，空城司马无。

**58 孟浩然　送朱大入秦**

千年一客心，五陵半音琴。
却见无字碑，裙颜有古今。

**59 祖咏　望终南残雪**

终南一玉冠，夏至半城寒。
上苑春秋暖，光华御街磬。

**60 崔国辅　铜雀台**

日暮一红妆，江山半炎凉。
青名惊铜雀，洛水遗秋霜。

**61 采莲曲**

日暮采莲香，斜阳带玉妆。
芙蓉扶水出，色泽满荒塘。

**62 王孙游**

千年无故土，四方尽周田。
隋水虞山伯，吴城雨如烟。

**63 怨词**

平明洗夜妆，月弦梦衣裳。
不尽相思苦，凝心旧白床。

**64 少年行**

晓明折柳杨，驿路各扬长。
啸啸阳关上，年年问客乡。

**65 渭西别李仑**

泾渭水平流，长安故客秋。
秦川鸣腔尽，暮落上高楼。

**66 崔颢　长干曲三首**

金陵长江水，钟山去武塘。
余音秦淮尽，落叶莫愁霜。

临川问九江，黄鹤去无双。
楚客清流辞，乡音满故窗。

瓜洲一月明，建邺半江清。
叶碧莲心重，芙蓉多不声。

**67 王昌龄　送张四**

暮尽一胡姬，音余半月时。
梨园闻弟子，天下谁人知。

**68 留别武陵田太守**

江湖一诺分，笔砚半耕耘。
天下大梁客，心中信陵君。

**69 题僧房**

草木入禅房，人心问故乡。
声名身世外，日月度津梁。

**70 朝来曲**

日月一秋春，江湖半故人。
长城分内外，隋水尽芳津。

**71 高适　咏史**

声名两客音，范叔一衣襟。
草木千年尽，春秋半古今。

**72 岑参　见渭水思秦川**

秋光明渭水，落叶暗秦川。
暮辞长安客，朝来问雨烟。

**73 九日思长安故园**

九日一重阳，长安半故乡。
无光怜草木，日月自炎凉。

**74 王之涣　送别**

长亭柳色多，泾渭向黄河。
天下知清浊，江流万离波。

**75 登鹳雀楼**

长江万里流，黄鹤一飞舟。
李白声名尽，楼高何所忧。

**76 储光羲　江南曲**

天远去来帆，江流日月年。

楼寒清水色，日暮锁山川。

**77 洛阳道**

洛阳花五月，御街客三丹。
灞水闻杨柳，黄河十八湾。

**78 贾至　有赠**

芙蓉不带衣，碧荷玉云稀。
柳色青楼重，光明燕子矶。

**79 王缙　别辋川**

月半桂山川，寒光尽落泉。
声声流白石，李白问青莲。

**80 崔兴宗　留别王维**

终南山水阔，上苑古今年。
进士声名尽，山东日月圆。

**81 丘为　左掖梨花**

沉浮名上问，左右掖中行。
昨夜梅花岸，宫中玉笛声。

**82 张旭　清溪泛舟**

天台一宣科，水断半黄河。
泾渭同流水，清光已不多。

**83 李华　奉寄彭城公**

河南一故村，夕照半黄昏。
不见开封客，人闻老夷门。

**84 萧颖士　九日别元鲁山**

云中月色寒，池下玉青丹。
故客秋风路，余心问桂冠。

**85 崔曙　雨中送客**

雨细一江流，山青万里秋。
光明林木重，彭泽半高楼。

**86 于季子　项羽**

不是渡江人，年年草木春。
江东多士子，依旧不王秦。

**87 薛奇童　吴声子夜歌**

溪青越女身，月色重吴人。
拾得寒山寺，枫桥夜半春。

85

**88韦应物 寄卢陟**

吴语满斜塘，芙蓉日月光。
莲心黄丝出，采女问炎凉。

**89宿永阳寄璨师**

寒心知腊月，玉影问松竹。
山饮洞庭水，姑苏人不宿。

**90秋夜寄丘员外**

寒宫明不尽，自古问婵娟。
吴刚知不语，桂子何时圆。

**91答王卿送别**

离别三年后，江湖万里扬。
斜阳归不去，故水是家乡。

**92怀琅琊二释子**

大理清风月，云南草木香。
袭人芳日月，宝玉问青黄。

**93登楼**

九脉尽蹉跎，秋光日月多。
江青明碧儿，五蕴问婆娑。

**94闻雁**

衡阳雁归峰，古寺晚鸣钟。
只温潇湘水，还飞向玉踪。

**95刘长卿 春草宫怀古**

岭上一枝梅，心中半腊开。
天山闻冰雪，楚客自香来。

**96弹琴**

流水问高山，梅花三弄还。
江村鸣丝竹，白雪待君颜。

**97送人往扬州**

色锁一江流，琼花半故楼。
春风知柳色，玉影过扬州。

**98送上人**

浮云半九州，放鹤一川游。
养马神音寺，平生任自流。

**99送灵澈**

钟声水竹湾，草木重青山。
寺外禅音久，心中去不还。

**100平蕃曲**

马上玉门关，心中待御颜。
千年鸣故土，一箭在燕山。

**101钱起 江行无题五首**

江中问荆州，蜀下借云楼。
不尽吴人水，清流白露秋。

云光一四川，江夏半云烟。
三国声名在，英雄寸田。

新人待旧君，暮雨问朝云。
已是巫山故，宫中石榴裙。

匡庐一年秋，长江万里流。
清风归落叶，明水照山楼。

江湖水色平，草木碧光明。
岂知人心在，春风自由生。

**102刘方平 采莲曲**

荷塘处处挤，水色一云消。
女儿莲心梦，晴明采女娇。

**103京兆眉**

相思梦里同，故曲月前空。
不醒还依旧，无缘问苦衷。

**104春雪**

半日一春风，千家万树同。
袭人香不尽，飞雪乱西东。

**105张继 感怀**

天下一黄昏，无知九伯村。
长安三令去，不问五侯门。

**106畅当 登鹳雀楼**

山高鹳雀楼，目尽十三州。
不见黄河水，心思何处流。

**107顾况 忆旧游**

华阳半客楼，草木一春秋。
柳绿江南岸，妆红玉女羞。

**108丘丹 酬韦苏州**

故步韦苏州，吴江隋水流。
江湖云色重，草木碧红楼。

**109盖嘉运 伊州歌**

月色入伊州，沙尘锁玉楼。
妇人春夜半，良客故时忧。

唐人万首绝句选卷之二

五言绝句（二）

**110李益 江南曲**

瞿塘峡水重，楚客逐云踪。
锁住川江谷，开门赤壁彤。

**111赠卢纶**

燕赵问君虞，风光塞外儒。
声名学士后，世故一丈夫。

**112鹧鸪词**

斑竹向鹧鹕，人间何有无。
还知情最重，雁丘是余孤。

**113扬州怀古**

朝夕浥清尘，江湖问浊津。
城中云水雨，天下四时春。

**114扬州早雁**

隋水景华宫，扬州草木蓬。
声名无自己，万古论英雄。

**115金吾子**

水泥一珍珠，江湖半有无。
扬州闻早雁，碧入瘦西湖。

**116洛桥**

泾渭水东流，长安不得秋。
天津桥上向，何处洛阳楼。

## 第一卷　唐诗品读

**117李端　听筝**

音琴月半弦，手足一人天。
只因人心重，但得日月年。

**118溪行遇雨寄柳中庸**

半雨一荣山，千来万去还。
朝明同里水，夕暗玉门关。

**119卢纶　塞下曲四首**

采女一妇姑，莲心半有无。
中空知玉立，出水问江湖。

腊月塞边风，荒沙冰雪穹。
天山前后草，上下有无中。

月半岭木高，寒梅向柳条。
心中春已动，冰雪唤新桃。

江流半四川，楚客一天年。
三峡高唐雨，千云百色泉。

**120皇甫冉　送王司直**

一呼上朝邦，千夫下九江。
山东惊水浒，宋去旧门窗。

**121婕妤怨二首**

暮色洒昭阳，心思问建章。
平明临水照，梦尽旧时妆。

永巷锁斜阳，花枝日月光。
萧声鸣自己，只怨夜时长。

**122淮口寄赵员外**

天下一春秋，清明半御楼。
琴声秦淮水，玉影向家愁。

**123司空曙　金陵怀古**

姑苏野草花，勾践玉人华。
暮雨江桥暗，云平问馆娃。

**124送卢秦卿**

春长半夜风，月短一飞鸿。
才去衡阳岸，还来白石宫。

**125韩翃　汉宫曲**

雨重五侯家，风轻半夕斜。
红楼香水树，玉影冗塘花。

**126柳中庸**

永济半河东，唐人一世名。
黄河流不住，鹳雀自声鸣。

**127江行**

寒江一夜秋，落叶半天流。
暮色千年尽，云平万里愁。

**128戴叔伦　题三闾大夫庙**

天云半古今，屈子一鸣琴。
日月潇湘水，心情楚客深。

**129关山月**

啸啸一关山，吟吟半去还。
酒泉无酒水，飞将问君颜。

**130严维　送人往金华**

双溪月色流，八咏出江楼。
不见心中客，江湖草木愁。

**131朱放　题竹林寺**

竹林天水碧，岁月寺云深。
日暮钟声去，斜阳投故林。

**132武元衡　春日作**

桃花一日开，李叶半徘徊。
百草千芳问，三江万玉来。

**133权德舆　敷水驿**

江青敷水流，岭碧映秦楼。
陌上田家问，心中楚客忧。

**134秋浦**

天山去雁飞，乍浦问光晖。
无记阳关外，声鸣玉水归。

**135柳宗元　长沙驿**

梦得十年秋，长沙驿南楼。
桃花芳司马，寺暮问清流。

**136江雪**

天山一玉门，鹳雀半黄昏。
寺里听钟鼓，云中问子孙。

**137刘禹锡**

天下问刘郎，声名不故乡。
司马桃花客，长安刺史肠。

**138罢和州游建康**

清明草色微，乍浦雨霏霏。
渡口洞庭水，西山湿旧衣。

**139经檀道济故垒**

长城万古囚，隋水自东流。
战战和和事，今今古古忧。

**140视刀环**

塞外一弓刀，江湖半雄豪。
九水千流逐，三分问曹操。

**141三阁词**

后主晚来秋，长江尽日流。
光照三阁尽，落叶一扬州。

**142淮阴行二首**

春明淮水阴，建业紫金林。
惊蛰舟船渡，清明问古今。

隔浦问江船，邻家种玉莲。
春东风一半，水色淮千年。

**143秋风引**

西川一叶秋，楚水半江流。
锁住高唐峡，巫山月满舟。

**144纥那曲**

三川半暗明，十里一阴晴。
月半周郎顾，千年纥那声。

**145别苏州**

江湖阊阖门，天下越边村。
西子吴江水，夫差尽日昏。

**146孟郊　古别离**

平生诗语贪，日月不衣巾。

啸啸阳长去，明明客过秦。

### 147张籍 寄僧
草木雨云天，人心入梦眠。
声声鸣不已，啸啸问青莲。

### 148泾州
十里一春溪，惊来宿鸟啼。
姑苏江上月，不到夜郎西。

### 149令狐楚 远别离
十里一关山，千年半去还。
沙城无草木，日月照河湾。

### 150思君恩
燕子化春泥，莺鸣问玉溪。
唯闻君子夜，不舍梦中啼。

### 151从军行二首
路尽酒泉还，沙鸣万里山。
沉浮青海水，出入玉门关。

空远问胡萄，云峰玉岭高。
丹青千水砚，海阔一临洮。

### 152王涯 闺人赠远二首
千年一岁春，万里半清尘。
日月三生路，流芳两代人。

岁岁寒心里，年年腊月份。
芳香惊百草，万里尽花云。

### 153张仲素 春闺思
一七上渔阳，千舟下客乡。
江南春水岸，碧色柳杨长。

### 154春游曲
草木入三春，心思问一人。
书生闻齐鲁，日月过天津。

### 155白居易 瘐楼新岁
梦到南三楼，花前北九州。
清明十五日，谷雨半春流。

### 156南浦别
东吴一叶秋，西陆半秦楼。
乍浦蝉声晚，泾渭草木愁。

### 157勤政楼西柳
开元一朝堂，天宝半明皇。
水色华清池，云游海棠汤。

### 158问刘十九
日月半扶苏，江青一色孤。
人心春柳绿，只问草青无。

### 159元稹 行宫
啸啸入渊龙，云云出客松。
杨家知贵妃，武曌问玄宗。

### 160西还
日落故行宫，残阳岭木红。
西去人不问，上苑已空空。

### 161李贺 马诗二首
汉室董卓生，天光草木横。
三英闻吕布，赤兔马声鸣。

天空一马飞，日月半徘徊。
只饮长沙水，人心久不归。

### 162张祜 何满子
有泪不无声，心思过去情。
一音河满子，半肠尽君名。

### 163玉树后庭花
曲尽一人家，无忧日夕斜。
音心唐后主，玉树张丽华。

### 164江南逢故人
黄河洛水流，楚客长沙秋。
西陆蝉声竭，江南一叶忧。

### 165徐凝 杨叛儿
无人重布衣，天下问音稀。
远见山中寺，声鸣半帝畿。

### 166张起 春情
雨色千山碧，江湖啼鸟飞。
平明花百树，夜梦玉人归。

### 167杨凌 贾客怨
蜀魏半春秋，江楼问水流。
平明千万里，只借一荆州。

### 168杨凝 柳絮
草碧半天涯，天光夕照斜。
江村杨柳色，不入莫愁家。

### 169唐彦谦 齐文惠宫人
长安不易居，谈尽万家书。
文惠宫门冷，梁官故影余。

### 170小院
平明枣树花，夜雨满春芽。
只有清心梦，游鱼问客家。

### 171贾岛 剑客
一落叶灞桥，千年隋水消。
江湖无了事，日月向天廖。

### 172陆畅 雪
冰雪半霏霏，人心玉色微。
寒光明甲舞，天满乱花飞。

### 173沈如筠 闺怨
梦多一愁城，心余半枯荣。
目送飞雁尽，月影问声鸣。

### 174潘佐 送人之宣城
月影敬亭山，云光暮色还。
青莲居士问，太白酒家颜。

### 175杜牧 题水西寺
不上梁幺楼，还闻寺水流。
生平知自己，日月问情由。

### 176寄远
桂树锁寒宫，心思解玉穹。
年年情不尽，岁岁问秋虫。

第一卷　唐诗品读

**177江楼**
水色半江楼，人心一逝舟。
天涯飞去雁，落叶逐云游。

**178李商隐 漫成**
出水一芙蓉，清名半色重。
原来知泾渭，浓淡影无踪。

**179张恶子庙**
青莲白石名，暮鼓辰钟声。
白马法门寺，文昌业子城。

**180追代卢家人嘲堂内**
横波半去心，暮鸟一归休。
月色明知已，相思自古今。

**181李夫人**
一带半衣巾，千川万水邻。
心心相印鉴，处处是秋春。

**182滞雨**
长安雨丝长，一夜半风光。
上苑春关度，家乡草木荒。

**183饯席送人之梓州**
云轻半故颜，雪重一天山。
留下君心在，春风百牢关。

**184柳枝　长生殿**
春风吹又生，海棠问华清。
玉笛声声断，霓裳落落明。

**185散关遇雪**
草岸玉花稀，春秋不治衣。
平明闻楚客，夜梦问珠玑。

**186温庭筠 三月雪**
雪色半梅花，天光一玉华。
心中春已至，桃李满天涯。

**187碧涧驿晓思**
心中三寸路，驿外一天涯。
雨落千年水，云平十万家。

**188许浑 早春忆江南**
春风二月潭，碧草一江南。
谁问江湖暖，泉流绿入兰。

**189塞下曲**
塞外筑长城，沙中马九鸣。
桑乾秦将在，隋水草无声。

**190赵嘏 寒塘**
士子尽人忧，沙场不见侯。
三心寻楚水，一雁向南楼。

**191施肩吾 湘竹词**
九水问洪州，千泉尽日流。
湘江斑行泪，群玉不知忧。

**192李频 渡汉江**
汉水一江流，南阳半入秋。
不尽空城计，还来借荆州。

**193孟迟 怀郑泊**
飞花进草堂，雨叶落残芳。
色碧江村树，黄昏问夕阳。

**194陆龟蒙 江行**
人在乱花中，心平下里风。
洞庭山水碧，同里退思翁。

**195夕阳**
渡口一帆平，江湖百草生。
巴人听楚客，下里任心明。

**196皮日休 和陆鲁望**
春蚕一日声，桑叶万惊鸣。
作茧心中缚，生中是不生。

**197司空图 乐府**
千山万水光，一日半扬长。
不见长安客，阳关草木荒。

**198韩偓 效崔国辅体**
雨落旧山楼，枫林晚岭秋。
心开天水去，霜明半九州。

**199从猎**
心中半五溪，司马一江堤。
水色三潭月，香平鹤子西。

**200储嗣宗　早春**
月挂一南枝，杭州半日迟。
潇湘飞雁尽，桃李百家知。

**201郑谷 望湖亭**
洛水问伊河，人心少不多。
上苑春关重，无知自坎坷。

**202李收 幽情**
暮色半春情，云光一叹声。
潇潇风雨夜，淡淡梦不平。

**203蒋吉 石城**
金陵一江开，秦淮半柳台。
玄武门刀影，朱雀莫愁来。

**204西鄙人 哥舒歌**
丹青七寸毫，树低月弦高。
北斗寒光草，天山雪如刀。

**205荆叔 题慈恩寺塔**
洛水寺名深，长安上苑林。
黄昏云不定，夜梦半春心。

**206释灵澈 题天姥**
云门寺雨声，暮色鸟春鸣。
梦尽天台水，梅花隋朝生。

**207远公墓**
东林净土明，莲社虎溪声。
雁过天门寺，禅音度众生。

**208释贯休 闻笛**
十里谢长亭，千年草木青。
笛声鸣客夜，梦里不零丁。

**209与许汉阳**
月色半洞庭，塞光一渭泾。
潇湘无尽水，唐韵拾名伶。

89

### 210 题玉溪

潇湘半玉溪，壁垒一春泥。
花落香无主，红尘满白堤。

### 211 安邑坊女子 幽恨诗

禅音上寺僧，落叶下江陵。
万里江舟尽，千年废又兴。

## 唐人万首绝句选卷之三

### 七言绝句（一）

### 212 杜审言 赠苏书记

一天一地一人年，万水千山半月弦。
碧草红楼知自己，荣荣枯枯任缺圆。

### 213 张说 送梁六

洞庭水色君山秋，沉沉浮浮逐日流。
枯枯荣荣还巴陵，斜阳只问岳阳楼。

### 214 张敬宗 边词

幽幽暗暗半天涯，暮色阳关一两家。
八月钱塘潮不尽，千年塞外月鸣沙。

### 215 王翰 春日思归

千村柳色一桃花，万岭黄昏半夕斜。
古月年年寒自己，楼兰不到不还家。

### 216 凉州词

鸣河不尽一凉州，月色楼兰万里秋。
塞外苍茫荒草去，心中马上锁吴侯。

### 217 结袜子

燕丹击筑一人归，壮士生平半不回。
易水吴门天下客，泰山屹主日边来。

### 218 长门怨

一人一赋半长门，三夜三心两故村。
岁月春荣秋枯water，斜阳落尽是黄昏。

### 219 越中怀古

吴吴越越一秋春，枯枯荣荣半旧尘。
娃馆姑苏城外寺，天平尽是去来人。

### 220 送孟浩然之广陵

五月扬州十里花，三声玉笛一千家。
年年岁岁桥中月，雨雨云云满窗纱。

### 221 春夜洛城闻笛

玉笛花间一两声，东风月下万千荣。
洛阳君子常相问，十岁春关不尽名。

### 222 峨眉山月歌

锁住三江一日流，纵横五岳两春秋。
吴江隋水钱塘去，广陵青溪半故楼。

### 223 横江词二首

九江不尽一浔阳，百将声名万古芳。
南宋临安重体瘦，徽宗去国只断肠。
横江渡口水云乡，只问行舟不问郎。
客驿春津才多梦，衣裳不单自炎凉。

### 224 上皇西巡南京歌

西去君王蜀道难，骊山马上问官冠。
心中七夕长生殿，月下玄宗故色残。

### 225 黄鹤楼闻笛

江湖日月满天涯，草木风光玉人家。
十里洞庭山水绿，姑苏三月尽梅花。

### 226 下江陵

江陵不锁蜀江平，白帝龙行碧波生。
雨雨云云三峡短，朝朝暮暮一心明。

### 227 望五老峰

匡庐江青五老峰，松云雨色玉芙蓉。
泉流九叠明山谷，俯仰三重问何踪。

### 228 宣城见杜鹃花

鸟啼宣城一万山，香风杜宇玉门关。
三巴色乱锦江水，五岳泰山不见还。

### 229 舟下荆门

扬帆万里下荆门，蜀魏东吴小儿孙。
天下平分三国尽，山人记取一江村。

### 230 与贾舍人至泛洞庭

长沙斑竹问湘君，楚客相思玉雨云。

一日高唐闻峡客，四川月落不时分。

### 231 姑苏洞庭山

山东山西一洞庭，梅落梅开半雨听。
三月流花香雪海，五湖渡口水云汀。

### 232 巴陵赠贾舍人

贾生遗恨尽长沙，净水天华一万家。
楚客巴陵屈子赋，声名自古满天涯。

### 233 望天门山

天门雨断楚江开，白帝川水日边来。
一岸孤城声不住，九江日月满阳台。

### 234 长门怨

云飞雨落故宫桥，金屋心中玉奴娇。
月半长门流萤尽，平声不止凤凰箫。

### 235 陌上赠美人

三月洞庭尽落花，五湖日月满光华。
春心陌上寻芳草，水碧云烟故客家。

### 236 王昌龄 闺怨

入窗柳丝半春心，出墙桃花一闺琴。
怨怨幽幽鸣不止，声声落落尽余音。

### 237 听流人唱《水调子》

江湖八月问流人，日月千年尽迷津。
败败成成无自己，朝时南蛮暮时秦。

### 238 梁苑

梁园枚乘七发吟，宋父平台半古今。
客去人怜同日月，身名谁必入归林。

### 239 别李浦之京

天津水色一春迷，燕子心中半玉泥。
雨雨荷塘连柳岸，村村子规数声啼。

### 240 甘泉歌

吴刚伐桂玉宫寒，后羿心中露水甘。
留下清光情不尽，千年夜梦久盘桓。

### 241 芙蓉楼送辛渐二首

潇潇夜雨半吴江，淡淡洞庭半客乡。
渭水灞桥杨柳色，人间何处向炎凉。

川江水色楚云深，白帝阳明客月琴。
沉沉浮浮今古去，天天地地问人心。

### 242 重别李评事
北雁南飞一行单，阳关西去半秋残。
胡姬但识长安客，留下枫丹白露寒。

### 243 送狄宗亨
来来去去识人缘，枯枯荣荣问旧年。
万里云光飞去雁，千山落叶一风天。

### 244 送别魏二
邻船不问去潇湘，水暗江明日月光。
下里曲终人意远，巴东峡短猿声长。

### 245 卢溪别人
溪流渡口武陵春，草木船横锁去人。
十里桃花源外水，千年不尽世中尘。

### 246 长信秋词三首
夜雨梧桐玉漏长，声声不尽问残光。
昭阳殿上轻衣舞，长信宫门尽雕梁。

团扇斜阳影白清，飞燕暮色问平明。
汉家天子三分晋，留下声名何处荣。

一生一世一相思，千古千人万不知。
事事时时寻自己，年年岁岁醉中迟。

### 247 西宫春怨
朦胧树色入黄昏，草木江湖半渡门。
月挂林边心挂月，春宵入梦两山村。

### 248 西宫秋怨
平阳落叶半秋妆，不待相思团扇凉。
岁岁春梅心初暖，流香末了入泥塘。

### 249 从军行六首
长城烽火古今愁，塞外荒河万里流。
梦里妆镜颜如玉，江南隋水一千楼。

胡姬起舞一鸣声，夜月琵琶半梦情。
不到楼兰终不问，扶苏谁子作长城。

荒沙万里一孤城，去雁飞扬半日清。
天下升平歌不尽，家人玉笛只声声。

啸啸男儿玉门行，入出长安不为名。
夜雨江湖流隋水，秦人不解筑长城。

阳关酒泉玉门关，隋水长城青海湾。
暮落敦煌明夜色，沙鸣日月过阴山。

荒尘漫卷半黄昏，月牙沙鸣一玉门。
犹看敦煌莫高窟，东流隋水富江村。

### 250 殿前曲
曲尽平阳一炉伤，未央露井半姑娘。
四时草木归荣枯，谁问江山白栋梁。

### 251 青楼怨
清姿玉影半青楼，曲尽人声一处愁。
梦里平明杨柳色，风声月夜向江流。

### 252 青楼曲二首
十里长亭半柳杨，千年骤雨锁鳞囊。
人心自主人情在，别有青楼重玉堂。

不谐江湖误封侯，春风雨夜锁青楼。
平明柳色宫庭水，暮重春关十岁流。

### 253 河上歌
一池青莲一池花，千年佛道万千家。
禅音寺外人心内，树影寒宫锁玉华。

### 254 王维 送元二使安西
长安朝西一天津，上苑春关半故人。
草木年年荣枯尽，声名岁岁沉浮身。

### 255 少年行三首
一半新春一旧年，千山柳丝万江船。
啸啸只向阳关唱，曲尽心明日月天。

一湖草碧一湖苏，万色山明万有无。
折取天津杨柳绿，玉门不尽未心孤。

一朝天皇一朝终，千家御曲万寒宫。
楼兰都护兵未尽，赐剑长安何不空。

### 256 寄段十六
风雪天山暗旧尘，胡姬形影问天津。
长安一曲声杨柳，谁是阳关塞外人。

### 257 九月九日忆山东兄弟
见异思迁男儿身，江湖月色一孤人。
年年九月相思苦，夜夜心中梦迷津。

### 258 送韦评事
西去萧关一万山，黄河不见故流湾。
楼兰石白沙场暗，不为人情何必还。

### 259 送沈子
渡口余阳暮鸟啼，梅香落尽化春泥。
心中梦里相思尽，留下孤情月半西。

### 260 寒食汜上作
柳色扬光半出城，寒食两日近清明。
幽州离即家乡客，只见春秋不见情。

### 261 凉州词
千年日月一凉州，落叶飞扬万里秋。
西出长安寻自由，沙鸣月色玉门楼。

### 262 王之涣 凉州词
春风初到半凉州，雁鸣潇湘水色忧。
玉断风狂荒漠尽，声鸣一诺任沙流。

### 263 杜甫 江畔独步寻花三首
一年冬尽一年春，岁末阳初半主人。
郁郁青青不尽，原来回顾尽迷津。

一水烟云一水风，锦江草色落飞鸿。
四娘沽酒邻家问，息西声明雨问东。

四娘短离一清溪，草色家门两鸟啼。
隔岸桃花红半里，江村暮色满春堤。

### 264 戏作寄上汉中王
梁园子弟一鸿飞，水色潇湘半未归。
叶尽长安秋已迟，沙鸣玉笛湿人衣。

诗词盛典 | 吕长春格律诗词六万八千首（全四册）

**265 和严郑公军城早秋（杜甫草堂）**
西陆秋风雁未飞，锦江叶碧月徘徊。
心中严武军前令，刀笔英华何日归。

**266 解闷五首**
凉州西去上阳关，不到楼兰终不还。
谁问荒沙鸣自己，河湟函各下夫山。

一生宦海一春秋，两地书声两国忧。
谁问兰田山故旧，金陵不到过瓜洲。

一朝西流一朝东，三千世界问飞鸿。
胡姬能舞安禄山，谁道玄宗海棠空。

玉笛声名鸣不尽，春关了却自天虹。
黄门子弟家中劝，画尽山河右丞肠。

云山露军一江村，落第书生半荆门。
命在天门川不尽，清流曲随近黄昏。

**267 戏为绝句**
语自惊人四杰公，唐家初唱一冠雄。
声鸣隋炀运河水，胜似长城内外中。

**268 承闻河北诸将入朝口号**
忠臣不事一栋梁，帐上神功九曲肠。
抱玉心中安史乱，桑乾河北自飞扬。

**269 江南逢李龟年**
声鸣曲尽李龟年，流落江南李范天。
水去花流胡儿舞，长安泪水半云烟。

**270 送杜十四之江南**
碧水东流去荆门，扬帆故客入江村。
孤心不见吴江月，唯有天涯问儿孙。

**271 常建 送宇文六**
上苑春江曲水清，声名泾渭满京城。
一生进士冠官志，十指连心白发生。

**272 三月寻李九庄**
雨谢山花落客楼，舟流水月下扬州。
山阴曲水吟人醉，癸丑兰亭问故游。

**273 高适 除夜**
一日天书问旧年，千家爆竹谢今天。
心中此夜连双岁，照满明灯不入眠。

**274 营州歌**
荒原大漠一胡家，不到阳关万里沙。
曲尽鼓声鸣不已，雄心跨马半天涯。

**275 塞上闻笛**
雪暗天山马不还，沙鸣玉笛满阳关。
吴江隋水平明度，不到长城是何颜。

**276 九曲歌**
塞外听来小儿歌，秋风昨夜入黄河。
楼兰沼泽江湖色，谁问长城战事多。

**277 玉关寄长安主簿**
东望洛水未望家，塞外长城万里沙。
征战年年天下尽，和平应是问桑麻。

**278 送人**
秋风不尽玉门楼，砧上寒衣处处忧。
密密疏疏深情不尽，年年岁岁满心愁。

**279 赴北庭度陇思家**
一夜秋风度北庭，千军万马叹零丁。
荒沙日月平明起，万里飞尘满羽翎。

**280 封大夫破播仙凯歌二首**
春风不尽未央宫，一马当先大漠雄。
都护长安麟阁酒，三生不了一人终。

沙荒未了一生名，马上江山半五更。
社稷春秋千古去，江湖水色万家平。

**281 储光羲 寄孙山人**
江湖八月一孤舟，水满洞庭半南楼。
暮尽岳阳千里月，长城胡汉万心秋。

**282 明妃曲**
阴山脚下尽黄河，单于心中泾渭多。
大漠荒沙千堆雪，胡音犹记汉家歌。

**283 贾至 巴陵夜别王八员外**
巴陵柳絮半三湘，汨罗杨花一夜长。
水色春秋云外尽，月明江湖地天光。

**284 送李侍郎赴常州**
一朝皇家一朝天，三江月色三江颜。
行行止止行行去，日日离离日日还。

**285 春思**
梅花不足一春心，月色清明半沉吟。
谁留相思红豆子，多情一梦一黄金。

**286 巴陵与李十二、裴九泛洞庭二首**
潇湘一叶半江秋，西陆千年万里游。
落日孤鸿飞南北，江湖何必问东流。

隔岸江村雨色多，连心日月问黄河。
是同渡口千家客，不尽清舟万水歌。

**287 李颀 遇刘五**
雁岭孤山一故人，半无草木半无春。
声声不住鸣天上，不必金陵不必秦。

**288 寄韩朋**
平生宦海浊河湾，一箭春关石孔山。
谁问江湖明是客，人生自古自清还。

**289 綦毋潜 过上人兰若**
黄昏半在一天门，寺外千山半客村。
犹有钟声鸣不尽，禅音暮鼓满乾坤。

**290 崔国辅 白纻词**
玉霞天光一树华，云峰雪色半天涯。
山山谷谷明桥渚，落落村村尽梨花。

**291 张旭 桃花矶**
隔岸春光一色天，舟平顺水客心眠。
不知石矶声名尽，南北东西四面缘。

**292 山中留客**
山中留客客思归，浪子江湖去应依。
谁见春荣秋不枯，爷娘日月尽春晖。

92

### 293 严武 军城早秋

秋风扫尽玉门关，边月云平雪暗山。
披甲天山寒不尽，长安未必问君还。

### 294 薛维翰 怨歌

柳色青楼一客家，黄昏日暮半西斜。
秦河淮水颜如玉，八月山前二月花。

### 295 李华 春行寄兴

一去江湖半不鸣，三江草木两人生。
知书达理终无弃，尤见渔樵尽日荣。

### 296 独孤及 海上怀华中旧游

三华月色暗凉生，叶满秋江不夜城。
一梦家乡闻故水，东流匆忘一声声。

### 297 元结 欸乃曲二首

漫叟河阳十五城，胡姬曲尽万千声。
玄宗安史无知去，何必春津问姓名。

流水高山问古今，梅花三弄自寒心。
江村尤有草龙舞，九脉江中尽好音。

### 298 韦应物 登楼寄王卿

五岳天门五岳穷，半山草木半山东。
三江雨水三江外，一路烟云一路中。

### 299 寄诸弟

春分清明柳色青，清明谷雨路人停。
幽州自古春光短，节节新芽随意听。

### 300 故人重九日求橘

玉石栏杆一半霜，宫中水岸二三娘。
水流西去君心在，留下春情梦里香。

### 301 休日访人不遇

七日清宫半日闲，三村旧事两春关。
寒窗十载知辛苦，上苑声名上苑还。

### 302 登宝意上方

一半青山一半天，万家灯火万家年。
生平岁月禅音在，无是无非过大千。

### 303 滁州西涧

春来草木涧边生，夏至蝉虫树上鸣。
暮落秋华霜色重，冬梅日月入心情。

### 304 答东林道士

禅音六祖问东林，学院三江水色深。
只随观音寻渡口，无知世界自知心。

### 305 刘长卿 送刘萱之道州谒崔大夫

不到长沙不问人，潇湘自古半春津。
巴陵楼上千帆过，尽日山花尽日尘。

### 306 送李判官之润州行营

去尽江帆一润州，寻来上下半秋楼。
东吴三国梳妆尽，不问山花枉自流。

### 307 寄别朱拾遗

清凉寺外一金陵，六朝兴亡扫叶僧。
独占人人天下步，万家渡口万家灯。

### 308 钱起 归雁

衡阳万里一归来，岭南寒梅半未开。
水色天光云岸晚，家乡冬至始徘徊。

### 309 李嘉祐 王舍人竹楼

一鸟衔波一鸟游，半溪碧水半溪流。
西江南岸云阳暖，不尽春心入梦楼。

### 310 题虔上人壁

白石莲花一念开，人心岁月半徘徊。
上人足下千年去，故客田中万镜台。

### 311 韩翃 送客之鄂州

汉口三江李颢吟，楼中太白黄鹤寻。
春流日落千帆尽，唯有龟蛇锁楚音。

### 312 送齐山人

过海仙人一醉翁，人间苦度九州同。
青莲白石江山社，草木心音上下中。

### 313 寒食（五湖洞庭西山崖）

梅花半尽一桃花，雨暗洞庭柳丝斜。
粉色香泥春未了，西山深处有人家。

### 314 宿石邑山中

石邑山中暮色归，邯郸足下学心回。
人心应识年年苦，日月原来敝故扉。

### 315 江南曲

寺外桃花一雨明，江南司马半生平。
年年草木知时节，月月红妆啼鸟声。

### 316 酬崔千牛

才子春关御柳斜，相爷半及五侯家。
长安月下音琴住，拾得清明三月花。

### 317 赠李冀

一客声名一客身，三千弟子三千邻。
杏坛俱里春关主，上苑无非半代人。

### 318 送人之潞州

雨润梧桐鸟不啼，花声夜落化春泥。
江湖影暗西山水，不出洞庭满五溪。

### 319 少年行

男儿心中万点红，英雄天下一清风。
少年追逐千山马，百岁无非一志翁。

### 320 皇甫冉 答张继

寒山寺外半云烟，渔火船中一夜眠。
不上天平山水冷，姑苏夜雨叶千泉。

### 321 庐山书院

浔阳不息九江边，赣水川流一塞田。
拾得庐山真面目，三千弟子已云烟。

### 322 送魏十六

西出阳关谁问君，灞桥柳色自烟云。
月圆月缺相思尽，天下天门不可分。

### 323 皇甫曾 岩岭西望

东山未尽一斜阳，西岭平明半月光。
合则情分云水重，离心雨落自苍凉。

## 唐人万首绝句选卷之四

### 七言绝句（二）

**324 李益 夜上受降城闻笛**
沙城万里半沙城，易水千年一大名。
内外长城闻鼙鼓，东西隋水问吴声。

**325 边思**
南岭云重月似钩，阴山水尽叶非秋。
沙城草色荒原上，日月思迁不得流。

**326 柳杨送客**
碧草琼花三月流，江桥水色一扬州。
咸阳玉锁宫中女，不必回头任自游。

**327 从军北征**
青海草地漫无边，天树平明近有缘。
玉笛胡姬知己舞，马鸣故土向前川。

**328 行舟**
杨花柳絮一江舟，月下花前半逐流。
雨落江南闻客吏，驿人梦中问家楼。

**329 隋宫燕**
一年一度一秋春，自古兴亡问谁人。
秦汉长城前后战，隋唐汴水富杭津。

**330 送人归岳阳**
草碧江南子规啼，云平北国半山西。
春心不及宫中柳，燕子东风取水泥。

**331 临洺沱见蕃使列名**
十载桑乾易洺沱，三年永定月磨磨。
幽州一箭长城锁，夜里燕山梦自多。

**332 写情**
子夜相思玉枕情，云浮雨落梦中生。
平明独泪无心绪，随去君人不夜城。

**333 听晓角**
西风山海度榆关，过客秋风问黑山。
但记飞将征蓟北，只知天下不知颜。

**334 汴河曲**
长城烟灭尽沙尘，隋水东流万里春。
战战和和知天下，今今古古不同人。

**335 暖川**
钱塘八月一线天，留下锦官锁四川。
唯有东流春水暖，月明星稀度江船。

**336 宫怨**
半是寒山半暗香，千年古树万家塘。
百花不至春先至，碧色扬光夜太长。

**337 度破讷沙**
少儿千军雪飞，当先一马去无归。
十年一梦沙场上，谁问生平应不回。

**338 卢纶 古艳词**
梦明月暗一音琴，留下相思女儿心。
玉臂婵娟怀旧暖，舆君共视不惜金。

**339 宫中乐二首**
宫中月落半章台，玉色昭阳久不开。
一梦十年明窗几，风光疑是约人来。

十年少儿上边城，塞外沙平草木清。
一日天云千里马，啸啸此去问平生。

**340 春日有怀**
辽东此去过榆关，别问家乡问不还。
花雨五月三觉寺，春风夜话半燕山。

**341 曲江春望二首**
春关未了雨如烟，进士心中自在田。
上苑曲江花不尽，声名只上艳阳天。

云来雨色上心田，留得春情下夕烟。
夕照平明香客至，江河应向渡江船。

**342 司空曙 登岘亭**
泪尽声名一砚山，人心常去玉门关。
风尘万里君不悔，拾得沙鸣不问还。

**343 古寺花**
古寺斜阳半日花，青莲白石一心家。
朝朝暮暮寻天下，去去来来浪淘沙。

**344 发渝州却寄韦判官**
燕山夜雨问春分，梦里相思尽水云。
楚客川江吴水去，千年万里自纷纷。

**345 送卢彻之太原**
并州女婿半故乡，画眉姑娘一巧妆。
不得燕山故客水，还来九月上重阳。

**346 峡口送友人**
花流峡口锁春津，蜀客川平问故人。
此去吴江千里路，同年同里不孤身。

**347 李端 送刘侍御**
宣城太守一声名，隔岸天光半枯荣。
故客生平知自己，东山再起十年鸣。

**348 郎士元 柏林寺南望**
一日心明一日钟，千家旧舍万人踪。
大觉寺里云光重，天外飞来玉石峰。

**349 柳中庸 河阳桥送别**
黄河东去千家水，万里江山万里遥。
过客留心天下事，西秦月色灞河桥。

**350 征人怨**
千年枯草没阴山，万古黄河十八湾。
秋月寒光明断水，春风何向玉门关。

**351 凉州曲**
天山雪色满凉州，碛重胡姬半白楼。
龙月风尘荒雁断，沙鸣月下玉门秋。

**352 冷朝阳 送别红线**
斜塘叶碧雨荷流，暮色清明客上舟。
谁问莲心无日月，青衣步步下空楼。

**353 张继 枫桥夜泊**
五湖水色玉姑苏，同里天平月半吴。
拾得钟声鸣古寺，寒山客梦有时无。

**354 刘方平 送别**
雨色华亭日夜清，江南草木夕朝明。
寒得拾及年年问，渡口舟船何不行。

## 355 月夜
更深月半故人家，客梦心平玉影斜。
已是春分虫蛰出，轻鸣不力到天涯。

## 356 春怨
苍茫暮色半江村，杳杳烟云一客门。
不问江湖千万里，清明过后不黄昏。

## 357 顾况 听角思归
子规声鸣半断肠，川江不尽一心伤。
心中峡谷高唐客，梦里年华不自芳。

## 358 宫词
一半玉笛一半娥，海棠还闻弟子歌。
马嵬明皇天宝去，香云七夕半秋河。

## 359 听歌
青莲七言一清仙，玉子霓裳半色烟。
不尽开元天宝尽，来来去去是人天。

## 360 宿昭应
相思七夕乞天坛，舞尽玄宗问玉冠。
儿子胡人安史乱，宫中太上泪难看。

## 361 小孤山
月在孤山君在天，江流髻鞋寺流船。
梳妆不尽平明水，未及脂凝色如烟。

## 362 叶道士山房
水上浔阳入九江，箫声白石出元阳。
虹桥渡口人人渡，不尽知无是故乡。

## 363 竹枝
群玉山头去不归，湘斑竹泪霏霏。
洞庭日日潮声重，木叶年年问二妃。

## 364 忆故园
山外山中处处山，水前水后一千湾。
白山黑水安东郡，玉色心空主客还。

## 365 戴叔伦 夜发袁江寄李颍川、刘侍御
枯枯荣荣一柳杨，春春秋秋半光阳。
千家万户寒窗久，不是愁人不断肠。

## 366 湘南即事
费尽天光半苦辛，舜耕日月一秋春。
苍梧斑竹流湘水，不是愁人不及人。

## 367 严维 丹阳送人
去去来来半交游，朝朝夕夕一春秋。
楼平人去鸣沙在，色尽山空水自流。

## 368 李涉 题开圣寺
寺外云龙问鼓钟，长天谷壑去无踪。
蝉闻细雨鸣知已，细看孤松不是松。

## 369 过湖州伎宋态
高唐白玉半扬州，平步青云一翠楼。
回眸心中听楚梦，江青眉色向东流。

## 370 润州听暮角
暮雁归心三两行，衡阳塞外半故乡。
年年客色边关外，日日思情夜月长。

## 371 宿武关（秦皇隋帝）
荒沙蔽日不春秋，关门重锁人心去。
沉没长城汴水流，不问秦州向榆州。

## 372 竹枝词二首
芙蓉不尽满香溪，清明雨水化春泥。
宫中月色无知照，留下阴山夜冢啼。

川江蜀月锁望霞，聚鹤朝云浪淘沙。
忽有船鸣三峡尽，天门万里不还家。

## 373 哭田布
人心不知不为羞，岸上江楼水下流。
气短英雄名尤在，春秋一半又春秋。

## 374 京口送朱昼之淮南
隋家天子不闻秋，汴水船流下扬州。
水暗月明桃叶渡，孔雀南落状元楼。

## 375 邠州词献高尚书二首
将军塞外一声名，夜半剑午军故情。
月下风鸣胡马渡，沙尘过去不阴晴。

## 376 乡二首
雁影孤云过帝乡，千山万里向衡阳。
心中梦含家泉水，江岸南山尽柳杨。

春光帝都自元双，苦读十年雨点窗。
梦里佟家江水去，天光入井井连江。

## 377 李约 过华清宫
开元盛世一华清，七夕长生殿外明。
国国家家寻已去，声名之后梨园鸣。

## 378 权德舆 赠天竺、灵隐二寺主
一寺禅音一寺云，飞来峰下隔山闻。
行僧住持三千界，天下人心天下分。

## 379 杂兴二首
凝脂玉肤指纤纤，一雨春云一雨帘。
影摇琴弦鸣不止，心田不种问寒蟾。

一半芳华一半春，巫山云雨客家人。
宓妃尤向泾洛水，不入长安入近邻。

## 380 武元衡 春兴
杨花柳絮一清明，细雨沾红半色倾。
落尽梅花桃李水，春江不再问吴明。

## 381 送张司录赴京
衡阳雨水尽鸿飞，暮半江天西陆回。
尤有寒云边塞冷，春风不断入心扉。

## 382 题嘉陵驿
嘉陵驿客尽寒梅，雁落衡阳久不回。
峡锁江流川蜀水，天香尤向化泥恢。

## 383 听歌 滕王阁
暮色高楼叶色秋，九江曲断入江流。
莫愁阳关名是客，知音不惜过凉州。

## 384 汴州闻角
汴州天下一杭州，山外青山半水楼。
无路三潭秋月印，有心牧鹤是春秋。

## 385 韩愈 湘中酬张十一功曹
张署昌黎方叔舟，天明不度僧人秋。

云浮岭上千鸟去，心落神州半御楼。

**386和李二十八司勋连昌宫**

患患忧忧半旧尘，奉奉迎迎一官身。
长亭十里千山路，宦海年年万迷津。

**387晚次宣溪酬张使君**

江青岭色一清溪，鹧鸪平明半月啼。
只向田间鸣种谷，谁闻不到夜郎西。

**388同张水部籍游曲江寄白二十二舍人**

青天白日一楼台，上苑桃花半不开。
夕照江平波不尽，平明未来玉人来。

**389次潼关先寄张十二阁老**

阳关西去玉门关，岁岁年年何必还。
只道交河圆落日，天山雪色到阴山。

**390桃林夜贺晋公（刘郎）**

一念江山一念公，三春杨柳三春翁。
桃花不尽梅花尽，来是刘郎去是风。

**391柳宗元 柳州二月**

柳州二月鸟无啼，月半春香化旧泥。
百草扬明花不尽，江平树碧夜郎西。

**392酬梦得**

金陵玄武半莫愁，朱雀乌衣半旧楼。
夜向官奴桃叶渡，淮泰水色月西流。

**393闻澈上人亡寄杨侍郎**

寺外禅心半侍郎，人中才子一芬芳。
山花野草江湖水，暮色平明日月光。

**394赠曹侍御（岭南）**

岭碧江青故雨流，山明水秀客家楼。
春秋半部千年去，小大由之尽自由。

**395刘禹锡 石头城**

雨过金陵石头开，天涯柳丝半章台。
瓜洲渡口春江暖，酒入心中故客来。

**396乌衣巷**

草草花花月色斜，暮暮朝朝曲人家。
还闻秦淮音琴客，不问金陵五月花。

**397江令宅**

后主还闻玉树花，七君亡臣日西斜。
尚书入隋平章事，何处江山何处家。

**398与歌者米嘉荣**

私塾文化唱不平，音声绝句汉人鸣。
心心印印唐家调，酒肆旗亭诗外名。

**399听旧宫人穆氏唱歌**

织女心中七夕河，寒宫桂下影千娥。
长生殿上人心在，不过华清旧日波。

**400与歌者何戡**

泾渭千年草木生，吴江八月水山青。
三声杨柳心明镜，一曲阳关尽别情。

**401堤上行二首**

雨色江湖一白堤，人声牧鹤半桥西。
杭州司马居易少，柳丝春莺尽日啼。

上苑桃花一日明，刘郎司马半无声。
人间见惯歌曲曲，不尽无情是有情。

**402踏歌词二首**

雨雨云云水不平，朝朝暮暮色山明。
高唐楚客梦中尽，留下人间十二峰。

七月河中七月歌，三千喜鹊一江河。
有心织女牛郎渡，只问人间鸟不多。

**403竹枝词八首**

白帝城中雨雾生，紫壁水上一江明。
船帆只随长江去，谁锁川流不见晴。

山花落尽水云平，蜀客川江雨色青。
两岸人声呼不住，船来滟滪客家情。

峡锁山光万古遥，方圆白帝一江消。
云中有雨情无尽，不问刘郎万里桥。

云雨巫山十二峰，婵娟出水一芙蓉。
心中只有郎歌唱，不到天明水不晴。

曲曲弯弯十二滩，川江蜀客一天难。
人心识得东流水，妹子哥哥情未安。

寺外刘郎寺外花，人家妹子一人家。
江中不尽长流水，天下心君付海涯。

碧柳条条丝丝情，来时不折去时萌。
船中不语烟云多，旧约无声是有声。

下里巴人处处春，阳春白雪问西秦。
但知百岁生命去，不留声名不留尘。

**404杨柳枝词三首**

水去无知玉影愁，江流不止一江楼。
声声月月船来去，处处哥哥付马牛。

二世长城汴水流，千年富甲到杭州。
洛阳城外三千客，留下黄金作旧游。

汴水年年玉影姿，长城日日塞春迟。
军兵铁甲风尘尽，同里吴江谁不知。

**405浪淘沙词**

吴江同里种桑麻，五女桓仁日西斜。
客里年年闻旧事，心中夜夜自寻家。

**406碧涧寺见元九和展上人诗**

一壁禅心一壁珍，半松寺典半龙鳞。
寒山拾得钟声夜，坦之沙门终果因。

**407春词**

锁住春光一玉身，东风不力半心神。
梦中尤记庭梅树，此去燕山月下人。

**408和令狐相公别牡丹**

春云夏雨半衣巾，柳暗花明一故人。
不问春明门外客，阳光水色满天津。

**409白居易 同李十一醉忆元九**

一春无力一春愁，九脉人心九脉楼。

岁岁水流千里去，年年空守向江流。

**410 竹枝**
川流峡锁水云西，白鹭扬长两岸啼。
雨色夔门潮白帝，香风不尽化春泥。

**411 宫词**
一川碧色一川明，半岸郎歌半岸声。
石立船流临水色，三江尽是雨云情。

**412 暮江吟**
一道斜阳一水中，千流碧树半江枫。
夔门白壁帆船影，岭上飞泉赤壁红。

**413 三月二十八日赠周判官**
一日朝堂三日孤，杭州已尽又姑苏。
杨花柳絮风来去，不到长安到洛都。

**414 伊州**
小玉阿蛮问老愁，一荣一枯草原秋。
长安十日初惊turn，野火春风上御楼。

**415 华州西**
天门路狭半华州，一日春风半月休。
枯枯荣荣原上草，浮浮沉沉御云楼。

**416 对酒**
人生不醉醉人生，草木阳明半枯荣。
不问酒家人独醒，自吟杨柳自声情。

**417 晚归府**
暮色归来路半平，长安月上岭先晴。
斜阳已尽山中色，留下清明伴月明。

**418 魏王堤**
洛水东流二魏王，宓妃曹植半心乡。
千年太子千年尽，七步吟音七步伤。

**419 王子晋庙**
一日华清海棠功，十年马嵬骊山晴。
曲江上苑千家玉，散落人间一曲声。

**420 看采莲**
半是红莲半白莲，一心天寸一心田。
芙蓉帐下春风雨，玉影船中只问天。

**421 香山寺**
古刹钟声出蓟关，燕村夜话入香山。
风平树静泉清色，夜半相思月一湾。

**422 玉兰花**
玉兰不叶玉兰花，夕照阳长夕照斜。
柳丝知春亭上绿，昆明湖水月中华。

**423 杨柳枝**
灵岩山上匆朝斜，范蠡吴宫问馆娃。
雨落五湖舟不去，天涯处处何人家。

**424 酬裴令公赠马相戏**
一人天下一人家，十步村桥十步花。
不尽东西山下水，五湖南北日倾斜。

**425 水调**
大漠无垠一地沙，荒云不尽半天涯。
阳关曲尽风声尽，月色楼兰不问家。

**426 永丰坊园中垂柳**
一夜东风十万花，千山万里九州华。
城中杨柳芳塘岸，曲尽阳关不是家。

**427 元稹 西明寺牡丹**
谁问长安绿牡丹，春关不尽曲江澜。
西明寺里钟声在，渡口云中落叶残。

**428 亚枝红**
一枝素色一枝红，半雨梅花半雨中。
月色待云浮沉去，心思夜约枯荣同。

**429 梁州梦**
江楼不住问江流，帛尽锦官亲故客游。
上苑慈恩还雁塔，身闻蜀相问梁州。

**430 嘉陵驿**
嘉陵不住问金河，水色扬长是一家。
此去三千云里月，渝城客柳半天涯。

**431 嘉陵江**
千年故事半生中，万种人生万里同。
客去江南三五载，辽东依旧是辽东。

**432 好时节**
蜀川不问卓文君，客色长安司马文。
月半还来窗上问，锦官雨色半青云。

**433 送孙胜**
灞桥小雨上阳宫，泾渭流连水色空。
折柳马前先不问，春风不尽过亨东。

**434 岳阳楼**
十年一觉半寒窗，万里千流两玉幢。
水尽岳阳临旧月，余明只随到长江。

**435 寄庾敬休（应帖）**
曲江不尽问春关，万里沙鸣万里山。
只见窗寒棂影乱，家人谁知何天颜。

**436 西归**
千年故事一千年，万古河山三万天。
论语春秋知日月，书生日日度心田。

**437 重赠乐天**
云浮云落万云消，江去江来八月潮。
故里闻君歌不尽，长安尽是小蛮腰。

**438 李德裕 长安秋夜**
春秋不尽一春秋，御史还闻半御楼。
何处江山明日月，东风不与大江流。

**439 李绅 却望芙蓉湖**
人间不尽是人生，淮水中分橘枳名。
草木阴晴云水色，天光日月自清平。

**440 王播 题惠照寺二首**
寒窗未尽入寒楼，惠照兰花出寺游。
二十年中人不旧，三皇五帝客先愁。

一日寒中饭后钟，十年贪富不相容。
声名满地来时客，源此人间去有踪。

**441 熊孺登 送淮上人归石经院**
东林寺里一禅声，慧远衣钵半旧名。
六祖心中依佛立，来时未了去时泓。

### 442湘江夜泛

湘流斑竹泪流湘，群主高唐峡雨扬。
蜀水难平云白帝，长沙楚客自炎凉。

### 443送僧

日暮斜阳百衲衣，平林尽处一心祈。
山中寺外寒云去，谁问江湖几日归。

### 444戎昱 移家别湖上亭

鹧鸪村中四五声，云青乡下二三荣。
田光不住年华尽，草木知荣夜雨生。

### 445塞下曲

自古黄河两岸穷，山东不及闯关东。
心明百岁无知已，留下人生日月中。

### 446途中寄李三

灞水桥中柳色烟，长安城外向余年。
玉门不尽阳关去，自当吟啸路八千。

### 唐人万首绝句选卷之五

### 七言绝句（三）

### 447李贺 南园二首（雅卿）

一处南园一雅卿，十年四壁半声鸣。
无知宿命心平去，何必人生彼此生。
声声不住问寒宫，墨尽平明拉玉弓。
唯见年年辽海上，文章尽处是秋风。

### 448昌谷北园新笋

楚客长沙赋楚辞，繁文缛节问繁枝。
潇湘斑竹千家泪，屈子孤清贾谊知。

### 449酬答

一处梅香一处春，三川白石半花人。
人生不醉人生醉，屈贾长沙问迷津。

### 450吕温 刘郎浦

五十年前少儿身，八千里路小老人。
行行止止行无止，处处年年有秋春。

### 451杨巨源 僧院听琴

寺水流清弄月琴，禅音普度向人心。
声声不尽人心尽，处处山门十寸金。

### 452赠崔驸马

梅香满地化春泥，百色花明向玉堤。
雨跃鲤鱼三月水，春莺鸣尽六湖西。

### 453听李凭弹箜篌

一度玄宗一度春，曲明舞断梨园人。
江山可尽人无尽，留下音琴不向贪。

### 454观伎人入道

白石云中伎入春，观前月下梨园人。
僧人寺里余香近，自己音声自己珍。

### 455卢仝 逢郑三游山

崎岖山中一棵松，东风月下半麟龙。
明年此处还相见，有约时光月月逢。

### 456王涯 从军词

关东何处是龙城，夜月将军初出名。
不尽胡人胡马壮，中原战士是书生。

### 457塞下曲

风尘仆仆半沙城，月光淡淡一儒生。
塞外冠军闻夜半，一家灯火万家明。

### 458秋夜曲

声声玉笛问声声，不却玄宗却有情。
谁见华清泉水暖，骊山脚下马无行。

### 459宫词二首

深宫不尽问寒宫，月半声声不尽穷。
枯枯荣荣知日月，妆淡不是是妆红。

九天夜半是寒宫，了却人心四壁空。
记得一声河满子，吟吟续续问鸣虫。

### 460令狐楚 少年行

一心十五立身名，月半龙城问水晴。
十日沙鸣风不止，书生剑客驭人行。

### 461舒元舆 赠潭州李尚书

谁问人心有字碑，声名半曲有红帷。
吴姬尤记苏州韦，舞尽潭州不自卑。

### 462张仲素 塞下曲四首

渔阳雁过半辽东，箭射阴山半世雄。
月落沙城人不去，江南梦里谢秋虫。

沙城雁尽月如霜，雪水天山马断肠。
一箭平明惊北斗，英雄自古作栋梁。

雁声已尽雁门关，南去衡阳百日还。
不谓楼兰千战苦，阴山何是问天山。

交河日落别时园，暮色云飞四壁天。
北海匈奴连万里，沙城旧水热河泉。

### 463秋闺思二首

声声不忍向秋虫，四壁明明四壁空。
砧上捣衣衣泪湿，人心尽在有无中。

秋风处处扫边云，雁去人来只问君。
蓟北霜中无消息，居延城外雪纷纷。

### 464汉苑行

春风杨柳到边关，只见沙城不见山。
池下禽鸣情不尽，新妆不罢待君还。

### 465天马词

天马行空万里飞，明阳落照一光晖。
金川大漠草原北，万匹当先半日归。

### 466张籍 送蜀客

客去云南问碧鸡，滇池金马夜郎西。
贵州雨色晴川外，回首川中月下溪。

### 467蛮中

铜柱楼船滇池西，云南大理鸟声啼。
阳澄洱海闻同里，客随天光过玉溪。

### 468蛮州

一曲琵琶一曲愁，半家灯火半家忧。
沙城至今多兵事，不问长安胡客楼。

### 469哭孟寂

曲江会下一生名，上苑慈恩半寺平。
雁塔春关鸿去远，来时寒窗去时荣。

**470 法雄寺东楼**
叶满香山故寺楼，枫红暮色晚中秋。
扫清路上风尘土，留下心思上顶楼。

**471 秋思**
洛阳城外半秋风，御街枫丹暮色红。
渭水东流清不尽，三心二意一心空。

**472 凉州词二首**
阳关一曲过凉州，大漠千年问早秋。
去雁山云寒半落，苍茫暮色上高楼。

荒原草尽玉云霓，日落沙鸣鸟不啼。
白石道中无一路，东风不能问安西。

**473 宫词二首**
一曲云英一曲终，半烟半雨半春风。
山前草叶初明色，暮落归鸿问儿童。

寒宫一半半清宫，上苑平林夕照红。
暮落长安千色暗，天明乞火万家中。

**474 寄李渤**
寺外泉溪五老峰，黄山岭上半云松。
抱园不问人间雨，守一心平撞晚钟。

**475 春别曲**
龟山蹀躞映山红，汉口知音渡口空。
沿岸春风生柳绿，清明楚客到江东。

**476 寒塘曲**
雨半金陵问念奴，钟山晚影客心孤。
船中谁唱桃花扇，朱雀桥西一丈夫。

**477 王建 江陵使至汝州**
暮到江陵两岸风，灯明夜雨老梧桐。
阳春白雪天山暗，下里巴人一曲终。

**478 华清宫**
泉流不止一华清，六月芙蓉半水城。
天上人间听七夕，名声不尽是声名。

**479 十五夜望月**
半是秋霜半菊花，一天暮色一天沙。
元知十六圆时月，十五还回女儿家。

**480 霓裳词四首**
应是玄宗太上皇，华清池水问霓裳。
泉流一日丽山去，蜀锁心中七夕伤。

子弟声平半梨园，华清月下唱阳泉。
长安云水天山尽，留下春风入旧年。

弱不经风步步云，胡姬施舞半红裙。
翁知天下胡人在，只问杨妃不问君。

上苑花中一色倾，宜春院里半无声。
长安虢国妇人来，才入心中又入情。

**481 宫词二十四首**
喜鹊云天七夕河，宫中岁月一声歌。
心中自有相思客，日月多时怨也多。

一波云峰又一波，云轻雨重问锦娥。
红莲白蒂芙蓉水，岁月宫中自蹉跎。

乞火清明玉影来，梅花开尽杏花开。
宜春院里音琴响，何处昭阳承露台。

一半云烟一半荷，青莲出水玉心波。
芳塘颜色无知己，日半天光月半梭。

不是无知不是知，相思未尽又相思。
宫中日月年年锁，误过年华误过迟。

半玉红妆半玉凝，淮秦月色一金陵。
镜前左右花光色，脉脉含情问夜灯。

半是书生半是忧，一家春关一家秋。
曲江上苑光华水，不入深宫不入愁。

一月三潭柳浪西，梅花落尽化春泥。
芳香不负云中雨，问了苏堤问白堤。

半水流明半水生，声鸣不住一声鸣。
朝朝暮暮云和雨，枯枯荣荣枯是荣。

半部江山半部同，西宫锁尽锁东宫。
清明不尽明清尽，如是黄河如是风。

一断云峰一断肠，刘郎不尽是萧郎。
婵娟姿色花如玉，月半还闻十三香。

司马心中司马鸣，春关一日碧衣情。
江流不住江楼在，一任平生是一生。

暮色无声上玉楼，天涯何处觅芳洲。
薄明锦丝无衣锁，曲曲黄河入海流。

相思泪下入心流，选取宫中不尽头。
御水河川红叶托，红楼去处是青楼。

梅花初尽百花香，月色如弓半出墙。
只因宫中云雨少，红妆除去试轻妆。

心音一手一拨弦，月下浮云入影天。
为问琴声君不去，春风又入玉门帘。

家乡尤念旧衣裳，处处桃花苦叶黄。
昨夜惊闻河满子，宫中月下断心肠。

琵琶弹拨玉人愁，雨色难明暮色秋。
杨柳声中鸣自己，江流岸处是江楼。

一处江村十里荷，莲心碧叶水珠多。
芙蓉出水亭亭立，云云雨雨是玉娥。

问尽云天问御河，春风不雨尼罗河。
流明托叶情无止，斫取青光寄表哥。

月暗风平问玉门，雨细云浮半黄昏。
朝朝暮暮寻人久，色色连连又一村。

今天不问问明天，去去来来日月年。
不识宫中真面目，来时夜半去时圆。

蓬莱海上闻方圆，日月瑶台十八仙。
天上桃花红不尽，人间已是一千年。

心明玉指二三弦，月影宫中一半圆。
不误周郎无可顾，去年今日是明年。

### 482鲍防 上巳寄孟中丞
古今墨水满丹青，马上玄宗座右铭。
人才心中无自己，萧翼不得问兰亭。

### 483窦牟 奉诚园闻笛
玉笛声中故友音，山阳旧赋满衣襟。
秋风落叶光明远，问尽云峰问古今

### 484窦庠 陪留守内巡至上阳宫感兴
风平万里夕阳红，暮色光华远近同。
什射声名诸池苑，孤寒日月上阳宫

### 485窦巩 襄阳寒食寄宇文籍
寒食一日近清明，雨色千年草木生。
寒北江南寻介子，绵山重耳何无情。

### 486洛中即事
泾渭东流洛水明，光阳树色蜀山情。
千光万叶无牵挂，雁去衡阳一两声。

### 487寄南游兄弟
不问来时不问还，朝朝暮暮在人间。
天涯海角苍穹阔，唯见斜阳满暮山。

### 488宫人斜
远山树碧日西斜，抬上牛羊半入家。
万里光明明色尽，秋风尚未到天涯。

### 489南游感兴
潇湘斑竹泪纷纷，赋尽长沙何处分。
叶落衡阳闻雁语，相思尽处是人君。

### 490杨凭 雨中怨秋
寺门一客半秋风，雨色江南一乌蓬。
处处禅音明日月，钟声夜夜用心重。

### 491送客往荆州
琵琶叶落满山城，蜀客无心不问名。
日月川流流不住，雁声初起是秋声。

### 492杨凝 初次巴陵
楚客锦官十里亭，川流不息下巴陵。
东风不见春雨去，得水长沙草色青。

### 493送客入蜀
行人一半上梁山，水浒千家去不还。
谁道一呼三响应，人生何惧玉门关。

### 494杨凌 早春雪中
天天地地一阴晴，草草花花半枯荣。
五岳三江杨柳色，千山万水色均平。

### 495明妃曲
春风一日半阴山，野草千年一去还。
忽见飞鸿南北尽，阳关隔壁玉门关。

### 496贾岛 渡桑乾
客主幽州五十霜，游心不尽一斜塘。
莲心碧叶留园水，不是姑苏是故乡。

### 497宿林家亭子
暮雨临山一两枝，明花未改二三池。
风风点点山中客，色变原来月不知。

### 498赠人斑竹挂杖
石竹山中十八枝，东风傲骨万千时。
心田自是空空色，世外桃源句句诗。

### 499张祜 千秋乐
一心之下一千秋，半色云中半色楼。
出水芙蓉泉水冷，华清雨尽任泉流。

### 500春莺啭
雨色西山雨色梅，此山不开南山开。
春莺不唱江湖水，留下声鸣待雁来。

### 501邠王小管
天宝明皇剑阁情，杨家女儿各倾城。
三分酒色人心去，一阵春风玉笛鸣。

### 502孟才人
知音不是一知音，两处江山两处琴。
留下余声河满子，春心楼上半春心。

### 503折杨柳
平明暮色半心游，一水三波一水流。
细雨无声凝碧池，东风只上景阳楼。

### 504华清宫二首
华清池水半华清，出水芙蓉出水明。
虢国杨妃乾国女，玄宗不问谁人情。

不平玉笛不平鸣，海棠泉流海棠情。
七夕心中思何尽，长生殿上未长生。

### 505集灵台二首
斜阳未入集灵台，出水芙蓉带笑开。
七夕相思天下去，云云雨雨入梦来。

虢国夫人一色晴，贵妃疑为半城倾。
韩妇姐妹知心客，云雨情深一日生。

### 506阿鸨汤
春雨身心玉水凝，东泉暮色小窗灯。
凭心只向情中许，留下秋风问五陵。

### 507雨霖铃
雨夜霖铃自问津，原来剑阁不西秦。
长生殿里寻知己，七夕心中只一人。

### 508宿溢浦逢崔升
一处行人一处心，三千帝子酒三巡。
辽阔天下江河水，杨柳知音尽古今。

### 509听筝
半莲玉白半莲红，水上浮云水上风。
岸在船边心在岸，薄衣藏在草屏东。

### 510楚州韦中丞箜篌
楚人不是楚州名，问尽江山问一生。
达理知书知所以，阴晴不定是阴晴。

### 511金陵渡
金陵渡口水云流，月半江苏问故楼。
隔岸潮平波不尽，星星点点入瓜洲。

### 512游淮南
十里扬州十里花，二三月色两三家。

琼花不落芳香在，只见斜阳半不斜。

**513徐凝 诗**
汉宫曲
雾挂纱窗月半弦，飞燕不问一云天。
平明雁影东西去，谁见江中南北船。

**514忆扬州**
扬州十里不知愁，桥上声声玉笛秋。
夜半月明桃叶渡，金陵秦淮半歌楼。

**515唐彦谦 穆天子传**
胡人胡马玉胡姬，一木千根燃豆萁。
万古唐人分化尽，这时不断那时迟。

**516楚天**
朝朝暮暮一瑶姬，赤帝梅花半折枝。
去去来来心不已，云云雨雨自知时。

**517寄徐山人**
清明不尽玉壶冰，拾得寒山寺外僧。
印证心中无所以，东风不语下金陵。

**518垂柳**
一半春风一半情，五湖山水五湖明。
扬帆不问春秋去，只要船中自声鸣。

**519邓艾庙**
蜀尽吴平魏帝休，卧龙四壁一千忧。
春秋不尽春秋尽，故人江楼故水流。

**520曲江春望**
散尽春关半曲江，东风上苑一心扬。
慈恩寺里花千树，及弟相知月月光。

**521落花**
梅花入土半芬芳，化作春泥三月香。
红杏出墙桃色尽，东风不及入心肠。

**522仲山**
二千年里问长陵，一生楚汉半亡兴。
山山水水无穷尽，尤问江东夜下灯。

**523洛神**
自有心中自有奴，巫山云雨向娘姑。
惊鸿四顾游龙去，洛水长安月色孤。

**524长安秋望**
雁归万里问衡阳，竹影湘流月似霜。
已是楼兰沙不尽，黄昏又及玉门荒。

**525裴交泰 长门怨**
不锁长门不锁愁，西宫雨入春秋。
心园月半相思苦，野草春花沿水流。

**526羊士谔 望女几山**
不忘家乡五女山，常梦浑水二三湾。
东山父母黄泉远，百岁年年何处还。

**527登楼**
霜明月色一孤城，日尽高楼半水清。
但寄九江流不住，东去何必问声鸣。

**528忆江南旧游**
金陵王谢半无声，楚汉河山自枯荣。
不到江东书不尽，清名莼鲈脍鱼羹。

**529郡中**
一叶平平一叶残，半江白露半江寒。
红衣落尽莲心出，出水芙蓉一二冠。

**530泛舟后溪**
暮色清明问雨余，空山碧色一云舒。
桃花流水无心客，月挂黄昏二野渠。

**531卢隐 雨霁登北原**
黄昏日下半荒阳，一是春秋一是凉。
不尽苍山流暮色，扬长之后不扬长。

**532朱庆馀 宫中词**
别离宫情半寺门，人中暮色一黄昏。
钟声鼓磬知心远，旧衲寻游是野村。

**533刘商 题黄陂夫人祠**
桃花祠外半春津，寺得夫人一故人。
岁岁年年生儿女，朝朝暮暮问红尘。

**534题潘师房**
白石青莲一度开，清风水月半归来。
山中雨湿江峰碧，不尽流泉不尽苔。

**535钱珝 春恨**
宋尽临安南北朝，江山不拟玉心遥。
还闻不舍丹青笔，不见钱塘八月潮。

**536李群玉 寄友**
唯有相思日日情，青山处处草花明。
三湘斑竹平生泪，留下高堂雨色名。

**537汉阳太白楼**
一江水色一江山，半阁春风半阁颜。
楚客吴云浮虎丘，君心不过胥门关。

**538南庄春晓**
江流水色半江秋，叶落山光一叶愁。
雁影阳关鸣不住，平明只向问乡楼。

**539黄陵庙**
一处人心一处春，半家日月半家人。
巫山云雨情中事，暮色高唐谁认真。

**540题王侍御宅**
月半姑苏故客居，滩平水色沾裙裾。
江南三月桃花雨，只身龙门跳鲤鱼。

**541殷尧藩 赠歌人郭婉**
弟子声声问故人，阳关不唱唱秋春。
洛阳折柳三千里，不见心中见旧尘。

**542鲍溶 隋宫**
运河船水到隋宫，犹见长城白骨虫。
留下天堂天下甲，兵车不是是西东。

**543赠杨炼师二首**
青莲道士问天云，白石丹青向老君。
月色心声鸣不已，难分成色不难分。

峨眉山中处处云，八仙渡海入人闻。
寒山草木潇湘客，拾得春秋玉宸君。

**544汉宫词**
何处宫中问旧人，未央殿上满陈尘。
洛阳不问长安去，俱里隋唐不是春。

## 545 繁知一 题巫山庙
暮雨巫山暮雨愁，江楼何向一江流。
朝来日月平明水，不尽还回楚客游。

## 546 薛宜僚 别伎段东美
处处江流处处山，凝脂露臂玉容颜。
心中留下芳华影，西入情心到玉关。

## 547 严休复 闻玉蕊院真人降
人间处处玉龟山，只在心中有舜颜。
拾得芳香花不夜，云浮月色半春蠻。

## 548 陈羽 吴中览古
吴城草木色空空，日月江湖落叶红。
阊阖春江花月夜，姑苏不问馆娃宫。

## 549 将归旧山留别
青山处处是青山，去去来来不是还。
日月光明知自己，天颜不尽是天颜。

## 550 湘君祠
湘妃泪尽湘江云，群玉巫山不问君。
雁落衡阳鸣不止，秋分过后待秋分。

## 551 襄阳过孟子旧居
曲江上苑半天关，雨色无声草木还。
汉水襄阳皇不见，春风不过鹿门山。

## 唐人万首绝句选卷之六

### 七言绝句（四）

## 552 杜牧 过勤政楼
开元天宝半声名，马嵬华清一枯荣。
夜雨霖铃鸣蜀客，玄宗太上老人情。

## 553 思旧游二首
水西寺后水西山，雨后东风半不还。
上下平明钟鼓近，禅房夜半度春关。

水西水色水西门，古木山明古木村。
叶落春秋还落叶，黄昏不尽是黄昏。

## 554 过华清宫
桃花不尽杏花开，玉影宫中玉影来。
三国妇人重子女，华清玉笛久无猜。

## 555 登乐游原
烟云锁住半五陵，谁知江山一废兴。
锁沉古今千载尽，钟声只问夜明僧。

## 556 沈下贤
东山不是水西山，白洞庐山半故颜。
夜半平明还是梦，人间谁问玉门关。

## 557 将赴吴兴登乐游原
寒食二日一清明，上苑三川半草生。
似乎心中颜色早，春风只向柳杨明。

## 558 江南春
宋齐梁陈回故宫，金陵秦淮半桃红。
君王寺里钟声响，殿上无人不朝东。

## 559 云梦泽
未到云梦泽水中，浣溪不尽夕阳红。
声名五霸江湖客，馆娃未问吴宫。

## 560 题城楼
一半长亭一短亭，三山苦木两零丁。
思乡忽从西风起，夜暗惊梦雨打萍。

## 561 初冬夜饮
冬梅不拒雪中寒，腊月思想付玉冠。
暮暮朝朝心中暖，浮香且待梨花残。

## 562 斑竹筒簟
斑竹轻霜霜半明，潇湘夜雨雨声声。
心中遗恨断今古，泪尽梅花去又生。

## 563 醉后题僧院
古寺门中一古松，禅房天下半音同。
茶亭酒肆寻知已，吕问云天下雨龙。

## 564 赤壁
十里东风十里船，江流赤壁浪流天。
千年不尽群雄去，留下周郎月半弦。

## 565 泊秦淮
吴姬劝酒一客家，暮落江平半日斜。
隔岸扬州明月夜，梅花谢过是桃花。

## 566 秋浦途中
潇潇细雨一湖秋，落落渐渐半月楼。
湿叶明光知所以，年年月月自江流。

## 567 题桃花夫人庙
洛阳草木半天津，处处扬明处处春。
日月东风杨柳岸，春秋不尽一妇人。

## 568 寄扬州韩绰判官
琼花三月玉桥娇，曲断扬州处处桥。
贰拾四桥人不尽，红桥一夜二心销。

## 569 郑瑾协律
香山寺外半云天，雨过昆明一客船。
只问燕京明不空，清时天下半边园。

## 570 江上
春风半落一燕池，雨水三川两地知。
夜半梦中还是问，似无似有五更时。

## 571 宣州开元寺
开元寺里问开元，天宝华清不闭轩。
弟子声鸣音未住，玄宗蜀驿是来言。

## 572 南陵道中
吴中水色雨云悬，驿外人心半去年。
日下斜阳明不尽，暮前红袖入江船。

## 573 遣怀
扬州三月满阴晴，十里烟花水色清。
红袖声声音犹在，青楼不尽是香名。

## 574 山行
十里长亭半夕斜，千山落叶一菊花。
行行止止云飞去，泪去潇湘雁去家。

## 575 怀吴中冯秀才
船平柳岸水迢迢，一念心中一念消。
拾得钟声三月水，寒山寺对半铜桥。

**576 秋夕**
秋风半落入中庭,何处天云织女星。
月下牛郎望七夕,年中月月问流萤。

**577 华清宫**
水向华清玉人华,长生殿里帝王家。
非非是是江山里,雨水清明一半花。

**578 郡楼有宴病不赴**
村中雨水刘郎去,月半春莺不暗啼。
何故君前君后问,辽东不唱唱辽西。

**579 隋苑**
隋时雨水半流东,定子江山自古同。
商贾人心知贪乞,长城白骨问云中。

**580 边上闻笳**
胡天月下夜明灯,苏武声声问李陵。
扫尽千军生命尽,江湖帝国谁人兴。

**581 金谷园**
金谷园中一片云,曲江岸上半家春。
今今古古皇明尽,去去来来问何人。

**582 韩琮 杨柳枝词**
年年谷雨一条条,半入人心半入宵。
折断春情藏客柳,阳关不到灞陵桥。

**583 暮春浐水送别**
关中八水问长安,灞上千年日月残。
汉武秦王隋水岸,今来古往从头难。

**584 施肩吾 山中得刘秀才京书**
秀才举子状元郎,门第书香自故乡。
一日春关花月夜,杨家女儿谁扬长。

**585 戏赠李主簿**
酒中醒醉不知潮,八月残塘水色宵。
谁问长安城里月,官场自尽自逍遥。

**586 雍陶 宿嘉陵馆楼**
殿下清宫处处寒,黄衣紫服问心残。
朝朝暮暮刀州梦,迁迁升升内外官。

**587 和孙明府怀旧山**
心中五柳上天山,海市蜃楼问玉关。
淡淡云峰知客过,明明天下是人间。

**588 城西访友人别墅**
京师水巷一人家,色重庭台半夕斜。
月色花香门竹水,清华十雨问天涯。

**589 天津桥春望**
春风十里半天津,三月梅花一玉人。
西陆江南杨柳绿,天明细雨满衣巾。

**590 李商隐 华山题王母祠**
华山十里一莲花,瑶池千年半玉家。
三为桑田黄竹尽,麻姑月下自天涯。

**591 华清宫**
骊山脚下问华清,马嵬玄宗上不名。
不问杨家多女儿,明皇七夕是人情。

**592 北齐二首**
空空色色一兴亡,一曲河满子断肠。
男儿江山闻女祸,人言何故自残伤。

小怜玉影半天云,夜里平明一色分。
只待君王如自己,心中情重不闻军。

**593 夜雨寄北**
谷雨春明三月迟,桃花遍地万千枝。
江湖夜雨船家客,但得同心夜梦时。

**594 赠歌伎**
阳城白雪玉红莲,下蔡梅花三寸田。
自古吴姬倾四野,江湖月下渡心船。

**595 寄令狐郎中**
潇潇夜雨一梁园,枚乘茂陵半月弦。
但得相如君子赋,书中尺素两心天。

**596 杜司勋**
杏花春雨半江南,谷雨清明一泱潭。
碧色山村荒泽久,后庭玉树上天坛。

**597 岳阳楼**
高唐雨色旧城池,淮见巫山故水迟。
张说岳阳楼上问,武关楚客不知时。

**598 寄成都二从事**
东施不问问西施,二月梅花一半枝。
国国家家凭何去,吴吴越越谁人时。

**599 汉宫词**
年年七夕集灵台,岁岁明皇久不来。
织女牛郎桥雀渡,人间只向玉心开。

**600 柳**
东风不定玉姿妍,谷雨平明碧色鲜。
灞水桥不情客手,阳关三叠问金边。

**601 为有**
金龟声色不藏娇,恨将名门八月潮。
上苑春关寒尽雨,无言牛李一情桥。

**602 饮席代官伎赠两从事**
花香不尽化春泥,五月江村雨色西。
月半青楼妆半除,春莺暮落宿长啼。

**603 代魏宫私赠**
留下人间七步诗,来时洛水去时迟。
东风宓妃千声语,唤取明年一百枝。

**604 咏史**
鸡鸣寺里一钟声,湖外金陵半故情。
六朝兴亡无去尽,三千帝王入流名。

**605 叹宫**
露水夫人半汉宫,沙场男儿一空空。
李陵谁问兵无甲,不取君王是英雄。

**606 江东**
千年不问一江东,十亩荒塘半落鸿。
九夏莲心蓬玉色,三川云雨五洲同。

**607 代应**
红杏桃花半出墙,粉心玉瓣一芳香。
春燕客过心情动,披上斜阳五色妆。

### 608 过郑广文旧居
水到长沙不自流，曹生屈子问江楼。
无知楚客临江宅，留下声名八面游。

### 609 涉洛川
洛水阳林问一人，陈王函谷半知春。
宓妃心上年年色，不问王君是旧尘。

### 610 宫伎
低眉流明一性倾，横波传玉半心情。
无心曲尽人情去，有意同生是一生。

### 611 宫词
一日春心一日愁，三年玉色五年忧。
宫中日落黄昏后，怯执灯烛上旧楼。

### 612 代赠二首
暮色黄昏望不休，明知宫水自东流。
丁香只结春山梦，谁是心中少壮侯。

曲苑声声唱石州，江楼不断问江流。
东流何处荒塘里，了却人情终不愁。

### 613 瑶池
桃花不尽杏花开，天上瑶台玉影回。
七夕牛郎愁不语，千年过去不重来。

### 614 板桥晓别
织女牛郎一暮河，芙蓉出水半晴波。
寻来七夕云桥渡，此夜年中旧约多。

### 615 夕阳楼
高山回照夕阳楼，坦荡扬明沂水流。
唯有黄昏无止境，天下何处不春秋。

### 616 西南行却寄相送者
西湖柳港尽观鱼，保叔花心玉鸟啼。
印月三潭楼外客，白堤不尽是苏堤。

### 617 齐宫词
宫中一步一金莲，半日江山半旧天。
汉武秦王无不女，来时不是去时年。

### 618 读任彦升碑
声名尽处不声名，一日云峰一日情。
万里江山千年去，纵横不论是纵横。

### 619 有感
峡锁巫山暮雨情，高唐楚客唯声鸣。
千年帝国堂皇去，不负君王负女名。

### 620 过楚宫
不问巫山问楚王，朝云暮雨梦高唐。
江船峡上呼天地，宋玉宫中是故乡。

### 621 龙池
胡姬舞竭一身名，不尽胡施陛上轻。
此处兴庆宫外夜，彼时马嵬不知生。

### 622 嫦娥
夜半心平影入心，长河约定牛郎寻。
圆圆缺缺年年尽，不问宫娥问客音。

### 623 忆住一师
西林月下虎声音，雪色梅花远公林。
五祖禅声天下去，余音不尽待人寻。

### 624 寄蜀客
不见相如犊鼻裙，琴声未忘卓文君。
船来蜀客江流去，处处无声处处分。

### 625 贾生
不问长沙问贾生，屈原汨罗尽身名。
长鸣不止云天去，留下乾坤自不平。

### 626 温庭筠 赠少年
江湖不尽客人多，万里长江万里波。
男儿三年千里路，阳关一曲去声歌。

### 627 赠弹筝人
青清玉笛问宁王，曲尽玄宗舞霓裳。
虢国夫人倾色尽，玉环可惜误红妆。

### 628 瑶瑟怨
零陵二水一春秋，雁影湘潇半故流。
斑竹心中千滴泪，高唐群玉问江楼。

### 629 春日雨
十二楼中雨初停，三千弟子叹零丁。
杏花墙外红心重，细雨濛濛着意听。

### 630 过吴景帝陵
一命东吴一命终，半家天下半秋虫。
三分国色三分主，司马空城何处同。
注：无司马，孔明无空城，有孔明，司马有不兵，有此无彼，无智者也。

### 631 赠郑征君
天涯不限逐飞鸣，曲尽阳关问色空。
谁见朱门无谢客，江村鱼市夕阳红。

### 632 车驾西游因而有作
三年不蜀下江陵，一度春秋露水凝。
谁去扬州奴问客，相如酒肆守空灯。

### 633 题端正树
江楼不断问江流，谁问河山几度秋。
不见千年端正树，江流不断向江楼。

### 634 经故翰林袁学士居
不问生平问故居，寒窗不尽十五余。
人心男儿寻知去，不到楼兰日月疏。

### 635 河中紫极宫
河中鹳雀一声鸣，楼上黄昏半暮生。
千里天云寻远去，东风万里玉门城。

### 636 夜看牡丹
一半原心一半春，三年曼倩二年人。
寻还不问花千树，来去还同故万津。

### 637 题分水岭
一半心情一半晴，三山五岳二分平。
阳明岭上东西水，别后东西夜夜声。

### 638 鄠杜郊居
山深岭重一人家，三月桃花半日斜。
日暮清明寒食近，随君流去向天涯。

### 639 咸阳值雨
晓云半入岳阳天，灞水千流去客年。

西陆蝉声鸣不止，潇湘夜雨向吴船。

### 640南歌子词
桂影春宫一缺圆，情如夜色月如天。
相思不尽藏红豆，两半心平雨半悬。

### 641段成式 观棋
黑白军中一将生，功名成就半宣城。
秦川楚汉始皇帝，战后千年尤争鸣。

### 642寄温飞卿笺纸
三寸心思半笺知，一人月色一人迟。
相如约定文君酒，醒醉飞卿问去时。

### 643嘲飞卿二首
半去衫衣半玉妮，依人月色一胡姬。
华清雨痕骊山下，汤客春心问柳丝。

梅花三弄一春秋，酒肆吴姬沿水游。
同里船声帆不止，琴鸣处处上青楼。

### 644柔卿解籍戏吴飞卿二首
斜阳暮重郁金香，月色凝脂珏玉堂。
留下东风无限意，生平一半是娇娘。

梅雨时晴半玉堂，阳明木竹晒衣裳。
黄昏日落无悬月，尤有春心被里香。

### 645戏高侍御三首
一片浮云一片天，游鱼问去向春莲。
光华碧影池中入，尤见青鸟挂月悬。

一寸思心一层楼，半家花草半春秋。
江湖自有船家女，不尽春风不尽流。

不自顺心不自愁，江舟水上逐江流。
船中女儿藏红袖，夜音清过青楼。

### 646许浑 寄桐江隐者
十五书生半入堂，燕山夜读一北郎。
思乡忽从秋风起，月色无情满地霜。

桐江水色一江春，月客山花半客人。

日暮心中明挂桂，去来何必问天津。

### 647谢亭送别
曲曲声声送谢亭，年年月月草青青。
江南不断知时柳，月色知时入北庭。

### 648下第怀友人
半生宦海半衡门，两地江湖两儿孙。
有约平生知自己，无限智慧入黄昏。

### 649题段太尉庙
不是唐家是汉家，朝云暮雨日西斜。
刘邦纪信霸王去，渭水还开二月花。

### 650经秦始皇墓
长城一半一始皇，隋水东流半富乡。
问尽王陵兵马俑，沙场白骨断人肠。

### 651过湘妃庙
雨泪湘江斑竹生，二妃南浦问阴晴。
巫山三峡川江锁，群玉烟云何处情。

### 652送宋处士归山
年中甲子半生平，草木天云一枯荣。
日月渔樵寻素去，霪雨过后是阴晴。

### 653秦楼曲
箫声不尽绕皇梁，日月风云凤求凰。
弄玉潘郎飞处处，清音徐徐上天堂。

### 654楚宫怨
高唐雨尽一巫山，三峡云光半故颜。
楚客秦王知日月，人关之外是天关。

### 655听唱《山鹧鸪》
鹧鸪声声蜀水流，川江不锁问江楼。
锦官雨重潇湘去，斑竹心中尽是愁。

### 656学仙
八仙过海去无穷，不问三山问寿宫。
尤有茂陵知汉武，少君东巡一场空。

### 657紫藤
吴江宿鸟不鸣啼，同里村桥度古溪。
山下五湖隋水去，小家碧玉在船栖。

### 658赵嘏 乌栖曲
东风处处玉楼春，曲尽时时殿下人。
夜半玉心闻雨细，平明尤梦到天津。

### 659宛陵望月寄沈学士
春分雨水敬亭中，天竺灵隐寺院同。
门对钱塘潮八月，人闻镜湖一江东。

### 660翡翠岩
谢安万日半东山，汉晋人情一玉关。
商贾官场千酒醉，庶民朝夕百君颜。

### 661经汾阳旧宅
金枝玉叶半江山，晋水汾阳一玉关。
安史胡姬人不断，开元天宝两皇颜。

### 662寄卢中丞（燕山）
香山十月半红枫，燕越千年易水东。
尚有空名啸不断，春秋难尽一英雄。

### 663寻僧
寺里残云一色空，心中野鹤半天同。
晴川谷重澄明外，旧衲斜阳苦昧中。

### 664西江晚泊
日下山林月上东，船帆落尽向寒宫。
清光水色邻音客，一曲心思一曲终。

### 665江楼感旧
日色泽林泽上年，月光水下水中天。
江流东去江楼去，露水平明泪作泉。

### 666送从翁中丞奉使黠戛斯
飞沙圭石恨难消，公主无归不上朝。
城外风声连溯漠，军中唯得雁萧萧。

### 667寄远
霜草秋明玉门霜，阳关雁尽去衡阳。
三千里路云中月，一阵春风入洞房。

### 668听琴
一日江青一日春，千家灯火半家人。
琴声未断鸣知己，曲尽楼兰不见尘。

### 669 卢弼　边庭四时怨
秋风上下贺兰山，塞外沙鸣玉门关。
少儿无知天下事，声名尽在一君颜。

### 670 皇甫松　浪淘沙词
豆蔻年华梨杏鬟，书声雨声睦南关。
千年古木天山路，一日春风青海湾。

### 671 刘皂　长门怨
长夜长门半月弦，残妆不卸何问南天。
瑶台花色华清池，谁见心中不缺圆。

### 672 马戴　送友人游边
将军一箭射天山，日月生平问旧关。
败败成成不败，来来去去无还。

### 673 薛能　折杨柳
雨水三边润草田，春风半日湿沙烟。
洛桥杨柳声鸣去，此去楼兰一百天。

### 674 吴姬
水上吴姬水色生，明光柳细雨云平。
花开劝客东山去，只留芳名待月明。

### 675 郑畋　初秋寓直
闲人不尽上江船，渡口依心一万天。
玉笛声久禅位在，村桥只在月中悬。

### 676 马嵬坡
后主隋炀一丽华，景阳井月半人家。
台城杨柳千年碧，开尽梅花杏梨花。

### 677 崔珏
席上赠琴客
五音尽入七琴弦，三弄梅花一缺圆。
问鼎人关钱不尽，知音是客月高悬。

## 唐人万首绝句选卷之七

### 七言绝句（五）

### 678 陆龟蒙　石竹花
高山流水有无中，寺鼓空鸣一色空。
只有金钱花不败，年年月月向东风。

### 679 送棋客
万里江山一飞鸿，奕秋天下半江沣。
金门黑白三军尽，来是宣城去是空。

### 680 邺宫词（洞庭东西山）
一半桃花一半人，西山水色雨山春。
五湖芳影江中月，十里琴鸣客自珍。

### 681 怀宛陵旧游
陵阳城北敬亭山，李白明楼太守还。
一棋平分天下定，江河今古不君颜。

### 682 白莲
一寺莲花一寺禅，半边天下半边天。
清风明月珍心在，取自红莲又白莲。

### 683 后池
晓云露水不分明，沉沉浮浮半不清。
结下珍珠天下在，心中日月一心中。

### 684 初冬偶作
烟云欲雨雨梧桐，水滴光明自有声。
只寄心思波逐浪，新情依然是旧情。

### 685 帘
一半心思一半天，这边愁泪那边泉。
船家隔岸扬声去，不见帘花只见缘。

### 686 秘色越器
云月桃花向雨开，五湖柳岸向章台。
金陵沉瀣丞朝霞，秦淮江青水色来。

### 687 木兰花
洞庭一见雨孤山，楚客惊闻半脊关。
三月芳华天下水，小船只像玉波还。

### 688 皮日休　重台荷花
一寸莲心一寸金，半空府藕半空心。
芙蓉出水婷婷立，月色清清誉古今。

### 689 松江早春
月淡霜明半玉霄，小桥流水一奴娇。
呼船隔岸浮云落，客梦情惊五更潮。

### 690 病酒
不知醒醉是人生，一半阴晴一半明。
只要心中知所事，邻船隔岸去无声。

### 691 玩金鸂鶒（沙城）
万里晴沙白日熏，荒城落暮旧时闻。
园园色色天山尽，自古原来太上君。

### 692 李讷　听盛小丛歌赠崔侍御
来时不少去时多，日月天中七夕河。
岁月人生生不止，蹉跎之后又蹉跎。

### 693 高湘　奉和
一扇清风一扇终，千年旧客半年同。
官人尽是年年客，欲满东西南北中。

### 694 卢潋　奉和（吏治）
来时细雨入时晴，女儿山峰上下清。
秦淮楼青桃叶渡，心中不夜到天明。

### 695 郑谷　淮上与友人别
日后江山月后鸿，朝辞露水晚辞风。
长亭十里心千载，此去无言处处空。

### 696 席上赠歌者
春到江南问鹧鸪，愁肠入酒半姑苏。
黄花遍地烟云雨，唯见山青下五湖。

### 697 吴融　阌乡卜居
雨落江湖一布衣，江南三月半云飞。
山村花下流香水，何以书生久不归。

### 698 楚事
万里河山一古今，千年楚客半春心。
长沙沙水流无尽，何处晴明何处阴。

### 699 高蟾　金陵晚望
金陵岭外石头城，山入江中水色清。
淮上浮云寻鹤影，秦皇记得紫金荣。

### 700 马逢　从军
一字人飞去雁群，衡阳不见玉门闻。
东风半日潇湘水，此去天光一路云。

## 第一卷 唐诗品读

**701宫词**

织女牛郎七夕河，来时少尽去时多。
春情一刻春心尽，不待明年问女娥。

**702孟迟 过骊山**

残阳色尽满黄昏，日落华清过梨门。
渭水泾流东去水，清清浊浊谁分洹。

**703崔橹 华清宫二首**

人间自古一清情，泾渭难分一日清。
谁问华清宫外月，余寒至今过清明。

渭城细雨泡轻尘，马嵬坡前问故春。
佳丽江山分不足，明皇谁是过来人。

**704王贞白 折杨柳**

不锁长门锁自心，平明月下读书音。
风云草木相如赋，日月乾坤任古今。

**705刘言史 泊花石浦**

上苑云浮问书生，邯郸学步梦难成。
寒食二日清明雨，谁及声名问御城。

**706宋邕 春日**

谷雨杜鹃日日啼，清明半路到辽西。
山河三月东风落，不过江湖旧水堤。

**707李郢 送李判官**

平步青云见不平，将门虎子一声名。
耕凿田数人人久，不问家山月不明。

**708宿杭州虚白堂**

杭州舍下万千家，虚白堂中一半鸣。
二十五声明月夜，五更了却尽光明。

**709裴夷直 赠美人琴弦**

人色凝脸月色琴，殷勤不尽月音琴。
妖姬回眸千金落，尤有余情满旧襟。

**710储嗣宗 小楼**

白石山中一古今，上人云下半玄音。
吴中春泥重吴中，塞外风云是古今。

**711月夜**

春花日日一年春，邻色知明是故邻。
不问青陵台上月，年年照满梦中人。

**712罗邺 放鹧鸪**

春云鹧鸪入田鸣，三月黄花雨色荣。
楚客长沙沙水碧，寒食一日过清明。

**713秋怨**

雨问东窗一鸟鸣，湖平西子半苏堤。
三潭印月光明在，两岸邻船下五溪。

**714罗虬 比红儿诗十二首**

虎落平阳半咆哮，鹰鸣翠谷一江看。
杜红不见军妆束，只留心中念旧袍。

不问张家问丽华，临妆玉树后庭花。
台城后主青溪见，不要江山只要家。

城门洒落一千金，云子难寻半客心。
纨绮五陵人不尽，江山社稷是知音。

黄昏故里半年华，夜半春风入一家。
三月姑苏云雨暗，梅花落尽是桃花。

芙蓉出水玉无尘，七步心情问洛神。
天下人心知彼此，无空无色是才人。

金屋藏娇一日春，长门赋下半新人。
江山社稷知无论，只是皇家不足珍。

相如拾得卓文君，酒肆人前日月分。
留下琴心思草木，声名毕竟是浮云。

暮色黄昏朝露明，江山不变向阴晴。
相思只向心中约，也有啸啸也有鸣。

一度年华一度春，陌中尽是去来人。
杨花柳絮飞无处，梦里云浮女儿身。

小小西湖一玉身，三春过后又三春。
婷婷落落生前舞，尽是天涯沦下人。

凝脂含露玉人身，出水芙蓉净不尘。
鬓上珍珠肤色皙，心思未入半春津。

太上明皇问阿蛮，人间七夕不江山。
霓裳尤在新丰曲，不见芙蓉色水颜。

**715柳得茂一时二首**

公元605年开封至扬州的运河开通，河堤种柳数千万株，隋炀帝赐柳姓杨，每活一株赏细绢一匹，百姓闻之皆喜。
不问声名问罗横，平陈未上国家英。
隋河万里东流去，留下江南商贾名。

一世身名一柳杨，千年汴水万吴乡。
巫山云雨高堂客，却道隋炀治荒塘。

**716司空图 有感**

长安城外一荒村，蜀客家中问玉门。
二十四人凌烟阁，阳关落日半黄昏。

**717华下**

千年同里半乡情，三月黄花故客鸣。
二十五声钟鼓尽，平明四野是花城。

**718狂题**

江山易得四时空，不待人情玉枕功。
戴逵弃琴明自己，云天得以尽飞鸿。

**719韩偓 闻雨**

柳宗元任柳州刺史，诗云"柳州柳刺史，种柳柳江边"。
春风不到玉门天，日落黄昏过大千。
有客铭心心司马，无人种柳柳江边。

**720已凉**

阳关三叠半凉州，万里荒城一叶秋。
西陵沙鸣关不见，斜阳满照玉门楼。

**721遥见**

初着红妆白玉堂，燕脂又上琥珀光。
宫中日月平明色，只待巫山下夕阳。

**722寒食夜**

春风流水小桃红，化尽香泥雨不终。

107

误入杏花村酒色，吴姬劝客下江东。

### 723 新上头
十五新笄初上头，东风入水问莫愁。
好心只问江南岸，已是长安渭水流。

### 724 闺怨
镜对桃花箸晚妆，凝烟玉面贴红黄。
月明帏暗心浮动，却有春风入岸塘。

### 725 深院
无力东风一日长，杏花出墙半芬芳。
秋迁飞过深庭叶，激动春心不着妆。

### 726 寄邻庄道侣
半断风尘半闭关，江湖尽处上天山。
三春杨柳桃花岸，尽是浮云不见湾。

### 727 刘驾 长门怨
雨断长门泪水流，半家草木半春秋。
御河尽日东西绕，夜来花香沉旧愁。

### 728 崔涂 湘中谣
斑竹云中泪自流，潇湘雨下半江楼。
烟花三月芳香尽，不向金陵问莫愁。

### 729 读《汉武内传》
汉界江东弟子名，五陵落日雾难清。
瑶台自有三青鸟，不向人间处处鸣。

### 730 夷陵夜泊
夷陵夜泊问歌声，唯有刘郎梦不生。
下里巴人明月色，平分日月自阴晴。

### 731 司马札 宫怨
春风日日锁空楼，细雨绵绵处处愁。
御水无情流不尽，绕来绕去自宫流。

### 732 冷朝光 越溪怨（阳关）
阳关一月一秋春，万里荒沙万里尘。
只有晴明阳不尽，空中有见半天津。

### 733 陈陶 闲居杂兴（洞庭东山）
一山儒孔一吴家，三水三桥日半斜。

百里荷花莲子重，五湖水色满天华。

### 734 陇西行
秦川一马百人呼，小儿三年半丈夫。
曲尽阳关胡塞去，原来尽是玉人奴。

### 735 王偓 夜夜曲
汴水清流满五溪，隋炀一战问辽西。
东风化雨心中落，只有春怨夜夜啼。

### 736 崔道融 羯鼓
长安不色蜀川青，一半无听一半听。
马嵬华清人不见，明皇蜀客雨霖玲。

### 737 酒醒
半是心残半酒残，一桥露水一桥干。
吴姬只劝隋河岸，夜夜春风化雨湉。

### 738 韦庄 鄜州寒食三首
心中入约半云烟，遍地黄昏换旧年。
可见杏花墙外去，东风不语过秋千。

清明一日两家寒，客里书声夜里叹。
阵阵香风春不断，邻船乞火半波澜。

寒食日落一清明，陌上东风吹又生。
十载寒窗明日月，春关何处有声名。

### 739 江行西望
客在江东日在乡，心明夜梦月明霜。
荷风吹去三山绿，急向桓仁过沈阳。

### 740 古离别二首
雨过三江半玉兰，春风一夜满江南。
五湖柳岸长亭去，万里台湾日月潭。

雨雨云云日日来，山山水水花花开。
阳春白雪人前色，流水高山叫琴台。

### 741 金陵图二首
六朝旧事满台城，玉树后庭草枯荣。
宋尽元明花藏尽，问君能有何心情。

六朝入梦汴梁西，李煜情深鸟不啼。

一水春江流不尽，韩家熙载作人低。

### 742 孙光宪 竹枝
门前万柳一家乡，雨谷三江半色扬。
五女山中云栢树，佟家江水养麻桑。

### 743 杨柳枝
姑苏城外一寒山，拾得钟声半铁关。
同里吴江隋水去，退思拙政尽人颜。

### 744 王之涣 惆怅词七首
半是春秋半夏冬，一无形影一无踪。
五陵日落黄昏去，歌舞升平何处逢。

自古人生破镜圆，仲情自得不无天。
隋朝杨素陈公主，不忘新年是旧年。

一日扬花一日休，半生旧约半生愁。
春花秋月无时了，尤见东风问玉楼。

七夕桥中织女肠，千山喜鹊问牛郎。
人间留下荒唐事，只有黄昏女儿妆。

不问君心多少愁，一江春水向东流。
隋炀桥上千呼去，血染青溪女儿休。

李陵陛下半信无，苏武云中一雪孤。
败败成成荣枯尽，朝朝暮暮下江湖。

塞北清明问汉宫，阴山月落付天穹。
秋虫声歇三更夜，自当年年万事空。

### 745 杜荀鹤 新雁
雁字黄昏落水洲，南来此往问云浮。
衡阳斑竹千年泪，塞外疆场万古愁。

### 746 张泌 惜花
金谷春风问绿珠，言中孙秀不江湖。
伤心月落情无尽，自有声名待玉姑。

### 747 寄人二首
斜塘露重一荷花，玉色吴江半玉家。
草木春秋知日月，江河处处浪淘沙。

自多主见自多情，日到黄昏暮色生。
再到天山明不尽，楼兰只是去人名。

### 748李九龄 山中寄友人
桃花三月半光明，一诺江湖一客行。
处处山光明四野，名声不作旧名声。

### 749蒋吉 旅泊
汉水东流鹦鹉洲，运河南下客吴楼。
杭州西子江湖水，不尽乡心不尽愁。

### 750孙元晏 庾信
东风二月满江南，新绿杨明上旧岚。
蓟叶已生三五叶，春心茹苦化情甘。

### 751开元名公 裴红事宅白牡丹
露水长安白牡丹，江南三月半春残。
魏公已去陈王去，留下群芳承玉盘。

### 752韦氏子 悼亡伎
一日花中一日尘，半江渔火半江人。
风平浪静姑苏水，寺在寒山拾得津。

### 753君山父老 闲吟
湘江斑竹满巴陵，面向长安玉露承。
有泪心中流不住，愁思自语对孤灯。

### 754释皎然 青阳上人院
三月江南处处春，东风不到北平人。
香山蓟叶新芽出，当问西川当问秦。

### 755释清塞 忆浔阳旧居兼赠长孙郎中
浔阳楼卜半江云，水色临川一使君。
谁问庐山忘及志，纵横天下不均分。

### 756释无本 行次汉上
汉水悠悠半夕阳，武昌落落一流芳。
高山流水人无尽，满地莲荷到向塘。

### 757梅妃 谢赐珍珠
谢女心中处处梅，上阳月色半徘徊。
莆田不受珍珠赐，百媚年年二月来。

### 758杜秋娘所歌 金缕曲
腊月寒中一两枝，春心百媚半年迟。
依人岁除东风至，一曲阳关折柳时。

### 759鱼玄机 送卢员外
西去阳关石垒山，东流汴水去无还。
长城犹在寒军马，同里天堂尽玉颜。

### 760薛涛 送友人
一夜相思一夜霜，荷珠露水入愁肠。
平明但愿青鸟去，蜀客还心不洛阳。

### 761竹郎庙
锁住川江一日秋，巫山云雨半江流。
江流不尽江楼在，留下心中蜀客忧。

### 762武昌伎 续韦蟾句
已是黄花雁未归，东风不语今春闺。
开庭自许家门里，唯有桃花扑面飞。

### 763湘妃庙女子 无题二首
碧杜红蘅入离肠，风花雪月问红妆。
心中夜半难思梦，只有相思旧日床。

江湖不尽怨江湖，误了洞庭大小姑。
三月桃花明万里，年年斑竹泪巾襦。

### 764桐庐神 与徐兵曹酬献
一船雨丝向云飞，十里山崖去不归。
二月西山花不断，梅花十日入春闺。

### 765甘棠叟 无题
晴满黄昏一日春，心中天地半家人。
楼兰已去燕山在，自由音琴自由身。

### 766襄州举人 无题
一客浮云一客花，千家暮色玉千家。
江南处处黄花里，桑叶吴江日夕斜。

### 767天竺牧童 别李源
半岸桃花半李源，一禅洛水一轩辕。
天竺寺里听钟鼓，十二年中守一园。

### 768屏上美人 春阳曲
一度东风一缺圆，人间云雨九重天。
春阳一曲情中见，少女情姿戴客船。

### 769乐府辞盖嘉运进 凉州歌
玉门寒雁半衡阳，离去凉州一故乡。
塞北江南人不怨，心中自在有炎凉。

### 770突厥三台
雁门山上一云飞，半是黄花半紫薇。
春色草原千里去，楼兰不及万人归。

### 771芦中集 读《庾信集》
问君能有几多愁，十帝南朝不足忧。
天尽人心天不尽，江楼不住问江流。

### 772初过汉江
暮色清明向岘亭，天光雨色草青青。
江峰侧岭云光落，只有心经般若铭。

### 773无名氏 杂诗四首
东风未到玉门西，不见田中木马犁。
三月黄花颜不色尽，杜鹃只应耳边啼。

江村玉笛一声声，半壁阴晴半雨明。
牧仔杏花村里去，无知醒醉是平生。

燕山不尽客人情，五蕴声名未是名。
只有禅心千古在，风流自古一精英。

### 775唐人绝句
唐人绝句一吟声，酒肆旗亭半漱鸣。
尝有中华音韵在，抑扬顿挫见书生。

# 十六、《唐诗三百首》

[清]蘅塘退士 编　上海辞书出版社
1999年9月第1版　2000年7月第3次印刷

## 1 谢书予
望晴天河岸，怀思雨壁山。
一日问千里，半生知暖寒。

## 2 五韵
一平一仄一韵长，半日半月半明光。
天地人间自中庸，山水草木纳炎凉。

## 3 张九龄 感遇

### 其一
春兰叶未繁，暗香花先洁。
一岁一枯荣，半生半心悦。
客路长驿里，旧酒新垆绝。
雕龙万壑川，文华千秋结。

### 其二
十年木成林，百岁人淡心。
夕阳山色远，草堂水云深。
雁辞塞北沙，渔舟江南浔。
川蜀栈道暗，潇湘直臣阴。
一生一去来，半坛半古今。

## 4 李白 终南山
夕照终南山，霞落函谷关。
长安一叶落，黄河十八湾。
堂下酒君子，书中玉家颜。
苍苍晚林色，悠悠清溪还。
暮尽云影重，还望月心闲。

## 5 李白
花间一玉壶，天下半人间。
清心唤明月，寒塞栖归雁。
醉里待翰林，意下弄权宦。
借酒上林晚，池墨青莲宴。

## 6 李白 春思
燕外沙尘雪，秦中碧柳丝。
几案一书札，帏帐半寻思。
问君赏胡刀，待妾月暗时。

## 7 杜甫 望岳
山南齐君重，峰北鲁坛晓。
顶极天门里，盘路了未了。
一时东海望，半日喷云缈。
雄峙东天下，余镇中岳小。

## 8 杜甫 赠卫八处士
洛阳半月堂，华州一黄粱。
人生六十载，客驿九回肠。
故人三壶酒，旧舍五蕴凉。
少小不携事，老生秉烛光。
离家学幽燕，窥世伏爷娘。
回首八千年，何处是故乡。

## 9 杜甫 佳人
玉影临泉三分寒，秀色未温五寸丹。
山中君子依势立，心上相思随波澜。

## 10 杜甫 梦李白

### 其一：
天子呼来不上船，江湖居士雨如烟。
无心永王一悬念，迁途半尽半青莲。
清高谁许芙蓉帐，玉妃研磨醉里眠。
此去千里淡回首，还应自怜半亩田。

### 其二：
一卷一舒一云清，半浮半沉半阴晴。
悠悠江河流千古，日日文华宿一名。
迁客明心问山川，家坛旧酒故人情。
但待时令春花暖，太白音韵长安城。

## 11 王维 送綦毋潜第还乡
君子天下及余晖，故乡山中尽采薇。
夕阳半落半黄昏，离船归去归柴扉。
朝朝暮暮云起落，去去来来雨霏霏。
长安一日上林暖，曲江两岸书光辉。

## 12 王维 送别

### 驿客
半江晴明半柳丝，一堂旧酒一知之。
南山云落不得已，长安花放无尽时。

## 13 王维 青溪
云明黄花川，石暗青溪船。
蒲草暖旧酒，松树蕴水烟。
故水日日流，素心悠悠泉。
君子夕阳下，望帝杜鹃怜。

## 14 王维 渭川田家
夕阳华尽西秦家，泾渭半清半浊华。
归人相呼邻窗酒，还就落霞吟江花。
农夫渐ızı桑叶重，眠蚕未声问山涯。
牛羊下括依井扉，杯中余晖话田麻。

## 15 王维 西施吟
情连苎萝扉，色断吴宫妃。
勾践问虎丘，夫差御何微。
天子争天下，艳妇何是非。
范蠡江湖上，千古何处归。

## 16 柳与梅
一柳一梅一溪纱，半擎半施半吴家。
越王不问吴宫女，范蠡暗惜夕阳斜。

110

## 第一卷 唐诗品读

**17 孟浩然 秋登兰山寄张五**

**重阳**

襄阳兰山半故乡，子容旧水一帆扬。
薄暮川流无止境，清秋夜落泛寒凉。
客村犹问远去人，江畔不见归来樯。
千里万里天边树，九月九日墨名光。

**18 孟浩然 夏日南亭怀辛大**

**夏**

清辉半东上，水榭一池漾。
青湾泊夜舟，渔歌晚声唱。
心平荷雨露，水淡琴音畅。
花色八面望，香气四方量。
草木尽知音，幽幽相扶将。

**19 孟浩然 宿业师山房待丁大不至**

**山房**

归鸟绕旧木，流泉候浮萍。
云树寻岸町，夕阳问芳庭。
川深半释语，壑空一心铭。
禅坛明月望，音琴君子听。

**20 王昌龄 同从弟南斋玩月忆山阴崔少府**

泉流恐惊水中月，斋风犹安天下雨。
草堂清辉漾石林，客心江畔美人谱。

**21 丘为 寻西山隐者不遇**

何处寻青莲，山中半婵娟。
梅雨云壑川，应得一禅圆。

**22 綦毋潜 春泛若耶溪**

若耶溪上一客船，桃花深里两岸烟。
隔山明月春夜望，临潭春妆武陵川。

**23 常建 宿王昌龄隐居**

清塘浮烟云，草舍客旧君。
潭色日月明，石垒天地文。
寒光半山川，玉脂一芳芬。
还望君子树，心力勤耕耘。

**24 岑参 贼退示官吏**

空即是色色即空，宫柳易折离宫。
花影迷濛慈恩寺，春色半悟曲江东。

**25 元结 亦史**

年年是旧年，杨柳半前川。
官客不知民，草木应自怜。
持强横征敛，扶弱贫人边。
持节守所诏，不慕钓鱼船。

**26 韦应物 韦苏州**

始苏吴宫一炎凉，拙政退思半清香。
千年旧诏韦应物，十里故城日月光。
寸桥流水寻幽径，小家碧玉薄妆。
婿门提督惊楚客，馆娃浣纱江湖塘。

**27 韦应物 驿**

月淡扬州雾，波清隋河树。
归帆扬长去，雁来旧顾。
江上烟渺渺，心中念处处。
一日寄丈夫，三生茹辛苦。

**28 韦应物 白石山铭**

泉流一阡陌，山高垒石白。
仰止高峡心，俯拾低潭泽。
阴重草木繁，晴明去来客。
薄云浮蜀鹃，夕阳间苍柏。
半天争枯荣，一夫化竹帛。

**29 韦应物 长安遇冯著**

**忆旧江南**

姑苏燕子来，灞陵春带雨。
垒泥犹暗香，月清花间圃。
长安见旧景，胡娃当人舞。
应问旧故处，小桥入窗户。

**30 韦应物 夕次盱眙县**

夕照落帆斜，故城旧人家。
归雁问秦客，锦色纵江花。
浦芷临寸寸，晴沙半水涯。
心静闻晚钟，客座惊壁华。

**31 韦应物 东郊**

山前一草孤，心中半亩湖。
鸭群知水暖，客心待玉壶。
忽见杨柳色，芳芷得丰腴。
惜拾柳岸枝，村后呼东吴。

**32 韦应物 送杨氏女**

**晚岁**

夕阳一半忧，人生三五流。
去来自悠悠，朝夕暗休休。
自古匹夫叹，而今晚何求。
眼前待儿女，不教老人愁。

**33 柳宗元 晨诣超师院读禅经**

**禅经**

寺中修正竹，心上贝叶书。
日明静影落，禅韵浮云逐。
般若波罗蜜，经音问天竺。
淡泊待天下，悟性自归宿。

**34 柳宗元 溪居**

元和半永州，江山一味秋。
溪居不问客，心待水东流。

**之二**

一生江湖水，半日林山客。
官房相栖楼，农圃各阡陌。
柳岸齐白石，花村鱼梦泽。
遗香泥土中，还归旧家伯。

**乐府**

**35 王昌龄 塞上曲**

霜雁萧关早，胡杨酒泉老。
沙尘千年暗，夕阳晚来好。

**之二**

游侠大漠剑，冰心葫芦岛。
悠悠征人尽，离离原上草。

## 36 王昌龄 塞下曲

**边塞**

夜深烛泪高，刀锋沙尘淘。
平坦落残日，长城斗士豪。
秦汉一楼兰，隋唐半旧韬。
三江青海湾，四处尽蓬蒿。

**之二 一泻千里**

天上黄河壶口烟，人间九州参桑船。
此声惊雷一心动，一呼东去半青莲。

## 37 李白 关山月

玉门关隘锁天山，秦汉长城尽苦颜。
不及隋河吴江赋，一桑一麻一心闲。

**之二**

明月一雪山，玉颜半海湾。
一诺江湖水，闺中梦阳关。
但学匹夫勇，不为列朝班。
沙尘冰玉壶，阴山荒漠艰。
烛泪莫愁湖，残光问羞颜。
还念隋河水，只见同里娴。

## 38 李白 子夜吴歌

吴江水日明，同里秋叶生。
南山江潮诺，塞北沙城名。
自古兴亡事，不负去来情。

## 39 李白 长干行

青梅竹马无嫌猜，金陵长干妇颜开。
长江三峡猿声泣，波浪汹涌入梦来。
金沙沙水浪淘沙，楚山山青蜀花台。
坐尽红妆问自己，只望君人早日回。

## 40 孟郊 列女操

枯井水浮旧鸳鸯，旧桐夜宿新凤凰。
君尽心尽人未尽，落叶游萍受暖凉。

## 41 孟郊 游子吟

暮深问游子，坐待曙色微。
天下一滴水，人间三春晖。
儿女何所以，夕阳依柴扉。

## 42 陈子昂 登幽州台歌

长安市上一鸣琴，君子心中半金音。
啸啸天地纵去来，淡淡人间问古今。

**之二**

临暮啸啸幽州台，凭夕落落天云开。
千古英雄问易水，心念君子去复来。

## 43 李颀 古意

羌笛问天辽东寒，胡娃押酒玉色姗。
只学匹夫一责尽，戎马书香半正冠。

## 44 李颀 送陈章甫

**生平**

荷心初平一君扬，枣花落尽半故乡。
马蹄踏遍黄河岸，书香暗送关塞霜。
高山仰上不知暮，流水拾拴尽炎凉。
辽东男儿孤云望，六十年后问栋梁。

## 45 李颀 琴歌

七成夕照送江流，三分月色懒扬州。
君子树下问知音，天地心中易春秋。
浮云沉霜落山华，寒窗幽烛明客楼。
金陵子弟倾城听，闺中少妇不知愁。

## 46 李颀 听董大弹胡笳兼

**寄语弄房给事**

商宫角羽徵，天下五音明。
玉封天山雪，丹锁江淮瑛。
朝夕烛泪暗，塞半烽火声。
春江花月夜，霓裳剑舞名。
胡姬问知音，风雨江湖平。

## 47 李颀 听安万善吹觱篥歌

落叶满凉州，胡音尽仲秋。
客心明日夜，游子江河流。
古木扶天云，旧度度钟忧。
繁花上原草，高堂问封侯。
声声排空远，余音女儿羞。

## 48 孟浩然 夜归鹿门歌

弦月问江村，云烟锁鹿门。
寺钟声远近，归帆闻儿孙。
沙岸余水暖，草堂暗黄昏。
还来洲渚上，天远人迹纯。

**之二**

月色连云一江门，船帆归岸半水村。
寺中钟声渔人晚，心上书香望无垠。

## 49 李白 庐山谣寄卢侍御虚舟

匡庐山中三叠泉，南昌故郡九脉烟。
天云万里苍茫望，林屏千古玉京眠。

## 50 李白 梦游天姥吟留别

青莲一醉梦里眠，太白半醒镜湖天。
洞天石扉云雨烟，日月阴晴一指禅。
人生得意尽玉颜，天下人家共婵娟。
清清淡淡浊世界，落落大方送大千。

## 51 李白 金陵酒肆留别

**秦淮**

金陵城南半旧乡，吴宫榴外一淡妆。
槛锁长江终日流，心随楚客问芳塘。
官驿不知官阶浅，孤帆只向孤山扬。
只须无端杨柳花，清波逐船各低昂。

## 52 李白 宣州谢朓楼饯别校书叔云

昨日今日复明日，去留来留何为留。
忽见雁字排云上，不尽长江千古流。
朝云无意山水清，夕阳有情江南秋。
暮江草阔大江去，有心还应上高楼。

## 53 岑参 走马川行奉送封大夫出师西征

**书生**

云暗雪山一马鸣，月明平沙半啸声。
江山不尽胡尘尽，三更读后读五更。

## 54 楚河汉界

胡琴胡笛胡马鸣，塞内塞外塞秦生。
东征西战荒白骨，声名云中无声名。

## 55 岑参 咏梅

梅花丛中雪乱飞，寒心月下香徘徊。
化作春泥燕子垒，犹有余韵天地归。

## 56 杜甫

**马**

心中千里不还家，原上一日指天涯。
柳杨深处有幽草，大漠无垠夕阳斜。

## 57 杜甫 丹青引

**曹霸**

凌烟阁上一丹青，梨园人外半玉伶。
骊山脚下芙蓉尽，右军清门叹零丁。
一目轩昂画龙马，原来浮云满月庭。
谁问阳关征战人，忧落胡马第情听。

## 58 杜甫

**渔**

楚河漠界一春秋，冠巾庶子半江流。
凭心啸啸动天地，东去日日问旧楼。

## 59 杜甫 古柏行

山中君子半栋梁，心上蜀相一祠堂。
孔明犹吐空城计，老臣济世祁山章。
出师未成出师表，姜维还维川蜀芳。
三国归晋终难改，一味只向天地光。

## 60 杜甫 观公孙大娘弟子舞剑器行

公孙大娘剑器扬，八千弟子一独芳。
五十年中人半生，梨园散尽半炎凉。
玉姿未袖两寂寞，峰刃凝霜久低昂。
心中听知问兴衰，人间散尽纳苍黄。

## 61 元结 石鱼湖上醉歌

石鱼湖，岸山青，晴川花明半江城。
一樽酒，两草坪，客船劝饮不留名。
人来人往皆知醉，水清水浊尽无踪。

## 62 韩愈 山石

一山一石一天下，半心半思半夕斜。
惠林寺僧未知名，孤山僻址不回家。
暮从山鸟归林远，朝拾支子辞山崖。
清溪不尽云明暗，红尘已断旧年花。

## 63 韩愈 八月十五夜赠张功曹

嫦娥奔月广寒宫，天子迁客潇湘鸿。
一生御史半生死，两心不同三心同。
人老人幼知时色，冠重冠轻雕技穷。
为有明日共皓夜，且约清辉玉华空。

## 64 韩愈 谒衡岳庙遂宿岳寺题门楼

秋雨沥沥下江陵，山寺空空问老僧。
人生不生是当生，一十为卜卜程鹏。
云光普照林木重，岭深流泉花草兴。
径幽路转一世界，心明思序力兢兢。

## 65 韩愈 石鼓歌

万里晴沙暗黄河，千古沉音无知多。
谁知银汉星几许，其间浊流多少波。
石鼓博文未史公，日月人生各猜磨。
一方树木一枯荣，半古半今几人何。
知者未知尽不知，多是成败少蹉跎。

## 66 柳宗元 渔翁

永州西山一渔翁，思心只钓半江鸿。
湘竹楚客问云落，烟波江上听秋虫。

## 67 白居易 长恨歌

**玄宗太真**

六宫粉黛半玉娥，三千宠爱一清河。
芙蓉出水心无力，海棠汤暖五气多。
未央宫中霓裳舞，长生殿里尽斯磨。
江山未尽太真去，蓬莱仙岛影婆娑。

## 68 白居易 琵琶行

浔阳楼外九江流，琵琶声中半生愁。
艺海沉浮长安女，宦场升迁不易忧。
犹抱琵琶半遮面，各人自有各人羞。
知书知得不得志，种田无心养马牛。
身后应问月还明，识得其乐一春秋。

## 69 李商隐 韩碑

**平淮西碑**

削藩西碑云飞扬，天子度相日月光。
自古邪恶自威落，人间正道扶苍桑。
君子凛然树古今，丈夫严辞书栋梁。
安使社稷千家暖，醉问长安是故乡。

## 70 高适 燕歌行

禅堂天下一空空，赵燕山上雨蒙蒙。
将军帐中玉姬舞，战士帐外血染红。
折戟沉沙草才残，闺中望月待归鸿。
玉今犹呼飞将连，唐家汉家半家翁。

## 71 从军行

葡萄苜蓿一黄花，长城烽火半汉家。
交河落日照残垣，楼兰轻烟波天涯。

## 72 王维 洛阳女儿行

长安落花锁清尘，曲江流香问晚春。
九华帐中换落妆，七香车上鸣珠珍。
碧玉江头浣纱女，吴宫深处越心邻。
但听闺中还倾国，何非东颦效西颦。

## 73 王维 老将行

夕阳无限玉奴呼，隋河落云半江吴。
楼兰援兵老将在，燕马唐一一丈夫。
小人堂上群英会，云雀乱飞满江湖。
旧日云中飞将在，老马尤张万匹努。

## 74 桃源

爽岸桃花一古津，流水香草半秋春。
平明竹木田园净，秦时衣服汉时巾。
船到青溪渔歌远，人近武陵思心珍。
回首来幽幽处，半是黄昏半是辰。

## 75 李白 蜀道难

人生常知蜀道难，古今月明高处寒。
千里湿地三江源，万户甘青一儒冠。
锦花江流四川下，回首往事枫叶残。
暗渡陈仓争楚汉，三峡猿鸣滟颐难。

## 76 李白 长相思

**其一：**

月明依旧问黄粱，水色温馨染玉霜。
芭蕉叶上一珍珠，红豆树下半方塘。
漫漫关山阳关曲，渺渺波澜渔舟樯。
长相思分长相忆，只重分离曲衷肠。

**其二：**

三寸玉心田，五音女儿弦。

月色洒碧浦,云淡雨锦烟。
一韵花间流,半轩流水泉。
草木自芳芬,人情暗相邻。

## 77李白 行路难

小径逶迤曲千盘,峰回路转万林闲。
轻舟寻岸江渚洲,扬帆待云群山前。
山中君子两壁立,树下草堂鸣秋禅。
朝云暮雨高唐峡,东边日出月西边。
行者难,不行难。足下路,未知远。
玄奘千万千万里,雁塔经音世世传。

## 78李白 将进酒

黄河之水上天来,日月朝堂对地来。
古往今来今不尽,瑶台玉液醉人台。
东流到海不复回,暮下平明百草开。
一代天朝千子治,冰心旧肆遗余杯。

## 79杜甫 兵车行

阴雨绵绵泪如烟,沙沙漠漠秋色寒。
兵东未尽咸阳道,沙尘暗断旧城边。
交河兴废夕阳落,楼兰沉没胡扬笛。
古今战和一朝庭,自古渔农自耕田。

## 80杜甫 丽人行

长安城中丽人多,玉肌酥胸过渭河。
三国夫人扬马去,一流八千女宫娥。
梨园子弟一技长,公孙剑器断黄河。
杨家女儿倾国色,骊山玄宗尽蹉跎。

## 81杜甫 哀江头

渭水不尽泪沾巾,曲江水花揭明尘。
海棠汤冷玉真去,玉颜只向旧朝人。

## 82杜甫 哀王孙

一朝天下一王孙,半江流花半云门。
满目不尽东逝水,落霞如火旧黄昏。

## 83唐玄宗 经鲁祭孔子而叹之

息息一山东,落落半苍穹。
杏坛教弟子,泰岳峙心雄。
水渊色龙舞,天高任鸿鸿。
千贤今古论,释道儒家同。

## 84张九龄 望月怀远

月暗一长夜,心中半相思。
怜光舒玉色,烛泪落迟时。
细雾平心浮,云烟尽不知。
江南生红豆,采撷待佳期。

## 85 梨花

雪絮梅花半不匀,香明玉暗两春珍。
洋洋洒洒天空满,如何山川二月邻。

## 86骆宾王 在狱咏蝉

淡水色泉林,烟云竹影深。
潮来灵隐寺,胸怀高洁心。
西陆蝉鸣断,东流钱塘音。
文华明周武,一客半古今。

## 87客心

山暗一林深,云明半冕巾。
泉溪流白石,竹兰间碧茵。
暮色苍茫远,斜光伏锦鳞。
杜鹃惊客舍,望帝不知春。

## 88夜

夜月一湖明,江村半砧声。
青莲邻阁阁,剑戟征人情。
梦随辽东北,心情问五更。
红颜妆容淡,苦水寄声名。

## 89宋之问 题大庾岭北驿

一年一飞雁,半秋半湘回。
钦州升迁路,夜影暗潮来。
岭西梅花落,孤烛玉泪开。
江杨平草木,叹息尽杯余。

## 90苏州金鸡湖

山明一路尽,水阔两昆田。
夕照三山暖,江流五湖烟。
姑苏洞庭树,淞沪半婵娟。
金鸡斜塘碧,青莲客驿船。

## 91常建 破山寺后禅院

云光华古寺,旭日照禅林。
草木繁幽径,花溪净笈阴。
悠悠钟磬继,寂寂入云深。
半生半知己,一心一古今。

## 92岑参 杜拾遗

御香平潮殿,佩玉谏紫微。
少小一匹夫,鬓霜半青衣。
寒霜重草色,梅疏暗香归。
拾遗门下省,华州扶荣扉。

## 93李白 赠孟浩然

浩然辋川分,天子不奉闻。
襄阳开半窗,汉水色半云。
醉客眠林影,田颜寻旧芬。
江山归仰止,远近望故君。

## 94李白 渡荆门送别

随意荆门舟,凭江楚客游。
扬帆云去逐,楫落问华秋。
鸟啼明江岸,船鸣三峡流。
心中乡旧苦,啸啸问江楼。

## 95李白 送友人

心中一望帝,杜宇半倾城。
巴蜀云光淡,吴江雨色明。
山峰浮水影,鱼池沉花荣。
日月平万里,生来阡陌行。

## 96李白 听蜀僧濬弹琴

僧赐一琴踪,容领万壑松。
千泉明泽水,百鸟忘云容。
碧叶惊余韵,山花间晚钟。
清潭春色重,峨眉净山峰。

## 97李白 牛渚怀古

牛渚半江月,袁宏一世名。
青莲思谢尚,太白故人情。
激荡扬天去,船明万里行。
夜泊观渔火,酒觞莫空瑛。

## 98杜甫 春望

上苑故草深,感业寺门森。
一日钟声近,三生锣鼓音。
心悬天下忧,苦晚旧朝琛。

一滴明烛泪，家中半国心。

### 99杜甫 月夜
秋明三分寒，叶落半杨残。
遥夜平心泪，清光玉池端。
情思相永远，儿女共婵娟。
谁问长安驿，终生不为官。

### 100杜甫 春宿左省
一生半蹉跎，两朝旧怨多。
白发当宫值，青衣问星河。
清心听金钥，勤谨勉御珂。
拾遗非拾遗，如何待如何。

### 101杜甫 左拾遗移华州掾与亲故别
拾遗华州掾，回首问蓬门。
幽州牧胡马，灞桥弃王孙。
天宝长生殿，华人至德村。
匹夫知兴亡，夕照近黄昏。

### 102杜甫 月夜忆舍弟

**天下皆兄弟**

塞外一归雁，长安半秋声。
鬓霜秦川冷，布衣蜀乡情。
水色江湖岸，重阳问五更。
兄弟分四方，八面日月明。

### 103杜甫 天末怀李白
秋霜直臣净，汨罗不生波。
少陵望归雁，长安邑水多。
名扬玉真女，翰林徒生歌。
青莲无心甫，重珍草堂何。

### 104和杜甫奉济驿重送严公四韵
草堂一荣枯，锦溪半阴晴。
三朝重臣出，一马封疆情。
友人念念去，良心息息萌。
斜阳奉济驿，下里巴人鸣。

### 105和杜甫别房太尉墓
房相阆州墓，少陵草堂云。
蓬蒿两厢暗，夕阳半问君。

雁鸣荣枯色，地无败成分。
暮重山花落，声名天下闻。

### 106和杜甫旅夜书怀
渭水闻客去，巴人借荆州。
锦江寻旧踪，下里早生秋。
月暗大荒尽，心扬落叶流。
泉涌半三峡，风满一夜舟。

### 107杜甫 登岳阳楼
东流去不休，逝水问江楼。
巴蜀山川暗，烟云洞庭游。
湘人惊赤壁，楚客尽华秋。
天地半浮沉，江山一孤舟。

### 108王维

**闲居**

云中水色嫣，心上辋川田。
暮半斜阳照，村前柳树烟。
文华明旧里，诗画满长安。
竹节成名节，婵娟任月弦。

### 109山居
暮色光华尽，深山逐暗泉。
天高覆万物，寺门对空山。
日月明心圃，松竹暗吟禅。
微霜冠府首，小舸采青莲。

### 110 王维 归嵩山作

**嵩山**

落日秋山里，荒城武陵田。
残阳斜帆影，暮色渡江船。
水岸多杨柳，长安菩萨蛮。
春花流不尽，桂子满嵩山。

### 111王维 终南山
一脉终南山，五蕴余旧寒。
浮叶天空碧，层林夕照丹。
阡陌闻布衣，紫服佩御班。
隔水心相问，曲江读书还。

### 112王维
摩诘丈夫第，玉真公主心。
春花明月夜，秋实桂子音。
斜照山林晚，扬长半古今。
悠悠复啸啸，谱尽问空琴。

### 113幽燕
夕照香山寺，余光幽燕峰。
深山半古木，天地一鼓钟。
幽径心来去，潭泽观鱼龙。
泉明两水岸，日色五蕴宗。

### 114五言古诗 思蜀
巴山一夜雨，竹林九重泉。
夫种万户心，笔耕半亩田。
情重寻望帝，花明问杜鹃。
新杯置旧酒，多缺换少圆。

### 115楚汉
江流碧水重，栈道岭山空。
楚塞四方尽，荆门三峡风。
一念鸣激越，百舸竞飞鸿。
啸啸华天去，悠悠问西东。

### 116王维 终南别业
云卷云舒慢，山明山暗迟。
朝拾夜雨花，暮送连理枝。
水流十八弯，人生一半时。
夕阳独来往，禅音入心池。

### 117洞庭
清潭明月色，波光济天平。
烟重岳阳楼，云暗九江城。
浩瀚半意会，磅礴一心生。
不问杨柳岸，只钓慕鱼情。

### 118书孟浩然
半天半朝夕，一生一古今。
谁念望泪碑，明皇浩然吟。
去来一枝求，沉浮千秋林。
水落鱼梁浅，还听金石音。

## 诗词盛典Ⅰ 吕长春格律诗词六万八千首（全四册）

### 119 道士山房
夕照明山舍，暗香白石家。
林音鸣壑谷，叶落道门斜。
火暖金光灶，潭泽玉色花。
泉流丹出处，老子在天涯。

### 120 孟浩然 岁暮归南山
**岁暮**

云中一卷舒，寺外半江湖。
影暗山川梦，名人品樵渔。
门修千竿竹，月挂树枝疏。
谁取阳关唱，长安不易居。

### 121 孟浩然 过故人庄
**辽东山水**

春江浪淘沙，夕照树光斜。
云落千山影，燕楼一小家。

### 122 孟夫子
云雨一家水，山川半盘棋。
烟花明树外，窗儿暗山姿。
西陆蝉鸣久，东林旧寺师。
心思还归隐，风尘何时知。

### 123 乡思
旷达平江渡，忧心故水流。
斜阳余暖尽，客舍寻旧楼。
树影家乡远，心思辽土秋。
门清明落叶，返朴归时愁。

### 124 孟夫子山居
荡荡半天下，空空一心扉。
长安花未放，玉阙暗重帏。
野草芳山路，深山自采薇。
开轩敞寂寞，守旧故园归。

### 125 早寒
归雁衡阳去，曲江暮楼寒。
秋光壶口涌，水色碧河滩。
雨雾长安里，排空泾渭端。
居心思野老，不易问朝冠。

### 126 扬州吴公台上寺
扬州一步桥，秋叶半人心。
隔水吴公寺，钟鸣草色深。
云峰明古道，夕照返禅林。
暮暮朗朗问，古今何古今。

### 127 和刘长卿送李中丞归汉阳别业
汉阳一老麾，中丞十万师。
海市阳关外，荒沙戈壁移。
月明乡问远，暮暗旧梦迟。
淼淼汉江水，滔滔去不辞。

### 128 南游
茫茫一暮津，寥寥半村邻。
草径君来往，平江印纶巾。
心明山月暗，树影五湖春。
水暖南飞雁，花香袭玉人。

### 129 刘长卿
**山溪**

泉流一壑云，竹影半文君。
细雨轻烟合，洲明渚暗分。
山中潭柘寺，树下草芳芬。
淡淡平明暖，空空日色昕。

### 130 刘长卿 新年作
**除夕客**

长沙水无沙，除夕度年华。
直臣湘流远，得山斑竹斜。
声声辞旧岁，灯火客人家。
谁换冠冕佩，乡阳问桑麻。

### 131 钱起 送僧归日本乡
**日东僧**

衣带一山水，法门半日情。
长安纳故客，日本千灯明。
随缘梦音问，香山水月生。
空空禅世界，海天化名声。

### 132 谷口
曙色峰光早，秋云叶落迟。
溪明流月水，竹影锁清姿。
故草夕阳暖，高堂南北棋。
江山重天下，黑白百家师。

### 133 韦应物 赋得暮雨送李曹
**金陵暮雨**

烟云半浊清，暮雨一天平。
六朝台城柳，江湖吴宫名。
寥寥孤帆去，淡淡水波声。
夜随五舟远，心从三山明。

### 134 秋寄
鸿鸣三两家，暮色一半斜。
桂影寒宫旧，闺帏卸妆花。
江村桥坂响，烛泪化明霞。
淡泊云烟水，相思梦天涯。

### 135 草堂
山云浮暗香，碧叶明堂。
影落丹青池，蝉鸣去来乡。
清泉流白石，草色印柳杨。
故客心音至，书门幽径荒。

### 136 客逢故人
山川一水从，暮色半春浓。
异客异乡去，流花流无踪。
溪鸣千古尽，影摇万林峰。
梦断江村会，人行任鼓钟。

### 137 李益 喜见外弟又言别
**夕情**

半仆一主客，夕钟暮鼓鸣。
春华江月夜，秋实桑田平。
落霞山川色，斜阳无限晴。
村林归寂寂，万籁付禅声。

### 138 司空曙 云阳馆与韩绅宿别
**别意**

离别人生难，江湖日月天。
长亭云外尽，独夜问婵娟。
岭上阡陌路，川中未知年。
重重鸣不已，淡淡归心田。

### 139 杜甫
玉浆寻西邻,锦溪问北津。
斜阳黄树叶,白发拓人濒。
朝拾花间露,暮辞影色珍。
草堂荒蜀客,旧友泡乡尘。

### 140 安史乱
一乱天宝圃,半倾八千颜。
玄宗太上皇,胡马不见还。
匹夫长城垒,秦修山海关。
安史谁善舞,旧国旧家园。

### 141 刘禹锡 蜀先主庙
**蜀相祠**
前后一蜀相,上下二千年。
无意三国志,难平两主贤。
祠堂柏森森,祁连草连绵。
自识不灭曹,名扬借箭船。

### 142 旧念
书香心一念,疆场十万师。
应记匹夫勇,丹青乞火诗。
旧帐闻虞姬,初论八陈时。
风尘荒沙漠,天涯重任迟。

### 143 白居易 草
离离原上草,一岁一枯荣。
不易长安居,上林居易名。
芳华明择岸,司马琵琶情。
算水杭州渡,官平白堤城。

### 144 杜牧 旅宿
月照客音怜,心明柳含烟。
清灯平旧卷,栖雁问婵娟。
窗锁杏坛书,情早负枉年。
江村好水静,碧荷养青莲。

### 145 秋日潼关驿楼
天高云水轻,白石出明桥。
杳杳潼关路,悠悠碧玉宵。
寒索沙塞近,折戟逐心潮。
千古征人地,空余风潇潇。

### 146 许浑 早秋
**太湖秋**
江湖寒瑟瑟,日暮色娑婆。
水浅洲云暗,洞庭两岸波。
姑苏常客问,虎丘剑池磨。
越臣尝胆卧,吴人渡运河。

**之二**
露重约五更,音清问纵横。
心平高方远,翌薄放心鸣。
九夏知时节,四方问枯荣。
年年守旧响,念念故人情。

### 147 李商隐 蝉
上下半生鸣,去来一枯荣。
韵流怜薄翼,树碧省人情。
偶间飞流萤,余音约五更。
去来天下客,谁人不知声。

### 148 李商隐 风雨 秋
江流东逝水,日暮西寒山。
落叶扬风雨,青楼守管弦。
云迷邻阁晚,白石淑婵娟。
月色秋明早,心平十六圆。

### 149 李商隐 落花
暮色故人家,中庭落枣花。
斜阳望隔壁,俯首寻芳华。
回照明鱼水,绯衣暗鸟纱。
百花香不尽,杳杳到天涯。

### 150 李商隐 凉思
月明山色重,蝉客寻高枝。
荷叶青莲暗,红槛影旧池。
琴音凉水轩,似无故约知。

### 151 灵隐寺
深山半草径,古寺一孤僧。
自己花开去,钟声远近凭。
香烟连烛泪,雨水淡云兴。
菩提平明印,芳心五蕴凝。

### 152 东游
江湖明水湾,棹楫暗君颜。
西楚胡姬舞,东吴隋水闲。
扬州明月桥,二分赖人还。
竹喧姑苏雨,啸啸胥门关。

### 153 驿
坝上一东津,暮雨半西秦。
雁声鸣蒲草,客驿问冠巾。
隔壁书香重,丹青自益臻。
平生依旧梦,月临去来人。

### 154 马戴 楚江怀古
山明奉节渡,月色楚江流。
壁暗三峡水,激扬一帆舟。
心寒平野树,叶繁汉阳秋。
兴叹长江去,古今黄鹤楼。

### 155 三边
落日问广漠,沙鸣不知休。
雁栖青冢草,琵琶旧音愁。
胡汉一日月,梁州半春秋。
悠悠黄河水,荡荡四方流。

### 156 崔涂 除夜有怀
**除夕客**
霜寒一梅花,冰天半天涯。
暗夜辞年去,生平问岁霞。
春音闻爆竹,故客问门纱。
五湖春泽重,九州雨水华。

### 157 崔涂 孤雁
**雁丘**
暮雨暗塘池,孤雁择栖悲。
同心排天上,伤翼随云垂。
晋水衡阳远,雁丘自石知。
孤鸣云半落,折颈去时危。

### 158 杜荀鹤 春宫怨
吴宫一馆娃,天宝万妃封。
太白翰林奉,玉真霓裳容。
昭阳明未央,梨园虢国宗。

还问浣纱女，华清出芙蓉。

### 159 夜思章台
烛光堂上去，雁影梦中来。
沉阶一心客，明山半户梅。
相思良夜暗，故水色徘徊。
杳杳余香远，依依闺窗开。

### 160 寻陆羽
人中心草木，籍外种桑麻。
篱边扬长路，禅音守日斜。
春荣幽草暗，秋枯泽明华。
扣门问韵重，去来踏梅花。

### 161 崔颢 黄鹤楼
楚地明明黄鹤影，琴音杳杳汉江流。
长峡帆落猿鸟啼，荆草门泊龟蛇忧。
鹦鹉洲头鼓声歇，孟德心下尽空求。
烟波远远千古去，莽莽大江问江楼。

### 162 华阴
华阴山川一纵横，咸阳泾渭半枯荣。
莲花玉女云烟淡，仙人掌心雨未晴。
汉武荒塘种苜蓿，天宝葡萄胡人生。
秦川寻觅瑶池客，西岳平中尽不平。

### 163 祖咏 望蓟门
易水半断啸啸情，燕山未锁一纵横。
秦人始约长城渡，隋炀扬州运河明。
蓟塞寒光扶铁甲，李广未知问李陵。
树挂三边玲珑雪，还念古今旧名声。

### 164 崔曙 九日登望仙台呈刘明府
九月重阳九日杯，二陵三晋暗花开。
秋明影暗光华里，暮水仙公无去回。
草木年年荣复枯，人生事事故金台。
高心仰止啸啸尽，极目天云悠悠来。

### 165 西行
沙明海市雁声过，玉门凉州落叶多。
尘断长城荒万里，吴江水淡一隋河。
心中天地阳光寻，塞外常闻易水歌。
尤问汉宫琵琶语，春秋夏冬尽蹉跎。

### 166 李白 登金陵凤凰台
**金陵**
三山壁立二江流，一城兴荣六朝休。
十里秦淮桃花扇，万家石头问扬州。
鸡鸣寺里钟声旧，棂星门中柳叶秋。
直向吴江山客远，玉壶冰心客人舟。

### 167 贬谪
清清浊浊一湖沙，柳柳杨杨半天涯。
沉浮人生то驿舍，去来古今两幺家。
高峡楚水心音下，斑竹长沙直臣华。
日月云天扬布衣，春秀樵渔各色花。

### 168 王维 和贾至舍人早朝大明宫之作之一
大明曙暗见儒冠，凤凰颜明步杏坛。
上宛花香春色满，曲江柳叶入云端。
万声仪表感业寺，千里极目任凭栏。
三呼皇州紫陌路，晓钟万户换百官。

### 169 大明宫之二
一音九州半天年，五湖三江两地眠。
拾阶明宫情夜断，长生殿上七夕怜。
芙蓉落尽金门冷，又度春风玉汤泉。
谁听明皇雨霖铃，瑶池烛火梦心传。

### 170 蓬莱驿梦
长安半夜城乡雨，十里秦川暗万家。
曙色花明春水泽，上林泾渭夕阳斜。
东风尽日扬州暗，蜀巴杜鹃草木华。
岁岁年年夫子驿，蓬莱处处四时花。

### 171 积雨
十里烟云雨霏霏，山川暗尽草萋萋。
春江水暖落花去，半是桃李半是泥。
淡淡芳塘明白日，荫荫竹木下侵溪。
泉流去处牛堂蔚，玉露扬花满东西。

### 172 古诗 和王维赠郭给事
三山二水夕阳近，千家万户散余晖。
春色桃李三千子，凤池杨柳五百旗。
暮晚疏钟天涯远，夜半烛光半是非。

霜浮少林塞北客，云沉武当雁南飞。

### 173 杜甫 蜀相
**蜀相祠**
一山一水一衣襟，半蜀半吴半国心。
三顾茅庐天下计，七擒孟获空城琴。
文惊前后出师表，祁山上下空好音。
长星落营五丈原，鞠躬尽瘁两朝荫。

### 174 杜甫 客至
江江水水半云去，草草花花一客来。
万里江湖重守诺，千帆胡驿客门开。
邻家隔墙村音问，浊酒兴华尽余杯。
群鸥日日寻渔樵，东风处处向心催。

### 175 杜甫 野望
一家碧玉一家船，十步清流五步桥。
雨水时知云伴侣，年华豆蔻玉香消。
吴江隋水平野阔，曲水流觞八月潮。
拙政园中寻桂子，退思堂下听洞箫。

### 176 杜甫
蜀驿霖铃半雨夜，心中锦溪一草堂。
少陵拾遗愁容容，襄水洛阳不故乡。
胡骑安史战不尽，长安街下乱轻狂。
古今衰废天主去，自取忧人纳炎凉。

### 177 杜甫 登高
秋寒归雁一徘徊，离索山川人亭台。
凉州叶重天下雨，衡阳草水五蕴开。
人间一字排云上，犹问江花寄玉杯。
日暮茫茫山海渡，高阳啸啸旧心来。

### 178 杜甫 登楼
楼高柳暗一人心，浊酒杨明半鸣琴。
十里花香春水暖，千家暮晚炊烟深。
云浮九脉江林影，夕暗三江四川阴。
一曲霓裳花月夜，不知谁处梁父吟。

### 179 杜甫 宿府
清秋月半月清残，落叶归根叶难落。
水暗五湖烟色重，风流三北故乡寒。
心中百史香烛泪，灯下不思旧日安。

雪重关心寻日月，斜阳边塞暮光宽。

### 180 杜甫 阁夜
青山屹立水迢迢，弦月江流色昭昭。
应寄思心三北去，旧情还在一堂宵。
五更烽火惊燕树，万谷云烟向海潮。
高阁余望寻江山，柳扬不尽是渔樵。

### 181 杜甫 咏怀古迹（其一）
昆仑半雪半大山，万里黄河十八湾。
三峡猿声寻日月，五溪云暗问须斑。
杜鹃望帝啼声苦，故纵南阳凤鸽闲。
得意春光杨柳岸，秋寒依旧玉门关。

### 182 杜甫 咏怀古迹（其二）
暮雨朝云三楚客师，巴山草木宋玉迟。
一江不尽东流水，两峰吸纳半蜀姿。
云海惊川跌落底，水天急下马飞驰。
慕鱼只钓江山去，尤有轻舟自如思。

### 183 杜甫 咏怀古迹（其三）
之一：
琵琶一曲一黄昏，蜀客三边半玉门。
宫里昭阳明妃去，阴山落识汉家魂。
胡风沙寒天天夜，溯漠连云何处垠。
草木青冢荣枯尽，江南春雨入人村。

之二：
夕阳大漠半黄昏，万里云天一荆门。
东去江南天外客，西来塞北汉家村。
琵琶只传胡奴语，画图人心不识魂。
草木青冢结影斜，包里蒙古故人温。

### 184 杜甫 咏怀古迹（其四）
大江涛浪层无穷，吴蜀荆州两不同。
一雨衣襟连孟桂，两家胡汉色空空。
出师未捷琵琶怨，旧步金阶自有衷。
日落黄河津不渡，阴山草木待归鸿。

### 185 杜甫 咏怀古迹（其五）
空城高处纵琴声，司马军中子气横。
老将遗心名诸葛，晋父三国不兴兵。
一人成败非成败，进退英雄进进名。

此处此时垂胜负，卧龙留下何生名。

### 186 雁
秋清浦口一湘波，归雁长城半渡河。
一度一年南北去，半官半吏沉浮多。
浔阳楼上纵横醉，高阁人中九脉波。
三界渔樵寻自己，人生几何问蹉跎。

### 187 刘长卿 长沙过贾谊宅诗
长沙沙水水无沙，上下人中一两家。
斑竹清泪流不住，德山常德半天涯。
汨罗九歌清身问，太傅重言赋日斜。
日照空山山不尽，寒林长向楚辞华。

### 188 鹦鹉洲望岳阳
鹦鹉洲头草色烟，岳阳回首客人船。
落霞汉水云花满，秋叶洞庭碧浪天。
屈子长沙辞不语，汨罗太傅有心怜。
孤城遥望南来雁，独宿寒江一半禅。

### 189 春关
曲江二月半云端，上苑三年一玉冠。
长乐钟声花不尽，龙池色雨满西安。

### 190 韦苏州
梅花香暗问春年，进士读书坐入禅。
窗外芭蕉荷雨待，案中竹影沉青烟。
小桥流水云平淡，碧玉浮情水色天。
百姓临衙申正邪，清音一曲醉时眠。

### 191 韩翃 同题仙游观
竹影还清十二楼，祥云初度五蕴秋。
九重天色秦州远，一世三清洞口幽。
俯仰山前孤日晚，沉浮泉下雨花收。
心中老子寻天下，岁月人间半白流。

### 192 皇甫冉 春思
爆竹声声问旧年，羹汤淡淡向春眠。
书生新织匹夫勇，半驿牛郎守故燕。
暮暮朝朝天下去，荣荣枯枯向青莲。
东风三月桃花岸，鸣尽杜鹃谁种田。

### 193 卢纶 晚次鄂州
交山流水汉阳城，下里巴人楚客声。

三叠阳关关玉色，渔舟唱晚待声鸣。
川江雨夜池塘满，斑竹潇湘节势萌。
老子人间逢出入，江河日月向心平。

### 194 柳宗元 登柳州城楼寄漳汀封
连四州刺史
柳上高楼十二方，心中日月自扬长。
四州刺史八马马，五味江湖一故乡。
出水芙蓉尘不染，归根桂子续年香。
云穷万里千家目，落下瑶池半旧塘。

### 195 刘禹锡 西塞山怀古
金陵怀古
秦淮河花日日流，月明桃渡六朝楼。
石头城下三山旧，玄武门中两世忧。
半败半成天下半，一年一度一春秋。
来来去去千年尽，废废兴兴待九州。

### 196 遣怀
生死茫茫一旧烟，沉浮淡淡半余年。
声名君子无非是，成败人情不在天。
及第寒门身未暖，春关苦度月还弦。
荣华自在人心在，去返云中入客眠。

### 197 楚河汉界
生生死死一江东，沉沉浮浮半世空。
项羽刘邦河界去，楚汉秦皇未央宫。
寥寥落落长城旧，断断流流汴水同。
天下胡人胡不在，人间尽在有无中。

### 198 李商隐 锦瑟
天地弦中加五弦，新春年里减一年。
梅花三弄梅花落，下里巴人下里怜。
春雨流香余泽暖，秋萍浮叶问青莲。
音清锦瑟千今古，韵满衣巾百梦眠。

### 199 李商隐 无题
十载相思一日逢，九江司马半无踪。
音心无题东流去，有雨重情四水丰。
隐隐青楼鸣旧曲，桂堂烛泪结芙蓉。
初开曙色平明远，暗记芳名故步封。

### 200 李商隐 隋宫
夕阳汴水满烟霞,同里吴江半有涯。
西陆东京华万里,南河北运帝炀家。
江流犹唱陈王后,枯塞无闻玉树花。
自古朝廷多不度,隋宫已然浪淘沙。

### 201 李商隐 无题（其一）
朝朝暮暮雨濛濛,去去来来水色空。
拙政园中思进退,寒山寺里问西东。
云轻花重洞庭岸,柳暗船鸣向越宫。
忧尽天平山里客,排云直上是飞鸿。

### 202 李商隐 无题（其二）
一寸相思一去来,半窗淡雨半花开。
潇湘有泪情无尽,洛水陈王宓妃猜。
什付春心同日月,芳华玉口上琴台。
隔墙三五寒梅影,暗里芳香久不回。

### 203 李商隐 筹笔驿
青云时卷又时舒,赤壁残垣亦自居。
五虎将军三国尽,七擒孟获二师余。
出师有语名天下,白帝刘禅蜀业墟。
什帛烟消臣不在,梁父未负一心疏。

### 204 李商隐 无题
一树春梅一树寒,流花半江半春残。
三冬霜雪山花色,五味暗芳皓素冠。
碧玉心思宫月里,羞情玉质对窗栏。
百花有约天时乱,十地圆通祈地坛。

### 205 李商隐 春宵
江村春草雨霏霏,碧玉楼船女紫薇。
一色花明颜不素,五湖柳岸入王妃。
姗姗来迟相思鸟,落落方婷女儿归。
只应有心明月寄,雁鸣自古不孤飞。

### 206 李商隐 无题
春香旧梦一重重,碧玉闺门半芙蓉。
一心二用一鼓钟,半散青丝半问客。
杨花柳絮多浮沉,杏李桃红粉色浓。
只待黄昏心约定,夕阳斜照自无踪。

### 207 李商隐 无题
玉色心思玉色妆,月浮天下月浮光。
女神高峡行云雨,闺阁姑娘尽客芳。
二月梅花流旧梦,千年桂子落西厢。
终身惆怅相思尽,笛下痴情直轻狂。

### 208 温庭筠 利州南渡
#### 渡口
江华荡荡一翠薇,水色明明半玉妃。
落日滩头人千树色,流云渡口万人归。
牛羊下括寻家路,草木东风问闺帏。
客舍如邻知自己,乡心似箭满心扉。

### 209 温庭筠 苏武庙
苏武胡节拾玫年,李陵汉将半云烟。
寒湖儿女难行使,塞外人心待缺圆。
北海牧羊归雁尽,交河落日逝前川。
封侯马上多知己,兵将朝堂少可怜。

### 210 薛逢 宫词
十丈楼台日月光,八千粉黛夜天长。
出墙桃李红颜色,出水芙蓉玉露妆。
宫水无心流叶去,罗衣云结隔峰香。
长生殿上玄宗问,紫禁城中百万凤。

### 211 秦韬玉 女儿红
江村草木待斜光,女儿人间忆故乡。
不把名利针绵绣,机杼只织芳香。
圆圆缺缺云天月,夕夕朝朝色水凉。
客醉春雨窗下满,年年煮酒半红妆。

### 212 独见
三边鲜卑半朝阳,一夜辽东十夜乡。
男儿江湖知独慎,女心织锦闺闺凉。
月弦问雁飞南北,落叶寻根下草堂。
事事隔年春夏尽,景明只应凤求凰。

### 213 唐三藏
山空鸟影深,壑谷半云林。
一品人生水,禅音已入心。

### 214 王维 竹里馆
水水一清平,山山半啸鸣。
云林深色暗,竹馆出泉声。

### 215 王维 送别
浮云一整飞,霞落半光晖。
白马知家罢,尝望游子归。

### 216 王维 相思
流花曲江平,春林秀鸟鸣。
宁王三不语,玉笛一声声。

### 217 咏梅
重雪夕阳斜,东风玉圃家。
春风邻已满,疏影暗香纱。

### 218 山行
幽径来去雨,柘木沉浮云。
天下三江水,人中一老君。

### 219 祖咏 终南望余雪
山高天府近,岭极雪花寒。
透云夕阳暖,峰林玉冕冠。

### 220 孟浩然 宿建德江
#### 江村
渊明船竞渡,日夕落江深。
弦月吴云水,平心问玉音。

### 221 香山寺
云明花艳艳,寺旧鼓声声。
雨泽山川绿,春茵鸟雀鸣。

### 222 李白 夜思
心音旧梦平,月色故家明。
晚枕山川暗,生名日月晴。

### 223 李白 怨情
晴英石榴妆,幽草一荒塘。
雨暗园林暖,春明凤里凰。

### 224 杜甫 八阵图
#### 孔明
降中无尺寸,西蜀有东吴。
五丈原君子,三家一丈夫。

### 225 王之涣 登鹳雀楼
上苑废兴楼，黄河曲折流。
长安天下尽，朱雀路中忧。

### 226 送僧入山
禅林寻彼岸，古刹问钟声。
曲径通心去，幽山去不名。

### 227 驿
东风夜雨残，晓梦问春澜。
曙色花江滟，平明客露寒。

### 228 刘长卿 送上人
青莲寻旧客，世岁问新川。
孤鹤三清寺，知时一缺圆。

### 229 僧门
泉音明色月，啼鸟暗空禅。
梵韵依山落，川云由谷眠。

### 230 李端 听筝 抚筝
鸣琴倾玉指，按尽一千弦。
不待周郎问，新音细半泉。

### 231 王建 新嫁娘
疏梅春泽近，红烛拜高堂。
织女倾香问，牛郎试晚妆。

### 232 玉台吟
疏心移暗影，细雨挂闺帏。
梦里衣群落，平明郎未归。

### 233 柳宗元 江雪
山川晴雪重，峰岭玉冠明。
天下光华里，心中日月平。

### 234 元稹 行宫
花红半旧宫，枯色一秋虫。
粉黛千家秀，明皇万岁空。

### 235 姑苏
春花三月夜，碧玉半心吴。
桥短流香水，江苏付小姑。

### 236 张祜 何满子
日月一明生，人情半枯荣。
心中无上下，殿外有阴晴。

### 237 夕阳
暮色一情关，斜阳半色湾。
逾明逾低水，越晚越高山。

### 238 贾岛 寻隐者不遇
谒寺
心中珍谒寺，无限夕阳红。
故土松云根，山明水晶宫。

### 239 春渡汉江思父母
汉江云渺渺，楚客意频频。
只问家乡子，心中不是春。

### 240 金昌绪 春怨
斜阳明暮色，野草暗泉流。
树影姗姗落，春莺处处求。

### 241 边塞
天山白石开，老子采风回。
不尽黄河草，还听玉马来。

### 242 崔颢 姑苏行
莲荷满夕阳，女儿问斜塘。
月渡邻桥岸，怜心玉色光。
一船江湖水，百里十渔乡。
天下船商去，隋河米半江。

### 243 李白 玉阶怨
心中一月光，只钓半情郎。
云雨三更梦，相思五味尝。

### 244 卢纶 塞下曲
出塞 之一
塞上一声呼，云中半玉苏。
惊飞西去雁，醉落酒泉壶。

之二
天马半行宫，长安一箭东。
幽州飞将外，上苑玉华中。

之三
雪重草原明，沙鸣铁甲城。
万川寻古战，一马当先生。

之四
一诺上天山，三呼下半关。
匹夫千里勇，进士两门还。

### 245 李益 江南曲
江曲
曲曲一江流，潇潇半月秋。
有情红叶寄，无奈闺情楼。

### 246 贺知章 回乡偶书
处处山川一雪梅，年年客舍半花蕾。
心中尤有陈香在，故里家乡老不回。

### 247 张旭 桃花溪
桃花溪上满桃花，春柳云中玉影斜。
泉水流红红不尽，寻人白石石船家。

### 248 王维 九月九日忆山东兄弟
重阳
兄弟依依五色光，秋江廖落九重阳。
心中边外三山水，梦里寒宫半故乡。

### 249 吴中 天平山
雨淡云烟一越吴，花明柳暗半江湖。
天平玉影溪纱女，月色冰心旧客苏。

### 250 王昌龄 闺怨
春怨
桃花落尽一江流，妇少芳明半玉楼。
商女倾心知碧暗，秋千放荡问时羞。

### 251 王昌龄 春宫怨
未央宫中一御袍，桃花曙色半鸿毛。
平阳卫子心音曲，帝客恩怨玉色膏。

### 252 王翰 凉州曲
凉州词
一夫一诺一凉州，半漠三荒半远楼。
身出寒门平铁甲，江山社稷自春秋。

## 253 扬州琼花

故人琼花十二楼,草芳玉笛碧江流。
心重西子香千里,色满江湖淑九州。

## 254 李白 下江陵

曙色川云一蜀兴,山花乱雨半江陵。
船流日日千帆影,白鹭声声故客应。

## 255 岑参 逢入京使 出呼和浩特

半壁沙津草木寒,一行秋雁字云端。
乡家谁去年年晚,追逐平生读客冠。

## 256 长亭

旧画家珍一故君,寒声落尽半乡云。
年年岁岁心中间,去去来来陌上人。

## 257 韦应物 滁州西涧 渡口

白石江花一水平,船云碧草半纵横。
山中淡淡秋津雨,归雁声声俯仰鸣。

## 258 张继 枫桥夜泊

枫桥落叶半客船,拾得寒山一智禅。
日月江南多渡口,鼓钟隔岸少鸣园。

## 259 韩翃 寒食

绵山乞火故人家,易水晴明疏影斜。
窗外邻情沾阙雨,心中雪色向梅花。

## 260 刘方平 月夜

春江月淡半天涯,碧雨声平一细纱。
西子姑苏吴越夜,花明柳暗诘桑麻。

## 261 刘方平 春怨

斜阳沉落一江村,暮色关山半泪痕。
月夜花明明几许,芳香梅子守空门。

## 262 柳中庸 征人怨

玉树后庭五女山,阳春白雪玉门关。
江南月夜渔舟晚,故客燕京去未还。

## 263 虞词

帐下倾情一剑歌,军中霸主半山河。

先生楚汉江东近,举世声名曲折波。

## 264 李益 夜上受降城闻笛 胡笛

荒草离离半野生,胡笛曲曲雪冰城。
情明月暗心思在,问客思乡影不行。

## 265 刘禹锡 乌衣巷 秦淮

魏晋金陵一谢家,乌衣巷口半桃花。
年年月色生明水,夜夜琴声暗碧纱。

## 266 春词

东风不尽半夫楼,春花满院一枕忧。
暮雨声声香未久,心音处处问红流。

## 267 宫词

三月韶华豆蔻城,红妆色重后宫晴。
长安易得难长易,晚烛芳菲怨夜明。

## 268 内人

心中月色色难平,夜半春花夜半声。
玉手弦音音不断,人前织女误声明。

## 269 张祜 集灵台

海棠汤里碧云回,出水芙蓉香不去。
女儿心中色半开,集灵台上月明来。

### 其二

杨家四国一人恩,胡儿衣稀半阙门。
但教梨园音不断,蜀云天宝雨霖铃。

## 270 张祜 题金陵渡

长江处处问江楼,星水明归渡客舟。
弦月弯弯孤故里,音心淡淡待春秋。

## 271 宫中词

时过花开一籽荪,清明野望半邻村。
宫门常锁音琴断,暮色孤心守暮昏。

## 272 朱庆余 近试上张水部

人间玉影半侏儒,天下平明一丈夫。
曙色春华宫宛暖,花香犹待点玉奴。

## 273 杜牧

年年豆蔻半湖州,落落江山一客流。
刺史江南寻晓色,思心不见问红楼。

## 274 杜牧 赤壁

赤壁萧条浊水淘,草船借箭蜀人昭。
江陵魏主连环计,识破东风两国消。

## 275 杜牧 泊秦淮

云烟水暗半人家,夜度桃明一色华。
亡国后庭花玉树,东流不尽浪淘沙。

## 276 杜牧 寄扬州韩绰判官

声名汴水半江娇,水泽烟光一部桥。
柳岸琼花生水暖,人明玉暗夜潇潇。

## 277 三分无赖在扬州

江华月下十分荣,十二桥中半箫情。
玉笛心音鸣去水,琼花一昙落声名。

## 278 杜牧 秋夕

月色晴波半青草,心音未定一浮萍。
寒寒暖暖秋虫唧,去去来来乞巧听。

## 279 赠别

### 其一

刺史湖州婉约余,年华未尽小姑居。
长安月色江南岸,旧客重心故不疏。

### 其二

天明曙色半芳情,烛暗相知一夜生。
未得琴音音不断,心中欲语语难名。

### 其三

芳华玉色半家人,御史情江一处春。
西晋石崇明月夜,东流逝水落花津。

## 280 李商隐 夜雨寄北

夜雨声声半草塘,姑苏淡淡一心凉。
江湖孤影烟云逝,余着梅花落落香。

## 281 李商隐 寄令狐郎中

秦川一叶落寒书,司马相如旧客裾。
俯仰梁园扬媚语,深吟故甫望疏余。

## 282 李商隐 为有
一寸音心半玉娇，东风无力一春桥。
清明乞火寒食夜，欲滴珍珠寄雨蕉。

## 283 李商隐 隋宫
半堑隋河一运生，吴江水色十明城。
长安佳丽千年去，柳岸东流两枯荣。

## 284 李商隐 瑶池
白石荷花一瑶台，青鸾不语半绯徊。
琴心冷暖穆王问，旧日三年约再来。

## 285 李商隐 嫦娥
桂宫叶落怨人心，茹苦寒云守旧林。
五色空明霜满池，乡音何处问家荫。

## 286 李商隐 贾生
楚客汨罗净直臣，宣室明月照天津。
长沙斑竹心中泪，一念苍生一国珍。

## 287 温庭筠 尧瑟怨
柳岸春江月色明，烟云浮沉问心声。
幽芳孤怨君行处，归雁清鸣十二城。

## 288 郑畋 马嵬坡
长生殿上一怨生，马嵬坡前半不明。
胡儿心中唐已尽，玄宗已负万家名。

## 289 韩偓 已凉
寒声未落雨心移，西陆蝉声渐渐稀。
秋水芙蓉凉草岸，年华豆蔻怨轻离。

## 290 韦庄 金陵图
魏晋金陵石壁西，川明楚客草萋萋。
台城柳暗梁陈帝，商贾江湖问范蠡。

## 291 玉门
塞外晴沙铁甲尘，长安月色半春津。
邻家娃女情音重，只将心思梦里珍。

## 292 乡音
念念思思故里家，朝朝暮暮浑江霞。
阳明五女山川树，日在天涯浪淘沙。

## 293 三日吴江
江南柳岸一平溪，隋水吴江半玉堤。
暗雨山花香十里，姑苏婉约杜鹃啼。

## 294 王维 渭城曲

### 姑苏曲
姑苏玉水半春津，拙政园林一晚筍。
暮滞吴江流不住，烟花色重问东邻。

## 295 王维 秋夜曲
秋馨不散一闺帏，衫薄妆重半心扉。
桂影扶疏依不忍，筝弦月色待人归。

## 296 王昌龄 长信怨
水色平平玉影来，云烟淡淡夜花开。
昭阳宫里秋霞近，桂月明中问故台。

## 297 王昌龄 出塞
凉州夜月度阳关，出入黄河曲折还。
飞将酒泉杨一箭，胡姬姿意舞天山。

## 298 清平调
玉姿光华却淡妆，雨云海棠住群芳。
春花夜夜人心暖，烛色明明不尽香。

## 299 王之涣 出塞
秦时筚篥汉时笛，不见楼兰燕鹊啼。
下里巴人音不断，阳春白雪韵春泥。

## 300 杜秋娘 金缕衣

**惜春**

芳香浮动湿云烟，雪玉春心旧日船。
疏影花明明几许，流红繁叶叶生怜。

## 301 青莲
出水芙蓉蕙色生，一尘不染玉华名。
亭亭立立红云里，大大方方问碧城。

## 302 岑参 楚河汉界
月琴胡笛胡马鸣，塞内塞外塞泰声。
东征西战荒白骨，声明云中重声名。

2008 年 7 月 1 日
北京养春堂

唐·李思训
江帆楼阁图

第二卷
唐诗百话

## 一、细说唐代二十朝

朱孟阳　编著　京华出版社
2005 年 10 月版

**1 梁嵩**
梁嵩清赋慰家乡，野渡无人此绝肠。
热血男儿新进士，红袍不裹旧时妆。

**2 黄仁颖**
留下人间第一名，清廉天下待三生。
四门学士南唐客，后主狮山赐谥情。

**3 李涛**
三生一半根，八万四千门。
只有禅音在，儒家道士村。

**4 王溥**
无心夕阳寻远近，又向灵台饮福杯。

**5 扈载**
芳草半无心，春风一枯林。
山中浮叶少，天下沉云深。

**6 舒雅**
人间何事不关心，夕照黄昏入旧林。
岭上潭明源秀水，寺前钟鼓是知音。

**7 伍乔**
春风得意出城游，桃李无心任自流。
江口横舟天下向，钓台吟阁在沧州。

**省试霁后望钟山**
积霭沈高松，微阳上顶峰。
春光天下客，细雨启云龙。

日月寒窗须，书声任鼓钟。
拾才千古尽，弃谢万今容。
谁向朝堂上，陈词归舍农。
忧家忧社稷，患得患失踪。

**8 刘坦**
一醉思量自不难，三生金殿客心宽。
不知刘坦淮阳客，要过城门过管官。

**9 卢郢**
半语难成似非卿，三江合汇即人成。
文章自古一蹴就，治绩如今半客名。

**10 乐史**
钟山寺外一清泉，宿客心中半古禅。
万岭阴晴前后续，千年日月去来缘。

**细说唐代十二朝**
谁向唐朝二十朝，两三兴废两三荒。
大周天子中枢客，无字碑前儿暖凉。

### 上册

**一 初唐**
百亩一均田，千年半地天。
安邦家国向，太子误皇权。

**1 李渊为何被隋炀帝猜忌**
陇西赵郡晋家荣，一半隋唐一半名。
瓦岗诏宣杨氏灭，胡服骑射李皇成。

**之二 桃李子，有天下**
李家天下一随签，李密隋炀从此嫌。
瓦岗李浑隋李问，谁闻晋李把隋阡。

**2 李渊起兵是因为中了美人计吗**
德妃婕妤两婵娟，裴寂刘文静下缘。
只顾扬州天下乱，隋唐李治万家田。

**3 李渊为何能迅速平定关中**
渔翁得利取关中，霍邑河东问竹雄。
长乐宫前隋已去，长安城上李旗红。

**4 与帝位擦肩而过的李密**
李密半辽东，荥阳一世雄。
东都城下守，盟主入唐宫。

**5 谁打下了大唐江山**
东南西北一关中，秦晋都原半扶风。
留守不留元吉败，世民一统立唐功。

**6 以少胜多的虎牢之战**
江山一半一人客，郑夏三军瓦岗蜂。
宿国公侯身百战，虎牢关下见真龙。

**7 早逝的贤后窦氏**
韬光养晦十年功，窦氏关东一计融。
百步穿杨中孔雀，秦王尤念九成宫。
琴棋书画皇城色，兵马思谋济世雄。
夫唱妇随唐始立，李家天下女儿红。

127

## 诗词盛典 | 吕长春格律诗词六万八千首（全四册）

### 8 娘子军是谁建立的
娘子关南万古名，平阳公主半无声。
羽葆鼓吹三军殡，明德功成苇泽城。

### 9 鸟尽弓藏——刘文静之死
长春宫里一秦王，文静心中半世荒。
鸟尽弓藏谋未尽，唐人何赐帮臣亡。

### 10 李渊宠信什么样的大臣
名门之干有人身，故土难离渡五津。
汉武九州西域外，唐宗三百几秋春。

### 11 李渊对"贞观之治"的贡献
尚书六部司唐城，治今中昌上治行。
门下参修成首事，监察御史一台晴。
分州刺史分县令，赋税均田百十荣。
徭役租佣寻调济，开皇常制举人名。

### 12 宗室名王李孝恭
萧铣一半是梁公，成败三千未始终。
天下群英天下去，凌烟阁上二名雄。
孝恭水陵中军帐，高祖唐朝向乃翁。
还有道宗皇室坐，千年一帝是鸣虫。

### 13 红拂女是怎样看中李靖的
三原李靖一英名，武略文才半侦声。
为持红拂知已去，羡陇山下待阴晴。
东征西讨留芳客，积石山中出将成。
卫国公书兵法在，激流勇退女儿情。

### 14 突厥为何袭扰唐朝
突厥不过雁门关，李靖班师胜马湾。
三战秦王朝上坐，道宗灵武祝唐颜。

### 15 李渊立太子的风波
一人不成一人成，两处江山两处名。
将帅儒书难论足，当然太子去留横。

### 16 李建成为何败给李世民
李家宗室半名声，玄武门前一枯茱。
谣欲骄奢无顾忌，身经百战已功成。
二妃高祖深宫计，太子秦王各自盟。
可叹储君难主宰，世民始得立皇城。

### 二 盛世明君——太宗朝

### 1 唐太宗为何要杀亲兄弟
一生戎马一生缘，半在功劳半在天。
父子弟兄争不尽，江山只有独人权。
之二：
唐朝太子自无终，天下贞观始大同。
敬德尉迟城匕旨，房谋札断治西东。

### 2 房谋杜断创伟业
十五年相十五芳，皇章国典一唐扬。
谦逊崇隆文昭在，废朝三日治者肠。
行署安邦天下事，文学馆里半生藏。
贞观汗马功劳薄，唯有房谋杜断长。

### 3 凌烟阁二十四功臣都是谁
凌烟阁上一扬眉，万马千军半死伤。
廿四国公天下易，东西南北战时装。

### 4 太宗为什么信任魏征
得失兴衰一衣冠，十渐书生半宿官。
唯有忠良君可待，衡山公主问心宽。
长孙皇后更衣礼，竭泽求鱼自枯寒。
德治昭陵天下客，终生无憾在贞观。

### 5 名垂千古的贞观之治
均田德制半桑麻，百姓人心百万家。
二十三年天下事，贞观之治一唐华。

### 6 贤内助长孙皇后
长孙皇后一贞观，日月心思日月宽。
女训篇篇知所以，魏征如此正衣冠。

### 7 唐太宗为何娶弟媳妇为妃
贤惠长孙一水心，深明大义半徐音。
杨妃放荡唐宗色，百媚千娇几寸萌。

### 8 为什么太宗被称为"天可汗"
渭水桥中一日盟，胡人马上半草声。
突厥可汗朝臣位，李靖唐疆百万兵。

### 9 杰出的外交官文成公主
文成公主半唐人，玉树临风一汉春。
种子冶金多五谷，如今尤见女儿身。
三江流水源头在，九脉和亲若比邻。
万岁皇家知土地，千年西藏向天津。

### 10 坚韧不拔的唐僧
十八年中半自铭，九州华夏一真经。
高昌故国天竺去，烽火沙鸣守性灵。

### 11 勇力过人的秦叔宝
凌烟阁上一秦琼，力满齐州半历城。
胡国公名今犹在，昭陵草木已丛生。

### 12 屡立战功的尉迟敬德
尉迟敬德武人功，房杜书生力不同。
犹记廉颇知请罪，归来吴楚国公隆。

### 13 混世魔王程咬金
混世魔王一咬金，知节显庆半衣襟。
定方规劝贪生利，刺史岐州已失音。

### 14 薛万彻被斩首
未尽沙场一将名，宫廷政变半高荣。
恃才傲物凌人气，极负极成是死生。

### 15 侯君集为什么背叛唐朝
凌烟阁上有阴晴，难让贪财聚利名。
谋反不成别太子，唐宗犹有不怜情。

### 16 戎马一生的王爷李道宗
显赫军功李道宗，唐家天子一人龙。
东平王后郡王赐，晚是文成故步封。

### 17 药王孙思邈
千金要翼已成方，读治三年待药王。
百岁不去洞外客，五台山上故人多。

### 18 高阳公主为何与和尚私通
辩机玉枕辩机肠，儿女心中一半荒。
谁箸大唐西域记，高阳公主半无芳。

### 19 太子李承乾为何造反
一女尹伊一春春，原来太子半红尘。
琵琶声尽承乾尽，玄武门前忆旧人。

### 20 李治为什么能当上太子
长孙无忌立高宗，俱是凌烟阁上松。
成败孰是成败向，一朝一子半朝龙。

### 21 唐太宗为什么征高丽
隋唐自是欲东征，万岁无疆万岁名。
高丽辽州成败去，班师只得十余城。

### 22 唐太宗晚年贤明吗
独断专行一世空，晚年只得半帝虫。
瑕瑜处处相兼济，太子高宗大不同。

### 23 武则天是怎样入宫的
石榴裙下女家成，武媚才人驯马台。
女主昌唐唐不在，四妃九嫔御妻惊。

### 24 唐太宗之死
半生戎马一唐铭，二十三年半渭泾。
去去来来人漠漠，昭陵唯有草青青。

## 三 稳步发展——高宗朝

### 1 高宗为什么能坐上皇位
宗成帝子宗成人，雨顺风调一半春。
仁厚宽容三足鸟，贞观遗训度天津。

### 2 武则天是怎样东山再起的
东山再起石榴裙，半向江山半向君。
王后萧妃盟已晚，高宗太子已无分。

### 3 武则天为何危害亲女
肃义门前一后身，高宗殿下半人无。
长孙褚士遂良怨，原是皇权再室津。

### 4 长孙无忌为何冤死
凌烟阁上一头人，唐李朝中半自身。
三十年相章典代，敬宗诬构武家尘。

### 5 明哲保身
只保明哲不保身，三台极位似红尘。
太宗社稷相托乡，隔世犹闻掘墓人。

### 6 阴险小人许敬宗
寒门士子半青云，十麦昭仪一世分。
徐敬宗人何不过，多谢武媚衣裙。

之二
郑州刺史不知人，岭南流昂未洁身。
儿子不如如子是，父亲胜似子父亲。

### 7 李义府为何被称为"人猫"
笑里藏刀半品低，上林宿鸟一枝栖。
远州五十余罪尽，犹有阴怀不得移。

### 8 唐高宗为何信奉佛教
独乐人间寺鼓钟，玄奘菩萨戒高宗。
苦修阿育王佛塔，舍利光明百世踪。

### 9 前无古人的女皇帝陈硕真
建德江中一极流，文佳皇帝兴千秋。
浙西未尽唐家在，一月参天女未愁。

### 10 安西四镇是怎么建立的
安西四镇入唐名，李靖三军卫国荣。
都护府中姬犹舞，胡音域外任沙鸣。

### 11 精于书法的大将军
幽州天下献旗名，选谱丹青风靡荣。
西域开疆终大器，裴行俭成大唐城。

### 12 "三箭定天山"的薛仁贵
安东都护故人鸣，乐业平阳待众生。
三箭将军天山定，一身七十是功名。

### 13 太子李弘是被武后毒杀吗
瑶山玉彩半扬洋，武瞾萧妃二女穷。
二十四年忠恕在，一生母子不如虫。

### 14 章怀太子李贤是怎么死的
章怀太子半巴州，周李江山一旧由。
母子俱来人上下，汉书已尽谁知忧。

### 15 高宗李治是怎么死的
中宗李武睿宗廷，显旦皇王半苦丁。
日月云端碑有字，无心草木满乾陵。

### 16 徐敬业起兵为何失败
文昌凤阁一鸾台，门下中书半尚灰。
讨武檄文徐敬业，宾王西陵去无来。

书生造反三闻过，未统扬州久不开。
虎踞龙盘金气甚，润州渡海带城哀。

### 17 武后为何大杀李唐宗室
峨冠博带一秋官，九处周兴十处寒。
周武难留婆子女，李唐谁纳玉凤鸾。

## 四 千古一帝——武则天朝

### 1 武则天是怎样登基的
九月九日武瞾王，唐家天子一炎凉。
陵上有心乾不主，碑中无字已沧桑。

之二：
圣图泉水向明堂，朱雀宫前待凤凰。
千古一人今太后，文王万岁瞾民光。

### 2 武则天为什么任用酷吏
请君入瓮俊臣来，收揽人心百花开。
酷吏均田何得失，明察善断政鸾台。

### 3 杀人不眨眼的来俊臣
太平公主武家王，坐贼同州入死伤。
替罪羊臣治斩首，一生酷吏没人肠。

### 4 德高望重的狄仁杰
清勤显位励相臣，敷衍四朝政术身。
推荐柬之成国老，原来李显是唐人。

### 5 传奇女子上官婉儿的一生
一叶落洞庭，手心向渭泾。
孤裳香未尽，百媚自零丁。
但述三思苦，玄宗两世伶。
文章云上客，李逸座中萤。

### 6 禅宗的创始人——慧能
南北禅宗六祖成，法门弘忍一佛荣。
菩提树下师承寺，明镜尘中欲不生。
神秀知心勤渐进，法流慧能悟还成。
钟声不尽深山处，渡口清明彼此情。

### 7 陈子昂为何能成为一代文宗
黄钟大吕一声鸣，汉魏风情百世生。
周易老庄功不朽，幽州台上古今荣。

## 诗词盛典 | 吕长春格律诗词六万八千首（全四册）

### 8 骆宾王下落之谜
入门见嫉娥眉恋，武李唐周两不分。
灵隐寺中去起落，钱塘不洗石榴裙。

### 9 不会看眼色的裴炎
龙门未跳鲤鱼城，社稷直言妒乃生。
俭朴一生情扼腕，国华重要后人荣。

### 10 魏元忠真的要谋逆吗
狂风暴雨满宫行，面首情中半子孙。
岭南钦州何为患，心惊武曌已黄昏。

### 11 武则天有多少个内宠
控鹤监人一半扬，赏游情圣西三张。
少卿兄弟中郎将，牵马执鞭奉曌堂。

### 12 永泰公主死因之谜
异玉箫声入彩云，未移槐火去纷纷。
女娥筇曲湄春色，孤影鸾秋谁奉君。

### 13 太子妃为何失踪
李武唐朝半是君，均田酷吏两无分。
二妃太子知何处，十七年中不可闻。

### 14 专权弄威的太平公主
太平公主两人身，镇国周唐半事尘。
韦否不知王是客，玄宗恶尽女儿钧。

### 15 谁来继承女皇的江山
进出明堂李武扬，江山社稷谁周唐。
风折鹦鹉知皇储，凤阁仁杰向侍郎。

### 16 武则天为什么留下无字碑
含元殿上向重阳，武在空中日月光。
无字碑前何论语，荒唐尽处不荒唐。

### 五 多事之秋——中宗睿宗朝

### 1 中宗为何能当皇帝
中宗李显赐哲名，太子王权韦后倾。
十五年中周已尽，神都恶去后帝难荣。

### 2 复国功臣张柬之
玄武门前尽是非，唐先周后变黄旗。

宰相复国新州去，李显昏庸惧内围。

### 3 想做武则天第二的韦后
一朝天子一朝王，半日女皇半日亡。
公主隆基除韦帝，相王李旦坐中堂。

### 4 武三思为何被杀
三思韦后已三思，一意天枢一意知。
牵马执鞭宫外侯，中宫太子网中斯。

### 5 安乐公主为何要杀害父亲
同舟共济不同舟，剑影刀光父子尤。
一日空昆池上坐，深宫已尽是琼楼。

### 6 太子李重俊为何造反
皇宫何处是皇宫，玄武门前问夏虫。
太子难成唐太子，唐家公主媚娘风。

### 7 唐中宗为何与佛教有缘
佛光普渡向玄奘，神秀中宗半御堂。
六祖辞诏终不去，有缘道举上官墙。

### 8 嫁给公公的金城公主
破镜难明日月山，三江流水青海湾。
金城公主文成后，父子新婚换旧颜。

### 9 擅长书法的睿宗
两次唐王两次民，一家天下一家身。
丹青留得玄宗位，草隶开元十地春。

### 10 史学大家刘知几
半角十年一阵风，江湖万里见飞鸿。
东观尤记刘知几，谢客集贤著史通。

### 11 唐朝公主为何出家修道
十六观中碎玉明，一千弟子一千情。
风流不似鱼玄机，道德经文七夕生。

### 12 睿宗为何放任太平公主
一事无成一事成，半唐太子半唐荣。
安邦治国昏庸外，兄妹朝堂不用兵。

### 13 李隆基是怎样当上太子的
看花梳洗德风亭，谁是长安日月星。
玄武门何子立，太平公主是非明。

### 六 盛极而衰——玄宗朝
成成败败李隆基，李李唐唐太子奇。
百废睿宗知一举，太平公主已无期。

### 1 李隆基为何杀太平公主
太平公主二则天，安乐长安韦后船。
李武斜封明嗣治，贞观政绩是均田。

### 2 救时宰相姚崇
救时相国一姚崇，米落高跌半御翁。
长治长安求永定，开之盛世有诗风。

### 3 和姚崇齐名的宋璟
前朝房杜一贞观，姚宋开元半地宽。
贵在同心天下处，此相又似彼相安。

### 4 文人宰相张九龄
梅关古道互通商，守正开元见玉堂。
张九龄相劳就次，荆州长史一诗昌。

### 5 开元之治
自清群侧选良臣，共枕同床和睦亲。
花萼相辉兄弟处，开元盛世有贤人。

### 6 唐玄宗为何废后杀子
废后王朝灭子兴，风云成败过昭陵。
贞观之治开元治，十载寒窗一日冰。

### 7 大将王忠嗣死因之谜
身经百战朔方军，王训三谋以政勤。
不战石城安史劝，开疆拓土愧浮云。

### 8 高仙芝为何被冤死
是非不在有无声，成败难宫小子名。
宦赵今诚诬未尽，仙芝冤死帝亡倾。

### 9 李白为何被称为诗仙
一朝白帝一朝颜，半县江陵半县湾。
只须夔门川上水，纵横赤壁楚中山。

### 10 诗圣 杜甫
一叶湘江一云舟，三生不幸半生休。
草堂风雨花溪色，十地河山九地秋。

### 11 画圣吴道子
吴带当风一世名，天王送子半时英。
江流百里嘉陵水，画绝玄宗目上生。

### 12 尘世之外的科学家僧一行
天中日月星，地上衍生灵。
大慧禅师历，人心左右铭。

### 13 鉴真为何东渡日本
大明寺里鉴真人，戒律文中自客身。
东渡败成尤日本，唐朝文化奈良春。

### 14 口蜜腹剑的李林甫
口蜜丞相腹剑人，文臣武将则亲。
唐家天子挺之向，同李不同是归尘。

### 15 高力士为何权倾朝野
何事下巫州，玄宗上古囚。
泰陵高力士，日暮自难留。

### 16 梅妃为什么失宠
读入召南一采苹，江妃雅淡半梅亭。
心神楚楚千宫魄，秀骨姗姗万户屏。
一日情深专宠爱，六宫粉黛似浮萍。
珍珠十斛情难尽，不如丰腴玉女傅。

### 17 唐玄宗为何宠爱杨玉环
一人得道犬升天，小子芙蓉老子怜。
马嵬坡前兵马断，玉贞留下七夕缘。

### 18 万春公主梅开二度内幕
飞蛾扑火一灯寒，半是杨家半不安。
二度梅花开不艳，只留香气满云端。
万春公主千春怨，太仆官卿大仆宽。
才子佳人鸿胪寺，五年悒郁去来观。

### 19 杨国忠是怎样发迹的
图谶三字卯金刀，投靠杨家换御袍。
名赐度支郎外客，彼鸣太子此鸣高。

### 20 唐玄宗为何信任安禄山
深宫养患一儿客，换马胡旋半不懵。
如此幽州城下乱，蜀州何处问玄宗。

### 21 马嵬之变
一人有见守潼关，不怯仙芝怯御颜。
马嵬芙蓉兵变色，肃宗太子此时还。

### 22 唐玄宗的凄凉晚年
开元天宝一玄宗，靡初鲜终半御重。
金粟山中金粟去，芙蓉开落又芙蓉。

## 下册
## 七 战争阴云——肃宗代宗朝

### 1 先斩后奏的皇帝
谨慎知人不识心，以粮为本六朝寻。
肃宗天下三子劝，灵武城楼一古今。

### 2 永王李璘为何造反
大权旁落不甘心，志大才疏一寸阴。
上赐永王璘未解，保家卫国虑无深。

### 3 忠烈义士颜杲卿
牧羊小子一奴颜，太守除奸半玉还。
壮士身名燕赵在，英雄必得此人间。

### 4 张巡为何死守卫睢阳
草人借箭草人兵，故客江山故客城。
义正辞严君子在，一心日月一人荣。

### 5 南霁云为什么断指明志
一指辞言一将名，半官子弟半官生。
睢阳来去千年客，南八张巡万古荣。

### 6 安禄山是怎么死的
大燕皇帝牧羊奴，太子江山太子孤。
王去王来王室贵，士民只重士民苏。

### 7 唐朝是怎样收复两京的
两唐天子一潼关，玄肃宗亲半御颜。
房琯仙芝郭子仪，广平李豫带兵还。

### 8 李光弼巧退叛军
周唐子女死枉然，母马知情恋子全。
二将鱼朝恩妄语，子仪光弼问苍天。

### 9 史思明父子为何相残
一王华子半江山，四载三年两去还。
兴废唐家安史乱，福居乐业在人间。

### 10 差点儿死于战乱的诗人王维
一朝天子一朝官，十月风华十月寒。
泾渭分明泾渭水，玉人不佩玉人冠。

### 11 为什么诗人高适能做高官
一生漂泊一生官，万岁生涯万岁寒。
失守潼关川蜀去，县侯渤海佩诗冠。

### 12 张良娣为何受宠
多事之秋多事生，半家太子半家荣。
一狼一狈相奸作，两处宫闱两处更。

### 13 肃宗为何以亲生女儿嫁回纥
沉鱼落雁半闭花，去来嫁娶五人家。
宁萧公主王回鹘，一落千寻日夕斜。

### 14 代宗李豫是如何即位的
事非曲折一言光，偏信偏听半缺圆。
不辨忠奸胡辅国，长生殿里上黄泉。

### 15 代宗为何钟情沈氏
代宗沈氏向钟情，民不聊生战乱生。
谁向元陵何苦作，九泉之外是英名。

### 16 李辅国是怎样得势的
玉真公主一初荣，韵律王维半士生。
不见寿王琴不语，道观终是道人情。
颜卿西去蓬州史，太上孤灯醉未明。
辅国不知何辅国，司空难入代宗城。

### 17 程元振为什么陷害忠良
察言观色宦官荣，专断独引辅国名。
保定县侯司马驻，十郎跋扈自专横。
武人不武长安尽，谋士无谋元振倾。
陷害忠良民苦累，谁家社稷帝王兵。

### 18 让皇帝惧怕的鱼朝恩
小人得志宦官名，斩草除根罪不荣。
水载鱼翻恩已断，潼关出入究何情。

131

### 19 仆固怀恩怎样由忠臣变叛臣
一事成功半是非，三心意怨两心违。
怀恩回纥崇徽主，何谓英雄去不归。

### 20 郭子仪怎样单骑退回纥
子仪匹马走单骑，回纥令公已预期。
浊酒方圆盟又立，唐家天子逐边驰。

### 21 朝廷的财神爷刘晏
刘晏逐利治官商，为政清廉向上皇。
二十余年唐两帝，漕盐入国不私囊。

### 22 段秀实为何畏强暴
一人做事一人当，半步沙场半步扬。
为有英雄多壮志，虞侯家国好儿郎。

### 23 李泌为何归隐山林
一介布衣一宰相，宫门钥匙两人扬。
长安城里知天下，李泌山中隐归装。

### 24 李光弼为何羞愧而死
中兴第一将官名，善出奇兵草木荣。
戎马生涯朝里客，鱼程加害啸声鸣。

### 25 金枝玉叶为何挨打
开平公主半开平，一寸金枝一寸荣。
郭暖心中知父母，代宗天下有其名。

## 八 中兴梦断——德宗朝

### 1 德宗削藩为何失败
梦断中兴一德宗，才疏志大半难容。
鱼龙混乱民生色，未得削藩是警钟。

### 2 反复无常的李希烈
大朝廷下小朝廷，不战屈人未战铭。
希烈悬浮节度使，叛声不尽作零丁。

### 3 泾原兵变是怎么回事
含元殿上立秦皇，公子王孙七十七。
藩镇林立割据势，一兵一将一猖狂。

### 4 朱泚叛乱为何没有成功
成成败败半伤亡，正正邪邪各自扬。
天下削藩藩复立，德宗无力问中唐。

### 5 护驾功臣怎么也造反
无心造反李怀光，有意行军朔方扬。
战祸连年民尽苦，长安冬月半伤亡。

### 6 李晟是怎样收复长安的
宫阙不损市无忧，直取长安一将尤。
天网恢恢朱泚路，秋毫未犯待王侯。

### 7 郭子仪为什么能得善终
功高震主已三朝，戎马平生自半消。
不是帝王出身在，人生终始认通桥。

### 8 卓有成效的两税法
民间疾苦半王朝，世上藩王一念遥。
夺势争权终不止，载舟尤可覆舟桥。

### 9 为什么说李泌是传奇宰相
三朝元老半神仙，一易家书两哲全。
随遇而安终不改，忧民忧国见人怜。

### 10 卢妃为什么被称为奸臣
嫉贤妒能丑虫鸣，御赐流连日有声。
祸国殃民州众怨，终生只得骂人名。

### 11 一代名臣 书法家颜真卿
颜家草隶断真卿，满腹经纶绪世成。
中正清廉身蹈火，龙兴寺里自留名。

### 12 陆贽为什么被称为贤相
半明天子半无明，一代贤相两代荣。
知国知民知自己，小人周围小人生。

### 13 李晟为什么对唐朝忠心
泾原之变德宗荒，李晟忠心慰唐皇。
一将一相文武斗，余辜不尽半中兴亡。

### 14 杜佑和他的《通典》
杜佑思愁通典章，单耕三十五年长。
一生问多严谨，几代民心向将相。

### 15 嫁了四位可汗的和亲公主
咸安公主忆唐乡，回纥和亲四位王。
由故册封知可汗，京城何处话炎凉。

### 16 唐朝怎样使南诏来归附
唐标铁柱到南诏，洱海苍山一念遥。
御策德宗知远见，笙颜燎火入云霄。

### 17 李泌是怎样保护太子的
一王不似一王终，万事难明万事空。
唯有民间多米禄，此生胜予彼生中。

## 九 革新与中兴—顺宗、宪宗朝

### 1 顺宗为什么瘫痪
永贞尤有革新人，御驾中风不自身。
宦官美人朝外奏，九仙宫里百官亲。

### 2 王叔文为什么能得到皇帝信任
二王八司马声明，疾苦民间不聊生。
李俑勤王新派振，宦官专政已无荣。

### 3 永贞革新为什么会失败
藩镇林立国不清，宦官当政政无明。
二王刘柳知天下，一度江山一度荣。
贪官藩王多割据，富豪日奉向朝盟。
深宫罢市皇坊供，御驾中风志不成。

### 4 宪宗是中兴之主吗
一度中兴一度王，半生修道半生狂。
人间多少桑麻冬，国库空虚谁宰相。

### 5 宰相武元衡为何遭暗杀
第三天子治朝纲，武氏元衡任宰相。
一半宪宗贤圣在，余生误道可荒唐。

### 6 魏博为什么主动归顺朝廷
藩王割据致使伤，一统江山半统亡。
顺礼田兴天下治，穆宗无能宦官昌。

### 7 李愬怎样奇袭蔡州
平定淮西李愬成，出奇制胜宰相名。
削藩初制吴元济，谁向安邦谁向荣。

### 8 裴度为什么被称为"中兴贤相"
成相裴度武元衡，削灭藩权志半成。
元和中兴功可鉴，四朝清丽话诗名。

## 9 宰相李吉甫为什么爱好学术
朝官替代一藩王，牛李入才党自伤。
吉甫辞相多学问，郡县国计有名扬。

## 10 韩愈为何苦恼宪宗
半路推敲半路天，一生复古一生田。
法门寺里迎佛骨，司马潮州去八千。

## 11 李绛为什么受后世褒扬
文人李绛羡余科，智略中兴伴帝光。
统帅宦官居不易，激流勇退土芬芳。

## 12 为什么说韦皋有孔明之风
谁问胡僧一武侯，别韦元羔半春秋。
功名盖世居官做，两蜀何思去国忧。

## 13 宪宗的红颜知己杜秋娘
秋妃原是杜秋娘，李锜忘年李锜肠。
重光金缕衣奉帝，宪宗何德十佳扬。

之二：
一半忧心一半扬，折枝犹有两三肠。
金缕衣下皇家智，四世宗中谁问唐。

## 14 薛涛为何被称为"女校花"
秋声一叶去来风，元稹三生进退中。
趋日声前南北鸟，望江楼下老梧桐。

## 15 唐宪宗死亡之谜
宪宗一半杜秋娘，折取芳枝愿以偿。
而立金缕衣上曲，宦官不灭从兴亡。

## 十 江河日下——穆宗、敬宗、文宗朝

### 1 为得长生不老终，金丹石药嬉荒穷。
中兴十载平明尽，去去来来一阵风。

### 2 王庭凑为什么敢向皇帝要官做
宦官出仕宦官场，不用贤臣用半娘。
将士监军军不战，元成自败尽藩王。

### 3 元稹为何名声不佳
迷恋宦权歧路生，荣华富贵官场荣。
宰相六月名声落，一半田家一半成。

## 4 意义深远的唐蕃会盟碑
一丈盟碑百世盈，千年友好半倾城。
唐朝吐蕃交西域，万里江山万里情。

## 5 染工张韶是怎样打进皇宫的
乌烟瘴气一宫廷，嬉戏荒唐半客厅。
御坐张韶寻不禁，宦官文德欲还铭。

## 6 敬宗为何死于非命
两年皇帝一黄泉，一夜克明半敬天。
十八岁时狂不比，无知骄纵九州权。

## 7 白居易为何能流芳千古
书香门第一文官，米贵长安十地宽。
顾况不知居不易，春风不尽送春寒。
江州司马朋牛李，沦落天涯挂玉冠。
留下诗词元白问，鱼塘刺史白提安。

## 8 柳公权只是擅长书法吗
颜筋柳骨一唐朝，春日春花半玉消。
谁入椒房望城泪，在心用笔字昭瑶。

## 9 唐文宗即位之谜
半朝更易半朝终，百户消烟百户穷。
征战连天民不种，宦官当道库空空。

## 10 文宗为何罢免宋申锡
申锡文宗对守澄，开州司马孰王名。
无知礼是私心望，兄弟漳王不弟兄。

## 11 甘露之变为何失败
甘露秋风半树霜，宰相将帅半炎凉。
宦官拥立真太子，掌兵兵权一政王。

## 12 唐代帝王如何临幸后宫
风日常新谁守宫，金屋飞燕睡轻风。
风流箭的人人愿，留下香风帝欲穷。

之二：
宝帐一芙蓉，金屋半敬宗。
轻风飞燕女，香满浙东浓。

## 13 敢向宦官开战的大臣
半相除弊半相名，一宦终时一宦成。
李训文宗军政立，阉人何帅将官行。

## 14 敢威胁皇帝的仇士良
阉官王权仇士良，同堂天子不同堂。
武宗立意儒臣治，一半江山一半唐。

## 15 唐代为什么有朋党之争
藩王割据宦官扬，朋党相争半废亡。
三患唐家三患尽，一荒天下一荒唐。

## 16 苟且偷安的党争领袖牛僧孺
一牛一李一朝伤，藩镇宫庭割据扬。
可憾唐家天子少，宦官未尽半兴亡。

## 17 文宗立太子之谜
李家太子李家伤，万岁江山万岁亡。
唯有宦官天下代，人间土地半荒塘。

## 十一 回光返照——武宗、宣宗朝

### 1 武宗即位之谜
唐朝太子半兴亡，不是陈王是颍王。
丈二和尚头脑在，武宗沉毅李家相。

### 2 昭义镇是怎样回归朝廷的
李家德裕武宗公，多事出相对士良。
藩镇宦官朋党恶，可怜天子命中伤。

### 3 武宗为什么仇视佛教
佛道人中一慧根，江山天下儿几孙。
长生不老金丹尽，不废桑麻是地恩。

### 4 最后一位和亲的公主
太和公主一和亲，胡汉江山半美人。
回纥中原知归主，大唐绥靖女儿身。

### 5 李德裕堪称名相吗
武宗德裕自专横，朋党相争不聊生。
牛李唐家牛李去，半生崖州半生名。

### 6 宣宗是如何继位的
牛李宣宗白敏中，宰相之位两人风。
唐家天子长生望，佛道无成一场空。

## 诗词盛典 | 吕长春格律诗词六万八千首（全四册）

### 7 唐宣宗当过和尚吗
宣宗节俭一英名，太子中和半国声。
琉俊悟空和尚在，帝王公主纵人情。

### 8 宣宗为什么被称为"小太宗"
明察无私小太宗，贞观惠受宜千客。
痴儿太子虚心问，政治清明足有踪。

### 9 宣宗是慈父和孝子吗
与母同宫一丈夫，严家子女半皇奴。
王权收敛慈恩寺，崇父深宫有似无。

### 10 唐朝是怎样击败回鹘的
半用怀柔半用兵，七千回帐七千城。
贞观之下结邻好，彼此消耗枯不荣。

### 11 张议是怎样收复河西的
河西尽处一沙州，治令唐军十一州。
瓜廓十州归故国，六州重振治无忧。

### 12 生活在夹缝中的李商隐
二月东风一半寒，百花流水入云端。
春蚕自守丝方尽，蜡烛余光亮尤欢。
万岁年年岁岁尽，江河处处河江宽。
四时来去常相似，几望终南是玉冠。

### 13 才女鱼玄机为何变成荡妇
石榴裙下半香风，才子佳人一味同。
缘翘玄机别此去，庭筠李亿各西东。

### 14 宣宗为何无力回天
江楼不动一江流，国在山河半国忧。
无力回天知势立，有唐穆若自春秋。

### 15 进士王魁为何引刀自杀
烟花柳巷一真情，君子官人半不名。
洗尽铅华娇艳上，王魁三负挂英盟。

### 十二 山河裂变——懿宗、僖宗、昭宗、哀宗朝

### 1 懿宗即位的内幕
一朝已尽一朝生，十六宅宗半不明。
只有左军中尉在，宦官傀儡谁无荣。

### 2 昏庸奢侈的懿宗
九破唐家八苦民，六月冬梅七月春。
皇帝晏游无度曲，乌烟瘴气一朝人。

### 3 懿宗为何残杀御医
同昌公主一人安，天下直臣百度寒。
谁教懿宗昏已尽，怨声载道满云端。

### 4 裘甫为什么要反唐
一潮逐起一潮高，百里鱼塘百里涛。
十地民生声不尽，唐家殆尽朱兵刀。

### 5 庞勋为什么也造反
一浪潮平一浪潮，半波逐起半波摇。
江湖外处江湖客，万岁奄奄万岁消。

### 6 唐懿宗为何也迎佛骨
末了唐家末了王，法门寺里法门光。
欢迎舍利兴亡路，民有寒凉客有伤。

### 7 田令孜为何被皇帝称为"阿父"
宦官天子僖宗肠，傀儡王田令孜唐。
皇帝不知诏令下，自寻国灭自寻亡。

### 8 黄巢为何造反
谁成谁败一兴亡，何输何赢半死伤。
民子民生民自慰，均平口号菊花黄。

### 9 黄巢真的剃发为僧了吗
天津桥下一人潮，雪窦山中半御枭。
留得民心许多愿，黄金甲落祝云霄。

### 10 生不逢时的唐昭宗
一宗不似一宗唐，万岁山河万岁荒。
留得宦官终是患，自兴傀儡自兴亡。

### 11 宦官时代是怎样终结的
全忠杀害宦官终，始得昭宗一世空。
西虎东狼王国尽，大唐天下已民穷。

### 12 朱温为何要钉昭宗
宦官灭尽灭昭宗，天下朱温一世逢。
藩镇拥兵天下尽，临终始悟不昏庸。

### 13 丞相与宦官为何争斗不休
一官一宦一藩王，半代中唐半不唐。
亡国宰相崔胤去，小人奸诈又兴亡。

### 14 朱温是怎样发迹的
朱温由赐一全忠，大计梁王半夏虫。
唯有心中天子坐，目标此决是柬官。

### 15 沙陀枭雄李克用
沙陀无奈一枭雄，半世争峰半世空。
三箭帝王寻克用，梁终孰谓向唐终。

### 16 朱温为何对妻子言听计从
戒杀君臣这色王，宋州张惠向朱梁。
临终奉劝何颜在，一代遗言一代亡。

### 17 李茂贞怎样建立无名小王国
小国江山小国王，七州天下七州皇。
称兄道弟唐朝后，一代难如一代强。

### 18 杨行密怎样为吴国奠基的
疾苦民间了解情，淮南引密劝桑荣。
兴吴胭脂联线缪，只守人心不守城。

### 19 夹着尾巴做人的马殷
收取民心一世成，开关易货半商荣。
大中取小中原客，南北东西楚地名。

### 20 王建是怎样得到蜀地的
保境安民蜀地昌，清明治政种田桑。
唐家未尽唐朝尽，王建江山自抑扬。

### 21 钱镠为何号称"海龙王"
安居乐业海龙王，巨美钱塘刺史杭。
纳贡称臣吴越国，十三州外自兴亡。

### 22 朱温导演的改朝换代
唐朝已入半朱朝，哀帝曹州一代遥。
五代纷争寒十国，匹夫勇士谁渔樵。
万水千山半柳杨，三皇五帝一沧桑。
江河日下东流水，隆诏人中九曲扬。

2009 年 4 月 12 日
北京养春堂

# 二、读《唐才子校注》

孙映逵　校注　中国社会科学出版社
1991年6月出版

## 唐才子传

### 卷一
年初一马来，岁末万诗裁。
著述文音闭，推敲日月开。

### 1 王绩
金鱼紫绶谁如贫，王绩元功待客身。
一酒经诗谱一卷，青山白水去来人。
三生挂冠途草木，五斗光生子传真。
带索河汾龙不语，吕才东皋子红尘。

之二
方知素节家，忽见吐黄花。
开迹唐诗律，青书不得沙。

### 2 崔信明
扬州录事览无全，投卷江河向地天。
枫落吴江香要海，才冠崔氏令秦川。

### 3 王勃
才长命短一精英，腹稿成章半未成。
交趾炎方惊海浪，滕王阁上有留名。

之二
军耕心织一精英，盈积金帛半枯荣。
有醉无醒寻日月，文化冠盖九江城。

之三
神童年少一杰人，雨后清新浥旧尘。
十四腾王十座叹，文章留下四时春。

### 4 杨炯
恃文凭傲玉麒麟，川盈悬河济客身。
三界学辞千岁任，四才子谓半天涯。

之二
盈川宁为百夫名，进士亭台酷吏行。
苍厚文硌径自守，清姿还问一书生。

### 5 卢照邻
五悲文化独嵩山，尚法尚吏问废颜。
自沉平生寻颍水，幽忧子颂度三关。

之二
齐梁斯代绝乎恩，手足归春不起根。
咫尺山河云改色，烟客小室客家村。

### 6 骆宾王
楼门尤对一钱塘，之问还来半海光。
渡口天台灵隐寺，宰相过也落天香。

之二
两陆蝉声夏至扬，余音问远立秋长。
窗含咫尺天涯路，寺对钱塘骆宾王。

之三
谁上天台问石梁，钱塘桂子骆宾王。
销声匿迹辞官去，一片清思一片肠。

### 7 杜审言
文章四友一炎凉，浮沉三生半傲霜。
进士声名何所以，尤闻欢喜赋扬长。

之二
子并吉州岁十三，刃杀季重孝其男。
文人天下文人傲，武罂临朝酷外眈。

之三
审言化简一芬芳，汉水天四楚山墙。
残月临边霜度海，春光柳报落梅香。

### 8 沈佺期
沈宋成文锦绣章，建安风骨意深长。
相州进士音言在，诗韵中书著作郎。

之二
三品紫衣五品红，手扶象牙笏朝中。
云卿岭外临王驾，自古官场不识风。

### 9 宋之问
汾州人外一延清，之问声名半不成。
曾以夺袍河可望，灵娥秀彩太平荣。

之二
龙门衣阙两名同，可望奸倾一世空。
贱媚太平公主去，易之坐贬岭南终。

之三
剡溪明月半色情，御曲珍珠一璧荣。
媚附倾心秀彩去，鲜罗羞怯岭南生。

### 10 刘希夷
年年岁岁一延芝，花落花开半不时。
人去人来人不尽，虚言姑舅易之知。

之二
年年岁岁去来人，枯枯荣荣自在身。
沉沉浮浮明日月，朝朝暮暮向天津。

之三
长沙太傅赋屈原，鹦鹉洲头草木萱。
花落鸟啼人不在，隋珠何处对轩辕。

### 11 陈子昂
梓州伯玉一大才，感遇诗词半雅台。
家齿卒焚身失在，古今前后独自来。

之二
惊人海内一文宗，仰俯山前半雅松。
不见古人寻后继，英名早逝未调龙。

之三
长安城内一惊鸿，伯玉心中半不平。
四十余年荣枯尽，三台日月古今名。

之四
集宣阳里一胡琴，蜀客名华半古今。
古木荒烟峰屹立，呼惊大泽骚人心。

## 12 李百药
藻思沉郁一中书，百药卿身半不余。
引侯夫前天下事，声名不向帝王墟。

之二
梅花腊月动寒心，隔岁芳菲自古今。
化尽春泥香不尽，年年岁岁誉阴晴。

之三
长春一万鞭，隔夜两岁天。
柳色初三月，梅香后二年。

## 13 李峤
山川满目泪沾衣，水调歌头问旧时。
幸蜀还闻相故语，平章事后落鸿飞。

之二
前有王杨味道崔，巨山二十帝鸿飞。
銮台凤阁平章事，别驾庐州卒不归。

之三
花萼相辉出御楼，政勤务本入春秋。
怆然水调巨山曲，不待终时去不留。

## 14 张说
一品之秩上帝堂，开元十八大文章。
文精志壮金门策，谓得江山到岳阳。

之二
泰山岳父一文章，玉带三级半帝堂。
银榜金门张说士，子均进士两分芳。

之三
岳阳楼上几春秋，遥望湖中碧水流。
满目江云天下客，白头谁问玉人愁。

之四
文章精壮易阴阳，寒暑金门御栋梁。
冷月江流船不尽，红烛玉影入洞房。

## 15 王翰
发言立意自王侯，日聚英杰伎乐游。
尤具枥多名马去，纵禽击鼓十三州。

之二
琼杯玉斝半春秋，侠士布衣一并州。
崔氏三迁邻为客，前进驷马任君游。

之三
塞外一胡刀，长安半御袍。
沙场君莫笑，为是取葡萄。

## 16 吴筠
小隐南阳倚帝山，千言老子侍皇颜。
野人丹炼寻何术，世理亨通苦去还。

之二
贞节华阴倚帝山，天台道士不回还。
去往有术年年襟，迷信由来自己关。

之三
苏秦挂六印，张仪限三根。
指鹿朝堂马，斯文小篆昆。
始皇融九鼎，二世半乾坤。
谁问千秋月，家家是儿孙。

## 17 张子荣
同隐鹿门榜有名，襄阳月上回舟行。
十年白首相逢久，归马青春已不情。

之二
若虚一曲子荣东，渡口潭深岸不同。
同时春江花月夜，浣纱人在月明中。

之三
朝云暮雨有无踪，神女知来第几峰。
楚客礼知天上月，春江水色玉芙蓉。

## 18 李昂
李昂尤唱戚夫人，礼尚往来洗耳尘。
刚急不容客所向，性心自是一条根。

## 19 孙逖
属思警敏立成篇，治聊城中客集贤。
三擅甲科人及第，玄宗引见与颜肩。

之二（颜真卿）
开元进士鲁公名，率直凭心任枯荣。
希烈难平安尽吏，立身与法待真卿。

## 20 卢鸿
素履幽人一介夫，嵩山隐士半书儒。
一千弟子君臣礼，三备玄宗七爱奴。

之二
泰一开元半不术，玄宗三礼一春秋。
诏书考父兹恭义，御赐居服示国忧。

## 21 王冷然
进士身名九品郎，当言无忌一芬芳。
洛阳纸贵终无显，七岁奇才竹笋堂。

之二
汴堤柳色久低昂，洛下龙舟出帝乡。
塞北长城闻白骨，江南留见泪时裳。

## 22 刘眘虚
姿容秀挺九年春，啸傲风尘一客身。
童子郎中高古士，思雅惊座志天津。

之二
落花源远一流长，幽映春晖半古堂。
万里年年沧浪水，三生梦梦故乡人。

之三
梦里一清溪，云中半玉堤。
故乡多少里，游子枯荣栖。

## 23 王湾
悲心一半孤，楚客两三吴。
谁向长沙水，燕公政事途。

之二
汴水带冰扬，江平海日光。
风寒残雪叶，人迹板桥霜。

## 24 崔颢
北海问王昌，人间弃旧果。

书中闻妇艳,天下故炎凉。

**之二**

黄鹤楼前一大江,子安月下半临窗。
龟蛇不锁长流水,鹦鹉洲头谁客邦。

## 25 祖咏

省静心思剪刻肠,王维吟侣济贫光。
樵渔不展三诗在,契阔文深足不伤。

**之二**

雪霁望终南,吟思四句函。
半生书不读,六十字难甘。

## 26 储光羲

御史半身名,胡儿一不清。
文章桑濮浴,已尽岭南声。

**之二**

隐秀一文工,深淳两不同。
浩然之气尽,桑濮岭南终。

## 卷二

## 27 包融

纵声雅道一三包,联玉无瑕两推敲。
古道音清雅夜气,芝兰相继以芳交。

**之二 唐之诗家**

三包六窦二张瀛,两顾公孙杜士情。
父子钱章温李姚,弟兄皇甫几世名。

**之三**

吴中四士一生名,源出三江半家荣。
天下五蕴文藻客,堂中二子尽诗情。

## 28 崔国辅

吴门进士李郎中,司马高情婉丽同。
陆羽泉松茶茗水火,君心雅意五蕴空。

**之二**

身容一自由,镜面半春留。
回首相思笑,深深不到头。

**之三**

书生半古今,进士一天音。
池下浮云落,清中似海深。

## 29 卢象

灵越最多山,新安水色颜。
卢家知世久,国士誉风还。

## 30 綦毋潜

独秀一飞鸿,斯人万世空。
五蕴寻进退,三界有西东。

**之二**

河岳白云留,桑门任自由。
挂冠三界外,高冕一涵州。

**之三**

石路在峰心,天云入古今。
黄莺鸣渡口,落日向归林。

## 31 王昌龄

缜密思清月问吴,江宁织造后生无。
晚归不护何全道,一片冰心在玉壶。

**之二**

明月龙标问夜郎,弦歌不护细行尝。
江宁夜雨三吴醉,坝水旗亭五柳杨。

**之三**

高适之涣问昌龄,夜雨吴船待曲伶。
春到玉门关外客,玉壶酒肆醉旗亭。

**之四**

浪情宴谑一身终,朝野襄阳半不同。
留下声名诗话久,浩然正气冶城东。

## 32 常建

终南山里自由身,一唱三叹自多春。
留下高才无贵仕,秦时肥遁绿毛人。

**之二**

汉府待荒塘,秦人问玉姜。
华阴山外事,天下有炎凉。

**之三**

清宫月下空,宿鸟不西东。
一曲三叹尽,千声万古同。

**之四**

禅房一古今,草木半无心。
渡古横舟处,松声竹叶琴。

## 33 贺兰进明

博雅一人生,无功半帅城。
阮公经籍腹,好古进明行。

## 34 崔署

少室山中一女星,情兴逆别十里亭。
悲凉舒爽登楼问,万里中原草木青。

**之二**

细露滴梧桐,山阴问色空。
两川云淡淡,百里两蒙蒙。
故柳心初动,枯桑叶未工。
东风天未起,洛下待飞鸿。

## 35 陶翰

博学宏辞一笔名,诗文兴象半齐生。
风景尤存荒尘外,只以冰壶论礼情。

## 36 王维

子诗清越郁轮袍,皆主习讽曲韵高。
凝碧池头弦半断,状元及第御声豪。

**之二**

诗中有画画中诗,苑外无人苑里知。
飞鸟不鸣寻北隅,辋川山水应天时。

**之三**

郁郁盘盘暮雨闲,云云水水玉人关。
辋川卧雪明今古,意出红尘自不还。

**之四**

辋川烟雨木芙蓉,夜寂山空影不踪。
一隙云光寻落月,九禅曲径有飞龙。

## 37 薛据

**之一**

万年别业置终南,自恃才名苦涩甘。
骨鲠文章多气魄,赤县落日入深潭。

**之二**

牧笛问长天,黄昏入故川。
猿鸣三界缺,落日一时圆。

## 38 刘长卿

**之一**

清才冠世出浮尘，多忤权门正直身。
雅畅调诗多自赋，五言绝句入天津。

**之二（五言长城）**

春花落地两三声，一半东风一半晴。
月色临窗明太久，暗香又至客心荣。

**之三**

刘郎天地自长卿，得罪风霜问弟兄。
云岭高枝风雅客，仁心济世性刚明。

**之四**

吴门一半声，明月两三晴。
云雨桥中客，音琴座上鸣。

## 39 李季兰

萧散神情李季兰，专心翰墨志青丹。
蔷薇心绪纵横乱，不向禅心问杏坛。

**之二**

娇冶一似巫山云，流水三江两岸分。
十二峰前知楚客，知时只在闺中闻。

**之三**

山光夕气有佳人，众鸟欣然自入春。
六义不忘书几行，娇娘尤得去风尘。

**之四**

十年杨柳已成林，一日春风问竹音。
青鸟殷勤多去往，李冶尽是女儿心。

## 40 阎防

高情独诣上终南，及第开元下杏坛。
百丈溪前明月色，隐心草木入深潭。

**之二**

老树年中半腹空，少年剑上一川风。
荒庭所有何人事，留得音琴任枯桐。

**之三**

百丈溪流浪迹人，千年旧隐曲心春。
龙葵栋里云天水，熊樾庭中树下神。

## 41 李欣

性疏厌世慕神仙，轻弃时名问宿缘。
玄理长明千作外，修词清秀满东川。

**之二**

心中纳独清，舍外任溪声。
雨夜闻孤寺，中秋月不明。

**之三**

三古落幽音，中庭骤雨淋。
难寻前后去，不奈客人心。

## 42 张湮

梨花落月妒风流，惹得春风半闭休。
破体闲枝王小笔，故山偃仰谢官侯。

**之二**

人间一枯荣，天下半生名。
偃仰河山客，江湖草木生。

## 43 孟浩然

洞庭波动岳阳城，不求多才醉酒情。
文采丰茸经纬密，奈何明主弃身名。

**之二**

浩然亭上已诗名，磬折明皇半弃卿。
留下摩诘传壁画，丹青绢素入荒城。

**之三**

微云淡河汉，疏雨滴梧桐。
两陆听蝉暮，潇湘问雨鸿。

## 44 丘为

灵芝堂下一清名，不仕侯门磬折情。
特许韩滉予半禄，折衷里胥立庭荣。

**之二**

沧江一客问天年，白发三生待母眠。
不问千官寻孝至，折衷半俸养家田。

## 45 李白

翰林太白一山东，蜀道金龟换酒风。
吟得清平天下调，竹溪六逸待飞熊。

**之二**

饮酒八仙人，宫中一客春。
脱靴高力士，捧砚贵妃瞋。
天子门前马，华阴宰愧身。
金陵向采石，捉月酒中醇。

## 46 杜甫

草堂门外浣花溪，沉郁诗章子女啼。
高论春秋天下事，梅花落尽化春泥。

**之二**

日月人间一草堂，枯荣草木半阳光。
少贫不振文思敏，旅困长安济世肠。

**之三**

霜明半枯莲，水暗一江天。
门外轻舟去，眉上月边弦。

## 47 郑虔

慈恩寺叶就书诗，坐客玄宗博士枝。
上署郑虔三绝殆，能词善画世人知。

**之二**

广文博士始余年，国史私修亦不残。
四十年中寒谪客，郑虔三绝曲江缘。

## 48 高适

达夫仲武易沧州，拓落才名敢气流。
气质自高词李杜，临风怀古谁人愁。

**之二**

仲武高适大丈夫，沉沉浮浮是非儒。
伶官尽是诗词客，之涣昌龄问玉壶。

## 49 沈千运

士流高古四山人，草泽无遗半弃身。
明月相随相照顾，清风处处是心珍。

**之二**

松子落音琴，山花入冕襟。
十年凭独坐，谁可作知心。

**之三**

羽声角调村，斥苦入衡门。
未得宫商曲，长信易作魂。

## 50 孟云卿

气颇难平不怨声，杞人忧坠废舟成。

心居魏阙高言论，子推山中待枯荣。

**之二**

草木三江渡枯城，寒食二日过清明。
山中子推无烟火，甘泽昆舟有独情。

## 卷三

### 51 岑参

用心良苦常情孤，秀色春初似有无。
鞍马大漠沙不尽，风尘上下闺中姑。

**之二**

别业山中草木萱，杜陵汉帝乐游原。
风尘林林关中客，兴废长城问简繁。

**之三**

万里荒沙大丈夫，千山冰雪问胡符。
年年烽火连三月，处处江湖向玉壶。

### 52 王之涣

阳春白雪客心桓，流水高山意气丹。
下里巴人辞上苑，春风杨柳问楼兰。

**之二**

玉壶田舍一奴婢，酒肆旗亭四女伶。
之涣高适诗曲唱，寒江夜雨问昌龄。

**之三**

九曲黄河十八湾，半生岁月两三闲，
四方天地千君子，一片荒沙万仞山。

**之四**

鹳雀楼中日月悬，黄河流下枯荣年。
千村雨驿千村色，万里风云万里船。

### 53 贺知章

一士知章五千年，四明狂客八旬船。
千秋观昱剡溪曲，解下金龟作酒钱。

**之二**

长安一见谪仙人，狂客千言博士身。
解下金龟寻酒肆，千秋观外是秋春。

**之三**

镜湖日月满秋春，吴越文章四绝尘。
八十六年前后客，儿童不识去来人。

### 54 包何

会稽知章越贺朝，扬州云沉若虚霄。
湖涌包融诗鸣子，一半天光有渡桥。

### 55 包佶

二包望旗一家名，仄仄平平平有声。
大播芳名字大雅，醉心不在沉浮情。

### 56 张彪

人间一简繁，天下半荒园。
贫贱君臣守，江湖草木萱。

### 57 李嘉佑

风流自古几人心，婉丽绮靡刺史音。
贬谪南荒从一客，江船未去泪沾襟。

**之二**

渡口只行舟，春秋水不流。
齐梁芳誉济，暮雨晚生愁。

**之三**

野渡无船雨后新，春花落地草前尘。
长亭十里垂杨柳，尽是三千过去人。

### 58 贾至

文子卿家继美文，两朝书命绪名君。
玄宗幸蜀霖铃雨，巴陵当初太白云。

**之二**

一代玄宗父子身，两朝书命序秋春。
潇湘自有长沙赋，司马巴陵斑竹新。

**之三**

柳色初黄草色青，野花欲秀野荠莲。
东风细雨江南夜，拾得梅花梦里馨。

### 59 鲍防

朝离象郡暮幽关，曲曲黄河处处湾。
天宝开元多少省，芙蓉只及一君颜。

### 60 殷遥

王维同慕一禅音，志趣高疏半古今。
莫将女儿和氏泪，老莱衣上尽沾襟。

### 61 张继

半年梅雨满苏州，七里梧桐夜夜流。
日月钟声渔火岸，寒山拾得渡桥头。

**之二**

渡口半云天，禅音半客船。
钟声寻日月，寺雨问因缘。

### 62 元结

雪抱冰襟一玉心，浮声切响古今林。
灿烂金石漫郎子，情夺湘流韶濩音。

### 63 郎士元

珠联玉映不虚名，掩照时流有雅情。
半日吴村王季友，士元钱起谓三城。

### 64 道人灵一

云门寺外一耶溪，格律清畅半玉堤。
气质淳和踪谢客，纵横佳句任东西。

**之二**

白莲社里一东林，十八人心会意深。
会稽玄言陶谢客，闲云野鹤逐千音。

**之三**

东南五十一诗僧，挟海沂江半玉冰。
自是清流灵一始，山林独坐隐寺陵。

### 65 皇甫冉

秋果任霜封，冬梅与雪逢。
人间无远近，天上自云龙。

### 66 皇甫曾

皇甫两弟兄，别客半楼城。
一日江湖散，三年不枯荣。

**之二**

俯仰城中两弟兄，声文华洁世人名。
景阳胜诞平原净，遂掩蛰昆各自英。

### 67 独孤及

塞雁南飞问蒲霜，寒禽北宿奈炎凉。
秋风岭外伤天下，孤客津头落叶黄。

## 68 刘方平

满地梅花半锁门，寻寻觅觅渐黄昏。
洞庭一半东风至，斑竹云中带泪痕。

## 69 秦系

春风半闭门，秋水一黄昏。
高士峰前月，山林雨后痕。

## 70 张众甫

行闻主客身，善济往来人。
腊月梅花色，家门婉媚春。

## 71 严维

子陵月色入寒窗，只慕高风魏晋邦。
黄老山林升斗米，家山儒素满车江。

## 72 于良史

湘云一半楼，雁影十三州。
春水残水断，东风争日流。

## 73 灵澈上人

身入浮云五老峰，客依屹石一青松。
人高七尺天台目，志远千山送鼓钟。

### 之二

白马已无踪，禅音自有钟。
留在人心上，山中故步封。

## 74 陆羽

竟陵陆羽不知鸿，智积禅师已色空。
秽迹洁行天下客，茶经三卷律诗工。

## 75 顾况

茅山道子顾非熊，居易春风野火逢。
万里飞来知客鸟，百年何去是归鸣。

### 之二

离离原上草，易易一居荣。
泌卒茅山去，苏州不见城。

### 之三

古寺独孤楼，新茶雨露流。
钱塘呼故客，灵隐问杭州。

## 76 张南史

神算一幽州，游心两仪修。
韵雄中岁尽，情致美闲流。

## 77 戎昱

故国安危待妇人，丈夫天下半秋春。
千金未必移身性，一语成仁问世尘。

### 之二

夜半情思半未荣，平明梦断待莺鸣。
三生驿舍春风柳，十里长亭问数声。

## 78 古之奇

杭州司马一金兰，婉而成章淡泊宽。
光圃语林成古调，终南山上玉人冠。

## 79 苏涣

天下人间自不平，江山草木枯荣生。
蛟龙鳞甲春秋训，折节从学白跕名。

### 之二

玉女养蚕丝，春风锁茧时。
千花苏涣咏，百草曲江迟。
四海行人问，三江御客诗。
广州吟变律，闺叹楚人辞。

## 80 朱湾

会稽山阴隐故林，蓬莱兴用自宏深。
巨川放浪沧州子，贞素逍遥率履心。

## 81 张志和

性迈江湖不束声，烟波未尽钓徒名。
鱼童帝赐樵青配，一岁春秋一枯荣。

### 之二（渔父歌）

一半风云一半闲，两三人情两三关。
太湖水，洞庭山，慕鱼只钓不只还。

### 之三

天下阴晴地上灭，谁家日月谁家船。
两三水，千万田，洞庭云尽浪里烟。

## 卷四

## 82 卢纶

河中一客村，补阁半黄昏。
大历多才子，文林少帝门。

### 之二

五更渔火半倾城，夜泊钱塘两岸明。
风起云涌千暗水，客舟惊雨一潮生。

## 83 吉中孚

华阳柳市紫春晖，旧日桃源草木菲。
道士归心云鹤落，谁惊鸥鸟背船飞。

## 84 韩翃

春城无处不飞花，制书长安十万家。
茂政中书龙出水，东风雨露透窗纱。

### 之二

星河一雁鸣，芦荡半无声。
茂政金鞭色，文房御水清。

### 之三

洞房待谢家，红烛问窗纱。
未闭青楼月，闻开玉树花。

## 85 耿沣

秋草一虫鸣，江湖半月西。
寒光明不止，枯叶夜难栖。

## 86 钱起

人间几渭泾，江上数峰青。
曲尽寻三界，旗亭问五伶。

### 之二

庄王自绝缨，灭烛问春名。
天下人人节，江湖落落情。

### 之三

牛羊草木疏，日月枯荣株。
隔岸呼时雨，推舟鱼已无。

## 87 司空曙

属调幽闲不染熏，深山兰若未时分。
奇才磊落贫家木，耿介柴门有白云。

## 之二
暮下草虫鸣,山中玉树荣。
门前云影落,寺外夕阳明。

## 88 苗发
山水一江平,阴晴半枯荣。
郎中终仕令,利齿才子名。

## 89 崔峒
方群雅思一客襟,炳然词采半淘金。
寒山影里人家客,流水声中问古今。

## 90 夏侯审
水木一庄园,中堂半客眠。
云烟浮不问,晚岁沉居田。

## 91 李端
御赐身名御客缘,皇家俊士玉鞭悬。
升平公主贤明坐,留下清虚作酒钱。

### 之二
芙蓉出水御前楼,杨柳风轻不解愁。
都尉青春公主尚,功名二十拜封侯。

### 之三
凤凰已去凤凰楼,弄女秦公一日游。
萧史玉箫何处在,高台空负谁风流。

## 92 窦叔向
月色花香半入庭,三更残梦酒初醒。
隔墙尤有长吁在,空驿平明任意听。

## 93 康洽
龙钟衰老酒泉名,天宝开元浊世城。
江表飘蓬何处去,咸阳空染布衣情。

## 94 李益
抑扬激厉一边情,高适岑参半雅名。
苟酷尚书凌轹士,望京楼上有余声。

### 之二
受降城里月如霜,回乐峰前雪逾墙。
唯有胡姬天地外,人间何处问家乡。

## 95 冷朝阳
金陵建业上元城,三国江南下帝京。
唯有长江波浪起,布衣不减状元名。

### 之二
水色木兰舟,荷花弄女流。
洛妃云雾里,碧叶半遮头。

## 96 章八元
恃才浮傲问苏州,宗匠江南警策由。
惊语天中虚土路,宴游不恭自东流。

## 97 畅当
盘马弯弓一世雄,禅言寺语半心空。
凌云表表词名甚,抱膝呻吟不自终。

## 98 王季友
一半风云一半天,两三日月两三缘。
贫家无米耕耘处,鹿麋相如饮野泉。

## 99 张谓
清才拔萃大观楼,谈笑封侯十载秋。
简淡湖山多击节,蓟门流滞伺郎头。

### 之二
随雁归来问水州,潇湘夜雨待江流。
峥嵘岁月洞庭树,巫峡猿声半白头。

## 100 于鹄
驰逐风沙半客颜,纵横放逸一天山。
疏疏远远惊人处,醉醉醒醒只等闲。

### 之二
一半窥人一半羞,杏花插上杏花头。
萧郎何处寻春草,蹦蹰书房不远游。

## 101 王建
百首宫词百祸身,性同说问向外何人。
格幽思远时流变,满眼公卿总不亲。

### 之二
九曲黄河半水流,王侯谁是一王侯。
千年故事多同象,贫贱夫妻自白头。

### 之三
花天酒地见君人,秀草深宫几日春。
错将三更唤玉女,隔帘只及扫芳尘。

## 102 韦应物
读书折节留三郎,为性高洁必焚香。
音韵婉谐词藻密,清深雅丽杜韦娘。

### 之二
五湖儿女许炎凉,九曲苏州刺史肠。
自古人心相似处,司空见惯是红妆。

### 之三
满目一空山,风云半玉关。
依依楼上望,落落叶中还。

## 103 皎然上人
西林寺外上人声,陆羽真卿癸绝情。
灵澈尤知韦应物,李端不得谁门生。

### 之二
钱塘一段是梧桐,不作三流问故邦。
月落清音弦上响,风云苦雨过寒窗。

## 104 武元衡
达宦诗工一伯苍,平章门下十名扬。
喧息夜久衡门外,明月池台武伺郎。

### 之二
半云一雨过京城,百客千人问枯荣。
争得苍茫杨柳色,三春日月是光明。

## 105 窦常
联芳比藻五风流,词价霭然一运筹。
王事陈情宠力尽,白沙别业告终楼。

## 106 窦牟
奇文进士一江东,引异京师半不同。
六府五公出刺史,尚书虞部问郎中。

## 107 窦群
御史中丞一指从,元衡辅政半相逢。
宰相吉辅观察使,不见余才奉枯松。

## 108 窦庠
偿为登州刺史心,公文偶傥入高林。
一言寒岁诗其妙,云落潭中水下深。

## 109 窦巩
半既乾阳半既坤,一生辛苦上龙门。
亦趋亦步终无上,闻道金龟自感思。

## 110 刘言史
腊月梅花一半枝,立春气节两三时。
抬来百花千树碧,化作香泥谁不知。

## 111 刘商
秋月春花一客身,半醒半醉两时尘。
浮萍漂泊知荣枯,顶戴绯服是去人。

### 卷五

## 112 卢仝
赤脚长须自枯荣,范阳少室一丁名。
黄金不出相思泪,霜雪难言玉石成。

### 之二
腊月心中两不分,百花艳里半衣裙。
相思一夜梅花发,只到窗前不问君。

## 113 马异
大仝小异自身名,怪涩高疏半枯成。
风骨棱棱多少树,兴元进士不知荣。

## 114 刘叉
千丝万缕问春风,一异一仝各不同。
是是非非何所属,将相吕牵有无中。

## 115 李贺
瘦捐纤纤过高轩,荷衣通眉二公言。
探囊花草鱼虫迈,一代愁心十代喧。

## 116 李涉
山水清溪不足分,九江皖口一衣裙。
人间自古三书剑,世上如今半是君。

### 之二
白鹿洞中问九江,赤城天下话家邦。
谁闻沧海桑田处,寒雨潇潇夜入窗。

## 117 朱昼
天下镜中深,人间岭上林。
阴晴多草木,荣枯去来心。

## 118 贾岛
一岁终年一苦心,秋风渭水半古今。
李凝落叶刘栖楚,不及推敲入寺林。

### 之二
辛苦推敲半寺门,文章落魄一荒村。
长江主簿文宗怍,只及讽言智令昏。

### 之三
游鱼入古今,落叶问禅林。
唯见潭中影,还惊客坐深。

## 119 庄南杰
郊寒岛瘦一平刑,秋雨春风半客村。
下里巴人知日月,行云流水自乾坤。

## 120 张碧
春光半籽萌,秋后一实生。
但见耕耘处,年年日月荣。

## 121 朱放
空有白云心,居临自古今。
酒家何处有,山水士如林。

## 122 羊士谔
初见东风半柳条,云烟欲滴一芭蕉。
江南已是惊春雨,塞北情丝折霜桥。

## 123 姚系
无心问谢安,有一待栖寒。
不知何人事,还闻客玉冠。

## 124 曲信陵
信陵君子问,进士望江县。
邑有人碑见,舒州月半弦。

## 125 张登
宜春门外问章台,只向春中问去回。
礼识老翁君子色,三身不济凤池来。

## 126 令狐楚
白云孺子御文章,制书中书不下堂。
楚老吴娃闻耳迹,居人元白问刘郎。

## 127 杨巨源
梅花一枝半,宫漏玉花迟。
不得朝廷夜,三更旷野知。

## 128 马逢
关中才子一诗名,佐镇从军半未成。
去马行医何立待,茂陵贫贱自殊荣。

## 129 王涯
王涯性蕭帝王家,甘露声名人后哗。
瓦砾难从书画在,头来唯见夕阳斜。

## 130 韩愈
早孤依嫂读书荣,及第才高制书名。
进学解心心不语,潮州刺史史难成。

### 之二
陈情哀切量袁州,独济狂澜上下求。
佩玉冕冠金石器,词锋学浪正朝流。

## 131 柳宗元
十万旌旗柳柳州,一人子厚校书谋。
刘郎只应桃花怨,谁问河东水不流。

### 之二
苔藓自古今,风停有音琴。
石径通何处,山深苦雨林。

## 132 陈羽
门前白石玉莲生,村后荷衣斗笠情。
龙虎榜中龙虎在,枯荣进士枯荣名。

### 之二
天平上山已空空,草木繁荣寺照红。
处处吴主江水尽,年年不向馆娃宫。

## 133 刘禹锡
郎州司马接夜郎,梦得玄都百亩荒。
屈子九歌神曲在,竹枝十许尽衷肠。

### 之二
钱塘八月一潮回,铁马金戈半不开。
波涌连云天岸去,盐仓落尽不再来。

## 第二卷 唐诗百话

**134 孟郊**
苦雨休休一石泉，贫风处处半天年。
退之东野寒言舍，苦于人心苦于缘。

**135 戴叔伦**
潇湘日月流，楚客沉浮休。
暮尽秋风落，沙明斑竹愁。

**136 张仲素**
三思问半床，一梦到渔阳。
烛灭平明色，辛苦守淡妆。

**137 吕温**
河中绝域半春秋，谁问唐家吐蕃楼。
藻翰精赡随及第，躁名怪利锁千愁。

**138 张籍**
冰雪自分明，身名两处生。
客心三二月，众志未成城。

**139 雍裕之**
四面一清名，三春半枯荣。
只闻阶下草，不问谁知生。

**140 权德舆**
中书门下事平章，积思广溢问客肠。
蕴藉风流难释卷，春州觉悟主人堂。

**141 长孙佐辅**
水中月色一波扬，天下风光五味长。
镜象深深知不得，空音渺渺有余香。

**142 杨衡**
山中四友向苍茫，雨后三湘问客肠。
斑竹难留千滴泪，诗书不及半家乡。

**卷六**

**143 白居易**
一度思卿一怆然，百年先生醉桑田。
香山居士匡庐外，可叹元刘白不全。

*之二*
三千八百一家诗，九百言中半醉时。
不及退之悲尤在，十分之一作忧辞。

*之三*
武相一去一身名，刺史三年半客生。
五味乐天知自足，九江司马是终成。

**144 元稹**
不驿何言仇士良，兰亭绝唱百文芳。
龟年天宝多遗事，貌悴神情意气伤。

*之二*
水岸一衣裙，阴晴两不分。
枯荣依草木，朝夕满烟云。

**145 李绅**
黄榜书名进士身，平章事累翰林绅。
亳州追昔游才子，三俊文华短李人。

*之二*
绅风见吕温，四海有田门。
自应卿相往，锄禾万古村。

**146 鲍溶**
一键幽州李将军，三山卧虎赵青云。
惊鸿不落渔阳水，枯草流风醉后君。

**147 张又新**
无逢问古今，有欲美人心。
及第三头士，书生不入林。

**148 殷尧藩**
姑苏太守一清娥，醉舞柘枝满座多。
两世难逢阶上客，十年不及入黄河。

**149 清塞**
池上一青莲，云中半乐天。
去来钟鼓继，进退客游缘。

**150 无可**
天下一方圆，人间半地天。
三千年过去，五百载心禅。

*之二*
斜阳上远山，落叶玉门关。
客得生前苦，人醒醉后颜。

**151 熊孺登**
江流如箭月如弓，射尽山川各不同。
九日神仙何处在，嫦娥尤得问苍穹。

**152 李约**
夜光无欲不无明，二女胡商有客情。
世上真人君子在，元初李约论茶声。

**153 沈亚之**
朝朝暮暮一天潮，落落扬扬八月消。
万里钱塘辽阔岸，文辞海口不知遥。

**154 徐凝**
一山半石一人师，两岸三生两不知。
书生难言何及第，朱门冷落楚辞时。

**155 裴夷直**
青娥一夜枕边怨，玉女轻身未下楼。
谁处瘦西湖水冷，何人无懒问杨柳。

**156 薛涛**
望江楼下望江流，扫眉才人扫眉愁。
使蜀微之求密意，司空分得翰林头。

*之二*
一望西南四十州，半生书剑两江流。
君临天下秋风尽，扫荡人间自古愁。

**157 姚合**
小家天地小家西，花鸟鱼虫竹草泥。
酒醉琴声僧不语，鸡群鹤立各高低。

**158 李廓**
三亭渡口一父身，五柳情怀半酒人。
不问峰前仙踪重，滩头石隐争河津。

**159 章孝标**
雪花帘外玉封霄，春雨低头入柳条。
情满朱门窗上喜，东风不住向天桥。

**160 施肩吾**
九重城里一人识，八百人中半自施。
争得春关天下士，五行仙道玉人知。

## 之二
谁向桥头卖十人，自家弟子不知身。
读书争是知天地，不似人间问晋秦。

### 161 袁不约
人间问蜀山，天外玉门关。
唯有江无锁，东流去不还。

### 162 韩湘
五百年前进士生，万人进退苦还荣。
神仙渡口清夫子，红白朱沙虎鹤城。

## 之二
朝夕还寻路八千，残年不足九重天。
云横秦岭家何在，雪拥兰关马不前。

## 之三
道家自有好神仙，儒学皇城问诸贤。
万里西天浮屠舍，千年白石作青莲。

### 163 韩琮
一入春关半入城，五蕴草木四时荣。
三江流水东西去，九品书生自不行。

## 之二
无边草木满玉陵，不改当年旧色凝。
落日难当回远处，孤心尤见寺前僧。

### 164 韦楚老
玉门关外万丘沙，西域途中千客家。
风雪扬长山不尽，楼兰尘定满天涯。

### 165 张祜
一首诗轻万户侯，三江东去半天流。
月虹短李绅知客，钓鳌声名入古楼。

## 之二
宫殿半君颜，山村小女蛮。
一声何满子，两处玉门关。

### 166 刘得仁
独步文场一温名，平生擢显半枯荣。
诗身思苦忧不困，金玉同流失得情。

## 之二 江南郎
匡庐九叠泉，白鹿一洞年。
虎跃东林寺，江南过客船。

### 167 朱庆馀
闽人可久一庆余，张籍郎中半水书。
越曲新歌知画眉，舅姑常是使人居。

### 168 杜牧
清明时节一清明，塞北江南半不成。
十岁约中余四岁，杏花村里杏花荣。

## 之二
湖州玉女久难来，二月梅花径自开。
御史东都惊四座，红袖曲尽已千回。

## 之三
杜牧心中一湖州，长安城里半玉流。
十年约定逾年外，雪月风花已春秋。

## 之四 杜牧
阿房宫赋一身名，自著碑文半不平。
五十余年三界外，七情六欲两难成。

## 卷七

### 169 杨发
馆孤草茂一虫啼，暮色斜阳半羽西。
客路长亭无止境，三声啸叹过高低。

### 170 李远
杭州城外一千山，吴越流中半玉颜。
五彩成文妃袜袻，皇陵庙赋雨云闲。

### 171 李敬方
汴河南下甲苏杭，寒雁潇湘已旧阳。
只见舟帆隋水岸，鱼乡处处是芳塘。

### 172 许浑
梦寐求之半客踪，荷塘月色一芙蓉。
瑶台仙子天风下，步步虚声处处缝。

## 之二
玉树石庭一客终，衡阳落雁半飞鸿。
多重雨色多重碧，几处浮云几处风。

## 之三
水岸船平牵首诗，草深巷浅万云时。
流香湿地潮来去，过客轻风月不知。

### 173 雍陶
雅州客处五云消，半部江声半部桥。
情尽更名折柳处，年年离恨一条条。

### 174 贾驰
润雨问微风，春芳待落红。
客船随水至，国色任西东。

### 175 伍乔
少壮两三寻日落，梅花一半出城游。
春关好处帝王州，不拾功名不上楼。

### 176 陈上美
天道千难一硕儒，偶名颓然半清夫。
卞和善玉无知己，会稽兰亭不是吴。

### 177 李商隐
牛牛李李一生门，进士集贤半楚根。
放利偷合从小碎，俗流商隐向孤村。

## 之二
瑰迈奇辞半古君，呈难事隐两人分。
十年从楚无消息，一日流苏百宝闻。

## 之三
来时不是去时难，未展纵横狭不宽。
立夏春蚕丝不尽，东风生外两如寒。

## 之四
白老门中一子名，玉溪号下半飞卿。
西昆得体生诗卷，日贵垂阳九月明。

## 之五
雨雨云云一扁舟，天天地地半江流。
人间上下三千客，风后阴晴五百楼。

## 之六
云飞雨落一巫山，李去牛来半客颜。
楚欲含情心寄托，怀州蜀水忘如还。

### 178 喻凫
斜阳落叠泉，暮色问荒天。
上下声无止，阴晴草半怜。

### 179 薛逢
一半鸿毛一半轻,两三岁月两三成。
薛逢鹳雀蒲州客,不止声鸣十二行。

### 之二
人貌人才一不扬,其身其德两相伤。
荒塘池里成功路,一半人间误暖凉。

### 180 赵嘏
谁道群儒定是非,残星点点向东归。
山阳承祜绮楼在,赵客人闲半翠微。

### 之二
一寸相思一柳条,半江汴水半江遥。
运河此去南东路,杨广声名处处桥。

### 之三
鹤林寺外一姬心,寂寞堂前半客林。
横水驿中相见晚,临终天上是衣襟。

### 181 薛能
半草还芳半碧阡。一杨一柳一村边。
去来尽是衣桑客,春雨春光好种田。

### 182 李宣古
长林公主念文章,颠倒宏辞不上堂。
人面桃花颜似玉,二男及第母女肠。

### 183 姚鹄
残江月落半余明,色乱丝弦一苦清。
流水难言情不尽,波摇影去连孤城。

### 184 项斯
一人天下一江东,半水开成半关中。
门村春深杨柳暗,湖山船止万声同。

### 之二
弦月挂泉明,松风落水声。
云烟封不住,玉色隔桥横。

### 之三
进士两三生,书生一半明。
项斯张水部,姑舅不知情。

### 185 马戴
何奈一渔樵,无力半鹊桥。

人间三两夜,杨柳万千条。

### 186 孟迟
人间一是非,天下半宫妃。
汤暖芙蓉落,身轻燕子飞。

### 187 任藩
不第苦行吟,生荣问古今。
山河留足迹,谁得士人心。

### 188 顾非熊
吟声苦子缘,潭泽草堂前。
只饮茅山水,君家五味泉。

### 189 曹邺
龙门问孟春,榜外去来人。
衣上年前泪,无明及第身。

### 190 郑嵎
百韵一明皇,千川半日光。
华清宫外问,草木叙衷肠。

### 191 刘驾
一耕古陶艺渔家,半岸桃林半岸花。
田野江湖知自足,群峰酒醉夕阳斜。

### 192 方千
镜湖日月任雄飞,不第人生孰是非。
留得清才繁草木,方千三拜满春晖。

### 193 李频
江南汴水远烟生,塞外长关日月明。
细雨三光繁草木,春风一夜洛阳城。

### 194 李群玉
王谢风流子弟由,二妃愿从汉漫游。
黄陵庙里多文采,云雨巫山玉不休。

#### 之二(黄陵庙)
芳草连天一半春,庙前来去两三人。
杜鹃声里年年蜀,群玉山头处处津。

#### 之三(梅花)
一开半落两红尘,五色三春九陌人。
万岁还呼君子树,千年只对玉衣巾。

### 卷八
寺外钱塘一线泉,瑶池玉浪两云霄。
飞来峰下寻灵隐,虎跑泉前渡岸桥。

### 195 李郢
云行楚望问驰张,雨落钱塘故客肠。
理密辞闲珠玉在,惠休岛去两兴亡。

### 之二
春风未到玉冰边,荒草接原白马前。
进士半家寻及第,江南一客问长天。

### 196 储嗣宗
百花深处不寻人,万草连天自逐春。
水色扬明千柳岸,芳菲旷野自茵茵。

### 之二
天下待渔樵,江湖问有无。
姑苏三界地,烟雨一家书。

### 197 刘沧
三十年来半白头,一生进士两无休。
只相天下知闻后,仍见黄河入海流。

### 198 陈陶
三教布衣一步虚,九流日月半心余。
巫山云雨知非客,玉妾莲花土不居。

### 199 郑巢
八月钱塘八月潮,上云玉浪上云桥。
前扬后逐山中去,风起云涌入海消。

### 200 于武陵
芳草汀洲半落湘,夜得雨苦一客肠。
武陵不意朱门色,杜曲人心少柳扬。

### 201 来鹏
绿草茵茵绿草明,白云淡淡白云平。
桑田自有桑田在,一半春秋一半荣。

### 202 温庭筠
有弦有孔有声鸣,无意无心自枯荣。
温李袖中问八叉,阴晴之外是阴晴。

## 之二

义山只得一飞卿，八叉宣宗半弟兄。
传舍未知书帝子，原来天下谁声名。

### 203 鱼玄机

李亿妒正房，梅花寺外香。
何求无价宝，失得有心郎。

### 204 邵谒

少年何处旧书堂，半有乡音半故乡。
进士精微灯烛下，雄辞淖裨客爷娘。

### 205 于濆

古风三十逸诗文，国运风驰半白云。
何处粘红联反棹，原来天下不须君。

### 206 刘昌符

春雨一新茶，秋风半客家。
玉关门里客，奴唱楚辞花。

### 207 翁绶

天下闻诗翁，人间响不同。
苦吟思尤久，风骨尽凋虫。

### 208 汪遵

金玉多余镇宅书，儒家夫子古人居。
出身良苦寻门第，桃李江南淡雨疏。

### 209 沈光

天下两洞庭，人间一半青。
苏州吴韵在，太白酒楼亭。

### 210 赵牧

扶桑几处终，种黍养时同。
自古三千子，冯唐八十童。

### 211 罗邺

天下有才难，心中地不宽。
风声惊草木，月落水明残。

### 212 胡曾

上林杨柳万千条，翰苑书生十八遥。
江海无穷风不止，春关处处上何桥。

### 213 李山甫

燕山一岁一秋春，进士三阕九品人。
及第不难难及第，空言父老客家身。

### 214 曹唐

无情总教动人肠，傲骨凌云问暖凉。
草木风平春寂寂，长亭有路月茫茫。

### 215 皮日休

鹿门山里日休横，袭美难明日月生。
间气布衣自醉土，惊飞黄鹤向阳城。

#### 之二

如今天下半君臣，不在人间不在津。
誉毁平生多誉毁，金兰俱是去来人。

### 216 陆龟蒙

太湖三万六千顷，拙政三池九脉情。
顾渚山前茶水说，淞江百里半空明。

#### 之二

江湖一半散人情，水色天光可再莹。
玉上烟云多翡翠，天随子号是先生。

#### 之三

烟凝玉露满洞庭，古木年年处处青。
漠漠云霏和雨色，涓涓泉影问零丁。

### 217 司空图

意守中条任西东，司空表圣半河中。
三休不得知非子，五味人生草木中。

### 218 僧虚中

读客问依稀，风光过京畿。
云峰寻自立，山村挂朝衣。

### 219 周繇

俯思仰咏一诗禅，白鸟公庭半海田。
妙品丹砂高阁东，裸人国度旧人年。

#### 之二

金焦两点一青螺，云影三帆半素娥。
浊浪排空山雨重，仙丹羽化渡天河。

## 卷九

### 220 崔道融

洞庭三夜雨，斑竹万千枝。
不知何人泪，潇湘玉满池。

#### 之二

草色半清明，黄花一枯荣。
只寻身影在，不贮远人情。

### 221 聂夷中

父耕日当午，子哀禾下土。
谁知盘中餐，粒粒汉中雨。

### 222 许棠

风扬浊浪满洞庭，云落孤山草木青。
高策前贤风尚在，白头县封故山庭。

### 223 公乘亿

夫妻阔别十年余，过往人间半自居。
进山寿山难客病，使人不能问家书。

### 224 章碣

刘项从来不读书，高湘进士洛阳余。
秀才不该知天下，谁问江东子弟居。

### 225 唐彦谦

鹿门先生并州荣，淳雅文章顺水生。
纤丽义山多足艺，玉溪流域鸟孤鸣。

### 226 林嵩

林嵩长乐问降臣，乾符雀沉正字身。
谁见黄巢黄菊问，一天风雨一天津。

### 227 高蟾

一度春风一度来，半生草木半生开。
无言白日重门锁，有语难寻御史台。

### 228 高骈

落雕御史一身名，千里幽州半客情。
叱咤风云仙羽问，祸心人道罪臣声。

### 229 牛峤

长江流水薄情郎，天际云帆落日光。
一曲竹枝山上唱，湾潭曲折满荒塘。

### 230 钱珝
中书舍人问六朝，杨柳春风八九条。
花落花开芳草尽，江南三月碧云消。

### 231 赵光远
丞相弟子谁名扬，纨绮承荣闾里乡。
不拘持才人上望，青楼红粉醉媒肠。

### 232 周朴
一人短处一人长，半古清阳半古香。
极待皇天相待客，黄泉谁子作黄粱。

### 233 罗隐
鹦鹉洲头草木差，风云激荡十三州。
钱塘夏口千家客，黄鹤楼中万古秋。

#### 之二
钟陵十载半云英，郑畋千金一慕情。
罗隐法书今助子，人间俱是身前名。

#### 之三
一名罗隐不罗横，九脉云中问自生。
二水中分平渚岸，三山旁落大江东。

### 234 罗虬
三罗气宇贯苍穹，一路人生各不同。
百首诗文一绝句，红儿谁问俱时终。

#### 之二
柳下窈娘问月西，夏荷含露玉娘栖。
何情无限憧憧日，尤有秋虫夜夜啼。

### 235 崔鲁
为有清香玉半开，欲愁含色再三来。
心丰身瘦多疏影，掌上鬓边暗自猜。

### 236 秦韬玉
海阳山下半流湘，还过零陵一客肠。
潇水桂林灵渠客，永州二水色苍茫。

### 237 郑谷
芳林十哲一枝开，鹧鸪三鸣半色来。
日落山中春自在，人行渡口向瑶台。

### 238 齐己
潇湘一日过长沙，人过三千五百家。
风度十年多扫改，比兴赋雅颂讽华。

### 239 崔涂
云落近人声，川流付枯荣。
泉林天暮远，山寺月空明。

#### 之二
十二峰前一暮云，三十里外半春分。
四川常有江流水，两峡还闻别去君。

### 240 喻坦之
曲水漫流殇，峰青问客肠。
江南烟雨暮，草泽四时芳。

### 241 任涛
策策败垂成，文章早擅名。
黄粱寻不起，人梦客船行。

### 242 温宪
文迁流窜子郎中，进士声名半是空。
八叉才高难自主，取道南北各西东。

### 243 李洞
才江吟苦一王孙，贾岛长江半士根。
僻涩成名融异赏，云游天下几家村。

### 244 吴融
咸阳一火自燎原，楚汉三生草木萱。
自古君王前后继，稼穑应取自轩辕。

### 245 韩偓
玉山草木问樵人，帝事励精向旧尘。
风雨沉浮知上下，中书门外苦迷津。

#### 之二
一夜雨三更，千丝挂半明。
人间前陌路，天下两阴晴。

### 246 唐备
人立半山高，峰孤一凤毛。
万云寻足下，裁剪向风刀。

### 247 王驾
鹅湖守素一先生，春月秋风半枯荣。
无酒桑麻多醉客，苦辛粒粒稻粱成。

### 248 戴思颜
书生进退忧，进士沉浮愁。
只得生来事，难言日月流。

### 249 杜荀鹤
无云骤雨一天津，天下阴晴半故人。
不得为人惊客坐，翰林学士理知亲。

#### 之二
半路长亭半路春，去来天下去来人。
梅花欲动寒心动，流落香泥尽玉尘。

## 卷十

### 250 王涣
井阳井下后庭花，破镜重圆太子娃。
汉高夫人客尤在，莺莺雀氏误回家。

#### 之二
绿珠孙秀楼前坠，苏武刘阮持日斜。
宫外呼韩耶帐上，惆怅诗后尤佘华。

### 251 许寅
渚岸荒原万里平，路边榆上一孤情。
一年一度春秋里，三界三生自枯荣。

### 252 张乔
月桂谁人生，韩宫不自明。
古今何处问，只得见清平。

### 253 郑良士
达人不得一诗人，半人江南半入春。
良士难谋中进士，布衣穷则过天津。

### 254 张鼎
风摇玉影停，月素问伶仃。
桂树根何在，宫寒草木青。

### 255 韦庄
秦妇问秀才，京兆一花开。
史部平章事，忧愁九怨来。

### 之二
落花流水过千家,古寺江桥问一娲。
只见江南黄满地,芳香碧玉向塘涯。

### 256 王贞白
沧浪之水濯尘缨,波泽青峰问枯荣。
雨露江天涵上下,人间正道向阴晴。

### 257 张槟
杨花柳絮问春风,伪蜀唐人各不同。
何是国家家国事,一前一后一空空。

### 258 翁承赞
十里槐花百里香,千年驿路万年长。
洛阳城外蝉声唱,御水流黄进士忙。

### 259 王毂
和雨东风陌上人,莺鸣日月半江津。
宜春王毂临沂子,玉树琼花处处春。

### 260 殷文圭
青峰挂月斜,阡陌种桑麻。
粒粒耕耘后,殷殷一半家。

### 261 李建勋
宋王已入洛阳宫,谁顾春秋曲舞风。
不得钟山公不语,南唐旧话有相同。

### 262 褚载
一夜西风一夜花,半梁半宋半天涯。
文章至客惊人客,何处红兰万处家。

### 263 吕岩
谁识真人吕洞宾,礼部之孙渭后人。
浩然正气天下去,江湖只向浪中人。

### 之二
江湖尽是去来人,天下无知自主身。
寻遍东西南北客,长春仙果艳长春。

### 之三
不上虚庭入太真,心中日月炼丹尘。
视之不见知希苦,听而无闻是夷辛。

### 264 卢延让
名纸云中进士穷,五门天下枯荣同。
翰林院里千秋尽,红笺声情万岁虫。

### 265 曹松
舒州十载问梦征,贾岛幽言少枯情。
五老榜中身犹在,三生不及太虚名。

### 266 裴说
避乱一身多,寻清半渡河。
长岁知泾渭,沙石自研磨。

### 267 贯林
风骚笔扎入兰溪,病鹤书法出玉堤。
一夜花醒千万客,九州杨柳两三齐。

### 268 张瀛
水上莲花一寺根,云中野鹤半僧门。
不游天下寒流客,只向桑麻是一村。

### 269 沈彬
玉树歌终建业秋,金陵虎踞大江流。
石头城外兴亡去,道德书中客不愁。

### 270 唐求
片语锦江一苦心,扁舟无奈半知音。
诗瓢尤在山人去,世虑秋毫未得林。

### 之二
鹤鸣山下客愁身,荒落堂中古寺尘。
只有人心求不尽,山深何处去来春。

### 271 孙鲂
三更月淡半无尘,九州玉多一去人。
天地方圆寻客在,千山万水向天津。

### 272 李中
月挂梦残一线天,花明柳暗半行船。
平明欲去江流暖,芳草连天问客年。

### 之二
江村半落花,烟雨一天涯。
化作香泥色,呼来碧玉家。

### 273 廖图
天下一床书,江湖半员余。
星明寻就梦,月落待心疏。

### 274 孟宾于
群玉峰前一味甘,别离天下半湘潭。
淦阳令罪文章寄,金榜名标苦十三。

### 275 孟贯
进士虚名九品成,仕官乡里一光荣。
有巢树下知何伐,无主多意鸟不鸣。

### 276 江为
星明一影斜,月落半人家。
渡江三生梦,梅开二月花。

### 277 熊皎
春雨两三晴,梅枝一半明。
百花香未起,万户启吟声。

### 278 陈抟
两象四仪书,方圆八卦居。
知心知世界,欲念自多余。

### 之二
希夷踪迹一先生,俱是红尘半枯荣。
阡陌人间何进退,东西天下谁声鸣。

### 之三
百年半去一平生,九脉三江两枯荣。
难得春秋时处处,谁求羽化步虚情。

### 279 鬼
天地之大也,鬼神其盛乎。
天地之间一鬼神,九泉上下半人身。
来来去去今何在,死死生生假亦真。

# 三、读《唐诗百话》

施蛰存 著　上海古籍出版社
1987年9月1日版

---

**初唐诗话**

**1 王绩 寄望**

平生多少梦，草木枯荣薇。
旅驿乡山色，居堂故水晖。
有心楼上问，无意客中归。
战国千朝暮，春秋一是非。

**2 王勃 过蜀**

凭地大江流，依川蜀客忧。
巫山朝暮雨，楚水沉浮舟。
一诺引天下，千年问汉谋。
英雄何所去，成败志无休。

**3 杨炯 从军行 过清华北大知书子下海**

自古一书生，如今半枯荣。
千金何易得，万事孰知成。
多少经商客，阴晴下海名。
回头寻进退，尤须论纵横。

**4 李群玉**

一半潮流一半明，二妃南下二妃情。
苍梧斑竹朝云泪，群玉高唐暮雨生。

**5 过琴台**

年年岁岁花相似，岁岁年年草不同。
之冈入诗寻洛客，衣夷拾得颖川鸿。
娥眉婉转黄昏后，鸟雀空鸣汉口风。
琴瑟弦弦惊谢落，知音处处醉颜红。

**6 晦日昆明池**

**七虞韵**

天地龙门会，书生孔孟儒。
不惊荚落尽，拾得夜明珠。
汉武昆池水，唐家上苑奴。
长安多洛客，雨水满江湖。
朝野三千子，河山一丈夫。
花明杨柳岸，风和枯荣某。

**7 遥同杜员外审言过岭**

万岁田中一半园，千年天下两三贤。
慈恩塔上知名望，洛浦文前问月悬。
八水长安寻落日，一朝风雨向秋边。
山河依旧斜阳外，乡土更怜怯不眠。

**8 杂言歌行**

箫声弄玉凤求凰，织女河边待鹊乡。
隔壁文君琴有语，红娘月下过西厢。
英台十里长亭问，盼盼三春半柳杨。
自古年儿女事，如今处处自倾肠。
私心多自锁，情节各无疆。
天下凭开放，人间任自芳。
一半客，一桃姜。三家店，九脉肠。
文竹心空文竹色，荒塘云雨是荒塘。

**9 感遇诗**

清明兰香蔚春城，谷雨阴晴杜若生。
汴水舟中惊所问，芳心意下竟何成。

**之二**

一语难成一语成，半年君子半年荣。
周唐武李家天下，建废兴亡士徒名。

**之三**

清明武曌达云经，诏令县州建寺城。
感应尼姑宫外女，石榴裙下谁精英。

**10 鸡鸣寺**

千年天下一阴晴，万岁人间半枯荣。
今日重来同泰寺，何时梁武帝王城。
朝朝暮暮风云景，柳柳杨杨草木情。
唯有禅音三界外，胜似出入百儒生。

**11 初唐诗**

唐音隋制一言开，古律文风半鉴台。
卢骆王杨初四子，佺期之问致工来。
子昂卓立纵横间，天下翕然已变裁。
八十六年今古去，玄宗武后酒三杯。

**盛唐诗话**

**12 王维**

**之一**

半年冬夏半春秋，一味辋川一味留。
及第状元公主问，琵琶声尽御袍差。
尚书右丞伤心事，两处红尘两处忧。
画里是诗苏轼论，诗中有画自消愁。

**之二 过沙河**

日落枯荣边，原荒草木天。
长城寒远色，榆寨暮含烟。
孰可寻三界，残宫月半悬。
千心知旧梦，万里问人眠。

**13 孟浩然**

**之一**

天子问平身，无知赋不秦。
终南山里客，何必鹿门人。
万里洞庭儿，千帆大泽滨。
慕鱼观自在，望阙向风尘。

149

## 之二
洞庭天地阔，大泽风云深。
万水寻荣枯，千流问古今。
归帆何处是，落日入荒林。
慢慢车流去，幽幽向海吟。

## 14 高适
汉家天子汉家臣，李广龙城李广身。
一箭天山寻虎射，三生飞将守幽津。

## 15 岑参
阳春白雪一胡琴，羌曲琵琶半古今。
醉卧吴姬君不在，三呼万岁将军音。

## 16 和中书舍人贾至早朝大明宫之作
晓云紫色大明宫，御阶明冠济世雄。
四方江山沿巷里，九天阊阖人飞鸿。
中书池上千秋客，门下楼中万岁功。
金阙佩声鸣左右，凤毛诏令向西东。

## 17 王湾　次北固山下作
彼此一金山，风波半故湾。
云涌东海水，帆落玉门关。
天下江流去，人间日月还。
誊茫何所见，朝暮满红颜。

## 18 边塞绝句
黄河万里一天涯，壮士三生半客家。
杨柳声中秦汉路，春风塞外将军花。

## 19 登楼
半沪出高楼，三江入海流。
浦东千草木，塞外一春秋。

## 20 常建　题破山寺后禅院
山前寻古刹，雨后问禅房。
色色阴晴水，空空日月光。
一鸣钟鼓客，三界枯荣堂。
念尽千辛苦，心余半暗香。

## 21 七言绝句 芙蓉楼送客
芙蓉楼下一江城，风雨江中半枯荣。
云逐黄河多阔岸，水寻东海少声鸣。

## 李颀

## 22 渔父
野外半春风，家中一稚童。
年年耕种子，岁岁守归虫。
来去江湖儿，樵鱼草木中。
寥寥云雨夜，处处醉醒翁。

## 23 听董大弹胡笳声 兼语弄寄房给事
一曲胡笳一曲鸣，七音董大七音情。
知人善任寻君子，十八拍中自纵横。

## 李白

## 24 黄鹤楼与凤凰台
烟波楼上使人愁，汉水长江一处流。
梁武赎身寻古寺，凤凰鸣曲问春秋。
金陵城里阴晴雨，鹦鹉洲头草木羞。
黄鹤白云千载客，三山二水一人留。

## 25 李白古风
君何知其独，江湖天地复。
朝野山河里，樵渔周粟族。
一日餐宿问，三年云雨沐。
有意门下客，不得中书屋。
平明呼万岁，暮色隐天竺。
且寻桃园色，又给炼丹卜。
多是心难忍，诗书向兰竹。
唯有农家子，成命稻粱菽。

## 26 蜀道难
蜀道之难挂蜀天，扶桑若木箭如弦。
空山杜宇悲鸣问，五女蚕丛望帝川。
柏灌开明王本纪，青莲四万八千年。
风流西问茫然壁，栈道如今依旧悬。

## 27 战城南
桑乾古道自扬长，十六男儿卸嫁妆。
一战城南知草木，三生烽火问兴亡。

## 28 将进酒
天子呼来不上船，醒醒醉醉问青天。
大江流去泥沙伴，空得水中捞月弦。

## 29 梦游天姥山别东鲁诸公
天台山上客梦悬，东鲁公中谢履怜。
太白一生多少著，文章四友半神仙。

## 30 五言律诗 送友人
风云半客情，杨柳一虫鸣。
日落知何措，舟平未自横。
天涯寻海角，故事纵人生。
应得长安月，不只洛下明。

## 杜甫

## 31 杜甫二哀　哀江头
野老慈恩一鼓横，曲江南苑半无声。
芙蓉安史芙蓉去，处处秋虫处处鸣。

## 32 杜甫三吏　新安吏
中男十八作丁兵，十六红妆嫁未成。
吏使相州征战败，散营孰得子仪兴。
乱中朝野寻臣子，天下人间自父兄。
谁问明皇川蜀去，只留寡女伺唐名。

## 33 杜甫三别　无家别
一朝两代一兴亡，九派三江九水荒。
十八离家征战苦，半生已去谢高堂。
皇家宫苑多云雨，山野村夫弱柳杨。
不如相州龙卸甲，而今徭役断心肠。

## 34 悲陈陶 悲青坂
已去明皇问肃宗，陈陶青坂何军容。
房琯思礼奉天出，胡马弯弓乱季冬。
拾遗初朝庭上客，门下官员此不逢。
一生常叹无知己，何处何人苦雨踪。

## 35 七言律诗二首 过项羽王营
谁问江东一霸主，何言西汉半秦乡。
鸿沟河界王营在，成败存亡客死伤。
日照长安阡陌树，云飞洛浦纵横篁。
秋风肃肃千年尽，落叶潇潇百尺肠。

## 36 吴体七言律诗二首 愁

春秋夜夜问三更，出入年年锁半城。
秦汉隋唐成败论，宋元内外继明清。
中原绝塞长城外，汴水苏杭自枯荣。
万里江河三界外，千年演义一纵横。

## 37 五言律诗 旅夜书怀

天下论春秋，人间问沉浮。
长亭花百色，古驿草千洲。
成败云中去，心思梦里求。
枯荣三界水，来去一归舟。

## 38 盛唐诗余话

一声杜宇一江流，两界扶桑两界秋。
隋制诗文千韵在，唐音平仄万户楼。
尤知天下三千士，胜似人间五马侯。
西去玉门寻大漠，飞扬绝塞问归舟。

## 中唐诗话

### 张志和

## 39 渔歌五首

洞庭山下五湖舟，烟雨帆中九派流。
一姑苏，十三州，天堂自在自无愁。

### 李治

## 40 寄校书七兄

天下一行书，人间半密疏。
朝超阁楼客，暮暮玉壶居。
千千万万论，平平仄仄余。
古今多少事，来去使君予。

### 刘长卿

## 41 五言律诗三首 阳澄湖唯亭驿

十里一长亭，横塘半采萍。
云浮知草木，日暮叹伶仃。
渡口半羊下，林桥内外泾。
邻舟寻所问，驿客待何听。

### 韦应物

## 42 自叙诗二首

谁问韦苏州，三郎任自流。
南宫千履迹，两府九天周。
夜暖华清水，晨明五马侯。
杜陵男子去，圣阁忆梦游。
临涧寻幽草，舟横问去留。
鲜食知自己，扫地待春秋。

## 43 五言律诗三首

### 和寄全椒山中道士

田中半阡陌，寺里三香客。
暮鼓守山门，晨钟问白石。
殿西放生水，岭北藏日夕。
一念到丹炉，何处无人迹。

## 44 钱起

### 湘灵鼓瑟

斑竹半湘灵，人间一渭泾。
千音知冶水，万物伺明廷。
进退春秋礼，阴晴老子铭。
风云杨柳色，金石满洞庭。
楚客多相问，长沙草木青。
潇水闻鼓瑟，天下待人听。

## 45 韩翃 七言绝句三首——和寒食

一城柳色半城花，万户寒食十户纱。
火后清明向礼鼓，门前细雨谁人家。

### 之二

杨柳春色二月花，阡陌细雨一人家。
汉宫蜡烛传新火，半壁山河半壁纱。

## 46 送中兄典邵州——潇湘

湘君门闭锁空山，渔父船横问客颜。
斑竹萧萧风雨去，楚辞默默枯荣关。

## 47 卢纶 七言律诗二首——晚次鄂州

龟蛇不锁大江流，日月无言草木秋。
楚客十年寻旧梦，扁舟一夜到湘楼。
琴台阶下知音问，鹦鹉洲头魏鼓休。
汉口云中天水色，孤帆船上使人愁。

## 48 戴叔伦

### 七言歌行二首

万岁田中一客言，三光日上半家园。
何知天下江湖阔，应见山前草木萱。

## 49 除夜宿石头驿

夜尽石头城，年初旭日生。
金陵梦里客，楚汉去无情。
钟鼓鸡鸣寺，阴晴渡口明。
东风何不语，驿火叹纵横。

## 50 王建

### 乐府歌行二首 凉州行

西风此去一凉州，胡马声来两殿愁。
天子半生知女色，沙鸣百里问春秋。

## 51 王建

### 宫词八首

宫词一半许宫人，万岁千秋万岁身。
枢密皇城娇似病，御医六尚岸青春。

## 52 张籍

### 节妇吟

生来自是女儿身，不去何情许谁人。
认作时心多少议，孰姻天下任私亲。

### 之二

阴阳天下一乾坤，男女人间半叶根。
心上明珠深处在，世中节妇小儿孙，

## 53 韩愈

### 文心雕龙——情采

情文所造一言词，半是相知半不知。
二独组合三质素，纵横闺秀丈夫诗。

## 54 韩愈

### 落齿

木古山林顺势荣，雁鸣天云附浮情。

江湖险恶天年尽,朝野相倾锁旧城。

## 55 韩愈

### 华山女
昭仪孰可一尼姑,道士原来半皇夫。
公主华山多曲舞,人间躬必问桑榆。

## 56 刘禹锡

### 竹枝词九首
流出山中一竹枝,情入江山半舟迟。
白盐草木年年绿,巫峡阴晴处处知。

### 之二
江流不断问江楼,谁去何来一扁舟。
唯有巫山云雨夜,人情一度一春秋。

### 之三
郎州司马十年家,不及玄都一寺花。
刺史连夔三又语,宰相裴相客乌纱。

### 之四
半是烟火半是花,一心来去一心家。
多情草木多流水,浪里阴晴浪里沙。

### 之五
一半桃花一半红,十年岁月十年风。
竹枝曲尽玄都尽,不问京西不问东。

## 57 刘禹锡

### 绝句二首
刘郎去后问刘郎,半寺桃花半寺墙。
唯有二王知司马,一朝不似一朝堂。

### 之二
淮水烟笼半碧纱,桃花三月一天涯。
金陵常似千年客,王谢原来百姓家。

## 58 柳宗元
永济司马十年班,山水潇湘万岁颜。
柳柳州中三韵律,一人天下一人关。

## 59 孟郊
儿女探春问麦桑,无情草木各炎凉。
群芳洛下花园里,耕读心中苦断肠。

## 60 贾岛
月暗寺边门,云轻水下根。
两仪三界外,四家半乾坤。

### 之二
东风一故邻,过客两相亲。
玉尽寒溪水,山行岭树人。
野花明艳色,幽草净无尘。
暮鼓空音问,晨钟古刹春。

## 61 张继

### 枫桥夜泊
寒山月下一芙蓉,拾得心中半鼓钟。
寺外江桥连渡口,云前吴越雨行踪。

### 之二
普明禅院半夜钟,月泊王珪两桥重。
俞越千金知一字,沧州张继去无踪。

注:
枫桥夜泊,夜泊松江夜半钟,千金一字
师江村
欧阳修《六一诗话》
王直方《诗话》
朱长文《吴郡图经续纪》
北宋王珪碑文
金堂诗注
文徵明刻石
俞越诗碑
沧州张继诗碑

### 之三
五湖天下九州城,万岁春秋一税荣。
汴水苏杭流不尽,小家碧玉馆娃情。

## 62 严维
花重春水慢,柳和沉云轻。
始叶三分色,归人十里情。
村中半马住,峰上夕阳明。
斜影闻啼鸟,塘阴疑月声。

## 63 白居易讽喻诗
泽畔有离辞,河梁尽怨思。
人间龙马客,天下凤凰旗。
世上朱门阔,云中浊酒痴。
凉州多少客,上苑玉人诗。

## 64 白居易伤感诗
感伤谁处感人肠,日月何非日月光。
寸草春晖游子问,朝堂村野自高堂。
江州司马元衡谏,元稹江陵谴缘梁。
元白文章诗赋在,云天一曲凤求凰。

## 65 白居易
离离原上草,落落陌中桑。
天下江湖水,人间日月光。
天云沉浮去,旷野枯荣尝。
进士长安客,杭州刺史肠。
东都思故人,天下问炎凉。
回首官场路,龙门客鹤乡。

### 之二 天竺寺
半见天竺半见云,一心日月一心君。
千山朝暮千山寺,两色阴晴两色分。
三界禅音三界外,九州钟鼓九州闻。
飞来峰下飞来客,灵隐池前万岁文。

## 66 元稹艳诗
两厢月色半空明,玉树临风一夜清。
不见红娘想约会,但见疏影雀莺莺。
幽幽蝉切低眉鬓,渺渺书香怨鹤情。
萧史楼中秦女弄,行云行雨会真诚。

### 之二
读书不读待西厢,元稹情思入九肠。
万古至今寻弄玉,千年由此问红娘。

## 67 李贺 诗三首
云烟缈缈一天开,今古迢迢半挪来。
谁问匹夫寻易水,何当将士拜金台。

### 之二
云墨城中玉欲摧,金光偷日甲鳞开。
秋声角断胡姬舞,将士难闻易水来。

## 68 沈亚之 诗二首
暮后真娘一虎丘,卧薪尝胆半吴楼。
剑池尤有当年绿,汴水还寻旧日流。

八月残塘潮万里，三春草木碧千秋。
余香越女溪沙浣，寺鼓江枫各自愁。

**之二**

一日梦中一日求，两情相悦两情休。
高堂云雨高堂客，半壁巫山半壁游。

## 69 朱庆馀 七言绝句二首

洞房昨夜一天光，越女新妆半客堂。
画眉浅深心不止，宫门前后谁人芳。

**之二**

云浮花草暮烟空，隔岸船帆玉色同。
杨柳依风斜不动，鸳鸯戏水有无中。

## 70 张祜 诗十首

金陵渡口问江流，杨柳台城寺客愁。
承吉姑苏寻浪漫，纵情声色到瓜洲。

**之二**

村外陌阡田，书中日月年。
别时知父母，渡口问舟船。

**之三**

一夜半扬州，千诗五马侯。
升平歌舞处，今古玉人留。

**之四 宫词**

宫墙杨柳色，御水枯荣寒。
月下三心问，人前两意欢。

**之五**

一水半金山，三江两故颜。
东寻吴越色，西向玉门关。

**之六 江湖**

五湖天下一淞江，万里神州半故邦。
西陆长城明古驿，东吴汴水入船窗。

**之七 江湖**

侠客五湖烟，淞江一日船。
千夫知许诺，万岁不耕田。

**之八 江湖**

云水一湖州，姑苏半去留。
洞庭天下色，四里无锡收。

注：人言太湖，一分湖州，五分姑苏，四分无锡。

## 71 姚合 诗十首
### 思辽东

落日满红溪，浮云尽碧萋。
澄霞孤岛隔，渡口小船低。
清影扬长去，天高任鸟啼。
乡心何处问，彼岸对辽西。

**之二 忆辽东**

出入半柴关，阴晴五女山。
平生寻一诺，君子锁三般。
梦梦浑江水，年年寄客颜。
谁邻千里外，不得两时闲。

## 72 寒山子 诗十一首
### 寒山拾得

寒山不是寒山人，拾得无非拾得身。
雍政和合封御客，仙人从此入凡尘。

## 73 中唐诗余话

律诗始自一隋唐，情志无终半日光。
自古有言言不止，如今相继继人长。

### 晚唐诗话

## 74 李商隐 锦瑟

无地无天唯五弦，有情有义向百年。
张生莺影两厢月，元稹薛涛锦水船。
望帝春心望帝去，杜鹃花落问杜鹃。
江流不尽江楼尽，日月难名日月圆。

**之二 读锦瑟**

云雨声声久不平，张生楚楚问莺莺。
寺门无锁三更鼓，想入非非一念生。

## 75 李商隐 七言绝句四首

云台有像议纷纷，李广无言旧将军。
燕赵闻风知射虎，幽州落日月难分。

**之二**

李李牛牛半客身，先先后后一官人。
何言万岁同衾梦，已是三春不得春。

**之三**

一半江湖一半乡，两三日月两三凉。
客中四品归来坐，梦里千言去肠。
十里春风鸣得意，万山秋雨演青黄。
年年草木知荣枯，岁岁河山自抑扬。

## 76 温庭筠 五七言诗四首
### 三洲词

十二峰峦半夜明，巫山云雨两心情。
江流隔岸三汊口，船锁夔门一叹声。

**之二**

桃花渡口梨花白，五湖朝暮西湖客。
碧玉小家多，春桥梦几何？
清明云雨泽，儿女寻阡陌。
一半只轻歌，舟横如过河。

**之三 驿渡**

渡口一舟横，天边半路生。
山林随雨暗，叶隙露云明。
十里长亭曲，三春日月情。
平湖潮汐去，归鸟不声鸣。

## 77 温庭筠 菩萨蛮

长亭十里阳关路，江山万岁云烟暮。
处处吻平生，时时何败成。
人中千百度，天下三川雾。
自古有阴晴，知心无枯荣。

## 78 杜牧 怅别

十四年前半求去，两三惆怅一湖州。
玉人玉色云多雨，春去春来水自流。

**之二 兵部尚书席上作**

谁问东都御史台，呼来李愿紫云回。
湖州惆怅扬州客，逐日梅花逐日开。

**之三 赤壁**

百万兵丁百万家，一江赤壁一江沙。
东风孰得连营公，失彼春中顾此涯。

**之四 泊秦淮**

大江船下大江流，一叶云中一叶秋。
三渡秦淮三渡间，六朝兴废六朝休。

之五
东江隔岸一扬州，后主云中九教流。
夜月船平闻玉树，笛声杨柳向青楼。

## 79 许浑　金陵怀古
鸡鸣寺外六朝休，玉树歌中一旧楼。
石燕惊风云雨夜，秦淮柳岸水天秋。
胭脂井旁韩擒虎，故垒城边客莫愁。
莫道隋炀妃不尽，先锋不问十三州。

之二
昆仑精舍玉人亲，紫气飞琼座上春。
一梦未醒连梦醉，此心半晋彼心秦。

之三　金陵
江州柳色一桃花，寺外钟声半客家。
两处鸡鸣兴废在，六朝风雨浪淘沙。

## 80 郑鹧鸪诗

### 鹧鸪
鹧鸪啼问两三声，谷雨耕耘一半晴。
天下春秋君子路，人间父母待归程。

之二　侯家鹧鸪
笼中一日四时啼，雨后三春半日低。
南北风云南北去，东西不得自东西。

之三
何寻自在啼，客坐锁笼低。
不唱清明雨，轻鸣玉树西。

## 81 曹唐　游仙诗
一天一地半神仙，三界三元两杜鹃。
何处刘郎前后问，箫声玉女夜难眠。

之二
老林不尽一山深，五百年间半古今。
草草花花云雨月，天台处处玉人心。

之三
花前月下一人心，柳岸桃源半客音。
为得世难遂愿，男儿天上女儿吟。

## 82 章碣　东都望幸
不绝高湘御贡台，捐名安石美人来。
君王洛下文章客，章碣京中第不开。

之二　焚书坑
汴水南流吴越舒，长城北战帝王居。
樵渔心上樵渔外，只读春秋不读书。

之三　以士及第，读书不是读书生
春秋不见一儒生，阡陌难言半不成。
天地人中知谷雨，樵渔心上是声名。

## 83 李群玉　黄陵庙诗
小姑还问大姑妆，万亩洞庭百亩樯。
斑竹空空心不在，九疑远远许衷肠。
湘阴月下苍梧去，群玉山头出杨柳。
楚楚二妃云雨望，芊芊细草满荒塘。

之二
黄陵草木已青青，群玉文章问月明。
一梦高堂云雨客，二妃汗漫故湘灵。

## 84 刘驾　诗八首
长亭四面风，过客九州同。
野草繁荣枯，山花自素红。

之二
人生百年，三万三千日。
除夜两年，四时一始终。

之三
年年夜夜夜年年，千万千千万万天。
始始终终连双岁，朝朝暮暮化云烟。

## 85 秦韬玉　贫女
一半怜心一半香，万千岁月万千娘。
年年红杏逾墙色，处处山花作嫁妆。

之二
人前面目羞，心里玉溪流。
天下同儿女，人间共不愁。
云中千草木，身外一春秋。
豆蔻年华色，风光日月楼。

## 86 皮日休陆龟蒙　杂体诗五首
醉吟渔父不平身，寸土人心问旧尘。
逸少江湖吴越水，宫中日月一长春。

之二
江湖船上问芳名，碧玉楼中待故情。
同里千年三巷水，姑苏二月一梅城。
寒山寺外枫桥路，娃馆宫中草木生。
勾践兴亡吴国梦，西施应忆越溪平。

## 87 三家咏史诗十首
胡曾：垓下
霸王垓下问虞姬，项羽营中向楚时。
一宴鸿门河界在，八千子弟已无知。

之二　居延
苏武冰川十九年，李陵胡塞向居延。
汉家谁问脱龙甲，史记还言一半天。

之三　汪遵
台城新柳一春生，寺外钟声半枯荣。
梁武朝中香不尽，胭脂井上有鸡鸣。

之四　周昙　吟叙
一人天下一人心，半古民间半古今。
记录千年多少事，史公万岁向君吟。

之五
天下兴亡一古今，人间成败半人心。
长城白骨连荒漠，生作王侯故作阴。

## 88 韩偓　香奁诗长短句六首
云云雨雨半哀肠，暮暮朝朝一故乡。
彩鬓细眉堂上容，夔门无锁大江扬。

之二　生查子
钩心月半悬，斗角长生殿。
天下问华清，马嵬寻恩媛。
人间五百年，地上千芳甸。
唯有去来难，织女牛郎牵。

## 89 晚唐诗余话
江流日下一东流，草木情中半不休。
逝者如斯心意在，去来天下客难留。
成成败败何兴废，雨雨风风自不愁。
五七言前多想尽，万千还就律诗楼。

之二
一晚江流一晚妆，两朝早暮两心肠。

从无到有隋唐客，唯见文章济世长。

## 90 唐女诗人
### 薛涛：酬人雨后玩竹
虚心玉石知，碧色岁年时。
一节三明志，千川万力枝。
成才无朽木，独立傲霜姿。
朝暮阴晴露，云天为自师。

### 鱼玄机　赠邻女
河边半洛芳，草岸一牛郎。
小妹春心女，桃花也出墙。
偷窥知左右，暮色有情藏。
水下寻思久，云间是玉娘。

### 李冶　八至
一草一木时时，一夫一妻知知。
一心一意处处，一日一月期期。

### 武则天　如意娘
一朝一暮意纷纷，三代三朝半忆君。
无字碑中还有字，有心欲上石榴裙。

### 上官婉儿　彩书怨
一纸百云书，三江万里余。
文章评沈宋，日月帝王居。
香被昭容客，官重九驾舆。
何知公主怨，安乐锦屏虚。

### 盛小丛　归
不到楼兰誓不归，交河落日彩云飞。
英雄一语千山上，寸草春光半翠薇。

### 徐乐英　送人
东风处处入春闱，细雨声声问翠薇。
月色平望亭下水，镜妆空见一飞鸿。

### 聂胜琼　鹧鸪天
一半烟云一半明，两三玉叶两三声。
东风只问花枝岸，细露难言滴不平。
流水色，隔墙盟。此情未了彼情生。
但求梦里鸳鸯枕，何必人中携手行。

### 91 王维　辋川六言
年年碧草春色，处处梅花露寒。
暮池何言水暖，童稚学著衣冠。

### 之二 渔父引
瓜洲矶头雨声，渡口江岸潮明；
金陵夜泊舟横。

## 92 联句诗
元封汉武一柏梁，日月星辰半御装。
士马羽林天下治，四支韵色儿穷堂。

## 93 唐人诗论鸟瞰
五万诗文博采长，三千词客著群芳。
为译天下知何语，只有人间自在王。

## 94 唐诗绝句杂说

### 北周庾信听歌一绝
半家旧律半家微，一曲新词一是非。
绝句北周庾信落，余声不尽绕梁飞。

### 95 历代唐诗选本叙录
孔子先生四百诗，珠英学士万人辞。
汝询失目承名句，圣叹知心两段斯。
唐宗元明清五代，商周秦汉入隋时。
至今五万全唐纪，弟子三千一国旗。

---

# 四、读《图说唐诗100名言》

朱睿　著　广西人民出版社
2009年6月版

---

### 古典文学王冠上的明珠——唐诗
天下一明珠，人间半玉奴。
何惊来去客，谁见枯荣孤。

### 1 刘希夷《代悲白头翁》"年年岁岁花相似，岁岁年年人不同"

### 感时
暮暮朝朝半未穷，来来去去一西东。
年年岁岁花相似，岁岁年年草不同。

### 2 杜甫《春望》"烽火连三月，家书抵万金"
天下一山河，人间半少多。
别离知日月，进退问蹉跎。
万里自荣枯，千家种稻禾。
李晟朱紫客，何处故人歌。

### 3 杜甫《奉赠韦左丞丈二十韵》"读书破万卷，下笔如有神"
明主见洞庭，玄宗问史清。
今宵今岁尽，旧日旧时铭。
指点襄阳客，城春草不灵。
诗书三万种，渚泽九千萍。

### 4 白居易《赋得古原草送别》"野火烧不尽，春风吹又生"
天下一春风，人间半异同。

## 诗词盛典 | 吕长春格律诗词六万八千首（全四册）

山河知草木，时事造英雄。
成败何枯荣，兴亡济世穷。
心思多上下，大路任西东。
旭日千年在，黄昏万里融。
诗书无岁月，冬夏有鸣虫。

### 5 王勃《送杜少府之任蜀州》"海内存知己，天涯若比邻"

天下万千尘，江湖一半春。
长亭朝暮路，烟雨去来人。
进出知三界，沉浮渡五津。
本来儿女客，原是自由身。

### 6 王之涣《登鹳雀楼》"欲穷千里目，更上一层楼"

涌水一波平，人肠九曲生。
黄河三折断，北海半无声。

之二

黄河一断流，东海半千秋。
同是昆仑客，无非善本由。

### 7 韩愈《调张籍》"蚍蜉撼大树，可笑不自量"

蜉蝣万里尽沧桑，儿女千年九论扬。
诸子百家三品味，一分为二两青黄。

之二

围猎玉人肠，平阳客北方。
蚍蜉摇大树，后主自兴亡。

### 8 孟郊《游子吟》"谁言寸草心，报得三春晖"

朝暮半荒唐，平生意柳杨。
山中千滴水，湖上万阳光。

之二

天下半扬长，人生一故乡。
清河游子客，景伯是爷娘。

### 9 李商隐《乐游原》"夕阳无限好，只是近黄昏"

不出半寒门，何寻五子孙。
难言三岭木，不尽一黄昏。

### 10 杜甫《自京赴奉先县咏怀五百字》"朱门酒肉臭，路有冻死骨"

何处一朱门，人前半子孙。
山河知草木，朝暮问乾坤。

### 11 杜甫《佳人》"但见新人笑，那闻旧人哭"

暮色一合昏，晨花半露思。
喜新多子女，厌旧少儿孙。

### 12 宋之问《渡汉江》"近乡情更怯，不敢问来人"

文薄出三秦，南任过五津。
岁岁年年客，年年岁岁人。

之二

一国九风云，千家万户分。
王孙寻父母，士子待齐君。

### 13 陈子昂《登幽州台歌》"前不见古人，后不见来者"

平生楚楚一琴音，天地悠悠半古今。
谁向千年来去客，只知万里士人心。

### 14 刘禹锡《酬乐天咏老见示》"莫道桑榆晚，为霞尚满天"

桃花不尽一刘郎，司马难言半客肠。
唯有桑榆情犹在，落霞遍野自扬长。

之二

天下一黄昏，人间半子孙。
安平县子客，七十帝京魂。

### 15 杜甫《偶题》"文章千古事，得失寸心知"

文章万古一人成，沉甲千年半不声。
谁见李陵碑上事，前人尽是后人名。

之二

闲云野鹤万千秋，烟雨霜天十四州。
花醉满堂花锦簇，大江不尽大江流。

### 16 王维《终南别业》"行到水穷处，坐看云起时"

水穷云起一春秋，柳暗花明半去留。
人在江湖人不语，江流不尽问江楼。

之二

云卷云舒自杨柳，一荣一枯任芬芳。
无端最是隋杨柳，汴水江南谁故乡。

### 17 孟浩然《与诸子等岘山》"人事有代谢，往来成古今"

平生半古今，天下一人心。
草木繁繁简，文章日日深。

之二

明皇一史青，风雨半洞庭。
自应寻天地，何人问渭泾。

### 18 虞世南《蝉》"居高声自远，非是藉秋风"

暑夏响炎凉，声鸣自远扬。
秋风薄羽骂，白露尽余草。

### 19 孟浩然《望洞庭湖赠张丞相》"坐观垂钓者，徒有羡鱼情"

君子慕鱼游，人心任自流。
读书行万里，作事问千秋。

之二

美人问高湘，章碣赋晚堂。
一城花醉客，八水草余芳。

### 20 杨炯《从军行》"宁为百夫长，胜作一书生"

天下一阴晴，世间半枯荣。
天涯知是客，海角读书声。

之二

江湖一枯荣，朝野半书生。
诺诺楼兰去，唯唯座右铭。

### 21 贾岛《题诗后》"二句三年得，一吟双泪流"

叶落试千声，虫鸣入二更。
推敲惊客问，进退苦寒城。

156

之二

古寺读书声，人心玉未成。
推窗惊鸟梦，临水问星明。

## 22 曹邺《读李斯传》"难将一人手，掩得天下目"

书坑谁自焚，指鹿孰纷纭。
五马西秦尽，三生两不君。

之二

嬴政半山东，皇秦二世空。
书坑灰未冷，五马李斯终。

## 23 白居易《读史五首》"含沙射人影，虽病人不如"

含沙射影虫，邪恶醉醒中。
进退沉浮去，明明暗暗风。

之二

射影域含沙，金山寺玉瑕。
东坡文沈括，何处不知家。

## 24 杜甫《春日忆李白》"渭北春天树，江东日暮云"

渭水杨柳枝，东都草木荒。
江南西凉客，东北玉门乡。

之二

春树暮云凉，梅花客竹肠。
心中朋友坐，天下玉壶乡。

## 25 杜甫《前出塞》"射人先射马，擒贼先擒王"

年年谁衰死伤，岁岁宴侯王。
一箭幽燕尽，三生李广强。

之二

天朝一雎阳，张巡半死伤。
为平安史乱，云箭子奇狙。

## 26 张九龄《感遇》"草木有本心，何求美人折"

谁可慕鱼游，江河任白流。
千年千古尽，一岁一春秋。

之二

林外半鸣虫，山中一阵风。
唐朝分水岭，感遇美人终。

之三

冰雪一江源，山河半简繁。
书生言意尽，壮士问轩辕。

## 27 李白《蜀道难》"一夫当关，万夫莫开"

白帝楚江开，巫山蜀水来。
朝川锁剑阁，暮雨问王台。

之二

一道长城一道兵，万船汴水万船行。
关前只似临笔马，天下原来是弟兄。

## 28 张籍《节妇吟·寄东平李司空师道》"恨不相逢未嫁时"

一介书生一介儒，半明玉石半明珠。
朝来暮去相思苦，梦里情人有是无。

之二

玉枕一高阳，辩机半折姜。
匹夫房遗爱，何处是荒唐。

## 29 李白《上李邕》"扶摇直上九万里"

桂树香溪谈史虫，寒窗乞火济人同。
人间一半沧桑水，世上三千日月终。

之二

一人天下一书生，半事心中半事成。
马况朱勃何得志，朝晖夕淫谁精英。

## 30 白居易《琵琶行》"此时无声胜有声"

天宝九龙鼎，华清一日眠。
骊山安史乱，幸蜀太皇年。
七七长生殿，瑶池月不圆。
琼楼明玉宇，何以问婵娟。

## 31 王之涣《凉州词》"春风不度玉门关"

响沙阵阵月牙湾，海市扬扬蜃影闲。
今古悠悠杨柳怨，荒沙漠漠玉门关。

之二 班超

半生花甲守凉州，五十余王定远侯。
耄耋东来京洛客，酒泉西去玉门秋。

## 32 刘禹锡《浪淘沙》"吹尽黄沙始到金"

黄河万里浪淘沙，今古千年问海涯。
火土五行金木水，桑榆繁薅是人家。

## 33 杜甫《蜀相》"出师未捷身先死"

三分天下一南阳，五丈原中半曲肠。
挥泪街亭知马谡，空城尤有孔明昂。

## 34 刘禹锡《竹枝词》"道是无情却有情"

女儿有意见无鸣，小子无声胜有声。
日月相思知日月，巫山云雨自阴晴。

## 35 李白《宣州谢朓楼饯别校书叔云》"举杯消愁愁更愁"

长江流去问宣州，四十年华待白头。
唯有敬亭山下客，一杯明月醉千愁。

之二

四面埋伏楚汉河，虞姬垓下丈夫歌。
乌骓不去江东去，八百男儿士几何。

## 36 白居易《琵琶行》"千呼万唤始出来"

半抱琵琶半面开，一推一就一心来。
朝朝暮暮巫山下，只唤刘郎月不催。

## 37 王维《九月九日忆山东兄弟》"每逢佳节倍思亲"

端午艾蒿忆故乡，弟兄父母不同堂。
读书关里幽燕客，北戴河边小子肠。

之二

入春一日两年中，除岁三更半不同。
唯有梅花香未尽，寒心渐暖向西东。

### 38 高适《别董大》"天下谁人不识君"

江湖日月五湖分，草木阴晴两克勤。
一诺引先知一诺，如今天下不知君。

**之二**

朝朝暮暮向水眠，空空荡荡钓鱼船。
何人羡慕神仙客，留下余心结月缘。

### 39 李商隐《咏史》"成由勤俭破由奢"

甘露如珠意在天，朝晖似人间方圆。
辛勤省俭知家国，滴水之思自涌泉。

**之二**

宠爱慎夫人，刘恒一世身。
乌衣天下在，下摆不拖尘。

### 40 李商隐《寄酬韩冬郎》"雏凤清于老凤声"

倾城之后又倾城，未尽先前未尽情。
袁虎千言依马待，凤凰自在凤凰鸣。

**之二**

一门三杰半黄连，万水千山两宿迁。
邹风声清知日月，状元乞苦向经年。

### 41 许浑《咸阳城西楼晚眺》"山雨欲来风满楼"

中原楚汉大江流，气象清明半入秋。
一上高楼千里目，九寻海瑞十三州。

### 42 李白《将进酒》"天生我材必有用"

一朝闭守一朝开，半是风流半是才。
万古生平身外事，千金挥尽不回来。

**之二**

黄河之水下天来，太白梁园上醉杯。
唯有樽中寻自在，几何宫外向瑶台。

### 43 王维《送元二使安西》"西出阳关无故人"

一家兄弟一衣襟，半部诗书半古今。
顿足楼兰西域去，男儿立语是黄金。

**之二**

公主乌孙一鲜忧，胡人胜似半玉侯。
冯嫽译语平西汉，不问阳关问去留。

### 44 李商隐《无题》"心有灵犀一点通"

过墙红杏半芬芳，有约黄昏一影长。
月下老人知会意，春秋冬夏问王昌。

**之二**

一盐按件玉茶封，两地心思客不庸。
为使贪污秋后斩，后迁西域晓岚踪。

### 45 杜甫《江上值水如海势聊短述》"语不惊人死不休"

一语惊人一不休，半生苦渡半生求。
锦官城外花溪水，杜甫诗中草木秋。

**之二**

山中松柏作伐薪，岭上长亭问渑尘。
客坐寻常知旧客，人心难尽向前人。

**之三 河声流向西**

一水半西东，三江九派同。
终归流向海，波浪已无穷。

### 46 白居易《长恨歌》"在天愿作比翼鸟"

一人一岁一生平，半壁河山半枯荣。
塞外沙山鸣不止，江南风雨自阴晴。

**之二**

华清池水梨园曲，玉影霓裳舞带明。
地久天长时有尽，七夕夜下月难成。

### 47 元稹《离思》"曾经沧海难为水"

十二峰前一半云，两三壁下万千君。
江流不尽巫山问，怯去是衣衫是裙。

### 48 元稹《遣悲怀》"贫贱夫妻百事哀"

一言难尽一言情，百媚还来百媚生。
唯有青春多日月，只留旧怨少精英。

**之二**

牛衣不复半章台，贫贱夫妻一去来。
踏尽京城多少路，梅花自在苦寒开。

### 49 贺知章《回乡偶书》"少小离家老大回"

一客人生半客家，三江流水九江华。
千秋今古千秋去，十月天明十月花。

**之二**

一生天下一精神，半百官生半御珍。
故里山河江岸移，镜湖日月蜀别人。

### 50 李白《行路难》"长风破浪会有时"

一象三军一象林，九州十地九州心。
长风破浪身由主，万水千山自寻寻。

**之二**

心中一念生，世上半无情。
拾得男儿气，春风草木荣。

### 51 王翰《凉州词》"古来征战几人回"

半原草木半章台，一树旗帜一树开。
谁宫史书千万卷，古来征战几人回。

**之二**

半荒沙漠半凉州，一寸江山一寸囚。
风雨沉浮寻万里，长城内外数千秋。

**之三**

男儿一半生，天下两三成。
若问阴晴故，何人以枯荣。

### 52 刘禹锡《再游玄都观》"前度刘郎今又来"

一度寒心一度开，半寻草木半寻梅。
年年日月何荣枯，非是刘郎去又来。

**之二**

惠照禅音寄院容，木兰花落客无踪。
七情六欲僧前见，几度何人饭后钟。

## 53 李贺《雁门太守行》"黑云压城城欲摧"

风声鹤泪雁门开,铁马金戈不再来。
进士千呼惊万岁,匹夫一语伴章台。

### 之二

谁人尤问一澶州,寇准真宗半斯求。
十万白银兄弟语,宋人不任宋人谋。

## 54 杜甫《赠花卿》"此曲只应天上有"

阳春白雪一天晴,下里巴人半曲声。
两出玉门杨柳怨,东来紫塞凤凰鸣。

### 之二 李谟

十三叠上半音成,十万山前一枯荣。
天外有天天不语,士中无士士声名。

## 55 杜甫《曲江二首》"人生七十古来稀"

曲江流水曲江荣,上苑芳林上苑清。
红杏年年红杏色,紫云处处紫云平。

## 56 崔护《题都城南庄》"人面桃花相映红"

一半东风一半春,三春杨柳三春人。
春桃处处春桃碧,四月春花四月身。

### 之二

面若桃花一妇人,息侯蔡楚半君身。
汉阳城外终生恨,香落心中又是春。

## 57 王昌龄《从军行》"不破楼兰终不还"

青海湖边日月山,文成公主汉藏颜。
松赞干布平西房,玉树临风去不还。

### 之二

楼兰已去不楼兰,唐汉千年铁甲寒。
落日空余丘土地,云端不尽是云端。

### 之三

玉门一半过阳关,明月沙鸣十万山。
海市蜃楼终不断,云端依旧是天颜。

## 58 孟郊《登科台》"春风得意马蹄疾"

一半长安一半花,十千岁月十千华。
书生难尽书生苦,九品芝麻九品家。

### 之二

前长后短一书生,晚缓先隐半未成。
唯有人心留尺寸,思愁尽在不声明。

## 59 杜牧《赤壁》"折戟沉沙铁未销"

赤壁烟消问尔曹,东风何辨蜀吴旄。
浮谋对酒当歌尽,火烧连营锁战袍。

### 之二

赤壁东风赤壁中,曹刘孙子济人雄。
千军万马三更鼓,三国何人一败成。

### 之三

桑田稻麦问耕夫,兵马将未待守奴。
织布女儿知织布,治家治国始姑苏。

## 60 刘禹锡《酬乐天扬州初逢席上见赠》"沉舟侧畔千帆过"

郎州司马不归人,十载桃花御史身。
杨柳春中回首看,玄都观外客家尘。

### 之二 李立青

卫公兵法一乾坤,枯树前头两代根。
古古今今知是客,朝朝暮暮待晨昏。

## 61 崔郊《赠婢》"侯门一入深似海"

萧郎原是主人心,于岫侯门客上音。
柳树传情知旧会,鸳鸯绣在一衣襟。

### 之二 窈娘

知之一赋绿珠诗,留下千情承嗣迟。
金谷窈娘投井尽,原来酷吏不相思。

## 62 杜牧《叹花》"绿叶成阴子满枝"

花开花落十三春,人去人来一岁尘。
叹尽湖州知刺史,石榴二子玉娘身。

### 之二

梅花梅子一年春,绿叶成荫半问人。
满面秋光花落尽,湖州刺史子承邻。

### 之三 羊献容

清河公主女儿身,两后奉王两国人。
前房后雄男子汉,原来晋赵尽封尘。

## 63 王昌龄《芙蓉楼送辛渐》"一片冰心在玉壶"

玲珑剔透玉壶冰,岭北江宁洛下丞。
寒雨龙标迁不尽,芙蓉楼上谁添膺。

### 之二 高仙芝

忠奸自古谁冤枉,大将仙芝故断肠。
太上皇王知可恨,开元天宝入荒塘。

## 64 杜甫《戏为六绝句》"不废江河万古流"

如今何处问楼兰,月落交河戴玉冠。
九曲黄河流可断,千年成败一心宽。

### 之二 元佑奸党碑

一人得道一阴晴,半国书生半国名。
元佑党徒多百士,立碑存名谁身荣。

## 65 秦韬玉《贫女》"为他人作嫁衣裳"

嫁人须得嫁衣裳,十指传情十指长。
岁岁相思心上客,年年不尽有红娘。

### 之二

贫贫富富一心肠,暮暮朝朝半寄香。
自有女儿纤巧妹,相思梦里是萧郎。

### 之三 拓跋宏

汉化难成汉化成,孝文帝王孝文名。
鲜卑胡汉中原姓,一魏东西各不荣。

## 66 罗隐《蜂》"为谁辛苦为谁甜"

一字相思一字轻,半人曲舞半人鸣。
十年不得青楼赋,百岁还寻旧客情。

### 之二 佛印

金山寺里一禅鸣,罗隐心中半伎轻。
为谁知情辛苦去,子瞻佛印戏难成。

## 67 李商隐《无题》"春蚕到死丝方尽"

东风无力百花鲜，一见钟情万里缘。
枕上相思凭缺或，梦中日月自方圆。

### 之二

东风一半入苏年，弟子三千问旧缘。
商隐王屋山上见，华阳知遇涌春泉。

### 之三 浙学湛若水

阳明若水两高峰，天关精舍万千客。
两樵书院明王客，三部尚书大训宗。

## 68 杜甫《将赴成都草堂途中有作先寄严郑公五首》"新松恨不高千尺"

草堂无草半天涯，八月秋国一雨斜。
竹泪有端寻醉酒，花溪还问隔人家。

### 之二 宋令文，宋之问，宋之悌，宋之逊

一人得道一文章，半入芳林半入墙。
三绝三儿牛角断，各成一绝谁荒唐。

## 69 罗隐《赠伎云英》"我未成名君未嫁"

十年重闻客云英，九派山河尽旧名。
唯有心思天日上，人生俱是一声鸣。

### 之二 寂寞堂前日又曛

鹤林日月已三春，赵赮阴晴浙帅尘。
横水驿旁花似客，绿珠犹是坠楼人。

## 70 韩翃《寒食》"春城无处不飞花"

寒梅只在日边斜，唤起群英二月花。
杨柳声声杨柳色，春风又到帝王家。

### 之二 二程 程颢 程颐

江山尽是客人家，日月还寻故木瓜。
进士心中杨柳绿，帝王手上只传花。

## 71 刘禹锡《竹枝词》"等闲平地起波澜"

水深水浅一流寒，云落云浮半玉冠。
三峡潮明船上客，巫山夜雨似波澜。

### 之二

一船直下十二滩，半楚回流五万澜。
滟滪横江三峡石，兴风作浪在云端。

### 之三 杨恽

正月一春秋，深宫半枯囚。
平通侯不过，庶子任私仇。

## 72 杜甫《同元使君春陵行》"两章对秋月，一字偕华星"

九青星落八庚横，杜甫三年一句成。
拾遗文章秋月色，道州刺史志成城。

### 之二 郭祥正

十分胜似七三分，一半天光一半云。
何必江山来去问，谁人日月不知君。

## 73 杜甫《望岳》"一览众山小"

当人极顶比峰高，万谷雄风欲试刀。
一览众山云渺渺，三千弟子志淘淘。

### 之二 谢灵运 "天下才分十斗，曹子建独得八斗，我得一斗，天下人共用一斗"

十斗才华一斗家，三人天下两人花。
不知谁处文章客，投以琼瑶问木瓜。

## 74 贾岛《剑客》"十年磨一剑"

江湖一岛寒，天下半时官。
上下云高远，阴阳海阔滩。

### 之二 左思

洛阳纸贵赋三都，魏蜀吴人问半无。
两代千年知日月，十年一剑在江湖。

## 75 缅伯高《无题》"千里送鹅毛"

云南缅伯高，千里送鹅毛。
礼意千年近，君心万里豪。

### 之二 梅尧臣和欧阳修

银杏友邻香。情珍入客肠。
嘉果传鱼尺，君心自素扬。

## 76 李世民《赋萧瑀》"疾风知劲草"

父子半天光，君臣一抑扬。
丈夫千里目，日月万年长。

### 之二

凌烟阁上一群英，天子宫中半不成。
何谓隋唐闻客去，亦功亦赋老臣名。

### 之三 苟巨伯

无义之人有义身，疾风劲草自茵茵。
胡人巨伯知朋友，一国兴亡一国尘。

## 77 李白《蜀道难》"难于上青天"

十寻蜀道上青天，三界阴阳问酒泉。
开国蚕从鱼凫在，峨眉自古入人烟。

### 之二

牛李相争下诽然，何难朋羽上青天。
文宗除叛宣三镇，党锢平章政事牵。

## 78 李商隐《晚晴》"人间重晚晴"

雨后初晴一碧天，钩心斗角半枉然。
晚晴幽草千家色，越鸟图归万里川。

### 之二

春秋战国老仁尊，七十王侯免役人。
高祖刘邦施米肉，康熙千叟二晏频。

## 79 杜甫《天末怀李白》"文章憎命达"

寻来蜀道半晴阴，留下诗词一古今。
天末湘中无命达，汨罗江下有知音。

### 之二 朱元璋微服国子监

十载寒窗苦，何如一盏茶。
朝阳明万户，风雨暗千家。
国子监中客，乌纱御命嘉。
谁知他你我，冬雪问春花。

## 80 孟郊《读经》"垂老抱佛脚"

云南一寺家，落日半西斜。
急抱如来足，青莲岁岁花。

### 之二 王安石，中山诗话

老去依僧一念平，少年得意半精英。

深山右刹闻钟鼓，日暮星明待枯荣。

### 81 钱起《省试湘灵鼓瑟》"曲终人不见"

潇乡斑竹泪洞庭，钱起湘灵带意听。
鼓瑟音余三界外，江流不尽数峰青。

**之二 嵇康**

一峰入水一峰青，半曲终时半曲鸣。
彼此还来无旧客，广陵散尽不人听。

### 82 杜甫《梦李白》"斯人独憔悴"

贵州晓月夜郎西，洛下明星乌未啼。
犹见冬梅心不止，雪冬冬雪渡寒溪。

**之二 刘秀和庞宠**

渔阳太守半心移，位列三公一位低。
逐鹿中原何日月，汉家刘秀问东西。

### 83 李白《经乱离后天恩流夜郎忆旧游书怀赠江夏韦太守良宰》"清水出芙蓉"

一水半芙蓉，三山两玉峰。
冰封知土地，春暖望云龙。

**之二**

夔门白帝城，蜀道五江清。
白石年年立，青莲处处名。

### 84 冯衮《掷卢作》"千金一掷"

千金一掷故人心，万岁悠悠问古今。
洛魏君前三界水，长安城下一音琴。

**之二**

小鸟依人一半家，潇湘斑竹两三斜。
遁情顺水朝夕客，隔岸衣邻豆蔻花。

**之三 武则天，张宗昌，狄仁杰，家奴，集翠裘**

御赐何人集翠裘，宰相双陆万龙舟。
一掷千金王袍出，留得家奴马策收。

### 85 曹邺《杏园宴呈同年》"平地青云"

二水三山两谷川，十年一日半婵娟。
曲江大会曲江晏，平地青云几寸田。

**之二 郑镒**

九品泰山五品官，一皇伴读两王冠。
宰相天下碑文在，御驾人中过杏坛。

### 86 李白《山中问答》"别有天地"

九江流水九江船，一寸心田一寸田。
无处时间无处客，有人土地有人天。

**之二 癸与射稽**

扎刀二寸谁高低，任自癸歌任射稽。
别有天地别有路，桃花流水养春泥。

### 87 杜甫《醉歌行》"笔扫千军"

汉血凭心宝马行，青云任鸟远天鸣。
文章自古文章客，笔阵千军笔阵城。

**之二 陆游**

老学庵中一陆游，半生兵马半春秋。
郎中劾罢山阴去，笔扫千军任自由。

### 88 王昌龄《出塞》"万里长征"

**自述**

少年读书过榆关，不到楼兰自不还。
飞将北平凭射虎，黄河八曲绕阴山。

**之二 玄奘**

百十王家一半沙，天竺世界万千霞。
高昌御史遣欢倍，成就三藏译释家。

### 89 杜甫《丹青引赠曹将军霸》"别开生面"

武卫玄宗一将军，开元天宝半青云。
凌烟阁上重挥色，流落成都谁问君。

**之二 张旭**

拾得双王一笔神，三绝天下半邻亲。
张颠狂草别开面，手舞足蹈百世人。

### 90 乾康《投谒齐己》"隔岸观火"

隔岸红尘渡口僧，故人旧岁玉壶冰。
山中草木知冬夏，门下应知暮鼓凝。

**之二 姚崇**

姚崇一见灭蝗虫，天地阴晴自不终。
隔岸风火观火上，爱民如子问飞鸿。

### 91 陆龟蒙《江湖散人歌》"奴颜婢膝"

男儿膝下一黄金，少女心中半寸阴。
进退卑躬多日月，奴颜媚骨有音琴。

**之二 明工部侍郎王佑**

儿皇帝后有龙须，竖子生前奉阿谀。
朝野年年寻媚力，陌阡岁岁是桑榆。

### 92 许浑《记梦》"尘缘未尽"

暮暮朝朝自在身，前前后后去来人。
尘缘未尽尘缘尽，渡口还余渡口津。

**之二**

瑶台半见徐飞琼，晓梦三余玉色清。
露气情浓凝草木，贵妃醉酒月空明。

**之三 晋郭翻  尘心未断**

天下一逍遥，人间半渡桥。
九泉知岸隔，一念过萧条。

### 93 刘禹锡《赠李司空伎》"司空见惯"

苏州刺史半衷肠，一曲惊人杜韦娘。
见惯司空空见惯，萧郎不问不刘郎。

**之二 海瑞**

笔架山中博士名，海瑞天下海瑞情。
玉壶不在清风在，明月如今已满城。

### 94 杨敬之《赠项斯》"逢人说项"

逢人说项两身名，客坐行车一枯荣。
山野幽居门第外，人间不足善人情。

**之二 唐伯虎**

方志吴门以旧归，孙山名落补余山。
姑苏尤有征明举，拾得文林半客颜。

### 95 杜甫《丽人行》"炙手可热"

天宝明皇赐国忠，丞相杨剑势无穷。
骊山脚下知安史，一世芙蓉一世终。

**之二 司徒丁鸿**

窦宪倾朝半世终，汉家和帝一丁鸿。
郑侯宦始伊官尽，不教君临入故宫。

### 96 鱼玄机《隔汉江寄子安》"咫尺千里"

古古今今暮暮朝，隐隐河山路遥遥。
相思咫尺千情尽，留取寒心万木凋。

**之二**

一年一云峰，三千弟子重。
罗衣多锦绣，池水出芙蓉。

**之三 顾况 深宫叶落**

一叶落心声，三生半不明。
深宫杨柳色，缺月枯荣情。

### 97 王中《干戈》"一事无成"

一事无成一事成，万家烟火万家生。
只知努力须恒永，半有辛勤半有荣。

**之二 中书省 唐周王及善**

凤凰池上客难鸣，青鸟云中势不清。
左右文昌相国在，人心天下几无名。

### 98 杜牧《题乌江亭》"卷土重来"

匹夫有诺一江东，卷土重来半世穷。
楚汉相争知楚汉，几何天下几何雄。

**之二**

乌江流水自无休，楚汉江山楚汉求。
项羽鸿门何所从，刘邦垓下谁春秋。

**之三 唐高宗 韦思谦**

中书令错褚逐良，御史言中一半伤。
唯有正邪千古辨，由来善恶万言堂。

### 99 李贺《李凭箜篌引》"石破天惊"

石破云惊见女娲，兵工一怒误桑麻。
不周山下闻灾降，立地擎天主客家。

**之二 御史台**

御史台前一两言，江山两岸万千轩。
皇家不废朝夕膳，泜水还余草木萱。

### 100 白居易《天可度》"笑中有刀"

笑里藏刀一半人，鲜花隔岸两三春。
男爵情下朝廷外，李义府中正义陈。

**之二 李林甫**

伏猎侍郎半不书，挺之能干一音余。
林甫天下多寒栗，笑里藏刀任有无。

### 图说唐诗一百名言

天下文章一有无，人间名利半家疏。
何寻贫富江山在，唯见阴阳日月余。

# 五、读《禅》

河北省佛协《禅》编辑部　2008 年第 5 期

### 1 云游

**之一**

曲高和寡一黄粱，下里巴人返故乡。
牛对弹琴牛不对，阳春白雪自芬芳。

**之二**

一轮明月照禅心，三界人情向古今。
智慧永恒多自在，真诚净土鼓钟晋。

### 2 叙香斋

**之一**

灵光一现玉心扬，拾得花春自在乡。
月色霜明三界外，禅音普渡半圆方。

**之二**

### 3 虚云和尚

十九泉州寺鼓山，湘乡不惑五台还。
云居典范千秋尽，一代高僧不出关。

### 4 佛法

三界一人心，千年半古今。
枯荣如智慧，来去入禅林。

### 5 梵行

雨后一山空，身前半一同。
方圆知世界，菩提向西东。

### 6 虚云

**之一**

五十六年禅，三千一世缘。
一生寻自在，万般向心莲。

**之二**

九十磨难半世空，一生五帝四朝终。
沧桑不渡人间苦，来去虚云五叶翁。

### 7 真际禅林

杏花何处杏花村，日月还闻日月门。
浮沉卷舒浮沉去，有无之外有无根。

### 8 禅寺人

不知三界一云门，留下千年半寺根。

际下僧人知领悟，斜阳未尽满黄昏。

## 9 石头希迁

**之一**

宝林寺里一禅宗，六祖南华半世客。
慧能曲江传弟子，石头大阐岭南钟。

**之二**

静居寺里一行思，十四希迁半不知。
七祖青原门下悟，禅音印证即宗师。

**之三**

南台无际一钟声，竺土三生半枯荣。
众角息心缘万古，庄鳞思量度千情。

## 10 四相

**之一**

谁知天下待扶苏，只向心中问有无。
不废红尘三昧去，还闻世界五蕴书。

**之二**

天边尤见白云飞，柳岸还来碧水晖。
三昧寒山三界去，一生拾得一心归。

## 11 过堂

寺里清风半过堂，心中意念一芬芳。
空空色色空色色，短短长长短长长。

## 12 此茶是此茶，此茶非此茶

**之一**

草木人中一味茶，东风天下半春花。
泉清陆羽千山翠，烟雨溪云一万家。

**之二**

云水一生涯，烟山半客家。
珍珠含玉叶，碧绿半心芽。

## 13 禅坐

**之一**

天地一禅心，人间半客琴。
行云流水去，日月满衣襟。

**之二**

西塞一青云，南湖半故居。

兰舟寻岸柳，曲径向芳芬。

## 14 禅音

月中桂子落纷纷，天下人情问雨云。
草草花花三世界，空空色色一心君。

## 15 禅

云边鹤舞晴，月下流水清。
枕石寻知己，鸣琴问此生。

## 16 叙香斋

天下一禅音，人间半古今。
杨员约俗外，故客入缘心。

## 17 禅

心上玉莲花，人间日月斜。
禅音知世界，阡陌问桑麻。

## 18 虚云和尚

**之一**

天下一虚云，人间半客君。
星辰多默默，落叶自纷纷。

**之二**

拾得一禅心，寒山半古今。
松间无桂子，月下有鸣琴。

## 19 禅林

**之一**

三千世界半春秋，九日重阳一客忧。
两岸风光千百度，五蕴草木万马牛。

**之二**

临流石上上临流，去去来来主去留。
世界三千无世界，三千世界有春秋。

**之三**

赵州一有无，易水半群孤。
天地风云外，禅林草木苏。

**之四**

万里一钟声，千年半枯荣。
禅林多智慧，三界少身名。

## 20 虚云

**之一**

夜月满空潭，风云板故庵。
疏香寻泥土，淡雨问春蚕。

**之二**

合十向禅林，晨钟暮鼓音。
抱圆三世界，守一自人心。

## 21 无

**之一**

天下一乾坤，人情半归根。
沉浮多日月，来去几沙门。

**之二**

禅林一大人，世界半秋春。
有无知觉悟，菩萨渡苦津。

## 22 文殊师利

五台出海五条龙，四大皆空四鼓钟。
上尊龙种三界法，文殊道场一人宗。

## 23 人身

半千月下一人身，一日东风万木春。
独领天命知世界，立群自在过天津。

## 24 明心见性，音乐世界

**之一**

叙香约会一明心，自觉灵杨半古今。
见性思迁多日月，三千世界问鸣琴。

**之二**

隔门不问一无心，顺水行舟半有根。
天下人身天下在，人间觉悟证禅林。

**之三**

明明了了一人身，觉觉识识半客津。
自在长春多自在，分分秒秒少红尘。

## 25 禅林

来来去去一今天，见性人身半客年。
拾得杨灵知觉慧，长春日向归禅。

**26 易**

风声一叶秋，雨点半江流。
寺外斜阳照，心中古渡头。

**27 让心回家**

天下一人家，人间半日斜。
用心寻自己，以劳待桑麻。

**28 至今**

之一

百碧一春花，千山半古华。
疏香浮乐土，形影入桑麻。

之二

春花秋月绿青茶，冬雪夏风普洱花。
三界烟尘多少客，四时云雨向人家。

**29 禅**

人间百味茶，天下一人家。
坐上寻知己，心中问雨花。

**30 禅**

禅音一古今，古寺半人心。
月月年年问，时时刻刻寻。

**31 禅**

山中有白云，月下少时分。
问去天天客，寻来日日君。

**32 禅**

之一

明月入禅林，清风问古今。
泉流三界色，叶落一心音。

之二

春山七色明，秀草四时清。
寺外云烟尽，心中日月晴。

之三

引人渡口边，过客月明前。
暮暮朝朝寺，来来去去缘。

之四

明月寺边闲，禅音客里湾。
洋洋三界外，啸啸玉门关。

之五

一鸟数啼声，三千世界明。
禅林多草木，觉慧自阴晴。

# 六、读《一轮明月照禅心》

超世法师著　觉慧居士编　九州出版社
2008 年 7 月版

**1 禅识寄杨灵兄三百首**

一轮明月照禅心，三昧书生问古今。
渡口回头寻世界，寺边草木已知音。

**2 咏荷**

烟云半雨重，玉色一芙蓉。
碧流河边柳，天高水下龙。
莲心多少露，凝处落花浓。
菡远三千界，芳芬十万宗。

**3 一轮明月照禅心**

天下一禅心，人中半古今。
书生寻自在，草木问森林。
明月常来去，朝阳未不临。
寒山无枯朽，拾得有晴阴。

**4 禅**

天上一浮云，人间半客君。
心中平淡淡，寺外雨纷纷。

之二

清风月色珍，古刹去来人。
雨落红尘外，云飞渡口津。
莲心浮水露，荷叶泪珠匀。
暮尽闻钟鼓，心平待客身。

**5 礼赞篇**

明月照禅心

三界半红尘，人生一客身。
五蕴来去苦，天下枯荣津。
明月清风住，禅心寺鼓珍。
浮云舒卷去，自在问秋春。

**6 赞阿难尊者**

寺里玉道花，天边客日斜。
禅心钟鼓继，菩提向人家。

**7 赞上师多罗尊者**

月照高楼一觉禅，袖中世界半边天。
江山依旧行云雨，一瓣心香待缺圆。

**8 白眉大士**

荒沙一半有人心，世界三千客色深。
日经天朝暮在，夜明鸟啼入禅林。

**9 上师**

手印无形有证心，扶桑渡口问禅林。
江河不止空空色，山水袖中宿古今。

### 10 智光法师
一半天空一半云，五蕴世界五蕴君。
三江日月三江水，几步禅心几步分。

### 11 莲花生大士
鸟啼月下问青莲，草碧心中望月弦。
般若波罗蜜多念，秋山远景向前川。

### 12 龙树菩萨
住持一人心，游云半古今。
钟声鸣古刹，月下问禅林。

### 13 鸠摩罗什法师
自古一经音，如今半客心。
莲花三界域，日月五蕴篾。
来去天山外，长安草木深。
西秦明大士，智慧是甘霖。

### 14 无著菩萨
灵山脚下一禅心，明月云中半客临。
梁武未来寻进退，天台此去问衣襟。

### 15 世亲菩萨
千朵莲花一半山，万川流水玉门关。
江河不锁东西路，日月还寻碧海颜。

### 16 戒贤论师
清风明月自心珍，自主人平问客身。
三界烟云浮练达，八千里路破红尘。

### 17 月称论师
幽幽月下满庭芳，淡淡泉中半炎凉。
露露凝心归宿夜，人身住持话禅房。

### 18 一剪梅
阿底峡尊者

#### 之一
腊月梅心早入春，暗香浮动自袭人。
寒风未尽黄昏色，古色余芳雪月邻。

#### 之二
尊者心中一剪梅，腊月寒催，雪月恢恢。
芳香落下自徘徊。一半春媒，一半惊雷。
桃李东风一日开，云里楼台，雨里余杯。
玉冰尤融半春栽。去了还来，去了还来。

### 19 宗喀巴大师
青海湖光一目扬，三江风雨半芬芳。
梵音尤在莲花寺，宝殿雄宫度八方。

### 20 米拉日巴尊者
百草丛中一百萝，千花寺外半山多。
十年不昧寒山苦，万岁云中日月河。

### 21 六世班禅大师
沉沉浮浮问雪村，空空色色入香门。
桂华月下知浩然，智者心中问客根。

### 22 玄奘法师
荷出活泥不染尘，百花争艳有无人。
经音玄应临真假，大士西游玉树身。

#### 之二
唐不宗朝，经有真假，士无多少，
应应制音，玄奘取经，和尚释著。

### 23 一行禅师
日月经无照古今，高山流水自鸣琴。
人静云浮清三界，心平拾得入禅林。

### 24 世友菩萨
荷叶浮明一玉珠，香山古渡半江湖。
五蕴守旧灵山脉，十地圆通自有无。

### 25 宝王
人身玉树化云烟，利剑华山问大千。
狮吼东林辅沉月，红尘不尽有无缘。

### 26 达摩祖师
十年面壁一禅心，一叶渡江半古今。
啸啸少林多智慧，花花世界满甘霖。

### 27 慧可大师
高峰明志一苍穹，断臂血莲半色空。
万水千山寻觅处，五蕴三界有无中。

### 28 道信大师
双峰有色半浮云，九脉行空一士君。
心上无尘何拂拭，镜中有念自纷纷。

### 29 弘忍大师
东林月下一吟鸣，狮吼山中半枯荣。
五祖禅心知世界，有无来去有无名。

### 30 慧能大师
明镜台中玉色空，菩提树下亦非同。
如来天子人心在，六祖禅门度故公。

### 31 神秀大师
院里禅林半色空，山中扫叶一西东。
天天大大人中住，一一三三各不同。

### 32 法融禅师
江宁不尽一清流，晓露风云半客楼。
万水峰青飞鸟去，千峦叠翠主春秋。

### 33 晋美上师
一潮未落一潮鸣，半日风云半日生。
灵隐飞来峰下落，六和塔上问阴晴。

### 34 智者大师
钱塘水色一天台，天马行空半去来。
智者禅心明八教，国清寺里古梅开。

### 35 窥基大师
慈恩寺里一春秋，大雁三流九教头。
上苑曲江流不住，终南山顶玉冠浮。

### 36 道宣律师
一介书生问九州，五蕴菩提待千秋。
东风渡口种杨柳，空色禅林日月流。

### 37 朴初老人
洞庭山下碧螺春，三界神中玉客人。
四海声名千万里，五洲千载破红尘。
姑苏城外寒山寺，燕赵门前拾得邻。
唱晚渔舟桃李岸，清风明月入人心。

### 38 游礼篇
清凉山
多陵城外一秋山，秦淮流中半玉颜。
建邺月前寻色去，梧桐叶下雨声还。

## 39 天忧树
心中住持一清泉，天下风云半觉禅。
智者山前枯荣树，忧君渡口去来船。

## 40 灌浴池怀古
云龙问水半行天，住持还颜半觉禅。
小乘色空荣枯水，大千世界古今年。

## 41 菩提树
古今天下一人心，浮沉云中半客琴。
般若渡前无自己，菩提树下有禅林。

### 之二
一半人生出入城，万里草木枯荣生。
菩提树叶般若渡，道义恒河日月明。

## 42 娑罗树
娑罗树下有春秋，印证心中无水流。
夏夏冬冬荣枯色，朝朝暮暮是非林。

### 之二
恒河不尽几波澜，东土何难翰墨干。
随得金鸟无阻止，白云故道玉堂寒。

## 43 渔家傲　那烂陀寺怀古
古刹秋风竹影异，浮云去雁字留意。
四面八方寻岸起。
千万里，朝朝暮暮人心闭。
一半长亭山外去，三两川流霜无迹。
月色灵山明满地。前后问，如来暮鼓钟声计。

## 44 天柱山——三祖寺
日月半青莲，荷塘一水缘。
五蕴门户净，三祖寺边禅。

## 45 天柱山——九曲泉
千山九曲泉，万水一人缘。
云峰空空色，峰青落落禅。

## 46 天柱山——主峰
住持一山峰，浙江半客容。
洞前多少月，寺后几云重。

## 47 天柱山——春
野草半红妆，村姑一寸肠。
山里人不语，马祖道蚕桑。

## 48 天柱山——夏
云雨自扬长，门庭野草香。
钱塘三界暖，天柱半清凉。

## 49 天柱山——秋
一叶无声一叶惊，半泉流水半泉明。
清凉山上千浮沉，古刹禅林万枯荣。

## 50 天柱山——冬
冬雪梅花各枯荣，寒泉翠竹色空生。
洋洋洒洒云天落，雾雾烟烟四野明。

## 51 天柱山——山居夜色
一月清溪一月明，半林草木半林荣。
忽闻松子禅心落，残卷孤灯夜又平。

## 52 天柱山——炼丹湖畔
白石青莲一柱峰，七星北斗云龙。
皖公尤有平湖色，雪月春花故客踪。

## 53 天柱山——关院
灵山有路半禅林，小院无言一客心。
竹影还摇书案上，闭关自守任音琴。

## 54 天柱山——春晓
梅花流云杏花来，泥土芳香紫玉台。
潮落江平明寺社，莺啼杨柳水云开。

## 55 天柱山——清明
清明烟雨半城消，日月江湖一客遥。
有有天天寻口岸，寒食乞火渡心桥。

## 56 天柱山——黄昏
千山红遍半黄昏，万水峰青一寺门。
何处归心知日月，四方草木问儿孙。

## 57 天柱山——夕阳
山外夕阳半寺门，天边草木一人村。
高湖只应心中望，翠竹千枝地下恩。

## 58 天柱山——闻泉
白石泉明一月音，清流影重半鸣琴。
无无有有无中有，自在禅林自在心。

## 59 天柱山——春草
两岸江湖两岸春，十分缘色十分匀。
无无有有无中有，去去来来去里人。

## 60 天柱山——禅室
柳暗花明半枯荣，孤灯残卷一禅声。
风云淡淡阴晴外，曲径幽幽日月明。

## 61 天柱山——感怀
妙峰山下一禅知，白石湖中半去迟。
八月桂花香不尽，十年面壁去来时。

## 62 天柱山——忆师
三千弟子一心师，五百年中半不知。
唯有书生知日月，桑田沧海杏坛思。

## 63 天柱山——马祖寺
马祖心中日月明，天山草木沉浮生。
隔帘雨色桑田润，顺水平湖自在行。

## 64 蝶恋花　雪中情
一夜东风梅雪雾，玉影疏香，腊月寒心度。
瓣瓣云中何细数，朝朝暮暮朝朝暮。
九脉群芳知谁妒，素色红颜，自主含辛苦。
枯枯荣荣春不住，无声有韵还故如。

## 65 相见欢　嵩山情怀
不问嵩山问少林，十年面壁印禅心。
从容断臂惊钟鼓，五叶中华故事音。

## 66 嵩山——初见庵
嵩山深处有禅音，德染宫庭问少林。
残卷寻茶知世界，余香袭月自明心。

## 67 嵩山——达摩洞
渡江一叶渡江舟，不尽黄河不尽流。
留下达摩千古壁，云中三昧万年修。

## 68 立雪亭
断臂莲花立雪亭，至今尤见草青青。

空空色色珠心在，肝胆昆仑座右铭。

### 69嵩山——二祖庵
慧可禅音断臂盟，宗庭日月沉浮生。
嵩山二祖千声咏，少室峰台万物情。

### 70嵩山——会善寺
正正邪邪会善行，多多少少利难平。
三千世界三千持，放下心中放下名。

### 71嵩山重游
天下一嵩山，人间半玉关。
群雄中岳问，白石去来还。

### 72过汴京
汴水一春秋，长城半月流。
风清隋炀渡，雨过宋家楼。

### 73汴京情怀
进退中原逐鹿风，烟云啸啸老梧桐。
沉浮唐宋三江月，成败人间一世雄。

### 74御街行 白马寺
洛城白马经书藏，寺内外，天竺量。
一南一北一东西，天下云游和尚。
朝朝暮暮，前前后后，拾得经音畅。
人心自在人心养，目上下，情无恙。
半山半水半禅味，印度识多行广。
兴兴落落，成成败败，古今何难当。

### 75黄鹤楼
黄鹤千年日月舟，汉江万里下扬州。
武昌口岸晴川望，鹦鹉洲头草木秋。
沧海桑田多易易，阳春白雪问云流。
琴台犹有知音客，崔颢题诗在楼头。

### 76黄鹤楼怀古
龟蛇半锁一长江，楚汉三雄半故邦。
黄鹤楼中寻旧迹，风云雨里问寒窗。

### 77东湖云游
东湖水上半云游，汉口城中一寺留。
莲叶浮平千滴玉，荷花沉色万家楼。

### 78礼四祖寺
青灯古寺一心游，半入禅音半入秋。
五叶婆娑呈载物，丛林钟鼓有无修。

### 79礼五祖寺
有心不止问东林，无欲庐山向客音。
日月岸边寻自主，风云渡口是归心。

### 80礼玉泉寺
清泉水色明，玉寺月边城。
黄鹤知何去，芙蓉碧叶荣。

### 81浪淘沙 玉泉寺忆关公
万里浪淘沙，十里荷花。玉泉寺里日西斜。
天地人间南北路，莫误桑麻。
雨露挂倩纱，碧绿山崖。关公殿上满朝霞。
前后东风寻渡口，万户千家。

### 82鸡足山
虚云堂下一心禅，鸡足山中半地天。
野草碧池非是色，慧泉珠落有无缘。

### 83鸡足山——息荫亭
来来去去有无中，废废兴兴各不同。
坐上息荫亭此水，山中秀色住南风。

### 84鸡足山——彩云亭
月色彩云亭，山光草木青。
天涯多倦客，寺外夕阳停。

### 85鸡足山——华首门
迦叶禅林九寺门，释心住持半黄昏。
高山流水知音在，柳暗花明又一村。

### 86卜算子 鸡足山金顶
金顶问村姑，鸡足山光住。
十里长亭五里雾，留下风云雨。
非是是非无，来来去去人间苦。
智慧心中一丈夫，自在禅音主。

### 87渔家傲 鸡足山怀感
月开灵山千里路，心中怀旧寻朝暮。
上下鸡足金顶住。云如故，来来去去心中数。

一半禅音三界渡，五蕴岁月川流诉。
尤见山前飞白鹭。同居处，人间回首长亭步。

### 88丽江行
拾得落霞红，寒山五叶枫。
丽江多古寨，木府半梧桐。
碧玉溪前弄，唐音故曲工。
云南多草木，月色满清宫。

### 之二
云南一古城，汉寨半名声。
唐曲梨园乐，纳西几枯荣。
夕阳红万里，暮色照千明。
栖鸟玲珑唱，楼台玉树生。

### 89过玉峰寺
玉龙山上玉龙情，草木云中草木生。
莽莽千峰冰雪锁，幽幽万壑枯荣明。

### 90玉兰山院
云南半玉冠，寺院一芝兰。
处处千溪水，山山九顶寒。
玉龙三百万，冰雪五千岔。
草草五蕴土，花花世界安。

### 91玉龙雪山
大理两千田，云南王百年。
玉龙山上雪，古寺客中缘。
日月轮回度，禅音草木天。
三江流水去，九脉落音弦。

### 92过南华寺
目上一情缘，心中半客船。
峰青千岭树，雨雾十寒烟。
日落南华寺，云平北寨天。
禅从三界水，渡口半流年。

### 93过云门寺
客舍梦中缘，云门寺里禅。
楼台琴上曲，月色照青莲。
流水樵渔问，耕种七亩田。
还来寻自在，住持问方圆。

## 94 粤地游历感怀
四面八方圆，三山九脉天。
五湖泉下水，七色去来缘。
日照羊城晚，云平日月年。
珠江流不尽，过目客家船。

## 95 三身塔
园中守一千，寺里有青莲。
日月三身塔，灵山一路缘。

## 96 虞美人 禅修营小记
幽燕夜雨朝朝暮，处处人心故。
平生拾得一寒山，万里春风还度玉门关。
禅音不尽灵山路，处处人心主。荣荣枯枯半天颜，住持不须寻觅去来还。

## 97 浣溪沙 游岳麓山
夜雨潇湘岳麓山，渔舟唱晚五湖颜。
小姑尤问玉门关，智海禅灯书院路。
二妃一见泪斑斑，用心世界用心还。

## 98 古渡夜怀
船横古渡头，流水文江楼。
日月寻三界，灵山向九州。
长沙知楚客，落叶待归舟。
月半潇湘雨，千年一沉浮。

## 99 橘子洲
夜雨潇湘橘子洲，长沙渡口楚江流。
苍梧斑竹千君泪，岳麓书生万里求。

## 100 过密印寺
东风月下春，钟鸣寺中人。
山门依旧约，精舍度红尘。

## 101 过五龙山大觉寺
月色五龙山，云明一客颜。
少林僧俗度，大觉寺边还。

## 102 过商隐墓
日月故家园，禅音五百年。
唐音千万里，三界两三泉。

## 103 石霜寺漫步
白石半浮霜，青莲一寺塘。
枫林三界色，夜雨两潇湘。

## 104 浪淘沙 禅修营寄语
林隙半光明，夜雨初晴。新芽苞绽一声声。
万叶千枝呼世界，石破天惊。
天下自阴晴，草木丛荣。乾坤生产各分鸣。
领悟禅心云雨后，换了人生。

## 105 道吾山游礼
群峰寻日月，万水问风云。
道吾知天地，禅音待骤分。

## 106 岳阳楼
洞庭百里岳阳楼，湘鄂千年二妃忧。
竹溪落时心泪落，雨云起处云愁。
苍梧树下知天子，群玉山头楚客游。
不尽阴晴圆缺故，人非物是已悠悠。

## 107 滕王阁
杜鹃争艳一片州，高阁风云半九流。
八百鄱阳湖上水，三千世界色中秋。
浔阳楼上梁山汉，帝子心中二妃忧。
烟雨洞庭知淡淡，衡阳归雁自悠悠。

## 108 浔阳楼
浔阳楼上客三秋，水浒舟中主百侯。
千里风云千里去，九江天下九江流。

## 109 庐山
一半庐山一半愁，几千世界几春秋。
三分美景三分水，五百人心五百楼。

## 110 清原山
野草半芳心，青峰一古今。
心中寻自在，天下尽知音。

## 111 小孤山
小孤山下一舟扬，大雨湖中半曲肠。
八百洞庭湘楚客，三千世界待芬芳。

## 112 九华山
云雨山中数九华，风流皖北问人家。
人身何在人身在，二月春光二月花。

## 113 司空山
雨色问云中，天光向大同。
三山寻谷壑，一刹待西东。

## 114 司空山——二祖寺
司空山上一禅林，二祖心中半客心。
九脉袭人知世界，三千日月待琴音。

## 115 司空山——传衣石
三界风光苦择枝，一心所有故禅时。
司空山上传衣石，万物随缘草木知。

## 116 司空山——夜居
星光点点半光明，月色茫茫一枯荣。
草木人生千里路，丛林住持万阴晴。

## 117 天目山
东风万里一春晖，日月千半千年不归。
桃李隔墙云淡淡，袭人香沉雨霏霏。

### 之二
高山流水雨霏霏，下里巴人去不归。
偶有知音寻楚客，江南草木翠微微。

### 之三
天目山中一色空，荷塘雨后半晴阴。
禅音不尽人生待，叶落鸟啼何处声。

### 之四
风花雪月一寒心，腊月梅香半古今。
桃李芳华千草木，东风左右百花林。

## 118 天台山——三祖堂
国清寺里几声钟，一半天台一半峰。
夏雨初评荷叶玉，秋风未起满芙蓉。

## 119 雪窦山
雪窦山前一古溪，梅花落后半春泥。
幽幽丽影浙江水，淡淡浮香鸟不啼。

## 120 雪窦寺
寺边夜雨寻古今，天下风云问枯荣。
圆缺难平三界水，离合拾得半无声。

## 121 普陀山朝礼

普陀山上玉观音，法雨云中日月心。
岁岁年年明渡口，空空色色入丛林。

## 122 灵隐寺

色满西湖月满楼，飞来古刹问春秋。
龙井山上千村碧，灵隐寺中玉水流。
住持南屏三界欲，钱塘浪涌一潮休。
苍桑问得江山在，禅海观澜自在由。

## 123 净慈寺

雨色西湖一故人，三潭印月半春秋。
南屏钟晚来归客，香侣天竺去俗尘。

## 124 断桥

雨断西湖雨断桥，一莺流浪一莺遥。
东坡酒醉知心客，晓月三潭夜未消。

## 125 念奴娇——西湖

平湖秋月，桂子落，小二惊梦还说。波折里圆圆缺缺，多少英雄豪杰。别别离离，离离别别，都忍长亭决，成成败败，南屏灵隐明灭。两岸十里荷风，步苏堤问晓，三潭印雪，草木西冷，寻鹤舞，尤有夕阳如血。沉沉浮浮，钱塘流水去，漫天清彻。问六和塔，风云沧海如迭。

## 126 寒山寺

月下姑苏夜半钟，山前同里退思客。
枫桥舟泊寻渔火，拾得心中日月逢。

## 127 寒山寺怀古

寒山寺里一声钟，拾得身前半身客。
月落乌啼霜色净，观音普渡有无宗。

## 128 灵岩山

风云不定小重山，难汲英雄胥子关。
五霸千年吴越在，禅音三界去来还。

## 129 金山寺

风云浪里一心闲，暮色长江半客关。
拾得寒山千岁去，禅音渡口上金山。

## 130 北固山甘露寺

风云北固楼，孙子忆仲谋。
三国英雄去，千年问土丘。
云接天际水，雨落地边流。
甘露思吴蜀，钟声问诸侯。

## 131 焦山定慧寺咏荷

碧雨荷平碧雨声，月清定慧月清明。
珍珠欲止还流去，玉露停心鸟不鸣。

## 132 清平乐——宝华山

朝朝暮暮，两岸江湖路。上下宝华山寺住。
左右长亭四顾。
僧游残卷孤灯，长桥渡口霜凝。
曲径通幽月夜，丛林唯有心凭。

## 133 金陵——宝山寺怀古

宝山寺外半春秋，万里长江九脉流。
一苇渡江禅坐壁，三千世界问江楼。

## 134 金陵——宝山寺忆萧衍

浮沉万里半浮沉，故客千年一客身。
空色回心寻月下，金陵梁武向天津。

## 135 金陵——阅江楼

江流不尽问江楼，一半江湖一半忧。
留下禅心知日月，观音口岸有归舟。

## 136 金陵——钟山

长江风雨满钟山，三国英雄去不还。
秦淮扬长荣草木，金陵日月石门关。

## 137 金陵——栖霞寺

人间问大乘，天上宝莲灯。
宝塔栖霞寺，金陵月下僧。

## 138 玄武湖鸡鸣寺

一寺舞鸡鸣，三生月色清。
禅音知世界，落叶问千声。

## 139 华东游历有感

汴水隋炀问寺庵，谁栽杨柳到江南。
华东四百丛林鼓，西陆沙鸣日月潭。

## 140 金陵

斜阳欲落半黄昏，暮色还寻一客村。
忽有钟声惊古刹，传来寺鼓问乾坤。

## 141 水调歌头 扬州大明寺

雨打三更鼓，色染一扬州，大明寺里寻问，紫竹待僧游。一半琉花欲落，一半烟云欲起，一半欲青楼。一半芳菲芳水，一半客江流。
笛声里，楼台上，百花洲。小桥流水天际，万里归舟。一半平生豪气，一半江湖许诺，一半任春秋。拾得知南北，胜似玉王侯。

## 142 滨城金石滩

潇潇夜雨问红楼，淡淡江湖淡淡秋。
金石滩中惊暮鼓，滨城夜下大江流。

## 143 扬州渡

淮水风帆半去留，扬州渡口一归舟。
人间不尽贪心客，世界难寻玉笛愁。

## 144 辽东

古刹年年问色空，莲花朵朵向辽东。
千山宝殿龙泉水，万木阑疏自在中。

## 145 柏林寺

桥水红尘问赵州，柏林寺月待僧游。
杯中世界还浮沉，目上乾坤日月流。

## 146 赵州茶

人居草木中，客问赵燕童。
易水千年尽，英雄万古风。

## 147 正定临济寺

天下问阴晴，人间孰败成。
风云临济寺，日月有无声。

### 之二

秋雨半无声，枫林一枯荣。
楼台鸣玉笛，僧寺自阴晴。

## 148 潭柘寺

天下一燕山，黄河十八湾。

先年潭柘寺，后水北京颜。

### 149鹳雀楼
鹳雀楼中鹳雀游，运河流去运河秋。
江南万里江南色，自在人心自在侯。

### 之二
千年问客忧，黄河万里向天流。
高楼极目人间尽，流水清心日月由。

### 150清凉山
灵境山中雨过檐，梧桐树上风求凰。
清风明月知珍宝，竹影泉声问寺房。

### 151望海潮 清凉山
五台山上，百年云里，清流寺外成城。
风隔年年，清风处处，朝朝暮暮阴晴。
天下一精英。问心问禅去，枯枯荣荣。
窗外春秋，鸟飞情落，一人生。
泉溪日月刘明，见前前后后，自古相卿。
客舍匆匆，兴兴废废，成成败败成成。
自在白声鸣，岁岁悠悠路，拾得平平。
钟鼓连连继继，守一著身名。

### 152踏莎行 玄中寺
事业难成，人心不老。千峰叠谷望飞鸟。
玄中寺里一钟音，人间天下何多少？
旷旷幽幽，茫茫杳杳。梅花雪里听春晓。
风采不假问平生，空空色色余香袅。

### 153菩萨蛮
人间菩萨草原度，荒川不见年年树。
地阔满牛羊，天高多炎凉。
江山千里路，古刹三更住。
都是几情肠，何言寻觅望？

### 154菩萨蛮 大汗陵
千年不忘英雄汉，五陵谁问人间乱。
一箭射飞雕，百年寻路遥。
人生知聚散，情下声声唤。
自古一天骄，故陵风雪消。

### 155浣溪沙 平兴寺
太姥山村半日斜，平兴寺外百合花。
东风渡口浣溪沙。
桃李芳菲流水色，彩霞尤落满山涯。
一人天下一人家。

### 156鼓山涌泉寺
丛林寺涌泉，暮鼓色千缘。
明月回龙阁，清风问旧年。
虚空云影散，鹤舞水光前。
楚客孤峰立，疏钟住持眠。

### 157两禅寺有感
山中一半天，寺外二三缘。
水月黄粱梦，禅音渡客船。

### 158黄辟禅寺月夜
清风明月一心珍，下里巴人半客身。
禅寺流芳千百度，天涯何处两红尘。

### 159苏幕遮 广化寺
向如来，菩萨客。一半人心，一半禅音泽。
罗汉丛林千绵帛。一半江湖，一半高堂隔。
问三江，流九肠。万里长江，万里黄河陌。
天下书生寻莫莫，万里长城，万里楼兰籍。

### 160浪淘沙 广化寺
翠竹尽心空，落叶枫红。灵岩山外一西东。
广化寺缘归印证，拾得园公。
来去一殊同，有在无中。千年自古半英雄。
处处随心多自在，回首飞鸿。

### 161忆江南 广化寺南山
风水岸，云雨小南山。一半青莲三两渡，
千万翠竹两三庵，一月印三潭。

### 162鹧鸪天 丈院
残卷孤灯夜雨声，晨钟暮鼓渡船平。
人生一世含辛苦，天下三更读者耕。
飞雁去，向归鸣，四时相守一阴晴。
家家拾得禅心在，一马平川自枯荣。

### 163虞美人 广化寺
人生一半长亭路，天下朝朝暮。
十年自在一声鸣，万里江山楚汉半光荣。
心中只有禅音渡，寺里知风雨。

今今古古问精英，锁住相思吴越一湘情。

### 164重游广化寺
雨里护心亭，云中间渭泾。
楼兰山不断，白马寺无停。

### 165鹭岛——五老峰
一马平川五老峰，三心二意半芙蓉。
清风明月知天下，下里巴人问鼓钟。

### 166鹭岛——真寂寺
船落云飞白鹭洲，天高水淡长江流。
行人真寂楼前寺，夜雨春分陀后修。

### 167鹭岛——万石莲
寂寂悠悠万石莲，摇摇曳曳去来船。
旗亭南北人心渡，鹭岛云中过大千。

### 168鹭岛——百竹园
两岸一台湾，千年半客颜。
黄河流不尽，海峡向家还。

### 169鹭鸟——鼓浪屿
沙岸玉门关，风平日月山。
人间寻鹭岛，天下问台湾。

### 之二
一梅不尽一梅来，雨色天门雨色开。
鼓浪屿前寻鼓浪，琴台声谷问琴台。

### 170鹭岛——郑成功
清明不尽一清明，鹭岛风云半枯荣。
五百年中知壮士，三千里路问身名。

### 171闽南
三千弟子一平生，五百年中半主成。
鹭岛琴音多鼓浪，台湾日月向潭明。

### 172武夷山——水帘洞
龙涎潭影半珍珠，水色天光一有无。
武夷山中三过客，春梦夜里万家湖。

### 173武夷山——活泉
武夷山中一活泉，水帘洞里九泉喧。
知心问竹清风响，饮水思源草木繁。

### 174 武夷山——茶魂
武夷大红袍，胡姬小葡萄。
半山云里雨，十水色中高。

### 175 武夷山——大峡谷
堑上一飞流，岩中半月秋。
浮光随峡谷，掠影入泉楼。

### 176 武夷山——九曲溪
掠影浮光九曲溪，流花落色半春泥。
余香不尽寻天地，拾得禅音问闽西。

### 177 武夷山——漂流
人间天下任漂流，三界云中问客游。
古刹莲花开不尽，去来日月向江楼。

### 178 峨眉山
普贤大士一钟声，峨眉群山半枯荣。
金顶佛光明世界，洞天别有旷心情。

### 179 菩萨蛮 川蜀游
四川思蜀长江路，巫山云雨夔门主。
听下里巴人，任春秋楚邻。
人才天府渡，民俗含辛苦。
水色问江津，驿边花客陈。

### 180 菩萨蛮 康巴游
巴山蜀水寻康定，风花雪月凭心听。
西望一千州，东风三万泉。
江南丝竹庭，塞北飞流莹。
明月问婵娟，清风心不眠。

### 181 菩萨蛮——青城
青城山上幽游路，四川流下人间暮。
普照寺钟声，济公知枯荣。
蜀思风有雨，楚客辛还苦。
上下百年名，去留三界生。

### 182 鹧鸪天 蜀南精舍访友
蜀水扬明蜀水涵，客乡云雨客乡庵。
高山流水知音在，自主禅音自主坛。
天淡淡，水蓝蓝，江华日入三潭。
天津渡口人心岸，一半春风一半蚕。

### 183 踏莎行 吃茶
伊岭春光，玉壶竹影。千杯世界千杯省。
江湖四面问朝堂，人间才子风骚领。
云色清清，禅心静静，一家云雨一家倾。
晨钟暮鼓茶憧憬。

### 184 宝岛
一夜梦台湾，三光照四山。
丛林空色去，日月玉门关。

### 185 高位山重阳
万里欲重阳，千声问客肠。
天高皇帝远，旷野自扬长。

### 186 游长安
今古一长安，终南半玉冠。
长生殿外雨，上苑夜中寒。

### 187 长安怀古
八水绕长安，三光渡口寒。
灞桥杨柳岸，明月客心单。

### 188 大唐三藏
存真去伪自西行，玄应经音释译名。
上古人生多苦难，而今天下已成城。

### 189 大雁塔下
雁塔无声雁有声，一南一北一归啼。
衡阳塞北沙河岸，渡口萍洲自枯荣。

### 190 大雁塔——怀译场玄应玄奘
一日春关一客名，十年读苦十年情。
西行九万千千里，释译三生两两成。
无影桥中云彩照，金鸟天下欲心倾。
人间几度从客问，日月经天自在明。

### 191 兴教三塔
四面八方日月明，三长两短枯荣生。
乾坤自主知天地，出入人间孰败成。

### 192 法门寺
明月千年照汉家，清风百岁浪淘沙。
开元盛世今还在，不是梨园古寺华。

### 193 罗什塔
水月清光古寺芳，禅华行影日方长。
旟尘百鸟无啼夜，渡口千舟有炎凉。

### 194 逍遥园怀古
逍遥园外自逍遥，冰见云中水月消。
寥阔长安寥阔岭，渡人天下渡人桥。

### 195 菩萨蛮 秦陵
千年不尽千年去，秦皇汉武秦皇墓。
留下半长城，人间无枯荣。
英雄古今路，壮士清名故。
天下一人生，谁知身后名。

### 196 乾陵感怀
无字碑中有字名，无言天下有言情。
五陵风雨身何在，万古江山自枯荣。

### 197 无字碑歌
无字碑前问武名，媚娘裙下寻客荣。
清风扫尽春秋叶，日月还明草木情。

### 198 咸阳古道
一帝风云一帝陵，五蕴草木五蕴青。
王孙不是王孙客，渭水泾流渭水泾。

### 199 阳关古道
下里巴人古道半，阳关三叠客人声。
思乡不在黄昏时，只问楼兰日日晴。

### 200 祁连精舍
祁连山下一钟声，云海天中半鼓鸣。
八景寺堂寻鼓客，四川精舍话人生。

### 201 过玉门关
日浮日沉玉门关，人去人来故客还。
沙动沙鸣沙不语，月明月暗月新颜。

### 202 莫高窟
飞天上下一心情，满目琳琅半不平。
晋汉隋唐多少月，洞中罗刹任沙鸣。

### 203 敦煌达大漠
黄昏处处任沙鸣，大漠天天不枯荣。

旷野风中多住持，月牙泉里一阴晴。

### 204 过终南山
终南山顶玉王冠，自主人间自主安。
只道春关关不尽，长城今古古还残。

### 205 度门寺
度门寺外一千山，菏泽莲中十八湾。
洛都云浮秦晋水，长安日落玉门关。

### 206 寄虚空和尚
古刹钟声七音琴，丛林寺鼓半古今。
三界清风遁世界，一轮明月照禅心。

### 207 般若波罗蜜多心经
色色空空一色空，云云雨雨半云红。
生生死死生无死，去去来来去不终。

### 208 蝶恋花 雪中情
一夜东风千万树，腊月寒心，内外梅花度。
雪色扬ården三界顾，苍茫天下群山炉。
一半江水川上数。一半层林，一半寻烟雨。
色色空空非是误，浓浓淡淡还如故。

之二

一轮明月照禅心，三界风花问古今。
白马寺中西陵水，东风夜下送钟音。

2008.11.26—27

---

# 七、《唐诗一》

中国古典名著鉴赏　冯国超　编著　光明日报出版社
2003 年 11 月 1 日版

### 1 陶潜
人间五百年，世外半桃园。
柳暗秦时草，物惊隋广田。
花香疏巷落，都邑近云天。
日月明津泛，相思渔樵船。
青溪流不归，客心不知眠。

### 2 唐人街
唐诗问隋炀，广韵律圆方。
兴废千年去，家家约旧堂。

### 3 王勃 送杜少府之任蜀州
一韵明秋水，千章浩长安。
孤鹜山鸟尽，落霞九江田。

### 4 山孤
桥明度半川，九脉问千涓。
夕照江村渚，明人寻旧船。
浮云舒自己，碧色化淡烟，
繁简清晖移，人间主客田。

### 5 陈子昂 登幽州台歌
之一
心中一古今，天下半琴音。
问九州苍茫，念人间而明。

之二
孤云万里逐寒光，野仗千年问汉唐。
起起来来寻得势，扬扬抑抑独风芒。
东邻未约西庭客，古木花阴沾雨墙。
代代时时人不已，朝朝暮暮一华堂。

### 6 贺知章 回乡偶书
之一
一半生平去不回，家乡山水故心台。
前人旧舍今何处，不识花甲恐复来。

之二
少小家中旧事多，家前屋后爷娘河。
挂牌岭下浑江水，日落牛羊野草坡。

### 7 张九龄 望月怀远
千年一月明，万户半宫清。
不尽相思故，心中问何情。

### 8 王之涣 登鹳雀楼
之一
山日上高楼，江船问暮流。
千川心不已，一目万年忧。

之二
心中万里求，天外一归舟。
回首高楼上，江风不尽流。

### 9 王之涣 凉州词
之一
黄河九曲过凉州，一夜长安洛水流。
处处沙尘人何迹，烟城旧址已幽幽。

之二
一曲过凉州，千音问客楼。
王之涣望断，飞雁向幽州。

### 10 孟浩然 春晓
一心一大小，半天半晨晓。
人中问古今，日月知多少。

### 11 孟浩然 早寒有怀
一叶落南山，千川水半湾。
衡阳知雁丘，但见上人还。
白雪阳春曲，梅花三弄关。
长沮桀溺隐，何谓不清闲。

### 12 孟浩然 宿建德江
日暮一千金，斜阳半尺心。

172

古今知日月，似有虎龙吟。

### 13 王昌龄 芙蓉楼送辛渐
吴江雨细五湖烟，拙政洞庭半月弦。
拾得寒山钟鼓寺，姑苏碧玉客鸣船。

### 14 王昌龄 闺怨
一曲心音半曲愁，千年柳岸百年楼。
长江水色天云落，春雨秋花任自流。

### 15 王昌龄 从旧军行
大漠千年落日昏，荒沙十月没平门。
阴山胡马扬天下，不问楼兰小儿孙。

### 16 王昌龄 出塞
秋风初入玉门关，一箭飞将去未还。
不像胡人知歌舞，英雄常使问天山。

### 17 王维 桃园行
人间一万年，世外半桃莲。
柳岸秦时村，花明汉月圆。
芳华明间巷，都邑复云田。
古渡行船去，渔樵草木宣。
青溪来去水，醉客问时眠。

### 18 王维 使至塞上
西岭一凉泉，归人半迹燕。
浑江情水暗，五女化天烟。
儿女惊心梦，乡云还孤烟。
平明寻故里，暮色满家园。

### 19 王维 送梓州李使君
离乡暮色晚，落叶触心寒。
一月明天下，三年梦不安。
子读辽东去，耕耘大学坛。
平生忧国家，奋勉在云端。
问而今花甲，人生欠未安。

### 20 王维 送元二使安西
一天迷雾一天云，五载相识五载分。
暮暮朝朝依惜问，天明故里为知君。

### 21 王维 九月九日忆山东兄弟
一年九月一重阳，两地求全两故乡。
六十五年回旧梦，半时春水半时霜。

### 22 李白 静夜思
山明千草木，月暗一东江。
桂影婵娟间，宫清向故乡。

### 23 李白 长相思
长相思，在江南，半壁亭北百花怜，
一寸薄霜沉沉园。孤灯窗月红豆见，
碧荷芙蓉出水眠。倾心云中问婵娟。
不闻曲终两宿愿，留下相思一千年。
宫墙柳色红酥手，情丝依依挂玉川。
长相思，在江南。

### 24 李白 梦游天姥吟留别
钱塘一线潮，天姥万云消。
尤见西施井，商奸范蠡僚。
侠肠天下去，船月半心辽。
情尽曹娥水，心平月月昭。

### 25 李白 蜀道难
蜀道半生难，天山一不安。
源合三江水，气运四川滩。
万事知艰苦，千臂无息叹。
蚕从闻男儿，鱼凫问人看。
朱颜依月夜，汉子捶明冠。

### 26 李白 望天门山
夜雨天门一水开，江流当涂半湾回。
人心捞月清名尽，只有婵娟玉影来。

### 27 李白 将进酒
文华千斗酒，狭义半人间。
水下看明月，天中约醉闲。

### 28 李白 登金陵凤凰台
斜阳一脉九江流，两岸桃花四牌楼。
十国浮华云雨多，半生扫叶问石头。
隆兴唐宋元明去，灯火晴明建邺洲。
秦淮金陵桃叶渡，吴宫蜀月借扬州。

### 29 李白 古风
嬴政平生半世才，长城内外一战开。
苍生四野惜知命，未冷书坑吴广冤。

桂子嫦娥寒梅去，春心秦女问东台。
长安兵马阿房佣，空教人间去不还。

### 30 李白 清平调词
云雨芳华玉色慵，亭亭出水醉芙蓉。
海棠泉水骊山汤，色艳名华沉香亭。

### 31 李白 早发白帝城
楚汉千年一界还，烟云三国半祁山。
刘禅白帝闻相尽，只得人情世不闲。

### 32 李白 望庐山瀑布
庐山可望不可及也
十万天云一庐山，千泉瀑落九州颜。
彭黄张周惊人世，唐宋明清守其间。

### 33 李白 独坐敬亭山
虫鸣落叶难，俯仰暮云残。
独坐高楼上，心问敬亭冠。

### 34 楚之黄鹤楼吴之凤凰台
崔颢诗吟黄鹤楼，金陵李白凤凰游。
汉阳知己琴台问，花草吴宫处处愁。

### 35 崔颢和李白，黄鹤楼与凤凰台
黄鹤不问黄鹤楼，鹦鹉学舌鹦鹉洲。
击鼓骂曹惊楚水，运筹三国荡唐舟。
沈家石脸三山出，秦淮烟云二水流。
六朝兴亡故国尽，一枝红杏凤凰游。

### 36 王翰 凉州词
苍茫大漠半凉州，酒入山泉一醉休。
夕照楼兰天如故，交河旧国几人愁。

### 37 张旭 山中留客
寒泉旧日楼，幽草客心秋。
暮落千川水，烟云半渚洲。

### 38 张旭 桃花溪
洞庭半去船，天下一孤帆。
桂子莼鲈羹，江湖暮雨烟。

### 39 刘长卿 送灵澈上人
十国一金陵，三吴半草青。

金山寻古寺，北固望江亭。

### 40 杜甫 望岳
齐鲁泰山天，燕丹易水田。
阳明一草木，夕照满家园。
保定高城在，济州七十泉。
人心今古问，上下五千年。

### 41 杜甫 佳人
人心一夜思，草木两相知。
客色扬花落，佳人十万师。

### 42 杜甫 丽人行
上下千年尽，人心百里昏。
冠冕明得意，醉夜暗渔人。
月近梅庭影，衣佛柳色巾。
半花香半动，一岁只三春。

### 43 北京红螺寺僧人
声明未入门，草木小儿孙。
怀柔佛心返，高山去水恩。
朝峰云岸远，夕拾客农村。
净土禅音在，红尘一夕昏。

### 44 杜甫 月夜忆舍弟
丝柳叶青平，心明月色清。
故乡亲旧梦，去雁半无声。
兄弟依依别，同学挥斥行。
山中闻隐士，不知冕轩生。
回头三笑去，故人只寻情。

### 45 杜甫 蜀相
六出祁山一国箴，三寻诸葛两朝吟。
尝求辅蜀闻先帝，未问兴师复主心。
羽毛酬谋纵五虎，贤义华容七军淋。
东风只借周瑜气，留下空城尽好音。
英雄只有英雄惜，仕宦渔樵半布衣。

### 46 杜甫 客至
春桃一色万花开，红杏千枝出墙来。
艳艳妖妖分外遇，人心暗动玉壶杯。

### 47 忆山海关
山南山北一春江，关后关前半故乡。

北戴河中船艇竞，秦皇岛外海山光。
燕人女贞阳明去，李广飞将一箭尝。
万语千言连里七，辽东外八满斜阳。

### 48 杜甫 登高
千年一落妆，万里半重阳。
故岭知荣枯，江湖问侠肠。
山河依暮尽，草木向西凉。
只应楼兰去，凭惊半鬓霜。

### 49 杜甫 咏怀古迹
金陵一故名，燕子半无声。
石矶长江改，扬花柳叶城。
烟花秦淮水，天下问书生。
爱国男儿少，扬扬八艳情。

### 50 杜甫 赠花卿
成都一花卿，江川半留名。
天音天子借，曲尽曲无终。

### 51 杜甫 茅屋为秋风所破歌
一半秋光一半明，千川落叶万山声。
青云色淡辽天阔，一字天空排旧征。

### 52 杜甫 春夜喜雨
一夜雨云生，千村柳色晴。
花开心里闭，草重玉珠明。

### 53 交河故国
侠士平平半玉关，江湖一夜问天山。
送君万里轮台北，不到楼兰自不还。
暮色交河圆日落，人间不似旧人间。
晴沙处处胡杨折，断垒残垣客唯艰。

### 54 张继 枫桥夜泊
半部枫桥半雨烟，一城白石一人田。
僧人扫叶寒山寺，碧玉人家客舍船。

### 55 韩翃 寒食
之一
杏李梅花李杏花，桥斜柳斜玉人斜。
运河来往寻邻岸，知是船家是一家。

之二
云水无人柳丝斜，孤桥迢递一人家。
茫茫渺渺山还远，处处寒食处处花。

### 56 韦应物 滁州西涧
琼花随水生，布谷傍田鸣。
一雨怜天下，千家论纵横。

### 57 嫦娥怨
三日三年三月圆，一生一世一寒年。
桂宫清苦寻人迹，桂子吴刚向独眠。
锁住春怨天下问，长空万里一婵娟。
忽闻七夕仙桥渡，原来人情在自怜。

### 58 孟郊 游子吟
子心去万里，母爱一生年。
心里三千语，人间百万怜。
英雄无成败，天下自青莲。

### 59 北京汪魏新巷读唐诗 龙娟
东夕照半城，新家满落红。
四川龙女小，天下有无中。

### 60 千山
禅房千草木，古刹半泉林。
竹影无梁殿，天光观世音。
清新空日月，鸟啼入寒琴。
隔岸青峰碧，山川问归心。

### 61 刘禹锡 乌衣巷
秦淮河边百姓家，石头城北一天华。
明清不问清明问，君子金陵夕照斜。

### 62 刘禹锡 西塞山怀古
大江东去西塞山，五代兴亡十国攀。
神秀道场周武问，桃明玄都念千般。
石头半旧金陵在，一半莼鲈一半湾。
故垒还闻寻铁锁，江湖汴水入吴颜。

### 63 刘禹锡 秋词
春朝秋夕半心平，草木花林一枯荣。
重向天空排字上，衡阳碧水有归鸣。

174

## 64 刘禹锡 竹枝词

三吴故里汴河平，一水归帆客色生。
范蠡经商辞故国，西施尤念馆娃情。

## 65 白居易 琵琶行

### 十里亭

云重城半黑，雨急树千泉。
一谷空山响，林峰未出天。

## 66 江湖

### 之一

十里亭中十里亭，五湖浩荡五湖青。
两山碧叶春螺叶，一客思心漂渺汀。

### 之二

九脉东流日月明，千山西向半心横。
英雄常问浔阳水，不取人间匡庐情。

### 之三 相怜

心重多感零，不忍忆归亭。
同是人间病，人生曲不停。

## 67 白居易 赋得古原草送别

### 之一

天光嘉峪关，一箭酒泉山。
影淡千家玉，情重半世间。
平沙侵旧城，海市问荒明。
日月云舒卷，天空草枯荣。

## 68 白居易 卖炭翁

隐身木岭中，不向仕官宫。
衣布知父母，声名卖炭翁。

## 69 李绅 怜农

一心向地背朝天，半对寒炎半对年。
阡陌耕耘三五亩，农田苦尽苦心田。

## 70 柳宗元 江雪

千家半雪寒，万户一花冠。
化作香泥水，春光重杏坛。

## 71 贾岛 题李凝幽居

拾得一寒山，天平半玉关。

隋河三吴水，同里两人间。
虎丘荷花水，退思月下颜。
云居寻楚客，桂子苦吟闲。

## 72 剑客

江湖三剑客，淞沪半莼鲈。
心中君子诺，侠肠正义呼。

## 73 贾岛 访隐者不遇

隐者上天山，耕心下寸颜。
多知求半仕，少见守一般。

## 74 朱庆余 闺意张水部

洞房七八烛，堂上二三儒。
但待人家主，寻声大小姑。

## 75 李贺 南园

意气批三国，乡思念九州。
千山寻路问，指点万户侯。

## 76 李贺 昌谷北苑新笋

一心竹节一时新，半意长成半故人。
有待潇湘千滴泪，可怜天下父母亲。

## 77 杜牧 寄扬州韩绰判官

一曲念奴娇，千音小蛮消。
扬州晴多雨，暮沉玉人箫。

## 78 杜牧 清明

乞火清明细雨东，江南水色纵鱼虫。
不知何处相思锁，但见人居草木中。

## 79 杜牧 遣怀

### 之一

傲傲清清雪色明，丝丝扬扬柳杨城。
一生只为求一梦，一梦难成梦一生。

### 之二

薄幸青楼不自成，人间草木四时荣。
但凭玉色朱门里，只得平生不得名。

## 80 杜牧 金谷园

一园情影半香尘，半夜流花一玉津。
处处春心空梦入，读书不是读书人。

## 81 杜牧 过华清宫

### 之一

华清莫问问清华，不是皇家是谁家。
不忘等闲名利禄，春秋夏冬柳杨花。

### 之二

梅香未尽李桃开，色水华清玉影来。
一曲声名千古ївя，渔阳不许一人回。

## 82 杜牧 江南春

三吴汴水半流红，万户梅花二月中。
草木扶苏拙政园，寒山拾得寺天空。

## 83 杜牧 题乌江亭 大自在

楚汉一扬长，乌江半故乡。
人心三界外，社稷一天光。

## 84 杜牧 山行

南天门里半径斜，极顶天街一道家。
尤有佛堂明智慧，泰山日月向中华。

## 85 杜牧 赤壁

楚河汉界阿房宫，隋水唐流尤向东。
大小乔心无赤壁，朝朝代代是非中。

## 86 杜牧 泊秦淮

明清已尽半泥沙，朱雀乌衣两草花。
只见桃花秦淮月，金陵八艳玉人家。

## 87 杜牧 赠别江楼

天空月色月宵晴，水阔江流天曲声。
蜡烛有心心渐短，余光不忍照楼明。

## 88 温庭筠 瑶瑟怨 杨广

隋炀汴水隋炀成，一处江山一处名。
七十二妃千夜梦，三宫六院何时情。

## 89 陈陶 陇西行 梨园

开元天宝问玄宗，亡国渔阳阶下龙。
汤暖华清人何去，空心不见玉芙蓉。

## 90 李商隐 乐游原

云平一地天，客座半年年。
影色江山水，耕耘墨池田。

### 91 李商隐 夜雨寄北
记忆还新问蜀岚，念旧无论梦江南。
一生客坐巴山雨，半壁春秋草木函。
川水平潭重泽色，音琴夜月锦城暗。
心中不过思弦月，春水东流锁夏蚕。

### 92 李商隐 嫦娥
嫦娥桂影半天深，一片相思一片阴。
墙外鹊桥听七夕，婵娟有意向人心。

### 93 李商隐 锦瑟
一月三更一勾弦，半明半暗半心田。
疏光桂影悔灵约，玉臂清辉待不圆。
夜梦华年天地近，秋宫常任月情怜。
浮云春色音琴锁，留取寒宫托杜鹃。

### 94 李商隐 无题
**之一**
一来一去一宫寒，万箭千心百草残。
蚕室方圆心自锁，云平只限影人难。
三更月半光天暗，玉笛无声闭眼看。
有意情中浮五岳，无风水折九江澜。

**之二**
来时无影去无踪，东舍西邻问客松。
碧影人家闻折柳，驿桥水色入芙蓉。
刘郎不识金香玉，拾得寒山半月钟。
暮雨高堂云旧客，一心一意一重重。

### 95 李商隐 为有
金陵秦淮念奴娇，玉笛扬州廿四桥。
只有东风周郎便，东吴夜雨三春宵。

### 96 薛逢 宫词
浮荣一御城，雨夜半流明。
玉色愁春院，婵娟待五更。
千家怜女儿，七夕问玄宗。
便得梳妆懒，云鬟理旧英。
但恨无前缘，平生是一生。

### 97 马戴 楚江怀古
蜀尽楚江流，川归锦水楼。
清明寻四野，怀远十三州。
景泽岳阳郡，长沙暮雨愁。
扬扬三界水，渺渺一归周。

### 98 政败 马嵬坡
人情来尽半人情，夜梦玄宗七夕明。
谁知梨园声韵在，景阳依旧一愁城。

### 99 韦庄 金陵图
金陵不尽一江清，秦淮依依去客城。
目问石头城外水，寒霞已暮故人情。

### 100 黄巢 题菊花
西风万里一花开，溯漠千川半岁来。
马上功名荒故里，寒霜半落玉妆台。

### 101 黄巢 菊花
不问天高九月秋，芳名水落色中楼。
人情仰止知三界，留下清兰半九州。

### 102 张乔 书边事
岁岁一清秋，年年九脉流。
阴山千古月，白日万家楼。

### 103 杜荀鹤 春宫怨
何事问昭君，招仪近白云。
画师三两笔，玉色一千分。
胡汉琵琶怨，云阳女儿心。
花重青眉浅，粉黛影姿深。
帝王无近客，蜀地杜鹃音。

### 104 秦韬玉 贫女
删繁就简贴花黄，为他人缝嫁衣裳。
黑白浊清知物类，富贫主仆各分堂。
运筹高论言天下，小大方圆自主张。
草木三春三界绿，长江一浪一高扬。

# 八、《唐诗二》

中国古典名著鉴赏　光明日报出版社

### 1 颜真卿
长安进士共辞章，笔正立身御史堂。
太守平原元载妒，开元天宝半黄果。
非公言真违心少，正色清臣刚礼乡。
珍世道婉书草力，声名天下自无疆。

### 2 颜真卿登平望桥下作
平望桥下问长安，上苑花中御儿寒。
秦晋城前寻客至，终南山上玉人冠。

### 3 李华杂诗六首
佛道难平白闭关，长安未得客君颜。
归乡不拜云中去，自古儒生十八湾。

**之二**
丹青不尽满松烟，书正难名过客船。
半亩心田知谷物，一衣豪气丈夫天。

**之三**
一人天下一方圆，五百年中五百仙。
论语春秋经子集，诗书兴废帝王田。

### 4 海上生明月，科试步下平八庚韵
天生一月明，海问半精英。
进士朝堂对，樵渔四野行。

春秋天下继，论语世中名。
乞火纵横去，王家上下成。

## 5 汤关
日落卧沙鸣，云平逐草生。
玉门关外客，拾得月中情。

## 6 萧颖士
对策春关第一名，开元上苑二三声。
玄宗堂下山南士，校理门中觅枯荣。

## 7 江有归舟
江岸问归舟，流水逐江楼。
日月波花去，风云故客休。

## 8 越江
扁舟谁问君，天下醉寻云。
上下平明客，纵横两不分。

## 9 山庄月夜
心中半亩田，天下一人缘。
都是前川客，东风醉后眠。

### 之二
明月入山庄，清风待晚堂。
二三寻客至，一半问红妆。

## 10 山下晚晴
寥寥暮色半晴明，荡荡山风一枯荣。
九日重阳天上去，午年今古欲中生。

## 11 崔曙
宋州进士一身名，崔曙开元半第声，
拾取明堂珠火色，花红夜夜待诗情。

## 12 王伦
晋阳及第一生平，子羽直言半不成。
出类皇家拔萃士，道州司马枯还荣。

## 13 凉州词
秦川西去一人怜，归雁南飞半客边。
寒夜胡笳天地在，月明塞北故心弦。

## 14 孟云卿古别离
武昌进士重别离，元结难寻杜甫枝。

日月校书明草木，书生不见客家时。

## 15 伤情
出入一平生，人间半不明。
伤情寻日月，问道向声情。

## 16 伤时
草木谁人知，阴晴莫不迟。
心中天下去，马上玉门诗。

## 17 汴河
清晨汴水风，日暮越江鸿。
不尽午年水，长城万古穷。

## 18 新安江上寄处士
一半渔樵一半冠，二三进士二三寒。
清明取火清明色，日月闻声日月坛。

## 19 张巡闻笛
笛声一半落河东，御房三夫问不同。
悲壮文辞惊日月，一千八百战天空。

## 20 衡阳泗水寺
一寺悠悠百粤空，万山岭岭半枫红。
五蕴明月寻池水，三界秋风问枯虫。

## 21 贺兰进明
秦州司马嫉睢阳，北海临淮太守荒。
回首岭南千载尽，江山社稷已苍茫。

## 22 韦凡思归寄东林澈上人
思归如故向东林，落叶重重月色深。
三界贫凉三界士，一人来去一人心。

### 之二
空山月落一禅音，寺鼓声鸣半古琴。
景重云烟和渡口，泉流日月满衣襟。

## 23 萧昕洛出书
龟灵龙马一春秋，启圣负书半秋由。
万国疏流千古水，百川溢涌十三州。

## 24 东皇太一
东皇太一问潇湘，弟子三千过吕梁。
秦晋山川寻楚客，隋唐日月向诗杨。

## 25 蓟北行
平生志业一殷勤，苦读诗书半佩文。
不信出身闻布荆，镜明草木两纷纷。

## 26 孟浩然
鹿门四十去襄阳，出诵玄宗客自伤。
谁道不才明主弃，京师何故一言堂。

### 之二
千年自古一秋春，万水东流半晋秦。
只作云梦田上客，不难天下去来人。

### 之三
朝堂一客君，日月两边分。
草木知时令，禅心白石云。

## 27 夏日南亭怀辛大
荷风十里香，杨柳一荒塘。
碧色千年后，隋堤万古长。

## 28 秋宵月下寄杨灵
何处问飞萤，秋虫带意听。
人心随日月，天下寄杨灵。

## 29 送辛大之鄂渚不及
不及天下一君心，暮色江流半古今。
相见知时尤草木，别离未得带衣襟。

## 30 寻香山湛上人
香山一上人，古寺半秋春。
远作空山客，留名白石津。

## 31 题终南翠微寺空上人房
禅单印入寺中山，钟鼓声鸣日闭半。
草木翠微空雨迹，炉丹白石老君颜。

## 32 鹿门山
山中一鹿门，楚外一江村。
天下寻荣枯，江湖问子孙。

## 33 白云先生
平明问白云，夕照满衣裙。
自在寻今古，禅宗向客君。

## 34 长乐宫

长乐宫前一半春,莽袍玉带二天津。
三宫六院寻常客,窈窕淑娴向谁人。

### 之二

故得秦城一客家,去来天下半桑麻。
不难春雨悄悄下,只有东风二月花。

## 35 和张丞相春朝对雪

天下乱梅花,人间故影斜。
纷纷香雪海,红白满天涯。

### 之二

芳香二月花,云色一天华,
郁郁随心下,杨扬满客家。

### 之三

袭人问自斜,疏影透窗纱。
玉色闻天下,芙蓉向万家。

### 之四

无心问百花,有意向天涯。
只恐东风雨,芳香落客家。

## 36 寄天台道士

海上客求仙,人前问缺圆。
丹田寻白石,意气待天年。

## 37 赠道士参寥

月下一琴声,人间半枯荣。
云浮天地外,雨沉任阴晴。

## 38 经七里滩

严陵七里滩,西望玉门关。
向子三湘儿,黄河十八湾。

## 39 洞庭湖寄闫九

万里一洞庭,千川草木青。
人间多少客,天地有精灵。

## 40 九日怀襄阳

九日一襄阳,丢掉半楚肠。
高山流水客,暮色满潇湘。

## 41 过故人庄

山中一两家,田外万千花。
草木春明晚,黄昏夕照斜。
村边多水色,心上半天涯。
月月殷勤客,年年种豆瓜。

## 42 渡扬子江

天光草木荣,水色润州城。
桂楫中流望,寒江两岸平。
瓜洲灯火暗,京口曲声鸣。
秦淮年年夜,金陵旧梦生。

## 43 登万岁楼

万岁山中万岁楼,一人天下一人忧。
人情似水东流去,半是春明半是秋。

## 44 长安早春

二月柳条新,杨长灞桥人。
玉门关外去,啸啸满天津。

## 45 春情

月下去红妆,丝衣向枕凉。
心言求一梦,谁与入黄粱。

## 46 荆门兄弟

二月雪中梅,三君蜀上升。
隆中难一对,吴下尤千回。
日月荆门守,春秋度夜台。
人心天下在,魏晋去时催。

### 之二

岘山江岸绕荒塘,鄂水郭门待月光。
自古登临今古问,楼高落照又重阳。

## 47 送王昌龄之岭南

洞庭草木甘,潇湘直臣潭。
同是长沙客,随君平岭南。

### 之二

巴东夜雨吟,两蜀故人心。
影摇梧桐叶,清光问古今。

### 之三

西出长安一半心,岭南草木树多阴。
迁升天下书生客,上下人间自古今。

## 48 镜明

文姬夜夜愁,玉笛镜湖秋。
翠沉山清色,平明水不流。
蔡邕知子女,日月照高楼。
汉土闻天下,胡人问不休。

## 49 送朱大入秦

武陵人去半桃花,影落舟平二水华。
玉色黄昏千碧浪,江村日月一人家。

## 50 蓟门

蓟门日落半黄昏,燕赵元人一客村。
华夏寻根知草木,中原自古问儿孙。

### 之二

蓟门残照问来人,大都流明入半春。
谁见元人天下去,革囊南下过天津。

## 51 梅园

一角见园心,袭人半古今。
沉香浮日月,草木问鸣琴。
淡淡溪流水,幽幽曲径深。
东风无力见,夜色自多阴。

## 52 春晓

东风八女娃,细雨出人家。
夜色幽幽径,平明处处花。

### 之二

池塘半落红,玉阁一东风。
都是西厢月,相思旧梦中。

### 之三

啼鸟问东风,桃花满树红。
开门寻草木,路遍有无中。

### 之四

一人一古今,半夜半鸣琴。
天下知桃李,相思处处心。

### 之五

日月向飞鸿,婵娟待故宫。
春风云雨梦,朝暮玉心中。

## 53 洛中访彭拾遗不遇
拾遗一流人，文才半洛春。
梅花闻早落，论语过天津。

## 54 寻菊花潭主人不遇
处处问菊花，幽幽落日斜。
明潭先自主，落叶客人家。

## 55 扬子津望京口
北固镇江楼，瓜洲守故流。
金陵扬子水，吴越十三州。

### 之二
走马过红尘，江流问客人。
运河千万里，扬子万千春。

### 之三
自古一吴江，春风半客窗。
运河多少路，水色满家邦。

## 56 下浙江舟中口号
浙江半客杭，吴越一残塘。
回首江湖路，人心向大荒。

## 57 宿建德江
八月建德江，三千弟子窗。
春秋寻不是，来去问家邦。

## 58 问舟子
依依一水行，淡淡半云平。
日月遥遥落，春秋处处荣。
四方寻上下，八面任纵横。
舟子千条路，峰青两岸明。

### 之二
一吴一楚一江村，半日沙明半日昏。
两岸行舟去水滴，四方浮沉问乾坤。

## 59 凉州词
月色一凉州，阳关半客楼。
沙鸣金甲暗，日落玉门秋。

### 之二
月落玉人肠，风平八月荒。
相思寻白骨，无有嫁衣裳。

### 之三
上下一长城，春秋半枯荣。
江南尽水色，塞北啸声鸣。

## 60 初秋
天下一春秋，江湖半沉浮。
丢掉寻故客，万里纵河流。

### 之二
玉兔月中明，金乌水下清。
婵娟寻自己，后羿问平生。

## 61 李白
陇西成纪也山东，梁武昭王蜀客中。
初隐岷山苏颋异，知章叹止谪仙鸿。
明皇宣见长安客，一语惊人四座穷。
出水芙蓉高力士，翰林供奉广寒宫。

## 62 远别离
醒醉客三啼，玄烟过五溪。
山光天伦北，月色夜郎西。

### 之二
洞庭一半波，日月万千河。
两岸望夫石，三江苦女歌。

### 之三
苍梧山下半潇湘，斑竹心中一客肠。
唯有别离多少怨，难平朝暮自炎凉。

### 之四
潇湘草木青，上下问洞庭。
斑竹皇英女，人间座右铭。

## 63 公无渡河
九曲一黄河，龙门半坎坷。
扬天壶口水，齐鲁海无波。
青海千川竞，中原逐鹿歌。
人间多少事，岁月自蹉跎。

## 64 蜀道难
鱼凫蜀道一蚕丛，栈石巫峰半落鸣。
四万八千来去岁，春秋战国入寒宫。
山崩壁裂人心在，地厚天高日月中。
黄鹤楼前寻不止，青莲太白各西东。

## 65 梁甫吟
长安渭水滨，上苑去来人。
天下梁甫客，江湖万里春。
三千多日月，六百五天津。
玉女风云少，张公逐客尘。

## 66 天马，玄寄
天马行空日月间，沙鸣天下玉门关。
开元天宝长生殿，一半昆仑一半山。

## 67 乌夜啼
香沉入春泥，相思鸟不啼。
秦川鸟夜宿，一梦到辽西。

## 68 长相思
叶落半长安，相思一井阑。
霜浮明月色，夜沉暗云冠。
解带孤灯灭，和衣玉枕寒。
黄粱难入梦，上苑五更残。

### 之二
月照一人心，宫寒半古今。
相思知自己，来去向衣襟。

## 69 关山月
月照玉门关，沙鸣故海湾。
思归边色去，夜梦谁人还。
留得声名在，楼兰尽苦颜。
将军征塞北，进士守朝班。
古今多少战，上下向天山。

## 70 阳春
三月阳春上苑明，曲江流水故人情。
花林似锦长安色，西去楼兰不为名。

## 71 重阳
江楼无止向江流，重阳落照上高楼。
三万六千年月日，春秋不尽一春秋。

## 72 秋云
秋风一半云，心上二三分。
天下幽幽路，江湖处处君。

### 73 王昭君
江南一汉家，塞北半胡麻。
月照西秦地，霜平乱雪花。
阴山天下在，嫁去女儿纱。
落日青冢问，英雄各自嗟。

### 74 荆州歌
千里下江陵，三江白帝僧。
荆州公自守，吴蜀一明灯。

### 75 久别离
别来数载未还家，玉树三年一故芽。
日月万千千日月，桃花一半半菊花。

### 76 白头吟
使出黄金好丈夫，深楼藏得玉娇奴。
汉宫日月东风少，御水流芳有又无。

### 之二
独坐问长门，相如赋御林。
白头终不弃，无奈近黄昏。

### 77 采莲曲
暮色溪边不采莲，女儿心上觅春田。
西施吴越江湖下，范蠡轻舟月半弦。

### 78 司马将军歌
狂风万里沙鸣去，冰雪天山日月开。
自得麒麟台上客，尤闻司马大江来。

### 79 长干行二首
三山故里半烟尘，二水江林一陌人。
妾女心中留竹马，萧郎已去几秋春。

### 之二
巴陵八月半清秋，碧水千年四面流。
数年湘潭留妾梦，长干故里有江楼。

### 80 古朗月行
婵娟心里一瑶台，二月腊花腊月开。
只是宫中寒色重，相思依旧入梦来。

### 81 独不见
白马行空万里家，春秋草木一年华。
天山水涌江南岸，腊月寒心二月花。

### 82 鸣雁行
一字排空雁未鸣，人中日月问平生。
晋丘留下情心守，草木年年待枯荣。

### 之一
衡阳来去玉门关，草木江南十八湾。
云出楼兰天下水，心平日月度情颜。
（无锡路上）

### 83 白宁辞
馆娃日落故心情，试剑浮云越此生。
还向吴门多少客，丝绸路上几人行。

### 84 幽州胡马客歌
幽州胡马客难歌，塞外秋风响易磨。
雁落平沙寻苇浦，鹿鸣月下向蹉跎。

### 85 怨歌行
花颜入汉宫，日落问春红。
御儿黄昏少，归鸿月色空。
心中情寞寞，天下雨蒙蒙。
但是飞燕去，春秋塞北风。

### 86 塞下曲六首
天下半枯荣，玉笛一秋声。
俯仰云浮沉，相思月色明。
胡姬春不尽，白马夜无鸣。
曲尽长安客，年年草木生。

### 之二
倾身战士声，自古将军名。
一夜沙滩月，千年草不生。

### 之三
冰雪月随弓，荒沙夜不终。
阴山金甲落，吴越旧梦同。

### 之四
浮云出渭桥，兵马入毒枭。
人情江南梦，弓马塞北消。

### 之五
一诺上楼兰，三声问玉冠。
将军寻白马，进士数也寒。

### 之六
上下玉门关，黄河十八湾。
由来征战外，一醉待君还。

### 87 清平调词三首
兴庆池东碧色浓，沉香亭北玉芙蓉。
太真七宝杯前舞，偏得玄宗一笛从。

### 之二
明皇天马半瑶台，子弟梨园一度开。
真妃龟年留笛曲，拥塞群玉去无来。

### 之三
马嵬坡前一妃辞，长安殿上半相思。
梨园子弟常相问，留下霓裳玉笛知。

### 88 塞上曲
一马过阴山，三河半月湾。
汉定天下少，胡笛月中颜。

### 之二
天下一寒宫，人间半月明。
帐中君子酒，塞外玉人情。

### 之三
天山雪水流，灞上一春秋。
李广幽州问，金台燕赵楼。

### 89 秦女吟
秦女出宫门，黄河入北林。
未央宫中客，落照半黄昏。
楚汉平分界，隋唐亦五蕴。
中原知逐鹿，男女一乾坤。
堂上多君子，家中小儿孙。
江湖生草木，天地自人恩。

### 90 洛阳陌
渭水洛阳郎，长安上苑荒。
雁塔留外处，天津过客肠。
居易杭州守，摩诘鹿寨霜。
玄宗三李武，安史一黄粱。
下里巴人曲，秦王凤求凰。
高山流水色，古今自无疆。

## 91 陌上桑

两秦陌上桑，上苑草中蔷。
美女桥东问，终南宝鼎阳。
金銮明紫气，五马嫁衣裳。
一笑向家子，三寻玉影妆。

## 92 相逢行

长亭十里一相逢，进士千年万岁虫。
草木人间三界外，江湖岁月半西东。

## 93 折杨柳

人间杨柳一隋炀，树木丢掉半客肠。
折取离情回首问，运河两岸御心伤。

## 94 少年子

击筑长歌一曲扬，留心日月半天光。
楼兰天下风云上，草木人间持冕妆。

## 95 少年行

易水少年行，天津半枯荣。
长安千万岁，燕赵一声鸣。
太子寻天下，江湖问不平。
并州男儿见，白马读书生。

## 96 沐浴子

沉静白浩荣，芙蓉玉色生。
浮华沧浪水，沐浴不留名。

## 97 高句丽

白马半辽东，金花一客雄。
浑江流不住，五女问山中。

## 98 舍利弗

天下一禅音，人间半玉心。
瑶台留得月，三界有鸣琴。

## 99 静夜思

心中一月光，天下半炎凉。
自在人人问，梦来是故乡。

### 之二

心中一故乡，客下十愁肠。
后羿丢掉去，婵娟半月光。

### 之三

长城满地霜，塞外已沙荒。
不见楼兰客，还留意气扬。

### 之四

红袖一二楼，吴越十三州。
不见胡姬曲，阳关九日秋。

### 之五

江湖一半分，天下二三堂。
留下人生间，何时日月光。

## 100 凤凰曲

高阁凤求凰，穆公泪沾裳。
天高空处在，何必一名扬。

### 之二

悠悠一玉箫，淡淡半心遥。
天下寻常客，人间上下桥。

## 101 长相思

斜阳已尽草含烟，明月当空色欲眼。
赵瑟初停音未断，蜀琴尤秦曲绵绵。
无心有意鸳鸯舞，慕愁朝盟五七弦。
寞寞相思寻独寂，迢迢梦里隔云天。

## 102 襄阳歌

鸟啼不过砚山西，细雨尤难白玉堤。
三月梅花香沉落，襄阳小儿浣春泥。

### 之二

汉水流红日日东，襄阳桃李向春风。
杜鹃声里秀才问，下里巴人进士童。

## 103 扶风豪士歌

洛阳城外半风沙，玉女心中一客家。
望尽千年豪士去，长亭万里向天涯。

## 104 玉壶吟

夜渡寒江问玉壶，吴姬月色待姑苏。
山前有路东方朔，梦里情吟有似无。

## 105 梁园吟

三江半入一梁园，九咏千川两岸喧。
但得信陵君子诺，高洁应晚待轩辕。

## 106 劳劳亭歌

十里长亭五里亭，千年杨柳一浮萍。
金陵秦淮寻挑叶，渡口乌衣月下伶。

## 107 横江词

横江牛渚过浔阳，白浪风天问大荒。
西望秦川知所以，东流汉水自扬长。

### 之二

瓦官阁上望天门，汉水东连问故村。
扬子津头寻渡口，横江馆驿满黄昏。

## 108 金陵城西楼月下吟

金陵城下月西楼，桃渡舟中玉不羞。
星宿状元天地问，桃花士子待春秋。

## 109 东山吟

不上东山问射安，千年杨柳挽江澜。
秋风落叶门前扫，尤见终南半玉冠。

## 110 金陵歌送别范宣

石头城外一春秋，扬子江水九脉流。
蜀楚洪涛东海去，金陵秦淮问江楼。

### 之二

龙盘虎踞一钟山，石壁沧江半浒关。
四十帝王三百岁，景阳玉树否庭颜。

## 111 秋浦歌十七首

潇潇秋蒲一荒塘，落落长亭半日光。
上下江湖千里路，人间自古有炎凉。

### 之二

秋浦两岸问渔舟，只慕鱼情不慕游。
无意江青千壁立，凭心钓得一春秋。

### 之三

一度一秋霜，三春万柳杨。
上年知日月，一半自炎凉。

## 112 永王东巡歌十一首

天宝东巡一永王，翰林西陆十年霜。
岭南四道明皇使，暗窥难成节度肠。

### 之二

永王十月渡江陵，天宝长安草半冰。

胡儿霓裳安史乱，一家天下两家灯。

**之三**

长安城里乱如麻，天子心中似永嘉。
太白不知今古变，谢安难得净胡沙。

**之四**

丹阳北固半江南，帝子金陵一石岚。
玄马黔中望洛水，官坛未入落泥潭。

**之五**

永王一日半长安，万里长城万里残。
太白雄心寻不止，半心明月半心寒。

## 113 上皇西巡南京歌十首

蜀郡南京十日庭，上皇幸蜀雨霖铃。
相思只有长生殿，悔药难铭问采萍。

**之二**

胡人铁马建章台，力士忠言御不裁。
唯有骊山兵不动，太真西去已难来。

**之三**

锦城不是帝王州，十月长安落叶秋。
天宝梨园皇上去，长江曲折向东流。

## 114 峨眉山月歌

巴东三峡一江流，楚蜀千年十月秋。
云雨巫山明月照，高唐白帝落飞舟。

## 115 宣州清溪

清溪月色半宣州，太白呼来叶落愁。
醉向新安江上客，江楼不尽向江流。

## 116 山鹧鸪词

洞庭二月万梅开，吴越三春半亩催。
天下荒川鹧鸪去，人间故客玉人来。

**之二**

一山鹧鸪一山鸣，半亩荒川半亩情。
四面八方天地阔，千红万紫玉人生。

## 117 赤壁歌送别

赤壁天高万念消，石惊云破半江潮。
周郎计划东风便，一火难平大小乔。

## 118 赠孟浩然

襄阳才子自风流，不见玄宗社下忧。
撼岳洞庭波上涌，砚山明主谢安求。

**之二**

一醉一千年，三生弟子缘。
文章寻日月，今古地人天。

## 119 玉真公主别馆

秋入金张馆，清风苦雨来。
烟云津不渡，天宝梦中回。
上苑三千客，葡萄一二杯。
长生凭殿问，蜀幸腊梅开。

**之二**

骊山刻骨铭，蜀幸雨霖铃。
犹问芙蓉水，飘摇半亩萍。

## 120 赠薛校书

音韵半吴门，声平一故村。
长江流不尽，蜀客问黄昏。

## 121 锦城常作帝王州

锦城不作帝王州，一半梅花一增楼。
百里杜鹃红艳艳，千年雨雾大江流。

## 122 巴陵寄贾舍人

长沙不尽问京华，苦士潇湘帝子家。
斑竹心中千滴泪，杜鹃二月满城花。

**之二**

雨落潇湘向客家，怜君文章问长沙。
南迁留下书生赋，一掷平生腊月花。

## 123 赠友人三首

独上敬亭山，梁园去不还。
兰生当自主，犹唱玉门关。

**之二**

袖中一丈夫，天下半江湖。
易水扬长客，西秦有似无。

**之三**

一半长安一半胡，踏平西陆踏平吴。
阳关不住楼兰月，上去淞江平五湖。

## 124 赠汪伦

桃花落下满清潭，日月经天半蔚岚。
四面峰青留不住，君心随我到江南。

## 125 寄弄月溪吴山人

弄月溪流半色明，吴山文韵一心情。
婵娟形影浮心上，白石禅音垒玉生。

## 126 龙门香山寺

香山寺外一龙门，西陆心中半子孙。
留下居易今古道，唐人路上问寒温。

**其二**

十载跃龙门，三关问客根。
书生原上草，落日自黄昏。

## 127 禅房怀友人岑伦

月色话禅房，溪流问石光。
友人何独往，幽径落芬芳。

**之二**

树影二三幽，婵娟一半浮。
清泉明石径，日月向心流。

## 128 金陵

三山二水一金陵，万里千年半寺僧。
面壁禅中梁武客，石关城外有孤灯。

## 129 别鲁颂

长安日日问泰山，汉武年年望海关。
隔岸扶桑堂上客，随心照旧去来还。

## 130 广陵赠别

广陵一醉向天涯，不是江东不是家。
天子呼来难为客，扬州三月落琼花。

## 131 金陵酒肆留别

山里桃花野香香，山家碧玉问黄粱。
吴姬劝酒心中欲，客舍知茶月下堂。

## 132 黄鹤楼送孟浩然之广陵步十一尤韵

故人偏向岳阳楼，天下兴亡问九州。
黄鹤而今三界外，匹夫自古一生忧。

之二

黄鹤楼中间九州，长江槛外向东流。
小舟此去琉花月，拾得笛声上玉楼。

### 133 渡荆门送别

荆门渡口边，上下客家船。
留下别离处，相思梦里圆。

### 134 送友人游梅湖

洞庭一半腊梅开，隔岸疏枝玉影来。
唯有江湖村上问，去年今日又重回。

### 135 送杨山人归天台

山人一日问天台，客心千年面壁开。
留下禅宗传日本，皈依弟子入时来。

### 136 游南阳清泠泉

南阳游子一歌声，湖北河南半枯荣。
曲曲乡音寻不住，泠泠细语向泉清。

### 137 邯郸南亭观伎

邯郸学步近黄粱，上苑相思折柳杨。
一曲难名天下去，原来今古自红妆。

### 138 金陵凤凰台置酒

置酒凤凰来，扶风万古开。
穆公秦已去，拾阶玉人台。

### 139 秋浦清雪夜对酒客有唱山鹧鸪者

山鹧鸪曲一客鸣，四面巴人下里声。
只慕樵渔难慕野，人间处处有人情。

### 140 游洞庭

洞庭水色一湖去，草木山光两岸分。
三界清江三界外，一杯浊酒一郎君。

之二

柳柳杨杨大小姑，潇潇洒洒古今无。
春关一日寒窗尽，上苑三名问玉壶。

之三

洞庭斑竹一湘君，楚水南流半不分。
帝子白鸥飞未尽，长沙落照满衣裙。

### 141 铜官山醉后绝句

铜官山上醉还吟，水色流中醒客心。
灞灞桥桥三折柳，萧萧落落一秋深。

### 142 锦城散花楼

江平碧影散花楼，绣户金窗桂月钩。
暮雨巫山来去客，凤凰台上九天游。

### 143 杜陵绝句

杜陵此望五陵秋，日落山明一客游。
蜀子秦川知酒醉，长安城外日光流。

### 144 焦山望寥山

梳妆台上问尚香，蜀客东吴待曲肠。
赤壁烟消三国尽，周郎何处兴刘郎。

### 145 登金陵凤凰台

凤凰台上凤求凰，建业城中柳间杨。
晋谢乌衣寻巷口，邯郸梦外近黄粱。
三山逢落江青岸，二水波摇日月光。
西望长安千万里，金陵草木故衣裳。

### 146 望天门山

水断天门镜此流，楚江东归寻红楼。
清霜故里千年在，留客船中向蜀求。

### 147 早发白帝城

一半彩云一半山，二三月色二三关。
夔门不锁长江岸，白帝倾流去不还。

### 148 秋下荆门

荆门月半霜，白帝客千肠。
一叶惊心落，三江岸水扬。

### 149 金陵三首

二水帝王家，三山日月华。
金陵秦淮客，梁武故城花。

### 150 望鹦鹉洲怀祢衡

草木不平生，芳洲待祢衡。
兰蕙寻自在，鹦鹉向天鸣。

### 151 庐山东林寺夜怀

夜月一青莲，东杯半大千。
霜明桥下水，影暗寺中天。
五祖今古念，菩提日月禅。
庐山知白石，自己问心田。

### 152 题随州紫阳先生壁

天下一阴晴，人间半枯荣。
禅音同里客，白石紫阳名。
社稷还归俗，神农久已成。
难留孤鹤舞，蓬海玉太清。

### 153 月下会徐十一草堂

月下草堂一暗明，人间草木半枯荣。
孤灯空对秋虫问，落叶还寺叙旧情。

### 154 谢公宅

斜阳户半开，谢竹径千苔。
杳杳无人迹，空空落叶来。

### 155 桓公井

东寻论语才，西望拜金台。
留得桓公井，难为舜子来。
书生今古问，壮士枯荣催。
五霸英九去，千年后羿回。

### 156 巴女词

巴女一半声，日月两三晴。
故水流如箭，惊来岸草生。

### 157 望夫石

望夫石上望夫归，左右流船入旧帏。
吴水难平吴水去，楚云不尽楚云飞。

### 158 观鱼潭

峰青一翠岚，鱼数半清潭。
自得山中客，难寻寺外庵。

之二

残垣尤色凉，草木已春荒。
隔岸呼明月，潭鱼跃潜忙。

之三

月色满残城，余光半枯荣。
清潭鱼可数，白石落荒明。

## 159 韦应物
三卫明皇一卫郎，梦香扫地半书堂。
苏州刺史云高洁，十卷诗章顾况扬。

## 160 效何水部二首
香笼问客船，玉宇散轻烟。
阶下寻才子，云中自不眠。

### 之二
春风过大千，易水待余年。
天下平生去，人间日月缘。

## 161 春关
天下故人心，书中问古今。
高山呼草木，流水逐鸣琴。

### 之二
一日韦苏州，千年碧玉流。
小桥流水客，天下半春秋。

## 162 社日
社日客云烟，蚕桑半茧眠。
春风杨柳岸，碧玉问归船。

## 163 寒食寄京师诸弟
清明乞火半阴晴，刺骨书生一枯荣。
楚客人间多毕力，流莺树上自声鸣。

### 之二
邻家乞火半长亭，烟雨春关一渭泾。
兄弟书去淡淡，姑苏寒食草青青。

## 164 寄皎然上人
吴中一客鸣，天下半人生。
来去江湖寄，阴晴日月明。
祥音钟鼓寺，白石上人城。
野草繁江岸，梅花简枯荣。

## 165 赠旧识
书生一海平，雨水半云生。
苦读寒窗下，风流笔创横。

## 166 秋夜寄二十二员外
拾得问方圆，寒山属旧缘。
中庭空有色，明月照无眠。

## 167 听江笛
江上笛音一两声，船中幽曲二三更。
闻君西去城长月，不及东来汴水情。

## 168 东林道士
紫阁高踞一万峰，丹炉白石五千宗。
龙行虎跃东林上，月下云平不老松。

## 169 答裴处士
精舍云明一古今，青山叶落半鸣琴。
高阳白石丹炉度，处士甘田上下心。

## 170 长安遇冯箸
西陆东风一夜吴，瀼陵烟雨半姑苏。
花间月下寻知己，天下人间问念奴。

## 171 广陵遇孟九云卿
淮海飞鸿过广陵，长江流水问孤灯。
翰林一笑人生宿，壮士丢掉血气凝。

## 172 有所思
运河两岸柳青青，址里丢掉五里亭。
上下长城南北问，始皇炀帝二人听。

## 173 春思艾琳
三人日下一田心，半壁天王半壁林。
天下女儿知艾女，春和日丽任鸣琴。

## 174 秋思
萧萧落叶一秋生，淡淡风光半枯荣。
旷旷空空千里目，疏疏雅雅自晴明。

## 175 龙门香山寺
香山古寺半阴晴，西水龙门一纵横。
碧草初生千树叶，东风不断百花荣。

## 176 龙门远眺
龙门一寺遥，古渡半云消。
钟鼓千声岸，禅音万渡桥。

## 177 感事
玉石半明霜，梅花一暗香。
春秋原相似，成败各扬长。
自有人心在，无非日月光。
大觉知反正，小悟问圆方。

## 178 洛都游寓
十里麦田香，千看饼盔梁。
长城分内外，今古问秦皇。

### 之二
草木向春风，人心问大同。
是非形色色，成败意空空。

## 179 观田家
山里一田家，村前半日斜。
酒中流碧水，院里满桃花。

## 180 游西山
叶落半幽州，心平一客游。
香山斜日晚，古寺鼓钟愁。

## 181 再游西山
两岸一溪流，千川万水秋。
寒光浮石上，月色沉鼓楼。

## 182 咏露珠
珠明一滴圆，玉碧半心田。
不落连天地，朝云暮雨悬。

## 183 咏珊瑚
海水玉珊瑚，芙蓉色有无。
亭亭出水立，白白入光奴。

## 184 咏声
叶落一秋声，风寻半曲明。
梨园千曲尽，雨夜万家情。

## 185 野居
野外一樵渔，云中半卷舒。
古今多少事，上下万千书。

## 186 花径
野径满香花，荒原半日斜。
风空千古寺，雨色一天涯。

### 之二
一寺半人家，千川万草花。
风云天下尽，泾渭浪淘沙。

## 第二卷 唐诗百话

之三

十里一桃花，千村半玉华。
人心知自己，临野问天涯。

### 187 慈恩寺南池秋荷咏

慈恩寺里半南池，荷色心中一玉姿。
忽有秋风西陆唱，却闻莲子曲汇辞。

### 188 题桐叶

雨声点滴问梧桐，云色平明向月宫。
左右难寻望上下，阴晴不定待西东。

### 189 滁州西涧

一半幽芳一半明，三川荒草两岸生。
春风只度江南水，西陆还闻上苑晴。

### 190 西塞山

西塞山头一半枫，长江柳岸两飞鸿。
岚风影碧千峰雪，壁立霜明万里空。

### 191 西涧种柳

一半春风向柳杨，三心二意碧成行。
隋炀汴水千家色，十万江南十万妆。

### 192 见紫荆花

天下一秋春，云中半晋秦。
紫荆花色重，忽忆故乡人。

### 193 长安道

唐家客明半云烟，汴水江南一去船。
谁问隋杨柳岸，还闻西陆御花悬。
凤凰不问金銮殿，粉黛妃娥度归年。
白日长亭登古道，春关过后应无眠。

### 194 横塘行

暮重问横塘，莲轻待晚妆。
妾心何处去，月色向萧娘。

### 195 闻雁

寻声向雁鸣，好问晋丘生。
一字惊天下，千年自纵横。

### 196 鹧鸪啼

窗下十年还，心中一万山。

山深闻鹧鸪，上苑度春关。

### 197 酒肆行

水岸草青青，江南醉不醒。
千年寻酒馆，十里一长亭。

### 198 金谷园歌

金谷园中自枯荣，石崇心外有无声。
四边草木知天下，一半人间一半横。

### 199 温泉行

天宝唐家碧水淙，明皇醉认玉芙蓉。
海棠汤水多温暖，风求凰时一半龙。

### 200 九日

吴郡何曾不守门，青黄同里自黄昏。
千山峰顶望三界，九日重逢问五蕴。

### 201 孟彦深

知人知己孟彦深，寻去寻来客故林。
不厌君人千进士，可游退谷汎杯心。

### 202 李陵别苏武

汉武边功半不名，李陵不死一言轻。
苏家子弟胡心在，五百年中间败成。

### 203 齐林绵州越王楼关事

乞火问绵州，清明上玉楼。
至今流晋水，子推又春秋。

### 204 柳浑牡丹

春宫莫奈何，流水故人多。
一半千钱色，三株不过河。

### 205 张渭登金陵临江驿楼

扬子江潮过石樀，金陵驿舍草含香。
客心不渡临江水，云雨楼台向晓妆。

### 206 官舍早梅

二月花重一树倾，明红十里半光荣。
暗香疏影临官舍，疑是妖姿入古城。

### 207 送僧

千山问古僧，万里照孤灯。
天下知秦晋，风云过五陵。

### 208 题长安壁主人

一人一交一黄金，两处寻思两不深。
天地无天无世界，半云半风半知音。

### 209 长沙失火后戏题莲花寺大师

中堂警语一长沙，宝刹先知半寺家。
谁曾大师方世界，火中何处见莲花。

### 210 早梅

腊雪见梅花，芳香一万家。
袭人知素影，情客月西斜。

### 211 赠赵使君美人

马上石榴裙，云中两不分。
罗敷知素玉，红粉待东君。

### 212 岑参

天宝春关进士肠，十年苦读书南阳。
虢州太子知中允，住持西川日自芳。

### 213 北庭西郊候封大夫受降回军献上

北庭西郊待候封，马肥沙霜向去踪。
塞上回军寻雪月，大夫受降似云龙。

### 214 过梁州

韩信军中问客坛，梁州月下寻孤庵。
出师北半沙城去，一半英雄一半男。

之二

雪拥千山宿月开，晴沙万里守轮台。
十年草木胡姬舞，六月秋风铁马来。

### 215 宿东谿王屋亦隐者

隐者不知名，王屋客舍荣。
平生当自立，明月有人情。

之二

万户种三川，百家饮一泉。
樵渔山外去，天下欲中田。

### 216 送五大昌龄赴江宁

不入长安不入吴，月明淮水月明孤。
北风未尽寻天下，南雁还栖问五湖。

185

## 217 登嘉州凌云寺作
天外凌云寺里霜，风中落叶客心肠。
晨钟暮鼓惊禅舍，白马经书到洛阳。

## 218 与高适薛据登慈恩寺浮图
拾阶浮图一念遥，慈恩古刹半心消。
人间万里同明月，天下千年问鹊桥。

## 219 终南山双峰草堂作
进退心中间鼓钟，终南山下一双峰。
草堂日月行天下，新宿身名待云从。

## 220 万里桥
天涯万里桥，楚客一心遥。
不尽沧江水，蓉城水月消。

## 221 升迁桥
升迁桥上一天骄，进退人中半念消。
十载寒窗寻渡口，春关拾得上早朝。

## 222 文公讲堂
文公一讲堂，蜀客半天光。
字里行间问，人中日月荒。

## 223 司马相如琴台
司马相如一汉家，琴台自古半春花。
无音流水萧条月，有意怀空冷落笳。

## 224 直面铁门关楼
英雄谁必铁门关，日月西涯去不还。
狭路相逢金甲断，楼兰拾得待君颜。

## 225 行军诗二首
长城内外半冰霜，铁甲寒凉一战场。
独见君王宫后醉，楼兰壮士死还伤。

### 之二
一夜春梦一死伤，三朝之老两朝荒。
北庭老将寒金甲，万马千军壮士扬。

## 226 精卫
东溟一鸟海云飞，尘世三生去不归。
西去东来知溺水，衔来白石满天晖。

## 227 轮台歌奉送封大夫出师征
还辞西陆向西征，秦汉唐家问枯荣。
但向轮台寻日月，琵琶声里一身名。

## 228 天山雪歌送萧治归京
东风一马下长安，两陆三生上玉冠。
上苑花开梦似锦，慈恩塔鼓墨青丹。

### 之二
雪花未尽一梅花，素色扬明半日斜。
马上还闻知己问，京中日月满天涯。

## 229 赠酒泉韩太守
汉武军前一酒泉，寒光月下半天年。
思君夜梦寻荣枯，一箭天山待缺圆。

## 230 渔父
轻舟碧浪平，日月自光明。
主客渔樵问，人天地上生。

### 之二
风云半弟兄，沧浪一舟行。
一古渔樵外，山中自主鸣。

## 231 登古邺城
年年春色待君来，岁岁梅花岁岁开。
人去城空明月在，落红不尽满楼台。

## 232 邯郸客金歌
书生壮士一生歌，水色云光半路多。
易水青流流不尽，楼兰问遍问交河。

## 233 长门怨
云云雨雨怨长门，枯枯荣荣奉晓昏。
宠宠恩恩天子去，天天地地问王孙。

## 234 送人归江宁
江宁水色满黄昏，楚客人声半碧村。
两处恩心寻桂子，一轮明月照山门。

## 235 直面虢州西楼
虢州月色半西楼，一半蹉跎一半秋。
明主无心寻日月，丹青有意见封侯。

## 236 河西春暮忆秦中
河西春暮忆秦中，万里无同万里同。
古刹桃花开满寺，凉州三月是寒风。

## 237 北庭作
四十寺封侯，三千世界休。
孤城天北寒，荣枯自春秋。
雁去衡阳空，阴山异域愁。
黄河流不尽，还问海西头。

## 238 轮台即事
风物见轮台，千家草木开。
胡人胡马去，汉客汉家回。

## 239 南溪别业
结宇向青山，孤心不闭关。
开轩天下客，守嶂月明还。

## 240 奉和中书舍人贾至早朝大明宫
早朝紫陌大明宫，曙气春深塞此雄。
玉阶千冠凭佩立，皇城五月尽飞鸣。
群星初落三星在，五昧重开一大同。
上殿人中寻客主，凤凰池上曲声衷。

## 241 胡曲
人中一汉胡，曲外半心孤。
塞北同明月，江南共玉壶。

## 242 秋思
香花一枯荣，芳草半生名。
叶落荒原上，鸟啼月下声。

## 243 过燕支寄杜位
燕支山下酒泉西，塞北城前月不移。
玉笛长安遥夜问，沙鸣花落半香泥。

## 244 山房春事二首
春暖花开鸟不啼，东风不过玉楼西。
莺歌燕舞西厢乱，不系衣襟独自栖。

### 之二
明月满空床，牛郎织女妆。
梁园芳草地，脱下嫁衣裳。

### 245 碛中作

碛口半云烟,黄河一万年。
沙尘扬不尽,兵马向荒川。

### 246 沈宇 武阳送别

武阳叶落雁南飞,沈宇平明送客归。
太子云中知洗马,秋江月下泪沾衣。

### 247 张鼎 僧舍水池

僧舍一云根,清光半故恩。
禅音传世界,智慧主黄昏。

### 248 杨谏 赠知己

塞北一胡琴,江南半客音。
人间寻知己,天下向君心。

### 249 薛奇童 拟古

沙尘蔽日难,今古为书安。
大理多云雨,长安半月残。

### 250 杜俨 客中作

书剑春关十载寒,长安上苑百花丹。
秦砖汉瓦长城外,明月秋风草木残。

### 251 王齐 过故人旧宅

旧宅园林久不开,闭关谢客故人来。
月明不照邻家客,但醉无妨去再回。

### 252 徐九皋 关心月

梦中故客来,腊月玉梅开。
犹有关山月,星明去不回。

### 253 梁洽 观汉水

沧浪问襄阳,东风向晚妆。
烟云明汉水,风雨夜潇湘。

### 254 李康成 江南行

青青柳一莺啼,淡淡江南半白堤。
两岸荷风摇草木,三潭印月自泠西。

### 255 采莲曲

荷风月下采莲船,一曲心中半有缘。
出水芙蓉鲜艳立,还羞玉露叶中圆。

### 256 王邕 湘灵鼓瑟(进士试帖诗)

湘灵鼓瑟章,天宝问华堂。
神女相思泪,苍梧楚客肠。
千年寻斑竹,万古向流芳。
杳杳音声继,悠悠帝子扬。
东君星北斗,群玉月西厢。
乞得寒窗火,凭君日月赏。

### 257 庄若讷 湘灵鼓瑟(进士试帖诗)

苍梧半客乡,鼓瑟一潇湘。
斑竹千年泪,相思万古长。
王宫山水色,帝子御风扬。
尤为书生问,英雄古战场。
长安多日月,天宝向华芳。
上下春关夜,扬明草木光。

### 258 魏璀 湘灵鼓瑟(进士试帖诗)

草木问湘灵,苍梧带意听。
月明闻鼓瑟,夜半北宸星。
辞去黄河水,中原逐渭泾。
临流多哀怨,幕府省孤零。
还问长安曲,寻来上苑伶。
京中多日月,社下未声名。

### 259 春关

十载一春关,三君半不还。
声名登雁塔,落第一生颜。

### 260 杨贲 时兴

朝来一布衣,暮去半春晖。
上苑春关尽,长安满翠微。

### 261 陈季 湘灵鼓瑟

湘灵瑶瑟怨,古祠暮长亭。
斑竹千年浪,深冬草犹青。
长安三界水,楚客五蕴苤。
帝子苍梧去,妃音伴渭泾。
壮士惊天下,书生问苦丁。
上苑衷心在,銮宫座右铭。

### 262 包佶 秋日过徐氏园林

古树积鸦烟,荒塘泛客船。
峰光青紫陌,竹影碧心田。
叶沉归根问,云浮待旷莲。
人间三界水,天下一方圆。

### 263 酬顾况见寄

心头马越半离骚,楚客书中一昧高。
齐鲁泰山云海断,江天不尽望鸣毛。

### 264 再过金陵

长江浊浪石头在,客舍忧心日月楼。
玉树后庭花不尽,金陵秦淮水还流。
山河不改人情改,成败兴亡五代休。
谁问六朝今孰论,春愁未断又秋愁。

### 265 李嘉佑 江上曲

从一江青问赵州,馆娃玉树客吴流。
夜闻淮水寒宫近,古色长安月下求。

### 266 蒋山开善寺

寺外半香烟,江中一客船。
风云多宝塔,一下入云天。

### 267 九日

九日楼高望不尽,十年云雨问江流。
三江日月三江水,一半春光一半秋。

### 268 送友人入湘

万里长江一日湘,十年苦读十年扬。
忧心只上忧心客,论语还闻论语堂。

#### 之二

楚客离骚楚客乡,九歌湘水九歌昂。
留人斑竹千年溪,滴入心中万曲肠。

### 269 登秦岭

风云秦岭不回头,南北中原尽日流。
蜀雨湘潇寻日月,汉关兰水自春秋。

### 270 送客游荆州

一年回首杜陵人,两岸长江三月春。
楚客寻心知世界,荆州问志破红尘。

### 271 江湖秋思
一天一地一人间，半百江湖半百年。
壶口黄河天上浪，湖潭斑竹日中烟。

### 272 晚登江楼有怀
江流不尽渡江人，十月秋光三月春。
寻岸舟船寻岸口，迷津难断是迷津。

### 273 包何　阙下芙蓉
天下风云锁润州，江楼不住问江流。
黄河阙下芙蓉水，上苑城中客日愁。
烟雨江南知草木，荷风十里采莲舟。
田家暮色归心晚，驿舍清明意气求。

### 274 刘舟　送萧颖士赵东府得造字
塞北知高适，江南问贺翁。
楼兰城外客，镜水色中枫。
天下多才泽，人心寻大同。
去光浮沉雨，日月问飞鸿。

### 275 皇甫曾　奉陪韦中丞使君游鹤林寺
鹤林寺里韦中丞，智觉莲心问玉冰。
曲径方明僧不语，禅音暮尽对孤灯。

### 276 秋兴
星明月下扑流萤，天地人中间渭泾。
停下悠悠千古问，飞光隐隐过中庭。

### 277 高适
五十年间半不声，达夫渤海一功名。
自高自大知天地，拾得春秋拾枯荣。

### 278 铜雀伎
铜雀春深一客身，舞轻玉树拌君人。
绮罗香彻寻云雨，辛苦何时净故尘。

### 279 蓟门行五首
不问何人李将军，酒泉一箭叶纷纷。
蓟门闻虎惊天下，一见幽燕一见君。

### 之二
天子幽州一将军，汉家上苑半衣裙。
边城谁向长安望，月色云光两不分。

### 280 蓟门不遇王之涣郭密之因以留赠
昆仑西望一千山，渤海东临十万关。
只有平生天下去，蓟门上下去无还。

### 281 酬裴秀才
十剑一声鸣，三江半枯荣。
男儿知得意，上下问生平。

### 282 别耿都尉
四十半剑名，云中白马行。
时人知自己，五十一诗成。

### 283 同诸公登慈恩寺浮图
三界一浮图，登临半不孤。
人心寻自主，客官问姑苏。
举目云天下，长安似有无。
五陵风雨尽，八水绕江湖。

### 284 登百丈峰二首
朝云百丈峰，暮色半芙蓉。
何处青云迹，人间白水淙。

### 之二
燕支草木青，塞北渭泾亭。
百丈峰前客，三军月个翎。

### 285 同群公秋登琴台
高山流水一琴台，万里长江半色开。
十月秋风天际去，三千弟子去还来。

### 之二　适道
隐隐半梧桐，濛濛一水中。
高山三界外，白石万家东。

### 286 狄梁公仁杰
客武一梁公，仁杰半不同。
乾陵无字石，太后有西东。
洛驿寻相院，何心奈李终。
竹帛烟沉落，天地问飞鸿。

### 287 自洪涉黄河余中作十三首
茫茫浊浪一河流，漠漠川光半入秋。
天子忽惊边塞色，风云八月向胡游。

### 之二
秋风一路半秦川，草色三江问缺圆。
白石炼丹无日月，慈恩寺塔有禅田。

### 288 行路难二首
长安壮士谁知钱，白马经书拾得天。
进士心中忧未尽，英雄还问缺时圆。

黄金半进商贾暗，官宦声名各不全。
出入私囊天下少，行人难在一心田。

### 289 古大梁行
魏王宫殿已无全，白马荒原月半弦。
别去胡姬三夜舞，古城天外问余年。

### 290 燕歌行
年年汉家问辽东，春夏秋冬各不同。
登上燕山南北望，江山不在有无中。

### 之二
汉家天下一人中，处处君臣处处同。
留下江山还社稷，帝王来去已空空。

### 291 塞下曲贺兰
贺兰五月落春花，塞下三山雨半斜。
飞将西征南北夜，婵娟空守故人家。

### 292 醉后赠张九旭
醉后云中一草书，游龙佩凤半天余。
圣人君子千壶玉，天下文华万客居。

### 293 洪上别业
西山别业田，东土问青莲。
日落南林晚，泉流月色圆。

### 294 使青夷军入居庸
风清千古龙，日落上居庸。
暮照幽燕客，人生自主从。

### 295 金城北楼
金城月似弓，夜色北楼空。
灯下江南问，云中塞北鸿。

**296 重阳**

东篱行下百菊花，极目高楼一日斜。
暮色东西寻九日，心田上下拾桑麻。

**297 秋日作**

草堂书院一秋春，明志虚心半上人。
回首年华多少路，青云平步客天津。

**298 别董大**

半是春光半是君，八千里路八千云。
扬长一诺阳关去，只问楼兰不问分。

**299 和王七玉门关吹笛**

笛声一夜玉门关，飞将弓刀半雪山。
金甲月中金甲落，谁人天下谁人还。

**300 李岘**

长沙太守出郡安，天宝杨家恶玉冠。
欲得京城人采粟，代宗礼部尚书宽。

**301 剑池**

清风半入吴，明月一江苏。
勾践薪胆间，夫差剑文夫。

**302 徐浩　宝林寺作**

宝林寺外御文书，天下人中自有无。
沧海桑田多少路，幽州幕下大人孤。

**303 薛令之　灵岩寺**

不迁乃弃一官场，褒贬生平半炎凉。
供奉宫中多少客，灵岩寺里礼佛光。

**304 冯箸　洛阳道**

洛阳桥断韦苏州，上苑花开路上羞。
柳柳杨杨春不语，折折送送谁言愁。

之二

天津桥上问苏州，渭水云中旷日流。
寒雨吴中相忆苦，五湖渡口问城楼。

之三

明月问红尘，清风待苦津。
云中三界界，天下一人人。

**305 王迥　同孟浩然宴赋**

楚客一平生，襄阳半不鸣。
离骚千古唱，论语九歌声。

**306 杜甫**

首阳山下一平生，李杜元积墓志铭。
严武浣花溪水色，草堂月色十年清。

**307 赠李白**

杜甫李白似齐名，一纵三横九十情。
子美元积言上下，落花时节自倾城。

**308 游龙门奉光寺　龙门即伊阙，河南府北四十里**

寺外一龙门，云中半客村。
人间寻草木，天下数黄昏。

**309 望岳**

齐鲁泰山中，黄河月色同。
群峰多渺渺，万壑自空空。

**310 九日寄岑参**

暮色曲江头，余光上苑秋。
黄河流万里，雁塔问三楼。
不饮西川水，还寻帝子州。
出门天下去，何必向王侯。

**311 兵车行**

百里见兵车，千军日半斜。
三山多逶迤，万水几人家。
一战消金甲，空余二月花。
沙前多剑戟，梦里问桑麻。

**312 丽人行**

三月问长安，千人衣半寒。
梅花初绽放，绿草吓还单。
汤里芙蓉影，园中碧玉冠。
芳菲寻丽倩，阡陌入云端。

**313 饮中八仙**

饮中天下八仙成，尤见知章醉马行。
三斗汝阳移左相，百川海纳如长鲸。
宗之潇洒京城市，苏晋禅心半不明。
李白未醒天子奉，草书张旭墨中情。
五斗三杯寻世界，一生食酒一身名。

**314 九成宫　隋仁寿宫，贞观修以避署名九成宫，麟游县西五里**

九成宫里九成名，十地园通十地情。
暑气南来云雨多，苍山北去草花荣。

**315 玉华宫　贞观二十一年改为寺在宜群县北凤皇谷**

玉华宫外日西斜，古寺山中野草花。
叶落千层无旧土，溪流百转不回家。

**316 石壕吏**

石壕村外吏无人，不向兵行向老身。
草木江山还依旧，帝王相将正沙尘。

**317 新婚别**

洞房花烛半心春，未及平明一去人。
不见阴山胡马吏，花开依旧问天津。

**318 垂老别**

夕阳落去晚黄昏，寒暖牛羊入柴门。
垂老先知寻脚足，老人尤见少人恩。

**319 无家别**

书生一半不无家，尤见楼兰日故斜。
不解阴山金甲断，长安上苑一城花。

**320 梦李白二首**

白石一人家，青莲半日斜。
平生天子问，酒醉自文华。

之二

李杜两文华，人间一半花。
杜情知李白，太白谁比杜家。

**321 后出塞五首　李陵**

一日净胡沙，三生问客家。
书生今古去，壮士枯荣花。

### 322 万丈潭 同谷倒作潭在县东南七里
县铭万丈潭，呈得百姓甘。
上下青溪水，烟云巨石岚。

### 323 龙门镇　在成县东
龙门镇上一县东，水细泉明半色空。
栈道尤落辞苦雨，雪云白石有无中。

### 324 凤凰台 凤凰台在同谷县东南十里，二石如关，有凤凰来栖故名
亭亭玉立凤凰台，二石如关久不开。
北对西康人不语，人心只待凤凰来。

### 325 白沙渡　属剑州
渡口荒流一白沙，长江石立半山涯。
川中此去千年外，世上还寻故客家。

### 326 青阳峡
一峡风云一峡天，半江渔火半江船。
峰青落照千波水，木秀伸长万里天。

### 327 五盘　广元县北楼道盘曲五重而名
五百年间一客名，八千里外半平生。
重重栈道重重雾，叠叠山峰叠叠情。

### 328 成都府
蓉城问榆桑，天下四川凉。
寺府寻三界，相思各一方。

### 329 杜鹃
杜鹃花落杜鹃鸣，蜀帝风云蜀帝情。
天下红颜颜似玉，心中流血血还荣。

### 330 泛溪
溪清客影旧衣裳，严武三军故色皇。
成都去中川上日，浣花里岸照红妆。

### 331 茅屋为秋风所破歌
不尽秋风一日扬，难言故舍半衣裳。
草堂雨后知天下，寒士心中满地霜。

### 332 渔阳
安史长安乱李唐，玄宗蜀客问渔阳。
梨园不唱霓裳曲，不见明皇日月光。

### 333 草堂
成都一草堂，刀笔半衣裳。
风雨三江水，云天九日黄。
尝溪花不尽，寒舍月芬芳。
严武知己短，平生意气扬。

### 334 牵牛织女
牵牛织女望东西，两岸天河两岸堤。
秘巧云平桥水渡，玉人梦里玉人低。

### 335 晚晴
晚晴万里晚晴明，暮色高堂暮色情。
天北天南千世界，风云风雨半倾城。

### 336 夜归
夜归舍下一无眠，动乱云中半有天。
万里逝川寻日月，十年漂泊待青莲。

### 337 白马
白马天竺白马行，五蕴天下五蕴生。
禅音不尽禅音在，此际无成此际成。

### 338 赠李白
狂诗漫语半西东，万水千山一客鸣。
天子呼来寻酒醉，飞扬跋扈作人雄。

### 339 登兖州城楼
落日满兖州，云平半故楼。
临流天下问，何处一春秋。

### 340 龙门　即伊阙
龙门一处鸣，川水半阴晴。
栈道青山在，伊阙野草荣。

### 341 春日忆李白
白石满春山，青莲去不返。
明皇多供奉，天子玉门关。

### 342 冬日有怀李白
雪色乱冬梅，芳香马上催。

人间诗百味，醉里一千杯。

### 343 月夜
清风一鄜州，明月半西楼。
石胜迁移夜，长安玉壁愁。

### 344 春望
天子向山河，江湖向九歌。
长城烽火起，汴水客人多。

### 345 月
寒月一秋宫，残明半铁弓。
阴山连战火，边塞去归鸿。
不得家书至，婵娟夜梦中。
但怜衣未暖，未将向西风。

### 346 奉和贾至舍人早朝大明宫 贾至洛阳人与父曾俱为中书舍人
红尘紫陌大明宫，车马行人一月弓。
五夜漏声排殿立，九重天子问西东。
春风午间书生尚，近水楼台御座风。
上苑曲江花似锦，洛阳亲友见飞鸿。

### 347 促织
月下一秋虫，人间半曲终。
川上思南北，天下各西东。

### 348 萤火
夜半见流明，三千弟子声。
心情天下问，故客宿人惊。

### 349 苦行
苦行半池边，孤独一影悬。
心空节尤志，萍水有无缘。

### 350 天末怀李白
塞北问三河，长沙任九歌。
清平三曲调，天末自如何。

### 351 蜀相
风云已去锦官城，蜀祠空余半孔明。
三顾茅庐三国尽，五蕴未捷一曹营。

## 352 卜居

浣花溪鱼半浮晴，客色春秋一枯荣。
鹧鸪啼声寻草碧，蜻蜓点水见流明。

## 353 梅雨　明皇幸蜀还改成都为南京

南京城下半阴晴，梅雨时中四月生。
万户炊烟浮香香，千家里弄草菁菁。

## 354 为农

山山野野一农家，岸岸溪溪半白沙。
细麦伏垄多籽粒，浣花流去日西斜。

## 355 狂夫

狂夫日月草堂前，万里桥头草木边。
砥柱扬长呼两岸，流江不问去时船。

## 356 客至　喜鹊明府相过

一生相遇一杯水，三界匆匆三界催。
客舍溪花浮沉去，故人不问故乡梅。

## 357 春夜喜雨

雨轻花重锦官城，草木无边客舍生。
老子玉壶临润色，江船渔火待阴晴。

## 358 归雁

年年万里飞，岁岁不知归。
塞北知堂客，江南问柴扉。

## 359 登楼

荒草满高楼，沧江半暮流。
还寻东去水，不落一春秋。

## 360 黄河二首

黄河岸上一长城，秦汉唐家两界兵。
曲折东流沧浪水，千年谁问谁精英。

### 之二

黄河西望是天涯，五月长城五月花。
自古精英浮白骨，情人梦里不知家。

## 361 入宅三首

朝朝暮暮早关门，沉沉浮浮晚雨村。
日日年年无客至，灯灯火火误黄昏。

### 之二

临流不问半江楼，万里扬长一去舟。
野草生平天地上，春秋不尽向春秋。

### 之三

青莲白石一精英，下里巴人半不声。
雨打芭蕉无日月，渔舟唱晚有阴晴。

## 362 赤甲

赤甲白盐天中锁，夔门上下一江平。
巫山云雨凭心落，楚水吴流任纵横。

## 363 溪上

月色一溪流，清明半客秋。
无声无日月，有客有琴楼。

### 之二

雨色一清溪，云重半玉堤。
江村多润泽，客舍少年西。

## 364 树间

一隙叶间光，千林久不扬。
风摇天地上，日照两荒塘。

## 365 八阵图　诸葛八阵图有三，一在夔门，一在弥牟镇，一在恭盘市

江流八阵图，不及半东吴。
谁问何三国，隋炀汴水呼。

## 366 上白帝城　公孙述僭位于此自称白帝

白帝城中白帝名，一年草木一年荣。
江流不尽江流山，日落还闻日落情。

### 之二

百年天下百年生，万里长江万里行。
白帝城中寻白帝，声名何处是声名。

## 367 白盐山　白盐崖高十余丈在州城东十七里

白盐山上白盐城，滟滪云中滟滪声。
扬子江流流不止，风风雨雨下江城。

## 368 白帝楼

万里人心白帝楼，千年日月还江流。
峡光山影青峰立，暮雨朝云一九州。

## 369 夜雨

一夜雨声中，三江色不同。
人生多少路，啸啸大江东。

## 370 林雨

淡淡润林生，清清草木荣。
潇潇春雨夜，默默静无声。

## 371 雨晴

两山暮雨晴，碧色泛溪明。
夕阳江林落，人心一半平。

## 372 舟中

夜雨问横舟，孤灯照浊流。
寒江无渡口，百里是反洲。

## 373 登岳阳楼

天下岳阳楼，云中过客舟。
洞庭千里浪，楚赣九江流。
浊酒浔阳醉，琵琶劝女愁。
潇湘多斑竹，进退问春秋。

## 374 湘夫人祠　即黄陵庙

湘夫人祠雨潇潇，斑竹节节泪里摇。
不见黄陵风不定，苍梧山下玉心寥。

## 375 双枫浦　在刘阳县

济阳浦岸一双枫，夜半重霜半不红。
自大原来时令下，归雁南去问秋虫。

## 376 虢国夫人

虢国夫人一主恩，游春白马半宫门。
芙蓉汤里芙蓉色，柳暗花明又一村。

## 377 舟泛洞庭

洞庭鼓浪一舟横，龙堆沙明半月倾。
止止行行无进退，浮云上下问平生。

## 378 阙题

冰雪润春芽，东风向物华。

三江流碧色，二月问梅花。

### 379 句
春色满天涯，东风柳叶斜。
小桃知客在，夜半始开花。

### 380 贾至
舍人制造一人家，十卷中书两代华。
贾至幼邻名字正，岳州司马日还斜。

### 381 长门怨
独坐高堂日月光，孤心自赏沉浮霜。
一先一后长门怨，花落花开不成章。

### 382 铜雀台
铜雀台高一半霜，西陵烟沉万千肠。
英雄已去婵娟在，谁问知音谁短长。

### 383 早朝大明宫呈两省僚反
金銮玉凤一朝冠，夜幕平明半色寒。
制造堂中人不语，漏声滴落令书澜。
御城春晓知杨柳，下里巴人唱楚安。
三界群芳三界客，一心一古一心宽。

### 384 白马
白马挂金鞭，身名御坐前。
高堂鸣不已，天下自山川。

### 385 君山
湘中人老一君山，天下洞庭去不还。
日月行舟扬柳去，春风渡口客家关。

### 386 岳阳楼重宴别王八员外贬长沙
书生意气满长沙，腊月心中一半花。
欲醉岳阳楼上客，九歌不尽斗天涯。

### 387 钱起
才子佳人名，生平进士情。
校书郎上客，天宝醉时鸣。

### 388 送毕侍御谪居
朝来唱九歌，楚客过黄河。
志士吞声去，兰香已不多。

### 389 酬王维春夜竹亭赠别
春夜客长亭，风清北斗星。
一生多少醉，三界又零丁。

### 390 沭阳古渡
人心九曲肠，古渡两三乡。
日落江湖上，风平淮沭阳。

### 之二
人人自问津，处处有红尘。
雀落寻食子，鸿飞向晋秦。

### 之三
朝暮一天堂，风云半客乡。
人心寻渡口，天下梦黄粱。

### 391 青泥驿迎献王侍御
出入问长亭，山中草木青。
乡邻堂有座，驿馆客无铭。

### 392 自终南山晚归
冰山来客一精英，溪水流芳半枯荣。
拾得终南顶雪，寒山上苑玉冠明。

### 393 蓝田溪与渔者宿
胸中天下慕渔心，路上人间问古今。
隔岸还呼浮水动，临流酒色落衣襟。

### 394 游辋川至南山寄谷口王十六
一半风云过辋川，两三渡口两三船。
南山草木南山色，谷口浮云谷口烟。

### 395 淮山别范大
一日秦淮半日船，两江岸芷三山泉。
明清不尽清明去，客入吴中入客年。

### 396 奉和圣制登会昌山礼制
朝浮问楚辞，睿想慕新枝。
日月金銮驾，风行玉凤迟。
阳和寻紫陌，暮色布津时。
御座黄云落，皇龙白马驰。

### 397 题精舍寺
寺边月色入山门，禅里钟声问古村。
落定红尘三界外，一人天下一乾坤。

### 之二
泉分两地云，香入一衣裙。
月色临流去，溪清向客君。

### 398 送衡阳归客
故客问衡阳，飞鸿过异乡。
高唐多草木，宋玉下潇湘。

### 之二
月下问三湘，山中客九肠。
巫山云雨夜，宋玉赋华章。

### 399 九日登玉山
菊色一春秋，三江半小楼。
玉山望九日，四海纳千流。

### 之二
霜明一玉山，天下半秋颜。
白马云中寺，高低日月还。

### 之三
九日玉门关，千年十万山。
风沙鸣不住，日月不知还。

### 400 登台
九日暮登台，三江色彩开。
不尽千家水，天涯一客来。

### 401 板桥
霜明一板桥，隔壁半心遥。
驿舍平明月，长亭叶落萧。

### 402 宿洞口馆
秋泉一路鸣，野竹半无声。
洞口斜阳驿，归心是所情。

### 403 夜泊鹦鹉洲
月明汉水草青青，夜泊江流问芷萍。
鹦鹉洲头人不在，山村水国谁人铭。

### 404 归雁
衡阳十月客飞来，塞外三春野草苔。
柳岸沙明寻自在，天南地北等闲还。

## 405 灵隐寺

寺外残塘八月潮，风花浪里万山消。
西湖柳岸千人住，灵隐钟声一日遥。

## 406 元结

元结河南渡客船，次山民营地人天。
三千弟子儒家礼，十七折节向学年。

## 407 治风诗五篇　至仁，古有仁帝能全仁明以封天下故为至仁

德施蕴蕴一至仁，瀛瀛至俭半绅绅。
不全不缺知君子，疏怨疏惠自由身。

## 408 至慈　古有慈帝保静顺以涵万物故为至慈

如负如持而不知，是和是欲问无时。
顺涵万物随从去，似闭还封保静辞。

## 409 至劳，至正，至理

劳俭恭和守一平，山川土地赏伐明。
说言惑乱修文化，斯察风清待枯荣。

## 410 乱风诗五篇　至荒，至乱，至虐，至惑，至伤

亡慎时荒肆极堂，毒夫到虐乱圆方。
奸臣蛊惑宠妖女，崩荡声余忘戒伤。

## 411 云门　轩辕氏之乐歌也

圣泽涵濡向四方，轩辕歌乐纳千凉。
温文尔雅华章客，万物如斯自柳扬。

## 412 闵荒诗

汴水一隋炀，淮阴半泽塘。
唐家天子问，百载亦留芳。
不见长城帝，扶苏自不扬。
人间三界水，天下一圆方。

## 413 欸乃曲

道州刺史一千秋，二月湘江九脉流。
楚客巫山云雨梦，望夫石上半春愁。

## 414 张继

懿孙张继一襄州，文采三江半九流。
夜泊枫桥明月夜，钟声渔火问轻舟。

## 415 洛阳作

风云过洛阳，泾渭自身凉。
暮色寻金谷，寒流石崇乡。

## 416 江上送客游庐山

楚客问庐山，仙人洞口还。
临川寻逝水，慕水照人颜。

## 417 长相思

夜梦到辽阳，君衣过晓霜。
相思多少雨，月色满西厢。

### 之二

白首问辽阳，红妆纳梦凉。
相思三十岁，留下嫁衣裳。

## 418 枫桥夜泊

月月经云一半天，枯荣草木两三船。
江枫渔火洞庭岸，夜泊寒山寺不眠。

## 419 阊门即事

吴门琴韵一曲闻，江湖月色半思君。
清明处处新烟密，织女欣欣碧玉裙。

## 420 城西虎跑寺

勾践夫差一鸟啼，姑苏虎跑半城西。
剑池只试春秋水，尝胆吴山月不移。

## 421 奉送王相公赴幽州

南风不到北幽州，九脉难寻四海头。
塞草辽阳年岁缘，相公如意自春秋。

## 422 九日巴丘扬公台宴集

巴秋九日楼，水国十三州。
不待杨公问，相思上白头。

## 423 山家

清晖沿岸流，暮客问横舟。
渡口泉声逝，人心月满楼。

## 424 金谷园

年年春雨问东风，金谷园中各不同。
野草名花颜色去，采楼歌馆凤凰逢。

## 425 宿白马寺

白马问三更，天空向一鸣。
灯孤禅寺晚，月半鼓鸣声。

## 426 句

汉月经时掩，胡尘与岁深。
人间三界欲，天下一人心。

### 之二

汉月经时掩，胡尘与岁深。
人中三界水，世上一知音。

### 之三

汉月经时掩，胡尘与岁深。
唐家知塞北，百里问衣襟。

## 427 韩翃

南阳进士字君平，天宝韩翃纵一声。
乞火轻烟才子外，中书不尽舍人荣。

## 428 送客之江宁

秦淮未到问徐州，两夜江宁待客楼。
朱雀桥边杨柳色，江南处处有春秋。

## 429 送客还江东

长安日日望江东，一处悠悠两不同。
时有英雄相顾问，还闻花雨待梧桐。

## 430 题龙兴寺淡师房

龙兴寺上人，草木色中春。
行影摇书案，清风彼此珍。
门前溪水碧，树后叶天尘。
朝暮禅音座，芳芬曲径京。

## 431 题寿仁寺竹院

云浮古寺门，院竹近黄昏。
不尽溪流水，荒芜草木村。

## 432 送客一归襄阳二归浔阳

襄阳楚客赣浔阳，高阁滕王古色荒。
鄂水九江流不尽，相思二醉问炎凉。

## 433 寒食

春城时节任飞花，乞火寒食望柳斜。
雨落千川非是客，长安十代帝王家。

### 之二
秀色长安御草芽，东风五月待飞花。
江南处处寒食雨，乞火清明问客家。

### 之三
寒食乞火问清明，一半春秋一枯荣。
日月阴晴非主客，春关苦渡是书生。

### 之四
天天日月问年年，不入春关不入船。
自古书生寻渡口，高山流水客官缘。

### 434 寄柳氏
寻杨柳，寻杨柳，琴韵吴门非是否。
纵使隋阳百万株，玉楼春深折人手。

### 435 独孤及 代书寄上李广州
迢迢玉水五羊城，淡淡风云一海平。
皖雨独孤江壮酒，飞鸣不问岭南情。

### 436 观海
苍苍海水润，荡荡巨波湍。
万里舟波远，千顷浪迹宽。
云飞连紫日，天末落霞端。
玉色台湾岛，风平一半岢。

### 437 寒夜缓行舟中作
寒月入吴江，啼岛出晓窗。
舟中无暖被，客酒不成双。

### 之二
孤舟一夜横，宿鸟半无声。
昨日辞前醉，今朝雨后行。

### 438 九月九日李苏州东楼宴
九日一苏州，三声半玉楼。
五湖沧浪水，两岸自春秋。

### 439 郎士元
天宝郎家一士无，春秋月色半虫喧。
中书门下文章客，刺史心肠七八言。

### 440 题刘相公三湘图
纸上忆南州，心中故客楼。
峰青千岭碧，竹影三湘流。

柳暗春秋水，芳明草木愁。
渔父情不钓，只待月如钩。

### 441 长安逢故人
长安问帮人，上苑客愁新。
雁塔题名处，慈恩寺外春。
人间三界路，天下半迷津。
相见多无语，心平少有尘。

### 442 送陆员外赴潮州
风雨问潮州，人生向客流。
云晴三界外，竹海一春秋。
天下书生去，心中有去留。
楚辞多少问，论语一半忧。

### 443 关羽寺送高员外还荆州
楚鄂大江流，关公日月楼。
将军今古在，夜读问春秋。

### 444 送王司马赴润州
东风直入建康城，雨落金陵草木荣。
司马润州寻渡口，春江潮打问人情。

### 445 柏林寺南望
柏林寺对两三峰，台上南望问鼓钟。
渡口水平云崖暖，千年古刹自从容。

### 446 湘夫人
斑竹无心泪自流，高唐有意雨千秋。
潇湘月下苍梧问，谁见夫人见客舟。

### 447 送韦逸人归钟山
云雨上钟山，风波下客颜。
长江流不尽，日月去无还。

### 448 送别
江湖不系船，书剑问云天。
雨后长安去，人前日月年。

### 之二
蝉鸣十二声，草秀万千荣。
天下三山外，心中一水城。

### 449 夜泊湘江
湘江斑竹青，碧水乱流萤。

两岸明渔火，三心带意听。

### 之二
湘江一夜平，斑竹半无声。
月照洞庭水，舟停雨色明。

### 450 闻吹杨叶者二首
杨叶吹阴晴，胡姬问舞声。
音琴多不住，鼓瑟少人情。

### 之二
天音一二声，故曲万千鸣。
月色随君去，人肠自此平。

### 451 皇甫冉
润州茂政客丹阳，九龄留别天宝章。
此去十三州有尽，春关节一向朝堂。

### 452 临平道赠同舟人
风雨同舟渡客忧，人心各异九江流。
东西南北中原路，半是春光半是秋。

### 453 巫山峡
巫峡半巴东，长江一色空。
云中神女馆，雨里玉心同。

### 454 长安路
四四方方一九城，千千万万五侯名。
乾陵风雨红尘落，谁问相如故地荣。

### 455 题无锡寄灵一净虚二上人
云门已尽二人身，苦雨还耕一上人。
三界去来三界渡，春秋去后是秋春。

### 456 赠普门上人
一生世界一云门，半壁河山半子孙。
去去来来思索客，时时刻刻悟黄昏。

### 457 山水
山山水水一知音，曲曲流流半古今。
色色空空无苦雨，花花草草有人心。

### 458 秋怨
清宫长信问昭阳，月色平章待御堂。
晓玉初开羞草木，飞燕闭月卸红妆。

### 459 清明日青龙寺上方赋得多字

如何不得问如何，过客还闻过客歌。
三月清明三月忆，青龙寺上楚辞多。

### 460 送陆鸿渐栖霞寺采茶

云云雨雨一茶缘，水水山山半客船。
陆羽采茶鸿渐去，栖霞寺里待余泉。

### 461 婕妤春怨

琼花一建章，玉色半昭阳。
朝暮多恩怨，声颜几许嫱。

#### 之二

深宫十五年，御色二三天。
尤得平明问，君心是客船。

### 462 山中横云

山中草木半横云，两岸风声两岸君。
尤见桃花源里客，秦秦汉汉不时分。

### 463 赋得楼燕

楼燕一月飞，万里半翠微。
不见长城寒，隋炀久不归。

### 464 送陆鸿渐赴越

百里寻君百里情，石梁茶怨石梁明。
阴晴上下多云雨，进退咸和草木荣。
去去来来泉水色，迎迎送送客心成。
解衣尤对空山旷，持甲重逢鸟不声。

#### 之二

惠山吴里虎丘泉，月色江湖月色船。
井上江中泉下水，碧螺浮沉一天年。

### 465 酬张继

江枫渔火对愁眠，拾得寒山待缺圆。
落日入流川上问，客家渡口客家船。

#### 之二

朝阳辞去夕阳还，客里东吴许浒关。
一路沉浮舟上客，平生进退待君颜。

### 466 之京留别刘方平

一歌一曲一回肠，半醉方平半醉觞。

天下惊心天下客，二陵回首二陵荒。

### 467 闲居作　终南山

千山问月残，八水绕长安。
步步闲居夜，年年向玉冠。

### 468 送李使君赴抚州

临川半抚州，高客九江流。
天下寻今古，人中问去留。

### 469 送王相公之幽州

烽火半幽州，惊心十诸侯。
君王求一笑，天下飘春秋。

### 470 招隐寺送阎判官还江州

东林虎笑一浔阳，招隐钟声半客乡。
僧老云浮南北问，情长志短是衷肠。

### 471 句

微官同待苍龙关，直谏偏推白马生。
君君不暗臣臣明，进进难言退退生。

### 472 刘方平　巫山高

云雨满巫山，夔门锁楚颜。
长江流不去，两问玉门关。

### 473 梅花落

腊月枯荣生，寒心日月盟。
山中香雪海，树下色情精。

### 474 铜雀伎

日月奉君王，春秋玉色香。
平明寻曲舞，夜半却红妆。

### 475 班婕妤

露重玉珠凉，深宫月似霜。
合欢凭扇问，奉扫箧中凰。

### 476 新春

越水浣溪纱，吴江玉馆娃。
夫差香雪海，勾践客人家。

### 477 秋夜寄皇甫冉郑丰

洛阳日落白云飞，帝子升平问翠微。
流水还言醒后语，月明十六醉时归。

### 478 长信宫

重温团扇旧时横，左右君王倚故情。
长信宫中寻一赋，相如月下好名声。

### 479 望夫石

石上望夫归，江中逐浪飞。
舟轻浮沉落，月落入春帏。

### 480 刘太真　顾十二况左迁过韦苏州房杭州韦睦州三使，顾生留连笑语继三群子之风

人间一半荣，天下两三声。
留下真君子，何言进退名。

### 481 宣州东峰亭各赋一物得古壁苔

宣州古壁苔，腊月玉梅开。
色动新人去，香随故客来。

### 482 崔何　东峰亭各赋一物得岭上云

东峰岭上云，疏影玉中君。
腊月三寒动，冬春两不分。

### 483 苏寓　东峰亭各赋一物得寒溪草

寒溪草木荣，腊月暗香生。
拾得东风夜，寒心日月盟。

### 484 郭淡　东峰亭各赋一物得临与干桂

桂子半临轩，秋风一日言。
三川惊叶落，九脉简还繁。

### 485 王纬　东峰亭各赋一物得幽径石

石岸一幽径，溪边草木青。
假山前石秀，渐漪乱浮萍。

### 486 高傿　东峰亭各赋一物得林中翠

阳关海市盟，白马寺边情。
拾得林中翠，天光上下明。

**487 李岑　东峰亭各赋一物得楼烟鸟**

溪流向翠微，日暮故人归。
犹有楼烟鸟，云中上下飞。

**488 王之涣　登鹳雀楼**

白日依山鹳雀楼，黄河入海问春秋。
万家九日登高望，千里回乡向并州。

**489 凉州词二首**

九曲黄河十八湾，百川天水一千山。
运河古迹寻杨柳，齐鲁中原逐鹿还。

**之二**

西望昆仑十万山，沙鸣日月玉门关。
春风三过黄河岸，杨柳楼兰大漠颜。

**490 九日送别**

九日登楼只望天，十年回首又八年。
江南犹有黄藤酒，此醉人前待缺圆。

**491 阎防　与永乐诸公夜泛黄河作**

落日浪中船，浮云满暮川。
黄河流不住，往事此如烟。

**492 名**

熊踞庭中树，龙蒸栋里云。
虎踞高山岭，龙潜深渊坤。

**493 薛据　题鹤林寺**

松鹤长春寺不名，梅兰菊竹四时荣。
道门法海寻心住，庙小神通大士情。

**494 早发上东门**

书生二十入幽州，弟子三千问学流。
半百人生知过去，十年百事暮登楼。

**之二**

书生十五问秦川，三十人间过路缘。
不是官场知主客，布衣犹作洛阳年。

**495 姚系　秋夕会友**

秋夕会友半长亭，灞水知音一渭泾。
且望苍山云不尽，只寻流水不浮萍。

**496 古别离**

西秦落日一鸣蝉，渭水引云半客船。
长路短亭三丰酒，高楼望尽十年缘。

**497 野居池上看月**

月明月色满池塘，寒水寒光一地霜。
素影游移非自主，清辉洒落是风凉。

**498 令狐峘　硖州旅舍奉怀苏州韦郎中**

离忧日日几时平，青草年年苦枯荣。
拾得东风三两夜，阴晴不定月难明。

**499 常衮**

制造文章后拔扬，百年翰墨百年芳。
集贤院士中书舍，初拜皇门下侍郎。

**500 奉和圣制麟德殿燕百寮礼制**

麟德殿上御家堂，圣纳群臣万古芳。
天街春秋多仕宦，玉壶杨柳问忠良。

**501 晚秋集贤院即事寄徐薛二侍郎**

重逢湖海意何如，日满楼台御客余。
中秘书金前后座，烟明紫气上清居。

**502 早秋望华清宫树因以成咏**

华清宫殿尽辉煌，天宝开元满汉唐。
秋早芙蓉汤水暖，温泉云碧树烟凉。

**503 登楼霞寺**

林香小寺净无尘，雨后峰青草色新。
彼此灯前行上客，禅房夜话去来人。

**504 句　题漳浦驿**

风候已礼固岭北，云山仍喜似终南。
江山万里漳浦地，十地圆通洛阳天。

**505 褚朝阳　登圣善寺阁　一题登少室山**

少室山中一寺堂，朝阳树下半家乡。
黄河衣带风云客，圣善归来尽柳杨。

**506 奉上徐中书**

坡佩金銮玉凤凰，风香兰惠紫微郎。
精英一日千年问，雅士三秋万古芳。

**507 苏源明**

弱夫天宝第栋梁，杜甫心中故友光。
不受禄山安史乱，肃宗复雨考功郎。

**508 秋夜小洞庭离宴诗**

东平太守司源明，曲舞洞庭两岸荣。
醉认舟中关月色，柳门草木一溪惊。

**509 闺情**

孤灯照夜明，合壁待心惊。
脱下红妆后，临床月色清。

**510 比光天　情人玉清久**

洛阳谁问玉清名，一曲瑶台一曲情。
银笛难言千古怨，婵娟只向客心成。

**511 田澄　成才为客作**

成才子美草堂晴，日月经天问客声。
百岁难鸣自己，丢掉前后是生平。

**512 刘眘虚　江南曲**

归客入洞房，征人有故乡。
天声床上问，十载一心荒。

**513 暮秋扬子江寄孟浩然**

扬子江舟不挂帆，巫山云雨待愁眠。
洛阳白马西阳客，千里山河万里愁。

**514 登庐山峰顶寺**

庐山峰顶万千泉，古寺云中一半烟。
自古官场难上下，人生处处醉时眠。

**515 寄阎防　防时在终南**

终南山上玉冠明，上苑春中草木荣。
上下春关凭日色，去来天下是书生。

**516 句　归梦如春水悠悠绕故乡，驻马渡江处望乡待归舟**

千年如川流，江楼问江流。
万户似归舟，秋春向春秋。

## 第二卷 唐诗百话

**517 宋华　蝉鸣一篇五章**
林深夏末一蝉鸣，风落残云两气清。
抑抑扬扬声不尽，忧忧怨怨近秋声。

**518 邹象先与萧颖士同年生，开元二十三年及第进士**
颖士春关日月晴，象先雁塔共留名。
开元二十三年士，同载文章不醉生。

**519 寄萧颖士**
同岁步青去，天下见珍君。
春关名御客，雁塔待分。

**520 柳中庸　宗元族叔，萧颖士以女妻之**
秋怨春恩月色明，忖前想后夜阴晴。
朝云暮雨高唐去，楚客巫山碧水清。

**521 河阳桥送别**
秦晋归来半路遥，功名利禄一心消。
黄河流去千年水，两岸桥来渡口潮。

**522 凉州曲二首**
白马一凉州，春风半客留。
长城多少战，沜水枯荣流。

**之二**
人间万里山，天下一人关。
回首秦川间，江河似故颜。

**523 蒋渔　登楼霞寺塔**
平步玉云西，和风鸟不啼。
花流颜色在，香沉入春泥。

**之二**
三山玉石头，二水绕瓜洲。
寺塔风云住，秦淮日夜流。

**524 沈千运　山中作**
天下自红尘，人间两地人。
山中多草木，日月各秋春。

**之二**
合聚半离分，阴晴一客云。
樵渔寻出入，栖隐问人君。

**525 王季友　玉壶冰**
一醉玉壶冰，三秋露水凝。
平明寻故客，夜下时孤灯。
素影寒窗下，隋唐问五陵。
书生三界外，拾得九州兴。

**526 秦系　题女道士居**
风清道士庵，雨碧女儿潭。
凡凤溪云晚，人心一半甘。

**527 题镜湖野老所居**
浮云落镜湖，野老问屠苏。
水色千年客，天光有似无。

**之二**
知章故客名，野老问流清。
日落剡溪水，文姬玉笛声。

**528 秋日送僧志幽归山寺**
山寺有云平，林泉落日声。
流明溪上色，沉影水中清。

**529 任华　寄李白**
傲岸平生一古今，惊鸣天下万人心。
敬亭山上云浮沉，天子呼来御客音。

**530 任华　寄杜拾遗**
落日梅花落日名，草堂日月草堂惊。
不辞天下千人怨，留下人间苦雨声。

**531 任华　怀素上人草书歌**
龙飞凤舞一山川，雨落去行半地天。
闭月沉鱼河岸柳，飞沙走石度人年。
前前后后千年客，抑抑扬扬万里缘。
三教九流天下在，家家户户住心禅。

**532 魏万　金陵酬李翰林谪仙子**
青青日色下江东，魏万王屋白石同。
桂海天台云挂月，轻舟直下乘长风。
长门一赋清平调，安史风尘落魄空。
建业虎踞三界外，钟山云雨六朝中。

**533 崔宗之　赠李十二白**
一酒醉金陵，三生十二朋。
青莲知白石，犹见玉壶冰。

**534 崔成麻　赠李十二白**
潇湘放逐臣，太白皖江滨。
上苑寻明主，名陵醉酒人。

**535 严武**
严武半华州，尚书吏部求。
草堂寻拾遗，杜甫客中秋。

**536 寄题杜拾遗锦江野亭　辞别杜二**
草堂户外一溪流，半是君心半是忧。
留下川头鹦鹉赋，春秋不尽又春秋。
锦江水色空天色，沙草云光济客舟。
安史明皇知入蜀，剑南官宦误王侯。

**537 班婕妤**
一怨半长门，三生两客村。
春秋知草木，日落是黄昏。

**538 巴岭答杜二见忆**
巴山落月时，千里梦相思。
兵马三军帐，君心日月知。

**539 军城早秋**
一将三军一汉关，半川九折半川湾。
秋风初起云惊落，飞将楼兰去不还。

**540 张濯　迎春东效**
颙现天下士人鸣，及第上远进士荣。
万人衣冠知及表，迎春东郊客身名。

**541 王绰　迎春东郊**
东郊迎春上苑晴，天伦自古帝王名。
江山社稷人心尚，下里巴人草木情。

**542 迎春东郊**
东郊春风上苑花，慈恩寺外曲江结。
十年苦读离骚客，不解长沙不问家。

**543 郑包锡　玉阶怨**
长门御水向天流，司马相如奉赋愁。
扫地出门轻玉阶，飞燕何似乡妆楼。

### 544 千里思
渭水向东流，长安客日忧。
春关闻自主，月夜任君留。

### 545 古之奇　秦人谣
两问祖龙居，东方帝业墟。
金陵闻此夜，淮水渡陈予。

### 546 李阳冰　阮客旧居
阮客心中一念余，仙云天下半浮舒。
阳冰犹以当涂令，李白相依有旧居。

### 547 严维　送人入金华
金华一日游，天下十年秋。
只见浮云客，平生上下楼。

### 548 宿法华寺
暮色宿云深，风清问古今。
法华千古刹，明月一禅心。

### 549 宿天竺寺
天竺寺夜深，明月入丛林。
去去来来客，前前后后心。

### 550 九日登高
百岁问家邦，千年渡大江。
去去来来客，前前后后心。

#### 之二
九日尽登高，三生问二毛。
青山望不尽，碧水向离骚。

### 551 答刘长卿蛇浦桥月下重送
十七桥中月最明，二人心上待风清。
临溪笔直云烟重，复见长卿去不行。

### 552 顾况　长安道
长安道，长渡桥，长芳草，
十里长亭人心老

#### 之二
长安道，长安桥，长安草，
此去长安人难老。

### 553 洛阳行送洛阳韦七明府
四望龙门问洛川，京城桃李待天年。
上阳宫树千花放，挂冕梁鸿渡客前。

### 554 洛阳早春
春花带露羞，碧草绿溪流。
五百年中客，千家问旧游。

### 555 上元夜忆长安
上元明月问长安，一半沧州一半寒。
西问秦川寻故客，凤楼酒醉欲心残。

### 556 酬扬州白塔寺永上人
白塔香烟一半云，风尘三界两边分。
上人寺外禅音在，不问方圆只问君。

### 557 湖南客中春望
风尘仆仆下潇湘，竹影寥寥上客堂。
月色难言天外苦，东风不尽夜业香。

### 558 题灵山寺
天下问灵山，人中向佛颜。
东来沧浪水，两去玉门关。

### 559 听山鹧鸪
溪上一鸟鸣，山中半枯荣。
春江花月夜，桃李客心清。

### 560 弹琴谷
川谷一鸣琴，风云半古今。
江山多不语，社稷少知音。

#### 之二
何处山虫鸣，川中月色清。
春山流水碧，客舍问人声。

### 561 梦后吟
一半问黄粱，三千弟子肠。
书生多旧梦，进士纳寒凉。

### 562 临平湖
独钓一平湖，舟横半有无。
心空凭水慕，仰卧向天疏。

### 563 溪上
暮色珠荷声，芙蓉出水晴。
采莲船上女，脱下玉妆明。

### 564 田家
山里一田家，心中半日斜。
枯荣知稻米，来去是桑麻。

### 565 梅湾
镜里一梅湾，湖中半越山。
车风寻柳岸，流去尽红颜。

### 566 宿山中僧
松子落堂前，香花问寺边。
山中僧不语，月下向心禅。

### 567 思归
寺里客思归，山前暮色飞。
心情空荡荡，想入自非非。

### 568 题明霞寺
樵渔本是问身名，不欲人中一自生。
莫过绵山公不在，虚无缥缈向人情。

### 569 宫词五首
暮色苍茫御柳烟，勤耕明月帝王田。
青春常伴颜如玉，却见长门有缺圆。

#### 之二
玉阶一婵娟，飞燕半玉泉。
九重天下客，一月夜中圆。

#### 之三
红妆出水莲，玉色向天沾。
秀弱多娇嫩，音轻少自嫌。

#### 之四
御水渡余寒，清宫待玉冠。
终南山色远，长生殿中坛。

#### 之五
何处是昭阳，相如一赋伤。
平明多是怨，月夜少衷肠。

## 第二卷　唐诗百话

**570 子规**

杜宇一声啼,川中半玉堤。
帝心留不得,蜀客问东西。

**571 湖中**

湖水任舟横,天云问客情。
千年浮沉事,万古谁人情。

**572 小孤山**

洞庭问小姑,五岳有还无。
古庙枫林晚,虚心问玉壶。

**573 送少微上人还鹿门**

落落待风尘,吴中不自身。
鹿门还作客,不似去中人。

**574 听子规**

巴人夜唱竹枝词,雨露春花月色知。
子规啼声轻自语,洞庭帝子尤相思。

**575 耿纬**

十才子里一唐名,钱起卢纶半自成。
诗不深琢风尚胜,河东耿纬亦身荣。

**576 听早蝉歌**

声明一早蝉,才子半中天。
疑是三夏唱,无心向客眠。

**577 芦花**

望远半思乡,芦花一岸长。
江平秋色满,柳暗舞低昂。

**578 秋夜思归**

山中叶落残,秋夜久无安。
疑是平生客,思归事皆难。

**579 送李端**

声来雅士天,岁去成已成年。
天下知才子,人间问缺圆。

**580 常州留别**

雨里十三楼,江南一半怨。
常州寻古寺,闲心不可留。

**581 关山月**

年年一故乡,日日半心长。
天下关山月,人间共暖凉。

**之二**

青楼玉笛声,古塞醉人情。
一曲阳关唱,三生谁败成。

**之三**

关山月色明,乡里客心情。
不问长城外,还闻汴水荣。

**582 晚秋臣病寄司空拾遗曙庐少府纶**

霜寒两色浓,石岸臣孤松。
人客身名在,牛羊四足踪。

**583 津亭有怀**

淮海一津亭,长安半渭泾。
茫茫凭此望,淡淡任浮萍。

**584 登鹳雀楼**

风声鹳雀楼,雨色暗春秋。
过客年年望,黄河日日流。

**585 酬畅当**

来去十年余,浮云帝子虚。
辋川多草木,何必问樵渔。

**586 游钟山紫芝观**

云山石路垂,细雨碧溪淙。
上下钟山客,芝观暮色逢。

**587 登乐游原**

日暮乐游原,秦川问简繁。
人心知进退,草木向轩辕。

**之二**

汉武自登留,秦皇问未休。
乐游原上客,今古半春秋。

**588 题清源寺　即王右丞故宅**

谁得蔡邕书,西林翰墨余。
凭堂池岸树,犹是故人居。

**589 九日**

重阳日月村,远近自黄昏。
拾得禅音在,寒山入寺门。

**590 长门怨**

知始不知终,空空色色空。
人间来去客,何必入深宫。

**591 慈恩寺残春**

双林半径荒,雁塔一禅房。
老马知前路,年高不断肠。

**592 凉州词**

西望一凉州,楼兰半客愁。
书生寻自己,壮士向云流。

**593 寄钱起**

花落花开时,寻群日月迟。
青原知白社,拾得两三诗。

**594 句**

高树多凉吹,疏蝉足断声。
临远千年路,天高万里晴。

**595 戎昱　罗江客舍**

夜夜梦长安,年年落叶残。
罗江寻客舍,暮雨满秋寒。

**596 闻笛**

川前暮笛声,雨后草花荣。
都是人间客,牛羊一两鸣。

**597 闺情**

有怨恨长门,无情待雨村。
相思三界去,雁家一黄昏。

**598 衡阳春日游僧院**

游僧相们问丛林,归雁衡阳待客心。
天上一人飞一字,成双成对自音琴。

**599 湖南雪中留别**

寒冬腊月一心盟,雪色黄昏半玉生。
疏影幽香明月照,潇湘斑竹醉人情。

199

### 600 入剑门
英雄入剑门,栈道出乾坤。
有路通天下,何人向客村。

### 601 秋望兴庆宫
当年御上滨,已是客游津。
兴庆宫中月,难明故榻尘。

### 602 题宋玉亭
宋玉亭中一叶秋,朝云暮雨半潮流。
阳台楚客相思月,照满长江处处愁。

### 603 江上柳送人
长安路尽大江流,万里山川万里侯。
折得隋炀江上柳,伴君直到海西头。

### 604 湘南曲
帝子下湘南,君心上治涵。
江山流水顺,斑竹满湘潭。

### 605 采莲曲二首
舟平谁采莲,叶碧向池边。
只有凭声问,难余一曲全。

### 之二
十亩一荷塘,三千碧玉光。
芙蓉还出水,采女半红妆。

### 606 窦叔向
教五子名扬,闻三界炎凉。
五方冠叔向,七卷尤留芳。

### 607 寒食日恩赐火
赐火入长门,寒食出客村。
春关三界内,天下一人恩。

### 608 窦常　项亭怀古
英雄问项亭,楚汉向流皇。
尤望江东月,长安见渭泾。

### 609 北固晚眺
北固楼台瞩目开,洞庭风月大江来。
石头城外金陵水,只任东流去不回。

### 610 窦牟　早赴临台立马待漏口号寄弟群
紫陌御云开,合家进士才。
霄云浮日上,待弟赴临台。

### 611 望终南
日月问终南,烟云草木甘。
玉冠寒御舍,兄弟杏花坛。

### 612 杏园渡
邻墙一杏花,客坐半人家。
玉色还相间,衣裙自不遮。

### 613 窦群　雪中遇直
处士一心中,青云半不同。
凡湘南北史,坐贬改黔风。

### 614 草堂夜坐
天上紫微星,人间玉剑亭。
壮士呼来去,书生问渭泾。

### 615 窦庠　金山行　润州金山寺寺在江心
金山寺庙大江心,北固楼台问古今。
魏蜀吴中三国尽,润州钟鼓入丛林。

### 616 龙门看花
鲤鱼三月跳龙门,一日春关百岁村。
上苑芳菲花似锦,长安雁塔宿皇恩。

### 617 窦巩
元白人中喋嚅翁,平居世俗雅君风。
有才不论春秋外,进士心田半月宫。

### 618 少妇词
春花一少妇,碧草半心无。
但向朝堂问,江南有念奴。

### 619 送刘禹锡
一生一半武陵溪,两岸桃观两岸梨。
三度刘郎三界外,梅花留下化香泥。

### 620 送元稹西归
蜀客难名蜀客心,琴音还问一琴音。
高山流水巴人曲,白雪阳春半古今。

### 621 放鱼
三月跳龙门,香山一客村。
秦川云不尽,尽是御家恩。

### 622 窦家
各年一窦家,两代五儿华。
进士知天下,书生问乌纱。

### 623 吕牧　泾渭扬清浊
今古半风云,长安一客君。
人间泾渭水,清浊两相分。

### 624 朱长文　题虎丘山两寺
日月禅音日月明,五蕴钟鼓五蕴声。
虎丘西寺闻吴越,勾践夫差一霸平。

### 625 句
夜静忽疑身似梦,更闻寒雨滴芭蕉。
拾得渔火明草木,寒山钟鼓渡阴晴。

### 626 戴叔伦　梧桐
细雨满梧桐,烟云半叶弓。
欲流来未下,还止止中终。

### 627 花
三界一人心,丢掉半古今。
人间花草问,天下雨云深。

### 628 竹
竹影一人身,梅花半入春。
秋菊黄满地,兰岸子君珍。

### 629 怀素上人草书歌
丹青翰墨余,狂草上人书。
日月山川在,风云自卷舒。

### 630 送别钱起
人间上下疏,天下醉醒余。
不见多才子,梦中少客居。

### 631 送郎士元
白发客金陵,愁心十丈冰。
长安杨柳色,天下去来僧。

### 632 赋得长亭柳
还闻马不行，相送客心情。
十里长亭柳，千年一半生。

### 633 江工别刘驾
各自去天涯，分别日半斜。
舟平江上雨，风落水中花。

### 634 寄司空曙
细雨南塘细雨愁，有情碧水有情流。
无心日月无心去，草木春秋草木留。

### 之二
细雨潇潇寄远愁，夜云淡淡客梦休。
寒门古寺闻钟鼓，柳絮杨花半白头。

### 635 寄刘禹锡
桃花落尽寄刘郎，岁岁还开独自芳。
过客千年知守旧，江舟万里自扬长。

### 636 寄孟郊
天下一窗寒，人间半日凡。
春半鸣雁塔，上苑问峰峦。

### 637 别郑谷
鹧鸪声中郑谷名，叔伦月下怀人情。
满园已是花千树，不问东风问草荣。

### 638 冬至
冬至时分日日长，寒梅大雪半枝霜。
心中初入红颜色，天下归来好暗香。

### 639 冯宿　酬白乐天刘梦得
三省朝中共玉冠，五蕴川上问窗寒。
客心洛邑风色里，逝者如斯日月坛。

### 640 王武陵　宿慧山寺
惠山寺外一清泉，精舍吴南两岸田。
客过无锡寻故友，秋山还向劝禅缘。

### 641 卢纶　题念济寺
阳关三叠向前川，古刹春风到酒泉。
明月清风流水岸，色空念济寺边禅。

### 642 送畅当赴山南幕
寒风半玉袍，大雪一弓刀。
白马向荣枯，胡姬劝葡萄。

### 643 七夕诗
牛郎织女半生平，草木人间两枯荣。
喜鹊一桥知乞巧，银河两岸玉情盟。

### 之二
年年一夜桥，日日两心遥。
望断天河岸，牛郎织女寥。

### 644 长门怨
长门落日圆，玉阶沉霜年。
暮色多情照，清风已逝川。

### 645 妾薄命
群妃一丈夫，众玉半之湖。
夜月皇家客，平明秦扫姑。

### 646 慈恩寺石磬影
僧言不磬声，灯照玉堂明。
天下慈恩寺，人间若雨荣。

### 647 过司空曙村居
樵渔若比邻，处垭一年春。
唯见江湖上，人间自在人。

### 648 秋夜同畅当宿藏公院
月下扑流萤，风中见五陵。
心中寻不尽，地上满天星。

### 649 题伯夷庙
中条山下一身名，伯夷心中两枯荣。
叶落秋原天地阔，人繁荒草世平生。

### 之二
千年日月问后人，十里长亭向客津。
尤见春秋前后客，中原净土汉家身。

### 650 长安春望
东风处处入千门，碧水悠悠出万村。
稻米桑麻寻社稷，牛羊杨柳向黄昏。

### 651 奉和李益游栖严寺
古寺缘无尘，山门问苦辛。
林香寻自在，不枉去来人。

### 652 春游东潭
日落满东潭，深林叶半甘。
峰高知客问，水色向江南。

### 653 归乡
日落近归乡，江流问客肠。
百年三界外，一代五蕴香。

### 654 夜泊金陵
长江绕石城，细雨问阴晴。
舟泊秦淮岸，金陵玉叶生。

### 655 渡浙江
浙江不尽一钱塘，八月潮流半大荒。
浪里天云寻渡口，回头还问老盐仓。

### 656 春江夕望
春江日落一红流，上苑花开半玉羞。
雁塔声名寻不尽，长生殿里不真求。

### 657 章八元　题慈恩寺塔
十层雁塔一浮图，四十门开半有无。
三界八方空色外，千辛万苦渡也呼。

### 658 丁泽　龟负图
龟蛇背负图，龙马向屠苏。
四仪生八卦，五蕴问一夫。
青莲荷叶碧，白石炼丹炉。
天下春秋在，人间上下儒。

### 659 仲子陵　秦镜
秦镜白澄澄，临窗向月明。
虚光浮日月，真实待人情。
复照阴晴里，风光却有荣。
还闻天下水，彼此一流平。

### 660 张佐　秦镜
秦镜向心明，千秋独不声。
虚空楼上月，荷实无人情。

如若常拂拭，无尘世界荣。
御妆临塞客，为是请君缨。

### 661 阎济美　天津桥望洛城残雪

飞下玉门关，梨花一万山。
天津桥上客，大雪玉家颜。

### 662 张少博　尚书郎上直闻春漏

建礼问新人，含香御漏亲。
鸡人酬欲晓，天色玉壶春。
蔼里人心外，三千弟子身。
云明知紫陌，玉阶出红尘。

### 663 周彻　尚书郎上直闻春漏

建礼一君臣，重城百日春。
紫宸铜漏浅，识柱净无尘。
月下鸡人唱，平明御转轮。
清风天下水，晓胖一天津。

### 664 王表　花发上林

上林日月照繁花，御园楼台草木华。
雨露润心三五客，风光只入一千家。

### 665 独孤授　花发上林

上苑春明一半花，洛城雨润二千家。
人间雨露寻书客，天下芳菲问韶华。

### 666 王储　花发上林

上苑东风半雨斜，百花园里一梅花。
还闻天下书香客，如是芳菲十万家。

### 667 周渭　花发上林

一日繁华满上林，行家雨露润人心。
归业轮墨寻书客，拾得春关问古今。

### 668 李益　登长城

秦家古郡闻，内外两天云。
不战风沙断，醒时两不分。

### 669 送辽阳使还军

千里一辽阳，三军半战伤。
隋炀成败处，不及运河长。

### 670 春晚赋得余花落

树上一余花，人间半日斜。
黄昏颜色重，香气入人家。

### 671 竹窗闻风寄苗发司空曙

风惊一叶鸣，花落半无声。
与谁同心坐，春秋问枯荣。

### 672 同崔邠登鹳雀楼

同登鹳雀楼，各自一春秋。
何处江中水，黄河尽日流。

### 673 夜上受降城闻笛

风寒受降城，月色问胡明。
笛笛声声去，人情枕上生。

### 674 赠内史卢纶

世故一年情，人心半日清。
别离多草木，日月少光明。

### 675 夜上受降城闻笛

回乐峰前雪似纱，受降城外月天涯。
三千世界三千客，一半胡琴一半家。

### 之二

银笛声声忆故乡，风云淡淡问爷娘。
玉人枕上相思泪，受降城中梦洛阳。

### 676 句

闲庭草色能留马，岁路扬花不避人。
丢掉万里草原马，雨露天去日月人。

### 677 李端

大历五年进士。与卢纶、吉中服、韩翃、
钱起、司空曙、苗发、崔峒、耿祎、夏
侯审共大历十才子。

### 折杨柳

一剑楼兰一剑秋，十万进士不王侯。
灞桥水色折杨柳，塞北阴晴问九州。

### 678 九日赠司空文明

九日文明一司空，十年风雨九州同。
楼高天阔江山目，水色春秋八卦风。

### 679 江上逢司空曙

江舟一半平，过客两三声。
竟是司空曙，惊呼不自鸣。

### 680 雨后游辋川

明月照流泉，清风满辋川。
依心寻故水，摩诘车人前。

### 681 归山与酒徒

醒醉一人间，江山半客颜。
新瓶装旧酒，不过玉壶关。

### 682 赠李龟年

旧曲李龟年，梨园自在天。
玄寄寻蜀去，天宝月难圆。

### 683 归山居寄钱起

俯柳青山下，江湖日月津。
不得寻荣枯，都是去来人。
碧叶含云雨，流泉露沾巾。
武陵桃李树，自主向天津。

### 684 晓发瓜洲

十里问瓜洲，长江尽自流。
轻舟云水重，帆落石头留。

### 685 宿洞庭

波逐孤山雨雾多，洞庭云里复天河。
三湘斑竹千拨泪，一夜秋风八月歌。

### 686 客行赠冯著

顺水推舟送客行，不堪回首自无声。
长亭十里还相望，今古千年彼此情。

### 687 耳听夜雨寄卢纶

暮雨萧萧问枯荣，思心荡荡待天明。
人中不得青云在，窗下还留旧日盟。

### 688 昭君词

千年问李陵，一史玉壶冰。
君子阴山外，还思月下灯。
汉家多少客，苏武枯荣兴。
谁见青山在，英雄血气凝。

### 689 春晚游鹤林寺寄使府诸公

野寺半春花，东风一万家。
神音多少夜，渡口月西斜。
桃李三千界，君心五色华。
鹤林飞已尽，寺鼓向天涯。

### 690 畅当　宿报恩寺精舍

寺里一人心，人间半古今。
东风寻自在，春夜入丛林。

### 691 山居酬违苏州见寄

一酬违苏州，三生畅日流。
江湖多草木，同里少江楼。

### 692 登鹳雀楼

高楼鹳雀鸣，云近凤凰声。
天下千年问，人间万里行。

### 之二

还来两岸关，此去一千山。
进退凭心愿，黄河曲折颜。

### 之三

楼高一半山，水色两三湾。
鹳雀声鸣客，黄河日月颜。

### 693 别卢纶

天下一君游，心中半客秋。
高山明俯仰，流水去来留。

### 694 畅诸　早春

梅花半落红，桃李一春同。
兄弟先生在，春关进退难。

### 695 黎逢　小苑春望宫池柳色

小苑春明柳色烟，上林御水润兰田。
阳光和煦人间暖，桃李园中一半缘。

### 696 张昔　小苑春望宫池柳色

草色皇城半客船，花明山苑一人天。
曲江水暖鸭先知，几处风光几处泉。

### 697 丁位　小苑春望宫池柳色

小苑深宫一凤凰，东风柳浪半低昂。
卷舒得体行天下，繁简适当自栋梁。

### 698 元友直　小苑春望宫池柳色

梅花香尽一枝荣，尽是东风润物声。
细雨悄悄南北色，风云淡淡满宫城。

### 699 杨系　小苑春望宫池柳色

宫池柳色一城新，细雨东风半不尘。
玉笛声声鸣不尽，胡姬曲曲入三春。

### 700 崔绩　小苑春望宫池柳色

柳色春明royal帝京，宫池润泽一荣城。
轻烟散入王侯客，半是青云半是晴。

### 701 张季略　小苑春望宫池柳色

碧上高枝第一名，宫中御色已三荣。
唐家尽是书香客，汉苑楼台进士生。

### 702 裴达　小苑春望宫池柳色

东风一半入宫城，御苑三千弟子名。
尽是心中杨柳色，春关日落试阴晴。

### 703 沈回　小苑春望宫池柳色

黄中染缘一阴晴，细雨春风半是情。
万物花明杨柳色，声名尽在有无中。

### 704 进士考试试题　小苑春望宫池柳色

春关进士一身名，杨柳风光半枯荣。
小苑慈恩留雁塔，宫池御水满光明。
唐家天下王侯客，大历年中及第生。
成败难宫成败去，阴晴不定是阴晴。

### 705 杨凌

黄昏柳下烟，宿客月中眠。
寺鼓三千客，桃花一半船。

### 706 乐游望月

月色乐游原，天光草木萱。
终南山下水，金玉丈夫言。

### 707 千叶桃花

川上半桃花，心中一客家。
乐游原万里，上苑雨千斜。

### 708 秋日独游曲江

明月半秋华，长安一万家。
曲江船上客，上苑玉中华。

### 709 杨凝　送别

风雨夜郎西，闻君过白堤。
梅花江岸雪，香沉入春泥。

### 710 夜泊渭津

西陆半天津，东风一夜春。
舟平寻月色，夜枕玉边人。

### 711 杨凌　润州水楼

归心一水流，寒雁半轮秋。
落落金山寺，声声过润州。

### 712 送客之蜀

碧色半山光，船鸣一峡长。
巫山云雨重，巴蜀曲声扬。

### 713 剡溪看花

剡溪满流红，浮沉半江风。
树上春莺曲，村中老顽童。

### 714 明妃怨

汉国一昭君，阴山半枯裙。
宫中多画主，羞对单于军。

### 715 句

南国桃李花落尽，春风寂寞摇空枝。
汉国琵琶声泪下，阴山风雨色纷纷。

### 716 司空曙　暮春野望寄钱起

花落一年春，江流半去人。
山中望自己，天下问何人。
谁叹广平客，还闻由起邻。
少年多意气，故老少相亲。

### 717 赠李端

一别半蹉跎，三生两路多。
千年寻自主，万里问黄河。

### 718 送流人

青门好去来，野寺自梅开。

谁问流人苦，还知白石苔。

**719 寄天台秀师**
明月照天台，隋梅问自开。
秀师禅坐上，古寺御风来。

**720 南原望汉宫**
荒原何处汉宫墙，枯草连天楚客肠。
归雁衡阳南北问，寒禽故水几茫茫。

**721 金陵怀古**
三山故客疏，二水旧日余。
六朝风雨去，万里白云居。

**722 晚思**
淡淡半天声，悠悠一两鸣。
秋虫窗下月，枯草玉中明。

**723 酬李端校书见赠**
未敞一心扉，还开两翠微。
闻君城阙上，风雨夜无归。

**724 观伎**
不断红袖不断情，粉妆舞落粉妆横。
琵琶声尽人心尽，浪里风云浪里生。

**725 登秦岭**
汉阙高山一半愁，青门兰水两三忧。
江湖朝野多兄弟，彼此思乡客泪流。

**726 别卢纶**
俱是去来时，心情草木知。
缺圆多同赏，寒枯少相思。

**727 崔峒 题崇福寺禅院**
才子佳人一寺留，僧家客舍半春秋。
清风明月来相问，色色空空满九州。

**728 登润州芙蓉楼**
朝朝暮暮欲何求，去去来来问不休。
枯枯荣荣先后尽，年年月月是非流。

**729 苗发 送司空曙之苏州**
日暮上盘门，牛羊下古村。

天平思五霸，吴越入黄昏。

**之二**
琴韵一吴门，洞庭两儿孙。
云烟三界里，两色半江村。

**730 张南史 江南春望赠皇甫阙**
田园柳岸小桃红，荒草连天半色空。
碧水孤山寻白石，洞庭岭木一心中。

**731 泉**
一半流泉一半明，两边草木两边荣。
寒光月色寒光在，柳岸余光柳岸行。

**732 王建 七泉寺上方**
寺上人心问七泉，云中天下待千年。
名山名水名方丈，过客禅音过客缘。

**733 送张继归江东**
十里桃花十里红，一江春水一江东。
清流石上清流月，上下江南上下同。

**734 凉州行**
四面凉州四面沙，八方枯草八方华。
书生天下书生苦，壮士心中壮士家。

**735 辽东行**
少年不识老年童，万里寻天万里空。
拾得百年还故土，梦乡一半解辽东。

**之二**
燕京南去问辽东，一半人间一半空。
如此故乡知所处，百年回首老顽童。

**736 塞上梅**
雪雪寒寒塞上梅，孤孤独独暗香开。
春风未到长城北，唯有心中四季来。

**737 望夫石**
望夫石下一江流，风雨云中万古愁。
朝暮瞿塘三峡水，沉浮滟滪五蕴秋。

**738 古谣**
山山承水绕相连，谷谷峰峰一线天。
地地天天人自主，前前后后五千年。

**739 塞上逢故人**
塞上半荒城，长城两枯荣。
故人逢客至，酒醉是乡情。

**740 赏牡丹**
长安赏牡丹，泾渭有春寒。
独有相思月，空明向玉冠。

**741 上武无衡相公**
一名独上蜀江雄，三峡云中楚客风。
唯有朝庭相四野，还来犹见夕阳红。

**742 上李益庶子**
一人天下一先生，半壁江山半壁荣。
古古今今知世界，花花草草问阴晴。

**743 上阳宫**
上阳花木一春秋，洛水风光半色流。
玉笛声起南风去，红袖藏入北平楼。

**744 寄贾岛**
瘦岛一情由，河寒半石流。
长安南北问，白马问王侯。

**745 落叶**
叶落一山风，枫林半不红。
还闻时令在，霜树是秋终。

**746 寄上韩愈侍郎**
书生满九州，御客半宫楼。
大学中庸礼，离骚一白头。
花重天下色，雨湿日边忧。
只有精英在，谁人问去侯。

**747 望定州寺**
青山半定州，碧水一河流。
寺里闻钟鼓，香云自沉浮。

**748 楼前**
勤政楼前渭水流，君王御驾向千秋。
汉家天子何名在，老马知途自不愁。

**749 听雨**
夜雨半流明，梧桐一叶情。

声声寻不见，点点问珠平。

## 750 观蛮伎
昭君一半声，蛮伎两三情。
舞尽衣裳落，香风夜夜生。

## 751 华清宫前柳
华清柳树明，宫殿翠杨生。
安史城中乱，芙蓉出水平。

## 752 宫词一百首
金屋娇女半春秋，一百宫词一万愁。
唯有重门空自在，月明还向旧时楼。

### 之二
凤凰台上凤求凰，玉树心中玉炎凉。
最怕黄昏临晚镜，嫁人已去嫁时妆。

### 之三
三宫六院玉人消，一主千从渡鹊桥。
织女牛郎相会短，年年夜夜望时遥。

### 之四
深宫柳暗一阴晴，御水无明半不荣。
忽见杏花墙外去，春风有力问东城。

### 之五
一度东风一度荣，两宫花草两宫明。
三千妃玉三千色，半是君心半是情。

### 之六
春风半不开，夏雨二三苔。
天下秋霜落，冬宫待日来。

### 之七
城东御水流，叶落一年秋。
日暮红妆下，花明玉枕头。

### 之八
两厢月色两厢明，一半人生一半清。
唯见宫中多日月，精英去后谁精英。

### 之九
明月上两厢，音琴御殿忙。
知心知草木，何日试红妆。

### 之十
明月纳琴泉，清风问枕边。
流萤寻不住，荷叶露珠圆。

## 753 刘商 铜雀伎
铜雀伎商台，阳春曲自开。
西陵云雨少，魏主去无来。
冷落秋风夜，寒宫客不陪。
生平知己欲，红粉舞徘徊。

## 754 姑苏怀古送秀才下第归江南
腊月半梅开，江南一秀才。
姑苏台上问，疑是玉人来。
城外寻西子，吴中五霸裁。
三生知自己，两醉尽余怀。

## 755 胡笳十八拍

### 第一拍
成成败败汉家终，女女男男一世雄。
兄弟文母胡塞战，红尘知己问寒宫。

### 第二拍
秋霜万里遍寒沙，不见楼兰不见家。
马上功夫千百度，雄心一半问天涯。

### 第四拍
清风夜半问爷娘，明月还来照客乡。
鼓角未鸣心不定，平明枕上一戎装。

### 第五拍
李陵一战过幽州，汉客三生欲何求。
百战死生生死故，名声不尽将难由。

### 第六拍
胡姬歌舞几时休，北海黄云十地秋。
节落云中苏武在，荒沙不尽汉家愁。

### 第七拍
胡人白马上天山，汉室男儿御客颜。
不见荒沙还是客，尤闻玉过玉门关。

### 第八拍
人间天下半红尘，雨雪风云异客身。
三界相思明月落，一生弓马不知春。

### 第九拍
衡阳柳岸一家乡，同里吴中半芷塘。
塞外天空人家去，京中泾渭过炎凉。

### 第十拍
朝朝暮暮欲难求，古古今今进退忧。
醉卧沙场君莫问，朝堂官客自春秋。

### 第十一拍
冬冬夏夏意难留，战战和和志不休。
枯枯荣荣知草木，生生死死问王侯。

### 第十二拍
梦里汉客忽还乡，枕下戎装枕上凉。
但醉不醒还是梦，寒风惊马舞刀枪。

### 第十三拍
山川依旧一山川，塞外还寻塞外田。
只恨长城南北界，胡人也是好人天。

### 第十四拍
方方面面五蕴生，短短长长十指情。
汉汉胡胡初心不定，云云雨雨是人生。

### 第十五拍
天山一半雪花开，冬至沙城玉色来。
马蹄不声路不尽，天明未到守轮台。

### 第十七拍
云天万里一云天，半玉昆仑半玉田。
回首江南风雨客，辽南寺外问龙泉。

### 第十八拍
天下人间有弟兄，红尘世俗是人情。
胡笳十八拍中调，塞外三千界外盟。
汴水东西寻富土，长城内外问平生。
声声曲曲知今古，处处年年待枯荣。

## 756 题禅居废寺
有有无无夜半钟，朝朝暮暮寺三重。
荒荒野野千兴废，古古今今万去踪。

## 757 题悟空寺
色色空空待纵横，草草花花问人生。
浮浮沉沉三千界，枯枯荣荣五百明。

### 758 登相国寺
古今天下有阴晴，浮沉禅音问众生。
不见开封文正府，还闻相国寺钟声。

### 759 陈翊　龙池春草
龙池碧草自身成，上苑春秋有枯荣。
御水还流金玉寺，春关都是客声名。

### 760 经禁城
明月清风过禁城，渭泾流水自分明。
灞桥杨柳别离去，不及春关一醉名。

### 761 李子卿　望终南春雪
终南春雪满西秦，素色梅花半客身。
紫禁金门终不锁，皇城玉影入天津。

### 762 朱湾　九日登青山
青山楼上望浮云，万里千年问客君。
远近黄昏情切切，秋风枯叶落纷纷。

### 763 丘丹　忆长安四月
长安四月芳草萍，上苑三鸣御水冷。
柳叶初荣寻岛落，桃花色满玉人庭。

### 764 和韦使君秋夜见寄
洞庭明月一苏州，草木盘门半入秋。
拾得使君千里问，客心未寄五湖愁。

### 765 萧山祇园寺
萧山一寺落祇园，草木三春已简繁。
钟鼓声声僧苦渡，荒塘处处岛鸣喧。

### 766 张志和　渔文歌
两塞山中鸟不飞，烟波浪里镏叟归。
桃花三月红无限，云雨千年草木扉。

### 之二
阳澄蟹舍一秋肥，菰米鸡头半入围。
约徒淞江湖外客，荻花四面满翠微。

### 之三
半岸江湖半岸秋，一轮明月一轮愁。
风风雨雨淞江客，古古今今去水流。

### 767 陆羽　歌
只慕青山陪，只慕碧螺杯。
只慕沉浮叶，只慕泉下水。
只慕姑苏台，只慕年年来。

### 768 会稽东小山
月落江平一刻溪，猿鸣茶舍半东西。
寒芳苦落寻流水，留得山河自不移。

### 769 句
辟疆旧林间，怪石纷相向。
绝涧方险寻，乱岩亦危造。
泻从千仞石，寄逐九江船。

### 句二
人在草木中，天下云雨同，泉林日月风。
茗抢井上水，沉浮半天工，古今济世翁。

### 770 于鹄
暮色江边采莲心，女儿船下浴甘霖。
惊人不定芙蓉立，忘却书生一古今。

### 771 送章判官归蓟门
又渡桑乾问蓟门，幽燕客去宿孤村。
长安城里千家月，塞北辽东万里恩。

### 772 题美人
秦女窥人欲不愁，杏花染色出墙头。
胸前藏入寻男草，嫁得东风处处游。

### 773 赠碧玉
一半梨园弟子家，东风杨柳雨西斜。
音琴天下知心客，拾得灵扬五月花。

### 774 李彦远　采桑
草浅雨云浮，林深露水流。
采桑羞玉手，问柳向春头。

### 775 崔元翰　雨中对后檐丛竹
云中竹色青，雨后叶流明。
天下空心上，人间重枯荣

### 776 皇甫澈　中收令汉阳王张东之
泾渭东风问柳杨，长江东去汉阳王。
古今制书中书令，上下朝廷九曲肠。

### 777 朱放　秣陵送客入京
秣陵半枯荣，建业一别情。
洛下寻金谷，长安不见晴。

### 778 铜雀伎
一曲满西秦，千肠一半春。
三巡醒又醉，舞尽泪沾巾。

### 779 武元衡
三朝元老一生平，门下平章半书名。
一任五迁寻常事，侍郎所盗咏精英。

### 780 望夫石
烟云似有无，波浪下姑苏。
天下寻去水，江流问丈夫。

### 781 长相思
长客梦，楚云休。姑苏台上问江楼。
一江岸，半江流，风云不断山川在，江雨一半愁。长天谁知处，东去海西头。

### 782 八月十五夜与诸公锦楼望月得中字
锦楼望月一明中，天下仲秋半不同。
塞北风沙连苦海，江南碧水各西东。

### 783 摩诃池宴
摩诃池中一色来，洛阳天下半空台。
王侯日月知金谷，草木秋深不再来。

### 784 送温况游蜀
下里巴人一曲来，阳春白雪半歌台。
阳关三叠声声去，唱晚渔舟淡淡梅。

### 785 春题龙门香山寺
三千世界自无穷，一半龙门一半风。
九陌云中知自主，香山寺外满霜风。

### 786 南昌滩

五色林中玉壁涵，井岗山上半清岚。
春风初度江南郡，苦海无边角赣南。

### 787 宿青阳驿

半壁江山半始终，一生朝野一西东。
春风初度青阳驿，夜梦还寻岭上虫。

### 之二

古刹钟声夜无鸣，空山草木旧时荣。
梅花冷落人无语，竹影婆娑有纵横。

### 788 题嘉陵驿

三水居中半壁情，剑门下下一生平。
夜梦留在嘉陵驿，客马还鸣巴蜀城。

### 789 陌上暮春

青青阡陌柳杨春，艳艳桃花草木津。
临水还闻天下客，流芳尽是去来人。

### 之二

九州云雨入人家，三月东风尽落花。
陌上不闻千百度，心中只有两三芽。

### 790 渡淮

淮杨酒肆暮云天，行子须知渡夜船。
万水千山何处客，三言两语入心田。

### 791 汴河闻笳

汴河一夜尽胡笳，落驿三生雨不斜。
只向青云知己处，琴台草木暗桑麻。

### 792 秋日经潼关感寓

秦时明月汉时风，汴水隋阳汴水红。
天宝玄宗安史乱，潼关尤在谁英雄。

### 793 见部侍郎题壁

渔人唱晚半江枫，拾得寒山小处红。
十里长亭多少客，阳关三叠世人雄。

### 之二

书生不语各西东，壮士有言诸世雄。
上下千年今古问，去来百岁故人同。

### 794 李告甫 夏夜北园即事寄门下武相公

平章门下武相公，夏夜园中月色同。
谁兴知心寻共坐，春秋休息问归鸿。

### 795 郑纲 和武相公省中宿斋酬李相公见寄

相公门下一千秋，制书人中半诸侯。
九府漏明寻四海，平章夜话问江流。

### 796 句

情人共惆怅，良友不同游。
如今半日月，自古一春秋。

### 797 郑庆余 和黄门相公诏还题石门洞

**黄门武元衡也**

年年月月一黄门，沉沉浮浮半雨村。
不得儿孙阴子嗣，只留正气满乾坤。

### 798 赵宗儒和黄门相公诏还题石门洞

**黄门武元衡也**

朝朝暮暮问黄门，正正方方守客林。
五迁还兴身不已，三朝元老一乾坤。

### 799 皇甫镛 和武相同闻莺

柳浪闻莺四面荣，三潭印月八方清。
西湖花港观鱼跃，放鹤亭梅问纵横。

### 800 徐敬 白露为霜

青女半城霜，甘州一夜凉。
晴空寒月色，秋实纳苍黄。
浮雪三界外，平明四素光。
天津桥上望，客雁解潇湘。

### 801 颜粲 白露为霜

霜浮满四方，月色问千肠。
都是平明客，无心待柳杨。
灞桥寒月落，上苑古池塘。
尤有江南草，春秋碧绿长。

### 802 张正元 临川慕鱼

沉叶半邻居，浮云一卷舒。
有山山上水，有水水中鱼。
慕客知流向，临川自读书。
高堂寻日月，旷野是当初。

### 803 王履贞 青云千吕

青云自古今，白石人一心。
千吕惊堂客，三千世界音。
春花共月色，秋实实晴阴。
天下江湖上，人间草木深。

### 804 彭伉 青云千吕

光辉一半君，世上两仨文。
天下闻千吕，人间问纷纷。
霄汉多紫气，御水更氤氲。
进士春关客，书生俯瑞云。

### 805 林藻 青云千吕

日月自成文，乾坤两不分。
四方天子水，八面客人君。
玉影婷婷立，书生处处耘。
沉浮云万古，荣枯自欣欣。

### 806 权德兴 文集五十卷，诗十卷

天水略阳人，中书客上身。
积思知古喻，雅正一夜襟。

### 807 书绅诗

和静一人珍，书诗并世绅。
知心三界外，感物五蕴纯。
天性昭明智，中庸慧玉身。
端口堂上客，落落大方斌。
佛道三千载，儒家一半邻。
乾坤荣草木，日月净红尘。

### 808 待漏假寐梦归江东故居

西秦梦里一江东，塞北江南半不同。
汴水长城千古客，和和战战几朝中。

### 809 戏赠张炼师

日月难平日月斜，春秋冬夏满天涯。
如何不是王母客，尤见昭阳是故家。

诗词盛典 | 吕长春格律诗词六万八千首（全四册）

**810 戏赠天竺灵隐二寺寺主**

拾得天竺问客心，常闻钟鼓隔山音。
僧游古寺寻知处，一半山光一半林。

**811 赠老将**

白马缨中老将行，秋风塞外少年声。
年年月月寒金甲，尤见李陵草木名。

**812 八月十五夜瑶台寺对月绝句**

瑶台寺月一仲秋，古刹钟声半古楼。
后羿玉波流世界，清心素影满神州。

**813 渭水**

鼓刀于市钓鱼钩，进退阁朝问事由。
天下春秋文武治，人间论语半江流。

**814 苏山山墓**

半古悠悠问落红，一轮明月向西东。
黄泉犹有胭脂色，西子湖边玉已空。

**815 大言，小言**

天下一黄昏，人间半儿孙。
平生言大小，感受向乾坤。

**之二**

天下一鲲鹏，人间半水冰。
君心三界外，自在五蕴凭。

**之三**

天大小无边，人心几寸田。
高堂知进退，旷野问升迁。

**之四**

人间一玉奴，天下半心孤。
万水凭三问，天山只一呼。

**之五**

十地五蕴秋，三江九脉流。
人心知自己，草木向云浮。

**816 寄张世雄同学**

少年只道作飞鸿，老者还言问世雄。
钢铁摇扶学院路，书生梦里向辽东。

**817 许孟容 奉和武相公春晓闻莺**

春晓闻莺一两声，桃花流色两三城。
三千世界三千客，一半烟云一半晴。

**818 答权载之离合诗**

人生问几何，歧路向揣摩。
天下离合夜，天河一半娥。

**819 姚康 礼部试早春残雪**

早春残雪半方明，三弄梅花万里荣。
唯有心中多日月，东风天上问阴晴。

**820 羊士谔 早春对雨**

早春细雨半阴晴，枯木东风一枯荣。
南馆悠悠滋润水，江山处处洗尘明。

**821 山阁闻笛**

十里长亭一笛声，丢掉旧事半阴晴。
书生自古升迁客，一半江湖一半名。

**822 登楼**

临楼远望问春秋，川上如斯日月流。
草木不闻君子事，江山尽在故人游。

**823 燕居**

今昔是何年，幽燕各半边。
辽东梦不尽，故客是非缘。

**824 山寺题壁**

寺鼓一声鸣，人心半水平。
牛羊三界外，草木一生荣。

**之二**

草木一西东，人间半色空。
三生寻日月，两地问飞鸿。

**之三**

人心半鼓钟，天下一中庸。
渡口春秋水，川流日月踪。

**825 折柳亭**

十里长亭折柳枝，三生别馆问居迟。
五蕴草木江湖上，一半人情在离时。

# 九、《唐诗三》

中国古典名著鉴赏　光明日报出版社

**1 折柳亭**

灞水长安折柳亭，江南云雨草青青。
洞庭山下归船去，雁塔名中客不听。

**2 杨巨源**

河中少尹一身终，博士景山半世雄。
五卷诗文归七十，忧思基业向西东。

**3 独不见**

独不见声名，还闻得败成。
东风杨柳色，草木枯荣盟。

**4 题越孟庄**

管鲍千古一风尘，赵孟三生半客身。
汉界楚河寻日月，鸿门宴外问秋春。

**5 杨花落**

杨花落尽向扬州，五色城春五色楼。
二十四桥西子瘦，笛声未断付江流。

**6 胡姬词**

姑姬一玉楼，大漠半春秋。
两曲红妆舞，三杯劝客留。

208

## 7 春日有赠
一日半年华，三生两客家。
春花明月夜，芳草苦天涯。
草木江湖碧，河山日月斜。
千川寻渡口，万里浪淘沙。

## 8 关山月
寒风夜幕遮，胡马问人家。
不见关山月，还闻玉雪花。

## 9 长城闻笛
孤城玉笛一声秋，塞外人情半不愁。
白马知途归甲帐，胡姬劝舞醉红楼。

## 10 长安春游
春城花落曲江游，上苑芳菲满九州。
泾渭水中云似雪，终南山上月如钩。

## 11 酬裴舍人见寄
一半升迁一半官，两三岁月两三难。
千千渡口千千客，万万风云万万澜。
五老峰西知易变，二妃楼下久书安。
九堂提督庐山问，百里东林着意看。

## 12 题五老峰下费君书院
松门不负老人峰，三叠泉流碧水重。
石上月明随客去，心中思在费家宗。

## 13 僧院听琴
深山古刹玉音凝，万水千山十寸冰。
谁有禅心明月色，还闻僧侣渡头灯。

## 14 和武相公春晓闻莺
春晓一莺鸣，西霞半日晴。
长安南北路，楚客蜀湘情。

### 之二
只向花明只向晴，半荣草岸半荣生。
忽闻楼上寻杨柳，拾得莺鸣十几声。

## 15 送太和公主和蕃
长亭一万是长安，和战三千半比千。
唯有女儿边塞去，玉门月下玉门残。

## 16 题清凉寺
梁武声声一半缘，钟山处处凫香烟。
金陵城外流花雨，古寺云中问渡船。

## 17 令狐楚
四朝元老半心消，五代同堂一念遥。
留下司空文集厚，百三十卷玉云霄。

## 18 九日言怀
天高云淡两三行，水岸秋风一半凉。
数九重阳南北客，排空人字落潇湘。

### 之二
声声都是老人肠，处处人间日月光。
雁字排空行万里，黄昏无限是重阳。

## 19 秋怀寄钱侍郎
一叶秋风一叶凉，半生天下半生忙。
堂中日照中堂客，不问江湖问侍郎。

## 20 游晋祠上李逢吉相公
处世难寻界外游，临汾不问洛川流。
阳斜晋祠泉难老，鱼藻春秋过九州。

## 21 青云千吕
万千世界万千君，一半春光一半云。
岁岁人间林郁郁，年年天下雨纷纷。

## 22 坐中闻思帝乡有感
一半相思问帝疆，两三岁月曲人肠。
几时复向辽东客，故乡何时是故乡。

## 23 春思寄梦得乐天
梦得心中自乐天，中庭花满醉时眠。
诗词歌赋长春客，独坐黄昏待缺圆。

## 24 赋山
宋·计有功《唐诗纪事》载：白居易分司东洛，朝贤悉会兴化池亭送别。酒酣，各请一字至七字诗以题为韵。
西望一万山，月问玉门关。
弓箭寻君主，沙鸣待客颜。
黄河东逝水，泾渭灞桥湾。
雁塔留名处，长安向谁还。

龙门凭跳跃，三月编花环。
芳草余香在，春风善小蛮。

## 25 裴度
四朝元老半河东，一代平章一浩翁。
二十中书门下客，安危不在御身终。

## 26 中书即事
处处问归耕，年年待枯荣。
无功何为客，有意自承平。
草木高阳照，书生日照名。
苍生恩宠在，举目两袖清。
朝野三和战，春秋两不兵。
辨雄千界外，太傅一人生。

## 27 至登乐游园
至日阴阳一短长，寒暖日月半荒塘。
秦川历历原中草，洛水清清坐上妆。

## 28 太原题厅壁
日月两三秋，浮华一半楼。
白头官舍驿，暮色大江流。

## 29 溪居
门含日月流，水纳枯荣秋。
白石青溪去，泉声玉色浮。

## 30 韩愈
少孤刻苦一南阳，老贬袁州半客肠。
谁问孟轲诗十卷，两千弟子几名扬。

## 31 琴操十首 将归操 孔子闻赵杀其贤大夫窦鸣犊作
幽幽秋水去来归，浅浅溪流上下晖。
石石山山寻叠嶂，今今古古入心扉。

## 32 猗兰操 孔子伤不逢时作
荣荣枯枯不逢时，猗猗扬扬尤自知。
河魴君守苍穹佩，艺兰香尽奈何归。

## 33 龟山操 孔子以季桓子受齐女乐而谏不从，望龟山而作
一半龟山一半云，两三天下两三分。
不闻鲁望齐桓女，只有周公是客君。

### 34 越裳操 周公作
殷勤草木入荒门，彼此声鸣出古村。
过客有心裳四海，斜阳无限是黄昏。

### 35 拘幽操 文王姜里作
萧萧肃肃一秋闻，落落幽幽两仪分。
四象凤辞寻八针，五蕴百姓亦云云。

### 36 歧王操 周公为太王作
狄找土地一人家，邦邑天云半日斜。
天子太王知草木，歧王操德过天涯。

### 37 履霜操 尹吉甫之子伯奇无罪，为后母谗而见逐，自伤而作
晨寒草木半浮霜，破晓平明一故乡。
见诸父母知所逐，寸晖日月向君扬。

### 38 雉朝飞操 牧犊子七十无妻见雉双飞感之而作
人生七十古来稀，彼此三千弟子移。
尤见双飞知雉子，东风化作是春泥。

### 39 别鹄操 商陵穆子娶妻五年无子。父母欲其改娶，其妻闻之悲啸，穆子感作
穆子商陵一两妻，父母月夜两三栖。
鸿鹄难得平生志，为作春穴衡故泥。

### 40 残形操 曾子梦见一狸，不见其首作
草木春秋向枯荣，吉匈所得是身名。
江湖天下江湖水，自在人生自在行。

### 41 江汉答孟郊
江汉风云一客天，沙流今古半琴弦。
高山流水空台在，下里巴人渡口船。

### 42 长安交游者赠孟郊
长安城外四时游，上苑花中一客羞。
拾得孟郊尝进士，忠贞不渝是春秋。

### 43 歧山下二首
云中柳问杨，岭上凤求凰。
都是长安客，难寻一直肠。
歧山多歧路，宫殿少扬长。
自古忠言在，还来识栋梁。

#### 之二
山中一凤凰，天下半爷娘。
世上天知者，人间有暖凉。
千君今古唱，百鸟向群堂。
唯有由衷问，王家治者长。

### 44 北极赠李观
平生进退时，飞鸟北南枝。
何故升迁问，寻来汉赋辞。

### 45 此日足可惜寄张籍
文章天下一生平，日月心中半枯荣。
除酒无多知自己，此时足可惜人情。

### 46 送灵师
六百年前一佛名，三千罗汉五蕴生。
齐民逃赋神音上，高士人生智者荣。

### 47 岳阳楼别窦司直
浩渺烟波十里亭，兵荒宇宙望洞庭。
九州云落浑天水，一日巴陵草木青。

### 48 烽火
阴山烽火塞尘飞，十八男儿去不归。
秉烛由衷寻旧句，相思梦尽雨霏霏。

### 49 桃源图
一处神仙一渺茫，半家兄弟半红妆。
商陵穆子闻妻妾，落日渔夫出入忙。
满苑桃花开不尽，平川秀草碧高唐。
唐人尤有知秦汉，故地重游共逝光。

### 50 贞女峡 连州桂阳县秦时有女化石在东岸火中
秦时贞女峡东名，化石连州一世情。
江火鱼龙船不定，桂阳号角凤毛轻。

### 51 杏花
君邻北部杏花红，春色云浮隔壁童。
有意负情流落去，人心自应问东风。

### 52 苦寒
苦苦寒寒一色终，风风雨雨半空鸿。
今今古古书生问，沉沉浮浮进士宫。

### 53 感春五首
辛夷草木一生平，雨水东风半枯荣。
南北东西无不在，春秋冬夏有声鸣。

#### 之二
春风一日洛阳来，草木三江日月开。
九陌龙闻香客问，宫门石锁玉人台。

#### 之三
一家只种一家田，万岁日月万岁天。
三雨心思三雨地，九流天下九流川。

#### 之四
皇家天下自耕田，草木人间问陌阡。
五岳群峰云不住，三江流水客家船。

#### 之五
朝朝暮暮一村涯，草草花花二月华。
后后前前官本位，风风雨雨御人家。

### 54 听颖师弹琴
恩恩怨怨一分明，意意情情半不声。
指指弦弦弹世界，声声切切问生平。

### 55 赠张籍
何人不问一身名，李杜文章半壁生。
织女河边寻不得，牛郎柳岸苦耘耕。

### 56 过南阳
雨色草青青，春莺问不停。
秦川知日月，行子寄余龄。

### 57 题楚昭王庙 襄州宜城县驿东北有井称昭王井 井东十步有昭王庙
何人何处问昭王，十步城东井色荒。
日落风平寻旧土，襄州故地谁中堂。

### 58 晚泊江口
一岸江平去水声，二妃泪尽竹无情。
忠言逆耳迁臣客，日暮猿鸣且不行。

## 59 题百叶桃花
百叶桃花暮色红，三年旧路半迁翁。
玲珑日月浮云里，一意孤行两岸风。

## 60 柳巷
柳絮杨花乱日飞，长亭客驿尽人归。
高堂问及江湖客，落叶黄昏仗柴扉。

## 61 和李相公早春闻莺
二月花下入御城，三村草碧晚莺鸣。
楼台深处春风驻，油岸中间问儿声。

## 62 王涯
太原进士雅王涯，检校文章及第家。
御史翰林知制书，中书门下司空花。

## 63 九月九日勤政楼下观百僚献诗
黄花御地一精英，紫陌晴云十里城。
勤政楼中千盛会，群芳才子百年盟。

## 64 送君
云中谁送君，雨里客衣裙。
自此天天梦，由来默默分。

## 65 陇上行
羽箭一边州，胡笳半白头。
人中三界问，陇上十年秋。

## 66 塞上曲
塞上觅王侯，长安问不休。
平生多少志，徒见大江流。

### 之二
塞上一年愁，书中半壁忧。
心灵天下去，人杰纵云游。

### 之三
塞上有春秋，江南汴水流。
人心天地外，神志主沉浮。

## 67 闺人赠远五首
还寻旧枕头，已去两春秋。
梦里辽阳客，醒来不尽愁。

### 之二
黄昏一暮楼，临镜半春愁。
留下洞房月，时时梦不休。

### 之三
桃花一半开，杏李两三台。
隔岸芳春至，人心月下来。

### 之四
相思月似霜，征战塞城黄。
梦见沙尘里，千军一存亡。

### 之五
丢掉不问商，万曲一人肠。
处处多精巧，相思是吉祥。

## 68 从军词三首
年少欲从军，离家红武文。
沙平征塞路，主力断风云。

### 之二
胡笳十拍音，杨柳二胡琴。
一半消城月，千年照古今。

### 之三
阴山一古今，天下半人心。
留下昭君怨，年年月色流。

## 69 塞下曲二首
黄华一夜寒，草木半年残。
不到长城北，黄河玉带宽。

### 之二
锋芒年少一冠军，汴水长城两不分。
塞外尤闻胡马怨，边霜不惜湿衣襟。

## 70 汉苑行
二月东风绿柳条，三边草木怨声消。
云云雨雨知多少，万里江南万里桥。

### 之二
春风半九霄，珠玉一千朝。
都是蓬莱客，音琴紫禁遥。

## 71 秋夜曲
明月入三更，人心问九鸣。
平生多少事，尽在有无情。

## 72 秋思赠远二首
月色守空帷，人心问是非。
古今征战地，雨草报春晖。

### 之二
问月待空帷，寻梦旧日归。
枕边君影在，云里雨霏霏。

## 73 宫词三十首
知心箸紫衣，问色待时稀。
一日宫人梦，千年客不依。

### 之二
月下一相思，平明半不知。
人心多少欲，天下楚人辞。

### 之三
三更一炷香，枕岸半寒凉。
夜夜凭君幸，年年着旧妆。

### 之四
月下一心寒，宫中半玉冠。
平生知所以，草木上云端。

### 之五
弦月上红楼，清明下御沟。
千秋流不尽，万古自销愁。

### 之六
今古一宫庭，生平半短亭。
月明千里路，智益万空灵。

### 之七
皇家有似无，情欲密时疏。
窗下临红烛，宫中问舅姑。

### 之八
祥龙凤承恩，天子问儿孙。
日暖风无力，云平雨满门。

### 之九
暮色锁宫门，黄昏问雨村。
枯荣三界水，彼此半乾坤。

### 之十
云重问九天，雨色待千泉。

日月长流水，人心靠岸船。

### 之十一
重门半不开，永巷一心来。
只见他人笑，还寻故客梅。

### 之十二
春风一玉堂，四壁半金光。
窗外婵娟月，心中色满床。

### 之十三
杨柳碧千丝，临风折一枝。
宫中多少月，天下枯荣还。

### 之十四
暮雨一莺鸣，云重半不晴。
声声啼不住，久久未知情。

### 之十五
白雪日边晴，梅花月下明。
东风云雨落，桃李半红城。

### 之十六
日月御花枝，龙城草木时。
宫中金宝玉，天下一人知。

### 之十七
流水入龙池，春风出玉枝。
芳菲华日月，妞妮是情姿。

### 之十八
春花入禁人，日月出秋春。
都是东风客，珍心玉客身。

### 之十九
宫墙半紫光，杨柳一扬长。
夜里春花月，心中卸玉妆。

### 之二十
殿外一千廊，宫中五百娘。
婵娟多姐妹，草木少红张。

### 之二十一
铜壶浮玉烟，啼鸣故川前。
镜里相思夜，梦中入客船。

### 之二十二
叶下一芙蓉，舟中半落蓬。

采莲心不在，碧荷去无踪。

### 之二十三
暮色入春宫，东风向古桐。
人心三落落，胡影一丛丛。

### 之二十四
雨细玉楼春，风和汴水人。
宫中多少夜，月下沉浮身。

### 之二十五
宫中锦绣衣，月下暗香稀。
选得乾坤志，龙心凤不依。

### 之二十六
鹦鹉半声鸣，无心一字清。
不知君子语，只得此时荣。

### 之二十七
一月两梳妆，三年半炎凉。
飞燕身上舞，啼鸟话中长。

### 之二十八
今古问昭阳，飞燕待客霜。
宫墙杨柳色，何必倚红妆。

### 之二十九
天下一人心，人中半古今。
士君知上下，男女自乾坤。

### 之三十
心神主一人，草木自三春。
去去来来客，荣荣枯枯尘。
东风花月夜，云雨水天津。
沉沉浮浮事，男男女女身。

### 74 贾稜 御沟新柳
三春柳色新，一早御沟人。
草碧长安道，花明上苑臣。

### 75 刘遵古 御沟新柳
上苑一芳长，昭阳半柳臣。
凭君多采撷，拾得故朝新。

### 76 李正封 洛阳清明日雨霁
洛阳杨柳入清明，御道东风出故城。
灞水流中多碧色，天津桥上折枝行。

### 77 禅门寺暮钟
禅门寺暮钟，池水岸芙蓉。
拾得莲心玉，寒山一半松。

### 78 崔立之 赋得春风扇微和
岁岁入新春，年年问故人。
深宫多雨露，御水自沾巾。
煦日微和散，东风柳色亲。
文章寻日月，花木满天津。

### 79 郭遵 赋得春风扇微和
微微淑气新，习习晓风邻。
何处熙熙问，阳和落落春。
古今前后水，阡陌去来人。
高尚重门禁，清明净不尘。

### 80 韦纾 赋得风动万年枝
风动万年枝，云浮一泽时。
古今多日月，上下有诗词。
不尽梨园夜，堂皇赋楚辞。
江山生草木，雨露自相滋。

### 81 樊阳原 赋得风动万年枝
珍木树高明，长生殿上荣。
深宫嘉惠重，上苑草花情。
朝露含烟雨，平明漏渐晴。
森林藏秀鸟，御街自纵横。

### 82 许稷 赋得风动万年枝
风动万年枝，春光三殿时。
玉花明御水，琼树竞仙姿。
桃李群芳坐，韶华独客迟。
山川知四季，天下问新知。

### 83 范传正 赋得春风扇微和
御水散微和，春风一季歌。
草侵堂后径，花绽殿前萝。
天下融融归，人间处处和。
云光芳满甸，客赏玉心磨。

### 84 豆卢荣 赋得春风扇微和
春关入客多，风动散微和。
禁苑高堂令，书生四季歌。

十年情面壁，三界几时何。
朝野山川路，晴明日月河。

### 85 邵偃 赋得春风扇微和

八水绕长安，三春问早寒。
春关堂上客，对答久书案。
御殿微风扇，天情挽巨澜。
一朝平四野，九陌顺金銮。

### 86 柳道伦 赋得春风扇微和

淑女问春风，微和韵律工。
春关兴紫气，禁范满花红。
阡陌长安客，高堂万岁宫。
书生三界外，南北一西东。

### 87 陈九流 赋得春风扇微和

云沉逐东风，细润问故宫。
春关寻日月，御客问西东。
树新楼台上，微和草木中。
闲时知叶殿，芳华向高雄。

### 88 陈羽 送友人及第归江东

上苑春花一日红，长安归客半江东。
曲江雁塔留名处，不及江南进士风。

### 89 喜雪上窦相公

雪花无声满玉楼，梅香浮动尽霜浮。
千门素色连天远，万户炊烟逐王侯。

### 90 小苑春望宫池柳色

近水先光御柳新，梅花落后草茵茵。
千林雨色天天润，二月长安处处春。

#### 之二

未缘先黄柳色初，三心二意玉云舒。
天池润土三江水，小苑春风一日余。

#### 之三

灞桥两岸问天津，柳色三江向日春。
远处轻烟连八水，东风逐柳落千邻。

### 91 中秋夜临镜湖望月

夜深明镜一湖平，蔡曲胡笳半有声。
后羿珠光何处落，婵娟玉女待心情。

### 92 江上愁思二首

江北一秋翁，山南半月宫。
寒村寻枯草，独舍问孤雄。

#### 之二

年年一枯荣，岁岁半平生。
只向东风里，春晖草木情。

### 93 经夫差庙

姑苏草木一城春，勾践夫差半越人。
五百年中罗汉阵，三千里外运河津。

#### 之二

有水一江山，天心半胥关。
夫差何所以，勾践向群颜。

### 94 长安早春方志

杨杨柳柳逐东风，水水山山问大同。
卷卷舒舒云雨润，珠珠玉玉满天宫。

### 95 吴城揽古

湖湖水水雨云空，玉玉桥桥蒲芷红。
越女留名今天在，吴人还问馆娃宫。

#### 之二

吴吴越越半春秋，雨雨云云一处流。
客去客来寻客主，江南江北大江流。

#### 之三

江湖万里一烟浮，吴越千年半玉楼。
下里巴人知伍子，渔舟唱晚欲何愁。

### 96 姑苏台怀古

姑苏台上一望余，越子吴中万古虚。
五百年前阡陌尽，三千宫女白茹居。

### 97 湘君祠

潇湘斑竹泪沉沉，夜雨归鸿雨尤深。
羁族难铭寻旧客，相思不尽入情林。

### 98 题清镜寺留别

路径一江湖，山光半有无。
钟声清镜寺，暮色净离途。

### 99 宿淮阴作

江湖月落入淮阴，翠竹鸟啼问客林。
韩信如何知楚汉，英雄不识女人心。

### 100 襄阳过孟浩然旧居

丈夫立世欲留名，波摇洞庭九脉生。
一声何言明主弃，三生失得半阴晴。

### 101 欧阳詹

四门助教不声名，三界书生问枯荣。
拾得人心千万里，行周进士一身成。

### 102 铜雀伎

歌平欲有无，曲落帝王珠。
问尽黄金屋，萧条玉色孤。

### 103 早秋登慈恩寺塔

慈恩寺外曲江流，上苑池中进士愁。
论语先前三界夏，春关过后九陌秋。

### 104 出蜀门

川流出蜀门，楚客入黄昏。
只向江东去，人生小儿孙。

### 105 山中老僧

千年半苦津，百岁一人身。
都是回头客，东风处处春。

### 106 秋夜寄僧

明月一山秋，深潭万影浮。
溪流鸣不止，寺暮问缘由。

### 107 宿建溪中宵即事

月入船中一客眠，心平纸上平无级。
凭知进尽声鸣少，退让三分得失金。

### 108 九日广陵登高怀邵二先生

先知先觉二先生，九日楼高九日晴。
瞩目广陵明远近，黄昏无限智人情。

### 109 除夜侍酒呈诸史示舍弟

古古今今一弟史，年年岁岁半阴晴。
离合聚散寻天下，进退升平问枯荣。

### 之二
烛暗灯明又一村，新声灯竹入三门。
千金时刻千年在，半夜中分半岁恩。

### 110 柳宗元
司马宗元柳柳州，河东子厚万人忧。
追求进士三千里，指授文辞刺史楼。

### 111 皇武命丞相裴度董师集大功也
妇好平章一位居，楚河汉界帝王墟。
声名讨伐吴无济，百士丞相充世余。

### 112 北还登漠阳北原题临川驿
任水东流问客船，凭楼北望驿临川。
漠阳登道长安路，进退人生七雨田。

### 113 长沙驿前南楼感旧
楚客问长沙，西秦不见家。
南楼寻落日，暮色满天涯。

### 114 登柳城楼寄漳汀封连四州
四州司马一城楼，九陌书郎半柳州。
御史三生寻世界，回肠九曲望江流。

### 之二
云轻岭重一江楼，水雾山烟半壁秋。
百越文身人存照，千家川谷色临流。

### 115 登柳州峨山
西北望融州，绣主四处流。
荒山临古驿，故客问江流。

### 116 答刘连州邦客
问国谁兴邦，寻人苦不双。
千年今古去，万里一长江。

### 117 岭南江行
不客白发侍流年，拾取光阴问地天。
岭树沉浮云水恕，江山来去客家船。

### 118 种柳戏题
千年岭树水云涵，自古书生苦尤甘。
留下人心知种柳，隋炀草木运河南。

### 119 入黄溪闻猿
闻猿一曲万千声，宿客三生九十鸣。
上苑春关知草木，永州司马侍阴晴。

### 120 江雪
霜重素色飞，寒气欲心微。
天路寻江雪，寻梅客不归。

### 之二
只有慕鱼情，无须问客明。
千山多俯仰，万水少殊荣。

### 之三
千山一客松，万径半人踪。
拾得浮香雪，还来问潜龙。

### 121 渔翁
江上一渔翁，山中半草虫。
千年湘竹泪，九陌问飞鸿。

### 122 刘禹锡
刘郎梦得一连州，玄都观中半日留。
居易桃花千树重，彭城进退万家愁。

### 123 团扇歌
团扇身边一女娥，秋风月下半清歌。
夜明御柳知寒色，高烛深宫问几何。

### 124 华清词
春风一半入华清，桃李三千弟子情。
汤水芙蓉云水欲，梨园曲舞乐音声。

### 125 竹枝词
巫山云雨待刘郎，司马连州问曲肠。
梦得江中三界外，玄都观里一名扬。

### 126 游桃源一百韵
高山流水一桃源，御史平章半简繁。
出入汉秦知渡口，去来自在向轩辕。

### 127 洛中早春赠乐天
洛中春早乐天来，弱柳烟轻梦得杯。
酒里乾坤今古尽，人间草木枯荣苔。

### 128 酬乐天闻新蝉见赠
新蝉雨后半无声，归曲川前一路鸣。
天下何须杨柳怨，楼兰不断玉门情。

### 129 和乐天秋凉闲卧
月在门中问暮凉，田屯心上有文章。
高僧古寺钟声去，一曲阳春白雪扬。

### 130 酬乐天咏老见示
居易刘郎问古今，黄昏李少去来心。
千山万水望天尽，阡陌桑榆一寸金。

### 131 吏隐亭
吏隐半人心，长亭十里吟。
云浮三界外，日落一潭深。

### 132 虎丘寺路晏
夫差一剑池，勾践半无知。
伍子寻吴楚，西施问四时。
虎丘薪胆立，五霸少相思。
此路迢迢去，凭心月月师。

### 133 金陵怀古
建邺后庭花，台城御柳斜。
旧烟秦水岸，新草玉人家。

### 之二
金陵野草花，玉笛柳丝斜。
巷口乌衣尽，秦淮问谢家。

### 134 曲江春望
春潮一曲红，日暮半寒窗。
尤有书生气，迁环治国邦。

### 135 赠乐天
渡口谁家琴，相逢见古今。
蝉声催我老，新韵问君心。

### 136 秋日书怀寄白宾客
商山一日秋，芳意半城楼。
归雁飞南北，思心向远州。

### 137 和令狐相公入潼关
落日入潼关，两望出万山。

相公兵马逐，将令问君还。

### 138 和令狐仆射相公题龙回寺
皇家有枯荣，杨柳各名声。
日照龙回寺，山青御水明。

### 139 酬令狐相公新蝉见寄
邻居三五里，听任一蝉声。
上下清音柳，身鸣世外情。

### 140 酬乐天闲卧见寄
依窗客里眠，醉枕耳边悬。
梦得千知己，难寻一乐天。

### 141 早秋雨后寄乐天
一场秋雨一场凉，四面荒塘四面昌。
梦得江湖还梦得，刘郎处处是刘郎。

### 142 两塞山怀古
连州司马问苏州，拙政园中欲不求。
西塞山青荣草木，金陵王气自无休。

### 143 白舍人见酬拙诗恩以寄谢
钱塘烟雨半阴晴，谪客莺鸣一二声。
小小墓中藏玉色，卿卿我我忘身名。

### 144 赴苏酬别乐天
吴郡汴水向东流，五百年中一客求。
缺缺圆圆非上苑，云云雨雨是苏州。

### 145 和乐天柘枝
柘枝玉色楚王客，妖媚肤光卸舞红。
尽曲丰心鸾凤客，腰身细软溺人终。

### 146 酬令狐相公赠别
夷门重见信陵君，一半青山一半云。
无奈别离情意守，如何汉界楚河分。

### 147 和乐天斋戒月满夜对道场偶怀咏
佛门道场一心成，戒斋禅音两地明。
谁免人人三界里，奈何日日半身名。

### 148 酬太原犹尚书见寄
太原难老一流泉，晋水还清半旧年。

金顶玉冠晴紫陌，家喻户晓向先贤。

### 149 再授连州至衡阳酬柳柳州
赛至衡阳柳柳州，飞鸿一度去回留。
刘郎尤问潇湘客，梦得宗元日月求。

### 150 巫山神女庙
云雨一巫山，江青半去还。
白盐香玉色，赤甲楚王颜。

### 151 柳絮
柳絮向东邻，杨花问雨春。
隔墙红杏问，都是去来人。

之二

柳絮满江津，杨花半泡尘。
毛毛春雨下，色色草茵茵。

之三

杨花柳絮一夜中，雨落去浮半客人。
有意有情寻九陌，不知不觉入三春。

### 152 早秋集贤院即事
三星未晚明，九陌已辰清。
烟树含秋露，铜壶漏五更。
集贤多进士，院殿少疏荣。
论语天天读，春秋岁岁精。
尚书知日月，高阁自阴晴。
白发深宫故，辟瑶泽润生。

### 153 洛禊饮各赋十二韵
群贤毕至情，诸友问春明。
洛下文章盛，宫中待枯荣。
山前桃李树，雨后润泽生。
雁塔留名处，昭阳日月晴。
天津一半瑛，啼鸟两三声。
朝野多恩惠，江湖自纵横。
吴门音韵水，碧玉小桥平。
越色溪纱浣，西施范蠡萌。
春泥香不楚，玉叶翠时菁。
岸芷藏云色，川流逝者惊。

### 154 和武中丞秋日寄怀简诸僚故
回马问相公，前程自不穷。

长安城外路，十里驿亭风。
来去春花月，鸟啼向色空。
云光晴四野，雨色一千重。
座上观星夜，朝中住持工。
人间多进士，天下尽英雄。

### 155 和令狐相公春日寻花有怀白侍郎阁老
芳菲花木一雍州，阁老相公半客求。
有友云天多日月，无私自主少人忧。

### 156 荆州歌
杨柳一荆州，巴人半不愁。
三江流不住，九陌问归舟。
玉笛潇湘引，吴韵草木秋。
洞庭波万里，天下十三楼。

### 157 别苏州三首
三载一载州，千年半日流。
吴门多少客，汴水向江楼。
拙政园中水，洞庭脚下秋。
五湖花草色，三界古人羞。
碧玉藏同里，西施干将愁。
虎丘何试剑，留下越王侯。

之二

日月半苏州，江湖一客舟。
人生多少路，草木枯荣求。

### 158 竹枝词
杨柳声声一曲鸣，渔舟处处半江平。
牛郎不问牛郎问，织女还寻织女情。

### 159 柳枝词
不见刘郎折柳枝，离别织女问来时。
花花草草千家月，去去来来万里期。

### 160 竹枝词
白帝城头草木生，白盐山下蜀江平。
情人眼里情人泪，流到天明也不晴。

之二

只见江流不见村，白盐赤甲锁菱门。
黄云处处寻天下，杨柳声声问儿孙。

### 161 杨柳枝词
金谷园中一日春，长城塞外五蕴尘。
后庭花落江南岸，下里巴人草木茵。

### 162 浪淘沙
吴越三江二月花，黄河九曲浪淘沙。
天涯自古怜芳草，织女牛郎向客家。

### 163 浪淘沙
日月浪淘沙，草木年华。江湖处处一天涯。
地北天南情处处，只在人家。
春里又种，夏里田瓜。秋天果实满朝霞。
冬日雪花梅雪雪色，映入窗纱。

### 164 浪淘沙
不解牛郎织女家，得来暮色七夕斜。
藏衣天下幽幽夜，七巧心中处处花。

### 165 竹枝词
楚水巴山夜雨多，巫山云雨向银河。
竹枝词后三辞客，下里巴人一曲歌。

### 166 听琴
密密疏疏一曲平，杨杨柳柳半琴声。
高低快慢音长短，今古春秋自枯荣。

### 167 再游玄都观
百亩观中已半苔，一花净尽一花开。
十载道士连州牧，十四年前再不来。

### 168 金陵五题 石头城
六朝故国石头城，二水三山故客名。
一夜江潮天下去，丢掉往事欲难平。

### 169 乌衣巷
孔府桥头渡口声，王家船上草书情。
秦淮月下寻知己，桃叶心中不为名。

### 170 台城
金陵柳色满台城，梁武朝堂一寺情。
过眼烟云浮沉去，后庭花后谁身名。

### 171 生公讲堂
说法生公石点头，空堂月色满雕楼。

寥寥落落禅音在，枯枯荣荣任自流。

### 172 江令宅
南朝仕子北朝名，五代秦淮十国荣。
江令宅前思行柳，归心不在帝王城。

### 173 韩信庙
一人成败一人名，半世英雄半世荣。
汉界楚河今尤在，四方八面问姬声。

### 174 伤愚溪三首
永州事厚柳家愁，结社宗元草木休。
沼沚台亭三载尽，愚溪流去不知头。

### 之二
柳门竹巷一心由，天下江山五寸伋。
溪水悠悠流上月，春秋处处问茶楼。

### 之三
女儿曲曲一君忧，牧笛声声半不愁。
柳巷人中知自己，长安城外大江流。

### 175 同乐天登楼灵寺塔
一步一回头，山河日月流。
十三重故寺，九五至尊浮。

### 176 和裴相公傍水闲行
一步一前川，三年半客缘。
江南多水色，塞北少良田。

### 177 杏园花下酬乐天见赠
二十余年一逐臣，三千里路半君人。
寻来天下寻来醉，有是冬秋有夏春。

### 178 和乐天春词
红妆粉面玉钗头，轻锁重门窥色羞。
一院春花开不禁，女儿心思问春秋。

### 179 寄赠小樊
豆蔻年华一半家，暗香浮动万千华。
春风处处东篱下，乐曲声声五月花。

### 180 酬令狐相公见寄
不在长安在九州，客寻天子客寻忧。
三千遥路知长短，二十余年不胜愁。

### 181 裴令公见示诮乐天寄奴买马绝句斐言仰和且戏乐天
玉树临风买马留，琼花问月寄奴愁。
沉浮往事江湖上，来去嫦娥暗自羞。

### 182 杨柳枝
扬子江边问客船，如何昨日向天边。
来来去去知心处，不在天边在眼前。

### 之二
春江月夜柳杨情，水暗山明草木荣。
二十年前知日月，三天坝水醉难行。

### 183 句
原作：湖上收宿雨，故国思如此。
若为天外心，东屯沧海阔。
南让洞庭宽，翠粒照晴露。
银花望院旁，翠羽撼涤铃。
和辞：天下半论语，古古今今事。
始知人外人，两诺沧海去。
三呼桑田来，地上一春秋。
前前后后继，碧玉凡田振。

### 184 张仲素 燕子楼三首
燕子楼空柳色新，徐州情在去来人。
相思一夜床前月，只忆三年不问春。

### 之二
玉损香消月色圆，寻花问柳过前川。
来来去去人间客，沉沉浮浮上下弦。

### 之三
升平曲舞向于头，一半心音一半羞。
燕子楼中听笛响，至今尤问谁红袖。

### 185 李程 省试春台晴望
春风柳浪一闻莺，烟雨江湖半日晴。
四野茵茵千草碧，春台望尽万花荣。

### 186 高升 省试春台晴望
细雨万家烟，和风千里船。
江南多秀色，塞北少流泉。
秦岭分南北，长安问陌阡。
春关天下子，耕种帝玉田。

## 187 崔获 题都城南庄

一生一世一门中，去去来来去去风。
色色空空空色色，书书礼礼礼书同。

### 之二

一春天下一桃花，两地人间两地家。
楚客高唐常不问，巫山云雨满天涯。

## 188 吕温

河中进士一平身，御史天朝半客人。
沉沉浮浮知自己，荣荣枯枯待秋春。

## 189 吐蕃别馆中和日寄朝中僚旧

一使西方一客芳，半门书卷半高堂。
奉君拾得阳关路，问故知新进士妆。

## 190 及第后答潼关主人

日日合明日月还，潼关过后过春关。
长安进士留名处，及第书生是就班。

## 191 吐蕃别馆月夜

西过凉州百日晴，吐蕃月色一家明。
穷荒极目风云落，尘定回身玉笛声。

## 192 望思台作

玉门关外望思台，淑女闺中腊月梅。
一箭楼兰沙似雪，暗香浮动有寒来。

## 193 岳阳怀古

洞庭潮涌岳阳楼，楚客江陵蜀峡秋。
下里巴人知日月，高山流水入东流。

## 194 题河州赤岸桥

桥头赤岸入河州，老配黄昏问客愁。
天上人间人不在，人间天上也春秋。

## 195 道州观野火

一人更上一层楼，水白扬长水自流。
肉跳心惊观野火，春秋又是半春秋。

## 196 道州月叹

叹月方明入道州，江流不尽问江楼。
人生百岁声名外，满世书生日日忧。

## 197 送僧归漳州

高僧南下问漳州，不似京中待客求。
确有禅音明示界，九龙潭上去来舟。

## 198 孟郊

韩愈不忘遇时求，一字千金半沉浮。
五十年头名进士，郊寒岛瘦誉江楼。

## 199 列女操

生生死死一私情，女女男男半不明。
雁雁丘丘三界外，贞贞烈烈是忠诚。

## 200 长安羁旅行

八水绕长安，三生宿客寒。
五旬知日月，九陌玉带冠。

## 201 长安道

东西南北四方城，秦岭凉州半枯荣。
吴越胡沙尘不解，长亭十里自纵横。

## 202 游子吟

草木向春晖，爷娘问儿归。
分别多少路，离聚雨霏霏。
子女年年望，鸿鹄日日飞。

### 之二

游子一身衣，王侯半客衡。
爷娘思愁愁，儿女问依依。
来去平生志，人间半不祈。

### 之三

不待几时归，春关半旧围。
人间行止止，想入是非非。
天下回头客，江湖向翠薇。
爷娘多少问，滴水报光辉。

## 203 巫山曲

巫山十二峰，云雨万千重。
赤甲菱门锁，长江去有踪。
扬波东海水，助浪势蛟龙。
沉沉浮浮客，行行止止客。

### 之二

三峡一轻烟，巫山半客船。
朝云引止问，暮雨去归缘。
上下寻吴楚，婵娟向缺圆。
高唐知宋玉，蜀水锁千年。

## 204 楚怨

长沙怨楚辞，蜀水问相思。
清举三千夜，江门一半师。

## 205 折杨柳

杨柳丝丝折短枝，灞桥流水向长思。
不知谁处何长短，声声曲曲却无辞。

## 206 望夫石

望夫石岸望夫时，此际江流此际知。
沉浮船帆行不住，古今草木女儿姿。

## 207 长安早春

旭日朱楼半入春，春关上苑两三人。
东风纵有千年论，雁塔留名九品臣。

## 208 游子

春关十苦人，上苑一春津。
小子游天下，琼花半日新。

## 209 再下第

一日去长安，三生自苦寒。
春关关不住，上苑苑花冠。

## 210 登科后

龌龊入长安，荒塘照玉冠。
春风知得意，九品地天宽。

## 211 游终南山

日月经天石上明，终南山上玉峰清。
长风直下惊三界，八水长安问九鸣。

## 212 游终南龙池寺

喧鸟云中不住鸣，禅音天下自阴晴。
终南山上龙池寺，一半晨钟暮鼓声。

## 213 浮石亭

冬夏两阴晴，春秋半枯荣。
亭中浮石在，拾得一人生。

## 214 生生亭

坐外纳余青，生生四面亭。

遥遥知路达，淡淡是人生。

### 215 寒溪
溪流霜岸不回头，枯木枫丹日月留。
冬夏春秋寒暑色，东归入海问江楼。

### 之二
孟郊一溪寒，推敲半地宽。
寺边明月在，天下玉云端。

### 216 连州吟
寒风苦雨下连州，白雪阳春问御楼。
下里巴人人所向，梅花三弄弄春秋。

### 217 赠苏州韦郎中使君
谢客吟声一放荡，御前文武半衷肠。
苏州城内寻才子，汴水东流问柳杨。

### 218 赠韩郎中愈
高山流水一知音，下里巴人半客心。
古刹钟声闻不住，阳春白雪有鸣琴。

### 219 寄张籍
人生自古一浮云，枯枯荣荣半不分。
礼礼书书寻自主，民民子子试衣裙。

### 220 与韩愈李翱张籍话别
酒醒酒醉入黄昏，云卷云疏出客门。
事事人人三界去，一三夺地一乾坤。

### 221 吊比干墓
今古千年问比干，殷辛帝子向天寒。
君臣不易同天下，正邪难言共缺残。

### 222 张籍
乌江进士半生平，借助韩愈一骂情。
姑舅声中张水部，庆余天下杏坛名。

### 223 白宁歌
丝丝白宁一春衣，越越吴吴半未依。
皙色晴云罗帕浅，回头纨绮玉珠稀。

### 224 牧童词
牧笛二三声，归心一半鸣。
黄昏知驿客，落日是离情。

### 225 沙堤行呈裴相公
沙堤行叱呈相公，十月三秋几色枫。
霜是霜非寒气重，冬非冬是向天红。

### 226 各东西
朝暮鸟空啼，鸿鹄择枝栖。
江湖知上下，南北各东西。

### 227 吴宫怨
太平山上馆娃雍，勾践心中一意重。
溪水浣纱流来住，夫差醉向醉芙蓉。

### 之二
何必问西施，倾巢不择枝。
江山男子气，不怨女儿姿。

### 228 贾客乐
商人问范蠡，来去五湖西。
同里丝绸路，姑苏贾客泥。
影摇洞庭岸，云浮鸟不啼。
越吴争霸主，玉色浣纱溪。

### 229 江村行
同里一江村，吴门半客魂。
家庭船水泊，碧玉出黄昏。

### 之二
桑田问小姑，阡陌碧还无。
朝暮三云雨，江村一丈夫。

### 之三
日暮采莲船，芙蓉出地天。
鸳鸯衣尚短，碧叶玉身前。

### 230 赠别孟郊
池荡问水萍，天下草青青。
只得三山去，江湖五里亭。

### 231 寄韩愈
旧日话桑田，新途问异川。
慕鱼寻钓徒，向柳月如弦。
露重寒衣短，婵娟待缺圆。
人人知草木，处处有天年。

### 232 祭退之
呜呼一世半人天，噫与三生两不缘。
自古文章心尤在，柳杨进退过前川。
仁臣天下儒生治，吏部师公诸表贤。
南北人问千万客，东西朝野枯荣眠。

### 233 渔阳将
东风一半问渔阳，塞北长城两地霜。
留下文昌望北斗，来寻飞将月家乡。

### 234 蓟北春怀
渺渺黄云一样春，悠悠岁月两遥人。
江南尤照琼花晚，蓟北归鸿寄客身。

### 235 登咸阳感化寺楼
感化心中北寺楼，咸阳城外客临秋。
秦山南向深宫旧，渭水西来逐日流。

### 236 过机乌野
青门一半山，逐客两三颜。
草色留君在，枫光住人还。
清风寻榻卧，明月问心间。
枕下藏书玉，篱边沧日闲。

### 237 酬白二十二舍人早春曲江见招
寒流半曲江，塔影月临窗。
紫蒲生新碧，鸳鸯逐日双。

### 238 和裴仆射朝回寄韩吏部
相公吏部童，朝暮侍深宫。
醒醉知人品，诗词各不同。

### 239 送裴相公赴镇太原
相公赴并州，南老一泉流。
水色三千稻，三秋半日收。

### 240 赠令狐博士
客里人生六十余，风中岁月五蕴居。
知书达礼观天下，忙事闲人问卷舒。

### 241 逢王建有赠
犹有嫁时妆，难寻旧日裳。
回头君不见，何以纳炎凉。

## 242 答白杭州郡楼登望画图见寄
处处杭州处处楼，枯荣岁月枯荣流。
江城落花吴门韶，明月清风半入秋。

## 243 寄苏州白二十二使君
三朝出入十三州，九脉江湖七八秋。
跃过龙门居是客，题名犹在曲江头。

## 244 苏州江岸留别乐天
梅花落尽化香泥，碧玉春螺待客西。
酒后村前闻一曲，妆浓色浅欲开笈。

## 245 琵琶台
台上碧螺春，杯中玉色人。
三浮三沉落，一举一天津。

## 246 禅师
人中一古今，天下半禅音。
日月知钟鼓，时光待客心。

## 247 送元结
客里相适问几年，驿中桃李向前川。
长安道上春客急，尤记江湖御水边。

## 248 与贾岛闲游
有客问闲心，无情待古今。
高口明志语，流水是知音。

## 249 和裴仆射看樱桃花
梅香桃李杏樱花，朝野江湖一万家。
不窥洞庭邻里色，春心普渡满天涯。

## 250 秋思
洛阳城外已西风，天子宫中问大同。
塞外霜天三界水，江南犹有一鸣虫。

## 251 答元八遗纱帽
官场上下一乌纱，朝野江湖半客家。
何为主公何为客，春风依旧问桑麻。

## 252 送元八
三江源水九江平，一地别离两地情。
送客西秦无自语，旧楼重上不留名。

## 253 逢贾岛
禅房夜话一身明，月色孤灯半客清。
余火依依经卷旧，幽心曲径故人城。

## 254 酬朱庆馀
吴越心中问古今，高山流水觅知音。
春风一日江南客，半曲十年苦用心。

## 255 卢仝 自咏三首
玉川子报一知音，少室山中半隐心。
自恃少林荣枯色，韩愈座上古今吟。

### 之二
草木一生涯，行人半客家。
三光知日月，七色问朝霞。

### 之三
物外一人心，山中半古今。
寺边知日月，天下有清吟。

## 256 送好约法师归江南
好约法师门，江南苦雨村。
船平寻渡口，啼鸟问黄昏。

## 257 除夜
年年一夜分，岁岁半青云。
塞北寻常客，江南只问君。

## 258 李贺
郑后一青云，人前七岁文。
韩愈皇甫湜，足皮少人郡。

## 259 苏小小墓
小小玉人身，多多客宦人。
知音何处处，曲舞雨津津。

### 之二
幽兰一处花，野草半生华。
常饮西湖水，婵娟王作家。

## 260 追和何谢铜雀伎
不似秋风一日歌，随流烛泪半黄河。
佳人妩媚情人梦，石马牛羊已不多。

## 261 安乐宫
安乐难求往事空，邵陵风雨过深宫。
新花尤淑黄河月，旧影韶华问井桐。

## 262 秦宫诗
花枝招展一秦宫，衫袂罗裙玉带红。
梁冀先前多少客，婢奴去后又春风。

## 263 梁台古愁
梁王台上一人愁，今古英雄五百秋。
有水蛟龙扬得志，天河尤自向东流。

## 264 江楼曲
楼前流水问江陵，源在三江出玉冰。
万里千年行不止，一生九品对孤灯。

## 265 刘叉 独饮
雪车冰柱一时歌，独饮江湖半不多。
为作韩愈天下士，归齐自得问黄河。

## 266 天津桥
洛阳宫阙问何桥，津水长安玉不遥。
天地山川峰不济，秦皇汉武似何矫。

## 267 狂夫
天下一狂夫，人间半有无。
江湖三剑客，朝野五蕴孤。

## 268 与孟东野
人间一客衡，东野半寒衣。
夫子推敲后，僧人自不归。

## 269 元稹
微之河内半声明，孤母知文一示荣。
制书君心今尤在，元和居易自留名。

## 270 青云驿
驿外青云自沉浮，山中草木一春秋。
江湖朝野何人事，沧海桑田谁去留。

## 271 阳城驿
商里阳城古驿名，黄河足见不流清。
行行止止行难上，事事人人事不成。

## 272 和乐天折剑头
拾得君心折剑头，雄心一片四时忧。
风云万里扬长气，雷电千钧不觅侯。

## 273 酬乐天
放鹤入香山，松风向客颜。
钟声寻古色，明月持心还。

## 274 酬乐天登乐游园见忆
暮上乐游园，天中半不言。
牛羊听玉笛，草木向时萱。
四顾凭天地，三生任敌轩。
人间知所以，天下自无言。

## 275 和乐天秋题曲江
十载寒窗一题名，九江司马半峰清。
香山居士长安客，五事难成四事成。

## 276 度门寺
北祖三禅一寺门，南宗九脉半乾坤。
幽径曲曲千竿竹，渡口篁篁万木村。

## 277 山竹枝
深谷泉流竹叶青，高峰驿客杏花亭。
松门寺院寻前路，舍利香炉问后庭。

## 278 湖南登临潇湘
湖南楼上望潇湘，竹泪流中问曲肠。
九脉顺川依归水，二妃寻舜客余乡。

## 279 水上寄乐天
月明先入汉江流，水色山光御史忧。
五岳三山南北问，江曲一阵满西楼。

## 280 代杭民答乐天
一生一事白杭州，衣官衣民客有忧。
疏理西湖家喻晓，清风明月海两头。

### 之二
西湖御水借三年，刺史钱塘沼雨烟。
柳浪闻莺花万树，朗朗世界满游船。

## 281 杏园
寒窗十载半红尘，三界三生一地春。
古古今今先后论，门前尽是读书人。

### 之二
半书半礼半红尘，三界三生一地春。
只有东风吹不住，人间尽是去来人。

## 282 劝醉
吴姬劝醉入吴门，酒徒寻花落酒村。
一曲阳关三叠唱，十声杨柳半乾坤。

## 283 百劳关
嘉陵江水问千山，百劳关中待万颜。
任敬一声寻常问，阳关三叠不须还。

## 284 渡汉江
犹记年前渡汉江，西风日下苦寒窗。
夔门玉锁知朝暮，楚水巫山问蜀邦。

### 之二
一峡江流纳百川，三山五岳问千年。
峰青谷暗多云雨，两岸平湖渡口船。

## 285 岳阳楼
落日衡山满旧窗，岳阳引雨客无双。
西天流水寻千里，青海高原入九江。

## 286 和乐天赠云寂僧
一半烦恼一半春，万千世界万千尘。
有心智慧无心欲，寺内钟声寺外身。

## 287 长滩梦李绅
只梦风雨过长滩，拾得人心处处寒。
一夜孤吟寻月久，半明半暗入云端。

## 288 闻乐天授江州司马
寒风寒雨问寒窗，九脉横流向九江。
司马江州寻谪单，孤灯残照问无双。

### 之二
一客江州侣不双，千帆渔火半书窗。
高山流水三五里，逢路诗词八九江。

## 289 酬乐天频梦微之
拾书唯恐月西移，心暗寒光宿鸟栖。
独微之梦不得，随君只在五湖堤。

### 之二
万里风光万里云，一人书信一人侯。
微之月半难眠夜，只梦别离不梦君。

## 290 酬乐天喜邻郡
一明一暗醉乡人，三界三光问客身。
万里河山寻万里，天津处处是天津。

## 291 重酬乐天
红尘世界问红尘，一半春秋一半人。
居易离离原上草，香山舍上挂衣中。

## 292 和乐天早春见寄
细雨江湖入早春，皇城紫陌问来人。
洞庭山里梅花绽，刺史心中泡旧尘。

## 293 西凉伎
汉马西凉问莫愁，姑姬劝舞待君忧。
葡萄酒馆朱楼醉，一箭天山一客求。
粉面桃花红白艳，珍珠玛瑙玉门留。
人中引乐随云雨，快活林中能不羞。

## 294 寄赠薛涛
锦江花落五云潮，御史薛涛蜀色遥。
青鸟殷勤常问客，情怀不解玉心桥。

## 295 白居易
长安居易不居名，刺史苏杭草木荣。
元白诗风刘白咏，香山一客半心情。

## 296 读张籍古乐府
御门水部上林春，进士官场九陌尘。
弟子堂前夫婿问，文心浩荡满天津。

## 297 云居寺孤桐
孤桐树上凤求凰，古刹天中有柳昂。
日暮人前无限在，云居寺外客心肠。

## 298 赠元稹
七年从宦在长安，一见微之问玉冠。
元白知时寻客主，终南山下待金銮。
风云变化多无助，司马心中挽巨澜。
雁塔留名三进士，曲江题笔自无端。

### 299 折剑头

委弃泥中折剑头，阵年旧利寺封侯。
鲸鲵无主随风去，敢将龙蛇断不收。

### 300 登乐游望

长安八水边，宫阙入云烟。
天上登临问，园中住客泉。
孤心寻自在，独意笔耕田。
元九荆门去，相思亦可怜。

### 301 杏园中枣树

人间百果全，上下五午年。
入夏黄花雨，仲秋一味鲜。
生长依老树，日月自经天。
化作阳红色，西风叶缺圆。

### 302 和阳城驿

阳城驿外望知名，监察江陵谪去情。
宠辱何惊天下事，沉浮舒卷一云行。

### 303 和分水岭

楚河汉界楚蝉声，半是春秋半枯荣。
春树北南分水岭，一江东去一江名。

### 304 胡旋女

胡旋女色一身鸣，皆白腰肌半玉轻。
留得唐人家不进，何言曲舞问平生。

### 305 缭绫 念 女工之劳也

缭绫一太名，纨绮半人生。
日月天台上，罗绡举世清。
流红依织女，白色落泉平。
谁向昭阳问，心情玉色盟。

### 306 隋堤柳 悯亡国也

亡国何须怨汴堤，楚河汉界鸟惊啼。
声声羌笛寻杨柳，只见东流不向西。

### 307 闲居

日照山南柳下民，帆平潮落水中船。
东篱野草芳菲色，一梦江湖已十年。

### 308 东陂秋意寄元八

深秋叶落闻元八，夕阳黄云日半斜。
干江渡口千江渡，一半人生入客家。

### 309 咏拙

半年春夏半秋冬，四面山乡四面松。
一智一心知自拙，五蕴五味向中农。

### 310 题玉泉寺

疏疏卷卷半浮云，湛湛悠悠一日曛。
古寺泉声源不尽，清流玉色自殷勤。

### 311 题浔阳楼

洞庭彭泽九江浔，水色江南一郡琛。
王勃楼中多少客，滕王阁上有余音。

### 之二

江州司马问君臣，一半秋风一半春。
彭泽湖中舟不尽，浔阳楼上醉人身。

### 312 登江楼上作

水碧江青百尽楼，山光浮影两三舟。
瑶台十里凭高望，半是云天半是流。

### 313 长庆二年七月自中书舍人出守杭州，路次蓝溪

一官半庶一杭州，九脉三江九教流。
治者千秋名犹在，舍人万里欲何求。

### 314 初出城留别

回头紫禁城，前路智人名。
十里长亭路，江南草木清。
别离圆缺用，聚合枯荣情。
游事寻三界，心安是一生。

### 315 宿清源寺

月宿清源寺，心寒枕上明。
空空钟鼓继，淡淡欲心生。
才去平原路，还来岭木横。
九江闻司马，三界客僧鸣。

### 316 宿兰溪时月

兰溪月不明，流水色江清。
渡口多音韵，平桥少枯荣。
凤池杨柳岸，山野古今情。
夜半寻清影，浔阳几日城。

### 317 三年为刺史二首

三年刺史名，一半古今荣。
吴越多才子，姑苏客不行。

### 之二

落落半荒塘，堂堂一客房。
九江寻刺史，三界问浔阳。
忽有琵琶响，惊鸣日月肠。
长安多草木，刺史少炎凉。

### 318 赠苏少府

故土半阳光，长安一易堂。
龙门山上客，上苑御中肠。

### 319 琴

琴曲自含情，清歌付水声。
泉流何处去，月暗谁人鸣。

### 320 西明寺牡丹花时忆元九

上苑题名处，杭州刺史台。
三年今古事，五月牡丹开。
同里蝉声响，东都客不来。
芝兰元久座，斑竹玉人栽。

### 321 曲江早秋

一叶飞扬一曲鸣，半声荣枯半身情。
曲江月色寻天下，雁塔禅钟向故城。

### 322 别元九后咏所怀

一叶飘零一枯荣，两家日月两家情。
官场浮沉人生外，半在江湖草木生。

### 323 寄元九

元九一声鸣，江湖半枯荣。
乌纱寻客主，驿路问和声。

### 324 暮春寄元九

辞曲待心平，诗音处处生。
无鸣君已去，犹有此余声。

### 之二

阴晴半暮春，阡陌一行人。
岭上长鸣客，亭中问醉身。

## 之三
心中半暮春，天下一衣巾。
俱是东都客，何邻父母身。

## 325 渭村雨归
风云半渭村，暮雨一黄昏。
何处寻杨柳，离桥欲断魂。

## 326 早蝉
五月一蝉鸣，三年半有声。
江南江北岸，客地客心情。

## 327 过昭君村  村在姊归东北四十里
灵珠半彩云，塞外一昭君。
谁问阴山客，寻情两地分。

## 328 曲江感秋二首
（原题并序）元和二年三年四年予每岁有曲江感秋诗凡三篇。元和二年三十七岁，长庆二年五十一岁，中间十四年居谴黜穷。

人生浮沉曲江烟，十四年中凤黜谴。
春问桃花居易语，秋听啼鸟夜还喧。

## 之二
上苑三花半月弦，曲江两岸一心圆。
题名尤在人先去，御街平身客里船。

## 之三
进士题名半曲江，秀才天下一无双。
三宫草木斜阳外，九品声鸣过客邦。

## 329 送春归   元和十一年三月三十日作
十年天街十春归，一字鸿鹄一字飞。
刺史难寻知主路，东都尤有客门扉。

## 330 长恨歌
上皇时日养南宫，方士灵言望北穿。
七夕云中多控问，长生殿外任秋虫。

## 之二
四虚天外一西厢，三界人中半玉堂。
天宝华清池水色，金钗细合上颜堂。

## 之三
七夕银河乞巧堂，人间织女问牛郎。
玉妃但向明皇诺，自是长生殿外香。

## 之四
三千佳丽一心身，五百年华半客人。
七夕牛郎会织女，两心两处问秋春。

## 之五
花颜出水玉芙蓉，肤腻无衣皙色浓。
金步欲摇珠欲落，上皇不措未从容。

## 之六
骊山蜀幸问南宫，九窦明皇各不同。
留下人间长恨曲，开元天宝一人终。

## 331 琵琶引   元和十年迁九江郡司马
琵琶十曲半京音，司马三年一古今。
上苑花中多少月，长安客里谁人心。

## 332 花非花
花非花，草非草，月半弦，心千欲，
弦明相思许衷情，欲暗朝云暮雨少。

## 333 曲江忆元九
青天白日问青云，见尽闲人不见君。
纱帽去来纱帽戴，衣裙难舍自衣裙。

## 334 别违苏州
乐天别去违苏州，回首淞江半不流。
犹问五湖知日月，长安草木寄君愁。

## 335 过天门街
半入雪花半入春，一城香色一城人。
腊梅初尽天门路，只邮终南不见尘。

## 336 早春独游曲江   时为校书郎
曲江不问校书郎，尤记江南刺史肠。
居易长安居不易，此情何处此情扬。

## 337 赋得古原草送别
离离原上草，岁岁一生平。
万里三千界，千年半枯荣。
人心多少客，日月自阴晴。
只问江湖水，幽幽是别情。

## 338 秋江晚泊
暮色满江湖，芳洲半玉奴。
浮云连两岸，露落断三吴。
树影村烟远，人心有却无。
扁舟横此处，已是近姑苏。

## 339 寄湘灵
湘灵默默不声鸣，娇子漕漕沼水平。
斑竹年年千滴泪，人心岁岁万重情。

## 340 问淮水
淮水不闲流，人心隔日愁。
三年三世界，一岁一春秋。

## 341 春村
五月落花飞，三春去又归。
江湖多草木，天下客芳菲。
牧笛牛羊晚，桑妇蠢蚕肥。
扁舟寻旧处，明月问香帏。

## 342 绝句代书赠钱员外
翰林庭外路，上苑御家书。
院士闲心少，芳家客有余。

## 343 同钱员外禁中夜值
宫漏声声一夜无，清风徐徐半屠苏。
两人月下寻知己，七尺男儿大丈夫。

## 344 和钱员外青龙寺上方望旧山
来来去去缘，前后问天年。
上下青龙寺，阴晴苦缺圆。

## 345 忆元九
渺渺一江陵，遥遥半玉冰。
梅花香欲动，元九对孤灯。

## 346 寄内
春日一桑条，平生半自昭。
光明寻日月，草木客心寥。
不尽江湖水，回头朽树涧。
知音知自己，玉得玉人消。

### 347王昭君二首

满面一胡尘，平生半客身。
阴山多草木，日月入天津。
羌笛长安月，人情塞外春。
清风寻故土，何处问西秦。

### 之二

阴山脚下一夫人，天子宫中半不春。
反弹琵琶多少夜，汉家儿女梦西秦。

### 348见元九

一年渡口一逢春，十里长亭十去人。
司马山前行不止，长安城里问冠巾。

### 349燕子楼三首

月上彭城燕子楼，十年杨柳问春秋。
尚书已去残灯在，盼盼窗寒水自流。

### 之二

素白罗衫玉人寒，红颜娇女客心残。
一人天下知君子，百日心中问苦端。

### 之三

旧日余音燕子楼，相公此去不忧愁。
十年盼盼徐州客，暗柳成阴待马牛。

### 350两夜忆元九 白苏州

半两江湖半雨烟，一心日月一心禅。
通州只在香山北，此去寒光满客船。

### 351望江州

江州司马一回头，斜照浔阳半入楼。
暗暗明明分不得，荣荣枯枯合春秋。

### 之二

斜阳未尽半黄昏，城郭初明一客门。
此处何人知日月，江州司马在荒村。

### 352初解江州

浔阳欲问欲无穷，客见江州客见桐。
尤有知音流水去，高山仰止问相公。

### 353谪居

四十四年一客舟，三千日月半江州。
人生自古阴晴故，暮暮朝朝欲谁求。

### 354忆微之

分手江湖一去舟，别离杨柳半心留。
明年春日微之在，酒醉浔阳任水流。

### 355九江春望

九脉风云过九江，寒烟苦雨入寒窗。
家人进士人家社，国事书生问国邦。

### 356答微之

两叶浮萍一叶游，九江司马九江流。
君心留下君心月，渡口同呼渡口舟。

### 357题岳阳楼

风云不断岳阳楼，草木还未鹦鹉洲。
楚客潇湘三界外，长沙两岸九歌愁。

### 358三月三日怀微之

校书日下一言谋，司马城中半不休。
尤有春江花月夜，与君共渡色明楼。

### 359赠韦八

书生门下问匡庐，波涌洞庭大小姑。
白鹿洞中寻世界，有时天下有时无。

### 360夜入瞿塘峡

瞿塘峡暗半云天，滟滪江明一落船。
回首惊风呼未止，波涛骇浪问人边。

### 361即事寄微之

书生自古不耕田，一半春关一半缘。
种豆种瓜寻自立，作官作客问青莲。

### 362竹枝词四首

瞿塘峡谷水云烟，白帝城头月色圆。
一曲竹枝心不住，去来都是客人船。

### 之二

竹枝一曲半心春，月满三江两会人。
只有清风随日月，问君几夜到家亲。

### 之三

巴东一曲解巴西，不解巫山鸟中啼。
杨柳折枝知堪折，梅花落尽入春泥。

### 之四

谁家江畔自吟诗，白帝城中折竹枝。
赤甲白盐封壁锁，巫山云雨待人时。

### 363三年别

三年三十六回圆，一半阴晴半雨烟。
吴越山中多少客，寒山寺里鼓钟杂。

### 364曲江亭晚望

斜阳一半曲江亭，世界三午草木青。
醉里长安云起落，醒中尤问士霖铃。

### 365春晚重到集贤院

院事孔子一先贤，进士春关半天人。
玉带乌纱春春晚，青袍翰院尽鸣蝉。

### 366待漏入阁书事奉赠元九学士阁老

平明待漏向朝班，御史江州问客颜。
学士生平知阁老，斜阳一半到天山。

### 367和韩侍郎苦雨

寒窗苦雨一春秋，下里巴人九教流。
司马江山三五树，侍郎桃李十三州。

### 368青门柳

柳色青门半入春，江峰天下一红尘。
春风渐少知无根，折断新枝是故人。

### 369寄李苏州兼示杨琼

真娘曲尽怨无声，玉坐杨琼客有情。
尤向姑苏台上望，云云雨雨半阴晴。

### 370钱塘湖春行

三潭印月两湖平，柳浪闻莺半夕明。
花港云南鱼水色，孤山寺北鼓钟声。
江东草木知冷暖，燕子春泥垒城城。
一日钱塘多少客，三年旧梦有阴晴。

### 371题灵隐寺红辛夷花戏酬光上人

一半辛夷一半红，两三寺院两三空。
僧人不恨出家晚，玉座莲花落彩虹。

## 诗词盛典Ⅰ 吕长春格律诗词六万八千首（全四册）

### 372 戏题木兰花
粉色香凝木兰花，金童玉女夕阳斜。
叶明花暗三春去，恨教夫人衰认家。

### 373 清明日观伎舞听客诗
赋赋诗诗故客华，歌歌舞舞玉人家。
三春未尽寻杨柳，一醉方休处处花。

### 374 余杭形胜
寺落钱塘客枕湖，水明天下月姑苏。
三吴形胜余杭路，八月潮头入海无。
上下洞庭杨柳岸，去来西子沉浮珠。
荷花十里荒塘色，玉带桥边唤玉奴。

### 375 紫阳花
招贤寺有山花一树，无人知名，色紫气香，芳丽可爱，颇类仙物，因此紫阳花名之。
紫阳花色尽芳香，一半身名客不扬。
只礼瑶台多少露，无人谁鲜自心肠。

### 376 题灵岩寺
灵严寺外馆娃宫，鸣履廊中旧色空。
踏遍香径西子问，去人不见来人同。

### 377 答刘禹锡白太守行
刘郎不住问刘郎，有意桃花有意肠。
司马心中闻司马，玄都观里有炎凉。

### 378 别苏州
三年一日别苏州，五岳三山向故愁。
天下官场多少路，人间先后任君游。

### 379 忆旧游　寄刘苏州
钱唐八月老苏州，吴越江河向海流。
西苑留园拙政问，盐仓浊浪不回头。

### 380 和微之诗二十三首
一世耕耘一世生，半家灯火半家明。
微之诗赋文章客，二十三年出入城。

### 381 和寄刘白
梦得桃花一寺荣，连州司马半身名。
瞻前顾后寻常客，金玉良言苦雨生。

### 382 太湖石
瘦漏心空透有名，重重叠叠玉人惊。
江湖滴水知穿石，不是无为有为情。

### 383 席上答微之
月落西厢半不明，钟声古寺一莺莺。
张生墙外多四首，儿女心中自在鸣。

### 384 答微之上船后留别
越州不似去通州，草木江河日月流。
去去来来何处是，春秋不住问春秋。

### 385 答微之泊西陵驿见寄
西陵驿外一江流，暮色云中半日羞。
烟雨苍茫千万里，风云漂泊两三秋。

### 386 答微之咏怀见寄
人心上下一江湖，君子云中半有无。
古古今今天地外，荣荣枯枯欲何求。

### 387 除夜寄微之
江南塞北各春秋，朝野君臣不自由。
一夜中分呼两岁，三更为过问君侯。

### 388 答微之见寄
君心只问浙东西，万里孤峰鸟不啼。
十地荷花红粉遍，山中草木有高低。

### 389 早春忆微之
梅花未落最相思，漫点长安似旧时。
五色洞庭香不尽，一枝折取寄微之。

### 之二
三千世界半梅花，一万人心两客家。
留下江湖春月夜，掠光浮影自西斜。

### 之三
梅花一出问千家，凤鸟三呼玉影斜。
百草园中繁似锦，万人门下浪淘沙。

### 之四
洞庭山上两东西，玉色黄昏一鸟鸣。
十里梅香浮动去，万人踏遍各高低。

### 390 醉戏诸伎
玉娘唱尽歌中酒，刺史诗穷醉里稀。
一曲一词三界外，杭州伎女客难依。

### 之二
玉女声声唱我诗，春秋草木问微之。
忽醒忽醉寻梦得，去早来迟自不知。

### 391 西湖留别
西湖日日半云烟，灵隐处处一客缘。
虎跑泉中先后坐，钱塘江上去来船。

### 392 重寄别微之
楼兰别处是阳关，上苑春明客君颜。
今日东归明日去，江湖西望一天山。

### 393 汴河路有感
吴越江湖十八湾，西秦天下西三山。
长城有路多烽火，汴水无源富甲还。

### 394 路下寄寓
路下清秋一日明，灞桥杨柳半离情。
归来寄寓思南北，别去钱塘刺史名。

### 395 求分司东都，寄牛相公十韵
东都司公一相公，南北钱塘半色空。
洛下文章归日月，华亭秋尽满红枫。

### 396 访皇甫七
春花半书城，白马一声鸣。
为访真君子，芳菲客自行。

### 397 除苏州刺史，别洛城东花
别去洛城花，姑苏日月斜。
何人吴郡守，十万客人家。
谁向城东月，江湖浪洗沙。
君醒知拙政，酒醉是桑麻。

### 398 答刘和州禹锡
刘郎一去一和州，洛下泾河半不流。
清浊难分清浊水，中秋不尽又中秋。

### 399 紫薇花
紫薇花照紫薇名，洛下风光洛下声。

渭水桥中杨问柳，姑苏城外枯还荣。
### 之二
花堂月下一孤芳，雨色云中半曲肠。
浮沉难言心自主，阴晴未空待光阳。
### 之三
紫薇紫色占群芳，春色春明问故塘。
香草连天花满地，四时天下九州妆。

### 400 答客问杭州
五湖天下一苏杭，京洛长安半水光。
八月钱塘潮涌去，三年刺史运河长。
江南尤有知音客，泾渭分明向柳杨。
忧国忧民忧自己，天涯何处不家乡。

### 401 登阊门闲望
阊门四际客青楼，富土千年越水流。
玉带桥边寻月色，虎丘山下问春秋。
五千弟子江东去，十万夫家课税收。
进士三生知草木，钱塘一日各王侯。

### 402 酬刘和州戏赠
姑苏台上一梅开，汴水河中半绿苔。
谁问玄都观外月，桃花依旧向客人来。

### 403 泛太湖书事寄微之
江湖万里两洞庭，芳草千年四围青。
不见荒原虞伯去，还闻娃馆可聆听。
空舟载酒明中暗，掠影天光足下星。
鱼跃沙清三月外，归心洛下扑流萤。

### 404 新栽梅
新栽庭外一株梅，香沉心中半不开。
月下袭人知客至，情中尝试待君来。

### 405 苏州柳
三弄梅花一去留，阳春白雪半苏州。
何人月下寻杨柳，下里巴人楚水流。
### 之二
千将城中沿水流，盘门桥上问春秋。
洞庭四面多杨柳，弟子三千楚汉愁。

### 406 题报恩寺
野寺一钟声，江山半枯荣。
僧人寻远近，故客向身名。

### 407 松江亭携乐观与宴宿
夜雨入寒窗，船声问故邦。
五湖三界外，天下一淞江。
两岸寻渔火，三生待宴幢。
宿前思客醉，更后月降霜。

### 408 与梦得同登栖灵塔
月色淡淡满广陵，风情落落向心凝。
人初曲舞神无定，夜半霜尘结玉冰。

### 409 太湖石
烟笼云雨月笼花，姿曲心空色曲华。
石黑湖中湖里石，家寻清秀秀寻家。

### 410 登观音台望城
观音台上望围城，十二街头向局行。
四面田园三界外，八方山水一精英。

### 411 与僧智如夜话
三生一去来，九陌半云开。
天下寻禅话，江湖问秀才。

### 412 和刘郎中伤鄂姬
鹦鹉洲头草木生，曹操刘备仲谋名。
汉阳城下江流水，黄鹤楼中月独明。
尤有鄂姬歌舞尽，不闻太白醉后情。
脱衣且住心音在，妖艳凝脂自纵横。

### 413 临都驿答梦得六言二首
才去姑苏雨后，心临梦得灯前。
昨日江湖故岁，明朝胜似今年。
### 之二
上苑春关九品，临都驿客逢缘。
不似郎官上下，还闻梦得心田。

### 414 微之就拜尚书居易续除刑部因书贺意兼咏离怀
尚书台北半南宫，刺史江湖一浙东。
老去三生知苦雨，别来七度换春风。

### 415 听曹刚琵琶兼示重莲
啸啸叹叹一声鸣，拨拨弹弹半有情。
白雪阳春多日月，急风骤雨几阴晴。
胡姬曲舞催人老，越语玲珑问客名。
尤有余音梁上绕，鸟啼天下枯还荣。

### 416 元相公挽歌词三首
不似王孙旧宰相，六年七月咸阳孀。
墓门初闭休才子，锁住文章化客肠。
### 之二
尤有诗歌问咸阳，难寻君子待刘郎。
莺莺未唱西厢尽，天下相公草木光。
### 之三
驷马难追过九江，身名天下世无双。
丛林锁住长安客，补石西天要定邦。

### 417 忆梦得
梦得声唱竹枝，船鸣断断去时迟。
刘郎尤有桃花运，上苑还闻故客诗。

### 418 赠梦得
心中诸事一半忘，天下难言两三霜。
沉沉浮浮泉上水，朝朝暮暮日中光。

### 419 答梦得闻禅见寄
杨杨柳柳一鸣蝉，沉沉浮浮半莺喧。
夏雨荷风寻露水，阳明暮色问前川。

### 420 哭微之二首
墓前日月问微之，酒后诗词待故时。
留下妻儿寻客土，荒原晴雨是天知。
### 之二
文章有骨作清尘，松鹤无言谁问津。
锁住咸阳城北客，西天都是自由身。

### 421 醉中重留梦得
刘郎醉去是刘郎，半日醒来半月光。
三百年间三问客，乐天胜似乐天肠。

### 422 洛阳春
春风初度洛阳春，淑女归来陌上人。
草木青青杨柳绿，人心寂寂沉浮频。

#### 423 魏王堤
柳枝才绿魏王堤，冬尽还来宿鸟栖。
枯枯荣荣知自己，朝朝暮暮各东西。

#### 424 小庭亦有月
小庭月色满窗前，处处寒明过大江。
自古不闻人事过，清宫处处影如双。

#### 425 送吕漳州
平明送客吕漳州，泾渭桥边水自流。
烟雨江南杨柳岸，风云草木有春秋。

#### 426 洛阳有寓叟
洛阳寓叟卧龙门，落日香山问客村。
天水远流低谷下，风云落空近黄昏。

#### 427 菩提寺上方晚望香山寄舒员外
香山寺上古云平，西宝禅中玉刹生。
精舍僧人幽径曲，上方菩提众人情。

#### 428 咏史
一笔三秦一李斯，半刀九脉半无知。
只留小篆难留欲，商洛人心不得迟。

#### 429 小台晚坐忆梦得
梦得何时上小台，乐天拾步下泉开。
清流见底游鱼数，影落池中客未来。

#### 430 洛下送牛相公出镇淮南
相公出洛镇淮南，战国春秋问杏坛。
不见人心天下去，长安御客好儿男。

#### 431 香山寺二绝
空山无路一夫闲，寒谷泉流半远山。
色尽还寻中古寺，心思尤在问天颜。

之二
香山寺外一青松，空色云中半老客。
古刹鼓钟鸣未止，瑶台上下与君逢。

#### 432 读老子
不得知之是不知，难名天下自难辞。
玄来玄去玄今古，地上人心地下师。

#### 433 读庄子
抱住人心守一平，取来天下锁身名。
逍遥君子江山去，銮凤书生自在门。

#### 434 读禅经
天下寻常月缺圆，心中自应口头禅。
中堂灯火观音坐，读遍经书渡口船。

#### 435 晚上天津桥闲望偶逢卢郎中张员外携酒同倾
同上天津醉酒倾，春关上苑客无名。
三千里路云和月，五十年中济世轻。

之二
天津桥上问长天，玉浆心中待旧年。
一醉何知流水月，半醒谁见缺非圆。

#### 436 杨柳枝
杨柳枝洛下新声也，洛之小伎有善歌之者，词章音韵听可动人故赋之。
杨柳声声玉女声，红妆淡抹色繁荣。
婷婷立立寻人心，妞妞妮妮向客情。

之二
杨柳枝词一曲鸣，阳关白雪半无声。
高山流水寻知己，下里巴人楚汉情。

之三
灞桥流水灞桥长，杨柳留声客断肠。
夜夜难言歌不止，年年不见待萧郎。

之四
小伎无声色已扬，男儿有志唱荒唐。
长安杨柳无须折，洛下风情在客肠。

#### 437 诗词歌赋中华神韵也。
诗分古今。
唐之古今，非今之古今。
唐之今诗，格律盛典也。
今备万五千余首而记之。

#### 438 代琵琶弟子谢女师曹供奉寄新调弄谱
琵琶新调九重城，朝野音琴一片声。
十陌三江千万里，四弦七音五蕴萌。

#### 439 从同州刺史改授太子少傅分司
朝庭居易一闲人，问柳寻花半客春。
樊素小蛮知二品，留侯爵轶自由珍。
苏州刺史杭州牧，上苑题名故苑尘。
天下谁人忧不尽，文章何处是终身。

#### 440 喜见刘同州梦得
同州二老夫，天下一江湖。
荣枯来还去，阴晴有似无。

#### 441 赠梦得
老夫聊发少年狂，朝野江湖一半肠。
拙政园中寻草木，玄都观里自炎凉。

#### 442 六十六
一生一世一衷肠，万古文章万古芳。
六十六年多少夜，半寻元九半刘郎。

#### 443 晚春酒醒寻梦得
醒醒醉醉问刘郎，枯枯荣荣待晚阳。
六十六年眠不得，三千三百客离乡。

#### 444 苏州故吏
一半春秋白发人，两三天地浥清尘。
官场难奉官场事，自在江湖自在身。

#### 445 初病风
六十八年翁，衰身半不衷。
难言明月夜，唯恐入寒宫。
朽木何凋叶，芝兰色未穷。
人声风百疾，鹤舞问西东。

#### 446 斋戒
无心一太平，有意半神明。
七十知天命，三千弟子情。

#### 447 别柳枝
两枝杨柳小楼中，娴娴多年伴醉翁。
明日放归归去后，世间应不要春风。
一生百渡一春风，半事千万半事空。
素素蛮蛮未尽，杨杨柳柳去时穷。

## 448 卖骆马

马声不去回头鸣，霸主乌江一半声。
别骆终须别自己，小蛮樊素旧时情。

## 449 岁暮病怀陪梦得 时与梦得同患足疾

一生万里一生行，两地千年两地城。
乾坤江湖留足迹，人间天下疾时生。

## 450 梦微之

无白文章梦得名，十年刺史十年情。
司空见惯问司马，但见相公也枯荣。

## 451 何满子，开元中沧州有歌者何满子临刑，进此曲以赎死，上竟不免

沧州满子一身鸣，自此尤闻断肠声。
上有梨园歌不尽，只呼万岁不求生。

## 452 开成二年夏闻新蝉赠梦得

同居洛下夏蝉鸣，不问人中问枯荣。
云卷云舒声不止，枝繁叶茂任平生。

## 453 香山居士写真诗

翰林学士一生平，居士香山半不生。
七十一年多问少，集贤院客谁人成。

## 454 杨柳枝词

云溪友讥居易有伎樊素善歌，小蛮善舞，尝为诗曰：樱桃攀素口，杨柳小蛮腰，年即高迈向小蛮方丰艳，以杨柳枝词而云耳。

老翁只误讥身名，樊素樱桃口自声。
居易心怀杨柳条，小蛮丰艳舞歌情。

## 455 不能忘情吟

樊素情知骆马鸣，相公尤悔老人声。
余音环绕栋梁柱，故影重来曲又生。

之二

蛮腰亲人素口声，云溪居易故人城。
柳枝曲尽人还在，不了人心不了情。

## 456 过故洛城

一半身名故洛城，两三村舍待阴晴。
忽闻鹧鸪鸣泾渭，拾得文章始枯荣。

## 457 白云泉

天平山上白云泉，娃馆宫中半月弦。
宝带桥边流色水，姑苏城里玉人怜。

## 458 曲江

碧草江西一鸟啼，梅花岸北半春泥。
芳洲鸥鹭回归宿，暮色音琴满彩霓。

## 459 和裴相公傍水闲行绝句

一半春江一半山，两三村落两三颜。
江南碧水江南岸，塞北晴沙塞北关。

## 460 胡杲 七老会诗 杲年八十九

一生一世半秋春，千水千山两故人。
子弟门前多问客，柳杨日下已成茵。
白头只读诗词赋，夜幕还吟司马身。
唯有年年朝暮拾，知忧字字解西秦。

## 461 吉皎 七老会诗 皎年八十八

休官不误一休闲，不得楼兰半未还。
犹有心思天下寄，春风何不玉门关。

## 462 刘真 七老会诗 真年八十七

天下阴晴客半津，黄昏草木已三春。
官心不退官身退，日月寻归日月京。

## 463 郑据 七老会诗 据年八十五

洛阳日上白头宾，无限黄昏紫色匀。
天宴停杯寻客问，春光明媚过三春。

## 464 卢真 七老会诗 真年八十三

春风渐满洛阳宫，胜景难逢客大同。
朝野枯荣忧上下，江山社稷问西东。

## 465 张浑 七老会诗 浑年七十七

半杯浊酒半本欢，两处闲方两处观。
千里风云千里月，一生济世一心宽。

## 466 吕长春 七老会诗 春年六十八

黄昏日月满天津，天下阴晴待故人。
形色万千知世界，居心一半是官身。
枫桥流水听杨柳，御苑燕京客自珍。
诗赋清心寻自主，小家碧玉度秋春。

## 467 繁知一 书巫山神女祠

《云溪友议》："白居易除忠州刺史，自峡沿流赴郡。时秭归县繁知一闻居易将过巫山，于神女祠粉壁大书"忠州刺史今才子，行到巫山必有诗。为报高唐神女道，速排云雨候清词。"居易观之怅然邀知一至。曰：历山刘郎中禹锡，三年理白帝，欲作一诗于此，怯而不为。罢郡经过，悉去得板千余首，留沈佺期、王无竞、皇甫冉、李端四章古今绝唱，人造次不合为之。与知一同济，卒不赋诗。"

巫山神女问高唐，楚水刘郎日月乡。
古古今今云雨度，朝朝暮暮沉浮光。

## 468 郑俞 贞元十六年进士 赋得玉水记方流

玉水任群游，涵波伺记流。
天光华草木，日月待春秋。
尤见鱼龙舞，还闻鸥鹭求。
清流清不尽，泾渭向王侯。
心照千年史，云舒万里舟。
源头多少积，天下十三州。

## 469 吴丹 贞元十六年进士 赋得玉水记方流

源泉日日流，草木枯荣休。
天下人心在，山河自苦酬。
淘沙千万里，逐浪问江楼。
自古晴明色，如今有客忧。

声名循社稷，士子问浮谋。
保向深宫里，冬春继夏秋。

### 470王鉴　贞元十六年进士　赋得玉水记方流

唐朝进士秀才难，紫带皇衣佩玉冠。
玉润桑田知玉润，心宽天下自心宽。

### 471陈昌方　贞元十六年进士　赋得玉水记方流

一桥渡口一桥虹，半路楼兰半路同。
留下人心留下问，天童玉女向天童。

### 472杜元颖　贞元十六年进士　赋得玉水记方流

半山云影半山光，九脉河川九脉长。
下里巴人天下唱，高山流水沉浮忙。

### 473杨衡　旅次江亭

江亭十尽问江深，明月千年待古今。
风泊舟边寻草芷，高山流水有知音。

### 474牛僧儒

贞元进士一陇西，举世声名半客栖。
节度武昌牛李度，文宗尤念故相低。

### 475乐天得有岁夜诗聊以奉和

莫愁湖上一莫愁，刺史刘郎半九州。
梦得年年辞旧岁，乐天日日客新楼。

### 476梦得乐天

连州司马欲难留，刺史姑苏志不休。
天下江湖龙虎斗，人间草木枯荣愁。
清风似水寻明月，细雨如烟问九州。
自古白头多少事，而今漫步待春秋。

### 477席上赠刘梦得

四十àn秋四十名，万千浮沉万千荣。
三生天下三生外，一半年华一半情。

### 478伏览吕侍郎渭丘员外凡旧题十三代祖历山　草堂诗因书记事

沧海桑田四面田，沉浮旧事八方圆。
中庭夜访应知己，陈迹还来日月悬。

### 479裴次元　句

福州刺史问衷肠，有积则厚望京山。
贞元进士向天高，无欲之刚问人间。

### 480李君何　贞元进士　曲江亭望慈恩寺杏园花友

曲江亭外杏园红，上苑慈中雁塔风。
弟子三千儒道释，玄奘十九枯荣逢。
春光普渡长安月，碧水清流御街东。
谁问春关多少客，原来天下满飞鸿。

### 481周弘亮　贞元进士　曲江亭望慈恩寺杏园花友

古寺花明万岁年，秦源土沃一桑田。
杏园春色晴天下，御水车流待缺圆。
疏叶密枝杨柳唱，鸣虫啼鸟向时喧。
芳菲桃李千门里，矫子春关万户烟。

### 482陈羔　贞元进士　曲江亭望慈恩寺杏园花友

春风杨柳玉门春，下里巴人忘旧尘。
渡口人言船靠岸，杏园不舍去来人。
晴光日日花明色，细雨茵茵草碧身。
亭驿心肠群且望，书生彼此客家邻。

### 483曹确　贞元进士　曲江亭望慈恩寺杏园花友

曲江朝暮自开门，上苑阴晴问雨林。
天宝万千寻论语，芳华一半化春恩。

### 484王播　题木兰院

饭后声名饭后钟，客前士子客前松。
木兰院里油香火，三十年中间归踪。

#### 之二

相公尤见拓纱笼，进士春关阶下虫。
天下至今多草木，人间古各西东。

### 485白行简　白居易北字知退，贞元末进士天性友爱

春从何处来，冬至腊梅开。
雪色寒心动，晴光玉影回。
河边杨柳问，路旁草阳台。
煦日三生启，和风六九催。

### 486牟融　题李昭训山水

一枕秋明半月泉，三千世界五蕴天。
山山水水江湖岸，枯枯荣荣日月年。
下里巴人田亩外，渔舟唱晚玉河边。
清清白白寒宫色，暮暮朝朝待缺圆。

### 487司马迁墓

五百年前司马迁，一生墓后待人年。
英雄不得英雄在，史客残碑史客怜。

### 488重赠张籍

一醉重回半故人，三生天下两秋春。
闻君渡口风尘外，已是桑田自在身。

### 489题朱庆馀闲居四首

闲门不锁月光余，无为难名帝业虚。
只种瓜田桑榆晚，不闻天下故人书。

#### 之二

水明水暗向流渠，云沉云浮自有余。
无记当年红烛夜，只闻天下不闲居。

#### 之三

楚河汉界一生余，沧海桑田半亩锄。
谁问农家三两夜，唯闻过客万千书。

#### 之四

孤灯残卷一僧人，古刹钟声半入春。
石上流泉明水色，书中子弟淡天津。

### 490刘言史　苦妇词

十主箸君奴，三生一丈夫。
蒿门多草木，蓬莱少珍珠。
六十知君意，平生半有无。
诗词如苦雨，耕种似年孤。
遇水平肩渡，临山落日呼。
留言三万首，只就一心苏。

### 491春过越墟

燕赵幽州易水寒，鲁齐东海客心丹。
雨春过后花百色，九脉云中雨半滦。
回首桃园三结义，平原学步一邯郸。
荒芜岁月寻乡士，就读诗书上杏坛。

**492初下东周赠孟郊**
黄昏客驿羁烟轻，鹤老身更暮水明。
西陆云中无落叶，东周郊外有声情。
朝闻啼鸟多游子，日夕秋蝉噪世名。
只得文章知日月，风潮落定寄人生。

**493登甘露台**
蜀蜀吴吴魏主平，家家园园住人生。
千方百计出师表，六出祁山是枯荣。
甘露台中刘备顾，江东月下仲谋名。
长江此去扬天水，两岸何人济世声。

**494夜泊润州江口**
秋江流去白烟楼，落暮荒凉暗润州。
夜泊寒舟寻渡口，不明渔火谁人留。

**之二**
渡口问瓜洲，轻舟待客留。
旅心多少路，夜泊已深秋。

**495牧马泉**
草漫风轻牧马泉，原荒野旷玉门天。
沙鸣处处楼兰国，银笛悠悠古月弦。

**496秋日登岳阳楼望晴**
两岸晴沙两岸城，一江碧水一江清。
岳阳楼上望何处，汴水吴中照月明。

**497鸿沟**
淮北江东半客求，楚河汉界一鸿沟。
毒龙衔日西秦尽，逐鹿中原谁问侯。
火烧阿房终二世，项庄舞剑杞人忧。
沛公车马逃厕去，霸羽王营故土留。

**498卢殷  七夕**
两岸心边两岸歌，一年七夕一年波。
牛郎织女长相望，儿女情中渡玉河。

**499晚蝉**
日落两三声，蝉晚七八鸣。
暮朝原石似，只是近秋情。

**500雍裕之  早蝉**
荷风一两声，夏日万千晴。
朝暮鸣无已，高低顾远行。

**501雍裕之  曲江池上**
曲江池上曲江亭，草木花中草木青。
岁岁年年寻进士，红红绿绿故人怜。

**502李赤**
太白何人太白名，东吴兴子客吴情。
常熟城外寒山寺，渡口船中揄得声。

**503姑熟溪**
清溪似何年，碧色向人前。
石上浮明月，云中落雨烟。

**504丹阳湖**
千顷满碧莲，万亩不闲田。
朝夕农夫问，阴晴过客怜。

**505谢公宅**
人人问谢公，日待飞鸿。
草木知时今，音形懊色空。

**506桓公井**
泰山一日晴，东海半波明。
留下桓公井，齐人久不平。

**507天门山**
江断问天门，云飞待古村。
千山三界外，八阵已黄昏。

**508孙叔向  送咸安公主**
咸安向国门，公主向乌孙。
玉体红颜去，穹庐一半村。

**509刘皂  边城柳**
柳色绿边城，春风草木生。
年年时令在，岁岁枯还荣。
谁道江南岸，云烟雨半晴。
运河杨柳树，多少故人情。

**510长门怨三首**
暮落怨长门，黄昏问故村。
昭阳门锁旧，谁道玉皇恩。

**之二**
群星两岸分，诸各一天云。
照镜颜新玉，开箱验旧裙。

**之三**
乾元一半坤，暮色两三村。
草木知心事，人情故客根。

**511裴交泰  长门怨**
南楼歌管北楼愁，水自江原水自流。
玉女春中知不怨，昭阳宫外有春秋。

**512李逢吉  望京楼上寄令狐华州**
望京楼上问华州，司徒人中待客求。
结义桃园三国尽，令狐楚作一诗酬。

**513于頔**
家荫有数一千牛，刺史湖苏一半州。
香乱袭人芳泽尽，司空宾客望江楼。

**514孟简  享惠昭太子庙乐章**
一乐升平一乐章，中堂翰墨半中堂。
金石玉帛良言上，草木春风日月光。

**515赋得亚父碎玉斗**
宁为玉碎计谋深，不逾鸿沟问古今。
楚汉难言君子处，成成败败谁人箴。

**516何儒亮  亚父碎玉斗**
一句良言一古今，半成天下半成林。
楚河汉界鸿沟在，亚父张良各自寻。

**517徐凝  题开元寺牡丹**
开元寺里半云端，碧色人中一牡丹。
不似芍芽非本质，经年玉树自经寒。

**518香炉峰**
一半香炉一半烟，九江流水九江船。
云平天下云平路，月夜诗书月夜眠。

**519天台独夜**
隋时草木半天台，二月梅花粉色开。
古寺山中明月去，石梁桥下玉溪寺。

## 诗词盛典 | 吕长春格律诗词六万八千首（全四册）

### 520 酬相公再游云门寺
云门寺外伴云游，逶迤溪边玉影流。
忽有钟声天下去，还闻上苑御家楼。

### 521 汉宫曲
昭阳曲曲满红楼，笛声悠悠过九州。
三十六宫明夜色，一生岁月惹人愁。

### 522 观浙江涛
浙江入海涌高潮，远上天宫玉浪骄。
只有天边无际水，方知有岸有逍遥。

### 523 庐山瀑布
直下前川九叠泉，横飞垂壁四无边。
烟华迷漫江湖雨，白练云天月不圆。

### 524 嘉兴寒食
嘉兴处处有亭台，二月离离草色来。
还忆钱塘苏小小，梅花落尽百花开。

### 525 忆扬州
瘦西湖岸问扬州，玉笛横箫水自流。
碧色三千三百月，琼花二十四桥楼。

### 526 题伍员庙
伍子夫差海尽头，胥门马草问潮流。
西施娃馆今还在，一处春江一处秋。

### 527 寄白马寺
三年司马忆长安，九陌相公问客寒。
上苑题名寻雁塔，终南空有玉人冠。

### 528 金谷览古
绿珠尤有故时鸣，金谷还闻旧日声。
歌舞楼台荒草胜，石家只在客人情。

### 529 奉酬元相公上元
楚汉人家谁问秦，相公御水此多亲。
但知天下苍生客，曾见宫花自可怜。

### 530 李德裕
荫耻文荣自半生，身名节度使三荣。
中书门下平章客，手不辞书一品城。

### 531 长安秋夜
长安秋夜内宫深，曲水江亭外石林。
凤舆皇明闻主幸，金銮御驾社人临。

### 532 故人寄茶
一人草木一人家，雾雨云中雾雨斜。
烟色轻笼烟色碧，半心细叶半心芽。

### 533 伊川晚眺
伊川落日满江红，泾渭分明楚汉东。
甪里秋风萧瑟瑟，鸿沟两岸已空空。

### 534 春暮思平泉杂咏 望伊川
伊川春暮落平泉，柳暗花明御驿田。
芳草连天晴碧色，谪人问路逸天年。

### 535 瀑泉亭
老生常谈瀑泉亭，枯水分明不渭泾。
唯见清溪流夜月，还闻过雁宿秋溟。

### 536 忆辛夷 余赴金陵日辛夷欲开
欲去金陵欲去行，谪人不必谪人鸣。
辛夷开落辛夷问，太尉心平太尉情。

### 537 忆寒梅
腊月梅花三九开，黄昏有约玉人来。
三心二意知冬至，一半清香酒几杯。

### 538 忆春雨
东风春雨半无声，润泽江山十有荣。
只问田家桑柘影，池边杨柳向阴晴。

### 539 北固怀古
太守长江北固亭，蜀吴天下蜀吴铭。
三上自古三生客，几任相公几任翎。

### 540 汨罗
举身一顾一身名，半水阳明半水清。
楚客由心知自己，汨罗从此不阴晴。

### 541 熊孺登 题逍遥楼伤故韦大夫
半云碑上泪无休，玉石山中径自流。
旧水花前生月夜，逍遥楼上已春秋。

### 542 寒食野望
为人父母问黄泉，一寸年华一寸天。
三万六千三百日，再生子女已无缘。

### 543 湘江夜泛
江流似箭月如弓，一水西来一水东。
子规声声鸣啼不住，潇湘景色各无同。

### 544 赠灵澈上人
一老僧人一老身，三春月色半三春。
江流不住扶桑色，身性修行数几人。

### 545 李涉 怀古
尼父一屈伸，江山半士人。
三千知弟子，五百问年轮。
万语春秋外，千言战国津。
智识天下路，教化玉冠巾。

### 546 鹧鸪词二首
鹧鸪声声一色平，农夫亩亩半田荣。
一年一半春光好，余下秋来果实情。

### 之二
湘江斑竹泪多情，鹧鸪轻啼雨不晴。
夜梦还言思不住，雨声依旧到天明。

### 547 寄荆娘字真
十六莺莺玉鸟啼，一生粉粉半楼栖。
梨花满地多云雨，夜色中堂月不西。
梦里风轻知草木，梅花落尽化春泥。
难知明日难知故，问得长河问碧溪。

### 548 牧童词
牧笛一田家，归来半日斜。
天天三界外，日日五蕴花。

### 549 重登滕王阁
滕王阁上望伊川，酒醉浔阳问客楼。
壮士心中三界水，江南郡里九江流。

### 550 竹枝词
一竹清高一竹枝，半家灯火半家姿。
心中不断心中梦，拾得郎情拾得时。

### 551 香妃庙
斑竹无边半竹情，浮萍浮沉问浮萍。
三江不尽三江水，十里风波十里亭。

### 552 再谪夷陵题长乐诗
一江渔火一江霞，二月东风二月花。
花暗花明长乐寺，柳荣柳枯帝王家。

### 553 游西林寺
西林寺外日西斜，客里人中问客家。
司马自珍还司马，桃花净尽满苔花。

### 554 晓过函谷关
老子心明晓过关，书生觉悟问千山。
春秋不尽江山外，天下难言去又还。

### 555 陆畅 蔷薇花
殷勤弦月半寒宫，锦簇晴明一醉丛。
故土蔷薇花不败，还留紫色向阳红。

### 556 柳公权 阊门即事
一颜一柳一行书，半是直心半有如。
西苑禅音三界外，阊门水陆西城疏。

之二
晴明几处问炊烟，汴水何人待晓船。
隋色逐流东不止，吴门碧玉向人缘。

### 557 韦处厚 宿云亭
月色云亭夜，心休碧水塘。
人情多少路，驿客也扬长。

### 558 桃花坞
朝露舒红日，桃花满晓窗。
武陵源外客，草木沿三江。

### 559 杨敬之 客思吟
禾黍满南园，桑榆叶北繁。
蛮姬歌未尽，赵女曲方喧。
不见乡人路，还闻故客言。
凭空天地外，任对乎轩辕。

### 560 张又新 赠广陵伎
云雨分飞二十年，一客尤梦客不眠。
今日广陵楼上见，君心不似去来船。

### 561 牡丹
百色园中绿牡丹，千金门下白云端。
花心处处芳华艳，女貌枝枝戴玉冠。

### 562 李绅
短李人中一品名，扬长天下半精英。
怀才三俊江山外，司马平章仆射情。

### 563 趋翰苑遭诬构四十六韵
蓬莱仙岛玉瑶台，九陌高年故客来。
天下云中多进士，翰林院里谁人才。
人间正邪官场恶，日月难明久不开。
不得万千浮沉去，只凭九五去还回。

### 564 宿扬州
扬州城外一江流，玉笛桥中半月楼。
船过金陵归宿驿，牛相告醉又春秋。

### 565 忆被牛相留醉州中，时无他宾，牛公夜出真珠辈数人
红颜酒醉入三更，曲舞琴声夜月明。
淮海风云移不尽，城楼画角问精英。

### 566 忆万岁楼望金山
金山巷里一龙盘，万古楼台半水残。
古渡天波船不渡，归心似箭上云端。

### 567 过吴门二十四韵
关门云雨满吴烟，同里三桥半月船。
燕语曲中音韵色，退思园外有天年。
楼台栉比多歌管，碧玉家庭少女怜。
桑石影斜归日落，渔舟唱晚入莲田。

### 568 望海亭 在卧龙山顶上越中最高处
卧龙山顶草木青，越里峰云望海亭。
五霸春秋寻鼎玄，天涯海角有零丁。

### 569 杜鹃楼
红花如火杜鹃楼，三俊江南御客忧。
枯枯荣荣何所在，朝朝暮暮谁人留？

### 570 东武亭
东武亭中御客游，镜湖水上问红楼。
梅花三弄风尘女，歌舞升平遍九州。

### 571 龙宫寺
一半布衣一半游，两三岁月两三愁。
龙宫寺里多兴废，月上天台照江流。

### 572 龟山 在镜湖中山形如龟，山上有寺名永安则之相所移置者
龟山有寺永安禅，一半乡音待月圆。
十八拍中胡不语，镜湖玉笛镜湖船。

### 573 若耶溪 西施采莲欧冶铸剑所
若耶溪水一清流，玉女西施半不愁。
不是春秋吴乱起，浣纱碧色满江头。
莲花胜景还依旧，铸剑池边醉酒楼。
明月清风吹不尽，蛟龙鹤舞故人游。

### 574 宿越州天王寺
越州贵客几春秋，分理东都数沉浮。
月寄天王寺下水，予心父老送人流。

### 575 回望馆娃故宫
太平山上馆娃宫，越主五中女色同。
落日江湖南北顾，风云日月向西东。

### 576 姑苏台杂句
灵严寺里一方塘，吴越心中半炷香。
拙政园前寻故步，姑苏台上满秋光。

### 577 贞娘墓
嘉兴墓前问贞娘，烟雨五中杏出墙。
三弄梅花歌舞曲，春花秋月著红妆。

之二
贞娘墓里锁嘉音，月色云前问故浔。
两步江桥三路步，小家碧玉古还今。

### 578 重到恋山
舟里洞庭问恋山，春风不度待君颜。
二泉映月人间曲，此去江湖十八湾。

## 579 重别西湖
漫问西施玉水湾，至今儿女却红颜。
人间上下三千界，吴越春秋一半闲。

## 580 却望金陵登北固亭
却望金陵北固亭，长江移岸岛零丁。
楚河汉界今还在，半落鸿沟半不铭。

## 581 宿瓜州
明月问瓜州，风云古渡头。
浮光寻旧迹，暗水向天流。

## 582 却过淮阴吊韩信庙
楚汉人间浪里沙，羽王营中腊梅花。
淮阴侯去风云在，成败何人问帝家。

## 583 重入洛阳东门
洛阳门锁一伊川，西陆人开半渭年。
御苑花明三五月，天津桥北万千天。

## 584 奉酬乐天立秋夕有怀见寄
初见凉阶半沉霜，秋风西陆一浮黄。
铜壶漏断平章夜，衣带冠宽刺史乡。
泾渭分明东逝水，龟蛇楚汉北南扬。
阳春白雪中堂日，下里巴人司马肠。

## 585 题白乐天文集
宝玉莲花锦绣藏，珍珠翡翠御家妆。
平章门下东都司，天下人中谁不尝。

## 586 长门怨
紫禁深深不见云，明月淡淡未尝君。
昭阳更难随意，梦里衣巾谁解裙。

## 587 赋月 白乐天分司东洛，朝贤悉会兴化亭送别，酒酣各请一字至七字诗歌以题为韵
不得知音乃不声，操劳天下自身明。
朝贤悉惠东都月，兴化亭中醉酒清。
下里巴人居易曲，阳关三叠柳杨情。
苏杭刺史留名处，西子婵娟一水平。

## 588 雀云信 和太原张相公山亭怀古
娘子关前一鸟鸣，秋虫月下半无声。
隋唐日月唐人在，秦晋人情晋分明。

## 589 杨虞卿 过小伎英英墓
一品江湖一丈夫，半家弟子半娘姑。
枕边尤有绞绡湿，梦里黄泉问玉壶。

## 590 杨汝士
牛李中书一侍郎，虞卿从弟半孤芳。
东川刑部寻三界，进士身名品贰尝。

## 591 和段相公夏日登张仪楼
战国春秋一纵横，苏秦张仪半声鸣。
秦川近在楼中月，汉苑城边问枯荣。

## 592 题画山水
一山一水一家乡，半世三生半爷娘。
天地乾坤知草木，江湖朝野入栋梁。

## 593 陈至 赋得芙蓉出水
芙蓉出水玉人娇，菡萏浮荣碧水桥。
唯有离人天下去，塘边驻马问天遥。

## 594 鲍溶 隋宫
唐人天下问隋宫，炀帝人中色不空。
龙得魏征编史记，只寻南北未西东。

## 595 经秦皇墓
临漳墓上问秦皇，吕氏春秋自明光。
指鹿赵高何为马，李斯阶下暗沧桑。
祖龙九鼎顽灰冷，地下三泉兄虎堂。
一日陈胜吴广乱，楚家未尽汉家王。

## 596 长城
六国兴亡半死伤，一秦成败两朝亡。
李斯小篆分南北，蒙恬长城自不光。
刑制人身千有序，骊山烽火半无章。
黄昏白骨风沙响，雨色姑苏月色杭。

## 597 将归旧山留别孟郊
择木天元利刃明，慕鱼织网废时情。
朝堂高处知量力，四野心清待枯荣。

## 598 子规
暮下还闻子规啼，未寻蜀帝夜郎西。
凭君书信催多泪，秋月平湖过玉堤。
黄鹤楼前流汉水，锁住龟蛇云高低。
长江两岸行不止，鹦鹉洲头草又萋。

## 599 越玉词
西施尤在浣纱溪，香气袭人鹧鸪啼。
吴越人家真女色，梅花落尽化春泥。

## 600 隋帝陵下
隋主陵宫几枯荣，云亭月馆半无声。
运河不比长城北，留下江南遍玉英。
百丈楼台歌舞胜，千芳百态奉迎行。
皇宫娃馆寻何处，谁似长城自是名。

## 601 巫山怀古
云雨巫山十二峰，高唐旧梦醉芙蓉。
相思天下长江水，楚客人中宋王封。

## 602 温泉宫
明皇日日向华清，银笛声声故曲鸣。
留下霓裳羽衣舞，梨园子弟谁无情。
骊山脚下汤泉暖，烽火台中战鼓平。
渭水车流天北色，临漳二世问秦名。

## 603 隋宫
隋宫花草满人家，日伴人间月伴霞。
紫气皇城还依旧，大江东去浪淘沙。

## 604 读史
秦皇汉武忆黄粱，三国隋唐旧日光。
尤问李斯知五马，虞姬帐下待千肠。
江东子弟多乌骓，淮北刘邦孰短长。
只有英雄留百世，楚河汉界已无疆。

## 605 夏日华山别韩博士愈
三皇五帝一文章，万古千金半短长。
泾渭分明天下客，金鸡独立谏人肠。
潼关夏日荷风动，黄鸟殷勤草木香。
古泽水平三界水，春秋论语杏坛堂。

## 606 悲湘灵

琴向娥皇五十弦，月明斑竹一千天。
思心夜夜多流泪，情意朝朝驿客船。

## 607 湖上望月

十里平湖一月明，千船丝竹半无声。
西施只向婵娟问，后羿蠡兄谁有情。

### 之二

三潭印月半湖明，九陌行云一客情。
洛下龙门知日月，杭州刺史主阴晴。

## 608 襄阳怀古

一战长沙半是名，七军汉水两无生。
财神自此行秦晋，只守江山不守城。

## 609 望江中金山寺

金山寺里有金山，西子湖中问玉颜。
吴越人前三无处，浣纱溪水两三湾。

## 610 上阳宫月

上阳宫月半清裳，下界生明两色安。
人影纤纤花草动，身心识得玉门宽。

## 611 句

万里歧路多，一身天地窄，万里歧路多
少客寻寻觅觅，一身天地窄宽心暮暮朝朝。

## 612 卢钧 荐冰

腊月玉冰明，梅花影色清。
寒光多皓爽，乱雪照霜城。
不改玲珑质，陈辉太宇情。
春光先见水，风去后流泓。
白皙肌肤透，素妆一半瑛。
人前寻自在，时令却无声。

## 613 范侍质荐冰

霜凝玉色入寒冰，腊月梅花落素绫。
云质清心冬伴侣，阳春白雪商弦徽。

## 614 贾暮赋得芙蓉出水

十里荷风满绿萍，一池碧色半精灵。
芙蓉出水婷婷立，拾得清心入后庭。

## 615 舒元兴 桥山怀古

轩辕今日一春秋，江岸搜渠半枕流。
难似人间情落落，不言天下尽悠悠。

## 616 卢宗回 登长安慈恩寺塔

东来紫气满金銮，西去青龙半玉冠。
渭水流中无止境，终南山上有冰寒。
清光摇动浮文藻，玉影城明沉杏坛。
谁问千金寻不止，回头一望入长安。

## 617 王季则 鱼上冰

冰下背游鳞，人中问玉春。
东风寒已去，西陆晓光循。
尤有鲲鹏志，长安入近邻。
文章凭日久，著作任君珍。
择润临秦水，天云混旧尘。
光辉寻上苑，日月满天津。

## 618 纪元皋 鱼上冰

玉冰天下任鱼游，出约人间不自愁。
一夏一冬三界水，半寒半暖半春秋。
高山仰止知行客，滴水临渊问九流。
清月扬辉登桂子，春花碧叶满红楼。

## 619 吴晃 鱼上冰

一冬一夏任鱼游，三界三水问客忧。
万里冰封时令在，山高万仞水源流。

## 620 王初 梅花二首

只有梅花信未传，还闻百草碧时先。
群芳依旧年年去，孤客惊梦夜夜怜。

### 之二

腊月梅花只见寒，暗香浮动久书安。
白话芳草寻杨柳，继日相依作玉冠。

## 621 舟次汴堤

柳絮杨花满汴堤，阳关三叠玉门西。
长城尤在春秋战，有水流时碧草萋。

## 622 滕迈 春色满皇州

春关香色满皇州，上苑东风入御楼。
孤士群芳三世界，重门轻启一春秋。

## 623 滕倪 留别吉州太守宗八迈

一生天下一生忧，万里吉州万里秋。
太守宗人知孤士，乡音不尽向家求。

## 624 殷尧藩 吴宫

月明枯草半长洲，西子吴宫一水流。
留下婵娟知夜夜，还闻勾践曲悠悠。
红烛未断夫差断，碧水青楼碧水舟。
群士三鸣群士去，春秋五霸一春秋。

## 625 送客游吴

送客游吴一丈夫，江湖日暮半姑苏。
馆娃宫里藏羞色，阊阖门中待玉奴。
城外寒山寻古寺，渔舟唱晚向塘濡。
虎丘岭上尝薪胆，留得枕边问小姑。

## 626 生公讲台

久仰生公石点头，虎丘山上玉人留。
西施不过寻吴越，烟雨苏州佛国修。

## 627 馆娃宫

灵岩山上馆娃宫，汴水吴中锁玉容。
碧玉红颜吴越去，春秋五霸已无踪。

## 628 夜过洞庭

童心共济过洞庭，风雨同舟日月星。
云楼波涛连涌落，人惊夜暗待天庭。

## 629 潭州席上赠舞柘枝伎

柘枝伎舞夜郎西，多是书官半日堤。
一曲一歌归宿客，人生谁得玉人啼。

## 630 沈亚云 虎丘山上真娘墓

虎丘山下问真娘，碧玉家乡待溃妆。
剑壑金钗闻落地，只留玉节唱钱塘。

## 631 春色满皇州

东风一半在皇州，碧水三江九陌头。
上苑花明杨柳竹，长安草木不知秋。

## 632 曲江亭望慈恩杏花生

红杏如云半过墙，人情似水一春香。
慈恩塔上芳菲竟，上苑江亭柳柳扬。

## 633 春词酬元微之
春风得意问微云,浮沉诗词向客时。
世界沧桑多少问,人生回首始知迟。

## 634 梦别秦穆公
引凤秦公待客声,楼台不尽玉箫鸣。
人间天上知何处,只怨东风去不生。

## 635 施肩吾
风云不易过洪州,天下难平客不留。
隐去西山辞进士,江楼还是问江流。

## 636 及第后过扬子江
扬子江头一柳杨,春关前后半天光。
西山草木知春夏,天下人情问暖凉。

## 637 秋山吟
风过秋山路已宽,曲江叶落驿边寒。
霜凝紫气红颜树,月淡天清问玉冠。

## 638 瀑布
青天白日一泉悬,碧草清潭半浴娟。
银练千云雾露下,风扬十里水如烟。

## 639 杜鹃花词
山红处处杜鹃花,不问书香不问家。
艳色深深留客住,芳香淡淡满天涯。

## 640 登岘亭怀孟生
鹿门上下一身名,洛下生平半世清。
不见玄宗心不止,岘亭怀古枯还荣。

## 641 修仙词
一寸丹田一处生,半家灯火半心明。
长生只得长生愿,古道还依古道名。

## 642 折柳枝
无心插柳柳成荫,腊月梅花腊月香。
只堪折枝折不尽,年年同友问时光。

## 643 寄回明山子
高堂客坐深山里,闻鸟晴吟草木中。
夏虫十里无力唱,骄阳一半不西东。

## 644 桃源词二首
不过桃源是一家,武陵故客汉衣花。
秦川不似秦皇制,日半山光日半霞。

### 之二
桃源树岭故人家,旧日秦衣旧日花。
还问秦皇秦二世,清溪流去似天涯。

## 645 宿兰若
钟声不尽问香烟,僧舍多闻待客禅。
明月朗朗溪水过,清风淡淡不成眠。

### 之二
一人曲径一人行,半路僧家半路明。
唯有人生行不尽,归来路上是浮荣。

## 646 费冠卿 不赴拾遗召
碌碌无为禄禄身,人心处处是人心。
荒芜岁月荒芜尽,只有平生只有亲。

## 647 答萧建 问九华山
一处林峰一处泉,半溪流水半溪缘。
九华山上知天地,五色云中间大千。

## 648 萧建 代书问费徽君九华亭
天光半落九华亭,云色三明一草青。
有水随山高不止,见缘携侣种田町。

## 649 姚合 送刘禹锡郎中赴苏州
玄都观里一桃花,瀼柳姑苏半客家。
五十弦声难送客,五湖明月到天涯。

## 650 送僧
不等人间不等闲,上人只待上人颜。
禅音来去禅音在,拾得寒山去不还。

## 651 送朱庆馀及第后归越
分出一笺万家名,及第千闻画眉声。
只因书生才气重,春关拾得曲江荣。

## 652 送韩湘赴江西从事
及第故红尘,春关御客身。
相公同祖上,游子异三春。
君去湘西月,浔阳已近邻。
灞桥折柳尽,斑竹泪沾巾。

## 653 送贾岛及钟浑
一送清流一送君,半城天下半城云。
三江源处三江水,两地知心两地分。

## 654 寄李群玉
九门出入九门城,五色缤纷五色明。
三行三湘三斑泪,一诗一句一精英。

## 655 寄东都分司白宾客一作居易
龙门阙下自高明,上帝宫中七尺田。
印绶诗词千万首,杭州刺史一心缘。

## 656 寄裴起居
前官退立一朝官,万语雍宫半玉冠。
明月清风听漏断,登临御上紫阳坛。

### 之二
太平门下太平出,滴漏难平滴漏徐。
留下金音留下客,百官拥戴百官疏。

## 657 寄贾岛
草木一人知,推敲半离枝。
江青天地阔,秀色沉浮辞。
枯木寻明月,安贫济世时。
天光临客近,日照待人师。

## 658 赠张籍太祝
一半江南曲渐昂,两三日月祝衷肠。
新待不去芸兰色,玉女还来乐府堂。

## 659 使两浙赠罗隐
问世难铭问九流,隐名不得隐卓侯。
十年不第雄才晚,一日声鸣紫禁求。

## 660 闲居遣兴
书中天子守门知,人上诗词故客辞。
拾得古今三万首,拥心自戴玉凝脂。

## 661 除夜二首
一夜双年一夜分,两家灯火两家君。
三山五岳三山画,半壁风光半壁云。

之二

此宵双岁此宵人，寂寞时光寂寞身。
爆竹声中闻爆竹，长春不止是长春。

## 662 杭州观潮 一线朝，回头潮

白云深处海潮平，百里钱塘逐浪声。
一线江峰天上水，十年尤忆回头慌。

## 663 题梁园公主池亭

平阳梁馆落秦川，座下南山碧色泉。
公主池亭桃李色，玉箫声断柳杨烟。

## 664 过无可上人院

孤泉淡淡客心宽，飞鸟疏疏月不残。
无可上人闲步问，钟声院寺度清寒。

## 665 酬张籍司业见寄

日月一心中，阴晴半不同。
青山难老水，缘山野花丛。
曲径通幽处，高堂问仆童。
邻家牛马牧，天下满清风。

## 666 喜贾岛至

布囊问贫居，清潭只慕鱼。
家藏多少酒，尤向帝王墟。
隔岸留花水，邻家种菜蔬。
回弦鸣不住，五斗客心余。

## 667 闻禅寄贾岛

秋里更吟勤，晴中问白云。
阳关三叠唱，西陆半音分。
渭水知时令，秦川过雁群。
东西多少路，客主一衣裙。

## 668 周贺 留辞杭州姚合郎中 周贺名清塞

杭州夜雨苦相思，清寒烟云过客心。
但使今日三界外，红灯落照任音琴。

## 669 出关寄贾岛

君心半出关，醉酒一红颜。
谁问家乡子，春秋不得闲。
南寻三界水，西望两千山。
难尽遥迢路，还言自曲弯。

## 670 送朱庆馀

三江万里隔归舟，九陌千年问欲愁。
但得君心明月下，有情只向梦边求。

## 671 出关后寄贾岛

西风月出关，西望路千山。
故国知何处，黄河十八湾。
不归梦里度，白发镜中颜。
客舍寻君问，乡心逐日还。

## 672 赠姚合郎中

德高望重老君臣，武卫文攻御客身。
浮沉枯荣门下省，江湖朝野不闲人。

## 673 郑巢 送姚郎中罢郡游越

郎中罢郡自逍遥，司徒寻心独木桥。
东瓯竹声三界外，湘江水色五蕴潮。

## 674 和姚合郎中题凝云院

凝云院里半凝霜，曲径孤灯一曲肠。
老衲心平天下去，郎中御驾士中扬。

## 675 题灵隐寺皖公院

天悬落叶待吟诗，月落乌啼意不知。
门外钱塘灵隐寺，心中虎跑问茶时。

## 676 吕群 题寺壁二首

中原逐鹿觅关中，楚汉鸿沟问塞鸿。
进士难明三界外，帝王只衣一西东。

之二

岁岁问人生，年年不自鸣。
朝辞三蜀客，暮及一阳情。

## 677 雀涯 侠士诗

三呼两丈夫，一诺半江湖。
易水沧州客，幽州燕赵奴。

## 678 崔郊 赠婢

玉马香车去后尘，缘珠斑竹尽身京。
侯门不识音琴曲，不见萧郎梦里人。

## 679 章孝标 上浙东元相

傲女星边半壁春，越王台上一来人。
浙东天姥山中客，不尽刘郎去后尘。

## 680 思越州山水寄朱庆馀

水色天台玉色天，窗含潮浪户含烟。
梧桐树下三千客，岩耶溪边两岸船。

## 681 诸葛武侯庙

六出祁山半故身，木牛流马入陈津。
隆中一对知三国，天下三生两代人。

## 682 淮南李相公绅席上赋春雪

春雪扬长玉自消，梅花寒气色香瑶。
开窗探问江山外，半壁天山半壁潮。

## 683 玄都观栽桃十韵

春风摇动柳杨条，细雨和平过水桥。
道士阳明桃李色，玄都观里满人潮。

## 684 蒋防 春风扇微和

春风细雨扇微和，下里巴人一路歌。
天下千年知冰水，中原万里沿黄河。

## 685 玄都楼桃

种桃道士御家袍，唯见玄都处处桃。
紫禁城中官百渡，赏花不顾怨声高。

之二

一官庇护一官消，半御桃花半御僚。
唯有忠臣多道耳，刘浪此去十年桥。

## 686 孔温业 长庆进士 鸟散余花落

风和日月斜，啼鸟散余花。
只为芳菲故，香泥一万家。
清明三月水，草木五蕴华。
朝野金銮驾，江湖满彩霞。
文章裁制浩，锦绣织天涯。
进士寻天下，书生绘玉葩。

## 687 赵存约

日丽千村树，风和四处花。
晓春啼鸟去，惊落彩朝霞。

腊月梅先至，芳香玉影斜。
寒食杨柳色，进士故人家。
五色皇都土，三江日月华。
上林生锦绣，百草满天涯。

### 688 窦洵直

三春玉树斜，飞鸟散余花。
留下香如故，芳非入御家。
化泥天下土，色动上林华。
日月多晖照，风光满彩霞。
卷舒云起落，上下问天涯。
时令桑田去，人心向豆瓜。

### 689 白敏中 句

南浦花临水，东楼月映风。
丹青临水色，婵娟问风声。

### 690 顾非熊 经杭州

顾况茅山子又居，杭州草木半生余。
白云落处西湖岸，明月清风夜夜徐。

### 691 铜雀伎

雨夜秋风谁再听，人生旧梦自啼零。
一千年前丞相伎，三十年中进士名。

### 692 天津桥晚望

洛桥晚望过天津，寒色秋月问去人。
离客心心寻远近，归云处处是红尘。

### 之二

江湖一去不回头，朝野三春进士忧。
渭水船中骚客去，天津桥上玉人留。

### 693 下第后晓坐

一朝下第问江楼，三十年春任自流。
不缀此生多少路，还寻天下谁思忧。

### 694 下第后寄高山人

仰望茅山未尽名，俯听流水有回声。
书生自在书生苦，也见阴时也见晴。

### 695 长安清明言怀

春关别去过清明，苦雨流花问禁城。
不是书生何为客，有成进士在无成。

### 696 阊门书感

斜阳初落满横塘，未及黄昏尽彩阳。
无限天光无限处，炎凉岁月自炎凉。

### 697 瓜洲送朱万言

一朝进士半朝身，两代茅山一住人。
只有书生知自己，别离唯有故乡亲。

### 698 寄陆隐君

不入茅山陆隐君，难言天下故衣裙。
声名自古声名去，自在心林自在云。

### 699 张祜

张祜宫词一世名，承吉长庆年阴晴。
诸侯不识清河水，故曲丹阳寄后生。

### 700 西江行

西塞山前鸟自来，江流雨后百花开。
录音而去知春色，草木芳菲自不回。

### 701 题上饶亭

一半溪亭一半云，故君月色故君分。
杨明十里寻长短，渡口三江问日曛。

### 702 寄灵澈上人

独树两三云，孤舟一半君。
老僧由自己，过客日边曛。
钟声寻远近，鹤舞尽缤纷。
曲径高堂月，禅心座右芬。

### 703 题苏小小墓

漠漠西湖岸，潇潇玉色门。
年年闻鹤舞，日日守黄昏。
去后思千夜，生前月半恩。
放开三世界，锁住一乾坤。

### 之二

暮色结同心，黄昏约故琴。
曲歌西子月，玉影到如今。

### 之三

曲舞近红尘，心音向客身。
情人知远近，芳草自秋春。

### 704 吴宫曲

秋雨半吴宫，红妆一玉终。
长思西子月，曲尽越人虫。

### 705 赋昭君墓

白马一胡风，阴山半客冢。
昭君明月夜，汉帝暗飞鸣。
塞外琵琶曲，长安故乡桐。
至今音乐响，来去梦时空。

### 706 题平望驿

平望天下玉丝绸，上下江湖半苦舟。
客驿梅花香泥土，吴兴汴水影红楼。

### 707 隋宫怀古

隋宫荒苑旧春秋，炀帝楼船问白头。
真是窦娥儿女怨，江山不尽忘秦楼。

### 708 题润州甘露寺

汉家帝子三国秋，兄妹仲谋半玉酬。
不忘润州甘露寺，吴江蜀水向东流。

### 709 题杭州孤山寺

一孤西子一孤儿，半色平湖半色颜。
壮士东来名气在，苏堤西过玉人关。

### 710 题虎丘寺

寺外一平安，心中半玉寒。
虎丘吴越寺，西子枯荣残。
曲舞灵岩笑，芙蓉出水难。
五湖生死怨，范蠡入云端。

### 711 宿淮阴水馆

淮阴水馆一琴音，半入江云半入心。
漂母成人知母愿，难言胜败夜深深。

### 712 奉和池舟杜员外重阳日齐山登高

齐山落叶半秋溪，南岸村烟一鸟啼。
九日登高望不止，一心尤在玉门西。

### 713 玉树后庭花

疏梅香尽百园华，歌舞升平碧玉纱。
玉树后庭花不尽，江南处处醉人家。

236

## 714 宫词两首

归心不待九泉还，未曲先吟半闭关。
留下一声河满子，愁肠两断待君颜。

### 之二

一曲李延年，三春也不全。
长安回首问，安史断音弦。

## 715 李谟笛

笛声一曲洛阳城，胡人三春马不鸣。
野客知音知罢手，江舟已去作生情。

## 716 宁哥来

上皇不在问宁哥，玉笛心中待若何。
回首声平音未语，太贞身影耐揣摩。

## 717 读池州杜员外杜秋娘诗

池州员外杜红楼，一月春江一月秋。
尤见秋娘门不闭，十年一语抵风流。

## 718 集灵台二首

芙蓉出水集灵台，月在华清夜半开。
玉影丰姿回首问，一丝无挂浴人来。

### 之二

三国夫人一国恩，开元天宝半黄昏。
长生殿上连声问，不见瑶台故去门。

## 719 马嵬坡

蜀李骊山马嵬坡，上呼高力士如何。
九泉不去瑶池里，回首人间隔世河。

### 之二

马嵬坡中过御河，骊山脚下粉香多。
临潼尤有华清水，一半残荷一半歌。

## 720 登乐游原

乐游原上乐游田，几万行人几万年。
古古今今今古古，天天地地地天天。
长安城里难回首，上苑花中自清泉。
雁塔题名天下士，曲江流水客家船。

## 721 散花楼

锦江城外锦江楼，回首川中客水流。
留下春秋秋月色，散花夜夜玉人愁。

## 722 孟才人叹

武宗皇帝一疾秋，孟氏才人意不留。
肠断一声何满子，两身柩重九泉游。

### 之二

天下一才人，民间半玉身。
忠贞三界外，帝子九泉春。

## 723 鸿沟

英雄逐鹿一鸿沟，楚汉相争半白头。
不改江山真面目，黄河不住只东流。

### 之二

英雄下马向鸿沟，项羽刘邦封御侯。
三国隋唐天下易，江楼不尽向江流。

## 724 枫桥

长洲船外雨潇潇，拾得寒山岁月遥。
故客轻心寻古刹，云烟残叶落枫桥。

## 725 欧阳衮 回家

黄昏已暗半山村，牛马归来一木门。
幼犊追随身倦倦，老人顾得小儿孙。

## 726 听郢客歌阳春白雪

周郎白雪一阳春，汉蜀东吴半故人。
君尽臣忠三国去，曲高和寡入天津。

## 727 裴夷直 同乐天中秋夜洛河玩月二首

月明自古玉人心，疏影如今客色吟。
及第龙门多少夜，礼卿居易一衣襟。

### 之二

浮云明月间寒宫，秀草清风落大同。
唯有婵娟情不尽，留心奉得待归鸿。

## 728 杨柳枝词

立春先得一东风，寒水冬梅半不同。
尤有残枝知己送，留心不折是飞鸿。

## 729 朱庆馀 上张水部

入出一春关，阴晴半客颜。
功成名就事，胜负待君还。
一介儒夫子，三生玉不弯。
有情知日月，报答问天山。

## 730 送顾非熊下第归

春关下第归，上苑一飞鸿。
自古明年客，书生已入围。
阴晴多不定，日月照柴扉。
今日阳明草，明年又翠微。

## 731 寻贾岛所居

人生济世贫，进退自由身。
村野阴晴客，书生日月珍。
清风寒气重，明色满天津。
情意多留宿，移床待夜人。

## 732 过洞庭

黄昏未尽已茫茫，风雨连江暮色苍。
水色天光云落尽，波涛汹涌见汪洋。

## 733 近试上张籍水部

洞房明夜待红烛，一半家庭大小姑。
玉粉红颜知己问，有情有意可时无。

## 734 舜井

苍梧竹色一村烟，碧恋春光半井泉。
玉锁梵门青未尽，耕畲田亩记当年。

## 735 都门远望

柳絮杨花一片天，御沟水色半时年。
终南上山冠缨雪，尤有寒光照帝川。

## 736 镜湖西岛言事

只向溪流问白头，百年风雨百春秋。
镜湖未改乡音改，故土重来是越州。

## 737 厉玄 送顾非熊及第归茅山

春关十岁寒，及第一归难。
明月留心在，清风戴玉冠。
茅山多草木，江岸隔云端。
雁塔题名处，身名向帝宽。

## 738 赋愁 并序白乐天分词东洛朝贤悉会兴化亭送别 酒酣各请一字至七字诗以为题

愁心半白头，江水一东流。

刺史杭州客,西湖玉色楼。
枯荣云起落,进退两苏州。
歌舞寻三界,升平向五侯。
分书多不见,家国四时忧。
唯有春秋月,琵琶曲自由。

之二

年年一枯荣,岁岁半阴晴。
刺史杭州月,朝贤悉会城。
西川分司署,东洛客诗情。
不醉离别后,心怜柳叶情。
灞桥辞渭水,草木欲新萌。
只有归心在,春风吹又生。

### 739 杨发 南溪书院

南溪书院入山深,紫气东来出竹林。
垂井柴门多少客,朝朝暮暮杏坛音。

### 740 杨收 咏蛙

难言井下音,复畅树边浔。
不在荒塘里,何知过客心。

### 741 杨乘 建邺怀古

故城石磊故金陵,草色江东草青青。
干戈苦辛寻旧处,周郎不见蜀吴廷。

### 742 题杨牧相公宅

祸福无端隔壁邻,年年岁岁一春秋。
有心有意相公去,此地空余半伪真。

### 743 雍陶 明月照高楼

明月照高楼,婵娟向谁愁。
空床归玉体,绣枕泪边流。
夜半君心苦,平明妾复忧。
牛郎寻织女,只向银河游。

### 744 同贾岛宿无可上人院

孤灯旧卷一僧身,行客芳菲半苦贫。
无可上人钟鼓继,禅音瘦岛枯荣辛。

### 745 经杜甫旧宅

浣花溪里一花溪,紫玉芳菲半半玉泥。
雨岭春秋寒雪色,东吴朝暮鸟轻鸣。

### 746 题君山

风波万里一洞庭,云雨千年半草莛。
留下惊心寻旧忆,君山夜话尽汀溪。

### 747 武侯庙古柏

古木苍苍似卧虎,庙门落落立直松。
隆中一对祁山尽,臣下三生谁不容。

### 748 再经天涯地角山

又向天涯地角来,重闻桃李满天开。
春风依旧扬长去,锁住云龙去再回。

### 749 李远 悲铜雀台

铜雀台中也枯荣,漳河水里有阴晴。
西陵枯木慈悲雨,魏主明花已不顾。

### 750 吴越怀古

娃馆宫墙曲自多,西施姿玉著香罗。
姑苏城外樵鱼问,范蠡心中意所何?

### 751 句

人事三杯酒,流年一局棋。
青山不厌三杯酒,长日唯消一局棋。
东西三界事,南北一局棋。
东西南北三界事,上下天地一局棋。

### 752 杜牧 杏花村,杏花之村,杏花村酒,杏花村之酒

牧童遥指杏花村,自古还今未入门。
借问酒家何处在,黄池两地有儿孙。
山西自有千年酒,华夏文章万里根。
路上行人寻路问,黄公酒肆入黄昏。

之二

江湖刺史十年求,分司东都一载楼。
御史难言知御史,中书团练十三州。

### 753 杜秋娘诗

金陵女妾杜秋娘,有宠景陵宫里藏。
皇子穆宗何事变,回故故旧废漳王。

### 754 题池州弄水亭

弄水亭中一曲泉,池州城外半花田。
黄公卢内三坛酒,荷叶风轻两处眠。

### 755 华清宫

华清雨后一行宫,天宝开元半世穷。
尤有海棠汤水暖,骊山马嵬醉芙蓉。

### 756 过华清宫绝句三首

烽火幽州戏诸侯,梨园曲尽舞歌休。
临潼泉水年年暖,不问君王日日流。

之二

杨家三国妇人来,玉色宫城一半开。
一骑荔枝妃子笑,九门不锁御皇台。

之三

渔阳鼙鼓一天来,南北长安半不开。
马嵬坡前妃子去,梨园留下旧亭台。

### 757 登乐游园

武陵草木有无中,两汉朝廷进退宫。
三国尽群雄何在,荒原日落已空空。

之二

叶落一秋风,分明半不同。
枯荣何所寄,尽在有无中。

### 758 扬州三首

兹润问扬州,西来汴水流。
谁人歌水调,冬夏又春秋。

之二

桥桥月月一扬州,曲曲声声半白头。
忽见琼花三两日,满船艳色两三舟。

之三

瘦西湖畔碧红楼,十二桥边笛曲休。
歌舞升平杨柳岸,梅花三弄玉人舟。

### 759 题扬州禅智寺

蝉声未尽一钟林,客座僧人半寺楼。
落日方平男客怨,斜阳未照女人愁。

### 760 江南春绝句

十里荷塘半结莲,三生寺院一人缘。
江南处处千湖岸,赣水涟涟九脉船。

之二

花花草草自无穷,枯枯荣荣问色空。

暮暮朝朝三世界，红红绿绿半飞鸿。

### 761 池州废林泉寺
寺废一林泉，荒垣半草烟。
参差湖北岸，错落谁人怜。
石路僧游去，禅房旷野连。
唯闻残叶里，隙密小虫喧。

### 762 题池州贵池亭
分明蜀水贵池亭，宋武台边势力汀。
百里扬帆窗外去，三江春暮草青青。

### 763 隋堤柳
隋堤柳色半含烟，五湖东西一旧年。
岭树云重三百里，江青雨细两千泉。

### 764 将赴湖州留题亭菊
陶菊一手栽，京客十年来。
有约黄昏后，云烟苦雨台。

### 765 题乌江亭
才俊一江东，书生半不空。
谁留今古唱，尽在有无中。

### 766 题横江馆
孙家兄弟晋龙舫，只问功名不问肠。
一醉渔樵云外客，至今天下谁君王。

### 767 送李群玉赴举
寒窗十载一春关，五里东风半客颜。
意气风发辞故里，君心此去上天山。

### 768 赠张祜
二韵一张君，三江半白云。
扬帆天际去，落户野心分，

### 769 送牛相出镇襄州
一醉半人情，三生两枯荣。
襄州多酒肆，雨中问阴晴。

### 770 赠渔父
江湖处处钓鱼郎，醉到黄昏不断肠。
数尽游云浮上下，山山水水慕芬芳。

### 771 山行
一云生处一人家，半壁枫林半壁华。
不见沉霜红似火，杜鹃山上色无涯。

### 772 秋夕
牛郎织女一河星，天上人间两岸灵。
壮士耕耘寻土地，女儿乞巧问流莺。

### 773 寓言
杏花时节在江南，苦雨惆怅柳色含。
有酒但寻知醉意，万年寄寓似春蚕。

### 774 春日寄许浑先辈
蓟门烟树一春秋，易水沧州半白头。
自古英雄寻自己，古今天下古今酬。

### 775 金台园
聚散逐香尘，离合问客身。
绿珠知己去，金台待人怜。

### 776 将赴池州道中作
白马下池州，清阳御水流。
翰林寻古道，进士不回头。
刺史东都客，江西团练酬。
声名知富贵，故土是王侯。

### 777 子规
宣城开遍杜鹃花，洛下三春百草华。
有水有山无紫气，蜀人不道子规家。

### 778 杜鹃
杜宇声声一半春，曲肠寸寸两三人。
蜀门洛客知心怨，旧恨新尘问晋秦。

### 779 闻蝉
日落黄昏处处蝉，有心偏向枯荣喧。
秋风乍起江南岸，西陆愁肠过大千。

### 780 书情
洛水赋离情，高堂问聚声。
香衫云髻乱，云雨半倾城。
不待红袖落，还思玉使明。
平阳公主怨，飞鹊用桥平。

### 781 泊淞江
五湖草木一淞江，九脉风云半故邦。
壮士豪雄肝胆立，东吴儿女鸟成双。

### 782 冬日五湖馆水亭怀别
运河十里一唯亭，吴越千年两岸青。
西陆春关游子去，东流不止叹零丁。

### 783 题水西寺
一月归来不一生，三江流去水三荣。
水西寺北千瞳日，桀公楼南万鸟鸣。

### 784 寄兄弟
百岁身平半弟兄，三生事业一雅卿。
渔樵朝野多商贾，回首如来问枯荣。

### 785 寄牛相公
汉水苍茫饮夕阳，武昌兴废望东洋。
龟蛇锁住长江水，黄鹤飞来问楚乡。

### 786 许浑
丹阳楚客玉诗章，知句长吟问故乡。
杜牧名中多混淆，太和进士两高堂。

### 787 宿开元寺楼
婵娟待北秋，孤枕问西楼。
尤是江南夜，开元寺外愁。
清风摇烛影，玉人曲歌流。
香掩门窗下，音琴向自由。

### 788 江楼夜别
江楼一曲歌，流水半寒波。
天下寻知己，人生问几何。
深山溪石白，古木绕藤萝。
草木多天日，心思耐揣摩。

### 789 吴门送客早发
吴门楚客一知音，驿舍前程半古今。
十里长亭挥手去，两情相悦待人心。

### 790 泊淞江渡
淞江渡口月光明，渔火舟前烛色轻。
落坐相思知酒醉，居心何处问乡情。

## 791 重经姑苏怀古二首
鱼禾草下一姑苏，烟雨云中半有无。
塞北长城多战事，江南税赋养京都。

### 之二
馆娃曲舞一吴宫，会稽溪纱半越虹。
菰苕秋波清自许，西施妩媚问归鸿。

## 792 怀江南同志
潇湘夜雨入梦中，斑竹平明垂泪终。
此去浔阳知月色，难言南北舍空空。

## 793 金谷桃花
桃花不尽一年红，金谷难名半故风。
寻色还来春未止，绿珠此去谁情终。

## 794 忆长洲
十年西陆忆长洲，一日江湖问客楼。
碧玉小家桥水月，灯红酒醉不王侯。

## 795 白马寺不出院僧
禅心寂寂一生平，客侣轻轻半不鸣。
不出院僧知白马，洛阳道外四时盟。

## 796 游茅山
渔樵宿白云，朝野客衣裙。
谁在江山外，人心不可分。
茅山多道士，乌纱少殷勤。
落叶年年扫，深山处处君。

## 797 西山草堂
远远西山著草堂，淡淡日月间星光。
啸啸不尽清溪岸，落落芳菲待客房。

## 798 淞江渡送人
淞江古渡送人归，彼岸潮头满翠微。
九脉云平知已在，三春草茂雨霏霏。

### 之二
悠悠岁月枯荣伤，寂寂人心渡口肠。
彼岸不停游子去，霜凝还绽旧衣裳。

## 799 金陵怀古
玉树后庭曲未终，南朝旧事客相逢。
景阳兵马何相见，六代千官与谁忠。

## 800 金陵怀古
玉树后庭曲未终，南朝旧事客相逢。
景阳兵马何相见，六代千官与谁忠。

## 801 凌高台　台在当涂县北宋高祖建
宋祖凌高一故台，当涂曲舞半不回。
湘潭雨重年年夜，巴蜀春消岁岁来。

## 802 沧浪峡
沧浪峡里浴缨滩，啼鸟林中振翅寒。
一日春江花早放，万天秀色野云端。

## 803 送张尊师归洞庭
尊师去处武陵溪，只纵音琴鸟不啼。
风雨千家三界外，洞庭万里一湖低。

## 804 再游姑苏玉芝观
姑苏红照玉芝观，西苑台明蟹岛寒。
八月阳澄湖水澈，一年楼榭醉中看。

## 805 题苏州虎丘寺僧院
寒泉灌谷一流长，古刹钟声半寺堂。
岁月悠悠寻客路，余音袅袅入人肠。

## 806 宿淞江驿却寄苏州一二同志
姑苏台下一流明，汴水隋炀半不情。
柳岸江湖船不定，红楼夜曲自低声。

## 807 吴门送振武李从事
吴门一曲到伊州，汴水千舟逐越流。
渡口还闻花岸驿，随君唱尽月西楼。

## 808 寄当涂李远
鸟雀声鸣一路喧，人家灯火半明天。
相思故客寻舟外，月色乡音在耳边。

## 809 经引庐山东林寺
庐山云里一东林，紫陌禅门半客音。
五代丛中西陆月，江南六祖入人心。

## 810 思天台
天台草木石梁云，谁问吴门越国君。
汴水运河千万里，苏杭原是一衣裙。

## 811 长安早春怀江南
江南早春草菲菲，西陆东风碧色微。
二月袭人香不尽，五湖水色待鸿归。

## 812 途经秦始皇墓
长城内外将军名，秦始皇陵草木荣。
尤有丹青知军里，谁闻二世李斯成。

### 之二
草木扶苏故人名，鹿马难分士不清。
谁问声名半汴水，声名谁问一长城。

## 813 鸿沟
楚汉秦家二世亡，刘邦项羽一家扬。
吴江乌骓虞姬舞，檐下英雄故霸王。

## 814 韩信庙
欲将心计寄谁人，显官不惜自由身。
萧何月下追韩信，尤有张良解客邻。

## 815 过湘妃庙
天下君臣治水何，苍梧路上有蹉跎。
寄官客渡潇湘雨，斑竹如今泪又多。

## 816 金谷园
余音独在半天津，草木繁章一客身。
二十四声今不见，三生弟子谁顾春。

## 817 记梦
登山宫里日三春，扶手鱼缸问西人。
彼梦心中思万里，平明历尽一千辛。

### 之二　桓仁
烟囱山下一浑江，五女峰中半旧窗。
南岭南边斯哈达，北流北二户来幢。

## 818 李商隐
义山河内御文章，俪偶长辞短句芳。
牛李相公知进退，令狐楚帅谁名扬。

## 819 锦瑟
令狐有意两三缘，锦瑟无端几十弦。
切切声声寻又住，弹弹语语问云天。

兰田根玉芙蓉色，巴蜀春心化杜鹃。
望帝有知人不去，烟云过后是云烟。

## 820 霜月

月明霜色问婵娟，樹冷亭寒待玉妍。
百尺楼台空旷旷，一秋孤枕水淡淡。

## 821 华清宫

华清宫外骊山峰，谁问幽王后无踪。
天宝难言何蜀幸，明皇怜悯玉芙蓉。

## 822 乐游原

落日一黄昏，人生半入门。
平明三界外，朝夕几乾坤。

### 之二

天下一黄昏，人中半儿孙。
声鸣身外客，出入自家门。

### 之三

暮暮一黄昏，朝朝半五蕴。
去来天下客，进退木中门。

## 823 南朝

玄武湖中一枯荣，鸡鸣寺下半台城。
人心尤寄阶前柳，玉树春心日月情。

### 之二

金莲步步娟人摇，敌国军兵旧日消。
玉树后庭花不断，风云已尽问南朝。

## 824 浑河中

紫陌云中一马回，奉天城外半梅开。
长春树下乡心重，五十年前曾又来。

## 825 夜雨寄北

下里巴人半所辞，高山流水一相知。
秋寒北去长安锁，夜雨南来入梦时。

## 826 寄令狐学士

殿台深深不问君，上林淡淡自书云。
翰林笔下文章客，学士心中白日曛。

## 827 寄令狐郎中

洛水扬明问一人，秦川商隐入三春。

茂陵风雨相如病，留下相思是旧邻。

## 828 杜司勋牧

杏花村外杜司动，雨色楼中两不分。
曲尽伤春寻酒在，清明时节最知君。

## 829 杜工部蜀中离席

人生处处一斯夕，天下儒儒半问君。
酒醉知席知已醉，离群时令要离群。

## 830 岳阳楼

巴蜀方城锁故楼，高堂云雨逐江流。
岳阳楼外洞庭水，万里晴云一片舟。

## 831 岳阳楼

一半人生一半忧，洞庭湖山岳阳楼。
江山万里蛟龙在，今古千年学士酬。

## 832 隋宫

一日隋炀作帝家，六朝敌国后庭花。
古今今古江山在，天下兴亡枯树鸦。

## 833 九成宫 本隋仁寿宫贞观间修之以避暑因更名

隋唐仁寿九成宫，十二层楼一署终。
良苑虹霓云半落，清泉山石各西东。

## 834 无题

无题还是有题铭，草木知时草木青。
泾渭分明泾渭水，秦庭不似半周庭。

## 835 无题

月半人家月半花，夕阳暮色夕阳斜。
春雨滋润寻春雨，四季难明四季纱。

## 836 无题

乾坤天下一乾坤，半入心中半入门。
点点相思千万里，春春草木几黄昏。

## 837 无题

来也空空去也空，西东何处是西东。
枕边泪雨随心落，天下相思各不同。

## 838 无题

半得相思半未明，花期柳月约时情。
春风夜雨人难去，留下心中最不平。

## 839 无题

相见时难别亦难，心寒不住待心寒。
春蚕到死丝方尽，落叶平明落叶残。

## 840 华清宫

华清宫外满胡尘，天宝年中幸蜀津。
忘去海棠汤水暖，贵妃识得小儿身。

## 841 闺情

红白花心半未成，相思月下一情生。
潇湘日日隋潮水，草木年年待枯荣。

## 842 杏花

过墙心怯却墙知，未语相思未语迟。
月里婵娟天地问，衣衫脱尽枕边时。

## 843 莫愁

莫愁多是有愁思，月色无言月色知。
雪里桃花香未尽，朝云暮雨是何时。

## 844 南朝

谁问徐妃一半妆，后庭曲断两三堂。
不怜最是花香女，朝代兴亡在帝王。

## 845 及第东归次灞上却寄同年

桂子登科各一枝，春关及御第三时。
东风不尽明杨柳，灞上还闻有所思。

## 846 深宫

夜漏玉壶香，深宫月满床。
相思寻不尽，验取旧红妆。

## 847 深宫

高堂十二峰，云雨两三重。
锁住长江水，芙蓉月下逢。

## 848 茂陵

风雨江山易茂陵，汉家土木半霜凝。
金屋何在苏卿去，只可阿娇作玉冰。

### 849 天涯
春雨满天涯,东风御柳斜。
文华三殿色,湿透半朝花。

### 850 乐游原
荒草乐游原,心明玉鸟喧。
黄昏无限意,上下待轩辕。

### 851 暮秋独游曲江
春愁秋恨何时生,细雨和风问枯荣。
最是无心杨柳树,不言岁月有阴晴。

### 852 宋玉
荆门一赋上高堂,楚客三江下客肠。
十二峰中云雨夜,五千里外水源长。

### 853 贾生
贾生出入一长沙,今古诗书半帝家。
宣室求知寻逐客,鬼神原是另天涯。

### 854 王昭君
洛下琵琶醉后生,阴山草木自倾城。
画师不及毛延寿,俱是心中去后荣。

### 855 江村题壁
竹岸沙明一两家,山花野草万千华。
渔舟唱晚清林外,暮色江村满彩霞。

### 856 赋得桃李无言
天下桃花一客颜,刘郎膝下半江山。
玄都观里无言木,洛下京中有御关。

### 857 无题
十里风云十里愁,万家灯火万家楼。
小球流水三春月,御水鸿沟半白头。

### 858 赤壁
司马兴兵气未消,空城诸葛向秦撩。
东风不与周郎便,铜雀春深锁二乔。
不灭曹操知魏主,还归百岁晋人朝。
九州天下秦川在,三国英雄草木凋。

#### 之二
一国三分魏蜀吴,九州十战有还无。
英雄逐鹿中原乱,士卒平民久不苏。

#### 之三
赤壁硝烟一蜀吴,江东百姓半无辜。
黄盖帐中一丈夫,酒醉周郎书蒋干。
水军张祭换兵符,槊缨对酒当歌尽。
草船借箭东风便,火烧连营魏主呼。

### 859 纪唐夫 送温庭筠尉方城
鹦鹉学舌半玉庭,东风渡口一山青。
阴晴不变中堂客,上下无言座右铭。

### 860 李损之 文宗朝进士 都堂试贡士日庆春雪
春雪映都堂,梅花刻意香。
五蕴花草盛,三月鲤鱼昂。
正大龙门水,光明赋御章。
天津桥上下,灞桥柳低扬。
日月慈恩塔,阴晴雁塔墙。
秦川多少客,试贡风求凰。

### 861 李景
二月御梅花,都门试子堂。
朝平连雪海,暮融入泥藏。
化作春江水,寻来日月光。
云天明月色,风水染红妆。
身做兰田玉,长安暖暖凉。
文章三巷柳,拾得九衢芳。

### 862 杨鸿 晴望九华山
江青一半九华山,寺座千年半故颜。
古殿虚虚钟不语,晴云处处鼓声还。

### 863 喻凫 赠李商隐
东风无力问前途,有志秦川醉玉壶。
日月星辰多少客,山河草木自扶苏。

### 864 送贾岛往金州谒姚员外
山光水色一金州,鼓瑟琴音半客求。
斑竹誉梧言下泪,潇湘月夜有红楼。

### 865 题禅院
花花草草一清肠,雨雨云云半浊塘。
枯枯荣荣寻进退,成成败败问兴亡。

### 866 刘得仁 青龙寺僧院
晨钟接雨烟,暮鼓送兰田。
谁入青龙寺,何人不问禅。

### 867 上张水部
人间半枯荣,水部一名声。
出入门栏久,儿童亦有情。
官场多少客,天水沉浮行。
回首江山问,春风吹又生。

### 868 送姚合郎中任杭州
醉问十三州,郎中问九流。
杭州司马白,西子曲高楼。
会稽山中色,吴江汴水舟。
春江花月夜,莫使玉壶愁。

### 869 贺顾非熊及第其年内索文章
十岁一文章,三生半暖凉。
春关知日月,上苑问清肠。
雁塔题名外,高斜白玉堂。
东归休草木,复得待高堂。

### 870 乐游原春望
草木一扶苏,人间半有无。
离离野草色,淡淡近天都。
不见长城外,还闻汴水奴。
乐游原上望,天下尽殊途。

### 871 逢吕上山人
山人已是恋红尘,过客难寻自在身。
一日相逢心下省,十年犹问去来人。

### 872 云门寺
苍茫月色入云门,遥渺钟声向野村。
古寺孤灯浮沉照,禅林日月是人恩。

### 873 权审 题山院
日落上朱栏,黄昏下枯寒。
余明僧扫叶,色彩问云端。

# 十、《唐诗四》

中国古典名著鉴赏　光明日报出版社

**1 朱景兰 题吕食新水阁兼寄南商州郎中**

壁上挂清泉，危峰一线天。
窗舍山顶雪，砚影谷河川。
虚客临潭色，郎中问夏蝉。
归来寻所以，知寄客余年。

**2 薛逢　咏柳**

婀婀娜娜舞东风，枯枯荣荣万里空。
三水三生三界外，一年一度一春中。

**之二**

两三君子自飞鸿，五七文章各不同。
留下折痕伤尤在，怨情只在灞桥东。

**3 宫词**

日落三宫六院墙，御楼九殿半阴晴。
等闲对镜芳心问，不得何情卸晚妆。

**4 潼关河亭**

河亭两字锁潼关，西去秦川客不还。
不望楼兰心不止，风云已过半天山。

**之二**

锁住龙门问枯荣，江流生处有声鸣。
鲤鱼三月朝天跃，今古千年物自生。

**5 潼关驿亭**

不问潼关问驿亭，秦川东去草青青。
玉门关外寻西陆，何处阴晴是渭泾。

**6 贫女吟**

一半幽情一半天，客情上下客情眠。
人心只有人心在，渡口还来渡口船。

**7 题白马寺**

柏树深深一武侯，天光淡淡半云流。
蜀门白马千年驿，留下人中木马年。

**8 题筹笔驿**

三国一东吴，群雄八阵图。
连营知魏王，自锁自家孤。
诸葛前今古，荆州一丈夫。
隆中寻对策，天下有时无。

**9 贺杨牧作桐**

车马尽红尘，金銮御客家。
朝中知制书，人上问春花。
进退寻相国，臣民自可夸。
琼花三世界，芳草满天涯。

**10 元日田家**

元日问田家，梅香唤百花。
荷风珠碧玉，九月待桑麻。
冬雪纷纷落，芝兰半不华。
耕耘三亩地，子粒一天涯。

**11 题黄花驿**

驿外满黄花，关中夕照斜。
秦川寻守客，蜀路向天涯。

**12 凉州词**

冷月照沙洲，寒明半白头。
黄河流不尽，胡塞自春秋。

**13 狼烟**

幽王一笑引狼烟，烽火三宫问玉妍。
自古城中王自己，骊山脚下月婵娟。

**14 听曹刚弹琵琶**

紫陌金陵一曲觞，蜀川淫雨半明皇。
琵琶声断余音在，未尽曹刚故客肠。

**15 赵嘏　采桑秦氏女**

桑麻影落暮云楼，雨色方须待约求。
长笛一声人倚枕，梅花三日女儿愁。

**16 宿灵岩寺　即古吴宫**

灵岩山上古吴宫，范蠡心中故事空。
会稽五湖云遮月，馆娃一芳醉飞鸿。

**17 上令狐相公**

一代英杰一玉壶，两朝志士两朝殊。
平心日月平心目，半对乾坤半对儒。

**18 自遣**

邯郸学步上凉州，塞外荒沙济世流。
二意楼兰寻志气，一心还在玉门楼。

**19 浙东陪元相公游云门寺**

半溪十树一中红，一寺三门两经通。
红烛幽香迎客至，禅林无可玉阶东。

**20 杜陵贻杜牧侍御（一名杜侍御别业）**

紫陌红尘一处寻，南溪别业半衣襟。
高堂阔论知荣枯，酒醉还来问古今。

**21 寄浔阳赵校书**

一去浔阳赵倚楼，半寺承祐校书流。
秋江月落寒明色，人在孤舟不苟求。

**22 洞庭寄所思**

洞庭百里一孤舟，两岸千山九脉秋。
波涌云天三世界，小姑羞涩半红楼。

**23 代人赠杜牧侍御**

华筵似水隔春期，侍御湖州舞柘枝。
洛下才人多隐约，东台进士醉时知。

**24 重阳日示舍弟**

吴门一步半桥头，生意三山二水流。
九日天高云万里，荷塘月色满春秋。

## 25 下第
南溪未名客怜身,重读书香满旧尘。
野草经春还碧色,春关不锁苦门人。

## 26 题曹娥庙
曹娥身沉此江滨,会稽名浮过去人。
舜井至今还清冽,余杭秀女出红尘。

## 27 赠歙州伎
无意重重问客音,含情脉脉有余心。
声声玉艳声声色,一半相思一半琴。

## 28 西江晚泊
西江晚泊夜苍茫,渔火浮名月水荒。
人醉舟平波潋滟,鸟惊鱼跃向春塘。

## 29 江楼旧感
故楼又满玉人香,旧事难平客曲肠。
草岸江流风处处,云天起落水茫茫。

## 30 东亭柳
意气书生独自芳,灞桥西望待扬长。
有情折断东亭柳,九曲黄河九曲肠。

## 31 灵岩寺
馆娃玉色一吴中,范蠡商人半不同。
古寺山青云雨色,香炉水秀待梧桐。

## 32 题僧壁
上人壁上半红尘,过客心中一玉身。
明月还来寻草木,清风不去挂衣巾。

## 33 卢肇
北国江亭旧日名,润州烟雨不阴晴。
瓜洲渡口年年客,京口风云日日生。

## 34 及第送藩圉归宜春
北溟一日化穷鳞,南国三生尽客身。
天下沉浮寻海阔,鲲鹏上下入天津。

## 35 被谪连州
连州山外一江流,客舍风中半不忧。
天下江河天下星,刘郎去后肇郎修。

## 36 牧童
牧童笛声一春秋,暮色音余半马牛。
何处能寻阡陌路,谁人不见大江流。

## 37 金钱花
三千弟子浪淘沙,四字书红木叶华。
只有金钱花不败,无声无息入人家。

## 38 丁棱 和主司王起(一作和王仆射酬周侍郎贺放榜)
天心独立御家门,半向书生半向鲲。
十载寒窗天下士,三辖春禁一朝思。

## 39 高退之 和主司王起(一作和王仆射酬周侍郎贺放榜)
一年天下问书生,三主春围日月荣。
桃李芳心明草木,芝兰本色是名声。

## 40 孟球 和主司王起(一作和王仆射酬周侍郎贺放榜)
当年门下半成龙,今日余波一竹松。
客坐身心来去念,禁垣草木枯荣逢。

## 41 刘耕 和主司王起(一作和王仆射酬周侍郎贺放榜)
孔门弟子问生平,紫绶青衿伴枯荣。
一代风范知进退,三年恩德济人明。

## 42 樊骧 和主司王起(一作和王仆射酬周侍郎贺放榜)
三辖御试半门生,一代京师五世名。
上苑花中子日月,长安城外四时荣。

## 43 崔轩 和主司王起(一作和王仆射酬周侍郎贺放榜)
李相放榜一生名,秀才春入入禁城。
紫气三江香国色,玉带四海满光明。

## 44 蒯希逸 和主司王起(一作和王仆射酬周侍郎贺放榜)
一季香花入紫薇,三堂殿试领春闱。
慈恩寺里声鸣在,上苑林中御客归。

## 45 林滋 和主司王起(一作和王仆射酬周侍郎贺放榜)
跃上龙门御水津,去来天下去来人。
闻君玉带多桃李,常侍君王献此身。

## 46 李宣古 和主司王起(一作和王仆射酬周侍郎贺放榜)
慈恩普济入春津,上苑春风去旧尘。
御水曲江桃李渡,长安招致岁新人。

## 47 黄颇 和主司王起(一作和王仆射酬周侍郎贺放榜)
三千弟子一声鸣,万物殷勤五味荣。
二十三年辞旧岁,九鼎一城御人生。

## 48 张道符 和主司王起(一作和王仆射酬周侍郎贺放榜)
三春杨柳一芳香,五味人生半水平。
文镜升荣先得路,探花情满曲江荣。

## 49 丘上卿 和主司王起(一作和王仆射酬周侍郎贺放榜)
诸生只待一公平,逸度春关坐上名。
门馆贤才知紫陌,凤池相继过关营。

## 50 石贯 和主司王起(一作和王仆射酬周侍郎贺放榜)
十年桃李已三荣,留下鸿儒上一名。
绶带重闻前后事,朝冠始得入身平。

## 51 孟守 和主司王起(一作和王仆射酬周侍郎贺放榜)
春关日不择芳枝,上苑人中选胜时。
御笔文章秦汉制,相公文镜楚人辞。

## 52 唐思言 和主司王起(一作和王仆射酬周侍郎贺放榜)
龙门天街御文明,洛下长安澄水清。
但有仁臣天下助,东风处处满京城。

## 53 戈牢 和主司王起(一作和王仆射酬周侍郎贺放榜)
儒家传统慰先贤,自古书生问地天。

翠谷春莺鸣不住，江山不忘戴恩泉。

### 54 姚鹄 送贺知章入道
乡音不改捧云珠，仙侣垂衣问玉壶。
黄鹤飞来金殿去，白云生处半扶苏。

### 55 风不鸣条
春风杨柳不鸣条，水碧山青过小桥。
桃李杏花呼百草，莺歌燕舞上云霄。

### 56 项斯题令狐处士溪流
令狐处士一溪居，水色波明半月书。
玉树后庭花百草，琴声不住有余音。

### 57 留别张水部籍
一半居心南北渠，两三积宿帝王书。
苍梧斑竹多情泪，唯见疏流一字初。

### 58 夜泊淮阴
夜泊淮阴一客船，半江渔火半婵娟。
隔窗尤有多情女，唱得骚人不能眠。

### 59 经李白墓
皖树江边宿鸟啼，问君醉倒夜郎西。
文章曲赋诗赋在，子规春心化作泥。

### 60 长安书怀呈知己
江湖不易主无门，朝野难言客子孙。
楚客人前知己问，长安月下过秦村。

### 61 送顾非熊及第归茅山
归来及第上茅山，不得身前问父颜。
天下莫非王帝土，谁人行上谁人还。

### 62 马戴
龙阳进士一虞臣，太学高堂半逐身。
马戴宣宗多苦口，大中书记正言人。

### 63 春思
江青柳岸漫湾浔，言在平明意在深。
鸣鸟江湖飞不尽，韶光朝里上园林。

### 64 长安赠贾岛
曲江亭外柳杨春，酒肆旗亭主客人。
唯有春闱多少客，去来都是自由身。

### 65 送吕郎中牧东海郡
潮平东海吕郎中，淮泗云晴客舍空。
明月江南花不定，白头回首始无终。

### 66 怀故山寄贾岛
故山不语故山同，七国阴晴七国终。
尤有君心知问我，扬泉直下在云中。

### 67 下第别令狐员外
下第难言下第情，春明桃李一春明。
长安月下多愁作，紫禁城中都是名。

### 68 江中遇客
沲溯江中七八滩，川流船上两三坛。
相逢得意相逢去，一半风云一半澜。

### 69 孟迟 壮士吟
一诺江湖壮士心，三江上下遍甘霖。
幽州侠客何肝胆，易水男儿是古今。

### 70 乌江
乌江子弟一身名，霸主扬长半世情。
万马千军成上败，楚河汉界败中成。

### 71 吴故宫
吴越宫中一怨声，女人天下半阴晴。
浣纱溪水西施曲，闭月羞花玉色倾。

### 72 句
天地有时饶一掷，江山有主任平分。
日月难言由客立，风云不定任君分。

### 73 王铎
王铎难铭饭后钟，黄巢之乱镜前容。
相公又得行营统，落职言前节变踪。

### 74 政败
十里华清马嵬坡，一年安史问黄河。
景阳宫井多云雨，谁问玄宗奈若何。

### 75 谭铢
真娘墓上谁题诗，世态炎凉女色痴。
曲尽人终寻所以，醒醒醉醉玉人时。

### 76 薛能
徐州大将两人情，御史都官半不成。
日赋一章诗僻去，汾州太拙自留名。

### 77 黄河
黄河万里一江源，九曲千年半浊喧。
齐鲁纵横宽百日，龙门上下问轩辕。

### 78 并州
一载居心问并州，十年京口渡瓜洲。
船横回首金陵月，月色长安半白头。

### 79 边城作
江南归雁落边城，草暗花明间枯荣。
桃李朱门颜如玉，杨柳渡口也阴晴。

### 80 嘉陵驿
嘉陵驿上谁题名，贾岛贫中日月情。
两岸川风流壁响，长江后浪向前鸣。

### 81 分水岭望灵宝峰
秦川山外半江声，灵宝峰中一壁成。
分水岭前南北问，龙蛇天下夏冬名。

### 82 早蝉
树下一高声，鸣中半不平。
骄阳如火照，方得此阴晴。

### 83 赠禅师
月下问禅师，心中半不知。
何时寻日月，谁得一词诗。

### 84 长安道
八达一天津，春秋半故人。
长安秦旧道，南北蜀新邻。

### 85 望蜀亭
望蜀亭中视枯荣，四川江上浪涛声。
江楼不向江流问，惊起乡心客不行。

### 86 蜀路
蜀路难平到未来，寒冬腊月玉梅开。
有心只应随心去，无意还寻拜将台。

## 87 中秋旅舍
只见婵娟问九州，寒宫桂子过中秋。
清风还在长城北，明月江南汴水流。

## 88 杏花
杏花墙外已知羞，芳草春中未见愁。
只有东风多事问，扬扬落落不回头。

## 89 老僧
晨钟八十余，暮鼓一千居。
留得禅音在，僧人建业虚。

## 90 刘威　早春
一夜东风草木青，三江水色入长亭。
梅花半落凭心问，杨柳新荣带意听。

## 91 旅中早秋
半树青黄半枯荣，一分色暗一分明。
长亭路上多心问，也有阴时也有晴。

## 92 三闾大夫
三闾潇湘一老辞，九歌楚客四时知。
汨罗岁岁悠悠问，竹影婆娑句句诗，

## 93 裴休　题泐潭
潭深处处一青云，穷备悠悠万仞曛。
落日尤荣三界士，功名可遗半尘分。

## 94 令狐绹　登望京楼赋
一楼便作望京楼，九脉河山问国忧。
未得朝天寻桂子，春归天下几经秋。

## 95 李讷　命伎盛小丛歌饯崔侍郎御还阙
锦衣逐鹿去情多，南国佳人几曲歌。
盛伎音心知已处，侍郎还阙小丛河。

## 96 杨知至　和李尚书命伎歌饯崔侍御
娇娥一曲满余音，燕赵三郎自古今。
洛浦文翁花似锦，羊公留宴岘山心。

## 97 于兴中　夏
巴西西北越王楼，山雨江云川水流。
雪岭烟霞临暮色，渔舟唱晚谁余游。

## 98 杨牢　奉酬于中丞登越王楼见寄之什
剑外来书日月惊，越王楼上枯荣情。
有心只向君边去，梦里重逢话水平。

## 99 王严　和于中丞登越王楼
朱槛临江一叶舟，王楼凭古九江流。
千年往事登吴越，万里河山任客游。

## 100 李渥　秋日登越王楼献于中丞
越王不上越王楼，锦色江流锦色秋。
五百年间曾一见，万千峤雪化三流。

## 101 韩琮　春愁
春愁日落上春楼，玉兔羞颜色玉游。
杨柳声声杨柳岸，秦娥曲断问秦州。

## 102 咏马
伯乐相知白马行，天龙啸啸十三声。
疾风骏足知途力，千里中书舍下名。

## 103 骆谷晚望
秦川一渭泾，灞水半浮萍。
渡口阴晴岸，分明座右铭。

## 104 二月二日游洛原
二月一春来，梅花半日开。
踏青寻不语，香色满楼台。

## 105 柳（一作和白乐天诏取永丰柳植上苑，时为东都留守）
东都留守永丰情，上苑花明御柳城。
洛下人中三界水，曲江亭外一天晴。

## 106 杨柳枝
隋堤梁苑柳杨城，汴水苏杭草木荣。
一代风云炀帝去，六朝烟雨有阴晴。

## 107 杨柳枝词
塞北江南一枯荣，长城吴越半无声。
千年天下杨花月，万岁声中柳絮情。

## 108 卢邺　和李尚书命伎饯崔侍御
玉壶影暗一贤侯，伎曲花明半月楼。
宴庚醒前蛾眉黛，江南醉后自春秋。

## 109 莫宣卿　百官乘月早朝听残漏
星明残漏带心听，偏殿中廷问渭泾。
紫陌难忘三月夜，平生不误一时聆。

## 110 郑嵎　津阳门诗
华清宫外津阳门，蜀幸胡人小子孙。
上苑林中安史乱，芙蓉去后御泉温。

## 111 崔橹
含情脉脉一株梅，柳岸丛丛半不开。
渡口船平随客问，烟云日暮玉人来。

## 112 李群玉　感春
文山旷逸感春来，斑竹潇湘玉露陪。
芳草连天三界外，野花遍地一倾杯。

## 113 长沙九日登楼观舞
蛮国佳人问绿珠，樱桃小口唱江苏。
红妆昔翠如兰泛，留下人香月色无。

## 114 寄张祜　祜亦来而频寄声相闻
三年文会一琼花，半寄音声两地华。
水色天光潮涨落，风来雨去浪淘沙。

## 115 宿巫山庙二首
夜宿巫山问楚君，玉人天上欲行云。
一川两岸四声在，十二峰中雨纷纷。

## 之二
楚王云雨两心芳，宋玉文章万古长。
自此巫山名不朽，江流天下入荒塘。

## 116 湘妃庙
湘妃风月一年留，斑竹扶桑半水流。
相约桃花坛上住，朱栏画栋入春秋。

# 第二卷 唐诗百话

**117 贾岛 剑客**
十年一剑玉门关，九脉三江去不还。
诗僻人寒天志短，家贫吟苦自君颜。

**118 易水怀古**
英雄易水寒，壮士地天宽。
霸主知三界，荆轲谓一端。

**119 寄孟协律**
寒月挂玉屋，清明问玉壶。
孤舟桥岸外，声韵入姑苏。

**120 携新文诣张籍韩愈途中成**
终南山下故人归，雁塔名中玉鸟飞。
只奉张韩诗韵去，长安日月出春闱。

**121 投孟郊**
人中问孟郊，天下满同胞。
今古文章客，阴晴醉客哮。

**122 游子**
游子忆家乡，君子问帝王。
人生多少立，天下谁扬长。

**123 送天台僧**
月色天台照石梁，落泉幽谷寺炉香。
禅音淡淡寻知音，苦渡重重问旧肠。

**124 送韩湘**
岛上东风草木荣，心中日月沉浮生。
三万岁月千古，五百年间半客情。

**125 送友人弃官游江左**
春关过去弃官游，不慕皇天不觅侯。
船沿东风杨柳岸，等闲冬夏又春秋。

**126 寄顾非熊**
茅山深处顾非熊，父子身名欲色空。
留得文章昭日月，潇湘夜雨向江东。

**127 送令狐绹相公**
梁园操戈泪沾襟，日落山光故客心。
且寄相公天地上，余音袅袅问音琴。

**128 送僧归天台**
赤城风雨寺门秋，十里松林十里幽。
水落石梁禅坐定，天台日月任僧游。

**129 送姚杭州**
姑苏城外一河流，会稽山中半不秋。
上下天台寻越色，江湖月落到杭州。

**130 酬姚合校书**
一贫如洗问潮流，九陌桑田待雨游。
私第相留明月夜，公堂书信十三州。

**131 寄韩湘**
风云济济一潮州，江海洋洋半逐流。
离曲声声猿泪落，故书笺笺月边愁。

**132 寄柳舍人宗元**
一宵五梦舍人踪，九脉三秋御客封。
朝野尤知山海阔，中庭依旧论中庸。

**133 寄韩潮州愈**
天涯海角半潮州，山野村夫一客舟。
两袖清风波浪去，长安明月向西楼。

**134 酬张籍王建**
秋风落叶到川前，寒雨贫烟向自然。
枯枯荣荣何处是，兴兴废废一年年。

**135 和韩吏部泛南溪诗**
南溪尤泛旧时船，两岸风光故客贤。
昨夜潇潇风雨过，今晨流出万千泉。

**136 题青龙寺**
终南山北白云飞，碣石林中草木菲。
明月窗前寻知己，青龙寺外不知归。

**137 经苏秦墓**
六国兴亡半客舟，一秦草木九州人。
连横合纵何天下，谁向君王谁向臣。

**138 李斯井**
天下文章李斯文，两秦制治唯闻君。
留得上蔡声名井，二世朝廷一代分。

**139 马嵬**
川前谁向龙，汤里待芙蓉。
七夕心中念，长生殿外缝。

**140 温庭筠**
艳丽才思有枯荣，春光不第待飞卿。
不得人生温八叉，诗名不尽赋词名。

**141 锦城曲**
云雨巫山锁锦城，白盐赤壁蜀江倾。
杜鹃鸣尽思归曲，巴水情由白帝生。

**142 筚篥歌**
平沙落雁一荒原，万里长城半废垣。
筚篥声声秋渐尽，忧心处处向南辕。

**143 兰塘词**
兰塘四国一香村，鸣鸟三春五子孙。
自古文章两日月，如今谁向半黄昏。

**144 苏小小歌**
吴宫小小一声鸣，玉立婷婷半夜莺。
柳暗花明多碧水，钱塘月色满人情。

**145 春江花月夜词**
玉树歌消一海平，江花月夜九州晴。
秦淮绿水金陵岸，会稽西湖小小声。
下里巴人情不尽，阳春白雪玉心萌。
芙蓉国里相思在，筚篥音中是纵横。

**146 送李亿东归**
黄山万里锁云烟，青海三江逐客船。
杨柳相思秦树暗，空心无措月明悬。

**147 法云寺双枪**
晋时双枪半离群，老柏三枝一代分。
古殿钟前声不尽，法云寺外落黄云。

**148 过五丈原**
雨落云飞五丈原，金戈铁马半残垣。
卧龙空叹"隆中对"，南阳何日月下轩。

**149 和友人伤歌姬**
缺月残花一自然，露华芳草半前川。

**诗词盛典 | 吕长春格律诗词六万八千首（全四册）**

王孙莫学红尘念，曲舞多情是少年。

### 150长安春晚二首
曲江杨柳两三秋，梅落春风六九头。
忽见枝中藏绿叶，踏青儿女不知羞。

### 之二
龙池凤舞问桑田，柳色清风禁火前。
九陌云烟笼四野，千丝细雨入三川。

### 151三月十八日雪中作
不识时节欲寒平，有道知春待枯荣。
都是人间滋润水，梅花深处有新生。

### 152渭上题
吕幺渭上子陵归，只坐中堂不紫绯。
垂钓鼓刀周鼎问，古今啼鸟背人飞。

### 153四皓
去留不得紫芝翁，成败兴亡万事空。
商失周来天下继，春风尽后有秋风。

### 154过孔北海墓
荒草年年自在生，残垣处处野芳情。
山河犹存精英气，月半心明向败成。

### 155商山早行
月明人迹板桥霜，客路长亭九曲肠。
梦里心心相印刻，商山处处有炎凉。

### 156过潼关
风云一半隔秦楼，六国三千弟子愁。
道法经中三世界，纵横天下一春秋。

### 157苏武庙
十九年中一客身，三生汉宫半朝人。
逝川不得朝廷日，不识君心识故臣。

### 158题贺知章故居叠韵作
清流十里玉溪平，故客三生问纵横。
枯枯荣荣知识界，朝朝暮暮是人生。

### 159春日雨
九品知县漏石斜，飞燕已入客人家。
六朝南下三更雨，一夜城中半杏花。

### 160杨柳三首
小小门前一万条，心心不印两人遥。
人来曲去娇娘问，十步苏杭五步桥。

### 之二
织女河边月半西，牛郎心下鹊三啼。
人间自是多杨柳，乞巧云平过玉提。

### 之三
一半春风锁玉娇，两三月柳女儿桥。
踏青前后情难在，只怨身心梦不消。

### 161客愁
一曲愁肠柳色深，九州风月雾层林。
天天地地人人问，日日长亭夜夜心。

### 162观棋
一南一北一乾坤，半汉中原半楚根。
不得败成知世界，未分胜负入黄昏。

### 163句
春水碧于天，画船听雨眠。
绿树绕村含细雨，寒潮背部卷平沙。
江青一半峰，水平三两船。
煦日阴晴向主客，寒光俯仰煦人家。

### 164 段成式 哭李群玉
文章酒一杯，儿女谁人催。
曾问黄雀去，泉台隔岸回。

### 165 寄温飞卿笺纸
不读春秋读楚辞，男儿不解女儿痴。
难留笺纸飞卿术，为字襄阳一夜诗。

### 166嘲飞卿
半入当垆酒一身，十升直取醉三春。
留待天下无醒事，残袂金钗已落巾。

### 167柔卿解籍戏呈飞卿
一半春衫一半娇，人来曲去玉情谣。
醉醒隔夜听杨柳，云雨飞卿渡鹊桥。

### 168汉宫词二首
三宫旧步一平生，六院新声半枯荣。
不得恩宠时不济，难言月色谁人萌。

### 之二
只向君前唱一声，难言人后便千情，
玉身洁好枕边省，月色中堂半不明。

### 169刘驾 秦娥
小女向秦娥，田桑少不多。
两三千岁月，十四五人何。

### 170牧童
牧笛五音多，牛羊半过河。
斜阳铺满地，芳草绕藤萝。

### 171姑苏台
娃馆一时分，西施不问君。
吴门多少韵，越女卷舒云。

### 172江村
洞庭一寺门，烟雨半江村。
流水何人怨，浮云谁向根。

### 之二
隔岸两三邻，邻船一半亲。
平明南北向，都是去来人。

### 173刘沧 经炀帝行宫
行人流水问隋宫，下里巴人待色空。
汴水长城何论定，江山草木谁人功。

### 174过沧浪峡
阴晴白帝雨城倾，日月风光两岸生。
雾罩云山沧浪峡，江流石壁过船惊。

### 175经过建业
秦淮月照石头城，六代兴亡草木情。
三国蜀吴连日月，金陵依旧后庭声。

### 176题巫山庙
十二峰岚两岸青，两三月色半零丁。
庙门空对多云雨，神女心思宋玉灵。

### 177题秦女楼
玉沉香消月不明，秋波细腰自多情。
秦楼梦断前朝客，曲尽人终一枯荣。

248

### 178 望未央宫
秦家楚断未央宫，项羽刘邦已去空。
泾渭东流何所在，岚川西陆满秋风。

### 179 江楼月夜闻笛
江楼月夜笛声愁，北岸余音绕九州。
南浦萍洲芳草芷，高山流水不回头。

### 180 经曲阜城
三千弟子上天山，六国春秋下客颜。
曲阜儒生前后继，杏坛渡口不回还。

### 181 李频 春闺怨
镜里红妆村翠楼，花羞月闭待江流。
踏青芳草知时令，空怨枕边独自愁。

### 182 乐游原春望
五陵霸气遏秋冬，八水长安向故龙。
芳草汉家宫殿外，乐游原上半中庸。

### 183 过长江伤贾岛
相思贾岛一心伤，杜宇声声半断肠。
宦客难名情意在，长江不尽水低昂。

### 184 闻金吾伎唱梁州
一曲古梁州，三生故客求。
梅花香色好，流落不知愁。

### 185 送许浑侍御赴润州
闻君一日向东游，杜宇千声向客舟。
洛上心中秦水岸，石头城外大江流。

### 186 送裴御史赴湖南
烟烟雨雨满潇湘，水水山山向客忙。
犹有贾生屈子赋，楚辞整夜意飞扬。

### 187 自黔中东归旅次淮上
黔中淮上一舟平，月落江晴半路声。
明日吴门何处去，有知无地向阴晴。

### 188 黔中罢职将泛江东
舟横月色五湖东，柳岸淞江一夏虫。
寓寄何时归故里，船鸣还向落飞鸣。

### 189 江上送从兄群玉校书东游
逍遥曲舞楼，不向玉人羞。
日醉三千客，江湖一半游。

### 190 宋少府东溪泛舟
东溪一水平，西岸半月晴。
明月寻舟影，清风向客迎。

### 191 长安感怀
秋风一日残，月色半长安。
霜叶悠悠落，平明处处寒。

### 192 渡汉江
江湖半客舟，岁月一年春。
不得分情怯，还来渡口津。

### 193 苏州寒食日送人归观
姑苏寒食半黄昏，斑竹蒲湘满泪痕。
此去彼来三界外，舟横不及醉孤村。

### 194 句
只将五字句，用破一生心。
五言七绝句，占尽一身心。

### 195 李郢 元日作
爆竹向朱门，儿孙侍父恩。
知春多喜庆，贺岁满乾坤。

### 196 重阳日寄浙东诸从事
重阳日上一天台，西客东归半不来。
一片菊花开满地，三千世界用心裁。

### 197 和湖州杜员外冬至日白萍州见忆
冬至梅花半点头，寒心渐暖一湖州。
暗香浮动黄昏否，顺水行舟到玉楼。

### 198 宿杭州虚白堂
一十三州夜雨堂，半千九里细风香。
江南处处红楼曲，客梦悠悠玉人乡。

### 199 崔玨 道林寺
临湘岳麓隅西东，竹木泉流四面风。
古刹门含层岭碧，放生池里锦鳞红。

### 200 岳阳楼晚望
一江流水万山泉，两岸赤壁半月悬。
白帝城中门不锁，东吴日下晋人年。

### 201 哭李商隐
义山枝叶一词林，咸纪星朗半古今。
学海波澜天地阔，姓名琪树断衣襟。

### 202 句
楚王宫地罗含宅，赖许时时听法来。
早梅有赠李商隐，浮姓千年一楚客。

### 203 曹邺 徒相逢
江岸野花应采风，相逢时间醉心君。
岁岁年年还开放，转瞬分别两地人。

### 204 寄刘驾
一川草木一川花，半岑岭云半岭霞。
留下黄昏留下客，美人只在美人家。

### 205 题女郎庙
一缕幽香出庙门，半随娥女入荒村。
云中雨里凭心许，留下相思月色魂。

### 206 甲第
论语不荒田，春秋未雨前。
春关天下泽，草木枯荣缘。

### 207 沪川寄进士刘驾
进士沪川一半分，文章出入向一群。
春关犹是云中月，可叹书生未及君。

### 208 姑苏台
台在人寻曲已终，今来古往玉人同。
馆娃舞尽吴姬劝，色入盘门水陆空。

### 209 读李斯传
一车五马半平生，九鼎三江两不成。
指鹿明心千古恨，过秦论客谁无名。

### 210 代罗敷诮使君
石城菖蒲一花明，洛丁香色半帝京。
只问使君何所愿，东西南北谁平生。

### 211 和潘安仁金谷集
年年芳香石崇家，岸柳连园半野华。
留下倾心寻故客，绿珠声色满天涯。

### 212 储嗣宗 登燕城
燕山一古城，玉色半人倾。
留得春秋在，邯郸学步成。

### 213 和顾非熊先生题茅山处士闲居
茅山处士客闲居，野草明花怨幕鱼。
一叶春秋知日月，鸟鸣月色帝王墟。

### 214 长安怀古
西秦二世近天传，上蔡扶苏谁守边。
指鹿朝中皆谓马，如今楚汉已如云。

### 215 过王右丞书堂二首
藏龙卧虎一沧桑，流水行云半栋梁。
日月经天寻墨色，山河向地泽芳塘。

### 之二
江湖万里一行舟，日月千年半不流。
墨宝坐青今古在，宽心容纳几春秋。

### 216 吴宫
塞此荒原一半秋，江南娃馆西三楼。
年年无见吴宫草，处处随安处处优。

### 217 于武陵 早春山行
早入春山水半寒，尝新天地一心宽。
十年客梦家书少，十里长亭蜀道难。

### 218 长信宫二首
昭阳红粉谁长春，暮色平明向故人。
但得翠娥知草木，不名荒野尽浮尘。

### 之二
江村一柳杨，深宫半炎凉。
但着绮罗宿，缘何向夜长。

### 219 洛阳
出入洛阳城，东西各枯荣。
小桥流水岸，大道向阴晴。

### 220 夜泊湘江
夜泊问湘江，寒流客不双。
留心寻斑竹，月色入孤窗。

### 221 咏蝉
隔岸一声鸣，邻家半枯荣。
令时秋将至，岁月已难平。
秦陆西风早，江南少领情。
还言高树上，凭远向天晴。

### 222 过百牢关 贻舟中者
中原平地一前川，蜀国难平一村天。
此过百牢关外去，飞舟直下日如年。

### 223 长信宫
还是旧宫名，情人已色空。
东流芳水尽，只有草无声。

### 224 高楼
天边明月出，窗外玉人声。
隔岸高楼夜，春风几度荣。

### 225 司马扎 感古
一波三折九重阳，万柳千杨半曲肠。
只见长城残壁废，汴水依旧向钱塘。

### 226 蚕女
东风杨柳一千条，蚕女田桑万叶消。
春蚕藏心空自锁，丝丝扣扣玉人焦。

### 227 锄草怨
宫中草木自知消，野火春风不尽遥。
一灭一繁何所向，荒山野岭有情朝。

### 228 沧浪峡
沧浪川流自有声，山青水透独无情。
月明色乱春秋夜，一半风光一半明。

### 之二
沧浪峡中流，溪清月下秋。
但留声响在，何为摘缨愁。

### 229 感萤
何处问三生，人间半不平。
二更天下暗，唯有一流明。

### 230 登河中鹳雀楼
河临鹳雀楼，人见一春秋。
天下黄昏尽，声闻故水流。

### 231 徐商 句
萍聚只因今日浪，荻斜都为夜来风。
无意少寻烟雨重，有情多是耳边风。

### 232 高湘 和李尚书命伎饯崔侍御
春风玉扇一炎凉，姿影婆娑半侍妆。
曲尽音余情尤重，醒醒醉醉舞荒唐。

### 233 句
唯有高州是当家，还闻天下问桑麻。

### 234 霍总 郡楼望九华歌
咸通刺史问池州，烟雾黄公玉水流。
遥见杏花村里酒，九华山寺待春秋。

### 235 袁郊 霜
红砖碧瓦一层霜，明月清风半曲肠。
谁见前人来后者，江湖朝野细思量。

### 236 云
都是人间父子心，沉浮舒卷枯荣阴。
秦楼汉苑知兴废，天下春秋露水侵。

### 237 冯衮 戏酒伎
醉向伊身百度斜，醒来犹是一桃花。
留心曲尽低声去，只有人间半客家。

### 238 高骈 言怀
千里崇文问大同，秦州刺史已空空。
中书门下平章事，节度西川燕田公。
徙落淮南知太尉，英雄常是向飞鸿。
郡王渤海辽东望，拜将登台一世雄。

### 239 马嵬驿
黄昏驿外断桥边，犹有明皇问玉娟。
马嵬坡前风雨后，华清池水已无天。

### 240 于濆 青楼曲
青楼大路边，一去几天年。

回首难言处，何心待玉娟。

### 241 塞下曲
幽燕汉将军，一箭玉门寻。
披甲寒沙响，龙鳞雪色分。

### 242 马嵬驿
不见女儿身，难寻过去人。
杨家多少主，三国妇人亲。

### 243 辛苦吟
平生三万日含辛，上下天山万苦人。
不得休闲知旧去，秋风尽了问新春。

### 244 野蚕
野蚕作缚锁春身，何似人家有叶茵。
自得四时传世代，不须绸丝不求亲。

### 245 辽阳行
去来渤海问辽阳，客在天山向故乡。
草木年年空守望，长亭路路有扬长。

### 246 长城
秦皇一统筑长城，日月三边自枯荣。
九鼎中原天下事，何如汴水富生行。

### 247 沙场夜
明月问沙场，春心闺妇伤。
梦中闻白断，十日断情肠。

### 248 经馆娃宫
灵岩山上馆娃宫，范蠡吴中往事空。
闭月西施歌舞处，春秋五霸谁英雄。

### 249 金谷感怀
英雄不争功，金谷问辉虹。
留得珍珠在，勿闻坠上空。

### 250 越溪女
浣纱溪女玉芙蓉，吴越军中半不容。
回首千年女儿问，馆娃曲尽已无踪。

### 251 巫山高
云雨一巫山，江流半玉颜。
何人知宋玉，白帝石门关。

### 252 古别离
谁问古别离，心中雨色藜。
四时荣枯尽，不见路高低。

### 253 陇头吟
水色半陇头，河流一枯秋。
千山飞鸟尽，万里谁人谋。

### 254 思归引
游子半思归，江湖一翠薇。
人间寻故里，天下草菲菲。

### 255 牛微 登越王楼即事
乡情又上越王楼，色满孤舟落日秋。
一半江声依旧水，儒孺即事子孙愁。

### 256 郑洪业 诏放云南子弟还国
八载咸通第一人，云南德被入三春。
蚕从盛越千方化，铁柱唐标已旧尘。

### 257 欧阳比 八陵
风入八陵满岳阳，孤城万里玉轮霜。
青山碧暗县门外，流水声喧入客肠。

### 258 张演 社日村民
鹅湖山下谁人归，社日村中醉柴扉。
日月桑田丰稻谷，女儿计算半春闱。

### 259 公乘亿 句
十上十年皆落地，一家一半已成尘。
半瞬三生三世界，十年一日一人身。

### 260 王季文 九华山谣
唐朝进士一仙人，病退回归半客尘。
只在龙潭寒暑浴，平生自是九华身。

### 261 青出兰
色在明兰一丈青，人寻天下九华亭。
玉冰如水知寒暑，明暗之间不问星。

### 262 顾封人 月中桂树
桂树婆娑一月中，盈亏寒暑半悬同。
枝枝叶叶如天数，缺缺圆圆向目空。

### 263 李昌符 书边事
长城内外一烟尘，洛下人中半顾身。
富贵难言名利客，英雄论剑向天津。

### 264 送人出塞
塞北一边塞，长安半玉叶残。
楼兰天下士，君子自心宽。

### 265 夜泊渭津
舟横泊渭津，月色问来人。
渡口三更曲，枕边半入春。

### 266 秋中夜坐
寒宫一半明，啼鸟两三声。
夜坐知三界，黄粱问五更。

### 267 旅游伤春
西陆一梅生，东风半枯荣。
江湖春梦里，天下玉人情。

### 268 别谪者
天下一人信，民间半草萱。
别谪君子客，所以对轩辕。

### 269 行思
匆匆一枯荣，莫莫半人生。
十里长亭路，三春斑马行。

### 270 咏铁马鞭
埋沉失明铁马鞭，尉迟敬德御名悬。
云南大理三千界，可叹英雄二百年。

### 271 南潭
一叶落南潭，千山问北岚。
匆匆多少客，默默好儿男。

### 272 秋夜作
秋叶一风声，春花半枯荣。
春秋相似处，尽在有无中。

### 273 绿珠歌
洛下各芳华，声名二月花。
心平三界外，酒醉一人家。

## 274 赠别
江上一孤舟,人中半客愁。
风波随水去,日月不回流。

## 275 汪遵 彭泽
鹤立长亭云复山,惊闻澎湃换天颜。
风涛浊浪排风处,落下人间十八湾。

## 276 细腰宫
贪向春风舞细腰,人间拾得柳杨潮。
香半天下娟鹅色,沉醉君王帝业消。

## 277 瑶台
天上玉瑶台,梅花独自开。
满川云雨下,疑是故人来。

## 278 吴挽
万里一云天,千年半地天。
人知千里马,伯乐万君缘。

## 279 息国
洗尽楚王身,还来旧息人。
心田终不改,上下数秋春。

## 280 梁寺
声名一卧龙,三国半无踪。
留下隆中村,高僧满梵宫。

## 281 南阳
洗尽楚王身,还来旧息人。
心田终不改,上下数秋春。

## 282 杞梁墓
长城一半尘,胡马两三人。
遗骨杞梁去,夫妻两处怜。

## 283 夷门
秦师一日还,楚客半君颜。
不得朱亥故,夷门孰不关。

## 284 汴河
汴水一龙舟,江山二世休。
人前何所故,宫女欲人求。

## 285 燕台
燕台万古名,人世百年生。
野草连春济,明花向古城。

## 286 聊城
火牛阵里一田单,刃血攻聊半旧年。
日常还寻儒术在,人前此箭鲁仲连。

## 287 干将墓
玉冰签印入春泥,墓后人前草不低。
犹有姑苏干将路,淞江直向到浦西。

## 288 三闾庙
官高怨不清,三闾九歌遥。
天下寻渔父,人间问玉娇。

## 289 金谷
人臣问翠娥,比士过金河。
晋水多风月,香消玉碧罗。

## 290 易水
朝朝易水歌,渺渺赵燕河。
不舍留龙袂,言前谁少多。

## 之二
易水问荆轲,还寻壮士歌。
黄金台上望,燕赵志人多。

## 291 严陵台
只钓慕鱼情,严陵草又生。
飞诏寻已见,高卧五云名。

## 292 淮阴
漂母一人心,萧何半旧臣。
谁知成败事,尽是是非身。

## 293 越女
越女出千家,黄昏入浣纱。
溪流人影在,娃馆玉人斜。

## 294 望思台
家国望思台,忧心久不开。
巫蛊行事毕,今古去还来。

## 295 比干墓
殷王一比干,商纣半人残。
沉冤干忠尽,浮生万古寒。

## 296 铜雀台
铜雀玉人台,周郎锦帐开。
犹知三国尽,疑是二乔来。

## 297 斑竹祠
斑竹九成城,潇湘一水平。
苍梧悬日月,玉泪挂天明。

## 298 乌江
日落一乌江,雄鸣半无双。
江东多子弟,烟雨入纱窗。

## 299 绿珠
花颜待绿珠,金谷玉人苏。
天下知心地,楼边下有无。

## 300 隋柳
水调半蕴涵,楼船一国谙。
春风杨柳岸,云雨色江南。

## 301 陈宫
玉树满陈宫,佳人去已空。
后庭花草盛,空得雨蒙蒙。

## 302 樊将军庙
玉陷楚人营,军中将一鸣。
皇心三五昧,月色几分明。

## 303 昭君
蛾眉半无情,琵琶一曲鸣。
三生胡汉客,一笑塞尘清。

## 304 五湖
三吴半五湖,九脉一江苏。
才去淞江水,还来问小姑。

## 305 函谷关
西川寄客身,俱是往来人。
函谷关前月,时时问故春。

**306 渑池**
北赵问西秦，渑池列叙亲。
相知吹剑毛，击缶不惜身。

**307 苍撷**
天下字人台，梅花腊月开。
李斯铭小篆，一统御书才。

**308 长城**
不道孰春秋，英雄寄客尘。
长城如铁牢，锁住古今人。

**309 许棠　过洞庭湖**
一片船帆万里扬，三江浊浪九原荒。
波涛汹涌惊人去，只有同舟共济肠。

**310 雁门关野望**
飞鸿不过雁门关，九曲黄河十八湾。
草木秋风寻草木，天山雪域半天山。

**311 过分水岭**
天外三江源，云中草木萱。
客人分水岭，回首望中原。

**312 题甘露寺**
浊浪入云霄，浮烟问月潮。
周郎吴蜀尽，留待一心遥。

**313 洞庭湖**
风云突变洞庭湖，浩荡排空大小姑。
孤蒲烟花迷水久，孤帆远影日边无。

**314 邵谒　秋夕**
秋虫一叫半回肠，客雁三声两地黄。
夕照无言天下去，人心不在色茫茫。

**315 下第有感**
书生下第一炎凉，进士春关半世芳。
九品绿衣南北去，三千弟子孰名扬。

**316 论政**
人人事事一春秋，去去来来半绣楼。
暗暗明明多少主，兴兴废废大江流。

**317 望行人**
前后一行人，阴晴半客身。
长亭寻道路，寂寞向天津。

**318 金谷园怀古**
风云又入春，谁问坠楼人。
富贵随时去，荒谷满旧尘。

**319 春日有感**
少妇入桑林，春蚕锁玉心。
长城南北梦，难不解衣襟。

**320 伎女**
不学坠楼人，还闻惜玉身。
殷勤新旧客，天下满红尘。

**321 寒女行**
天下半寒门，人间一客村。
春光知草木，秋叶问儿孙。

**322 林宽　华清宫**
寒日问华清，温泉待玉情。
骊山兵厌诈，马嵬不长生。

**323 终南山**
冬夏一山寒，终南半玉冠。
清溪泾渭水，秀色满长安。

**324 少年行**
无知一少年，有识半长天。
意气楼兰去，二心梦里圆。

**325 曲江**
芳草一长安，花明半玉栏。
曲江流水岸，啼鸟向云端。

**326 刘邺　翰林作**
不问江波一钓人，但寻朝野半天津。
翰林院里丹青客，直许金銮待侍臣。

**327 待漏院吟**
景阳漏尽已平明，月落风清御水荣。
回首玉堂帘外色，长安城里有阴晴。

**328 童翰卿　昆明池织女石**
昆明池水自多情，织女牛郎伫待鹊鸣。
七夕人间知乞丐，长河月缺客人惊。

**329 皮日休**
鹿门隐士布衣闻，性傲襄阳逸少君。
博士咸通何所事，黄巢伪署谁平分。

**330 房杜二相国　玄龄如晦**
玄龄如晦御平身，联步运筹帷幄人。
辅宰君王鞭贤指，纵横天下净无尘。

**331 李翰林　白**
人间一酒君，天上半青云。
醒醉文章客，阴晴两不分。

**332 白太傅　居易**
天下满经纶，杭州济世身。
文章贤日月，太傅士人珍。

**333 贪官怨**
一半贪官一半天，两三岁月两三权。
名名利利声声怨，不爱江山只爱钱。
左顾不平还右看，前前后后欲难全。
有朝一日身名败，两手空空数旧年。

**334 太湖诗**
长江万里到姑苏，汴水千商问五湖。
鱼米乡村云水月，洞庭碧玉话莼芦。

**之二**
洞庭山上碧螺春，烟雨云中浥宿尘。
刺史乐天娃馆曲，小桥流水玉人亲。

**335 游栖霞寺**
六朝风雨已云烟，三优枝繁滟日天。
建业城中秦川客，栖霞寺外渡人禅。

**336 西塞山泊渔家**
孤明西塞一渔家，古木陈香二月花。
白发青衣蓑笠叟，有心天意钓余霞。

**337 吴中言情寄鲁望**
沧浪亭中一念生，姑苏城外半阴晴。

人生二问江湖水，雨在三吴客在情。

### 338扬州看辛夷花
一层白雪一层花，几度光阴几度华。
细腻丛丛芳不尽，群芳处处满天津。

### 339奉酬望惜春见寄
春花流落一春深，古往今来半古今。
兄弟月明兄弟寄，我心依旧问君心。

### 340送李明府之任海南
日月五羊城，阴晴半枯荣。
风平寻海市，何惜问身名。

### 341馆娃宫五绝
只上灵岩问五湖，越中旗下望姑苏。
羞客范蠡西施女，换得杭州换得吴。

### 之二
吴越春秋一布衣，虎丘会稽世人稀。
夫差勾践寻天下，何故西施佳丽祈。

### 之三
夜半娃宫血死伤，灵岩月色故名扬。
君王谁得千行泪，留下江湖满处香。

### 之四
一半吴王一半羞，两三月色两三楼。
玉颜舞尽衣衫落，不似溪沙浣后游。

### 之五
乡磔金音碎步频，吴宫明月玉人珍。
半身未尽江湖水，谁见声名谁见尘。

### 342汴河怀古二首
楼船十日到扬州，只见江山只见流。
自古侯王多少艳，为何只怨帝炀畴。

### 之二
兴亡不过几春秋，一国愁心一国忧。
大禹行功知治水，隋炀无为汴河流。

### 343咏蟹
只寻沧海有身名，不得闸平意不平。
八月中秋明月色，阳澄湖下自纵横。

### 344金钱花
人间一草花，心上半天涯。
都是金钱客，官商不问家。

### 345夜会问答十　日休龟蒙一问一答
寒夜清风紫凤鸣，明星北斗向斜城。
迢迢水色荒塘问，客所龟蒙寄寓情。

### 之二
客人渡口种桑麻，古迹梅花一两家。
越色吴中流汴水，姑苏城外浪淘沙。

### 之三
寥寥落落寺边松，抑抑扬扬客里钟。
日月人间是草木，江湖天上制毒龙。

### 之四
亭亭玉立一荷花，落落芳香半帝家。
拾得鼓钟知世界，寒山寺月向西斜。

### 之五
寺上香炉一万家，人间日月半千华。
阴晴不得春秋雨，冬至寒心腊月花。

### 之六
杜宇声声一蜀情，春秋淡淡半身名。
梅花落尽群芳艳，子规啼时草木荣。

### 之七
南北鱼鲲一大鹏，东西霜露半心水。
长江谁问黄河水，此去飞鸿久不兴。

### 之八
樵鱼世外是身名，隐士名家一半情。
只是朝中多苦雨，寄人篱下不时平。

### 之九
田人日月一桑麻，不得衣食不得家。
利禄功名多少客，渔樵只是慕天涯。

### 之十
十二桥中吹玉箫，三千弟子问天遥。
春明同里芳香夜，秋落钱塘月上潮。

### 346陆龟蒙
龟蒙鲁望陆苏州，退隐松江志不酬。
拙政园中塘水碧，日休只问二郡愁。

### 347读襄阳耆旧传因作诗五百言寄皮袭美
汉水清流一九州，襄阳狂客半君愁。
长江后浪推前浪，黄鹤楼中月色流。

### 370奉酬袭美先辈吴中苦雨一百韵
月上吴中苦雨秋，才思敏捷大江流。
唐臣不作黄巢客，任自清风任自由。

### 348奉和袭美太湖诗二十首
扬帆入太湖，碧玉问姑苏。
色满人心上，风清月似无。

### 之二　次晓神景宫
潇潇雨半生，沥沥色三城。
神景宫中客，芝兰都是情。

### 之三　入林屋洞
洞水入林屋，知名玉不孤。
云中三路客，月下一新妇。

### 之四　雨中游包山精舍
清凉寺外情，仙客玉中生。
梵侣烟霞里，岩开雨色城。

### 之五　毛公坛
终道一先生，刘郎半凤鸣。
何知臣丁甲，瀛岛富余情。

### 之六　二宿神景宫
梦里问鸡鸣，云中草木生。
五更知日月，不是老人情。

### 之七　以毛公泉献大谏　清河公
毛公一雨泉，大谏半云天。
唯有清河水，新流月上悬。

### 之八　缥缈峰
孤峰上下明，缥缈沉浮生。
唯有云中月，人间一片情。

### 之九　桃花坞
坞里满桃花，秦人不问家。
刘郎多少愁，此处浪淘沙。

## 之十 明月湾

注：明月观在金陵台城

清泉十八湾，明月西三颜。
曾是台城客，如今玉色还。

## 之十一 练渎 吴王练兵处

练兵一吴王，春秋半死伤。
浣纱西子月，何处问心肠。

## 之十二 投龙潭

自古投龙潭，名山出旧岚。
鳞光知日月，牛马问春涵。

## 之十三 孤园寺

孤园寺外天，独木悟中禅。
天下浮屠渡，人前日月年。

## 之十四 上真观

黄昏半旧庵，老道一深潭。
出入三清界，晴阴五味甘。

## 之十五 销夏湾

黄昏十万山，岁月一千颜。
烟雨寻冬夏，消心待玉湾。

## 之十六 包山祠

古祠一香烟，包山半客泉。
三光星日月，只有地人天。

## 之十七 圣女姑庙

江湖十里亭，两岸一洞庭。
待越吴江水，姑苏草木青。

## 之十八 太湖石

玉石一身名，心空半瘦生。
江湖寻漏透，屹立在人情。

## 之十九 安里

江山一水明，草木半阴晴。
天下桑柘路，安前客里城。

## 之二十 石板

石板刻君言，人间问草萱。
风云根不定，壁立向轩辕。

## 349 四明山诗

客在四明山，长亭五泄闲。
玉泉云雨夜，心锁石窗关。
樊谢云南水，风流渚绪弯。
乌龙吟不住，华顶列朝班。

## 350 送人罢官归茅山

高处问茅山，辞官待社颜。
明月淡淡照，清风日日闲。

## 351 江南冬至和人怀洛下

洛下一阵风，长安半色空。
江南林泉碧，秦川日月宫。

## 352 中秋待月

凭杯待月明，任酒问浮情。
不在寒宫里，何人枯荣生。

## 353 和袭美扬州看辛夷花次韵

不似桃花杏花红，千株万树上流融。
疏梅颜色烟云顶，一片芳华入雪宫。

## 354 酬袭美见寄海蟹

八月一秋风，三吴半肥虫。
昆山巴解庙，肚白醉人中。

## 355 奉和袭美馆娃宫怀古次韵

还向馆娃宫，难寻故人终。
五湖寻美色，吴越女儿红。

## 356 洞房怨

一夜两生平，三江半枯荣。
春衫初落下，只有玉人明。

## 357 巫峡

白岩赤壁万千重，暮雨朝云十二峰。
水色山中繁草木，女儿峡里玉芙蓉。

## 358 南塘曲

云雨半南塘，青灯一卷光。
风声寻竹影，古寺待炎凉。

## 359 陌上桑

春光陌上桑，雨夜作红妆。
茧蚕千丝锁，人心万色藏。

## 360 景阳宫井

吴姬坠井泉，玉树问云烟。
陈主后庭在，南朝醉客船。

## 361 晚渡

黄昏一万情，渡口两三声。
枯枯荣荣色，来来去去名。

## 362 吴宫怀古

娃馆宫中一日兵，西施烛下半生平。
三更尤尽吴王舞，五味身心寄不成。

## 之二

范蠡行舟坠五湖，越人姿色半三吴。
王侯谁问佳人怨，只见灵岩旧馆孤。

## 363 回文

静烟临碧树，残雪背晴楼。
冷天侵极戎，寒月对行舟。
烟色待人眠，袖川洞客缘。
天波半古寺，悬月一行船。
船行一月悬，寺古半波天。
缘客洞川袖，眠人待色烟。

## 364 张濆 旅泊吴门

盘门桥上问江村，暮色烟中半断魂。
博士不闻沧浪水，客心只在一黄昏。

## 365 和鲁望白菊

月上一衣身，云中半素津。
只留烟色雪，拾得一秋春。

## 366 和袭美寒夜见访

孤鹤欲临门，高人向野村。
情人无限好，只是尽黄昏。

## 367 司空图

制书十三春，中书一舍人。
朱金忠下诏，自为不食身。
只作虞乡客，难言故土邻。
中条山里月，自古望天津。

## 368 效陈拾遗子昂

古往一苍苍，今来半子昂。

人君天地外，才子自炎凉。

### 369 秦关
形胜一秦关，西流万仞山。
休戚原上草，尽是虎狼颜。

### 370 华清宫
山下一温泉，池中半玉娟。
开元天下尽，蜀雨夜难眠。

### 371 牛头寺
牛头寺外天，今古客中缘。
只有多言语，何如一指禅。

### 372 避乱
江山草木荒，朝野许离肠。
尤有长生殿，还闻避乱塘。

### 373 淮西
三山半色空，二水一西东。
谁得江湖客，忧心待世雄。

### 374 有感二首之一
自古经纶一是非，君臣上下半名诽。
春秋战国纵横术，孔孟儒家谁入围。

之二
自古君子一悲心，来去人间半济琛。
留下忧民忧自己，春风细雨是甘霖。

### 375 红茶花
红色成城万里崖，满山遍野尽茶花。
玉姿丽影千群岭，桃李春来一万家。

### 376 灯花三首
欲暗剪灯花，先明眼下华。
谁言寸咫尺，远近是心涯。

之二
浮浮一缕香，淡淡半书房。
岁岁年年读，长长短短忙。

之三
无心自短长，有意致明光。
烛泪时时落，灯花一瞬扬。

### 377 浪淘沙
江湖自古浪淘沙，朝野如今待麦麻。
志气扬长寻海内，忧心日月在天涯。

### 378 狂题十八首
谁知辜负李陵心，司马迁书落古今。
肝胆相承家国间，来人未得去人箴。

之二
惊涛骇浪过长江，水打风吹苦雨窗。
赤壁谁闻千万卒，周郎诸葛火船幢。

之三
古古今今著作郎，孤孤独独自芬芳。
寻天下客寻天下，助玉时人助玉皇。

之四
禅音寺外一诗僧，行者人间半友朋。
石岸泉林寻自在，前川玉树六朝灯。

之五
三生岁月不知闲，一介书生半客颜。
山海关前燕赵去，京城舍下忆乡山。

之六
狂风大作入荒山，走石飞沙不得闲。
卧虎难平心上愿，藏龙欲得玉渊潜。

之七
雨打芭蕉一夜禅，阳关三叠半云天。
萧何月下追韩信，楚汉帐中谁掌权。

之八
天下三千弟子城，将军八脚自横行。
书生不与兵兄论，楚汉江山一半明。

### 379 力疾山下吴村看杏花十九首
春风只入杏花村，桃李还闻客上门。
何必有心墙外去，无限风光近黄昏。

### 380 杏花
杏花自古易伤情，艳色逾墙自友明。
无欲心思相待客，有人闲语问莺声。

### 381 杨柳枝二首
门前五柳一家田，岭后三川半雨烟。
无论天云飞处处，有心旷日不闻蝉。

之二
问柳东风不肯休，情丝难断问红楼。
江山社稷尘心在，人自沧桑水自流。

### 382 诗品二十四则
雄浑冲淡自纤秋，沉着高雅洗炼宗。
劲健自然绮丽密，蓄含豪放有神龙。
清奇疏野形容缜，委曲求悲实境容。
旷达风流超诣趣，精英飘逸妙人钟。

### 383 周繇 登甘露寺
不尽江风第几层，蜀吴尤待寺中僧。
晴波淫雨随天下，沧海桑田问广陵。

### 384 题金陵栖霞寺赠月公
疏雨金陵一月公，栖霞寺里半书童。
放生钱作清池水，何必兵刀一世雄。

### 385 聂夷中 朵兴
河东草木有英名，不论晴阴鹳雀声。
唯见黄河流未尽，茫茫日月已成城。

### 386 咏家田
五月一桃花，仲秋半实华。
疏梅香四野，社日醉田家。

### 387 顾云 华清池
开元天宝一云龙，父子中堂半色空。
三国妇人施媚粉，两朝池水各西东。

### 388 苏君厅观韩干马障歌
天马行空万里鸣，丹青韩干千家荣。
秦王学士燕昭御，曹霸歌声醉不成。

### 389 张乔 滕王阁
下里巴人一阵风，阳春白雪半江东。
云烟霪雨滕王阁，楚汉蛮夷四围中。

### 390 岳阳即事
只见巴陵一雨中，洞庭水色半江风。
长沙楚客声鸣赋，沧海桑田几岳终。

## 391 送龙门令刘沧

洛下风云半不晴，西秦泾渭一分明。
刘沧不作龙门令，御客江山谁枯荣。

## 392 促织

促织声声一有鸣，秋虫唧唧半无情。
含辛茹苦贫家问，野草春风岁月生。

## 393 台城

建业人惊野草家，鸡鸣玉树后庭花。
台城城里阴晴度，古寺寺外烟雨华。

## 394 题贾岛吟诗台

还闻贾岛一荒丘，犹有吟声半旧游。
天外长江流不住，古今诗话任人留。

## 395 寻桃源

桃源只在一心中，唯有人思半不穷。
岁岁春秋秦汉后，年年冬夏任鸣虫。

## 396 长门怨

余怨长门谁处寒，凤凰只有问云端。
人心叵测人心上，玉水桑田玉水宽。

## 397 曹唐　刘辰阮肇游天台

刘辰阮肇上天台，问月思凡下界来。
自古仙人多日月，秦皇汉武蜡梅开。

## 398 仙都寄景

人间不得一瑶池，天上琼花半不知。
唯有仙都心所向，秦皇汉武已如麻。

## 399 刘阮再到天台不复见仙子

天上人间自不同，苦思冥想玉人工。
仙思只有思仙愿，此处难寻彼处终。

## 400 萧史携弄玉上升

萧史倾心弄玉箫，人间心上问天朝。
穆公不见秦家女，日夜难眠嫁去遥。

## 401 仙都即景

六宫粉黛不桃花，翡翠珍珠玉色华。
天上人间随所思，农夫不必种桑麻。

## 402 小游仙诗九十八首

桂州落第一仙成，幻想尧宾半不明。
大小游仙三界外，枯荣问世五蕴生。

## 之二

半未春秋半未荣，平生终是一平生。
天空尽是人间愁，也不无成也不成。

## 403 来鹄　题庐山双剑锋

倚天双剑一山峰，立地三川半九重。
荣枯庐山真面目，卷舒难得问云龙。

## 404 子规

唤得春花笑不言，呼来三月苦声喧。
农夫常谢知时节，天下桑田泰一无。

## 之二

轻唤东风过后荣，黄花荷实有阴晴。
夏池雨满三千界，何处还啼一两声。

## 405 句

回眸绿水波初起，合掌白莲花未开。
烟中浮叶三千碧，池上莲花一半红。

## 406 李山甫　风

荣枯寒暄半不匀，烟云浮沉两难分。
无踪无影前川过，三夏三冬各有闻。

## 407 隋堤柳

李家应自问杨家，富贵江南柳色华。
汴水楼船龙不尽，江山谁赖后庭花。

## 408 代孔明哭先生

三顾茅庐一客苏，七擒孟获半有无。
当年不恨隆中对，无怨江流白帝孤。

## 409 沧浪峡

沉浮及第沉浮谋，日月不言日月流。
沧浪峡中沧浪水，枯荣天下枯荣愁。

## 之二　及第

卷舒天下卷舒云，九品春关九品分。
寻得古今寻草木，只闻上下只闻君。

## 410 李咸用　铜雀台

私心锁二乔，公梁纵云霄。
何处知三国，江流赤壁潮。

## 411 途中作

驿舍落斜阳，长亭见客伤。
浮云何处去，流水自东扬。

## 412 湘浦有怀

湘浦待归鸿，长城落叶空。
年年南北去，处处枯荣中。

## 413 和人湘中作

湘川湘水一江流，人去人来半人客愁。
雁北雁南飞不尽，云浮云落待春秋。

## 414 咏柳

年年先绿一情丝，处处别离半不知。
灞水桥堤攀折尽，阳关三叠玉门时。

## 415 交河塞下曲

交河落日入黄昏，塞下春风出闺门。
夜夜梦情寻故事，年年云雨满江村。

## 416 题周瑜将军庙

声声问小乔，夜夜待心潮。
铜雀台中月，如今玉色消。

## 417 乌江

今古一江东，阴晴半不同。
废兴何楚汉，荣枯自西东。

## 418 章华台

章华台上日西斜，谁问灵王衰草沙。
不惜君前多少客，可怜身后野人家。

## 419 细腰宫

楚王辛苦细腰宫，美女如云色不空。
倩影清姿歌舞地，春深荒草已无终。

## 420 沙苑

汴堤两岸柳杨栽，游子心中问古台。
冯翊南边芳草落，高欢北苑野花开。

## 421 石城
金陵一莫愁，玄武半湖楼。
柳色朱门外，桃花落水流。

## 422 荆山
江南一水光，蜀国半周郎。
镇守荆山客，春秋上玉堂。

## 423 阳台
楚客半阳台，巫山一女来。
峰峰云雨处，夜夜玉花开。

## 424 沛公
击筑大风歌，问士小人多。
都是江山客，何人不渡河。

## 425 金谷园
何人坠玉楼，以富问春秋。
日月千年去，难留一夜愁。

## 426 湘川
苍梧顺水流，斑竹泪难收。
留得湘灵在，何言不是愁。

## 427 圯桥
难言下邳书，为战一心余。
楚汉争皇帝，秦王不得后。

## 428 东晋
投鞭不渡江，举足向寒邦。
鹤唳风声起，辞棋问雨窗。

## 429 吴江
吴越一苏州，江湖半月楼。
西施颜作客，伍子逐春秋。

## 430 函谷关
函谷锁已开，车马玉人来。
寂寂田文客，悠悠去不回。

## 431 李陵台
只筑高台望故乡，英雄不死纳炎凉。
朝堂皆问蛮夷客，成败难名几死伤。

## 432 华亭
秋风冷落问华亭，玉树后庭草木青。
洛下东吴何处是，春光几度零丁。

## 433 凤凰台
穆公萧女凤凰台，楼废秦娥去不来。
犹有一声天上曲，只留草木月徘徊。

## 434 鸿沟
楚汉两边分，中原一半云。
人间何是客，天下谁人君。

## 435 番禺
日月到天涯，风云一半家。
江湖南北客，今古浪淘沙。

## 436 鸿门
项羽一鸿门，封王半故村。
楚河流水尽，汉界落黄昏。

## 437 赠薛涛
留下江城一校书，难寻蜀上半音余。
闭门才子春风客，只向书生谢客居。

## 438 方干 采莲
日暮心中半采莲，池南荷下一心眠。
晴光碧水明皙色，半卸衣裳半入船。

## 439 寄李频
一岁半秋春，三生一去人。
别离多少次，圆缺去留邻。

## 440 送许浑
月明难尽一樽空，荣枯春秋半不同。
拾得三生寻故客，问君几日作归鸿。

## 441 送姚合员外赴金州
姚合员外赴金州，空使钱塘径直流。
留下鉴湖明月在，风声入楚问西头。

## 442 上杭州姚郎中
粉色西湖月下游，红楼玉女客中秋。
笛声一曲郎中问，几日江湖几日忧。

## 443 睦州吕郎中郡中环溪亭
春风妩媚入环溪，流落梅花作玉泥。
亭上还闻三弄曲，余香不尽客楼西。

## 444 题松江
中流不尽落斜阳，满目江湖四围光。
独树临川红岸色，孤帆一帜日边扬。

## 445 罗邺　牡丹
群芳绿牡丹，姿色半云端。
苑后凭明客，人前戴玉冠。

## 446 题沧浪峡
一川沧浪浴红尘，九脉云山立客身。
色水难分江碧峡，人情常在向春茵。

## 447 看花
江南十里一花塘，天下三生半客荒。
芳草连天云雨岸，人间岁月枯荣忙。

## 448 嘉陵江
三江青海一源流，九脉云南半古楼。
大理天地寒士咏，苍山脚下玉人羞。

## 449 罗隐　曲江春感
曲江芳草有春秋，年少文华半不求。
只有名花寻及第，长安城外十三州。

## 450 黄河
一年七夕渡黄河，十第春关问少多。
何故书生桥上问，牛郎常待女儿歌。

## 451 汴河
一朝天子一朝臣，半迷人间半迷津。
都争春关桥上过，回身尽是去来人。

## 452 始皇陵
徐福秦皇半不名，东西天下一平生。
一人偏得千年道，六国纵横几枯荣。

## 453 金陵夜泊
夜泊金陵忆故乡，秦淮此去问余杭。
十年落第春关旧，一代红妆故客肠。

## 454 炀帝陵

留下空陵草木全，隋炀已去灭陈烟。
龙舟不载千年是，杨柳升平万里船。

## 455 钱塘江潮

百里钱塘一线潮，惊涛骇浪半云霄。
盐仓城内寒江落，罗刹江边雪色昭。

## 456 王浚墓

男儿一半自英雄，留下千年事事空。
谁问馆娃何处去，金陵王气几时终。

## 457 苏小小墓

十年下第半平生，百岁身名一曲成。
小小应知天下恨，相思垂泪到天明。

## 458 姑苏贞娘墓

玉身十载掌中轻，曲夜三春枕上明。
过去明花寻不尽，如今蓬草枯还荣。

## 459 贵池晓望

杏花村外半春风，桃李心中一客逢。
雨到贵池成旧酒，黄公垆后醉人红。

## 460 息夫人庙

羞颜不语息夫人，育女生儿两可春。
曾是佳人王左右，如今芳草庙迷津。

## 461 下第作

春关下第不心宽，何当余杭把钓竿。
天子一生知草芥，官场九品在云端。

## 462 野花

人间自古野花香，天下如今杏出墙。
上苑春明芳百树，桑田草暗雨千塘。

### 之二

血色黄昏血色花，不知天下不知家。
枯荣一半春秋客，夕照无垠夕照斜。

### 之三

只有芬芳各不同，一颜一色一天空。
自由自在随风摆，可任平生可任红。

## 463 题杜甫集

楚水悠悠浸楚楼，蜀川字字蜀川留。
沙溪还照沙溪晚，过去人生过去愁。

## 464 罗邺  罗隐  罗虬

三罗不第一平生，九脉云流半枯荣。
犹有文章留日月，难知草木苦阴晴。

## 465 罗虬  比红儿诗

百诗一卷比红儿，只怨明皇幸蜀痴。
金谷楼中藏女色，娇娘自是玉人迟。

## 466 高蟾  长门怨

长门不怨问长门，何苦平生向枯村。
浮艳生生明晓树，天光处处照黄昏。

## 467 下第出春明门

春明门外去来人，进士无名进士身。
十载寒窗辛苦读，红尘处处是烟尘。

## 468 吴门春雨

吴门春雨一人心，圆缺阴晴半古今。
玉色淡淡寻巷里，烟云处处入湖深。

## 469 瓜洲夜泊

京口瓜洲一渡船，金山建业半云天。
桑麻影暗舟前月，玉苑泉林客下眠。

## 470 张碣  焚书坑

百里秦川百里烟，十年战乱十年田。
书生读得儒家尽，刘项原来也为天。

## 471 亲韬奋  隋堤

种柳开河汴水流，琼花南岸问龙舟。
江山犹见繁华地，胜似长城只白头。

## 472 陈宫

炀帝记陈宫，张妃去色空。
一人心上客，三界意难留。

## 473 唐彦谦  梅

玉色满瑶台，明月玉中情。
留下芝兰色，难言独立荣。

## 474 兰二首

清风夜下生，明月玉中情。
留下芝兰色，难言独立荣。

### 之二

荒塘玉影明，石岸带寒生。
只因东风雨，寻来世界情。

## 475 原上

西陆一窗纱，东风半客家。
犹闻原上草，尽是故人花。

## 476 游清凉寺

钟声巷里传，树影叶边悬。
月挂清凉寺，心闲古刹天。

## 477 绯桃

绯艳玉笏上朝班，四壁高墙下第颜。
羞色藏心珍脸面，春明芳草两三湾。

## 478 小院

小院一天空，人间半不同。
月明圆缺在，冬至有春风。

## 479 文惠宫人

来寻沈尚书，泪湿半裙裾。
不见宫人问，空知不读书。

## 480 洛神

神坛曹子建，草木向人亲。
七步诗词在，三生宓子春。

### 之二

陈王不帝家，洛水宓妃花。
一赋千年去，人心早发芽。

## 481 柳

一丝不挂一春愁，半色难言半碧楼。
芳草连天云雨岸，清溪谁怨向东流。

## 482 春雨

春雨不知愁，东风雪下求。
初寻田亩色，犹见白枝头。

### 483 牡丹
朱门满牡丹,姿色一长安。
绿叶花鲜艳,芳心几度寒。

### 484 湘妃庙
刘表一碑文,潇湘半客君。
苍梧幽草岸,斑竹泪难分。

### 485 周朴　题甘露寺
何处问金山,江流尽故颜。
蜀吴三国去,魏晋一曹蛮。

### 486 福州东禅寺
瓦闽东禅寺上僧,黄巢不遂待清灯。
经纶塞马知天下,鹊雀何言一大鹏。

### 487 福州开元寺塔
开元塔七重,古寺鼓三宗。
门对方山影,心随觉悟容。

### 488 郑谷
望乡不上望湘亭,只见长沙草木青。
少小辽东南北问,茫然回首叹零丁。

### 489 曲江
芳洲一半晴,鹧鸪两三鸣。
隔岸东风雨,舟横草木生。

### 490 曲江春草
初春树旧川,细雨草似烟。
腊月梅花落,东风不觉冷。

### 491 莲叶
叶碧两鸳鸯,珍珠半荷塘。
无风何起浪,采女浴红妆。

### 492 鹧鸪　因名而称郑鹧鸪
江南日月不分明,一半云雨一半晴。
啸啸前川耕土地,声声鹧鸪郑君鸣。

### 之二
苦竹丛深日半西,池边鹧鸪欲三啼。
春风自在多云雨,游子相思过玉堤。

### 493 侯家鹧鸪
桃李花开尽不啼,海棠树叶有高低。
只闻鹧鸪声声苦,日落长亭渐渐西。

### 之二
花落声声唱楚辞,东风桃李千万枝。
一休乞火清明雨,唤得耕耘细雨时。

### 494 阙下春日
建章宫殿紫衣朝,春漏金銮玉色消。
榭水莺鸣莺草案,寻花问柳灞陵桥

### 495 峡中尝茶
半采春烟半采英,一茗泉水一茗晴。
江村乞火清明雨,九品斤斤以万菁。

### 496 石城
石头城外大江流,烟雨风云白鹭洲。
进士群哞千万岁,金陵谁见六朝休。

### 497 渭阳楼闲望
杨柳半皇州,阳春半御楼。
群英呼万岁。宫女问千愁。

### 之二
秦川渭水流,上苑自春秋。
野草三江客,朝衣半白头。

### 498 献制书杨舍人
耕耘一帝乡,辛苦半炎凉。
制书花开落,杜陵问柳杨。

### 499 同志顾云下第出京偶有题勉
风筝断线任飘扬,朝野江湖自四方。
只得千金文藻客,不呼万岁不断肠。

### 500 长江县经贾岛墓
留下长江日月寒,潮低水落枯荣滩。
有名只在人心里,尘动风云尘外宽。

### 501 许彬　中秋夜有怀
不第心中一玉身,未名天下半朝尘。
袁州郑谷邻彬客,俱是春关过去人。

### 502 湘江
湘江风雨一天云,楚汉鸿鹄两不分。
独木寻林根所在,孤舟此去谁知君。

### 503 崔涂　长安逢江南僧
长安驿舍客家僧,洛水禅堂月下灯。
佛道孰成三界外,风尘落定问昭陵。

### 504 江行晚望
暮上独吟行,心中几枯荣。
舟横杨柳岸,月挂树边城。
晚望寻三楚,红尘问九牲。
桑田沧海变,明日卜阴晴。

### 505 春日登吴门
烟雨满吴门,阴晴半古村。
洞庭山下水,天色五湖魂。

### 506 送僧归江东
江东四百寺僧名,齐鲁三千弟子声。
赎得南朝梁武帝,金陵尽是旧地荣。

### 507 鹦鹉洲即事
曹操一梁魏人来,黄祖何曾不爱才。
徒有江风惊草木,风云赤壁二乔台。

### 508 赤壁怀古
三国群雄逐汉原,九州一鼎李斯言。
隆中对后纵横论,六出祁山月未圆。

### 509 韩偓　雨后月中玉堂闲坐
玉堂西畔有阴晴,金阙中庭半不明。
点滴梧桐听细雨,有心闲坐问花情。

### 510 宫柳
柳色问宫娃,娇娥二月花。
年年荣枯水,淡淡去天涯。

### 511 净兴寺杜鹃一枝繁艳无比
杜鹃红艳一枝碧,秀草芳心半未喧。
留下娇姿身玉影,香颜寺外满荒原。

### 512 送人弃官入道
入道半成仙,如辛一旧年。

弃官情不再，出俗向心缘。

### 513 洞庭玩月
平湖万亩半波平，楚客三生一月明。
蓬岛银鳞寻处处，潇湘玉笛已声声。

### 514 寄禅师
世外桃源半寺天，人中术语一禅缘。
尘心处处阴晴岸，渡口般般日月船。

### 515 火蛾
求明向火飞，失暗半去归。
只有身前欲，寻来一落辉。

### 516 野寺
野寺一枫红，层林半不工。
公然钟鼓断，香火有无中。

### 517 吴郡怀古
楼船直下大江东，铁锁中流夕照红。
战火灰飞湮没久，晋兵已去尽空空。

### 518 守愚
小院寥寥竹几丛，庭荫处处月明空。
春花香落余情久，秋实荷莲若老翁。

### 519 幽窗
云雨入幽窗，春闱问曲江。
雁丘天下问，儿女自成双。

### 520 横塘
秋叶落横塘，鲈鱼脍蟹黄。
但寻荣枯客，不尽醉醒肠。

### 521 五更
少年只约月空床，不得潜身入洞房。
沉醉三更醒不去，春香处处满心肠。

### 522 金陵
三山二水石头城，万岁千言今古情。
十国半秦王气尽，六朝九陌任平生。

### 523 妒媒
洞房半闭心已开，易色身明月半来。

不见乌龙床上问，桃花落处有石媒。

### 524 效崔国辅使四手
淡月过中庭，孤芳草木青。
多心闻彼岸，不及闻浮萍。

### 之二
荷叶满浮池，风云半碧痴。
采莲心不空，羞色谁人知。

### 之三
黄菊一色开，素影玉人来。
谁问心中事，心寻桂子回。

### 之四
腊月玉梅花，袭人色满家。
一枝头上绣，三笑镜中斜。

### 525 自负
一刻风流半负才，九州社稷两寒梅。
余香未尽春泥色，偷得桃花暗自开。

### 526 吴融 奉和御制
东风御水凤凰船，西陵晴明八水天。
物外人间闲日永，春花秋月玉门缘。

### 527 无题
婵娟羞涩入春秋，情自扬长水自流。
岭树影斜寻宿舍，月弦挂住不回舟。

### 528 登黄鹤楼
黄河流尽暮烟残，鹳雀云浮紫陌宽。
七色还来霓羽戴，一鸣不止古声寒。

### 529 金陵遇悟空上人
六朝只见窄衣裳，一代佳人尽曲肠。
蛾眉细腰心上舞，不知何处有炎凉。

### 530 还俗尼
巫山十二峰，云雨两三重。
寺外寻天下，心中问鼓钟。

### 531 湖州朝阳楼
湖州待玉光，汴水向朝阳。
十二亭中间，隋家有御藏。

### 532 渡淮作
秦淮渡口多，西陆玉人河。
上苑花明夜，江湖月色波。

### 533 松江晚泊
松江循女声，月色入舟明。
晚泊心难定，红袖一半情。

### 534 清溪
流溪见底半清明，岸石苔藓一碧生。
曲曲折折相似处，扬扬抑抑也倾城。

### 535 上阳宫辞
野草青青半是台，孤芳落落一花开。
景阳宫里人何处，只有红颜夕照来。

### 536 宋玉宅
湘浦云深楚客津，高唐雨重全玉人身。
明生暗道何人间，野草横生不自亲。

### 537 春归次金陵
烟雨还归草木生，春风已到石头城。
行人不得行人定，已事江山已事荣。

### 538 途中见杏花
杏红艳艳出墙头，离客悠悠入半愁。
蝶蜂匆匆寻觅乱，行人切切问春留。

### 539 首阳山
黄河流去首阳山，离客还来问玉关。
常在白云浮沉处，夕阳心里是红颜。

### 540 桃花
桃花处处烂漫红，世外悠悠不色空。
观寺芳明三界内，刘郎十载一西东。

### 541 隋堤
隋堤柳下问琼花，后主心中玉树斜。
谁言黎阳多草木，重蹈覆辙故人家。

### 542 孙偓 寄杜先生诗
一楚人心一蜀门，半江渔火半江村。
家家日月家家客，处处还寻草木心。

**543 陆戾**
句：今秋三约天台月，
对：明日还寻草木心。

**544 陆翱　闲居即事**
乱石山前一枯树，斜阳照后半衡门。
阮家尤沉多芳旧，隋苑荒塘日已昏。

**545 李允　闲宵望月**
一月挂寒窗，三生逐大江。
中流击水处，色淡问家邦。

**546 陆西声　梅花坞**
二月香凝二月花，一坞水色一坞华。
东风处处东风客，百色明明百色家。

**547 观鱼亭**
亭下自游鱼，窗前苦读书。
十年知自己，五味向云居。

**548 弄云亭**
阴晴问青草，舒卷弄玉亭。
自古循前后，如今待右铭。

**549 李昭象　喜杜荀鹤及第**
书客三生出苦村，鲤鱼一日过龙门。
济舟上苑人前渡，不渡春关欲断魂。

**550 句**
投文得仕而金少，佩印还家古所荣。
古今日月半浮沉，草木春秋一枯荣。

**551 社日**
鹅湖社日不归人，草木农家向客京。
夜不闭门乡里醉，丰衣食足过天津。

**552 雨晴**
江川雨后晴桃花，杨柳村前素影斜。
一步杏花墙外去，半边春色在邻家。

**553 上裴侍郎**
礼部文章一侍郎，青衿进士半春芳。
婵娟玉琢多成器，拾得平生次第扬。

**554 吴仁璧　贾谊**
无言残缪十三州，斑竹潇湘尽日流。
上苑王侯何处是，长沙有客问春秋。

**555 钱塘鹤**
鹤立鸡群一客家，龙飞凤舞半天涯。
钱塘流去钱塘在，二月春风二月花。

**556 杜荀鹤**
大顺春关第一人，翰林学士客二身。
拥居特势文章在，应识秋初不是春。

**557 春宫怨**
心中误白头，客里已三秋。
暮色寻知己，平明入镜愁。

**558 送人游吴**
阡陌尽桑麻，纵横满水涯。
小桥流水岸，碧柳玉人家。

**559 登天台寺**
天台寺院有高低，月色菩提向鸟栖。
梅色隋唐居士浅，禅音钟鼓玉楼西。

**560 游茅山**
不难草色问君颜，犹有山门入远山。
只有心含千岭树，寻来万紫百红还。

**561 题江山寺**
江山寺外半江山，客主心中一客颜。
秋雨寥寥人所在，春风处处玉门关。

**562 经贾岛墓**
清风一布衣，孤岛半寒依。
月月西风泣，年年过客稀。

**563 寄顾云**
云中向大同，月下逐征鸿。
孰论千秋过，阴晴万岁东。

**564 望远**
孤城大道平，万里故人声。
足下千年望，身前万岁情。

**565 钱塘别罗隐**
遥遥故国两前程，念念书生半五更。
一叶渡江天地外，五蕴大隐是天明。

**566 送紫阳僧归庐岳旧寺**
紫阳精舍旧声鸣，庐岳先生草木情。
柳柳杨杨争上下，成成败败有无名。

**567 秋宿临江驿**
寒雨驿临江，秋风入古窗。
沉浮明事理，进退待家邦。

**568 献池州牧**
池阳心事到渔阳，不得平身待小康。
女子痴情寻日月，男儿有志不还乡。

**569 送僧归国清寺**
月色婵娟上石梁，泉流玉碎下荒塘。
国清寺里隋梅落，疏影心中十载香。

**570 送友人宰浔阳**
秋风一日满浔阳，水色千川逐大荒。
不住猿声啼夜半，长沙楚客过潇湘。

**571 寄温州崔博士**
温州博士一清肠，饱读诗书半古芳。
酒客醒来经史乱，翰林醉后自扬长。

**572 感遇**
君子心平独木林，小人方寸亦深深。
求来日月求来怨，不得知音不得心。

**573 春闺怨**
镜里一花身，心中半立春。
知情郎不语，不得女儿身。

**574 过巢湖**
渡口有阴晴，巢湖碧水清。
江山颜色在，倒影玉峰明。

**575 送人归沘水**
巢湖涨落一船边，月色阴晴半缺圆。
记得谢公沘水去，故林旧道自通天。

### 576 王毂　鸿门宴
楚河汉界一鸿门，项羽虞姬半枯村。
戏下无心闻剑舞，乌江不忍问黄昏。

### 577 玉树曲
陈宫玉树后庭花，倩女明身无影斜。
钗落尤香寻不见，何情只待醉人家。

### 578 褚载　瀑布
青天白练雨烟倾，雪壁山前玉带城。
寒气先来情不禁，喧声未至已人惊。

### 579 韦庄　章台夜思
晓风残月挂章台，滴漏朱门半不开。
草碧花明灯火暗，分书未至客人来。

### 580 虢州涧东村居作
虢州玉影妇人身，白皙肤颜已入春。
不着粉黛城里去，无惜一路落香尘。

### 581 雨斋晚眺
春雨满皇都，东风有似无。
初寻杨柳色，梅粉落姑苏。

### 582 过旧宅
细雨问芭蕉，轻风过小桥。
何人寻旧宅，旧忆在云霄。

### 583 中渡晚眺
魏王堤畔草含烟，未尽黄昏月半弦。
渡口船归寻彼岸，后川过去是前川。

### 584 题李斯传
上蔡东门马分，李斯九鼎一家文。
过秦论尽秦皇客，指鹿朝堂是马君。

### 585 题许浑诗卷
江南才子一诗名，洛下文章半古城。
字字清新含雅致，珠珠玉玉自芳明。

### 586 台城
柳色玄武过玉堤，金陵云雨莫愁西。
台城有怨烟笼梦，玉影中庭鸟不啼。

### 587 扬州
何人不问一扬州，留下长江半不流。
行客三生寻柳岸，笛声两曲入青楼。

### 588 过内黄县
唐人始祖内黄县，五帝荒陵月上弦。
只问相州闻角曲，不容刺客一人天。

### 589 江外思乡
一冬一夏一春秋，二水三山半沉浮。
游子思乡何处是，今年又见大江流。

### 590 江边吟
只有江风岸草低，梅花落尽化春泥。
六朝已尽兴亡去，啼鸟无心自不啼。

### 591 谒巫山庙
孤猿啼尽断愁肠，楚客云中入雨乡。
自古人心寻不尽，朝朝暮暮一炎凉。

### 之二
朝云暮雨一情肠，草碧妆红半玉裳。
只问人间流水色，花开花落夜来香。

### 592 南昌晚眺
江南望尽大江流，风断江平玉气羞。
草木洞庭知己问，孤山浮沉意无求。

### 593 与东吴生相遇
一年进士一身名，十载寒窗十月清。
冬夏三生千里路，春关九品半鸣声。

### 594 题姬人养蚕
吴姬蚕茧锁新丝，曲尽斜阳玉影迟。
朝暮情中寻镜里，辛勤肠里谁人知。

### 595 王贞白　妾薄命
及第声名未及身，方千罗隐忆寻人。
相倾不见相倾故，处处红颜处处春。

### 596 游仙
三岛一仙姻，千人半不尘。
蓬莱音乐在，玉树忘其身。

### 597 金陵怀古
玉树后庭花，金陵御水涯。
兵中炀帝欲，井下问陈家。

### 598 终南山
太白山中半玉冠，终南脚下一流寒。
长安城里清宫月，上苑花前紫牡丹。

### 599 寄郑谷
五百新诗玉册到，八千里路向云龙。
俗人谁得心中间，夫子鸣声世外逢。

### 600 题灵岩钓台
下视汉公卿，严陵钓未名。
溪清流不住，留下慕鱼情。

### 601 张蠙　登单于台
白日落云烟，黄河纳百川。
单于台上望，芳草碧连天。

### 602 宿山寺
古刹入深山，僧人问旧颜。
池中三界外，日上一心还。

### 603 宿山驿
八千里路雨云中，五百年前日月同。
天下难前寻自己，人生只下客房东。

### 604 过黄牛峡
黄牛十里泻青天，水色三流向古川。
两岸猿声啼不住，孤舟逐日峡中悬。

### 605 赠九江太守
九江太守问朝官，一脉胡言待月残。
流水高山无止境，天圆地方只心丹。

### 606 赠南昌宰
滕王阁上一声鸣，九脉云中半枯荣。
吴越千年云雨水，洞庭万里不阴晴。

### 607 钱塘夜宴留别郡守
钱塘月色树边悬，同里湖明岸上船。
一线潮风惊夜梦，相思郡守问苍天。

### 608 伤贾岛
生平只苦吟，字句问人心。
古寺推敲进，钟声一古今。

### 609 题嘉陵驿
琴音古驿低，明月夜猿啼。
是谁声声苦，嘉陵水草齐。

### 610 翁承赞　晨兴
风摇竹叶声，月影岸边城。
欲得天方晓，心兴早露成。

### 611 擢道士
人身进士名，草木枯荣胜。
九品寻县令，三江问败成。

### 612 擢探花使三首
差使洪崖一探花，芳名上苑半人华。
群英踏马皇林里，雁塔题名御客家。

### 之二
九重天上一新芽，半度春关二月花。
百草未名阶下客，群芳尽入御人家。

### 之三
芳草满天涯，清名问探花。
上林何为色，只望状元纱。

### 613 黄滔　游东林寺
四门博士问东林，六朝松涛待古今。
五祖白莲池水碧，禅音落定入人心。

### 614 送林宽下第东归
林宽惆怅自东归，辞去寒窗问旧闱。
朝暮重回田舍下，江南草木雨霏霏。

### 615 镜陵故人
滕王阁上望洞庭，雨色江南草木青。
曾是水军营塞里，周郎去后满浮萍。

### 616 送翁员外承赞
衣锦还乡旧客名，不言俚语御时声。
唐城十万三千里，彼岸虚舟几处荣。

### 617 芳草
芳草连天隔岸生，江风落地曲波平。
沉浮泽上船归去，杨柳丛中月不明。

### 618 九日
一上高楼九日晴，八千里路半殊荣。
江南汴水苏杭泽，西陆秋风啸啸声。

### 619 严陵钓台
日日年中万分余，严陵台下帝王虚。
为寻草木江南岸，只有先生不钓鱼。

### 620 奉和文尧对庭前千叶石榴
枣树皮鳞顺致工，石榴花色别样红。
三秋天下金阳间，一半甜心待岁丰。

### 621 殷文圭　八月十五夜
八月仲秋月未圆，寒宫缺点水边天。
人情只在心中念，兄弟爷娘欲望穿。

### 622 题吴中陆龟蒙山斋
拙政园中一月明，瑶池榭上半风清。
鳞波沉浮灯光影，荷叶莲心玉籽成。

### 623 赠池州张太守
万里池州一汉家，半川风雨满烟霞。
青梅煮酒清明岸，只见邻墙过杏花。

### 624 徐寅　钓台
意在钓春秋，何凭水自流。
寄情台榭下，不便问鱼游。

### 625 潘丞相旧宅
鸟素故燕来，朱门久不开。
丞相何处问，万岁御花台。

### 626 梅花
愿随流水到天涯，锁定寒山腊月花。
唤得群芳呼百草，暗香浮动客人家。

### 627 竹
一枝一节一天生，云雨丹霞半碧成。
只与梅兰心相许，清风明月待阴晴。

### 628 鸿门
项羽鸿门满旧尘，虞姬水井蜡梅新。
谁人楚汉知天下，韩信萧何是客身。

### 629 长安远怀
江湖万里问长安，乞火千年草木寒。
上苑题名何处是，清明时节已心宽。

### 630 钱珝　客舍寓怀
客舍窗含十里亭，一山草木一山青。
门前杨柳年年绿，下里巴人岁岁听。

### 631 江行无题一百首　之一
浦江暮色半烟津，残日黄昏一客身。
不冷无寒舟上夜，川流日月洗风尘。

### 632 喻坦之
不见长安一客身，故人灞上柳杨亲。
但寻酒醉君来处，偏得花明又是春。

### 633 崔道融　梅花
一半寒心腊月花，暗香浮动向人华。
东风送暖阳春晚，疏叶明繁十万家。

### 634 西施滩
西施吴越半身名，范蠡推舟月下行。
只有帝王寻倩女，浣溪多是不平声。

### 635 过农家
朝朝暮暮一农家，岁岁年年半不华。
春种秋收多子女，桑柘稻米柴油淋。

### 636 江村
红霞落日满江村，暮色流平照柴门。
隔岸阳明多草木，远山近树纳黄昏。

### 637 王希羽　赠杜荀鹤
孔子乡家待鲁齐，登临问海向东西。
泰山一揽群峰处，不足平身脚下低。

### 638 刘象　晓登迎春阁
阁上一清风，迎春半色空。
东风云雨下，杨柳夕阳红。

### 639 曹松　长安春日
四壁声名七十余，长安花客两三居。
春晖雁塔题诗处，二世秦皇帝业墟。

### 640 滕王阁春日晚眺
南北东西四面寻，后前左右八方临。
潇湘蜀楚望吴越，留下江楼问古今。

### 641 九江送方干归镜湖
镜湖镜里一清明，风雨风声半客情。
舍下月明诗进退，门前无锁待阴晴。

### 642 南朝
人心一阴晴，牧笛半歌声。
还是后庭曲，江津玉树生。

### 643 天台瀑布
飞流挂石梁，三叠落荒塘。
夜色惊山响，平明上晓光。

### 644 洞庭湖
洞庭水色明，波撼岳阳城。
碧影连天尽，天涯不枯荣。

### 645 苏拯　经马嵬坡
长安一万家，上苑半天华。
不是梨园曲，芙蓉帝子花。
海棠汤水暖，玉洁色天涯。
马嵬人心怨，明皇尽白纱。

### 646 经鹤台
一台寻鹤舞，六马待长安。
不问声名在，鸿飞在世雄。

### 647 裴锐　游洞庭湖
一日上洞庭，千年草木青。
孤山浮沉水，日月枯荣灵。

### 之二
千里洞庭草木晴，万家农社枯荣生。
苍梧水秀山中客，斑竹身心玉泪清。

### 648 题怀素台
狂人一草书，怀素半居无。
湘水丹青墨，朱研界上余。

### 649 送进士乱石出家
遁世入空门，平生进士魂。
天明三界问，暮色满孤村。

### 650 鹿门寺
鹿门山上寺门深，今古禅中间古今。
明月清风藏独秀，晨钟暮鼓入群林。

### 651 题岳州僧舍
僧房一岳州，俗客半江流。
渡口寻三界，舟行不自由。

### 652 过洞庭湖
八百里风平，三千树枯荣。
一湖风雨重，半壁远舟行。

### 653 旅次衡阳
一叶落衡阳，三心西陆肠。
潇湘归客水，雁宿自家乡。

### 654 李洞　中秋月
清宫差一毫，玉色已三高。
锁住婵娟问，心开十六韬。

### 655 题云际寺
十里寺含云，三生客主君。
禅房天下问，曲径不平分。

### 656 龙池春草
紫陌龙池碧草深，禁城御树不成林。
清高雅致书生客，孤独舒平进士心。

### 657 上灵　令狐相公
人前老是真，寺后少年犟。
进退相公客，灵州玉帜亲。

### 658 金陵怀古
六朝云雨入天津，九陌风声出御尘。
四百寺门阶下草，二千岁月谁人珍。

### 659 冬日送梁州刺史
居心不问出凉州，行客难言入枯秋。
万亩荒沙今古尽，千人残甲何留。

### 660 唐求　古寺
古寺有金客，深山半鼓钟。
余音川谷岸，潭泽卧云龙。

### 661 巫山作
楚汉自古绕阳台，宋玉如今问未回。
神女归山云雨处，细腰宫尽谁人来。

### 662 句
恰似有龙深处卧，被人惊起黑云生。
一处云龙一处深，半江山水半江林。

### 663 于邺　书情
书剑年年两不成，枯荣处处万千情。
春关一日龙门客，草木三生不为名。

### 664 路傍草
处处一平生，年年半枯荣。
春秋冬夏至，不拒路边营。

### 665 洛中有怀
剑士问梧桐，书生自古风。
洛阳春草盛，上苑少飞鸿。

### 666 过百牢关贻舟中者
舟横百牢关，蜀地一江山。
天下无平谷，人间不退还。

### 667 与僧话旧
天下一人间，心中半水天。
晨钟多苦雨，暮鼓少维艰。

### 668 长信宫
留下故宫名，家楼客已清。
只见庭下草，不改有秋声。

### 669 高楼
一月上高楼，三生自不休。
江山何处尽，玉树不知愁。

### 670 陆贞洞　和三乡驿诗
文姬不尽半余音，惆怅三乡一古今。

暮后清风明月影,镜中空对女儿心。

### 671 刘谷　和三乡诗
冷香蕙质玉人身,驿外桥边草木亲。
秋叶难重云雨水,春风不尽是天津。

### 672 王祝　和三乡诗
女儿眉上一高低,月半楼中影半西。
云雨知情归不尽,驿心只向旧楼时。

### 673 王涤　和三乡诗
蜀蜀吴吴一梦中,情情切切半不同。
前前后后寻谁问,忸忸怩怩不是空。

### 674 韦冰　和三乡诗
故宫流水去无回,下里巴人月不开。
一去一来君子在,欲心腊月入时梅。

### 675 李昌邺　和三乡诗
萧娘红粉落香尘,空驿倾心问玉身。
春色流花三界外,音容只在一迷津。

### 676 王硕　和三乡诗
有名有姓有红尘,无影无踪半客人。
不弃不终还不舍,是冬是夏是秋春。

### 677 李缟　和三乡诗
王谢风流一子孙,三乡驿月半云门。
旧邻隔壁临墙问,月色来时是秋春。

### 678 张琦　和三乡诗
长亭驿客入三乡,锦帐风光待客颜。
夜色清灯听寂静,枕边有梦是萧娘。

### 679 高衢　和三乡诗
年年处处问乡关,醉醉醒醒待客颜。
枯枯荣荣云雨夜,舒舒卷卷上天山。

### 680 贾驰　复观三乡题处留赠
一壁江山一壁情,九流驿客九流声。
三乡夜下思云雨,五味人中自枯荣。

### 681 郑良士　题兴化高田院桥亭
桥亭待枯苇,野草渡浮生。
处处人心水,年年出入城。

### 682 游九鲤湖
层林九鲤湖,草木一荒芜。
信步深山里,浮云淡玉奴。

### 683 胡令能　王昭君
胡风不问人,野马待秋春。
芳草青冢外,荒原未染尘。

### 684 孙桀　题伎王福娘嫱
玉摇金步问阿娇,轻盈霓裳几色桥。
粉面团香侵润脂,云鬓不整福娘消。

### 685 任翻　洛阳道
洛阳道外一红尘,一半长亭一半津。
处处年年行不尽,朝朝暮暮正衣巾。

### 686 宿巾子山寺
兰草春梅半竹堂,禅音僧舍一人光。
灵江流去千寻鹤,明月松风万古芳。

### 687 周昙　三代门子牙妻
覆水如何欲再收,江山不戴觅心求。
休戚无共知人处,陵柏难言任自流。

### 688 三代门　太公
只向王纲一钓翁,鼓刀于市半君雄。
封神伐纣兴周帝,八百年中又色空。

### 689 春秋战国门
王公卿士一春秋,战国军兵半不由。
诸子百家天下事,纵横六土入秦侯。

### 690 秦门汉门隋唐门
一秦一汗一隋唐,胡亥王莽吕后堂。
三国晋臣如统一,六朝烟雨后庭芳。
孤独台上亲疏客,炀帝龙舟岸柳杨。
留下书生千载问,春风日月自扬长。

### 691 李九龄　读三国志
三国群雄魏蜀吴,一朝归晋帝王孤。
周郎诸葛英才尽,不似贤人似有无。

### 692 过相思谷
落落荒川沐暖身,悠悠芳草净无尘。

情人不过相思谷,日丽风和一半春。

### 693 胡宿　津亭
一舟风雨一平生,半壁江山半枯荣。
水色津亭船上客,无心岁月有阴晴。

### 694 函谷关
关外一凉州,心中半客秋。
秦川回首问,落叶不知愁。

### 695 高力士　感巫州荠菜
谪配问齐公,宠臣色已空。
巫州荠菜叶,不改旧时同。

### 696 李密　淮阳感怀
洛口国公瞿不荣,桃林日下问身名。
黄牛挂角书生读,杨素闻声只一鸣。

### 697 孔德绍　夜宿荒村
夜宿荒村帝王家,虫鸣草影一青春。
梦中尤念平明落,万里风云是俗尘。

### 698 黄巢　不第后赋菊
一巢不第帝王家,霜落长安问菊花。
九月西风何为客,黄金甲乱浪淘沙。

### 699 和凝　宫词百首
红楼花簇假山低,碧草连宫御水齐。
暖阁亭中知日月,凤池隔岸玉人栖。

### 700 王仁裕　和蜀后主题剑门
问蜀寻川一剑门,孟阳语气半云村。
俗仁风扇南边在,天是乾隆地是坤。

### 701 句
铁锁寒门扃白日,大张旗帜插青天。
禅林白马闻钟鼓,古刹莲花待渡津。

### 702 韩熙载　感怀诗二首
北海中书一侍郎,南唐后主半臣荒。
桃花蛾眉多歌舞,只任升平是故乡。

### 703 书歌伎泥金带
玉环迢迢隔岸消,细腰委委曲声遥。
你进带下阳台梦,云雨不尽七夕桥。

## 704 句
几人平地上，看我半天中。
不尽帘外雨，只寻月边云。

## 705 李建勋　金谷园落花
金谷落花颜，红楼玉色蛮。
石崇知不是，天下御钱湾。

## 706 醉中咏梅花
醉里一梅斜，身外半客家。
南朝天下客，玉树后庭花。

## 707 句
桃花流水须长信，不学刘郎去又来。
花开花落待时节，人去人来知士心。

## 708 左偃　寄韩侍郎
谋身简繁一枝花，相去相来半枯荣。
夜宴声声歌不尽，余音袅袅卧升平。

## 709 张泌　惜花
莺啼繁简一枝花，桃李浮明半客家。
只有芳明楼上曲，过墙红杏色天涯。

## 710 经旧游
一江流下女神踪，十二峰中第几峰。
今日高堂朝暮雨，夔门月下醉芙蓉。

## 711 孙鲂　甘露寺
波光寺影半平湖，诸葛周郎一蜀吴。
破曹联手赤壁战，尚香帐下丈夫奴。

## 712 伍乔　闻杜牧赴阙
十载湖中一钓郎，江南只问杏花乡。
朝中许浑文章客，玉笏绯服御漏堂。

## 713 陈陶　游子吟
游子客家乡，江河似曲肠。
何知明日去，夜梦问爷娘。

## 714 番禺道中作
泥牛入海天，番禺出江船。
已尽天涯路，长安是故川。

## 715 种兰
一兰一竹一梅花，两两三三半客家。
九品芝麻官职小，清高依旧到天涯。

## 716 草木言
一风云雨半扬长，九脉三江碧绿塘。
四海五湖形色色，千山万水自苍苍。

## 717 赠温州韩使君
十代风流五百年，一生辛苦半帆船。
永嘉铃阁温州客，不可英雄度旧川。

## 718 避世翁
不问风云避世翁，衣食父母问客童。
江湖不隐堂前月，勿论渔樵日月同。

## 719 永嘉赠别
芳草永嘉客半天，温州日月一婵娟。
渔舟唱晚和明月，沧海桑田过旧年。

## 720 吴苑思
娃馆草荒塘，灵岩月色香。
西施吴越国，范蠡落红妆。

## 721 宿天竺寺
飞来峰下一禅音，灵隐山前半古今。
日月莲中多桂子，天竺寺外念衣襟。

## 722 钟鼓秋夜
洪崖树叶月弦明，野草章江水色清。
归雁无言寻故土，玉壶不对客心生。

## 723 水调词十首
一渠汴水一渠明，半壁河山半壁清。
不使龙舟人不怨，隋炀也有逸人情。

### 之二
尧舜大禹治纵横，九脉疏通一业名。
汴水渠成南北路，长安舞女半倾城。

### 之三
朱门禁院女儿多，佳色宫娥御水河。
掌上身轻腰细细，余情不尽寄新歌。

### 之四
西陆江南一曲歌，龙舟禁院半先河。
隋炀水调梵音少，自古宫词怨曲多。

### 之五
扬州玉笛一千楼，西子琼花半九州。
谁问春江花月夜，年年处处度春秋。

### 之六
皇宫处处百花残，村野年年一水宽。
只有帝王荒日月，新人不尽旧人寒。

### 之七
交河落日向天圆，西陆长城缺月悬。
破壁残垣荒草尽，长流汴水地方川。

### 之八
一箭半良弓，三生两世雄。
何人知白骨，塞外问秦功。

### 之九
治水一隋人，江南半玉津。
隋炀舟是客，帝子只寻春。

### 之十
长夜孤明月下思，塞城残甲战无时。
汴渠流去千年水，尤胜生灵涂炭迟。

## 724 李中
一色落衣巾，三香去旧尘。
桃花颜似玉，初绽入人身。

## 725 剑客
朝野半名声，江湖半不平。
人间凭剑客，啸啸玉音鸣。

## 726 寄左偃
天下一知音，人间半古今。
萧条何故事，地阔问衣襟。

## 727 题柳
柳色下关东，春风上大同。
江南花落去，烟雨半江风。

## 728 夕阳
江湖万里夕阳红，古树千年大路东。

地阔天高寻足下，长空岁月待飞鸿。

### 729 落花
云中一落华，香下半人家。
拾得芳菲尽，余心二月花。

### 730 采莲女
荷香深处露红妆，波底佳人处处藏。
前日女儿羞不住，慌忙落下钿衣裳。

### 731 宿临江驿
临江驿外一江流，草木山中半未秋。
水位峰高云下色，枕流夜月照清愁。

### 732 秋江夜泊寄刘钧
秋江夜泊月明舟，互答渔歌曲未休。
两岸桑田连草色，似无似有一青楼。

### 733 泊秋浦
芦丛宿雁月孤明，寒水烟笼苇岸清。
不见离人三五里，尤惊灯火一鸣声。

### 734 柳絮
白云浮沉问清明，玉雪阴晴待枯荣。
举目可怜天下素，银装素裹故人情。

### 735 徐铉 早春左省寓直
紫陌鸾台漏欲空，早春左省阙西东。
微云煦载同朝仕，轻叩玄关已去鸿。

### 736 登甘露寺北望
京口潮来曲岸平，瓜洲水去大江声。
东吴烟雨金陵邑，西蜀云山白帝城。

### 737 观人读春秋
霸道入王侯，儒家未上流。
观人何所意，不用读春秋。

### 738 天阙山绝句
实得半阴晴，空怀一古今。
江南多雨夜，天阙故林深。

### 739 除夜
已是一年春，还非半夜人。
更分闻灯竹，守岁四方神。

### 740 附池州薛郎中书因寄歙州张员外
许浑杜牧杏花村，渐近清明渐断魂。
是是非非诗里客，醒醒醉醉过黄昏。

### 741 贬官泰州出城作
名名利利欲春秋，沉沉浮浮问九流。
唯有根恩知世界，高人不改上城楼。

### 742 过江
殊途不断肠，过客必何伤。
天水扬长去，人心渡口凉。

### 743 赠维扬故人
十桑日月问维扬，一代天时待帝乡。
回首千年何往事，驱心万岁御心肠。

### 744 赠浙江西伎亚仙
浙西曲亚仙，庭北舞翩跹。
醉里红颜色，春中贪客眠。

### 745 赋得秋江晚照
秋江晚照上高楼，遍地黄金下故流。
满是烟霞光彩色，无穷无欲醉中休。

### 746 徐铠 同家兄弟哭乔侍郎
集贤学士一平章，事事无心半侍郎。
北宋将军临客水，南朝日月有炎凉。

### 747 孟贯 宿山寺
南唐寺外一钟声，北宋人中半客情。
玉树后庭花不尽，金陵垂木梦难成。

### 748 成彦雄 杜鹃花
春风艳雨杜鹃花，蜀主川山玉影华。
浮岭红层凭色彩，云中镜里入人家。

### 749 游紫阳宫
幽香古殿紫阳宫，曲径琴音问色空。
落定玄门丹玉在，松窗客舍有茶童。

### 750 牛济溪 奉诏赋蜀降唐
蜀王不保旧山川，唐主新悬日月年。
古往今来如此是，邻师干将几潸然。

### 751 冯涓 句
不随俗物皆成土，只待良石却补天。
留得日月问过客，只是矶石任补天。

### 752 杨玢 登慈恩寺塔
一唐半蜀尚书名，身后无情却有情。
此去人中题何字，慈恩塔外曲江明。

### 753 谭用 塞上
塞北风沙不见家，江南归雁宿长沙。
九江不尽三川水，五代难言十国花。

### 754 江上闻笛
牧笛江边一两声，船帆云里问行程。
长亭十里离情客，何必千川卧牛情。

### 755 王周 泊姑苏熟口
夜泊金陵问浅滩，船横洲渚渡人残。
鸟啼月落三心峡，风雨无垠两岸宽。

### 756 西塞山二首
半入江青半入云，一寻玉树一寻君。
南朝四百中庭月，北宋三千世界分。

### 之二
匹妇心中化石人，流船江里问三春。
乡村夜里千家月，西塞山前十里津。

### 757 刘兼 梦归故园
薄叶清霜半故天，江流日落一家船。
三山二水寻游客，两岸风声旧日年。

### 758 蜀都春晚感怀
蜀山处处杜鹃啼，明月年年水草齐。
一片故乡云上下，锦江花色自高低。

### 759 春游
春风已过问三秦，蜀色流花下五津。
船绕千浔云似雨，江风半起草如茵。

### 760 孙元宴 赤壁
周郎一战半心空，诸葛三吴两不同。
万里难寻铜雀路，二乔如水已西东。

## 761 武昌
西塞山前九陌横，武昌城外一江平。
有鱼味美垆中脍，酒醉龟蛇锁枯荣。

## 762 晋七宝鞭
天命难从七宝鞭，人间只须一欣然。
乱臣贼子终须尽，欲用兵权换旧年。

## 763 谢云
一举心中百万兵，三军泗下半人名。
风声鹤唳旌旗树，铁甲残光已醉生。

## 764 苻坚投鞭
投鞭十里渡江声，星月三台谁不成。
不得张华寻草木，谢安立此问生名。

## 765 宋 乌衣巷
秦淮巷口尽乌衣，歌女人前月色依。
王谢飞燕梁上问，落花流水客声稀。

## 766 齐 潘妃
不肯轻声嫁小臣，倾城尤问玉人身。
金莲步步招摇过，已是江山入俗尘。

## 767 梁 分宫女
二千宫女为何分，一半江山一半云。
无限人怜花闭月，谁知只是蓬头君。

## 768 陈 临春阁
随军南下尽征尘，玉树后庭不是春。
高阁临风香色起，一寻沉醉二寻身。

## 769 淮水
一代衣冠已换秦，三江流水不知春。
淮河日落烟中雨，不见王朝有故人。

## 770 武翊黄 瑕瑜不相掩
抱璞寻真玉色身，微磨重砺粉朱尘。
田家稻米知嫘祖，社稷春秋辨旧人。

## 771 蒋古 石城
石城烟雨莫愁来，玉色江流雪不开。
尤有南朝三百寺，轻舟不住客去来。

## 772 回老庙
沽名钓誉养溪山，辞去人间去不还。
高尚人权情未等，今朝休拜玉门关。

## 773 吴商浩 北邙山
青青草木北邙山，岁岁风云锁旧关。
酒醉来年隔岸问，随梦不得待君颜。

## 774 荆叔 题慈恩塔
长城尤问一西秦，汉苑还来半故津。
洛下城中寻旧巷，慈恩塔外是红尘。

## 775 萧静 三湘有怀
柳絮一天津，杨花半入春。
三湘潮上水，五味问归人。

## 776 王训 独不见
汉界一云烟，秦川半旧年。
归心寻渡口，竹影隐船来。

## 777 杨行敏 失题二首
杜鹃花里杜鹃啼，野草丛中野草溪。
同是山明同是色，高低川谷白高低。

之二
一山飞鸟一山栖，十里阴晴十里霓。
三界还来三界问，玉人不过玉人堤。

## 778 李士元 登单于台
单于台上夕阳愁，秋草原中日月流。
沙碛兵闲风雨过，帐中不战似王侯。

## 779 无名氏 杨柳枝
长江云路一帆船，汴水龙舟半曲天。
杨柳风中飘不定，望夫石上问心田。

## 780 古砚
天下一深潭，云中半玉涵。
清留千古水，墨重万家淦。

## 781 日暮山河清
日暮山河一色明，风光无限半青倾。
红霞点缀江流岸，玉带光环处处生。

## 782 人不易知
天下人人不易知，心中处处觅寻时。
纵横草木三千界，日月春秋五味思。

## 783 河鲤登龙门
龙门跃过一名成，苦雨寒窗十载情。
沧海千年风浪里，行云百里向天平。

## 784 李白 改九子山为九华山联句
轻扬云九子山九峰九莲花，
江汉地一灵气一寺一天华。

## 785 颜真卿 登砚山观李左相石尊联句
砚山石下有余音，人事门前待古今。

## 786 与耿湋水亭咏风联句
窸窸窣窣一清音，雨雨云云古半今。

## 787 五言夜宴咏灯联句
暗暗明明月下灯，先先后后寺前僧。

## 788 裴度 春池泛舟联句
凤池新雨好时光，上苑题名满曲香。

## 789 李绅 杏园联句
杏园千树乘红妆，桃李三春不过墙。

## 790 刘禹锡 长斋月联句
长斋月色乐天堂，水榭文心雨润肠。

## 791 白乐天 喜晴联句
春雨和风万亩黄，刘郎芳艳半荒塘。

## 792 韩愈 城南联句
郊寒竹影玉泉流，心暖梅花腊月头。

## 793 张祜 伎席与杜牧之同咏
余音未尽玉纤纤，芳钿金钗映指尖。

## 794 杜牧 与赵二十二访张明府郊居联句
桃花源里汉秦人，别墅乡中佩玉身。

## 795 皮日休　北禅院避暑联句
寺里功夫一指禅，人前天下半桑田。

## 796 陆龟蒙　寒夜联句
西窗夜雨一声声，北域荒原半枯荣。

## 797 杜明渐　句
寺外一禅音，人间半古今。

## 798 武后宫人　离别难
春秋岁月间归鸣，豆蔻年华待月逢。
离殿难别难觅处，寒宫情色锁西东。

## 799 开元宫人　袍中诗
沙场宫女一诗情，帅上明皇半赐名。
脱甲无心寻自己，征袍有闺御人生。

## 800 天宝宫人　题洛苑梧叶上
梧叶诗情御水沟，清宫秘事玉皇楼。
随风进出天台岸，顾况书生任自流。

## 801 德宗宫人　题花叶寺
凤儿花叶贾金虚，中断皇沟两地居。
悲雨徘徊怯宗赐，御堂特许庆时疏。

## 802 宣宗宫人　题红叶
虚偓韩氏玉叶红，殷勤御水不西东。
洞房花烛鸳鸯问，进士原来月老违。

## 803 僖宗宫人　金锁诗
金锁诗人半塞翁，长城上下两心同。
唐宫闺女征袍故，一世英名一世雄。

## 804 花蕊夫人徐氏　宫词一卷
孟昶宫词赐号名，五云楼阁凤凰城。
太平天子知时日，柳暗花明有枯荣。

## 805 述国止诗
仕女心中待御词，男儿城下举降旗。
三宫六院娇声断，一世三生不得知。

## 806 柳氏　答韩翃
虞侯仗义许韩翃，有血男儿志纵横。
杨柳折枝春有色，柳氏都下李门更。

## 807 崔莺莺　答张生
留下西厢月，心中北斗家。
莺莺余影落，有约后庭花。

## 808 韩续姬
风柳摇摇不定枝，余音袅袅未痴时。
阳台云雨多情客，只忆心中遇旧知。

## 809 关盼盼　燕子楼三首
一半残楼一半霜，两三泪水两三行。
随君不得随君去，留在人间曲断肠。

### 之二
玉殒香消已十年，九泉渡口路三千。
故乡君子裁杨柳，只有相思待旧缘。

### 之三
一半君心一半人，万千俗客万千津。
岳阳故雁潇湘问，秋去春来不惜身。

## 810 和白公诗
此去空楼此去愁，春秋已尽不春秋。
年年杨柳年年缘，自逝江河自逝流。

## 811 赵鸾鸾
纤手并葡萄，香波待二毛。
知时云雨下，来去彼山高。

## 812 薛涛　乡思
峨眉山前日月光，玉池梁水枯荣忙。
仁中怀旧知心处，天下相思是故乡。

## 813 江月楼
江楼江月一江流，峰暗峰明半入秋。
风雨风云风不止，夕阳落尽夕阳愁。

## 814 鱼玄机　赋得江边柳
水自天涯色自流，青楼里巷曲情由。
连晴碧色江边柳，独住春秋竟点头。

## 815 赠邻女
隔壁问玉昌，连心待玉堂。
花明三夜梦，云雨一情肠。

## 816 冬夜寄温飞卿
苦雨夜灯深，长风暗沉吟。
飞卿温存在，疑是醉人心。

## 817 闻李端公垂钓回寄赠
秋月半荷香，名花一阮郎。
船平天下色，草岸入荒塘。

## 818 李冶　湖上卧病喜陆鸿渐至
喜至陆飞鸿，泉茶两故同。
人心三界水，炎夏一湖风。

## 819 寒山
日月上天台，阴晴下界开。
国清寻汉柏，古寺养隋梅。

## 820 拾得
一人世上一平生，半价书生半枯荣。
传来丰干钟鼓继，寒山拾得古寺名。

## 821 怀素　题张僧繇醉僧图
清溪流去半孤灯，玄奘云来一醉僧。
闭寺心中今古色，草书月上玉壶冰。

## 822 灵一　溪行即事
溪流日月入林清，草木禅音出寺明。
湖上秋波潮汐涌，人中风彩沉浮成。

## 823 赠灵澈禅师
拾阶步步上天台，日月悠悠下自来。
更坐凭禅三界外，闭心对月话隋梅。

## 824 灵澈　天姥岭望天台山
云门寺外一僧名，朝野人中半故声。
养性身前非是论，天台山下日月清。

## 825 清江　精舍遇雨
空门冷对一钱塘，细雨清流半舍凉。
洗净客尘三界水，呼来醉鸟两人乡。

## 826 无可　游山寺
山寺林中挂月明，清溪树下属流清。
人心闭谷禅音在，云迹开浮向远行。

## 第二卷　唐诗百话

### 827 秋寄从兄贾岛
西림月色向心明，古寺书音问鼓声。
忽忆洞庭波浪涌，尤余潮汐客人惊。

### 828 奉和裴舍人春日杜城旧事
舍人春日问桑田，乞火清食待缺圆。
新草新川新雨后，故山故水故人年。

### 829 皎然　答苏州韦应物郎中
江湖日月韦苏州，草木人间似玉楼。
舍下文章千万客，郎中兰竹两三秋。

### 830 寻陆鸿渐不遇
空舍茶香半欲о，月明留下一溪流。
江中井上寻泉下，好水茗中几沉浮。

### 831 访陆处士羽
江中有水风，泉上不归鸣。
不在江湖岸，茗茶一老翁。

### 832 奉和颜使君真卿与陆处士羽登妙喜寺三癸亭
一茶一寺一书名，人正扁风亮节生。
三叠阳关浮沉水，心平气和论纵横。

### 833 九日与陆处士饮茶
一茶九品一心香，半界三生半暖凉。
沉沉浮浮千万水，春春夏夏万千肠。

### 834 忆天台
春风又绿半天台，云秀梁泉水色开。
潭里天平流玉姥，雨中竹笋故乡回。

### 835 观王右丞相维沧州图歌
沧州草木沿溪流，不上新朝上旧楼。
安史堂中无进士，曲江亭北有春秋。

### 836 广宣　寺中赏花应制
桃花满寺问刘郎，秀草无心半不香。
安国红楼居士近，中堂不远有荒塘。

### 837 栖白　寄南山景禅师
一世风云一世空，半江洲渚半江鸿。
寒山日月寒山寺，拾得阴晴拾得穷。

### 838 常达　吴郡破山寺
破山寺里一平生，吴韵门中半枯荣。
主持禅心多少客，云游天下字留名。

### 839 子兰　饮马长城窟
文章供奉过长城，白骨荒沙百万兵。
闺里尤藏花烛夜，思中还是故人情。

### 840 可止　赠樊川长老
雪消云落入溪流，雨细风轻出此楼。
竹碧前川多日月，寺门水后少春秋。

### 841 归仁　题贾岛吟诗台
一年草木一吟台，半壁山川半壁开。
荒木无言荒木在，故音余处故人来。

### 842 贯休　善哉行
文章天下十三州，僧侣人间八九流。
湘水茫茫何所问，衣冠楚楚古人丘。

### 843 杞梁妻
长城日落草原荒，汴水船平月藏。
一女寻夫南北向，千年白骨谁炎凉。

### 844 夜夜曲
夜夜一阴晴，年年半枯荣。
寒宫寻桂子，竹影待虫鸣。

### 845 山茶花
晴日入花红，浮云向碧玉。
含苞珍露水，欲放世人中。

### 846 大蜀皇帝寿春节进尧铭舜颂
僧官儒家道士行，人间草木不多生。
人中寺外丞天下，里后村前利禄营。

### 847 观怀素草书歌
日月云龙半玉倾，江山草木一天成。
长亭骡甸龟蛇驻，白雪阳春自在生。

### 848 早霜寄蔡天
明霜半楚城，秋叶一江声。
只在寒天里，凭心任枯荣。

### 849 齐己　寄镜湖方干处士
风平雨落镜湖声，碧草烟云玉笛成。
越北寒山三寺院，江南拾得一阴晴。

### 850 送人归吴
月色问人家，天音二月花。
馆姥吴越主，应问谁桑麻。

### 851 寄郑谷郎中
钟陵回首苦吟成，喧省高名入客行。
暮色山岩千古暗，夕阳云落半还明。

### 852 寄贯休
子美吟余有贯休，二公胜地大江流。
清秋宏宇宽天地，锦水僧人蜀客游。

### 853 浙江晚渡
浙江一出是钱塘，灵隐三生越客乡。
虎跑泉中云淡淡，六和塔上雨茫茫。

### 854 题东林十八贤真堂
东林十八贤，影迹万千缘。
渡口荷花岸，天云下界船。

### 855 潇湘
行泪入潇湘，苍梧过客忙。
疏疏天下水，阔阔一方塘。

### 856 寄无愿上人
七十人生半不鸣，八千里路一阴晴。
寒山寺月枫桥岸，拾得诗文草木生。

### 857 寄醴陵吴使君
南客西来问醴陵，东林北魏待山青。
渡江一叶孤心守，了去三生座右铭。

### 858 荆渚逢禅友
泽国神音渡口明，浮云苦雨客西城。
扬州一见千心去，京口三江万里行。

### 859 答禅者
五老峰前九叠泉，千流瀑布九江船。
红尘尽在归心处，出俗还来不客年。

### 860 寄金陵幕中李郎中
金陵幕上李郎中，客里堂前大不同。
夜半灯寒空鹤舞，苦思不尽世人雄。

### 861 题玉泉寺
寺外玉泉流，心中落叶秋。
声声寻彼岸，色色问神州。

### 862 湘妃庙
湘烟淡淡问清潭，苦雨细细伺味甘。
塞北城中归雁晚，江南郡里旧曾谙。

### 863 句
春晴游寺客，花落闭门僧。
一木门中客，三人日下行。

### 864 尚颜 寄万千处士
万千处士一生名，苦雨人间半不晴。
日月丹心寻渡口，鼓钟相继向人盟。

### 865 不城金谷
骄奢去不回，金谷尽尘灰。
红粉离楼坠，虚名旧日催。

### 866 栖蟾 牧童
黄昏向牧童，渡口半无风。
何处牛羊去，声鸣是始终。

### 867 可朋 赋洞庭
八百里洞庭，三千日草青。
钟鼓声处处，寺院雨溟溟。

### 868 修睦 宿岳阳开元寺
岳阳处处是迷津，风月色色有旧尘。
渡口船中三界尽，开元寺里半春秋。

### 869 司马承祯 答宋之问
三屋山中一天津，之问身前有故人。
云雨悠悠风不尽，老君炉外是春秋。

### 870 李升 元白席上作
生在儒家一道人，悬缨垂带半无尘。
家贫不欲寻名利，唯我知尊谁是神。

### 871 吴筠 游仙二十四首
书生不第问仙家，不拒明皇复日斜。
朝野知寻儒释道，乾坤必定要桑麻。

### 872 登北固山望海
争流万里一江荒，滩涂千渠半岸塘。
天下桑田云处处，心中沧海水茫茫。

### 873 商山四皓
人云自古一纷纷，四野朝堂半子君。
汉武秦皇天下客，樵鱼谁慕问元勋。

### 874 杜光庭 题鹤鸣山
遁入天台道士身，紫服不冤问红尘。
三清庙宇真容在，五气云龙下泰洵。

### 875 读书台
山中处处读书台，天下年年草木开。
三月清风真自在，青莲白石入时来。

### 876 郑遨 茶诗
逍遥道士半书生，浮沉茶茗一枯荣。
初采弱黄泉下水，碧螺龙井品中情。

### 877 咏西施
吴王天下问西施，娃馆人前范蠡知。
自古而今多少咏，文中尽是玉人枝。

### 878 吕岩 呈钟离云房
八仙过海吕洞宾，一遇钟离忘自身。
不待悬缨寻玉带，太平世界玉皇人。

### 879 得火龙真人剑法
六天宫殿尽成尘，一语仙尊紫面珍。
日月星辰相继永，真人剑法是高人。

### 880 七言
金丹粒粒一长牛，庚火时时两世成。
过去未来今日在，阴晴日月自光明。

### 881 五言
道理一长生，青莲半子成。
修心知养性，积性筑桥行。

### 882 绝句
十年紫气十年林，七寸丹田七寸心。
天地宽时天地在，一池金水一池金。

### 883 徽宗齐会
高谈阔论若无人，未遇明君问客身。
只要虎龙丹尤在，阳春白雪在天津。

### 884 牧童
银笛牧童春，归声不见人。
清风三五里，细雨万千津。

### 885 大云寺茶诗
云游天下吕洞宾，来去人间自在人。
一半旗枪寻一半，大云寺里有茶神。

### 886 题黄鹤楼石照
黄鹤楼前玉笛鸣，红丹白石照江清。
清风明月年年在，自在逍遥处处行。

### 887 题东都伎馆壁
示虚素玉一身明，欲鲜衣裳不曲声。
隔壁金鸡鸣不住，高楼月色照人横。

### 888 景福寺题句
莫道神仙无学处，古今多少上升人。
唯有心中知所以，不问天下去来人。

### 889 张果老 题登真洞
隐人张果中条山，不奉明皇锁玉关。
金科等真洞所炼，老君炉火作仙还。

### 890 韩湘子 答从叔愈
荣荣枯枯一经年，沉沉浮浮半不全。
都是人间名利客，何如自在问飞天。

### 891 裴航 赠樊夫人
航游鄂渚嫡仙人，蛾眉丰心秀月亲。
隔帐锦屏知国色，云英浆水入三春。

### 892 樊夫人答裴航
何必崎岖上玉清，孤枕反复待心明。
直呼秀女云英见，尤记轻舟月下盟。

### 893 汉钟离 赠吕洞宾
君子有英灵，君心不渭泾。
君人知彼此，君客上三清。

### 894 马湘 登杭州秦望山
一根竹杖一平生，秦望山中半不名。
日月山前多少路，盐官城外玉涛声。

### 895 蓝采和
仙人一半是狂人，问尽三生问尽春。
万语千言知彼此，五冬六夏满红尘。

### 896 张云容 与薛昭合婚诗
九泉两岸一归人，二女三乡半宿神。
万岁成仙琼艳女，百年前后贵妃身。

### 897 洛川仙女 答张郁歌
红云一帝乡，秀女半扬长。
洛水凌波上，长生白鹤翔。

### 898 张郁洛川沿步吟
浮生一瞬是几何，前后三生问少多。
草木人间荣枯过，洛川日月自当歌。

### 899 南溟夫人 题玉壶赠元柳二子
南海风中一艳来，百花桥上二子回。
玉壶尤在鸳鸯语，十二年前自独裁。

### 900 云台峰五仙女
五州五女五仙人，齐聚云台自在身。
香戴西东惊万岁，宪宗始向玉仙春。

### 901 慈恩塔院女仙 题寺廊柱
慈恩塔院一荷花，白鹤飞天美艳华。
翠黛粉香云落下，广寒宫外玉人家。

### 902 蜀宫群仙 弄玉
弄玉凤凰飞，瑶池去不归。
萧郎秦阁上，妾色入春闱。

### 903 上元夫人
思量旧愁容，瑶池七日逢。
天香蓬岛媚，国色玉芙蓉。

### 904 织女 赠郭翰二首
银汉空空待夕秋，情人夜夜问书楼。
原来织女成心至，犹有云云雨雨流。

### 905 郭翰酬织女
回顾两相思，天河七夕时。
枕边香犹在，御史有求时。

### 906 桃花夫人 在紫霄夫人 席上坐
天上人间一桃花，心中月下半情纱。
西河五百年前渡，青岛千言致客家。

### 907 洞庭龙君 宴柳毅诗
柳毅传书小白龙，皇家进士遇芙蓉。
洞庭一怒泾川败，遣女钱塘月下逢。

### 908 湘中蛟女 答郑生歌
郑生进士斥青山，蛟女湘波渡玉关。
只有神仙多欲望，同归鄂渚佳人还。

### 909 明月龙潭女 与何光远赠答诗
拾得春光一夜欢，龙潭袖女两心桓。
鹊桥星暗相思度，应向婵娟待玉盘。

### 910 何光远诗
月下相思月半明，瑶池桃落待三生。
花开花落花天地，谁将情心寄玉成。

### 911 肃宗 梦丹书
天宝年间一梦书，十三载乱半殊途。
上天有眼知天下，俗世何凭俗世无。

### 912 刘禹锡 梦扬州乐伎和诗
玉色婵娟花色妆，风流异彩女流娘。
扬州一梦三千里，留下相思九曲肠。

### 913 杜牧 梦中语
辞春不及秋，昆脚与皆头。
一鼎一高山，九鱼九玉关。

### 914 张玫 纪梦句
上天知我忆其人，使向人间梦中见。
酒仙一语云天上，俗客三章玉梦中。

## 十一、唐诗密码

常华 著　江苏文艺出版社
2009 年 4 月出版

**1 笔底沧桑《独孤家园》**

锦瑟洞箫白雪情，相思伤逝玉春生。
东风隔岸素云平。笔下沧桑行止处，
人中来去啸吟鸣。高山流水渐无声。
辛卯年三月北京东城养春堂

**2 被异化的悲哀·李隆基《过老子庙》**

一世人间一寸心，半江烟火半山林。
紫烟白石紫烟沉。道是道非非是道，
以衣带水水知音。空余渡口柳杨荫。

**3 老子《道德经》**

小国江山半寡民，贵柔无为守雌贞。
克刚济世一秋春。不上玄元皇帝客，
裹微函谷所终身。此生何故问天津。

**4《道德经》**

可道非常道可名，以柔弱胜克刚成。
欲擒故纵予光明。函谷雄关半不语，
千金四两拨城倾。年年风细伺枯荣。

**5 水汽氤氲中，谜面灿烂如荷·白居易《读庄子》**

熟伺心中一四方，无何天下半衷肠。
赵国辞家问黄粱。濠水桥边知我乐，
逍遥庄子百家堂。鱼游自在儿炎凉。
注：庄子，亦称庄周，战国时道学家者，宋国蒙人，做过漆园小吏。

**6 沉重的溅落，阴暗了平静的水域·韩愈《湘中》**

隔岸湘江一楚歌，空余苹藻半清波。
渔夫何处见婆娑。白起"离骚""天问"久，

丹阳自古向江河。联横合纵"九章"多。

**之二**

一曰汨罗半不明，张仪郑袖怀王倾。
平原无处楚歌声。六百里城秦贿女，
武关此去自摘缨。秭归摇惠几何情。
注：屈原，名平，字原，战国末期楚国丹阳（今湖北秭归人），秦国大将白起带兵南下，攻破了楚国国都，自沉于汨罗江中。

**7 用净身的刀子雕刻汉简·牟融《司马迁墓》**

不羁长才司马迁，英雄落落堪经年。
孤军异国客方圆。蚕室空当寒日暖，
匈奴汉武李陵烟。史家渡口济时悬。
注：司马迁，字子长，西汉史学家、文学家，司马谈之子。

**8 希望，是不幸者的唯一药饵·李商隐《贾生》**

不向长沙向贾生，鬼神祖半逐方明。
汨罗石白待枯荣。鹏鸟黄昏寻客止，
过秦论治久末城。一人水土一人情。
注：贾生，即贾谊，西汉政论家、文家家，洛阳人。

**9 圆滑与耿直导演两种人生·李贺《南园十三首·其七》**

曼倩长卿汉舍空，子虚剑舞济时明。
茂陵犹存上林荣，木简三千雄陆俗。
须术完璧口吃名，金门马祖世人盟。
注：长卿即司马相如，曼倩即东方朔。

**11 李白《古风·其八》**

一半杨雄济世辞，三生董偃患无知。
空须面首伺何时。"羽猎""洒东"成帝赋，
衣冠诏赐帻随迟。"黄图""天录搁"书痴。
注：西汉文人扬雄，西汉男宠董偃。

**10 一声长啸，劈碎一只酒坛**

贾岛《阮籍啸台》

阮籍啸台《劝进文》，《广陵散》曲不昭君。
晋家天下几风云。七反竹林终是客，
贤人近远始纷纷。高峰荒就日空曛。
注：阮籍（公元二一〇年—一二六三年），魏晋文学家、诗人。与嵇康、刘伶等七人为友，竹林七贤。

**11 清贫的诗意**

颜真卿《咏陶渊明》

五柳先生一事新，九江魏晋半清贫。
浔阳煮酒去来人。山海孤云兴逐客，
心神子岁冕冠巾。原来天下自秋春。
注：陶渊明（公元三六五年—四二七年），东晋大诗人，文学家，又名潜，因宅边种植五棵柳树自号五柳先生，浔阳柴桑（今江西九江）人。

**之二**

不以躬耕为耻身，春宵帐暖问行人。
无弦自得一琴珍。道济江州何刺史，
终南隐士独孤尘。瓜虫豆鸟半天津。

**12 生命意象的嬗变·骆宾王《在狱咏蝉》**

四杰观光客思深，三唐武曌椒文心。

无弦自是一琴音。种菊南山终是客,禅林寺刹白头吟。南冠西陵几如今。

注:骆宾王(约公元六一九——六八七年),字观光,婺州义乌(今浙江义乌)人,唐初诗人,与王勃、杨炯、卢照邻并称初唐四杰。

### 13 鹤唳叫破楚天·崔颢《黄鹤楼》

千载风云万里谋,一楼屹立一江流。半壁山川半春秋。日暮蛇边黄鹤问,知音台上曲沉浮。伯牙不见子期休。

注:崔颢(公元七〇四年—七五四年),汴州人,开元十一年中进士,天宝中曾任尚书司勋员外郎,嗜酒好赌。黄鹤楼相传为三国时期吴黄武年间创建,因坐落于武昌蛇山黄鹤矶上而得名,传说仙人子安曾在黄鹤楼乘鹤登仙;鹦鹉洲,黄祖杀祢衡而埋于洲上,祢衡曾作《鹦鹉赋》后人因此称其为鹦鹉洲。

### 之二

黄鹤楼中见上头,江楼不断向江流。江流不断向江楼。金玉祢衡鹦鹉赋,春秋未是一春秋。春秋自得一春秋。

### 14 禁火三日,热情不再升腾·王维《送綦毋潜落第还乡》

禁火寒食半入春,东山遂令一来人。首阳抱木彩薇分。京洛秦冠未就,长安晋酒佩唐珍。行当八水洗轻尘。

注:綦毋潜,字孝通,荆南人,开元十四年进士。授宜寿尉,迁右拾遗,入集贤院待制;复授校书,终著作郎。后因兵乱,弃官归隐江东别业。

### 15 宫迁容不下天才的诗情·李白《翰林读书言怀呈集贤诸学士》

紫禁云中一客身,金门阙下半文人。吴蓉百色万芳春。"白雪""梅花"三弄尽,桐庐遗失两启邻。清风未约五蕴尘。

注:李白(公元七〇一年—七六二年),号青莲居士,存诗九百余首,

有《李太白集》传世。

### 16 在诗歌中取暖·白居易《赠元稹》

自在从游七十年,耕耘不止一半天。百年日月序琴弦。时事香山居士问,文章著作付冠思。心原屡向取方圆。

注:白居易(公元七七二年——八四六年),字乐天,号香山居士,贞元进士,元和元年为翰林学士,文章合为时而著,歌诗合为事而作,与元稹交情甚笃,世称"元白"。曲水流觞,二人互相赠答唱和的诗歌达千首之多,同年,义结金兰,任浙东观察使的元稹将白居易的二千一百九十一首诗歌编纂成五十卷,题名《白氏长庆集》。

### 之二

曲水流觞九寸肠,微之唱和乐天扬。同年千首尚余光。义结金兰元白集,巫山沧海水云芳。江州司马断钱塘。

### 17 山水无法穷尽·李白《宿五松山下荀媪家》

御用文人十地天,春江渡口五松缘。金台漂田半方圆。谁谢平生田垒客,东邻夜春女儿年。荀媪寂淑月婵娟。

### 18 清逸的禅理汇入文化的激流·柳宗元《晨诣超师院读禅经》

古刹清心一苦禅,真源未叶半人天。何由缮性渡江船。悟悦离言膏洒竹,鸿词子厚柳州年。拂尘自足步先贤。

注:柳宗元(公元七七三年——八一九年),字子厚,唐代文学家、哲学家和政治家。

### 之二

蒙昧荒蛮一玉颜,云消西影半巫山。黄河曲曲九湾湾。八记永州文化客,菩提红鸟色斑斑。空余井水寺门关。

### 19 苦闷的象征·孟郊《登科后》

一笔兴亡一半生,寒虫呼另两三鸣。长安草木万千英。游子陈词风骨旧,临行密密恐迟程。今朝放荡志枯荣。

注:孟郊(公元七五一年——八一四年),字东野,湖州武康人。早年贫困,屡试不第,四十六岁始中进士,五十岁为溧阳尉。下笔证兴亡,陈词备风骨,与贾岛齐名,苏轼曾用"郊寒岛瘦"形容二人的诗风。幼年丧父,中年丧妻,晚年丧子,"饥乌夜相啄,疮肠互悲鸣。冰肠一直刀,天杀无曲情。""慈母手中线,游子身上衣。临行密密缝,意恐迟迟归。"

### 20 辋川,消磨心性的别业·王维《渭川田家》

半在江山半在家,一乡草木一乡涯。牛羊古巷满村花。六合生云山水画,消磨心性自风华。辋川别业浪淘沙。

注:王维(公元七〇一年—七六一年),字摩诘,盛唐时期著名诗人,官至尚书右丞,笃信佛教,晚年居于蓝田辋川别墅,善画人物、丛竹、山水。

### 21 枫桥,一位诗人的诞生与死亡·张继《枫桥夜泊》

汴水人生一念遥,吴门渔火半枫桥。寒山寺外客情消,鼓歌尤余惊古刹。船家未语两心寥,钟声只入五湖潮。

注:张继,字懿孙,博览有识,好谈论,知治体。天宝十二年登进士。大历末,入内为检校祠部同外郎。张继传世之作甚少,凭《枫桥夜泊》一首,已使其名留千古,而寒山寺也因此诗,成为千古名刹。

### 22 文字没有面具,金龟澄明如洗·李白《对酒忆贺监(并序)》

李白长安客子房,金龟换酒贺知章。风流总被一沧桑,八十六年何处去。

山源夜度试圆方，四明狂客致衷肠。

## 23 五十根琴弦绷直五十载春秋·李商隐《锦瑟》

五十琴弦半去留，三千弟子一春秋。
江楼孰自问江流，沧海月明珠有泪。
蓝田日暖玉生羞，人情可待忆消愁。

注：李商隐（公元八一三年——八五八年），晚唐诗人，字义山，号玉溪生。年轻时以文采见知于令狐楚，用为幕府巡官。后中进士，拔萃科，因处于牛李党争的夹缝之中，一生都郁不得志。

### 之二

五十年华五十弦，一生岁月一生田。
牛牛李李容如烟，留下无题何隐晦。
玉溪望帝托婵娟，庄生故以待春蚕。

## 24 牛渚一贫如洗·李白《夜泊牛渚怀古》

采石矶前户夜郎，浔阳度口客衷肠。
流离失所自孤芳，朴月当涂何不顾。
芙蓉赋尽去朝堂，衣裳云里挂黄粱。

## 25 一季桃花渲染一场阴谋·刘禹锡《再游玄都观》

道士千年化石空，天街百亩度飞鸿。
人间自是有无中，再以玄都观户后。
桃花依旧向阳红，刘郎留下一东风。

注：刘禹锡（公元七七二年——八四二年），唐文学家，字梦得。举进士，历任监察御史、屯田员外郎、盐铁案等职，权重一时，为永贞改革主将。永贞革新失败被贬为朗州司马，一度奉诏还京后，刘禹锡又因诗句"玄都观里桃千树，尽是刘郎去后栽"触怒新贵被贬为连州刺史。后又被任命江州刺史、苏州刺史，晚年回到洛阳，任太子宾客加检校礼部尚书，其诗现存八百余首。

## 26 秦淮，把河水酿成美酒·杜牧《夜泊秦淮》

桃叶余姿渡口斜，霓裳曲尽羽衣华。
秦皇暗著浪淘沙，商女幽香寒水色。
金陵皎月故人家，秦淮玉树后庭花。

注：杜牧（公元八〇三年——八五二年），唐代诗人，军事理论家，字牧之，号樊川居士。终官至中书舍人。

杜牧临死之时，自撰墓志铭，据《新唐书》载，墓志铭写就，杜牧闭门在家，搜罗生前文章，对火焚之，仅吩咐留下十之二三。

## 27 青春冷凝成露水，献给后人·李贺《金铜仙人辞汉歌》

汉月刘郎道士风，东关瞬射未央宫。
仙人承露有无中，天若有情天亦老。
魏官无将魏秋鸿，咸阳故容问世雄。

注：李贺（公元七九〇年——八一六年），唐代诗人，字长吉。少时即才华出众，名动京师。

## 28 手捧诗稿，焚香面拜·贾岛《题李凝幽居》

贾岛韩愈一敲成，长安落叶半官生。
幽居白石九丛荣，野色荒园池岸树。
云根古刹草丛明，禅心不动是僧清。

注：贾岛（公元七七九年——八四三年），唐苦吟诗人。曾入佛门，法号无本，垂老之年方中进士，封长江主簿，几年之后，便命归黄土，成为唐代诗苑中一声沉重的叹息。

## 29 妆台残泪

金屋藏娇一汉英，深宫奉帚半虫鸣。
长安八水绕东城，叶落尘封华不语。
相如赋尽几枯荣，罗裙色重妒人轻。

## 30 在有力的起降中，找回失落的青春·王建《精卫词》

精卫女娃填誓城，冤禽志鸟向平生。
西山木石客枯荣，一半桑田禅沧海。
东流潭水注江盟，其鸣羽羽自詨情。

注：精卫填海，《山海经·北山经》记载：北二百里，曰发鸠之山，其上多柘木，有鸟焉，其状如乌，文首，白喙，赤足，名曰"精卫"，其鸣自詨（xiào）。是炎帝之少女，名曰女娃。女娃游于东海，溺而不返，故为精卫，常衔西山之木石，以堙于东海。漳水出焉，东流注于河。

## 31 环佩的脆响缘着巫山的峭壁而上·李贺《巫山高》

云雨巫口一半烟，长江峡谷两三船。
瑶姬月色玉婵娟，滟颒堆中多少泪。
波澜天下几声猿，丁香蕙草楚君眠。

## 32 原始的泥土塑造原始的爱情·李群玉《黄陵庙》

斑竹三千像泪娘，洞庭一半在浦湘。
女英舜帝问娥皇，日暮小姑洲隔岸。
山深野庙草春芳，黄陵群玉付衷肠。

## 33 遍地烽火就是遍地桃花·唐彦谦《登兴元城观烽火》

一笑千金万马吟，三边烽火半宫禽。
幽王褒姒知音，人面桃花身胜玉。
家前社稷红颜深，两施吴越到如今。

## 34 浣纱的河，异常宁静·李白《西施》

闭月羞花一古今，沉鱼落雁半音琴。
吴门越女两千金，艳绝馆娃宫中色。
夫差勾践几沉吟，夫椒渡口水云深。

### 之二

初易罗裙浣女妆，西施尤重响履廊。
馆娃宫色半芬芳，温润吴门欢曲舞。
姑苏台下故弓藏，原来玉女五湖王。

## 35 剑下一片桃花

冯待征《虞姬怨》
帐下虞姬半采莲，心中霸主一高天。
红颜剑舞楚歌悬，此去江东多少路。

乌骓汉马去来船，拔山渡口可望鞭。

**之二**

破釜沉舟几故穷，英雄美女向江东。
虞姬项羽去时空，力拔江山何所奈。
乌骓不逝剑歌红，轻舟渡口再重逢。

**之三**

略地攻城一世雄，排山倒海半西东。
铜墙铁壁几关中，汉界楚河虞水色。
沉舟破浪济时空，霸王应记阿房宫。

## 36 两性世界同时竖起厚障，她无处栖身·李昂《戚夫人楚舞歌》

甫毕刘邦永巷人，鸿门垓下驻红尘。
定陶粉脂几乾坤，菡苔风花云雨下。
浮萍寄水可相亲，周昌惠帝惜轻身。

## 37 黄金的四壁泪飞如雨·李白《妾薄命》

金屋长门一里遥，红颜逐玉十年消。
云收雨止奈何桥，姿色生香珠满地。
随风花落玉人潮，佳人赋尽郁心寥。

## 38 未央宫的黄沙从背后吹来·李白《王昭君》

素玉朝花皓齿明，深宫桂月画图情。
黄沙白雪平平生，顾曩掖行令去。
青冢塞外渐无声，琵琶一曲是终鸣。

## 39 被遮蔽的皎容·刘沧《洛神怨》

洛水甄妃一柳杨，巫山云雨半池塘。
苍凉官渡几红妆，素爱贤豪捐弃与。
麻衣营制付黄粱，东归子建向瑶娘。

**之二**

洛水惊鸿玉枕香，游龙容耀月芳娘。
轻云秀雨住戏妆，美人嫉妒留皓质。
治书白练两重光，鄄城可否旧池塘。

## 40 翠烛映照青楼，苍白而赢弱·李贺《苏小小墓》

碧草萋萋一素妆，西陵小小半钱塘。
青楼曲曲几红娘，两缕烟花堪剪弄。
三春日月佩衷肠，余音不尽满湖光。

**之二**

风月无边阮郁纱，南齐小小皎洁华。
雷峰塔下白娘娃，二十四年春韶暮。
"神弦歌"断玉人家，谁人结佩剪烟花。

**之三**

小小西湖二月花，勾栏油壁一香车。
冰清玉洁到天涯，似漆如胶阮郁醉。
钱塘处处半人家，云云雨雨万千华。

## 41 木杵，撞击着子夜的思绪·李白《子夜吴歌·秋歌》

子夜吴歌十地声，长安晋曲四时情。
玉门关里半生平，春夏秋冬人草木。
荒沙练帛客枯荣，晴阴过后是阴晴。

注：子夜吴歌，六朝乐府吴歌曲名。《唐书·乐志》载："《子夜吴歌》者，晋曲也。晋有女子名子夜，造此声，声过哀苦。"

## 42 马嵬坡，梨花纷落如雨·刘禹锡《马嵬行》

马嵬坡前半玉霜，玄都观里一刘郎。
长安日月满咸阳，汤暖芙蓉无力倚。
开元天空可辉煌，胡儿倏忽歇君床。

**之二**

马嵬梨花半色轻，长安玉色一倾城。
华清碧水太真明，三十八年去雨客。
夫人姐妹以身惊，长生殿上几人声。

## 43 石化的女人，曝晒最后的青苔·李白《望夫石》

石柱苍灰日月辉，神工鬼斧武昌微。
湘君楚女大江妃，百合花香开履落。
三春草碧望夫归，云根雨屋入心扉。

## 44 王座风云

闪烁其词问短长，王朝背景几崇塘。
穿缟裂帛试圆方，乌鹊南飞明月色。
风云魏晋度炎流，江山草木入黄粱。

## 45 戴着镣铐享受月光·韩愈《琴曲歌辞·拘幽操》

耳目聪明向四方，两仪八卦告三皇。
天王压抑自扬长，羑里"拘幽操"未尽。
余音袅袅向姬昌，江山日月易兴亡。

注：拘幽操，琴曲名，汉蔡邕《琴操·拘幽操》云："《拘幽操》，文王拘于羑里而作也。"相传周文王姬昌为崇侯虎所谮，商纣囚之于羑里，姬昌申愤而作此曲。《史记》载"文王拘而演周易"。

## 46 姑苏台燃起焚化的大火·李白《乌栖曲》

玉宇楼中待月羞，姑苏台上问吴钩。
西施偏向酒池游，图治励精闻汝父。
卧薪尝胆一春秋，江东取尔五湖舟。

## 47 十几道铜锁锁住光荣·周昙《齐桓公》

小白醒公一国君，齐相五霸半风去。
尊王莒鲁两边分，管鲍之交成霸主。
葵丘仲交会盟军，人情铜锁易牙闻。

## 48 火光，辉煌了历史的一页·李远《听话丛台》

赵武灵王独自裁，邯郸易古筑丛台。
胡服骑射异人来，金舆沙丘宫外客。
漳河志鸟几徘徊，功亏一篑野花开。

注：丛台，今河北省邯郸市内。相传战国时赵武灵王为阅兵和歌舞而筑。推行"胡服骑射"，对于中国社会的发展产生了积极的影响。最终赵武灵王却功亏一篑，被哗变的贵族军士困厄而死于沙丘宫。

**之二**

"独断"灵王赵武柔，荒烟蔓草一春秋。
丛台箭岭半沉浮，乱而求成知不损。
宽袍大袖克漳流，胡服骑射始王侯。

## 49 千里马的骨骼扎成璀璨的图腾·李白《燕昭延郭隗》

乐毅青云拜将台，昭王社稷问良才。
明堂纳士马上催，自是黄金台上客。
剧辛邹衍赵齐来，何人如此见郭隗。

注：燕昭王（？—公元前二七九年），燕王哙之子。燕昭王于燕王哙战死后即位，欲广致天下贤士，雪耻强国，往见郭隗以求良策。郭隗向他讲述了一个古之君王以五百金买千里马尸骨的故事，并说："今王诚欲纳士，先从隗始。隗且见事，况贤于隗者乎？岂远千里哉？"燕昭王如其言，为隗筑宫而师之，又筑高台，置黄金于台上，诚招天下贤士，后乐毅、剧辛、邹衍等人都来到燕国，与秦、楚、三晋联合伐齐，几灭了齐国，从而洗雪先王之耻。

## 50 梦泽，无望的水域·李商隐《梦泽》

十日云飞一日潮，章华腰细楚人娇。
扶墙胁息节臣消。举国营亡云梦客，
休台筑围绪毒枭。虚姿束带作苗条。

注：梦泽，即古云梦泽，战国时，楚灵王曾于此筑章华台。偏爱细腰美女，史载"楚王好细腰，宫中多饿死"。

## 51 做一回自己的主人·陈子昂《蓟丘览古赠卢居士藏用七首·燕太子》

太子燕丹怨质秦，荆轲易水弃轻身。
辽东世上去来人。自在自由难自主，
风尘依旧满风尘。天津何处问天津。

注：太子丹（？—公元前二二六年），战国时燕王喜太子，亦称燕丹，曾入秦为质，秦待之无礼，怨而逃归。派荆轲入秦，借献督亢（今河北涿县、易县、固安一带）图，交验樊於期（逃亡在燕的秦将）头之便，伺机行刺秦王政。事败后，秦发兵攻拔燕都。太子丹逃亡辽东，秦将李信急追，燕王为自保性命，终杀太子以献秦王。

之二

不胜燕丹太子河，轻谋浅虑水连波。
辽东借镜逐秦歌。虎狼兴亡儿女去，
偷安胜败几时多。五年过后可如何。

## 52 惰性和暴戾降下了治世的帷幕·李白《古风·其三》

一半书坑一半灰，两三霸主两三裁。
排山倒海虎狼哀。六国同文同轨迹，
三泉艳女艳姬来。蓬莱可叹去无回。

注：秦始皇（公元前二五九—前二一○年），姓嬴，名政。公元前二四七年，嬴政十三岁即王位，公元前二三八年，秦王政亲理朝政，除掉吕不韦等人，重用李斯、尉缭。自公元前二三○年至前二二一年，先后灭韩、赵、魏、楚、燕、齐六国，完成了统一全国的大业。统一六国后，嬴政自封"始皇帝"，"书同文，车同轨"，收缴天下兵器，同时筑长城，北击凶奴，南定百越。"焚书坑儒"。修阿房宫，建骊山陵。南巡会稽，在返回途中病死于沙丘平台。

## 53 七尺深的地下，灰烬缄默无声·章碣《焚书坑》

白骨长城万里横，关河汴水一阴晴。
烟销白石几人生。帝业未央宫自锁，
尘封六国女儿情。隋炀自叹此声名。

## 54 染血的忠诚搭晒在剑端·胡曾《杀子谷》

指鹿秦人问马声，扶苏谷口李斯名。
书坑原是自儒生。小大由亡天下问，
纵横车裂付枯荣。沙丘日落渐垂明。

注：扶苏（？—公元前二一○年），秦始皇长子，有才略，他认为天下未定，百姓未安，反对实行"焚书坑儒"、"重法绳之臣"等政策，因而被秦始皇贬到上郡监蒙恬军。秦始皇三十七年（公元前二一○年）七月，秦始皇死于沙丘（今河北广宗西北），赵高、李斯、胡亥一起伪造始皇遗诏，指责扶苏在边疆和蒙恬屯丘期间，"为人不孝"、"士卒多耗，无尺寸之功"、"上书直言诽谤"，最后逼迫扶苏自杀。秦始皇共有二十二个儿子，唯长子扶苏最敦厚仁德、智勇多才。

## 55 电与剑，源出同一炉铁水·李贺《公莫舞歌》

泗水刘邦自守空，江东项羽未央宫。
鸿门剑舞问枭雄。力拔山兮凭玉斗，
虞姬帐下曲肘终。激流犹溅大江风。

注：鸿门，南依骊山，北临渭河，地处潼关通长之要冲，在它的前面，横亘着一道一公里长的峭塬，中间如刀劈一般断为两半，南北洞开，犹如城门，鸿门因此得名。

## 56 血光闪过，铁槊折进江泥·杜牧《乌江亭》

破釜沉舟世九鹿平，彭城九郡半身名。
鸿门埃下楚歌声。依旧乌江亭上问，
乌骓犹自苦悲鸣。虞姬未尽丈夫行。

## 57 刘彻，做着不死之梦怆然而逝·李贺《昆仑使者》

烟树昆仑半鸟鸣，金盘玉露一平生。
麒麟背上久无名。罢黜百家儒术至，
匈奴万岁不兴兵。茂陵风雨几枯荣。

注：刘彻（公元前一五六年—前八七年），西汉皇帝，史称汉武帝。接受董仲舒建议，"罢黜百家，独尊儒术"；遣卫青、霍去病北击匈奴，晚年，汉武帝幻想长生不死，尊礼方士，在未央宫前遣承露盘，后元二年（公元前八七年）武帝病死，葬茂陵。

## 58 戴着面具行走·周昙《王莽》

十五年中半汉新，黄门恭俭一来人。
清廉假摄帝皇身。大义灭亲儿子尽，
王朝只代缘林均。城头私属葬颅巾。

注：王莽，新朝的建立者，公元八年—二三年在位。

## 59 十丈高台耸起十丈瞩望·沈佺期《铜雀台》

断瓦沉陶半不回，残铜蓄雀一荒台。
挤玄太尉望无猜。官渡甄妃难做客，
绮罗音迷歌舞来。漳河志鸟令图开。

注：铜雀台，东汉末建安十五年（公元二一〇年）为曹操所建，故址在今河北临漳县西南。铜雀台高十丈，周围殿屋一百二十间。于楼顶置大铜雀，舒翼若飞，故名铜雀台。

## 60 脂粉和烟花瑟缩成一个王朝的秋天·李商隐《南朝》

玄武湖中一半情，鸡鸣寺外二三声。
烟花脂粉井前荣。玉树后庭花百色，
金莲女学士干琼。朝朝夜夜碧陈城。

注：陈后主（公元五五三年—六〇四年），即陈叔宝。南朝陈皇帝。其诗《玉树后庭花》云："碧月夜夜荡，琼树朝朝新。"魏徵在《陈书》中评论陈后主道："后主生深宫之中，长妇人之手，既属邦国殄瘁，不知稼穑艰难。初惧贴危，屡有哀矜之诏，后稍安集，复扇淫侈之风。宾礼诸公，唯寄情于文酒，昵近群小，皆委之以衡轴。谋谟所及，遂无骨鲠之臣，权要所在，莫匪侵渔之吏。政刑日紊，尸素朝聘，耽荒为长夜之饮，嬖宠同艳妻之孽，危亡弗恤，上下相蒙，众叛亲离，临机不寤，自投于井，冀以苟生，视以此求全，抑以民斯下矣。"

### 之二

辱井红颜易主安，诗人容易帝王难。
烟花脂粉女性宽。只占才情呈粉色，
莲姿月夜玉生寒。华章押客挂文冠。

## 61 五千艘龙舟犁破大运河的血脉·许浑《汴河亭》

汴水长城自九州，昆仑一派数春秋。
钱塘万里客船游。六国秦皇天下女，
迷楼胜是景阳楼。三千宫女满龙舟。

注：隋炀帝（公元五六九年—六一八年），杨广，隋朝的第二个皇帝，隋文帝杨坚次子，母独孤皇后。即位后，大兴土木，凿运河，仿陈后主之景阳楼而造迷楼，供其日夜渲淫，极尽挥霍。

## 62 君侧沉浮

自古兵书一马鞭，由来泗水半沉船。
阴晴日月海桑田。六国秦皇同轨迹，
三江草木待婵娟。兴衰成败五千年。

## 63 用行尸走肉的方式，拯救行尸走肉的王朝·孟郊《吊比干墓》

柏树控心比干身，殷辛池酒肉林尘。
飞沙走石民天邻。日影知斜难付正，
文章道理以宗亲。朝歌彼此问行人。

注：比干（公元前一〇九二年—前一〇二九年），子姓之后，沫邑人（今卫辉市北）。为商朝贵族商王太丁之子，二十岁就以太师高位辅佐帝乙，又受托孤重辅帝辛。商末帝辛淫乱不止，比干曰："为人臣者，不得不以死争。"纣怒曰："吾闻圣人心有七窍。"遂剖比干腹，以观其心。比干墓始建于魏太和十八年（公元四九四年），称为无葬墓，相传比干死后，天降大风，飞沙走石，天葬墓四周生出许多无心菜和空心柏树，象征比干为国尽忠，耗尽心血。

## 64 离开仓廪，只带走一颗谷粒·周昙《范蠡》之一

一叶商舟下五湖，千仓谷粒上三吴。
夫差勾践几姑苏。霸主悬鞭天下逐，

西施步履玉莲奴。急流勇退向殊途。

注：范蠡，春秋战国时期著名政治家、军事家和经济学家。陪同勾践夫妇在吴国为奴三年，卧薪尝胆，忍以持志。三年后归国，他与文种拟定兴越灭吴七术，苦身戮力，终灭吴国，成就越王霸业，举国欢庆之时，范蠡急流勇退，化名鸱夷子皮，与众子嗣、弟子辗转至齐，在海边结庐而居，兼营副业，不出几年，便积累数千万家产。此后，范蠡再迁至陶（今山东定陶西北），操计然之术以治产，终成巨富，遂自号陶朱公，后世尊其为儒商鼻祖。"范蠡三迁，皆有荣名"。

### 之二

范蠡江湖十地深，陶朱九术一人心。
三迁成就几知音。治产儒商夷鼻祖，
卧薪尝胆伺何寻。急流勇退是如今。

## 65 脱水的眼球在城楼投射夜火·徐凝《题伍员庙》

子胥夫差自误时，鸱夷子皮已相知。
越人楚客各陈词。汴水姑苏南北色，
五湖尤记伍员师。钱塘处处可蚕丝。

注：伍子胥，名员，字子胥，春秋时楚国人。伍子胥因父亲伍奢、兄伍尚被楚平王追杀，而避难吴国。助夫差打败越国。夫差听信谗言，于公元前四八四年赐剑令伍子胥自刎，并将其尸放于鸱夷革中，沉于钱塘江。

### 之二

八月钱塘日月潮，东门梓树怒无消。
三吴应念楚乡遥。远虑深谋知是客，
重原极致此心寥，姑苏伯喜一人骄。

## 66 五匹烈马，撕碎脆弱的盟誓·贾岛《经苏秦墓》

合纵连横六国臣，悬梁刺股洛阳亲。
齐王车裂如知人。十五年中多少术，

沙沉戟落挂纶巾。斯碑古篆是苏秦。

注：苏秦（？—公元前二八四年），战国时东周洛阳人，著名纵横家。曾与张仪一起师从鬼谷子，习纵横捭阖之术，寒窗苦读，甚为刻苦，"（苏秦）读书欲睡，引锥自刺其股"以合纵之说游说燕、赵、韩、魏、齐、楚六国，合纵抗秦，为纵约长，佩六国相印，迫使秦不敢窥函谷关十五年。后张仪破坏纵约，苏秦在齐被齐人刺杀，史载，苏秦将死之时，曾对齐王说："臣即死，车裂臣以徇于市，曰'苏秦为燕作乱于齐'，如此则臣之贼必得矣。"齐王于是如其言，而杀苏秦者果自出，齐因而诛之。

之二

一国五朝六国臣，十年树木百年人。
逐谷关外驻强邻。鬼谷庞涓孙膑逐，
张仪解纵约苏秦。其言自得五公身。

### 67历史选择了西门豹·汪遵《西河》

娶妇西河伯是神，巫风素女故非亲。
自此涛声依旧去，如今明宰易人身。
漳源治邺水田邻。郎君祭鼓向经纶。

注：西门豹，战国时期魏国人，魏文侯时任邺令。邺谷信巫，每岁选民女投江河中，谓之"河伯娶妇"。西门豹到邺城后，巧妙地利用三老、巫婆等地方豪绅、官吏为河伯娶妻的机会，惩治了地方恶霸势力，并颁律令，禁止巫风。同时又亲自率民勘测水源，发动百姓在漳河周围开掘了十二道沟渠，使大片田地成为旱涝保收的良田，民赖其利。

### 68战戟高悬美姬的头颅·周昙《孙武》

阖闾吴宫百十妃，三兵轻笑十旗挥。
女儿八阵自声威。将在军中君命止，
难生一战带伤日。齐人九变视重围。

注：孙武，中国历史上著名的军事家，春秋末期齐国人，大致与孔丘（公元前五五一年—公元前四七九年）同时。其所著兵法十三篇是中国第一部伟大的军事著作。

### 69凭谁问，沙场不是沙盘·胡曾《咏史诗·长平》

纸上谈兵赵括名，廉颇驻守待长平。
秦人白起设围城。四十万军坑遂埋，
君王鼓瑟一朝倾。沙场甲落母先惊。

### 70历史的暗角传来一声窃笑·李白《惧谗》

勇士千钧恃世雄，齐邦三杰自居功。
二桃三士一时空。讵假晏婴谋不止，
怀王掩袂郑心穷。飞燕尤退长信宫。

注：齐景公时，有公孙接、田开疆、古冶子三勇士，齐邦三杰，恃功骄傲。齐相晏婴劝景公除去三人，于是设计让景公送出两面三刀的桃子，要他们论功大小领取桃子。三人相互不相让，争论起来，先后自杀。

楚怀王时，立郑袖为后，号称南后，魏美人宠幸于怀王，郑袖使对其说掩袂会博怀王欢心，随后又向怀王进谗说魏美人嫌弃怀王，怀王怒，劓之。

汉成帝时，班婕妤为赵飞燕所谗，退处长信宫，以团扇作赋自伤。成帝崩后，充奉园陵。

### 71名缰利索缚住了卑下的灵魂·韦庄《秦相》

天下秦相半不成，仓中鼠子一身名。
沙丘二世一年惊。上蔡东门迟去语，
李斯何以读书坑。咸阳腰斩已垂鸣。

注：李斯（？—公元前二〇八年）战国末期楚国上蔡人。从荀子学帝王之术，秦王政客卿。主张实行郡县制，车同轨，书同文，秦始皇焚书坑儒，李斯为主谋，秦始皇死后，

与赵高、胡亥合谋沙丘之变，立少子胡亥为二世皇帝。后为赵高所害，于秦二世二年（公元前二〇八年）七月腰斩咸阳，诛灭三族。《史记·李斯列传》载：李斯为郡小吏时，见吏舍厕中有鼠食不洁，见人犬皆惊恐，后入仓，见仓中鼠食积粟，洋洋自得，"人之贤不肖，譬如鼠矣，所在自耳。"又载：李斯临刑，对其子李忠说："吾欲与若复牵黄犬，俱出上蔡东门，逐狡兔，岂可得乎？"

### 72阉割历史的马夫，双腿间空空荡荡·周昙《赵高》

不问秦王问赵高，扶苏蒙恬寸丹毫。
长城草木御征袍。捐鹿朝堂当为马，
封禅小篆立旌旄。沙丘此计是孤号。

注：赵高，秦宦官。原赵国贵族，进入秦宫后，由于通狱法，善逢迎，深得秦始皇宠幸，任中车府令兼掌符玺令事。秦二世三年，陈胜吴广起义，遂杀二世，别立子婴为秦王。不久即被子婴所杀。

### 73漂母的残粥，依然带着感恩的热度·刘禹锡《韩信庙》

十面埋伏楚汉郎，明修栈道度陈仓。
淮阴漂母后齐五。兔死弓藏飞鸟尽，
苍黄钟室叹兴亡。人生天地自沧桑。

注：韩信（？—公元前一九六年），淮阴（今江苏省淮阴西南）人，西汉开国功臣，中国历史上的著名军事家。胯下之辱、背水一战、明修栈道、暗度陈仓、十面埋伏这些成语，将韩信包装成一位神勇无敌的将军，同时也勾勒出了他令人扼腕叹息的人生悲剧。

### 74圯桥的露水丰沛了决胜千里的兵家·李白《经下邳圯桥怀张子房》

下邳张良几运筹，微山湖岸一留侯，

子房楚汉半春秋。无故加之临不怒，
圯桥露水已惊流。珠联璧合道明修。

## 之二

暗度陈仓决胜谋，鸿门四面楚歌休。
子婴素帛以何求，霸主乌江思故事。
君临天下自沉浮，齐王吕后问留侯。

注：张良（？—公元前一八六年），汉初大臣，字子房，韩人，家五世相韩。下邳圯桥遇黄石公，得《太公兵法》常习通。建立汉朝，被封留侯。高祖末年，助吕后稳固太子之位，并设计除掉韩信，后学仙道，死后谥文成侯。刘邦曾赞其"运筹帷幄之中，决胜千里之外。"

## 75 悲凉的玉碎·周昙《范增》

玉碎悲凉一世修，鸿门剑舞半风流。
空闻亚父劝春权。垓下乌江问项羽，
亭长索叟背间求。人生七十计奇谋。

注：范增（公元前二七七年—前二〇四年），项羽谋士，居巢（今安徽巢湖市）人。"居巢人范增，年七十，素居家，好奇计。"曾劝项梁立楚王族后裔为楚怀王。后归项羽，为其主要谋士，被尊为"亚父"。鸿门宴上，三举玉玦示意项羽杀刘邦，结果项羽最终将其放走。后刘邦反间计，被项羽削去权力，范增死第二年，项羽的军队被刘邦围至垓下（今安徽灵璧县南）。刘邦总结说："项羽有一范增而不能用，此其所以为我擒也。"

## 之二

天下春秋半子孙，人间彼此一鸿门。
朝阳渡口自黄昏。七十范增诳玉玦，
张良楚汉独家尊。江山主次是乾坤。

## 76 欲望在血红雪白中浮沉·李贺《梁台古意》

刘武梁王再不来，空余亭榭问歌台。
箫音几度客难猜。一处钟声相国寺，
清明十地野花开。河图只作射天回。

注：梁王台所涉梁王，指梁孝王刘武，汉景帝胞弟，曾筑梁园（又称兔园）于开封，广袤三百里，歌台亭榭，极尽奢华，司马相如、枚乘皆为座上客。后因罪被景帝疏远，抑郁而死，梁园遂废。帝武亦无道，为革囊盛血，仰而射之，命曰射天。

## 77 刚正与耿直高悬辕门·胡曾《细柳营》

汉将军闻细柳营，辕门只见亚夫兵。
灞上棘门万岁名，介胄阴山文帝许，
东西各设三森严部，长安脚下自兵生。

注：细柳营，汉将周亚夫驻军之地，国在汉之细柳地，汉文帝后元元年（公元前一五八年），匈奴大举寇边，文帝在长安东、北、西三面各设一军事据点，令刘礼驻军灞上，徐厉驻军棘门，周亚夫驻军细柳。某日，文帝亲自去慰劳军队，先到灞上和棘门，都是长驱直入，及先行官至细柳营，周亚夫的将士们却是披坚执锐，戒备森严，不许入内。直至文帝派使者持手诏前来，周亚夫才传打开营门。守卫营门的军吏又依军规不许驱驰军马，文帝只好让车骑按辔徐行。文帝到了中军营帐，周亚夫手持兵器以军礼拜见文帝。周亚夫治军严整，不以皇帝到来而废弛纪律，使汉文帝大受感动。数月后，周亚夫被任命为中尉，负责守卫京师，细柳劳军也成为千古美谈。

## 78 世态炎凉，黯淡了一个响亮的名字·卢纶《塞下曲 其二》

一箭幽州虎白惊，三生飞将不殊荣。
阴山万户此名轻，李广难封天子客，
冯唐易老帝王缨。仰空长叹可纵横。

注：李广（？—公元前一一九年），陇西成纪（今甘肃天水）人，西汉著名军事家。"冯唐易老，李广难封。"

公元前一一九年，李广随卫青出征匈奴，兵败，引颈自刎。

## 79 应该将最后一支箭留下·王维《李陵咏》

一去千年半李陵，如来百岁汉家兴。
孤军奋战自恢弘。跃马扬鞭悲异国，
朝堂九族血方凝。沙场易老问唐冯。

注：李陵（？—公元前七四年），陇西成纪（今甘肃天水）人，字少卿，西汉名将李广之孙。天汉二年（公元前九九年），率五千步卒出居延，北击匈奴，被单于军包围，终因寡不敌众，被俘投降。汉武盛怒，诛其九族，李陵遂彻底断绝归汉之心，在匈奴二十余年，病死。

## 80 羊群，在使节周围次第盛开·温庭筠《苏武庙》

雁断云边北海寒，羊归陇上十心丹。
十九年中落旌冠。啮雪吞毡出侠客，
麒麟阁外雨云残。茂陵日暮逝兴叹。

注：苏武（？—公元前六〇年），字子卿，汉武帝天汉元年（公元前一〇〇年），以中郎将出使匈奴，被拘留不得归汉。单于百般逼降，苏武坚强不屈，便令往北海牧羊，仍持汉节。宣帝时，赐爵关内侯，画像于麒麟阁。

## 81 睿智和庄严凝固成泥土·杜甫《蜀相》

蜀相屯兵五丈原，良才训治向方圆。
无微不至丈夫言。百姓从权相布道，
于宫物本岂无喧。管箐亚匹待轩辕。

注：诸葛亮（公元一八一年—二三四年），字孔明，号卧龙，琅琊阳都（今山东临沂市）人，三国时期杰出的政治家、战略家、外交家、军事家，蜀汉丞相，他辅佐刘备建蜀，并与吴、魏三分天下，成鼎足之势。

## 之二

三顾茅庐半世轻，七擒孟获一心泓。
"隆中对"立万军缨。舌战群儒惊赤壁，
东风不语吴蜀盟。周郎何必妒君名。

## 82 赤壁，尴尬的泡沫·李白《赤壁歌送别》

独断专行一表明，烟消赤壁半情英。
周朗弦896小乔筝。音律姿容黄盖火，
楼船扫地吴蜀盟。东风此去自垂情。

注：周瑜（公元一七五年—二一〇年），字公瑾。三国时期吴国将领，杰出的军事家。庐江舒县（今安徽庐江西南）人，美姿容，精音律，时有"曲有误，周郎顾"之语，多谋善断，胸襟广阔，人称周郎。

## 83 兵书浇铸成石头，被烽火烤得滚烫·杜甫《八阵图》

三国功成八阵阁，风云天地一江湖。
龙蛇鸟虎半扶苏。六十四堆方石垒，
平沙之上著书儒。江流遗恨夜如荼。

注：八阵图，见《三国志·蜀志·诸葛亮传》："（亮）推演兵法，作八阵图。"关于诸葛亮作八阵图练兵的遗址，据记载共有三处：《水经·沔水注》及《汉中府志》说在陕西沔县（今勉县）东南诸葛亮墓东；《寰宇记》说在四川夔州（今奉节县）南江边，《明一统志》说在四川新都县北三十里的牟弥镇。

史载，八阵图分别以天、地、风、云、龙、虎、鸟、蛇命名，加上中军共是九个大阵。中军由十六个小阵组成，周围八阵则各以六个小阵组成，共计六十四个小阵。八阵中，天、地、风、云为"四正"，龙（青龙）、虎（白虎）、鸟（朱雀）、蛇（蛇）为"四奇"。

## 84 长戟为篙，刺穿天堑·刘禹锡《西塞山怀古》

建业三千弟子名，金陵一半石头城。
东嚅已去不须兵。西塞山前多少事，
萧萧故垒益川涟。悠悠古迹已纵横。

注：西塞山：长江中游要塞之一，湖北黄石东郊。三国时这一带是吴国西境的重要江防前线。王浚（公元二〇六—二八六年）西晋名将，受命伐吴后，王浚藉长江上游地势之利，大造舟舰，越过建平（今四川巫山北），以大筏走吴军置于江中之铁锥，以火炬熔毁其铁链，攻克丹阳，逼吴都建业（今南京），领军过三山矶（今南京西南）率先进入建业西石头城，接受吴主孙皓投降，实现西晋统一大业。

## 85 打碎珊瑚，两手空空·于濆《金谷感怀》

玉碎瑚珊两手空，黄金碧女一西东。
齐奴锦步何问同？别馆园中歌舞榭，
吟风弄月可时雄。缘珠至谷不梧桐。

注：石崇（公元二四九年—三〇〇年），西晋文学家、字季伦。生于青州，故小名齐奴。石崇有别馆在河南金谷洞，号为"金谷园"。

## 86 在铠甲的光芒中隐身·郭子仪《郊庙歌辞 享太庙乐章 广运舞》

一品官坟十尺嘉，权倾天下侈王纱。
金枝玉叶半人家。武治文功疑盖世，
玄风穆穆到天涯。荒原漫漫戟沉沙。

注：郭子仪（公元六九七年—七八一年），华州郑县人，唐代著名的军事家，以武举累官至天德军军使。安史乱时任朔方节度使，在河北打败史思明。后连回纥收复洛阳、长安两京，功居平乱之首，晋为中书令，封汾阳郡王。"权倾天下而朝不忌，功盖一代而主不疑，侈穷人欲而君

子不之罪。"郭子仪以八十五岁高龄辞世。德宗痛悼，废朝五日，按律令规定一品官坟墓高一丈九尺，特下诏给他加高十尺，以示尊崇。

肃宗手扶郭子仪征尘未洗的双肩，言出肺腑语重心长："虽吾之家国，实由卿再造。"郭子仪祖坟曾被鱼朝恩挫骨扬灰，时郭子仪正带兵退敌，郭子仪班师回京后，竟对肃宗泣道："臣久主兵，不能禁暴，军士残人之墓，固亦多矣。此臣不忠不孝，上获天谴，非人患也。"

## 之二

再造唐家四代王，工成不忌一朝堂。
由卿人欲此汾阳。八十五年风雨尽，
三千戎马两京杨。韬光养晦祖坟芳。

## 87 饕餮胀裂最后的雷纹·白居易《轻肥》

肥马轻裘不柳堂，酒池百色肉林香。
秦中子弟突衷肠。意气君臣殷纠故，
朱服紫绶半垂光。江南岸隔未央乡。

注："轻肥"一词，出自《论语·雍也》："赤之适齐也，乘肥马，衣轻裘。"饕餮：《左传》："缙云氏有不才之子，贪于饮食，冒于货贿，侵欲崇侈，不可盈厌；聚敛积实，不知纪极。不分孤寡，不恤穷匮；天下之民以比三凶，谓之饕餮。"唐人张鷟在他的传奇小说《游仙窟》中，曾这样描写了一次宴会的盛况："东海鲻条，西山凤脯；鹿尾鹿舌，干鱼炙鱼；雁醢荇菹，鹑肝桂糁；熊掌兔髀，雉腶豹唇；穷海陆之珍馐，备川原之果菜。"

## 88 象笏，圣洁如雪，坚硬如雪·杜甫《春宿左省》

左省乌纱象笏城，中书门下客精英。
九霄云后玉珂明。奏折言中多社稷，
蝇头小楷事分明。忧民忧国已忧情。

## 89 人生，踯躅于经纬与黑白之间·杜甫《别房太尉墓》

次律弘文半不平，经纬黑白一人生。
沉浮胜负辱知荣。玄宗蜀路朝客少，
风云贬谪慨词情。封禅书上留名。
注：房太尉，即房琯（公元六九七年—七六三年），字次律，唐河南（今河南洛阳市东）人。开元中，宰相张说荐为校书郎，天宝五年玄宗奔蜀，拜为相。

## 90 太平曲中的不和谐音·杜甫《哀王孙》

八水王孙日月寒，潼关失守急长安。
明香蜀驿卸王冠。夜月延秋门上向，
折鞭断欲望阑干，胡儿一半舞金銮。

## 91 在紊乱的乐阵中流浪·杜甫《江南逢顾龟年》

崔久堂前几度天，江南霜篥李龟年。
音声"十部乐"初全，偏是渔阳羯鼓乱。
人间市井不桑田，玄宗梦里再琴弦。
注：李龟年，生卒年不详，唐玄宗时乐工，与其兄李彭年、李鹤年三人均有文艺之才，彭年善舞，龟年、鹤年则善歌，同时其还擅吹觱篥，长于作曲，曾与众乐工在隋《九部乐》基础上，加燕乐，成官廷十部乐。

## 92 布衣人生

玉碎珠光点点明，江湖市井草枯荣。
书生叹止一声声。万履布衣丝竹间，
东池雨水覆云城。乾坤上下在人生。

## 93 锥子和利剑，扎在生命的两端·周昙《毛遂》

百万之师一舌荣，千人座下半无声。
囊中只见一锥成，赵国平原君上客，
锋芒不露露失英。毛遂自荐是何名。
注：毛遂，战国末期大梁人，赵国平原君赵胜门客，居平原君处三年未得崭露锋芒。平原君赞曰："三寸之舌，强于百万之师。"遂引为上客。次年，燕将栗腹率兵大举攻赵，平原君向赵王荐毛遂为帅，兵败，自刎。

## 94 面对一把雕刻音乐的斧头·刘戬《夏弹琴》

下里巴人楚客鸣，高山流水士人声。
龟蛇锁住大江情。鹤去琴台今犹在，
伯牙才尽子期盟。知音善断善终明。
注：伯牙善鼓琴，钟子期善听。伯牙鼓琴，志在登高山。钟子期曰："善哉！峨峨兮若泰山！"志在流水，钟子期曰："善哉！洋洋兮若江河！"荀子《乐论》"君子以钟鼓道志，以琴瑟乐心。""绿绮""焦尾"充满了文化内涵。

## 95 海水与火焰交替焚烧·李白《古风》

魏将辛垣未帝秦，千金燕赵挂冠巾。
高蹈不仕负红尘。自是平原君外客，
逍遥津外隐人身。鲁连海上以鱼邻。
注：鲁仲连，战国时期齐国智者，亦称鲁连。重义善辩，高蹈不仕，喜为人排难解忧。游于赵，秦围赵急，魏使辛垣衍请帝秦，仲连力言不可，不久魏公子信陵君救赵，秦军退去；后燕将据聊城，齐攻之岁余不能下，仲连遗书燕将，晓以利害，燕将自杀，聊城乃下。齐王欲爵之，仲连固辞不受，逃隐海上。

## 96 易水，一片殷红·李白《结袜子》

易水殷红一士生，燕南士壮半轻名。
吴门豪客几倾成。击筑声中多少愿，
鱼肠上下问枯荣。来来去去是平生。

## 97 英雄没有归程·王维《夷门歌》

门客三于魏国文，临门七十信陵君。
侯赢救赵可诚今。逐鹿群雄天下去，
布衣自刎以归闻。如姬虎符胜三军。
注：侯赢战国防大学时期魏国隐士，家贫，年七十，始为大梁夷门监门。

## 98 出山、成全一个玩笑·杜牧《题商山四皓庙一绝》

吕后三思半不知，商山四皓一绝词。
安车十顾九歌待。何以张良书太子，
无须如意帝王基。非刘左袖是刘肘。
注：商山四皓，指的是秦末汉初（公元前二〇〇年左右）的东园公唐秉、甪里先生周术、绮里季吴实和夏黄公崔广四位著名学者。

## 99 "鄙儒，不知时变"·李白《嘲鲁儒》

列国周游一孔丘，穷经皓首半春秋。
文章谁得十酬谋。济策书坑齐鲁士，
终儒苟已比儒休。中庸似是见中流。

## 100 在超迈中参透禅关·李白《听蜀僧浚弹琴》

参透禅关一念清，昆仑缘腰客先生。
风香羽调已声鸣。段本善僧音曲仕，
琵琶寺外自传情。心机悟道意方明。

## 101 步摇，渗进血斑·李贺《老夫采玉歌》

水碧蓝田一玉生，烟消石断半珠鸣。
鱼虫鹤蟥国玺名。枢纽蛟龙八面篆，
秦皇志得四方赢。冰花色入步摇声。
注：唐时贵玉，尤尚水碧。蓝田山在蓝田县西一十里，一名玉山，一名覆车山，下有蓝溪三十里，其水北流，产玉。

## 102 一升粟粒，一筐地黄，固定成残酷的真实·白居易《采地黄者》

陌陌阡阡暗复明，年年岁岁苦耘耕。
朝朝暮暮自弓行。夜盼龙须风雨至，

春蚕始得筑丝城。伙寒何用问枯荣。

### 103当长渠流贯疆界，源头骤起洪峰·胡曾《谷口》——郑国渠

洛水泾阳至蒲城，田千何处建渠泓。
烟霞谷口尽锄耕。水舟兴修听郑国，
疲秦却向纵秦嬴。无须鼓角半峥嵘。
注：谷口，在今陕西泾阳县西北。郑国渠西起谷口，经今泾阳、淳化、三源、富平，至蒲城注入洛水，公元前二四六年，秦始皇称帝，韩王惧秦攻韩，派水工郑国去秦国作间谍，建议秦王开发水利，挖掘水渠以期疲惫和消耗秦国。始皇迅速采纳并命郑国监修此筑。在工程进行至一半时，始皇忽接密告，说水工郑国系韩国派来的间谍。始皇将信将疑，速向郑国讯问。郑国毫不隐讳，并请求将工程进行到底，然后再将他治罪。始皇大受感动，对郑国信任如初。不到十年，此工程告竣，于是关中尽为沃野，再无凶年之忧。秦国为纪念郑国，将此渠命名为"郑国渠"。

### 104祈雨幡在干燥的田垄上飘摇·李约《观祈雨》

五谷丰登半土烟，风调雨顺一桑田，
麻姑令雨几心连。社稷寸节声声滋，
朱门曲舞月孤弦。人间自古叹方圆。
注：李约（公元七五一年—八一〇年），字存博，自称萧斋。官兵部员外郎。

### 105大运河，挟来一路悲风·李白《丁都护歌》

一曲声情两曲吴，三江流水半江湖。
丁督护许念孤奴，月上长城空秋甲，
船来珠玉碧姑苏。渔乡八月阴纯鲈。
注：丁都护歌，又作"丁督护歌"，乐府《吴声歌曲》名。《宋书·乐志》载：南朝宋武帝的女婿徐逵被杀，府内督护丁旿奉旨料理丧事，逵之妻向丁询问送殓情况时，每发问一句辄一声"丁督护"，至为哀切。后人因其声广其曲，制为《丁督护曲》。

### 106骆驼草刺破如血的残阳·李颀《古从军行》

折戟沉沙半四方，婵娟羞对一残阳。
长城日月几钱塘。土垒交河云万里，
姑苏碧玉女肝肠。孟姜幽怨客家娘。
注：李颀（公元六九〇年—公元七五一年），唐东川人，少时居颍阳，开元十三年（公元七二五年）中进士。曾任新乡县尉，与高适、王维、王昌龄均有唱酬，尤以边塞诗见长。

### 之二

朔漠荒原一半沙，蒲桃不换半宫纱。
长城留下几人家，白日登山烽火望。
婵娟梦里玉榨斜，白骨棘草野春花。

### 107浣溪沙

唐代历经唐高祖，太宗，高宗，中宗，睿宗，武后，玄宗，肃宗，代宗，德宗，顺宗，宪宗，穆宗，敬宗，文宗，武宗，宣宗，懿宗，僖宗，昭宗，哀帝。
三代唐人不共堂，一朝天下几君王？
玄都观里问刘郎。六祖禅音神秀去，
半周武曌窜宗昌。五陵风雨叹兴亡。

# 十二、大唐风度

**1 鹧鸪天·隋唐风度**
历史河边一四方，隋唐渡口两三郎。
诗词曲赋三音韵，水调歌头半帝炀。
千岁月，百文章。玉壶未尽入黄粱。
轻舟已过姑苏岸，故客还来问子房。
北京——济南动车上
2011 年 3 月 15 日

**2 温家宝首辅：国命在于人心**
国命半人心，民情一古今。
风云何易变，土地可成林。

**3 驿**
金陵处处遍黄花，岁月幽幽碧玉家。
二水中分依旧客，三山旁落浪淘沙。

**4 所谓伊人，在水一方**
一方清水一伊人，半李红梅半杏身。
非雨非云非日月，是男是女是乾坤。

**5**
故垒女樯边，余音絮岁年。
长安多俯仰，霸水少桑田。

**6**
宙斯苦乐半门前，乱混其中一世缘。
事是无知成智慧，亦终亦始自耕田。

**7**
周礼一春官，淮南半训年。
无耶伤不淫，尧典寄天端。

**8 鹧鸪天·龙门摩崖雕**
正教东流半李唐，雍容大度一红妆。
丰腴欲语还休秀，纱落莲华媚丽娘。
行客止，玉人扬。
龙门石刻摩崖王。瞻容垢净鸿颜面，
缨珞婀娜尽予香。

**9 鹧鸪天·唐风**
江左宫商发越情，贞刚河朔义词明。
胡风尤盛隋唐韵，气质文心两全成。
三界浊，一音清。南南北北客相鸣。
大窥子教骚人挟，万国衣冠自此行。

**10 明代汤显祖：世有有情之天下，有有法之天下**
一厢情愿半相思，九脉风流才地知。
擅韵丰神筋骨性，仕途官宦几无辞。

**11 庄子·外物**
个性几难齐，筌鱼自望低。
亡言何在意，蹄者自东西。

**12《诗·秦风·蒹葭》**
草木苍苍白露霜，伊人楚楚在中央。
蒹葭道阻唐情去，留下文章水一方。

**13 超以象外·得其环中**
唐诗的意境呈示。
象外环中七味唐，七情六欲半浓妆。
匪深俞希形意违，有女思春水一方。

**14《周易·系辞下》："《易》者，象也。"**
易者难书一象难，言人没卦半心观。
神思立意知天地，解宰循规以狭宽。

**15《唐音癸签》**
精思意象智神安，照镜然生带意看。
彼此心兴出造化，言文复实挂鳞观。

**16《诗格》王昌龄**
物境神心秀水成，情身惠意丽态明。
其思解宰诗三界，于似张真掌手形。

**17《与极浦书》司空图**
蓝田日暖一人前，洛玉生烟半日年。
口舌文章谁宰解，眉睫镜象向形迁。

**18《自然》司空图**
幽人自语一空山，细雨浮萍半玉颜。
聚散风尘含蓄海，神明返载去无还。

**19 寄彭州高三十五使君虢州岑二十七长史参三十韵·杜甫**
篇终自取以浑茫，箪气行空返回肠。
草木山川真味道，虚心造境意文章。

**20《长干曲》崔颢**
一势落江天，三春白虑泉。
蕴含空白地，语尽意余年。

**21《诗品含蓄》司空图**
天涯咫尺一心田，日月苍空半少年。
水雨模糊花草木，含蓄化越过流泉。

**22 象外之象、景外之景**
象外情中一意悬，虚心客境半神缘。
耕耘自在人田是，现量曾思比义前。

**23 泾渭**
隔岸观花一半春，推舟顺水两三人。
余心未尽随云去，已是空城洛色尘。

**24《世说新语任诞》**
何须见戴一兴归，酌酒山阴半素微。
放浪形骸心子赤，任情渐近自然非。

## 25《青龙寺县壁上人院集》杜甫
直取性情真，多脑臆语尘。
天工如假物，思舆似终人。

## 26《过故人庄》孟浩然
开轩场圃半桑麻，缘柳青山一故家。
隔壁呼来初睡女，如梦快读腊梅花。

## 27《赠萧少府》孟浩然
行无饰动性期游，不物其中于求中。
欲活清明闻月语，心凝色性似江流。

## 28 乾坤万里眼 时序百年心
唐诗的时空观念。
万里一乾坤，千心半故人。
真诗情所就，凤眼入红尘。

## 29《庄子庚桑楚》："有实而无乎处者，宇也；有长而无本剽（通"标"）者，宙也。"
时空宇宙内涵分，序列长标实处云。
往古来今从上下，东西南北四方闻。

## 30《惜余春赋》李白
西飞白日挂青天，自古悲辛系药年。
夜伏朝回知老少，长绳去恨羿弓悬。

## 31《杂诗》司空图
女娲不解补青天，斗母何须制岁年。
去古芳华常悔怨，留今日月自空悬。

## 32《登幽州台歌》陈子昂
今今古古半相形，去去来来一度英。
怅望千秋寻日月，萧条万州史阴晴。

## 33《金陵五题》包括《石头城》《乌衣巷》《台城》《生公讲堂》《江令宅》刘禹锡一讲生公点石头
不问金陵二月花，须寻巷口一人家。
乌衣国里台城柳，坐外生公讲夕斜。

## 34《文心雕龙神思》
须臾一古今，四海半人心。
反照成门去，回思徒存音。

## 35《代悲白头翁》刘希夷
洛下白头翁，花中碧玉丛。
桑田颜色尽，叹海面余红。
来去长安客，阴晴渭水风。
何心成旧事，复改向西东。

## 36《视觉原理》卡洛琳 M. 布鲁墨
灭点心思拟太虚，东西文化比无余。
三江水色三江日，一代诗词一代书。

## 37《梦天》李贺
李贺半梦天，黄尘一寸田。
齐烟九点望，陌桂十方圆。

## 38《终南山》王维
俯仰天都万物空，晴阴海隅千霭同。
连山岭木临先后，去日辉光是始终。

## 39 过江湖
岸远两天晴，山高半皓英。
云舒万里色，水阔一波平。

## 40《辋川闲居赠裴秀才迪》王维
闲居半辋川，十里一分禅。
隔岸孤烟远，依门渡口船。
书中寻客暖，月里高婵娟。
水色寒山近，山平草木田。

## 41《老子》
"后其身而身先，外其身而身存。"
颜回一巷深，五柳半知音。
日月非天下，文章是古今。

## 42《春梦》岑参
枕上三春一夜分，心中十里半随君。
天天地地何男女，去去来来是雨云。

## 43《春江花月夜》张若虚
月照一江楼，人行半月秋。
天空何问月，月色已知羞。

## 44《夜雨寄北》李商隐
日月阴晴一九洲，风云起落半春秋。
人生不解江山雨，草木还回岭谷丘。

## 45 花非花雾非雾
唐诗的模糊思维。
非花非雾一唐诗，人意人情半界时。
有物有心天下物，无思无境地中辞。

## 46《龙水吟次韵章质夫杨花词》苏东坡
杨花一遗踪，岁次半无容。
晓雨何乡去，朝风几处逢。

## 47 诗无达诂
诗无达诂四茫然，作著行云十地天。
下笔若思流不止，前尘万触是心田。

## 48 恍兮惚兮
诗之所至半模糊，界性正合一丈夫。
彼此言行先后织，全思寡断隔辽吴。

## 49《秋思》张籍
一叶落秋风，三江水色同。
丈夫知自己，小玉待深宫。
壁挂龙泉剑，云行几始终。
苍天浮不定，难作是英雄。

## 50《终南山》王维
终南一玉冠，白马半天寒。
先后龙门客，枯荣草木滩。

## 51《泊秦淮》杜牧
江流日月浪淘沙，草木春秋二月花。
笔墨寻常千语尽，文章只入故人家。

## 52 多元性和互克性
多元互克一文章，复杂简单半曲肠。
凡有诗人多寸虑，须当苦读过千洋。

## 53 开凿
广漠心思聚合成，模糊辐射隐时明。
平移曲线垂知外，色彩斑斓抑驻行。

## 54《旅夜书怀》杜甫
但向婵娟问，无须驿舍求。

红梅颜早落，二月色香流。
汴水三帆尽，洞庭一日羞。
江湖天地阔，日月客行舟。

### 55《秋浦歌十七首》李白

今古一文章，阴晴半曲肠。
枯荣三界草，日月九天扬。

### 56《闻王昌龄左迁龙标，遥有此寄》李白

人生一半向楼兰，草木三春问浅滩。
日月阴晴天上客，终南山下见云端。

### 57《金乡送韦八之西京》李白

清风向我心，明月自知音。
同步心田里，文章是古今。

### 58《望庐山瀑布》李白

草木一庐山，鲲鹏半玉颜。
横飞天上水，但弃去无还。

### 59《灵隐寺》宋之问

世界万千年，清宫一半园。
寺中寻桂子，色里问婵娟。
逐日生当苦，飘香羽化烟。
灵心天地上，约密越吴前。

### 60《塞下曲》李贺

山川被甲鳞，凤羽锁乾坤。
素野平天地，炊烟化白神。

### 61《听蜀僧浚弹琴》李白

听僧月下半弹琴，向寺天边一古今。
巴蜀声声非得道，禅房处处是人心。

### 62《送梓州李使君》王维

十里一长亭，千年半渭泾。
形出天山色，影入九江青。

### 63《恼公》李贺

空山一叶飞，闭谷天心归。
下里巴人口，阳春白雪晖。

### 64《天上谣》李贺

天上一人间，情中半玉颜。
神仙多少客，士子古今还。

### 65此时无声胜有声唐诗的空白艺术

无声自有声，闭月故生情。
二度梅花影，三春草木明。

### 66《丽人行》杜甫

韩秦虢国玉夫人，五鼓初鸣待漏身。
带雨梨花沾露水，逢情一笑懒三春。
百花焕彩倾城去，寸草生辉各效馨。
驰荡心弦盈苍响，人间自此满红尘。

### 67大音希声

大音一半见希声，小寺三千有古名。
草草花花多日月，空空色色是僧城。

### 68《老子》："大音希声，大象无形"

大象自无形，中央八面城。
虚庸非道以，宇宙可希声。

### 69"心斋" 庄子

空山落叶半无踪，谷水流花一去客。
风月朝来还暮去，精神万古自相逢。

### 70《文赋》陆机

虚无以苟心，寂寞而求音。
澡雪精神下，文思沿古今。

### 71《对李白诗中色彩字使用的若干考察》中岛敏夫

白石一平生，苍天半不成。
空空何宰物，色色予心明。

### 72《景德传灯录传第四》

白云风月四方流，赤子人心两意休。
是尽钟声闻暮鼓，非归界物寂春秋。

### 73《寻隐者不遇》贾岛

山深一叠泉，水阔半青天。
寺古风云纳，渔樵苦岁年。

### 74《鸟鸣涧》王维

叶落一山空，风摇半谷鸣。
泉流惊宿鸟，寺古照门情。

### 75《春行即兴》李华

早春二月半花红，古刹千章一色空。
路鸟空啼流水去，隔岸江河只朝东。

### 76《不食仙姑山房》张籍

山房月出问仙姑，竹露声流向越吴。
古寺禅音钟鼓铭，游僧隐者自殊途。

### 77《铜雀台》贾至

台空铜雀在，草碧故人寻。
举桨连营洒，东风赤望今。

### 78王夫之论画者曰咫尺有万里之势

咫尺幽思万里心，七弦沽酒半知音。
非花非雾曾相似，如古如今是古今。

### 79秋风吹不尽，总是玉关情

唐诗的情感体验。
何言草木生，只及玉关情。
一水分流色，三春性不平。

### 80《乐记》："凡音之起，由人心生也，人心之动，物使之然也。"

人心万里成，草木一年生。
岁岁当天下，年年愚志情。

### 81《文心雕龙》刘勰

一志多情一念生，三江色水半江明。
流连只绕山青岸，吐纳风云雪月形。

### 82《春江花月夜》张若虚

江流不尽剩残红，柳岸多余世代风。
瑟瑟宇宙寻上下，潇潇夜雨向西东。

### 83《次北固山下》王湾

麒麟阁上一朝名，北国山前半月城。
海日风波连旧岁，晴光柳色向潮平。

楼兰梦里交河水，仗剑兰中卫霍行。
万事潇潇风雨色，千年淡淡蓟门情。

### 84《渡汉江》宋之问
思乡过汉江，足步举无双。
渡口何来去，风声雨向窗。

### 85《闺怨》王昌龄
男儿一诺求，少女半心羞。
二月寻杨柳，三春向水流。

### 86《庄子让王》："身在江海之上，心居乎魏阙之下。"奈何？
山河万古城，魏阙两三荣。
德重高蹈故，情深隐遁名。

### 87《题虢州西楼》岑参
阴晴似异同，草木不西东。
越子颜如玉，吴娘色独红。

### 88《临洞庭》朱熹
一半羡鱼情，三千弟子名。
功成多少日，阙论有枯荣。

### 89《庄子逍遥游》
深林草木半逍遥，北阙人生一念潮。
海上形微三界事，蓬莱色映九重霄。

### 90《长门怨》刘皂
故殿重重不见君，开元处处舞红裙。
华清日暖芙蓉色，天宝玄宗已误闻。

### 91《秋登万山寄张五》孟浩然
半在愁因心上秋，门中木存寺前求。
香凝竹露零零响，水集红枫叶自流。

### 92《春梦》
一梦半消愁，三生两地忧。
知书知自己，问世问江流。

### 93《昨日》李商隐
何情日日梦中求，以念重重月难休。
性命知心曾达故，江流向岸渡时楼。

### 94一生好入名山游
唐诗的自然表现
人生上下不名山，日月阴晴未故颜。
叶落千川天水岸，沙鸣十里玉门关。

### 95《论语》："智者乐水，仁者乐山。"
山山水水一人间，智智仁仁半故颜。
止止行行阡陌路，天天地地玉门关。

### 96《晋书谢安传》
明水壑水一新生，艳色姿声半旧萌。
花鸟鱼虫初世语，文心界物故时成。

### 97《艺苑卮言》王世贞
花光女态玉灵生，水色山容岭木荣。
露湿竹叶珠欲滴，烟华雨雾子衷情。

### 98《春山夜月》于良史
天下入春闱，心中月色归。
嫦娥行止处，欲在向芳菲。

### 99《宿业师山房期丁大不至》孟浩然
孤帆一点挂云边，独树三江待月悬。
渡口乡思无远近，迷津欲向已经年。

### 100杜审言"云霞出海曙，梅柳渡江春"
浮云半复山，落叶玉门关。
渡口杨边柳，归舟去又还。

### 101银河岸
微云不到鹊桥边，淡色花笼渡口烟。
织女三春修玉帛，牛郎七月误耕田。

### 102《封丘作》高适
渊明醒醉向田园，不见耕耘不见天。
五柳先生何足下，悲人自取忆陶鞭。

### 103笔落惊风雨，诗成泣鬼神
唐诗的语言技巧
指掌一文章，枯荣半草堂。
龙蛟知潜跃，雨粟以天光。

### 104《长安古意》卢照邻
寂寂寥寥待子居，潇潇洒洒一家书。
吟吟读读文章在，止止行行小大余。

### 105《商山早行》温庭筠
西厢一萝长，北国半书香。
店月鸡声近，桥霜客迹凉。

### 106《过香积寺》王维
孤灯舞镜窥沼梁，蓟水寻桥渡口杨。
白石泉咽香积寺，红梅杏向玉门檐。

### 107《宿建德江》孟浩然
风清建德江，玉叶向船商。
月色明垂处，微身影不双。

### 108《雁门太守行》李贺
冰州城外半沙霜，子士心中一夜乡。
自古长城多战事，何如汴水入天堂。

### 109《使至塞上》王维
荒沙向酒泉，大漠故人田。
海市云边树，蜃楼影下天。

### 110《赠王侍御》韦应物
冰壶玉影清，暖酒色人明。
客舍方圆萝，人心左右情。

### 111喻
诗词博曲复谜屠，秘府思心隐语儒。
典故中含章句序，三分象界是文殊。

### 112《尚书舜典》："诗言志，歌永言，声依永，律和声。"
诗志歌言永律声，心音情动足形明。
文成手足闻蹈乐，魏晋初成韵色生。

### 113半逗律《中国诗歌艺术研究》袁行霈
七言三顿一诗声，半逗音声九序情。
古典新吟传唱去，汉林卓学乐章成。
注：五言三顿，每顿的章节是二三一或二一二。
七言四顿，每顿的章节是二二二一

或二二一二。

### 114《天净沙》乔吉
花花草草自轩辕,柳柳杨杨抑或萱。
事事人人终始叠,真真假假待重言。

### 115 司空图《二十四诗品》,宋代严羽《沧浪诗话》、清代王夫之《姜斋诗话》、王士祯《渔洋诗话》
万户诗词一道明,千家苦读半吟声。

司空图品严沧浪,姜斋渔洋似初成。

### 116《登鹳雀楼》王之涣
黄河九曲向东流,白日千山纵此楼。
三界风云三界外,春秋不似一春秋。

# 十三、品读唐诗有感

**1 品唐诗**
齐梁汉魏一新声,"上""下"宫廷半故荣。
武曌兴周诗李客,玄宗治事以文明。
镜湖父老中唐曲,马嵬芙蓉落日情。
大历提闻才子步,词余南北宋家卿。
26/8-2011
北京养春堂

**2 蝉　虞世南**
声声一品鸣,处处半孤情。
五绝临高响,冠缨草木荣。

**之二**
阴晴已始终,柳岸满江风。
日落江山外,春深草木中。

**之三**
日落一孤鸣,心音半自清。
声高知上下,翼薄向阴晴。

**3 杳杳寒山道　寒山**
天台山下寒岩寺,大历贞观已不明。
拾得国清何所语,无人杳杳有阴晴。

**4 入朝洛堤步月　上官仪**
朝朝步洛堤,日日拾东西。
止止飞鸿向,行行草木低。

**之二**
脉脉一川流,幽幽半叶秋。
蝉鸣高树远,水落十三州。

**5 于易水送人一绝　骆宾王**
易水一春秋,燕丹半去留。
江山依旧问,壮士自沉浮。

**之二**
丈夫三界外,易水半燕丹。

来去江山客,阴晴草木冠。

**6 渡湘江　杜审言**
风云一国忧,日月易之流。
京路园林暗,峰州遍地秋。

**7**
日暮峰州杜审言,花香鸟落客临轩。
湘江渡口扬帆去,不待长安御苑喧。

**8 滕王阁诗　王勃**
滕王阁上一江风,南郡云前万表空。
物换星移身已去,少年意气几人同。
暮合一半潇湘雨,朝染三千楚蜀红。
北海鲲鹏争翅展,东山不语谢文中。

**9 送杜少府之任蜀州　王勃**
处处一天津,桥桥半去人。
生生知日月,怯怯问冠巾。
暮寄长安客,朝辞渭洛滨。
思心杨柳岸,不断故人亲。

**10 渡汉江　宋之问**
疑当天下客,不见易之人。
莫问泷州路,景云已故春。

**11**
一半家乡客,三千里路尘。
但见风云落,愁当日月新。

**12**
汉水知音问,琴台一古今。
幽幽黄鹤曲,落落故人心。

**13 杂诗　沈期**
万里一长城,千年半士兵。
江山多少客,天下去来名。

汴水钱塘去,舟帆日月行。
声声闻碧玉,处处语吴情。

**14**
十里长亭路,三春草木深。
秦楼多曲舞,朱雀少知音。
但见窗前月,当思雨后心。
人生知旧枕,夜半闺中吟。

**15**
落日半龙城,星移一甲兵。
寒光宫外暗,月色枕边明。
似得婵娟问,无言故梦生。
楼兰当此诺,汉界楚河情。

**之二**
一坐欲何求,三春已自羞。
心思难空守,月色可情流。

**16 登幽州台歌　陈子昂**
悠悠一古今,啸啸半人心。
独立天地日月,行当去来晴阴。

**17**
独立一幽州,何求半易流。
千年飞将守,万里竟春秋。

**18 回乡偶书　二首　贺知章**
年少声声去不回,老翁诺诺怯乡来。
儿儿女女爷娘问,草草花花日月开。

**19**
一半江山自少多,三生岁月渡先河。
家乡常在心中梦,事业还平唱九歌。

**20 闺怨　沈如筠**
玉影待阴晴,婵娟月下明。

290

三千兄弟阵，一半伏波兵。

**21**
汴水半阴晴，长城一甲兵。
难平天下战，应守伏波营。

**22春江花月夜　张若虚**
春江月夜半花明，柳岸风光一水生。
渡口舟停香甸里，汀兰草色有阴晴。
春江处处东流水，柳叶绿交折又萌。
渡客长亭千万处，汀莲杜若共潮生。
江潮大海总无平，半啸波涛一啸声。
去势汹汹来势涌，此时一纵彼时横。
江流不止江楼间，暮落随天逐日泓。
只有莲芳凭月月，春秋不尽问枯荣。
三春何处小花城，一寸乾坤一寸英。
唯有心思不可空，只须草木不须名。
花开花落年年色，冬去春来岁岁更。
露上浮云珠上玉，厢中隐现曲歌情。
寒宫桂影千须惊，莫问婵娟不尽程。
初一难明争十五，苍空不语向天城。
银河自此生移去，织女牛郎自相倾。
两岸不多云雨客，鹊桥莫记古人轻。
自是人间情处处，相思不尽月盈盈。

**23望月怀远　张九龄**
窗前明月色，笔下夜耕耘。
日月知难尽，阴晴向几分。
相思天下客，玉露共人君。
一举中庭步，还声复古文。

**24归燕诗　张九龄**
燕子一江洋，飞翔半古妆。
知时寻南北，草木作家乡。
绣户栖梁上，天心落玉堂。
五湖多少月，十地可炎凉。

**25张九龄**
郁郁一人风，悠悠半世空。
贤相知白扇，力士几何同。
荠菜多辛苦，玄宗已故穷。
行程千万里，知己是英雄。

**26乡思**
俯见三洋水，须凭一国忧。
人行千里外，月满半乡楼。

**27登鹳雀楼　王之涣**
天下风云客，云中鹳雀楼。
三生三界外，一日一春秋。

**28出塞　王之涣**
荒沙不锁玉门关，几去交河几去还。
海市蜃楼凭白日，高山流水任人颜。

**之二**
万里浮云万里山，一春草木一春颜。
千家灯火千家度，九曲黄河九曲湾。

**29留别王维　孟浩然**
郁郁江山客，明明日月兮。
不才闲主弃，醉语岳阳云。
路见襄阳树，风寻搁笔文。
知音芳草色，何必向东君。

**30与诸子登岘山　孟浩然**
事世千江岸，人生半古今。
鱼梁洲泽浅，梦泽雨云深。
何处羊公去，山川日月寻。
往来三界水，彼此一人心。

**31春晓　孟浩然**
人情一远近，事俗半多少。
花香叶缘处，月落夜归鸟。

**32**
春眠一夜梦，烟雨半阴晴。
十里江南色，三吴鸟不鸣。

**33宿建德江　孟浩然**
峰清建德江，玉色素人邙。
木渎三吴水，盘门半锁窗。

**34飞将巷**
移云天水岸，水色入秦州。
李广飞将巷，声声一九流。

**35心**
不可两三犟，须凭一半亲。
欲闻天下事，只问月边人。

**36古从军行　李颀**
交河落日一方圆，此去楼兰半大千。
大漠风尘凭塞外，阴山草木覆云天。
男儿一诺春秋客，雨雪三山日月田。
飞将龙城擒虎去，英雄大宛玉门前。
乌孙昆莫琵琶语，雁近葡萄汉地边。
碧女约君情不止，胡姬舞尽作婵娟。

**37出塞　王昌龄**
幽州十里一香山，飞将千年半故颜。
天水如今无古巷，龙城不似玉门关。

**38春宫怨　王昌龄**
胡风月落一葡萄，御水秋寒半烛膏。
素女平阳歌舞宠，将军不得锦红袍。

**39闺怨　王昌龄**
东风不断上朱楼，细雨丝丝挂月钩。
一日三思杨柳色，几时凝妆几时休。

**40芙蓉楼送辛渐　王昌龄**
江宁一日半波秋，海澜三江九脉流。
日月心思杨柳岸，梅桃姿色杏花羞。

**41终南望余雪　祖咏**
终南半玉冠，积玉一云端。
不尽三春雨，还平九夏寒。

**42送别**
淑玉一蓝田，桑蚕半陌阡。
书生千万里，天下方方圆。
彼此江湖客，枯荣日月年。
无须杨柳叶，送别共婵娟。

**43桃源行　王维**
桃花两岸一天津，一水千山来去人。
世外不知秦汉客，云中但结素冠巾。
小舟不住随流水，扑面江风十寸亲。
故语还言天下逐，清溪处处落香尘。

书生此寄几经伦，济事方平自在身。
似是樵渔非是隐，田园依旧洛阳春。
武陵源里山川色，朝暮人中每问邻。
只有枯荣仙境里，月明草木隔山珍。
秦时白日汉时茵，处处山川处处滨。
松下清风鸣故曲，居前竹影向乾坤。
千家峡里房槐静，万户炊烟谷壑匀。
十日春秋千日过，入洞来去已难巡。
云中不似雨中新，水上难平水下因。
只问长安多少岁，唯闻古树百千轮。
当思上苑终南夜，意守人间归舍贫。
莫隔心思天地外，只缘岁事苦辛真。

## 44酬张少府　王维

三生十地寻，一事半关心。
不是长安里，疑非上苑林。
当闻今古客，莫作去来音。
晚照天山树，黄昏返故林。

## 45鹿柴　王维

辋川三片水，鹿柴十乡云。
色色空空间，来来去去闻。

### 之二

空山一古今，碧水半人心。
落日沉浮近，禅房草木深。

### 之三

树上挂浮云，桥中落日分。
鸣蝉何不语，碧草自殷勤。

## 46山中送别　王维

山中草木晖，世上去来归。
暮暮朝朝客，南南北北飞。

## 47杂诗　王维

故土雨云开，家乡日月来。
平生千万里，足下两三回。

## 48相思　王维

红豆相思子，私心一半猜。
寒宫明月色，疑是玉人来。

## 49九月九日忆山东兄弟　王维

平生一弟兄，日月半阴晴。
九九重阳客，家家远近情。

## 50

九月重阳九日心，一年红豆一知音。
东厢未及西厢色，半见婵娟半桂荫。

## 51

十里长亭百里心，一生岁月半生音。
千家灯火千家客，万古春秋万古今。

## 52渭城曲　王维

柳柳杨杨一渭城，行行止止半无声。
霸桥水上浮云远，洛客心中落叶情。

## 53

渭酒桥前半柳无，阳关月下一声呼。
阴晴草木三千界，天下人间一丈夫。

## 54西施咏　王维

浣溪天下色，碧玉人前晖。
越女三春微，脂粉不沾衣。
为何音余客，江湖不可依。
朝迟吴越是，暮见范蠡非。
齐鲁商人去，莫以同车归。
孰美佳人过，姑苏叹故妃。

## 55蜀道难　李白

噫吁呼，江流远兮。
江流此去万里接云天。蚕丛及鱼凫，
蒲泽开明传。自此三万四千载，
大江东去濑山边。赤壁白盐生帝子，
梯归白帝城下延。暗度陈仓英名在，
栈道秦路闻杜鹃。十二峰中巫峡一日雨，
五百载外波光半云悬。楚人犹作高唐梦，
蜀客还鸣回四川。渑澦石上水，
壮士不胜船。一日千里流不尽，
万夫半生以心眠。出峡还望瀑布落，
坦坦荡荡已无边。忽闻岸上猿啼处，
回首四望满云烟。枯木逢春时，日月田。
自可仰天一声叹，江楼且问江流几经年。
此下东吴挂云帆。一路披荆斩棘，

半波流人怜。千年奔流三界外，
万里溯源一清泉。微其人也，
周郎赤壁一火下，连营魏蜀半江前。
多少英雄争高下，却是东风去来已自然。
黄鹊飞不尽知音古难全。唯有日月，
有阴有晴，有朝有暮，有缺有圆。
楼兰沉沙，交河落日，一地一方圆。
多情杳杳，人情重重，半宫半婵娟。
回首事事，古今习斑匹，沧海一桑田。
唯有人间，正道是，耕耘日月年。
注：蚕丛、鱼凫：传说中古蜀国的
两个国王。扬雄《蜀王本纪》："蜀
王之先，名蚕丛、柏濩、鱼凫、蒲泽、
开明。是时，人民椎髻咙言，不晓
文字，未有礼乐。从开明上至蚕丛，
积三万四千岁。"

## 56将进酒　李白

天水秦州女娲开，中原故土久徘徊。
春秋日月群雄逐，醒醉何须一半杯。
君不见前人已乘黄鹤去，君不见，
后浪已推前浪来。幽幽铜雀台，
楚楚魏王袁。汴水软驱，黄河齐鲁载。
泰山封顶祝，上苑洛阳塔，三春草木媒，
太白去，已不回。刘郎曲，京都雷。
二王八司马，唐家几事猜。
君不见，近乡情怯已岭外，君不见，
镜湖年华老大恢。劝莫更进一暗步，
情川历历半乡梅。知音汉口琴台见，
流水高山度尘埃。轻烟散入五侯邸，
红桃落尽十亩苔。长安巷，飞将魁，
昆仑万里雪皑皑。化作寒流泉自主，
国色天香作云栽。古今诗里千肠衷，
长程月下万户瑰。江湖水，到蓬莱。
落日圆，马上催。

## 57行路难　李白

海纳江流一百川，云浮落日两一园。
高山流水知音客，下里巴人楚客天。
冰雪昆仑怀日月，黄河渡口玉壶悬。
中原逐鹿千年尽，楚汉相争万里怜。
不问周郎闻赤壁，东风不语自耕田。

玄都观外刘郎去，取道南洋客来乾。

## 58 关山月　李白
大漠月牙湾，胡家玉女颜。
风扫青海岸，月落响沙山。
地动丘摇后，余音去又还。
三生千万里，十叠半阳关。
天下荒边色，云流曲小蛮。
悠悠何所寄，落落几人闲。

## 59 玉阶怨　李白
三春拾玉阶，半夜苦空怀。
白下千家月，金陵一秦淮。

## 60 静夜思　李白
窗前半月光，天下一梦乡。
俱是书生客，由牵母子肠。

## 61 峨眉山月歌　李白
峨眉山月半寒山，蒲泽江流一玉颜。
水入巫山凭峡口，船行滟滪石门关。

## 62 赠汪伦　李白
万里江流一叶舟，五湖日暮半帆秋。
桃花潭水云云碧，不及思君处处愁。

## 63 送孟浩然之广陵　李白
黄鹤楼前一浩然，轻舟帆后半江天。
吴门初放盘门锁，不见襄阳汉口莲。

## 64 送友人　李白
平生南北去，落日远山晴。
别离折杨柳，相思问亏盈。
长亭游子路，泾渭式分明。
不尽江湖水，洞庭草木荣。

## 65 望庐山瀑布　李白
百丈飞流百丈烟，一千日月一千川。
三军浩荡楼兰战，万马奔腾逐酒泉。

## 66 客中作　李白
一衷醒醉一衷肠，十地风云十地乡。
同里桥中人上下，杏花村里柳低扬。

## 67 早发白帝城　李白
鱼复三更白帝城，江陵一日落帆轻。
巫山雾里知云雨，峡口峰中间纵横。
注：白帝：《寰宇记》："公孙述更鱼复曰白帝城。"

## 68 月下独酌　李白
扬州一玉壶，玉笛半江都。
日暮琼花落，辰晴碧玉无。
亭桥明月夜，草木暗姑苏。
淑曲惊三界，余声到五湖。
小舟停不止，杯酒试珍珠。
应作浔阳客，洞庭问小姑。

## 69 山中与幽人对酌　李白
一心二意一山中，半岸三山半水空。
古古今今寻进退，来来去去步西东。
注：《宋书·隐逸传》："（陶）潜不解音声，而畜素琴一张，无弦，每有酒适，辄抚弄以寄其意。贵贱造之者，有酒辄高。潜若先醉，便语客：'我醉欲眠，卿可去。'其真率如此。"

### 之二
山中一曲觅知音，人后三生问古今。
处处耕耘留日月，时时笔墨自人心。

### 之三
半壁溪流半壁荫，一衣岁月一知音。
阴晴处处闻风雨，草木声声莫抱琴。

## 70 阙题　刘虚
大千生柳岸，小路向溪长。
处处江湖水，年年草木香。
春明花自许，月夜任衷肠。
白日千山树，浮云十地妆。
阴晴何醒醉，日月入黄粱。
幽经清风扫，书声满晓堂。

### 之二
柳暗读书乡，桃明问汉塘。
秦人多少事，晋北去来忙。

### 之三 书乡
星随日月光，柳叶去来扬。
渡口沉浮水，春晖草木堂。

## 71 黄鹤楼　崔颢
一鹤徘徊一鹤忧，半江渔火半江流。
汉阳汉口晴川树，知水知山日月浮。
几问琴台天下客，只须烟雨满春秋。
龟蛇不锁凌云志，草木难平万古舟。

### 之二
大江东去一江楼，黄鹤飞来半鹤洲。
触目琴士夫不在，惊心草木汉阳愁。
高山流水知音久，下里巴人署未休。
有道潇湘生夜雨，无言日月易春秋。

## 72 凉州词　王翰
寒宫月色满凉州，玉笛胡姬醉不休。
舞尽身姿君莫醒，红颜欲睡休解衣裳。

### 之二
阳关三叠一凉州，泾渭千山万里愁。
大宛葡萄杨柳树，楚河汉界玉门楼。

## 73 桃花溪
隐隐桃花半接天，幽幽洞口一云烟。
魏晋寻时隋唐客，不是秦舟是汉船。

### 之二
一片桃花一片田，半舟渔火半舟烟。
汉时装束秦时冕，人外沧桑世外天。

### 之三
只耕岁月不耕田，一岸阴晴两岸烟。
是杏非秦皇知汉武，桃花源里客家天。

### 之四
一洞秦汉一洞斜，半岩桃花半岸家。
十里阴晴何日月，三春杨柳几天涯。

## 74 移家别湖上亭　戎昱
万里南洋万里情，百家玉色百家明。
三千日月三千柳，一半心思一半声。

## 75 咏史　戎昱

吴人争世界，越国送西施。
木渎江湖水，天平曲舞姿。
馆娃天下色，勾践卧薪时。
霸主春秋去，青楼一首诗。

### 之二

琵琶天下客，白马帝王家。
塞外江山故，昭君二月花。

### 之三

红颜问汉家，董卓向天斜。
妇子知王九，知音八月花。

### 之四

御水一芙蓉，江山半旧踪。
乾坤男女客，尽在故宫逢。

## 76 燕歌行　高适

半在阴山半在燕，一生戎马一生延。
幽州城下何擒虎，塞外云中不见天。
李广平生天水客，将军巷口汉时烟。
龙城飞将名尤在，万马千钧一马先。
碣石辽东八百边，榆关山海一千川。
单于大漠胡人语，暮色交河落日园。
彼此英雄疆场外，身当士卒箭如弦。
孤城玉笛声声问，色侵金甲暗两年。
汉武葡萄白骨造，李家孙子御颜怜。
军中一日三生尽，月上清宫几处妍。
不以玉门关外向，何须士卒境村迁。
不疑此路颖身事，不向朝吏向大千。
来去身经万战穿，不堪回首玉门前。
征人一夜婵娟梦，壮士三生日月悬。
足下行程千万里，此生不悔试方圆。
苍苍不守私心处，落落人风几酒泉。

## 77 别董大二首（其一）　高适

万里风云一日闲，千年卓事半心间。
霸桥折柳君先至，渭水知春客后颜。

### 之二

玉门关外半沙尘，上苑花中一客身。
草道楼兰愁落日，何为万里自冠巾。

## 之三

月下婷婷月上园，来时楚楚去时妍。
心宫一半寒宫色，愈是相思愈可怜。

## 78 塞上听吹笛

雪满关山暮复来，笛声故里蜡梅开。
余香但似胡姬舞，一夜风情久不回。

## 79 江南曲四首（其三）　储光羲

渡口一兰舟，人情半九流。
梅花桃李杏，日月去来羞。

### 之二

露水半余音，烟花一雨霖。
悠悠荷碧玉，苦苦结莲心。

### 之三

阴晴一半楼，日月十三州。
云色山中雨，江青水上流。

## 80 题长安壁主人　张谓

几处相思几古今，故人草木故人音。
长安主客长安壁，一半丹青一半心。

### 之二

长安壁上半丹青，古驿亭前一渭泾。
莫道前途何事事，邯郸学步以心铭。

## 81 早梅　张谓

梅花雪素半梨花，水色峰青一客家。
十八湾中藏日月，两三枝下怯山崖。
注：十八湾在苏州至无锡太湖岸山路。

## 82 饯别王十一南游　刘长卿

一舟烟水去，半叶落秋来。
同里连天色，吴门日淡开。
江湖辽阔处，暮鸟问731。
只见汀洲上，幽幽独立梅。

## 83 重送裴郎中贬吉州　刘长卿

年年日月满吉州，岁岁青山草木忧。
国国家家何不似，时时处处以春秋。

## 84 新年作　刘长卿

一年连旧岁，半夜几时分。
爆竹惊天地，人心问雨云。
春风杨柳色，草木谢东君。
只在余音外，门中五味闻。

## 85 送上人　刘长卿

孤云寻野鹤，傲骨上人颜。
但向清风夜，高僧去不还。

### 之二

深山一上人，古寺半秋春。
日落三江水，云游十地身。

## 86 寄校书七兄　李冶

亚洲发展投资银行
银行中国外，云雨下南洋。
天上飞机客，人中自立强。
十年芸阁事，五载校书郎。
蛇口连香港，姑苏一半乡。
平生兄弟向，岁月几沧桑。
不向爷娘久，何留九曲肠。

## 87 望岳　杜甫

泰山齐鲁客，儒秀杏坛东。
不见黄河水，还闻垒石空。
峰临初日色，暮落晚天红。
身在众人外，归心草木中。
注：人，草木中。

## 88 丽人行　杜甫

长安二月丽人行，枯木逢春草木生。
霸水桥边杨柳色，洛阳城外半枯荣。
芳心渐满霏霏雨，立意凌青自不平。
孔理罗衣多淑气，梅花妆里是君卿。
小蛮方舞尽，碧玉已声声。
金屋藏娇已不成。但以芙蓉成国色，
秦房虢国妇人城。华清池水静，
玉汤力士明。但得玄宗殿上情。
蜀地雨霖铃上问，长生殿上几风晴。
黄门素雪马嵬横，不记梨园曲舞盈。
回首长安知日月，大娘剑舞念奴声。
龟年莫吹明皇笛，安史胡旋几世缨。

谁以深宫羯鼓断，红巾青鸟绝伦名。
开元天宝客，五十已行倾。
不怨平生久，何言至冠盟。
人心终始见，天下顺平衡。
任取江山在，凭须宇宙惊。
数遍南朝陈后主，后庭玉树已无菁。

### 89贫交行  杜甫
管仲无言鲍叔牙，贫君只ésta故人家。
窗寒乞火清明客，一树梅香半雪花。

### 90春望  杜甫
色满三春水，云深五月津。
洞庭烟雨树，同里香冠巾。
渡口钱塘岸，船横碧玉邻。
书乡家国事，俱是去来人。

### 91石壕吏  杜甫
暮落石壕村，江声老树根。
长城南北战，汴水满船痕。
汉武秦皇故，至此帝王门。
三男三柳杨，一妇一黄昏。
事事去来寻，年年论古今。
相思多少夜，别离女儿心。
不在闺房里，何成父母荫。
孟姜齐暮望，至此有余音。
草木入三春，阴晴问五津。
沙场飞白马，羌笛不相邻。
复向楼兰数，交河落十尘。
英雄知易水，啸啸少年身。
十载寒窗客，三年一世文。
龙城飞将去，天水巷难寻。
唯有声名在，难平旧日君。
悠悠争日月，远远向浮云。

### 92佳人  杜甫
历代几佳人，形神淑女身。
小蛮歌舞尽，碧玉素红尘。
世语公孙剑，姿妍半入春。
念奴声色里，石谷绿珠亲。
不在深宫里，江湖以自珍。
一声何满子，两世断肠巾。

虢国红颜词，秦娘扫至尊。
采萍高力士，玉树丽华坤。
三春男女子，九日自侯芪。
只作胡汉客，鸟孙继母臣。
花泥香似故，月半入时真。
故国三千载，人情十万钧。
相思红豆里，许诉枕边频。
自有阴晴治，沉浮着绿茵。
但凭修竹立，日月似经纶。

### 93春夜喜雨  杜甫
一日东君言，三春草木新。
声声滋润物，处处化天津。
来去千江晚，阴晴半故人。
但闻峰顶上，天地有余亲。

### 94绝句二首（其一）  杜甫
暮落草堂西，香疏鸟不啼。
东君言语去，梅色化红泥。

#### 其二
岁岁事延绵，年年渡大千。
行行杨柳岸，日日有归船。

### 95绝句四首（其三）  杜甫
年年岁岁知杨柳，去去来来问客船。
渡口岸边明月色，长亭道外古人田。

### 96八阵图  杜甫
垒石三江立，出师半国吴。
祁山多少客，故蜀一人孤。

### 97登高  杜甫
海纳千川一日来，去浮万岭半花开。
春秋草木东风雨，离别相思一半哀。
不尽齐梁陈玉树，高山流水问琴台。
黄河此去中原客，易水难平去不回。

### 98江南逢李龟年  杜甫
华清一半芙蓉色，弟子三千羯鼓闻。
但似梨园花月夜，明皇上苑羽衣裙。

#### 之二
十地龟年十地闻，半途知已半逢君。

长安月落长安夜，几处春秋几处分。

### 99野望  杜甫
苏州同里小桥村1号吕宅
十年旧事十年遥，五里江村五里桥。
三界风平三界水，一湖丘玉一湖潮。
春蚕桑叶春蚕语，八月纯鲈八月枭。
燕子岸边来去问，雨烟处处柳杨条。

#### 之二
平生五弟兄，父母皲知英。
不语三千客，如今一半明。
何须回首问，家乡十地城。
重阳重九日，何以共枯荣。

### 100春行即兴  李华
一水宣城总向东，三川涧色半山同。
东君化雨阴晴岸，隔柳空闻牧笛风。

### 101山房春事二首（其二）  岑参
梁园墙外两三花，日月心中一半家。
司马相如枚乘赋，古今诗里谢女娲。

注：梁园：又名兔苑、修竹园，西汉梁孝王刘武所建，故名。梁孝王曾在园中设宴，一代才人枚乘、司马相如等都应召而至。到了春天这里更是百鸟鸣啭，繁花满意枝，车马迎骖、士女云集。

#### 之二
梁园日落故人家，竹影云浮一半斜。
百鸟争鸣情不止，迎骖士女客繁花。

### 102逢入京使  岑参
八声不尽到甘州，九日重阳大漠流。
不及思乡寻故里，一梦月色满春秋。

### 103戏问花门酒家翁  岑参
古今诗与亚洲银行
人生七十半春秋，此去南洋一去留。
为有银行多少路，莫须日月自沉浮。

#### 之二
花门不对酒家翁，月色须随老顽童。

只见玉壶非是玉,古今诗客故人中。

**之三**

榆钱依旧挂云中,不满春秋怯复虫。
但寄江山天下客,只由日月不由衷。

## 104月夜(古今诗) 刘方平

来来去去半人家,古古今今一玉华。
字字千思含百解,诗词日月自无瑕。

**之二**

影长不及月西斜,南斗还寻北斗家。
不怨相思古今老,但凭信物枕边花。

## 105春怨 刘方平

夕阳山上问江村,暮落舟中见水痕。
小杏出墙红不语,梨花满地似无垠。

**之二**

一村牧笛一黄昏,半曲相思半子孙。
不解平生何日月,知恩时节未知恩。

**之三**

竹影凭窗半玉心,风声月色一知音。
相思不得婵娟问,何必闺中向古今。

## 106闻鹊食枣

北京市东城区江魏新巷九号养春堂
大枣初红一树明,西风未至半堂荣。
人心未老春秋老,喜鹊还鸣四五声。

## 107送崔九 裴迪

只去一山深,还闻半古今。
武陵秦汉客,尽是故人心。

**之二**

处处半红尘,悠悠一客身。
不须多少问,只道古今人。

**之三**

十叶两三音,千望一半林。
晴阴非向客,终始是归心。

**之四**

幽幽一经深,漠漠半桥浔。
处处山泉影,时时翠鸟音。

## 108贼退示官吏·并序·元结

古今三界土,沧海一桑田。
日月朝廷久,江湖一半年。
落落平生路,重重草木萱。
足下长亭路,心中正义悬。
万壑三江色,千川一水原。
天下家桑载,人间粮布先。
乞火寒食雨,清明苟读泉。
此跃龙门岸,皇城上苑天。
莫道书坑冷,还知汉武传。
十五婵娟冷,寒宫十六园。
落木春秋叶,清辉上下弦。
来去沉浮水,阴晴日月边。
独守楼兰诺,临流易水前。
渡口东西驿,平生左右缘。
但学邯郸步,黄粱过大千。

**之二 桓仁五女山**

南洋云雨露,五女水山田。
唯有家鱼麦,江湖自在天。

**之三 吉隆坡**

南洋水雨倾,雷电瞬时城。
日夜繁花草,阴晴树木荣。

## 109枫桥夜泊 张继

月挂船头半似弦,何闻水下鲤鱼翻。
日明十尺龙门跃,只把江湖作旧年。

**之二**

月落船舷半雨烟,江明渔火一跃悬。
洞庭水上沉浮夜,少小梦中到枕边。

**之三**

姑苏一夜半寒山,古刹三声一寺还。
梦里黄粱千百度,至今不见故人颜。

**之四**

半见星移半见天,一波未起一波船。
婵娟落下沉浮水,响作钟声入客眠。

**之五**

同里吴江一叶船,馆娃越女五湖天。
寒山寺里钟声在,尝胆山中士不眠。

## 110赠阙下裴舍人 钱起

半入龙池半入云,一分长乐一分君。
四方八表秦王鼎,九脉千川白日分。
书上同文同轨迹,人人自主自殷勤。
上林不尽潇洒水,霄汉长悬治就勋。

## 111暮春归故山草堂 钱起

日落心随白日归,情移岭木入情扉。
三春碧玉三春秀,一鸟初栖一鸟飞。

## 112北京养春堂

天池半在养春堂,花满三香四壁芳。
杏树还明去上果,游鱼自主作南洋。

**之二**

一半平生半自飞,千山万水一春晖。
重阳九上窗前树,不改清高待我归。

## 113寒食 韩翃

烟雨清明过后斜,桃花开遍李梨花。
三春杨柳三春色,一半东风一万家。

**之二**

落花处处到天涯,化作香泥入故家。
岁岁年年依旧是,朝朝暮暮柳杨斜。

**之三**

阳关三叠满凉州,下里巴人上九流。
俱是玉门关外客,一声天下帝王羞。

## 114喜外弟卢纶见宿 司空曙

北京养春堂下南洋
远去一人身,归来半自亲。
书香留四壁,日月树三邻。
九夏蝉声唱,游鱼见锦鳞。
古今诗万首,来去作华簪。

**之二**

一日养春堂,三生作玉乡。
诗词四万首,字句一衷肠。
天下人中客,中南海外香。
斑驳鳞枣树,枝节下南洋。

**之三**

自故乡桓仁,居北京,

又赴南洋，三故乡。
夕阳复照满南洋，不向辽东客故乡。
半在幽燕居榻久，桓仁依旧尽衷肠。

### 115鸣筝　李端
有心深处半无心，玉苑情中一上林。
紫禁宫门惊不语，但凭弦外觅知音。

### 之二
一曲玉房孤，三春月色无。
周郎何不语，素女欲家奴。

### 116宫词　顾况
婵娟一半过秋河，柱影三丁问九歌。
不尽寒宫多少夜，玉壶空对几青娥。

### 之二
仲秋一日近天河，日月三明远九歌。
此夜音琴人不语，周郎只顾玉人波。

### 117征人怨　柳中庸
玉门关外半沙尘，壮士心中一玉津。
大漠风云无自己，天山日月不冠巾。

### 之二
响沙山外玉门关，月亮湖中几素颜。
北塞三声情不尽，琵琶一曲过阴山。

### 118淮上喜会梁州故人　韦应物
一日江湖上，三年草木萌。
姑苏天下水，壁磊石头城。
任水随舟去，由云自在生。
不知门下省，何以向枯荣。

### 之二
八水分泾渭，长安向去来。
人生多少路，司马几徘徊。
沧浪缨冠濯，桑田御驾裁。
蹉跎生自主，腊月一梅开。

### 119寄李儋元锡　韦应物
亚洲发展投资银行设在八打令
望月
两地人间两地年，几声世上几声天。
三生足下三生路，一度登楼一度园。

八打令前分日月，吉隆坡后付婵娟。
银行只在南洋岸，夜月明明自在悬。

### 120赋得暮雨送李曹　韦应物
姑苏烟雨色，建业石头城。
雾锁秦淮水，云浮玉笛鸣。
吴门诗客老，楚浦九歌声。
唯见帆行处，波连自不平。

### 121滁州西涧　韦应物
杜若幽幽一涧平，群芳楚楚半客生。
红妆碧玉三川色，暮雨朝云几纵横。

### 之二
半川流水涧边鸣，百鸟飞回草木情。
渡口无人依旧色，一波未折一波平。

### 之二
野渡无人草木横，兰舟随水自难平。
孤芳自赏幽幽问，碧草丹心楚楚情。

### 之三
处处声平涧水鸣，年年驿路芳草生。
无边日月无边柳，渡口舟横渡口晴。

### 122送李端　卢纶
一马过乡关，三秋客不还。
去年寻白羽，今岁向千山。
不作风光客，黄河十八湾。
汜桥朝暮问，明月照红颜。

### 123古今诗
辽东秋叶落，五女雁南飞。
冬日寒云早，霜明露水肥。
榆关山海去，不见读书归。
但许楼兰诺，交河已是非。

### 之二 苏州费世城
四载一姑苏，三春半有无。
盘门桥上问，同里月中吴。
不尽江湖水，洞庭对玉壶。
仲秋今又至，独立一心孤。

### 之三
雨里自蒙纱，云中挂晚霞。

艳明三界外，香色满山崖。
同里洞庭月，姑苏半客家。
东西山上觅，八瓣一梅花。

### 之四
同里退轧潮，吴中玉带桥。
平生三界客，东去一心遥。
百里江村路，千舟去念消。
东风香入夜，色碧柳杨条。

### 124喜见外弟又言别　李益
万里一巴陵，千山半玉冰。
灞桥杨柳绿，蜀客楚香凝。
付水船帆向，临流日月凭。
岳阳三两夜，客舍对孤灯。

### 之二
草木人间客，书生日月城。
始终来去向，成败废兴名。
念念回乡里，年年事不成。
灞桥杨柳折，却是故人情。

### 125夜上受降城闻笛　李益
十里沙城一柳杨，三春明月半低昂。
日日年年平生渡，切切情情是故乡。

### 之二
受降城中一曲杨，玉壶灯下半家乡。
胡姬舞尽红妆尽，不向长安问李郎。

### 之三
半在沙城半月霜，一声玉笛一衷肠。
胡姬不尽红妆舞，醒醉难言醒醉乡。

### 之四 辽东桓仁是故乡
五女山前一客乡，浑江水上半衷肠。
何当回首平生望，半向南洋半向娘。

### 之五
一首诗词一故乡，半衷日月半衷肠。
百年不及年年问，一岁还须岁岁尝。

### 126游子吟　孟郊
一岁苦吟诗，三生半不知。
无归心苦苦，何以自迟迟。

处处爷娘梦，年年是此时。

### 之二
游子自相思，爷娘别离时。
情中相问询，何必登科枝。
回首爷娘去，无心是不知。

### 之二
游子一书生，爹娘半故情。
何须天下事，莫道有无成。
日月辞儿女，春晖寸草萌。
老来回首处，切切几声鸣。

### 127 玉台体　权德舆
周郎弦外柱，素手玉房中。
一曲梅花落，三音五地东。

### 之二
解带落衣裙，窗前夜雨云。
枕边听窗鸟，咯咯不离分。

### 128 题破山寺后禅院　常建
风平山寺晚，日落满禅林。
不得晨钟梁，还闻暮鼓音。
峰高天地外，刹寂去来心。
但见通幽处，何须一古今。

### 之二
虞山寻古刹，常熟向黄昏。
十日姑苏客，三年老子村。
半峰高低树，一水绕云根。
空色流千里，钟声到五蕴。

### 之三
幽幽一径深，袅袅半香林。
月满禅房路，花明寺院荫。
鸟寂三千界，风平自在心。
余音芳草地，露水俱甘霖。

### 129 新嫁娘　王建
洞房一嫁娘，画眉半红妆。
夜半私夫婿，家衣可否黄。

### 之二
一日龙门客，三生日月光。

曲江原上草，只作状元郎。

### 130 亚洲发展投资银行
一日下南洋，三生半故乡。
人间寻织女，天下问牛郎。

#### 新嫁娘之三
羞羞入洞房，怯怯嫁时娘。
三日临厨下，汤先自己尝。

### 之四
婵娟入洞房，明月半临床。
烛下难题解，心中敬玉郎。

### 131 石鼓歌　韩愈
石鼓文章石鼓城，九州日月九州明。
周秦朝贺周秦去，历史蹉跎历史生。
万里长城多战乱，千年汴水几枯荣。
来来去去行人间，古古今今治者成。
一半春秋一半衡，万千人杰万千英。
儒家弟子书纲立，佛道秦川注水泓。
奇货可居赢政取，一心废处一心萌。
歧阳易革歧阳尽，不可无循不可倾。
铁马金戈已五更，宣王奈何弃三情。
明堂祝造明堂晚，白骨沙场日不晴。
但以平原君上坐，何非救赵寄平生。
高山流水知音在，莫以王侯帝业更。
玉锁金绳世下士，龙梭古鼎water难平。
诗经留下千秋唱，由没有间自在鸣。
义密情严劝豪主，从臣才艺继相荆。
黄河一日中原迹，不见横流不见清。
孔子西行草木惊，望帮止步向秦卿。
羲娥遗宿星辰路，洛水陈王怯赋情。
百感交加妃玉色，濯足可驻沐冠缨。
太平国学何兴废，复古方圆可纵横。
楚汉相争初克兵，未央宫外火先轻。
一矩不似书坑冷，霸主鸿门剑舞庭。
何以建安文学会，一人举止百人盟。
留当三国群英萃，赤壁周郎诸葛声。
可以隋炀立制评，诗词水调字耘耕。
雕塑五绝唤天地，杨柳三章乐府宏。
钟鼓江南三百寺，文才自此帝王倾。
梁齐宫体梁齐客，不比黄粱梦可盈。

沧海桑田易革庚，阳春白雪半相迎。
渔舟唱晚洞庭月，下里巴人以情生。
自古如今来去客，前承后继是弟兄。
鸿都节角参谋将，一日三思业就荣。
石鼓之歌尤可盛，春秋日月满天惊。
注：羲娥：指日月。羲：传说为日驾车的人名羲和。娥：指嫦娥。

### 132 蜀先主庙　刘禹锡
江流白帝城，水色特归清。
三国随云去，群雄已不英。
出师何未表，八阵以图精。
只有凄流伎，还闻故蜀名。

### 133 乌衣巷　刘禹锡
得月楼中一女娃，乌衣巷口两人家。
桃花扇里香依旧，夜色秦淮渡口花。

### 134 卖炭翁　白居易
卖炭翁，如辛如苦一山中。
耕凿草木知天地，日月阴晴日月空。
岁岁年年多少夜，时时刻刻致西东。
温柔乡里寻常度，步履桑田济客穷。
苦读虫，是非不是一飞鸿。
无知乞火清明日，尤作农夫半雄。
员外郎名迁司马，刘郎至此莫文风。
唐家依旧侯王帝，去去来来各不同。
一老翁，一由自主一由衷。
农夫也似书生客，几步车亭几步工。
只著江山闻石垒，心平牛马玉妆红。
人情世故黄粱梦，何地春秋是始终。

### 135 长恨歌　白居易
一生父母一爹娘，九世亲情九世肠。
但见阴晴云雨下，何闻日月久低杨。
杨家儿女芙蓉色，半在长生殿上藏。
半染华清池下水，莫非武曌易之郎。
金屋藏娇汉帝床，昭阳宫外故芬芳。
相如赋尽深宫短，虢国夫人素手长。
不似玄宗皇太子，斑好只顾却红妆。
天生丽质王家欲，五月香风柳叶忙。
江南处处采薇凤，力士辛辛一忠良。

第二卷 唐诗百话

不是姿采歌色淡，珍珠彼此已炎凉。
春宵苦短春情少，玉树庭深曲舞堂。
倾国倾城倾上下，瑶池太白御文章。
翰林伺奉一朝光，蜀地长安两故乡。
彼此胡旋歌曲去，胡儿野性乱渔阳。
霓裳色落朱楼晏，羯鼓梨园鼙鼓尝。
帝子并非恩泽尽，开元天宝似荒唐。
诗词一日盛中唐，进士三身赋柳杨。
杜牧王维闻祖咏，镜湖草水贺知章。
泰山犹存张岳父，但向龟年向日昌。
笛里鼓王多少月，刀光剑影幺孙娘。
人中醒醉草木狂，不及骊山字道良。
笔正人心天下正，春风桃李杏花墙。
诗中有画书生气，画里藏诗客曲张。
滴雨梧桐声渐至，青娥似雪素如霜。
悠悠岁月故山典，楚楚桃花入未央。
莫限此生生死去，但求明日李三郎。
西宫月照南宫色，织女河边素玉房。
今夜瑶台多少女，但留七夕梦黄粱。
一枝斑竹泪潇湘，三界风云几挽强。
不必马嵬坡下问，如何不解酒千觞。
雨霖铃后相思客，剑阁烟花著莽莨。
太上皇宫依旧问，还寻太液御池汤。
一朝天子一圆方，留下梨园百世王。
才子佳人三尺界，帝王谁可将相倡。
来来去去权台上，古古今今已不妨。
似把先生相比后，人间化作一沧桑。
彼登场墨此登场，不似相侯不似王。
家国书生田亩上，人间正道是桃姜。
长生殿上成心问，只在瑶池作柳杨。
一半相思留日月，何言不可叫三郎。
十年旧梦一年量，半曲梨园半曲伤。
雨下还言依杏李，云中只就故衣裳。
何言老子兴废论，不可夫人却旧廊。
化雨梅中千万色，春风池下有鸳鸯。
风花雪月一黄粱，下里巴人半女肠。
世上阴阳多少代，乾坤草木又何妨。
人间但有情心在，不比江山自久长。
切莫回头留恋处，黄泉路上两茫茫。
西施娃馆越吴亡，一半春秋一半强。
龙女貂蝉诱董卓，曹公吕布以戟枪。

昭君塞外琵琶语，几代公孙父子娘。
如此由衷川壑别，江山岁月自青黄。
蓬莱路上几花香，渡口船边半柳杨。
自有文君非议论，范蠡月下待舟忙。
玉容寂寞三生客，旧物新心五色洋。
且将江山分彼此，一衣带水一衷肠。
丈夫一诸一牵强，日月江山半治光。
自古人情天地上，如今成败不兴亡。
不须只顾私情久，莫道芙蓉不自芳。
但得居心天下事，何妨一事半荒唐。

### 136花非花　白居易
来是来，去是去。
一半心，一半路。
来如雨后一朝暮，去似云云千百度。

之二
朝非朝，暮非暮，云里来，雨里去。
朝云一半长江水，暮雨一半巫山树。

之三
云是云，雨是雨，来是云，去是雨。
巫山一半还楚客，宋玉三千向何主？

之四
桥非桥，路非路，桥是桥，路是路。
桥来白帝三江水，桥去巫山一条路。

### 137宫词　白居易
一斛珍珠买不成，三宫曲舞两廷明。
芙蓉水色梨园曲，莫照红颜日月情。

### 138草　白居易
昆仑山上草，上苑御中荣。
任叶年年落，依根岁岁生。
乐游原正田，第几曲江情。
读近龙门客，声平一半明。

### 139亚洲发展投资银行
南洋天下水，北海比鲲鹏。
万里飞鸿客，千年落废兴。
心成中国事，业就亚洲恒。
返朴银行继，悠悠一脉承。

### 140江雪　柳宗元
进士校书郎，平生司马良。
孤身行日月，独立向低昂。

之二
山中寻古寺，路上向新荣。
前程行不止，进退是人情。

之三
千山烟雪俊，万树玉人前。
素被江河厚，寒霜日月年。

之四
素被一江残，寒烟半地坛。
风中飞雪岭，舍下满云端。

### 141渔翁　柳宗元
一曲江平两岸树，三湘花色半阳暮。
渔翁挂月春梅落，掌上余芳细细数。
留心化作香泥晚，只著人间千百度。

### 142行宫　元稹
楚楚一颜红，悠悠半月宫。
婵娟留桂影，玉色满西东。
注：元稹：东冬未分。宗系冬韵，宫红系东韵。

之二
落落一行宫，明明半月空。
梨园依旧舞，莫问白头翁。

之三
一像似玄宗，三春素雪封。
情中依故月，处处玉芙蓉。

之四
一半白头翁，三千弟子虫。
梨园朝暮在，曲舞去来空。

### 143寻隐者不遇　贾岛
山中一岛残，树上半云端。
进士江河水，双流此泪寒。

之二
古刹一禅音，高林半古今。
不闻钟磬语，只见故云深。

## 之三
山中朝暮向，云里自由身。
草木三千色，阴晴日月亲。

## 144何满子　张祜
世上三千界，人生一百年。
阴晴多少夜，日月始终悬。

## 之二
天下三江水，人间几百年。
声声何满子，处处向君前。

## 之三
声声一武宗，楚楚半人客。
不在深宫里，何闻去后踪。

## 145题金陵渡　张祜
金陵渡口一江流，白下淮河半芷洲。
月色潮明杨柳岸，星光处处向红楼。

## 之二
石头城外一瓜洲，古月心中半玉愁。
依旧婵娟情色里，金陵淑女几人求。

## 146宫中词　朱庆馀
半锁花香半锁门，一情暮色一情温。
月弦初挂西厢角，玉影还来北屋坤。

## 之二
闲情一曲一黄昏，欲止还鸣半旧恩。
自是深宫心不定，人间正道是乾坤。

## 147近试上张水部　朱庆馀
十曲人中一念奴，三元殿上半姑苏。
小舟此去钱塘路，赋得春来有似无。

## 148秋日赴阙题潼关驿楼　许浑
自古一渔樵，平生十地遥。
江山来去客，草木满中条。
但见桑田在，还闻日月消。
清明谁乞火，渡口向舟桥。

## 之二
潼关一日遥，东海十年潮。
万里长亭路，三桥汴水消。

华清汤水暖，国色不藏娇。
玉树长生殿，玄宗隔岸廖。

## 149早秋　许浑
月落洞庭树，舟平楚九歌。
牛郎闻鹊语，织女过天河。
三叠阳关曲，千山日月多。
江南同里向，碧玉五湖波。

## 150赤壁　杜牧
赤壁惊心一日潮，周郎天下半江消。
东风不语何三国，建邺春深向二乔。

## 151泊秦淮　杜牧
人淘日月浪淘沙，半向秦淮半酒家。
何处陈王胭脂井，只留玉树后庭花。

## 152寄扬州韩绰判官　杜牧
青山近近水遥遥，玉笛声声曲不消。
二十四桥人不在，瘦西湖水月无潮。

## 153遣怀　杜牧
一半江湖一半名，两三岁月两三情。
十年只饮江都水，九日重阳故约成。

## 154金谷园　杜牧
落花不似附楼人，流水还鸣草色新。
金谷园中行止处，绿珠石崇步香尘。
注：香尘：石崇为教练家中舞伎步法，碎沉香为屑于象牙床上，让她们践路，无迹者赐以珍珠。
坠楼人：舞伎绿珠为石崇所爱，孙秀想强占她。石崇怒而不给，孙秀进谗于赵王司马伦，石崇被囚。绿珠泣曰："当效死于君前。"乃跳楼自尽。

## 155瑶瑟怨　温庭筠
曲尽声余十二楼，星明月暗两三舟。
飞鸿已向潇湘去，素女琴弦草木羞。
注：十二楼：《汉书·郊祀志下》"五城十二楼"注引应邵的话说，昆仑山有五城十二楼，是仙人居住之处。

《汉书·郊祀志》中有这样一个记载："帝使素女鼓五十弦瑟，悲，帝禁不止。"

## 156送人东归　温庭筠
月落江南树，风平塞北山。
辽东来去客，大漠玉门关。
寂寂寒宫外，孤孤素女颜。
人生三两问，此路几年还。

## 之二
东归一小船，北上半乡年。
草木千春夏，桑田一陌阡。
何去天下去，不住问长天。
但以沧浪水，心思自涌泉。

## 157陇西行　陈陶
三教无成一布衣，九州足迹十人稀。
何闻白骨荒沙色，柳絮杨花独自依。

## 158乐游原　李商隐
汉时庙苑汉时天，郁郁文宗郁郁年。
意意深微蕴未止，牛家水色李家船。

## 之二
凌步高楼望，临风玉叶悬。
乐游原上草，碧色满桑田。

## 159夜雨寄北　李商隐
下里巴人一首诗，阳春白雪半无词。
巫山云雨高唐峡，几处相思几不知。

## 160无题二首（其一）　李商隐
一阵风云一阵风，半山古刹半山红。
三生五味三生客，十地西厢十地东。
不问朱楼多少月，却闻隔岸去来雄。
兰台笔墨耕耘久，御使灵犀处处通。
注：御使：此指法国地铁外交特使。

## 161为有　李商隐
莫负心中一念消，行成天下半朝朝。
春宵欲暖寒城月，只持香裘似海潮。

## 162 无题　李商隐

不见无难见亦难，东风化雨百花坛。
春蚕叶丝方作茧，一月志弦上下残。

### 之二

一时缺后一时圆，半处分前半时全。
十地春秋天地上，五湖烟雨去来船。

## 163 赠人　李群玉

巫山雨里半襄王，三峡云中一水乡。
十二峰前情可嫁，两千岁月愿衷肠。

## 164 建安

陈王一半洛神伤，帝子三秋水色扬。
莫以宓妃成已顾，建安风骨嫁时娘。

## 165 马嵬坡　郑畋

马嵬坡下一香尘，莫向玄宗半故亲。
有道隋炀知丽女，景阳宫里有情人。

### 之二

一时草木一时新，十地私情十地人。
只有衷心天地久，坠楼不尽化香尘。

## 166 蜂　罗隐

不是争鸣是自身，花心论处有纯真。
还留子女深宫里，化作香甜济后人。

## 167 台城　韦庄

船近瓜洲草半低，金陵水色石头西。
台城依旧秦淮向，桃叶春深鹊不啼。

### 之二

十里杨花十里堤，九州柳叶九州低。
鸡鸣山下台城路，朱雀门中鸟不啼。

## 168 西施滩　崔道融

西施一夜吴，宰胥半姑苏。
草木尝三胆，春秋过五湖。

### 之二

女儿但存浣沙情，子胥无忧水不平。
谁问西施滩外水，何闻娃馆越中名。

## 169 春怨　金昌绪

树上一黄莺，湖中半不鸣。
鸳鸯荷叶雨，各自有私情。

### 之二

闺中月半明，心上一情生。
几处闻啼鸟，原来是偶声。

## 170 赠质上人　杜荀鹤

不入云中一世尘，平生日月半随身。
逢生但语枯荣易，俱是黄粱草木人。

### 之二

十地云游一上人，三江足步半轻尘。
随心天下香山寺，何处人间几世春。

## 171 贫女（古今诗）　秦韬玉

平生半作嫁衣裳，日月三春自柳杨。
忍者风流高格调，丹青彼此寄衷肠。
银行偏向南洋去，一寸心思一寸光。
回首但闻天下事，黄粱之后亦黄粱。

## 172 雨晴王驾

阴晴雨水满桑麻，色半香甜泥二月花。
草叶三春寻碧玉，春风一夜问邻家。

## 173 金缕衣　杜秋娘

红楼不尽杜秋娘，日月还来十地香。
草木逢春芳色里，人生何处入衷肠。

## 174 钱塘仲秋潮

久闻盐官素旌旄，半见瑶池挂玉袍。
天下回头潮涌浪，一波晴似一波高。

## 175 仲秋

婵娟空锁玉门关，一曲风流一迈山。
天下方圆何所问，人间自此玉人颜。

2011年9月10日
吉隆坡——上海

### 之二

天上一婵娟，人间半玉妍。
寒宫情里见，淑气色中怜。

### 之三

自古半方圆，如来一地天。
深宫弦上下，玉树问时年。

### 之四

一度一时圆，千天五百弦。
年年如约守，处处共思全。

## 176 品唐诗

唐诗处处一桑田，品味时时半地天。
古色幽幽阡陌问，心明淡淡去来园。

# 十四、唐人万首绝句

［宋］洪迈　编　书目文献出版社
1983 年出版

### 1 唐人万首绝句
万里一唐人，千年半汉邻。
诗词惊觉句，日月问天津。

### 2 齐鲁书社图
九夏一荷花，三春半步斜。
婷婷钱草木，落落万人家。

### 3 卷一·五言一
王勃（选五首）
寒夜思三首
忆里一家园，心中半地天。
东西南北路，耕耘日月田。
极同滕王阁，向文逐支落。
世上难苦辛，人间可求索。

### 4
山上千秋雪，人间万离别。
灞桥杨柳雨，凉州自豪杰。

### 5
朝朝云起落，暮暮雨怯药。
楚楚寻音许，柳七以情约。

### 6 别人
秋霜问明月，暮色满天阙。
沉浮终始略，去来从头越。

### 7 思归
人生多少是，世事始终非。
天上三秋色，心中一叶归。

### 8 卢照邻（选一首）曲江花
一日曲江花，三春细雨斜。
龙门寻渡口，八水向人家。

### 9
不尽曲江荷，还来唱九歌。
潇湘多少竹，弱水万千河。

### 10 易水
十地一燕丹，三生半玉冠。
九州千万水，四象始终残。
注：壮士须平。

### 11 上官仪（选一首）洛堤晓行
落落一川流，匆匆半九州。
蝉鸣千万曲，山月两三秋。
注：长须仄。

### 12 韦承庆（选一首）南行别弟
人间一弟兄，世上半枯荣。
日月阴晴雨，江山父子兵。

### 13 宋之问（选二首）途中寒食
雨断千山林，江流八水春。
三秋杨叶落，一日柳条新。

### 14 送杜审言
有意千山远，无心万里行。
洛阳桥水岸，南岭向枯荣。

### 15 张说（选二首）蜀道后期
知人知日月，问事问枯荣。
败败成成致，朝朝暮暮行。
注：律为：平平平仄仄，仄仄平平平。
仄仄平平仄，平平仄仄平。

### 16 广州作
雨雪江山养，阴晴草木涵。
春中知日月，丝下问春蚕。

### 17
望海五羊城，循天九脉声。
南洋寻北问，古柏向南倾。

### 18 郭元振（选二首）子夜春歌二首

### 19 十三职韵
秦楼风月久，洛曲绿珠色。
八水风泾渭，九脉人心侧。

### 20 四支韵
陌头杨柳色，雨后万千枝。
不在春蚕里，何言草木知。

### 21 选一首
牛郎问九歌，织女度天河。
汾上惊秋客，心中落叶多。
注：北不可仄须平。

### 22 张九龄（选一首）自君之出矣
人中半是非，世上一去机。
日日弦增减，清清桂兔稀。

### 23 王适（选一首）江上梅
化作春泥晚，难言淑女新。
流红浮日月，弄玉付音秦。

### 24 东方虬（选二首）
汉女昭君市，呼和浩特城。
青冢何所以，北雁两三声。

### 25
塞外多花草，宫中少子孙。
琵琶知日月，漠漠问黄昏。

## 26 选二首 南楼望

不下南楼望，无须汉水京。
知音台上见，俱是读书人。

## 27 途中

玉石和氏璧，纵横六国秦。
两仪同彼此，八卦辨真人。

## 28 王维（选二十二首）答裴迪

步足长亭路，知音不问君。
终南山上客，霸渭水中亡。

## 29 鸟鸣涧云溪杂题

川流一色中，月暗半山空。
九脉香香界，三春处处红。

## 30 萍池

十亩半浮萍，三春一丈青。
靡靡莲叶满，楚楚玉珠玲。

## 31 鸬鹚堰

不可向鸬鹚，须凭俯仰知。
无私鱼车在，有籍取何时。

## 32 孟城坳辋川集

别业一辋川，闲心半旧年。
重来天地上，复者自方圆。

注：余别业在辋川山谷。其游止有孟城坳、华子冈、文杏馆、斤竹岭、鹿柴、木兰柴、茱萸、宫槐陌、临湖亭、欹湖、柳浪、栾家濑、金屑泉、白石滩、竹里馆、辛夷坞、漆园、椒园等。

## 33 华子冈

一竹碧无穷，三山客有衷。
辋川华子冈，鹿柴落飞鸿。

## 34 南洋，马来西亚肉骨茶

子下南洋母以骨带肉，妻以肠中肠。
一付衷肠半柳杨，三秋桂子两炎凉。
春晖寸草寻兄弟，月色难明问爹娘。

## 35 斤竹岭

山深一曲空，路远半溪东。
四季何言至，三春草木同。

## 36 鹿柴

长亭一路人，曲水半情真。
足迹青苔上，三潭印月邻。

## 37 木兰柴

鸿飞惜自身，流水逐红尘。
彩翠分时照，青岚付所珍。

## 38 南

舟横月挂山，水泊色方颜。
桂子三千客，人心十八湾。

## 39 栾家濑

三秋一雨中，十地半恢弘。
九脉寒天下，千山落叶风。

## 40 白石滩

江青白石滩，草碧玉人颜。
色淡流无止，纱明浣小蛮。

## 41 竹里馆

幽幽一竹篁，楚楚半家乡。
柳永惊杭客，梨花复海棠。

## 42 辋川摩诘

啸复故人心，平生一古今。
溪山寻日月，竹水已知音。

## 43 辛夷坞

辛夷木笔花，合抱玉兰家。
紫白南人色，迎春北地华。

注：辛夷：宋朱熹《楚辞集注》："辛夷树大连合抱，高数仞，其花初发如笔。北人呼为木笔。其花最早，南人呼为迎春。"按，据明李时珍《本草纲目》云："辛夷紫苞红焰，亦有白色者，人呼为玉兰。"是兼指木兰（紫苞）、玉兰（白色）两种。现多以辛夷为木兰别称。

## 44 漆园

傲吏半庄周，微官一客求。
风高千万树，叶落十三州。

注：傲吏：指庄周，战国时宋国蒙人，曾为漆园吏。

## 45 山中送别

山中送别音，树下影留心。
草木知天下，书生自古今。

## 46 左掖梨花

一树半梨花，三春两木斜。
东坡当不语，婵娟玉人家。

## 47 息夫人

息以楚文王，纤明饼客伤。
夫人何理誉，界士按凄凉。

注：《河岳英灵集》作《息夫人怨》，《国秀集》作《息妫怨》。全题下原注："时年二十。"并引《本事诗》云："宁王宅左，有卖饼者妻，纤白明媚。王一见属意，厚遗其夫，取之。宠惜逾等。岁余，因问曰：'当复忆饼师否？'使见之。其妻注视，双泪垂下颊，若不胜情。王座客十余人，皆当时文士，无不凄异。王命赋诗，维诗先成，座客无敢继者。王乃归饼师，以终其志。"按，息夫人，春秋时息侯的夫人，妫姓。楚文王灭息，取之归，生堵 及成王。传说息妫因夫死国亡之痛，终生不与楚文王通言语。
今时，《古今诗话》作今朝。

## 48 相思子

此物几相思，何情半故时。
潇潇云雨下，楚楚去来迟。

## 49 班婕妤

春秋有密疏，日月未相余。
长信婕妤女，君王帝王虚。

## 50 杂咏二首

一路故乡回，三生日月催。
千心归半语，万事一枝梅。

## 51
生来一故乡，自此半衷肠。
岁岁寒梅早，年年似柳杨。

## 52裴迪（选八首） 鹿柴
一路半寒山，三江十八湾。
千川归大海，万寺问君颜。

## 53木兰柴
紫色木兰花，红颜玉客家。
辛夷无叶问，只有故枝斜。

## 54茱萸
九月一重阳，茱萸半故乡。
云归夕照晚，叶落近爹娘。

## 55宫槐陌
宫前一陌亭，树外半阡青。
垓下知秦汉，长安向渭泾。

## 56南垞
孤舟暮色晴，南垞水湖平。
落日千金重，风云处处明。

## 57金屑泉
濚笼淡色流，日月重金休。
草木江华处，人心十地忧。
注：濚：水回旋貌。

## 58白石滩
风临白石滩，叶落玉人颜。
不在三春里，何须一小蛮。

## 59送崔九
崔九半归山，裴三一向还。
千川桃李色，几处武陵颜。

## 60李白（选八首） 玉阶怨
玲珑一月秋，曲伏半江流。
白露生寒意，青娥素玉愁。

## 61夜思
窗前满月光，地上半清霜。
举目婵娟向，低头草木凉。

注：律为：平平仄仄平，仄仄仄平平。仄仄平平仄，平平仄仄平。故明须仄，上须平，头须仄，思须仄。古风体。

## 62铜官山
西去一千山，东来半面颜。
难修支雨色，不可玉门关。

## 63敬亭独坐
不上敬亭山，须临问小蛮。
南齐君子客，落叶去来颜。

## 64青溪半夜闻笛
清溪一笛生，孤月五湖明。
碧玉桥边向，洞庭曲不平。

## 65秋浦歌
秋风一客愁，明月半江流。
来去相思尽，阴晴草木幽。

## 66送陆判官往琵琶峡
阴晴一有逢，来去半无踪。
雨满琵琶峡，云平十二峰。

## 67重忆贺监
一半江东向，三千垓下闻。
人人知楚汉，处处见风云。

## 68杜甫（选一首） 八阵图
故垒祁山去，临君向蜀来。
鞠躬知尽瘁，何以向吴回。
注：依律石必平。

## 69孟浩然（选一首） 送朱大入秦
三生半古今，一步一人心。
乞火知天下，寒窗自翰林。

## 70祖咏（选一首）望终南残雪
意尽一终南，心兴半杏坛。
辰明千万里，暮淡两三潭。
注：有司试此题，咏赋四句即纳，或诘之，曰'意尽'。

## 71崔国辅（选六首）铜雀台
铜雀已无声，曹操自故鸣。
何人妻妾伎，留下玉人情。
注：《铜雀台》，曲名，也作《铜雀伎》。曹操遗命诸子，死后葬于邺之西岗，诸妾与伎人皆著铜雀台，台上置床帐，每月朔望向帐前作伎云。曹操所建，故址在今河北临漳西南。

## 72采莲曲
碧水照莲房，金塘向玉娘。
牛郎藏树下，何意解红妆。
注：《采莲曲》，乐府曲名，为梁武帝所制《江南弄》七曲之三。

## 73王孙游
不尽人情水，还来日月迟。
相思多少梦，无奈枕边时。

## 74怨词
只着故衣裳，留心草木杨。
情随铜雀去，魏主几台床。

## 75少年行
章台半柳杨，御史一心肠。
自得威仪敞，何难拊马郎。
注：章台：官名，战国时建，以官内有章台而得名，台下有街名章台街，《汉书·张敞传》："敞无威仪，时罢朝会，过走马章台街，使御史驱，自己便面拊马。"

## 76渭西别李崙
隔夜一千秋，随心半去留。
女娲填日月，溺水向西流。
注：《乐府诗集·陇头歌辞》其三："陇头流水，鸣声幽咽。遥望秦川，心肝断绝。"

## 77崔颢（选三首）长干曲三首
三生三日月，一夜一衷肠。
天意千川客，人心半故乡。

## 78

阁下九江流,云中一逐舟。
潇湘斑竹泪,自得几春秋。

## 79

八月逐潮飞,三生问客归。
钱塘云雨色,一线半春晖。

## 80 王昌龄(选四首)送张四

一半六朝名,三山客不声。
千家何自主,二水以分明。

## 81 留别武陵田太守

无忌信陵君,梁城已故去。
三千知日月,五霸问时分。

## 82 题僧房

此子疲津梁,名言富异香。
曼陀罗大乘,日月满禅房。

注:名言,《世说新语·言语》:"庚公(亮)尝入佛图,见卧佛,曰:'此子疲于津梁。'时人以为名言。"

## 83 朝来曲

三生两苦辛,一岁半秋春。
垓下惊天地,长安画眉人。

注:画眉人,《汉书·张敞传》:"(敞)又为妇画眉,长安中传张京兆眉怃。"

## 84 高适(选一首) 咏史

秦衣几绨袍,范叔半旌旄。
只可精英短,何须就故操。

注:绨袍赠,《史记·范雎传》载战国时范雎事魏中大夫须贾,为贾毁谤,笞辱几死。雎逃至秦,更名张禄,为相。须贾使秦,雎故着敝衣往见。贾赠之绨袍御寒。后知雎为秦相,大惊请罪。雎以基绨袍之赠,有故人之谊,释之。诗所咏即此事。绨袍,质地粗厚之袍,后常以喻故旧之情。

## 85 岑参(选二首) 见渭水思秦川

渭水十三州,秦川半九流。
难言天下客,不入故人秋。

注:渭水,黄河主要支流之一,源出甘肃渭源鼠雀山,东南流入陕西境,至潼关,入黄河。

秦川:自大散关以北达于岐、雍,夹渭川南北岸,沃野千里,乃战国时秦之故地,故称秦川。

## 86 九日思长安故园

陶潜一通才,江州半客台。
重阳惊九月,不见故人来。

注:《宋书·隐逸传》载:陶潜居江州,"江州刺史王弘欲识之,不能致也。潜尝往庐山,弘令潜故人庞通之赍酒具于半道栗里邀之"。"尝九月九日无酒,出宅边菊丛中坐久,值弘送酒至,即便就酌,醉而后归。"

## 87 王之涣

弱水两三波,黄河半九歌。
东流无日月,沙石自期磨。

## 88 登鹳雀楼

风云鹳雀楼,雨水十三州。
天下群英会,江湖永济休。

## 89 储光羲(选二首) 江南曲

日落江湖水,归思古渡头。
山光随色暗,树影逐层流。

## 90 洛阳道

长亭千万里,日月两三晴。
四面天涯路,豪门草木城。

## 91 贾至(选一首) 有赠

七宝避风台,三春贾至来。
瑶英元载末,异伎禁时开。

注:"元载末年,纳薛瑶英为姬,以体轻不胜重衣,于外国求龙绡衣之。惟至及杨炎与载善,得见其歌舞,各赠诗。"按:元载(?—七七七),唐凤翔岐山人,肃宗及代宗时为相,以豪奢著称,史载其"名姝异伎,虽禁中不逮。"

《赵飞燕外传》载:飞燕身轻不胜风,汉成帝为筑七宝避风台。

## 92 王缙(选一首) 别辋川

一日辋川别,三川鹿柴归。
谁凭三色落,尤见西燕飞。

## 93 崔兴宗(选一首) 留别王维

何凭一古今,但弃半衣襟。
可梦心中事,何寻月下音。

## 94 丘为(选一首) 左掖梨花

月下半梨花,人前一玉家。
中书门外去,右掖问桑麻。

## 95 张旭(选一首) 清溪泛舟

斑竹泪千萝,潇湘泛九歌。
谁人三界外,楚汉半萧何。

## 96 李华(选一首) 奉寄彭城公

青门向大梁,御旅抱关霜。
信陵逢自尽,救赵一心肠。

注:抱关者,《荀子·荣辱》:"或监门御旅,抱关击柝。"注:"抱关,门卒也。击柝,击木所以警夜者。"

夷门:战国时魏都大梁(今河南开封)之东门称夷门。魏之隐士侯嬴,家贫,年七十,为大梁夷门抱关小吏。信陵君亲迎为上客,助信陵君窃符救赵,事成,自尽以报信陵。事见《史记·魏公子列传》。

## 97 萧颖士(选一首) 九日别元鲁山

天下付知音,人间自古今。
朝云寻去处,暮雨问归心。

## 98 崔曙(先一首) 雨中送客

草木半山林,江山几古今。

## 诗词盛典 | 吕长春格律诗词六万八千首（全四册）

凭来千事业，化作一人心。

### 99于季子（选一首）项羽
垓下未央秦，鸿门自主身。
三军惊日月，不作渡江人。

### 100薛奇童（选一首）吴声子夜歌
一夜问吴声，千家碧玉情。
婵娟桥岸水，同里客霜明。

### 101韦应物（选七首）寄卢陟
雨落一寒塘，云停半岸霜。
风轻惊草木，子贵启莲房。

### 102宿永阳寄璨师
霜封一半松，月色万千容。
草木难寻故，阴晴不见踪。

### 103秋夜寄丘员外
秋风一客船，明月半凉天。
落落中庭叶，幽幽树影悬。

### 104答王卿送别
一夜雨云乡，三春草木昂。
蚕丝千万缕，不断两情肠。

### 105怀琅 二释子
琅声二子泉，日月五湖船。
岁岁阴晴雨，年年上下弦。

### 106登楼
年年日月梭，夜夜故乡河。
路远长亭少，山深落叶多。

### 107闻雁
声余半月开，曲尽一章台。
独木三秋雨，孤楼两雁来。

### 108刘长卿 春草宫怀古
柳生潮潮望，杭州楚楚人。
但凭明月在，不可问天津。

### 109弹琴
余音满七弦，流水五千年。

一曲阳关去，三边日月田。

### 110送人往扬州
渡口一梅花，孤山半客家。
独心人不语，清影玉枝斜。

### 111送上人
孤云野鹤行，独树古山清。
一半江村月，三千碧玉明。

### 112送灵澈
苍苍古寺钟，杳杳客心容。
岁岁三春晚，年年半故踪。

### 113平蕃曲
读入半燕山，兵出一去还。
难凭今古事，不可玉门关。

### 114钱起 江行无题五首
日月几江楼，春秋万里流。
五湖千里岸，一楚半荆州。

### 115
依依草木生，客客别离情。
杳杳长亭路，幽幽日月明。

### 116
洛下半黄云，幽州一将军。
何须成败问，射虎士君分。

### 117
一念六朝僧，三生半寺凝。
山中芳草地，月下玉人冰。

### 118
日入谢宣城，江流日月生。
江东多少问，不及霸王情。

### 119刘方平（选三首）采莲曲
一曲江南弄，三声武帝名。
采莲湖水色，浣女玉潮情。

### 120京兆眉
目上一梅花，心中半眉斜。

婵娟宫月色，浮影入人家。

### 121春雪
岭岭满梨花，山山半玉斜。
红泥由水色，香气任人家。

### 122张继（选一首）感怀
处处五侯门，年年一古村。
云平山岭木，日落满黄昏。

### 123畅当（选一首）登鹳雀楼
云平鹳雀楼，水色十三州。
晋雁临汾水，黄河自在流。

### 124顾况（选一首）忆旧游
一叶过江南，千山着玉冠。
幽州多日月，易水不波澜。

### 125丘丹（选一首）酬韦苏州
一日韦苏州，三生汴水楼。
涧边幽草问，应物已春秋。

### 126褚伯王
南齐伯玉居，婚及后门初。
只钓樵渔子，钱塘隐士余。

注：褚伯玉，《南史》：褚伯玉，钱塘人，字元璩，少有隐操，寡嗜欲，及婚，妇入前门，伯玉从后门出，往剡居瀑布山，三十余年，隔绝人物。（南齐）高帝征之不就，敕于剡白石山立太平馆居之。

### 127盖嘉运（选一首）伊州歌
月照半伊州，人心一九流。
悄然求此愿，不及枕边羞。

### 128卷二·五言二 李益（选七首）江南曲
一作江南曲，相和可采莲。
芙蓉出水问，织女误衣边。

注：《江南曲》，《乐府·相和曲》名，一作《江南可采莲》。

## 129 赠卢纶
亚洲发展投资银行
南洋一老翁，别业半西东。
执著长春事，银行会此同。

## 130 鹧鸪词
日暮采莲塘，声平浣薄妆。
人间千织女，世上半牛郎。

## 131 扬州怀古
扬州半广陵，月笛一香凝。
只瘦西湖水，琼花已玉冰。

## 132 扬州早雁
早雁过彭城，扬州月半明。
稀阳花似锦，塞外已无声。

## 133 金吾子
天子霍家奴，深宫羽子都。
牛郎天上客，碧玉自姑苏。

注：银鞍冯子都，《羽林郎》诗："昔有霍家奴，姓冯名子都，银鞍何煜闪，翠盖空踟蹰。"

## 134 洛桥
不上洛阳桥，难平玉柳条。
园中金谷水，石崇绿珠消。

## 135 李端（选二首）听筝
素手玉房前，羞心向外弦。
相如三弄久，阙误半何年。

注：玉房，玉饰之房。《汉书·礼乐志·郊祀歌》："神之出，排玉房。周流离，拔兰堂。"《三国志·吴书·周瑜传》："瑜少精意于音乐，虽三爵之后，其有阙误，瑜必知之。知之必顾，故时人谣曰：'曲有误必有顾。'"

## 136 溪行遇雨寄柳中庸
寄雨柳中庸，昏山已去踪。
猿啼三两语，暮暗万千重。

## 137 卢纶（选四首）塞下曲四首
辽东客下南洋办银行
一夜战辽东，三生问大同。
南洋天下雨，别业任西雄。

## 138
三生自主梁，一路下南洋。
尤星孤辛苦，留临十地芳。

## 139
芙蓉万里遥，彼此一心消。
处处相思雨，幽幽日月潮。

## 140
天涯一半心，海角两三音。
只作相思客，南明此古今。

## 141 皇甫冉（选四首）送王司直
阁上十滕王，江中半玉昌。
三春知草木，一向问浔阳。

## 142 婕妤怨二首
何留长信怨，纨扇一诗凉。
但以婕妤女，飞燕取何妆？

## 143
一日半昭阳，三宫十地光。
建章王武帝，永巷小家藏。

注：《婕妤怨》，乐府楚调曲名。《乐府诗集》卷四三《班婕妤》解题云："婕妤，徐令（班）彪之姑，况之女。美而能文，初为（成）帝所宠爱。后幸赵飞燕姊妹，冠于后官；婕妤自知见薄，乃退居东宫，作赋及《纨扇诗》以自伤悼。后人伤悼而为《婕妤怨》也。"又，唐人乐府也作《长信怨》，以班婕妤失宠后，供养太后于长信官而名。

## 144 淮口
天下十三州，人间一半秋。
寒宫明月久，宿夜枕边愁。

## 145 女
一步两回头，三云半不休。
长亭千万里，彼此万千由。

## 146 司空曙（选二首）金陵怀古
建业半金陵，秦淮一玉冰。
紫金山上问，二水可分凭。

## 147 送卢秦卿
京都一雅卿，洛下半枯荣。
俗志三千子，人心十弟兄。

## 148 韩（选一首）汉宫曲
昭阳半汉宫，长信一殊鸿。
日月飞燕去，婕妤著作中。

## 149 柳中庸（选一首）江行
一叶落寒江，三秋向小窗。
古枝脱旧著，老树故无双。

## 150 戴叔伦（选二首）题三闾大夫庙
人间一九歌，天下半千磨。
三闾潇湘客，斑斑竹泪多。

## 151 关山月
辽东少小行，梦里故乡情。
一半关山月，三生枕上明。

注：关山月：汉乐府横吹曲名。

## 152 严维（选一首）送人往金华
双溪八咏楼，元畅半春秋。
水色金华月，风清沈约讴。

## 153 朱放（选一首）题竹林寺
古寺一人心，禅房半竹林。
幽幽无日月，处处有琴音。

## 154 武元衡（选一首）春日作
白芷曲音余，红桃色半虚。
风轻钟自语，月落客心居。

## 155 权德舆（选二首）鄱水驿
旅寄半相如，难明十地疏。

空空敷水驿，处处氏罗居。

注：敷水，《带经堂诗话·遗迹类下》："敷水出罗敷谷，谷受秦岭以北诸水。"乐府诗《陌上桑》有句云："日出东南隅，照我秦氏楼。秦氏有好女，自名为罗敷。"

## 156玉台体 月

悄悄上玉台，楚楚下云开。
解带寻梦里，何人去不来。

## 157柳宗元（选二首） 长沙驿

一曲过长沙，三江半客家。
汨罗多少树，只向九歌斜。

## 158江雪

素玉暗江流，冰心客九州。
只须天下去，何必向春秋。

## 159刘禹锡（选九首） 罢和州游建康

何人问建康，泾渭见刘郎。
十载桃花尽，三春九曲肠。

## 160经檀道济故垒

金陵白符鸠，楚客欲王侯。
万里长城坏，千年汴水流。

注：万里长城坏：南朝宋文帝收捕檀道济，道济脱帻投地曰："乃坏汝万里长城！"

## 161楚金陵，秦秣陵，六朝休

一日楚威王，三金故水荒。
秣陵来去向，二世半秦皇。

注：传云楚威王以其地有王气，埋金镇之，称这金陵。秦始皇改为秣陵。"史云：当时人歌曰：可怜白符鸠，枉杀檀江州。"

## 162视卫环

人生玉佩鸣，楚汉九歌声。
股断和时壁，心平日月情。

## 163三阁词

玉笛半扬州，吴声一水流。
后主临春阁，南朝乐府留。

## 164淮阴行二首

隔浦问刘郎，烟波入客乡。
金乌千里色，船头万古扬。

## 165

去日落淮阴，今生问古今。
人中寻主在，天下向人心。

## 166秋风引

离雁几时分，萧条半寄君。
来人多不语，去客最先闻。

## 167纥那曲

苏杭由楚楚，杨柳自青青。
欲得周郎顾，弦音不可停。

## 168别苏州

一日老苏州，三生半去留。
洞庭天下水，木渎馆娃羞。

注：1.阊门：苏州西门，象天门之有阊阖，故名。
2.老苏州餐馆以蟹而名。

## 169孟郊（选一首） 古别离

夜夜问郎衣，明明日月稀。
龙门天子渡，不必作璇玑。

## 170

爷娘伤别离，父母自依依。
应念衡阳水，飞鸿梦里归。

## 171寄僧

足下一千山，心中半百颜。
禅房明月夜，古刹纳秋蛮。

## 172泾州

古月向泾流，长安任渭秋。
分明殊两岸，八水自西州。

## 173令狐楚（选四首） 远别离

一半五湖船，三千四百年。
洞庭明水岸，碧玉向人眠。

## 174思君恩

心中子妇明，弦外半琴声。
不尽长门赋，相如未得情。

## 175从军行二首

吉隆坡亚洲发展投资银行
辽东一白山，五女半乡颜。
但向幽燕客，南洋已少还。

## 176

乡心一半泉，百岁两三眠。
梦里惊冰雪，烟霜挂柳前。

## 177

出入玉门关，身横五百山。
老年多少志，不向故人颜。

注：班超乞归上疏云："臣不敢望到酒泉郡，但愿生入玉门关。"

## 178王涯（选二首）

三春半枕边，一夜两心全。
此梦凭留下，相思到酒泉。

## 179

云中一半烟，雨里两三泉。
渡口江湖岸，衣巾日月船。

## 180张仲素（选二首） 春闺思

二月寻杨柳，三春向茧桑。
丝丝求织女，日日见牛郎。

## 181春游曲

三春日月杨，十地古今乡。
织女牛郎问，桃红柳绿忙。

注：三春，正月称孟春，二月仲春，三月暮春，合称三春。

## 182白居易（选四首） 庾楼新岁

目尽六州楼，帆扬十月秋。
风平天际远，叶落近乡愁。

注：都督江、荆、豫、梁、雍六州诸军事，南楼赏月，谈咏竟夕。后江州州治移当阳（今江西九江），好事者遂于此建楼名庾公楼。

## 183南浦别
两处幽幽水，三春处处秋。
长亭阡陌路，不去尽回头。

## 184勤政楼西柳
花朵相辉殿，勤王务本楼。
开元天宝尽，兴庆自春秋。

## 185问刘十九
兴来刘十九，隔夜数春秋。
醒醉知天下，惆怅问客忧。

## 186元稹（选二首）行宫
落落半西厢，心心一客肠。
莺莺红线短，月月自牵强。

## 187西还
记得醉芙蓉，难寻旧日踪。
霓裳天子鼓，蜀驿雨霖铃。

## 188李贺（选二首）马诗二首
西去一千山，东来二水还。
风平花月夜，碧玉小家颜。

## 189
赤兔一骖龙，人间吕布纵。
云中天马在，万里自行踪。

## 190张祜（选三首）何满子
世愤武宗多，才人气绝娥。
沧州何满子，八叠四词歌。

注：河满子：亦作何满子，唐舞曲名。何满子，开元中沧州歌者，临刑进此曲以赎死，竟不得免。《白氏长庆集》卷六八《何满子》诗云："世传满子是人名，临就刑时曲始成。一曲四词歌八叠，从头便是断肠声。"又，《唐诗纪事》卷五二云：武宗疾笃，目孟才人曰："吾即不讳，

尔何为哉？"指笙囊泣曰："请以此就缢。"上悯然。复曰："妾尝艺歌，请对上歌一曲，以泄其愤。"上许。"一声何满子"气极立殒。上令医候之，曰："脉尚温而肠已绝。"帝崩，柩重不可举，或曰："非俟才人乎？"爱命其榇，榇至乃举。祜为《孟才人叹》序曰："才人以诚死，以上诚命，虽古之以义激，无以过也。歌曰：偶因歌态咏之，传唱宫中十二春。却为一声何满子，下泉须吊旧才人。"

## 191玉树后庭花
玉树后庭花，南宫尽丽华。
隋炀兵将广，独向几人家。

## 192江南逢故人
江南向故人，塞北见秋春。
自向榆关过，难平七尺身。

## 193徐凝（选一首）杨叛儿
柳巷白门香，秦淮建业扬。
月明桃叶渡，花暗曲衷肠。

注：1.杨叛儿：亦作杨伴儿，乐府西曲歌名。相传南齐时，女巫之子随母入内宫，长成后，为何后宠爱，时有童谣曰"杨婆儿，共戏来"，讹传为"杨叛儿。"
2.白门：南朝都城建康西门，后代批金陵（今江苏南京）。李白《金陵酒肆留别》诗："白门柳花满店香，吴姬压酒唤客尝。"

## 194张起（选一首）春情
飞鸿一路长，素雪半潇湘。
塞北冰封尽，江南梦断肠。

## 195杨凌（选一首）贾客怨
何言贾客心，日月半成林。
离别多终始，相思几古今。

## 196杨凝（选一首）柳絮
柳絮自扬花，群芳未及华。
何因风不定，只到莫愁家。

## 197唐彦谦（选二首）齐文惠宫人
梁宫沈尚书，只约"隐"时居。
不就诗词部，何须自主余。

注：沈尚书：沈约（441-513），字休文，武康人，历仕南朝宋、齐、梁。齐文惠太子时，为太子家令。入梁官至尚书令，卒谥"隐"，后人辑有《沈隐侯集》。

## 198小院
小院半中堂，书房日月光。
池鱼和枣树，留作故人香。

## 199贾岛（选一首）剑客
江山半不平，草木一枯荣。
世上阴晴故，人间日月明。

## 200陆畅（选一首）雪
中庭月色飞，玉树挂霜归。
片片纷纷去，扬扬落落晖。

## 201沈如筠（选一首）闺怨
长空一月孤，草木半江湖。
渡口年年渡，姑苏岁岁姑。

## 202潘佐（选一首）送人之宣城
花落半宣城，人鸣一谢声。
千山寻太守，未尽敬亭情。

## 203杜牧（选三首）题水西寺
寺外问泾溪，心中玉鸟啼。
禅房三界水，只得一僧楼。

## 204寄远
塘寒一雁惊，影乱半离情。
不断汾河水，何留好问名。

## 205江楼
不过衡阳渡，难寻塞北行。
千年飞自在，万里大江明。

### 206 李商隐（选八首）漫成

平生半李牛，日月一春秋。
吏部中书省，文章草木休。

注：开成三年，李商隐娶泾原节度使王茂元之女。是年考功员外郎、翰林学士知制书周墀，权判吏部西铨、库部郎中、知制书李回宏词考官，商隐宏词之试，取中于吏部，为中书殿下，故商隐感周、李二人知遇之恩也。

### 207 张恶子庙

文昌七曲山，恶子一川颜。
彼此关中客，姚苌几不还。

注：《明史·礼志》记云：张亚子"居蜀七曲山，仕晋战没，人为立庙。唐宋屡封至英显王。道家谓帝命梓潼掌文昌府事及人间禄籍。"曰："予往关中，与录用苌为友。久之曰：'麈之可致兵。'苌疑予，予为之一麈，戈盾戎马万余列之平坡，今试兵坝是也，后苌以符坚死即帝位。"按：姚苌（330-393），羌人，字景茂。原为前秦皇帝符坚大将，后自立为万年秦王，在五将山擒杀符坚，即位于长安，国号大秦，史称后秦。

### 208 追代卢家人嘲堂内

三江九脉头，一国半人忧。
日月何牛李，秦淮各自流。

### 209 李夫人

月没李夫人，星明武帝身。
渡口牛郎语，桥边织女亲。

### 210 滞雨

滞雨一长安，旧梦半渭寒。
终南山下客，冰雪玉王冠。

### 211 饯席送人之梓州

西去万重山，东来一日还。
胡姬凭玉色，空杀玉门关。

### 212 柳枝

一日半燕台，三生两度开。
柳枝多少问，玉作一琴来。

注：诗前序曰："柳枝，洛中里娘也。父饶好贾，风波死潮上。其母不念他儿子，独念柳枝。生十七年，涂妆绾髻，未尝竟，已复起去，吹叶嚼蕊，调丝得管，作天海风涛之曲，幽忆怨断之音。居其旁，与其家接故往来者，闻十年尚相与。疑其醉眠，梦物断不娉。余从昆让山，比柳枝居为近。他日春曾阴，让山下马柳枝南柳下，咏余《燕台》诗。柳枝惊问：'谁人有此？谁人为是？'让山谓曰：'此吾里中少年叔耳。'柳枝手断长带，结让山为赠叔，乞诗。明日余比马出其巷，柳枝丫鬟毕妆，抱立扇下，风障一袖，指曰：'若叔是。后三日，邻当去溅裙水上，以博山香待，与郎俱过。'余诺之，会所友有偕当诣京师者，戏盗余卧装以先，不果留。雪中让山至，且曰：'为东诸侯取去矣。'明年，让山复东，相背于戏上，因寓诗以墨其故处云。"

### 213 散关遇雪

霜雾挂前川，冰寒付古泉。
乡家三尺雪，风里半云烟。

### 214 温庭筠（选二首）三月雪

阁下问人家，风中感物华。
春连三月雪，色满半梨花。

### 215 碧涧驿晓思

雨里柳杨斜，云中杏李花。
江平三界水，碧玉小人家。

### 216 许浑（选二首）早春忆江南

叶素万丝蚕，书香半杏坛。
三春花草色，一梦满江南。

### 217 塞下曲

春蚕一丝丝，夏雨半时时。
塞下秋风至，冬藏故地知。

### 218 赵嘏（选一首）寒塘

何故下南楼，寒塘一叶秋。
辽东无限数，客里问幽州。

### 219 施肩吾（选一首）湘竹词

群玉几斯磨，潇湘莫渡河。
九歌分水少，斑竹泪痕多。

### 220 李频（选一首）渡汉江

乡心渡汉江，客梦问家邦。
古驿三秋叶，无端满小窗。

### 221 孟迟（选一首）怀郑泊

故影半幽香，形身一叶黄。
红泥芳不尽，碧玉自冬藏。

### 222 陆龟蒙（选二首）江行

朱必大江东，何人楚汉同。
乌骓知不渡，自古一英雄。

### 223 夕阳

如何问藏陵，不可见江青。
渡口斜阳晚，只以照山亭。

### 224 皮日休（选一首）和陆鲁望

拙政陆龟蒙，书香刻石工。
姑苏春茧素，只筑万丝宫。

### 225 司空图（选一首）乐府

自主一风光，由衷半故乡。
何言秦汉客，不必问长杨。

注：长杨：汉行宫名。《三辅黄图》卷一《宫》："长杨宫，在今周至县东南三十里，本秦旧宫，至汉修饰之，以备行幸。宫中有垂杨数亩，因为官名。"

### 226 韩 （选二首）效崔国辅体

雪素长杨草，霜红扫叶楼。
飞鸿来去晚，指日伴人愁。

### 227 从猎
岁岁一秋春，年年半客身。
犹知千里马，一日过天津。

### 228 储嗣宗（选一首）早春
一半柳杨枝，初黄去岁迟。
最疑河岸草，不待日争时。

### 229 郑谷（选一首）望湖亭
水色望湖亭，君山草木青。
潇湘非故国，只有九歌铭。

### 230 李收（选一首）幽情
万里寄幽情，三春见草生。
群芳多不语，恐误一心萌。

### 231 蒋吉（选一首）石城
水近石头城，山高建业情。
只须杨柳色，不误莫愁情。

### 232 西鄙人（选一首）哥舒歌
月半挂临洮，心平向故袍。
南洋多少宫，汉地种葡萄。

### 233 荆叔（选一首）题慈恩寺塔
汉国慈恩寺，秦家草木城。
中原多日月，塞外少阴晴。

### 234 释灵澈（选二首）题天姥
暮色半苍苍，云浮一渺茫。
山高凭日晚，路远任心长。

### 235 远公墓
慧远一东林，高僧半故心。
虎溪桥上问，万物尽知音。

注：1. 远公：即东晋高僧慧远入庐山东林寺传法，建莲社，为佛教净土宗初祖，墓地庐山西北麓东林寺。
2. 虎溪：在庐山东林寺前，自南向西回流，相传慧远专心修行，送客不过虎溪桥。

### 236 释贯休（选一首）闻笛
三春十地鸣，两汉半无声。

不见乌骓去，难留霸主情。

### 237 洞庭龙女（选一首）与许汉阳
酒满夜明宫，妆红感怀中。
洞庭龙女水，不胜晏宵衷。

注：全题作《感怀诗》，下引本事云："汝南许汉阳，贞元中，舟行洪饶间，到一小湖中，亭宇甚盛，额曰'夜明宫'。
女郎六人，揖坐，命酒。一女郎曰：'有《感怀》一章，请诵之。'别后，回顾饮所，无见。
至汉口，有人云：昨夜溺四人，一人得活，言：'龙王诸女洞庭宴，取四人血作酒，缘客少，不多饮，我却得来。'问客为谁？曰：'一措大耳！'汉阳默自疑吐血数升，方平。"

### 238 湘驿女子（选一首）题玉溪
一曲各西东，三声日月空。
佳期湘女子，玉约客心中。

### 239 安邑坊女子（选一首）幽恨诗
梦断木兰歌，花蒙雾几何。
巫山云雨客，只恨去来多。

### 240
云雨两三重，巫山十二峰。
九歌湘楚客，几处玉人踪。

注：题后引本事云："上都安邑坊陆氏宅，人常谓凶宅，有进士臧夏，僦居其中。昼寝，忽梦魇，见一女人，绿裙红带，弱质纤腰，如雾中花，收泪而云：'听妾一篇幽恨之句。'良久方寝。"
任《述异记》云："七里洲中，有鲁班刻木兰为舟，舟至今在洲。"木兰舟为船的美称，故木兰歌者，舟子之歌也。

### 241 吉隆坡——北京
幽州不断夏蝉声，日月何须草木荣。

四野阴晴相互问，三江此彼各东行。
荷塘月色荷塘雨，日照天边日照明。
留取清吟天下客，方圆自主一商成。

### 242 卷三·七言一 杜审言（选一首）赠苏书记
行君立马一江东，覆雨翻云半世雄。
草木枯荣南北客，辽东朝暮有飞鸿。

### 243 张说（选一首）送梁六
天子身边一泰山，长生殿下半红颜。
宰相府里官三品，紫禁城中锁不关。

### 244
朽木山中一玉冰，岳阳城外半巴陵。
昆化日上天颜近，石磊云前十万层。

### 245 张敬宗（选一首）边词
五原风物去来知，日月阴晴草木迟。
九脉山川朝暮立，三边海市蜃楼时。

### 246 王翰（选二首）春日思归
花开花落浣纱溪，人去人来鸟自啼。
少小常言欧美去，如今不向裕廊西。

### 247 凉州词
荒沙一日满凉州，白马三边半玉裘。
此去天山知月近，回归故里养春秋。

### 248 李白（选二十首）结袜子
太山不似一鸿毛，洗净三边半客袍。
易水吴门多少士，欲屠天下莫须刀。

### 249 长门怨
谁藏金屋一阿娇，赋得长门半岸桥。
不是卫家夫子贵，飞燕一曲御当朝。

### 250 越中怀古
西施一去越人非，勾践千年自主微。
五霸春秋何伍子，夫差问色破吴归。

### 251 送孟浩然之广陵
谁向琴台半客心，高山流水一知音。
几乎黄鹤楼前月，不予龟蛇锁古今。

注：律为仄仄平平仄仄平，平平仄仄仄平平。平平仄仄平平仄，仄仄平平仄仄平。

### 252春夜洛阳闻笛
马来西亚亚洲发展投资银行
一年草木一年春，四壁书生四壁怜。
北国深思何建业，南洋最解故人亲。

### 253八水
未尽三声问古今，不余一典彩莲吟。
霜桥务必折杨柳，留得相思是此心。
注：折柳：杨齐贤注云："李延年横吹二十八解中有《折杨柳》一曲。"按，《乐府诗集》所录六朝及唐人《折杨柳》曲二十余首，多为伤别及怀念征人之词。诗文中常引作"折柳"，以为惜别之曲，梁元帝《玄览赋》："已寐歌于折柳，复行吟而采莲。"

### 254峨眉山月歌
一人十峡半巴东，百谷千川两地同。
雨里云中何楚蜀，难明滟 有无中。
注：三峡，王琦注云："琦按书记，或以西峡、巫峡、归峡为三峡，或以广溪峡、巫峡、西陵峡为三峡，或以巫峡、巴峡、明月峡为三峡。盖川河之中，峡名甚多。然据古歌'巴东三峡巫峡长'一语推之，知古之所称三峡者，皆在巴东。"

### 255横江词二首
九江渡口一浔阳，半语滕王两客肠。
四顾山河南北去，千山万岭满愁乡。

### 256
横江风月一潮生，渡口船帆半落平。
只有余波山水色，不须草木作枯荣。

### 257上皇西巡南京歌
蜀道明皇一路难，锦江八水六龙安。
天回玉垒芙蓉去，别去霓裳上卉残。

### 258黄鹤楼闻笛
迁升一半向长沙，腊月冬梅二月花。
黄鹤楼中闻玉笛，琴台上下向人家。

### 259下江陵 生平
幽州北望一千山，五女辽东半客颜。
白帝巴陵三峡水，居庸此去玉门关。

### 260望五老峰
一山草木一山知，太白书堂太白诗。
五老峰前多少月，不知逐后去来迟。
注：《太平御览·浔阳记》云："庐山北有五老峰，于庐山最为峻极。"又引《太平寰宇记》云："五老峰在庐山东，悬崖突出，如五人相农罗列之状。按：五老峰在庐山主峰东南，传李白筑居于此，旧有李太白书堂。
太白换律。原诗律为：
平平仄仄平平平，仄仄平平仄仄平。
仄仄平平仄仄，平平仄仄平平仄。
或律为：
仄仄平平仄仄平，平平仄仄平平仄。
平平仄仄平平仄，仄仄平平仄仄平。

### 261宣城杜鹃花 太白失律甚矣。
宣城一夜杜鹃花，肠断三巴不见家。
云雨巫山闻楚客，望帝声里蜀人华。
注：子规鸟：即杜鹃鸟，蜀中最多，传说为古蜀帝杜宇所化。《蜀王本纪》云："杜宇……乃自立为王，号为望帝。望帝自以德薄，乃委国禅鳖冷，号曰开明，遂自亡去，化为杜鹃。"鸣声哀厉，闻者凄恻有归乡之思。

### 262
望帝十三州，三江一半流。
巴陵多少月，杜宇一声秋。

### 263舟下荆门
一山只在一山中，半水难平半山同。
不寄春秋冬夏至，自流南北自西东。

### 264与贾舍人至泛洞庭二首
江分雨色一洞庭，岳撼孤山半岸青。
有序难寻斑竹泪，无端不向渭时泾。

### 265适律、适意
洞庭湖西秋月辉，潇湘江北早鸿飞。
醉客满船歌白芷，不知霜露入秋衣。
洞庭上下月秋晖，两岸阴晴草木菲。
醒醉何须天子客，立春冬至早鸿飞。

### 266巴陵赠贾舍人 适律适意
九歌不尽九歌华，四壁难迁四壁家。
自主天涯非是客，人生行止短长沙。

### 267望天门山
楚江中断一天门，博望回旋半子孙。
两岸西东相对立，梁山夹峙已黄昏。
注：天门山，王琦《李太白文集》注引《图经》云："天门山在太平州当涂县西南二十里，又名峨眉山，二山夹大江对峙，东曰博望，西曰梁。"按，其地在今安徽当涂。

### 268长门怨
长门怨尽向相如，金屋藏娇向帝居。
汉武陈皇妃后少，飞燕不似各当初。

### 269陌上赠美人
二月春风二月花，五云色彩五云车。
三生草木三生雨，半是红楼半是家。

### 270王昌龄（选二十六首）闺怨
半入三春半入闱，一窗雨色一云微。
小家碧玉孰杨柳，四壁空城慈是非。

### 271听流水唱《水调子》
小调歌头半柳杨，苏杭汴水一隋炀。
钱塘百里帆商贾，此曲千年九曲肠。

### 272梁苑
相如枚乘半梁园，兔苑邹阳一暮天。
孝王西汉平台客，不知何处酒旗悬。

## 273 别李浦之京

二月梅花二月低，半云半雨半春泥。
暗香疏影群芳色，一浦烟津一浦西。

## 274 甘泉歌

甘泉汉武建章宫，玉露神明淳化同。
北渚长生求不止，铜仙人事已空空。

注：甘泉，宫名，始建于秦始皇，汉武帝刘彻增广之，建通天、高光、迎风诸殿，一名云阳宫。汉武帝于建章宫前造神明台，上铸铜仙人，手托承露盘，以贮露水，和玉屑服之，以求长生。

## 275 芙蓉楼送辛渐二首

芙蓉楼上半江苏，万岁声中一玉壶。
下马长城呼九郡，扬帆汴水过三吴。

## 276

丹阳城里镇江山，刺史楼前向故颜。
楚客行踪寻日暮，长江此去几时还。

注：芙蓉楼，《元和郡县志》卷二五《江南道·润州》："晋王恭为刺史，改创西南楼为万岁楼、西北楼为芙蓉楼。"

## 277 重别李评事

清风白露月初寒，广袖红妆玉树冠。
东北舟中吴醒醉，西南楼上问长安。

## 278 送锹宗亨

夏日风轻任暮蝉，三声苦恋到天边。
登高响远鸣无止，向尽人间十地莲。

## 279 送别魏二

三生醉醒半潇湘，两袖清风一柳杨。
问水东流何岸树，知君同渡月边霜。

## 280 卢溪别人

半秦二世半秦休，一汉桃花一汉愁。
只将舟船分止水，莫须日月对江流。

## 281 长信秋词三首

长信秋词一半愁，昭阳合德两三楼。
怨歌团扇西宫色，成帝飞燕复道休。

## 282

半扫昭阳半不开，一声团扇一徘徊。
西宫不得婕妤曲，复道无言月影来。

## 283

楚调声声似有无，后庭树树玉人孤。
影横月落昭阳数，楚后相思几丈夫。

注：1.《长信怨》《乐府解题》云：汉成帝时，班婕妤美秀能文、有宠。后成帝又宠幸赵飞燕及其妹赵合德，班婕妤自请居长信宫奉侍太后。
2.昭阳：汉宫名。昭阳宫，赵昭仪（即赵合德）所居，宫在东方。
3.西宫：国君妃嫔所居之处。复道：楼阁之间架于空中之通道。

## 284 西宫春怨

西宫春怨枕边长，复道空悬儿木梁。
数尽人间千月色，云和玉树半衷肠。

注：云和，《周礼·春官·大司乐》："云和之琴瑟。"按：云和，乃产瑟之云和代指瑟。

## 285 西宫秋怨

西宫只似美人妆，卸尽姿颜四处藏。
不是身形美越女，何言怨语效颦忙。

注：汉班婕妤所作《团扇诗》(亦作《怨歌行》，见《乐府诗集》）云："新裂齐纨素，鲜洁。"

## 286 从军行五首

三边日落一军行，十地风云万马情。
羌笛何须杨柳月，闺中只似怨生闺。

## 287

葡萄碧玉一琵琶，雪月青冢半汉家。
只似画师藏日月，胡姬方鲜故人花。

## 288

此去昆仑一迈山，不平析马三军颜。
楼兰不尽交河水，未到孤城客未还。

## 289

凉州西去玉门关，塞下东来故人还。
叶落秋风千里逐，云杨闺梦万家颜。

## 290

交河落日半黄昏，大漠风尘一玉门。
万里荒原辽阔在，千川岁月刻孤痕。

## 291 殿前曲

藏娇金屋锁心孤，未央宫中卫子夫。
武帝何寻帘外色，春寒莫尽肠中都。

注：1.未央：未央宫，汉宫名，故址在今陕西西安西北长安故城的东南角。
2.用汉武帝宠卫子夫事。卫子夫，卫青姊，初为平阳公主歌者，武帝纳之，生太子刘据，立为后，后因巫蛊之事，自杀。

## 292 青楼怨

春风一半上青楼，汴水三千下日舟。
不向钱塘多少客，长城未向东流。

## 293 青楼曲二首

三千弟子向红妆，一半红尘入建章。
小妇声中多少怨，男儿马上自杨长。

## 294

柳暗花明一日春，湖光山色半来人。
青楼不尽阳关曲，三叠难平父母亲。

## 295 河上歌

一语沧桑是我家，三千世界半天涯。
千年日月千年数，二月春寒二月花。

## 296 王维（选十首）送元二使安西

人间一半落红尘，世上三千弟子亲。
同是龙门先后去，阳关八叠上天津。

## 297

一曲阳关到渭城，三声四镇问枯荣。
洞庭水暗江湖色，立马ови河自古情。
注：唐人歌入乐府，以为送别之曲，至阳句，反覆歌之，谓之《阳关三叠》，亦谓之《渭城曲》。白居易《晚春欲携酒寻沈四著作》诗云："最忆阳关唱，真珠一曰歌。"注云：沈有讴者，善唱"西出阳关无故人"词。

## 298 少年行三首

古古今今一少年，先先后后半人天。
成成败败江湖水，去去来来父母田。

## 299

书生自可少年行，日月须当草木生。
回首百年知父母，尤寻天下作精英。

## 300

葡萄一半在胡城，汉武三千弟子情。
但向楼兰飞将去，不闻长信故宫鸣。

## 301

云台图画半南宫，意气风发一世雄。
谁向幽燕飞将巷，声名只在故人中。
注：云台，汉宫中高台，因其高千云，故名云台，《后汉书》："永平中，显宗追感前世，乃图画二十八将于南宫云台。"

## 302 寄段十六

故乡只在一心中，浪得虚名半世空。
回首百年相向许，古今尤唱大江东。

## 303 九月九日忆山东兄弟

祖闯关东自山东，籍桓仁五女山下，
百岁重阳五弟兄，父母生五子一女。
三生日月十地情。桓仁五女山东客，
不弃男儿父母生。

## 304 送韦评事

大漠沙场只向天，长云尘落是居然。
三春古木萧关外，一半风光在日边。

注：居延，汉时匈奴地名，后置县，故址在今内蒙古自治区额济纳旗东南，为古河西地区与漠北往来之要道。萧关：古关名，故址在今宁夏回族自治区固原东南。为自关中通塞北交通要道。

## 305 送沈子

古色梅花满布衣，平生渡口一时稀。
群芳只似三春客，月上青楼不可依。

## 306 寒食氾上作

暮色茫茫渡口人，雨云缈缈几相亲。
居心处处寻知己，足步幽幽向故身。

## 307 凉州词

一声诺下上凉州，十月云中向玉楼。
不尽敦煌多少画，只留草木帝王侯。

## 308 王之涣（选一首）凉州词

春风不度玉门关，九曲黄河十八弯。
月色东吴千万里，荒沙一半上天山。

## 309 杜甫（选十二首）江畔独步寻花三首

草堂一步半家春，风月三春两客人。
但见花溪留滞水，清光浮得满天津。

## 310

黄师塔下一江东，蜀水青中半客红。
日月但凭辛苦累，红妆付与小儿童。

## 311

黄四娘家一酒觥，草堂深处半家藏。
红妆依是红妆浅，只见清姿玉臂长。

## 312 戏作寄上汉中王

玄宗幸蜀汉中王，梁苑池台雪欲芳。
不与谢安舟楫去，赏游仙女晋姑娘。
注：1.汉中王：宁王第六子李□，初封陇西郡公，从玄宗幸蜀，至汉中，因封汉中王，仍加银青光禄大夫，汉中郡坟守。

2.谢安舟楫：《晋书》卷七九《谢安传》载：尝与孙绰等泛海，风起浪涌，诸人并惧。安吟啸自若，舟人以安为悦，犹去不止。风转急，安徐曰："如此将何归邪？"舟人承言即回，众咸服其雅量。梁苑池台：梁苑又称梁园、兔园，汉梁孝王刘武《景帝弟》所筑。见《汉书》卷四七《梁孝王传》。《水经注》载："睢阳城故宫东，即梁王之吹台也，基坐阶础尚在。钓台池东，又有一台，世渭之清泠台；北城凭隅，又结一池台。"雪欲飞：谢惠连《雪赋》曾拟梁王在兔园请司马相如赋雪情节。

3.《晋书·谢安传》："安虽放情丘壑，然每游赏，必以伎女从。"《水经注》："瞧水又东南流，历于竹圃。水次绿竹荫渚，菁菁实望，世人言梁王竹园也。"

## 313 和严郑公军城早秋

不减军情动早秋，须增汉将帝王州。
江东合议秦丘改，玉帐分身霸主留。

## 314 解闷四首

胡风一曲十三州，碧女三桥一半逑。
但使吴城闻故语，何须洛下作王侯。

## 315

瓜洲不似一瓜州，九群长安半九流。
日落南湖凭俯就，何人莫得自生愁。

## 316

未绝风流一国城，佳传秀句半家荣。
辋川水邑青江色，泾渭难明两相倾。

## 317

只向襄阳孟浩然，鹿门草木可孤蝉。
音清自许潇湘客，撼岳玄宗不得田。

## 318 居庸

长短亭中独一人，居庸关上树千邻。
秦皇汉武长城客，只叹英雄汴水亲。

注：二〇一一年七月十九日，与小小，淑女，贾雪泓游居庸关。

**之二**

居庸不锁一长城，独木难成半故英。
飞将幽燕擒石虎，江山读客任平生。

## 319 戏为绝句

兰苕翡翠一凌霄，碧海鲲鹏十地遥。
不问天涯何远近，当须日月挂天潮。

注：翡翠，翠鸟。：“翠鸟或谓之翡翠，雄赤曰翡，雌青曰翠。”

## 320 承闻河北诸将入朝口号

神功抱玉半忠臣，异姓汾阳一至尊。
安史明皇终是去，完城自署代宗埋。

注：钱谦益笺曰："河北诸将，归顺之后，进行多故，招聚安史余党，各拥劲卒数万，治兵完城，自署文武将吏，不供贡赋，结为婚姻，互为表里。朝廷专事姑息，虽名藩臣，羁縻而已，故闻其入朝，喜而作诗"云云。按：史载大历二年（767）淮南节度使李忠臣入朝；三月，汴宋节度使田神功入朝；八月，凤翔等道节度使李抱玉入朝。

## 321 江南逢李龟年

崔九堂前几度闻，龟年月下半时分。
江南落叶寻根去，却尽霓裳又却君。

## 322 又

龟彭鹤弟自三年，彼此江潭路九千。
一尽岐王无贵贱，开元乐工与琴弦。

注：唐开元中，乐工李龟年、彭年、鹤年兄弟三人皆有才学盛名，彭年善舞，鹤年、龟年能歌，尤妙制渭川。岐王：李范，睿宗子。封封岐王。又云："范好学工书，雅爱文章之士，多无贵贱皆尽礼接待。"江南：指江湘之间，龟年方流落江、潭、故曰江南。

## 323 孟浩然（选一首） 送杜十四之江南 亚洲发展投资银行

吟声一路半衷肠，日月三千两故乡。
独树临流知渡口，银行只应下南洋。

## 324 常建（选二首） 送宇文六

不锁长江汉水清，龟蛇三镇武昌城。
琴台依旧闻流水，黄鹤楼前故客情。

## 325 二〇一一年七月十九日，与小小淑女、贾雪泓游圆明园荷塘

一半荷花一半莲，二三碧叶二三泉。
圆明园里圆明客，玉色心中玉色田。

**之二**

半岸池塘半岸风，一明碧叶一明宫。
清家御苑清家水，小玉茶楼小玉红。

## 326 三月寻季九庄

巴陵此去一帆舟，楚客还来半鹤楼。
四壁空留云不语，三江未满大江流。

## 327 高适（选四首） 除夜

隔夜声中入两年，书生天下向千帆。
故乡只在人心里，一玉无明一瓦全。

## 328 营州歌

百岁耕耘七寸田，三生苦读一人田。
今今古古何不见，去去来来自抱园。

## 329 圆明园

楼台不语故池中，御柳还扬碧玉东。
半岸茶塘红水色，南洋处处雨惊鸿。

## 330 圆明园

半岸荷香半岸红，一衣莲子一衣风。
三波碧叶三波水，十地人情十地泓。

## 331 圆明园

玉莲出水玉莲黄，碧叶沉浮碧叶光。
芦苇丛中芦苇岸，御池天下客炎凉。

## 332 塞上闻笛

一诺楼兰去不还，三生日月向天山。
无须易水劝天地，依旧乡心故人颜。

## 333 九曲歌

一曲黄河九曲歌，三生意志半斯磨。
阴晴日月阴晴水，草木枯荣草木多。

注：九曲，地名，在今青海化隆。

## 334 岑参（选五首） 玉关寄长安主簿

英雄此去玉门关，不斩楼兰客不还。
海市沙荒晴日月，昆仑草木半天山。

## 335 送人

西凉月色挂千秋，玉影红妆曲半楼。
娃馆宫中多少夜，五湖舟上两三忧。

## 336 赴北庭度陇思家

一夜相思一夜余，三生苦读三生书。
难言月色寻南北，不向家乡寄客居。

## 337 封大夫破播仙凯歌二首

英雄一诺未央宫，楚汉三秦帝子空。
立马乌江今犹论，苍鹰比翼向飞鸿。

## 338

九脉江山九脉书，一千密切一千疏。
麒麟阁上麒麟客，意志心中意志余。

注：麟阁，汉宣帝时筑麒麟阁。

## 339 寄孙山人

千山尽处一山人，百岁生平半岁亲。
古刹钟声惊草木，诗词日月向天津。

## 340 明妃曲

草木难明日月晖，琵琶只劝玉人衣。
长安月色长安曲，狩猎单于狩猎归。

## 341 贾至（选五首） 巴陵夜别王八员外

入北京钢铁学院五十年未见风雨，
七十岁下南洋立银行。
半在山川半洛阳，一心日月一文章。
无端回顾榆关过，别后南洋忆故乡。

## 342 送李侍郎赴常州

一度常州一侍郎，半江楚水半吴乡。
今朝尽望舟帆去，几日闻君叙离肠。

## 343 春思

春门半敞入心扉，碧草三春向寸晖。
不断人间儿女客，长亭日月去来归。

## 344 巴陵与李十二、裴九泛洞庭二首

巴陵郡外一孤鸿，水浒城中半世雄。
谁问洞庭多少客，浔阳醒醉满秋风。

## 345

九脉纷纷落叶多，三湘郁郁鹊桥河。
牛郎但向银河度，织女声声问逝波。

## 346 李顾（选二首） 遇刘五 向东坡与张先

一树梨花半树春，三生日月两家邻。
无惊草木惊风雨，有意阴晴向故人。

## 347 寄韩朋

中南海里十千山，西陆云中半故颜。
洛水临流泾渭色，此生几度玉门关。

## 348 綦毋潜（选一首） 过上人兰若

心中一处阿兰若，天下三生夜渡河。
山半黄昏林不语，茶千暮色水春波。

## 349 崔国辅（选一首）

河阳白日满桃花，愁眉啼妆碧玉家。
粉色新姿三弄曲，清香故影一枝斜。
注：潘岳为河阳令，满意县皆栽桃花。《后汉书·五行志一》："桓帝元嘉中，京都妇女作愁眉、啼妆。啼妆者，薄拭目下若啼。"

## 350 张旭（选二首） 桃花矶

桃花源里半桃花，汉社人中一汉家。
彼此溪流秦色水，村桥渡口日西斜。

## 351 山中留客

山中客舍满春晖，天下阴晴况翠微。
处处林深云雨露，时时秀鸟不啼飞。

## 352 严武（选一首） 军城早秋

秋风老杜半军城，匹马沙场一酒精。
驰骋荒原擒射虎，秦皇汉武几时兵。

## 353 薛维翰（选一首） 怨歌

素色三千二月花，红妆一半美人家。
九生此去薛维翰，百岁知卿向李华。

## 354 李华（选一首） 春行寄兴

汾水东流复向西，幽州秀鸟自空啼。
并晋半似家乡客，云在高扬雨在低。
注：妻雅卿姐李华自幼与人居并州嫁薛维翰，今354与355诗作者乃为薛维翰与李华，故以二诗记之。

## 355 独孤及（选一首） 海上怀华中旧游

阳关三叠满荒沙，下里巴人半曲嗟。
百鸟争鸣朝凤舞，渔舟唱晚一梅花。

## 356 《春行寄兴》诗意图

城门半落鸟空啼，渡岸三山王半低。
柳叶云浮流水暗，无声曲尽问辽西。

## 357 元结（选二首） 乃曲二首

三湘二月一潮生，九脉千山万里荣。
此梦随君泾渭渡，由心何必故家名。

## 358

洞庭五月百花城，韶岭三声玉乃惊。
君子船中相向候，芳心只渡故人情。
注：韶岭：亦作韶护，一说为商汤之乐（见《左传·襄公二十九年》），一说为舜乐与汤乐（《文选》注引郑玄曰："韶，舜乐也；岭，汤乐也。"），此偏指舜乐，寓舜南巡东乐湘中传说。

## 359 韦应物（选七首） 登楼寄王卿

楚水湘云去不同，风根异土自无穷。
东吴思蜀千家梦，西陆寻关一夜风。

## 360 寄诸弟

不下龙门一杜陵，无声五月半香凝。
兄兄弟弟江山客，离离合合一夜灯。

## 361 故人重九日求橘

一夜清平万里霜，三声欸乃一衡阳。
人行不止潇湘月，船车洞庭橘子黄。

## 362 休日访人不遇

寺对寒流寺满山，鸟寻独木鸟休闲。
半生百岁千禅语，一日三诗尽故颜。

## 363 登宝意上方

一半钟声一逝川，三千弟子自天年。
人间俱是知来去，不异何言向苦蝉。

## 364 《寄诸弟》诗意图

芭蕉叶下点萤光，月色楼中半客堂。
兄弟情深来去在，文章日月具南洋。

## 365 滁州西涧

上马河边碧草平，滁州西涧白云生。
春潮天下三云雨，渡口舟中半不声。

## 366 答东林道士

一路东林一路灯，万家夜雪万家冰。
三山上水三山客，半入禅门半入僧。

## 367 刘长卿（选三首） 送刘萱之道州谒崔大夫

斑竹难言万里亲，临流不见半天津。
信陵君子三千客，太傅长沙一二人。

## 368 送李判官之润州行营

玉树前庭鸟不啼，秦淮月色楚心低。
江流不得留云住，白马声鸣建业西。

## 369 寄别朱拾遗

两三岁月两三呼，一半人间一半吴。
沧浪亭中沧浪水，姑苏城外是姑苏。

## 370 钱起（选一首） 归雁

潇湘夜雨一衡阳，塞北风尘半客乡。
汾水河边丘石在，并州好向自情肠。

### 371月、年

塞宫桂子一婵娟，天马行空半客船。
四十五弦多少月，四千九百去来年。
注：二十五弦：指瑟。应劭《风俗通》言瑟本四十五弦，"秦帝使素女鼓瑟而悲，帝禁不止，故破瑟为二十五弦。"

### 372李嘉 王舍人竹楼

江山不问五侯家，逝水难鸣两岸沙。
歌舞升平歌舞尽，梅花谢了又桃花。
注：五侯，王引之《经义述闻》十七"五侯九伯"条以为即公、侯、伯、子、男五等侯爵。又：西汉成帝时，外戚王谭兄弟五人同时封侯，称五侯，见《汉书》。东汉梁冀之子及叔父等五人同时封侯，时称"梁氏五侯"。桓帝时宦官单超等五人同时封侯，亦称五侯，皆见《后汉书》。
此外泛指权贵。

### 373题虔上人壁

禅音竹影上人房，暮色钟声正日光。
下里巴人三戒客，高山流水一清肠。

### 374韩翃 送客之鄂州（选九首）

送客江楼半鄂州，浮云渡口一风流。
越人歌尽随船去，令尹心中不泛舟。
注：鄂君：鄂君子晳，楚王母弟，官令尹，貌美，越人悦之而作《越人歌》。后以鄂君泛指美男。

### 375送齐山人

白山黑水半辽东，五女浑江一客同。
只顾人间多少路，何言日月自西东。

### 376寒食

兴兴废废五侯家，去去来来二月花。
岁岁年年荣草木，山山水水浪淘沙。

### 377寒食

两三弟子两三娃，一半寒窗一半纱。
乞得清明榆柳火，不寻大下帝王家。
注：唐《辇下岁时记》："清明日取榆柳之火以赐近臣。"又：元稹《连昌宫宫词》云寒食日"特敕官中许燃烛"，寒食过后官中传烛以分火。

### 378宿石邑山中

梅花一半化香泥，载入三春数草萋。
流水连波知日月，群芳不语自高低。

### 379江南曲

吴门五月莫行船，曲向江南可采莲。
隔岸余音留客住，朱楼未锁两三弦。

### 380酬张千牛

三春草木杜陵中，独断天家渭水虫。
几处英雄知楚汉，何如丈夫任西东。
注：1.天家：蔡邕《独断》："天子无外，以天下为家，故称天家。"
2.杜陵：本名杜原，又称乐游园，汉宣帝筑陵改为杜陵。

### 381赠李冀

江山不必问王孙，日月留芳向古村。
草木桑蚕生右业，苍苍落日满黄昏。

### 382送人之潞州

一半秦风到潞州，三千日月有春秋。
知君治属襄垣客，尤见江河向北流。

### 383少年行

少年一诺十三州，白马千山八九流。
别去章台泾渭水，交河日月照高楼。

### 384皇甫冉（选二首）

钟声一半残寒山，明月三春照玉颜。
别岭临流何不语，梅花似雪待君还。
注：《南徐州记》："（京口）城西北有虽岭入江，三面临水，高数十丈，号曰北固。"

### 385送魏十六

东西山上望姑苏，同里城中问玉壶。
汴水商舟行万里，钱塘月色满三吴。

### 386《少年行》诗意图

去马章台一少年，龙门雨色半高天。
楼兰一诺凉州客，大漠同声月色悬。

### 387皇甫曾（选一首）岩岭西望

无端日月照咸阳，草木阴晴间建章。
武帝葡萄留汉地，胡姬曲外客衷肠。
注：咸阳，地名，秦都也，故城在今陕西长安西。又：唐武德二年，置咸阳县，在北山之南，渭水之北，故称"咸阳"。建章：汉宫名，汉武帝建。

### 388卷四·七言二 李益（选十四首）

夜上受降城闻笛

卡拉克咖啡，自巴航至吉隆坡，寄语亚洲发展投资银行王小琳
日月书生见故妆，银行事业问南洋。
两壶玉酒三思客，一醉乡人半断肠。

### 389胡笳

幽幽月色半胡笳，淡淡天空万里沙。
杳杳交河云雨岸，姬姬曲尽二月花。
注：芦管，即胡笳。《太平御览》卷五八一引《晋先蚕仪注》："笳者，胡人卷芦叶吹之以作乐也，故谓曰胡笳。"宋陈旸《乐志》则云：芦管篥签》卷一四："进筚篥一名悲篥，以竹为管，以芦为首，出于胡中，其声悲，人亦称芦管。"管：古注："一作笛。"

### 390边思

闽中一梦半凉州，塞外三生两地求。
但寄夫家随日月，英雄何许几王侯。

之二

春秋一半将相和，日月三千问九歌。
塞北风云何变化，关西将士久无多。
注：玉塞：即玉门关。关西：函谷关以西地区。《后汉书·虞延传》："谚曰："关西出将，关东出相。"凉州：

唐时凉州辖境在今甘肃永昌以东，天祝以西一带，治所在今甘肃武威。

### 391 柳杨送客
伤春玉塞不伤秋，问水钱塘问水舟。
同里女儿桥上客，柳杨树下折心愁。

### 392 从军北征
祁连山下一苍天，汉郡城中半去年。
行路难前君不见，交河落日客方圆。
注：行路难，《乐府诗集》卷七十《杂曲歌词》："《乐府解题》曰：'行路难，备言世路艰难及离别悲伤之意，多以君不见为首。'"

### 393 行舟
阴晴不止望乡楼，日月难明八九州。
柳柳杨杨何折曲，朝朝暮暮夜无休。

### 394 隋宫燕
一度春风一度秋，半家屋檐半家楼。
来来去去寻何止，岁岁年年不语休。

### 395 送人归岳阳
湘流水色半岳阳，岳麓山光一圆方。
杜宇声中开明客，巴陵至此蜀断肠。
注：子规：即杜鹃，又称杜宇，据《华阳国志》等文献载：当七国称王，独杜宇称帝于蜀，后传位于开明，遂自亡去，化为子规鸟。巴陵：岳州。

### 396 临潭沱见蕃使列名
落日沉浮半塞河，东风拂荡一连波。
阳关大漠荒沙少，汉地葡萄向几多。

### 397 写情
月明一半到西楼，玉色三千满九州。
今日婵娟何不语，佳期从此入忧愁。

### 398 听晓角 忆五女山
书生一日过榆关，筚篥三声向客颜。
五女风霜沉十月，幽燕苦读几千山。
注：关榆：即榆关，今山海关也。

### 399 汴河曲
汴水天堂处处春，长城南北去来尘。
三千弟子三千客，一半桃花一半人。
注：汴河，亦称汴水，汴渠，指隋炀帝所开之汴河。《开河记》："帝以河水经，于卞，乃赐卞字加水。令自上源而西，至河阴，通连古河道口，决下口，注水入汴渠，诏江淮诸州造大船，时触舻相断，连接千里，自大梁至江淮连绵不断。"按：隋所开汴河，乃自汴河故道至河南商丘南，改东流经安徽宿州、灵璧、泗县入淮。隋炀帝幸江都即由此道。又《唐音癸签》卷一三引《海录碎事》云："隋炀帝于汴河自造成直接经济损失《水调》。"《本事诗》云：明皇幸蜀，有听歌《水调》"山川满目泪沾衣"之辞，问知李峤所作，感叹曰："真才子！"不待曲终而去，云云。《汴河曲》或即《水调》之变化也。

### 400《汴河曲》诗意图
一半春风满汴河，两三日月帝王歌。
隋炀水调长城草，白骨如今已不多。

### 401 暖川
忆桓仁上古城冷水泉
上古城西冷水泉，恩媛乡下月空悬。
燕京院里书生梦，五女山中雪满川。

### 402 宫怨
长门一赋半昭阳，武帝三宫六院芳。
似将相如金百镒，飞燕不必惜红妆。
注：昭阳：汉宫名，武帝时后宫八区有昭阳殿，成帝时，帝所宠之赵飞燕居之。长门：汉宫名。《文选》司马相如《长门赋亭》云：武帝之陈皇后失宠，居长门官，使人奉黄金百斤，令司马相如为《长门赋》，以悟主上。

### 403 度破讷沙
铁衣满碛半寒光，塞外沙尘一夜长。
冰塘芦苇初温暖，却忘衡阳是故乡。

### 404 卢纶（选六首）古艳词
北里靡靡激楚堂，阳阿古艳结风扬。
云飞雨落飞云雨，不是夫狂是妇狂。
注：《初学记》卷一五引梁元帝《纂要》："《古艳曲》有北里、靡靡、激楚、结风、阳阿之曲。"《乐府诗集·杂曲歌辞序》云："艳曲兴于南。"按：《古艳词》乃南朝乐府民歌也。

### 405 宫中乐二首
三身未尽三身曲，一曲难余一曲低。
谁问宫中何满子，才人不到玉门西。

### 406
酷吏苍鹰一雁门，居边太守半孤村。
郅都侧目何言语，平陆如今已不尊。
注：郅都，西汉河东太阳（今山西平陆）人，景帝时为中慰，行法不避贵戚，列侯宗室侧目而视，号曰"苍鹰"。后忤太后，迁雁门太守。"匈奴素闻郅都节，居边，为引兵去，竟郅都死，不近雁门。"后因犯法，被诛。事见《史记·酷吏列传》。

### 407 春日有怀
伯劳曲尽落花声，夏至风平注日晴。
朝暮东西何所以，分飞不可至冬鸣。
注：伯劳：鸣禽又名，《诗经·豳风·七月》："七月鸣，传伯劳也。"又名"伯赵"，《左传·昭公十七年》注："伯赵，伯劳也。以夏至鸣，冬至止。"《玉台新咏·东飞伯劳歌》有句云"东飞伯劳西飞燕"，后以"劳燕分飞"喻朋友离别。

### 408 曲江春望二首
豆蔻初开一两心，妆红玉影半千金。

318

丝丝滴滴沾云雨，色色重重露水深。

### 409
钱塘不可问方舟，汴水无言自北流。
玉树三千闻笛语，人心一半斗扬州。

### 410 司空曙（选五首）登岘亭
秦关不见坠泪碑，砚首山中向日葵。
洛水东流何不语，襄阳此后向斯谁。

### 411 古寺花
一树芳菲一树红，半江碧玉半江风。
姑苏城外多杨柳，汴水舟中色西东。

### 412 发渝州却寄韦判官
津亭五里到渝州，逝水三春问玉楼。
杜宇千声啼不住，劳燕一曲付东流。

### 413 吴湖
半在唯亭半在杭，一身汴水一身芳。
东西山上姑苏客，南北舟中碧玉乡。

### 414 送卢彻之太原
竹马童儿一并州，闻君结德九恩仇。
榆关塞叶寻来去，美稷西河么细侯。
注：郭细侯：《后汉书·郭伋传》："郭，字细侯，王莽时为并州牧，建武中由颍川太守复调并州牧。郭伋素结恩德，始至行部，到西河美稷，有童儿数百，各骑竹马，道次迎拜。郭问："儿曹保自远来。"对曰："闻使君到，喜，故来奉迎。"

### 415 峡口送友人
送客东流雨半巾，长江逝水入三春。
黄牛滩外西陵界，峡口江中净蜀尘。

### 416 李端（选一首）送刘侍御
刘郎几问谢宣城，府学隋王帝学生。
抚臆辞云惊论报，明肌早誓两三声。
注：谢宣城：南齐谢朓（464—499）曾为宣城太守，世称谢宣城。按《南齐书》本传，谢朓曾任隋王府文学，尤被赏爱，后被齐帝所迫离去，辞云："抚臆论报，早誓肌骨。"

### 417 郎士元（选一首）柏林寺南望
朝闻寺鼓暮闻钟，客舍寒梅客舍松。
刹古云平三五岭，山深雨洗万千峰。

### 418《柏林寺南望》诗意图
寺里梅花一半情，云中宿鸟二三惊。
渔舟唱晚阴晴雨，古刹钟声日月明。

### 419 柳中庸（选三首）河阳桥送别
九曲黄河十八湾，三秦细雨万千颜。
河阳送别天涯客，晋并桑乾水色还。

### 420 征人怨
日月常开故里山，昆仑不锁玉门关。
思乡应是交河水，草木繁成去客颜。

### 421 凉州曲 不拾李广巷
故曲三声向莫愁，西风一夜斗凉州。
长城已满荒沙雪，天水西流李广忧。

### 422 冷朝阳（选一首）送别红线
采菱歌尽木兰舟，红线琴音入九流。
洛水曹植神赋短，"江南弄"曲十三州。

### 423
青衣善弄阮咸琴，七里洲中百尺浔。
红线木兰舟上曲，宓娘尽是古人心。
注：潞州节度使薛嵩有青衣，善弱阮咸琴，手纹隐起红线，因以名之。采菱歌：即《采菱曲》，乐府曲名，梁武帝制《江南弄》七曲之五。木兰舟：《述异记》下："七里州（按，在浔阳江中）中，有鲁班刻木兰为舟，舟至今在洲。诗家云木兰舟，出于此。"洛妃：即宓妃，洛水女神。《史记·司马相如传》索隐："宓妃，伏羲女，溺死洛水，遂为洛水之神。"又，曹植《洛神赋》："忽不悟其所舍，怅神宵而蔽光。"

### 424 张继（选一首）枫桥夜泊和其韵
月挂盘门一水天，渔舟唱晚半吴眠。
范蠡舟上商齐鲁，娃馆宫中玉影悬。

### 425 刘方平（选三首）送别
华亭一半五湖秋，汴水千年九脉流。
彼此寻林先后问，清泉濯足弟兄游。
注：华亭：地名，在今浙江嘉兴，有清泉茂林，晋时，陆机兄弟曾游于此。

### 426 月夜
玉人空守半人家，北斗无言南斗斜。
夜色疏香心已动，早春二月一枝花。

### 427 春怨
相如赋尽半黄昏，金屋藏娇一泪痕。
飞燕昭阳伤别离，梨花素雪满长门。
注：金屋，《汉武故事》：武帝为太子时，长公主欲以女配帝，问曰："阿娇好否？"帝曰："好。若得阿娇，当以金屋贮之。"

### 428 顾况（选八首）听角思归
柳柳杨杨久不裁，花花草草自徘徊。
情情意意何人见，缺缺圆圆忆未来。

### 429 宫词
朱楼月色半笙歌，娃馆西施一越河。
勾践江湖吴语少，杭州日月几时多。

### 430 听歌
"子夜"悲翁半九天，"霓裳法曲"十三年。
开元天宝玄宗客，月色长生殿上园。
注：《子夜》：南朝乐府曲名。《悲翁》：乐府有《思悲翁》曲。法曲：《唐音癸签·乐通二》："法曲本隋乐，其声清而近雅。"《新唐书·礼乐志》十二记云："唐玄宗既知音律，又酷爱法曲，选坐部伎子弟三百，教于梨园。《霓裳羽衣曲》，唐法曲

之一。"《唐音癸签·乐通二》引《逸史》："帝（玄宗）与术士罗公远游月宫，见仙女数百，皆素练霓裳羽衣舞，问其曲，曰《霓裳羽衣》，帝默记其音而还，故作是曲。"

### 431宿营昭应
长生殿上半方圆，秦已宫中一地天。
处处私情藏日月，人人七亿婵娟。
注：和董殿：唐玄宗建长生殿于临潼骊山之华清宫，名为集灵台，以祀神。

### 432小孤山
风扬草木江南郡，月满洞庭两岸悬。
九脉三江天下水，大姑一叶小姑船。

### 433叶道士山房
道士山房一念消，仙人洞里半天遥。
麻姑有信三桑易，九脉浔阳两地潮。

### 434《叶道士山房》诗意图
细柳垂荫半小桥，桑田易海一欲消。
洞中白石蓬莱客，天上麻姑十地遥。
注：麻姑，女仙名。葛洪《神仙传》云："东能源工业桓帝时，仙人王远降于蔡经家，召麻姑至，年十八九，甚美，自云：'接待以来，已见东海三为桑田，向到蓬莱，水又浅于往者会时略半也，岂得复为陵陆乎？'"又《列异传》云："麻姑降东阳蔡经家，手爪长四寸，经意曰：'此女子实好佳手，愿得以搔背。'麻姑大怒，忽见经顿地，两目流血。"

### 435竹枝
洞庭一叶楚云飞，帝子三身九脉归。
曲尽竹枝声不断，巴喻木落女儿闹。
注：1.题作《竹枝曲》。《唐音癸签·乐通·唐曲》："《竹枝》本出巴渝，其音协黄钟羽，未如吴声，有和声，七字为句。破四字，和云'竹枝'；

破三字，又和云'女儿'。后元和中，刘禹锡谪其地，为新词，更盛行焉。"
2.苍梧：《山海经·海内经》："南方苍梧之丘，苍梧之渊，其中有九嶷山，舜之所葬。在长沙零陵界中。"帝子：大舜。洞庭叶下：《楚辞·九歌·湘夫人》："袅袅兮秋风，洞庭波兮木叶下。"

### 436忆故园 下南洋
杜鹃向蜀半云飞，故国乡村九脉微。
业就南洋千万里，惊梦不得一时归。

### 437戴叔伦（选二首）
夜发袁江寄李颖川、刘侍御
草木江青半客乡，山川秀色一南洋。
繁繁郁郁丛林晚，夜夜梦梦日月长。

### 438湘南即事
一叶轻舟一叶帆，九江渔火九江眠。
巴陵碧玉巴陵月，处处潇湘处处船。

### 439严维（选一首）丹阳送人
丹阳一处挂归帆，故地三心不守田。
暮落江南辞日月，分飞苦雁化桑蚕。

### 440李涉（选十首）题开圣寺
自耕耳目自耕田，不锁清风不锁缘。
月满禅房开圣寺，鱼游玉影小荷莲。

### 441过湖州伎宋态
云仙一梦在高唐，宋玉三生卸楚妆。
怠昼巫山台上客，朝云暮雨妾山阳。
注：《唐诗纪事》卷四六《李涉》：涉为扬州，一女子拜且泣，问之，曰："宋态也，故吴兴刘员外之爱姬。"刘李有昔年之分，涉因赠诗曰"长忆云仙至小时"。高唐梦：宋玉《高唐赋》："昔者先王，尝游高唐，怠而昼寝，梦如人曰：'妾巫山之女也，为高唐之客，闻君游高堂，愿荐枕席。'王因幸之。去，辞曰：'妾

在巫山之阳，高丘之阻，旦为朝云，暮为行雨，朝朝暮暮，阳台之下。"宋玉《神女赋》曰："楚襄王与宋玉进于云梦之浦，使玉赋曰高唐之事，其夜王寝，梦与神女通，其状甚丽。王异之，明日以白玉。"

### 442《题开圣寺》诗意图
惊啼宿鸟木鱼房，落水浮云月半床。
为有禅心明草色，上人开圣寺边昂。

### 443润州听暮角
暮角声中一润州，江城月下半春秋。
惊飞两只沙鸥雁，怨尽三啼入九流。

### 444宿武关
一夜东风半武关，三春草木九州山。
秦州水色凉州向，此曲胡笳试女颜。

### 445竹枝词二首
两地人生两地踪，华清水色醉芙蓉。
长生殿上相思曲，一半春心一半逢。

### 446
十二峰中月色清，巫山峡口客方明。
婵娟只问孤舟晚，宋玉何言溅雨情。
注：十二峰：即巫山十二峰。元刘埙《隐居通议》卷二九据《蜀江图》举十二峰名为：独秀、笔峰、集仙、登龙、望霞、聚鹤、栖凤、翠屏、盘龙、松峦、仙人。

### 447十二峰
笔峰独秀集仙明，聚鹤登龙栖凤清。
松峦仙人云起落，盘龙霞望翠屏生。

### 448哭田布
田布启王一讫兵，齐王不辱半田横。
如今岛上英雄尽，谢帝声中却魏营。
注：1.田布：《新唐书·田联弘正传》：布字敦礼，魏博节度使弘正子，初为河阳节度使。弘正徙成德，遇害。穆宗召布拜魏博节度使。于

是朱滔据幽州,与王廷凑唇齿。中人屡促战,而度支馈饷不继。会有诏分布军救深州。兵怒,遂溃。布以中军还魏,诸将劫布行河朔旧事,布为书谢帝,乃引刀刺心曰:"上以谢君王,下以示三军。"言讫而绝,年三十八。

2.田横:秦末,田横自立为齐王,率属下五百人逃往海岛。刘邦称帝,遣使者招降。横与客二人往洛阳,未至二十里,羞为汉臣,自杀。岛中之徒众,闻横死,皆自杀。

### 449京口送朱昼之淮南

月明桃叶半殷勤,曲落秦淮一使君。
水渡丹青云雨色,金陵建中古芳芬。
注:晋代书法家王献之有妾名桃叶,曾赠诗云:"桃叶复桃叶,桃树连桃根,相怜两乐事,独使我殷勤。"此联用其事喻已之眷属。

### 450州词献高尚书二首

人生自古不分疆,日月如今待柳杨。
草木山中留碧色,胡笳曲外久低昂。

### 451

马头马尾一长城,云外云中半渭泾。
古往幽州飞将在,如今李广巷无名。

### 452李约(选一首) 过华清宫

华清一醉见芙蓉,力士三生芥菜踪。
玉树梨园情犹在,瑶台半暗故心重。

### 453权德舆(选三首) 赠天竺、灵隐二寺主

钟声馨语隔心闻,白石神音两不分。
世上人间三界外,山僧道士雨云醺。

### 454杂兴二首

一曲吴娘"刮骨盐",三春玉树露衣沾。
渔舟唱晚含羞问,此夜无眠半卷帘。

### 455

一赋曹植半洛川,三生两魏九州烟。
难言宋玉知云雨,不到巫山自可怜。
注:刮骨盐:唐曲名中。《唐音癸签》卷一四《四夷乐》引洪迈语云:"唐诗'媚娘吴娘唱是盐','更奏新声《刮骨盐》',然则歌诗谓之盐者,亦如吟、行、曲、引之类尔。"

### 456武元衡(选五首) 春兴

七月霏霏雨不晴,五湖处处客梅生。
荷塘叶碧连天色,断梦心连入洛城。

### 457送张司录赴京

望断江南一叶飞,云浮日月半心归。
枯荣天下多来去,何必人中久是非。

### 458题嘉陵驿

楚楚吴吴半梦归,南南北北一鸿飞。
风云雨雪嘉陵驿,日月阴晴草木菲。

### 459听歌

一半钟祥曲莫愁,三千日月古梁州。
知音不是秦淮客,夜唱佳人玉管秋。
注:1.《古梁州》:唐教坊曲名。
2.莫愁:《旧唐书·音乐志二》:"石城有女子名莫愁,善歌谣。"乐府西曲有《莫愁乐》。按,石城,即今湖北钟祥。

### 460汴州闻角

水调歌头一汴州,唐家客宰半宫酬。
长安自此惊官马,唱尽关山待九流。

### 461韩愈(选六首) 湘中酬张十一功曹

一叶清风一叶秋,半江竹泪半江流。
湘君何处湘君问,越鸟同听越鸟愁。

### 462和李二十八司勋连昌宫

肇庆岩中老树根,人间天下小儿孙。
连昌宫外河南府,裴度相前日月村。
注:连昌宫,唐行宫名。《新唐书·地理志》:河南府寿安县西二十九里,有连昌宫,显庆三年(659)置。

### 463时针次宣溪酬张使君

江青雨色满宣溪,柳岸云城任曲低。
君心中多日月,何言天下少东西。
注:宣溪:水名,在韶州(今广东韶关)城南八十里。

### 464同张水部籍游曲江寄白二十二舍人

西阳半落半黄昏,回照千山万水村。
十载曲江花满树,三生日月过龙门。

### 465次潼关先寄张十二阁老

两省相呼阁老名,三州裴度客公卿。
潼关自涣吴元中,门下平章破蔡城。
注:阁老:《新唐书·百官志》:"中书舍人以久次者一人为阁老,判杂事。"又李肇《国史补》云:"两省(中书省、门下省)相呼为阁老。"唐宪宗元和九年(814),淮西节度使吴元济据申州(今河南信阳)、光州(今潢川)、蔡州叛。元和十二年,裴度以门下侍郎,同中书门下平章事督诸军进伐,破蔡州擒吴元济。
相公:即指裴度。

### 466桃林夜贺晋公

月在桃林贺晋公,梅花腊月济世雄。
命圭江山相印主,上柱瑞名玉位同。
注:1.桃林:县名,即今河南灵宝。
晋公:元和十二年(818),裴度以平淮西吴元济功赐上柱国,封晋国公。
2.命圭:天子赐予诸侯的玉圭。《左传·僖公十一年》"赐晋侯命"注:"诸侯即位,天子赐之命圭为瑞。"

### 467柳宗元(选四首) 柳州二月榕

司马江山柳柳州,河东日月满南楼。
何云落尽春秋叶,夏茂冬青永不休。

### 468酬梦得

宗元查禁一刘郎，梦得阴晴半故乡。
且向官奴思论语，姜芽敛手付红妆。
注：官奴，王羲之之女名官奴。姜芽：《辞源》引此联，云："喻笔姿。"姑备一说。

### 469闻澈上人亡寄杨侍郎

云门寺律一源澄，旧姓明弘半佩英。
不散空花东越雨，高僧泪尽寄衷情。
注：《全唐诗》卷八一〇："灵澈，字源澄，姓汤氏，会稽人，云门寺律僧也。少从严维学诗，后至吴兴，与僧皎然游……名震辇下，缁流嫉之，造飞语激中贵人，贬徙汀州，会赦归张，诗一卷，今存十六首。"惠休赠鲍照诗云："琪枝兮金英，绿叶兮紫茎。不入金杯底，低采还自荣。"

### 470酬曹侍御

黄梅雨后木兰舟，破额山前碧玉流。
几度潇湘无限竹，三枝日月泪千愁。
注：破额山，在今湖北黄梅西北。《全唐诗》注引《述异记》云："七里州中有鲁班刻木兰为舟，至今在洲中，诗家云木兰舟，出此。"

### 471刘禹锡（选二十五首）石头城

秣陵兴废石头城，楚汉仲谋治古名。
此去秦淮多少月，方山犹见大江倾。
注：1.石头城：东汉建安十七年（211），孙权移治秣陵，改名石头。唐初为扬州治所，武德九年（626）扬州移治江都（今江苏扬州），此城遂废。故址在今江苏南京西石头山后。
2.淮水：秦淮河，在今江苏南京，相传秦始皇于方山掘流，西入江，名亦为淮，故称秦淮。

### 472乌衣巷

玄武门前父子兵，隋唐名下去来城。
六朝烟雨何成败，二水三山自纵横。

### 473江令宅 北京养春堂

枣树城中半亩余，鱼池月下帝王虚。
平生苦读诗词客，古古今今百万书。

### 474与歌者米嘉荣

一曲凉州意不平，三朝供奉米嘉荣。
新新旧旧何更易，处处人人自主声。
注：禹锡又有诗云："三朝供奉米嘉荣，能变新声作旧声。"

### 475听旧宫人穆氏唱歌

河东不尽又河东，织女难言织女衷。
谁道人情心不语，牛郎七夕一相逢。
注：织女，明冯应京《月令广义》引殷芸小说："天河之东有织女，天帝之子也。年年机杼劳役，织成云锦之衣，容貌不暇整。帝怜其独处，许嫁河西牵牛郎，嫁后遂废织纴。天帝怒，责令归河东，但使一年一度相会。"起句喻穆氏曾供奉官廷。

### 476与歌者何戡 白帝城

湘中日月半天河，留下人间第一歌。
白帝江流凭水波，汨罗子弟不不多。
注：《渭城》，曲名。《唐音癸签》卷一三："《渭城》、《阳关》，本王维《送人使安西》诗，后被于歌，所云：'更与殷勤唱《渭城》'、'听唱《阳关》第四声'是也。"

### 477堤上行二首

暮色苍茫十纵横，春秋世界半枯荣。
江南醒醉三千士，渡口舟横一两声。

### 478《桃叶》传情《竹枝》怨

"襄阳"不尽"大堤行"，乐府吴声笃爱声。
子敬秦淮桃叶曲，竹枝日月只传情。
注：《堤上行》，乐曲名，唐人作品题或作《襄阳曲》《大堤曲》《大堤行》。桃叶：即桃叶歌，乐府吴声曲。"桃叶歌者，晋王子敬（王献之）之所作也，桃叶，子敬妾名，缘于笃爱，所以歌之。"

### 479

竹枝一曲半江南，日暮三声两女男。
止足阴晴寻翘首，此情困守作春蚕。

### 480踏歌词二首

春江月夜一潮生，宋玉巫山半不平。
玉树后庭花独色，竹枝诉说此人情。

### 481

何人一语楚灵王，细腰三生半自伤。
宋玉至今云梦赋，高鹿云雨向低昂。
注：《踏歌》，曲名。《唐音癸签》卷一三："玄宗尝命张说撰元夕御前踏歌词。"《墨子·兼爱》"昔者楚灵王好细腰。"

### 482竹枝词八首

白帝江流水不平，秭归日暮客山晴。
白盐山下春情树，蜀色云中楚色明。

### 483山桃红花

山桃碧叶一心红，楚水湘山半济公。
日落舟停相问询，渔歌只寄此情中。

### 484

日上三竿露水消，江流九曲逐前潮。
织女但凭云雨后，牛郎莫向地天遥。

### 485

日日船中是非，年年水上一心归。
东去西来东不语，春秋冬夏夏无闻。

### 486

九曲黄河十八湾，三生日月万千山。
情中草木枯荣色，梦里相思养玉颜。

### 487

山上层层十月花，云间处处半天涯。
渔舟唱晚男儿女，下里巴人草木家。

### 488

二水江青一水平，三山日落半阴晴。
南辕北辙连道路，西暮东朝不易明。

### 489

楚水巴山一日多，阳春白雪半江河。
竹枝声断心无断，月色随君夜有歌。

注：1.《全唐诗》录其"小引"云："四方之歌，异音而同乐。岁正月，余来建平，里中儿联歌《竹枝》，吹短笛击鼓以赴节，歌者扬袂睢舞，以曲多为贤。聆其音，中黄钟之羽，卒章激讦如吴声。虽伧伫不可分，而含思宛转，有淇澳之艳音。昔屈原居沅湘间，其民迎神，词多鄙陋，乃为作《九歌》，到于今荆楚歌舞之。"
2.白帝城：在今四川奉节瞿塘峡口。
3.万里桥：在今四川华阳南。杜甫《狂夫》："万里桥西一草堂"，即指此桥，古时蜀人入吴，皆取道于此。
4.滟滪堆：也称淫豫堆，在长江瞿塘峡中，《水经注·江水》："（白帝城西）江中有孤石，为淫预石，冬出水二十余丈，夏则没。"

### 490 杨柳枝词三首

花萼楼前一弟兄，长生殿上半枯荣。
舟停人止知天地，春夏秋冬莫独情。

### 491

隋炀汴水四时春，雪月风花半去人。
六国娇娥秦国嫔，扬州胜似女儿身。

### 492

杨杨柳柳四时亲，去去来来一客身。
止上行行常自问，成成败败女儿亲。

注：花萼楼，唐玄宗开元二年（715）建，在兴庆宫西南，题为"花萼相辉之楼"，取《诗经·常棣》之兄弟相亲之意。

### 493 浪淘沙词

鹦鹉洲头浪淘沙，琴台故里楚人家。
楼前黄鹤飞今古，水上龟蛇五月花。

注：《浪淘沙》，唐教坊曲名，或云为白居易、刘禹锡所创。鹦鹉洲：在湖北汉阳西南江中，明末为长江水冲没。

### 494 碧涧寺见元九和展上人诗

禅房不断一僧人，文度何言半客身。
四壁诗词古今著，三生日月道竺珍。

注：王文度，晋代太原晋阳人，名坦之，字文度，尚书令王述子，与谢安共相幼主，曾任中书令等要职。《晋书·王湛传》附传云："初，坦之与沙门竺法师甚厚，每共论幽明报应，要先死者当报其事。后经年，师忽来云：'贫道已死，罪福皆不虚。惟当勤修道德，以升济神明耳。'言讫不见。"

### 495 春词

寻青日浅半天津，不锁春深一玉人。
叭有私心灯下语，风华豆蔻入红尘。

### 496 和令狐相公别牡丹

一派京都十派名，三朝故老九朝横。
春明门下平章客，仆射中书日月声。

注：1.令狐相公：令狐楚（765—836），唐华原（今陕西耀县）人，字壳士，贞元中进士，宪宗元和十四年（819），同中书门下平章事，敬宗时官至尚书仆射。
2.平章：唐以尚书、中书、门下三省长官为相，因位隆势重，故不常高，而以他官代行，称为同中书门下平章事。
3.春明门：唐代都城长安城，东有三门，正中为春明门。

### 497 白居易（选十八首） 同李十一醉忆元九

离离原上草枯荣，岁岁心中日月耕。
独有诗词三万首，不易居京立身名。

### 498 竹枝

峡口巫山一竹枝，东流白帝半江迟。
云前问鸟猿声住，雨后扬帆展玉姿。

### 499 宫词

六院三宫七十莺，五湖四海万千鸣。
只寻天下婵娟玉，不解秦皇六国倾。

### 500 暮江吟

玉立亭亭一色红，碧水瑟瑟半东东。
云沉柳岸人沉梦，露似珍珠月似弓。

注：瑟瑟，明杨慎云瑟瑟为珍宝名，碧色（见《升庵全集》卷五七），此言水色碧也。

### 501 三月二十八日赠周判官

曲江草木长安客，日月苏杭似有无。
刺史龙门寻自主，平生几日问东都。

### 502 伊州

莫教阿蛮楚腰求，且听小玉唱伊州。
平生知易难居易，老马知途志不休。

注：1.《伊州》曲名，属商调大曲，系西凉节度盖嘉运所进。唐天宝后，乐曲常以地方为名。唐伊州，故城在今新疆维吾尔自治区哈密市。
2.小玉：白居易妾。

### 503 华州西

春风一半到门前，柳叶三千向困眠。
最是塘边花草岸，罗敷水上浣纱船。

注：敷水，水名。《带经堂诗话》卷十三遗迹类《秦蜀驿程后记》云："敷水出罗敷谷，谷受秦岭以北诸水乐天诗'上得篮舆未能去，春风敷水店门前'。"

### 504 对酒

"阳关三叠"自西行，下里巴人望"渭城"。
一半凉州来去客，万千草木向阴晴。

注：《渭城》，一曰《阳关》。《诗

人玉屑》云："唐人歌入乐府，以为送别之曲，至阳关句，反复歌之，谓之《阳关三叠》。"

### 505 晓归府
河南尹府半公堂，履道来归一玉香。
但见小蛮庭上舞，吴娃楚腰卸宫妆。

### 506 魏王堤
建安文学魏王堤，三国群雄赤壁西。
何以江山天下客，只闻草木鸟空啼。
注：魏王堤，在洛阳洛河上，传为魏王曹操所筑。时居易罢苏州刺史，返洛阳。

### 507 王子晋庙
周笙子晋凤凰鸣，渭水东流泾水清。
散序中和连曲破，霓裳月色几无情。
注：1.王子晋：即王子乔，周灵王太子。《列仙传》卷上："王子乔者，周灵王太子晋也，好吹笙作凤凰史记，游伊洛间，道士浮丘公接以上嵩高山。"
2.《霓裳》：曲名，即《霓裳羽衣舞曲》，唐代官廷乐舞名曲。白居易有《霓裳羽衣舞歌和微之》诗，对此曲的结构与舞姿作了细致的描述。全曲分散序、中序、曲破三部分。散序为器乐演奏，不舞不歌。中序始有拍，亦名拍序，且歌且舞。曲破繁音急节，声调铿铮，为全曲高潮，结束时转慢，舞而不歌。

### 508 看采莲
小桃小玉问阿蛮，居易居心淑月娴。
楚楚歌停花水岸，声声曲尽待红颜。

### 509
半见红莲半见心，一知碧玉一知音。
荷塘月色荷塘水，淑女情怀淑女吟。
注：小桃：白居易家之歌伎。

### 510 香山寺
浮云一半入香山，细雨三千待玉颜。
古刹钟声何问询，龙门渭水古今闲。
注：香山，在洛县龙门山之东，亦称东山。山有寺，传为高宗李治所造。白居易和六年（832）为河南尹，七月元稹卒，为元稹撰墓志得润笔七十万钱，悉布施香山寺重修，并为之撰《唐香山寺碑》。晚年卜居香山，藏诗集于寺之藏经堂，并遗命死葬香山寺如满师塔侧，今墓在。

### 511 木兰花
木兰一是女郎花，仆射三春素玉家。
夜梦不胜春梦困，轻胭粉脂重胭遮。

### 512 杨柳枝
杨杨柳柳雨云平，岁岁年年日月明。
处处人人折不尽，繁繁息息又新生。

### 513
灵岩山上馆娃宫，勾践心中五霸雄。
吴越至今儿女客，西施不似有无中。

### 514
岁岁年年十界生，天天地地自繁荣。
应怜雨歇云方空，叶茂枝垂月未平。
注：《杨柳枝》，本为汉乐府横吹曲辞，名作《折杨柳》，隋时始为官词。馆娃宫：传为吴王夫差为西施所筑官名，今江苏南京六合区灵岩山上灵岩寺即其故址。

### 515 酬裴令公赠马相戏
故老佳人可唱歌，韦鲍马妾渡天河。
谢安每赏东山客，意在名姝不奈何。
注：1.裴令公：裴度（765－839），宪宗时为门下侍郎，同中书门下平章事，后封晋国公。敬宗、文宗时，他数度为相。晚年退居洛阳，不预朝政。隋唐以来，凡任中书令的，习称令公。《全》题下有注曰："裴诗云'君若有心求逸足，我还留意在名姝'，盖引妾换马戏，意亦有嘱也。"按，《唐诗纪事》卷五二《张祜》：世传韦、鲍二生以妾换马之事云：韦生下第东归，同憩水阁，韦有良马，鲍有美妾。鲍以梦兰、小倩佐欢，饮酣停杯，阅马轩槛。韦曰：能以人换，任选殊尤。鲍欲马之意颇切，密遣四弦更衣盛装，顷之而至云。
2.安石：东晋谢安字安石，《晋书·谢安传》载："安虽放情丘壑，然每游赏，必以伎女从。"此暗喻裴诗"我还留意在名姝"意也。东山：谢安隐居之处。

### 516 水调
水调歌头五叠歌，隋炀汴水半江河。
长城不似秦皇客，刻意人间几少多。
注：《水调》，曲调名，商调曲。杜牧《扬州》诗注："炀帝开汴渠成，自称《水调》。"唐曲凡十一叠，前五叠为歌，后六叠为入破。其歌第五叠为五言，声调最为飘切，故白居易诗云："五言一遍最殷勤。"见《唐音癸签》卷一三《乐通》。

### 517 永丰坊园中垂柳
永丰坊外万千枝，紫禁宫中一半时。
缕缕丝丝何拂荡，牵牵挂挂待人思。

### 518
十二峰前两故知，巫山峡口半相思。
三春夜雨浮云歇，一树千垂几万丝。
注：唐长安有废水丰坊。白居易《杨柳词》有"永丰坊里东南角，尽日无人属阿谁？"宣宗曾听此词，问永丰所在，遂命人取永丰柳两枝，植于禁中。按此诗体为《杨柳词》。

### 519 元稹（选十一首）西明寺牡丹
天光繁切紫云英，玉意琉璃转蕙城。

四女如珠来逐送，慈童养母宝藏经。
注：琉璃，天然的各种有光宝石。《法苑珠林》卷六二引《杂宝藏经》叙佛教故事云，婆罗奈国有慈童女，家贫，卖薪养母，一日至山中，见琉璃城，有四玉女擎四如意珠，作唱伎乐来迎。故后称佛寺为琉璃地。

### 520 亚枝红

桃花人面亚枝红，玉女心中和曲衷。
只似三春江水色，风流一夜任西东。

### 521 梁州梦

闻君不逐曲江流，未向慈恩寺里留。
御便半生千日月，梁州一梦十春秋。
注：孟棨《本事诗》："元相公稹为御史，鞠狱梓潼，时白尚书在京，与名辈游慈恩寺，小酌花下，为诗寄元曰：'花时同醉破春愁，醉折花枝作酒筹。忽忆故人天际去，计程今日到梁州。'时元果及褒城，亦寄《梦游诗》（按即《梁州梦》）。千里神交，若合符契。"

### 522 嘉陵驿

一夜风光十九州，千呼日月万回头。
江流不尽嘉陵水，古驿难言两地秋。
注：嘉陵，江名，古称西汉水，源出陕西凤县嘉陵谷，在重庆汇入长江。

### 523 嘉陵江

汴水隋炀一帝王，长城叶落半秦皇。
嘉陵江上千帆水，不问秦中万短长。

### 524 好时节

文君夜奔一成都，赋岁相如半丈夫。
蜀客离心思寻日月，琴音几处渡江湖。

### 525 送孙胜

几曲日月几由衷，池送轻波柳送风。
草岸花迷花岸草，一言可入离亭中。

### 526 岳阳楼

浔阳楼上九江忙，不问湘中半故乡。
但向三吴连汴水，何须十地自张扬。

### 527 寄庾敬休（古今诗）

长安可向曲江游，居易常言以敬休。
古古今今诗万首，来来去去十三州。
注：庾敬休，字顺之，《旧唐书》卷一八七下有传，与元稹、白居易交游甚密。

### 528 西归

家过山海关，里七外八斗北京。
十载书中一玉颜，百年天下半榆关。
逢三数九成千志，里七无言外八山。

### 529 重赠乐天

小玉玲珑白乐天，阿蛮腰细碧桃莲。
无言月落依杨柳，不忍潮平是去帆。
注：玲珑：玉撞鸣之声。班固《东都赋》"和銮玲珑，天官景从"注引《埤苍》："玲珑，玉声也。"此喻歌伎音喉如玉鸣。

### 530 李德裕（选一首）长安秋夜

秋风一夜满安长，玉树千枝半叶残。
只让人心宽处处，莫愁学士久书安。

### 531 李绅（选一首）却望芙蓉湖

雨落云沉一半烟，潮平日暮两三船。
人心常似墙头草，水色含幽柳叶悬。

### 532 王播（选二首）题惠照寺二首

三十年中间九流，五千岁月读春秋。
钟声不到木兰院，老衲如今半白头。

### 533

扬州惠照寺边僧，老衲钟声雨后灯。
木兰院里来去客，纱笼壁上几诗凝。
注：《全唐诗》题作《题木兰院二首》，题后叙本事云："播少孤贫，尝客扬州惠照寺木兰院，随僧斋餐。僧厌怠，乃斋罢而后击钟。后二纪，播自重位出镇是邦，因访旧游，向之题名，皆以碧纱幕其诗。播继之以二绝句。"

### 534 熊孺登（选三首）送准上人归石经院

钟声不语上人归，慧远常言自主微。
只似雁门寻渡口，人间处处敞心扉。
注：雁门僧，东晋高僧慧远，雁门人，居庐山东林寺。

### 535 湘江夜泛

夜渡洞庭大小姑，风流云雨去来无。
三湘月色空回首，一曲阳关满玉壶。

### 536 送僧

上下山林百衲衣，晴阴草木半相旗。
寒阳不是归山晚，素影还寻月色稀。

### 537 戎昱（选三首）

移家别湖上亭，家犬比特送南洋。
谷去声声比特鸣，门边处处送人情。
忠诚但似人间犬，行心且住且不行。

### 538《移家别湖上亭》诗意图

柳柳杨杨一半垂，山山水水两三绥。
亭亭阁阁随心处，草草花花自主为。

### 539 塞下曲

落日江湖一钓翁，洞庭草木半吴中。
扬州玉笛胡姬曲，大漠日月掉头东。

### 540 途中寄李三

一半长亭一半春，万千日月万千邻。
但知白首寻知己，莫遣青丝待路人。

### 541 月

一丝半挂下弦弓，两意三心上不同。
后悔春情寻未到，清宫不锁亦空空。

### 542 卷五·七言三 李贺（选四首）

南园二首
家徒四壁一长卿，处女三林半剑明。
若耶袁公猿白尽，雕虫自在玉弓成。

## 543

文章一句半春秋，日月三生九脉流。
草木知荣千万雨，耕耘寸土十三州。
注：《汉书·司马相如传》："司马相如字长卿，家徒四壁。"晋夏侯湛《东方朔画赞》："大夫讳朔，字曼倩，平原厌次人也。以为傲世不可以垂训也，故正谏以明节；明节不可以久安也，故诙谐以取容。"若耶溪《赵绝书》云："若耶之溪涸而出铜也，古欧冶子铸剑之所。"猿公：《吴越春秋》云："越有处女，出于南林，越王聘之。处女北行见于王，道逢一翁，自称袁公，问处女：'闻子善剑，愿一见之！'女曰：'妾不敢有所隐，惟公试之。'于是袁公即杖剑为竹，竹枝上颉桥，末堕地，女即接末。袁公即飞上树，变为白猿。"雕虫：扬雄《法言》："或问：'吾子少而好赋？'曰：'然，童子雕虫篆刻，壮夫不为也！'"玉弓：下弦残月，其状似弓。

## 544昌谷北园新笋

只入三湘唱九歌，何须十地问千磨。
明安傲训东方朔，殊容绘色篆刻多。

## 545酬答

二月梅池一半春，千芳草地两三菽。
桃花欲动心先动，杏李含苞色可人。

## 546吕温（选一首）刘郎浦

刘郎浦里尚香缘，怠误吴王石首县。
只有琴音时可顾，原来三国蜀人前。
注：刘郎浦，在荆州石首县，传为刘备纳吴王妹处。

## 547杨巨源（选四首）僧院听琴

禅思不尽夜深深，日有光辉月有荫。
寺里放生池水浅，僧房院落几音琴。

## 548赠崔驸马

何人不得打金枝，未似行家问故时。
驸马宫中天子女，平阳府外半无知。

## 549听李凭弹箜篌

二十三弦一曲清，箜篌半序五音明。
"云门"不尽梨园舞，禁苑明皇百乐生。
注：李凭，为梨园善弹箜篌之乐工，有名于时。梨园：《新唐书·礼乐志》载：唐玄宗选乐工三百人，官女数百人，教授乐曲于梨园，亲订声误，号"皇帝梨园子弟"。梨园在长安禁苑中。《云门》：周朝六乐舞之一，即《云门大卷》，传为黄帝时制，见《周礼·春官·大同乐》并注。

## 550观伎人入道

北里声声半日红，平康处处一人中。
桃花已去余香在，荀令还来济世衷。
注：荀令，东汉荀彧，颍川人，字文若，少有才名。北里：《史记·殷本纪》："师涓作新淫声，北里之舞，靡靡之乐。"按，唐长安之平康里，伎院所在，居城北，孙棨著有《北里志》，后人称伎院亦曰"北里"。《襄阳记》云："荀令君至人家，坐处三日香。"

## 551卢全（选一首）逢郑三游山

寒流石上一珍珠，桃李山中半有无。
草木幽幽云雨露，春江处处月江湖。

## 552王涯（选五首）从军词

龙城飞将几时回，李广家人巷口来。
天水幽州胡马客，金门不似旧亭台。
注：1.唐吴兢《乐府古题要解》："《从军行》，皆述军旅苦辛之词也。"
2.金门：即金马门。《后汉书·马援传》："孝武皇帝时，善相马者东门京，铸作铜马法献之，有诏立马于鲁班门外，则更释鲁班门曰金马门。"黄龙：城名，又名龙城，故址在今辽宁朝阳。

## 553《逢郑三游山》诗意图

四壁香风一水还，三春古木半江山。
何寻草木何知色，几处峰光几玉颜。

## 554塞下曲

李陵塞北一时分，未可长安半日勋。
不似龙城飞将在，金门自此落浮云。

## 555秋夜曲

一半空房一半心，两三岁月两三金。
枕边不汲余温暖，月下难言客古今。

## 556宫词二首

深宫一半作梅妆，仕女三千问短长。
细腰飞燕歌舞尽，西厢古月问红娘。

## 557

虫鸣月落半纱窗，夜曲朝停一国邦。
长信宫花颜色好，昭信古木已无双。

## 558令狐楚（选一首）少年行

古古今今五女山，来来去去半书颜。
人前日月三千士，梦里江河十八湾。

## 559舒元舆（选一首）赠潭州李尚书

中郎祭酒向文姬，后汉董祀待素姿。
不遗曹公邕善客，胡中十二载逢时。

## 560张仲素（选八首）塞下曲四首

一半渔阳一半辽，两三黑水两三朝。
幽州李广凭擒虎，应似龙城雪迢迢。

## 561

一半寒枝一半霜，两三落雁两三行。
将军塞外燕然下，猎马荒原自要强。

## 562

男儿一半过榆前，立足三生守玉颜。
隔壁还恁今古事，楼兰此去不求还。

## 563

五女山中一鸟飞，浑江水上半春晖。
榆关不守书生志，典属难鸣望北归。

注：楼兰，汉西域国名。汉昭帝元凤四年（前73），傅介子杀其王安归，立尉屠耆为王，改名鄯善。交河：西汉车师国首府，唐贞观时高交河县。苏武：汉杜陵（今陕西西安东南）人。武帝天汉元年（前100）以中郎将出使匈奴，被扣，留居匈奴十九年，持节不屈。昭帝始元六年（前81）获释返汉，官至典属国。事见《汉书·苏建李广传》。

### 564 秋闺思二首
一寸秋思一寸心，半家灯火半家琛。
三江水色三江暗，九脉山光九脉荫。

### 565
独问飞鸿何处归，孤心叶落念春闱。
居延处处难寻梦，但得双双比翼飞。
注：居延，地名，汉属张掖郡，故址在今甘肃额济纳旗西北。

### 566 汉苑行
十地春风汉苑行，三河柳岸小莺鸣。
群芳举步寻桃李，草木心扉向日晴。

### 567 天马词
乌孙西极半飞云，天马行空一世分。
大宛金川荒原旷，奔腾千里自超群。
注：天马，《史记·大宛传》："得乌孙马，好，名曰天马。及得大宛汗血马，益壮，更名乌孙马曰西极，名大宛马曰天马云。"

### 568 张籍（选十三首）送蜀客
南行蜀客锦江西，月晚书楼玉鸟啼。
金马碧鸡山外水，东城柘木领情迷。
注：碧鸡，神名。《汉书·郊祀志》："或言益州有金马、碧之神，可醮祭而致之。"又唐樊绰《蛮书》载："柘东城（今云南昆明）有碧鸡山。"锦江：在四川成都。传蜀人濯锦其中，其色艳，濯于它水，其色暗，故名。

### 569 蛮中
铜柱苍梧交昆边，金麟马援玉人田。
琵琶自抱谁家女，东汉山河几不全。
注：铜柱，《后汉书·马援传》李贤注引《广州记》："援到交趾，立铜柱，为汉之极界也。"按，东汉时交趾郡治所在今广西壮族自治区苍梧。

### 570 蛮州
交趾隋炀一象州，人家水色半蛮楼。
青江竹影三山外，此曲瑶台几度休。

### 571 哭孟寂
风光一半曲江边，弟子三千月孤弦。
十九人中君犹在，慈恩寺塔自高天。
注：曲江，即曲江池，在今陕西西安东南，唐时为都城长安游戏览胜地。举子中进士，放榜后大宴于曲江亭，谓之"曲江会"。又，《新唐书·选举志》："举人既及第，缀行通名，诣主司第谢……又有曲江会，题名席。"十九人：《全》诗全注："《唐进士登科记》：孟寂乃中书舍人高郢所取第十六名，其年进士十七人，博学宏辞二人。故诗云十九人。"

### 572 法雄寺东楼
汾阳尚父令中书，玉叶金枝客有无。
郭氏亲仁乡里间，原来御殿有江湖。
注：汾阳旧宅：唐郭子仪平安史之乱，功第一，累官到太尉、中书令，封汾阳郡王，号为尚父。据《唐书》本传，郭氏旧宅在长安亲仁里。

### 573 秋思
长安城里一秋风，渭水云中半色同。
落叶纷纷何处去，心田落落久空空。

### 574 凉州词二首
凉州一曲到安西，过雁三声向故啼。
落叶初生沉又去，秋江几度玉人低。

### 575
无人一曲到凉州，有道三关问莫愁。
小遍龟兹歌舞尽，金陵自此不春秋。
注：凉州词，《唐音癸签》卷一三："凉州，宫调大曲，有大遍、小遍，西凉府都督郭知运撰进。"安西：唐六都护府之一，治所初置于交河城（今新疆维吾尔自治区吐鲁番西北雅尔和屯），后移龟兹（今新疆维吾尔自治区库车一带）。

### 576 宫词二首
千军万马草秋肥，落叶鸿飞暮日归。
塞北东风云雨客，衡阳几处有春晖。

### 577
阴晴天下卸征袍，日月书中捉放曹。
西去三声重九客，凉州一曲汉葡萄。

### 578 寄李渤
杜鹃太子一钟西，北魏嵩阳五度溪。
二月行云三月雨，登封拾遗半花迷。
注：五度溪，水名，在河南嵩山。踯躅：花名，即杜鹃花。嵩阳寺：在河南登封北之嵩山，始建于北魏太和八年。

### 579 寒塘曲
寒塘一曲柳杨余，玉水三秋帝业虚。
落叶寻根天下客，天光树影数游鱼。

### 580 江陵使至汝州
下里巴人一苦喧，阳春白雪半语言。
高山流水琴台客，九曲黄河玉门垣。

### 581 华清宫
二月华清二月花，一人天下一人家。
温汤水色温汤暖，玉色芙蓉玉色斜。

### 582 十五夜望月
秋明一半到天涯，落叶三千向我家。
灯下何须凭月夜，枕边犹记小桃花。

## 583 霓裳词四首

梨园水色半霓裳,弟子声情一上皇。
七夕长生堂上玉,华清池里卸红妆。

### 584
霓裳卸尽羽衣娘,曲断音平醉御床。
一斛珍珠何所顾,芙蓉照水玉临光。

### 585
一曲霓裳一曲终,半芳玉树半芳虫。
天上人间何相似,露令花心月似蒙。

### 586
半在梨园半在妃,一心玉树一心扉。
华清池里龙汤沐,马嵬坡前自不归。

### 587
暮尽山明鸟半空,临流口岸夜千衷。
三秋桂子随心事,一片相思锁月宫。

## 588 宫词二十四首

三宫不似上皇情,六院长生殿下明。
七十二妃何日月,芙蓉自此忆倾城。

### 589
万岁声中一曲终,昭阳人上半雕虫。
相如赋尽藏娇处,几处飞燕日后红。

### 590
一处嫦娥十地宫,贵妃色尽富人穷。
江山日月轮流座,九脉阴晴九脉风。

### 591
一花未凋一花开,半日初晴半日来。
天马行空身不许,何疑豆蔻玉人裁。

### 592
一步金阶一步心,半堂日色半堂音。
宫中曲舞人情外,不向皇家求御荫。

### 593
凤凰半落一心情,御主三山二水明。
玉树后庭花不尽,深宫故殿半进英。

### 594
采莲月下一舟横,举步宫中半守情。
唱彻"伊州""杨柳"曲,管弦处处有余鸿。

### 595
长门月色一深宫,御驾飞燕半色空。
不以身轻阶下舞,当须几处付人红。

### 596
龙庭遭怒半生情,白鸟飞天一夜明。
院院灯前寻言语,时时曲后向阴晴。

### 597
搜来天下一精英,却数人间半纵横。
织女牛郎应向问,藏衣两处有心情。

### 598
不可垂帘半故宫,还须向询一人情。
宫奴处处声无忆,素玉幽幽奉旧盟。

### 599
斜阳半向玉门东,故月三春奉粉红。
一阵香风风不语,千呼万唤始由衷。

### 600
一箭朝天入鞘中,三娘曲舞向江东。
如令处处梨园外,不似华清舞伴红。

### 601
半云天子半云楼,一处人心一处休。
可叹御沟流水色,粉香已过十三州。

### 602
玉马香车一女杨,飞云素玉半红妆。
人间只是君王客,天下原来以心肠。

### 603
宫中飞出玉凤凰,界外难留旧衣裳。
日落当头长生殿,华清水色久朝阳。

### 604
忽然月色满西厢,解带拖裙无受妆。
应得非时云雨下,惊心惹是小姑娘。

### 605
玉女身边一枕香,宫门锁后半高堂。
声声只向君王侧,处处难平日月长。

### 606
三春日暖半粼波,两地分心一水歌。
不解江南依织女,牛郎岸柳几端磨。

### 607
一曲方停一曲余,半心又开半心虚。
枕边留下私情久,玉色难明草木疏。

### 608
一缕西阳入殿门,半宫池水向黄昏。
一生只见君王侧,不及儿儿女女村。

### 609
相如一赋半婵娟,未数千金五百年。
只立昭阳花树下,先当白石玉江边。

### 610
宜春院外一纷纭,教坊音中半可分。
正殿难寻门自锁,金门不开卸衣裙。

### 611
延英殿上碧衣郎,应制诗中九曲肠。
但得君王服品第,含元八品久书香。

### 612
蓬莱只似大明宫,信品难言小夏虫。
不入暖房何所以,龙门一过自由衷。

注:延英,殿名,即大明宫(亦称蓬莱宫、含元殿),见《唐会要》卷三〇。唐制举,皇帝亲自殿试,此首所咏即是也。

碧衣郎:指八品以下官员。唐制科,应试者多有品级较低的官吏。《唐会要》卷三一《章服品第》:"文明元年七月五日诏,八品以下,旧服青者,并改为碧。"

### 613 鲍防(选一首)上巳寄孟中丞
书生一半醉兰亭,弟子三千向渭泾。

禊事山阴何日月,池肥鹅瘦几浮萍。

### 614窦牟（选一首）奉诚园闻笛
庄王酣酒绝朱缨,美玉群臣命火情。
十载何须千楚客,三年只可一声鸣。
注:绝朱缨,刘向《说苑·复恩》载云:楚庄王宴群臣,日暮酒酣,灯烛来,有人引美人衣者,美人援绝其冠缨,以告王,命促火,欲得绝缨之人。王不从,命左右曰:"今日与寡人饮,不绝冠缨者不欢。"人人皆绝缨而后上火尽欢而罢。

### 615陪留守内巡至上阳宫感兴
秋云淡淡上阳宫,太液幽幽落暮虫。
处处残垣商纠客,年年旧语肉池风。
注:太液钩陈,《全唐诗》作太乙句陈。按,太液,即太液池,在唐长安大明宫。
太乙,则为汉长安宫阙名。钩陈,星名,居紫微垣内,术家喻皇后所居宫。

### 616窦巩（选五首）襄阳寒食寄宇文籍
一寸东风一寸芽,万枝玉树万枝斜。
三春草木三春雨,半是香泥半是花。

### 617洛中即事
一半斜阳洛水中,两三暮鸟上阳宫。
扬扬得意勾陈客,点点浮云太乙束。

### 618寄南游兄弟
南洋暮雨不知还,塞外朝云四壁山。
五女山中何起落,十三州外一州颜。

### 619宫人斜
山兴处处故人家,树影幽幽客日斜。
杜宇声声声不尽,如今处处野桃花。

### 620南游感兴
风云日日越王台,玉影年年越秀来。
梅岭珠江三两处,羊城海市赵佗裁。

### 621杨凭（选二首）雨中怨秋
云云雨雨半中秋,处处雨声一九流。
日暮山前寒叶落,钟惊寺里几人愁。

### 622送客往荆州
巴山闻举竹林平,蜀水清明左传声。
蕃露荆州元凯著,春秋不尽玉杯名。
注:《春秋繁露》,书名,董仲舒撰。《汉书·董仲舒传》:"仲舒所著,皆明经术之意,及上疏条教,凡百二十三篇。而说《春秋》事得失,《闻举》、《玉杯》、《蕃露》、《清明》、《竹林》之属,复数十篇,十余万言,皆传于后世。"元凯:杜预,字元凯,西晋大臣,仕为镇南大将军,都督荆州诸军事。
平生博学多通,尤好《左传》,著《春秋左氏传集解》三十卷。

### 623杨凝（选二首）初次巴陵
一半巴陵一半波,万千日月万千河。
须当天下行云雨,莫向人间问少多。

### 624送客入蜀
一蜀清流一杜鹃,半江碧水半云天。
梁山剑阁行人路,子午关前畿四川。
注:剑阁,栈道名,在今四川剑阁县东北大剑山、小剑山之间。《水经注·漾水》:"又东南小剑戌北,西去大剑三十里,连山绝险飞阁通衢,故谓之剑阁也。"梁山:山名,在今四川梁山东北,亦称剑门山、高梁山。子午关:西汉元始五年(5)开子午道,自长安杜陵而至汉中,唐时仍为由陕入蜀之要道,子午关当在此道上,具体位置不详。

### 625杨凌（选二首）早春雪中
素雪纷纷半客家,江山处处一梨花。
乡心已入梅花瓣,故雁寻思玉影斜。

### 626明妃曲
宫深不见玉人毅,莫画王嫱书塞关。
汉殿三春千日色,琵琶一曲半阴山。

### 627贾岛（选三首）渡桑乾
五女山下古今诗
辽东士子渡桑乾,苦读千家半故天。
历尽百年三万首,榆关此去向方圆。

### 628宿林家亭子 自胶州祖上闻关东
深山月色半家邻,古木逢新一家珍。
自闯关东辞鲁地,清明日月不风尘。

### 629赠人斑竹拄杖
三湘白石半知音,九脉江流十地吟。
细看无须斑竹泪,苍梧一片故人心。

### 630张祜（选十六首）千秋乐
梨园子弟客邦邻,未及芙蓉一半身。
花萼相辉勤政本,华清汤暖玉人亲。
注:千秋乐,曲名。玄宗八月五日生,开元十七年是日,赐宴花萼楼下,百僚请以每年是日为千秋节。花萼楼:西面题曰"花萼相辉之楼",南面题曰"勤政条本之楼"。按,据此,花萼楼在唐兴庆宫西侧,为玄宗所筑。

### 631春莺啭
兴庆池楼一孟津,宫前御柳半红尘。
春中但得莺千啭,殿上长生向太真。
注:春莺啭,曲名。《唐间癸签》卷一三:"《春莺啭》,帝(按,指唐高宗)晓音律,晨坐闻莺声,命乐工白明达写此曲。"太真:即杨贵妃。《新唐书·玄宗纪》云:"开元二十八年十月甲子,幸温泉宫,以寿王妃杨氏为道士,号太真。"

### 632邠王小管
虢国无人一半春,韩秦有貌万千身。
宜春院里梨园客,不及芙蓉似太真。
注:邠王,唐章怀太子李贤之子,

名守礼，神龙中，封为邠王。《旧唐书·后妃传》："太真（即杨贵妃）有三姊，皆有才貌，并封国夫人之号。长曰大姨，封韩国，三姨封虢国，八姨封秦国，并承恩泽，出入宫掖，势倾天下。"宜春院：唐乐署名，玄宗时高，宫内歌伎所居，在长安东宫内，与承恩殿、宜秋院并列。

### 633 孟才人

宫中可一孟才人，何满沧州妾艺频。
只唱一声"河满子"，四辞八叠断红尘。
注：题作《孟才人叹》，序云："武宗皇帝疾笃，迁便殿，孟才人以歌笙获宠者，密侍其右。上目之曰：'吾当不讳，尔何为哉？'指笙囊泣曰：'请以此就缢。'上悯然。复曰：'妾尝艺歌，请对上歌一曲以泄其愤。'上以恳许之，乃歌一声《河满子》，气亟立殒。上令医候之，曰：'脉动尚温而肠已绝。'及帝崩，柩重不可举。议者曰：'非俟才人科？'爱命其榇，榇至乃举。嗟夫，才人以诚死，上以诚命，虽古之义激，无以过也。进士高璩登第年宴，传于禁伶。明年秋，贡士多以为之目。大中三年，遇高于由拳，哀话于余，聊为兴叹。"《河满子》：曲名。《唐音癸签》卷一三："河满子，河一作何。白乐天云：'开元中，沧州何满犯罪系狱，撰此曲进，四辞八叠，其声哀断，鞫狱者为奏，明后不许，竟坐刑。'元微之《何满子歌》云：'何满能歌能宛转，天宝年中世称罕。婴刑系在囹圄间，下调哀音歌愤懑。梨园弟子奏玄宗，一唱承恩鹳网缓。便将何满为曲名，御谱亲题乐府纂。'与白说稍殊。"

### 634 折杨柳

凝碧池边帝五家，景阳楼下玉影斜。
一日千姿杨柳色，三春万紫杏桃花。
注：折杨柳：乐府曲名。凝碧池：唐长安禁苑中池名。景阳楼：唐宫中殿阁名。

### 635 华清宫二首

一日华清半寿王，三春凝碧卸霓裳。
知音玉笛听阿滥，出水芙蓉恋暖汤。

### 636

一半梨园一半声，两三日月两三情。
长生殿上瑶池客，凝碧池边玉笛盟。
注：《阿滥堆》：唐笛曲名。《唐音癸签》卷一四："《阿滥堆》，骊山有禽，名阿滥堆，明皇御玉笛，采其声翻为曲，远近效之。"

### 637 集灵台二首

婵娟半上集灵台，曲舞三春玉面来。
道士太真情窦开，知心含笑欲方开。
注：集灵台：即华清宫中之长生殿。

### 638

自觉佳人美艳身，朝天素面淡红尘。
丈夫不知王侯女，却嫌天朝不至亲。

### 639 阿鸨汤

一半红尘一半芳，万千君子万千肠。
如今道士多情种，只向华清淑玉汤。

### 640 雨霖铃

长安一曲雨霖铃，蜀驿三声客不听。
不是归秦心怯夜，华清复幸独渭泾。
注：雨霖铃：唐曲名。《唐音癸签》卷一三："帝（按指玄宗）幸蜀，入斜谷栈道，属霖雨弥旬，闻铃声与山相应，悼念贵妃，因采其声为《雨霖铃》曲以寄恨。时独梨园善篥乐工张徽从至蜀都，以其曲授之。洎至蜀中，复幸华清宫，从宫嫔御，皆非昔人，帝于望京楼令徽奏此曲，不觉凄怆流涕。后入法部，有大曲。"南内：即唐之兴庆宫，因其在东内之南，故称南内。安史之乱中，玄宗逃蜀，后返长安，初居兴庆宫，后移太极宫（西宫）。

### 641 宿溢浦逢崔升

溢流月色九江西，夜半云深一鸟啼。
况是星河潮水落，红楼玉影几高低。
注：溢浦：即溢水之滨，溢水，源出江西瑞昌西南之青山，流经九江市西，北注入长江，今名龙开河。

### 642 听筝

桂影寥寥淑女声，人心寂寂玉筝鸣。
清宫不锁余音尽，晓露含苞泪始成。

### 643 楚州韦中承箜篌

箜篌不尽半余声，醒醉山阳一楚城。
不粒珍珠随色去，千情欲望任秋明。
注：楚州：唐代楚州治所在山阳，即今江苏淮安。韦中丞：即韦应物。

### 644 金陵渡

金陵渡口半春秋，白下城池一夜愁。
风月石头甘露寺，星星火火向瓜州。
注：《全唐诗》作《题金陵渡》。按作者咏金陵渡，当在今江苏镇江附近。唐代镇江也称金陵。金性尧《唐诗三百首新注》云："宋王楙《野客丛书》引唐张氏《行役记》，谓甘露寺在金陵山上。唐赵璘《因话录》，谓李勉至金陵屡赞招陵寺，皆可证。"瓜州：亦作瓜洲，一名瓜埠州，与今江苏镇江隔江相对，在邗江南，大运河入江处，古为长江南北交通要冲。

### 645 游淮南

三千玉树上船弦，二十四桥月色田。
玉笛扬州禅智寺，旧官河上几金莲。
注：禅智：《通监·唐纪》注："宋白曰：'禅智寺在扬州城东，寺前有桥，跨旧官河。'"

## 646 徐凝（选二首）汉宫曲

百态千姿掌上香，三宫六院叶秋长。
飞燕一曲春芳尽，半与昭仪自卸妆。

注：赵飞燕：汉成阳侯赵临之女，成帝时纳为宫人，擅歌舞，以体轻号为飞燕，后立为皇后，与其妹昭仪专宠十余年。昭阳：汉宫名，飞燕所居。掌舞：相传赵飞燕体轻，能以掌上舞。三十六宫：班固《两都赋》："离宫别馆，三十六所。"此极言宫室之多。

## 647 忆扬州

萧娘一夜半军中，桃叶三春两月宫。
无赖扬州桥下水，分明渡口各西东。

注：萧娘：《南史·临川王（萧）宏传》："帝诏宏侵魏，宏闻魏援兵，畏懦不敢近。魏人知其不武，遗以巾帼。此军歌曰：'不畏萧娘与吕姥（吕僧珍），但畏合肥有韦武（韦睿）。'"按，后世诗词中多以萧娘泛指女子。唐杨巨源《崔娘》诗："风流才子多春思，肠断萧娘一纸书。"

## 648 唐彦谦（选十首）穆天子传

游行四海帝台空，王母昆仑玉拾衷。
应有来期悲世界，穆王不得盛姬红。

注：《穆天子传》：古书名，《晋书·束晳传》："《穆天子传》五篇，言周穆王游四海，见帝台、西王母。"瑶台：王嘉《拾遗记》卷一〇载昆仑山："傍有瑶台十二，各广千步，皆五色玉为基。"按，昆仑为神话中西王母所居，《穆天子传》云："天子觞西王母于瑶池之上。"盛姬：周穆王妃，死于穆王巡狩途中。

## 649 楚天

巫山之女一瑶姬，宋玉襄王半雨时。
十二峰前云雨客，高唐自此几云迟。

注：宋玉：战国时楚人。《史记·屈原贾生列传》："屈原既死之后，楚有宋玉、唐勒、景差之徒者，皆好辞而以赋见称。"襄王：即楚顷襄王（前298-前262），名横，怀王子。宋玉《高唐赋》："昔者楚襄王与宋玉游于云梦之台，望高唐之观。"瑶姬：《高唐赋》注引《襄阳耆旧传》："赤帝女曰瑶姬，未行而卒，葬于巫山之阳，故曰巫山之女。楚怀王游于高唐，昼寝，梦见与神遇，自称是巫山之女，王因幸之。遂为置观于巫山之南，号为'朝云'。"云雨：《高唐赋》："昔者先王尝游高唐，怠而昼寝，梦见一妇人，曰：'妾巫山之女也，为高唐之客。闻君游高唐，愿荐枕席。'王因幸之。去而辞曰：'妾在巫山之阳，高丘之阴。旦为朝云，暮为行雨，朝朝暮暮，阳台之下。'"

## 650 寄徐山人

清风明月玉壶冰，柳暗花明雨色凝。
越士俯仰心中客，吴生高就寺边僧。

## 651 垂柳

一缕春风十缕情，千家碧玉万家瑛。
灵王但得炅炅柳，胁息扶墙而后荣。

注：《墨子·兼爱》："昔者楚灵王好细腰，灵王之臣，皆以一饭为节，胁息然后带，扶墙然后起。"纤腰：《全唐诗》注："一作宫娥。"

## 652 邓艾庙

邓艾阴平一路成，谯周后主九卿名。
阳城未解亭侯命，蜀魏兴亡绵竹声。

注：蜀，度阴平道，入成都。蜀平，诏进太尉。后为钟会构陷，为监军卫瓘斩于绵竹，蜀人立庙祀之。事见《三国志》。谯周：三国时蜀大臣，仕为光禄大夫，位亚九卿。邓艾长驱入阴平，后主使群臣会议，周以为当降，后主从其策，降魏，蜀亡。魏以周有全国之功，封阳城亭侯。

## 653 曲江春望

探花初浅曲江荣，杏李年华下苑情。
可望慈恩重九塔，龙门过后以何名。

## 654 落花

垂丝一月小桃花，不问三春日月斜。
但在深宫藏隐密，海棠色影向人家。

注：小花：桃花的一种，正月十月上元节前后即著花，状如垂丝海棠。

## 655 仲山

仲山一半草青青，无赖三千雨打萍。
楚汉英雄留议论，长陵狡兔自零丁。

注：《全唐诗》题下有自注："高祖（刘邦）兄伸隐居之所。"长陵：汉高祖刘邦陵墓，在今陕西咸阳东。异日谁与仲多：《史记·高祖本纪》："高祖大朝诸侯群臣，置酒未央前殿，高祖奉玉卮，起为太上皇寿，曰：始大人常以无赖，不能治产业，不如仲力，今某之业所就孰与仲多？殿上群臣大呼万岁，大笑为乐。"按，此句反讽其事。

## 656 洛神

一逝惊鸿半异乡，三生掩涕百思王。
宓妃洛水游龙客，宋玉斯言予楚襄。

注：洛神：《文选》卷一九《洛神赋》注引《汉书音义》引如淳云："宓妃，伏羲氏之女，溺死洛水，为神。"又，曹植《洛神赋》序曰："黄初三年，余朝京师，还济洛川。古人有言，斯水之神，名曰宓妃。感宋玉对楚王神女之事，遂作斯赋。"《洛神赋》："恨人神之道殊兮，怨盛年之莫当。抗罗袂以掩涕兮，泪流襟之浪浪。悼良会之永绝兮，哀一逝而异乡。"惊鸿瞥过游龙去：《洛神赋》："其形也，翩若惊鸿，婉若游龙。"陈王：曹植晚年封陈王，卒谥"思"，世称陈思王。

### 657 长安秋望
八水长安一叶秋，百川日月半朱楼。
南秦柳细寻楚带，北杜风鸣向不休。
注：杜曲：地名，唐时为大姓杜氏聚居处，也称北杜。

### 658 裴交泰（选一首） 长门怨
不闭长门奉帚秋，初开豆蔻百花羞。
周秦日月依然在，楚汉文章自莫愁。

### 659 羊士谔（选五首） 望女几山
女几山头一玉冠，乡溪早岁半春寒。
清明乞火书生客，卜箸人中立志端。
注：女几山：在今河南宜阳，俗名石鸡山。

### 660 登楼
巴山夜雨作江声，驿客孤楼冷落情。
玉枕难眠何作语，陈王洛水赋思成。

### 661 忆江南旧游
一半山阴一半书，两三隐客两三余。
王王谢谢风流在，晋晋梁梁日月初。
注：《世说新语·言语》："王子敬（献之）云，从山阴道上行，山川自相映发，使人应接不暇。"山阴：即今浙江绍兴。秋来还复忆鲈鱼：晋张翰，字季鹰，吴郡人，有清才，善属文，纵任不拘。仕为齐王冏东曹掾，居洛阳，因秋风起，思吴中菰菜、莼羹、鲈脍，遂命驾归。

### 662 郡中
红衣落尽雨云端，碧玉还兴白露冠。
独立婷婷羞自语，含心欲向杏花坛。

### 663 泛舟后溪
两三草木两三茵，一半阴晴一半春。
杜宇声声留客住，桃花处处怨无人。

### 664《郡中》诗意图
三秋柳岸一莺啼，十子莲心半叶低。
碧色尤荣繁似锦，吴郎越女莫东西。

### 665 卢隐（选一首）雨霁登北原
一年稻谷一年成，半岁生平半岁明。
甸甸三秋留日月，垂垂九地作黄荣。

### 666 朱庆余（选一首） 宫中词
六国婵娟百色容，三春草木一心踪。
扬州莫问隋炀客，只怨巫山十二峰。

### 667 刘商（选二首） 题黄陂夫人祠
桃花一处半夫人，草木三春十地身。
日月难平杨柳水，人情自是满天津。
注：黄陂夫人祠：即桃花夫人庙，《一统志》："汉阳府桃花夫人庙，在黄陂县东三十里。"杜牧有《桃花夫人庙》诗。

### 668 题潘师房
山中白石一洞门，水上浮桥两岸村。
云停雨歇三戒外，秋风落叶半黄昏。

### 669 春恨
丘迟一子半乌程，荒草三春九脉生。
受妾魂消情未尽，高台独立不相倾。
注：负罪将军在北朝：南朝梁陈伯之为江州刺史，梁武帝天监元年（502）降北魏，官持节散骑常侍，都督淮南诸军事。天监四年（505），梁临川王萧宏统军北伐，丘迟为宏记室，作书招降伯之。伯之得书，即从寿阳率众归梁。秦淮芳草绿迢迢：丘迟《与陈伯之书》："暮春三月，江南草长，杂花生树，群莺乱飞。"高台爱妾魂消尽：《与陈伯之书》"将军松柏不剪，亲戚安居，高台未倾，爱妾尚在，悠悠尔心，亦何可言。"丘迟：字希范，南朝吴兴乌程人，初仕齐为殿中郎，后仕梁官至司空从事中郎，擅诗文，辞采丽逸，有《丘中郎集》。

### 670《题潘师房》诗意图
高山流水半师房，下里巴人十地肠。
白石无成无仰俯，洞门不锁不扬长。

### 671 李群玉（选五首） 寄友
孤心一半用相思，独立三千日月迟。
瑞雪初春融百色，寒梅腊月动心时。

### 672 汉阳太白楼
几处知音太白楼，高山流水一春秋。
晴川不尽吴门客，黄鹤还来问九州。

### 673 南庄春晓
春莺一曲到南庄，碧玉三声向沅湘。
纤草疏香情处处，桃花淑影是衷肠。

### 674 黄陵庙
黄陵庙里半秋春，织女云中一锦身。
日月何须成败客，江山尽是去来人。
注：黄陵庙：原名黄牛庙，又称黄牛灵应庙。在西陵峡中黄牛峡黄牛山麓。

### 675 题王侍御宅
足下山川万壑开，云中日月一峰来。
齐齐鲁鲁山东问，自是胶州草木裁。

### 676 殷尧藩（选一首） 赠歌人郭婉
石崇难成宦客身，绿珠不似向梁尘。
吴人不解河阳子，金谷如今向故人。
注：石家金谷：《晋书·石崇传》："崇有别馆在河阳之金谷，一名梓泽。"按，其旧址在今河南洛阳西北。梁尘：曾《类说》引《拾遗总类》："汉兴，善歌者吴人虞公，发声动梁上尘。"

### 677 鲍溶（选四首） 隋宫
杨杨柳柳一隋宫，草草花花半世空。
汴水年年芳渡口，长城处处有无中。

### 678 赠杨炼师二首
隐隐山书小篆文，明明白石炼师君。
昆仑草木知天地，凤管洞箫月伴云。

### 679
白鹤云中独立身，青山岭上心芳茵。

香烟袅袅瑶台客，万道珠经蕊籍频。
注：炼师：道士的敬称。

### 680 汉宫词

东山月映未央宫，玉树春寒舞衣红。
别馆心中多少夜，君王堂上半由衷。

### 681 繁知一（选一首）题巫山庙

知一难言半古诗，刘郎怯意两今词。
古今绝唱忠州去，云雨巫山罢郡时。
注：《全唐诗》题作《书巫山神女庙》，并引《云溪友议》云："白居易除忠州刺史，自峡沿流赴郡。时秭归县繁知一闻居易将过巫山，先于神女祠粉壁大书此诗，居易读之，怅然。遽知一至，曰：'历山刘郎中禹锡，三年理白帝，欲作一诗于此，怯而不为。罢郡经过，悉去诗板千余首，但留沈佺期、王无竞、皇甫冉、李端四章而已。此四章古今绝唱，人造次不合为之。'又与知一同济，卒不赋诗。"

### 682 薛宜僚（选一首）别伎段东美

七夕银河是去年，牛郎织女鹊桥边。
人间只盼心中客，恰似江湖渡口船。

### 683 严休复（选一首）闻玉蕊院真人降

玉蕊真人木蕣花，琼林艳质婉苕华。
舜颜百步昌观色，半造瑶冠半复佳。
注：《剧谈录》载其本事云："长安安业坊唐昌观，有玉蕊花，每发若琼林瑶树，元和中，见一女子，年可十七八，容色婉婉，从二女冠造花所。伫立良久，折花数枝，曰：'襄有玉峰之期，可以行矣。'行百许步，不复见。"颜：《诗经·郑风》："有女同车，颜如舜华。"陈琳《神女赋》："答玉质于苕华，拟艳姿于蕣荣。"按，舜华：即木槿花，朝开暮谢。

### 684 陈羽（选四首）吴中览古

吴城二月水烟空，两岸洞庭砚石红。
处处梅花烟雨客，年年春色馆娃宫。
注：吴城，传为春秋时吴王阖闾所建，亦称阖闾城。故址在今苏州市吴中区。馆娃宫：吴王夫差作宫于砚石山以馆西施，吴人谓美女为娃，故曰馆娃宫。左思《吴都赋》："幸乎馆娃之宫，张女乐而娱群臣。"

### 685 将归旧山留别

古今诗作者吕长春，国务院首辅报告起草人参与之一，一九八六年称之精英之始。

侯嬴救赵信陵君，独在夷门孟楚云。
公子至今谁养士，长春自此主诗文。
注：信陵，即信陵君，战国时魏安王异母弟，名无忌，有食客三千，与齐之孟尝君、赵之平原君、楚之春申君，并以养士有名，时谓之四公子。夷门：《史记·魏公子传赞》："吾过大梁之墟，求问其所谓夷门。夷门，城之东门也。"按，大梁，即今河南开封，城内东北隅，有夷山，门以山而得名。抱关：指看守城门。魏隐士侯嬴，年七十，为大梁夷门守门小吏，后为信陵君迎为上客，助信陵群窃符救赵。

### 686 湘君祠

江流不断泪湘君，竹叶难平雨色云。
九脉二妃寻日暮，风声月色自殷勤。

### 687 襄阳过孟子旧居

烟云一半鹿门山，苦尽三千弟子颜。
撼岳何言明主弃，襄阳孟子御门关。

### 688 卷六·七言四 杜牧（选三十一首）过勤政楼

千秋佳节向心楼，万岁梨园曲未休。
花萼相辉承露水，政勤politikal本自春秋。

### 689 思旧游二首

二月梅花十地青，一江水色半江流。
踏平草木年年月，数尽江南处处楼。

### 690

不到洞庭不向山，一梅先放万梅颜。
东山得见西山见，香满江湖未可还。

### 691 过华清宫

东西绣岭玉人心，南北荔枝骑士寻。
蜀客寿王何所以，华清池水有知音。

### 692 登乐游原

万古销沉一曲江，千年旧事半家邦。
五陵班固西都赋，雨满长安唐满窗。
注：五陵，班固《西都赋》注："高帝葬长陵，惠帝葬安陵，景帝葬阳陵，武帝葬茂陵，昭帝葬平陵。"是为五陵。

### 693 沈下贤

进士吴兴沈下贤，南康供奉雨如烟。
乌程只有敷山梦，不向长安醒醉眠。

### 694 将赴吴兴登乐游原

吴兴未付乐游原，野鹤闲云向鸟喧。
已故昭陵非是主，湖州刺史自无言。

### 695 江南春

十里荷花半岸红，三秋桂子两山风。
洞庭雨里杨梅市，枇杷林中月似弓。

### 696 云梦泽

隋唐已去问飞鸿，不似江山旧事中。
如此风光云梦泽，滕王阁上一秋风。
注：云梦泽，《周礼·夏官·职方》："正南曰荆州……其泽薮曰云瞢。"按，秦汉所谓云梦泽约在今湖南益阳、湘阴以北，湖北江陵、安陆以南，武汉以西地区。

### 697 题城楼

齐安七十五长亭，驿馆三春一零丁。

月照千家几女夜，楼空四壁似浮萍。
注：七十五长亭，《旧唐书·百官志》："凡三十里有驿。"驿有亭馆。齐安（故址在今湖北黄冈）距长安二千二百二十五里（据《通典》）约有七十五驿也，故云。

### 698 初冬夜饮
一生日月一心宽，十载寒窗十地冠。
草木齐云浮土地，江河不尽上云端。

### 699 斑竹筒簟
竹在潇湘有泪痕，云浮日月向孤村。
苍梧山下知妃迹，嘉峪关前是玉门。

### 700 醉后题们院
百岁人生一事明，万千日月万千城。
何须草木时时茂，但守文章处处瑛。

### 701 赤壁
魏蜀周郎一日消，东风不语二乔娇。
中原鹿后年年逐，赤壁江中处处潮。

### 702
乌林北岸一山摇，赤壁南江万古消。
蒲圻西东黄盖策，吴郎冬夏崔还朝。
注：赤壁，《元和郡县志》："鄂州蒲圻县赤壁山，在县西一百二十里，北临大江，其北岸即乌林，与赤壁相对，即周瑜用黄盖策焚曹公船败走处。"按其地在今湖北蒲圻西北。《三国志·吴书·周瑜传》：瑜年二十四，吴中皆呼为周郎。铜雀：即铜雀台。东汉末建安十五年曹操建铜雀、金虎、冰井三台，故址在今河北临漳西南。二乔：《三国志·吴书·周瑜传》："乔公两女，皆国色也。（孙）策自纳大乔，瑜纳小乔。"

### 703 泊秦淮
梅花素影半窗纱，不近秦淮一客家。
月半芳香山为渎，陈词玉树后庭花。
注：秦淮，即秦淮河，在今江苏南京。《通鉴·晋纪》注："秦始皇时，望气者言，金陵有天子气，使凿山为渎，以断地脉，故曰秦淮。"《后庭花》：即《玉树后庭花》，《乐府》曲名，陈后主作，其词有"玉树后庭花，花开不复久"语。《旧唐书·音乐志》云："行路闻之，莫不悲泣，所谓亡国之音也。"

### 704 秋浦途中
潇潇夜雨杜陵东，沥沥云川柳岸虫。
素影幽幽无可以，声鸣断断不由衷。

### 705 题桃花夫人庙
石崇寻情一缘珠，桃花庙里半姑夫。
息侯自苦何归楚，所纳终生是有无。
注："即息夫人。汉阳府桃花夫人庙，在黄陵县东三十里。息夫人，春秋时息侯之妻，据《左传·庄公十四年》载，楚文王灭息，"以息夫人归，生堵 及成王焉。未言，楚子问之，对曰：'吾以妇人而事二夫，纵弗能死，其又奚言。'"另，汉刘向《列女传》载："息夫人者，息君夫人也。楚灭息，虏其君使守门，妻其夫人而纳之于宫。楚王出游，夫人送出，见息君，谓之曰：'人生要一死而，何至自苦，终不以身更贰醮。'遂自杀。"与《左传》所载不同。细腰宫：《墨子·兼爱》："昔者楚灵王好细腰。"金谷坠楼人：《晋书·石崇传》："崇有伎曰绿珠，美而艳，孙秀使人求之。崇时在金谷别馆，登凉台，临清流，妇人侍侧。使者以告，崇勃然曰：'绿珠吾所爱，不可得也。'竟不许。秀怒，乃矫诏收崇，崇正宴于楼上，介士到门，崇谓绿珠曰：'我今为尔得罪。'绿珠泣曰：'当效死于君前！'因自投楼下而死。"

### 706 寄扬州韩绰判官
扬州处处半琼花，水影莲莲一客家。
二十四桥闻玉笛，三千岁月向天涯。

### 707 玉人
玉质柔肌半媚容，千姿百态一香踪。
王嘉拾遗多无得，洁白齐芳几惑从。
注：玉人，王嘉《拾遗记》："蜀甘后玉质柔肌，态媚容冶。河南献玉人，高三尺。乃取玉人置后侧，后与玉人，洁白齐润，观者殆相乱惑。"

### 708 郑协律
不醒人生不醉中，难言治事难殊同。
江湖莫上洞庭叶，日月归前两地鸿。

### 709 江上
疾风甚雨半春乡，野渡临流一曲肠。
水色莲天依楚地，寒食未及向轻妆。
注：寒食《荆楚岁时记》："去冬节一百五日，即有疾风甚雨，谓之寒食。"

### 710 宣州开元寺
莫倚东楼向故乡，何人细语自倾肠。
宣州一半开元寺，殿月三千鹤舞昂。

### 711 南陵道中
南陵水色一浮云，渡口轻舟半向君。
几处孤心凭所以，江湖两地雨纷纷。

### 712 遣怀
不问江湖不问君，但寻日月但寻文。
扬州一梦飞燕在，三春昭仪卸舞裙。

### 713 山行
此去山行二月花，还来岭树五湖涯。
洞庭自有东西色，日月无言草木芽。

### 714 怀吴中冯秀才
吴中一曲半长洲，别后三春两地秋。
水陆盘门多少间，枫桥夜雨古今楼。
注：长洲，今江苏苏州。

### 715 七夕
织女牛郎一鹊桥，银河楚汉半心消。
婵娟桂子瑶池锦，七夕流萤去不遥。

### 716 华清宫
华清不似暖泉春，万树"淋铃"落蜀肠。
雨弥芙蓉曾寄恨，长生殿上泪千行。

### 717 郡楼有宴病不赴
斑斑驳驳一苍松，去去来来半旧踪。
古古今今多少客，先先后后两三峰。

### 718 隋苑
牛相不似广陵人，定子原来醒醉身。
六国秦皇妃莫语，隋炀只是乱红尘。
注：广陵，即江苏扬州。定子：原注："定子，牛相小青。"当为牛僧儒之小妾名。

### 719 边上闻笳
三边一夜不闻笳，九脉千山二月花。
汴水无言南北去，黄河九曲浪淘沙。

### 720 金谷园
落花不似坠楼人，别馆无言暗自春。
石崇惊心香谷月，河阳椋泽几红尘。

### 721 杨柳枝词
春风半问灞陵桥，汉客三声泪未消。
折断何寻杨柳树，只见前程水迢迢。
注：灞陵原，《全》作灞陵桥，在今陕西西安东。《三辅黄图·桥》："灞桥在长安东，跨水作桥。汉人送客至此桥，折柳赠别。"

### 722 暮春 水送别
长安八水绕京城，渭洛三川待此情。
叶落秋云今古色，清流岁月是新声。

### 723 施肩吾（选二首）山中得刘秀才书
居易朗中司马疏，桃花庵外一情余。
风云客舍蓝田玉，梦得乡心两地书。

### 724 戏赠李主簿
亚洲发展投资银行
十地山川十地遥，万年日月百年潮。
乘风破浪南洋海，不忆扬州二十桥。

### 725 雍陶（选四首）宿嘉陵馆楼
年少赴渝与雅卿即共起渝枇杷山，城火浮动。
江声月色半嘉陵，夜馆三春一露凝。
每见枇杷卿复语，渝州只寄玉壶水。

### 726
落叶三秋聚散风，江花两岸有无同。
今宵月色难入梦，却景生情几度中。

### 727
春眠一梦作刀州，夜三梁上问所求。
刺史须臾明府益，成都如此不沉浮。
注：刀州梦，《晋书·王浑传》："夜梦悬三刀于卧屋梁上，须臾又益一刀。濬惊觉，意甚恶之。主簿李毅再拜贺曰：'三刀为州字，又益一者，明府其临益州乎？'……果迁濬为益州刺史。"后遂以刀州为益州之别称。益州，治所在今四川成都。

### 728 和孙明府怀旧山
五柳先生半客颜，刘郎月色一千山。
桃花庵里何君子，司马心中自况闲。

### 729 城西访友人别墅
一半盘门月欲斜，两三灯火故人家。
洞庭山下江湖水，娃馆宫中二月花。

### 730 天津桥春望
天津水色满春霞，碧柳丝垂半不遮。
三月踏青心内语，莺莺未许莫回家。

### 731 李商隐（选三十八首）华山题王母祠
中峰一夜半莲花，桂子瑶池十万家。
念穆情中天子意，当栽黄竹客桑华。
注：莲花峰：华山三峰为莲花、毛女、松桧，莲花为中峰。麻姑：女仙名。《神仙传》卷七："麻姑自说云：接待以来，已见东海三为桑田。《黄竹》为穆天子所歌之曲，《穆天子传》："日中大寒，北风雨雪，有冻人。天子作诗三章以哀民，曰：'我徂黄竹。'"此言黄竹，亦有西王母长念穆天子之意。

### 732 华清宫
幽王一笑半周人，肉柱三生两地身。
蜀幸淋铃惊马嵬，酒池不似玉汤春。

### 733 北齐二首
佳人汉书李延处，一笑相倾再国迁。
铜驼荆棘何会见，周师忆报作方圆。

### 734
同席并马一琵琶，续命怜妃五日花。
后主寻常围晋猎，何须只向帝王家。
注：《汉书·外戚传》载李延年歌曰："北方有佳人，绝世而独立。一笑倾人城，再笑倾人国。宁不知倾城与倾国，佳人难再得。"何芝荆棘始堪伤：《晋书·索靖传》："靖有先识远量，知天下将乱，指洛阳宫门铜驼，叹曰：'会见汝在荆棘中耳。'"小怜：《北史·后妃传：（北齐）冯淑妃名小怜，大穆后从婢也。穆后爱衰，以五月五日进之，号曰"续命"，慧黠能弹琵琶，工歌舞，后主（高纬）惑之，坐则同席，邮则并马，愿得生死一处。

### 735 夜雨寄北
不向巫山十二峰，何知楚客两三踪。
朝云只去高唐峡，暮雨还来滟滪封。

### 736 赠歌伎
下里巴人一两声，阳春白雪两三鸣。
渔舟唱晚洞庭水，雨打芭蕉抽政情。

## 737 赠歌伎

惑尽阳城下蔡迷，樱桃碧玉上春溪。
红颜好色寻杨柳，莫待知音待鸟啼。
注：宋玉《登结子好色赋》："嫣然一笑，惑阳城，迷下蔡。"《阳关》：曲名。

## 738 寄令狐郎中

不善相如善著书，梁园月色灞桥余。
三声晋树沼池客，一曲秦川尺素初。
注：梁园，又称梁苑、兔苑。汉景帝弟梁孝王刘武所筑。《汉书·梁孝王传》："孝王，太后少子，爱之，赏赐不可胜道，于是孝王筑东苑……招延四方豪杰，自山东游士莫不至。"茂陵：汉武帝刘彻陵墓，病相如：《史记·司马相如传》：相如口吃而善著书，常有消渴疾，称病闲居，不慕官爵。

## 739 杜司勋

云云雨雨来时分，岁岁年年不及群。
曲曲直直相问询，朝朝暮暮互殷勤。

## 740 岳阳楼

方城汉水岳阳楼，战国襄王武关羞。
九脉春秋今古事，三汀不尽大江流。
注：岳阳楼，岳阳西门城楼，唐玄宗开元中张说所建，俯临洞庭，为观览胜地。方城：山名：在今湖北竹山东南。《左传》："楚国方城以为城，汉水以为池。"武关：战国时秦国之南关，《史记·楚世家》载云：楚怀王三十年，秦昭王遗书怀王，约会于武关。怀王入武关，秦伏兵绝其后，遂死于秦。冯浩《笺注》云："此谓襄王不入关攻秦以报父仇。"

## 741 寄成都二从事

西施郑旦半吴客，勾践夫差一客踪。
罗杀士庆都巷学，原来干将莫邪逢。

注：唐时曲江，地周七里，占地三十顷。西施：《吴越春秋》：吴王淫而好色，（越王）乃使相者国中得苎萝山鬻薪之女，曰西施、郑旦，饰以罗縠，教以容步，习于土城，临于都巷，三年学服而献于吴，乃使相国范蠡进。

## 742 汉宫词

巨灵青雀半相如，铜术集灵一茎居。
仙露难承云表屑，长卿三辅玉杯余。
注：青雀，《洞冥记》："唯有一女人爱悦于（汉武）帝，名曰巨灵。帝傍有青珉唾壶，巨灵乍入其中，或戏笑帝前，东方朔望见巨灵，乃目之，巨灵因而飞去，望见化成青雀。"集灵台：《唐会通》："天宝元年十月，造知生殿，名为集灵台，以祀神。"金茎：班固《西都赋》："抗仙掌以承露，擢双立之金茎。"按，金茎，铜柱也，用以承接仙露。又，《三辅黄图》云："建章（宫）有神明台……武帝造祭仙人处。上有承露盘，有铜仙人舒掌捧铜盘玉杯，以承云表之露。以露和玉屑服之，以求仙道。"

## 743 柳

蝉声未尽半斜阳，折断梁丝一曲伤。
灞水东流天下去，长安不可入衷肠。

## 744 为有

金龟换酒一君扬，太白豪言半客袭。
黄鹤楼中何自语，凤凰台上可牵强。

## 745 饮席代官伎赠两从事

举止风流一独孤，观人塞路半江湖。
偏置帽侧如心信，草木春生似有无。
注：隋独孤信举止风流，曾风吹帽檐侧，观者塞路。

## 746 代魏宫私赠

洛水陈王赋盛甄，羞情不向故君频。

宓妃应是伏羲女，不可相思几晋秦。
注：《文选·洛神赋》"记"曰："魏东阿王（曹植），汉末求甄逸女，既不遂。太祖回与五官中郎将（曹丕）。植殊不平，昼思夜想，废寝与食。黄初中入朝，帝（曹丕）示植玉镂金带枕，植见之，不觉泣。（甄氏）时已为郭后谗死。帝意亦寻悟，因令太子留宴饮，仍以枕赉植。植还，度轘辕，少许时，将息洛水上，思甄后，忽见女来，自云：'我本托心君王，其心不遂。此枕是我在家时从嫁前与五官中郎将，今与君王。遂用荐枕席，欢情交集，岂常辞能具。为郭后以糠塞口，今被发，羞将此情貌重睹君王尔！'言讫，遂不复见所在。遣人献珠于王，王答以玉佩。悲喜不能自胜，遂作《感甄赋》。后明帝见之，改为《洛神赋》。"又，据《三国志·魏书·后妃传》：（甄）后于黄初二年赐死。《洛神赋》"序"云："黄初三年，余朝京师，还济洛川。古人有言，斯水之神，名曰宓妃。感宋玉对楚王神女之事，遂作斯赋。"

## 747 咏史

半向金陵半向秦，一江渔火一江邻。
龙盘虎踞青浮外，蜀客吴门草木春。
注：北湖，即玄武湖，在今江苏南京。南埭：鸡鸣埭，在今南京青溪西南潮沟上。三百年间：庾信《哀江南赋》："将非并表王气终于三百年乎？"龙盘：张勃《吴录》："刘备曾使诸葛亮至京，因睹秣陵山阜，乃叹曰：'钟山龙盘，石头虎踞，帝王之宅也。'"

## 748 汉宫

是是非非一望之，思思念念半来迟。
夫人不可疑佳女，夜露沾衣却未知。
注：《汉书·外戚传》："李夫人少而早卒，上思念不已。方士李少

翁言能致其神，乃夜和灯烛，高帐帷，陈酒肉，而令上居他帐，遥望见好女如李夫人之貌，还帷坐而步，又能不得就视，上愈益相思悲感，为作诗曰：'是邪？非邪？立而望之，偏何姗姗其来迟！'"

## 749 江东
谢家柳絮沈郎钱，客自江东独自船。
只得五湖烟水色，何须十地月空悬。
注：谢家轻絮：《世说新语·言语》"谢太傅寒雪日内集，与儿女讲论文义。俄而雪骤，公欣然曰：'白雪纷纷何所似？'兄子胡儿曰：'撒盐空中差可拟。'兄女曰：'未若柳絮因风起。'公大笑乐。"女即谢道韫，谢安兄谢无奕女，王凝之之妻。按，此指柳絮已吐。沈郎钱：《晋书·食货志》："吴兴沈充又铸小钱，谓之沈郎钱。"按，此指榆荚，俗称榆钱。

## 750 代应
洛阳女儿莫愁名，白玉堂中织女情。
淑女苏合香色住，王昌始向女边生。
注：卢家：梁武帝《河中之水歌》起首云："河中之水向东流，洛阳女儿名莫愁。十五嫁为卢家妇，十六生儿字阿侯。卢家兰室桂为梁，中有郁金苏合香。"王昌：此名为唐诗人所习用，如崔颢诗"十五嫁王昌"，上官仪诗"东家复是忆王昌。"当泛指美秀男子也，犹如《乐府》中以"罗敷"泛称美女。考梁武帝《河中之水歌》有"人生宝贵何所望，恨不早嫁东家王"。

## 751 过郑广文旧居
如今旧故何人居，隔代难明世俗余。
宋玉城南三间子，渚宫庾信一人本。
注：《新唐书·文艺传》略云：郑虔，郑州荥阳人。明皇爱其才，更为置广文馆，尝自写其诗并画以献，帝大署其尾曰"郑虔三绝"。三楚：孟康《汉书注》："旧名江陵为南楚，吴为东楚，彭城为西楚。宋玉者，屈原弟子也。闵其师忠而放逐，故作《九辩》以述其志。庾信因侯景之乱，自建康遁归江陵，居宋玉故宅。

## 752 涉洛川
洛水阳林一故人，甄妃遗枕半香亲。
辕通谷木西倾日，马烦芝田自在身。
注：曹植《洛神赋》："余从京师，言归东藩，背伊阙，越轘辕，经通谷，陵景山。日既西倾，车殆马烦，尔乃税驾乎蘅皋，秣驷乎芝田，容与乎阳林，流眄乎洛川。"洛川，即洛水。

## 753 宫伎
披香殿上演鱼龙，比目跃庭舍利踪。
革木丹青胶漆会，偃师会竭盛姬重。
注：披香新殿：《三辅黄图》："未央宫中披庭宫，武帝时，后宫八区，有披香殿。"鱼龙戏：《汉书·西域传》："曼衍鱼龙、角抵之戏以观视之。"颜师古注曰："鱼龙者，为舍利之兽，先戏于庭极，毕，乃入殿前激水，化成比目鱼，跳跃漱水，作雾障目，毕，化成黄龙八丈，出水散戏于庭，炫耀日光。"按，鱼龙，为汉宫中百戏之一。偃师：《例子·汤问》篇：周穆王西狩，道有献工人名偃师。翌日，偃师谒见王，王问与偕来者何人。偃师曰："臣之所造能倡者。"穆王惊视之，趣步俯仰信人也。王与盛姬内御并观之。会将终，倡者其目自招王之左右侍妾。王怒，立欲诛偃师。偃师立剖散倡者以示王，皆傅会革木胶漆、黑白丹青之所为。

## 754 宫词
淑女卢家自莫愁，集灵素影待君羞。
三春雨水梅花落，九夏云霓碧玉荣。

## 755 代赠二首
锦似缠绵月似钩，人如素玉色如愁。
丁香结结桃花雨，杏李随芳任自流。

## 756
杨柳桥中折欲愁，东流灞上不回头。
阳关一曲休三叠，下里巴人唱"石州"。

## 757
春山一半若成都，眉色三成似有无。
但得芙蓉非是水，倾人扫黛远山湖。
注：石州，曲名。《乐苑》："石州，商调曲也。"春山：《西京杂记》："卓文君姣好，眉色如望远山，脸际常若芙蓉。"

## 758 瑶池
瑶池一日穆王来，黄竹三声动地开。
诸夏平均中土治，周家入骏九徘徊。
注：瑶池：《穆天子传》："天子宾于西王母，天子觞西王母于瑶池之上。西王母为天子谣曰：'白云在天，山陵自出。道里悠远，山川间之。将子无死，尚能复来。'天子答之曰：'予归中土，和治诸夏。万民平均，吾顾见汝。比及三年，将复而野。'"《穆天子传》："日中大寒，北风雨雪，有冻人，天子作诗三章以哀民，曰：'我徂黄竹，员閟寒。'"八骏：周穆王的八匹良马。《穆天子传》载其名为：赤骥、盗骊、白义、逾轮、山子、渠黄、华骝、绿耳。

## 759 板桥晓别
芙蓉湖上一微波，玉立心中半小荷。
月挂云峰红泪尽，人间拾遗待斯磨。
注：子英芙蓉湖捕鱼，得赤鲤，养之一年，生两翅，鱼云：'我来迎汝。'子英骑之，即乘风雨腾而上天。每经数载来归妻子，鱼复来迎。红泪：《拾遗记》载云：魏文帝美人薛灵芸，

常山人也，别父母升车就路，以玉唾壶承泪，壶则红色，及至京师，壶中泪凝如血。此指荷花之露水。

### 760 夕阳楼
萧郎不上夕阳楼，日落交河誓未休。
读客千年今古事，孤鸿万里以何求。

### 761 西南行却寄相送者
别君西去我东来，玉雪吴门两不开。
"陈宅"流星宣帝位，陈仓惊梦野鸡回。
注：陈仓，地名。《旧唐书·地理志》："隋陈仓县，至德二年二月十五日，改为凤翔县，其月十八日，改为宝鸡。"按，即今陕西宝鸡。碧野鸡：《史记·封禅书》：秦文公获若石云，于陈仓北孤城祠之。其神来也常以夜，光辉若流星，从东南来集于祠城，则若雄鸡，其声殷云，野鸡夜雊。以一牢祠，命曰陈宝。又《汉书·郊祀志》云：宣帝即位，或言益州有金马碧鸡之神，可醮祭而至。

### 762 齐宫词
云龙门外浪淘沙，玉寿梁台月半斜。
废帝齐侯合德殿，潘妃步步不莲花。
注：《南史·不昏侯本纪》载：齐废帝东昏侯萧宝卷为潘妃起神仙、永寿、玉寿三殿。永元三年(501)，萧衍(梁武帝)兵围建康，叛臣王珍国、张稷应之，夜开云龙门，勒兵入殿。齐废帝作乐于合德殿，王珍国斩之以送萧衍。东昏侯尝凿金为莲花以帖地，令潘妃行其上，曰："此步上不生莲花也。"庄严寺有玉九子铃，外国寺佛面有光相，禅灵寺塔诸宝珥，皆剥取以饰潘妃殿饰。

### 763 桓仁
山乡十月五花林，润土三秋半古今。
日月江流千万载，百岁树木八九荫。

### 764 读任彦升碑
任笔南朝宋复梁，沈诗太守向齐墙。
中丞武帝彦升博，记室难铭仕不扬。
注：任彦升：任昉（460-508），字彦升，南朝博昌人，仕宋为太常博士，仕齐为司徒右长史，梁时历官御史中丞、秘书监，出为义兴、新安太守。能属文，尤长于笔，时与沈约齐名，有"任笔沈诗"之称。初，武帝与遇竟陵王西邸，从容谓昉曰："我登三府，当以卿为记室。"昉亦戏高祖曰："我若登三事，当以卿为骑兵。"高祖善骑也。

### 765 有感
宋玉微词向楚王，巫山云雨断人肠。
高唐如此非У赋，一夜江流半客乡。
注：《登徒子好色赋》："大夫登徒子侍于楚王，短宋玉曰：'玉为人体貌闲丽，口多微词，又性好色，愿王勿与出入后宫。'"

### 766
金陵十里一秦淮，建业千年半客来。
佩玉明清商女在，桃花扇里久徘徊。

### 767 过楚宫
一峡千川半楚宫，三川万水几江风。
五湖百岁枯荣迎，十二峰中九脉同。

### 768 龙池
韦昭训女太真从，李瑁华清再不逢。
兴庆宫城兴庆里，龙池浸广望玄宗。
注：龙池：《唐会要》卷三〇载：玄宗在藩时，居兴庆里，宅内有龙池涌出，日以浸广，望气者云："有天子气。"玄宗即位，于开元二年（713），以兴庆里旧邸为兴庆宫。寿王：李瑁，玄宗子。《新唐书·后妃传》载：玄宗贵妃杨氏，始为寿王妃，开元二十四年召纳宫中，丐藉"女冠"，号"太真"，更为寿王聘韦诏训女，而太真得幸。

### 769 嫦娥
一夜长河一夜心，半宫桂影半宫阴。
婵娟但向嫦娥问，莫向云中叹古今。

### 770 忆住一师
古刹门前雪满松，高僧树下寺无踪。
东林悬远烟销忆，住持匡庐五百峰。

### 771 寄蜀客
文君四壁卓王孙，夜半相如酒舍昏。
莫忆长卿琴外语，故夫一赋到长门。

### 772 贾生
楚客潇湘一逐臣，贾生议论半鬼神。
长沙自此无新赋，夜月孤明自在身。

### 773 温庭筠（选十五首）赠少年
秋风一叶下洞庭，流水三波问渭泾。
月赋音平年少老，阳关曲尽见浮萍。
注：屈原《九歌·湘夫人》："袅袅兮秋风，洞庭波兮木叶下。"谢庄《月赋》："洞庭始波，木叶微脱。"

### 774 赠弹筝人
银笛声中问楚王，太真酒后泄私肠。
玄宗一曲"伊州"客，音律三春莫醉狂。
注：宁王：《宗室世系图》："睿宗六子，长宪，袭宁王房。宪初立为皇太子以楚王（李隆基）有定社稷功，让位玄宗。"载说宁王精音律。

### 775 瑶瑟怨
两叶甘州十地清，三生故事一阴晴。
五城十二楼中客，九脉千山半不鸣。

### 776 春日雨
一半秋千一半红，两三驿客两三童。
书中玉影飞纱色，墙外书生四壁空。

### 777
一叶珍珠半杏花，三春草木两春斜。
寒食处处书生火，细雨蒙蒙九品家。

注：孟珠十曲，一曰《丹阳孟珠歌》，首句曰：'人言孟珠富，信实金满堂'，孟珠当为人名。南朝：420年刘裕代东晋而建宋，历宋、齐、梁、陈四朝，偏居江南，至589年陈亡，史称南朝。染钟嵘撰《诗品》，取汉至梁诗人一百零三位，分为上、中、下三品。宫体：《大唐新语》："梁简文帝为太子，好作艳诗，境内化之，浸以成俗，谓之宫体。又，《梁书·徐 传》：徐开属文，好为新变，不拘旧体。为太子家令，文体既别，春坊尽学之，宫体之号，始此。

## 778吴景帝陵
黄旗紫盖半东南，齐鲁书生一杏坛。
不似人间刘知论，吴门六子七年参。

## 779赠郑徵君
半向朱门半谢公，一江柳絮一江风。
似盐似雪浮云客，非色非寒落水中。

## 780车驾西游戏因而有作
一曲琴音半玉冰，三春酒肆一香凝。
相如赋尽藏娇处，寂寞如今满茂陵。
注：寂寞相如卧茂陵：《汉书·司马相如传》载，司马相如病免，家居茂陵。

## 781题端正树
芙蓉一半幸华清，寂寞三千弟子城。
博望关中端正树，明皇自此赐嘉名。
注：端正树：《关中记》："端正树在博望苑西，为唐明皇幸蜀所经处。"按，据《太真外记》云，"华清宫有端正楼，为杨贵妃梳洗处。"玄宗幸蜀，发马嵬，至扶风道，道旁有花，寺畔见石楠树团圆，爱玩之，因呼为端正树，盖有所思也。另据《太平广记》引《抒情诗》云："长安西端正树，去马嵬，一舍之程，唐德宗幸奉天，睹其蔽阴，赐以美名。有文士题诗逆旅：'昔日偏沾雨露荣，德皇西幸赐嘉名。马嵬此去无多路，合向杨妃冢上生。'"是端正树得名有二说。

## 782经故翰林袁学士居
一剑惊波一剑新，半家谢客半家春。
州门不锁山丘落，应是羊昙醉后身。
注：《晋书·张华传》："雷焕补丰城令，掘狱得双剑，遣使送一剑与华，留一自佩。焕卒，子华为州从事，持剑经延平津，剑忽跃出坠水。使人取之，见两龙蟠萦，光彩照人，波浪惊沸，于是失剑。"《晋书·谢安传》：羊昙者，太山人，为安所爱重。安薨后，辍乐弥年，行不由西州路。尝因石头大醉，扶路唱乐，不觉至州门。左右曰："此西州门。"昙悲感不已，以马策扣扉，诵曹植诗曰："生存华屋处，零落归山丘。"恸哭而去。

## 783河中紫极宫 东方朔
原心不恶得当还，罪过疏妄久帝颜。
曼倩归儿无赖斥，东方朔汉武真闲。
注：曼倩：东方朔，字曼倩。《汉武故事》载，王母降，会汉武，"东方朔于朱鸟 中窥母，母谓帝曰：'此儿好作罪过，疏妄无赖，久被斥退，不得还天。然原心无恶，寻当得还，帝善遇之。'"

## 784夜看牡丹
一夜深红一牡丹，半春露水半春寒。
高低叶碧多颜色，左右心丝挂玉冠。

## 785题分水岭
江流岭下各东西，日月云中色杏梨。
草木三春今古在，山川一路见高低。
注：分水岭在汉中府略阳县东南八十里，岭下水分东西流。

## 786雩杜郊居
雩杜郊居小径斜，杜陵芳草近樵家。
两三牧笛两三曲，一半桃花半杏花。

## 787咸阳值雨
咸阳雨色柳如烟，渭水桥横隔岸船。
乞火寒食书砚见，清明寂寞数江天。

## 788南歌子词
素泽花敷蜀客时，萧墙略记垒珠枝。
何言红豆常生伴，此物相思不可知。
注：红豆：相思子。宋祁《益部方物略记》："红副总地园以泽，素花春敷，子生荚间，垒垒缀珠。花白色，实若大红豆，以是得名，叶如冬青，蜀人以为果钉。"

## 789段成式（选九首）观棋
一首诗词一玉壶，半家灯火半成都。
去来赌场何成败，今古文章几有无。

## 790寄温飞卿笺纸
鳞鳞角角向飞卿，八八叉叉待殊荣。
自在心中神不语，难明天子半书生。

## 791嘲飞卿二首
八叉不语半文章，一日难言两御堂。
万里江山三界外，千年日月两书香。

## 792
梅花玉影半青楼，暮日红妆一莫愁。
未免斜阳高几许，还裁月色付江流。

## 793
附素周旋一夏姬，袒服妇近半居奇。
灵公好女朝堂议，未语由衷陌上宜。
注：陶潜《闲赋赋》："愿在丝而为履，附素足以周旋。"袒服：《左传·宣公九年》："陈灵公与孔宁、仪行父通于夏姬，皆衷其袒服以戏于朝。"释文曰："袒服，妇人近身内衣也。"

## 794 柔卿解籍戏呈飞卿二首
半入花香半入门，一乾日色一乾坤。
三江淑玉三江水，九脉山河九脉根。

## 795
红娘不住向西厢，碧叶浮珠满小塘。
三长玉影庭中月，两短春衫袖里香。

## 796 戏高侍御三首
七尺男儿一诺初，五湖日暮半声余。
留心青鸟常相问，只向曾城待素书。

## 797
裴度心居易马姑，春情脉脉半江湖。
曾城自有三青鸟，尺素人间一有无。

## 798
莲荷一片几珍珠，苦子连心半小姑。
莫叹罗敷夫不在，浮云自古满江湖。
注：曾城：亦作增城，在昆仑山，传为西王母所居。《楚辞·天问》："增城九重，其高几里？"三青鸟：《山海经·大荒西经》："有西王母之山，……有三青鸟，赤首黑目，……一名曰青鸟。"传说青鸟为西王母信使。双鲤鱼：蔡邕《饮马长城窟行》："客从远方来，遗我双鲤鱼。呼儿烹鲤鱼，中有尺素书。"

## 799 许浑（选十二首）寄桐江隐者
桐江几处隐人居，不及楼兰一诺书。
岸芷严陵台下水，丈夫何必钓樵渔。
注：桐江：水名，在今浙江桐庐北。严陵台：又称严陵钓坛，在浙江桐庐，传为东汉初年隐士严光垂钓之处。

## 800 谢亭送别
阳关三叠上行舟，玉树后庭下雨楼。
莫及南朝千万事，留心草色不入秋。

## 801 下第怀友人
独立衡门向竹枝，陈风陋室莫栖迟。
江流一夜三吴远，日落千家半所思。
注：衡门：横木为门，喻贫者所居之陋室。《诗经·陈风·衡门》："衡门之下可以栖迟。"

## 802 题段太尉庙
司农印符可追矣，太尉成公志未成。
但使生宗谋纪信，何言壮烈汉王生。

## 803 经秦始皇墓
下河野草始秦皇，万女临潼六国妆。
但比隋炀修汴水，长城不顾向爹娘。

## 804 过湘妃庙
湘妃庙里泪千行，翠竹心中玉百伤。
月色明明寻旧浦，微波处处落荒塘。

## 805 送宋处士归山
莫看仙人一着棋，人间旧步百年迟。
须臾甲子西阳老，处士归山草木疑。
注：刘敬叔《异苑》："昔有人乘马山行，遥望岫里有二老翁相对樗蒲，遂下马造焉，以策注地而观之，自谓俄顷，视其马鞭，摧然已烂，顾瞻其马，鞍骸枯朽，既还至家，无复亲属，一恸而绝。"

## 806 秦楼曲
秦楼一曲凤凰台，三十六宫半不开。
白鹤知音鸣弄皇，箫郎孔雀久徘徊。
注：《列仙传》："萧史者，秦穆公时人也。善吹箫，能致孔雀、白鹤于庭。穆公有女字弄玉，好之，公遂以女妻焉，日教弄玉作凤鸣。居数年，吹似凤声，凤凰来止其屋。公为之作凤台，夫妇止其上不下数年。一旦，皆随凤凰飞去。故秦人为作凤女祠于雍宫中，时有箫声而已。"

## 807 楚宫怨
十二峰中野草花，三千月下半人家。
高唐此赋何云雨，宋玉朝云暮雨斜。

## 808 听唱《山鹧鸪》
苍"山鹧鸪"两三声，湘潇夜色一半明。
石崇河阳金谷泽，清风玉竹唱人横。

## 809 学仙
不到三山到茂陵，昆仑万岁问时兴。
西风不语秋林语，落叶瑶池半玉冰。

## 810 紫藤
一醒人中一醉迷，半生月下半心栖。
三江流水三江远，十地春秋十地移。

## 811 赵嘏（选十一首）乌栖曲
寒宫夜半一乌栖，玉阁浮云半不移。
细雨烟来温室处，香风只到宿郎堤。
注：《乌栖曲》：古乐府西曲歌名。

## 812 宛陵望月寄沈学士
宣州月色敬亭东，老子闲辞待赋中。
兴复文章何浅喻，浔阳好事庾楼穷。
注：庾楼：即庾公楼。晋庾亮为江荆豫州刺史，治df昌。使史殷浩、王胡之等秋夜登南楼，理咏音调始道。亮至，诸贤欲起辟，亮曰："诸君少住，老子于此处，兴复不浅。"后江洲移治浔阳，好事者筑楼，附会为庾亮所登，称庾公楼。

## 813 翡翠岩
桑门支循半云端，许询高阳一谢安。
曲水流觞王会稽，东门不向上虞滩。
注：东山《晋书·谢安传》：谢安，字安石，寓居会稽，与王羲之及高阳许询，桑门支循游处，出则渔弋山水，入则言咏属文，无出世。东山：在今绍兴上虞区，为谢安早年隐居之处。

## 814 经汾阳旧宅
门前已改旧山河，不及长沙向九歌。
永巷扶风封铜柱，如今只是夕阳多。

### 815 寄卢中丞
只对青山向谢公,泉溪覆叶待秋虫。
声鸣不已吟何止,醒醉难成一世风。

### 816 寻僧
山深岭厚可寻僧,水碧川清待玉冰。
石垒桥横曾是路,禅音古刹自香凝。

### 817 西江晚泊
茫茫暮色满西东,蔼蔼烟云处处同。
草木萋萋寻日月,江湖渺渺落飞鸿。

### 818 江楼感旧
半上江楼半入秋,一江云雨一江舟。
千帆日月千帆尽,万水乡思万水流。

### 819 送从翁中丞奉使黠戛斯
白山黑水傍西零,回鹘匈奴渡渭泾。
只有胡姬歌舞色,葡萄碧玉汉家灵。

### 820 寄远
一半洞房一半心,两三水色两三音。
桃花处处秦人问,小杏红红汉地浔。

### 821 听琴
声声曲曲待何人,处处幽幽已半春。
第五指中三叠怨,巫山峡口一江津。

### 822 卢弼(选一首) 边庭四射
塞北迢迢夜雪深,寒风肃肃客树林。
银妆处处三边外,素气茫茫一古今。

### 823 皇甫松(选一首) 浪淘沙词
一江流水浪淘沙,半曲知音半曲花。
返璞归真萃处处,邯郸学步故人家。

### 824 刘皂(选一首) 长门怨
一客春秋一家家,半天日色半天斜。
宫深不必长门怨,三月依然二月花。

### 825 马戴(选一首) 友人游边
楼兰一诺向三边,楚客千歌向九天。
十九年中儿女在,居延关外少卿怜。
注:李陵:字少卿,汉名将李广孙,善骑射,爱人,谦让下士,武帝以为有广之风。天汉二年(前99),将步卒五千人出居延,至浚稽山,与单于相直,骑可三万围陵,陵力战,兵亡矢尽,遂降。单于壮陵,以女妻之,立为右校王。居匈奴二十年,元平元年(前74)病死。事见《汉书·李广苏建传》。

### 826 薛能(选二首) 折杨柳
玉笛乌栖曲后伶,习池舞罢自零丁。
阳春白雪折杨柳,下里巴人带意听。

### 827 吴姬
吴姬一曲一芙蓉,半舞腰身半玉踪。
娃馆夫差勾践问,浣纱已尽范蠡从。

### 828 郑畋(选二首) 初秋寓直
与月同居半挂钩,郁华日异结鳞楼。
三宫杨柳芙蓉苑,一曲乌栖夜已秋。
注:结鳞:《太平御览·圣纪》:"郁华赤文,与日同居;结鳞黄文,与月同居。郁华,日精;结鳞,月精也。"

### 829 马嵬坡
一半江山马嵬坡,景阳后主几先河。
二妃胭脂情何在,朱雀门前酒色多。
注:景阳宫井,又称胭脂井。《陈书·后主纪》载:陈后主,名叔宝,既即位,荒于酒色,祯明三年(589),隋师过江,犹奏伎行乐。隋将韩擒虎入朱雀门,始与孔、张二刀匿于胭脂井。遂俘献长安,陈亡。

### 830 崔珏(选一首) 席上赠琴客
自古知音自古难,似今日月似今观。
三春草木三春色,一寸心思一寸宽。
注:《旧唐书·房琯传》:房琯,河南人,肃宗时为宰相,略无匡懒之意,但与庶子刘秩等为高谈虚论,此外则听董庭兰弹琴,奸赃颇甚。

### 831 卷七·七言五 陆龟蒙(选十首) 石竹花
一半金钱石竹花,万千玉色万千家。
罗衣碎点南朝去,只待春风已透纱。
注:石竹花:花名,叶似竹而细小,开红白小花如钱。金钱:花名,又名子午花。

### 832 送棋客
山川树木一盘棋,日月风云半布师。
雁正斜飞天下局,江东太守赌时仪。

### 833 邺宫词
魏邺飞花问五都,胡姬铜雀似三吴。
江流赤壁周郎客,不可知音不丈夫。
注:邺官:三国时魏官,魏置邺都,与长安、许昌、洛阳、谯合称五都。

### 834 怀宛陵旧游
谢朓青山太白楼,当涂叠嶂带云流。
沉浮日月枯荣草,繁简文章醒醉游。
注:谢朓青山李白楼:南齐诗人谢曾任宣城太守。唐天宝十三、十四年(754、755),李白漫游宣城一带。谢朓在宣城曾筑楼,人称谢朓楼,又称北楼,唐末改名为叠嶂楼。青山:(在今安徽当涂)有谢朓旧宅,李白生前有死葬青山之愿,以表对谢朓之倾倒。

### 835 白莲
玉立婷婷只问天,珍珠串串一心田。
瑶池七色三元在,月晓千情涌碧泉。

### 836 后池
微风露重月连波,素影心轻自少多。
碧玉三春云雨色,鹊桥七夕渡天河。

### 837 初冬偶作
十里山川一色多,三江草木半银禾。
千家醒醉婵娟月,万户霜烟素玉波。

### 838 帘
一半人间一半纱，两三故国两三家。
千年旧事千年客，二月空垂二月花。

### 839 秘色越器
一曲阳关酒一杯，三秦日月客三回。
奇云翠雨千峰岭，秘色春秋越器来。
注：赵德麟《侯鲭录》："今之秘色瓷器，世言钱氏有国，越州烧进为供奉之物，不得臣庶用之，故云秘色。"按，据此诗，秘色越器唐时已有，非始自五代钱氏，且亦非官专用之物。

### 840 木兰花
洞庭百里木兰花，草木三春日月斜。
几度人情舟上语，云云雨雨小姑家。

### 841 皮日休（选四首）重台荷花
荷花处处木兰舟，碧玉婷婷色水游。
雨北重台浮日月，人心一度一春秋。

### 842 松江早春
松陵一半五湖春，比目王余十地邻。
白雪鲈鱼黄浦岸，脍残不似浙江人。
注：《南越记》云：比目鱼，不比不行，江东呼为王馀，昔越王为脍，剖而未切，坠落于水，化为鱼，故名脍残。

### 843 病酒
半家天下半家春，一日人间一日亲。
何步金莲何步苦，女儿自是女儿身。

### 844 玩金
莫在人间醒醉闻，何须天下去来分。
平生不是平生客，自在给横自在君。

### 845 李讷（选一首）听盛小丛歌赠崔侍御
一曲情歌一小丛，半灯灯火半家翁。
如君三叠如君月，雪玉千娟雪玉红。
注：盛小丛：唐李讷为浙东廉使，夜登城楼，闻歌声激切，召至，乃小丛也。《全唐诗》卷五六三录崔元范酬答诗一首，题作《李尚书命伎歌钱有作奉酬》。绣衣：汉有绣衣直指使者、绣衣御史之职，后世遂以绣衣称御史。

### 846 高湘（选一首）奉和
万里仁风一扇情，千音字虎半天声。
文章绝美孤贫客，剑翠佳人重阴晴。
注：题作《和李尚书命伎饯崔侍御》袁宏：《晋书·文苑传》载：晋阳夏（今河南太康）人，辽彦伯，小字虎，少孤贫，有逸材，文章绝美，为谢安参军，又为桓温记室，后自吏部郎出为东阳太守，时贤祖于冶亭。谢安取一扇授之，曰："聊以赠行。"宏应声答曰："辄当奉扬仁风，慰彼黎庶。"

### 847 奉和
半治"乌台"一绣衣，三春"白纻"两相依。
献之渡口丹青重，桃叶秦淮月色稀。
注：《全唐诗》题作《和李尚书命伎饯崔侍御》。乌台：即御史台，《汉书·朱博传》："是时御史府吏舍百余区井水皆竭，又其府中列柏树，常有野鸟数千栖宿其上，晨去暮来，号曰'朝夕鸟'"故后世称御史台为乌台或鸟府。白纻：古乐府曲名。

### 848 郑谷（选二首）淮上与友人别
君别潇湘我别秦，落花时节落花身。
一舟玉笛三江水，九脉河山十地邻。

### 849 席上赠歌者
客曲婵娟满玉壶，琼花一现半江都。
吴门细语逢三问，落叶轻舟过五湖。

### 850 吴融（选二首）阌乡卜居
桓仁一故乡，北京二故乡，南洋三故乡。
辽东不叹智人稀，五女山头拾玉玑。
太子古今诗后问，阿对泉头作布衣。
注：阿对泉：自注："阿对是杨伯起家童，尝引泉灌蔬，其泉至今尚在。"按，杨伯起，东汉杨震，字，伯起，华阴人，官至太尉。

### 851 楚事
一曲春秋半九歌，三湘日月九汨罗。
长沙赋尽梁王尽，楚客辞中客厮磨。

### 852 高蟾（选一首）金陵晚望
一半相思欲不成，三春草木自枯荣。
千家日月千万语，万户炊烟十地城。

### 853 马逢（选二首）从军
汉马雄风日月天，交河暮色自当先。
楼兰一箭争南北，不及胡姬半舞怜。

### 854 宫词
天楼事后御云飞，不论人前是与非。
一曲宫人河满子，三春日月不知归。

### 855 孟迟（选一首）过骊山
华清树叶千秋寒，上苑梨园一叶丹。
犹有霓裳依故色，枯荣照旧草花残。

### 856 崔橹（选二首）华清宫二首
芙蓉玉色半华清，池水汤温一碧明。
醒醉尤成王殿上，阴晴只似一心情。

### 857
不入华清一寿王，芙蓉出水半珠光。
太真虢国凭明色，几见长生殿上皇。

### 858 王贞白（选一首）折杨柳
昭阳不似一长门，姊妹相承半日村。
但见深宫春欲尽，莫听鸟语任黄昏。

### 859 刘言史（选一首）泊花石浦
黄粱一梦半平生，草木三春十地荣。
日月吕翁千不老，邯郸学步几难成。

### 860 宋邕（选一首）春日
阴晴同里客心端，日月洞庭草木冠。
春色难寻湖上向，柳杨宜向雨中看。

## 861 李郢（选二首）送李判官

天津桥上客心难，五色云中折柳冠。
自业初春袁褒茂，阳关一曲合则寒。

注：袁褒：当为袁宏。《晋书·文苑传》：宏有逸才，文章绝美。少孤贫，以运租自业。谢尚时镇牛渚，秋夜乘月，率尔与左右微服泛江。会宏在舫中讽咏，遂驻听久之，即其咏史之作也。
即迎升舟，与之谈论，申旦不寐，自此名雀日茂。

## 862 宿杭州虚白堂

虚明白玉一云端，影斜人间半水滩。
二十五弦明月夜，六千九岁桂宫寒。

## 863 裴夷直（选一首）赠美人琴弦

阳关近处玉门关，杨柳声平待客颜。
第五佛中余韵久，逢三叠外一音还。

## 864 储嗣宗（选二首）小楼

茅山道士一峰青，九曲诗词半不屏。
草木丛中知日月，文章尽是客人铭。

## 865 月夜

南山有乌自高飞，乌鹊无言徒不微。
何必青陵台上问，康王不得一人归。

注：青陵台：故址在今河南商丘，《古诗源·乌鹊歌》解题云：战国宋康王舍人韩凭之妻何氏貌美，康王欲之，捕舍人，筑青陵之台。何氏作《乌鹊歌》以见志，歌曰："南山有乌，北山张罗。乌自高飞，罗将奈何？"遂自缢。

## 866 罗邺（选二首）放鹧鸪

岭外云峰不独栖，巢中夜暖自高低。
情藏五月桃花色，只在相思树上啼。

## 867 秋怨

草花三边似有无，琼花十处满江都。
英雄人上常言志，御驾声中问念奴。

## 868 罗虬（选十二首）比红儿诗十二首

红儿不合谢阿蛮，只过昭阳一玉颜。
孝恭难知情上事，比红诗里已无还。

## 869

山上鸡鸣一玉人，后庭玉树丽华身。
金陵遗唱行情久，胭脂余香作客尘。

## 870

陈主临春乐关家，南朝玉树后庭花。
隋炀水调歌头曲，一遍钱塘日月斜。

## 871

何处人间二月花，云中雨下浪淘沙。
红儿不比丁香结，此臂无须第一家。

## 872

水上红儿半宓妃，人中玉色一心归。
陈王应视凌波步，莫向曹家取是非。

## 873

金屋藏娇旧日情，飞燕堂上舞姿轻。
长门自得相如赋，酒市文君醉不生。

## 874

琴音半似卓文君，穆后难承续命云。
几寸人心成几寸，相如不怨两也分。

## 875

一宫更似一宫深，半客人生半古今。
立志男儿寻日月，红儿淑女作衣襟。

## 876

半日江山半日秦，一心天下一心人。
齐王不解连环锁，与世纤纤向丽身。

## 877

小小门前半是非，堂堂月下一心归。
藏鸦宫外男儿少，系臂纱中几入闱。

## 878

宛风露水一珍珠，碧玉轻纱半有无。
水调歌头何所唱，阳关一曲素肌肤。

## 879

杜色雕阴慧悟奴，阿蛮素玉露肌肤。
开元一半红儿去，胜似梨园当有无。

注：诗百首。序云："比红者，为雕阴官伎杜红儿作也。美貌年少，机智慧悟，不与群辈伎女等。余知红者，乃择古之美色灼热于史传三数十辈，优劣于章句间，遂题比红诗。"广明中，虬为李孝恭从事。籍中有善歌者杜红儿。虬令之歌，赠以彩。孝恭以红儿为副戎所盼，不令受。虬怒，手刃红儿，既而追其冤，作《比红诗》。小怜：指冯小怜，北齐后主萧纬之左皇后。本为穆夫人婢，穆后受衰，以五月五日进之，号曰"续命"，慧黠工歌舞，后主嬖之。北齐为北周所灭，小怜亦为周师房获，周武帝以之赐其将王达。张丽华：南朝陈后主妃，性聪慧，容色端丽，尤才辨强为隋师得，斩于青溪中。《玉树后庭花》：乐府曲名，陈后主作。《南史·陈后主纪》载云：后主起临春、结绮、望仙三阁，日与妃嫔狎客游宴其中，赋诗赠答，采其尤艳者，以为词曲，被以新声，有《玉树后庭花》、《临春乐》等。五陵公子：《文选》班固《西都赋》注："高帝葬长陵、惠帝葬安陵、景帝葬阳陵、武帝葬茂陵、昭帝葬平陵。"是为五陵。系臂：《晋书·胡贵嫔传》："泰始九年，（晋武）帝多简良家子女以充内职，自择其美者以绛纱系臂。"阿娇：汉武帝之陈皇后，小字阿娇。司马相如《长门赋·序》："孝武皇帝陈皇后时得幸，颇妒，别在长门宫，愁闷悲思。闻蜀郡成都司马相如天下工为文，奉黄金百斤为相如、文君取酒，因于解悲愁之辞。而相如为文以悟主上，陈皇后复得亲幸。"《汉书·司马相如传》："卓

王孙有女文君亲寡，好音故相如廖与令相重而以琴心挑之。相如时从车骑，雍容闲雅，甚都。及饮卓氏弄琴，文君窃从户窥，心说而好之，恐不得当也。既罢，相如乃令侍人重赐文君侍者通殷勤。文君夜亡奔相如，相如与驰归成都。"沈侍中：沈约，字休文，武康人，历仕南朝宋、齐、梁。在梁历官侍中、中书令、尚书令。卒谥"隐"。按，诗中所咏鹦鹉，为南朝宋东阳公主之婢，嫁与始兴王浚之府佐沈怀远为妾，与沈约无关。要解连环：《战国策·齐策六》："秦始皇尝使使者遗君王后玉连环曰：'齐多智，而解此环不？'君王后以示群臣，群臣不知解。君王后引椎椎破之，谢秦使曰：'谨以解矣。'"苏小：即苏小小，南朝齐时钱塘名伎。藏鸦门：即藏鸦之门，喻门前丛树荫蔽。梁简文帝《金乐歌诗》："槐花欲覆井，杨柳正藏鸦。"金粟妆成扼臂环：《开皇杂录》：新丰市有女伶曰谢阿蛮，善舞《凌波曲》，常入宫中，杨贵妃遇之甚厚。玄宗自蜀回，至华清宫，复令召焉。舞罢，阿蛮因进金粟装臂环，云："此贵妃所赐。"上持之出涕，左右莫不呜咽。

## 880炀帝陵

留下雷塘半亩田，人前胜似三千年。
长城白骨生南北，汴水东流日月船。
注：炀帝陵：隋炀帝杨广于大业十四年（618）被宇文化及缢死于扬州，初葬吴公台下，唐武德五年（622）改葬于扬州北雷塘。

## 881司空图（选三首） 有感

凌烟阁上志凌烟，日月桥中日月田。
鲁仲连生天地外，南洋此去自方圆。
注：凌烟：即凌烟阁，朝廷为表彰

功臣而修的高阁，阁中绘有功臣像。沧州：《全唐诗》作沧洲，按沧洲为滨水之地，古称隐者所居。鲁连：即鲁仲连，战国齐人，高蹈不仕，喜为人排难解纷。游于赵，秦围赵急，魏使新垣衍请帝秦，仲连义不许，见衍曰："彼即肆然为帝，连有蹈东海而死耳。"秦军为退。后燕将据聊城，齐攻之岁余不能下，仲连遗书燕将，城又下。齐王欲爵之，仲连逃隐海上。

## 882

凌烟阁外一沧州，赵魏朝中半九流。
草木人情天地外，仲连意下不何求。

## 883华下 思乡

天涯万里半南洋，回首燕京二故乡。
不见桓仁生长地，文章留得此衷肠。

## 884狂题 之二

一日师坛一晶根，半家灯火半家门。
知生草木知生客，向故人情向故村。

## 885闻雨 之三

雨声不住半阴晴，玉影无停一纵横。
此去南洋天地外，平生不尽此生平。

## 886已凉 之四

八月燕京已半凉，南洋不住向三乡。
书生无尽书生志，夜半梦中九曲肠。

## 887遥见 之五

一寸南洋一寸乡，三生日月三生扬。
阴晴草木阴晴雨，白玉堂中日月光。

## 888寒食夜 之六

杜若三心两叶生，梅花半落小桃情。
月明露水凝香处，留作春泥十地生。

## 889新上头 之七

日上新裙女上头，十三海碧十三州。
不须颜色惊天地，豆蔻年华不自愁。

## 890闺怨 之八

一日风情半日扬，三春草木两秦香。
南洋骤雨南洋客，北国江山北国肠。

## 891深院 之九

雨打芭蕉一半情，阳春白雪两三声。
南洋只作银行业，北国依然故土耕。

## 892寄邻庄道侣

一日寒烟雪满山，三冬腊月玉峰颜。
枝头风动梨花落，渡口舟停客未还。

## 893长门怨

何须步步怨长门，但得幽幽帝子村。
不是飞燕颜色好，深宫日落自黄昏。

## 894崔涂（选三首） 湘中谣

蜀主声声问杜鹃，斑竹幽幽泪涌泉。
岳麓山山峰小至，阡阡陌陌半桑田。
注：张衡《思玄赋》注引《临海异物志》："蜀主去，一名杜鹃，至三月鸣，昼夜不止，夏末乃止。服虔曰：'又一名也，伯劳。'"

## 895读《汉武内传》

一叶飞扬半茂陵，三秋草木两青青。
长门赋尽文君赋，何处人间向渭泾。

## 896夷陵夜泊

逐尽孤舟万里郎，行身雨客一南洋。
亚洲自主银行主，晋逆虬须海外王。

## 897司马扎（选一首）宫怨

下里巴人一曲秋，阳春白雪半朱楼。
何声却似折杨柳，月落深宫满地愁。

## 898冷朝光（选一首） 越溪怨

馆娃宫里一花人，越国人前半客身。
勾践何知天下事，夫差未济运河春。

## 899陈陶（选二首） 闲居杂兴

治事无威沼事都，江湖人士不江湖。
平阳一敞章台敞，满市佳人画眉殊。

注：张京兆：《汉书·张敞传》：张敞，平阳人，宣帝时为京兆尹，市无偷盗。然无威仪，时罢朝会，过走马章台街，使御吏驱，自以便面拊马，又为妇画眉，长安中传张京兆眉忧。

## 900陇西行
一半胡姬一半春，两三白马两三人。
何须粉面红妆舞，犹见葡萄向汉巾。

## 901王偓（选一首） 夜夜曲
北斗三春自不哀，秦楼一半凤凰台。
班姬长信飞燕舞，姊妹婕好几去来。
注：《夜夜曲》：乐府杂曲歌辞，沈约作。班姬：《汉书·外戚传·班婕妤》略云：班婕妤，班况女，贤才通辨，成帝选入后宫，大幸，为婕妤。后为赵飞燕所谮，求供养太后于长信宫，作赋自伤，辞极哀婉。

## 902崔道融（选三首） 羯鼓
虢国三春有渭泾，玄宗一曲"雨淋铃"。
华清池水芙蓉色，马嵬坡前草木青。

## 之二
八音领袖一华清，九脉逐山半世名。
羯鼓如今声似故，太真婚去不声鸣。
注：《亲唐书·礼乐志》云："帝（玄宗）又好羯鼓……常称：'羯鼓，八音之领袖，诸乐不可方也。'斜谷：陕西终南山有褒斜二谷口，北口斜，南口褒，同为一谷，长百七十里，为古陕蜀通道。《雨霖铃》《唐音癸签·乐曲》："雨霖铃，帝（玄宗）幸蜀，入斜谷栈道，属霖雨弥旬，闻铃声与山相应，悼念贵妃，因采其声为《雨霖铃》曲以寄恨。

## 903梅
岭上寒梅一两枝，心中玉树万千时。
芳香只在相思故，月色何须半句诗。

## 904酒醒
一醒无须半醉身，三春自续两春人。
相如弦外文君许，长信宫中况女擎。

## 905韦庄（选八首） 州寒食三首
水似平湖柳似烟，船如杨叶两如绵。
姑苏一日千姿色，碧玉三春万户天。

## 906
三春五月半桃花，十里千芳百色斜。
莫问黄昏归日下，东山月上入两家。

## 907
宣王太子洛伊游，刘向列仙晋客修。
永日何须杨柳色，凤笙只入半春秋。
注：凤笙：汉刘向《列仙传》："王子乔，周宣王太子晋也，好吹笙作凤鸣，游伊洛之间。"

## 908江行西望
五湖烟色入松江，两地秋风向家邦。
粉面白墙灰屋瓦，吴门细雨满书窗。

## 909古离别二首
一半东风万里遥，两三岁月百家桥。
姑苏多少梅花雨，几日飘飘满碧霄。

## 910
同里湖中一梦乡，小桥村外半荷塘。
纯菰只以鲈鱼脍，八月秋风蟹脚螃。

## 911金陵图二首
枯木残云一故城，六朝旧事半云生。
三山还似金陵客，二水无言几不平。

## 912
一曲秦淮一曲名，半家灯火半家情。
金陵犹有台城月，暮色无言自纵横。

## 913孙光宪（选二首） 竹枝
二月东风一竹枝，三江草木半青时。
似非似是门前水，人去人来玉影痴。

## 914杨柳枝
交河落日半方圆，汴水行舟一柳烟。
俯首人中寻自己，凭栏驿外客闻天。

## 915王涣（选七首） 惆怅词七首
一夫皇帝一夫人，半世生平半世身。
汉武江山何汉武，天津桥上问天津。

## 916
破镜重圆一地天，南朝太子半陈悬。
青娥影入苍头问，杨素声明日月年。

## 917
石崇园中一绿珠，由生不事半齐奴。
何留玉笛声声曲，只向楼前续独孤。

## 918
长生殿上一情深，玉色池中半古今。
马嵬坡前何所以，华清处处见人心。

## 919
陈宫旧事半君臣，朱雀门中胭脂身。
玉树后庭花不在，鸡鸣山上满隋人。

## 920
十九年华半茂陵，三军马前一身胧。
英雄不在飞将在，只作平生结玉冰。

## 921
半向琵琶半汉宫，一身蜀素一身红。
三边日落阴山外，两地音容白马东。
注：李夫人：《汉书·外戚传》载：孝武李夫人，三以介进，实妙丽善舞，由是得幸。李夫人病笃，上自临候之，夫人蒙被谢曰："妾久寝病，形貌毁坏，不可以见帝。"及夫人卒，上以后礼葬焉。唐孟棨《本事诗·情感》载：南朝陈太子舍人徐德言，娶后主妹乐昌公主。时陈政方乱，德言知国破时夫妇不能相保，因破镜与妻各执半，约他年正月望日卖于都市，冀得相见。及陈亡，妻果没入杨素家。德言依期至京，见有苍头卖半镜，因引

至其居，出半镜合之，题诗曰："镜与人俱去，镜归人未归。无复嫦娥影，空留明月辉。"乐昌得诗，悲泣不食。素知之，即召德言，还其妻。《晋书·石崇传》：崇有伎曰绿珠，美而艳，善吹笛。孙秀使人求之，崇竟不许，秀怒，遂矫诏收崇。崇正宴于楼上，介士到门，崇谓绿珠曰："我今为你尔得罪。"绿珠泣曰："当效死于官前。"因自投于楼下而死。齐奴：石崇小字。"七夕琼筵"一诗咏玄宗贵妃事。陈鸿《长恨歌传》："玉妃茫然退立，若有所思，徐而方言：'昔天宝十载，侍辇避暑于骊山宫。秋七月，牵牛织女相见之夕，秦人风俗，是夜张锦绣，陈饮食，树瓜华，焚香于庭，号为乞巧。《南史·陈后主纪》略云：后主名叔宝，既即位，荒于酒色，不恤政事，起临春、结绮、望仙三阁，日与妃嫔狎客游宴其中。隋师至，犹奏伎作乐，纵酒赋诗不辍。隋将入朱雀门，始与孔、张二妃匿于胭脂井，遂俘献长安。张丽华，陈后主妃。后为隋师所俘，斩于青溪。事见《南史·后妃传》。茂陵：武帝陵墓。明冯梦龙《情史》采历代所传，综述之，略云：昭君字嫱，南郡人，元帝时以良家子选入宫掖。时官人既多，帝令画工图之，披图召幸。昭君自恃其貌，未赂画工，工遂毁为其状。会单于匈奴来朝，求美人为阏氏。昭君入宫数年，未得见御，乃请行。临辞大会，昭君丰容靓饰，光动左右。帝见大惊，意欲留之，而重失信于异域，遂与匈奴。昭君戎服乘马，提一琵琶，出塞而行。帝回思昭君不置，为诛画工毛延寿等。

### 922杜荀鹤（选一首）

潇湘叶落满衡阳，稚幼新飞半故乡。
日后长城南北问，汾河水色雁丘旁。

### 923张泌（选三首）惜花

金谷楼前一绿珠，声鸣笛是半齐奴。
何言晋客多财富。草木年年有似无。

### 924寄人二首

半潮日月半浮胜，一日君王一日鸣。
殿上一声河满子，人间两地半阴晴。

### 925

一梦无言半谢家，三春不尽两春花。
台城玄武梁陈去，朱雀隋人问丽华。

### 926李九龄（选一首）山中寄友人

半花玉笛半花姑，七月芙蓉七月吴。
千岭云浮千岭木，一江水色一江都。

### 927蒋吉（选一首）旅泊

龟蛇不锁大江流，武汉还非鹤不休。
半在琴台闻楚由，高山流水子期舟。

### 928孙元晏（选一首）庾信

咸阳一日百乡关，庾信三生半未还。
赋里江南哀不尽，梁周魏仕几书颜。
注：庾信：《周书·庾信传》略云：信，字子山，文藻艳丽，与徐陵齐名。仕梁为右卫将军，元帝使聘于西魏，被留不遣，魏亡，仕周，官至骠骑大将军，开府仪同三司，世称庾开府。

### 929开元名公（选一首）裴给事宅白牡丹

一曲长安白牡丹，三春四月露香寒。
红苞解下千心瓣，碧叶丛中著玉冠。

### 930悼亡伎

一步邯郸一步裙，半天渭洛半天云。
耕耘辛苦殷勤客，草木方长日月君。

### 931君山父老（选一首）闲吟

洞庭水色一君山，岳麓山光半玉颜。
手上浮云舟上客，书中自在雁门关。

### 932释皎然（选一首）青阳上人院

六数南朝一数梁，三重日月九重阳。
登高望远昆仑草，半向黄昏半向昂。

### 933释清塞（选一首）忆浔阳旧居兼赠长孙郎中

江湖一半在浔阳，聚义三江向四方。
水浒百雄零八将，宋江酒醉闹侯王。

### 934释无本（选一首）行次汉上

一角风声一角塘，半船柳色半船昂。
小姑上下洞庭水，不见君山见岳阳。

### 935梅妃（选一首）谢惕珍珠

一日长门半世遥，三春柳叶两春娇。
千心目向千人许，半斛珍珠十不消。
注：《梅妃传》载：上在花萼楼，会夷使至，命封珍珠一斛密赐妃，妃不受，以诗付使者，曰："柳叶双眉久不描，残妆和泪湿红绡。长门自是无梳洗，何必珍珠慰寂寥。"

### 936杜秋娘所歌（选一首）金缕曲

劝君一曲杜秋娘，金缕三声两地肠。
朝花夕拾何颜色，人间织女问牛郎。

### 937鱼玄机（选一首）送卢员外

玉垒身前一夜身，凰求凤语半亲邻。
鸳鸯寺里无门客，不问来人问去人。
注：玉垒山：在今四川灌县北。杜甫《登楼》："锦江春水来天地，玉垒浮云变古今。"信陵君列传略云侯嬴，年七十，家贫，为大梁夷门监者。信陵君置酒大会，宾客尽至，驾车自迎侯嬴，引之上座。秦围赵，平原君求救于魏，嬴助信陵君窃符，荐朱亥以椎击杀魏将军晋鄙，夺魏兵权。信陵君进兵却秦救赵，侯嬴遂亦自刭以报信陵君。

### 938薛涛（选二首）送友人江

江流不住问江楼，日月无言自春秋。
蜀地人中薛笺赋，锦官城外以求求。

## 939 竹郎庙

南蛮十地竹郎侯，女子三生足下羞。
夷狄云南川贵省，华阳国志已春秋。

注：竹郎：即常璩《华阳国志》所载之竹王，略云：有一女子浣于水滨，有三节大竹，流入女子足间，推之不肯去，闻有儿导报，取持归，破之，得一男儿。长养，有才武，遂雄夷狄。《后汉书·南蛮西夷列传》所载"夜郎侯"传说，与此相同。

## 940 续韦蟾句

登山临水一人归，柳岸栖鸿半不飞。
客舍阑干凭所向，游心望尽莫依扉。

## 941 湘妃庙女子（选二首）无题二首

罗岩九举一清溪，岫壑三湘半水啼。
斑竹至今流泪止，原来横断自东西。

## 942

潇湘不尽二妃名，舜水苍梧九嶷生。
岱舆蟠基蓬水浅，扶桑大木自萌情。

注：《史记·五帝本纪》载：舜"葬于江南九疑。"又，《水经注·湘水》："蟠基苍梧之野，峰秀数郡之间；罗岩九举，各导一溪；岫壑负阻，异岭同势。游者疑焉，故曰九嶷山。"扶桑：《山海经·海外东经》："汤谷上有扶桑，十日所浴，在黑齿北，居水中。朋大木，九日居下枝，一日居上枝。""蓬莱之东，岱舆之山，上有扶桑之树，树高万丈。"

## 943 桐庐神（选一首）与徐兵曹酬献

一半山川一半僧，两三日月两三灯。
还来自在闻心语，留下禅音作玉冰。

## 944 甘棠叟（选一首）无题

草木萋萋碧玉情，山川历历故人萌。
长亭曲曲归何处，士子声声向纵横。

## 945 襄州举人（选一首）无题

一草方明一草芽，两春日色两春花。
先生教诲先生去，老子南洋老子家。

## 946 天竺牧童（选一首）别李源

遥向天竺一牧童，难寻水泽半飞鸿。
江山草木年年秀，吴越人声处处衷。

## 947 屏上美人（选一首）春阳曲

长安少女半春阳，渭洛男儿一醉肠。
醒后何言空度士，弓身曲习向屏娘。

注：《酉阳杂俎·诺皋记》云：元和初有一士人，失姓字，因醉卧厅中，及醒见古屏上妇人等，悉于床前踏歌，歌曰（略）。其中双鬟者，问曰："如何是弓腰？"歌者笑曰："汝不见我作弓腰乎？"乃反首及地，腰势如规焉。士人惊惧，因叱之，忽然上屏，亦无其它。按，沈亚之《异梦录》亦载此事，情节略异，诗题为《春阳曲》。

## 948 乐府辞盖嘉运进（选二首）凉州歌

风云一半满凉州，士卒三千几雪秋。
海市蜃楼天子色，胡歌越曲不王侯。

## 949 突厥三台

玉门关外玉门云，马邑栏中马邑勋。
汉地葡萄胡地色，长城南北北南分。

## 950 《芦中集》（选二首）读《庚信集》

四朝十帝半风流，九脉三山九月秋。
建业金陵淮水岸，石头白下渡扬州。

注：四朝十帝：庚信生于梁武帝天监十二年（513），卒于北周静帝大定元年（581），即隋开皇元年。一生历梁、西魏、北周、隋四朝。在梁历三帝，西魏，北周历六帝，隋一帝，计十帝。

## 951 初过汉江

不向襄阳过汉江，岘亭草木几兴邦。
风云不住河山客，夜雨还来向小窗。

## 952 无名氏（选四首）杂诗四首

钱塘水守客家堤，岸上归舟渡口西。
陌上苗风杨絮向，杜鹃不向柳边啼。

## 953

吴门古韵半春秋，同里江村一去留。
一夜乡心同父母，三生举步十三州。

## 954

五女山边一水声，三春客家半生平。
辽东日月桓仁路，只到幽燕论纵横。

## 955

榆关过后一京城，拙政中南海里名。
客办银行中米国，南业作业是人生。

## 956 古今诗

年年历历去来时，岁岁萋萋草木痴。
二万千千天首数，一生日日古今诗。

## 957《庞际云本题识》

一人天下一人君，半司文章半司勋。
古古今今诗史事，成成就就日耕耘。

## 958 上官仪

贞观进士太宗闻，武曌诬谋下狱君。
"八对"唐诗传旧故，人生不语化时分。

## 959 于季子

咸亨进士身，武曌员外人。
季子文章客，高宗一半尘。

## 960 马逢

关中白马逢，进士带兵踪。
塞外风云客，诗词自可封。

## 961 马戴

虞臣一盛名，贾岛半和声。
进士龙阳贬，文章处处情。

## 诗词盛典 | 吕长春格律诗词六万八千首（全四册）

**962 元结**
商山一隐名，漫李半不知生。
刺史寻元结，"箧中集"自成。

**963 元稹**
微之力学文，拾遗绣衣君。
宦罪中书客，平章事罢分。
诗词元白坐，日月以才闻。
去去来来尚，升迁几不勋。

**964 开元名公**
开元一念消，日月半心遥。
草木何人考，名公自立桥。

**965 王之涣**
中年折节一工文，十载名声半诸君。
六首诗词传世界，交安县尉大江闻。

**966 王贞白**
乾宁进士身，有道信州人。
引退居书著，灵溪集自邻。

**967 王建**
大历仲初时，弓刀进士知。
颍川王司马，百首著"宫词"。

**968 王昌龄**
少伯开元进士身，宏辞汜水校书人。
不拘龙标黔阳尉，谁步文章七绝尘。

**969 王勃**
初唐四杰一龙门，"腹稿"三章半革根。
南海子安天下去，尤长声色五言村。

**970 王适**
幽州一俊人，武曌半时亲。
吏部官无语，其诗五首伦。

**971 王涣**
群吉考功郎，工待半客肠。
人风多婉丽，左史满书香。

**972 王偃**
唐家一仕郎，子女半诗乡。

何考无王偃，诗歌日月长。

**973 王涯**
王涯博学善文章，除臣诬谋仇士良。
甘露无平之变客，其家籍皮一朝伤。

**974 王维**
诗中有画情，画里富枯荣。
自负蓝田客，河东奉佛生。

**975 王缙**
王维舍弟名，刺史以相生。
元载贪财结，东都客司平。

**976 王播**
禅堂半晚钟，节度使无踪。
聚钦民时怨，何须进士容。

**977 王翰**
子羽晋阳人，张相正字身。
王侯名马枥，家有伎声尘。

**978 韦氏子**
天下自无名，人中万岁情。
唐家诗日在，不考去来声。

**979 韦庄**
孤贫一杜零，绝句半渭泾。
前蜀平章事，"浣花集"世铭。

**980 韦应物**
应物苏州一半肠，鲜食寡欲陶韦堂。
玄宗三卫部朝子，性洁孤高坐焚香。

**981 韦承庆**
绝句韦承庆，行书甲第名。
三台曾不见，有曲已殊荣。

**982 丘丹**
进士一青藤，唐诗半玉冰。
丘丹韦礼物，诸暨近嘉兴。

**983 丘为**
进士半嘉兴，王维一寺灯。
长卿安史患，不似一孤僧。

**984 东方虬**
左史自工诗，"孤桐"日月时。
唐家才子客，"修竹"序篇知。

**985 令狐楚**
元白一刘郎，华原半故乡。
白云儒子集，壳士事平章。

**986 卢仝**
卢仝一范阳，偶宿宰相房。
不就朝廷议，清孤"月独"光。

**987 卢纶**
大历十才人，鄱阳半家身。
辞情捷丽处，塞下一冠巾。

**988 卢隐**
何求一世荣，且以向平生。
仕就登封尉，卢殷半涿名。

**989 卢弼**
进士及枯荣，何言制书情。
雁门依节度，李克用人名。

**990**
几事浙江东，三吴水色红。
姑苏何所就，越语已空空。

**991 卢照邻**
悲文五处晴，颍水自沉横。
博学幽忧子，"长安古意"明。

**992**
临漳十四诗，学子两千知。
员外部中客，开元已去时。

**993 司马扎**
一卷古章稀，宣宗不辞依。
气卑格下志，司马扎中衣。

**994 司空图**
永济一中书，咸通十有无。
巾条情外致，耐辱满江湖。

## 995 司空曙
耿介一人生，贫寒半不名。
郎中虞五律，进士字文明。

## 996 白居易
元衡已去下江州，刺史苏杭治九流。
著作刘郎元白客，香山居士入春秋。

## 997 皮日休
醒醉先生一鹿门，布衣闲气半黄昏。
咸通进士黄巢败，下落文章自负村。

## 998 刘方平
二十一工辞，三千百子诗。
山东何茂异，隐逸几人知。

## 999 刘长卿
河间御史一长卿，久系姑苏刺史情。
五言长城多讽谏，随州诗集五言精。

## 1000 刘皂
五首一诗成，三年士不清。
贞元多少士，事近几无名。

## 1001 刘言史
李贺襄阳问孟郊，枣强令下三重茅。
司功不就千诗就，美丽宏赡玉树苞。

## 1002 刘驾
吴中刘驾诗，御帝悦朝时。
累历文章属，河阳比兴知。

## 1003 刘禹锡
博学宏词御史人，郎州司马尚书身。
精研晓阳成一统，蜀水巴山林得亲。

## 1004 刘商
元和进士情，仕历水名声。
部集元衡亭，刘虞一彭城。

## 1005 吕温
博学宏词及第名，文章刺史肃梁生。
衡州不去春秋在，和叔河中自在情。

## 1006 孙元晏
咏史一诗名，平生半纵横。
难言长短句，不考半功成。

## 1007 孙光宪
陵州一孟文，北梦半人君。
宋史难平述，花间集上闻。

## 1008 安邑坊女子
女子半乾坤，男儿一世门。
人中多进退，也似有黄昏。

## 1009 戎昱
真卿一幕从，罢客半度容。
纪事唐才子，沅陵刺史踪。

## 1010 朱庆余
可久庆余堂，清新水部张。
人生何仕安，知省校书郎。

## 1011 朱放
长通一隐半剡溪，仕进三云两散栖。
水水山山何拾遗，来来去去问东西。

## 1012 权德舆
四岁神童一载之，中书释礼半归时。
秦安乐府平章子，仆射文中谥古诗。

## 1013 羊士
吉甫一相成，平生半不明。
宣钦寻贬客，刺史终成名。

## 1014 西鄙人
天下一西人，人间半客身。
唐家柱秋柱，玉斧守心尘。

## 1015 许浑
丹阳进士身，刺史去来人。
丁卯文章坐，书庄杜牧亲。

## 1016 严休复
元白一诗合，平生半少多。
平卢难守舍，节度史长歌。

## 1017 严武
严武诗风杜甫交，成都清后草堂茅。
长安一日郑公去，礼部书名向解庖。

## 1018 严维
山阴一正文，至德二年君。
雅上诗情客，长卿坐上寻。

## 1019 冷朝光
一首冷朝光，三生永济肠。
黄河流九曲，洛水自低扬。

## 1020 冷朝阳
大历冷朝阳，金陵进士相。
邢州多少客，幕府有书香。

## 1021 君山父老
君山父老情，只见小姑苏。
雨色洞庭水，晴光十地明。

## 1022 吴融
中书御史一唐英，越地长安半世名。
不及昭宗承旨下，山阴水泽陆难晴。

## 1023 宋之问
高宗进士一弘农，媚事则天武曌荣。
沈宋文章冠约句，乡情几怯几无踪。

## 1024 宋邕
邕雍半莫名，不自一诗声。
二首词前客，三生已自成。

## 1025 岑参
南洋御史起居郎，塞北风云半世光。
体峻英奇陆游贾，七言太白久衷肠。

## 1026 张九龄
玄宗博物一中书，拾遗直言半有无。
雅贵清和林甫忌，文章一民曲江都。

## 1027 张仲素
乐府一闺情，中书半学精。
宏词科博士，可记绘之名。

## 1028 张旭
三绝一精名，文宗半醉生。
姑苏一草圣，不笔以平生。

## 1029 张泌
淮南内史人，仕可句客臣。
半作南唐客，三成半泌尘。

## 1030 张祜
处士一终身，新诗三百伦。
文成元稹柳，山水自相亲。

## 1031 张说
道济洛阳人，玄宗御驾亲。
泰山三品晋，手弹谥文贞。

## 1032 张继
事理双重一切真，洪州进士两天津。
郎中检校官终至，大历懿孙部集珍。

## 1033 张起
一字半炎凉，三生两地苍。
千山青不止，万水咏衷肠。

## 1034 张敬宗
华州御史吏郎中，节度平卢治世穷。
愿子成唐诗里客，敬宗日上一飞鸿。

## 1035 张籍
"张王乐府"半吴人，水部韩愈居易亲。
警策郎中深切句，如今几世步红尘。

## 1036 李九龄
东都李九龄，进士半三铭。
入宋寻何事，辞唐草木青。

## 1037 李白
惊呼一世贺知章，碎叶青莲向故乡。
寄结吴筠天子客，"竹林六逸"入浔阳。

## 1038 李华
四绝一碑名，三生半不成。
疾辞安史客，却道绣衣荣。

## 1039 李收
唐家一李收，士卒半东流。
不孝先生志，长安但见秋。

## 1040 李约
性孤寡欲情，去隐志还平。
不近夫人色，郑王之后生。

## 1041 李讷
华州太子吕，太傅尚书同。
一首唐诗在，三官半日空。

## 1042 李绅
元白九衷情，介新乐安生。
元和"三俊"客，短李一相名。

## 1043 李贺
李贺七年成，韩愈半近情。
心肝囊括暮，二七一平生。

## 1044 李郢
楚望九歌城，长安半不倾。
辞闲理密作，贾岛致声名。

## 1045 李涉
南方一浪成，太学半生明。
事贬清溪子，言诗李渤兄。

## 1046 李益
君虞一尚书，决胜半年初。
举檠诗词曲，三边草木疏。

## 1047 李颀
东川太世居，性简向诗余。
只慕神任客，激昂塞畅书。

## 1048 李商隐
怀州玉溪生，牛李两难成。
郁典华章在，庭筠各就名。

## 1049 李群玉
文山善吹笙，羁旅役边情。
入幕装休客，不守校书生。

## 1050 李频
品评女儿情，姚合刺史生。
风情倨岳集，五律以芳名。

## 1051 李嘉
进士下南荒，台州刺史肠。
齐梁风骨在，"台阁集"名香。

## 1052 李端
幽人一日书，隐士半心余。
草木三春客，衡山帝业墟。

## 1053 李德裕
平章卫国公，治政一名雄。
牛李唐家将，崖州客日穷。

## 1054 杜甫
小船不可下郴州，严武成都恋旧谋。
杜审言孙千百首，古今诗里十三州。

## 1055 杜审言
必简一襄阳，则天半外郎。
峰州流罪去，易之几衷肠。

## 1056 杜牧
湖州刺史一衷肠，小杜客盗半四方。
古体铜丸如吉板，注坡骏马快红妆。

## 1057 杜荀鹤
池州一朝林，大顺半人心。
制书五天尽，山人十古今。

## 1058 杨巨源
字景河中礼部郎，源诗博士苦吟狂。
摇头不似山西老，旦暮无停问短长。

## 1059 杨凭
虚受半三杨，弘农一半长。
凝凌兄弟客，太子事凭唐。

## 1060 杨凌
弘农一故乡，御史半情肠。
恭履诗风下，河南一卷香。

## 第二卷 唐诗百话

**1061 杨凝**
三杨一世名，十地半家声。
员外郎居下，诗词俱仕荣。

**1062 沈如筠**
横阳主簿诗，小传向书迟。
故客句容守，乡山以木知。

**1063**
玄宗一弱冠，燕许半云端。
手笔朝廷书，黄门十地宽。

**1064 陆龟蒙**
鲁望一姑苏，松江半有无。
穿川幽锁固，皮陆自江湖。

**1065 陆畅**
吴中一达夫，进士半扶苏。
少尹元和吏，文章下笔无。

**1066 陈羽**
一羽自江东，三宫半世空。
僧灵游唱尽，吊古一图穷。

**1067 陈陶**
三教西山一布衣，千峰古刹半依稀。
何求仕进闲适隐，质朴文章是玉玑。

**1068 孟迟**
绝句风流妩媚成，淮南事已笔工明。
迟之杜牧文章友，善字平昌自主行。

**1069 孟郊**
东野不谋生，韩愈赞赏名。
词工寒苦尽，书荣草未萌。

**1070 孟浩然**
不第半襄阳，洞庭一客肠。
无才当有志，撼岳自心伤。

**1071 武元衡**
中书门下事平章，节度平卢刺客亡。
司徒元衡相不管，"临淮集中"久低昂。

**1072 畅当**
一句一佳立，三言两语情。
华山禅道远，永济黄河声。

**1073 罗虬**
三罗一第情，十地两人生。
九脉山川近，千山醒醉荣。

**1074 罗邺**
锦丽一诗名，崔安半幕成。
同宗同不得，下第向殊荣。

**1075 罗隐**
余杭一改名，不第半枯荣。
"甲乙"罗昭集，"谗书"小品城。

**1076 郎士元**
世称一"钱郎"，中山半曲肠。
才人知大历，拾遗左汪洋。

**1077 郑谷**
鹧鸪一袁州，"芳林十哲"侯。
"前村深雪里，"未若一枝留。

**1078 郑畋**
学士一台文，黄巢半世闻。
同平章事佐，进位司空君。

**1079 鱼玄机**
玄机字幼微，李亿要心非。
道士情中久，何归绿翘归。

**1080 施肩吾**
洪州进士归，隐客是时非。
分水希东斋，华阳一日微。

**1081 柳中庸**
永济柳中庸，河东故步封。
李端朋友坐，府户可相容。

**1082 柳宗元**
司马柳宗元，贞元士不宜。
梅盐三叹止，太子咏轩辕。

**1083 段成式**
一子段文昌，辞官解印忙。
襄阳多识古，博学校书郎。

**1084 洞庭龙女**
洞庭一小姑，柳毅半江湖。
龙女书生处，居心作玉奴。

**1085 独孤及**
华阴半洛阳，举第一萧郎。
古致开韩柳，浮华骈体昌。

**1086 皇甫冉**
日月半低昂，文章一世香。
弟兄皇甫冉，上下共芳堂。

**1087 皇甫松**
天下浙江塘，人中进退肠。
新安"檀栾子"，自奋何扬长。

**1088 皇甫曾**
泾川两弟兄，司马半文明。
事令诗名在，舒州俱河成。

**1089 祖咏**
汝水一渔樵，王维半断桥。
移家归隐去，别业上诗潮。

**1090 荆叔**
荆叔一诗情，人前半不平。
文章多少代，世俗几何清。

**1091 赵嘏**
山阳一尉行，熟丽半园清。
承前"倚楼"赵，残星几点明。

**1092 骆宾王**
敬业一檄文，蝉鸣半世君。
精工谐亮句，灵隐鼓钟分。

**1093 唐彦谦**
茂业晋阳春，中和节度人。
临汾多丽倩，格调雅淳珍。

## 诗词盛典 | 吕长春格律诗词六万八千首（全四册）

**1094徐凝**
何人事布衣，"雅谈"几时稀。
元白长安及，优游落日依。

**1095殷尧藩**
平生一绣衣，草木半相依。
日月知天下，阴晴雨云稀。

**1096贾至**
明经及第人，传位册王人。
俊逸清扬畅，玄宗蜀幸臣。

**1097贾岛**
郊寒岛瘦一长江，碣石山人半国邦。
张籍韩愈姚合咏，参军苦雨自临裳。

**1098郭元振**
凉州大使荣，总管卫将荣。
代国公朝政，军客不正名。

**1099**
瑞文司马情，进士舍人生。
钱起曾孙子，千诗也代荣。

**1100钱起**
沈宋一钱郎，王维半格昌。
清宫才子даны，大历以诗扬。

**1101顾况**
苏州进士校书郎，司户参军易畅香。
方外茅山诸石语，华阳真逸致衷肠。

**1102高适**
高岑渤海侯，气骨多胸达。
臆语塞边秋，英灵集外州。

**1103高湘**
高州司马令长安，太子行书几杏坛。
进士江西观察使，竣之右庶向湘澜。

**1104高蟾**
高蟾士本寒，御史一心宽。
收作文章客，中丞老未安。

**1105崔兴宗**
右补阙中难，王维别业寒。
终南山上客，四界玉人冠。

**1106崔国辅**
开元进士半山阴，令举县台一古今。
历仕集贤直学士，竟陵司马许昌吟。

**1107崔珏**
梦之一江陵，书郎半渭泾。
淇县行令去，官终侍郎庭。

**1108崔涂**
龙山一旅游，蜀水半春秋。
进士情中郁，穷气羁怨休。

**1109崔道融**
东浮集永嘉，绝句向佳华。
闽地多才子，空图二月花。

**1110崔橹**
警策一言诗，杜牧半不知。
司马多相效，崔鲁与人迟。

**1111崔曙**
"明堂一火珠"，送别半江湖。
款要悲凉处，登楼泪玉壶。

**1112崔颢**
黄鹤楼前一汉流，知音台上半春秋。
晴川历历阳关道，芳草萋萋在上头。

**1113常建**
名山可寄情，淡远向芳明。
河岳英灵集，才人自有声。

**1114梅妃**
谢女一梅妃，珍珠十解非。
太真夺日色，力士已无归。

**1115盖嘉运**
半曲一伊州，三春二月楼。
西凉节度使，此献九流休。

**1116萧颖士**
辞官太室山，颖士播名颜。
学者萧夫子，文元警绝还。

**1117储光羲**
中书台上试文章，碧水田中淡朴长。
润土平归言古体，光羲五卷以诗扬。

**1118储嗣宗**
精思梦索自留心，苦致寻音字句深。
着意宗诗才子在，大中进士朴衣襟。

**1119温庭筠**
飞卿殿上八叉王，敏司词章百岁香。
体物工精多感慨，"金荃"二集"握兰"娘。

**1120湘驿女子**
女子驿潇湘，衡阳雁故乡。
江青山水色，翠竹染红妆。

**1121舒元舆**
东阳御史事平章，甘露君迁治变尝。
进士江山朝政改，江州自此半家乡。

**1122蒋吉**
蒋吉一生平，其诗十五明。
唐家才子赋，日月久光荣。
无本考生平，平生一诗情。
文章天下在，何必问枯荣。

**1123释灵澈**
灵澈会稽一源澄，与众皎然半寺英。
宦罪汀州归故里，开元寺里自平生。

**1124释贯休**
兰溪释贯休，钱镠刻心求。
孤鹤闲云去，霜寒十四州。

**1125释清塞**
近使一南乡，齐名贾岛堂。
姚合情受重，品评以冠梁。

**1126释皎然**
"韵海"怡真卿，杼山妙喜城。

吴兴多少士，古刹以诗名。

## 1127
天宝十三春，中书舍下人。
郎中知制书，一集步君尘。

## 1128
才闻鹤凤声，美致一华精。
进士中书客，香奈集上名。

## 1129 韩琮
进士一成封，清新半客容。
中书逐节度，苟下自无庸。

## 1130 韩愈
昌黎一退之，郡望半居奇。
制造中书舍，潮州刺史时。
书名韩吏部，复古以文诗。
中唐宗力主，白俗怀才知。

## 1131 窦巩
性雅嗫嚅翁，元和进士风。
龙门居易客，长于五言中。

## 1132 窦牟
平陵两弟兄，刺史一精英。
进士双门户，郎中到乡城。

## 1133 窦庠
刺史宋东都，金华窦冑吴。
平陵兄弟主，咸阳已扶苏。

## 1134 雍陶
雍陶刺史肠，进士旅游乡。
白比宣城客，庐山隐士良。

## 1135 鲍防
少君太原郎，讥讽切弊方。
西乾迁政仕，"鲍谢"以名扬。

## 1136 鲍溶
三川一古贫，五狱半冠巾。
李益交游客，韩愈寄至珍。

## 1137 綦毋潜
开元进士身，尽是去来人。
及第长安客，虔州一半春。

## 1138 裴交泰
交泰一幽人，文章半政新。
贞元诗一首，留没一年春。

## 1139 裴夷直
元和进士门，拾遗半吴村。
刺史衷肠在，中书舍下根。

## 1140 裴迪
关中啸咏向蓝田，别业浮舟下辋川。
刺史终南山下客，王维诗画饮溪泉。

## 1141 潘佐
一处向潘郎，三春十地芳。
唐家天下水，只见此流长。

## 1142 薛奇童
大理一奇章，风云半草堂。
诗中天下志，语后可扬长。

## 1143 薛宜僚
特使下新罗，青州上九歌。
段家东美劢，故梦几何多。

## 1144 薛涛
一笺半江楼，三春两地羞。
相思多少夜，世竟校书侯。

## 1145 薛能
太拙半汾州，凌人日赋求。
自居诗集许，凡事第一流。

## 1146 薛维翰
开元进士堂，读入日月光。
曲尽平生在，文章自苟肠。

## 1147 戴叔伦
贞元进士度大冠，节度雍客性雅宽。
婉转蓝田良玉暖，田园句丽致云端。

## 1148 繁知一
一任半朝归，三江两是非。
巫山云雨夜，楚客乐天晖。

## 1149 唐人万首绝句选
探花曲水状元郎，榜眼慈恩寺殿堂。
上苑花开千百度，唐诗日满万书香。
北京市东城区养春堂

25/8-2011

诗词盛典 | 吕长春格律诗词六万八千首（全四册）

# 十五、唐诗里的衣食住行

莫丽芸 著　新世界出版社
2009年11月1日出版

### 1七律
和亚洲发展投资银行孙宇行长
杨子此去入银行，立马南洋下四方。
兴业三江波浪继，金贸十地日疆长。
金陵叶渡乌衣巷，夫子秦淮士健康。
石似六朝隆治客，台城几处柳低昂。

### 2又
清流寺外莫愁湖，建业城中白下书。
隆治隋唐天下事，金陵一夜六朝殊。

### 3又
一日金陵白鹭洲，三江白下圣棋楼。
六朝建业梅园路，十里秦淮二水流。
钟楼声中多少问，菊花脑后几春秋。
鸡鸣寺里清风月，叶渡舟前客莫愁。

### 4琴
三世为人可近琴，五胡鲁老似知音。
千山屹立风霜客，万水临川织古今。

### 5尊
俯仰千川一独尊，枯荣百世半孤魂。
人间日月阴晴水，天地方圆父母恩。

### 6棋
楚河汉界作方圆，士卒将相问地天。
日月阴晴成万古，枯荣进退自千年。

### 7书
夫子春秋一杏坛，诗书左右半天观。
千家子弟争朝夕，万卷文章数玉冠。

### 8画
五尺江山一指间，三江水色半天颜。
临川石磊波澜起，问事谋心俯仰还。

### 9棋
黑白方圆一古今，围追阻截半知音。
成成败败何足论，子子格格可用心。

### 10唐
巴山夜雨一人家，霜叶红于二月花。
朱雀桥边王谢客，春风不渡远天涯。

### 11衣
兰香冶袖一长裙，罗衫薄短半寸分。
眉黛妆容丛缘鬓，铅华浮艳步随云。

### 12冶袖长裙兰麝香 裙
芳踪未止石榴裙，曲致风姿质气分。
薄短青睐状似俯，虢国夫人影暂寻。

### 13《虢国夫人游春图》[局部] 张萱（唐）
虢国夫人一半春，华容色艳五千尘。
青楼女子窈窕客，玉佩罗裙儿不身。

### 14王勃《采莲归》
春风逶迤似长裙，玉碗浮华淑粉分。
只露娇容无露足，纤纤系草向知君。

### 15王建《宫词》
齐身露背一群长，迤草丰姿半短裳。
八福晕和成淑气，花间百褶玉笼香。

### 16《簪花仕女图》
袒露花容仕女身，郁金舞佩淑香人。
石榴只似红裙褶，醉眼邻逢雪样均。

### 17薄罗衫子金泥缝 衫襦
纱罗半透一衫襦，淑女三分五媚苏。
"撞色"裙裾锦绣潜，春流宿雨问香湖。

### 18《簪花仕女图》[局部] 周昉（唐）绢本设色，仕女发髻高耸，簪红花，外罩薄纱绣花大袖衫，直领对襟，衣长至踝，内着红色团花长裙，不穿内衣，仅以轻纱蔽体。
披帛玉体半罗衫，薄绣轻纱一隐函。
不着内衣唐仕士，肌肤蝉翼挂纤帆。

### 19襦是夹衣或棉衣
相濡以沫一心余，细雨轻云举日虚。
影影形形三界水，朝朝暮暮两人书。

### 20张籍《节妇吟，寄东平李司空师道》
东平李司空，师道寄人同。
止步闻春色，居心奉节中。
明珠凭玉佩，缠绵落归鸿。
月尽良人夜，罗褥着羽红。

### 21《内人双陆图》[局部] 韩滉（唐）
艳丽一襦裙，藏心半系君。
鸳鸯双陆与，绝胜不离分。

### 22衫色青于青草浓 青衫"琵琶行"
青衫与善环陈荣，司马江州九品名。
五品朝中绯紫色，乐天却紫谪京城。
注：凡三品以上官员着紫色；五品以上，绯色；六品、七品，绿色；八品、九品，青色。

### 23《逢张十八员外籍》
青衫司马郎，玉佩草花香。
意守江城水，含元紫绯堂。

354

## 24 分手各抛沧海畔，折腰俱老绿衫中。白居易《忆微之》

此去绿衫人，还束紫色神。
香山今古事，三品洛阳尘。

## 25 《晚归府》

东都守紫衫，水阁问平凡。
昨日蕉绯绿，今晨玉佩绒。

## 26 巾子

桐编作幞头，巾子问春秋。
内衬朝唐帽，中成与秀修。

## 27 《文苑图》中戴官样巾子的文官

武瞾创形身，明皇赐近臣。
官样金子正，供奉司官人。

## 28 罗袜绣鞋随步没 鞋袜

足下风光九度场，衫中日月半倾肠。
丝罗锦绘帛麻葛，怯入人间一曲凰。

## 29 李白《浣纱石上女》

玉面耶溪女，青娥红粉妆。
一双金齿屐，两足自如霜。
寒宫九地凉，玉兔几低昂。
桂影三千夜，婵娟一半霜。

## 30 翠髻高丛绿鬓虚 发式

翠髻乌蛮碧玉虚，翻惊鹄立向杨居。
当寻堕马三朝醉，不问平生一日书。

## 31 《虢国夫人游春图》里梳堕髻的贵妇

虢国夫人半入春，玄宗玉马一心领。
青楼女子梳妆盛，只有潮流没有鬓。

## 32 青黛点眉眉细长 黛眉

鸳鸯五岳小山长，日积三峰倒指光。
一眉分梢涵秀色，垂殊巧画蓄烟杨。
注：唐玄宗曾命画工画《十眉图》，分别是鸳鸯、小山、五岳、三峰、垂殊、日积、分梢、涵烟、指云、倒晕眉。

## 33 《弈棋仕女图》中画阔眉的唐代女子 《簪花仕女图》中画桂叶眉的唐代女子

不见阔眉娘，当寻桂叶香。
弈棋知仕女，李贺簪花郎。

## 34 《宫乐图》中画八字眉的唐代女子

含元八字眉，舞乐半宫窥。
玉竹丰身女，双心以髻堕。

## 35 《步辇图》中画柳眉的唐代女子 《调琴啜茗图》中画却月眉的唐代女子

却月调琴向柳眉，新帛步辇以情披。
宫深应物生红豆，半却春心半却帷。

## 36 最爱铅华薄薄妆 妆容

一时淑玉一时妆，半曲丰姿半曲肠。
年年粉黛承胭脂，处处春心向别样。

## 37 贴画钿

所谓花钿是贴在女子的眉间以作装饰的各种花朵形状。花钿又叫花子或媚子。

一色半倾城，三春两地情。
千心随月下，万户向人声。

## 38 描斜红

所谓斜红，是在太阳穴处以胭脂染绘两道红色的纹饰，一般是月牙形。斜红的来历，说是三国时期魏文帝曹丕宠爱的宫女薛夜来不小心撞伤面颊后留下两道伤痕，而文帝仍对她宠爱依旧，官女们纷纷效仿，将其演变成斜红。

三国一斜红，深宫半御风。
何知天下泪，圆鬓客西东。

## 39 食

五谷杂粮多，三秋收稻谷。
农夫何自主，故国入先河。

## 40 面揉玉尘饼挑雪 面食

汤饼祝麒麟，悬弧引箸亲。
龙髯情可致，玉座不赐尘。

## 41 王维《赠吴官》

山乡十木半成林，草履三鲜一味寻。
粥粉冷淘和面煮，桑田置锦是民心。

## 42 五十少进士

五十寒窗进士身，三千弟子少红尘。
红绫饼热曲江宴，不及残牙是故人。

## 43 稻米流脂粟米白米饭

稻米一人间，农夫半不闲。
春秋耕获取，日月是天颜。

## 44 王维《积雨辋川作》

雨雨烟烟一水田，南南北北半江船。
河夕倒映桑柘绿，碧色青苗日月悬。

## 45 《嘉禾草虫图》吴炳（南宋）

嘉禾问草虫，碧叶独情衷。
稻穗低重生，蝴蝶取白弓。

## 46 雕胡饭

农家一味半雕胡，士子三苏两玉壶。
素月精生传白羽，诗书颜色著秋菰。

## 47 黄粱一梦

一梦半黄粱，三朝五紫裳。
临泉琴瑟语，露葵屹重阳。

## 48 李隆基《端午三殿宴群臣探得神字》

九日一粽新，三阳半殿邻。
屈原何事楚，不及作唐臣。

## 49 "筠"是小竹子意思

雕胡半竹筠，角实一佳邻。
渚草余芳色，潇湘九客钧。

## 50 小园春暖撷新蔬菜

三生问曲江，两士半家邦。
菜米田家主，春秋九日阳。

## 诗词盛典 | 吕长春格律诗词六万八千首（全四册）

**51 白居易《履道西门》**
西门野径半新蔬，白首青山一客余。
日月何须天地外，江河尽是古今书。

**52《桃李园图》仇英（明）**
诗词半酒客由衷，雅士心中醒醉雄。
李白春浆桃李宴，纱灯半色夜杯红。

**53**
一竹立贫家，三秋竟自斜。
园葵筠露色，十地取桑麻。

**54 陆龟蒙《润州送人往长洲》**
长洲一日五湖中，同上三春半雅风。
野稻纯芽方色就，松江故水退思弓。

**55 水陆鲜肥饫鱼肉**
秋风乍起蟹方成，水陆相栖醉仕英。
有酒须知鲈脍美，无心只向故纵横。

**56 李绅《过钟陵》**
水色潇湘一夜红，朱楼蒲苇半家风。
钟陵月下寻秋叶，楚客心中问九雄。

**57《藻鱼图》赖庵（元）**
江湖半藻鱼，白雪一鳞虚。
座上惊人处，池中帝业余。

**58 万里桥边多酒家**
万里桥边半酒家，千年肆上一旗斜。
"三杯草圣传"书法，十地仙人醒醉华。

**59 五万首唐诗**
诗中有酒一文华，酒是吟诗二月花。
楚客九歌潇水岸，唐人始见故人家。

**60《太白醉酒图》苏六明（清）**
太白三巡到酒泉，芙蓉十醉向塞边。
呼来天子难行路，月落当天几过帆。

**61 杜甫《饮中八仙歌》**
半问王公半大臣，一襦布士一红尘。
青衣肆悬何高座，只向天边问品伦。

**62《醉饮图》万邦治（明）**
杜甫《饮八中仙歌》李白、贺知章、李琏、李适之、张旭、焦遂、崔宗之、苏晋
焦遂太白贺知章，苏晋适之旭草狂。
醒醉崔宗之客酒，李琏雅士八仙堂。

**63《古贤诗意图》之《饮中八仙》杜堇（明）**
江山醒醉一文章，雅士风云半客堂。
有酒何须天下向，无心日月自衷肠。

**64 刘禹锡《堤上行三首》**
江南一路酒旗风，塞北三春草木中。
日月生晖天下治，阴晴故事色初纪。

**65 陆龟蒙《酒旗》**
溪边酒肆天，柳下醉旗悬。
敞面江山色，开怀玉树边。

**66 刘禹锡《和令狐相权谢太原李侍中寄蒲桃》**
胡姬劝可天，西域向良泉。
玉色葡萄酒，芳香五味全。

**67 刘禹锡《酬乐天偶题酒瓮见寄》**
门外红尘一半人，心中玉树两三邻。
深宫几日清酒醉，古刹千钟客始亲。

**68 元稹《拟醉》**
三杯浊酒一黄昏，九夏芙蓉半柳门。
楚客朝辞寻古月，书生晚暮向儿孙。

**69《弄胡琴图》[局部] 王树榖（清）**
千年一子昂，万里半戏肠。
今古江山事，平生日月光。

**70 陈子昂 胡琴**
人间进退一知音，天下兴亡半古今。
苦土三生文日月，诗人一半女儿心。

**71 杜牧《送薛种游湖南》**
亚洲发展投资银行
十载养春堂，三生日月光。
千年今古事，万里下南洋。
立足银行治，行身纵四章。
解源金货币，一纸定圆方。

**72 寒食深炉一碗茶 中国人**
半润泥炉半润茶，一心文化一心花。
形成塞北形成国，向遍南洋向故家。

**73 而茶道一词是出自唐代诗僧皎然的《饮茶歌诮崔石使君》**
诗僧茶道浩然先，雨细芽浮向地天。
物事何须兴废向，情来朗爽使君泉。

**74《萧翼赚兰亭图》阎立本（唐）**
宣武门前一太宗，兰亭书后半形容。
辨才寺回何萧翼，以醉当茶几鼓钟。

**75 李白《答族侄僧中孚赠玉泉仙人掌茶》**
一品半芳津，千情百味沦。
沉浮知日月，草木向中人。

**76 李群玉《答友人寄新茗》**
明前细露润芽新，一半芳茗一半人。
同里退思园水色，姑苏玉女碧螺春。

**77 茶圣陆羽像**
江南第一泉，水色半方圆。
陆羽茶经在，唐家品地天。

**78 红纸一封书后信，绿芽十片火前春。（白居易《谢李六郎中寄新蜀茶》）**
乞得火前春，寻来苦读人。
芳茗惊不语，一盏绿芽新。
起落沉浮问，疏舒客展巾。
乾坤天下事，日月入经纶。

**79《宫乐图》[局部] 佚名（唐）**
红尘细里半荡花，鱼目连珠两世哗。

水老腾波三沸后，衷情已到故人家。

## 80 鎏金银盐台（唐）

唐人饮茶，要在其中加盐、胡椒、姜等调味品。

三人鼎立一盐台，五味分呈半腹开。
四尾羯鱼荷叶试，含苞待放玉人来。

## 81 细而轻谓"花"薄而密叫"沫"厚而绵叫"饽"

烟凝二月花，沫密薄汤茶。
碧玉翻云水，绵饽色客家。

## 82 白居易有"别茶人"

香山叶落别茶人，紫笋芽开此客身。
细缕云中藏不露，洞庭山上碧螺春。

## 83 果园坊里为求来水果

欲里一求来，兰中半玉开。
华池宫外客，百果满瑶台。

## 84《橙黄橘绿图》赵令穰（宋）

静影两三鳞，江南一半春。
橙黄橘绿水，柳岸渡归人。

## 85 住

诗情画意住方成，别业园林榭几生。
草木花虫来去问，亭台阁榭日月盟。

## 86 千金买绝境别业

别业田园一画中，诗词曲赋半云风。
千金绝境平泉槛，十地声名宰相宫。

## 87《辋川图》[局部] 王维（唐）

临湖柳浪濑深家，鹿柴官槐陌竹斜，
白石滩南坨垒立，孟城坳口木兰花。
茱萸片色金屑水，漆椒园中种豆瓜。

## 88《辋川图》王维（唐）

群山环抱一辋川，水阔林高半渡船。
阁榭楼台严正日，悠然过谷入云天。

## 89 乐游古园 森爽园林

东都洛客半园林，碧水秦川一古今。

兴庆池中新应制，长安上苑故人心。

## 90《曲江对雨》

桃花落尽半香泥，柳色渡口一岸低。
玉叶曲江文化客，金枝紫禁忆东西。

## 91 "探花宴"就在杏园举行

探花宴满杏花园，梅叶初全柳叶悬。
玉色曲江颜色好，状元进士状元天。

## 92 成都杜甫草堂

浣花溪畔草堂明，四面清风玉竹诚。
但见少陵何景致，临流但问去来声。

## 93《卢鸿草堂十志图》[局部] 王原祁（清）

玉树桥边一叶声，青山阁外半月明。
临流不语凭天地，莫谷胡琴任纵横。
隐士卢鸿图十志，樵渔草屋问千荣。
余心斫鑿茶园水，倦鸟飞泉落后情。

## 94 势拟驱山近小台亭台楼阁

势拟驱山近小台，云行向水雨中开。
湖临竹色朱楼树，鸟落秋烟古蔓媒。

## 95《江帆楼阁图》李思训（唐）[传]

江烟一叶舟，湖水半春流。
岭木三湖水，云天几度秋。

## 96 兴庆宫内的沉香亭

沉香亭北赋人颜，兴庆宫中曲小蛮。
花下楼前倾国色，含春殿后玉门关。

## 97《明皇避暑宫图》郭忠恕（宋）[传]

明皇避暑宫，水榭长廊风。
点石成金土，宜人世俗同。

## 98 翠帐云屏白玉床

睡床不坐坐胡床，小雅无登大雅堂。
载寝罗裙君愿解，半红天地半红娘。

## 99《女史箴图》中的卧床和屏风

屏风半卧床，女史一红娘。
榻足云中客，缥缥帐下堂。

## 100 下南洋

暴雨一南洋，伤情两地肠。
朝花含露水，暮色客思乡。

## 101《北齐校书图》[局部] 杨子华（北齐）宋摹本

日月校书郎，沉浮问故乡。
儒生当面教，与便坐胡床。

## 102《维摩诘》吴道子（唐）[传]

道子自当风，胡床与世雄。
维摩诘理重，几处虑思同。

## 103 肘摇轻扇倚绳床椅与凳

张萱捣练声，仕女扇挥情。
椅凳莲花坐，绳床草木城。

## 104《宫乐图》、张萱《捣练图》

一仕女倾城，三春两地情。
寻思良子远，捣练月牙明。

## 105 横眠木榻忘华荐榻与靠垫

文章榻上成，日月舌中情。
草木神仙易，沉浮雨露生。

## 106《历代帝王图》中的独坐榻

榻坐帝王城，言行玉敕生。
贤姿天地主，志迹去来明。

## 107 牟融《题朱庆余闲居四首》

榻屋不悬尘，书房人故人。
古今诗债厚，日日一天津。

## 108《高逸图》[局部] 孙位（唐）

榻上隐囊茵，人中莫苦尘。
沉浮风雨后，回首自来亲。

## 109 几案随意设几案

几案自随心，书文入故林。
诗章狂草客，曲赋向知音。

### 110《维摩诘像》佚名（宋）
流水海洋深，飞鸿归旧林。
江山凭几见，草木任真心。

### 111《韩熙载夜宴图》[局部]顾闳中（五代）宋摹本
五代弃臣心，韩熙载夜荫。
但闻燕几色，不可住音琴。

### 112《伏生授经图》中的曲足书案[局部]王维（唐）
曲足案伏生，直言几富明。
书章临客向，垒石自成城。

### 113 韩翃《寻胡处士不遇》
微云影客津，明日暖腰身。
处士寻山寺，书生问月亲。

### 114 珠帘挂户水波纹帘帐
珠帘挂户水波纹，隔断红尘客不分。
陋室书香凭几立，江山日月可知君。

### 115 鎏金银香囊（唐）
香销火乞一囊中，锦帐云沉半雨逢。
解佩罗衣春梦晚，芙蓉不锁晓月风。

### 116 行
人生万里行，足迹百年情。
立马风云路，扬帆日月明。

### 117 行悉驿路问来人驿道
行悉驿路问来人，客舍轻尘柳色新。
但向前程寻足迹，何须抱怨日月邻。
注：《大唐六典》上记载：30里设驿道。

### 118 版画《梧桐雨》中的《杨贵妃晓日荔枝香》
梧桐叶外雨霖铃，蜀邑尘中客色丁。
马嵬坡前疑存寄，长生殿上有无铭。

### 119 圣使陶俑（唐）千金一笑
蜀客荔枝名，趋前争马行。
幽州"妃子笑"，烽火大周倾。

### 120 李商隐《戏题赠稷山驿吏王全》
驿马无言向驿船，巡官邮寄向巡天。
红尘不断江山路，足迹当先印日年。

### 121《蜀道图》谢时臣（明）
陆驿逾千水驿名，长亭数万短亭行。
家乡处处闻刁斗，只怨前程草木荣。

### 122 客舍青青柳色新旅店
前程一步是青云，驿站三春雨色分。
月下何须短叹声，江河万里供人君。

### 123 岑参的《题金城临河驿楼》
一月挂金城，三生问玉京。
千年疑不路，万里自行程。
注：金城是古代的兰州城。

### 124《关山行旅图》关仝（五代）
关山处处半云烟，驿路年年一树泉。
沧海桑田多少客，人间天下系方圆。

### 125
金城驿外半黄河，挂月心中一九歌。
晓柳初明天上水，鸣鸡问只何多。

### 126 孙樵《书褒城驿壁》
婵娟半暗影光明，北渚三清色已瑛。
万里家山听雨落，千年故事任心平。

### 127 元稹《褒城驿》
历历游鱼数锦鳞，幽幽岸草问千秋春。
千山白雪无不色，万户家烟有客邻。

### 128 褒城驿在陕西境内，距离长安不是很远。
一驿半秦州，三春九色流。
梨花千树色，碧芷上篁楼。

### 129 元稹《使东川，江楼月》
嘉陵江北一春秋，蜀郡川东半月楼。
薛笺情何不问，江风驿月五胡流。

### 130 王维《渭城曲》（一作《送元二使安西》）
桃花流水半红尘，翠柳鸣禽一使春。
酒醉知音情不忠，人行问驿客天津。

### 131 十里飘香入夹城 夹城复道
深宫复道一夹城，阁步熏香半密生。
渭水南山相对去，秦川帝阙雨云情。

### 132《骊山避暑图》袁江（清）
临潼北麓一温泉，渭水东亭半故年。
复道芙蓉花香艳，爽я气派帝王园。

### 133 春风细雨走马去 骑乘
细雨春风白马城，平明脂粉素倾荣。
青马玉足芙蓉里，虢国夫人色眉生。

### 134《牧马图》[局部]韩干（唐）
韩干牧马图，本设色扶苏。
雨里寻知己，云中问玉壶。

### 135 三彩马（唐）
阁道迢迢十里遥，深宫幽幽一香霄。
唐家玉马三春去，紫帽绯袍半御朝。

### 136《双骑图》韦偃（唐）
一马自昂扬，三生问故乡。
南洋知己问，志士拌柳杨。

### 137 游骑图》[局部]佚名（唐）
沙场信马自由缰，粉醉红妆纵客肠。
柳岸桃花千百色，江南舍北一春娘。

### 138《杨贵妃上马图》[局部]钱选（元）
贵妃骑马色倾城，灞岸春风玉隐情。
帽束藏娇衣短处，原来故作玫明。

### 139 孟郊《登科后》
一日曲江花，三生神豆瓜。
诗词成日月，云雨话桑麻。

### 140 韩愈《孟生诗》
一日探花郎，三千弟子肠。

半生何榜眼，十地状元乡。

## 141 郑昌图
书生不止一昌图，雅驴何须半舅姑。
水部郎中谁司马，长城内外几扶苏。

## 142《寒林骑驴图》[局部]李成（宋）
驴马过寒林，书生问古今。
光垂三水色，自得一风琴。

## 143《骑驴图》张路（明）
春秋不尽奋扬蹄，日月常情竟步移。
百岁阴晴留足迹，南南北北也东西。

## 144 万斛之舟行若水 舟行
烟花不尽一扬州，日月南平半汴流。
鹿马长城知草木，隋炀水调作春秋。

## 145《潇湘图》[局部]董源（五代）
潇湘万里半湖平，沙岸千人一鼓声。
柳色春林舟口渡，晴山景徼客心明。

## 146 送客短长亭 长亭短亭
一半长亭半短亭，三千弟子儿零丁。
何知日月文章度，夜道人生自渭泾。

## 147 版图《西厢记》中的《短长亭斟别酒》
别就短长亭，西厢左右听。
隔墙花影动，渡口苦零丁。

## 148 武元衡《送李秀才赴滑州诣大夫舅》
明年灞上亭，回首雨中听。
姑且蝉声尽，晴川自渭泾。

## 149 唐彦谦《罗江驿》
天津一半在罗江，月色三千问雁双。
草木阴晴天地上，诗词曲赋满书窗。

## 150 薛涛《江亭饯别》
三江饯别一江流，薛等何言半客楼。
日月经天日月去，江流不住问江楼。

## 1514 李商隐《板桥晓别》
长亭月落挂秋霜，水驿舟平待客扬。
一夜芙蓉尘泪少，三生日月几低昂。

## 1525 王昌龄的《少年行》
劳劳日月少年行，楚楚心怀草木生。
年年长亭杨柳色，悠悠驿路迹人明。
吉隆坡—马来西亚航空—北京

# 十六、《唐诗三百首》读后

**1 唐诗三百首**
日月五湖林，文章一古今。
唐诗三百首，游子半知吟。
2011 年 5 月 23 日
北京东城养春堂

**2 唐诗三百首**
小桥流水半江南，草木山川日月潭。
下里巴人知夜雨，风花雪月似春蚕。

**3 感愚　张九龄**
百岁半春秋，三江一水流。
有行知日月，不止是原头。
举步寻天下，回归向九州。
平生何所谓，草木与人忧。

**4 感遇　张九龄**
腊月动寒心，初春向故林。
群芳忧举止，百草已知音。
一日东风雨，千家客气琛。
香泥红色去，化作半晴阴。

**5 张九龄**
三生半曲江，十载一书窗。
子寿相家事，精英励国邦。

**6 月下独酌　李白**
阳关一半春，月影两三人。
醒醉三千界，沉浮十二醇。
朝来天子客，暮去五湖津。
捞月芙蓉水，长安草木珍。

**7 下终南山过斛斯山人宿置酒　李白**
南山半玉冠，素冕一峰寒。
白石川中淡，斛斯雨里观。
青萝依树绕，朝暮鸟盘桓。

不去松风久，还来玉客坛。

**8 春思　李白**
丝连藕断时，暮重并啼迟。
易得三春草，难寻一故枝。

**9 望岳　杜甫**
泰岳一青峰，山东半石踪。
秦皇天子路，壁垒御君封。
万里凌云向，千年作鼓钟。
人间多少事，何处是中庸。

**10 赠卫八处士　杜甫**
处士半山中，人生一世雄。
参商相不见，今古各西东。
沧海桑田易，亲友客主同。
黄粱终是梦，隔日始非空。

**11 佳人　杜甫**
绝代一佳人，幽时半子珍。
行当知转烛，合昏顾腰身。
竹影临风动，泉流付故亲。
关前花落尽，雪后草茵茵。

**12 梦李白　杜甫**
江南一夜郎，逐客半行妆。
白石山中磊，浮萍雨后扬。
何须天子树，不尽翰林肠。
但是龙门客，当如尽故乡。

**13 梦李白　杜甫**
一梦入黄粱，三生问客乡。
常言相国志，无顾曲衷肠。
百醉平生易，千秋万岁章。
芙蓉群玉见，白石自凝香。

**14 送别　王维**
何处一南山，孤峰半故颜。
长安君子向，上苑曲江闲。
草木知天下，枯荣去不还。
阳春白雪唱，未锁玉门关。

**15 送綦毋潜落第还乡　王维**
龙门天下水，上苑曲江扉。
二月收窗冷，三春不采薇。
江村多少路，乞火去来归。
行客寻英住，孤城不避晖。
乡家知父母，驿舍向鸿飞。
朝暮长亭树，晴阴是也非。
悬梁心自足，刺骨意难违。
日月千万岁，山河十地微。

**16 青溪　王维**
泾渭白云田，长安日月年。
黄花川上石，上苑水中天。
徒作青溪客，还言逐叶悬。
声喧泉未止，鸟静暮生烟。

**之二**
十地半方圆，三春一陌阡。
清流终不止，落木曲江船。
树影盘桓久，南山结志坚。
松风鸣翠岭，橘子待婵娟。

**17 渭川田家　王维**
斜光墟落照，曲巷牧童归。
小笛声声远，秋翁处处微。
牛羊喧未止，蚕茧待桑锦。
麦岭知田秀，行人望荆扉。

**18 西施咏　王维**
西施吴越女，娃馆帝王妃。

暮色清溪浣，表明草木菲。
范蠡商贾去，子胥是还非。
只是江湖水，惊鸣日不归。

### 19秋登万山寄张五　孟浩然
不去鹿门山，襄阳白鹤闲。
朝闻天水岸，暮就玉门关。
下里巴人曲，阳春白雪颜。
洞庭千里路，御驾万人还。

### 20夏日南亭怀辛大　孟浩然
碧叶一荷塘，轻风半月藏。
开轩观草木，闭目锁余光。
曾以洞庭部，玄宗过岳阳。
砚山君子客，自在尽孤芳。

### 21宿业师山房待丁大不至　孟浩然
渡口半桥边，浮云十地田。
平生钟鼓向，日月古今禅。
暮落西阳树，辰惊北刹泉。
樵渔天地里，楚汉去来眠。

### 22同从北南斋玩月忆山阴崔少府　王昌龄
月色半山阴，婵娟一古今。
清辉三界外，玉树五湖心。
但得寒宫远，难言楚越吟。
春江花梦夜，兰杜作知音。

### 23寻西山隐者不遇　丘为
向客半知音，寻人五寸心。
临川登绝顶，扣石见鸣禽。
但得何言语，无须怨古今。
方圆非是客，不必可归簌。

### 24春泛若耶溪　綦毋潜
浣女若耶溪，西施越鸟啼。
莲花娃馆舞，玉树曲人低。
木渎天平客，江湖夜不栖。
夫差天下处，勾践化春泥。

### 25宿王昌龄隐居　常建
隐处一孤云，归心半不分。
清溪流不尽，明月住衣裙。
药院多甘露，茅亭少客君。
只须天地间，不必去来闻。

### 26与高适薛据登慈恩寺浮图　岑参
俯仰万人中，龙门十丈雄。
一时天地客，十里控花红。
雁塔慈恩寺，京城上苑风。
五陵云雨夜，九陌几玲珑。
四角半虚空，千年九戒同。
浮屠知日月，觉道待苍穹。
只有禅音在，玄奘里不穷。
营建分八水，可悟满关东。

### 27贼退示官吏（并序）　元结
几处可闻眠，当门一半天。
唐周凭酷吏，五代宋元田。
世事多兴叹，冠官锁岁年。
难寻三界外，老却五湖边。

### 28送杨氏女　韦应物
岁岁一春秋，年年半了愁。
忧民忧国事，未结是家忧。
儿女初成长，中年竟白头。
南洋翁几老，此舸击中流。
日日二更谋，时时五味休。
尽言身上治，不解客沉浮。
搔首知儿女，何人向苦舟。
百年三万日，诗赋胜王侯。

### 29郡斋雨中与诸文士燕集　韦应物
翰墨一杨长，诗词半古香。
隋炀平水韵，太白赋霓裳。
雨漫洞庭水，尘惊蜀草堂。
苏州韦应物，上苑向刘郎。
甘露自凝香，亭荫纳士凉。
龙门居易在，杜牧贺知章。
不尽韩翃曲，昌龄之焕堂。
王维诗里画，尤见杜秋娘。

天下九龄肠，平生感遇光。
宗元韩愈谏，谁得浩然床。
非是玄宗主，岑参纵马缰。
苦吟寒岛故，彼此是儒乡。

### 30初发扬子寄元大校书　韦应物
远去向孤舟，苍烟入九流。
江东天下水，塞北叶上秋。
古刹残钟寺，浔阳玉阁楼。
别离多少问，兴叹几沉浮。

### 31寄全椒山中道士　韦应物
天上玉仙由，炉中白石修。
昆仑山下客，徐福御前求。
俱是天尊子，何言彼此谋。
扶桑多日月，二世几人愁。

### 32长安遇冯著　韦应物
一客向长安，三秋易水寒。
江山知自主，天下入云端。
不在桑田里，何言土地坛。
明年今日见，草木续杯盘。

### 33夕次盱眙县　韦应物
山暮一风平，江青半火明。
吴门三曲弄，越女九潇声。
月近寒山寺，人依碧玉情。
乡关何处是，驿水久无鸣。

### 34东郊　韦应物
芳原野草边，白马客门前。
但向行空间，无须日月年。
兀峰凭独立，幽谷自流泉。
渡口三江水，扶摇一线天。

### 35溪居　柳宗元
溪居唱九歌，嫘祖教三河。
露草珍珠色，群芳玉影多。
耕耘田上土，著作雨中禾。
自主闲中望，苍天是几何？

### 36晨诣超师读禅经　柳宗元
世上一红尘，心中半玉身。

神清多自洁，气正少迷津。
古刹闻钟鼓，山村挂冕巾。
禅音源贝叶，缮性冀余新。

### 37塞上曲　王昌龄
蝉鸣九夏半空林，将士三军一古今。
塞上呼声惊八月，关中息鼓帝王心。
秦皇冷落书生浅，折戟沉沙日月深。
几城南顾思自己，幽斯东北是乡音。

### 38塞下曲　王昌龄
秋华十地金，塞下一人心。
暮向榆关色，晨从故客音。
平生惊一诺，飞将待三钦。
不度长城外，何言问古今。

### 39关山月　李白
月半一天山，三千北海湾。
李陵鸣不已，司马以心还。
苏武旌旄落，须穷子女颜。
如今边北向，声尽玉门关。
岁岁英雄叹，年年草木闲。
阴晴寻漠漠，日月见斑斑。

### 40子夜吴歌　李白
吴门闻子夜，碧玉任吟声。
娃馆西施履，金莲步步情。
范蠡兴叹尽，不减五湖明。

### 41长干行　李白
秦淮河岸渡，杨柳艳人栽。
一寸金陵草，三春玉杏开。
千金依旧曲，万户小桥台。
不尽姿身色，还嫌短袂催。
翰墨羲之水，红桃叶小猜。
无心寻巷口，有意半折梅。
只记香君扇，儿郎十地灰。
乞火情明客，龙门上下来。
崇祯非所暗，臣吏尽私唯。
不似园园舞，云南处处苔。

### 42列女操　孟郊
汾流一雁丘，石磊半王侯。

来去天云客，潇湘夜色休。
殉情凭所以，比目自沉浮。
晋水秦吟处，衡阳向不愁。

### 43游子吟　孟郊
长亭一寸草，客舍十年衣。
夜暗听慈母，平明任不归。
回首知翁老，儿女竟孤飞。

### 44登幽州台歌　陈子昂
伯玉断琴音，长安过客心。
谁言天地在，独木不成林。
何必英雄问，平生一古今。

### 之二
人间半古今，世上一人心。
此诺惊天地，当呼四壁寻。
天涯天水落，海角海知音。

### 45古意　李颀
幽燕多少客，易冀去来君。
暮落香山寺，烟浮八达云。
长城何所战，儿女以衣裙。
鸟宿知天水，鸿飞向将军。

### 46送陈章甫　李颀
虹须一色青，白马半楱星。
上下龙门客，阴晴向滑泾。
兴叹寻日月，俯仰步长亭。
万事鸿毛数，千年进退铭。
留得江湖水，须知草木听。

### 之二　养春堂
亚洲发展投资银行
堂前满枣花，雨后著新芽。
涵养春秋纪，心蕴日月华。
京城三界外，暮色九州涯。
却以南洋去，银行一半家。

### 47琴歌　李颀
十里行装一寸衣，千年驿路半星稀。
阳春白雪从难止，下里巴人怠不归。
绿珠一唱广陵散，梅花三弄玉人闻。
忧成天下谁终始，挂满心思几是非。

### 48听董大弹胡笳弄寄语房给事李颀
暮满三江一水平，胡笳十八拍声鸣。
苍山有泪沙疆静，渡口悬河古塞倾。
大漠文姬儿女问，曹公赤壁椠弓轻。
千川流水何来去，三国群英自纵横。
商弦角羽藏天下，烽火乌孙半曲情。

### 49听安万善吹筚篥歌　李颀
一曲无终一曲生，半江月落半江平。
轻舟渔火相凭借，拾得寒山各自横。
沧海桑田阡陌暗，龙吟虎啸去来惊。
渔阳易水幽燕客，筚篥长安万古情。
何须彼此知音闻，只作人生草木荣。

### 50夜归鹿门歌　孟浩然
平步青云一鹿门，繁荣草木半儿孙。
山中不似长安客，月下洞庭故水根。
俯仰层林空色尽，止行竹影待晨昏。
拾柴还得群芳路，醉取心思试暖温。

### 51金陵酒肆留别　李白
柳絮杨花四壁香，吴姬越酒一客尝。
金陵子弟秦淮岸，儿女明清几短肠。
云南风月香君扇，月落江平醉半床。

### 52宣州谢朓楼饯别校书叔云 李白
渡口常轻渡口舟，江楼不断向江流。
来日今日方长日，去日何多不可留。
过客文章多少怨，宣州草木亦春秋。
蓬莱岛上瑶池树，玉宇云中不可愁。
人间只可人心在，忧国忧民处处忧。

### 53走马川行奉送出师西征　岑参
一诺楼兰半日寒，荒沙漠漠入云端。
千年故塞半河川，万古辽东一月园。
竹帛烟消烽火起，沉沙折戟战疆田。
草原十里连天路，肥马三秋玉水泉。
回首常闻飞将在，幽州城外虎先眠。

## 54 轮台歌奉送封大夫出师西征　岑参

雪海平沙走马川，轮台戊斗玉门边。
楼兰夜角惊汉宇，伐鼓渠犁主帝田。
俯仰阳关三叠唱，阴晴天水一书传。
前军已覆交河北，为向长安日月悬。

## 55 白雪歌送武判官归京　岑参

三军万马五云平，十地春风半无声。
夜草不肥边塞外，晨风未度洛阳城。
琵琶挂角寒霜降，瀚海飞沙日不荣。
千树梨花千树老，一笛不尽一笛鸣。

## 56 寄韩谏议注　杜甫

苦恋东风地下芳，忧民忧国半衷肠。
青枫赤叶春秋客，渡口河山几短长。
濯足江湖终是水，鸿飞日月始潇湘。
洛阳一半龙庭子，草木三千贡玉堂。
天马行空天地外，风池昨夜向文章。
击南留滞长安滞，杜甫平生及抑乡。

## 57 古柏行　杜甫

三国群英一孔明，千军万马半无声。
周郎赤壁人中火，羽箭东风蜀外城。

## 58 石鱼湖上醉歌（并序）　元结

半石鱼，一舟轻。两波初尽连岸平。
山东色，水有情。江青自主鸟栖惊。
忽倾赤叶悬浮影，无声只近是有声。
渡口舟公天地外，一半修观一半耕。

## 59 山石　韩愈

垒石成峰一树高，孤林自立半山毛。
深山古刹临川壑，面壁知心向寸毫。
夜静云浮天地外，花香鸟语向旌旄。
何言日落曾言顶，只见川流不见涛。

## 60 八月十五日夜赠张功曹　韩愈

一处寒宫十地明，三生苦恋半心盟。
波甲雨静非流水，不息川江自在行。
十五月圆弦始减，五千年外帝王城。
君臣共居风云客，何必同登渡口情。

## 61 谒衡岳庙遂宿岳寺题门楼　韩愈

衡山半在镇南荒，五岳三公向北王。
昧昧阴腾风云渡，凭心纳气待玉堂。
松林存雨江青色，古木监川日月光。
石廪祝融天柱立，长空紫盖一中梁。
人老天老山亦老，此乡依旧是他乡。

## 62 渔翁　柳宗元

一舟云雨一舟平，半壁山河半壁晴。
三界红尘三界外，五湖草木五湖生。

### 之二

纵横自立一江湖，今古孤心半有无。
不到苍梧班竹泪，长沙沙水流千古。
尤闻楚客九歌舒，云雨沾衣大小姑。
月满舟平行止向，山高路远是通途。

## 63 燕歌行（并序）

男儿一诺自横行，半在江湖半在情。
里七榆关知外八，燕幽出入九州明。
辽东山色浑江水，李将军戴射虎城。
从自汉家天水暗，两狼山下已无荣。

## 64 古从军行　李颀

黄昏日落一交河，曲尽尘红半九歌。
汉代蒲桃西域子，轻车雨雪故婆婆。
阳关三叠声声去，彼此男儿不少多。
刁斗惊闻秋草夜，寒宫空锁苦嫦娥。

## 65 洛阳女儿行　王维

洛阳女儿莫愁生，碧玉熏香宝扇荣。
潇衍河中梁武帝，珊瑚石崇不可名。
芭蕉欲雨云初落，越女红妆色不平。
娃馆深深道步试，吴门寸寸小桥倾。

注：1. 自梁武萧衍《河中之水歌》中"洛阳女儿名莫愁"。
2. 碧玉：据《乐府诗集》载，南朝宋汝南王侍妾名碧玉。泛指侍妾。

## 66 老将行　王维

幽燕射虎一君平，日月星文半宿生。
飞将原来天水客，汉时已去巷无名。
悬河壶口惊南北，白首蹉跎向枯荣。
霜羽寒衣千万战，廉颇不再赵州行。

## 67 桃源行　王维

汉人不似似秦人，此处桃花彼处春。
细雨三千香艳色，东风一半女儿身。
渔樵渡口红妆落，五柳先生闻巷巾。
不得中流舟不止，空川处处客天津。

## 68 长相思　李白

长相思，在天涯。一半英雄一半家。
长亭处处月西斜。云平漠漠呼风雨，
夜色幽幽二月花。织女潮头河岸鹊，
牛郎不见浪淘沙。江青水色连山月，
恋古心甜碧玉娃。长相思，短情芽。

## 69 长相思　李白

一琴玉柱七琴弦，两目横波半目泉。
赵瑟声中知易水，香山脚下问燕然。
凤凰弄玉鸳鸯去，客向江青一半天。
下里巴人知草色，风花雪月夜含烟。
莫封故步沧浪濯，可见人生日月前。
素羽初开寻得意，红楼未锁已余年。
交河落日荒丘照，折戟沉沙自入眠。
不信黄河流已断，只留壶口向天悬。

## 70 行路难　李白

一路长歌一路难，半云草木半云端。
三江流水三江去，九脉源头九脉澜。
谁向河山天水色，须当渡口塞边寒。
昆仑山上天尊客，汴水舟中挂玉冠。
何寻破浪乘风与，试以微子对比干。

## 71 将进酒　李白

人生醒醉一消愁，杞客无非半自忧。
得意逢欢知来者，不当此水向东流。

## 72 兵车行　杜甫

五千年里半兵车，百岁人中一豆瓜。
白骨疆场高日月，荒原草木野合花。

隋炀汴水扬州向，彼此商船处处家。
六国女儿秦世属，孰是孰非主桑麻。

### 73 丽人行　杜甫

三春杨柳丽人行，五月荷莲叶半荣。
虢国夫人秦国素，芙蓉无力自阴晴。
长生殿里瑶池愿，金屋藏娇玉客明。
只恨马嵬坡上路，开衣天宝始终情。

### 74 哀江头　杜甫

隋风杨柳曲江头，天宝开元上苑愁。
一日胡旋风可见，三山五岳半春秋。
御儿不避芙蓉水，银笛难当舞满楼。
羯鼓渔阳烽火暗，霓裳失色羽衣休。
明眸皓齿温汤暖，尤记太真生妒囚。
十斛珍珠萍采尽，长生殿里夜沉浮。
去客难言来客问，曲江不住向红楼。

### 75 哀王孙　杜甫

潼关失守向王孙，几处皇宫几处有。
行乐时知行东尽，王家日落也黄昏。
延秋门外难谓蜀，上苑花中老树根。
朔漠男儿何勇武，芙蓉上去不知恩。
胡儿一并成安史，不锁长生殿外门。
自是生平三界事，马嵬坡下一乾坤。

### 76 经鲁祭孔子而叹之　李隆基

一半梃星木，三千弟子宫。
不终齐鲁客，难始晋秦风。
谁向书坑冷，还言道德空。
淡出来去俱，且入梦时同。

### 77 望月怀远　张九龄

天下同明月，人间共望时。
相思知日暮，独枕向无期。
但与嫦娥坐，唤来后羿迟。
镜中千百度，绣下两三枝。

### 78 送杜少府之任蜀州　王勃

上苑探花人，龙门向五津。
长安多少客，俱是古今身。
李白诗经继，知章论语申。
刘郎何司马，撼岳鹿门亲。

### 79 咏蝉　骆宾王

不必三秦客，须当一古今。
蝉声天下曲，陆羽草中吟。
谁见唐周李，文章几予心。
年年惊夏雨，岁岁人清音。

### 80 和晋陵陆丞早春游望　杜审言

十岁五湖人，三生半自身。
天涯惊陆上，海角满浮尘。
俱易桑田客，沉浮碧玉菽。
归思难解锁，岂在挂冠巾。

注：1."天涯海角"在肩下，十年后上看上。"归思"礼仄仄，非平平。
2."襟十二侵韵，诗本韵为十一真。"

### 81 杂诗　沈佺期

一日长城战，千年不用兵。
平明知自骨，夜月向去卿。
不尽黄龙梦，须知草木情。
江南多少缘，只有客商行。

### 82 题大庾岭北驿　宋之问

一半春秋问，三千弟子回。
江山难主客，日月不堪猜。
不可随杨柳，轻风独自裁。
回时周不见，八成古禅来。

### 83 次北固山下　王湾

碧竹知春色，东风换旧年。
长城多少战，不在洛阳边。
北固山头望，江南一帆悬。
五湖天下去，三界一心田。

### 84 破山寺后禅院　常建

只须钟鼓问，不守误人心。
寺寂空明月，禅声入古林。
山光多少日，树影古今篾。
一缕清风至，三生智者深。

注："入""悦""此俱"必平，"空""钟"必仄。

### 85 寄左省杜拾遗　岑参

平步中书客，青云玉堂闻。

朝来寻紫气，暮去御香霏。
百鸟争鸣处，千家帝子非。
青丝知冷落，白首待鸿归。

### 86 赠孟浩然　李白

只作鹿六客，江山不事君。
俯从天下水，仰止岳阳云。
明月清风在，知音草木分。
不难归主客，自可取芳芬。

注："孟""弃"必平，"天""轩"必仄。原诗失律有救。

### 87 渡荆门送别　李白

不作潇湘客，来寻楚国楼。
云从三界水，两结一江流。
万里家乡远，千年故土休。
知音黄鹤去，石磊几王侯。

### 88 送友人　李白

辰先高岭树，暮晚远山明。
但向中庸向，当须日月城。
少年多少志，老者去来英。
不情知南北，东西自纵横。

### 89 听蜀僧弹琴

身前三戒气，足下一千峰。
蜀夜禅房月，巴山古刹钟。
客心随流水，鼓瑟立青松。
僧老余音远，浮云几处踪。

注：依律"一"必平"洗"平流仄，"碧"须平。

### 90 夜泊牛渚怀古　李白

一半油庭水，三生岳麓云。
随声三弄昏，何处九歌闻。
自有潇湘竹，难言楚客君。
阴晴知草木，日月采芳芬。

### 91 六祖

半壁东林半壁云，一心智慧一心君。
相思彼此山河在，扫叶门前扫叶勤。
万岭千峰如数数，五蕴三界几时分。
禅音立地成佛语，神秀经书日月耘。

## 92 望春　杜甫

更易三千万，春秋半古今。
江山知水意，草木向人心。
白骨长城守，商船汴水吟。
由来飞将去，不解帝王音。

## 93 月夜　杜甫

月下嫦娥望，宫中桂子寒。
羞藏弦上下，遮掩苦云端。
不似牛郎在，偷情织女观。
人间多少问，天下客难安。

## 94 春宿左省　杜甫

门下清光少，中书草木多。
阴晴去雨客，日月渡霄河。
雨掖三秦向，千封故九歌。
天明江水岸，月夜可何如？

## 95 至德二载，甫自京金光门出，间道归凤翔。乾元初，从左拾遗移华州掾，与亲故别，因出此门，有悲往事。　杜甫

明月山川照，清风草木深。
金光门外去，杜甫客中金。
凤别乾元水，凰从老马音。
移官迁驿苦，何处有皇荫。

## 96 月夜忆舍弟　杜甫

月照故乡明，人行苦雁声。
春秋来去忙，今古暮朝情。
何日见兄弟，休戚向弟兄。
幽幽三聚散，落落半平生。

## 97 天末怀李白　杜甫

晴云天马去，白石煮汨罗。
苇岸鸿飞落，川流自九歌。
人间朝暮客，天下翰林多。
醒醉千秋尽，沉浮可几何。

注："起"须平"天"须仄"几"须平，
"秋"须仄。有救。

## 98 奉济驿重送严公四韵　杜甫

洛水三春早，成都半草堂。

江村归月色，岁晚向红妆。
但化香泥去，无须细雨赏。
山川藏古树，花木自留芳。

## 99 别房太尉墓　杜甫

山川千水色，日月万浮云。
布谷香终尽，湘君泪始分。
自是平生客，须当诺约君。
茫茫孤此意，寂寂夜空闻。

### 之二

他张寻苦读，异故向徐君。
但得衷情在，无须日月分。
楼兰曾以诺，易水未平云。
南北榆关客，孤芳可寡闻。

注：原有"把剑"句：春秋时一哄而散。
季札带剑过，徐君好其剑，不敢言。
季札心里明白，因要出使，未能赠剑。
还复至徐，徐君已死，遂解剑挂于
徐君墓地面去。

## 100 旅夜书怀　杜甫

渡口江南岸，风余曲舞楼。
人浮三界外，月落一江舟。
彼此楼兰出，阴晴志不休。
书书千万岭，处处十三州。

## 101 登岳阳楼　杜甫

风平江北岸，雨满岳阳楼。
未近吴门阔，还闻楚客游。
长沙王不语，日暮九歌愁。
谁向三江水，无言自在流。

## 102 辋川闲居赠裴秀才迪　王维

寒山苍翠晚，古寺一方圆。
夜半孤钟响，星明虎跑泉。
姑苏渔火近，同里退思田。
五柳先生醉，三春苦读禅。

## 103 山居秋暝　王维

禅房明月里，竹影石中流。
夏雨青莲子，荷风碧玉头。
阴晴三界水，日月半春秋。

钟鼓寒山寺，书生不可求。

## 104 归嵩山作　王维

清川长带曲，古木短巾闲。
白石山中垒，青莲寺外颜。
禅音逢渡口，暮色玉门关。
回首山僧老，人心不闭还。

## 105 终南山　王维

太乙白云兔，南山莽帝都。
玉冠清秀水，泾滑散珍珠。
隔岸分冬夏，原来大丈夫。
风摇三五木，影落一河苏。

## 106 酬张少府　王维

年年三界外，事事一人心。
古古今今问，辽辽柘柘寻。
渔樵情不已，主仆客知音。
一日禅房里，千山道德深。

## 107 过香积寺　王维

云浮香积寺，暮掩古天峰。
石上山泉色，心中大乘踪。
声声钟鼓继，处处木林重。
一半禅房夜，三千日月彤。

## 108 送梓州李使君　王维

蜀地三千年，文翁五士田。
巫山何积雨，楚峡不留船。
孤木寻林水，山深向杜鹃。
行前知所以，止后待方圆。

注：1.昔日文翁兴教化，巴蜀气象新。
2.五士作蜀。王化杜鹃。

## 109 汉江临泛　王维

黄鹤楼中问，琴台月下风。
龟蛇何不锁，蜀楚是山中。
不尽长江水，难来日月同。
高唐知峡客，夜雨待巫虫。

## 110 终南别业　王维

未遇山僧晚，还言日月迟。
空空知色色，岁岁以时时。

是是山穷处，非非水尽斯。
南冠终始尽，以画入词诗。

## 111望洞庭湖赠张丞相　孟浩然

楚客半无声，洞庭一水平。
风摇罗汉树，云戴玉冠英。
日暮潇湘水，川晴蜀汉城。
留当千古唱，仰止万天明。

## 112与诸子登岘山　孟浩然

朝野半天下，江湖一古今。
云高皇帝远，几处士知音。
俱是岘山客，无非梦泽深。
襄阳多日色，楚水少千金。

## 113宴梅道士山房　孟浩然

北京廿一世纪办公楼
二〇一一年六月一日
王大明、祝小林、孙胜旗、王子林共论
生平是非。
败败成成数，是是非非差。
由衷知日月，自主向天涯。
化作梅花水，无言览物华。
心中三界外，天下故人家。

## 114北京养春堂；亚洲发展投资银行

院里三千日，庭中一树花。
东方斑驳立，枝叶暮朝斜。
老枣知时节，南洋主客家。
不邻三界事，何顾半天涯。

## 115岁暮归南山　孟浩然

北阙长安向，襄阳楚客居。
玉堂明主密，凌月凤池疏。
不得生平晚，杨昂主客余。
船横天下水，自主帝王书。

## 116过故人庄　孟浩然

亭长千万里，主客两三家。
逶迤溪流曲，山川日月斜。
人生常不解，六合半天涯。
余素三冬至，凝香一腊花。

## 117秦中感秋寄远上人　孟浩然

东林三界地，苦经一人知。
身外禅房近，心中草木迟。
僧游千万里，栖宿两三枝。
谁寄蝉前客，秋风雨后姿。

## 118宿桐庐江寄广陵旧游　孟浩然

西子瘦时羞，桐江俯就游。
九鸣杨柳岸，一曲广陵休。
廿四楼明月，三桥笛半愁。
龙门多少水，不向大江流。

## 119留别王维　孟浩然

雨后半芳微，人前一是非。
长安交入水，上苑曲江违。
日月诗中守，江山画里晖。
灞桥杨柳断，四海几时归。

## 120早寒有怀　孟浩然

鸿雁知南北，秋风水上寒。
鹿门襄水客，楚汉隔云端。
木落三千时，洞庭一半澜。
人生常自主，不在步邯郸。

## 121新年作　刘长卿

诗词三万首，草木半生田。
一诺男儿在，千山智者禅。
江湖来去问，日月暮朝悬。
不似长沙傅，如今又一年。

## 122秋日登吴公台上寺远眺　刘长卿

男儿多少志，淑女去来心。
古刹惊钟久，禅房客古今。
吴公台上寺，暮日水中深。
寂寂南朝事，苍苍入木林。

## 123送李中丞归汉阳别业　刘长聊

汉客寻飞将，中丞向故枝。
千年何古巷，万里几家时。
日暮苍苍渡，江平淡淡思。
留当天水向，燕并可驱驰。

之二
幽州昔并一凉州，十地三边十地秋。
别业分心思别业，此情难解彼情忧。

## 124饯别王十一南游　刘长聊

行船烟水色，向罢女儿巾。
暮鸟空何处，江青没向人。
扬长帆半立，草木正三春。
渡口惊杨柳，汀洲满白萍。

## 125寻南溪常道士　刘长聊

道是非常道，人非是古痕。
山深多少月，永浅古今门。
归客三千界，夕阳十地恩。
知天知地老，渐远渐黄昏。

## 126送僧归日本　钱起

此别归僧住，怆然向客行。
人间三界事，天下一灯明。
渡口孤舟晚，浮云柳岸生。
鱼龙风月寂，水国去来轻。

## 127谷口书斋寄杨补阙　钱起

天下一声迟，人间万事知。
书生孺子意，壮士仗心时。
月落和烟尽，虫鸣散草枝。
泾阳分渭水，清浊古今师。

## 128淮上喜会梁州故人　韦应物

谁问江南客，如何塞北颜。
峰高长白木，五女水流闲。
心上家乡月，书中不语还。
东来燕易客，西去玉门关。

## 129赋得暮雨送李曹　韦应物

金陵杨柳问，建业石头知。
只在台城外，三山二水痴。
扬帆心不空，雨落细还迟。
回首难相望，衣中满露丝。

## 130酬程近秋夜即事见赠　韩翃

玉枕温千处，空城月半华。
三冬寒素雪，一夜腊梅花。

偏见星河岸，牛郎织女嫁。
如何南北隔，回首暗窗纱。

### 131阙题　刘眘虚
道由云白尽，轮理木偏长。
阙外寻杨柳，山中问水香。
文章惊日月，枣落养春堂。
草色逢新雨，书声自抑扬。
注：有格无律，不堪文章，木轮一年一轮。

### 132江乡故人偶集客舍　戴叔伦
寒宫秋色满，桂子玉芙蓉。
弦下惊三界，心上苦一踪。
何当同草木，岁夕可相逢。
落落明千巷，茫茫素半冬。

### 133送李端　卢纶
云浮千万色，花落两三枝。
冬夏文章客，春秋草木诗。
梁州西去问，白马客来迟。
不在君疏里，何言故语时。

### 134喜见外弟又言别　李益
百年乡里客，十岁半相逢。
不见桓仁色，难言五女容。
巴陵文太白，天祖滞禅宗。
处处闻天下，声声自鼓钟。

### 135云阳馆与韩绅宿别　司空曙
难逢三万水，不合一千川。
昨暮姑苏岸，今晨虎跑泉。
西施吴越主，勾践大夫船。
此夜当孤梦，明朝月半悬。

### 136喜外弟卢纶见宿　司空曙
未解鹿门人，洞庭夜雨邻。
砚山非是客，只作蔡家亲。
昨日闻君至，东风草木新。
平生相见少，不可泪沾巾。

### 137贼平后送人北归　司空曙
处处文章客，声声去未还。

三生天水岸，百负故乡颜。
谁立长城石，隋炀汴水湾。
如今回首问，依旧玉门关。

### 138蜀先主庙　刘禹锡
煮酒英雄问，东风赤壁天。
出师三国表，向政一先年。
孟获擒还纵，空城司马田。
鞠躬知尽瘁，不复五铢钱。

### 139赋得古原草送别
生平连易水，草木接乡城。
西作龙门客，朝来五女情。
千年天下事，百岁一枯荣。
举步当人杰，行身作日明。

### 140旅宿　杜牧
夜梦心开放，寒宫桂锁烟。
气吞三界色，玉落一江船。
只向婵娟部，难当后羿泉。
云中多少月，雨里醉时眠。

### 141早秋　许浑
白露生三夜，香河鹄九歌。
寒宫空色早，桂子自由多。
玉树婆娑影，瑶池寂寞波。
洞庭摇曳叶，西陆旷青娥。

### 142秋日赴阙题潼关驿楼　许浑
渭水自云霄，长安上灞桥。
秋风残引雨，暮日野荒寥。
半闭潼关锁，全开酒肆潮。
今朝知醒醉，明日过中条。

### 143蝉　李商隐
一日千高客，三秋半不声。
知音何上下，断续几阴晴。
薄翼玲珑玉，清歌透迤鸣。
至今闻进退，自古已难平。

### 144风雨　李商隐
几何牛李故，行止不经年。
帝府千天地，青楼一管弦。

江平东不尽，岭木向南延。
士子循今古，山河过陌迁。

### 145落花　李商隐
但向春秋日，情知去不归。
千家三界色，十地一光辉。
化作香泥问，何言旧事微。
根植芳草地，复见故鸿飞。

### 146凉思　李商隐
进退生平事，阴晴日月时。
三春花木叶，九夏复新枝。
不尽长亭路，无须北斗迟。
天涯无梦客，海角有人知。

### 147北青萝　李商隐
幽幽千石磊，落落一孤灯。
处处山河水，年年日月微。
钟声惊古刹，木落向山僧。
俱是红尘客，谁言淑玉凝。

### 148送人东游　温庭筠
落宿伤黄叶，栖庶向故颜。
山风南北至，弦月玉门关。
明日长亭路，平生草木弯。
残宫留作梦，孤枕用心闲。

### 149灞上秋居　马戴
长言千岭树，木叶半江津。
谁见孤鸿去，无须客此身。
三生三起落，一岁一秋春。
彼此登临处，阴晴进退人。

### 150楚江怀古　马戴
只在寒宫里，婵娟不自由。
人言天下色，客语日中求。
万谷生溪水，千山碣石流。
年年多草木，岁岁一春秋。

### 151书边事　张乔
一诺过梁州，三边向客忧。
长城秦汉戍，汴水北南流。
月下琵琶曲，宫中仕女愁。

刘家书画尽，青冢素胡秋。

### 152除夜有怀
下里巴人曲，阳春白雪邻。
江山花草色，日月柳杨身。
迢递关河路，枯荣驿舍亲。
平生天问，彼此着冠巾。

### 153孤雁　崔涂
人间元好向，汾水雁孤时。
日月常相见，风花雪月迟。
并蒂莲下影，儿枕夜合枝。
渚岸多云雨，潇湘楚客姿。

### 154春宫怨
淑女春宫怨，男儿大口逢。
三江花木色，五月满芙蓉。
几处孤鸣夜，何心独夏冬。
鸿归寻有远，落叶自无踪。

### 155章台夜思　韦庄　亚洲发展投资银行
易水江河去，幽燕日月来。
三秋寻故客，一叶寄章台。
七十平生间，南洋独自裁。
银行天下治，海角未南回。

### 156寻陆鸿渐不遇　皎然茶，人在草木中。
风停杨柳色，日上故君家。
川莲三千叶，牵牛一半花。
身前余署急，门外客桑休。
草木人中带，苔溪二月茶。

### 157黄鹤楼　崔颢
斯人何处寻黄鹤，唯见江波向故楼。
不尽高山流水色，琴台自古两人修。
龟蛇未锁通三镇，楚汉开封向九流。
任是千年知历历，凭非万里可悠悠。

### 158行经华阴
莲花玉女一明星，日月苍龙半渭泾。
幽谷关中秦汉客，华阴掌下五崖青。

书坑冷尽儒窗冷，九鼎斯文小篆铭。
留下长城南北隔，蜿蜒烽火几长亭。
注：华阴地势多险隘于函谷关。

### 159望蓟门　祖咏
秦川明月汉家营，飞将幽州射虎惊。
一半蓟门空自锁，燕台三春请长缨。
寒光积雪辽东客，投笔江流日色生。
一诺楼兰天下去，几声苦读过边城。

### 160九日登望仙台呈刘明府　崔曙
秋山草木二陵台，函谷关前令尹来。
老子千言天地外，悬河故道是非裁。
人间主仆相更易，沧海桑田去不回。
三晋秦时明月在，九州汉客楚歌哀。

### 161送魏万之京　李颀
长安入水半江河，泾渭三川一九歌。
垓下鸿门何主客，楚河汉界几蹉跎。
连横合纵鬼谷子，六国孤秦自倒戈。
但向长亭寻古迹，心余客舍向嫦娥。

### 162登金陵凤凰台　李白
半江风雨半江楼，一石中流一石头。
鬼斧三山天下立，神工二水逐云愁。
凤凰台上金陵向，白鹭洲中日月浮。
晋代衣冠成万古，吴宫草木自千秋。
注：1.凤凰台：故址在南京凤凰山。相传刘宋元嘉间有异鸟集于山，被看作凤凰，遂筑此台。
2.吴宫：指三国吴所修太初、昭明二宫。
3.晋代衣冠：晋代，指晋，南渡后建都于金陵。
4.白鹭洲：江中沙洲，在南京水西门外，因多聚白鹭而得名。

### 163送李少府贬峡中王少府贬长沙　高适
一心日月一心居，半壁江山半壁余。
十二峰前云雨夜，三千暮后木林疏。
衡阳蒲苇啼归雁，白帝奉节寄手书。

任可升迁寻自主，知音不必问樵渔。

### 164和贾至舍人早朝大明宫之作　岑参
凤凰池下玉堂坛，门下中书一品冠。
阳春白雪歌何寡，下里巴人曲亦难。
江山草木知多少，日月星河向佩銮。
熟虑深思行万户，和心静气对千官。

### 165和贾至舍人早朝大明宫之作　王维
一日江山待九州，十年岁月数千谋。
阊阖曲外闻声漏，朱崔门边报晓筹。
智者沉思多少策，行人学步向四时忧。
衣冠林立冕旒色，万国香烟满凤头。

### 166奉和圣制从蓬莱向兴庆阁道中留春雨中春望之作应制　王维
渭水秦川三晋色，隋宫汉月半梅花。
御书自没千儒士，制策扬言一两家。
腊月寒心初动暖，东风细雨览春华。
群芳草木阳气令，处处桑田处处麻。

### 167积雨辋川庄作　王维
色满空林日月迟，云浮川壑露烟枝。
芊芊草木群芳艳，漠漠阴晴白露鹭。
社稷方兴知五谷，桑田间水向千姿。
耕耘野老寻稼穑，此醉何翁待醒时。

### 168酬郭给事　王维
一朝治事一朝违，半壁书香半辟扉。
三界神音三界去，五湖风月五湖归。
衣冠不暖衣冠解，禁里知间禁里微。
漠漠天书终不锁，阴阴桃李满春晖。

### 169蜀相　杜甫
三国空留八阵图，一心定川半心孤。
鞠躬尽瘁知天下，阿斗还闻借蜀吴。
六出祁山成败论，七擒孟获主荒无。
生当只作王侯客，此顾江山大丈夫。

### 170客至　杜甫
草堂只在香溪旁，织女牵牛日日开。

彩叶殷殷千万色,荷风步步两三苔。
但留足迹平沙岸,不取生平故影回。
月里嫦娥杨柳下,轻呼隔壁尽余杯。

### 171 野望　杜甫

阳春白雪千年曲,下里巴人万里桥。
二月孤芳云雨歇,高清不凡自逍遥。
花溪水色沉浮问,玉露身明半不娇。
三界风声惊草木,一秋落叶满天朝。

### 172 闻官军收河南河北　杜甫

一半榆关南北问,十三州外草花香。
幽燕只读书生客,情怯桓仁是故乡。
少小家居成大道,老翁回首向爹娘。
爷呼初断浑江水,梦醒山村九曲肠。

### 173 登高　杜甫

半壁风云半壁开,一江流水一江台。
滕主阁上浔阳间,霸主心中楚汉来。
九脉临川吴越望,千山俯就岭峰嵬。
天高路远长亭近,儿女情深几度回。

### 174 登楼　杜甫

万里长江自古今,半山玉垒几登临。
草堂月色多形影,梁甫吟声任客心。
日暮沉浮终定止,云平阡隔始知音。
五湖草木千帆水,一处山河十地心。

### 175 宿府　杜甫

蝉吟半断叶初残,暮色三重素玉冠。
远近山峰高树影,陌阡曲巷苍云端。
牛羊下括乡村晚,草木藏心对月寒。
忽有笛声鸣不已,大江自此泛波澜。

### 176 阁夜　杜甫

自古山川浮日月,如今阴阳上云霄。
春秋不断天涯雨,昼夜难平海角朝。
半界无声三界近,一江东去九江遥。
龙门水落千山木,朝暮鸿飞万里骄。

### 177 咏怀古迹(一)　杜甫

寻阡寻陌寻天地,合纵连横合故颜。
未解阴阳三界水,任凭日月一千山。
书坑灰冷秦皇客,陵武胡尘汉史闲。
只见英雄常自锁,春秋不度玉门关。

### 178 咏怀迹(二)　杜甫

半入潇湘半不知,一人过客一人时。
沙沙水水湖南省,是是非非问楚辞。
留下巫山云雨赋,平长峡谷八荒迟。
大江此去流难断,回首汨罗觅古诗。

### 179 咏怀古迹(三)　杜甫

千山万水一衣襟,古往今来半客心。
蜀壑常非云淡淡,荒原自是草深深。
梅花漫卷琵琶雪,汉室昭君素不音。
但见人间胡客主,分明夜月马头琴。

### 180 咏怀古迹(四)　杜甫

空山一月故时风,白帝三城已不同。
阿斗翠华思蜀乐,武侯古庙似吴宫。
草船借箭群儒去,八阵图谋千乃翁。
六上祁山天下问,鞠躬尽瘁是英雄。

### 181 咏怀古迹(五)　杜甫

三顾茅庐天下计,六出祁谷蜀吴曹。
出师表许江山策,赤壁东风火字高。
舌战群儒言不尽,空城独语弃军袍。
何惊司马雄同在,历代精英不用刀。

### 182 江州重别薛六柳八二员外　刘长聊

千川日月桑田里,十地江山半九歌。
宋玉身名天子少,襄王醒醉楚人多。
声声鹧鸪鸣春雨,处处鸿鹄向几何。
一界风光三界岸,九江流水一江波。

### 183 长沙过贾谊宅　刘长聊

长沙沙水一人知,风雨汨罗半楚辞。
五五端阳谁择主,九歌声里不栖枝。
有情自是寻杨柳,太傅空门未满滋。
寂寂山河多曲处,寥寥草木古今时。

### 184 自夏口至鹦鹉洲夕望岳阳寄元中丞　刘长聊

琴台依旧一长天,夏口汀洲半不眠。
不取晨钟惊客雨,犹闻暮鼓楚人田。
洞庭日色凭来水,黄鹤楼头吊去船。
自古人生何所以,如今赤子不流年。

### 185 赠阙下裴舍人　钱起

上苑曲江多日月,龙池柳色探花心。
东来紫气春天地,长乐钟声故古今。
八水长安泾渭色,于山草木自阳阴。
群芳寒里呼前者,自付明前雨后音。

### 186 寄李儋元锡　韦应物

凭生学步由生去,此路清烟彼路田。
万里长亭千百度,五湖风月五湖船。
三春日月三春色,一线春机一线天。
世上寥寥多少问,人间处处几方圆。

### 187 同题仙游观　韩翃

西风落叶五陵秋,古木丹丘半汉楼。
暮雨潇潇惊社稷,秦川黯黯向悬流。
山河草木知寒色,渡口阴晴故客愁。
最是钟声鸣不久,明月只照小洞幽。

### 188 春思　皇甫冉

机中锦字万回文,马邑龙堆半不分。
止所人情非俯就,连襟掣肘是衣裙。
春心一片随君去,刺史秦州两地去。
汉苑琵琶长恨在,胡天草木窦滔闻。

### 189 晚次鄂州　卢纶

琴台只在汉阳城,黄鹤难留做客更。
一日孤帆停不住,三江水草纵横生。
高山流水何人唱,下里巴人处处鸣。
十二峰前巫峡雨,千川渡口蜀湘情。

### 190 登柳州城楼寄漳、汀、封、连四州刺史　柳宗元

四王司马八文章,半是江山一故乡。
不见玄都观外客,柳州自此奉爷娘。
漳汀岭树封连月,宙宇苍空滞古芳。
百粤由来千里目,三边不寄九衷肠。

### 191 西塞山怀古　刘禹锡

鸿门垓下楚河猷,西塞山前汉界休。

只见秦淮河水岸，金陵不枕石头流。
三山未尽云遮月，二水中分白鹭洲。
故垒几回成归事，废墟何止向春秋。

### 192遣悲怀　　元稹
糟糠自守夫妻懒，不问油盐不问柴。
世事难平吟彼此，人生一半苦悲怀。
时时刻刻耕耘箪，岁岁年年作业偕。
步履方圆秦汉去，书香日月照天街。

### 193遣悲怀　　元稹
楚蜀枇杷亭下树，瑜州此去大江开。
平生日日耕耘箪，不尽心思苦自猜。
自幼儿童相伴短，东山子女育英才。
行文依旧书生在，估客夫妻再不来。

### 194遣悲怀　　元稹
半可悲人半自悲，两情依旧两情葵。
中年彼此中年志，老者乾坤老者垂。
只任平生耕日月，但凭三万首诗词。
前因未可成终待，回顾无言自己期。

### 195望月有感　　白居易
自河南经乱，关内阻饥，兄弟离散，
各在一处。因望月有感，聊书所怀，
寄上浮梁大兄、于潜七兄、乌江
十五兄，兼示符离及下邽弟妹
一世精英万事空，三生旧业五湖东。
爷娘父母和兄弟，此处乡家彼处鸿。
十载寒窗穷乞火，一年日月读书虫。
如今白首凭心问，何必文章济治工。

### 196锦瑟　　李商隐
十五无圆十六圆，九天上下九天弦。
吴门碧玉知桥岸，越秀书生待晓年。
同里不寻娃馆路，洞庭未断雨如烟。
范蠡月下推舟去，估客心中七寸田。

### 197无题　　李商隐
同日星河不日同，东西两岸是西东。
牛郎不解织女语，织女难言女织红。
世上还闻王母后，人间只寄鹊桥衷。
瑶池五彩婵娟去，月老三生几处逢。

### 198隋宫　　李商隐
隋炀不误紫泉霞，日月孤行锦帝华。
水调歌头修汴水，龙舟自可到天涯。
长城南北沙场归，六国婵娟二世花。
但使秦皇知估客，天堂胜似素娥家。

### 199无题　　李商隐
半见刘郎半示逢，来非不易去无踪。
蓬莱路尽天堂远，金屋藏娇度九重。
方士难求嬴政客，深宫日日醉芙蓉。
如何自语长生殿，水是平生血更浓。

### 200无题　　李商隐
一半相思一半猜，两三桃李两三梅。
女儿心里东风雨，玉影神中已不回。
芳草丛丛花木茂，小桥处处入亭台。
是疑守约非疑守，此似无声彼似来。

### 201筹笔驿　　李商隐
十地人生十地书，九州正气九州余。
祁山脚下谁思蜀，八阵阁中几莫如。
司马空城无胜负，出师何必问初当。
鞠躬尽瘁终成就，半在朝堂半在锄。

### 202无题　　李商隐
十里长亭十里寒，一生日月一生难。
相思不尽长亭苦，蓬路无休日月残。
夜雨潇潇余冷暖，枕边初得一心肝。
何当远却衣裳问，独忘婵娟素洁单。

### 203春雨　　李商隐
一夜东风增入闱，二春草木三春晖。
有情有意无心去，疑是疑疑鸿独飞。
桃李居红妆特主，杏花几度入心扉。
烟浮玉落洞庭水，雨细云平满翠薇。

### 204无题　　李商隐
却尽轻妆玉枕空，独凭素洁暗羞红。
千寻月色千寻影，一步香云一步风。
昨日青鸟多少问，如今长进入怀中。
溪流曲似回明月，但经衷肠寄巷东。

### 205无题　　李商隐
三春草木半红妆，十地东风九脉香。
织女难言孕织女，牛郎不住问牛郎。
鹊桥几度星河岸，七夕孤逢月未扬。
寥落何须寥落尽，清狂自应可清狂。

### 206利州南渡　　温庭筠
斜阳渡口一江晖，暮色川流半碧微。
草岸山青峰树暗，帆扬云落客心归。
余光杨柳寻踪影，牧笛牛羊入木扉。
地阔桑麻稼穑主，天空白鹭伴鸿飞。

### 207苏武庙　　温庭筠
苏武旌旄月半弦，李陵剑戈鼓三边。
秦川日月王侯去，甲账江山草木烟。
但使龙城飞将在，何须司马自垂鞭。
英雄有泪难流尽，空向阴山吊逝川。

### 208宫词　　薛逢
十二峰前卸玉妆，一衷云雨两衷肠。
楚流峡谷终无尽，雾锁巫山始有疆。
蜀色江青随草木，孤舟彼此任低昂。
不言霸主寻天地，可向鸿门问项庄。

### 209贫女　　秦韬玉
江村贫女不贫心，日月桑田自古今。
不以蓬门情切切，红楼桓色影深深。
春秋草木东风雨，七夕瑶池乞巧吟。
里上天天无止水，村中处处有鸣琴。

### 210独不见　　沈佺期
十载寒窗日月堂，一年草木过辽乡。
隋唐不尽知秦汉，古往今来向柳杨。
少妇登堂楼上瞩，男儿入室待中梁。
潇潇易水何时断，不解楼兰去四方。

### 211竹里馆　　王维
一步荒苔印，三春故古寥。
逍遥津里水，碧玉色中桥。

### 212山中送别　　王维
山中千叶落，水上一舟归。
来去渔樵问，阴晴应是非。

## 第二卷 唐诗百话

### 213 相思
素色三千树，寒香一两枝。
东西何所顾，南北不差迟。

### 214 杂诗　王维
窗外一花开，心中半意来。
余情行古叶，留足迹青苔。

### 215 送崔九　裴迪
林山无远近，日月有阴晴。
处处长亭路，年年草木生。

### 216 终南望余雪　祖咏
长安泾渭暖，上苑曲江寒。
浴水三秦路，终南半玉冠。

### 217 宿建德江　孟浩然
洞庭山水色，同里雨云烟。
步上三江渡，船行一日悬。

### 218 春晓　孟浩然
三春三雨水，一处一啼鸟。
月落江湖夜，星明渡口晓。

### 219 静夜思　李白
年年几月光，岁岁一衷肠。
处处阴晴雨，幽幽草木乡。

### 220 怨情　李白
相思三界水，剪断一情猜。
日月行无尽，江流去不回。

### 221 八阵图　杜甫
成败三分国，江山八阵图。
已无思蜀客，白帝不托孤。

之二
一曲空城计，三军晋阵无。
精英知司马，日月蜀天殊。

### 222 登鹳雀楼　王之涣
楼上寻千里，心中向九州。
百年三界外，一岁半春秋。

### 223 悬河
十里龙槽酒一壶，千年天水向三都。
东临沧海昆仑客，西去瑶池大丈夫。

### 224 送灵澈上人　刘长卿
黄鹤山中去，钟声日下来。
上人千里问，只得一禅回。

之二
云中日色明，寺里竹林清。
高树斜阳晚，低湖玉水平。
注：竹林寺在今江苏省镇江市南黄鹤山上。

### 225 听弹琴　刘长卿
余音回壑谷，明月溢生寒。
只在阴晴夜，"阳春"草木端。

之二
阳春啼不住，白雪问云端。
上苑寻江岸，南山挂玉冠。

之三
人中三界曲，江上七弦澜。
客卧江山树，声鸣日月坛。

### 226 送上人　刘长卿
无言云不定，岂可上人心。
俱是春秋客，方成渡古今。

之二
孤云浮日月，野鹤度秋春。
但可寻知己，无须向上人。

之三
何人三界外，天下一禅音。
立地成佛去，方圆是古今。

之四
渔樵天子客，朝野士人心。
不在江湖里，莫须寻刹临。

之五
野鹤阴晴问，钟声土木闻。
上人随水去，可与世尘分。

之六
上人知远近，草木向阴晴。
野鹤三千舞，孤云一半平。

之七
深山云不定，古刹水难平。
世上闻钟鼓，人中向月明。

之八
三春多日月，九夏少阴晴。
寺鼓年年响，钟声处处鸣。

### 227 秋夜寄邱二十二员外　韦应物
寒宫明水色，草屋漏难眠。
少府文章客，花溪日月田。

之二
草堂啼鸟问，隔岸月明悬。
一日三呼酒，千山万水田。

之三
云中寻太白，雨后问青莲。
梦里知相就，人来是酒眠。

### 228 鸣筝　李端
琴鸣知己色，玉影向溪泉。
欲止春心晚，音余已无眠。

之二
仰弹音客后，俯就玉房前。
淑女萧郎问，耕耘七寸田。

### 229 新嫁娘　王建
轿中寻嫁玉，月下向红娘。
欲得新郎瞩，如何共拜堂。

之二
三生三界客，一事一更张。
门下中书问，文前日月堂。

之三
龙门多少问，上苑曲直扬。
为使阴晴客，当须日月光。

之二
出行门下客，入作嫁时娘。
玉手琴弦试，心田客主张。

## 230 玉台体　权德舆
不须裙带解，但守枕边娘。
云雨巫山向，潇湘楚汉妆。

## 231 江雪　柳宗元
寒江独舟雪，玉冠孤山洁。
冰凝疑渡口，木结寻冬别。

### 之二
阴晴半明澈，草木一轻折。
江山多少客，朝暮冰霜雪。

### 之三
灞桥柳杨折，泾渭不轻别。
南山多素玉，上苑清心杰。

### 之四
梅花满江雪，素玉寻冰洁。
寒心芳欲久，化作香泥别。

## 232 行宫　元稹
落落一深宫，寥寥半女红。
匆忙何故去，已见马嵬终。

### 之二
蜀驿雨霖铃，长生殿上铭。
宫深藏故事，太上叹零丁。

### 之三
何事已龙钟，江山自别从。
玄宗天宝客，虢国醉芙蓉。

## 233 问刘十九　白居易
岳麓阴晴雨，洞庭大小姑。
三春于醒醉，一梦半东吴。

### 之二
眼下江南岸，心中塞北壶。
云烟杨似柳，草色有还无。

### 之三
十载南洋雨，一生塞北书。
银行知苦力，回首向何如。

### 之四
日月三千水，诗词半五湖。
江青浮碧玉，月色满姑苏。

### 之五
柳毅龙庭女，江湖大丈夫。
乾隆舟两度，月色向三吴。

### 之六
腊月寒心暖，三春碧玉孤。
洞庭香雪海，拙政色扶苏。

## 234 宫词　张祜
一日藏娇女，三生落故年。
相如知司马，可似酒沽钱。

## 235 乐游原　李商隐
道士非常易，儒家客子孙。
三千书子弟，一半入吴门。

### 之二
落日人千事，斜阳鸟万喧。
草平云起落，暮满乐游原。

## 236 访隐者不遇　贾岛
日月知儿女，阴晴向子孙。
人中乡故客，天下自家门。

### 之二
一日渔樵客，三生草木身。
行成千里目，指点半天津。

## 237 渡汉江　李频
政治阴晴故，书生草木邻。
江山非主仆，日月是来人。

### 之二
黄鹤楼边向，浮云渡汉江。
高山流水去，只怯近家邦。

## 238 春怨　金昌绪
上下乾坤地，高杨又俯低。
宫深三进退，何处一东西。

### 之二
下里巴人曲，阳春白雪情。
乾坤成日月，草木向阴晴。

### 之三
一半黄粱梦，三春碧玉情。
小桥流水曲，隔岸向船平。

## 239 哥舒歌　西鄙人
不见秦皇客，难寻一把刀。
长城今旧磊，大漠浸临洮。

### 之二
汉武穷三界，秦皇掳二毛。
宫深颜似玉，淑女向葡萄。

### 之三
六国穷兵武，长城怨恨高。
未央何处见，二世尽民膏。

### 之四
汴水一船高，长城半石牢。
天堂商富士，地下没旄旐。

### 之五
四野一云高，三山半不毛。
居庸嘉峪石，戟戈剑胡桃。

## 240 长干曲（二首）　崔颢
荷香三两亩，月色万千塘。
共饮长江水，同居一故乡。

### 之二
船行多少路，夜半柳杨藏。
一到秦淮岸，为君却客妆。

## 241 玉阶怨　李白
秋风生白露，夏雨纳清凉。
竹榻闻声久，横琴向柳杨。

## 242 塞下曲　卢纶
中堂一臂呼，天下半江湖。
曲意承平久，直言见丈夫。

### 之二
秦中见五都，塞下向三吴。
月寄长城北，人行日月途。

### 之三
三秦两丈夫，一月半姑苏。
日月平明向，阴晴雨露奴。

### 之四
长安醒醉呼,塞下败成奴。
泾渭三秦曲,吴门一玉壶。

### 之五
堂前向舅姑,天下自荒芜。
草木千川土,江山大丈夫。

### 243 塞下曲　卢纶
塞下曲无综,人间志不同。
幽州闻射虎,落日向飞鸿。

### 244 塞下曲　卢纶
塞下一声高,楼兰意气豪。
交河多落日,北海少旌旄。

### 245 塞下曲　卢纶
腊月一枝悬,劳心半妆妍。
梅香天地外,大雪满山川。

### 246 江南曲　李益
相如歌不尽,月下可人心。
醒醉当垆客,文君问古今。

### 之二
日月一姑苏,阴晴半念奴。
声停寻渡口,砧止彼山孤。

### 之三
汴水一船消,钱塘八月潮。
盐官儿女竟,不止柳杨桥。

### 247 回乡偶书
一日春风百亩苔,千村细雨万家梅。
暗香且向书窗问,不去龙门不再来。
足迹垂平深几许,声鸣有序自相猜。
当由日月凭心主,任我文章任我才。

### 之二
一日书香一日猜,百年事业百年回。
故乡几处知明月,兄弟云成已自哀。

### 之三
一寸心思万寸苔,半生旧事半生回。
人前常见寻长短,梦里乡情久去来。

### 248 桃花溪　张旭
一岸桃花一岸烟,半家杨柳半家船。
秦时明月秦时客,故里嫦娥故里天。

### 之二
一半花明一半烟,两三溪色两三泉。
东洞道士西洞客,此处人家彼处船。

### 之三
隐隐红妆半日边,幽幽曲水一溪泉。
秦川不是桃花岸,过客何须向地天。

### 之四
此处人心彼处田,来时日月去时烟。
桃花源里桃花满,世外秦川世外船。

### 之五
一半云峰一半天,两三流水两三船。
此情只似秦川久,何属桃花隔岸边。

### 249 九月九日忆山东兄弟　王维
十里京城千万客,百年岁月两三亲。
平生只向楼兰问,只得文章是故人。

### 之二　寄雅卿
贻误阴晴贻误雨,只须日月只须亲。
一生儿女多三界,半世生平少一人。

### 之三
一世难承兄弟客,平生只得故乡亲。
榆关南北浑江水,苦读书生苦读津。

### 之四
三寸心田三寸客,一人天下一人身。
何须杨柳东风雨,十岁阴晴十岁邻。

### 之五
苦读诗书倪日月,问时草木问天津。
山形五女浑江岸,独上幽燕作学人。

### 之六　寄王小林
足迹须当先后事,小林胜似老林身。
三生日月三生客,一曲阳关一曲人。

### 250 芙蓉楼送辛渐　王昌龄
一半洞庭一半吴,五湖柳毅五湖苏。
三春淑女三春岸,十里红妆十里姑。

### 之二
雨雨烟烟百里吴,桥桥水水半江苏。
三春杨柳知心客,一庄相思化玉壶。

### 251 闺怨　王昌龄
三春少妇不知羞,一枕荒唐任所求。
只见青丝千万缕,何须梦到九州头。

### 252 春宫曲
一曲阳关一曲高,半家灯火半家桃。
三边草木三边色,两地阴晴两地袍。

### 253 凉州词　王翰
长城石磊一人归,汴水流平半是非。
但见钱塘多碧玉,留边残月客鸿飞。

### 254 送孟浩然之广陵　李白
水去云浮一客舟,江楼不住向江流。
帆扬天际扬州色,回首琴台曲未休。

### 255 早发白帝城　李白
一千岁月一千山,万里江河万里颜。
白帝还来三峡水,凉州此去玉门关。

### 256 逢入京使　岑参
一生南北东西问,十载书生苦读寒。
日月只须连日月,一心取生一心千。

### 257 江南逢李龟年　杜甫
岐王座上一人天,天宝云中半月悬。
塞北但闻兵马战,江南不见李龟年。

### 258 滁州西方涧　韦应物
入春幽草半欲生,出水烟云一岸晴。
暮色苍茫风月满,孤舟渡口有阴晴。

### 259 枫桥夜泊　张继
月落寒山客不眠,钟鸣石得寺外禅。
春宵夜短群芳岸,水厚江平渡口船。

### 之二
一寸寒山一寸田,半生石得半生缘。
姑苏月下寻杨柳,古刹声中向壮年。

### 之三
三界钟声五界天，一江渡口一江船。
千人回首千人问，万里人间万里田。

### 之四
一步姑苏半步桥，三春碧玉两春宵。
五湖岸水多杨柳，九脉云田似雨潮。

### 260 寒食　韩翃
一川草木一川花，半客河山半客家。
只须明月婵娟向，可见寒宫玉影斜。

### 261 月夜　刘方平
半生日月半人家，一岁阴晴一岁华。
三界枯荣三界暖，五湖草木五湖花。

### 262 春怨　刘方平
白云满树一梨花，碧野春心两地家。
孤枕平平难可梦，烟雨细细挂窗纱。

### 之二
东山日树半黄昏，北岸峰高一客村。
玉影幽幽何不锁，梨花处处自封门。

### 263 征人怨　柳中庸
半入阴山半入关，一朝玉碎一朝还。
青冢只有琵琶向，天下黄河十八湾。

### 264 宫词　顾况
中唐乐府一先河，不废新诗半古歌。
顾况逋翁文化水，平生口语不雕磨。

### 之二
红楼玉影半婆娑，月半人平一曲歌。
不见婵娟寻桂子，牛郎织女渡天河。

### 265 夜上受降城闻笛　李益
草木幽幽凭自己，江山处处有衷肠。
三生日月文章客，一夜书声不向乡。

### 之二
千山草木万山杨，一半书生不忘乡。
但在龙门天上水，几何梦尽自倾肠。

### 之三
楚河汉界一炎凉，项籍陈平半客肠。

如此江山秦汉去，何须日月向隋唐。

### 之四
一曲笛声闻不尽，三秋落叶久低扬。
沙场自古英雄去，可叹男儿志短长。

### 之五
回首长安多少路，交河日落半炎凉。
楼兰已尽沙无尽，故巷何寻一曲肠。

### 266 乌衣巷　刘禹锡
腊月寒心腊月花，暗香浮动故人家。
一枝半展群芳动，科尽春来佩女娃。

### 之二
一处秦淮一处娃，半人曲舞半人家。
羲之笔下乌衣巷，桃叶船中渡口花。

### 267 和乐天《春词》　刘禹锡
三春杨柳半无遮，十地刘郎一客家。
司马心中闻道士，玄都观外满桃花。

### 之二
临池玄武半春秋，作磊金陵一石头。
谁问至今王谢巷，文章化作故人游。

### 268 后宫词　白居易
十地梁宫九地情，三春院落半无声。
红妆舞尽红妆尽，素玉孤明素玉明。

### 269 赠内人　张祜
后庭玉树秦淮月，台城旧地柳杨河。
金言不改江山改，楚汉如今自九歌。

### 270 集灵台　张祜
相思半上集灵台，天宝三呼客不来。
疑是胡儿兵马至，太贞不向寿王开。

### 271 集灵台　张祜
三国夫人一主春，九承日月半天津。
长生殿上瑶池问，却嫌情中是太贞。

### 272 题金陵渡　张祜
瓜洲渡口一江流，月色三吴半素秋。
浊酒难平君子醉，青楼不尽女儿愁。

### 273 宫词　朱庆馀
寂寂花开对院门，幽幽曲尽问黄昏。
言中不舍王公去，意下难平士子村。

### 274 近试上张水部　朱庆馀
半江日月半江苏，一曲音音一念奴。
上苑探花芳草地，龙门只待占声呼。

### 之二
半江日月向天都，九脉阴晴细雨吴。
三界文章风日早，一春影致已扶苏。

### 275 将赴吴兴登乐游原一绝　杜牧
湖光水色一州凝，雪月风花半玉冰。
古刹深山多草木，闲云野鹤向吴兴。

### 276 赤壁　杜牧
赤壁江流一日潮，东风不语两奴娇。
蜀吴吴蜀何天下，不及阿蛮志不消。

### 277 泊秦淮　杜牧
吴城风月半烟花，此地婵娟十地家。
人去鸡鸣胭脂井，三山二水浪淘沙。

### 278 寄扬州韩绰判官　杜牧
青山半对水光遥，碧玉三春草色霄。
十二桥中云楚楚，瘦西湖上两潇潇。

### 279 遣怀　杜牧
玉影江湖两代平，十年一诺半州情。
枕边儿女寻常渡，不及吴兴未可名。

### 280 秋夕　杜牧
秋叶无声客渭泾，寒宫桂子月零丁。
此流何处东西问，似可难分不可铭。

### 281 赠别　杜牧
推推就就意何如，诺诺唯唯密不疏。
语语声声非草木，温温雅雅是情书。

### 282 赠别　杜牧
一言万语一声情，万水千山万水明。
谁见婵娟留月色，不陪草木自枯荣。

**283金谷园　杜牧**

落花自坠化香尘，金谷园消碧玉人。
何以钱财争所以，一年四季几时春。

**284夜雨寄北　李商隐**

一枕黄粱一枕空，半厢不语半厢同。
红妆却尽难自梦，几度羞容几度红。

**之二**

下里巴人日月知，阳春白雪去来时。
梅花三弄阴晴在，唱晚渔舟草木迟。

**之三**

寸寸相思序旧期，幽幽夜梦约时迟。
云云雨雨何玉雨，隐隐情情自可知。

**285寄令狐郎中　李商隐**

秦川洛下一云居，渭水长安半意余。
故客梁园依日月，茂林可比自相如。

**286为有　李商隐**

一生草木一春宵，半月江河半月潮。
几处情身何处近，此心随去彼心遥。

**287隋宫　李商隐**

三下扬州不戒严，九重水调自风帆。
隋炀可比秦皇客，六国婵娟各不凡。

**288瑶池　李商隐**

日日瑶池玉树年，年年月老女儿来。
穆王有恨相思怨，黄竹声余遍地哀。

**289嫦娥　李商隐**

一半寒宫一半心，五千岁月五千吟。
空余色尽空余冷，独守婵娟几古今。

**290贾生　李商隐**

谁向长沙一故臣，九歌未尽半秋春。
汨罗尤见沉浮水，自古难寻向楚人。

**291瑶瑟怨　温庭筠**

十二楼中月半明，两春足下玉千顷。
三湘夜雨何满子，一曲阳关月梦不成。

**292马嵬坡　郑畋**

玄宗不止马嵬坡，虢国芙蓉玉影何。
力士心中多故，长生殿上故人歌。

**293已凉　韩翃**

半江未冷半江知，一叶初生一叶迟。
三界红尘三界水，五湖风月五湖诗。

**294台城　韦庄**

台城草木自难齐，日月阴晴待鸟啼。
谁向江山梁武帝，金陵依旧石头堤。

**295陇西行　陈陶**

万里长城一战神，千年汴水半红尘。
沙场处处三军骨，赤子幽幽几世亲。

**296寄人　张泌**

沧浪亭中一半家，虎丘山上两三麻。
无须日月阴晴问，只得相思扫落花。

**297杂诗**

半岸难平半岸齐，一河未止一河堤。
等闲不得阴晴水，上下弦平自不低。

**298渭城曲　王维**

江山处处半红尘，日月幽幽一客身。
泾渭河中非醒醉，玉门关外是天津。

**299秋夜曲　王维**

一家日月一家晖，十里阴晴十里微。
玉枕无声旁落泪，空房何守去人归。

**300长信秋词　王昌龄**

昭阳日影玉颜开，长信云光去不来。
处处不闻天子问，年年可见月徘徊。

**301出塞　王昌龄**

荒沙不锁玉门关，岁月连年十万山。
李广不寻飞将巷，当知天水半休闲。

**之二**

重重大漠玉门关，叠叠荒原十万山。
海市蜃楼天子色，沙鸣半息月牙湾。

**之三**

三边日月一榆关，九曲黄河十八湾。
南渡楼船十汉界，青冢空守半阴山。

**302清平调词三首　李白**

满面春风持懒懒，汤泉无力醉芙蓉。
华清玉暖瑶池树，不度潼关虢国封。

**之二**

红妆却尽满芳塘，云雨玄宗入暖汤。
不作昭阳宫外客，月明空落照东床。

**之三**

沉香亭北一波澜，采玉倾城半泪干。
不取珍珠辞海去，名花已是误金銮。

**303凉州词　王之涣**

黄河一半度阴山，路尽三千向月闲。
汉武十年飞将去，居庸万里玉门关。

**304金缕衣　杜秋娘**

十里春风百里香，花开花落杜秋娘。
书生迟误群芳路，云雨巫山可断肠。

**之二**

自古桑麻一布衣，如今士子半时讥。
高山流水难凭坐，雪月风花不可依。

**之三**

腊月梅花一两枝，来时偏早过时迟。
春花处处凝香月，玉色明明待露时。

**305**

唐诗三百首，无作一家人。
四库千家各，不愁吟咏深。

**306诗家谱　王小林**

一寸心思一古今，半生岁月半知音。
瑶台但任王无语，回首人间向小林。

**307张九龄**

子寿曲江头，韶州治国谋。
诗家言志久，废政六朝休。

## 诗词盛典 | 吕长春格律诗词六万八千首（全四册）

**308李白**
太白一春秋，谪仙半曲游。
凌云天授见，百代世人留。

**309杜甫**
成都一草堂，子吴半汪洋。
司马闲之子，高适自猖狂。

**310王维**
河东一君长，摩诘画中堂。
凝碧池头客，弥腴似柳杨。

**311孟浩然**
孟浩关襄阳，玄宗本不伤。
鹿门山上去，自古一倾肠。

**312王昌龄**
江宁进士身，龙标去来人。
绝句深情怨，微茫意旨邻。

**313丘为**
归山读数年，进士自田园。
百岁终天宝，诗工累世泉。

**314綦毋潜**
拾遗校书郎，工幽寂堂长。
方情多向外，孜川盛唐庄。

**315常建**
不及仕途横，山林鄂渚生。
昌龄同榜士，寺意趣幽情。

**316岑参**
嘉州塞外声，厅特健中名。
色彩三边久，孤贫与世平。

**317元结**
浪士次山郎，民间世苦肠。
平生非近体，古调亦无扬。

**318韦应物**
三卫门荫郎，苏州半客乡。
田园山水故，裘马任清狂。

**319柳宗元**
河东柳柳州，贬谪郁迁愁。
意远清深格，思乡教九流。

**320孟郊**
东野一郊寒，嵩山半玉冠。
参谋途客短，禾已不平澜。

**321陈子昂**
身前不古人，客后自今身。
可此琴弦断，苍苍落五津。

**322李颀**
气势贯新乡，三边问李郎。
多姿音乐誉，纵马可无疆。

**323韩愈**
史嫂一昌黎，新厅半士低。
大厉宏奇伟，平庸日暮西。

**324白居易**
龙门下彩霓，疏水筑西堤。
离离原上草，风高月下低。

**325高适**
三边一达夫，九脉半匈奴。
进取多蓬勃，扬雄满洛都。

**326李隆基**
谥曰一明皇，秦安半世光。
开元天宝去，音入太贞堂。

**327王勃**
龙门一水光，商阁半惊堂。
年少难知海，生平入大荒。

**328骆宾王**
四杰骆宾王，三生七岁扬。
蝉鸣声不断，寺满义乌肠。

**329杜审言**
必简一襄阳，峰州半客肠。
修文直学士，五律自今扬。

**330沈佺期**
梁陈半体风，礼制一文同。
歌舞宫廷客，云卿上元中。

**331宋之问**
五律可连情，玄宗赐死名。
近乡情更怯，之问似何成。

**332王湾**
群书四部名，进士卒平生。
早著文章客，王湾洛尉行。

**333刘长卿**
简淡一文房，闲情半柳杨。
河间山水隐，贬谪客行装。

**334钱起**
进士入蓝田，清空自雅宣。
纤纤流丽秀，月月向诗弦。

**335韩翃**
大历一才人，中唐半丽身。
王侯传烛火，进士向天津。

**336刘若虚**
进士一洪州，宏词半去留。
情幽兴远至，思苦语奇流。

**337戴叔伦**
一世戴容州，蓝田玉暖求。
生烟良可见，诗家眉睫由。

**338卢纶**
英雄一半虫，永济两三鸿。
不向潇湖去，楼空日月同。

**339李益**
三边自感伤，九脉向红妆。
洛水天都绕，交河和世苍。

**340司空曙**
闲疏雅淡情，旅役羁文明。
五律排空上，三春草木荣。

## 341 刘禹锡
梦得一刘郎，玄都半柳杨。
桃花开落去，观外世名芳。

## 342 张籍
晓阳一文昌，精凝半似常。
艰辛容易近，只隔一心肠。

## 343 杜牧
樊川小杜名，大杜似无名。
俊爽多雄丽，长安进士情。

## 344 许浑
许浑以水生，格调任园明。
千首湿难尽，登临怀古情。

## 345 李商隐
遥深寄托情，缜密婉丽生。
旨趣何精典，南河商隐名。

## 346 温庭筠
八叉一飞卿，三思半不成。
青楼狎伎绝，感慨艳无名。

## 347 马戴
羁旅客失中，虞臣幕府东。
行愁身世苦，进士几时终。

## 348 张乔
咸通十哲人，五律半游亲。
兵乱池州隐，华山赠别尘。

## 349 崔涂
苍凉一调生，足迹半低平。
蜀楚行踪客，吴秦泊旅情。

## 350 杜荀鹤
池州石埭人，学士翰林尘。
七律知天下，三生几日申。

## 351 韦庄
伤时多旅愁，怀古故情忧。
秦妇吟低绝，清然付已由。

## 352 皎然
谢昼一湖州，吴兴妙善休。
僧家灵运子，寺盛以名流。

## 353 崔颢
雄浑豪放尽，边塞势无愁。
黄鹤楼中唱，谪仙太白羞。

## 354 祖咏
隐逸半终生，风光几永明。
田园诗不尽，一岁一枯荣。

## 355 崔曙
明堂一火珠，太室半江湖。
进士声名振，文章问念奴。

## 356 皇甫冉
茂政润丹阳，江苏进士肠。
河南元帅府，写景误书香。

## 357 元稹
微之一曲肠，及第半连昌。
只见西厢月，悲怀自己伤。

## 358 薛逢
巴州刺史名，永济校书声。
怀古郎无语，河东侍御情。

## 359 秦韬玉
仲明不第情，谄附宦官城。
一句吟贫女，三生在自名。

## 360 裴迪
去去来来客，山山水水名。
王维曾与隐，但与举风清。

## 361 王之涣
向水寻山十五年，辞官弃谤万千川。
三边但有阴山将，一马长安洛渭边。

## 362 李端
杭州司马郎，大历任才堂。
但作幽人远，衡山任自狂。

## 363 王建
寒微一颍川，乐府半时年。
大历仲初士，民生自苦田。

## 364 权德舆
中书应略阳，天水向相郎。
雅正诗风客，元和五古长。

## 365 张祜
冀北一布衣，终身一迹稀。
宫词殊杰比，浅易以情依。

## 366 贾岛
郊寒岛瘦名，僻奇苦吟情。
月下门无锁，禅房寺社清。

## 367 李频
苦索五言吟，雕琢一寸心。
书郎情不尽，只向寿昌寻。

## 368 金昌绪
同星运河临，西湖自古今。
余杭春怨尽，未可一生心。

## 369 贺知章
狂客四明人，回乡偶自身。
风流三咏柳，饮醉八仙尘。

## 370 张旭
何处老苏州，江湖任子游。
性狂三绝士，笔墨几君求。

## 371 王翰
子羽晋阳人，凉州司马身。
一声边塞外，九脉上天津。

## 372 张继
钟声落寺云，渔火照衣裙。
枫桥夜泊向，寒山拾得闻。

## 373 刘方平
颍水当河滨，闺情仕不亲。
藏身天地外，寓景满红尘。

### 374柳中庸
未就可中庸,瑶台月下逢。
文章如草木,岁岁似芙蓉。

### 375顾况
进士一先河,中唐半不多。
新音文质朴,古体自洗磨。

### 376朱庆馀
可久校书郎,宫途几不昌。
洞房花烛夜,字世卸红妆。

### 377郑畋
进士一台文,中书半舍君。
梧州兵郎史,两度拜相云。

### 378韩翃
冬郎一玉山,婉丽伴君颜。
天水三千子,黄河十八湾。

# 十七、唐宋八大家

**1 唐宋八大家**
唐宋文章八大家，人间俯仰浪淘沙。
耕耘日月藏天下，腊月风云二月花。

**2 鹧鸪天 唐宋**
唐宋风云半抑扬，诗词歌赋一书香。
麒麟阁上声名在，上苑人中弟子昂。
寻日月，问沧桑。龙门处处状元郎。
建安魏晋文章客，气度千秋万古梁。

**3 原毁**
克已昌黎复礼名，潮州刺史御人情。
周轻约得行君善，不怠平生以舜荣。

**4 师说**
从师学业一门风，受道无常半不同。
位足官谀郯子客，于时不拘几匠工。

**5 祭十二郎文**
孤行十二郎，幼苦万千伤。
古道三江水，生离九曲肠。
如今出绝调，故事入黄粱。
任向东山问，松风不柳杨。

**6 回首**
百年故道一荒塘，十里长亭半柳杨。
淡淡生平间漠漠，茫茫远近发苍苍。
辽东可去家无在，燕赵还来问故乡。
日月循环出读子，耕耘不尽入书香。

**7 柳子厚墓志铭**
一士难求柳柳州，三春易得半沉浮。
不平自古则鸣去，有道宗元向背忧。
释女时归湘进士，刚直御史苦行舟。
固安垒石蓝田尉，司马词章子厚由。

**8 柳宗元**
河东子厚柳宗元，八子五朝司马辕。
只叹刘郎梦得遣，监察御史道州言。
昌黎世作碑铭著，水秀山清草木萱。
九脉何重千万岭，三流同庶一江源。

**9 箕子碑**
微山湖岸忆商箕，洪范臣中问愚痴。
忍辱朝鲜殷祀德，比干纠道以谏咨。
唐兴汲郡先生易，教化书生立世维。
授圣三贤训俗子，其明俯仰晦奴知。

**10 吊屈原文**
刺史无成司马成，屈原汨水九歌鸣。
华虫荐士孤雄束，稷黍"咸池"各自荣。
厉石仲尼从鲁去，戈原教化世时明。
荒茫抑忍中肠客，望果余衷自在行。

**11 捕蛇者说**
苛政何如猛虎行，苍生只作一人情。
乡怜苦雨寒颜尽，以死求生独存荣。

**12 种树郭橐驼传**
顺木之天致性成，忧勤本土欲无生。
舒平勿虑长安水，柳仰其心道可明。

**13 封建论**
分封领土建诸侯，九脉三山万水流。
居上不肖贤者下，江青石白几春秋。
孟舒田叔春秋客，魏尚冯唐郡邑休。
夏黎商汤私子易，江山处理是群忧。

**14 遇溪对**
遇者相逢一遇溪，高人上下半高低。
群分类聚知天下，善恶何言善恶齐。

**15 欧阳修 梅圣俞诗集序**
诗人少达而多穷，殆尽辞蕴后其工。
咸愤忧思情郁积，山川草木鸟鱼虫。
天涯海角风云尽，海市蜃楼是非同。
不问昆仑天水去，黄河九曲见英雄。

**16 庐陵欧阳修**
一语惊人一语成，百年问世百年明。
文章日月风云在，草木江山郁积情。
逸豫亡身家启事，忧劳兴国以谦荣。
黄河九曲东流去，天命三春自付英。

**17 醉翁亭记**
一日醉翁亭，三春草木青。
何言知自己，世事问浮萍。

**18 曾巩 寄欧阳舍人书**
功德世异一丹青，勇立材行半渭泾。
节士通林严善恶，嘉言褒勤纳碑铭。

**19 墨池记**
墨池洗砚一临川，沧海东方半寸田。
晚善张芝池水暗，羲之学彼此千年。

**20 送刘希声序**
一趋一步达其行，千北千西彼不成。
败败成成成不败，行行止止思明。

**21 熙宁转对疏**
君臣显政道因心，愚浅宏深魏朴寻。
洪范察人从善事，唐虞大学切知音。
庸贤溺俗周衷理，巧霸齐桓一古今。
孔孟文章微必显，仁慈宽厚赐余荫。
万物循情尝法度，千年顺治木成林。
当于贞观天下坐，熙宁吉对以疏箴。

## 23 祭欧阳文忠公文

日月分别章，江山各自扬。
平山堂上客，社稷意中肠。
急雨惊风骤，清香俊伟梁。
侯王寻四野，隔世问欧阳。
进廷功名外，箕山颍水荒。
是非非是已，今古古今凰。

## 24 同学一首别子固

子固半山南，临川两子男。
三江流九脉，一月入三潭。

## 25 苏洵 管仲

眉州半老泉，明允玉蕴田。
绝意三千士，开轩一十年。
圣贤穷达志，闭户阔心传。
机策权书论，衡洪范史天。
管仲齐晋霸，三子载无全。
至古何言喻，如今自说圆。

## 26 上文丞相书

一始无成两末成，三生有治半生荣。
匹夫志短将相滥，王府人家始奋情。

## 27 苏轼集

汪洋恣肆一文章，水石东坡半曲肠。
赤壁风流千岁去，眉山进士读书郎。

## 28 留侯论

微山湖里一留侯，霸主乌江半不休。
四面楚歌锋待敝，刘邦项羽谁沉浮。
成中帝业滔天子，记上知书养忍谋。
郑伯牵羊人下能，楚河汉界已春秋。

## 29 贾谊论

一半潇湘问九歌，三千弟子自婆娑。
难知天下英雄语，不是精英渡楚河。

## 30 立谈

何以苛求全，阴晴半是天。
平生知斯问，草木日经年。
旷世高少客，逢时未遇宣。
苻坚王猛去，彼此自随缘。

## 31 晁错论

诸侯一半关，领主万千山。
天子清君侧，分封儿故颜。

## 32 石钟山记

白日石钟山，函胡绝壁还。
鄱阳湖上问，海市玉门关。

## 33 前赤壁赋

郁积大江平，星稀月自明。
前吟知赤壁，后贼向人生。

## 34 后赤壁赋

水月向鱼龙，悲怆向异同。
三江平肃夜，一曲尽秋风。

## 35 苏辙 六国论

齐燕楚赵魏韩秦，六国纵横俯仰申。
自古群雄天下论，春秋渡口是河津。

## 36 黄州快哉亭记

西陵半出半平川，长峡风云一雨天。
八水长安终是客，向东不尽始源泉。

## 37 墨竹赋

春萌夏解一芽鲜，秋守冬心半肃年。
雨雪冰霜天地间，阴晴日月自方圆。

## 38 答黄庭坚书

颜田水豆人，立谈向天津。
至始何须问，文章彼此身。

## 39 为兄轼下狱上书

人间一弟兄，天下半阴晴。
过事鸟台切，陈情乞纳成。
惊呼言父母，急困向天鸣。
日月荷恩贷，文章自不倾。

## 40 书生

书生苦读书，日月自当初。
行止寻天地，文章始古余。

# 十八、唐诗解读

经典解读系列教材　中国人民大学出版社
2008 年 7 月 1 日出版

---

**1 忆**

七十中华半故乡，南洋万里一衷肠。
燕京常向榆关问，俯仰人生作柳杨。

**2 唐诗概况**

唐家世代古今诗，始自隋炀水调词。
汴水长流南北去，长城载千去来迟。

**3 柳下眠眠琴图 仇英**

柳下一眠琴，风中半古今。
阴晴非草木，日月是人心。

**4 唐诗简史**

七百年中一古今，三千弟子半文心。
梨园至此成天下，孔子知音是此音。

**5 先秦两汉**

诗经有始半天知，质木无文一楚辞。
魏晋雕龙南北市，初成可就五言诗。

**6 唐诗的分期**

分时俱进一唐诗，始盛中成半晚时。
绝后空前须放荡，平平仄仄律音知。

**7 初一合著黄金铸子昂**

合著黄金铸子昂，承袭故彼比文章。
阴晴日月成今古，空前绝后是柳杨。

**8 陈子昂塑像**

一手挥消一手扬，三声玉碎两声肠。
今新古老何相继，不似绮靡似子昂。

**9 戏为六绝句 杜甫**

六朝水色六朝楼，一半兴衷一半休。
不免王杨卢骆去，当须江河自由留。

**10 论诗绝句三十首金元**

沈宋风流铸子昂，绮靡不废半齐梁。
公生扬马平吴例，拾遗至今笔墨光。

**11 盛传李杜文章在，光焰万丈长**

王维画里藏，格律仄平量。
李杜文章在，江山草木扬。
开元天宝世，历乱治时伤。
世宇阴晴度，唐诗日月光。

**12 王维**

一画一音诗，三生半不时。
中书安史乱，御笔几时知。

**13 李白塑像**

李白月明光，骚人忆故乡。
开元天宝客，芙蓉醉醒肠。

**14 杜甫塑像**

杜甫一文章，花溪半草堂。
平生知月落，拾遗故乡娘。

**15 唐诗人**

度牒身名道箓城，唐家政治仕翰荣。
诗词格律音声韵，三拜年中亦九鸣。

**16 中一诗到元和体变新**

韩愈诡苦柳宗元，梦白元刘贺济天。
大历才人先十子，名篇处世可当田。

**17 白居易**

草木一春秋，阴晴半九州。
文章元白客，日月去来留。

**18 杜牧城南韦度，去天尺五**

刺史四州堂，扬州一梦乡。
平生何学就，不补舜衣裳。

**19 李商隐**

牛牛李李寻，是是非非音。
止止行行问，成成败败心。

**20 名句莫道桑榆晚，为霞尚满天**

千疮百孔帝王家，九脉三川古塈华。
蜀道难成天下路，梨园一曲九州花。

**21 林下鸣琴图 朱德润**

月下一舟平，林前半岸横。
山河无止境，夜宿有琴声。

**22 韦庄与温庭筠**

一时一事一知音，半语半言半古今。
九问九寻千里去，十诗十句万词人。

**23 唐诗流派**

江楼不断问江流，雨色云光去来留。
雪月风花千世界，诗词曲赋十三州。

**24 上官体**

唐家一锦袍，汉武半葡萄。
九派成光始，千川逐日高。

**25 过南中国海**

密密麻麻满钓船，层层点点白云帆。
南南北北渔家问，海海洋洋日月田。

**26 入朝洛堤步月**

一步洛阳堤，三朝渭水西。
千年天下事，万里帝王笄。

### 27 上官体
脉脉帝王州，层层渭邑楼。
忧忧今古致，路路曲江流。

### 28 上官仪
六对何成八对名，千声格律万声情。
平平仄仄平平仄，仄仄平平仄仄平。

### 29 王杨卢骆当时体
初唐四杰名，盛世一书生。
体会当时俱，枯荣十地城。

### 30 沈宋诗派
微雕朽质工，赐锦豫章穷。
宰辅东方御，佥期之问同。

### 31 白话诗派
寺里半言僧，人中一客应。
寒山王梵志，拾得夜香凝。

### 32 寒山拾得
寒山一寺名，拾得半仙荣。
月下人间事，出出入入城。

### 33 从军行
白马一军行，三生半令生。
千年今古战，万古去来横。

### 34 边塞诗派
一羽百夫名，三边万里行。
长城今古战，汴水去来荣。

### 35 边塞诗
不问一凉州，何须半去留。
英雄千百路，但向万里求。
塞下风霜夜，原中白马游。
楼兰天地阔，报国帝王休。

### 36 田园山水诗派
终南捷径一心成，仕达功名半隐情。
受赏归田山水阔，桑麻毕竟是家荣。

### 37 烟江晚眺图 朱瑞
烟江十里一帆扬，暮水三山半故乡。
远近层林天地近，高低石嶂已茫茫。

### 38 过彭亨河 亚洲发展投资银行
玉带初开大马来，浮云化雨一章才。
吉隆坡上银行主，万里南洋木槿栽。

### 39 大历十才子
月暗一灯明，晨风半客情。
行程千万里，草木两三荣。

### 40 江村即事 黎孟德
一寸野心荣，三吴旧梦生。
江村同里月，宿名故心情。

### 41 溪行逢雨与柳中庸 李瑞
日暮一黄昏，牛羊半里门。
农夫归宿晚，天地入乾坤。

### 42 江村即事 司空曙
江村月半挂船帆，芦苇风平问水田。
鹭鸟无声知所待，人心十五近时园。

### 43 寒食日即事 韩翃
一寺寒山半树花，三吴月色一春家。
退思园外江湖水，拙政城中草木斜。

### 44 元白诗派
扼腕难成切齿名，权豪远近几倾城。
人情诱导察时政，一首诗词一故荣。

### 45 韩孟诗派
潮州一日半人生，岛瘦郊寒几囚城。
已出陈言何不止，辞心达意似精明。

### 46 中晚唐意象诗派
意象一心声，情思半达城。
才华横纵阔，日月宇阴晴。
柳柳刘郎客，辞词草木荣。
庭筠杜李志，托物寄人生。

### 47 晚唐写实诗派
唐诗晚意词，曲韵早成知。
短语音声调，江山绝句时。

### 48 晚唐山林隐逸诗派
恢宏一盛唐，镜意半天光。
政局沧江乱，渝州怯故乡。

### 49 其他诗派
听泉品奕望云浮，采药弹琴牧鹤楼。
赏月寻情心素雪，池州寄古九峰流。

### 50 伤感诗派
枇杷巷口一薛涛，绿翘玄机半玉袍。
李治明皇天下短，相思曲尽两葡萄。

### 51 香奁诗派
香奁集里一情迷，宇宙峰中半玉堤。
宋玉襄王神女梦，巫山雨色暮云低。

### 52 唐代诗人
一代诗人半国风，三朝元老两心童。
江山日月阴晴寄，草木乾坤上下中。
古古今今诗所祉，成成就就有西东。
南阳木槿红花色，七十男儿是乃翁。

### 53 人物故事图 仇英
意象心思物事情，梨园弟子笛琴鸣。
诗诗已绩词词继，赋赋难承曲曲声。

### 54 上官仪
三门峡外陕县人，政治生涯被卖身。
学士青云成李武，文人李武致红尘。

### 55 王昭君
阴山路八千，大漠早三边。
草木伏原上，冰霜落古田。
琵琶声不断，柳叶始终怨。
汉地何须怨，风惊入鬓蝉。

### 56 王绩
五柳先生五斗生，无功止酒绛州城。
龙门醉后高粱子，位下才高几度荣。

### 57 野望
萧萧散散落余晖，树树山山待鸟飞。
犬犬羊羊寻家去，呼呼吁吁牧人归。

## 58 骆宾王
落魄半无行，徒游一世声。
清波鹅顶咏，主簿帝王京。

## 59 在狱咏蝉
六十半平生，三宫一故名。
蝉声高远唱，叶重复京城。
夏满难冠子，秋分此客情。
高河圆日落，渭邑予心倾。

## 60 为徐敬业讨武曌檄
何托抔土一相人，掩袖工谗半惑身。
见妒孤媚天下欲，安须自得此红尘。

## 61 王勃
鼓怒风云一气成，齐飞秋水半精英。
天涯若比邻知己，壮举高情志九鸣。
六岁辞章书及第，曹达一事任情惊。
孤霞落鹜长天色，四杰龙门小子名。

## 62 马来西亚
南洋国色时宇竟，木槿花红日日开。
紫蕊包心成果子，成林独木去还来。

## 63 卢照邻
幽忧子籍半相如，手足残妄身思邈疏。
愿作鸳鸯仙不慕，长安古意至今余。

## 64 长安古意
比目鱼中一自由，鸳鸯水上半沉浮。
长安自古隋唐地，渭水如今八色流。

## 65 杨炯
卢骆王杨四杰城，悬河注水不竭清。
泰山五品何公允，酷吏儒书似子荣。

## 66 从军行
两念下西京，三声上不平。
楼兰多少月，渭水几何清。
上掖中书客，含元紫气城。
千夫凭一指，万里寄半生。

## 67 杜审言
文章四友半峰州，李武三朝十九流。

谁问张家兄弟处，男儿女子付东流。

## 68 和晋陵陆丞早春游望
独木已成林，春风问古今。
诗冠明吾祖，日色柳梅荫。
海曙南洋水，阳澄木槿心。
银行当彼此，济事作知音。

## 69 王梵志
印度一玄奘，长安半慧堂。
禅宗东渡去，梵志立诗肠。
拾得寒山寺，怀素贯休梁。
僧人多觉悟，白话柳还杨。

## 70 宋之问
品位人低句字高，云卿及第内黄袍。
男崇齿疾昌宗易，洛邑泷州数二毛。
朽顶微臣明月尽，珠来睹豫汉葡萄。
余音上口评左右，胜过佺期七寸豪。

## 71 南洋
不必问长沙，难知梦故家。
寻归何渡岭，步路见桑麻。
鬻岛随南鹅，乡魂任天涯。
南洋天下海，木槿玉枝花。

## 72 渡汉江
难成渡汉江，不可见无双。
历历三城镇，忧忧一国邦。

### 之二
草木一年春，阴晴百岁人。
乡情急欲近，似见半家人。

## 73 沈佺期
格律方成司马身，相州似此内黄人。
云卿彼此云卿误，武曌赐袍两御邻。

## 74 杂诗
一度取龙城，三边问解兵。
秦皇千世界，六国万佳倾。
少妇孟姜女，月色喜良情。
唐人寻百族，不再怯胡营。

## 75 忆桓仁
千山古刹一衷肠，十载鞍山半故乡。
九月寒宫明木叶，三边旧梦忆辽阳。
桓仁五女浑江岸，晋并平生北极娘。
凤阙东单卿雅问，银行业就过南洋。
注：乡在桓仁，山五女，水浑江。十载鞍山，半生北京，妇雅卿，居东单北极阁。老下南洋作亚洲发展投资银行。

## 76 金华陈子昂读书亭
金华山下读书亭，明远心中座右铭。
一日京华琴举目，主山只作客山青。

## 77 论诗绝句 金元好问
四杰初成沈宋名，唐家取代六朝英。
子昂汉魏黄金铸，吴音古韵格律成。

## 78 登幽州台歌
前一步古人，后一步今者。
误遍古古今今，跻身诗诗词词。

## 79 张九龄
平章事九龄，未绝禄山形。
罢地余篇省，玄宗度若铭。

## 80 张九龄
士正一名臣，辞亚半己身。
中书门下事，久忆泪沾巾。

## 81 感遇
梅花一品春，雪色半寒人。
独立三冬外，欣心九脉茵。
群芳由傲骨，碧玉任珍尘。
日月经天地，乾坤历苦辛。

## 82 忆雅卿
海上月生明，云中雨作声。
南洋当此夜，木槿共阴晴。
国色颜如玉，婵娟一半情。
幽州卿不语，彼此度枯荣。

## 83 张若虚
吴中四士若虚名，石外三山二水情。

后主金陵胭脂井，春江花月夜里生。
清商一曲孤峰绝，玉笛千声不尽荣。
百鸟扬州朝凤意，隋炀水调九歌平。

## 84 呆悲白头翁
年年可见白头翁，岁岁难言举事穷。
落叶开花今古问，身行步履去来空。
沧沧浪浪人间水，始始终终世上风。
岁岁年年相似处，年年岁岁各不同。

## 85 王维
曲目一清风，菩提半世雄。
王维书画里，日月有无中。

## 86 凝碧池
终南别业半云烟，楚塞潇湘十脉泉。
凝碧池前明月色，诗中画里作家田。

## 87 终南山
日月一山中，阴晴半不同。
枯荣时令继，草木始无终。

## 88 汉江临眺
画里汉江流，诗中楚塞秋。
音知天地色，意曲去来留。
字迹终南秀，丹青笔墨侯。
波澜山水处，醒醉客扬舟。

## 89 红豆词
百岁一春秋，平生半去留。
江南红豆落，故邑曲江流。

## 90 孟浩然
不识一荆州，何言半九流。
知心天下去，任意帝王休。

## 91 宿建德江
移舟建德江，捞月色成双。
水阔云中雨，天低雾里窗。

## 92 王昌龄
笔墨昌龄孟浩然，龙标不道尽开元。
归来背疽襄阳去，二十八年是一年。

## 93 出塞二首之一
野旷山河塞外情，阴晴日月客中荣。
龙城射虎惊天水，李广如今作古名。

## 94 从军行
琵琶一曲半阴山，羌笛三声一汉颜。
汴水钱塘南北至，长城旧塞去来弯。

## 95 忆姑苏
两三岁月去来吴，一半洞庭大小姑。
木渎西施娃馆色，冰心越语入江苏。

## 96 崔颢
黄鹤楼前一鹤留，汉阳水上几飞舟。
知音台上琴无语，鹦鹉洲头草木羞。
一日江陵千里路，三湘白帝四川流。
龟蛇未锁凭云雨，不到金陵问莫愁。

## 97 长于曲
君生几四方，我宿半斜塘。
陌里千情至，纤中一故乡。

## 98 登鹳雀楼
半见黄河鹳雀楼，三寻白日一九州。
南南北北千山路，曲曲弯弯万里流。

## 99 凉州词
楼兰不到一凉州，白日何须半去留。
叶落当空杨柳色，沙鸣已过玉门秋。

## 100 凉州词
凉州半日月芽湾，壮士三声去来还。
叶落沙鸣天下路，胡姬解甲玉中颜。

## 101 常建
风清一古今，日照半高林。
寺旧多香火，禅宗绩善心。
幽幽花草色，渡度水甘霖。
万籁无声寂，千年有馨音。

## 102 古从军行
十年闭户几人多，一日开门半九歌。
汉地葡萄天水岸，胡姬曲舞色交河。

浮云待雨荒原阔，牧草风狂几寸莎。
海市蜃楼同大漠，沙鸣不尽共嫦娥。

## 103 储光羲
质朴之中古雅成，田园月下去来行。
终南捷径何心隐，五柳先生后世名。

## 104 钓鱼湾
月落钓鱼湾，光浮问玉颜。
婵娟接水色，只恐误波还。

## 105 高适
日日悠悠独木林，神州处处有千金。
行程莫道无知己，举步方圆一寸心。

## 106
年年七日循，岁岁半时珍。
杜二游人处，高造拾遗亲。

## 107 白雪歌送武判官归京
冰平白雪路归京，草色峰光步履程。
一夜霜沉千里树，梨花卷地万军荣。
胡琴劝酒琵琶语，羌笛呼声意不平。
未入珠帘孤秀冷，空言斗角志难成。

## 108 李白
醒醉一千年，文章五百泉。
高低天下路，远近客中缘。
仗剑陶朱后，荣亲蜀道前。
当涂捞月去，太白士青莲。

## 109 下南洋
少小半书生，中年十地行。
功成名未就，白首读翁情。
五女山中玉，浑江水上明。
辽东才俊客，木槿胜枯荣。

## 110 蜀道难
仙人蜀道难，醉客御云端。
帝子呼声易，青莲以玉寒。

## 111 永王东巡歌
晋谢胡沙平，青莲曲自声。
东巡歌未起，肃立曲唐名。

## 112 望岳
造极问群山，登封作玉颜。
初阳齐鲁晓，日色列朝班。

## 113 自语
浑江一曲绕山流，五女三声问北沟。
少小无知兄嫂立，青年此去不回头。
幽燕只读儒书客，晋并情乡北海楼。
老马知途天外路，南洋木槿色神州。

## 114 元结
中丞一次山，御史半天颜。
示吏行军色，华星北斗间。

## 115 逢杨开府
宫中少事武三郎，作里中横命一扬。
暮窈邻姬花草木，朝寻蒲局持时光。
文山会海明皇猎，曲舞梨园子弟王。
一字难成顽肆立，姑苏立性久闻香。

## 116 寄畅当
三郎半御颜，一气十催山。
扫地闻香坐，何须两鬓斑。

## 117 滁州西涧
乾坤一半任阴晴，草木三千不弟兄。
渡口浮云天上下，孤舟欲雨自纵横。

## 118 南洋
文房四宝一方城，步履三生半弟兄。
白首南洋知木槿，成林独木任枯荣。

## 119 逢雪宿芙蓉山主人
日暮入苍山，黄昏逐远颜。
秋中飞叶去，雪里素云闲。

## 120 薛涛
成都秀丽锦江流，杜甫草堂水色羞。
此去百花潭月夜，芳随万里小桥幽。
西川节度薛涛井，乐籍佳人蜀史囚。
李治明皇知粉笺，何须只问望江楼。

## 121 寄蜀中薛涛校书
浣花溪上一枇杷，万里桥边半丽家。
碧玉羞中颜色好，江楼月下挂窗纱。

## 122 送友人
水国蒹葭月半霜，寒山夜色梦三长。
相思只在幽人寄，不语成心草木王。

## 123 筹边楼
云飞韦皋一千楼，雨落西川四十州。
锦水何须三渡口，松潘指日半春秋。

## 124 李益
门灰待妾妻，及第误高低。
小玉传奇故，益疾久误啼。

## 125 夜上受降城闻笛
三边故磊月如霜，万古通州水似乡。
受降城中芦管尽，开封草木满钱塘。

## 126 湘灵鼓瑟
鼓瑟两湘灵，知音一帝听。
冯夷斑竹泪，宋王雨霖铃。
角羽商宫调，丝弦切缕伶。
苍梧寻舜语，岳麓问洞庭。
水色茫茫去，天光日日明。
潇潇云雾落，杳杳客心铭。

## 127 归雁
潇湘不误月空回，岳麓须寻木岸开。
橘子洲头沙水去，衡阳苇下雁归来。

## 128
沈宋一钱郎，齐梁半遗香。
唐家名气句，汉魏骨中肠。

## 129 司空曙
属调自幽闲，终篇调畅班。
新花如笑日，不可染熏颜。

## 130 寄就上人
白首东林客一身，男儿秀女已成人。
文房四宝江楼色，草木三春浥旧尘。
心中兰若禅音住，月下闲云作近邻。
柳岸梅边同世界，婵娟圃语共乡亲。

## 131 江村即事
江村月挂一琴弦，古木临云半雨边。
一夜梦中寻不止，如何意下种心田。

## 132 卢纶
书涯八岁一卢纶，落第唐家半遂身。
去后生宗收日作，才人大历肆斯臣。

## 133 女娲补天
山头帝女呼，雁尾旧城孤。
天水三元色，黄河一玉壶。

## 134 塞下
五女一峰中，三山半色空。
狼烟何不起，古月似弯弓。

## 135 塞上
大雪满山峰，银妆一白龙。
烟霜如色落，解甲似无踪。

## 136 塞
山川一谷空，日月半苍穹。
解甲归田里，闻风问欲雄。

## 137 左迁至蓝关示侄孙湘
蓝关日暮一韩湘，夕波潮州半断肠。
雪覆秦川三界色，云横刺史九歌梁。
陈言务去辞成己，吏部昌黎肆想堂。
气势磅礴天下客，汪洋瀚浩立田桑。

## 138 早春呈水部张十八员外二首 之一
烟云细雨似江苏，凝是君山近小姑。
柳色长安天子树，慈恩寺外曲江湖。

## 139 孟郊
天高地厚一诗囚，苦读辛吟半士留。
得意春风疾马过，长安一日看花楼。

## 140 游子吟
父母一可依，子女半层衣。
不解扬州市，难归故日稀。
回头何可见，寸草老翁讥。

### 141 贾岛
郊寒岛瘦半东坡，苦读辛吟一玉河。
自古推敲成寺吏，韩愈府幕几清歌。

### 142 题李凝幽居
风停一寺昏，水色半无痕。
鸟宿池边树，僧推月下门。
注：推，指僧归，对鸟宿，为工。敲，指僧事与鸟宿对不工。

### 143
坝上一青丹，云中半苦寒。
秋风吹渭水，落叶满长安。

### 144 剑客
一剑十年磨，三生半九歌。
人间何事业，心中大江河。

### 145 下南洋
客舍京都四十霜，居心木槿万千阳。
三生日月寻终始，一半南洋作故乡。

### 之二
少小桓仁苦读肠，姑苏岁月作黄粱。
鞍山不是京都是，老下南洋第五乡。

### 146 张籍
百斛半天堂，千丝日月光。
姑苏张水部，乐府到钱塘。

### 147 秋思
东风化雨作春莺，草木逢秋问夏荣。
暮暮朝朝成暮暮，行行止止复行行。

### 148 王建
一百首宫词，三千载故知。
常承王密旨，独奏旧情时。

### 149 十五夜望月寄杜郎中
白露无声湿桂花，寒枝叶落问天涯。
牛郎织女天河岸，十五无桥不见家。

### 150 望夫石
望夫石，水悠悠。千波浪，万船头。
帆帆影影无痕月，去去来来问莫愁。

### 151 柳宗元
司马官中柳柳州，河东子厚半沉浮。
山山水水精神在，是是非非刺史留。

### 152 江雪
冰凝雪满江，月积玉纱窗。
简古浓纤切，毫端妙理邦。

### 153 李贺
平生进退一城围，世事兴衰半翠微。
不可瓦全成玉碎，人间若是是如非。

### 154 南园十三首 其一
男儿一诺去楼兰，此路三生问碧寒。
但见交河圆日落，凌烟阁上几心丹。

### 155 南园
枯荣草木一雕虫，日月阴晴半宇风。
岁岁乾坤云雨客，年年上下御城中。

### 156 游玄都观
司马风尘八面来，桃花古道一方开。
玄都观里人无语，不是刘郎客不回。

### 157 再游玄都观
百亩玄都都草木哀，三生日月帝王猜。
桃花本是人情在，几度刘郎去复来。

### 之二
一度姑苏半度梅，三冬欲暖四冬开。
英雄势短刘郎去，司马夔州作道台。

### 158 乌衣巷
魁星阁上一天涯，得月桥中半色华。
建业吴门桃叶渡，秦淮玉树后庭花。

### 159 石头城
雨后三更促织鸣，潮中夜半石头城。
梦寻建业南朝寺，月向金陵北斗明。

### 160 竹枝词
情中见影二人词，月半闻郎一枝梅。
树下婆娑心不定，谁当先后惹相思。

### 161 竹枝词二首
风停月照水无平，曲榭回廊夜有声。
织女欲向天河渡，心桥喜鹊七夕晴。

### 162 白居易
独善其身一士成，行吟苦济半秦声。
江州司马龙鳞短，刺史姑苏作此生。

### 163 暮江吟
一道残阳落水中，三霞日色满江红。
黄昏远上昆仑树，独善香山楚汉风。

### 164 钱塘湖春行
三潭印月白沙堤，柳浪闻莺暖树啼。
牧鹤亭台无文问，孤山宝叔玉湖西。
春来草色梅花岸，夏去荷塘莲子齐。
秋水波纹连日落，冬雪飞来一峰低。

### 165 元稹
闻君司马半寒江，独善其身一国邦。
梦里香山居士晚，云中日月挂书窗。

### 166 行宫
落落一行宫，花花半客红。
梨园今古曲，几度唱玄宗。

### 167 离思五首
一度刘郎半度肠，三生故事两声梁。
千云不是巫山雨，万里何心宋玉王。

### 168 遣怀
一半江湖一半名，两三岁月两三声。
扬州一梦昙花去，拾得黄粱玉带平。

### 169 过田家宅
不可过田家，难当二月花。
江寒三更雨，茧守半桑麻。

### 170 泊秦淮
月到秦淮色不回，云归孔府去人来。
乌衣巷口难承曲，得月桥中独立梅。

### 171 江南春
江南一夜春，细雨半红尘。

第二卷　唐诗百话

湿透桃花叶，烟云柳叶身。

### 172 山行
不可半山行，须言一舜情。
潇湘斑竹泪，岁岁向君倾。

### 173 李商隐
模棱两可是非横，独善三身紫禁城。
渡口阴晴牛李岸，枯荣草木去来行。

### 174 无题之一
似是无题似是题，西东一半作东西。
层云淡淡无惊梦，夜雨潇潇鸟不啼。
十二峰中朝暮影，三千里外草花齐。
巫山百度知神女，峡口石垒问高低。

### 175 许浑
池collins处处雨云低，用晦溪生各来啼。
酒肆村童何所见，红尘化作杏花泥。

### 176 咸阳城东楼
咸阳十里问东流，水湿千川向晓楼。
细语轻云杨柳岸，江南渡口半横舟。

### 177 皮日休
三屆下果隐巢黄，逸少襄阳已断肠。
君权神授人签诏，承名欲圣自兴亡。

### 178 陆龟蒙
自在半逍遥，江湖一小桥。
舟横烟雨里，玉碧影云霄。

### 179 奉和夏初袭美见访题小斋次韵
拙政陆龟蒙，烟云雨色空。
姑苏同里月，网架退思穷。

### 180 离别
千年一丈夫，万里半江湖。
别离相逢去，方圆阔楚吴。

### 181 温庭筠
助教一飞卿，才思半渭城。
帘前人数救，八叉以温荣。

### 182 商山早行
长行半断肠，暮落一苍茫。
二月梅花色，三秋枳叶黄。
长亭千里路，驿舍百年霜。
夜雨潇潇梦，相思处处乡。

### 183 司空图
群经耐辱一虞乡，表圣河中半柳杨。
制造咸阳君是客，王官峪里郑公藏。

### 184 山中寡妇
山中寡妇守蓬茅，月下寒霜问枕胞。
故国兴亡唐易主，末温不可语黄巢。

### 185 罗隐
十年罗隐半云英，百度布衣一故情。
越国吴人娃馆锁，西施丽色未倾城。

### 186 自遣
一半高歌一半休，两三草木两三楼。
今朝有锁今朝解，去日阴晴去日流。

### 187 韦庄
韦庄段已杜陵人，秦妇吟声乐府珍。
孔雀东西飞不尽，木兰辞后绝三身。
黄巢帝国唐家去，再复朱温刻已尘。
忌讳长安成早晚，浣花集里不亲邻。

### 188 菩萨蛮
银河月落银河鹊，烟云水渍烟云薄。
木渎织纱罗，姑苏吴越歌。
阴晴何落起，草木由雕凿。
世路几坎坷，人情须少多。

### 189 台城
细雨霏霏草木齐，烟云落落去来低。
台城柳色无情碧，只任秦淮玉鸟啼。

### 190 名篇赏析
台城柳色六朝烟，桃叶秦淮一月弦。
孔府门前先后客，魁元阁上去来年。

### 191 柏林寺南望
千山一玉壶，万里半江湖。
寺外扬帆处，书中大丈夫。

### 192 野望 王绩
野望一空林，何言半古今。
层山皆碧树，隐客尽儒荫。
薄暮成晖束，黄昏满地金。
千峰无远近，十地是知音。

### 193 野望 杜甫
野望半红尘，由哀一客身。
阳春云雨岸，白雪素冠巾。
海内风光处，天涯日月邻。
程中非草木，足下是人身。

### 194 在狱咏蝉 骆宾王
不必见鸣蝉，当须问地天。
风扬杨柳色，两淑素山川。
近日高歌调，居心俯就怜。
退思成古唱，莫以咏先年。

### 195 送杜少府之任蜀州 王勃
三秦近蜀川，五津远襄田。
海内非知己，天涯是酒泉。
楼兰曾一剑，后主怯千年。
古道长亭路，交河落日圆。

### 196 下南洋
南洋一路白头翁，木槿千绢故色红。
独木成林天地阔，孤城叹止海云风。
疾风骤雨雷声迅，岁月全年四季同。
暮暮朝朝先后继，银行彼此业英雄。

### 197 白头吟 卓文君
雪色白头吟，情形似古今。
相如弦外问，宋玉客中心。
竹泪何难尽，苍梧十地荫。
云烟土变色，雨水木成林。

### 198 董娇娆 宋子侯
阡头半采桑，陌尾一荒塘。
叶叶春秋对，枝枝日月长。
幽幽成上下，柘柘自低昂。
不得寻桃李，何情作独芳。

婵娟推就色，后羿入黄粱。

### 199 和晋陵陆丞早春游望 杜审言
岁岁一新春，年年半故人。
风云千万里，日月两三旬。
淑气阴晴雨，晴光雨露淳。
相思杨柳色，古调作天津。

### 200 渡汉江 宋之问
岭外一乡音，心中半木林。
千年非过客，万里是人心。

### 之二
关心渡汉江，历雨入船窗。
不远泷州客，乡情怯国邦。

### 之三
寻乡水不明，觅路道非荣。
欲问何音问，知情不是情。

### 201 杂诗 沈佺期
大雪半精英，楼兰九世名。
辰更妾妇梦，月夜丈夫情。
或口千城作，无衣与子行。
三军齐击鼓，一剑取龙城。

### 202 登幽州台歌 陈子昂
读可问前人，读可问来者。
读可经书孺子，读可古今人心。

### 之二
上可闻万里，下可视千人。
行成可见足迹，历事自在古今。

### 203 燕昭王
异士半燕开，郭隗十寸才。
黄金台上客，碣石馆前来。

### 204 感遇 三十八首之四十 陈子昂
汉国下南洋，辽东问故乡。
燕京重尚酱，木槿作花皇。
每读千家事，常更万里肠。
何人七十岁，半诺一银行。

### 205 春江花月夜 张若虚
孤山壁磊草枯荣，独木成林日水成。
岁岁春江花月夜，年年汐落海潮平。
飞鸿几处寻天地，白鹭何时逐黄莺。
去去来来今古事，朝朝暮暮各阴晴。
婵娟共渡分南北，玉户寒窗自耕耘。
代代风华相继续，悠悠历志作人生。
江流住口江楼问，可见东西可见明。
碣石浮云随浪语，金台待诺苦辛盟。
成成败败兴衰尽，帝帝王王世界盈。
春夏秋冬轮四季，南洋木槿总相衡。
海海天天多远阔，人人事事几精英。
桑田稻产棕榈易，终非一日自始更。

### 206 静夜思 李白
桂月明明一半霜，相思夜夜万千娘。
嫦娥处处知寻药，后羿时时九日堂。

### 207 月夜忆舍弟 杜甫
几客一成都，心思半玉壶。
方圆成世界，事业弟兄孤。
却别知千古，阴晴问五湖。
浮云烟远近，寄语润姑苏。

### 208 回乡偶书 贺知章
几度离乡几去来，一生岁月一金台。
天南地北衷肠在，日月阴晴草木催。

### 209 回乡偶书 黎孟德讲解
鉴湖一角半心城，十叶千根百丈荣。
白首明皇天子客，回乡记取偶书情。

### 210 使至塞上 王维
塞上半辽东，书中一始终。
胡风寻落叶，大漠作苍空。
万里长河路，千山古道风。
桑田沧海外，草木枯荣中。

### 211 送元二使安西 王维
一城风雨满红尘，二体离芳柳叶新。
渭水三光留客语，安西十里路人身。

### 212 乐府诗集
一曲阳关第四声，三春渭水数千情。
波纹不断连天地，大漠沙城几处鸣。

### 213 九月九日忆山东兄弟 王维
但以平生问古今，陈情九月数余音。
艾蒿不尽重阳去，独木成林日月深。

### 214 九日齐山登高 杜牧
九日登临一寸心，三生何治半知音。
难言管鲍平天下，不解嫦娥何古今。

### 215 过故人庄 孟浩然
十里一田家，三秋半叶斜。
东风云雨盼，瑞雪玉丰花。
九九重阳日，千村问豆瓜。
阴晴因作果，日月待桑麻。

### 216 题破山寺后禅院 常建
古刹一钟声，禅房半月明。
鸟性知栖木，人心寄悟情。
放生池水阔，宝殿大雄城。
山深香火继，石径路纵横。

### 217 破山寺
一寺破山中，三僧古馨同。
禅房空色见，曲径去来翁。

### 218 凉州词 王翰
月下琵琶一两声，山前汉女万千情。
西施越馆三吴曲，谁是春秋五霸名。

### 219 出塞 王昌龄
沙鸣半度玉门关，海市三重洛邑颜。
大漠风尘初落定，胡姬玉笛几声还。

### 220 长信秋词 王昌龄
相如一赋半君皇，宋玉三辞两帝肠。
世妇羊车多暮色，巫山神女客襄王。

### 221 闺怨 王昌龄
莫问三边问莫愁，江流百转对江楼。
千舟不语何来去，一片孤帆映石头。

## 222黄鹤楼 崔颢

高山流水古琴台，汉口楼中黄鹤来。
不问龟蛇云堑锁，长江渡口武昌开。
秦川蜀道东风雨，海角天涯腊月梅。
暮色苍茫驿路远，波涛浪涌鬓毛催。

## 223燕歌行 高适

男儿一诺过京城，汉将三声问帐情。
伐鼓榆关南北路，旌旗碣石山川荣。
萧条草木辽东客，里七幽燕外八名。
战士军前挥斤舞，英雄日上向天鸣。
浑江九曲环乡土，五女千章问故盟。
挂牌西川云岭暗，狼烟未起弟兄行。
重阳九日艾蒿美，用待同胞手足生。
举足人间寻太学，人身智慧作纵横。
南洋木槿红花姿，国色天香玉蕊明。
读尽江山回首见，也无风云也无晴。
成成就就银行路，苦苦辛辛日月耕。
楚汉鸿沟今古问，长安礼记曲江赢。

## 224走马川行奉送出师西征 岑参

昆路山下问荒原，雨色云中走马川。
九月轮台风雪夜，三秋碛口日霜年。
平沙漠漠金台路，古草茫茫五彩边。
已到辽东渤海岸，声名读尽帝王烟。

## 225白雪歌送武判官归京 岑参

一树梨花半素倾，三春日暖两心成。
千山积翠争颜色，万语寻芳作阴晴。
木槿花名沧海岸，南洋业就不归京。
马来八达西东亚，但取人身作故名。

## 226次北固山下 王湾

北固山前一蜀吴，洞庭月下半姑苏。
西施木渎夫差去，白帝孙郎大小姑。

### 之二

海日问南洋，人身忆北乡。
三千成世界，一半作黄粱。

## 227凉州词 王之涣

黄河此去一千湾，鹳雀飞来五百颜。
日月形成杨柳岸，青春已到玉门关。

## 228登鹳雀楼 王之涣

白日半依山，黄河十九湾。
人间成古道，世上作阳关。

### 之二

暮日一千楼，黄昏四十州。
群山何远近，诸客望无休。

## 229蜀道难 李白

金牛古栈剑门关，蜀道蚕丛子午颜。
太白秦川千百问，陈仓暗度五丁还。
嘉陵水壁飞流挂，三峡澜沧月上弯。
水色两三重绿漪，猿鸣一半几人间。

## 230

凤凰去后凤凰台，月色来前月色开。
秦水同流淮水岸，石头共磊石头堆。
一世精英一世才，百岁诗成今古事。
六朝彼此六朝回，三生日月三生立。

## 231行路难 李白

日月来前日月明，阴晴去后复阴晴。
江山无路江山在，世上枯荣世上生。
草木真心成草木，人情自在是人情。
乾坤四顾知天地，沧海桑田可易更。

## 232李白行吟图 梁楷

李白半行吟，长安一醉心。
文王成吕尚，伊尹是知音。

## 233将进酒 李白

长安市上酒家眠，天子呼中顾自怜。
太白宫前问翰赋，当涂月下问青莲。
人生去去来来见，世界先先后后传。
不问何时终始处，无须几度又方圆。

## 234望庐山瀑布 李白

泰岱青峰举目名，黄山云海可枯荣。
匡庐瀑布前川挂，华岳摩岭世世城。

## 235早发白帝城 李白

朝辞白帝一帆扬，暮宿江陵半故乡。
梦里猿声惊峡谷，山前神女问襄王。

### 之二

千里江陵白帝城，半帆楚雨近猿声。
三江峡口争先度，两岸巫山沐浴情。

## 236

猿鸣不尽半声长，峡口争流一水扬。
十二峰中云雨客，三千梦里作黄粱。

## 237兵车行 杜甫

行人几度半咸阳，蜀道三声一栈肠。
壁垒难封千万里，蚕丛自此五丁梁。

## 238自京赴奉先县咏怀五百字 杜甫

玄宗日上问人年，五百年中见地天。
一半开元天宝路，三千弟子一梨园。

## 239春望 杜甫

祖国一人心，乡家半木林。
忧当寻日月，问可不知音。
去去来来继，朝朝暮暮临。
何时终始处，自古到如今。

## 240石壕吏 杜甫

南洋自古不春秋，木槿如今国色浮。
岁岁年年同四季，朝朝暮暮共千流。
疾风骤雨惊雷动，寸草阳光处处幽。
独木成林根老树，从源碧海十三州。

## 241江村 烟雨图 王时敏

世外桃源一路深，秦中日月半人心。
鸿沟两岸分南北，楚汉千秋作古今。

## 242进艇 杜甫

一曲江流半岸山，三春草木五花颜。
千山不远钟声近，百渡黄河去来还。

## 243浑江上古城

桓仁 五女山 下古城

浑江一曲抱桓仁，北岭南山八卦新。
五女峰前香色近，杜鹃声里化红尘。
古城上下寻高丽，风云今古复秋春。
木木阴阳金火土，耕耘不必问冠巾。

### 244 春夜喜雨 杜甫
夜雨浣花溪，江船烛火低。
萧娘邻壁间，锦水过春堤。
竹影窈窕落，窗纱碧玉齐。
随云桃叶渡，莫隔草堂西。

### 245 大雨 杜甫
疾风骤雨一南疆，闪电惊雷半海乡。
棕榈齐云天地水，横流八面作汪洋。

### 246 蜀相 杜甫
隔岸百花坛，浮云一浣丹。
心成先主寄，业就蜀吴安。
白帝秭归去，岐山孟获难。
秋高天下路，叶落草堂寒。

### 247 蜀相 杜甫
天下三分魏蜀吴，空城一计故琴孤。
军前司马成王道，不必争雄退战殊。

### 248 茅屋为秋风所破歌 杜甫
秋风破屋歌，怒号问江河。
广厦江城建，朱楼几少多。
云飞千万里，雨落两三沱。
漠漠连天地，忧忧向历磨。

### 249 百忧集行
五十半人生，三千一士荣。
儒生何壮举，砺剑作威名。
禄米成都少，亭前枣子荣。
文章严武问，杜甫几清城。

### 250 闻官军收河南河北 杜甫
杜甫文章一世名，玄宗日月半玉倾。
开元天宝梨园社，安史长安草木横。
但见华清池下水，长生殿里数人情。
明皇举步芙蓉问，灵武唐家太上名。

### 251 登高 杜甫
一目天尾万里情，三春日月百年名。
诗词可作黄梁梦，木槿南洋国色生。
独峙云峰人极顶，登高泰岳晓初荣。
红光漫道成先后，碧玉晴空尽远盟。

### 252 贼退士官吏并序 元结
西原一道州，破邵半无忧。
井税长期赋，民生不入流。
思官承符节，征敛莫强求。
自种桑田麦，归来喜渡舟。

### 253 枫桥夜泊 黎孟德讲解
隋炀古运河，古刹影婆娑。
木渎洞庭月，寒山拾得陀。
洞箫同碧玉，竹笛共嫦娥。
拙政三思故，姑苏半九歌。

### 之二
一半枫桥连雨烟，两三碧玉倚云船。
箫声似起如情落，夜泊无猜可不眠。

### 254 阊门即事 张继
一寸心思拾岁月，三春夜色小桥烟。
阊门碧玉姑苏水，夜半钟声过客船。

### 255 滁州西涧 韦应物
两三隐涩两三明，一半阴晴一半荣。
日月从今知早晚，文章自古论纵横。

### 256 雁门太守行 李贺
一半黑云一半城，万千草木万千兵。
三军帐里飞将令，两国人中战事横。
易水黄金台上问，雁门太守玉龙行。
功成业就红旗卷，沧海桑田世界情。

### 257 南园 李贺
男儿一半带吴钩，壮志三千四时州。
大漠沙中鸣不止，凌烟阁上一名留。

### 258 南园四首之二
逐句成章一古今，知人善事半人心。
情深味道余音在，理切雕凿自有箴。

### 259 金铜仙人辞汉歌 李贺
仙人捧露建章宫，汉武秋风或泣铜。
帝语三声军令比，声名一世茂陵东。
葡萄未去琵琶去，草木枯荣士未穷。
渭邑咸阳终是客，斜晖已向酒泉红。

### 260 北海公园承露盘
一柱自当天，三光作日年。
咸阳承玉露，汉武作方圆。

### 261 登柳州城楼寄漳汀封连四
州刺史 柳宗元
司马江山司马秋，四州刺史四州侯。
漳汀入子封连寄，海阔天空柳柳州。
密雨疏云楼上问，江青桂色意中求。
难当半日三神主，自主天涯一叶舟。

### 262 江雪 柳宗元
千山两鼓声，半壑一钟鸣。
古刹禅房近，人心月色清。

### 263 独坐敬亭山 李白
大漠玉门关，交河落日颜。
无须问天下，独坐敬亭山。

### 264 左迁至蓝关示侄孙湘 韩愈
此去过兰关，何来问御颜。
云横秦岭路，雨断女冠山。
百粤三千子，黄河十八湾。
当人由自主，不必问归还。

### 265 夜上受降城闻笛 李益
月上孤城一半霜，谁知受降两三亡。
沙场自古何多战，夜雁轻啼几断肠。

### 266 塞下曲 卢纶
何人一箭射天山，应以三秋作肃颜。
定远无须寻塞下，声声十度玉门关。

### 267 塞下曲 卢纶
月色一孤悬，单于半宿迁。
胡姬声未断，不得故人眠。

### 268
2012年12月20日至2013年1月3日吕赢、明慧、艾琳、美林来马来西亚，2012年12月21日玛雅历末日，22日新历始日。而记之。
末日新元一始终，欧英玛雅半相同。

朝知圣诞辞除夜，又复开年似不穷。

### 269落叶添薪仰古槐
独木成林老树根，书香阔海仰天恩。
诗词日月耕耘始，古古今今作一村。
木后人情知俯仰，篱前落叶复黄昏。
云烟雨露平生处，草屋家心向哉门。

### 270西塞山怀古 刘禹锡
金陵一步问秦皇，紫禁三江几凤凰。
玉树后庭花色在，六朝胭脂复兴亡。
未央宫里桃千树，渭水流中曲九肠。
魏晋楼船三国尽，和州刺史是刘郎。

### 271石头城 刘禹锡
年年柳色石头城，岁岁江青草木荣。
得月桥前王谢问，秦淮水下月空明。

### 272乌衣巷 黎孟德讲解
乌衣巷口半桃花，得月桥边一玉涯。
歌台舞榭空城在，如今宅院几人家。

### 273乌衣巷 刘禹锡
得月桥边半月生，秦淮渡口一淮荣。
桃花扇里清明客，谁是男儿谁是明。

### 274竹枝词 刘禹锡
柳柳杨杨两岸生，朝朝暮暮一阴晴。
云云雨雨多不定，竹竹枝枝总是情。

### 275莫愁乐
聚送下扬州，金陵问莫愁。
钱塘儿女色，汴水竹枝流。

### 276卜算子 李之仪
不尽去来流，不尽长亭路。
不尽人间日月明，不尽相思处。
不尽暮朝朝，不尽朝朝暮。
不尽牛郎织女情，不尽平生付。

### 277赋得古原草送别 白居易
梅枝上小桥，柳叶作鸣条。
坝水阳关唱，东都百里遥。
龙门成就客，渭邑入云霄。

草木真心色，秦楼种麦苗。

### 278卖炭翁 白居易
山深一炭翁，路远半林蓬。
指变营钱色，心成落叶空。
衣旦寒雪重，口渴漱冰风。
事事躬身作，时时盼岁丰。

### 279杜陵叟 白居易
二月盼阴晴，三身作业耕。
青黄相隔久，草木不枯荣。
九九重阳日，桑麻问市城。
皇家寻猎守，耗费故人惊。
物许楼兰客，官都几故情。

### 280长恨歌 白居易
太液芙蓉一玉花，华清汤暖半人家。
长生殿里倾心语，夜雨霖铃蜀驿嗟。
治国开元天宝去，功成事就浪淘沙。
红颜有水非君祸，曲舞生平日月斜。
汴水长城谁论定，梨花至此到天涯。
胡旋几步寻天地，不似田中一豆瓜。
世上何须长短爱，人间应取种桑麻。

### 281五代花蕊夫人
花蕊夫人一首诗，陈鸿女色半人知。
男儿解甲旗先降，长恨歌传误国时。

### 282琵琶行 白居易
浔阳楼下九江流，楚汉云中一叶秋。
酒市行吟天水岸，枫林待雨十三州。
琵琶曲尽人声在，客主情生逐日舟。
浸月河山多少路，风行驿旅作去留。

### 283琵琶行 仇英
琵琶一曲作江行，汉武三宫问客声。
蜀女阴山何不误，单于渭水几倾情。
梨园留下人间事，司马江州世上鸣。
自古沧桑千万载，何须不解一枯荣。

### 284问杨琼 白居易
一曲歌词半曲情，千声唱遍万鸣声。
声情并茂成天地，姿色相兼语话名。

### 285过华清宫绝句 杜牧
长安一夜百花开，渭水三春宓女来。
宋玉情中朝暮客，陈王赋里几徘徊。

### 286江南春绝句 杜牧
十里西湖百里堤，两溪夜色半溪低。
三潭印月三潭水，一鸟先飞一鸟啼。

### 287泊秦淮 杜牧
金陵隔岸石头涯，玉树随风入酒家。
二水三山秦淮月，六朝半曲后庭花。

### 288下南洋
三年海阔情，百岁木林成。
暮气沉山过，云光受月明。

### 289下南洋
一处无难十处难，三生日月半生宽。
春蚕作茧身心束，露水晶莹草木端。
读遍山河南北问，行吟道路苦辛寒。
成思主义成思就，自在由衷自在安。

### 290锦瑟 李商隐
望帝春鸣一杜鹃，蚕丛蜀道半古年。
庄生晓梦云前雨，锦瑟弦音月上弦。
素女声凭黄帝怨，蓝田玉暖日生烟。
耕耘处处寻天地，只种心中一寸田。

### 291橡媪叹 皮日休
陈恒一斗梁，税赋半官肠。
酷吏横乡里，农夫作柳杨。

### 292咏田家 聂夷中
世上一田家，人间二月花。
寒中耕土地，子粒作官衙。

### 293悯农 李绅
农夫百岁辛，子粒一年珍。
炙背锄禾亩，朝天可意邻。

### 294贫女 秦韬玉
一半姿身一半妆，两三眉目两三肠。
心中草木年年种，意下阴晴处处藏。

## 295 山中寡妇 杜荀鹤
山中寡妇一人心,月下江山半古今。
不待云中天地合,何时雨里木成林。

## 296 唐诗故事
唐诗故事一知音,格律仄平半古今。
韵调成章当对仗,日月方圆有余心。

## 297 息夫人 王维
破镜重圆韵事妍,江山不共楚王天。
桃花依旧夫人在,让帝宁王让饼缘。

## 298 聊题一片叶,寄予有情人
顾况情深一叶空,花明柳暗上阳宫。
年年落叶含春色,禁水东流禁内红。

## 299 题红叶 黎孟德讲解
含心一叶红,尽日半深宫。
伉俪宣宗事,韩卢配始终。

## 300 人面桃花相映红
有意半城南,无心一茧蚕。
丝丝牵挂繁,处处似深潭。
晓院知崔护,桃花向水涵。
春风依旧在,素女向儿男。

## 301 骆宾王续句
心观六合寂寥岚,门对江潮海日幽。
不到杭州灵隐寺,何言鹫岭半江南。

## 302 云想衣裳花想容
梨园太白一龟年,力士芙蓉一调传。
不是沉香亭上见,何须奉笔作皇天。

## 303 旗亭赌胜
高适之涣客昌龄,寂寞君前泪臆青。
一片孤城杨柳唱,寒江夜雨满旗亭。

## 304 北京东城汪魏新巷9号家枣
细叶迟迟碧晚春,晖枝节节老龙鳞。
秋来粒粒成红果,汪魏家居待四邻。

## 305 曲终人不见,江上数峰青
尝闻帝子灵,泪竹数斑青。
鼓瑟潇湘雨,苍梧带意听。
悲风从不尽,浦水少浮萍。
苦调商弦响,清音动杳冥。
冯夷空自舞,宋玉过洞庭。
楚客知天地,东流座右铭。

## 306 汉家清史内,计拙是和亲
和亲不宪宗,汉史问天龙。
陌上桑麻雨,山中万亩松。

## 307 好去春风湖上亭
韩滉镇守五牛图,乐将诗歌半玉壶。
刺史浙西戎昱登,黄莺欲唱作啼奴。

## 308 春城无处不飞花
春城处处牡丹花,细雨微微御柳斜。
日暮夷门寻制书,韩翃诗入帝王家。
江淮刺史中书省,驾部郎中字句佳。
李勉三更呼幕属,惊时一语到天涯。

## 309 章台柳,章台柳
中书省里忆东城,柳氏心中一见盟。
许俊功成行仗义,痴情仰得代宗明。

## 310
柳枝节,柳枝节,灞水桥前数离别。
但记云中雨似烟,节节生枝不可折。

## 311 魏公怀旧嫁文姬
一半韦郎几柘枝,三湘玉女五湖时。
长沙不识姑苏色,魏主文姬未嫁迟。

## 312 三十年来尘铺面,而今始得碧纱笼
王播宰相半扬州,节度淮南一寺秋。
饭后钟声尘扑面,人生世上万千流。

## 313 世上如今半是君
天下如今半是君,石档枕上一非裙。
花花草草成世界,木木林林不可分。

## 314 玉树曲 王毅
君臣已在醉乡中,世上如今草木同。
玉树临风陈日月,春云夜雨点梧桐。

## 315 压倒元白
兰亭一曲半流觞,金谷三声九曲肠。
桃李新荫垂日月,文章旧价久沉香。

## 316
裴度柏梁台,兰亭日月开。
高人金谷去,艳质遗香来。

## 317 吟安一个字
王贞白"御沟"。
御水一沟平,中流半有声。
波涵恩泽色,举作急江倾。

## 318 我得之矣
诗词字句一人心,孔府文章半古今。
日月何须闲作客,阴晴草木是知音。

## 319 唐诗杂说
百岁古今诗,千章格律词。
阴晴多草木,日月少何时。

## 320 梨园
梨园子弟忆玄宗,格律诗词半玉容。
古古今今天下事,朝朝暮暮帝王封。

## 321 听琴图 宋徽宗
听琴古调宋徽宗,仗柏松风紫气封。
俯仰江山窥故客,梧桐叶落任情钟。

## 322 唐诗与乐
江潭落魄李龟年,去日殷勤已四天。
被袜湘妃非是梦,兰亭曲水作丝弦。

## 323 送元二使安西 王维
声声一念奴,曲曲半姑苏。
舞舞怜娃馆,歌歌入夜吴。

## 324 吊白居易 唐玄宗
琵琶半月弦,长恨州伧然。
缀玉名居易,连珠字乐天。
文章行人市,刺史雨云烟。
造化三思故,杭州一寸田。

### 325送元二使安西 王维
渭水千波问玉身,东都一半入红尘。
三叠白雪天山上,一曲阳关是故人。

### 326宫词 张祜
国秀已寻天,宫深不数年。
声声何满子,泪泪落君前。

### 327孟才人叹 张祜
去妾待生平,才人叹绝情。
三声何满子,一曲断肠声。

### 328阿滥与唐明皇
声声只向骊山封,处处须鸣不见踪。
一曲"阿滥堆"上鸟,三生只唱玉芙蓉。

### 329ADIB 亚洲发展投资银行
国色天香木槿红,南阳海阔玉浪风。
银行业就天涯路,发展亚洲济世雄。
二〇一二圣诞吉隆坡吕赢一家

### 330唐诗与舞
剑器回波乐曲扬,胡旋六公羽霓裳。
秦王破阵混脱舞,草圣公孙一大娘。

### 331霓裳羽衣舞
西凉御史敬之杨,一曲三声九叠肠。
节度婆罗门曲舞,羽衣玉步摆霓裳。

### 332唐诗与画
鱼鸟虫兽曲江湾,花草楼台禁御颜。
画里藏诗诗里画,山中有水水中山。
王维俯仰成家色,太白瑶池一调闲。
汉使长衡工彩笔,东坡印记以题班。

### 333雪溪图 王维
王维一雪溪,太白半云低。
玉帛形天下,诗词石印题。

### 334牧马图 韩干
韩干牧马图,羽剑问江湖。
意匠居心作,音声半入吴。

### 335题稚川山水 戴叔伦
山中七月半荫凉,水上三禽一曲扬。
细雨浮萍遥不止,轻云隔岸似故乡。

### 336桃花矶 黎孟德讲解
峻岭覆红妆,舟前欲止肠。
桃花矶上问,杏色雨中扬。

### 337桃花矶 张旭
枫桥十步半云烟,古刹三钟一意田。
曲经禅房心已定,桃花柳岸色如妍。

### 338醉后赠张旭 高适
一醉草书狂,三丹酒圣昌。
千章成海阔,万语已无妨。

### 339赠怀素草书歌
醉素草书扬,宣州石砚光。
张颠先后名,独步今高唐。

### 340唐诗与酒
不是诗词仗酒行,疑非太白靠才荣。
华清一调含元气,蜀道三声路未平。
醒醉常成天下语,阴晴几属世中盟。
文章教化书香子,日月彼此合则明。

### 341清明 杜牧
清明杜牧杏花风,酒市旗家雨似穷。
不尽玉壶千万盏,人心只在女儿红。

### 342少年行 王维
美酒新丰数十千,咸阳少侠诺三年。
东都不许龙门去,梦在梅边向柳边。

### 343唐国史补
鄂州富水半鸟程,若下荥阳土窟名。
石冻富平春剑水,河东汉地葡萄情。
灵溪一岭博罗异,只酿宜城九酝平。
溢水浔阳西市腔,郎官故国素要清。

### 344凉州词 王翰
凉州一酒玉门城,半醉三杯宇宙倾。
此语常非天地阔,阳关尽是丈夫情。

### 345唐诗与茶
一酒三茶二月花,千茗万品半人家。
井中泉上流沉底,天上人间草木斜。

### 346送陆鸿渐栖霞寺采茶 皇甫冉
茶山御史竟陵人,陆羽吕翁鄂北邻。
采叶深知情怀里,茗烟几沸待知亲。
云浮雨露幽期属,晓雾初晴素女勤。
瑟瑟江吟今古寄,情情日上满红尘。

### 347一言至七言诗 元稹
茶,
碧玉,嫩芽。
诗香客,寄僧家。
陆羽天门,雨露笼纱。
素女属幽期,晓晴色蕊花。
两盏三杯成就,千心百亩朝霞。
醒醉杯中寻俯仰,沉浮上下浪淘沙。

### 348茶中杂咏 皮日休
煮水欲连珠,洞庭半五湖。
姑苏同里客,拙政少知儒。
碧玉盘门晓,荒泉寄念奴。
茶人天地阔,舍鼎退思殊。

### 349七碗茶歌 卢仝
吻润破枯肠,三千日月光。
平生轻汗液,立骨玉矶扬。
六碗仙灵在,清风淑两厢。
蓬莱山上坐,百草碧螺香。

### 350唐诗与禅
隐隐禅机半古今,悠悠六祖一人心。
形成教处知神秀,顿悟佛宗草木林。

### 351
事事贵无人,情情少客身。
禅宗成世界,棒喝罢红尘。

### 352功勋五位偈 曹洞宗禅诗
禅风细密入人身,净洗红颜待故亲。
百鸟殷勤朝凤曲,千声只在任花尘。

### 353堂无尽藏比丘尼
处处群芳不胜芳，林林独木自低昂。
三生日月三生客，一寸心音一寸香。

### 354题破山寺后禅院 常建
天下情心老，人间事古今。
春秋相继续，日月各作荫。

### 355唐诗与道
唐诗一世ември，老子半平生。
太上玄元帝，真人始圣荣。
千音儒释道，一曲步虚城。
见性明心处，听琴则士清。

### 356宫辞和凝
轻云细雨步虚声，静理闲阔问玉城。
一首宫词天外去，红颜古叶禁中生。

### 357步虚词 刘禹锡
九九真仙紫极情，无为太白上云明。
罗仙紫府金华洞，鹤表灵章女冠成。

### 358
菩萨一生平，佛家半世成。
声闻缘觉位，得道以仙名。

### 359留观中诗二首 吴子来
平生物外一生涯，白石溪流半客家。
日月成观何世界，梅花教会是桃花。

### 360庐山谣寄卢侍御虚舟
还丹欲晓玉朝京，三叠琴心象世情。
汉漫先期九垓上，卢敖愿与寄三清。

### 361唐诗格律
唐诗格律一倾城，仄仄平平仄仄平。
白日升天谁得道，菩萨四果一人生。

### 362落霞孤鹜图 唐寅
孤鹜落霞半始终，何言日月九江同。
无须独立滕王阁，可借龙宫一阵风。

### 363唐诗分类 古诗
草木知春风，日月作枯荣。
进退由人选，上下有阴晴。

### 364今诗
草木一春风，枯荣半始终。
阴晴随日月，进退见由衷。

### 365近体诗的格律
草木枯荣岸，阴晴日月明。
龙门寻一跃，上掖寄三声。
水部余音至，中书舍英。
文成公主玉，柳色曲江荣。
孔府知天地，儒家释道生。
无须来去赋，但向杏坛萌。

### 366唐诗的用韵
"声类"无传"切韵"残，
唐音广韵敬宗刊。
刘渊"礼部"成"平水"，
以此"佩文韵府"观。

### 367九月九日忆山东兄弟 王维
九九艾蒿身，辽宁日月亲。
山东兄弟问，地北去来人。

### 368近体诗的平仄
天天地地一声鸣，去去来来半世情。
古古今今何彼此，先先后后是阴晴。

### 369
一三五不论，二四六分明。
不可孤平犯，当须救字荣。

### 370劳劳亭 李白
步步三生路，劳劳十里亭。
春光千万里，意志去来铭。

### 371宿建德江 孟浩然
移舟烟半渚，日暮客三愁。
月挂孤千岸，星明草木洲。

### 372送元二使安西 王维
长安小雨浥红尘，渭水东流漱岸新。
莫断三枝杨柳曲，西行一路去来人。

### 373寻隐者不遇 贾岛
松门半自开，野草一青苔。
白鹤庭前守，知音雨后来。

### 374送狄宗亨 王昌龄
木渎三千暮日蝉，姑苏一半野云烟。
洞湖不尽江湖岸，碧玉枫桥共坐船。

### 375银咏
银行创业远飞鸿，瀚海波音近泽雄。
木槿花红成国色，南洋草碧作荒丛。

### 376借对
人间日月娶天衣，世上阴晴嫁玉玑。
古木寻常何有故，人生七十已无稀。

### 377赋
白帝江流十二峰，巫山峡口两三重。
襄王雨里朝神女，宋玉云中暮客踪。

### 378静夜思 李白
一句两三截，千声七八抽。
词中成日月，天下问罗缺。

### 379江雪 柳宗元
千山白雪浮，万经玉冰流。
素女孤颜色，寒江独一舟。

### 380北京雪
雪覆颐和园，云沉宿古轩。
风平千里目，浩气正荒源。
二〇一三年一月一日元旦

### 381二〇一三年元旦寄兄寄弟妹寄雅卿
独立小桥盟，相思碧玉情。
南洋红豆子，北国弟兄卿。
注：南洋红豆，甜，可食，亭中有之，当地称GyLy，GyLy，吉利吉利。

### 382
十地油棕碧浪潮，千波海岛玉云霄。
南洋创业三夫指，独木成林一目遥。

亚洲发展投资银行 吕长春
二〇一三元旦

### 383闻北京雪

一别南洋著此冠，幽州百里度严寒。
平生不可辞辛苦，自得天天地地宽。
创业银行三界外，蚕从应勉五丁难。
三千日月争先客，七十枯荣木槿端。

### 384唐诗讲读

千年至此读唐诗，万首形成格律诗。
味韵风骚今古事，之音雅颂古今诗。
二〇一二年十二月十二日
北京一吉隆坡

### 385亚洲发展投资银行

平生一纵横，处世半枯荣。
日月千天地，乾坤万水明。
二〇一三年元旦寄语

### 386读唐代讲读与黎孟德兄同坐切磋

年七十余，读千万书。
步天下路，事人间疏。
读作古今诗，行成日月时。
耕耘三八万，草木一心知。
二〇一三元旦马来西亚

# 十九、唐诗排行榜

王兆鹏　著　中华书局
2011年9月出版

**第 1 名　崔颢 黄鹤楼**

琴台不逐半江流，逝水相随九脉舟。
黄鹤空余鹦鹉树，浮云起落几春秋。
龟蛇不锁晴川历，楚汉常开岁月休。
暮日乾坤高处见，长晖复照十三州。

**第 2 名　王维 送元二使安西**

安西一月半红尘，客柳三春两色新。
渭水东流随日月，阳关北塞见离人。

**第 3 名　王之涣 凉州词**

黄昏远上一千山，鹳雀楼前万里颜。
沙水东流齐鲁月，凉州西去玉门关。

**第 4 名　王之涣 登鹳雀楼**

白日半山楼，红河一九州。
中原千万里，海市两三流。

**第 5 名　杜甫 登岳阳楼**

云吞武汉舟，雨上岳阳楼。
楚峡东西水，洞庭南北浮。
潇湘闻竹叶，鄂诸寄春秋。

渭邑冠山雪，蓝田玉色羞。

**第 6 名　柳宗元 登柳州城楼寄漳汀封连四州刺史**

万里长城接大荒，千年汴水注炎凉。
风光日月成天下，草木阴晴作四方。
密雨淑云来去问，衷心满意败成王。
兴亡司马连州柳，他乡几度是故乡。

**第 7 名　孟浩然 临洞庭湖赠张丞相**

八月水湖平，三秋木叶明。
君山云梦泽，气象岳阳城。
御柳三千里，襄阳一半晴。
巴陵杨柳岸，楚客浩然情。

**第 8 名　常建 题破山寺后禅院**

禅房一古今，寺院半琴音。
细雨随山色，浮云映水林。
临风思鸟语，面壁净人心。
钟声依鼓继，虚空几可箴。

**第 9 名　王勃 送杜少府之任蜀州**

少府辅三秦，西川问五津。
长安泾渭水，洛邑去来人。
北海鲲鹏翼，南洋日月身。
无为歧路近，有度正冠巾。

**第 10 名　李白 蜀道难**

石栈剑门寒，桑从蜀道难。
天梯随壁立，太白客云端。
道鹤泉声水，愁缘月色峦。
空山横日月，壑谷纵波澜。

**第 11 名　王湾 次北固山下**

王湾北固山，客路玉门关。
草木知南北，风沙向归颜。
春风千万里，谷雨两三潜。
客雁乡心在，浮云日月还。

**第 12 名　张继 枫桥夜泊**

枫桥夜泊半婵娟，酒色姑苏一醉眠。
日本心中秦汉水，寒山寺外晋唐烟。

## 诗词盛典 | 吕长春格律诗词六万八千首（全四册）

### 第 13 名　王维　终南山
太乙一珍珠，南山半玉奴。
东都天下客，洛邑士心图。
八水长安色，楼兰大丈夫。
随心上液纪，隔岸曲江珠。

### 第 14 名　王昌龄　长信秋词
金屋藏娇御愿开，昭阳玉影秦人来。
徘徊辗转含元殿，月色移情上液猜。

### 第 15 名　杜甫　登高
万里江山一世回，千年业事半边来。
邯郸学步文章客，楚汉相争草木苔。
长河落日楼兰外，艰难困苦尽余杯。
孤前启后春秋色，疏影暗香腊月梅。

### 第 16 名　杜牧　泊秦淮
东流万里浪淘沙，光影千年草木斜。
水月乌衣王谢客，秦淮夜泊近人家。

### 第 17 名　柳宗元　江雪
江雪柳宗元，山青草木萱。
勾心连斗角，隔日近轩辕。

### 之二
孤舟一日半渔樵，素雪三江十里遥。
岛问千山寻世界，人行万里柳杨桥。

### 第 18 名　刘禹锡　西塞山怀古
西塞山前一寺僧，栖霞日上半金陵。
中山草木何来去，三水云中结玉冰。
虎踞龙盘今古尽，六朝始末石头凭。
山形壁立秦烟久，水滴垒穿紫露凝。

### 第 19 名　刘禹锡　乌衣巷
长江一路浪淘沙，紫气三来百里花。
王谢乌衣今古事，秦淮水月半人家。

### 第 20 名　韦应物　滁州西涧
滁州涧水碧螺春，应物姑苏玉纵横。
越女吴儿随汴水，天高地阔满香城。

### 第 21 名　李商隐　夜雨寄北
一路乡心一路诗，五湖日月五湖知。
巴山夜雨巴山客，白帝孤梦白帝时。

### 之二
下里巴人一世知，巫山云雨半秋池。
乡梦彼此衷肠在，日月随心草木恣。

### 第 22 名　高适　燕歌行
元戎塞外一生还，汉阙天下半御颜。
壮志行空寻口北，男儿立马过阴山。

### 第 23 名　白居易　琵琶行
浔扬居易问琵琶，司马行程万里家。
半学梨园才子善，三秋落日十月花。
千秋事下开元曲，六百言中玉影斜。
上液池中风水尽，长生屏上玉人华。

### 第 24 名　王维　观猎
角劲一功名，云浮半渭城。
凌烟名士画，白马立刀倾。
小水长安过，潼关猎汉荣。
千军操演练，万里暮云情。

### 第 25 名　王昌龄　出塞
长城汴水柳杨山，洛邑东都日月颜。
飞浮何寻天水巷，胡姬曲盅玉门关。

### 第 26 名　孟浩然　过故人庄
三春五月花，一岁半桑麻。
万里山河水，千村落日斜。
重阳知故土，社戏问田家。
醒醉紫扉菊，明年你我他。

### 第 27 名　白居易　长恨歌
佳人姿色自倾城，天宝芙蓉向贵英。
李琩王妃成道士，梨园子弟入华清。
春宵一夜温汤醉，虢国夫人素身荣。
七夕云中终不弃，长生殿上始重盟。

### 第 28 名　杜甫　闻官军收河南河北
异日归程一气肠，同心问路半还乡。
思忧故国河山在，作伴家园向洛阳。
苦读诗书何少府，酬谋世事几衷堂。
巴东峡水风云去，蜀尽吴来亦柳杨。

### 第 29 名　杜甫　石壕吏
江河半孟州，酷吏一呼由。
二月青黄尽，由春来得秋。
农夫何日月，戍战几青头。
老姬渔阳役，长城水不流。

### 第 30 名　李白　早发白帝城
白帝江陵两岸山，巴东滟顼一门关。
吴头楚尾风流去，十二峰中不可还。

### 第 31 名　李白　静夜思
床前一月光，地上半层霜。
俯首寻踪迹，扬言待去乡。

### 第 32 名　许浑　咸阳城东楼
咸阳十里一春秋，渭水千年万里流。
楚汉周秦宫殿废，隋唐晋陕女儿愁。
浮云起落闻僧侣，暮雨枯荣十三州。
破镜重圆杨柳岸，东都曲尽满朱楼。

### 第 33 名　王维　山居秋暝
云前半谷浮，雨后一溪流。
色色明新碧，空空渡玉舟。
莲心三五子，浣女两千愁。
此意春芳见，由衷不可求。

### 第 34 名　李商隐　锦瑟
一月相思半月弦，三春草木两春田。
千家碧玉千家水，万户男儿万户年。
杜宇声中依旧问，鱼凫蜀上忆雨烟。
蚕丛古代成都远，回首巫山是渡船。

### 第 35 名　韩翃　寒食
长江万里浪淘沙，禁火清明二月花。
成败何须来去将，兴亡只到帝王家。

### 第 36 名　刘禹锡　石头城
刘郎莫问石头城，建业何须六朝倾。
故国还闻秦国禄，金陵不忆秣陵城。

### 第 37 名　王维　鹿柴
山空一两人，水色去来新。
草木枯荣易，阴晴日月亲。

## 第二卷 唐诗百话

**第 38 名　张若虚 春江花月夜**

人情一度半衷肠，士志三生两柳杨。
海外春江花月夜，心中作业日南洋。

**第 39 名　杜牧 赤壁**

赤壁联吴蜀魏遥，连舟立马志无销。
东风借剑周郎便，几叹曹操问二乔。

**第 40 名　李白 黄鹤楼送孟浩然之广陵**

江舟一日广陵楼，水色三春逐客流。
玉笛千声箫待故，琼花二月满扬州。

**第 41 名　杜甫 旅夜书怀**

星无半岸秋，月涌一江楼。
草细萧人远，风平古驿留。
诗词旅夜句，两意三心求。
落落何情水，声声逐日舟。

**第 42 名　李商隐 马嵬**

霖铃驿雨帝王休，马嵬坡花虢国愁。
四纪人中三万月，长生殿上一心休。
羽衣尚存霓裳舞，道士清真太子求。
七夕瑶池千七夕，牛郎织女一牵牛。

**第 43 名　杜审言 和晋陵陆丞早春游望**

黄河九曲扬，易水一衷肠。
十地江山问，三春去来忙。
鸿飞三万里，雀落半凋梁。
淑鸟知天气，浮云问故乡。

**第 44 名　杜甫 蜀相**

蜀相岐山一国心，成都孟获半知音。
东风赤壁周郎火，白帝刘禅几古今。
初出茅庐三鼎立，河沿八卦阵客临。
鞠躬尽瘁由天下，半客桃园半客荫。

**第 45 名　祖咏 望蓟门**

燕山一带柳杨城，射虎三军物象惊。
积雪寒光风似舞，蓟门树色雨还晴。
春边日月排云殿，树下榆钱万寿明。
紫禁钟声催古色，香山落叶作精英。

**第 46 名　沈佺期 古意呈补阙乔知之**

年年除夕郁金香，处处新春爆竹忙。
一夜连双何故岁，三生慎独自衷肠。
榆关内外鱼书寄，未解心中忆故乡。
九月重阳天地问，兄兄弟弟客青黄。

**第 47 名　李白 独坐敬亭山**

独坐敬亭山，孤寻故人颜。
心空何未止，月色不须还。

**第 48 名　王维 九月九忆山东兄弟**

桓仁五兄弟，小妹一乡情。
九月重阳问，三生叹旧盟。

**第 49 名　李白 梦游天姥吟留别**

天台百里梦游吟，越女三吴问古今。
树老云荒烟处处，鸟啼月落夜深深。
峰回路转将青色，虎啸猿啼日月心。
唱晚渔舟闻寺鼓，高山流水是知音。

**第 50 名　李商隐 隋宫**

一秦捐鹿到天涯，六国美女积半家。
水调歌头吴越去，隋炀日角运河花。
长城万里三边锁，放纵钱塘十地华。
玉垒人中何挂齿，梦书史记误桑麻。

**第 51 名　岑参 奉合贾至人早朝大明宫**

南山顶处雪生寒，上苑花开玉色冠。
紫气东来杨柳色，和风晓日半云端。
宫中北斗随起落，殿上排名故百官。
太子人前金阙客，中书省里御波澜。

**第 52 名　杜荀鹤 春宫怨**

婵娟一故宫，御迹半无踪。
试镜羊在误，临妆玉带慵。
春风无力度，古月十三重。
浣女西施闷，吴门木渎封。

**第 53 名　杜甫 望岳**

望岳一群山，临峰半玉颜。
黄河齐鲁尽，未了十三湾。
绝顶风云变，临川各整闲。
千年封泰祀，万里一心间。

**第 54 名　白居易 赋得古原草送别**

年年半绿生，岁岁一枯荣。
处处知时节，欣欣日月盟。
幽幽柳杨岸，漠漠古今城。
路路阴晴立，萋萋远近平。

**第 55 名　岑参 逢入京史**

南洋作业半人宽，老态龙钟一亿寒。
赤道行程情不止，桓仁草木寄平安。

**第 56 名　杜甫 春望**

国土半千音，书生一万金。
南洋来去度，塞北古今心。
冬夏春秋浅，枯荣日月深。
阴晴成锦绣，草木满森林。

**第 57 名　杜牧 九日齐山登高**

秋林五色雁南飞，青芷三湘竹翠微。
当下二妃千滴泪，何须万里白头归。
重阳夕照峰涵满，九日衷肠尽落晖。
故遍南洋乡不语，平生几处是如非。

**第 58 名　王昌龄 闺怨**

问莫金陵问莫愁，两三春心两三羞。
人如不语人如语，不嫁君王不嫁侯。

**第 59 名　王维 终南别业**

山穷别业知，水覆落云时。
晚照红衣短，光余万里枝。
禅音多少道，老子是非痴。
唯有东流去，幽幽不必期。

**第 60 名　李商隐 无题**

洞庭一日几波澜，水色三春半不寒。
二岛君山千百度，蓬山独住万云端。
瑶台有路殷勤去，七夕逢心乞巧难。
但寄相思天地外，巫山处处雨云看。

**第 61 名　杜牧 江南春绝句**

三桥流水半西东，五位姑苏一碧红。
只向洞庭山上望，莺啼尽处雨烟中。

## 第 62 名　孟浩然 春晓
春眠一鸟啼，月梦半辽西。
夜雨咸红色，梅花作玉泥。

## 第 63 名　杜甫 九日蓝天崔氏庄
九日蓝田玉百官，三秋渭水色秋寒。
咸阳不必东都问，且对荣英上下看。
叶落风中天地外，钟南山上挂垂冠。
何须草木来去见，但取人心可自宽。

## 第 64 名　温庭筠 商山早行
和衣梦故乡，挂月向衷肠。
昨夜闻风雨，今朝向驿墙。
鸡声茅店月，足迹石桥霜。
短见何须是，长亭故柳杨。

## 第 65 名　王维 使至塞上
御体过三边，胡姬舞十年。
秦人凭石垒，汉降故居然。
内外长城见，阴晴一地天。
寻心承日月，自主作方圆。

## 第 66 名　李益 夜上受降城闻笛
受将城前月似霜，行程足稷笛低杨。
何须不住天涯望，故乡寻心是故乡。

## 第 67 名　杜甫 丹青引赠曹将军霸
由亡小大巳夫人，见得枯荣魏武尘。
羽箭弓中惊白马，凌烟阁上塑人身。
丹青不尽含元色，意匠群英上液津。
铁柱君前成国界，南熏殿外去来频。

## 第 68 名　赵嘏 长安秋望
长安一望半清秋，渭水千川一色流。
玉笛三声人不语，秦楼万语凤凰游。
红衣落尽莲心子，碧叶珍珠白芷休。
北燕南来飞不住，年年一去一回头。

## 第 69 名　杜牧 山行
远上天山一日斜，云中草木半桃花。
三秋岭下枫江色，五色林中是我家。

## 第 70 名　王维 鸟鸣涧
空山一色空，古寺半蝉中。
桂子寒宫落，归鸿去不同。

## 第 71 名　王翰 凉州词
不上楼兰誓不还，无须日月玉门关。
荒沙万里风云处，白马行空来自闲。

## 第 72 名　韩愈 山石
黄昏寺外一天移，鸟翼云中半不低。
古壁僧言千万语，芭蕉遇雨石空啼。
清晖夜静闻天地，枥影虫鸣问不栖。
苦日行程终未悔，梅花落尽是香泥。

## 第 73 名　孟浩然 岁暮归南山
一日半诗书，千年两客余。
三生朝暮语，十载帝王居。
渭水风云去，长安日月疏。
时时天下问，处处笔耕锄。

## 第 74 名　杜甫 兵车行
兵车一日半长城，碧玉三春闺怨声。
汉将难寻天下路，秦皇自锁未央名。
男儿立志楼兰去，秀女成才渭水明。
百岁空余皮白骨，空余草木一平生。

## 第 75 名　王昌龄 芙蓉楼送心渐
一雨寒江半语吴，三山落叶两山孤。
金陵紫气秦淮水，此地相思彼处奴。

## 第 76 名　王昌龄 从军行
雪月千年亮马山，沙风万里玉门关。
三江此去东流水，百岁还言十八湾。

## 第 77 名　岑参 白雪歌送武判官归京
风花雪月半金台，雨细春江一色开。
弓角楼兰云不尽，商弦日月去还来。
东门白马轮合见，古刹钟声感慨回。
瀚海荒沙鸣又起，琵琶汉语几何衷。

## 第 78 名　卢纶 长安春望
一月无休照汉关，三生有志问书颜。
千年古道枯荣尽，万里行程远近山。
故国南洋何草木，家乡日月满心间。
寻来意向纵横处，读遍春秋不可闲。

## 第 79 名　卢纶 晚次鄂州
知音台外汉阳城，黄鹤飞来帝子生。
下里巴人凭自主，高山流水以心明。
三湘日下洞庭水，九脉云中一半晴。
鹦鹉洲头闻鼓历，江河舟上待乡情。

## 第 80 名　王绩 野望
士子一心归，人生半采薇。
山光明落鸟，水色照春晖。
野望长亭里，行程远近回。
峰高凭所仰，古壑任人飞。

## 第 81 名　李商隐 贾生
不问长沙问贾生，枯荣一半是枯荣。
汨罗五日屈原去，楚国三声六国平。

## 第 82 名　祖咏 终南望余雪
终南一雪云，洛邑半皇居。
足步何须问，思心不慕鱼。
又
终南一玉冠，洛邑半云端。
渭水知杨柳，长安问暖寒。

## 第 83 名　李白 将进酒
谁言醒醉酒中眠，但见枯荣日月悬。
渭水东流何不语，黄河九曲自苍天。
千金散尽精英在，万马争光草木田。
魏武难成三国鼎，陈王不下洛神船。

## 第 84 名　杜甫 秋兴
孤舟一去故人心，玉露三秋半木林。
几见长城南北界，千随汴水调知音。
江城日落知天地，白帝登高远近寻。
沲濆风云情切切，巫山峡雨意森森。

## 第 85 名　杜甫 登楼
不上高楼问古今，方圆七尺一人心。
云浮玉垒天地外，日落江东故甫吟。
客近浣溪花草色，山平远际半层林。
情临欲尽风声晚，何必无知却自寻。

## 第86名 杜甫 月夜
一月半云端，三秋十地寒。
千重乡梦远，几度问长安。
少府之儿女，红妆不可看。
还争朝夕事，恐落读书坛。

## 第87名 杜甫 北征
少府一书生，长安半客明。
开元天宝去，安史东胡横。
可叹潼关守，难鸣渭水清。
忧人常不足，力国以心倾。

之二
杜甫草堂一少陵，终生少府半春冰。
忠诚事国何心愿，明月清风向古灯。

## 第88名 王维 过香积寺
禅房夜话暮阴晴，石磊云峰水月清。
可以钟声香积寺，何须草木不枯荣。

## 第89名 刘禹锡 竹枝词
鸟雀南飞一夜鸣，牛郎织女半歌声。
云云雨雨云中雨，去去来来去后晴。

## 第90名 杨炯 从军行
牙璋一日兵，铁骑半自城。
雪暗天地北，云飞日月平。
长城多少战，汴水去来荣。

## 第91名 孟浩然 与诸子登岘山
襄阳一浩然，诸子半长天。
撼岳何无语，羊公草木年。
鱼梁随水落，梦泽逐帆船。
泪尽岘山石，人行五十弦。

## 第92名 杜甫 春夜喜雨
碧玉锦官城，红花上苑倾。
芙蓉颜色发，杜甫草堂明。
里巷三千雨，桑田一半荣。
当春时节里，夜夜待阴晴。

## 第93名 李颀 送魏万之京
处处人人半离歌，空空色色一蹉跎。
行行止止何须问，去去来来道路多。
上液池中朝暮雨，含元屏上野田禾。
京都日月阴晴旧，草木山川灞渭河。

## 第94名 杜牧 早雁
半问潇湘半问梅，千山莺下独徘徊。
三春塞北安巢穴，一度衡阳一度来。
故水尤明寒已尽，他乡未了玉冰台。
春风只许长城北，几日杨花几日裁。

## 第95名 李贺 雁门太守行
黑云欲雨压城摧，晴日须荣问蜡梅。
塞上黄金台上问，人中楚汉鸿沟开。
乌江舟上乌雏去，霸主心中霸主裁。
但向江东何必见，英雄自主自由裁。

## 第96名 崔颢 行经华阴
仙人掌上雨云晴，武帝心中祀祭荣。
玉女明星如五帝，芙蓉汉时祝三生。
华阴百里群山竟，岩峣万树逶迤行。
一路难开天下去，长生始得自心明。

## 第97名 李白 秋登宣城谢朓北楼
登楼问谢公，晚照待归鸿。
暮色宣城北，临晴领古风。
寒烟三世界，不记一西东。
十地江山色，千年性悟空。

## 第98名 李白 登金陵凤凰台
金陵二水凤凰台，建业三山玉树催。
月落浮云杨柳岸，潮生细雨石头回。
六朝草木乌衣巷，万户阴晴燕子来。
古寺鸡鸣胭脂井，青丹白露后庭开。

## 第99名 司空曙 云阳馆与韩绅宿别
故水一山川，行客半旧船。
相思寒照晚，苦别问燕然。
行泪三千滴，孤灯八九眠。
莫向明朝路，月色隔心怜。

之二
云阳馆外一韩绅，几度心中半故村。
下见云前浮细雨，何思远近自黄昏。

## 第100名 杜甫 羌村
胡风过羌村，白马向黄昏。
鸟雀前川落，牛羊后岭屯。
归心朝日月，去客误乾坤。
万里三江水，千年一玉门。

### 101 唐诗排行榜
榜上排行故几名，人中立论问何荣。
山前草木阴晴雨，暖后日月主客明。

壬辰元月初三

### 102 吴渭
宋末月泉吟，词新客古今。
唐家多日月，世界少人心。

### 103 彦周诗话
高杜摩诘孟浩然，刘郎黄鹤楚汉天。
贺赏游子王维主，七绝昌龄"感遇"田。
古府青莲诗酒客，卢家少妇月无眠。
登高九日茱萸草，几度人心似此缘。

### 104
可排行，不可排行，
以时，以事，以人而亡。
全唐诗是几人心，日月行中故古今。
草木年年繁似锦，阴晴处处满山林。

### 105 壬辰元月初三养春堂
直直曲曲几排行，隐隐明明各纵横。
北北南南何主客，忧忧劳劳似人成。
言中语外凭寄意，字里行间任内情。
古古今今寻足迹，去去来来作平生。

# 二十、唐诗三百首图说

蒋寅　主编　中国大百科全书出版社
2008年3月出版

## 1 李隆基
李旦玄宗御太平，姚崇宋璟帝相城。
开元盛世从天宝，月照长生屏上明。

## 2 望月怀远
张九龄
孤鸿还上来，独月夜中台。
步步相思路，幽幽柳梦梅。
情人何不问，远客自难猜。
莫以啼虫静，知心影后开。

## 经鲁祭孔子而叹之
凤鸟鲁王宫，河图邹邑鸿。
伤麟兴叹道，礼记梦檀弓。
列国周游尽，春秋奉始终。
黄河千万里，曲阜几山东。

## 3 杜审言
杜甫父章四反城，羲之北面一名声。
中宗学士修文馆，岭外昌宗主薄情。

## 4 宋之问
高宗进士虢延清，沈宋修文馆学名。
属对工精成格律，九州土木几阴晴。
含蕴厚村华糜故，禁闼轻浮吐纳茶。
咫尺天涯易之隔，行藏压卷六朝声。

## 5 和晋陵陆丞早春游望
山晴一日春，海曙半云长。
岭上梅花色，途中草木珍。
江南三二月，淑气万千频。
渡口船帆客，人心满古津。

## 6 题大庾岭北驿
五岭一枝梅，散扬半壁开。
千山行不止，万里去无回。
步步寻思尽，朝朝逐日来。
分情终未了，独自向心猜。

## 7 送杜少府之任蜀州
王勃
少府三秦下蜀州，南朝五津上江流。
天高万里风云逐，海阔千年日月求。
彼此同游天地寄，阴晴共处去来忧。
咸阳有客龙门向，道路无心步迹留。

## 8 骆宾王
竹帛骆宾王，则天叹宰相。
闻名徐敬业，召伯问甘棠。
抱影危机却，含声洁审藏。
知音何草木，一语纵钱塘。

### 在狱咏蝉
息象一身鸣，知音九脉清。
灵姿三夏易，蜕变半忧生。
夕照低阴切，枝高哺叶情。
吟时天地界，唤道去来惊。

## 9 沈佺期
沈宋一云卿，齐梁半客明。
难言直学士，石冬内黄情。
舞后黄袍赐，上官御笔倾。
工诗寻字句，对仗教珠英。

## 10 次北固山下
王湾
草木故乡颜，风云北固山。
东吴多少路，鄂楚去来班。
雨落青林镇，潮平两岸关。
金陵何远近，主簿帝王湾。

### 杂诗
三边一日兵，十月半人情。
少妇儿郎梦，长城固守营。
飞将胡塞箭，李广守龙城。
铁甲沙场尽，匈奴不结盟。

## 11 辋川闲居赠裴秀才迪
王维
阡中积西川，陌里落云烟。
五柳春秋问，三光日月泉。
蝉鸣天地树，渡口去来船。
灞水平波息，蓝天淑女宣。

## 12 酬张少府
王维
方圆半入琴，万事已关心。
老路长寻步，新园度旧落。
三生宽带解，百岁木成林。
十脉山川水，千年一古今。

## 13 过香积寺
王维
但数一晨钟，还寻半旧踪。
云山香积寺，西雾故人峰。
十步三挤短，千声万彪松。
潭空鱼鸟静，院色制毒龙。

## 14 山居秋暝
王维
一树半清秋，三泉九脉流。
山中无老虎，月下有青楼。
竹静藏栖鸟，虫闻可久当。
王孙昭隐士，不但不归舟。

## 15 终南别业
王维
知中几不知，迟离似无迟。
老叟方圆外，芳林草木诗。
山深峰独立，水曲影云期。

400

偶见寻归鸟，重名向几时。

### 16 归嵩山作
王维

归来自闭关，此去已轻还。
暮已山林早，朝从草木闲。
芳城人事老，故水客时颜。
未满三千界，原闻十万山。

### 17 终南山
王维

洛邑一东都，唐城半有无。
终南山上向，太乙月中孤。
渭水楚汉色，长安草木苏。
渔樵何所见，古壑满平湖。

### 18 汉江临泛
王维

楚塞客三湘，吴门主半梁。
洞庭山下水，同里月中塘。
汉口知音老，长江向武昌。
龟蛇黄鹤影，会稽色隋扬。

### 19 题破山寺后禅院
常建

钟声一古今，日色半森林。
寺鼓山川响，禅房草木荫。
潭中鱼鸟落，影下向观音。
莫以方圆阔，须当自在心。

### 20 刘长卿

河间进士字文房，御史随州向四方。
五句长城言刺史，南巴夜雨几花花。

新年作

乡心爆竹烟，巍色两分年。
子夜新声起，三更故客岭。
居人何上下，独步几蹁跹。
李广千年怨，长沙十里田。

### 21 送李中丞归汉阳别业
刘长卿

别业李中丞，将军十万鹰。
江流东不止，独立见呼应。

拔剑三边任，轻生一诺凭。
茫茫天地静，处处玉冰凝。

### 22 临洞庭湖赠张丞相
孟浩然

八月水湖平，三江色霭明。
洞庭云梦泽，日月岳阳城。
欲渡孤山雪，临渊楚汉生。
行成天下路，未谢世中荣。

### 23 秦中寄远上人
孟浩然

闻蝉现远情，见路向清明。
寺古凭天地，师秦任纵横。
南尘中日色，北木上人萌。

### 24 宿桐庐江寄广陵旧游
孟浩然

襄阳孟浩然，撼岳已惊天。
日照孤舟岸，风行建德田。
桐庐江色晚，洛邑井枯泉。

### 25 早寒有怀
孟浩然

叶落岭前丹，冰封水上寒。
襄阳多火客，楚汉隔云端。
渡口扬帆雨，巫山向古漫。
天津何所见，莫以误朝冠。

### 26 留别王维
孟浩然

寄寄度园扉，朝朝染翠微。
寻寻芳草色，步步露春晖。
迫迫常来去，遥遥短是非。
知音凭叙旧，却意不须归。

### 27 与诸子登岘山
孟浩然

三生草木枝，百岁古今诗。
梦泽鱼梁尸，羊公祜乐迟。
江山碑坠泪，上下逐时师。
宇宙沧桑见，枯荣日月姿。

### 28 过故人庄
孟浩然

雨过故人庄，云从旧客堂。
耕耘寻日月，缘碧作文章。
场圃桑麻色，轩亭左右凉。
知音图社稷，酿酒待重阳。

### 29 岁暮归南山
孟浩然

岁暮归南山，年华作故颜。
多才明主向，撼岳未朝班。
白发长安迫，襄阳久不还。
窗虚催老色，月夜玉门关。

### 30 赠孟浩然
李白

吾爱风流孟浩然，红颜白首醉长天。
高山仰止行云去，风流清芬五柳眠。
北阙中书门下客，襄阳酒圣砚碑悬。
何须洛邑车都晚，不以长安作士田。

### 31 渡荆门送别
李白

万里一行舟，千帆半逐流。
荆门平野尽，楚国故山秋。
远渡涛声近，云浮日色游。
朝辞江汉水，暮寄岳阳楼。

### 32 送友人
李白

桥边一柳杨，驿外半衷肠。
独立山川路，孤行日月光。
云浮云复落，雨洒雨重塘。
送友人心寄，知音事世堂。

### 33 淮上喜会梁州故人
韦应物

草木三声客，阴晴半酒觞。
梁州凭蜀寄，汉口任淮扬。
故国多来去，归心日月荒。
秋山朝暮色，错落误炎凉。

### 34 月夜
杜甫
一夜玉身寒，三更素被单。
长安儿女梦，洛邑故都坛。
隔岸呼来去，虚窗向牡丹。
生平何所以，不得挤严宽。

### 35 春望
杜甫
二月江河浅，三春草木深。
千山飞鸟尽，万径水知音。
短梦平朝暮，乡心满古今。
年年回首木，处处未成林。

### 36 月夜忆舍弟
杜甫
晨钟千万里，暮鼓两三声。
路已分心远，情怀别梦惊。
如何知老少，不见去来萌。
但以寻归切，平生是弟兄。

### 37 旅夜书怀
杜甫
暮色浣花溪，星光木影低。
风声天地外，宿鸟草堂啼。
草木山川阔，文章日月移。
心随从道路，步入化春泥。

### 38 登岳阳楼
杜甫
洞庭日夜浮，岳麓去来舟。
渡口姑山岸，乾坤楚汉秋。
潇湘多少梦，洛水曲直流。
但以文章寄，何须草木愁。

### 39 钱起
大历十才人，钱郎半士身。
吴兴文化客，沈宋济成茵。

### 40 韩翃
中书半舍人，进士一官身。
幕府南阳客，君平字句珍。

### 41 谷口书斋寄杨补阙
钱起
莫与故人期，需从旧日辞。
闪光林木早，宿鸟意栖迟。
夕照当天地，黄昏寄托枝。
竹影婆娑问，也许是归时。

### 42 酬程延秋夜即事见赠
韩翃
幕府风声早，中书漏断迟。
宫城杨柳色，殿阁帝王知。
气节春秋序，山川日月时。
临川鱼莫数，寄望宰相知。

### 43 阙题
刘昚虚
日月半时光，青春一柳杨。
云流千万里，雨色两三塘。
竹影幽情许，桃花寸意张。
遥溪何远近，此水冬芳香。

### 44 江乡故人偶集客舍
戴叔伦
露草哺寒虫，江乡以始终。
宫城明月色，集客舍人躬。
羁旅天津梦，相当济世雄。
风惊天地客，路补大江东。

### 45 卢纶
大历十才人，卢纶一元臣。
郎中元帅府，永济判官身。

### 46 喜见外弟又言别
李益
驿上一相逢，心中半旧容。
乡山多少路，旧巷去来踪。
志力中原北，身行泰岳峰。
潇湘云雨夜，莫望别时墉。

### 47 送李端
卢纶
莫嘱去情迟，还言宿鸟知。
乡林多少叶，俗性去来司。
腊月梅花雪，中秋塞雁姿。
归心南北望，故尽万千枝。

### 48 云阳馆与韩绅宿别
司空曙
一夜云阳馆，三更泰岳钟。
山川勾股隔，臆梦世情封。
独月梧桐语，孤灯影未重。
如今祖国去，日月不留踪。

### 49 喜外弟卢纶见宿
司空曙
坝岸半无林，江流十有津。
家乡三岭外，故客九州亲。
旷野牛羊路，书香日月珍。
渝关南北向，射虎共青春。

### 50 蜀先主庙
司空曙
蜀主向三分，丞相作六军。
鞠躬之尽瘁，白帝对孤云。
却魏联吴去，曹公虎牢闻。
桃园初结义，至此可芳芬。

### 51 没蕃故人
张籍
莫以向残旗，何须是旧师。
三军蕃汉战，九脉死生移。
月氏祁连北，匈奴破立迟。
鸟雏回首见，欲寄作相知。

### 52 赋得古原草送别
白居易
年年一碧生，岁岁半枯荣。
处处江山色，时时草木情。
云烟天地诺，雨露夕朝萌。
方圆由宇宙，日月自阴晴。

### 53 南阳
杜牧
一约到天边，三生任自然。
南阳云雨夜，北海钓鱼船。
浸晓烟花月，凝情玉淑年。

江东豪杰客，木槿色源泉。

### 54 早秋
许浑

玉露一银河，幽虫半九歌。
西风生北陆，塞燕梦南柯。
瑟瑟知音许，幽幽故叶多。
何燕天地客，可向五湖波。

### 55 秋日赴阙题潼关驿楼
许浑

桃林向玉箫，暮雨过中条。
古树凭关碧，黄河任海遥。
长亭多酒肆，落叶竹天潮。
日月三关路，春秋一士桥。

### 56 落花
李商隐

落花尽处是我家
云烟一落花，色雨半参差。
曲径春秋晚，芳心日月斜。
蒂根生子粒，蕊柱秀心芽。
觅觅寻寻处，来来去去家。

### 57 蝉
李商隐

饮露两三鸣，登枝七八声。
长衣偏薄短，暮雨尚高情。
土偶东西岸，桃梗士子行。
由来天地客，最是自纵横。

### 58 行经华阴
崔颢

明星玉女一莲花，武帝咸阳半世家。
北枕秦关削石壁，西连汉时祀年华。
仙人掌上三峰向，驿路途中半谷崖。
莫学长生名利客，何如酒市话桑麻。

### 59 黄鹤楼
崔颢

雨后十三州，云中一半楼。
涛声黄鹤去，月色大江流。
历历长江岸，萋萋楚客羞。

龟山何守锁，汉口几归舟。

### 之二

琴台汉口大江洲，黄鹤蛇山故客楼。
夏得高山流水去，伯牙约段子期休。
祢衡赋里寻鹦鹉，太守宴中作祖酬。
已费文祎天下寄，子安去后几春秋。

### 60 望蓟门
祖咏

金台几度帝城惊，射虎三更皮羽情。
笔砚儒中天下事，长缨阙上赵王明。
蓟门西树风云路，瑞雪烟花德胜荣。
赐子封侯飞将在，燕京应得丈夫盟。

### 61 长沙过贾谊宅
刘长卿

三年太傅半长沙，一度风云一客家。
日晚寒林空梓暗，归迟宿鸟已枝斜。
何从帝记疏言少，不似潇湘二月花。
问楚汨罗成水色，怜君夜魄到天涯。

### 62 九日登望仙台呈刘明府
崔曙

重阳步步登仙台，暮色悠悠远近开。
令尹关门三晋北，先生五柳一东来。
文王后皋何翁在，老子西行久不回。
咫尺南知千万物，天涯自有两枝梅。

### 63 登金陵凤凰台
李白

金陵百鸟凤凰台，孔雀千声帝子开。
二水东流分两岸，三山旁落满香梅。
吴门韵语江湖问，楚客知音日月猜。
不见子安黄鹤去，空余汉口大江来。

### 64 送李少府贬峡中王少府贬长沙
高适

巫山峡谷两云乡，蜀客巴东向楚王。
便去长沙天下路，西陵少府岳湘塘。
青枫浦里猿鸣断，白帝城中雁柳杨。
日月三千从彼此，平生一半自炎凉。

### 65 蜀相
杜甫

桃园结义表三分，白帝托孤语半闻。
六出祁山天下事，千躬后主瘁光君。
空城计里知音去，五丈原中苦月曛。
赤壁东吴谁蜀魏，南阳夜西自纷纭。

### 66 客至
杜甫

桃林百色浣花溪，柳岸三春曲叶低。
老酒千坛天地水，庭燕半掩草堂泥。
窗前野经随云扫，隔壁村姑待鸟啼。
幕落鸣蝉归土木，风摇玉树任东西。

### 67 闻官军收河南河北
杜甫

蜀色三年半草堂，诗书百草五黄粱。
天涯有路和安史，剑外惊门太子扬。
收复河南河北省，平生一世一衷肠。
妻家喜作成儿女，只话长安是故乡。

### 68 咏怀古迹五首
杜甫

琵琶一曲半阴山，朔漠三声两汉颜。
弃市宫闱回眸色，明妃夜色玉门关。
相思太息"昭君怨"，恨赋"江淹"帝子闲。
天涯处处名芳草，人生去去不须还。

### 69 阁夜
杜甫

鼓角声声半野烟，江河日日一生田。
长安处处千家跕，剑阁年年万壑悬。
栈道何修明不语，陈仓未必渡桑泉。
渔歌几起黄粱梦，不似英雄到古边。

### 70 登高
杜甫

英雄不止去还来，壮士常言诺莫四。
独上金台回首问，孤身栈道大江开。
波平浪静沧流远，澎湃汹涌楚汉哀。
百岁当须天地语，千年一世以心裁。

## 71 春思
皇甫冉

回文锦字一怨香，壮士心田半杨长。
马邑长城何天地，龙门御苑几炎凉。
相思处处楼兰色，草木年年日月光。
少妇花枝招展后，璇玑字句纵横藏。

## 72 晚次鄂州
卢纶

晚次风帆楚鄂州，江流暮色武昌楼。
潇湘不语先寻月，蜀主何言后尽忧。
日去涛声惊岸渡，潮来夜色潜龙游。
三生玉宇知音水，一梦金陵问石头。

## 73 登柳州城寄漳汀封连四州刺史
柳宗元

岭树叶影已入秋，穿云明月上高楼。
漳汀一半封建半，不寄长安寄柳州。
刺史衷肠千万度，江涛暗涌万千流。
文身百赵难言语，司马三生不尽忧。

## 74 西塞山怀古
刘禹锡

半见金陵半石头，六朝风雨六朝休。
三山草木如依旧，二水阴晴向玄当。
故垒西边云里月，江波北岸水中秋。
樱船末许秦淮渡，铁锁已尽待益州。

## 75 遣怀三首
元稹

### 其一
一寺半西厢，三生两处长。
人情依旧在，杜若向红娘。
读里春秋月，书中草木荒。
心田生故垒，日下满衷肠。

### 其二
因情一世行，遣怀九回肠。
逐客何来去，寻思向旧妆。
人心凭所处，落日任黄粱。
此梦时时有，天尾柳同杨。

### 其三
梅花寄暗香，五月待春塘。
夜里东风雨，长中夜色凉。
山川何所望，柳絮自苍茫。
岁岁同天地，幽幽向异乡。

## 76 吕家兄弟妹
弟兄五人一小妹，渝关内外半京城。
为寻进士幽州北，此去伶仃忆此生。

## 77 望月有感
白居易

一梦分心五弟兄，三生小妹半娘情。
书生不解渝关去，进士幽州学院盟。
日月寻求天子路，阴晴不闭读书声。
浑江水色年年绿，五女山光处处明。

## 78 无题
李商隐

一夜阴晴一夜盟，半生日月半生鸣。
红楼水浒西游记，三国隋唐演义城。
结路青春多叙事，分曹射覆少枯荣。
兰台暖色灵犀点，学院灯明进士情。

## 79 无题四首
李商隐

一路寻来一路踪，半云雨色半云重。
巫山白帝长江水，楚客夔门十二峰。
此去秦淮多少向，还来剑外蜀人封。
疏疏落落三帆色，朝朝暮暮两岸松。

## 80 无题
李商隐

### 其一
无题内外一题名，有两阴晴半雨声。
草色玲珑多比喻，花芳豆蔻少衷情。
天河两岸牛郎向，小锦三章织女倾。
莫似人间藏树后，瑶池不许小儿盟。

### 其二
东风细雨宓妃来，洛水轻云魏客回。
七步行吟才帝子，凌波注目寄情猜。
相思自已灵犀闭，意马难从宓愿开。
半月躬身成月影，三更梦入玉露台。

## 锦瑟
一弦一柱一年华，半意半心半杜然。
司马相如音外寄，文君少寡客中悬。
蓝田有玉长安尽，太乙望云滑水烟。
莫供私情成往事，空凭日月泪似泉。

## 81 苏武庙
温庭筠

北海花花一李陵，山羊处处半呼应。
匈奴军中知己向，汉室空言结玉冰。
向雪烟华苏武帝，封侯印鉴照无凭。
飞将旧日旌旗在，不似江山汉地承。

## 82 贫女
秦韬玉

家人但作嫁衣裳，世上何言几栋梁。
垒石长城千万筑，楼船汴水日钱塘。
蓬门陋户书生路，格调风流士子堂。
苦苦辛辛成就处，朝朝暮暮似火凉。

## 83 送别
王维

春初一翠微，日暮半心扉。
草木枝年月，王孙向不归。

## 84 竹里馆
王维

独坐向幽篁，弹琴待目光。
深林何不见，月色自杨长。

## 85 杂诗
王维

君心一故乡，布各半鸣长。
五女三山色，浑江九曲肠。

## 86 送崔九
裴迪

十里武陵人，千年故汉秦。
桃园深浅路，布谷去来频。

# 第二卷 唐诗百话

**87 终南望余雪**

祖咏

中南十月丹，太乙九州寒。
雪素中条色，云轻落水残。

**88 听弹琴**

刘长卿

下里巴人曲，阳春白雪浮。
梅花三弄色，水调一歌头。

**89 送灵澈上人**

刘长卿

苍苍林寺晚，杳杳暮钟声。
水落斜阳尽，云浮宿鸟鸣。

**90 春晓**

孟浩然

梅花一半花，玉女两三家。
夜雨惊天下，晨窗雾满纱。

**91 宿建德江**

孟浩然

舟停日月平，日落去来明。
暮暮朝朝客，云云雨雨生。

**92 秋夜寄邱员外**

韦应物

三声两月泉，一步半凉天。
采豆心无晚，幽人已不眠。

**93 独坐敬亭山**

李白

独坐敬亭山，孤文虎牢关。
相思红豆少，太乙翰林闲。

**94 八阵图**

杜甫

九脉一东吴，三分八阵图。
空城牛马路，白帝受托孤。

**95 登鹳雀楼**

王之涣

黄河万里流，鹳雀一声休。
欲向千年事，当寻九日楼。

**96 听筝**

李端

流水一知音，高山半古今。
文君千日见，司马两人心。

**97 新嫁娘词**

王建

三春作嫁娘，二月淑梅香。
草木之天地，阴晴问柳杨。

**98 玉台体**

权德舆

解带怯罗裙，和衣向晚君。
嫦娥多少见，月色去来分。

**99 江雪**

柳宗元

林山半雪深，古寺一观音。
步步新踪迹，层层故客心。

**100 问刘十九**

白居易

万雪半江湖，千山一玉奴。
何须天地向，已醉莫相呼。

**101 宫词**

张祜

终身守禁田，半鹤问黄泉。
一曲肝肠断，三生日月悬。

**102 乐游原**

李商隐

暮色乐游原，黄昏鸟雀喧。
驰驱寻古道，只要近轩辕。

**103 寻隐者不遇**

贾岛

推敲一寺门，夜宿半王孙。
隐者池边鸟，寻人月下村。

**104 渡汉江**

宋之问

长安隔汉江，岭客问家邦。
路上人垂语，相中鸟不双。

**105 春怨**

金昌绪

月照小虫啼，云高柳叶低。
三声闻不已，一梦向辽西。

**106 哥舒歌**

西鄙人

霍将一葡萄，潼关九御袍。
长安三窥马，李广半弓刀。

**107 长干曲四首**

崔颢

三吴作故乡，五月向斜塘。
月色知同里，桥栏种柳杨。

**108 玉阶怨**

李白

其一

不怨月玲珑，还知水雾汪。
池中多少影，树上不鸣虫。

其二

水调歌头在，长城任孟姜。
苏杭成一线，此去运河长。

**109 静夜思**

李白

其一

云中半月光，地上一层霜。
翘首何来去，低头是故乡。

**110 塞下曲**

卢纶

射虎一幽州，飞将半国忧。
平沙成世界，举目逐沙流。

其二

胡姬半酒泉，汉马一云天。
李广飞将北，三边塞下田。

**111 江南曲**

李益

曲曲一吴音，幽幽半古今。
糜糜千万语，糯糯几知还。

405

## 112 闺怨
王昌龄
男儿十日见封侯，少妇三春向客羞。
不筑长城何好汉，风花雪月几时愁。

## 113 芙蓉楼送辛渐
王昌龄
半入姑苏半五湖，一蓑点滴一烟都。
云中雾里云中雨，向念西施向念奴。

## 114 凉州词
王翰
一马当先到酒泉，三军鼓角向惊天。
胡姬舞尽葡萄醉，汉武朝中进士年。

## 115 黄鹤楼送孟浩然之广陵
李白
孤帆远影半人心，谷水东流一古今。
汉口楼空黄鹤去，襄阳草色不知音。

## 116 早发白帝城
李白
夔门白帝一巫山，蜀水江陵半楚颜。
两岸云中天地语，三帆日上去来还。

## 117 滁州西涧
韦应物
上马河边五百鸣，寻舟月下万千城。
潮云似雨三重岸，渡口呼来一故声。

## 118 逢入京使
岑参
故国西园夜已残，龙钟白马血由单。
京中离别阴晴泪，路上相逢彼此宽。

## 119 江南逢李龟年
杜甫
岐王宅里李龟年，崔九堂前乐曲筵。
陛下长安安史客，开元天宝不同年。

## 120 枫桥夜泊
张继
其一
姑苏碧玉小桥东，干将烟云雨雾红。
越语吴音临岸远，西施舞曲范蠡衷。

其二
拾得寒山夜半钟，枫桥月色玉三重。
姑苏一处洞庭渡，同里千家顾步封。

其三
枫桥夜泊半霜天，拾得寒山一夜眠。
此问江湖多少路，洞庭水色去来船。

其四
一江渔火一江烟，半寺寒山半寺缘。
两岸湖州两岸渡，三桥同里三桥船。

## 121 月夜
刘方平
冬梅二月客梅家，北斗星河玉斗斜。
七瓣花香千瓣色，五湖水色一湖沙。

## 122 征人怨
柳中庸
长城万里自辽东，汉武三边见世雄。
鸭绿兴安凭岭界，白山黑水可由衷。
刘方平
山山水水半丹青，去去来来一右铭。
木木林林成世界，峰峰石石照浮萍。
柳中庸
宗元柳色半中庸，士满河东一鼓钟。
日月何须天子问，文章不必帝王封。

## 123 春怨
刘方平
山高暮色半黄昏，金屋藏娇两泪痕。
欲止楼前啼鸟在，闻时树下作乾坤。

## 124 夜上受降城闻笛
李益
受降城前一月明，昆仑脚下半风声。
冰川似雪何不语，芦管如乡自在鸣。

## 125 乌衣巷
刘禹锡
得月桥中半月平，乌衣巷口一衣情。
香君扇里明情去，王谢堂前野草生。

## 126 春词
刘禹锡
一院春光半院愁，三心意马两心羞。
重寻梦影分裙带，莫锁幽香入枕头。
刘禹锡
桃叶船中一月明，魁元阁上半书情。
秦淮水色金陵梦，贡院文心洛邑城。

## 127 宫词
朱庆余
半理群裾半不言，一窗碧缘一琼轩。
含情只向春风许，淑女依心玉叶萱。
朱庆余
工诗可久长，越句庆余堂。
敬受知张籍，秘省校书郎。

## 128 泊秦淮
杜牧
金陵水月石头崖，粉脂啸娘不问家。
尽是男儿亡国去，秦淮玉树后庭花。

## 129 闺意献张水部
朱庆余
步入洞房问丈夫，心生对拜见娘姑。
三朝日何长短，一曲知音是念奴。

## 130 寄扬州韩绰判官
杜牧
江都日日向琼瑶，古月幽幽待小乔。
二十四桥云水色，三春玉女半吹箫。

## 131 赠别二首
杜牧
十里湖州一步余，三生岁月半心虚。
江南少女扬州路，豆蔻年华情影初。

其二
无情胜似半多情，有意从心一意生。

客里行身何不解，乾坤草木自枯荣。

## 132 遣怀
杜牧
秦楼楚馆一娇娃，载酒轻吟半客家。
两里云中朝暮色，梅桃唱尽满梨花。

## 133 秋夕
杜牧
七夕天河半泾渭，三边五色一丹青。
无须捕获流座落，待见牛郎织女星。

## 134 金谷园
杜牧
红花半似坠楼人，碧草三春逐日身。
杜牧知君金谷色，香消玉殒缘珠岭。

## 135 贾生
李商隐
十步长沙逐旧臣，三朝故论问新人。
贤中能者何言语，夜半席前几度秦。

## 136 夜雨寄北
李商隐
巴山夜雨一秋池，夜雨巴山半故知。
独木成林林不语，居心旧话话时迟。

## 137 为有
李商隐
朝云暮雨一巫山，暮雨朝云半楚颜。
古色幽幽人事晚，香风处处出玉门关。

## 138 瑶瑟怨
温庭筠
十二峰中半雨声，三千草下一云平。

巫山雁过潇湘客，白帝王从楚鄂情。

## 139 已凉
韩偓
一夜秋风不折枝，三明树色向杨知。
炎凉节气分成晚，水浅山深半月迟。

## 140 台城
韦庄
三山世子读王声，二水梁家制不明。
百寺阴晴梁武帝，六朝草木满台城。

## 141 寄人
张泌
红尘一半是心尘，渡口三千自渡舟。
月色时光曾旧照，无情只似有情人。

## 142 陇西行
陈陶
平生一诺陇西行，历尽三边塞北情。
已见长城兴废处，何人可寄将军名。

## 143 送元二使安西
王维
渭水桥头半柳杨，凉州月下一风霜。
寒声不尽沙鸣响，海市蜃楼做故乡。

## 144 秋夜曲
王维
一夜凉州月满霜，三秋叶落向咸阳。
楼兰不得闻中问，羌笛无声塞外肠。

## 145 出塞
王昌龄
飞将不得玉门关，天水东流去不还。

一箭幽州飞射虎，长城远处是阴山。

## 146 清平调三首
李白
不想衣裳不想明，华清水暖玉华情。
潼关守将何须问，帝子云中已作声。

### 其二
巫山一路雨云长，十二峰中半故乡。
白帝秭归王不语，夔门此去尽衷肠。

### 其三
华清水色一池香，渭水凌波汉魏王。
应解江山凭玉枕，宓妃不尽太贞妆。

## 147 凉州词
王之涣
凉州一路向天山，汉马三声向玉颜。
强敌何须杨柳怨，沙鸣不住入门关。

## 148 金缕衣
无名氏
唐人一曲杜秋娘，少小三声几断肠。
不可相思回首见，当须任性付低昂。

## 149 古今诗应五万余
荷塘处处古今诗，夜色时时日月迟。
四万乾隆吟不止，三生折桂作人知。
2013.5.14 马来飞京

## 150
归来自作古今诗，来去何言日月迟。
老子文章天地问，人间应是暮朝时。
2013.5.1 马来西亚

## 二十一、唐诗万象

王开洋 著 百花文艺出版社
2010年6月出版

**1 唐人尚诗，观音人身**
诗词一代半唐人，日月三生九客身。
草木荷花知世界，观音大士点红尘。

**2 题文集柜**
集柜文思白乐天，三千八百四诗田。
东林胜善龟郎处，五套经藏寄旧年。

**3 免诗僧**
十载半僧名，三春一寺清。
千年如佛伴，万里似禅行。
道性宜随水，人身可与荣。
花莲同社稷，不衲共殊荣。

**4**
天台一寺网清名，月色三山库院荣。
扫叶人前知次看，寒山足下可倾城。

**5 叙怀**
不可三从可半名，敦轻四德轻千荣。
人身自在观音度，日月杯心士弃倾。

**6 白蜡烛诗**
一意虚心一意明，半家灯火半家倾。
红香色粉春风闪，白玉心中是旧情。

**7**
葡萄半洛阳，夜雨卷帘光。
竹影婆娑色，人情一故乡。

**8**
广袖楚宫妆，闲庭汉月霜。
寒禽分水渡，白玉作红娘。

**9 景龙四年正月五日，移杖蓬莱宫，御大明殿，会吐蕃骑马之戏，因重为柏梁体联句**
玉宇琼楼普济堂，龙庭凤典话圆方。
凌烟阁上论秦皇，千门紫禁沐天王。
三宫日月述书郎，人身洛水带衣香。
一寸春风五柳杨，万户炊烟自抑扬。
四海江华四海疆，家邦政绩御家昌。
著作文田语中肠，肃足不踏桥坂霜。
言出九鼎上苑止，十地笙歌十地觞。

**10**
汉武群臣立柏梁，七言一句商词昌。
文章字句知朝暮，草木枯荣日月光。

**11 杏园联句**
春风十地杏园空，一醉三杯韵角同。
物态千光新色外，冠峰玉立曲江中。
含元殿上童颜鹤，上苑花前逐故雄。
旧事新丝何管笛，书窗翰墨日光红。

**12 登岘山观李左相石尊联句**
百士吟声一岘山，三春草木半色颜。
龙城始得江山客，评事真卿立正还。

**13 题三乡诗（并序）**
弄玉秦楼影色低，良人汉降月空移。
巫山蜀峡何云雨，巳女萧娘度剡溪。

**之二**
玉门始得玉门关，暮照沙鸣暮照闲。
妄语巫山云雨夜，月牙不露月牙湾。

**14 新唐书·刘禹锡传**
郎州司马竹枝词，谢女萧娘广汉诗。
曲尽人间儿不语，屈原楚沅九歌知。

**15**
花红草碧柳杨荣，楚女相郎去来声。
北水南流知日月，云山雾雨是阴晴。

**16 竹枝词 元稹**
下里阳春下里人，巴山白雪竹枝春。
江楼一西江流断，蜀水川空司马亲。

**17 杨柳枝**
随人水调两三声，白雪梅花一半情。
洛下新声杨柳色，今阁旧曲满京城。

**18 登高 杜甫**
半字心思半自猜，一春草木一春来。
群芳染色群芳色，酒酒衷情酒酒杯。
十里长亭杨柳路，三江曲水已徘徊。
萧娘不住刘郎问，此步江山彼步台。

**19 梦江南**
江水暗，不上望江楼。暮色千重渡口问。
风流不止己无休。人在楚江头。

**20 诗**
诗，曲莫，文奇。情日月，去来时。
缺缺圆圆，你知我知。古今风雅颂，
吴楚九歌词。天水一泻万里，
女娲十地如斯。自从轩辕作人杰，
已著色空奉百姿。

**21 奉酬袭美苦雨四声重寄三十二句**
平平仄仄声，去去来来情。
韵韵音音绪，先先后后生。

**22 因崔五侍御寄高彭州**
百岁半泉澜，三春一石寒。

文章惊日月，天水转弯难。

## 23 辞蜀相妻嫁女诗
一半兰衫一半公，两三坦腹两三童。
幽幽隐隐蓬茅度，影影身身自不同。

## 24 联句
青竹半床明，珠帘满语风。
今宵三寸许，月上一家雄。

## 25 感夫诗
儿儿女女半亲乡，念念思思七寸肠。
夏雨浮萍知自己，春花落尽卸红妆。

## 26
知音不问望夫山，西去相思七寸间。
楚客江楼流水色，沙鸣大漠玉门关。

## 27 绣龟形诗
楼兰不可自还乡，玉兔难言桂短长。
待旦风霜多少夜，无成江山未成郎。

## 28 诗才即人才
诗词日月一人才，草木阴晴半地猜。
楚汉鸿鸿中土士，隋唐古刹上天台。

## 29 宝剑篇
一箭半龙泉，三光十地田。
人生书子座，日月士成年。
弃镂漂沦苦，金环结近迁。
英雄知本色，九品气冲天。

## 30 咏方圆动静
方圆动静一江山，进退兴亡半御颜。
日月阴晴成败事，枯荣草木玉门关。
明皇李泌张悦示，肃待德皇子资闲。
十地十山峰独立，三宗一士共朝班。

## 31 咏王大娘戴竿
搭木成山一大娘，旗人共舞半群芳。
长竿顶戴何歌舞，天下人间自柳杨。

## 32 应诏赋得除夜
一日半冬春，三更两岁人。
梅花初绽放，不觉夜回新。
神竹声声响，灯灯烛火亲。
星星明未改，暗逐向天津。

## 33 赐诸州刺史以题座右
阡阡陌陌一农桑，苦苦辛辛半小康。
正正直直声迹著，安安稳稳事儒肠。
虚虚实实清知否，誉誉名名不可扬。
子子民民常有教，强强弱弱故圆方。

## 34 重阳日赐宴曲江亭赋六韵诗用阳字
九日一重阳，三秋半柳杨。
风平三世界，暮色十州黄。
野菊金英色，芳群气敏堂。
都城洛水阔，士子曲江肠。

## 35 寒食 韩翃
三春十地满飞花，万水千山半柳斜。
乞火清明书贝叶，寻芳问道玉人家。

## 36
中书五品舍人身，学士三生制书臣。
应是观音门下客，平章日月满天津。

## 37 吊乐天
一玉千珠七十年，三生九脉半余田。
枯荣不易春秋易，日月当空日月船。
造化心中文韵守，浔阳水上色空悬。
琵琶曲后思卿晚，长恨歌前白乐天。

## 38
离骚一小山，仰抚半栓颜。
独往文思水，妃贤礼顾还。

## 39 白牡丹
玉洁冰清白牡丹，亭亭独立露春残。
长安纸贵先生冷，上苑云浮可几端。

## 40 榆钱 罗隐
初春一树叶花繁，二月三生草木萱。
片片榆钱迎巷舞，条条细柳问轩辕。

## 41
华阴决事未开门，御手调羹力士村。
一马天堂妃捧砚，三宫太白奉黄昏。

## 42
无疆近夜郎，陆离远家乡。
失势青门客，种瓜复几秧。
宗堂何谓子，拙朴及龙光。
白帝猿啼处，相思寄苦章。

## 43 吊朱元璋
十载惟庸李善长，三朝故党将相亡。
元璋兰玉公侯死，兄弟幽州是故乡。

## 44
明月难荣一月奴，丈夫可就半天姑。
状元桥上寻花巷，鲁宋不及问五湖。

## 45 示金陵子
金陵美女石头城，李白抒心一意倾。
楚渡西行筳窈语，林泉携手谢公情。

## 46 送王屋山人魏万还王屋
王屋山人魏万人，山东太白广陵春。
三千里路梁园晚，汴水黄河几不分。

## 47 井栏砂宿遇夜客
夜客家雄一古今，如途世路半人心。
诗词彼此何须问，皖口江湖是绿林。

## 48 寄内诗
四海半人家，三生两地春。
边疆多少月，寒月染红尘。

## 49 李皋试诗
村中一两家，石石万千崖。
木里千钧笔，人前不见花。

## 50 盛世风情
盛世风情姹紫红，争芳夺目国周风。
阳光雨露开元日，巷里文章到古宫。

## 51 都市繁花
朱雀门中十地人，千家月下半红尘。

三宫百坊皇城井，白马东风酒肆春。

## 52
天街鼓绝九衢城，八百声中一月明。
夜客行知十条外，豪求未解半枯荣。

## 53 武则天宰相苏味道
星桥一锁开，上苑半银台。
月色三边外，红尘十地梅。

## 54 正月十五夜灯 张祜
千门闭户六街明，万巷开花百坊声。
十五灯宫连袖舞，三生弟子著词城。

## 55 踏歌词
花尊楼中玉树新，洛阳邑外柳杨春。
莲心箸子珍珠落，兴庆连街万岁人。

## 56 正月十五夜闻京有灯恨不得观
月色连城十五明，香车载路万千情。
元宵夜雨三界外，紫禁宫灯九脉荣。

## 57 曲江
芙蓉苑里紫云楼，小杏慈恩寺外修。
榜眼探花花自语，题名未锁曲江流。

## 58 广陵诗 权德舆
柳叶条条碧广陵，扬州寸寸结香冰。
隋炀舟上红尘解，禅智山中玉露凝。

## 59 忆扬州 徐凝
二月桃花半月愁，五州碧玉十州求。
三分笛曲浅粉色，一客扬州九客羞。

## 60 夜看扬州市 王建
千灯一页满扬州，九笛三香半玉羞。
月色连江萍水尽，笙歌彻晓不春秋。

## 61 扬州三首 杜牧
水调一雷塘，扬州半汴光。
长城何所爱，洛邑可红妆。

## 62 成都曲 张籍
扬一笙歌益二楼，万千水色入三流。

成都曲外山边雨，蜀水吴门几度休。

## 63 锦城春望 高骈
波光半上锦城楼，郡曲千声玉树秋。
蜀水还惊三峡雨，吴云不见大江流。

## 64 春日玄武门宴群臣
玄武门前几是非，柏梁宴里御廷归。
一朝天子三朝客，半见绿樽半见晖。
抱器怀才悬禄重，含仁蓄德帝君微。
千门教化元亨道，四海升平令序扉。

## 65
播钟伐鼓一声情，以乐忘忧半日倾。
曲舞笙歌覃土宇，琼炎玉斛醉枯荣。

## 66
务本楼中大雨声，玄宗字里行间成。
"千秋乐"后何张祜，一寸长竿十丈情。

## 67
"千秋乐"里念奴娇，二十五郎小管箫。
正字刘宴天子赋，龟年玉笛大娘桥。

## 68
公孙一箭四方扬，器舞如烟十二娘。
妙影芳人光后致，雷霆震宇过瞿塘。

## 69 开元天宝遗事
平康里巷半长安，进士风流一坊宽。
举助横波杨柳色，红尘美女隔云端。

## 70 不能忘情吟 白居易
居易难时骆马情，十年樊素小蛮声。
荒原柳叶春风许，杨柳枝词暮色荣。

## 71 兵部尚书席上作 杜牧
尚书不在紫云中，御史无言一座空。
李愿分居朝杜牧，粉面妖姬五重风。

## 72 秦娘歌 刘禹锡
昌门碧玉一秦娘，太守风流半四方。
水榭尚书寻刺史，惊鸿曲舞忘兰堂。
铜驼白马胡姬色，月落云中几断肠。

举目风尘吴语尽，荒烟旧照故芳塘。

## 73 宫怨闺怨
教坊声余二千，宫人佳丽万人娟。
梨园百色身情在，上苑三春半碧年。

## 74 花蕊夫人
花蕊夫人孟昶荣，兴亡蜀宋两三情。
男儿日上千官尽，女人心中一半成。

## 75 宫词百首
暮色云中点点红，气枝叶下去来风。
花开花落花香去，日月原来不向东。

## 76 新乐府·上阳白发人 白居易
深宫处处一芙蓉，碧玉幽幽半足终。
月月婵娟寒自守，楚楚日月问飞龙。

## 77 新唐书
落落一深宫，幽幽半残红。
夫人无后独，九滨昭修雄。
世代佳人客，王妻御代风。
含元台殿上，上苑各难同。

## 78 题洛苑梧叶上 顾况
二月一年春，三生半去人。
深宫情不止，禁苑意难陈。

## 79 叶上题诗从苑中流出 顾况
一叶宫城一叶流，半生岁月半生愁。
人心自在人心上，水色何言水色羞。

## 80 无题
一叶春风入禁城，三宫六院万人声。
含情独向凭流水，不减芳香故日荣。

## 81 题红叶
好去到人间，知音问故颜。
情知卢偓向，何以丈夫还。

## 82 仕进多途
多途仕进一诗优，帝国兴亡半志求。
日月何言来去客，草木春秋丈夫楼。

410

## 83
上上中中下下宽，富门势族利盟坛。
王家九品诗词客，士子三生玉带欢。

## 84
朱门秉烛一声寒，苦士闻风乞火坛。
务策明经常制取，贤良博典达人冠。

## 85 探花宴
紫御楼前一探花，寒食乞火半人家。
三台借玉身天下，进士箫声酒影斜。

## 86 古今诗
古古今今五万余，来来去去半生居。
难言世上千钧客，可及人间一纸书。

## 87
岐王卷重解头情，九皋名轻却第荣。
玉勒三公卿守宁，琵琶一曲慰问城。

## 88 幽闲鼓吹
文章一易居，闾阁半诗书。
米贵长安市，顾况帝业虚。

## 89 常乐里闲居 白居易
闲居九品校书郎，典籍文章顾况乡。
弗易无言何及第，春风得意十年长。

## 90 庐山瀑布
万仞空流一字悬，千峰壁立半江天。
喷波欲出三河界，白练轻飞九派泉。

## 91
新装未罢去红娘，一曲吴歌九脉肠。
水部声鸣何水调，时吟赵女柳低昂。

## 92 及第后谢座主 周匡物
一步亲西秦，三生两地春。
昆山云雨夜，大士自人身。

## 93
卢钧主考一斯文，曳白难言十地春。
行卷何须天下士，长安米贵弗知闻。

## 94 丙申岁（816年）
三十三贪俱子仙，元和举子上青天。
千人制下何天意，五老榜中几度田。

## 95《新唐书·卢藏用传》
终南捷径隐时寒，进士书声意世观。
仕宦当途行卷晚，沽名钓誉几云端。

## 96 南陵别儿童入京
李白吴筠道玉真，知章只认谪先尘。
仰天大笑江山客，影色虚浮日月人。

## 97 古今诗
半问长安半日边，一声玉马一生田。
三千弟子三千客，五万诗词五万年。

## 98 长歌行
只作低昂一丈夫，何须俯仰半良图。
朝堂四世泉千御，不望洞庭泛五湖。

## 99 书绅诗
少小知书老大回，从心问日鬓毛催。
孤寻草木阴晴色，独立文章腊月梅。

## 100 岁暮归南山
岁暮一南山，青阳半御颜。
寻年何渡柳，撼岳正天班。

## 101 望洞庭湖赠张丞相
襄阳一半气含虚，岳麓三千弟子书。
世济云梦蒸日月，羞颜可对不才居。

## 102 望岳 杜甫
一览众山情，三身自晓青。
临流南北问，绝顶可分明。

## 103《旧唐诗·高适传》
节义功名大略成，安危己任客平生。
军中业旅长途去，塞下风高壮士荣。

## 104《新唐书·高适》
渤海县侯半世荣，玄宗干谒一朝生。
高适复拜三千石，持节当军五月行。

## 105 送李刺史赴碛西官军
碛石火山西，行人惯度低。
黄河流浊水，铁马换冰泥。
岂可愁明月，功名马上妻。
英雄壶口见，世路不空啼。

## 106 秋叶望月
素雾贤良学术伤，千牛直长慎微梁。
关山曲易成安史，不度飞鸿接寸肠，

## 107
面首素红妆，行成盛饰堂。
唐周何易主，两姓一周王。

## 108
公卿半高见，仕子一牛毛。
红尘相争取，人心苦作芳。

## 109 下第 姚合
射鹄一功成，人身半世明。
行成千载客，自胜万家荣。

## 110
万里纵横一文书，千金左右半朱儒。
英雄上下论吕雪，日月阴晴逐五湖。

## 111 文士风流
士子风流半古愁，江流不住问江楼。
年年月夜心无主，去去来来始不休。

## 112 嗜酒
一酒半风流，三江九脉由。
千家知草木，万户问朱楼。

## 113
醽醁兰生问翠涛，市师玉薤不归朝。
年年醒醉年年客，岁岁阴晴岁岁消。

## 114 咏家酿十韵
独醒一灵均，长眠半伯伦。
重阳泉上水，范蠡洗红尘。
滤酒精灵酿，梅花竹叶津。
终生贤圣物，杜牯读人身。

## 诗词盛典Ⅰ 吕长春格律诗词六万八千首（全四册）

### 115 将进酒
一酒解千愁，三生问半忧。
黄河流不住，楚汉界无休。
但见豪言处，溪川壮士楼。
秦王天水色，易水已春秋。

### 116 醉时歌
一醒醉时歌，三杯盏旧娥。
千家知日月，万里自蹉跎。
博士儒生少，田茅垒石多。
何须尊便客，不得过黄河。

### 117 春宿左省
作业寝金钥，朝封楚九歌。
潇湘流水尽，不问夜如何。

### 118 戏问花门酒家翁 岑参
花门酒肆问平生，远近阴晴草木荣。
日月难消壶口沽，榆钱似纸似声名。

### 119 醉戏窦子美人 岑参
巫山夜雨小桃红，三峡晴云十二峰。
许将阳台多醒醉，原来宋玉误东风。

### 120 与梦得沽酒闲饮且约后期 白居易
青年不纪半忧生，甲子还言一世盟。
彼此周君听醉客，原来草木自枯荣。

### 121 有酒十章 元稹
独醉衷肠一世名，勤同补校半俗轻。
书人只沽三壶酒，不复明朝雨夜城。

### 122 将进酒 李贺
琉璃玉脂半龙钟，曲笛青春一酒同。
琥珀珍珠红色浅，罗罂帏鼓幕春风。
桃花落雨君须醉，皓齿蛮腰柳凤穹。
不胜寻芳沉语倚，流霞独赏自无终。

### 123 凉州词 王翰
葡萄不尽满三边，白马无须驻九田。
醒醉难同征客问，琵琶只记一丝弦。

### 124 后饮酒 元好问
疏途老少一同归，日月阴晴半是非。
草木山河来去见，文章醒醉胜败微。

### 125 饮中八仙歌 杜甫
长安市上酒家眠，洛水流中砥柱船。
醒醉难同壶口问，黄河一曲九云烟。

### 126
张旭草书生，裴剑旻舞名。
文宗三绝迹，李白酒诗情。

### 127
颠张醉素自挥毫，怀旭苏颊提笔刀。
露顶居床三五唱，流星四壁万千毛。

### 128 居正四品
楚道一天津，秦川半故尘。
何从三品客，不事去来人。
草木枯荣久，阴晴日月新。
金龟曾换酒，玉佩冕冠巾。

### 129
事事一观音，年年半省心。
阴晴知日月，草木见森林。

### 130 效陶潜体诗十六首 白居易
牧野周公问首阳，秦皇汉武筑城墙。
颜回早谓知黄宪，鸠鸟飞天物理昌。
汴水东流何不止，人间不识已苏杭。
梁天处处沧桑故，世界时时易霸王。

### 131
一日帝城春，三生宦客尘。
谁知何醒醉，尽是去来人。
晓得中南海，朝衣紫气新。
南洋知老少，似可银行亲。

### 132
江，长江，嘉陵江，澜沧江，
江江不住江楼问江流；
山，江山，昆仑山，终南山，
山山仰止山颜向山峦。

### 133 儒生
知途及第半重逢，美丽春游一故踪。
酒醉金章乡老客，青门逐日缚苍龙。

### 134 春游
一语向三台，千言治九才。
文章昭日月，草木顺时开。

### 135 蓟门行五诗
白璧布玉独立身，幽燕易水每相邻。
蓟门出入纷纷雨，天水阴晴处处春。

### 136 春题湖上 白居易
半撒明珠不点奴，一桥碧玉一姑苏。
三山欲落洞庭色，二水难分阔五湖。
五月隋炀寻艳曲，千春柳树绿江都。
吴门谢韵王城故，彼此阴晴有似无。

### 137 酬高使君相赠
古来空廖一草堂，高君锦色半明光。
移樽但见邻墙月，劝酒山房绕屋香。

### 138
梨花富水春，竹叶醒醉人。
漂母田家寄，雕胡夜女辛。

### 139
塞上步关山，幽中问暮颜。
寒去平雨水，古寺磬声闲。

### 140 贾岛
无可上人言，须凭下雨轩。
寒心寻此寄，寂寞得方圆。

### 141 尚武
狼藉赵燕梁，成名去故乡。
塞上关山度，云中胡虏降。
万里亭侯列，千军白马藏。
边尘南北阔，骑士野无疆。

### 142
一士戍成台，三生月半开。
出师西北战，伐鼓雪天来。

412

吹笛行军令，挥毫驻马催。
塞上书生去，云中丈夫回。

## 143
塞上故乡台，心中报国才。
烟山多少月，五女一川来。
大雪封冰宇，春江野色开。
谁言边外草，罢簇满余杯。

## 144
万里一军官，千军半士寒。
长河流不尽，大漠挂云端。
语语秦时月，幽幽汉将坛。
龙城天水问，白马却龙冠。

## 145 长春
万里风云万里山，半春杨柳半春颜。
江山日月阴晴客，天地方圆草木蛮。

## 146
人生何在半江湖，天下自由一丈夫。
日在楼兰梦夜久，云游列国口天吴。

## 147 塞上行
龙昂虎视半幽州，天水黄河十地流。
苦读江山知明月，阴阳南北问王侯。

## 148
萧关一路荒，进士半马唐。
岁岁争天下，年年异客乡。
男儿生远志，白虎问中堂。
啸啸贺兰阙，寒笳向柳杨。

## 149 守节
独善其身黜百家，兼容天下一中华。
尊儒孟子穷则易，守节锋芒二月花。

## 150 李都尉古剑  白居易
寒澄古剑一锋芒，独善百川十地光。
断刃秋毫千方寿，精刚寸斩半兵疆。

## 151
裴度群和刺史情，阳山另外法门名。
兰关马上云横断，何必潮江一步行。

## 152 剑
上下天光一指扬，东西断壁十情商。
乾坤倾形自主在，日月唯心久低昂。

## 153 山海成邦，水道成渠
利嘉亚发共图强，谋酬百年一半疆。
既定疏途排险阻，精思细量共圆方。
孔雀之乡成伟业，胞波远景自恒光。
携手齐心鹏程展，南洋瑞丽奏华章。
七彩云南七彩天，一江瑞丽一江年。
日月经天经日月，可耕朝夕可耕田。

## 154
万户心中半野烟，千年日上一和田。
三川水色临天下，十地风光作君田。

## 155 瑞丽唐书记
独木成林日月酬，鸡茅小店雨云楼。
傣家惊客何甜蜜，凤尾身形竹影羞。

## 156 江雪  柳宗元
处世几河流，平生半国忧。
江山千里雪，一色十三州。

## 157
连州刺史半番州，司马罗池一柳楼。
南省郎官桃叶落，玄都观里几春秋。

## 158 再游玄都观  刘禹锡
十年桃李半春秋，百岁人生九脉游。
道士红尘花已尽，刘郎竹曲到夔州。

## 159
山山水水一人心，去去来来半古今。
止止行行知日月，天天地地是观音。

## 160 北京—温州
（2012.3.25）
云风万里一潮扬，日月千帆半海乡。
白鹭声声知暮近，渔家处处满晴光。

之二
滩头落日半晴沙，白鸟寻归一影斜。
水色山行何独立，紫陌红尘十里花。

## 161 早发白帝城  李白
白帝日边万里园，江陵城外半方圆。
三春独木成林晚，一水东流满帆船。

## 162 致酒行  李贺
平生半酒乡，父讳一愁肠。
草木三春色，枯荣十柳杨。

## 163 秋词二首  刘禹锡
沉舟侧畔过千帆，独木成林近百年。
一鹤排云天下色，三诗引路雨中泉。

## 164 佛道盛行
天朝四万寺家僧，普照三千弟子灯。
世俗人中行善事，桃花庵里玉冰凝。

## 165
招提寺庙与若兰，四万三千并所宽。
佛道心中精意见，情意意外雨云端。

## 166 送灵师  韩愈
灵师六百年，佛法一心田。
禁地三千事，人间万里缘。

### 167 百鸟温州洞头县四村七十岁矣爬上树去摘春桔
百鸟山中晚橘黄，三春树上早花香。
人身自在观音坐，客正温州日月长。

之二
东流不止一瓯江，两岸云楼故百幢。
意念推新出世界，亚洲创业济家邦。

之三
瓯人百岛一帆扬，海岸三春半水乡。
日日渔家泓色后，年年玉垒客南洋。

## 168 玄宗
老子玄宗妹玉真，承祯抱朴紫阳尘。
求仙欲去蓬莱客，何必人间漫漫人。

## 169 酬别襄阳诗僧少微  皎然
一梦襄阳有证心，三章宋玉向归音。
人身柳岸东风住，别路云浮问古今。

### 170题张僧繇醉僧图 怀素
僧悬一玉壶，月挂半江都。
草圣成三界，何曾问五湖。

### 171访陆处士羽 皎然
处士一江湖，归鸿十里吴。
云浮泉水落，浪子半姑苏。
陆羽当茶道，春茗煮石殊。
洞庭多碧玉，赏钓此书儒。

### 172
兰溪一贯休，日色半江流。
古意诗文化，知章异物求。
孤身终蜀去，白雪自难当。
杜甫何名尽，来阳自此愁。

### 173送无可上人游边 姚合
三衣一钵游，十地两心休。
万里表钟晚，千川暮鼓楼。
经行家外树，迟律寺边愁。
夜坐苍天月，莲花逐日流。

### 174寄不出院僧 姚合
不见人身一点尘，逢心扫月九清真。
寻思坐省成三界，独树深临问九尊。

### 175赠念法华经僧齐己和尚
一念何须半念平，三心人得两心明。
芙蓉树下寒宫月，境界人中一切成。

### 176负薪行 许宣
苦苦负薪归，云云挂翠微。
悠悠行日落，处处可心扉。

### 177
一夜小泉声，三更月半明。
千嶂临雨色，万里始行程。

### 178
东林净土上人心，月落乌啼野渡音。
夜半钟声尘外友，余年客语世如今。

### 179
李白欲成仙，吴筠赐奉年。
芙蓉颜色近，不解紫禁缘。

### 180
鹤立一人娇，鸾飞半念消。
神仙提访住，爱女己从遥。

### 181
李白无成守箓成，灵书世递相传名。
离心远近烟霞紫，万劫长歌上玉京。

### 182赠李白 杜甫
李白名前杜甫名，蓬莱草木冠心荣。
无成弗与无成共，不似文章不似形。

### 183
杜甫无成涕作霖，葛洪隐解继仙心。
湖南亲友如相问，许靖和家入古今。

### 184烧药不成命酒独醉 白居易
姹女一凌空，红颜半酒雄。
何须争不老，未必作衷翁。

### 185终南别业 王维
终南别业一心明，安史辞官半世情。
日落天高寻草木，云行水注是风情。

### 186酬张少府 王维
蓝田玉半烟，自顾水三川。
解带凭风间，长歌理浦泉。

### 187夏日过青龙寺谒操禅师 王维
龙钟缓步晋禅声，节义心思法界荣。
世界山河天眼里，炎凉土地客销名。

### 188
楚香独坐诵心禅，一室孤居绝世年。
半世妻亡幽处世，绝尘退隐孝情全。

### 189
贝叶一心田，清书半井泉。
真源烟不止，日沐悦人年。

### 190
剡溪一曲问千秋，道士三声纵九流。
少小离家终是客，四明狂客自无休。

### 191送贺知章归四明 玄宗
文章去四明，遗问三生。
秘要寰中客，青门怅外声。

### 192题长安酒肆三绝句 吕洞宾
布衣不减一冠荣，酒肆长安半太清。
水月波澜回意且，风声过后雨云声。

### 193女性风采
宫中一大家，树下半枝斜。
扫叶行香料，修仪二月花。

### 194述国王诗
一蜀半王旗，三宫六院期。
军人凭曲舞，帝后任花痴。
宋祖夫人事，梁才述国知。
风花杨柳唱，雪月竹枝辞。

### 195题嘉陵驿 武元衡
嘉陵驿外声，蜀水日中荣。
路雨青天序，山云节度情。

### 196女校书
蜀上一青天，江中半国年。
江流和色女，玉垒作山川。

### 197
暮色玉边楼，西川四十州。
何须寻蜀日，不尽锦江流。

### 198子夜歌十八首
潇潇夜雨时，断断楚云诗。
只续同心结，年年向月知。
无人寻觅处，有迹待啼词。
枕上空余梦，行郎未解痴。

### 199
道士玄机字幼薇，咸宜观里蕙兰归。
宋玉花间罗袖纵，李亿如今见事非。

### 200寄飞卿 鱼玄机
月影晓珠清，云光近露明。
瑶琴横素玉，慰独簪离情。

竹变摇无止，人身几度倾。
红楼藏独色，只似问飞卿。

## 201
梨园一曲成，弟子半名声。
力士念奴帝，源来欲不平。

## 202芙蓉楼送辛渐
旗亭酒暖一姑苏，少府今台半玉壶。
奉扫平明寒日影，春风不度只东吴。

## 203竹枝词 刘禹锡
巫山峡谷竹枝词，雨落云浮管笛诗。
塞北梅花香暗影，淮南柳浪莺啼时。

## 204梅花落
梅花落尽化春泥，桂树丛生作玉玺。
杨柳枝头招隐士，石头城外鸟空啼。
乌衣巷口歌词曲，浪里淘沙小律低。
散水胡旋虚步迹，蕤宾供奉自东西。

## 205和乐天南园试小乐 刘禹锡
小杏逾墙半遇晴，云中雨后一风声。
潘郎自作萧娘曲，樊素清商月凤城。

## 206书桐叶 任氏
梧桐一叶书，碧玉半心余。
石宇三生字，人身十地居。

## 207如意娘 武则天
不似如君武媚娘，朱朱碧碧半欣妆。
先王后主开箱客，十四才人士护藏。
感业高宗良机赐，钟情酷吏女儿伤。
桃花不似江山色，李李周周一代藏。

## 208
李冶半尼姑，季兰一士图。
登山霜月久，劝酒未成吴。

## 209
元稹十离一东川，纸上兰花半旧年。
皎洁风明通内外，珠光竹影玉堂眠。
宣毫越管秋霜笔，春笋穿墙劲节泉。
滴水之恩垂草木，中宵似照初情全。

## 210息夫人 王维
泪尽息夫人，宁王误玉身。
心成天子客，女子是如邻。

## 211述怀 崔氏
己试君心大丈夫，须同巷里小家奴。
卢郎七十何年纪，只教西施正越吴。

## 212开放兼容
开放兼容政治明，王朝保守自相倾。
三千年里何文化，半见糊涂半见清。

## 213民谣
补阙拾遗御史堂，中书门下侍中郎。
糊心眯目宣抚史，不律则天不见章。

## 214宿溪 杜甫
夫人虢国自韩秦，杂树花娇素面阴。
乐秘芙蓉汤水浴，三郎御衣是人身。

## 215为徐敬业讨武曌檄 骆宾王
安得宰相失此人，朝廷御禁体冠巾。
中宗复位访求远，武曌檄文几近亲。

## 216贺收复秦原诸州诗 白敏中
秦原收复诸州情，牧野蛮夷御马城。
故曲盘山千里客，皇家四海万家荣。

## 217送秘书晁监还日本 王维
东洋万里见扶桑，日月千年问柳杨。
半百晁衡知故国，玄宗遗体课乡长。

## 218陈情上太尉 崔致远
客守一天津，行程半故尘。
离愁江上雨，缟素自人身。
濯足知天下，科书待本亲。
冠缨边日晚，幸日正伦中。

## 219秦王破阵乐
秦王破阵一声张，七德舞征半柳杨。
百二十人慷慨去，金戈铁马自无疆。

## 220霓裳羽衣曲
法部梨园法曲襟，观人雅异变夷音。
胡人伎进春莺啭，汉祖玄宗破古今。

## 221
拨拨弹弹势力同，疏疏缓缓意情中。
曹家子弟琵琶曲，上苑禽鸣雅国风。
立鹤流莺林上配，金铃玉佩帐前雄。
徘徊番语朱丝切，凤啸花翻度曲终。

## 222与歌者米嘉荣 刘禹锡
一曲凉州一曲情，十嘉米国十嘉荣。
三千弟子三千客，半世人生半世名。

## 223初谒大和尚
迦叶摩腾汉地僧，鉴真和尚住唐朋。
吴宫饱学玄津岸，日本扶桑泽玉凝。

## 224送新罗僧归本国 贯休
玉佩人身一紫衣，青门三品半珠玑。
归途主持心田雨，坂愿依依自古稀。

## 225为赵法师别造精院过院赋诗 玄宗
汉武仲舒一世儒，玄宗精院半姑苏。
从心自古桑田坐，别造天津冶仕途。

## 226步虚词十九首 韦渠牟
杂曲步虚词，仙官紫禁诗。
儒家佛道处，尽是一心知。

## 227
扶桑万里一浮屠，醒醉千年半玉壶。
彼此平心成日月，山川自在问江湖。

## 228李翱
郎州刺史一生平，戒定禅心半佛生。
慧语师田家具笑，孤峰瓶水玉云晴。

## 229宜城放琴客歌 顾况
上善方圆若水田，云裙雨护玉人眠。
猿啼鸟语惊心处，斗酒千川自在泉。
七十非人何冷暖，三春杨柳任风悬。
佳诚应许罗衣下，厌博南山弃旧缘。

### 230 赠李翱 舒 元舆
潭州日下一风流，应物生平半世休。
李翱文姬重作嫁，宰相切记女儿愁。

### 231
黄雀衔环一世春，龙情老态半佳人。
鱼书渴望长江岸，凤羽玉箫渭水秦。
2012 年 3 月 17 日
香港丽思卡尔顿维多利亚海湾

### 232
长安柳色半章台，许俊韩翃一玉开。
宠意专房何属止，芳菲节度几枝梅。

### 233 寄孙宇
半见龙旗半世君，三洋港澳亚洲闻。
民生华夏招商去，可点中行让寸分。

### 234 寄雪泓
万里波涛一南洋，千年秀水半故乡。
阴晴可度云中客，雨雾难分是衷肠。

### 235 舟山情人岛观唐诗
半在云前雨中，一池日月一池泓。
人身可寄情人岛，梦外舟山梦里同。

### 之二
瑞丽人身瑞丽风，白头凤鸟白头翁。
唐标铁柱唐标塔，七彩云南七彩虹。

### 之三
七彩云南七彩风，九州雨色九州同。
千峰似雪千峰玉，四季如春四季红。

### 之四
印度人身印度情，马来草木马来荣。
南洋雨里银行岸，北国舟帆彼此盟。

### 之五
万里南洋万里云，九州日月九州文。
三千道路三千雨，一半心思一半君。

### 之六
玉树临风玉树容，一江日下一江龙。
千川总汇千川水，万马奔腾万马踪。

### 之七
宋挥玉斧半云南，元跨革囊大理宽。
自此嘉陵江上客，澜沧碧水一江寒。

### 之八
镇守千升化自身，楼观万里浥填尘。
唐标铁柱三商贾，大理云南七彩珍。

### 236 丽思卡尔顿
脚下云中一半天，风前雨后万千年。
人身造得莲花座，普度众生日月泉。

### 之二
脚下扬帆万里疆，心中世界一衷肠。
珠江日上千年雨，香港云前半柳杨。

### 237 江城子
吉隆坡—昆明—德洪—瑞丽 2012.3.22
年年二月一衷肠，半芬芳，半扬长。
化作春泥，处处引红妆。独立东风人不语，
依固色，对花黄。
一枝孤见傲冰霜。叙中堂，驻天光。当代情人，不恐度炎凉，
只得悠悠云雨许，明月里，影南洋。

### 238
一日五诗余，三生半读书。
千章文韵继，百岁主客居。
北京养春堂

### 239 龙年
行云弄雨到天涯，凤语银行处处花。
日在南洋归自在，龙行天下一人家。

### 240
唐诗万象一方圆，雅颂千声半地天。
草木人间成日月，枯荣世界问桑田。
2011 年 11 月 3 日

### 241 普济寺
观音堂上一人身，历读诗中半壁珍。
明月清风三界外，荷花桂子九天津。
注：以莲花呈观音而得人身之永。

### 242 忆敦煌
玉门木锁玉门关，大漠荒风大漠山。
沙鸣不止沙鸣夜，月牙已挂月牙湾。

### 243 MH393 观唐诗
升时半似落时同，自得东西得在红。
主持天公行主持，朝朝暮暮有无中。
2012 年 3 月 2 日公历生日命笔飞机上

### 244 维多利亚湾 2012、3、17 天龙轩 ADIB 银行万象
十万高楼十万船，一千励志一千田。
耕耘岁月耕耘力，处世民生自滴泉。

### 245 苏州人
姑苏日下半阴晴，仕隐人前九界情。
一片桃花坞里水，三春碧叶色中生。
2012 年 3 月 4 日吉隆坡

# 二十二、武则天正传

林语堂 著 江苏文艺出版社
2009年9月1日出版

## 1 致林语堂
林家一语堂，草木半无光。
白水开无得，何人致晓章。

## 2 武则天正传
贞观五世二宗城，李治三朝半武名。
日月当空还照旧，阴晴太泽自枯荣。
注：他知道简单，简单的如无知的女人。她知道复杂，复杂的如同深谋的老人。作皇上，只需用简单作复杂。这就是武则天。

## 3 唐邠王
半问邠王半问唐，一家帝子一家常。
才人只似昭仪表，渡口明皇亦柳杨。
吉隆坡—上海—北京
2011年9月21日

## 4 仲秋
云边月色半方圆，沪上江天一线悬。
美美琳琳多少问，南洋疑是故家天。

## 5
阴晴何致问邠王，离土南洋向故乡。
政治人情难主入，私心象欲可衷肠。

## 6
才人有欲自荒唐，偏祭昭仪几乱方。
酷吏言行成政治，何须子女易之扬。

## 7 君子之泽，五世而展
贞观五世翠微宫，李治三生半晋风。
栉比鳞层修别墅，含风殿外一溪通。
凌烟阁上三朝治，太白山中两政同。
子泽臣明何玄武，温泉铭里тес志无穷。

## 8 温泉铭
笔正心直晋祠铭，文扬泽子力丹青。
形成玄武唐家继，何以千年见渭泾。

## 9 永远困扰当权者的接班人问题
十四子中一帝昌，常山太子半兴亡。
太宗九子成皇晋，造反承乾魏泰伤。
玄武当权成后患，长孙无忌褚遂良。
凌烟阁上何名就，侍奉三秋作女王。

## 10 为了对付那个美貌多姿的妃子
一后，四妃，九昭仪，九婕妤，四美人，
五才人，三班宫女，每班二十七人。
后宫佳丽一后遥，百十一人半云霄。
武曌淑妃欲望套，龙心大悦作柳条。

## 11 向皇后进攻
一步十心思，三生九质疑。
无知成有论，不可是非迟。

## 12 元老忠臣的抗议
三省无成六部晖，一言九鼎十人微。
重臣元老抗议小，皆议中书令下非。

## 13
遂良此去一潭州，武氏重生半九流。
善象淳风成败李，高宗自以任低头。

## 14 终于登上皇后宝座
武后高宗啸义门，重原已是小儿孙。
唯唯诺诺陛下李，事已乾时不是坤。

## 15 皇帝探监事件
王后萧妃已废人，其因尽是帝皇身。
心肠软弱何天子，百鞭回心手足尘。

之二
待诏，武后私人秘书许敬宗
大殿西门许敬宗，私人男秘制皇踪。
锋芒无忌遂良起，武后待诏各不容。

## 16《内轨要略》及宫中闹鬼
内轨无成要略成，三男三女各非荣。
长安洛邑车过去，鬼哭猫鸣处处惊。

## 17 大清洗
宗周赫赫褒姒亡，燕王一网女政昌。
武后腥风惊雨骤，遂良世可爱州堂。

## 18 孟法师碑［局部］
字里金生一介雄，行间玉润半京风。
中书令故霜风去，显庆三年任所终。

## 19 还剩一个对手
武后燕王许敬宗，周朝毒计凤成龙。
唐家辅佐良臣尽，阁上凌烟已不封。

## 20 过一夫一妻生活的皇帝
诗人一半上官仪，酷吏三千羽翼知。
郁郁高宗知旧制，周唐彼此是何时。

## 21 封山大典
二圣无非一圣王，三生朝女两朝皇。
封山大典周家帝，武曌何须问上苍。

## 22 封山
后稷皋陶一良臣，龙逢比干半忠身。
封禅禾许无疆祚，百姓辛吟几近邻。

## 23 弱不敌强，古今一理
弱不敌强一理成，小虫可象半私生。
敦知未睹非天下，不是唐城是武横。

## 24 大典之后的阴影
八面无园一地方，龙乾社首凤呈祥。
编钟照响唐周旧，留下余音继日长。

## 25 又是一桩疑案
宗宗酷案半阴成，母母夫人一相倾。
魏国当非仿异己，唐宗至此已无荣。

## 26 帝王之才
历历江山一切杨，悠悠处事半圆方。
乾乾不振坤坤振，世界无平八面梁。
不作朝堂可作以，难承玉玺已承当。
男儿有志非知误，女子无为是帝王。
2013年1月1日马来西亚

### 之二
人生事事一朝堂，治政时时半不光。
酷吏清臣同语奏，无知是国共娇娘。

## 27 皇帝的孩子并非个个有福
瑶瑶玉彩半书弘，五百文章一世穷。
素节王麟何许道，王家武氏肃皇风。

## 28 还是接班人问题
弘贤太子一英王，武后高宗半世昌。
道士皇家何不解，垂帘不可过时长。

## 29 高宗驾崩
五十五年半不唐，高宗武后一朝堂。
苍天不可明天日，六十成王女子皇。

## 30 中国的第一个女皇帝就这样登基
皇城一半问黄昏，不是中宗是子孙。
此去庐陵王已去，乾坤照旧照乾坤。
长安易主登基掌，一圣成名不易根。
五十五天是凡树，均州止处是家恩。

## 31 章怀太子贤
唐周一度半枯荣，子粒黄台一世生。
六尺之孤何托瞩，三朝武后帝王城。

## 32 武则天
生儿育女易唐朝，权利无心欲不消。

武后成王多霸道，弘贤哲旦四宗遥。

## 33 男妃冯小宝
弘贤哲旦已成空，素节上金小女同。
世子三生非世子，狗熊一半是混熊。
封官赐爵由情定，厥词思谋任自衷。
败是成时成是败，功当毁切毁当功。

## 34 易
鸾台凤阁一神都，麟阁文昌阁殊荣。
天地秋冬春夏部，中书门下御书名。

## 35 薛怀义
小宝无名怀义情，太平公主共潮生。
夫妻未见高宗爱，母女宫闱以偬平。

## 36 徐敬业起兵与《讨武曌檄》
百粤南疆掩袖声，三河北塞下陈鸣。
阴阳后嬖更衣待，聚麀高宗惑主情。
窃窃宫盟豺狼性，无知汉祚始京城。
夏廷尤记褒姬过，六尺之孤世事横。

## 37 讨武兵败
书生一百半书生，世子三千五子名。
此举难成何此举，无平之处莫求平。

## 38 检举箱的发明
索元礼，来俊臣，周兴，侯思止，王弘。
酷吏始横行，唐家半不荣。
周朝依此立，武氏几倾城。

## 39 冤案少不了酷吏和酷刑
女子成心作帝王，周朝酷吏向猖狂。
唐家武姓何相继，败定方成一胜扬。

## 40 也有疾风劲草
川陈一子昂，步履半家唐。
酷吏终非尽，疾飞劲草光。

## 41 公众舆论
万象神宫小宝尝，和尚怀义改明堂。
流行教化宣之辨，丑谣周兴步步杨。
月貌花容姿色好，雄伟道岸气方刚。
皇家自取乾坤木，武氏心中一味盲。

## 42 人心惶惶
典雅猖狂一女王，唐家武氏半心惶。
周公孔府明堂事，圣母临人志永昌。

## 43 大屠杀
王贞讨乱事无成，伪造中宗一信生。
起义山东长乐助，男儿举重帅旗明。
唐家即尽王公尽，以卵平巢问必倾。
正肃罗织残罪过，周兴此世酷名横。

## 44 授图大典与禁止屠猪
一浪无平一浪兴，五清未剿五清丞。
王公已尽王臣尽，子女屠殊血已凝。

## 45 请求改朝换代
万象神宫赤雀鸣，周朝百鸟凤无情。
年年岁岁从今易，十月宫深立"载"明。

## 46 请君入瓮种种
请君入瓮问周兴，来俊臣得脉相承。
恶有直人直恶报，改朝换代血方凝。

## 47 狄仁杰与魏元忠
仁杰可与魏元忠，用智思谋济世雄。
忍耐兴唐非凡处，乾坤扭转力无穷。
荆州刺史江心泛，抗鼎拔山政事同。
大理寺卿成李治，名臣除恶始由终。

### 之二
凤阁鸾台一政遥，宁州刺史半唐朝。
浮沉县令循良绩，事与平章武后霄。
位显爵高成跌势，登峰造极上天桥。
非常之举非常客，来俊臣王此念枭。

## 48 狄仁杰与魏元忠
四度机缘四度荣，逢凶化吉一身名。
仁杰老著元忠气，御史击求始故成。

## 49 仍然是接班人的麻烦
无后无非有后情，太皇太子太王生。
朝朝代代年年岁，李武唐周几易成。

## 50 无可奈何的情人
周朝立法建明堂，日月当空武曌扬。

小宝移情寻别恋，瑶光殿里不猖狂。

## 51万人空巷的判决
万人空巷治何身，武后如山赖俊臣。
此此王皇其彼彼，明明暗暗各成尘。

## 52用贤之患
开朝立载筑明堂，寺俗张儿侍凤凰。
水水泥泥终不舍，邪邪正正几思量。
明明白白何难却，简简繁繁事几常。
李武唐周终未定，无知天下是知皇。

## 53李武
侄与子敦亲，唐周姓女人。
仁杰里武论，至上是伦因。
智慧成天下，龙门驿外尘。
庐陵王自己，一步涉王津。

## 54狄仁杰、武后、张东之
当空一荐帝王云，领袖千门作御文。
统帅三军成武将，唐周一世载年君。
文章资历苏味道，予导李峤得慧寻。
独有东之才千练，仁杰自此作终曛。

## 55两个男情妇
武后孤依著帝门，群臣扃定已黄昏。
明察可得秋毫见，测服雄辩赋慧根。

## 56张易之、张昌宗
五郎武曌六郎情，七十五年半姓生。
粉面油头何足怪，男儿只似女儿荣。
麟台主事千官尽，鹤府成因万里明。
利锁名疆公主荐，花莲自胜上官盟。

## 57魏元忠
武后："元忠走了。"
风波场上一奇雄，四退无中五进忠。
莫莫须何不有，周唐武李始还终。
张说五品初名上，相位明皇半世红。
以誉群臣天下举，泰山载岁可由衷。

## 58不肯牺牲情郎
"看你横行到几时"，"为欢一日足知心"。
张家兄弟情郎事，武后熏心八十迟。

## 59精彩的半小时政变
仁杰不举东之举，武后无终万岁终。
八十宫廷男女事，五郎只似六郎虫。

## 60武后退位
天津桥上一声余，无字碑中半纸书。
武曌行空何日月，唐周高武又当初。

## 61
一半山西半并州，三生武后一乡楼。
周朝载岁唐天下，八十二年来去由。

## 62武曌
灭子杀亲叵测闻，周唐李武颇难分。
邪邪正正何须问，易易亡亡酷苟君。
无字碑中天地外，才人色下石榴裙。
泥泥水水红尘浅，去去来来不定云。

## 63武则天
谋杀一百又三人，武后千门复两身。
女子天皇何不可，由终自始是红尘。

### 之二
中宗一日作弘贤，魏国夫人李旦天。
不可太平公主问，五郎只作六郎宣。

## 64
上金素节忠燕孝，守礼邠王遗旧年。
自主虚荣繁似简，原来地主不耕田。

# 二十三、唐人万首绝句选

[清]王士祯 编 齐鲁书社
2009年5月1日出版

**唐人万首绝句选卷之一**

**五言绝句（一）**

**1 王勃**
龙门自有少年人，一赋滕王阁上秦。
渡海留名交趾去，初唐四杰几冠巾。

**2 寒夜思三首**
色变客他乡，琴弦问柳杨。
春风三两度，月夜万千肠。

**之二**
月下有归愁，云间自不休。
鸿飞声已尽，故客几何留。

**之三**
朝朝有离愁，暮暮吝归忧。
路路沧江曲，森森翠木求。

**3 别人**
沙闻九日秋，月色一身幽。
士客旗亭酒，胡姬舞滞留。

**4 思归**
长江水滞留，楚客异乡求。
暮晚高风复，徘徊渡口舟。

**5 卢照邻**
典签年邓王行，幽忧子集成。
清身寻水去，手足以心明。

**6 曲江花**
一岸曲江花，三荷玉影华。
浮香惊渭水，自在帝王家。

**7 骆宾王**
御史几何名，南冠弃去轻。
扬州徐府幕，主簿宰相城。

**8 易水**
壮士一南冠，钱塘八月宽。
燕丹三易水，薄翼半鸣残。

**9 上官仪**
进士上官仪，贞观太子旗。
东西台侍品，左右婉其诗。

**10 洛堤晓行**
步月逐川流，随心付九州。
山高争曙色，洛色向初秋。

**11 韦承庆**
黄门半侍郎，太子一仪堂。
进士昌宗附，延休凤阁庄。

**12 南行别弟**
万里一南洋，三春半北乡。
兄兄和弟弟，离离与伤伤。

**13 宋之问**
之问字延清，汾州向孜名。
昌宗成岭外，怯与故乡荣。

**14 途中寒食**
朝秦一署身，暮楚半月人。
洛水云中色，长江脚下亲。

**15 送杜审言**
一树半含情，三桥十里声。
随君杨柳间，送别去来鸣。

**16 张说**
燕山一泰山，道济半天颜。
手笔玄宗叹，文章日月还。

**17 蜀道后期**
蜀道万千晴，楼兰八九声。
啼鸿先起步，半到洛阳城。

**18 广州作**
雨发广州谙，梅香岭外舍。
年年来去水，日日下东南。

**19 郭元振**
金山代国公，司马新州虫。
太子玄宗问，咸亨少保穹。

**20 子夜春歌二首**
南朝子夜多，越语自婆娑。
会稽青楼色，吴门唱九歌。

**之二**
一半柳杨枝，三千日月迟。
君心来去少，妾瞩几何迟。

**21 苏颋**
文章任武功，燕许两国公。
手笔玄宗客，天朝作遗风。

**22 汾上惊秋**
秋风半白云，落叶一河汾。
万里光摇曳，三声后问君。

**23 张九龄**
寄托一遥深，中书半古今。
韶关诗质朴，博物木成林。

420

# 第二卷 唐诗百话

**24 自君之出矣**
时时乐府声,夜夜见辉清。
自以君亡曲,随思入月城。

**25 王适**
幽州半北平,司马一南情。
二等天朝选,千诗故国名。

**26 江上梅**
远近一山梅,阴晴半日开。
珠光成宝气,玉影向君来。

**27 王昭君二首**
一曲半阴山,三边两汉颜。
琵琶惊月色,凤阁玉门关。

**之二**
草木万姿身,胡姬半舞人。
东风多得意,争向女儿亲。

**28 南楼望**
三巴蜀道难,一水色长安。
去国春秋在,还乡少小观。

**29 途中**
抱玉两三王,苏秦八九梁。
途中天下问,陌上去来肠。

**30 王维**
王维进士门,公主右丞恩。
红豆相思在,田园别墅村。

**31 答裴迪**
终南木色新,洛水雨之邻。
太乙何须问,红尘自在春。

**32 鸟鸣涧**
涧水悦山空,春云问色红。
时鸣飞鸟至,只作去来风。

**33 萍池**
莫数一池萍,当心半故灵。
靡靡云雨近,落落雨云庭。

**34 鸬鹚堰**
还闻堰语鸣,独得跳鱼声。
石响鸬鹚岸,红莲以色明。

**35 孟城坳**
诗书入孟城,逐日问枯荣。
古调琴中语,新人世上情。

**36 华子冈**
飞鸿已不穷,洛水自无终。
别业难居易,山荫各异同。

**37 斤竹岭**
千丝一寸蚕,万木半水含。
竹岭随天地,高山引翠峦。

**38 鹿柴**
鹿柴半空山,深林一木班。
青苔浮返影,去意泉流关。

**39 木兰柴**
晴岚已正清,彩翠不分明。
夏西木兰柴,秋初叶尚荣。

**40 南坨**
暮色半江花,闲情一渡崖。
舟平南坨水,浦漫北船家。

**41 栾家濑**
秋声细雨中,点滴似梧桐。
白鹭烟波里,弓身作老翁。

**42 白云滩**
波摇白云滩,芷碧月牙湾。
北水南流去,船家月不关。

**43 竹里馆**
竹里一声鸣,琴中半古情。
时人多不知,九叠玉天盟。

**44 辛夷坞**
只待落花声,当须借雨晴。
纷纷无去处,洒洒是人情。

**45 漆园**
庄周一吏微,世务半时非。
独木成林晚,依心伴不归。

**46 山中送别**
山中送别情,树下鸟偏鸣。
莫以临啼位,多伤是故行。

**47 左掖梨花**
左掖半梨花,中书一故家。
文章天下事,汉国是桑麻。

**48 息夫人**
无言一女人,妒妇半儿身。
欲姓何家国,原来是楚津。

**49 相思子**
木槿半南洋,芳颜一国香。
家中红豆子,客下寄衷肠。

**50 班婕妤**
宫深草木荣,月浅色枯城。
幸得飞燕妹,婕妤怨歌行。

**51 杂咏二首**
寒梅一故乡,腊月半扬长。
色在朝阳处,花蕾已暗香。

**之二**
玉垒一枝头,颜红半怯羞。
疏香何处去,暗影上方楼。

**52 裴迪**
裴迪半关中,杜甫一诗虫。
李白当涂月,王维太乙终。

**53 鹿柴**
暮色半寒山,天光一去还。
深林啼鸟少,雨迹度青岚。

**54 木兰柴**
溪流树影猜,石磊路难开。
日落木兰柴,风停鸟宿来。

## 诗词盛典 | 吕长春格律诗词六万八千首（全四册）

**55 茱萸**
茱萸九日裁，艾叶一生开。
自此寻兄弟，重阳莫去来。

**56 宫槐柏**
宫槐一柏秋，古道半湖头。
落叶风常扫，寒光向客流。

**57 南坨**
不侦一孤舟，随心半去留。
崦嵫无日落，淼漫有何求。
注：崦嵫—古代指太阳落山的地方。《山海经·西山经》："西南三百六十里曰崦嵫之山""日没所入也。"

**58 金屑泉**
品鉴作侯王，茗尝问雨乡。
金屑泉上水，汲煮入茶香。

**59 白石滩**
临流白石滩，问晓满红颜。
趿石清波浅，浮云不要还。

**60 送崔九**
鸟秀一山深，人鸣半故林。
落日寻来路，流水是知音。

**61 李白**
太白一青莲，当涂半月天。
江油安吏乱，不到夜郎年。

**62 玉阶怨**
白露叶中寒，秋光水下宽。
玲珑明月色，半入宝珠残。

**63 夜思**
山林挂月光，暗影向扬长。
举首非天地，低头是故乡。

**64 铜官山**
月照五松山，人日半曲闲。
铜官千万路，一道不须还。

**65 敬亭独坐**
一半敬亭山，三千弟子颜。
沉浮云水岸，日月去来还。

**66 青溪半夜闻笛**
月入杏花村，声闻笛曲门。
何当留暮色，不肯送黄昏。

**67 秋浦歌**
一日半长沙，三江两岸花。
愁行秋浦客，乐府故人家。

**68 送陆判官往琵琶峡**
巫山一雨情，判若半云平。
节度琵琶峡，行吟蜀国声。

**69 重忆贺监**
八十贺知章，三千弟子肠。
江东才俊老，镜水礼明皇。

**70 杜甫**
参谋杜少陵，子美草堂膺。
不免拾遗客，花溪玉影凝。

**71 八阵图**
寄石三分吴，闻兵八阵图。
岐山行旅色，白帝问成都。

**72 孟浩然**
襄阳孟浩然，进士故人边。
天子堂前问，均非撼岳田。

**73 送朱大入秦**
剑上五千金，言中一人心。
行前闻道路，雨后自知音。

**74 祖咏**
祖咏一南山，风花半玉颜。
王维常作客，日月去无还。

**75 望终南残雪**
太乙素云端，终南岁雪寒。
三春天地雨，一色满长安。

**76 崔国辅**
进而不知音，何求上司心。
郎中直学士，司马忆山阴。

**77 铜雀台**
红颜化粉尘，莫作业都邻。
铜雀台前草，如今已不茵。

**78 采莲曲**
碧碧引人求，婷婷玉立羞。
须寻心里子，不下采莲舟。

**79 王孙游**
黄莺一曲鸣，碧草半阴晴。
莫去天山路，归来不久行。

**80 怨词**
解带见衣裳，昭阳是客乡。
春风多少雨，玉舞化秦王。

**81 少年行**
白马少年行，章台渭水情。
长安杨柳岸，不及玉门城。

**82 渭西别李仑**
十里一长亭，三秋半叶情。
呜咽泾渭水，岸芷伴浮萍。

**83 崔颢**
三江一处流，九士半春秋。
历历阳关道，幽幽黄鹤楼。

**84 长干曲三首**
君家一柳杨，妾女半王昌。
隔岸青楼曲，红颜几断肠。

**之二**
金陵醉梦生，雨满石头城。
不作秦淮月，须求一夜情。

**之三**
一半采莲舟，三千玉子求。
蓬中生苦果，却上帝王州。

422

## 85 王昌龄
七绝校书郎,三生博学长。
长安留客少,氾水到黔阳。

## 86 送张四
秦晋已不清,楚调半长鸣。
水月花山近,林光暮色行。

## 87 留别武陵田太守
一诺信陵君,三生万里云。
侯嬴天下客,无忌大梁吟。

## 88 题僧房
一叶落僧房,三生坐异香。
千年明日月,万里渡津梁。
注释:名言——庾亮入寺院,看见卧佛,说:"这个人疲于津梁(即疲于超度人之意)。"

## 89 朝来曲
露水一光明,啼鸟半不声。
惊时飞不远,应待问春情。

## 90 高适
三边一达夫,万里九州奴。
仲武临渤海,哥舒翰墓孤。

## 91 咏史
人间一绨袍,范叔不声高。
感念知天地,贫寒志士豪。

## 92 岑参
塞北问江陵,高岑见玉凝。
冰霜封草木,刺史夜月灯。

## 93 见渭水思秦川
渭水半秦川,长安一月田。
雍州流不住,鼠雀晋绥年。

## 94 九日思长安故园
孤芳战场限,九日独芜开。
醉客无须酒,沙鸣日上来。

## 95 送别　王之涣
东门一柳杨,渭水半情肠。
送别何折断,留枝作故乡。

## 96 登鹳雀楼
白日半依山,黄河一御蛮。
东流寻万里,塞外问三关。

## 97 江南曲
斜塘一日光,渡口半香梁。
日暮归杨柳,朝花送十娘。

## 98 洛阳道
何须渭水津,俱是洛阳人。
白马鸣珂道,东风草木春。

## 99 有赠贾至
七宝避风台,三宫御史来,
桃花无语落,莫重宰相开。

## 100 王缙
平章一夏卿,暗与元载盟。
纳赂文名外,王维是弟兄。

## 101 别辋川
晓月五更明,辰风半点轻。
山中多露水,树下少行程。

## 102 留别王维　崔兴宗
年年半绿城,岁岁一枯荣。
隔日成红豆,相思作客生。

## 103 左掖梨花　丘为
万象满梨花,千躔步履斜。
中书门下省,冷艳帝王家。

## 104 清溪泛舟　张旭
清溪不泛舟,古树任君求。
采月芳香水,随波自在流。

## 105 奉寄彭城公　李华
七十安侯嬴,三千客子情。
夷门关吏去,救赵事非名。

## 106 九日别元鲁山　萧颖士
山前草木深,日月去来荫。
客上何寻迹,临行是归心。

## 107 雨中送客　崔曙
明堂一火珠,客舍半心无。
夜雨梧桐响,风声寄念奴。

## 108 项羽于季子
不作渡江人,乌骓未惜身。
江东多俊士,北伐且亡秦。

## 109 吴声子夜歌　薛奇童
吴声一九歌,赵诺半三河。
雪月明天地,风花落少多。

## 110 韦应物
不读一三郎,玄宗半御香。
苏州知刺史,惠政寄文章。

## 111 寄卢陟
柳叶遍寒塘,冬梅满晓霜。
流连来去问,寂寞步双行。

## 112 宿永阳寄璨师
一郡竹梅松,三更磬鼓钟。
山僧多少步,古道去来踪。

## 113 秋夜寄秋员外
怀君属秋蝉,散步望苍天。
独自听松子,幽人已不眠。

## 114 答王卿送别
立客远黄粱,归人近夕阳。
无知多少日,尽是来去肠。

## 115 怀琅琊二释子
释子寄流泉,幽径向天边。
山苍啼鸟住,水色寺钟禅。

## 116 登楼
登楼九日天,远望一遥悬。
跷首风云向,秋山岁月田。

### 117 闻雁

飞人一半声，雨夜两三鸣。
独自寻知己，双双寄己情。

### 118 刘长卿

五绝一长城，三河半自清。
随州终刺史，感念作诗荣。

### 119 春草宫怀古

草色旧宫春，裙香遣楚人。
何须寻觅问，五百岁前亲。

### 120 弹琴

八百里松风，三千岁古桐。
黄河壶口水，古调大江东。

### 121 送人往扬州

渡口忆隋炀，芜城似柳杨。
琼花时尚短，鲍照赋红妆。
注：芜城，即扬州。因南朝宋鲍照作《芜城赋》而得名。

### 122 送上人

野鹤自由飞，孤云不必归。
沃州山下客，草木上人扉。

### 123 送灵澈

一寺满苍林，三生半古今。
孤芳依日月，野鹤是知音。

### 124 平蕃曲

一石寄燕山，三军不归还。
须言飞将在，莫以酒泉关。
注：燕山即燕然山，东汉窦宪，大破匈奴，登燕然山勒石纪功而还。事见《后汉书．窦宪传》。

### 125 钱起

十子两钱郎，三生半酒觞。
文章惊绝句，不尽翰林肠。

### 126 江行无题五首

屈原一九歌，宋玉半江河。
楚客荆州少，巫山枉自多。

### 127

飞萤渡水烟，岸芷靠租船。
石磊长城镇，人修运河田。

### 128

可忆一将军，无须半西云。
如何成世界，似此作虚文。

### 129

莫问六朝僧，匡庐一盏灯。
云烟三界外，水雾半金陵。
注：匡庐，庐山的别称。

### 130

一宋谢宣城，三吴独客英。
兴都长千里，建业六朝声。

### 131 采莲曲 刘方平

子粒一心田，蓬房半色迁。
武帝江南弄，楚艳采莲船。
注：《采莲》为梁武帝所制《江南弄》七种乐曲名之一。

### 132 京兆眉

弯弯细月边，溃溃化云泉。
寄望成儿女，居心作玉田。

### 133 春雪

瑞雪舞东风，梅花向腊红。
偏偏颜色好，恰恰有无中。

### 134 感怀张继

不入五侯门，孤成一木根。
何言来去问，只取自由魂。
注：武侯门，指权贵之家。《左转．僖公四年》："五侯九伯，汝实征之，以夹辅周室。"

### 135 畅当

梁州刺史诗，畅诸河东时。
博士惊兄弟，山西绝句知。

### 136 登鹳雀楼

层层鹳雀楼，历历玉河流。
俯仰山川涸，低昂四十州。

### 137 顾况

著作半苏州，韩滉节度谋。
华阳真逸世，纸贵士难求。

### 138 忆旧游

悠悠一古枝，夜夜半相思。
月月明知己，心心唤已迟。

### 139 酬违苏州　丘丹

应物违苏州，烟霞宿虎丘。
南朝褚伯玉，不予宋齐谋。

### 140 伊州歌　盖嘉运

大曲自伊州，佺期五律留。
西凉嘉运进，少妇月明愁。

## 唐人万首绝句选卷之二

### 五言绝句（二）

### 141 江南曲李益

风波逐日流，鲜带弄潮盖。
一句江南曲，三生望石头。

### 142 赠卢纶

世故别中年，余生会后天。
郎陵翁寄语，切莫话桑田。

### 143 鹧鸪词

哥哥举不归，妹妹一心扉。
处处湘云西，潇潇竹宿飞。

### 144 扬州怀古

水调一歌头，琼花十二楼。
箫声三弄玉，笛曲想满扬州。

### 145 扬州早雁

不宿景华宫，怜湘月色同。
钱塘芦苇岸，独立运河风。

### 146 金吾子

汉卫霍家奴，西京冯子都。
欺城金吾子，仗势有还无。

**147 洛桥**

东风上洛桥，细雨下云霄。
柳后荒金谷，楼前玉影遥。

**148 李瑞**

大历十才骄，杭州司马樵。
幽人衡岳去，进士赵州桥。

**149 听筝**

欲得一周郎，因悬半玉房。
弦声藏不住，曲曲似红娘。

**150 溪行遇雨寄　柳中庸**

日落万山村，牛归百户门。
闲情听牧曲，但见小儿孙。

**151 塞下曲四首　卢纶**

塞下一声呼，宫中半念奴。
凌烟名阁寄，破阵乐中胡。

**之二**

一箭虎惊风，三军诺感同。
飞将天水岸，白羽酒泉中。

**之三**

大雪半倾城，三边一夜英。
胡姬歌舞尽，不可误天明。

**之四**

大意一荆州，居心半九流。
山川舍甲舞，醒醉在人求。

**152 送王司直　皇甫冉**

前程道路长，步履去来乡。
八水分泾渭，长安向洛阳。

**153 婕妤怨二首**

飞燕落建章，姝妹舞昭阳。
汉帝花枝展，婕妤怨曲长。

**之二**

咫尺十心肠，深宫两怨伤。
情移长信路，夜许故居荒。

**154 淮口寄赵员外**

夜月逐淮明，风云落九霄。
回头知不见，莫问洛阳桥。

**155 金陵怀古　司空曙**

石路六朝音，宫廷有古今。
南梁庾信府，北魏老臣心。

**156 送卢　秦卿**

无言渡口分，有意问浮云。
酒后知期远，舟前执着君。

**157 汉宫曲韩翃**

曲曲汉宫深，幽幽玉影临。
娇娇姿肯道，处处可庭荫。

**158 江行　柳中庸**

花繁水陆州，腰细去来愁。
暮色寻吴楚，身姿误入流。

**159 题三闾大夫庙　戴叔伦**

湘流楚大夫，暮色九歌奴。
落落长沙问，忧忧举国孤。

**160 关山月**

雁塞客中音，关山月下林。
霜城繁独色，独立莫思深。

**161 送人往金华　严维**

双溪水月明，半岸柳杨生。
八咏楼中曲，三春少小荣。

**162 题竹林寺　朱放**

一寺竹林中，三钟月下风。
禅音多少斛，客意万千同。

**163 春日作　武元衡**

楚楚色枯荣，云云自象生。
人人知桃李，处处见阴晴。

**164 敷水驿　权德舆**

罗敷水驿前，驻隅去来田。
好女知多少，秦楼陌上妍。

**165 玉台体**

牛郎作独歌，织女过天河。
上下千年问，东西万里波。

**166 柳宗元**

蓝田半白头，子厚一生楼。
刺史成成就，河东柳柳州。

**167 长沙驿**

海鹤一长沙，湘流万里涯。
南楼何以别，旧驻作君家。

注：海鹤，比喻刘禹锡。

**168 江雪**

千山一鸟飞，万径半不归。
独钓寒江雪，孤寻鹿柴扉。

**169 刘禹锡**

梦得一彭城，屯田半御名。
郎州何司马，刺史种桃情。

**170 罢和州游建康**

建业罢和州，金陵问翠楼。
夜下桃叶渡，淮中日月流。

**171 经檀道济故垒**

长城故垒西，道济宋人低。
白鸠空鸣久，江州任自啼。

注：檀道济，南朝宋将领，刘裕北伐时为先锋，后官至征南大将军。文帝时伐北魏，三十余战多捷，进封司空。后为文帝所杀。白府鸠，史载，檀道济被杀，时人歌之曰："可怜白府鸠，枉杀谭江洲"。

**172 视刀环**

刀环半玉英，士子一声名。
脉脉功成就，朝朝感物成。

**173 三阁词**

临春半南仙，乐府结绮缘。
后主光昭展，扬州好水田。

注：三阁词，乐府吴声歌曲名。南

朝陈后主叔宝在光照殿前建临春、结绮、望仙三阁，曲名由此而得。

### 174淮阴行二首
日日上船头，年年向九州。
烟花江草色，岸芷碧波流。

### 之二
俯仰半低昂，阴晴一柳杨。
淮阴春草绿，挑菜洗荠梁。

### 175秋风引
大漠尽千云，凉州已半今。
三边听雁唳，一叶最先闻。

### 176纥那曲
纥那曲无终，楼兰土有雄。
阳关三叠尽，漠草一枝红。

### 177别苏州
盘门一柳条，干将半云消。
伍子姑苏路，同里楚鄂遥。

### 178古别离　孟郊
萧娘一半心，莫恨两三琴。
古别离人曲，临邛意外音。

### 179寄僧
月隙半西峰，风鸣万里松。
鱼惊庭树影，叶响草堂钟。

### 180泾州
泾川半古埭，渭水一浊流。
陌巷分千户，长安客九州。

### 181远别离　令狐楚
乐府曲闻唱，红妆主客分。
明中灯火暗，月下只思君。

### 182思君恩
小苑莺歌歇，长门半暮昏。
云浮何远近，雁唳问王孙。

### 183从军行二首
黑龙一白山，雪海半天颜。

莫问长安路，当言诺不还。

### 之二
月色问临洮，冰河过岸刀。
从军行不止，汉武见葡萄。

### 184王涯
李训半王涯，宦官郑注差。
平章甘露变，不道是皇家。

### 185闺人赠远二首
花明九陌新，风语半城春。
问道莺啼晚，流芳暮色茵。

### 之二
未可暮朝闻，何须不离分。
难寻三界雨，只见半沉云。

### 186春闺思　张仲素
袅袅柳杨条，盈盈玉带桥。
明明同里月，落落虎丘瑶。

### 187春游曲
三春一半人，九陌万千新。
日日芳香路，朝朝露雨津。
注：三春，春天有三个月，分别称为孟春、仲春、季春，故称三春。

### 188白居易
江州司马音，梦得洛阳心。
刺史苏杭治，龙门向古今。

### 189庾楼新岁
岁老半南楼，年新一九州。
浔阳江水岸，爆竹历春秋。
注：庾楼，指浔阳（今江西省九江市）江边的庾公楼。东晋庾亮，曾为江荆豫州刺史，治武昌，与其僚属殷浩、王胡之等登南楼赏月，后治江州州治移浔阳，好事者又于其地建庾公楼。

### 190南浦别
历历半春秋，凄凄一国忧。

成心知仰望，且去莫回头。

### 191勤政楼西柳
斑斑老柳春，处处少情人。
天宝年年旧，开元事事新。

### 192问刘十九
十九问刘君，三千向日文。
香说春雨路，雪色蜡梅薰。

### 193元稹
微之事鄂州，节度向春秋。
御史良臣罢，长江暗自流。

### 194行宫
落落古行宫，幽幽野花红。
朝闻多雨露，不问大江东。

### 195西还
悠悠梦洛阳，郁郁问故乡。
渭水君东去，泾流日月忙。

### 196马诗二首　李贺
赤兔半惊风，曹蛮一世雄。
貂蝉知己去，吕布自行空。

### 之二
白马一骖龙，英名半江东。
承归天地客，董父舜时功。

### 197张祜
元稹一抑情，晋肃半平生。
李贺闻张祜，清河吉不成。

### 198何满子
三声御榻前，一日是生年。
曲曲由音断，心心任旧泉。

### 199又
礼是宰相年，何须上酒泉。
声声河满子，郁郁不耕田。

### 200玉树后庭花
玉树后庭花，悲姿徒丽华。
箫娘胭脂井，不似故人家。

## 201 江南逢故人
江南故客声，洛北曲江名。
月照湖州水，人重旧日情。

## 202 徐凝
无人重布衣，有诺可知稀。
步履何仓促，平生不自依。

## 203 杨叛儿
一曲半声鸣，三春九脉荣。
生生何不止，处处问阴晴。

注：杨叛儿，乐府西曲歌名，一名"杨伴儿"。《乐府诗集》题解载：南齐时，女巫之子杨旻随母入内宫，长大成人后，为何后宠爱。当时有童谣曰："杨婆儿，共戏来。"

## 204 春情　张起
腊月一枝冠，红衣玉树端。
梅花藏雪色，不胜素妆寒。

## 205 贾客怨　杨凌
日日水山闲，悠悠客主间。
行行寻止止，去去复还还。

## 206 柳絮　杨凝
飘飘向万家，洒洒已千华。
乱入何阡陌，平铺二月花。

## 207 唐彦谦
刺史鹿门山，襄阳向御颜。
摇风知雅颂，撼岳几声闲。

## 208 齐文惠宫人
一士宋齐梁，三生枉断肠。
沈宫成败问，不朽是文章。

注：南朝沈约，历仕宋、齐、梁。齐文惠太子时，为太子家令；梁官至尚书令。佐命：即佐命大臣。

## 209 小院
小院一人情，中庸半树生。
高天承厚土，自在古今城。

## 210 贾岛
郊寒岛瘦寻，主簿溧阳音。
东野僧无本，推敲寺外吟。

## 211 剑客
剑客一平生，儒书十载成。
何须天下事，皆是自由明。

## 212 雪
烟花一半飞，暮色万千围。
柳絮寒光亚，扬长少许归。

## 213 闺怨沈如筠
雁尽等书难，愁多见叶丹。
心随孤月影，镜照紫金冠。

## 214 送人之宣城潘佐
宣城一谢朓，汉自半葡萄。
太守闻天籁，敬亭以势高。

## 215 题水西寺　杜牧
草木半春秋，人生一去留。
溪清波不远，石磊水难流。

## 216 寄远
寄远祭公楼，含情望不休。
飞燕成帝舞，薄袖翠莺眸。

## 217 江楼
一醉半芳春，三声两故人。
江楼高处望，不见是天津。

## 218 李商隐
醒醉半人生，阴晴一暗明。
春蚕丝不尽，茧国化虫鸣。

## 219 漫成
何郎得赏平，学士李回声。
博学宏词考，周墀制书名。

### 之二
牛牛李李城，月月有阴晴。
处处无知己，来来去去生。

## 220 张恶子庙
阴阳一半城，彼此两三情。
进退寻何处，枯荣以自明。

## 221 追代卢家人嘲堂内
楚楚一横波，凄凄半顺河。
声声长短叹，漫漫去来歌。

## 222 李夫人
汉武李夫人，张灯少女身。
如今心所在，独望欲沾亲。

## 223 滞雨
行云滞雨流，独客只灯幽。
夜短情长语，姿轻带雪忧。

## 224 饯席送人之梓州
隋朝百牢关，汉武半天山。
一箭千军去，三生客不还。

## 225 柳枝
月下一丁香，春中半柳杨。
无须相似处，但得可阳光。

## 226 散关遇雪
关前一雪寒，夜后半盘桓。
二尺平阳照，三冬日色残。

## 227 温庭筠
八韵一飞卿，三江半弟兄。
才思多敏悟，艳丽仕途城。

## 228 三月雪
柳絮满寒涯，芙蓉照日华。
成层霜色重，少许是梨花。

## 229 碧涧驿晓思
处处子规鸣，欣欣杏李荣。
耕耘云雨巷，日月夏春情。

## 230 许浑
骤雨惊风夜满楼，浮云蔽日渭泾流。
承先启后非南北，沧海桑田是春秋。

### 231 早春忆江南

叶碧满江南，花红一翠岚。
繁荣何似锦，夜梦作春蚕。

### 232 塞下曲

塞下月惊天，桑乾水问泉。
霜重乡信尽，乐府曲无眠。

### 233 赵嘏

十二楼中一笛声，三千曲外半人情。
倚楼不可年华尽，望断山川是月明。

### 234 寒塘

独立一寒塘，孤思半月光。
南楼芦苇岸，过雁向潇湘。

### 235 湘竹词　施肩吾

斑斑泪行情，寂寂舜时生。
楚楚湘妃记，潇潇雨夜萌。

### 236 渡汉江　李频

龟蛇锁汉江，梦鄂问寒釭。
近怯有言故，乡情不是双。

### 237 怀郑泊孟迟

雨叶坠残香，云丝落晓凉。
幽幽风不语，寞寞影方长。

### 238 陆龟蒙

甫里一先生，江湖半后情。
苏州同里路，拙政退思明。

### 239 江行

蒲叶酒旗中，桥头玉带风。
钱塘鱼饮水，跃影运河东。

### 240 夕阳

渡口半帆城，盘门一月生。
洞庭山外雨，带角吹中鸣。

### 241 和陆鲁望

春蚕日月城，鲁望去来情。
结茧形身束，先先后后盟。

### 242 司空图

中书制书名，表圣舍人情。
耐辱知非子，王官各月明。

### 243 乐府

路旁已黄昏，尘光半玉门。
云晴千巷色，日暮一王孙。

### 244 效崔国辅体韩偓

雨过长安北，云平渭水南。
金陵知贡院，同里见桑蚕。

### 245 从猎

东吴何养马，坝上不修兵。
壸日安天下，三春草木荣。

注：偏提——酒壶名。

### 246 早春储嗣宗

色变两三枝，阳平一半时。
姑苏同里岸，汴水渭泾迟。

### 247 郑谷

鹧鸪郑都官，春声一半寒。
耕耘天下士，道舍自心宽。

### 248 望湖亭

渭水非泾水，乡心是故心。
阴晴何未解，日月自知音。

注：伊水，即伊河，源出河南卢氏县，
东北流，注入洛河。

### 249 幽情　李牧

潭边岸草荒，月下柳低杨。
蹑蹑幽期许，欣欣隔树藏。

### 250 石城　蒋捷

洒落石头台，秦淮月色开。
波平桃叶渡，许是莫愁来。

### 251 古今诗西鄢人

百姓古今诗，千年日月知。
何须天下事，应记去来时。

### 252 哥舒歌

北斗七星遥，南宫一月消。
哥舒何问处，织女上郎桥。

### 253 题慈恩寺塔

长安八水濒，尽是去来人。
草木慈恩寺，阴晴不自亲。

### 254 释灵澈

汀州万里尘，会稽释灵身。
暮鼓云门寺，源澄宦贵人。

### 255 题天姥

天台一半峰，草木万千松。
举意非朝暮，居心是佛宗。

### 256 远公墓

慧觉一东林，寒门半古今。
楼烦天外路，净土虎溪音。

注：远公，指东晋高僧慧远（334—
416年），于东晋太元年间入庐
山东林寺传法，建莲社，是佛教
净土宗初祖，其墓在庐山西北麓
东林寺。

虎溪：溪名，在庐山东林寺前，
据传慧远送客不过虎溪桥。

雁门僧：指慧远。慧远俗姓贾，雁
门楼顶（今山西省宁武县）人。

### 257 释贯休

一剑半春秋，千寒十四州。
兰溪天下水，德隐自东流。

### 258 闻笛

楼牛羌笛声，月上玉栏明。
落叶霜前事，胡姬醉后情。

### 259 与许汉阳洞庭龙女

洞庭许汉阳，大耳见情肠。
一夜明宫女，龙王有暗香。

注：题目一作《感怀诗》，下引本
事云"汝阳许汉阳，贞元中，舟行
洪、饶间，到一小湖中，亭宇甚盛，

额曰'夜明宫'。女郎六七人,捶坐,命酒。一女郎曰:'有《感怀》一章,请诵之。'别后,回顾饮所,无见。至水口,有人云:昨夜溺四人,一人得活。言:'龙王诸女洞庭宵宴,取四人血作酒,缘客少,不多饮,我却得来。'问客为谁?曰:'一措大耳!'汉阳默自疑,吐出血数升,方平。

## 260题玉溪

驿外一文章,心中半曲长。
情重知遇处,色满玉溪香。

## 261幽恨诗 安邑坊女子

人间一曲鸣,陆氏雾花情。
弱质纤腰许,红裙绿带平。

注:题目一作《幽恨篇》,下引本事云:"上都安邑坊陆氏宅,人常谓凶宅。有进士臧夏,僦居其中。昼寝,忽梦魇,见一女人,绿裙红带,弱质纤腰,如雾濛花,收泪而云:'听妾一篇幽恨之句'。良久方寤。"

## 262古今诗

世上五言城,人间八句明。
晴阴天地客,日月去来荣。
仄仄平平仄,平平仄仄平。
诗心截断处,感意序纵横。

## 唐人万首绝句选卷之三

## 七言绝句(一)

## 263杜审言

必简一襄阳,修文半馆藏。
诗音同四友,杜甫祖先堂。

## 264赠苏书记

三章进士到军先,一诺书生赴朔边。
楼兰月下苏书记,大漠沙中自轻年。

## 265送梁六 张说

巴陵郡里岳阳楼,云梦泽中楚水流。
大小孤山姑不语,阴晴垒石世无忧。

## 266

孤山影色一洞庭,洛邑风光半渭泾。
八水都城光客老,巴陵岳麓读书铭。

## 267边词 张敬宗

迟迟不见五原春,路路长安半去人。
树树梨花飞不语,重重白雪塑边中。

## 268春日思归 王翰

桃花未尽问梨花,不入天宫入客家。
但见湖中舟已止,何须多怪少女娲。

## 269凉州词

楼兰路上半凉州,古道云中一莫愁。
自古军前天水将,幽燕月下数王侯。

### 之二

唱遍凉州问酒泉,阳光三叠玉门天。
高山流水非轻日,数历平生是客年。

## 270结袜子 李白

江湖水色入吴门,专诸王僚著史村。
一掷鸿毛何须远,中天后午近黄昏。

## 271长门怨

汉武宫中纳旧人,临邛步下相如尘。
何知司马长门赋,桂展秋桐几度春。

## 272越中怀古

太平山上馆娃宫,越秀吴中玉女红。
木椟西施曾一笑,夫差国色有千衷。

## 273送孟浩然之广陵

琼花一日半扬州,弄玉箫声十二楼。
此去长江东海岸,知音只在广陵流。

## 274春夜洛阳闻笛

桃花半落故人行,露色千明驿客鸣。
玉笛三声泾渭水,春风一夜洛阳情。

## 275峨眉山月歌

山随月色峡溪流,影入平江竹叶楼。
逐日三千寻蜀道,君心一半作渝州。

### 之二

蜀道声声一步难,江都处处半心宽。
峨嵋月色青溪暗,故国江涛杜宇桓。

## 276横江词二首

欲渡横江采石矶,风波洒去浪西沂。
潮头暗涌浔阳水,久立烟花湿布衣。

### 之二

横江馆里问浔阳,水色江南一郡荒。
故吏重闻三弄曲,吴门渡过九江梁。

## 277上皇西巡南京歌

君王蜀道雨霖铃,水色芙蓉浴后馨。
渭洛春深朝暮问,蚕丛故国杜鹃停。

## 278黄鹤楼闻笛

不见长安不见家,莫须玉笛莫须花。
龟蛇未锁知音客,黄鹤空飞汉口涯。

## 279下江陵

浮云白帝问江陵,细雨巫山向玉凝。
十二峰中王不语,三千客军女儿应。

### 之二

江流赤甲白盐山,奉节猿声楚客还。
此去朝云成暮雨,林泉栈道剑门关。

## 280望五老峰

一望匡庐玉老峰,九江水色半云踪。
东林慧觉莲花社,虎啸溪泉万里松。

## 281宣城杜鹃花

杜宇声声问故乡,宣城处处杜鹃忙。
三春草木三巴见,望帝何须自断肠。

## 282舟下荆门

干将烟云雨雾生,丈夫立足五湖情。
家乡不得鲈鱼脍,独受姑苏客里明。

### 283 与贾舍人至泛洞庭二首

洞庭水色楚江来，岳麓天光渭邑开。
曲尽长沙斑竹泪，湘君客舍可徘徊。

**之二**

洞庭雪月半凝辉，胡漠飞鸿一字归。
塞北枫红天地叶，潇湘子夜曲歌微。

### 284 巴陵赠贾舍人

巴陵故客半长沙，圣主明察一世家。
汉意南迁朝暮见，倾朝皆许九歌华。

### 285 望天门山

梁山独立半东西，楚水孤扬一鸟啼。
了却天门南北岸，形成碧水各高低。

### 286 长门怨

北斗星回故殿明，宫深乞赋相如鸣。
藏娇步下长门路，金屋情中武帝声。

### 287 陌上赠美人

白马骑行踏落花，萧娘有意入人家。
红楼曲尽琴声住，月色升平五月花。

### 288 闺怨　王昌龄

一寸浮云一寸心，半春细雨半春荫。
书生少妇知杨柳，何必寻来那古今。

### 289 听流人唱《水调子》

水调歌头曲子寻，梅花三弄女儿心。
流人声尽清明雨，道路坎坷草木深。

### 290 梁苑

梁园月色未知音，枚乘书香自古今。
国父春秋何不在，平台草木雨云深。

### 291 别李浦之京

昨夜东窗雨叶低，逢君不醉下辽西。
三春草木千人色，一纸文书半日啼。

### 292 甘泉歌

甘泉谣尽问三秦，渭北声闻色五津。
洛邑风云何不语，长安日月去来人。
注：甘泉歌，古歌谣，又作《甘泉谣》。

《三秦记》载："始皇作骊山陵，周回跨阴盘县界，水背陵，郭使东西流，运大石于渭北渚，民怨之，作甘泉之歌……"本诗借用"甘泉"之名，咏宫中嫔妃拜月祈露之事。

### 293 芙蓉楼送辛渐二首

暮雨潇潇十地根，烟云处处半盘门。
姑苏城外吴儿娶，会稽人中起女婚。

### 294

一日杭州半日吴，三声水调两声孤。
时时细雨沾杨柳，处处烟云满玉壶。

### 295 重别　李评事

长安渭水一知音，汉口吴门半古今。
白露红枫杨柳岸，寒江月色是人心。

### 296 送狄宗亨

一路声声任暮蝉，三秋处处问高天。
风云寂寂山川客，雨露幽幽去来烟。

### 297 送别魏二

怯别思乡半柳杨，江风浪雨一船凉。
山光寂寂凭猿麓，月色生生满岳阳。

### 298 卢溪别人

桃花半在武陵溪，水月三更岸芷齐。
道上荆门巫峡雨，途中白帝客东西。

### 299 长信秋词三首

夜雨梧桐一半声，珠帘弄玉两三更。
南宫漏水长无断，泪枕难言短纵横。

**之二**

东风处处落荒塘，玉影幽幽借扇香。
旧日藏娇金屋在，情心不住见昭阳。

**之三**

一思运命一思寻，半靠红颜半靠心。
竹影西宫灯影暗，月明复道月明深。

### 300 西宫春怨

西宫草木一梨花，月色烟云半影斜。
长信春寒太后晚，昭阳不胜玉人家。

### 301 西宫秋怨

西风落叶渐无声，秋扇含情近月明。
水展芙蓉连冷色，花心结子苦忧荣。

### 302 从军行二首

朔漠沙鸣问笛声，胡姬舞尽玉姿明。
楼兰应有"关山月"，一曲难鸣草木情。

**之二**

琵琶一曲半葡萄，壮士三声一志高。
有诺楼兰长啸去，何言北海落旌旄。

**之三**

北海长云过雪山，单于汉甲李陵还。
沙场不尽英雄尽，司马何须问御颜。

**之四**

凉州一去玉门关，老子三声自不还。
但得葡萄寻子弟，何须楚汉向轩辕。

### 303 殿前曲

舞女平阳卫子夫，沙场将帅御帐孤。
燕山射虎龙城在，李广英雄似有无。

### 304 青楼怨

半花影下半花楼，一步云中一步愁。
水色天光何不语，空望晓月挂帘钩。

### 305 青楼曲二首

佩玉铃声几柳杨，青楼月色半黄粱。
三春只可花芳阁，一曲何须入建章。

**之二**

柳絮杨花半御沟，红墙玉宇一河由。
平章漏断知门下，紫禁何时见水流。

### 306 河上歌

八十人间坐古槎，三生世上向莲花。
文章日月诗词客，草木阴晴彼此家。

### 307 送元二使安西　王维

泾流渭止去来津，楚尾吴头日月新。
汉口襄阳杨柳树，阳关蜀道客家人。

## 308 少年行三首
咸阳一诺少年行，易水三声意气名。
朔漠沙鸣天地暗，凉州落叶雁纵横。

### 之二
幽州射虎掉头东，狩猎阴山一阵风。
系马长城天地外，飞将没羽石棱中。

### 之三
一诺楼兰箭上弦，三呼易水客中天。
葡萄美酒阴山取，自古英雄出少年。

## 309 寄段十六
无言渭水多乡亲，不问黄河问孟津。
一阵惊雷壶口落，三军震鼓渡船人。

## 310 九月九日忆山东兄弟
九日重阳一客身，三秋落叶半无亲。
称兄道弟相寻问，话短情长各见真。

## 311 送韦评事
半见萧关十纵鞭，三声白马一居延。
沙鸣朔漠呼姬舞，日落凉州欲酒泉。

## 312 送沈子
洛水波平一客稀，龙门水色半沾衣。
陈王赋尽知曹丕，可寄相思曲江祈。

## 313 寒食汜上作
广武无须汜上春，汶阳尽是醉中人。
清明节令寒食早，草色花光暮日新。

## 314 凉州词
阳关九叠一凉州，朔漠三边半蜃楼。
羌笛千声姬不舞，交河百里故王侯。

## 315 凉州词　王之涣
酒泉少女酒泉颜，半唱凉州半唱山。
笛曲难言情意重，沙鸣不住玉门关。

### 之二
交河落日故人颜，塞北风声去不还。
朔漠何从天地语，楼兰已过玉门关。

### 之三
丝绸一道绕天山，曲舞三姬满耳环。
璞璧何须天地守，沙鸣不止玉门关。

## 316 江畔独步寻花二首
隔壁呼来一酒家，邻村此去半天涯。
前程似锦三春色，举步晴明五月花。

### 之二
溪流色满一桃花，日驻东风半树斜。
浅白深红多少路，携壶带酒四娘家。

### 之三
花溪半入四娘家，草经三出一玉华。
恰恰莺啼于酒住，欣欣隔岸半情娃。

## 317 戏作寄上汉中王
梁园一日汉中王，司马三声曲外肠。
汉伎东山台上望，阳春白雪客前扬。

## 318 和严郑公军城早秋
滴博师行郑国公，蓬婆帐落月分号。
旌旆射虏云间角，更夺盐川作世雄。

## 319 解闷四首
开封汴水过扬州，米贵西陵故客楼。
纸贱苏杭南北逐，隋炀水调运河流。
注：西陵，西陵城，故址在今浙江省杭州市萧山区。

### 之二
云辞建业向南流，雨落金陵问石头。
故国三声寻渡口，何人一曲过瓜州。

### 之三
画里春秋半右丞，诗中日月一禅僧。
山前草木成天地，笔下阴晴结玉冰。

### 之四
摩诘一语话天年，未咏明皇撼岳前。
但见襄阳夫子问，重修洛邑砚山田。

## 320 戏为绝句
平平仄仄仄平平，仄仄平平仄仄平。
仄仄平平平仄仄，平平仄仄仄平平。

## 321
今诗绝句四截成，乐府排言半壁明。
对仗兴承风雅颂，音声格律自含情。

## 322 承闻河北诸将入朝口号
十二年中一战长，三军帐外半夕阳。
身前阵后千兵勇，太上玄宗几帝王。

## 323 江南逢李龟年
江南叶落李龟年，崔九歌头太白篇。
幸蜀声中朝暮雨，清平乐里醉时眠。

## 324 送杜十四之江南　孟浩然
以水相接楚带吴，荆门暮色满江苏。
孤帆影尽天涯路，泊见洞庭大小姑。

## 325 送宇文六　常建
遥望不见汉阳城，暮色倾闻楚水声。
岸北三光未缘遍，江南二月已花荣。

## 326 三月寻　李九庄
雨歇云停石渡头，山阴修禊木兰舟。
羲之曲水流觞序，两岸桃花付色流。

## 327 除夜　高适
东风子夜度双年，爆竹连声启独眠。
一念天涯海角路，三重业就好耕田。

## 328 营州歌
荒原百里半营州，虏酒千钟十九流。
一马当先天下去，三生逐鹿猎春秋。

## 329 塞上闻笛
三边笛雪不知还，二月姑苏尽玉颜。
但见梅花湖岸落，东风一夜半西山。

## 330 九曲歌
铁岭黄河九曲流，东行霸道一春秋。
原头玉树文成主，不可逦迤暗取侯。

## 331 玉关寄长安主簿　岑参
弟子三千九脉余，人心一半四行书。
何须子夜听杨柳，最是西风度岁除。

## 332 送人
渭暗泾明已入秋，霜城肃野问王侯。
西风泛济汾河水，落叶云飞汉武楼。

## 333 赴北庭度陇思家下南洋
南洋万里半心余，木槿千颜百色疏。
遍地八哥言语少，家人一夜待新书。

## 334 封大夫破播仙凯歌二首
播仙镇里奏唐歌，节度军前意气多。
御史朝中天子客，麒麟阁上渡先河。

## 之二
万马争先书汉城，千军鼓角振唐营。
辕门挂月飞将令，铁甲冰河胜帅名。

## 335 寄孙山人储光羲
楼云碧影挂云楼，色半山光色半流。
水满清江花满水，舟停柳岸月停舟。

## 336
一路阴山万里余，千音故土半心虚。
王嫱汉帝明妃去，蜀客青冢世代书。

## 337 巴陵夜别王八员外贾至
巴陵一水岳阳楼，柳絮三湘逐岸留。
色在梅中千万树，滕王阁外十三州。

## 338 送李侍郎赴常州
云晴雪散北风寒，楚水吴山蜀道难。
侍御常州今始去，洞庭十八路盘桓。

## 339 春思
红粉当垆柳叶低，一心欲醉半心迷。
长安浪子金花酒，不问东南问北西。

## 340 巴陵与李十二裴九泛洞庭二首
岳麓秋声问莫愁，衡阳雁语近湘楼。
飞云但似洞庭水，落叶当如一扁舟。

## 之二
纷纷落叶满洞庭，处处秋山客色青。
楚楚潇湘斑竹泪，悠悠岁月水浮萍。

## 341 雁丘
好问汾河一雁丘，书生垒石半情休。
人间自有人心在，世上何须世后愁。

## 342 遇刘五　李颀
咸阳一别落梨花，渭水三春问客家。
进士身从书院暮，魁元自在曲江涯。

## 343 又
无惊月挂佩兰香，有意心随许愿人。
愚钝方圆成大器，聪明尽是误迷津。

## 344 寄韩朋
朝飞去鸟暮飞还，感物来人领物闲。
羡尔临汾县令宰，天山复与又天山。

## 345 过上人兰若　綦毋潜
僧衣挂杖上人行，步履寻根路迹明。
自在方圆兰若客，何须进退问阴晴。

## 346 崔国辅
开元进士集贤昆，国辅江南古木根。
礼部郎中直学士，山阴月色到吴门。

## 347 白纻词
洞庭白纻半吴音，盛泽春蚕一古今。
会稽无须男子意，姑苏尽是女儿心。

## 348 桃花矶　张旭
十步江桥一步溪，千情碧草半情迷。
桃花日日随流水，雨色悠悠付石堤。

## 349 山中留客
莺啼隐隐自相依，水色明明采石矶。
路远常常非止步，云深处处可沾衣。

## 350 严武
玄宗郑国公，御使草堂风。
杜甫秋知遇，文章拾遗空。

## 351 军城
昨夜西风入汉关，今朝逐马响沙山。
疆边暗道随君去，已过交河自不返。

## 352 薛维翰
晋水郭家贾乃荣，汾阳故姓芳华名。
山西省府薛维翰，万首唐诗绝句成。

## 353 怨歌
汾阳一姓故人家，晋水六妮是芳华。
自幼生平寻贾母，连襟自此各天涯。

## 354
汾阳一片好河山，晋祠三春皆碧颜。
万亩泉流南老色，千家玉影似不闲。

## 355 春行寄兴　李华
幽州一日自西行，碧草三春伴雨声。
晋水东流西不止，汾河北岸李华情。

## 356 独孤及
汾阳七女一连襟，晋水三春半古今。
应是郭家男女客，何须贾母寄人心。

## 357 海上怀华中旧游
不到南洋不问家，故心北国客心华。
马来海色千波岛，木槿红颜一国花。

## 358 元结
漫叟保全十五城，参谋节度两三声。
河阳义勇由元结，自此思明史不明。

## 359 欸乃曲二首
欸乃声中一曲鸣，江波月下两岸平。
行舟水路三杨柳，唱桡湘江半点情。

## 之二
一日江舟大丈夫，千声欸乃到东吴。
韶濩乐湘中曲，已到洞庭大小姑。
注：韶濩，韶为舜时之乐，濩为商汤时之乐，此偏指舜乐。寓舜南巡陈乐湘中传说。

## 360 登楼寄王卿　韦应物
随时应物寄王卿，楚水吴云问弟兄。
细雨如烟江上下，渔樵寺院话纵横。

### 361 寄诸弟

流莺独唱乐游原,细雨长安草木萱。
禁火须明兄弟简,桃花只向杜陵繁。

### 362 故人重九日求橘

重阳多得桔皮黄,九日登高未解香。
苦涩须浮甘露水,甜时必带一层霜。

### 363 休日访人不遇

九日长安逐客闲,三秋雁过玉门关。
衡阳未可洞庭树,昆仑已是雪满山。

### 364 登宝意上方

日月僧须下界缘,耕耘只在上人田。
行当住持闻天地,坐待钟声忆往年。

### 365 滁州西涧

已到滁州上马河,东风带雨客穿梭。
黄莺叶下无啼处,步履林中唱九歌。

### 366 答东林道士

东林应得虎行峰,月朗山门净土宗。
紫阁西边天地外,匡庐未尽老龙钟。

### 367 送刘萱之道州谒崔大夫刘长卿

斑斑竹泪一潇湘,郁郁长沙半帝王。
处处江南何不可,年年寒雁到衡阳。

### 368 送李判官之润州行营

渡口淮呼化玉泥,春潮也许掉头西。
江声不住留行客,鹧鸪当须苦苦啼。

### 369 寄别朱拾遗

金陵应是石头城,驿路何须帝子名。
喜鹊啼时行未止,乌衣巷口自阴晴。

### 370 归雁钱起

衡阳夜雨满青苔,岳麓浮云久不开。
大小孤山行止客,清寒只带雁归来。

### 371 李嘉祐

人人一一自纵横,北北南南任古情。
去去来来知不止,星星月月待枯荣。

### 372 王舍人竹楼

一半书香上竹楼,三千弟子下春秋。
高山只可寻杨柳,流水何须问五侯。

### 373 题虔上人壁

一处禅心一上人,半天日月半经纶。
三生世界三生客,万里江河万里真。

### 374 送客之鄂州 韩翃

落日重重楚调闻,江花处处不寻分。
青舟浪里飞飞雪,令尹神中是鄂君。

注:青翰,舟名,船上有青色鸟形装饰。刘向《说苑·善说》:"君不见鄂君子晳之泛舟于新波之中也,乘青翰之舟。"鄂君子晳,为春秋时楚王母弟,官令尹,是美男子。越人喜欢他而作《越人歌》,后以泛指美男子。

### 375 送齐山人

立山书儒进退同,平生有约调头东。
三春日月阴晴在,一路长亭步履中。

### 376 寒食

已近清明一柳杨,寒窗乞火百花香。
东都自有龙门客,洛水凌波魏帝王。

### 377 宿石邑山中

长亭驿外石家庄,学步君前客草堂。
夏水秋山行止处,燕人赵语是黄粱。

### 378 江南曲

月下江南可采莲,池中渌水未齐船。
摇摇欲醉身姿曲,忸忸怩怩是比妍。

### 379 酬张千牛

天津街上半千牛,建业城外一莫愁。
凌人仗势金吾子,春风酒肆不回头。

### 380 赠李冀

邯郸学步一王孙,易水空名半古恩。
北陌南阡多少路,东阳去后是西昏。

### 381 送人之潞州

化晋东风马路泥,惊春雨水柳条低。
浑江五女关东客,长白人参叶齐。

### 382 少年行

无知最是少年行,此去偏闻老子声。
洛邑城中来去问,章台路上马争鸣。

### 383 答张继 皇甫冉

不必南寻北固城,当然旧地故人情。
临川俯就春溪冷,落日徐登旷远明。

### 384 送魏十六

十八盘中半白云,三千月下一昏君。
何言醒醉姑苏道,此去无锡莫不闻。

### 385 岩岭西望 皇甫曾

莩岭登峰四望遥,咸阳造就一春桥。
龙门野老东都向,洛客凌波渭水消。

### 唐人万首绝句选卷之四

### 七言绝句(二)

### 386 夜上受降城闻笛 李益

受降城中一笛声,阳关月下サ沙鸣。
三春雨色浮云近,一夜佳人问远情。

### 387 边思

诗词一曲过凉州,曲调三声问玉楼。
塞上倾肠千酒醉,身边挂佩半吴钩。

### 388 柳杨送客

红妆女子半扬州,月色金陵一莫愁。
楚客终须黄鹤问,知音汉日舞空楼。

### 389 从军北征

伊州月色半归眠,行路难声十寸天。
雪海天山君不见,交河落日有方圆。

### 390 行舟

菱花镜里一君留,柳絮风中半五侯。
共坐珠帘闻汉口,同求细雨渡江舟。

## 诗词盛典 | 吕长春格律诗词六万八千首（全四册）

### 391 隋宫燕
琼花色满一扬州，弄玉声情十二楼。
水调歌头何不断，长城不见向南流。

### 392 送人归岳阳
细雨连江一半烟，知音汉口三千船。
衡阳岳麓多云色，杜宇巴陵少岁年。

### 393 临滹沱见蕃使列名
滹沱泰戏子牙河，北海天津客九歌。
塞外风光塞内色，胡人不似汉人多。

### 394 写情
鸳鸯戏水自由双，细柳波纹印木桩。
从此无心良夜短，相依月色挂西窗。

### 395 听晓角
冰霜雪月上榆关，进士书生下白山。
不度辽阳五女客，桓仁暮色是归颜。

### 396 汴河曲
水调声声一九州，隋宫处处十三流。
红尘寂寂琼花色，玉立亭亭汴客羞。

### 397 暖川
上古城中一暖川，刘家沟口半人鳞。
思媛应向三郎许，饮雪勤工俭学年。

### 398 宫怨
五月长生殿上香，三春露水顾中凉。
长门一路昭阳去，半步干心漏断肠。

### 399 度破讷沙
此去凉州破讷沙，须当海市蜃楼华。
何知寒光铁甲色，不恐婵娟月上花。

### 400 古艳词 卢纶
宽衣解带结同心，宿雨行云问曲音。
暮暮朝朝情不止，年年岁岁木成林。

### 401 宫中乐二首
曲巷宫深半翠微，才人女嫔一王妃。
三千女色媸妍怨，一半侯王五百非。

### 之二
月影条条叶隙中，灯明处处帝王宫。
阴晴错落何天地，草木生平有异同。

### 402 春日有怀
杏李桃红一寸心，黄莺曲尽落花深。
无情月色无情冷，不隔春山不可寻。

### 403 曲江春望二首
长安不尽曲江春，玉枕凌波洛水人。
柳叶杨枝陈魏主，莲舟可步宓妃尘。

### 之二
泉声半岸一东流，浪语三更两不休。
碧色幽幽情几度，花光楚楚欲难求。

### 404 登岘亭 司空曙
羊公履屐莫经年，杜预襄阳坠泪泉。
晋下阴晴非去客，碑丰日月是明天。

### 405 古寺花
只许芳菲古寺花，疏香腊月玉枝斜。
千年积雪红颜浅，万木群英自此家。

### 406 发渝州却寄韦判官
津亭水色到渝州，但见君心未见流。
揖手难分合不住，猿声复语满江楼。

### 407 送卢彻之太原
处处民心牧并州，翩翩角羽塞边求。
儿童竹马双旌后，及第平生作细侯。
注：郭细侯——指东汉时郭伋。王莽朝时，郭伋为并州牧。其为人忠厚，对民有恩德，据说到任时，有儿童几百人，各骑竹马到道路迎接（事见《后汉书·郭伋传》）。

### 408 峡口送友人
潇湘夜雨浥清尘，岳麓书生竹泪亲。
彼此江陵同是客，如何共处去来人。

### 409 送刘侍御李瑞
南齐抚臆谢宣城，早誓寓音向世声。
论报精英肌骨比，隋王府学治生平。

注：谢宣城，即南齐谢朓，曾为宣城太守，世称谢宣城。《南齐书·谢朓传》载：谢朓曾为隋王府文学，为隋王所赏识，后被迫离开，临去之时，留笺隋王，中有"抚臆论报，早誓肌骨之语。

### 410 郎士元
三声大历一钱郎，两客文章半渭肠。
刺史中山才子集，诗词翻是客君王。

### 411 柏林寺南望
四百禅林一暮钟，两千弟子半行踪。
南溪水上三峰色，北寺山中十万松。

### 412 河阳桥送别柳 中庸
三生意愿两生潮，半路归人一路遥。
出入榆关千万里，此难罢手彼难消。

### 413 征人怨
自古黄河十八湾，东去北海一万颜。
阴山白雪青冢在，不似中原作客还。

### 414 凉州曲
乡人一曲唱凉州，夜色三光照马羊。
塞北年年杨柳色，江南处处见东流。

### 415 送别红线冷朝阳
江南弄曲采菱声，洛水晴波问月明。
红线凉州杨柳唱，陈王但以宓妃情。
注：诗下自注云："潞州节度使薛嵩有青衣，善弹阮咸琴，手纹隐起红线，因以名之。一日辞去，（冷）朝阳为词。"
采菱歌：即《采菱曲》，南朝乐府歌曲名，梁武帝萧衍制《江南弄》七曲之五。
洛妃：洛水之神，《史记·司马相如传》上古伏羲氏之女，死于洛水，遂为洛水之神，又称"宓妃"。

### 416 枫桥夜泊 张继
枫桥夜泊近渔家，玉宇朦胧雾似纱。

夜半姑苏非水色,寒山拾得是灯花。

### 417
洞庭月色五湖纱,盛泽丝绸百客花。
烟雾东西山上去,梅花玉立误人家。

### 418 送别刘方平
步步金陵步步桥,秦淮水色久云霄。
三山落暮千山照,一日清江半日潮。

### 419 月夜
更深半夜一人家,月色三星两客斜。
渐渐东风虫不语,徐徐暖气到江涯。

### 420 春怨
东风欲暖一黄昏,细雨还来半柳门。
去去来来非主客,空空落落是乾坤。

### 421 听角思归顾况
鼓角连营一玉门,枫桥夜泊半江村。
寒山寺外凉州问,月星姑苏梦里根。

### 422 宫词
玉宇琼楼半夜歌,婕好奉扫一秋河。
宫深路短藏金屋,可笑相如赋不多。

### 423 听歌
"悲翁""子夜"一"霓裳","下里""巴人"半柳杨。
坐部玄宗西域舞,梨园子弟曲声长。
注:子夜,南朝乐府歌曲名。
悲翁:即乐府歌曲中的《思悲翁》。
霓裳:本名《婆罗门》,西域乐舞之一,后经唐玄宗润色并制作歌辞。

### 424 宿昭应
长生殿外一华清,武帝坛中半月明。
独阅心田天地见,玄宗自得太贞情。
注:长生殿,唐玄宗建于临潼骊山之华清宫。

### 425 小孤山
小姑水色大姑山,玉秀洞庭月秀颜。
数里逐船鸦未语,轻舟至此不须还。

注:小孤山,一称"礜山",在江西省彭泽县北大江中,山上多寺庙。大孤山,又名鞋山,在江西省鄱阳湖中。

### 426
大姑柳色小姑杨,彭泽洞庭水泽乡。
数曲迎船鸦自取,江西一夜过鄱阳。

### 427 叶道士山房
道士山房问太真,麻姑古庙浥清尘。
浔阳渡口知千醉,付与江流向九津。

### 428 竹枝
巴陵水色"竹枝"声,帝子云光暮叶晴。
浪里烟花帆已落,江中客便曲方平。

### 429
舟平水上"竹枝"停,岸口山中柳色青。
日日何须斑日日,灵灵未上复灵灵。

### 430 忆故园
蜀客声声柳叶低,春耕处处杜鹃啼。
黄粱一梦千秋外,不到三更鸟不栖。

### 431 夜发袁江寄李颍川刘侍御戴叔伦
滕王阁下九江流,抚水烟中一独舟。
论语君前杨柳木,临川月上不知愁。

### 432 湘南即事
湘江一夜行东流,沅水三更顾北楼。
但似苍梧斑竹泪,当心不尽二妃愁。

### 433 丹阳送人　严维
镇守山光一丹阳,开流水色半嫁妆。
蜀汉东吴京口住,赔了夫人作情郎。

### 434 题开圣寺　李涉
寺院声度一半钟,佛门暗影两三峰。
寒鸦不问清溪水,夜雨连心十里松。

### 435 过湖州伎　宋态
湖州涉态一芙蓉,宋玉高唐半故封。

不忆云仙难作客,巫山自在十三峰。
注:《唐诗纪事》"李涉"记:(李)涉至扬州,一女子拜且泣,问之,曰:"宋态也,故吴兴刘员外之爱姬。"刘有昔年之分,涉因赠曰"长忆云仙至小时"云云。

### 436 润州听暮角
暮角连声半润州,惊鸿俯就一江流。
金山寺里闻钟鼓,不望金陵见石头。

### 437 宿武关
不见长安宿武关,何须渭水问天颜。
商州未锁秦川月,夜色常开落叶还。

### 438 竹枝词二首
巴渝一曲竹枝词,蜀客三声杜宇知。
石上寻夫帆已尽,啼中故国故人迟。

### 之二
十二峰中一月低,三更水上半鸟啼。
巫山雨落云浮止,白帝东流夔门西。

### 439 哭田布
何人岛上作田横,节度心中一百兵。
引剑抽营闻大雪,羞当楚汉不臣名。

### 440 京口送朱昼之淮南
扬州馆色玉箫情,二十桥头半笛声。
月色金陵桃叶渡,琴明贡院读书生。

### 441 邠州词献高尚书二首
凉州过去数英雄,铁马冰河万里风。
一剑沙疆鸣不止,三军鼓角向苍穹。

### 之二
三军令下一生情,百里之中半已名。
守镇当须先征战,精英自可过长城。

### 442 过华清宫　李约
潼关百里玉华清,渭水千姿一曲荣。
不力汤中何艳色,长生殿上太贞情。

### 443 赠天竺灵隐二寺主　权德舆
石径登峰两寺君,青山壁障一钟闻。

天竺半路知灵隐，处处溪流处处云。

### 444 杂兴二首
未遇周郎不用心，含羞欲弄作弦音。
三更月色梅花落，一曲新声刮骨吟。

### 之二
云云雨雨满红尘，处处东风处处春。
洛水凌波妃不语，含情只待傍迎人。

### 445 春兴武元衡
御柳阴阴半雨晴，深宫落落一流莺。
清明隔日龙门客，乞火王侯洛水城。

### 446 送张司录赴京
兰馨杜若一朝堂，万岁千门半文章。
尽是"高山流水"客，"梅花落"下是木香。

### 447 题嘉陵驿
雨似江花雾似烟，云成水色露成泉。
嘉陵驿外三流汇，越秀风中一海船。

### 448 听歌
"阳关"唱遍"古梁州"，
建业"关山"一"莫愁"。
"下里巴人"知"杨柳"，
江都"水调"半"歌头"。

### 449
任取梅花落下差，隋音此去一凉州。
难行步履难引色，不惜千金换莫愁。

### 450 汴州闻角
十载江都一汴州，千年玉树半君求。
琼花息息临风落，北水悠悠逐岸流。

### 451 韩愈
潮州刺史半衷肠，渭水长安一柳杨。
御史昌黎贫郡望，贞元进士释文章。

### 452 湘中酬张十一功曹
十一功曹半叶舟，三千里路九州头。
湘猿越鸟同鸣春，只向江东逐海流。

### 453 和李二十八司勋　连昌宫
华清水色已黄昏，驿路连昌老树根。
莫道潼关安史乱，开元未到五重孙。

### 454 晚次宣溪酬张使君
晚次宣溪一使君，潮州客泪半分文。
韶关但任琵琶语，四面埋伏楚汉云。

### 455 同水部张员外籍曲江春游寄白二十二舍人
长安一半曲江春，弟子三千日月人。
两岸桃花和水碧，青天日色满天津。

### 456 次潼关先寄张十二阁老
晋伐淮西暮色开，潼关四面月徘徊。
相公已破吴元济，刺史华州阁老来。

### 457 桃林夜贺晋公
上柱桃林晋国公，裴相命圭印花红。
功成业就长安路，已破吴元济世雄。
注：桃林，县名，今河南省林宝县。
晋公：指裴度。裴度以平吴元济功赐上柱国，封晋国公。
命圭，天子赐予大臣的玉圭。

### 458 柳州二月　柳宗元
一柳宗元半柳州，三江雨色两江流。
莺啼不住刘郎住，司马闻声向石头。

### 459 酬梦得
临官二柳色姑苏，梦得还思付念奴。
一脉元和新女子，桃花落尽菜花无。

### 460 闻澈上人亡寄杨侍郎
灵澈坐化上人杨，触佩黄珰已断肠。
紫茎金英何采撷，飞花一现作黄粱。

### 461 赠曹侍御
已去黄梅到象县，州头柳柳自桑田。
萍花不与求君采，侍御潇湘挂月弦。

### 462 石头城　刘禹锡
潮流漫打石头城，夜色轻回水边晴。
月照秦淮桃叶渡，金陵尽是莫愁声。

### 463 乌衣巷
金陵故垒石头崖，一日乌衣二月花。
得月桥头朱雀问，秦淮不是谢王家。

### 464 江令宅
山光水色各千涯，不可陈隋是一家。
十亩池台江令竹，三春碧色不开花。

### 465 与歌者　米嘉荣
一曲梁州意外心，三声渭邑怯知音。
儿孙不数嘉荣唱，只得清流序古今。

### 466 听旧宫人穆氏唱歌
牛郎织女渡天河，穆氏贞元唱九歌。
七夕云间闻喜鹊，逢时地上影婆娑。

### 467 与歌者何戡
一曲衷心唱"渭城"，三更乐府问平生。
何戡旧有音情在，二十余年不胜名。

### 468 堤上行二首
三船并拢一桥头，半月分摊两水流。
渡口呼来随你去，明明暗暗不知羞。

### 之二
江中一片"竹枝"声，月下三帆故结盟。
渡口呼人"桃叶"曲，烟波彼此是阴晴。

### 469 踏歌词二首
春江月夜踏歌声，少女儿郎各许倾。
唱尽梅花三弄曲，人间不似竹枝情。

### 之二
灯前不语对娇娥，月下沉吟镜里歌。
楚客何须天下问，如今自是细腰多。

### 470 竹枝词八首
白帝江流唱竹枝，巫山暮雨去时迟。
行云峡口天门色，不锁人间奉节知。

### 之二
红花顶上满山桃，碧水心中意欲高。
夜色难分人色近，帆船未系解衣袍。

### 之三
望夫石上几千秋，白帝东吴万里愁。

日出三竿春雾尽，江流一去不回头。

### 之四
夔门不闭大江开，赤甲当前一水来。
对生白盐凭峡口，巫山暮雨久徘徊。

### 之五
瞿塘滟滪到巫山，蜀道吴门去不返。
不怨江流流不住，唯愁牛郎误小蛮。

### 之六
桃花一半是梨花，日月三千作客家。
小笠长蓑风雨间，辛辛苦苦向天涯。

### 之七
柳叶青青小雨中，杨枝处处大江东。
舟帆相济连吴蜀，不作男儿作女红。

### 之八
楚水巴山夜雨多，牛郎织女望天河。
轻舟只向吴门去，不见纥那问小哥。

### 之九
江楼不住问江流，美人心中作美愁。
但以船帆船上立，随郎自去任春秋。

### 之十
下里巴人唱九歌，牛郎织女过天河。
江船但向吴门去，竹泪潇湘此处多。

### 之十一
梨花落尽雨烟飞，暮色苍茫客来归。
不见郎情同我寄，何如向月敞心扉。

### 之十二
一曲低声一曲高，半心彼此半心操。
春风处处催杨柳，细雨幽幽化李桃。

### 471浪淘沙词
一曲浪淘沙，处处天涯，青楼不胜玉人家。
燕子矶头烟水去，误了桑麻。
二月度梅花，寞寞咨差，人间种豆种南瓜。
唯见巫山云雨色，许过娇娃。

### 472碧涧寺见元九和展上人诗
鳞皱节节一青松，尘壁文文半鼓钟。
渡口留言惊客止，深山古刹上人踪。

### 473春词
一曲春词一曲羞，两情相悦两情由。
相思但见鸳鸯语，玉立婷婷水不流。

### 474和令狐相公别牡丹
渭邑庭中一牡丹，平章门下万心宽。
春明宅里千门曲，仆射身前半杏坛。

### 475同李十一醉忆元九
桃花不醉嫁春愁，细雨无言向九州。
但觉声中元九忆，何须月下教江楼。

### 476竹枝
瞿塘峡口竹枝声，柳叶蜂光暮色城。
水雾重重流九脉，云烟处处雨半晴。

### 477宫词
红颜知己一心扉，泪洒熏笼半翠微。
一曲衷情河满子，三生尽处玉人归。

### 478暮江吟
此江瑟瑟彼江红，主劝声声客劝东。
露水重重分莫付，珍珠楚楚任由衷。
注：瑟瑟——碧色宝石。

### 479三月二十八日赠周判官
不似江楼大丈夫，文如日月老东吴。
周郎曲调知长短，渭水清流是故都。

### 480伊州
小玉齐声解故忧，开元曲调向伊州。
东都客里龙门卧，纸贵长安教九流。
注：1.伊州，曲调名，商调大曲。开元中两凉节度使盖嘉运所进。
2.小玉，白居易的小妾。

### 481华州西
逢人欲歇问华州，敷水清明百里忧。
不计程何困倦，钟声欲响近城楼。

### 482对酒
不唱阳关第四声，推辞渭水数三明。
晴时柳色千光聚，雨后长安万碧荣。
注：阳关，即《渭城曲》。"阳关第四声"即反复咏唱《渭城曲》的意思。

### 483晚归府
黄昏古道晚归来，暮色迷茫渐次开。
步里河南成府尹，灯前小玉故人猜。

### 484魏王堤
花寒鸟怨魏王堤，洛水河边柳叶低。
二月春思先不碧，三生玉树客人西。

### 485王子晋庙
笙歌子晋凤凰鸣，乐舞霓裳散序声。
众力成城何不与，人间处处有枯荣。
注：王子晋即传说中的仙人王子乔，好吹笙作凤凰鸣，游于伊、洛间。《霓裳》即《霓裳羽衣曲》，唐代乐舞名曲。全曲分散序、中序、曲破三部分。散序为器乐演奏，不舞不歌；中序有拍，亦名拍序，且歌且舞。

### 486看采莲
小桃小玉小莲花，半白半红半水涯。
去去来来南北岸，婷婷立立暮朝家。

### 487香山寺
十月沉寒二月花，三春碧玉九春华。
空门寂寂香山寺，故径幽幽古客家。
注：香山，在洛阳市龙门山之东，亦称东山，山上有寺，为唐高宗李治所建。白居易晚年卜居香山，死亦葬香山。

### 488木兰花
木兰应是女郎花，老路如今故客家。
北海何须非地角，南洋未必是天涯。

### 489杨柳枝
枫桥酒色馆娃宫，越秀西施木渎红。
柳絮扬花三界外，姑苏会稽五湖东。

### 490酬裴令公赠马相戏
裴度风流换马行，东山女色谢安名。

青娥不教何人老，逸足留须济世荣。

注：裴令公，即裴度。数度为相，晚年退居洛阳。"裴诗云'君若有心求逸足，我还留意在名姝'，盖引妾换马戏，意亦有嘱也。"

安石，指东晋谢安，字安石。《晋书·谢安传》载，谢安喜爱山水，也好女色。

### 491水调

水调殷勤五叠声，从头十一半人情。
直言渭水东都色，曲意周郎侍客鸣。
注：水调，曲调名，商调曲。唐曲十一叠，第五叠为五言，声调最为哀怨急切。故诗中立道"五言一遍最殷勤"。殷勤，就是怨切的意思。

### 492永丰坊园中垂柳

一木成林百岁中，三生数日万人雄。
朝朝暮暮何朝暮，始始终终不始终。

### 493西明寺牡丹　元稹

西明寺里紫云英，玉女珠中伎乐城。
树影禅房幽径远，光风自转牡丹荣。

### 494亚枝红

桃桃李李一溪中，色色形形四壁空。
落落望望成玉树，枝枝醉卧作流红。

### 495梁州梦

慈恩梦得半凉州，渭水泾流一去留。
御史何须元白致，龙门礼在曲江头。

### 496嘉陵驿

嘉陵驿里半空床，一夜梦中十地肠。
晓月如弓尤挂树，江花乱色自扬长。

### 497嘉陵江

澜沧水色半江陵，白练山光万树凭。
栈道陈仓秦暗渡，吴江自蜀玉壶冰。

### 498好时节

杜宇声声帝子情，鱼凫处处作枯荣。
蚕丛节令惊时令，酒肆常常作醉城。

### 499送孙胜

轻舟解缆宋亭东，晓月行云水色空。
柳带随波垂意醉，春红欲落一江中。

### 500岳阳楼

三江九脉岳阳楼，万水千山不自愁。
沅水湘波斑竹泪，舜帝妃心任人忧。

### 501寄庾敬休

同来小住曲江头，独带东风客雨求。
一日长安临水色，三春御柳帝王州。

### 502西归

小树桃花满武关，三春柳色半商山。
东都草碧龙门晚，御史西归晋帝颜。

### 503重赠乐天

碧玉桃红唱我诗，长安渭水问君词。
元声白句朝朝暮，月落星明去去迟。

### 504李德裕

崖州司户一琼山，节度西山半御颜。
学士郎中知制书，居相力主削藩班。

### 505长安秋夜

长安一夜满秋风，渭水三声半去鸿。
月照朝衣何冷暖，风平岭树可晴空。

### 506却望芙蓉湖　李绅

寥寥落落一秋晖，寂寂愁愁半翠微。
即娶奴家成巷里，身名不就莫回归。

### 507题惠照寺二首　王播

惠照高僧陪旧游，当年饭后客无粥。
钟声恰在饥肠断，寺院王播已白头。

#### 之二

王播苦读半生贫，惠照阇梨一独身。
三十年来尘扑面，平章事在几冠巾。

#### 之三

如今始得碧纱笼，三十年前饭后钟。
节度孤贫年少读，平章步履莫随从。

### 508送淮上人归石经院

东山自得雁门僧，虎啸溪流寺院灯。
白石经文今犹在，旃檀木色以香凝。

### 509湘江夜泛

湘江夜泛一舟平，岳麓波明半水城。
玉影成心摇曳问，涛声依旧自纵横。

### 510送僧

云游住持一山僧，挂角形身半月灯。
影落林寒孤寺院，花飞雪沃满萍冰。

### 511移家别湖上亭　戎昱

客里留心驿路荣，人前举首各阴晴。
窗含喜鹊人情久，自此频啼不住声。

### 512塞下曲

日上三竿一曲赢，天中百里百花荣。
阴山白马荒原碧，塞下声鸣一世情。

### 513途中寄李三

柳叶含烟灞水流，桥头欲语路边羞。
青丝自借难遮面，世上如何有莫愁。

## 唐人万首绝句选卷之五

### 七言绝句（三）

### 514南园二首李贺

司马相如一两声，东方曼倩万千情。
猿公冶子欧铜剑，勾践吴心少女倾。

注：1.长卿，即西汉辞赋家司马相如，字长卿。

2.曼倩，即西汉文学家东方朔，字曼倩。

3.若耶溪：在今浙江省绍兴县南若耶山下。春秋时期欧冶子在此地用溪底所出铜铸成名剑（见《吴越春秋》）。

4.猿公，《吴越春秋》载越王勾践曾聘请一位善剑的处女到王都去教剑术。女子在途中遇一老翁，自称袁公，与女子用竹竿试较剑术。后老翁飞上树梢，化为白猿。

## 之二

日月平生老少同，春秋历数去来中。
年年不辍时时刻，处处耕耘字字工。

## 515 昌谷北园新笋

雨后千芽意恐迟，云中万木欲抽枝。
春风一阵河山色，鹧鸪三声日月诗。

## 516 酬答

秦州一曲未央宫，灞水三春洛邑空。
碧玉长安慈恩寺，中书门下曲江红。

## 517 刘郎浦　吕温

石首刘郎一蜀城，孙权小妹半吴声。
荆州不借男儿女，鼎峙难平意欲倾。

注：刘郎浦在荆州石首，传为刘备纳东吴国主孙权妹处。

## 518 僧院听琴　杨巨源

月挂禅房一寸心，池平玉树半知音。
幽幽寺影幽幽色，处处蛙鸣处处琴。

## 519 赠崔驸马

梧桐一树半潇湘，子夜千枝万柳杨。
细雨声声惊物感，浮云寂寂度炎凉。

## 520 听李凭弹箜篌

已到云门第四声，何须弟子问千情。
梨园自是芙蓉会，曲度音传玉殿明。

## 521 观伎人入道

歌钟北里一音亭，玉粉云门半诵经。
不守心思由自取，何如月色隔云殿。

## 522 逢郑三游山　卢仝

石上寒流一月明，林中古木半音清。
君心处处相思草，步履重重远近情。

## 523 从军词　王涯

千军一鼓半英雄，万马三声八月弓。
赐紫金门飞将去，黄河天水酒泉鸿。

## 524 塞下曲

当先一马作冠军，帐外三更月未分。
宝剑何须惊故土，龙城不可梦乡云。

## 525 秋夜曲

一夜空房一夜晖，半明玉影半明微。
声声曲曲声声尽，寂寂心心寞寞扉。

## 526 宫词二首

一日深宫九色妆，三夏月色半萧娘。
千姿百态君王顾，意欲熏心日月长。

## 之二

三宫六院一君王，五嫔千妃半玉香。
奉扫婕好长信路，单车不住任荒唐。

## 527 少年行　令狐楚

清河日上五原城，宝剑弓中一箭名。
独俱寒光天地色，飞鞯易水诺时行。

## 528

楼兰一曲半交河，进士三更六九歌。
五丈原中知一处，千山脚下雪冰多。

注：云门——即《云门大卷》，周代六舞之一，相传为黄帝时舞乐。

## 529 舒元舆

官官宦宦帝王城，主主奴奴岁月平。
御史平章甘露变，王涯著作宰相名。

## 530 赠潭州李尚书

湘江日月李潭州，应物姑苏舞女愁。
魏主文姬夫婿择，身名不在帝王侯。

注：李翱在潭州时，一次发现酒席上的一位舞女，竟是原苏州刺史韦应物爱姬所生，因家道中落而流落潭州；李翱赶忙为她改换掉舞服，并在宾客之中为他选择夫婿。舒元舆听说此事，从京都写了这首诗赠李翱。

## 531 塞下曲四首　张仲素

三生故土一辽东，二月冰花半雪穹。
作揖席前朋友待，欢迎客至主人公。

## 之二

里七榆关外八楼，千山五女十三州。
燕京学院书生客，九月重阳忆故秋。

## 之三

桓仁朔雪作飞烟，五女浑江化酒泉。
事业三千钢铁客，功名一半玉门前。

## 之四

茫茫雪野一云烟，寂寂峰光半济天。
步步春秋天地洞，年年日月好桑田。

## 532 秋闺思二首

楼兰近处已金山，日月天朝待客颜。
朔漠分明关塞锁，风尘历数待君还。

注：金微，山名，也称金山，即今新疆北部的阿尔泰山。

## 533 汉苑行

相思不可上红楼，曲舞难平客九州。
水色亭亭直曲榭，珠帘寂寂解银钩。

## 534 天马词

天马行空益壮根，金喷镀玉自乌孙。
西极汉血长城北，应物知途向故村。

注：天马：《史记·大宛传》："得乌孙马，好，名曰天马。及得大宛汗血马，益壮，更名乌孙马曰西极，名大宛马曰天马云。"

## 535 送蜀客　张籍

红颜锦绣木棉花，金马碧鸡故客家。
日暮山桥峰影落，黄昏一半到天涯。

注：碧鸡，一说为神名《汉书·郊祀志》："或言益州有金碧鸡之神，可醮祭而致之。"一说为山名。柘东城（云南省昆明市）有碧鸡山。

## 536 蛮中

金潾至此度南云，贵黔西边自北分。
汉界苍梧铜柱在，银环着耳挂衣裙。

注：铜柱，传说汉代马援南征到交趾，立铜柱为马边界的标志（见《后汉书·马援传》李贤引注《广州记》）。
交趾：指东汉时交趾郡，治所在今广西苍梧县。

## 537 蛮州
一树槟榔挂竹楼，半红子粒两春秋。
男儿细女呀呀语，近海珠江近近流。

## 538 哭孟寂
曲中会上一题名，十九人前半世荣。
孟寂身心何俯仰，无须驾鹤帝王城。
注：曲江，曲江池，为唐时都城长安游览胜地。进士每年登科，赐宴于此，称"曲中会"。

## 539 法雄寺东楼
一世功名入半秋，十年宅寺问东楼。
汾阳郡主亲仁里，玉叶金枝作五侯。

## 540 秋思
纵横上下雅君风，智者良人几异同。
不恐章章雕字句，文心切切慧心中。

## 541 凉州词两首
一路凉州雁未栖，三声暮色顾双啼。
衡阳岭上江南色，白碛鸣中月色低。
注：凉州词：唐乐府《近代曲》名。开元中西凉都督郭知运采进。

### 之二
衡阳一字到凉州，岁岁人行向九州。
李六龙城飞将去，黄河自古作东流。

## 542 宫词二首
三宫六院九嫔妃，一后千门半不归。
但可徘徊明月下，何须鹦鹉许心扉。

### 之二
一宫更比一宫深，半木难成半木林。
但见鸳鸯凭水戏，君王以此作知音。

## 543 寄李渤
踯躅红红五度溪，临春树树半高低。
僧人但撞时钟响，腊月梅花已化泥。
注：五度溪，水名，在河南嵩山。
踯躅：花名，即杜鹃花。

## 544 春别曲
一寸芙蓉五寸莲，半重碧叶九重天。
尖尖细细冲云雨，大大方方靠采船。

## 545 寒塘曲
叶满寒塘织细冰，莲花落尽作香凝。
随时玉色寻天地，隔月秋风过五陵。

## 546 王建
张王乐府百宫词，司马咸阳半柳枝。
进士书丞原上去，仲初御宫故人诗。

## 547 江陵使至汝州
商人不说汝州山，蜀道难行麦积闲。
日暮黄河天水岸，书生乞火五侯间。

## 548 华清宫
汤泉水色作华清，剑曲梨园力士城。
群玉山头王不语，骊山换得太真情。
注：华清宫：故址在今陕西省临潼区南骊山上。贞观间建汤泉宫，天宝中改名"华清宫"。

## 549 十五夜望月
十五婵娟十六圆，两三落叶两三悬。
何须望月天仙问，只在归心向岁年。

## 550 霓裳词四首
寿王已去换霓裳，水色龙泉易旧汤。
一调清平天上曲，中官力士问明皇。

### 之二
梨园弟子作明皇，百天楼台演帝王。
散序琴弦丝竹曲，佳人才子易兴亡。

### 之三
一曲言云一雨扬，半情欲歇半黄粱。
华清池里温汤水，法部音中几道唐。

### 之四
卸却霓裳见贵妃，凭明怯见玉心扉。
汤泉似色娇无力，忘去华清百态归。

## 551 宫词二十四首
道士庵中半太真，长生殿上一红尘。
瑶池子女殷勤客，胜似胡儿问玉人。

### 之二
杨家姊妹奉君王，两意三心怯玉汤。
百态千姿明水色，原来故作梦黄粱。

### 之三
但却心衣玉不藏，娇情似火欲难当。
韦朝虢暮朝堂误，国色天香对拜堂。

### 之四
一望池中半欲光，三冬日上十泉汤。
华清水暖人心重，未了音声各柳杨。

### 之五
平明一马入宫门，粉黛三无彻玉根。
虢国夫人云雨色，男儿女子是乾坤。

### 之六
天晴近晓玉添频，兄弟同床一太真。
但可明皇三妇色，何须尽是去来人。

### 之七
一日秋来一日亲，三更桥鼓五更人。
空凭玉色多歌舞，只教三郎问太真。

### 之八
烟花玉树半珠痕，水气空蒙色欲昏。
节度胡人旋舞曲，何须子女小儿孙。

### 之九
供奉清平调里新，明皇力士墨香津。
江州石砚宣州笔，染尽芙蓉作玉身。

### 之十
力士终须苦菜心，殷勤尽瘁奉君音。
皇言太上长生殿，指待芙蓉玉女寻。

### 之十一
温汤出水玉儿新，骑马蹲裆小管纶。
白打官场三两蹴，弹棋舞剑万千人。

### 之十二
倾门独掷打球声，隔障临城欲未横。
甲入光成天子蹴，原来已注玉人情。
注：白打，唐代一种蹴鞠游戏，两人对称为"白打"，三人角称为"官场"。

## 之十三

西施木桉玉儿声，出塞昭君久不鸣。
但以貂蝉三国乱，芙蓉不尽故人情。

## 之十四

宫中复道玉人楼，月下珠帘月上钩。
挂得衣衫相比色，芙蓉只在帝王洲。

## 之十五

梨园弟子卸衣妆，玉女玄孙剑器扬。
尽是杨家天子帐，龟年莫如念奴香。

## 之十六

当先一马荔枝来，岭驿三声路已开。
洛邑熏心千万里，江南只为玉人栽。

## 之十七

摇摇摆摆独心裁，去去来来玉带开。
妒妒嫉嫉常阻滞，妃后后几人台。

## 之十八

一斛珍珠一斛情，半珠玉色半珠明。
采萍不止萍心在，此处芙蓉彼此盟。

## 之十九

东宫不远是西宫，太子无言庶子同。
殿下长生求道士，天王老子作雕虫。

## 之二十

春风半到帝王家，暮日三重御柳斜。
杜岩新成颜色好，梅花谢了见桃花。

## 之二十一

千呼一应半军前，万马三声两世迁。
此去阳关多少路，长生殿上自逢缘。

## 之二十二

宿粉还匀自不香，三军已断骊山肠。
佳人未必姿身罪，天下人心久柳杨。

## 之二十三

叮当驿雨霖铃，寂寞池塘草木青。
不得天皇寻玉女，长生殿上作浮萍。

## 之二十四

芙蓉落得骊山旁，蜀道难言幸事昌。
但以开元天宝尽，明皇未去肃宗王。

## 552 上巳寄孟中丞　鲍防

上巳兰亭第一声，中丞洗濯两三情。
羲之修禊孙绰嬉，魏晋谢安曲酒行。

注：上巳，上巳日。旧俗，三月上旬第一个巳日为上巳节。

## 553 奉诚园闻笛　窦牟

山阳笛里一人情，水调歌头半士名。
吐帛弃缨知冷暖，思归赋尽久无声。

注：晋代向秀（子期）凭吊嵇康典故。向秀与嵇康为好友，嵇康为司马昭所杀害，向秀后经嵇康山阳故居，闻邻居笛声而怀念旧友，作《思旧赋》。后即以"山阳笛"为怀念故人之典故。

## 554 陪留守内巡至上阳宫感兴　窦庠

钩陈太液大明宫，碧草残花向日红。
但见上阳春雨水，沉云不禁有鸣虫。

## 555 襄阳寒食寄宇文籍　窦巩

暮色浮云渭水涯，东风吹雨柳条斜。
三春草木千年碧，一日中原万里花。

## 556 洛中即事

黄昏不入上阳宫，暗影鸦居下草虫。
潺潺溪流还未止，残阳夕照独孤红。

## 557 寄南游兄弟

兄来弟去几时闲，五岭三湘半故颜。
刺史郎中元付使，窦家弁庠巩乡山。

## 558 宫人斜

羊车任意帝王家，典册凭空落彩霞。
一半宫人斜外树，三千玉女客中花。

## 559 南游感兴

江山日暮六朝空，草碧花红半殿风。
十载前秦黄鹂鸟，无人可问越王宫。

## 560 杨凭

寒窗一步向天涯，乞火清明腊月花。
进士凭凝凌志可，书生意气到杨家。

## 561 雨中怨秋

桥头古道似无穷，十里长亭五里终。
古寺幽幽云复郁，钟声处处雨空蒙。

## 562 送客往荆州

巴山一半入荆州，水色三千向酒楼。
杜预平生兹好学，春秋繁露作儒谋。

## 563 初次巴陵　杨凝

巴陵处处小汀州，去鹭迟迟自掉头。
岳麓书中匡庐近，衡阳故里是春秋。

## 564 送客入蜀

剑阁归途子午关，杜陵秦岭过梁山。
长安路近咸阳近，蜀客虚心不等闲。

注：剑阁，即剑门关，是大剑山与小剑山之间的一座关隘，在今四川省剑阁北。

梁山，山名，亦称高梁山，在今四川省梁山县东北。

子午关，汉平帝元始五年，开辟自陕西长安杜陵穿过秦岭至汉中的子午道，子午关当在此道上，其具体位置未详。

## 565 早春雪中　杨凌

腊月梅花一雪中，疏枝玉影半颜红。
烟沉素色寒山被，早雁飞姿欲北东。

## 566 明妃曲

琵琶一曲半阴山，汉帝三声两御颜。
蜀国匈奴夫妇客，青冢意在不南还。

## 567 渡桑乾　贾岛

幽州十载渡桑乾，玉树三江一水源。
五百年中来去问，精英日上见轩辕。

## 568

人生七十下南洋，五女三生问故乡。
此处家山寻彼处，惊来复去作衷肠。

### 569 宿林家亭子
温泉石枕半姿身，醉客留声一宿人。
仰望天光星欲睡，原来俱是入风尘。

### 570 赠人斑竹挂杖
此外洞庭彼外吴，娥皇泪下女英珠。
苍梧一半湘妃竹，柱杖三生大小姑。

### 571 千秋乐　张祜
玉树庭中后主谋，老来复得少年游。
开元始得千秋乐，此去人生作莫愁。

### 572 春莺啭
玄宗一曲自闻莺，柳叶三音紫禁城。
软舞无声啼已住，梅花始落太真情。
注：春莺啭，曲名，据说是唐玄宗闻莺声而命乐工制作而成（见明胡震亨《唐音癸签》卷二十三）。

### 573 邠王小管
守礼邠王小管扬，花枝欲坠寄幽香。
兴庆池中颜色好，虢国夫人欲断肠。

### 574 孟才人
深宫一曲孟才人，气绝三声弃自身。
不是沧州河满子，衷肠礼对武宗春。
注：孟才人：据原诗序载，孟才人为唐武宗时官中一女官，以善于歌唱弹奏为武宗宠幸。武宗临死时，孟才人为其歌《何满子》一曲，唱完后自己气绝身亡。
白居易《听歌六绝句》自注："开元中，沧州有歌者何满子，临刑进此曲以赎死，上意不免。"

### 575 折杨柳
凝碧池波玉手求，东风送暖景阳楼。
朝元阁上折杨柳，渭水桥中影自流。

### 576 华清宫二首
玉笛音声怯寿王，梨园弟子卸霓裳。
华清水暖芙蓉色，力士倾心奉上皇。
注：阿滥堆，唐笛曲名。据说骊山之上有禽名阿滥堆，唐玄宗采其鸣叫声为笛曲。

### 之二
玄宗采下一吟鸣，百鸟禽中半不声。
俗笛如今知拿此，潼关内外自清平。
注：集灵台，即长生殿，唐玄宗天宝元年建，在华清官内，为祭神的场所。

### 577 集灵台二首
瑶台便是集灵台，玉树临风色自开。
出水芙蓉花带露，含情脉脉玉真来。

### 之二
杨家姊妹国夫人，脂粉无施净玉身。
虢色韩香三晓露，含情胜及太贞春。

### 578 阿鸨汤
一玉烟明一玉汤，半身露水半身扬。
长生殿上芙蓉色，无力娇娥未着妆。

### 579 雨霖铃
张徽筚篥雨霖铃，渭色苍茫蜀色青。
复与望京楼上曲，凄然涕下集空灵。
注：雨霖铃，唐曲名。"雨霖铃：帝（指唐玄宗）幸蜀，入斜谷栈道，属霖雨弥旬，闻铃声与山上相应，悼念贵妃，因采其声为《雨霖铃》曲以寄恨。时独梨园善觱篥乐工张徽从至蜀，以其曲授之。洎至都中，复幸华清官，从官嫔御，皆非昔人，帝于望京楼令徽奏此曲，不觉凄怆流涕。后入法部，有大曲。"

### 580 宿滥浦逢　崔升
龙开只入九江流，一水千波势不休。
此去洞庭归大海，滕王阁向岳阳楼。
注：滥浦，即今龙开河，源出江西瑞昌，经九江市注入长江。

### 581 听筝
十指纤纤十指红，一心楚楚一心虫。
何言弄玉姿外，但寄周郎意念中。

### 582 楚州韦中丞篁筱
三郎月色教篁筱，万颗珍珠泻玉流。
醉客思情人不语，中丞坐在御香楼。

### 583 金陵渡
平生彼此大江流，暮宿朝行向去留。
一月金陵津渡口，三星一半入瓜州。
注：金陵渡：即京口，在今江苏省镇江市。
2. 津渡，渡口的复义词。
3. 瓜洲，在今江苏省扬州市邗江区南部长江北岸，与镇江隔江相对，因状如瓜得名。

### 584 游淮南
千家碧玉满篷船，十里琼花半水田。
一日扬州禅智寺，三生市田好姻缘。

### 585 汉宫曲　徐凝
昭阳一女赵飞燕，六院三宫九嫔妍。
舞罢歌停秋夜短，余情就枕已无眠。

### 586 忆扬州
箫声一曲问萧娘，柳叶三摇待柳郎。
瘦水千波寻弄玉，昙花百树作黄粱。

### 587 穆天子传　唐彦谦
玉瑁悲声去复催，瑶台曲舞盛姬来。
穆王不守寻常夜，四海云风逐水开。

### 588 楚天
巫山赤帝一阳台，峡口瑶姬半玉开。
暮雨朝云何不止，男儿女子久相催。
注：1.宋玉，战国时楚国辞赋家。宋玉《高唐赋》曰："昔者楚襄王与宋玉游于云梦之台，望高堂之观。"
2.瑶姬：传说中赤帝之女，死后葬于巫山之阳，称巫山之女。楚怀王游于高唐，梦与巫山之女相通，遂筑观于巫山之南，号为"朝云"。

### 589 寄徐山人
山人一室玉壶冰，戴逵三生露未凝。

不得吴中高士隐，须从越客过金陵。
注：谢敷，会稽人，入太平山隐居，朝廷多次征召，皆不就；戴逵也为隐士，谯国（今安徽省亳县）人。当时月犯少微（星宿名，一名处士星），术士认为戴逵当死，不久却是谢敷死。于是越中之人嘲笑吴人曰："吴中有高士（指戴逵），求死不得死"。

### 590 垂柳
何必纤腰学不成，芙蓉出水色倾城。
丰姿玉立莲蓬子，恰到情衷好处明。

### 591 邓艾庙
邓艾成都一蜀诩，阴平小道平军酬。
谯周劝降姜维去，白帝托孤寄武侯。

### 592 曲江春望
桃颜杏面曲江春，八水云光肆五津。
一望龙门谁是客，长安进士探花人。

### 593 落花
纷纷洒洒落花残，柳柳杨杨不觉寒。
举首何须天地问，人间正道是盘桓。

### 594 仲山
得意忘形汉沛多，长陵忘却仲山莎。
群臣玉卮良弓尽，异日当闻大江歌。
注：《史记·高祖本纪》："高祖大朝诸侯群臣，置酒未央前殿。高祖奉玉卮（酒器），起为太上皇寿，曰：'始大人常以臣无赖，不能治产业，不如仲力，今某之业所就孰与仲多？'"

### 595
鸿门汉界向朝歌，殿下封王过楚河。
竟是人间无赖客，何知沛里仲兄多。

### 596 洛神
游龙一现问陈王，玉枕三更溢郁香。
七步诗中根不主，千年洛水宓妃乡。

注：洛神，洛水的女神，相传为伏羲氏之女，溺死洛神水。又称"宓妃"。

### 597 长安秋望
南山北杜乐游园，洛邑长溪渭水轩。
但记龙门非故客，无须不问曲江源。
注：杜曲，地名，唐代时为大姓杜氏族居之处，世称北杜，故址在今陕西省西安市长安区少陵原东南。

### 598 长门怨　裴交泰
心随烛泪到天明，月伴相思向色倾。
柳叶更三摇不止，飞燕夜半已无声。

### 599 望女几山　羊士谔
春云十日女儿山，细雨三春杏李颜。
柳叶摇摇招客至，丝丝条条挂人间。
注：女几山：在今河南省宜阳县西，俗名石鸡山。

### 600 登楼
闲听夜雨化江声，独上高楼忆旧盟。
日月时时非草木，江山处处有阴晴。

### 601 忆江南旧游
曲水流觞一禊修，池肥鹅瘦半君楼。
兰亭集序丹青卷，莫以秦王诺九州。

### 602 郡中
荷塘碧玉展心浮，月色洞庭大小姑。
出水芙蓉含露落，莲蓬子粒尚无羞。

### 603 泛舟后溪
形形色色一香尘，态态姿姿半客身。
露水时时知落去，桃花处处问行人。

### 604 雨霁登北原　卢隐
风尘仆仆半平生，故里油油一畦明。
独忆爷家知父母，南洋七十老人情。

### 605 朱庆馀
可久山阴一庆余，时无进士半家书。
生凭日月辛苦致，不怨唐家帝业虚。

### 606 宫中词
处处花光五月晴，幽幽草色一春荣。
含心欲说宫中事，暮色羊车去不明。

### 607 题黄陂夫人祠　刘商
桃花未落半夫人，故国兴亡一楚身。
不教东风云雨致，香名不息是红尘。

### 608 题潘师房
道士洞中一石城，仙人壁下半千玉清。
山回水转长亭短，雨落云飞各不明。

### 609 春恨钱珝
江州刺史负南朝，爱妾高台玉未消。
记室丘迟松柏剪，秦淮碧草绿迢迢。
注：负罪将军：指南朝梁陈伯之，曾为江州刺史。
丘迟《与陈伯之书》中有"将军松柏不剪，亲戚安居，高台未倾，爱妾尚在。悠悠尔心，亦何可言。"
丘迟，字希范，吴兴乌程人，仕梁官至司空从事。工诗文，有《丘中郎集》。

### 610 李群玉
文山一曲二妃愁，竹色三春泪休。
舜去湘来天地色，江流未必问江楼。

### 611 寄友
草色花光野水桥，云烟雨露渡口遥。
溪头柳岸相思路，古刹寒梅色未消。

### 612 汉阳太白楼
鹤去云浮太白楼，凤凰台上凤凰游。
晴川历历龟蛇锁，芳草萋萋汉鄂州。

### 613 南庄春晓
半见长沙半去舟，一江沅水一湘流。
没言浪语洞庭岸，草暖花香岳麓州。

### 614 黄陵庙
娥皇伴得女英名，舜帝东巡竹复生。
落落红裙儿女客，斑斑泪色满湘城。

## 诗词盛典 | 吕长春格律诗词六万八千首（全四册）

### 615 题王侍御宅
面对沧江碧玉流，身临赤壁白盐楼。
何须白帝姊归水，不是金陵有莫愁。

### 616 赠歌人郭婉　殷尧藩
歌人一曲半红尘，金谷三春两地秦。
弟子石家非是客，梨园已是代朝巾。

### 617 隋宫鲍溶
一语隋宫半变臣，三秦汉武两纶巾。
长城南北飞将去，汴水苏杭万里津。

### 618 赠杨炼师二首
一道洞光一道云，半生日色半生文。
山中问石清溪路，坐上听经白鹤君。

### 之二
三清夜诵蕊珠经，九脉烟香白鹤形。
月影西移观已静，杨师复玉问宸铭。
注：蕊珠经，道教经籍。

### 619 汉宫词
渐见东宵挂月轮，还寻旧影付灯人。
西风落叶声声近，苦忆乡音仆仆尘。

### 620 题巫山庙繁知一
忠州刺史到巫山，不赋诗词不赋还。
渡口同船知一去，云浮雨落是人间。
注：唐范摅《云溪友议》载："白居易除忠州刺史，自峡沿流赴郡，时秭归县繁知一闻居易将过巫山，先于神女祠壁大书此书，居易读之，怅然。邀知一至。……又与知一同济（即同船渡江），卒不赋诗。"

### 621 薛宜僚
长沙不似唱九歌，织女一曲过天河。
换得青州东美冀，宜僚过度吊新罗。

### 622 别伎段东美
梦在新罗欲在天，青州草色女如烟。
桃花落下宜僚去，独数欢情又一年。

### 623 闻玉蕊院真人降　严休复
南洋莽木玉龟山，玉蕊琼林百步颜。
国色天香三世界，朝开暮谢一人间。
注：《剧谈录》载："长安安业坊唐昌观，有玉蕊，每发若琼林瑶树。元和中，见一女子，年可十七八，容色婉娈，从二女冠造花所。伫立良久，折花数枝，曰'囊有玉峰之期，可以行矣。'行百许步，不复见。"
玉龟山：神话传说中仙女所居之处。
蕊，灌木名，即木槿。夏秋开花，朝开暮谢。蕊颜，形容女子容貌姣好。

### 624 吴中览古　陈羽
西施已去范蠡夷，木桉空余杏李红。
处处难寻吴越士，年年应问馆娃宫。

### 625 将归旧山留别
容守平生自抱关，都城不向大梁颜。
信陵公子夷门外，此去何须不必还。
注：信陵，信陵君，战国时魏安釐王的异母弟，名元忌，以善养食客而出名。
夷门，战国的魏国都城大梁的东门。
抱关：看守城门。魏国隐士侯嬴曾为夷门抱关小卒，后被信陵君奉为上宾。

### 626 湘君祠
湘江水似二妃心，舜帝苍梧一古今。
草上漓漓斑竹泪，君前处处客知音。

### 627 襄阳过孟子旧居
长安一睹上皇颜，汉水三城去不还。
只道洞庭湖水岸，何须撼岳鹿门山。

### 唐人万首绝句选卷之六

### 七言绝句（四）

### 628 过勤政楼　杜牧
花萼相辉半国楼，政勤务本一千秋。
丞相上表丝囊束，紫气东来世不忧。
注：千秋佳节，《通鉴》载："八月五日，上（玄宗）以生日宴百官于花萼楼下，丞相源乾曜、张说表请以是日为千秋节，布于天下，咸令宴乐，移社就之。"

### 629 思旧游二首
十载思归一旧游，三生问寺半千秋。
幽幽夜雨幽幽客，处处江南处处楼。

### 之二
醒醉题诗一寺楼，阴晴问月半宣州。
荷塘碧玉莲蓬子，野草山花四十秋。

### 630 过华清宫
长安半路一华清，洛水三波十子情。
汤暖明皇出浴后，红尘只笑太真生。

### 631 登乐游原
苍山旷旷乐游原，树影幽幽上古轩。
汉鸟归时三界木，秋风起处五陵垣。

### 632 沈下贤
一曲清鸣作九歌，五更夜雨过千河。
乌程十里山中梦，进士三生几少多。

### 633 将赴吴兴登乐游原
长安百里一昭陵，御秀三年半草生。
明月清风何举客，孤云野鹤待高僧。

### 634 江南春
一里湖州十里红，半村雨色百村中。
江边只见云烟织，寺里梁陈颂雅风。

### 635 云梦泽
三生楚客问坎坷，一载长沙唱九歌。
百里洞庭云梦泽，千年日月自扬波。

### 636 题城楼
三千里路百长亭，一半江山万水青。
只堪凭栏回首望，斜阳渐落满名汀。

### 637 初冬夜饮
狗马淮阳太守眠，冰霜客袖去来船。

阴晴有份梅花落,醒醉无知问酒泉。
注:"淮阳"句,用西汉汲黯典故。汲黯性耿直,屡次上书直谏,被贬为东海太守。汲黯身患病,当又一次被出为淮阳太守时,他对武帝说:"臣常有狗马病,力不能任郡。"杜牧在此以汲黯自比。

### 638 斑竹筒簟

血泪斑斑著锦纹,潇湘处处问帝君。
二妃遗恨如今问,雨后苍梧可遍云。

### 639 醉后题僧院

群芳落落半禅僧,曲径幽幽一盏灯。
雨色天光何住持,烟云碧玉以香凝。

### 640 赤壁

赤壁烟消未灭曹,楼兰汉武换葡萄。
凭听铜雀春音在,犹见长江逐浪高。
注:"铜雀"句,铜雀:铜雀台,在今河北省临漳县,曹操所建,因楼顶铸有大铜雀而得名。曹操的姬妾歌女都住在此。

### 641 泊秦淮

月近秦淮玉树花,船停朱雀小桥斜。
成成败败齐梁尽,去去来来百姓家。

### 642 秋浦途中

池州路短杏花村,酒色情长故客门。
小伎腰身细玉粉,三吁两叹对黄昏。

### 643 题桃花夫人庙

桃花落尽一夫人,楚客文王百岁春。
可叹空余金谷涧,何如世上尽红尘。
注:1.桃花夫人即"息夫人。"春秋时期息国国君之妻。《左传·庄公十四年》载,楚文王灭息,纳息夫人,息夫人思念故国,终身不言语。2.金谷:金谷园,晋石崇的别墅,故址在今河南省洛阳市的金谷涧中。坠楼人:指石崇的爱妾绿珠。孙秀想占有绿珠,石崇不给,孙秀就在赵王(司马伦)面前谗害石崇,石崇因而被捕。绿珠得之,投楼而死(事见《晋书·石崇传》)。此处以绿珠比拟息夫人。

### 644 寄扬州韩绰判官

扬州一夜隔江红,汴水千波欲色空。
二十四桥明月里,两三弄玉客箫中。

### 645 郑瑾协律

耕耘日月作余年,草木阴晴问客天。
七十生平今古律,三千弟子一诗船。

### 646 江上

蚕吟渡口小桥村,碧玉连云雨色门。
退而思之天地阔,同承里巷运河恩。

### 647 宣州开元

塔院松林鸟不啼,钩心斗角各高低。
宣州一鹤开元寺,雪月三钟过殿西。

### 648 南陵道中

风云一度半春秋,雨水三江十地流。
已是孤身何独处,红娘欲请上江楼。

### 649 遣怀

细腰一许楚灵王,无力三春梦里香。
成帝飞燕身上舞,扬州挂月客红妆。

### 650 山行

十八盘中半石沙,三千弟子一儒家。
杏坛不远成天下,泰斗须由二月花。

### 651 怀吴中冯秀才

寒山寺里一声遥,拙政园中半不消。
暮暮朝朝寻不得,烟烟雨雨满枫桥。

### 652 秋夕

飞来嬉水是衷肠,落下流萤作故乡。
七夕人间男女会,天河渡口待牛郎。

### 653 华清宫

独叶成红一树霜,华清变暖半红妆。
朝元阁外长生殿,蜀谷霖铃见柳杨。

### 654 郡楼有宴病不赴

人生步步遇阴晴,处世匆匆问暗明。
独病沉吟行不得,孤心踽踽寄枯荣。

### 655 隋苑

琼花处处广陵新,定子时时玉面春。
国帝隋炀非女色,牛相小妾是佳人。
注:"定子,牛相小青。"即唐相牛僧孺小妾的名字。

### 656 边上闻笳

寒山五女一狼烟,上古三冬半水泉。
已怯桓仁多少路,浑江只有逐流船。

### 657

步步桓仁五女山,年年木槿一故颜。
朝开暮谢南洋岸,去就来成北国还。

### 658 金谷园

人间自古一红尘,世上如今半色春。
日暮云中金谷涧,桃花楚下息夫人。

### 659 杨柳枝词 韩琮

三春色断灞陵桥,一水空余渭柳条。
杜宇如今呼雨细,飞鸿自此上云霄。

### 660 暮春浐水送别

无痕日月凤凰城,有尽年华作此声。
客在行人非主客,情流水色不流情。

### 661 山中得刘秀才京书 施肩吾

不得弟兄一纸书,难言日月半无余。
古今诗里三千界,朝暮云中五百初。

### 662 戏赠李主簿

短笛声平客怨消,昙花愈近凤凰遥。
须寻弄玉秦箫处,莫数扬州有几桥。

### 663 宿嘉陵馆楼 雍陶

刺史梦中四把刀,胡姬月下两葡萄。
嘉陵月色江声近,李毅潮波送浪高。
注:刀州,指益州,治所在今四川省成都市。《晋书·王濬传》载:"(王)濬夜梦悬三刀于卧房梁上,须臾又

益（增加）一刀，浚惊觉，意甚恶之。主簿李毅再拜贺曰：'三刀为州字，以益一者，明府（对县令的尊称）其临益州乎？'果迁浚为益州刺史。"后以刀州为益州的别称。

### 664 和孙明府怀旧山

五柳先生一旧山，三千弟子半无颜。
相思俱在江流上，自以阴晴日月间。

### 665 城西访友人别墅

露色轻沾一半霞，晨明已到故人家。
层层陌巷方圆路，阵阵香风枳子花。

### 666 天津桥春望

莺栖御柳上阳斜，洛邑临春渭水花。
只到天津桥上望，咸阳百里故人家。

### 667 华山题王母祠　李商隐

松桧莲花毛女峰，华阴陕北守盘龙。
麻姑应见桑田易，半在瑶池半独踪。

### 668 华清宫

人间一半是红尘，妃子三千自不亲。
取笑幽王天下去，芙蓉出水见姿身。
注：杨玉环五姊妹。

### 669 北齐二首

一代高洋半代齐，三朝后主两漳西。
小怜玉体姿身里，此周其言御色低。

之二

周师已取半平阳，后主三堆猎帝娘。
索靖荆棘亡国色，君王一围小怜香。

### 670 夜雨寄北

一见相思半见愁，三春雨水两春忧。
巴山夜雨云中问，不作君王不作侯。

### 671 赠歌伎

嫣然一笑惑阳城，下蔡三心向玉倾。
白雪樱桃含色绽，阳关半曲已无声。

### 672 寄令狐郎中

秦川渭水一郎中，双鲤纸书半壁空。
汉武梁园天地北，相如尺素茂陵东。

### 673 杜司勋

感物斯文杜司勋，差池羽翼自超群。
楼高万里三千路，照得人间一白云。

### 674 岳阳楼

楚国方城汉水池，周班鲁郑武关知。
高唐一梦惊云雨，此去昭王意不迟。
注：1.岳阳楼，岳阳西门城楼，唐开元中张说所建，面对洞庭湖。
2.方城，山名，在今湖北省竹山县东南。《左传》："楚国方城以为城，汉水以为池。"
3.周班，周朝时，诸侯朝见周天子时的班序。《左传》："鲁以周班后郑（即把周放在郑后面）。"
4.高唐雨，用宋玉《高唐赋》中，叙楚怀王游高唐，与神女欢合之事。
5.武关，战国时秦国的南关，在今陕西省商南县。《史记·楚世家》载：楚怀王接受秦昭王邀请，会合于武关；怀王入武关，秦伏兵绝其后，怀王遂死于秦。

### 675 寄成都二从事

咸阳一日万佳人，渭水三春半曲滨。
寄得成都从事客，平生自以渡天津。

### 676 汉宫词

力士声中御水开，君心只在集灵台。
龙泉色暖华清去，芙蓉出水太真来。

### 677 柳

不向山头向水边，一年先色半天悬。
拂拂荡荡摇无住，去去来来不可眠。

### 678 为有

无题胜似有题声，玉佩金龟紫佩名。
色里含情多不语，流连进退作倾城。

### 679 饮席代官伎赠两从事

新人轿上著春衫，玉臂情中绕带衔。
绕行三春千百转，无非故作盖头严。

### 680 代魏宫私赠

洛水陈王问宓妃，曹植西馆不须归。
黄初有意寻甄氏，不是凌波是翠微。
注：1.陈思王曹植与甄氏事。旧传曹植悦甄氏，但太祖曹操却将甄氏赐予曹丕。甄氏后为郭后谮死，曹植甚感应，过洛水时，作《洛神赋》以抒怀。
2.西馆，《三国志·魏志·陈思王传》："黄初四年来朝，文帝（曹丕）责之，置西馆，未许朝。"
3.宓妃，传说上古伏羲氏之女，溺死洛水，遂为洛水之神。

### 681 咏史

钟山处处可龙盘，虎踞年年未挂冠。
玄武台城三百寺，南埭柳色北湖残。
注：1.北湖，指玄武湖。东晋时元帝所修建北湖，宋文帝元嘉年间改玄武湖。南埭：指鸡鸣埭，故址在今南京市郊。
2.三国时诸葛亮看到金陵形胜，曾说："钟山龙盘，石城虎踞，帝王之宅也。"

### 682 叹宫

何须不问去来人，甲帐无为乙帐春。
汉武求仙王母在，承露盘中尽红尘。
注：《三国辅事》："汉武帝以铜作承露盘，高二十丈，大十围，上有仙人掌承露。"甲帐：《汉武故事》："上（指汉武帝）以琉璃珠玉、明月亮光杂错天下珍宝为甲帐，次为乙帐。甲以居神，乙以自居。"

### 683 江东

独上江东坐钓船，春中不到鲤鱼天。
吴兴沈充因风起，谢家柳絮铸小钱。

注：《晋书·食货志》："吴兴沈充又铸小钱，谓之沈郎钱。"后因其轻小，用以喻榆荚。

### 684 代应
何须楚汉作鸿沟，不留卢家有莫愁。
白玉堂中朝暮间，王昌梦里已无差。
注：梁武帝萧衍《河中之水歌》诗意。萧诗有句云："河中之水向东流，洛阳儿女名莫愁。十五嫁为卢家妇，十六生儿字阿侯。"

### 685 过郑广文旧居
宋玉屈原九辩多，台州司户半朝歌。
荥阳博士平生怨，庾信临江唱坎坷。

### 686 涉洛川
通谷阳林涉洛川，言归秣驷过芝田。
声情并茂陈王赋，遗恨宓妃未入眠。
注：通谷，与"阳林"都是洛阳附近的地名。曹植《洛神赋》："余从京师，言归东藩……经通谷……秣驷乎芝田，容与乎阳林……"

### 687 宫伎
楚客奚须作细腰，披香殿上斗新苗。
无终五百年年岁，只隔君王一日遥。

### 688 宫词
君似似水只东流，半在秦淮一石头。
天上嫦娥寻桂子，莫愁道是莫须愁。

### 689 代赠二首
一半相思一半休，两三月色两三愁。
芭蕉暮雨丁香结，点点滴滴化石头。

### 之二
三春月色几多愁，一夜佳人唱石州。
客酒还闻天下事，行程欲止莫登楼。

### 690
朝云百色一衡阳，暮雨千声两故乡。
岸芷双双啼雁宿，霜桥处处度炎凉。

### 691 瑶池
故语须温玉树开，相思不断要重来。
昆仑客去瑶池在，获得人情莫不回。

### 692 板桥晓别
独步霜城一板桥，三行足迹半无销。
千声水调梅花落，一曲阳关柳色遥。

### 693 夕阳楼
黄昏尽上夕阳楼，万色重光岭顶秋。
落日无言空落落，江流不住去悠悠。

### 694 西南行却寄相送者
梅花落尽化香泥，细雨初晴露水低。
送客归来依户望，人生几度付东西。

### 695 齐宫词
南齐永寿一深宫，宝巷潘妃半世空。
废帝笙歌萧衍逐，莲花步步寺僧翁。
注：永寿，南齐宫殿名。扃：关闭。据《南史·齐废帝东昏侯纪》载，齐废帝萧宝宠潘妃，为他修了永寿、玉寿、神仙等殿，日夜淫乐。当雍州刺史萧衍（即后来的梁武帝）起兵至宫中时，废帝在宫中笙歌作乐，遂被杀。
2. 金莲，齐废帝凿金为莲花，贴放地上，让潘妃在上面走，说是步步生莲花。

### 696 读任彦升碑
彦升任昉宋齐梁，博士司徒太守堂。
武帝公卿三府志，文章骑射逐钱塘。
注：任彦升，仕宋为太常博士，仕齐为司徒长史，梁时历官御史中丞。
梁台，此指梁武帝萧衍为大司马时的府第。
《南史·任昉传》载，武帝与昉遇于竟陵王西邸，从容谓昉曰：我登三府，当以卿为记室。亦戏帝曰：我若登三府，当以卿为骑兵。以帝善射也。

### 697 有感
巫山水色自纷纭，白帝波光各不分。
宋玉高唐神女赋，襄王暮雨楚朝云。

### 698 过楚宫
已到巫山十二峰，高唐神女两三容。
襄王未作秦王客，暮雨朝云故步封。

### 699 龙池
龙池赐酒寿王清，羯鼓声高夜晏荣。
御曲胡施人不舞，温泉尽是太真名。
注：寿王：玄宗之子李琩。原先娶杨玉环为妃，后被玄宗看中。

### 700 嫦娥
行行后羿问嫦娥，步步湘江唱九歌。
碧海天空情注定，星云影落几蹉跎。

### 701 忆住一师
不到东林问远公，当须古刹见雕虫。
钟声不断禅房路，曲径幽深已色空。

### 702 寄蜀客
只到临邛问酒垆，长卿落魄作相如。
文君贵在琴弦外，莫许金徽是丈夫。
注：金徽：琴名。

### 703 贾生
不到长沙问九歌，湘江水色照汨罗。
苍生许是君王夜，岳麓书堂奈几何。

### 704 赠少年　温庭筠
万亩洞庭大小姑，三春草木满姑苏。
洞庭山色洞庭水，吴越客里是五湖。

### 705
半入江湖赠少年，一生日月好耕田。
百思不解相逢去，九脉山川作陌阡。

### 706 赠弹筝人
不问玉环问上皇，伊州莫入寿王乡。
三年旧事情千举，一曲华清泪两行。
注：宁王，《唐书·宗室世系图》："睿宗六子，长宪，称宁王房。宪

初立为皇太子，以楚王（李隆基）有定社禝功，让位玄宗。"传载，宁王李宪精通音律。

### 707 瑶瑟怨
两三过雁两三鸣，一半潇湘一半情。
不可声声瑶瑟怨，何须楚楚对天明。

### 708 春日雨
烟烟雨雨半春纱，雾雾云云一客家。
米米山山千万色，姑姑宿宿两三花。
注：孟珠，乐府清商曲辞西曲歌名，一名《丹阳孟珠歌》，共十曲。其首句云："人言孟珠富，信实金满堂。"孟珠也或指歌曲的创始者。

### 之二
乐府丹阳一孟珠，湖亭水色半姑苏。
金声玉貌笙歌里，曲断人羞似有吴。

### 709 过吴景帝陵
一脉钟山一客乡，半青帝盖半咸阳。
终须洛水东都去，不必金陵自称王。
注：青盖，汉制，帝王车用青盖。《三国志·吴志·孙皓传》注引《江表传》载，吴主孙皓听信习玄谊言，以为"天命"使他能够"终有天下"。于是欲"青盖入洛阳，以顺天命"，终于闹出笑话。

### 710 赠郑徵君
潇湘处处有飞鸿，大小姑山问谢公。
怅望江湖多日月，徵君出镇广陵东。
注：徵君：隐士的尊称。

### 711 车驾西游因而有作
一曲长杨紫气凝，三声弄玉穆王冰。
何知寂寞上林赋，不学相如到茂陵。

### 712 题端正树
华清一树上皇楼，蜀雨三声下不休。
半夜霖铃何可止，扶风处处太真愁。

### 713 经故翰林袁学士居
一派文章故翰林，三江水色向天涔。
丰城令剑游龙去，玉树西州作古今。
注：雷焕任丰城令时，在监狱中掘地得双剑：送一把给张华，留一把自用。后雷焕卒，其子雷华为州从事，持剑从延平津渡时，剑忽然跃入水中。使人于水中取剑，忽见两龙蟠紫，光彩照人，波浪惊沸。玉委尘：《世说新语》载："庾亮卒，何充叹曰：'埋玉树著土中，使人情何能已已？'"

### 714 河中紫极宫
永济河中紫极宫，春秋曼倩玉真童。
疏妄罪过原心善，武帝寻当挂月空。
注：紫极宫：即道教供奉老子的庙名。玉真，道教中神仙名。
曼倩，西汉辞赋家东方朔，字曼倩，善滑稽。《汉武故事》载：西王母下降人间，与汉武帝相会，东方朔在窗户外偷窥西王母，西王母对武帝说："此儿（指东方朔）好作罪过，疏妄无赖，久被斥退，不得还天。然原心无恶，寻当得还，帝善遇之。"

### 715 夜看牡丹
丰姿秀碧玉妆明，艳色花心十地英。
只可高低深浅见，无须日月几阴晴。

### 716 题分水岭
万里江流日月空，千年自此各无同。
一夜潺潺分水岭，三更露露各西东。
注：《通志》："分水岭在汉中府略阳县东南八十里，岭下水分东西流。"可知此处"分水岭"，在今陕西省西南部。

### 717 鄠杜郊居
木槿红红一树花，朝开暮谢半人家。
天晴自得衣樵乐，雨后空余露水纱。

### 718 咸阳值雨
咸阳夜雨万千声，洛水凌波一半平。
甄氏寻当空玉枕，陈王应似宓妃情。

### 719 前歌子词
牛郎织女岸河明，影暗灯明烛泪生。
一夜相思红豆子，三更夜雨叙阴晴。

### 720 观棋　段成式
黑白三军一将明，铜池万点半无声。
宣城太守羊玄保，帝子成都界纵横。
注：成，古代田地区划；都，古代行政区划名。
《南史》本传载，羊玄保善于弈棋，宋文帝与他赌输赢，玄保胜，得任宣城太守。朝廷曾派中使来召玄保，其子戎曰："金沟清泚，铜池摇飏，既佳风景，当得剧棋。"

### 721 寄温飞卿笺纸
毛弘子邑景云城，三十六鳞娑纸情。
数度襄阳行者问，相思只可寄飞卿。
注：原诗自注："予在九江造云蓝纸，既乏左伯之法，全无张永之功，辄送五十板。"左伯，东汉人，字子邑，善造纸，与毛弘齐名。张永，字景云，也是擅于造纸者。温飞卿，即温庭筠。板：与"片"通。
三十六鳞，鲤鱼别称。古代以鱼形牍寄书信，此处即指书信。

### 722 嘲飞卿二首
鱼侵子擷袘纨丝衣，醉袂连心度玉肌。
束短缨长君似我，闲情赋里已相依。
注：《闲情赋》，陶渊明所撰，赋中有"愿在丝而为履，附素足以用旋"之句。
"愿绸缪于芳趾，附周旋于绮檀。"祖服，妇人近身内衣。

### 之二
阳春白雪己无休，下里巴人自莫愁。
唱晚渔舟同里住，梅花三弄入江楼。

### 723柔卿解籍戏呈飞卿二首

红颜下嫁一蓬门，渍粉文章半古村。
月色寒窗多少话，明年敬酒小儿孙。

**之二**

出意云环一尺高，从心玉色半葡萄。
春衫酒色三分醒，欲解君情却醉袍。

**之三**

粉面油头画眉长，金丝玉袒属藏妆。
郁金妇婿丁香结，愿以衷心致五娘。

### 724戏高侍御二首

一生秀丽半生余，六尺身姿七尺梳。
自有增城青鸟至，传来珉瑁鲤鱼书。

**之二**

十步青楼上半明，五湖柳岸下三更。
孤山只应洞庭水，腊月梅花唤众情。

注："增城"，传说为西王母在昆仑山中的一处居所。"青鸟"，传说为西王母信使。

### 725

自有罗敷自有夫，鲤鱼尺素无鲤鱼。
愁中不可愁中误，有意郎君有意奴。

### 726寄桐江隐者许浑

潮流半上子陵台，锦绣三重玉树开。
只钓鲈鱼钩欲笼，桐江隐者去还来。

注：严陵台，又称严陵钓台，在浙江桐庐县，为东汉初年严光（字子陵）隐居垂钓之处。

### 727谢亭送别

劳歌一曲谢公亭，暮日三声草木青。
两岸红楼人已远，千情酒醒住心听。

### 728下第怀友人

半步龙门十步书，一心跳跃百心余。
窗寒不尽儒生梦，不易咸阳不易居。

### 729题段太尉庙

忠人自许一良臣，纪信刘邦半不亲。
太尉庙前风雨故，京都记取段公钩。

注：段秀实，字成公。唐德宗时为司农卿。

朱泚反兵占领京都，命部韩旻率领三千人马追杀逃亡至奉天的唐德宗。段秀实情急之下，盗用司印符，如回韩旻军队，并大骂朱泚，击贼遇害。项羽围刘邦于荥阳，事急，纪信伪装代刘邦出降，刘邦乘机逃脱，纪信被项羽所杀。

### 730经秦始皇墓

临潼十里始皇陵，古木三秋挂玉冰。
汉武千年寻宝马，秦川六国对孤灯。

### 731过湘妃庙

湘妃庙里舜时歌，雨后云晴竹泪多。
岳麓斑斑枝节色，洞庭处处起微波。

### 732送宋处士归山

处士归山甲子年，修琴卖药渡口船。
仙人一步棋无语，世上须臾满陌阡。

注：刘敬叔《异苑》载，有一人乘马山行，看见二位老人在下棋。那人在旁边看了一会儿，而回首看手中马鞭已腐朽断折；马也死去化成枯骨。回到家里，亲戚朋友无一认识。那人悲痛之下，倒地身亡。

### 733秦楼曲

声声不断穆公朝，处处音声一念遥。
不体秦楼箫史在，潘郎弄玉上云霄。

### 734楚宫怨

十二峰中一女来，三江峡口半阳台。
灵王楚客宫腰细，白日巫山去不回。

注：白日，楚顷襄王二十一年，秦兵攻陷楚国郢都。

### 735听唱《山鹧鸪》

杜宇声声二月春，湘江处处半天津。
耕耘日日成都望，草木时时谷壑亲。

### 736学仙

道士情长李少君，茂陵柏老客多云。
东巡海上三山问，只教瑶池一祭文。

### 737紫藤

秋荫绿蔓紫藤低，草碧花红玉石溪。
醉里闲吟今古句，眼前不解欲东西。

### 738乌栖曲　赵嘏

辟寒台上帝王心，玉鸟楼中佩古今。
月落春心空荡荡，乌栖曲尽夜深深。

注：据晋王嘉《拾遗记》载，魏明帝时，城外进呈嗽金鸟，能吐粟；畏寒，明帝建温室以处之，名"避寒台"。官人争相以鸟所吐之金作饰物，称之"避寒金"。并相互开玩笑说："不服（佩）辟寒金，那得帝王心。"

### 739宛陵望月寄沈学士

宣州学士敬亭山，待诏翰林御客闲。
庾亮公楼何处见，天竺灵隐镜湖湾。

### 740翡翠岩

莲池幕府一风流，举力东山半九州。
晋日功成非不到，荒唐醒醉谢安楼。

### 741经汾阳旧宅

经天纬地过汾阳，陌里阡中问郡王。
洛水京都安史尽，伏波破虏几沧桑。

### 742寄卢中丞

不向江山问谢公，寻溪石径向流红。
中丞路远长亭外，独秀文章驿道中。

### 743寻僧

孤行暮日问钟声，独立禅房挂月明。
野水流情濯足履，青松石径作僧情。

### 744西江晚泊

西江晚泊一渔舟，柳浦桑泉半水流。
暮鼓声声帆落落，鸣禽处处莫愁愁。

### 745江楼感旧

波流月色水流船，雾满舟舱露满天。

细袒贴心身细袒，含情夜雨任情眠。

### 746送从翁中丞奉使 黠戛斯
归朝已是不归朝，下嫁无疑下嫁遥。
自古江山儿女客，公主竟作主公桥。
注：唐宪宗女太和公主长庆元年嫁回鹘崇德可汗，会昌初年黠戛斯破回鹘，得公主，派人送公主归唐，途中遇鹘可汗乌介，公主被劫。会昌三年，唐边将袭击乌介，又夺回公主。公主回国，改封为安定大长公主。

### 747寄远
五女山前故国心，桓仁水上逐乡音。
辽东一去南洋下，木槿三生作古今。

### 748听琴
高山流水一知音，下里巴人半古今。
五指中弦心不定，千声未语旧情深。

### 749边庭四时怨 卢弼
茫茫大雪贺兰山，凛凛西风去不还。
冽冽冰川寒色浸，遥遥冻住雁门关。

### 750浪淘沙词 皇甫松
黄河九曲浪淘沙，洛水三秦野菊花。
短路长亭何不止，清风朗月故人家。

### 751长门怨刘皂
长门一路怨声低，奉扫三更鸟不啼。
半面残妆痕泪迹，千心复落北还西。

### 752送友人游边 马戴
三边十里李陵台，一将千军绝塞回。
汉武何言苏武在，成功力尽几功来。

### 753折杨柳 薛能
春风半上洛阳桥，柳叶三新碧浪摇。
习郁池边腰细细，梅花叶瓣色萧萧。

### 754吴姬
六国千姿第一名，三秦万色数花荣。
中元水拍多生子，妇女吴村教化成。

### 755初秋寓直郑畋
黄巢梦里梦黄粱，节度京西历凤翔。
诸道行营都统治，长安尚让败平章。

### 756马嵬坡
进退三军马嵬坡，无非一女渡天河。
长生殿上情来去，出水芙蓉色不多。

### 757席上赠琴客 崔珏
泛泛未断五弦音，处处难全半古今。
贿赂房琯须董氏，庭兰曲尽不鸣琴。

## 唐人万首绝句选卷之七

### 七言绝句（五）

### 758石竹花 陆龟蒙
可记南朝石竹花，龟蒙拙政碎明霞。
金钱子午红颜色，取作江湖画国娃。
注：石竹花：花名，叶似竹而较其细小，花呈红白，状如钱。
金钱：花名，又名子午花。

### 759送棋客
一百兵前又八名，三军垒后复千声。
宣城太守嬴文帝，黑白金门赌半城。
注：金门，汉官门，后世也以之代指翰林院。羊玄保，南朝时宋人，善奕，曾与宋文帝赌棋，玄保胜，补宣城太守（事见《南史·羊玄保传》）。此处以羊玄保喻诗中"棋客"。

### 760邺宫词
魏王西辞铜雀台，樱桃白下紫纶开。
连营赤壁须防火，诸葛东风不再来。
注：纶巾，古代用青丝带编的头巾，又名诸葛巾，相传为三国时诸葛亮所创制。

### 761怀宛陵旧游
宣城太守谢朓楼，叠嶂青山李白休。
日影陵阳春来雨，江风不胜敬亭游。
注：谢朓，南朝齐诗人，曾为宣城太守。青山：指敬亭山一带。谢朓在宣城曾筑楼，人称谢朓楼，又称北楼，唐末改为叠嶂楼。

### 762白莲
半白荷风半白莲，一池碧叶一池船。
红姿潜入无情水，素玉珍藏有艳妍。

### 763后池
明池晓露半微波，浴雁浮鸥一曲歌。
许是陈王凌洛水，牛郎自以度天河。

### 764初冬偶作
沉霜欲染一枫红，遮掩无全半始空。
晓日方成天地色，西风助响老梧桐。

### 765帘
玉枕空空不可眠，陈王处处凌洛川。
何情未去寻甄氏，且以宓妃作旧缘。

### 766秘色越器
一器千章九脉来，三峰万水半江开。
重阳日胜山川外，谷雨阴晴草木栽。

### 767木兰花
洞庭两岸木兰花，大小孤山玉女家。
几度船中藏日月，三春水上影娇斜。

### 768重台荷花 皮日休
三重复瓣一重心，十碧娇莲半米金。
玉立婷婷荷岸色，更深切切水妃荫。

### 769松江早春
净净松江一雪初，清清岸水半无鱼。
分明稳舵听未足，可望船舱意不如。

### 770酒病偶作
江南一日半阴晴，拙政三春五湖明。
郁郁葱葱来去色，年年岁岁未枯荣。

### 771奉和鲁望玩金鸂鶒戏赠
兰陵一色紫鸳鸯，渗堪三杯醒后香。
劝酒吴姬何不醉，原来愿作小红娘。

### 772 听盛小丛歌赠崔侍御
半起弦音盛小丛，三官御史去浙东。
长安教坊佳人色，国乐乡情各始终。

### 773 奉和　高湘
英雄煮酒问袁宏，舞曲佳人钱浙东。
露染朝夜惊宿鸟，长安一路尽飞鸿。
注：谢安，晋代人。袁宏，东晋阳夏人，字彦伯，为谢安参军，又为桓温室，后自吏部郎出为东阳太守。谢安为这伐行，并赠一扇，袁宏答拜道："辄当奉扬仁风，慰彼黎庶。"

### 774 奉和　卢殷
浙江水色一东情，紫禁城中半主声。
月下秦淮桃叶渡，云中洛邑色天明。

### 775 淮上与友人别
扬子江头半柳杨，唐隋水色一钱塘。
昆山尽是阳澄客，拙政何须唱短长。

### 776 席上赠歌者
莫向江都唱九歌，湘潇楚客问汨罗。
襄王自得高唐梦，宋王当知应穿梭。
注：鹧鸪，乐府歌曲词。《乐府诗集》引《历代歌辞》："《山鹧鸪》，《羽调曲》也。"

### 777 阆乡卜居　吴融
一寸心思一寸天，五湖日月五湖年。
千年道路千年步，万里风云万里烟。

### 778 楚事
忆楚常常是九歌，悲秋处处问天河。
牛郎自古寻天下，七夕从来喜鹊多。

### 779 金陵晚望　高蟾
金陵半在石头城，贡院三更试不平。
八叉功夫天下事，五湖草木按生生。

### 780 从军　马逢
阳关十里一沙鸣，鼓角千军日月行。
不是交河方落日，楼兰暮色作精英。

### 781 宫词
珠帘不隔半笙歌，晓漏深宫月影多。
越情清音寻彼此，吴娃细语作春娥。

### 782 过骊山　孟迟
骊山一笔柳公权，扶正千官九脉田。
渭水长安天下字，华清玉树半生烟。

### 783 华清宫二首　崔橹
草暗云重雨色浓，花轻露色叶玉容。
霓裳不在梨园在，自古千年是否龙。

之二
十里潼关渭水津，三汤玉液入红尘。
华清日暖还依旧，暮色连天见去人。

### 784 折杨柳　王贞白
形形影影过长门，去去来来司马恩。
不知藏娇陈后问，莺鸣未了已黄昏。

### 785 泊花石浦　刘言史
曲曲黄河自向东，幽幽杜宇伴春红。
邯郸学步三千路，望去还家一半同。

### 786 春日　宋邕
宿鸟三更久不安，梧桐一夜著烟冠。
东风不可云中问，柳色须当雨后看。

### 787 送李判官　李郢
汴水航帆落便难，钱塘夜色着时观。
五湖芳芷夜生缘，三月鲤鱼上浅滩。

### 788 宿杭州　虚白堂
十六点声入四更，三千日月读书城。
窗含晓露长风敞，玉色东方影未明。
注：二十五声，五更点数。古代用铜壶滴漏，一夜分五更，一更分为五点。二十五声即五更时分。

### 789 赠美人琴弦　裴夷直
知音尽在五条弦，玉指何须一意泉。
但向周郎湘水怨，杨杨柳柳好桑田。

### 790 小楼　储嗣宗
一山胜似一山青，汴水南流汴水萍。
洛邑东风明日至，苏杭尽在雨烟殿。

### 791 月夜
南山有鸟北门罗，玉树临风玉树婆。
不弃青陵台上月，无须乌鹊作声歌。
注：青陵台，故址在今河南省商丘市。清沈德潜《古诗源·乌鹊歌》解题曰："战国宋康王舍人韩凭之妻何氏貌美，康王欲之，捕舍人。筑青陵之台，何氏作《乌鹊歌》以志，歌曰：'南山有鸟，北山张罗。乌自高飞，罗将奈何！'遂自缢。"

### 792 放鹧鸪
相思树上自轻啼，红豆心中苦涩梨。
雨竹云前先碧色，云烟节里已毛齐。

### 793 秋怨
一层脂粉一层霜，半夜寒宫半夜凉。
月色空凭边外雪，秋声彼此对红妆。

### 794 罗虬
三罗隐郫虬，一世客词工。
进士无成就，红儿媲美终。

### 795 比红儿诗十二首
不与红儿作小怜，当须曲舞问娇妍。
声声尽是词诗坐，寂寂天凭忘酒泉。
注：1.唐诗百首，其序云："比红者，为雕阴官伎杜红儿作也。美貌年少，机智慧悟，不与群辈伎女等。余知红者，乃择古之美色灼然于史传三数十篇，优劣于章句间，遂题比红诗。"又，《全唐诗》于诗题注云："方明中，虬为李孝恭从事。籍中有善歌者杜红儿。虬令之歌，赠以彩。孝恭以红儿为副戎所盼，不令受。虬怒，手刃红儿，既而追其冤，作《比红诗》。"
2.冯小怜，北齐后主萧纬的宠姬。

小怜原为文穆皇后婢女,慧黠善歌舞,后主嬖之。北齐为北周所灭,小怜也为周武帝所掳获而赐给其部将王达。

张丽华,隋朝军队陷台城,获后主、丽华等,丽华并被斩于青溪中。

3.曹植有《洛神赋》,其序云:"黄初三年,余朝京师,遂济洛川。古人有言,斯水之神,名曰宓妃。感宋玉对楚王神女之事,遂作斯赋。"

4.陈皇后,小字阿娇,失宠于武帝,居长门宫。传说曾以百嘱司马相如为其作赋,以感武帝,司马相如遂为之作《长门赋》。

5.苏小,即苏小小,南朝齐时钱塘(今杭州)有名的歌伎。

6.唐玄宗朝女伶谢阿蛮事。新丰市有女伶谢阿蛮,善舞《凌波曲》,常出入宫中,杨贵妃待她甚厚。唐玄宗奔蜀回京(杨贵妃在马嵬坡缢死),召阿蛮舞《凌波曲》。舞毕,阿蛮因进金粟装臂环,对玄宗说:"此为贵妃所赐。"玄宗持之流泪,左右莫不哭泣。

## 之二
南朝玉树后庭花,后主音声误国家。
不是佳人天下色,青溪将帅浪淘沙。

## 之三
轻姿玉舞一千金,柳色梅花十五音。
曲尽情衷兴未艾,只入画阁月明深。

## 之四
好似人间玉色生,无须月照自晴明。
云环楚客腰身细,舞步飞燕共度轻。

## 之五
洛水凌波一色倾,陈王玉枕宓妃情。
芙蓉出浴红儿貌,只要留心得此名。

## 之六
长门赋尽不藏娇,日暮声中一小桥。
曲荡情中天地外,飞身玉舞入云霄。

## 之七
国风雅颂半斯文,小扇轻罗一客君。
只见相如音外去,樱桃舞羽两边分。

## 之八
鹦鹉声情半不分,临邛酒肆作文君。
红儿玉袖藏颜色,眉目流波几处云。

## 之九
弦音处处乱天津,玉指纤纤忘楚秦。
寂寂无声何不待,悠悠有意是余身。

## 之十
小小留名一越城,红儿寄曲半吴声。
钱塘水色苏杭照,只有轻狂不解情。

## 之十一
碧玉珠纱小桥横,肌肤露透大袖倾。
臂色方成含脂溢,却羽尤当解衣明。

## 之十二
凌波曲外玉门关,舞尽人前不等闲。
不似开元天宝册,长生殿上谢阿蛮。

## 796 炀帝陵　罗隐
吴公台下北雷塘,六国兴亡帝业昌。
逐鹿中原阡陌苦,长城汴水几苏杭。

注:炀帝陵,隋炀帝陵墓。隋炀帝被宇文化及缢死于扬州,初葬吴公台下,唐武德年间改葬于扬州北雷塘。

## 797 有感　司空图
凌烟阁上一身名,二十四英半士城。
但省人间兴废处,尽遣仲连汉家荣。

注:凌烟,凌烟阁,在长安,唐太宗贞观十七年(643年)图功臣像二十四人。此处所谓"汉家",实则指的就是"唐家"。

鲁连:即鲁仲连。战国时齐国人,高蹈不仕,喜为人排忧解难,后隐居于海上。

## 798 华下
五月人中唱九歌,三春过后渡千河。
南洋已是家乡地,夜雨相思几少多。

## 799 狂题
长沙百里一汨罗,楚客千年半九歌。
戴逯不作王门客,敦澄玉枕作天河。

注:1.别鹤,琴曲名,即《别鹤操》。亦作"别鹤"。

2.戴逯,晋代谯郡铚县人,善诗文,能鼓琴。当时太宰武王司马晞曾使人召其抚琴,戴逯当着使者,摔琴于地曰:"戴安道(戴逯字)不能为王门之伶。"

3.王公,当批晋代王澄。《晋书·王澄传》:(王敦)请澄入宿,阴欲杀之。……澄后尝捉玉枕以自防,故敦未之得发。

## 800 闻雨　韩偓
一瞬南洋骤雨声,千颜木槿伏云城。
倾盆市井横流去,四面江河十地晴。

## 801 已凉
一半阳光骤雨中,三千莫木自由衷。
方圆自得南洋路,日月刻意草木荫。

## 802 遥见
白玉堂中一色消,三边界外半分遥。
辽东万里思家老,木槿千情暮又朝。

## 803 寒食夜
书生乞火小桃红,杏李生辉细雨中。
隔岸朦胧儿女色,随风浸漫大江东。

## 804 新上头
云环雾鬓小裙新,细指纤腰半佳人。
碧水清波承百照,洞庭欲剪碧螺春。

## 805 闺怨
江流石立望夫台,寂寞庭中待月来。
懒对红妆杨柳色,荒芜树下草长开。

## 806 深院
深深曲径八哥多,处处风云半雨荷。
棕榈枝条非子叶,槟榔影色是嫦娥。

### 807 寄邻　庄道侣
一路身心不闭关，三重意念向心颜。
云浮剩见千花岸，骤雨河流十地还。

### 808 长门怨　刘驾
金陵不省凤凰台，建邺三山二水开。
白下何须天下问，潮头已去石头回。

### 809 湘中谣　崔涂
鹧鸪一声满湘中，细雨三江下岳东。
暮暮朝朝花草色，耕耘处处望飞鸿。

### 810 读《汉武内传》
何知寿命上人余，汉武江山梦不如。
故土阴晴依旧是，分明草木茂陵疏。

### 811 夷陵夜泊
孤心楚塞九歌声，下里巴人一夜情。
晓泊船家灯火暗，寒宫独照女儿明。

### 812 宫怨　司马札
密殿深宫尽画楼，莺歌燕舞不知愁。
花开瓣落香泥色，不逐春泉断御沟。

### 813 越溪怨　冷朝光
人花越色似花人，身王吴宫若玉身。
蠡范西施范蠡去，尘红应似见红尘。

### 814 闲居杂兴　陈陶
五岁儿童自知书，半生碧玉一水居。
三声越曲千人醉，十步苏州半桥余。

### 815 陇西行
阳关一曲陇西行，易水三边壮士声。
柳叶方扬儿女色，春光未锁有阴晴。

### 816 夜夜曲　王偃
夜夜相思月色低，幽幽北斗向无迷。
随君处处天涯去，七瓣梅花化雨泥。

### 817 羯鼓　崔道融
舞曲胡旋一载声，明皇节度半阴晴。
华清未解霖铃雨，虢国何知马嵬横。

### 818 梅
寒冬腊月一梅花，古树新枝半路斜。
几度清光春不晓，群芳响应入人家。

### 819 酒醒
醒醉之中颂雅风，阴晴界外士儒雄。
窗含竹泪潇湘雨，筒存千年老篆虫。

### 820 鄜州寒食三首　韦庄
书生自得曲江春，渭水当今洰洛尘。
柳色初匀黄未绿，清明蜡烛五侯邻。

#### 之二
二月清明乞火光，三更夜读注书肠。
千年有道成古今，万里行程作柳杨。

#### 之三
烟烟雨雨近清明，去去来来问弟兄。
岁岁年年何聚首，朝朝暮暮对阴晴。

### 821 江行西望
长安一路望乡亭，洛水千波见碧青。
楚客松江烟雨客，船帆远上挂山屏。

### 822 古离别二首
江南二月欲垂鞭，酒色香风度雨烟。
莫体群芳藏月下，盘门碧玉过桑田。

#### 之二
事事人人一是非，朝朝暮暮半去归。
寡情不似多情好，少欲难言别欲微。

### 823 金陵图二首
金陵古木六朝荣，二水东流一路声。
曲舞难言情不语，潮头只向石头城。

#### 之二
夜雨霏霏水草齐，船竿暗暗岸云低。
台城处处多杨柳，宿鸟声惊又复栖。

### 824 竹枝　孙光宪
一叶江中唱竹枝，三春树上挂新词。
东流不止何去处，惹来相思自己知。

### 825 杨柳枝
水驿唯亭一叶舟，洞庭月色五湖秋。
婵娟静静相依旧，夜泊渔村碧玉楼。

### 826 惆怅诗七首　王涣
形形影影李夫人，去去来来弄玉身。
病病凄凄姿貌旧，朝朝暮暮不弃尊。

注：1. 此首咏南朝陈乐昌公主事。乐昌公主为陈后主叔宝之妹，嫁太子舍人徐德言。据孟棨《本事诗·情感》载：时陈政方乱，德言知国破时两人不能相保，因破镜与妻各执半，约他年正月望日卖于都市，冀得相见。及陈亡，妻果没入杨素家。德言依期至京，见有苍头卖镜者，因引至其居，出半镜合之。题诗曰："镜与人俱去，镜归人未归。无复姮娥影，空留明月辉。"乐昌得诗，悲泣不食。（杨）素知之，即召德言，还其妻。

2. 齐奴，石崇小字。
苏武字子卿。李陵字少卿。

#### 之二
破镜重圆一乐昌，南朝公主半萧娘。
还妻后主知杨素，望日德言不断肠。

#### 之三
凭君笛管向君休，只以秋华谢玉楼。
不舍齐奴金谷去，花枝随展作春秋。

#### 之四
长生殿上一婵娟，七夕云中半影悬。
织女瑶台王母怨，华清水色玉人泉。

#### 之五
陈宫玉树后庭花，胭脂井前问丽华。
女色青溪成败问，玄宗自入太真家。

#### 之六
少卿断羽子卿还，武帝倾城昭帝颜。
李广飞将千百战，玉关已闭月牙湾。

#### 之七
一色君前问画工，三边塞北作飞鸿。
王嫱不在青冢在，武帝葡萄入汉宫。

## 827 新雁 杜荀鹤

此去云中一字横，衡阳塞北半清鸣。
汀州应似何南北，岁岁春秋故土行。

## 828 惜花 张泌

水阔东流数落花，莺啼色减问中华。
红蓼碧玉汀兰暮，不免江楼日又斜。

## 829 寄人二首

莫向离人数落花，多情水色向船家。
湖州对岸三吴曲，子女平生一豆瓜。

### 之二

春梦一半未分明，月色三光独自清。
只恐寒宫情不尽，人间取得作阴晴。

## 830 山中寄友人 李九龄

任取殷勤事迹初，人间不可问樵渔。
平生日月当心数，暮色窗前读旧书。

## 831 旅泊 蒋吉

人寻建业白凤凰楼，月问金陵女莫愁。
旅泊千心三界水，东吴半在五湖秋。

## 832 庾信 孙元晏

故土江南著北冠，梁周西魏怨心宽。
多才礼是难相济，开府乡关逐日残。

注：庾信，（513—581），字子山，北周文学家。初仕梁，后出使西魏，值西魏灭梁，被留。历仕西魏、北周，官至骠骑大将军、开府仪同三司，世称庾开府。庾信在北周虽位望通显，但经常有乡关之思，于是作《哀江南赋》以抒发其郁积感情。

## 833 裴给事宅白牡丹开 元名公

不得人间玉牡丹，当须月色照长安。
佳娃欲比多情子，露水沾衣一点寒。

## 834 悼亡伎 韦氏子

武帝夫人李少君，巫山泪雨不行云。
相逢百步难清面，只教三心两地分。

注：李少君，西汉道士，尝为汉武帝招李夫人魂。

## 835 闲吟 君山父老

君山父老一湘情，日暮巴陵半麓明。
至此书中黄帝子，春泥化作是阴晴。

## 836 青阳上人院 释皎然

青阳日渐上人情，不见齐王故事生。
古色秋池西邸府，金陵莫付六朝荣。

## 837 忆浔阳旧居兼赠长孙郎中 释清塞

浔阳却见九江流，郡外江南一木楼。
抚水临川君子客，滕王阁上付春秋。

## 838 行次汉上 释无本

江楼汉水问襄阳，魏晋温家向故昌。
太守逢云山简子，风声只醉作衷肠。

注：晋山涛之子山简在襄阳当太守时，每出嬉游，必到习家池。

## 839 梅妃

力士一梅妃，珍珠半斛归。
芙蓉出水色，种树落心扉。

## 840 谢赐珍珠

谢赐君王一斛珠，红绡浸泪半梅姑。
长门不尽相如尽，不向知音问念奴。

注：《梅妃传》载，唐玄宗宠杨贵妃，梅妃失宠，退居上阳宫。玄宗在花萼楼思念梅妃，会夷使贡珠，命封一斛以赐，梅妃不受，以诗谢之。

## 841 金缕曲

人间一曲杜秋娘，柳色三春岸芷香。
渭水长安分付路，咸阳赐予莫愁肠。

## 842 送卢员外 鱼玄机

玉垒山前一月明，长门夜后半无声。
玄机幼惠微兰色，文才艳丽恐自荣。

## 843 送友人 薛涛

宫深月缺夜澜霜，水色帘珠玉枕凉。
紫禁城中杨柳叶，黄粱梦里寄衷肠。

## 844 竹郎庙

女子川流一竹郎，江村国志半华阳。
夷狄处处男儿在，独立声声自称王。

注：《华阳国志》，川中一女子在水边洗衣服，有三节大竹流进其足间，推之不去，闻儿啼之声，破竹取之，得一男儿。长大，有才武，遂长雄于夷狄之间，人称"竹王"。

## 845 续韦蟾句 武昌伎

腊月寒心一日晖，冬枝独影半情微。
何须细雨去时归，不见梅花落下飞。

## 846 无题二首 湘妃庙女子

斫取青竹一泪斑，苍梧月色半湘湾。
娥皇尧舜女英问，但向夫人祝去还。

### 之二

潇湘尧女舜妃肠，未了南巡作故乡。
雨住云停红子蒲，余情已只问扶桑。

注：扶桑，此处应是"沧海桑田"之意。葛洪《神仙传》："麻姑自说云：'接待以来，已见东海三为桑田。向到蓬莱，水又浅于往者会时略半也，岂将复还为陵陆乎？'"喻世事变迁。

## 847 与徐兵曹酬献桐庐神

采得莲蓬忘却归，沉云月落上云飞。
荷花露水舟藏小，菂叶当头已湿衣。

## 848 无题 甘棠叟

一水芙蓉一色香，半枝玉立半枝藏。
三天过后三心子，九粒莲中九粒娘。

## 849 无题 襄州举人

浮云一树半梨花，细雨三春两草芽。
此去何成天下客，归来应是故人家。

## 850 别李源 天竺牧童

路上茫茫问李源，心中落落客亭轩。
瞿塘滟澦圆观劝，十二年秋寺子繁。

注：题目一作《竹枝词》，共二首，

此为第二首。署名"圆观"。关于此诗，唐人袁郊的传奇《甘泽谣·圆观》载云：圆观，大历末年洛阳惠林寺和尚。谏议李源停宿惠林寺，与圆观为忘年交。二人相约游蜀川。泊山下之时，见有妇女数人，圆观望而流泪说："其中那个姓王的孕妇，是我死后的托生之所。"于是与李源约定，十二年后中秋夜在杭州天竺寺外相见。十二年后，李源如约见有一牧童乘牛唱着《竹枝词》而来，果然是圆观。

## 851春阳曲屏上美人

诺皋元和女子身，儒香醉卧读书人。
弓腰礼是殿中画，舞袖空余作色邻。

注：《酉阳杂俎·诺皋记》载：元和中，有一读书人，醉卧厅堂之中，醒来见屏风上所画的女子都下来到床前跳舞唱歌，其歌曰：（即本诗）。其中发式为双髻的女子问那位唱歌的女子说："什么是弓腰？"唱歌的女子笑曰："你没见到我作弓腰吗？"于是头及地，腰势如同圆规。读书人惊惧，因而叱咤之，那些女子忽然都上了屏风。

## 852凉州歌乐府辞　盖嘉运

初开瑞雪玉门关，九叠凉州去不还。
踏遍交河寻落日，空余百里响沙山。

## 853突厥三台

三台玉伐雁门关，马邑胡姬借醉颜。
塞北辽东常作客，山西应是雅卿还。

注：突厥三台，唐代乐府近代曲名。马邑，唐县名，故址在今山西省朔州市。

## 854读《庾信集》　芦中集

建业长安庾信文，江南十帝醉愁君。
金陵二水三山色，不可风流半离分。

注：四朝十帝，庾信一生历南朝梁、北朝西魏、北周及隋，共四朝。四朝共有十帝（即梁三帝，西魏、北周六帝，隋一帝）。
建业，即今南京市。

## 855初过汉江

半见襄阳汉水边，萧条应物岘亭泉。
习家有酒无须醉，只待江澜上客船。

## 856杂诗四首　无名氏

萋萋碧玉半高低，著著青苗一柳堤。
杜宇声声催谷雨，农家处处作东西。

之二
楚调吴声半九州，千年万里一江流。
乡心不变随杨柳，岁岁年终自举头。

之三
东风一日九歌多，佩戴三生半玉珂。
等是知家归不得，寻来杜宇是哥哥。

之四
川花小道玉人低，日色香沉鸟不啼。
只要深藏寻不及，牛郎暗取衣迷。

## 857万首绝句　吕长春

乾隆四万诗，十万长春时。
天下闻名一，人间自在迟。
群臣风雅颂，诸子春秋枝。
日月耕耘久，阴阳路道知。

## 858北京市东城区汪魏新巷

### 九号居万首

枣树旁边喜鹊楼，书房日上帝王州。
平生不释儒香受，醒梦阴晴道国忧。

# 二十四、国人必读唐诗手册

乔继堂　编　上海科学技术文献出版社
2012年3月出版

**1 北京北海**
积翠一堆云，龙亭半海分。
幽州天地阔，木槿亚洲君。

**2 王维诗意图　明·陈裸　绘**
王维闲户作诗文，种画龙麟老世君。
岁月摩诘多少意，溪清路狭碧衣裙。

**3 李白醉酒图　清·苏六朋　绘**
醉酒无须顾贵权，芙蓉出水作天仙。
乐园不曲去宗岸，天子呼来顺上船。

**4 杜甫诗意图　清·王时敏　绘**
巫楫一楚别，绝壁半松云。
荻叶舟横渡，江村月色勤。

**5 虢国夫人游春图　唐·张萱　绘**
明皇一语幸三春，虢国夫人独半秦。
姐妹游云风月客，似曾相似玉环身。

**6 琵琶行图　明·郭诩　绘**
弦弦掩抑曲声思，柱柱承心去不辞。
共作天涯沦落客，江山易改与谁知。

**7 枫桥夜泊　明·张宏　绘**
云云雨雨一盘阴，寂寂幽幽半古根。
水水桥桥柔碧玉，烟烟雾雾入黄昏。

**8 夜雨寄北　邓海帆　绘**
孤灯向西蜀云深，独枕黄粱楚汉心。
蜀客巴山何旧来，问卿晋祠已知音。
寄晋雅卿

**9 野望 王维**
浮云几见稀，落日自依依。
牧犊无知返，归儿望石矶。

**10 在狱咏蝉　骆宾王**
沙鸣十万声，客语五百荣。
楚汉秦皇去，隋唐晋帝城。
忽闻蝉不响，怯弱杏坛情。
垓下三千士，鸿沟一界明。

**11 中秋月　李峤**
月月一寒宫，年年半急空。
婵娟从不语，桂影几无同。

**12 正月十五日　苏味道**
玉树后庭花，琼灯沿路华。
珠明王府井，佩逐帝王家。
十五元宵夜，三千弟子茄。
幽州景雨色，宋市满城纱。

**13 送杜少府之任蜀州南洋**
一目满三秦，三生半五津。
云明城阙暗，雨色落阳春。
灞水多杨柳，京都少客亲。
天涯长举步，四海自人身。

**14 从军行　杨炯**
只作一书生，须臾半世明。
心中天下事，目下可纵横。
雪暗昆仑水，云明太子城。
楼兰多少语，日月是桂英。

**15 代悲白头翁　刘希夷**
黄昏远照家山树，晓日升华井市风。
岁岁年年三五片，年年岁岁一半同。
长安有色平康伎，全威回归是始终。
碧玉三生何日月，麻姑一语作西东。
红颜易老白头翁，一去元知万事空。
自古人人天地里，如今事事去来中。

**16 度大庚岭　宋之问**
不必恨长沙，湘江二月花。
无言斑竹泪，只入九歌家。

**17 独不见　沈佺期**
十年一梦到辽阳，读过榆关燕半乡。
晓日三春何谷雨，黄昏九日已衷肠。
男儿未知楼兰剑，少女无知孺子梁。
冀北群英易水语，江南独教莫愁堂。

**18 感遇　陈子昂**
迟迟白日情，落落暮云生。
岁岁何无止，人人几度成。

**19 咏柳　贺知章**
碧玉枝头一细条，烟花雨露半云霄。
东风不力梅桃李，此色方成彼色遥。

**20 回乡偶书　贺知章**
桓仁不似半南洋，故土何须一寸肠。
大路朝天行不止，东山松柏是爹娘。

**21 苏州是杭州**
三潭印月一清秋，十水千泠半九流。
会稽吴门王娃馆女，苏州越色是杭州。
白堤春晚西湖雨，柳岸闻莺纵鹤楼。
同里成桥婚佩带，洞庭玉笛自扬舟。

**22 蜀道后期　张说**
日月一耕耘，阴晴半可熏。
春秋相继续，草木几时分。

**23 边词　张敬忠**
五女山前一水明，三生故里半乡城。
辽东许是山东客，十里春风万里荣。

## 24 湖口望庐山瀑布　张九龄
万丈落红泉，千声挂树弦。
晴云成露水，秀雨化天烟。
日照灵山雾，风流逐逝川。
霓虹连世界，紫气玉方圆。

## 25 感遇（其二）
江南一叶舟，塞北半王侯。
汴水东南去，长城筑国忧。
秦皇成此道，汉武向中求。
洛邑闻天子，咸阳未央楼。

## 26 赋得自君之出矣　张九龄
官人一所闻，后者半随君。
自此相思处，时时落离分。

## 27 凉州词　王之涣
沙鸣风度玉门关，海市蜃楼万里山。
不到凉州杨柳怨，何须暮色月牙湾。

## 28 望洞庭湖赠张丞相　孟浩然
洞庭一水平，岳麓半山明。
紫气东方色，青波几太清。
襄阳君子客，洛邑少殊荣。
读尽万千卷，不及两三情。

## 29 宿建德江 孟浩然
移舟近月平，夜雨沿江生。
旷野由山君，青山任树荣。

## 30 秋登兰山寄张五兰山白鹤晴，隐士樵翁兄
一木成林久，三光间众生。
云浮行陌树，雨落去来荣。
渡口沙行迹，江洲苦不鸣。

## 31 南洋
天高海阔一潮平，似雾如烟半不明。
北国何辞乡路远，南洋此去自成城。

## 32 夜归鹿门歌　孟浩然
鱼果渡口鹿门山，古刹钟声月色还。
岸柳风中摇摆摆，庞公隐处水湾湾。

## 33 宴梅道士山房　孟浩然
道士山房一日休，中春杏可半清楼。
流霞欲醉知金灶，赤子童颜不体忧。

## 34 秦中感秋寄远上人
秦中寄上人，洛下问孤身。
北土东林月，南山落第春。
三清知日月，九脉客冠巾。
举足行程路，闻蝉却旧尘。

## 35 宿桐庐江寄广陵旧游
山暝听猿愁，沧江急夜流。
风鸣两岸叶，月照一孤舟。
建德非吾土，维扬忆旧游。
还将两行泪，遥寄海西头。
孤舟纵古流，落叶逐寒秋。
月色留彼往，清江任客浮。
维扬琼树在，建德笛声休。
千二桥中曲，三千弟子忧。

## 36 早寒有怀之二
长城南北立，汴水北南杨。
自古何今古，春秋见柳杨。

## 37 古从军行　李颀
江都公主嫁乌孙，一曲琵琶半御恩。
大宛班师王不与，阴山彼此望乡村。
交河落日方圆外，白马先生吐谷浑。
烽火连山山不语，葡萄汉武作归魂。

## 38 听安万善吹觱篥歌
觱篥龟兹半故乡，传音汉地一渔阳。
杨杨柳柳南山下，掺挝凉州月抑昂。
列烛高堂思远客，行程旷野作黄粱。
龙吟虎啸胡鸣曲，万籁千泉俱凤凰。
百鸟三朝声绕去，繁花似锦十地芳。

## 39 听董大弹胡茄弄兼寄语房给事
辽东玉女去山城，惯鲜桓仁作玉倾。
一曲三边高丽语，今闻旧月故都名。
千军鼓振江山客，万里清宫几处晴？
一十声中八拍城，胡笳蔡女半边倾。
曹郎有意何求淑，汉体知音作玉声。
白雪明明天外色，深山虎虎峰林鸣。
百鸟空川争曲竟，万谷浮云作太平。
阴山石磊荒原野，大漠风晴雁字横。
水调歌头成碧树，渔舟唱晚故人荣。
镜湖短笛长箫管，自此人间有易英。
凤凤凰凰多自立，何须世界报无名。

## 40 送魏万之京　李颀
潇湘一子向山河，离雁三声唱九歌。
楚客何须天下事，清音自此作汨罗。

## 41 从军行　王昌龄
扫净边尘一野村，交河日落半黄昏。
楼兰汉体谁来去，汉武葡萄作子孙。

## 42 从军行　王昌龄
大漠沙鸣暮色深，敦煌海市八音琴。
三声古月泉无酒，半卷浮云作上林。

## 43 芙蓉楼送辛渐　王昌龄
夜雨潇潇客在吴，寒烟落落虎丘苏。
三桥两岸同里色，拙政鸳鸯大小姑。

## 44 采莲曲　王昌龄
碧叶红裙两色开，芙蓉淑玉一边来。
瑶池倩影波连翠，织女牛郎意不猜。

## 45 长信秋词其三　王昌龄
一寸清庭十寸心，五音玉柱七音琴。
南宫禁漏余声尽，不见羊车问上林。

## 46 春宫曲　王昌龄
一夜东风两色潮，三宫六院半云霄。
人人曲舞人人欲，处处梨园处处桥。

## 47 塞上曲　王昌龄
八月玉门关，三更梦故颜。
沙鸣大漠岭，夜暗月牙湾。
塞外阳关道，云中海市蛮。
南行三界外，北去一千山。

## 48 望蓟门祖咏
春风一半缘三边，十五婵娟十六圆。
汉将云中呼李广，蓟门城外树生烟。

班超彼岸书生误，宋玉巫山意气篇。
渤海潮明天水岸，如今日月几桑田。

### 49 送别　王维
长城万岁孤，汴水半江都。
世上三千界，人生一玉壶。
望尽龙门路，何须向有无。

### 50 渭川田家　王维
斜光半落墟，巷口一城茹。
牧老牛羊向，黄昏以色余。
秦皇垒石处，汉武犊兵书。
汴水隋炀帝，钱塘几世居。

### 51 老将行　王维
平生自得一功勋，读遍千书半世君。
日色依云白雨向，黄昏照旧水天闻。
阴山脚下琵琶曲，大漠沙中海市裙。
李广无缘门外汉，天幸只有卫青殷。
魏尚冯唐鸣太守，三河宝剑作星文。

### 52 西施咏　王维
越暮入吴宫，西施几始终。
夫差娃馆色，木渎水溪穷。
勾践兴亡向，钱塘五霸雄。
娇儿当步向，淑女取鸣虫。
不必知夫妇，江山自由衷。

### 53 辋川闲居赠裴秀才迪
南山半辋川，洛水一秋田。
暮日三河晚，秦墟九脉烟。
黄昏舟早系，古渡月孤悬。
五柳先生唱，十陌见方圆。
余音来去目，醉梦玉壶泉。

### 54 送梓州李使君
树树半苍天，山山一杜鹃。
蚕丛千栈道，蜀梓万重烟。
鱼凫不鲜巴州路，汉武何须忆酒泉。
教授文翁翻刺史，三台一令自当年。

### 55 过香积寺　王维
古刹作奇峰，安心制毒龙。

云烟香积寺，危石苦禅钟。

### 56 终南别业　王维
终南别业一心城，道理禅机半晚晴。
水暗山明云起落，峰青谷色雨后倾。

### 57 奉和圣制从蓬莱向兴庆阁道中留春雨中春望之作应制
黄山惠帝汉宫斜，致令行时作帝家。
一路蓬莱兴庆阁，三朝渭水曲江花。

### 58 蒙恬
书帖简札砚池船，尺素传情笔墨鲜。
甲骨石金碑刻纹，千年一纸作方圆。

### 59 汉江临眺　王维
楚水入三湘，洞庭向半塘。
舟随天地远，客语两姑娘。
不望世日月，须寻岳麓堂。
中书门下士，蜀道西沧桑。

### 60 秋色曲　王维
春霖欲滴一年晖，碧玉还情半露微。
柳暗花明云起落，东风化雨是还非。

### 61 和贾至舍人早朝大明宫之作
南洋止步帝王州，万国何从紫禁酬。
日色初晴天子树，香烟欲绕凤池楼。
临朝漏断知时刻，五色诏书玉笔修。
足迹千川成就业，平生十地纵情流。

### 62 鹿柴　王维
举目半无亲，随人一近邻。
由心成世界，隔海木生珍。

### 63 竹里馆　王维
高山任水流，竹木可春秋。
木槿花红色，知音过九州。

### 64 鸟鸣涧　王维
时时逐国花，日日浪淘沙。
夜夜乡心近，明明客里家。

### 65 杂诗三首（选一）
少小形成一故乡，中年逐事半衷肠。
南洋业就红花色，老大回思几日娘。

### 66 相思　王维
爷爷不见孙儿见，子子相闻女女扬。
一路面归杨柳树，三生处处是思肠。

### 67 九月九日忆山东兄弟
不向平生几故乡，桓仁伊始到南洋。
燕京十载姑苏客，一寸思心一寸肠。

### 68 送綦毋潜落第还乡
甲第一乡心，文章半古今。
相思非日月，不见是知音。
雨色何云落，山光几寸阴。
长安千里月，映带曲江林。

### 69 蜀道难　李白
大路朝天蜀道难，行程万里士心安。
英雄易水楼兰诺，暗度陈仓楚汉叹。
古栈连云成绝壁，春江逐雨作狂澜。
猿啼白帝龙江四首，宋玉巫山士赋残。
太白闻风千里浪，蚕丛宿夜万山端。
兴亡战国春秋尽，石玄流光百步湍。
十二峰中春意暖，三千岁月楚王坛。
回川浊浪寻夫地，逝日争几度峦。

### 70 古风（其十）
平原半却秦，就趄一人身。
后世成名堂，仲连以济民。

### 71 古风（其二十四）
潼关不锁一华清，甲宅无开半洛明。
玉笛岐王声怵扬，梨园至作几文英。

### 72 行路难　李白
一步长亭一步难，三秋落叶两秋开。
千山石尽东流水，万户人家共月盘。

### 73 长干行　李白
青梅一味生，竹马半功成。
作妇思情至，行郎问世英。

三巴云雨夜,两蜀秋池平。
道远无羞向,人心月独明。

## 74 塞下曲　李白
五月雪山残,三春草色寒。
长安杨柳岸,渭水曲江宽。
壮士千夫指,英雄一夜单。
何闻傅子介,此剑斩楼兰。

## 75 清平调　李白
翰林供奉半梨园,旧乐新词一世田。
曲擅情长三首见,清平调里李龟年。

## 76 清平调（其二）　李白
一树香凝半曲阳,三春色积两心肠。
芙蓉出水云逢雨,宋玉高唐赋楚王。

## 77 丁都护歌　李白
此舸到渔阳,如流似汴梁。
长城终是乱,莫比运河乡。
一曲钱塘岸,三边只断肠。
秦羞六国女,水调筑隋炀。

## 78 春思　李白
秦桑半缘枝,燕草一逢时。
此日春晴暖,当宿见碧迟。
寻青颜色好,八室只相思。

## 79 子夜吴歌,秋歌
子夜一吴歌,盘门半运河。
钱塘天水色,八月大潮多。

## 80 长相思（其一）
一水岸连波,三英逐汴河。
长安春日少,日月曲江多。
草木千山上,江山半九歌。
相思同水月,十地共嫦娥。

## 81 秋浦歌（其一）
浦口一春秋,秦淮半九流。
金陵明月晚,一水十三州。

## 82 永王东巡歌（其二）
平生一九歌,历世半何何。

日月经天易,阴晴几少多。

## 83
一剑到楼兰,三书世界宽。
人生须得意,处事可波澜。

## 84 赠孟浩然　李白
洞庭大小姑,楚客去来吴。
月醉潇湘影,花明孟子呼。
高山何仰止,白首自情孤。
独傲君山上,襄阳半玉壶。

## 85 庐山谣寄卢侍御虚舟
浔阳渡口夜郎君,石道三清日月分。
远近香炉双剑北,群峰五老九叠云。
前川瀑布苍山挂,水镜荒潭著碧裙。
汉漫秦人何约去,银河一半两纷纷。

## 86 金陵酒肆留别
金陵酒肆别还留,劝客吴姬玉色羞。
子弟秦淮河上望,一江春水已东流。
台城柳色高低向,孔府书香半白头。
处处长亭何醒醉,潇潇夜雨凤凰楼。

## 87
一日下扬州,三生何去留。
知音天下水,百折向东流。

## 88
襄阳一语十三州,汉水三湾七八楼。
楚客箫声秦女去,江都玉笛大江流。

## 89 南陵别儿童入京
方知落日远光辉,不解翰林近是非。
侍奉明皇妃子色,梨园换曲去无归。

## 90 送友人
一别故人情,须留旧地名。
何知天地外,草木自枯荣。
祖国生平歌,南洋雨骤晴。
难分时令季,木槿已倾城。

## 91 山中问答
一心别有一人间,半寸相思半岁关。

树下何寻明月色,山中夜雨百流般。

## 92 下终南山过斛斯山人宿置酒
山人一醉归,太白半春微。
世上樵渔客,人间几是非。

## 93 登金陵凤凰台
凤凰已去凤凰楼,柳色台城柳色秋。
贡院书香今犹在,秦淮夜色玉人羞。
三山半落金陵岸,二水中流白鹭洲。
晋代衣冠成古向,六朝草木莫湖愁。

## 94 望庐山瀑布
孤峰独秀一青天,飞流不尽千年水。
日照香炉举紫烟,积瑞耕耘万岁田。

## 95 早发白帝城
白帝城中一九歌,巫山峡外半嫦娥。
江陵一日争朝暮,十二峰前几少多。

## 96 越中览古
卧薪尝胆越英雄,五霸春秋仕女宫。
只见西施娃馆月,如今一半问时空。

## 97 听蜀僧濬弹琴
十指缘绮声,三身意外情。
相如弦外寄,蜀客以心倾。
石磊千溪响,松风一壑鸣。
云堆侯九曲,翠积静三更。

## 98 月下独酌
一曲玉壶春,三声古筑频。
均非来去客,醒醉是人身。
利禄千门锁,功名五百钧。
人间何净土,世上有红尘。

## 99 忆秦娥
村乡隔,田桑万亩何阡陌?
何阡陌,春花烟帛,草原芳泽。
人心不似江天暗,相思一夜情脉脉。
情脉脉,云山成客,雨山成魄。

## 100 菩萨蛮　李白
抽刀断水千杯酒,吴儿越女红酥手。

半壁亭中愁,一人池上忧。
沈家何面首？陆客何倾口？
荷叶碧珠楼,莲心成子留。

### 101次北固山下　王湾

雨落一云年,潮平两岸天。
南洋多海日,大马少耕田。
木槿红颜色,儒生自作泉。
三千六百事,七十二方圆。
注：南洋务棕榈不耕田。

### 102长干行（其一）

君人几处良,妾女在残塘。
只见望夫石,何须向异乡。
注：长干行：一作"长干曲",属乐府
《杂曲歌辞》,原为长江下游一带民歌,内容多些船家妇女生活。长干,地名,在今江苏南京秦淮河南。

### 103行经华阴

莲花玉女一明星,洛水长安半渭泾。
武帝之生生雨树,秦皇殿上李斯铭。
黄河此去华山车,汉时仙人作古龄。
可见三峰函谷壑,几处江湖几浮萍。

### 104

阴山夜曲一琵琶,塞外葡萄半汉家。
剑戟刀枪谁斛甲,三边草木去年花。

### 105山中留客　张旭

一半晴光一半阴,两三古木两三林。
春桥流水春桥岸,碧玉花枝碧玉心。

### 106移家别湖上　亭戎昱

半客云平半雨声,东边未止向西明。
何莺久往回头见,别处轻啼一两声。

### 107燕歌行　高适

里七榆关外八京,沈阳一半作明清。
诗书日月良家子,草木耕耘土地情。
五女山前豆立语,浑江渡口老农耕。
桓仁子弟在门客,父母身边苦读名。

一语辽东今古尽,三声故土去来盟。
北京钢铁摇篮院,矿出资源沼北平。
五百年中寻霸主,三千里外作身成。
鞍山十载钢元帅,香港招商开发城。
国务院前农夫子,中南海里作官呈。
特使巴黎呼地铁,形成故事作殊荣。
苏联解体冠军甲,此地何成彼地成。
老去姑苏中国表,新加坡上园区赢。
无端报纸论精英,经理书记已成名,
干将通途同里去,华年伟业任贤能。

### 108送李少府贬峡中王少府贬长沙

丝绸学院可纵横,梅子洞庭出入色。
碧玉小桥何不止,下里巴人几度生。
渔舟唱晚带倾衣,水调歌头艺已成。
梅花三弄阳关道,流水高山复又行。
暮色南洋重立业,银行至此作营生。
华侨国色年年力,木槿红花处处明。

### 109别董大

半壁江山半壁人,一心明月一心珍。
青云处处随天下,细雨纷纷任苦辛。

### 110钓鱼湾　储光羲

南下钓鱼湾,舟停两岸山。
潭花开自主,碧叶玉门关。

### 111早梅　张谓

寒梅腊月一先心,积雪凝霜半古今。
傲骨清姿红素色,天山玉影是知音。

### 112逢雪宿芙蓉山主人　刘长卿

烽所满红尘,长亭莫惜身。
风霜连马甲,雪夜不归人。

### 113送灵澈上人

竹影来林深,钟声住松心。
苍苍天下路,杳杳世中音。

### 114送上人

野鹤半孤云,上人问世君。
钟禅三两住,鼓磬几何分。

### 115寻南溪常道士

道路入山村,莓苔见履痕。
浮云朝暮起,细雨去来温。
静渚群芳色,游鱼逐玉鲲。
随溪源水迈,往往守禅门。

### 116自夏口至鹦鹉洲望岳阳寄元中

鹦鹉沉洲向岳阳,中丞日暮向鱼梁。
长沙有客向须见,汉帝安时楚水扬。
夏口云浮忧国策,洞庭雨落九歌肠。
江山自古阴晴尽,独树成林岁月长。
注：夏口：古城名,为三国时孙权所筑,故址在今湖北武汉黄鹤山上。
鹦鹉洲：在今武汉西南,已沉于江中。

### 117长沙过贾谊宅员外

长沙太傅半先生,有道明君一世名。
潇湘竹泪千年在,岳麓一派九歌声。

### 118新年作

爆竹一新年,书生半旧天。
春来云雨至,色泽满前川。
柳叶初黄缘,梅花独树鲜。
寒心何不守,玉影自方圆。

### 119兵车行

长城外,大路边。
人间自古自方圆,塞北江南共一天。
月色寒宫同举目,同时异地向婵娟。
爷娘见,父子缘。
胡姬劝酒似当年,易水楼兰此语传。
汉成开疆谁拓土,秦皇垒石已分田。
年年代代争天下,岁岁人人甲第烟。
剑戟沉沙多少战,葡萄几度挂前川。
胡旋舞,十阡陌。
三宫六院帝王眠,数役麻桑子弟怜。
碛积荒尘何远进,琵琶无语月空忘。
十八拍,一居然。
镜湖玉笛作音泉,铜雀台风向女宣。
承露须情朝暮外,陈王七步咏乾坤。
交河落日黄昏远,易水行程作古贤。
点点月牙泉外望,沙鸣万里是神仙。

注：山东：指华山以东。
关西：函谷关以西，及秦地。

## 120 自京赴奉先县咏怀五百字

南洋半老翁，七十作飞鸿。
日月耕耘色，银行木槿红。
居然无获落，自首有深工。
事立成则已，心盟世界同。
含元黎第气，浩海济苍穹。
契阔人身照，衷肠比世雄。
年年成就业，独独向晴空。
忍忍常来往，诗词作雕虫。
天涯行此客，有始亦无终。
破绝沉浮结，冠巾颂雅风。
长缨三界护，短律一由衷。
蹴踏长亭路，行身玉颜弓。
肜庞分帛淑，此物至精中。
咫尺江山阔，惆怅楚汉宫。
朱楼君所向，况属是顽童。
十七谁先否，千辛一苦融。
香凝檀积累，玉影付西东。
寄异夫妻久，旅社几相逢。

## 121 月夜

十六月方圆，三千日正悬。
南洋多创业，木槿自花鲜。

## 122 饮中八仙歌

知章少醒镜湖眠，七斗汝阳始见天。
左相如鲸千百度，宗之乐胜饮三川。
临风玉树苏君醉，太白王呼不上船。
草圣书前先洗面，焦遂四座十声禅。
长安市上胡姬舞，洛水三杯溅酒泉。

## 123 后出塞（选一）

步履一营门，兵城半野屯。
新刀初引色，故帐入黄昏。
铠甲承风雨，衣冠树木痕。
霍骠姚大将，壮士以心根。

## 124 羌村（其一）

妻儿一半向鞍山，子女三千月月还。
北岑赢今辛苦度，幽燕此忆是红颜。
如今译语成千万，自古精英不一般。
就业须心京国地，沙鸣只在月牙湾。

## 125 羌村（其三）

南洋一国城，木槿半红英。
老少三千日，文翁两万名。
行间来去客，字里古今情。
酒味甘还苦，男儿已复生。

## 126 曲江二首（其二）

状元及第一春风，榜眼探花半世穷。
日月当空泾渭北，飞鸿聚积曲江东。
龙门跃上封侯路，灞水辞中柳色同。
共首婵娟来去见，孤情举目有无中。

## 127 北征

乾坤日月湾，草木去来苏。
壑谷临川色，风云入紫都。
胡旋儿女袅，力士作荠呼。
马嵬霓裳落，长安几步都。
华清汤水色，至此有还无。

## 128 至德二载，甫自京金光门出，间道归凤翔，乾元初，从左拾遗化州掾，与亲故别，因出此门，有悲往事

往事过京都，离心似楚吴。
金光门外去，此怯凤翔孤。
拾遗华州掾，千门驻马殊。
三更四多梦，破胆谏臣呼。

## 129 赠卫八处士

华州逐洛阳，拾遗向衷肠。
客顺春客至，心随故友忙。
人生相见少，就事几沧桑。
少壮何时间，山河向柳杨。
参商星各异，日月有兼光。
弱得强分访，惊呼一热堂。
多年无信使，访旧去来常。
夜雨春韭草，浮云落四方。
明辰行止处，会面梦黄粱。
隔世难言语，夫妻累十觞。
辛勤教子女，草木惜争长。
未答尤先问，茫茫一醉乡。

## 130 石壕吏

一吏石壕村，千夫背井屯。
新婚辞甲成，老树已无根。
塞北争成败，长城恨别恩。
秦皇终断后，落日向黄昏。

## 131 新婚别

一别半新婚，三声一故门。
千军逢比战，万子断乾坤。
汴水天堂色，长城是祸根。
秦皇汉武独，百姓数晨昏。

## 132 无家别

沙场一独身，累战半无亲。
积怨长城火，归来复别人。
行空何巷口，日瘦故乡尘。
令鼓千声起，谁家可叙伦。

## 133 梦李白　杜甫

一梦戚戚半夜郎，三生步步几扬长。
龙腾虎跃成天地，壮阔波澜蜀道乡。
诗词字句惊朝野，醒醉神仙不上堂。
渭邑华清君子赋，当涂捞刀作客肠。
逐客江山何远近，书生自此有黄粱。

## 134 梦李白（其二）

浮云日月城，细雨去来生。
草木成原野，乾坤自暗明。
清平三调东，已具贵妃名。
洛邑阴晴客，长安醒醉情。

## 135 月夜忆舍弟

秋鸿一两声，寒鼓万千鸣。
白露寒霜降，三边宿甲兵。
人随天地色，月是故乡明。
处世凭君子，平生作弟兄。

## 136 客至

文章一草堂，杜甫半寒光。
路远成天地，书心作曲肠。
邻家溪女问，隔岸野花香。

咕酒陈君饲，余杯作柳杨。

### 137 春夜喜雨
绵绵密密一云乡，细细疏疏半雨肠。
润物曲心情所寄，成天顺地意柳杨。

### 138 寄韩谏议注
归心隐岳阳，落事作潇湘。
切云江山致，疏陈密客乡。
忧忧天下计，落落九歌扬。
北斗群星与，麒麟众玉堂。
但以赤松子，周南不子房。

### 139 赠花卿
一曲阳春一曲亲，半一笛管半城尘。
瑶池只应蟠桃会，十度花卿作故人。

### 140
黄四娘家半草堂，清溪月色一花光。
人心应似长流水，日日莺啼曲曲肠。

### 141
古古今今半木林，先先后后一文心。
雕龙骈体诗词赋，格律韵声四海音。

### 142 奉济驿重送严公五韵
去去半归音，依依一客心。
悠悠三界外，淡淡几鸣琴。
此别天涯近，还来叙旧萌。
江村回首望，老树木成林。

### 143 绝句二首
日日一江山，春春半蜀颜。
泥泥燕子语，暖暖筑巢还。

### 144 闻官军收河南河北
三杯复尽又三杯，却道官军胜利催。
不必河南河北向，何须日后日前回。
襄阳已尽长安事，剑外忧心灵武开。
万里人间常是客，一春世界一春梅。

### 145 野望
今今古古入黄昏，叶叶枝枝老树根。
水水山山天地厚，朝朝暮暮是乾坤。

天涯远近江河渡，巷里楼台日月蕴。
野望晴光成紫气，回身寄语小儿孙。

### 146 韦讽录事宅观曹将军画马图
自言自语
一马半南洋，三生两故乡。
人心常寄语，属意自扬长。
万里江山近，千年日月疆。
情中多少事，志上去来尝。
独数枯荣迹，行身草木光。
儒门天下路，内府世前堂。
六骏拳毛一，龙媒大乘黄。
韩秦妃虢国，四色泰陵王。
俯视平原逐，昂鸣磊落章。
清高图傲骨，唤雨寄桃姜。
羽素行三界，呼风向四方。
榆关南北路，木槿照红阳。
注释：乘黄：传说中的神马图。
照夜白：马名。龙池：在堂皇宫内，
南薰殿北，传说池上常有云气，有
黄龙跃出池中，故名。
金粟堆：唐玄宗葬于金粟山中，称
泰陵。龙媒：良马。

### 147 宿府
幕府半参谋，凄清一九州。
江城残蜡落，自语客春秋。
永夜风尘咏，移栖向自由。
阴晴何左右，日月几沉浮。

### 148 古柏行
半苦空城半苦心，一衣正气一衣琴。
孔明未必高山客，司马原知是虚音。
蜀蜀吴吴联袂际，曹家父子晋朝寻。
三生未继祁山去，白帝江流付古今。

### 149 秋兴八首（其一）
巫山十二峰，峡谷半芙蓉。
去去来来客，朝朝暮暮踪。
襄王神女向，宋玉苦心从。
白帝江中阔，高唐玉星逢。

### 150 秋兴八首（其三）
匡衡半抗疏，济世一生余。
信宿渔人问，清秋刘向书。

### 151 秋兴八首（其五）
蓬莱紫气半南山，露水金茎一玉关。
此去瑶池王母客，人间弃尽不须还。

### 152 秋兴八首（其七）
昆明水油半歌头，汉武旌旗一战楼。
织女河边虚日月，葡萄塞外几人求。

### 153 咏怀古迹（其一）
夔门此去半乡家，滟滪四流一水华。
峡口江声千百度，巫山云雨几船纱。

### 154 咏怀古迹（其三）
琵琶一曲到阴山，朔漠何须画汉颜。
此去归州妃不语，东风已过玉门关。

### 155 咏怀古迹（其五）
出师表里国三分，魏蜀东吴晋半闻。
诸葛空城何不问，琴声不退万千军。

### 156 登高南洋木槿银行
天高路远一垂阳，木槿南洋半故乡。
四海沧茫天外去，三生日月作银行。
艰难起步精工社，立语方图自八方。
马国年年惟冬夏，严寒室内外炎凉。

### 157 观公孙大娘弟子舞剑器行
公孙一大娘，剑舞半圆方。
玉貌惊天下，西河嚣宇扬。
吴人张旭草，感激剑器行。
业绩狂枉数，骋伐日月翔。
珠光成宝玉，临颖美人肠。
妙曲神姿色，花明纵暗香。
梨园何子弟，反掌易炎凉。
女乐余身影，风尘容柳杨。
难言今古事，不可梦黄粱。
五十年华度，三生罢海疆。

## 第二卷 唐诗百话

**158 白雪歌送武判官归京　岑参**

白草一三边，胡琴半九天。
荒原霜雪覆，地角雾云烟。
昨夜东风至，梨花万树悬。
寒山千百度，拾得九桑田。
瀚海冰河涌，苍林谷壑川。
交词心欲暖，五女共婵娟。
路转溪回见，人声逐陌阡。
沉雄新丽色，可意作方圆。

**159 走马川行奉送封大夫出师西征**

雪海林原半壁天，云光草色一苍田。
出师不尽西征路，汉武长城化酒泉。
八月轮台何南北，三春日月几之边。
秦皇垒石成南北，护府新疆吐鲁番。

**160 山房春事（选一）**

繁华世界一梁园，古往今来半帝宣。
极旦萧疏三两树，春花月色万千年。
注：梁园：又名兔园，西汉梁孝王
刘武所建，故地在今河南商丘市东，
为古代名园。

**161 和贾至舍人早朝大明宫之作**

凤凰池外紫薇花，御禁城中帝王家。
下里巴人天下士，阳春白雪浪淘沙。

**162 逢入京使**

一半凉州一沙门，两三岁月两三花。
荒原大漠何非故，海市蜃楼不是家。

**163 夜月　刘方平**

三更一月半人家，九脉千山十地花。
古树春香今夜暖，梅花未落满窗纱。

**164 送崔九　裴迪**

日月半归山，阴晴一旧颜。
文章千百度，草木去来还。

**165 华子岗　裴迪**

日落半黄昏，松扬一寺门。
山光随日月，水色入乾坤。

**166 贼退示官吏并序，元结**

一贼伤怜半道州，三家土木两家愁。
桑田历历春秋度，税赋年年不堪忧。

**167 国人必读唐诗手册**

必读一唐诗，形成半宋词。
文章天下事，日月国人知。

**168 唐人诗意　清·苏六朋　绘**

行行止上小桥头，碧碧青青老树州。
谷谷峰峰云覆岭，山山水水雨霖流。

**169 蜀道图　清·袁耀　绘**

蜀道如河曲又弯，蚕丛似水止还蛮。
阵仓暗渡群山累，李白明修古栈闲。

**170 华清出浴图　清·康涛　绘**

李白华清一醉吟，玄宗沐浴贵妃心。
梨园曲尽胡旋舞，只见汾臣不翰林。

**171 浔阳琵琶　明·仇英　绘**

十二峰中十二分，三江歌断九江闻。
琵琶曲上浔阳岸，一半江山一半君。

**172 唐人诗意图　明人　绘**

一石半松林，三山两古今。
孤桥何不渡，独向古人心。

**173 山行　吕杰绘**

寒山去处一人家，花落云中二月花。
有意寻芳多不语，无心举步石径斜。

**174 长安古意　卢照邻**

黄昏不入帝王家，凤吐流苏带晚霞。
玉树临风灯火旺，群莺翠羽共啼花。
铜盘欲露金茎立，汉帝云中陌上华。
夏道交窗双阙翼，龙衔宝盖建章纱。
罗纬翠被不藏娇，比目鸳鸯问小乔。
隐隐朱城临御道，遥遥府史策云霄。
平康里弄桃溪柳，景气红尘作素条。
一啭清歌堂北路，果家画阁故云潮。
节物风光一半井，南街意愿玉人台。
胸褥附带随君解，赵舞燕歌任去来

碧海桑田曾易改，须臾世界暗何猜
五公汉贵今如此，独有年华去不回

**175 古今诗**

文章四有邻，日月一城春。
雨泽侯王府，云峰客路尘。
朝霞分渭水，淑气近人身。
古调千声曲，晴光十地新。

**176 山中**

长江竞自流，蜀道亦春秋。
洛水三秦色，南山半白头。

**177 滕王阁序　王勃**

半上龙门一子孙，三流赣水九江门。
元婴建阁滕王客，画栋珠黄帝子林。
日暮风平湘竹空，无穷不尽是黄昏。
苍烟落照江南郡，万里红光十脉恩。

**178 送杜少府之任蜀州　王勃**

西川举蜀州，滟滪一江流。
望尽天涯路，寻来四海舟。
长亭无短见，洛邑有朱楼。
一字回归雁，三生逐日求。

**179 题大庾岭北驿　宋之问**

人生一去来，至此半不回。
日月经天易，阴晴各自开。
江风潮汐向，草木岁年栽。
不必惊南北，寒中一傲梅。

**180 春江花月夜　张若虚**

吴中四十一人家，海上三春二月花。
月照江南流色露，芳心素玉种桑麻。
香波潋滟晴芳好，碧草青青雨可斜。
岸芷汀兰阴复甸，年年代代柳杨纱。

**181 渡汉江　宋之问**

日月半红尘，阴晴一客身。
家乡情已近，不必问来人。

**182 杂诗　沈佺期**

一箭取龙城，三生半摘缨。
千军齐上阵，万马独精英。

少小楼兰语，儒书易水名。
何须男儿女，夜夜梦难平。

### 183登幽州台歌　陈子昂
一上蓟北楼，三生语不休。
楼兰日月风云星，易水阴晴换九州。

### 184回乡偶书　贺知章
故土桓仁，老家已成环城路。
半下南洋，东山照旧是爷娘。

### 185张说
太子黄门燕国公，泰山岳父手笔同。
平章正中书令，燕许文章颂雅风。

### 186望月怀远　张九龄
海上月明时，云中木槿姿。
南洋遥成梦，骤雨近心知。
起步仲秋晚，回吟国土迟。
繁花多似锦，不似故乡枝。

### 187送梁六自洞庭山　张说
巴陵一半小姑楼，日月三千上下浮。
岳麓书生天外去，人心似水国情忧。

### 188张九龄
博物曲江城，平章事业名。
诗词情致婉，富艳采枯荣。

### 189感遇（其一）　张九龄
一叶绿光黄，三春枣树苍。
千家寻此意，万里问无疆。
草木心中力，阳晴日月光。
形成桃矜渡，世界自炎凉。

### 190过故人庄　孟浩然
细雨话桑麻，轻云二月花。
风光阡陌色，玉树柳杨斜。
草木合川谷，山河神豆瓜。
三关千里路，九日一田家。

### 191登鹳雀楼　王之涣
日月去来求，书生远近忧。
河言千里目，莫上一层楼。

### 192登鹳雀楼
朝云鹳雀楼，暮色晋春秋。
永济何天下，黄河几曲流。

### 193夏日南亭怀辛大　孟浩然
夏雨一荷珠，轻风半有无。
莲蓬心自立，碧叶铺沉浮。
感此知音远，逢程向五湖。
殷勤天下路，拙政已姑苏。

### 194春晓　孟浩然
春眠一两城，宿鸟万千声。
草木三云雨，阴晴十里明。

### 195岁暮归南山　孟浩然
作者应王维之邀到内署，恰遇唐玄宗，玄宗索诗，作者吟此诗，玄宗听后说："卿不求仕，而朕未弃卿，奈何污我？"
气吞两姑山，云浮半岳颜。
江流寻处处，渚霭几湾湾。
去去来来问，朝朝野野闲。
三身天下仕，一路玉门关。

### 196宿业师山房待丁大不至
山房一夜灯，月色半香凝。
宿鸟栖初定，禅音结玉冰。

### 197与诸子登岘山　孟浩然
水落鱼梁代谢洲，江山胜迹复临流。
襄阳百姓寻羊祜，梦泽三秋几去留？

### 198留别　王维
此去忆知音，何须向古今。
长安终是客，一路作人心。

### 199宿桐庐江寄广陵旧游
月照半江流，猿鸣一叶秋。
桐庐何止客，建德几朱楼。
独秒匠心在，文心纵古游。
天高从鸟翼，海阔任孤舟。

### 200早寒有怀之一
木落半恒阳，归飞一故乡。
西风惊楚色，汉口向津梁。

### 201早寒有怀之三
长城南北分飞鸿，汴水东西寄汉雄。
十二峰中云西处，人心一半有无中。

### 202送陈章甫
满腹经纶一学才，光明坦荡半枝梅。
青山有木成林处，暮色黄昏远岭开。
八月龙门流禁水，三春草碧色光来。
千情附会中书令，一路人生去复回。

### 203古意
男儿一语声，少小半扬鸣。
白鸟行空去，楼尘对月行。
交何寻落日，大宛向枯荣。
可箭幽燕虎，何须十地情。

### 204琴歌　李颀
楚妃渌水曲知音，水调广陵散古今。
月照孤城栖鸟尽，灯明玉帐作孤心。
琴声远还霜枫叶，夜影低昂几上林。
不作人间随俗客，宁身自向海天寻。

### 205春泛若耶溪　綦毋潜
月泛若耶溪，舟横碧玉低。
花随南北岸，侣伴宿莺栖。
隔影婆娑竹，浮烟雨色迷。
男儿当此寄，浣女梦边啼。

### 206从军行　王昌龄
一万天云一万山，半家子弟半家颜。
交河日落方圆至，不去楼兰志不还。

### 207出塞　王昌龄
琵琶一曲过阴山，李广三声去不还。
不问龙城天水间，秦皇汉武玉门关。

### 208龙标野宴　王昌龄
沅溪渡口一川风，两岸山光半竹丛。
旷野三清龙标尉，胡姬十八拍音同。

### 209 长信秋词其一　王昌龄
紫禁梧桐一叶黄，深宫御漏五更香。
熏笼玉枕千行泪，夜雨惊梦误暖凉。

### 210 闺怨　王昌龄
少妇幽幽一半愁，思心蔼蔼百千羞。
杨杨柳柳何颜色，去去来来向石头。

### 211 同从弟南斋玩月忆山阴崔少府
南洋共明月，木槿白红生。
国色同心住，婵娟克己城。
佳人何不语，后羿任枯荣。
必得银行业，须知一客情。

### 212 塞下曲　王昌龄
一路过天山，三生问去还。
蜃楼云雨色，海市月牙湾。
意气沙鸣久，平空落日闲。
黄尘今古向，十五半佳颜。

### 213 终南望余雪　祖咏
雪色半终南，人情一百三。
千心翁不老，万里小儿难。

### 214 青溪　王维
垒石一高低，层林半杏梨。
黄花川上向，色影碧青溪。
静静听流水，幽幽任岸齐。
随山由远近，以势自东西。
似以樵渔客，何须翠岛啼。

### 215 新晴野望　王维
柳色一均匀，农人半苦心。
龙门天下士，里巷著冠巾。
夜雨东风细，长云草木新。
田桑蚕茧缚，日月去来人。
何言耕耘处，田家自在身。

### 216 桃源行　王维
渔舟窄岸一山春，古渡桃花半汉秦。
野望晴云平陆甲，遥听犬鸟逐相亲。
田园物外还家晚，宫巷情中逐色尘。
避地无非山水处，寻因不是故人身。
樵渔及至神仙路，俗子何知一天津。
峡日重重常德树，青溪几度入年轮。

注：武陵源：即桃花源，武陵：今湖南常德。

### 217 洛阳女儿行　王维
富贵一人身，功名半古津。
熏香无理由，碧玉小桥春。
曙灭三微色，晴明两红尘。
怜情多少顾，处处洛年辛。
越女仲颜心，纱窗赵李申。
桃花千百度，日月两三沦。

### 218 酬张少府　王维
人人一古今，事事半身心。
处处涓流水，年年木作林。
草草山川色，花花渭洛金。
阴晴非自在，日月是知音。

### 219 酬张少府　王维
临流不止一鸣琴，俯就无言半古今。
雨色方兴云色主，苍松自得柏松心。

### 220 山居秋暝　王维
山间半月明，石上一泉清。
竹影随风叶，莲心入碧城。

### 221 归嵩山作　王维
隐隐半溪光，幽幽一谷梁。
嵩山中岳寺，独立少林桩。
俯仰红尘外，形身外世疆。
荒城南北向，落日闭关乡。

### 222 终南山　王维
云面雨去一阴晴，霭色峰光半野生。
不见终南山上雪，京都太乙市风清。

### 223 观猎　王维
三生劲角弓，十地力雕虫。
细柳千姿色，中原一始终。

### 224 使至塞上　王维
一语问三边，千声化二泉。
生平成世界，楚汉作方圆。
海市箫关路，蜃楼李广弦。
沙鸣何处酒，月色儿心田。

### 225 积雨辋川庄作　王维
木槿花红一国西，南洋树叶半高低。
空林积雨多棕榈，野老华情少不啼。

### 226 酬郭给事　王维
紫气东来给事中，南洋处处雨云风。
晨鸣玉佩黄金屋，暮结方圆泽世穷。
桃李人中知色变，天书阁下主西东。
从君不能何须许，降帧人由待大同。

### 227 竹里馆　王维
南洋日月木成林，木槿阴晴国色金。
此地方圆何世界，华人十地可知音。

### 228 辛夷坞　王维
红红一国花，楚楚万千家。
日日开冠项，时时向地斜。

### 229 山中送别　王维
岁岁问归时，年年不见知。
人人寻来去，处处是乡痴。

### 230 相思　王维
燕京读客问爹娘，步步桓仁几故乡。
十载香江蛇口事，南洋国务院银行。

### 231 九月九日忆山东兄弟
独见他乡是我乡，何须草木作黄果。
年年处处成云雨，载载承承作柳杨。

### 232 送元二使安西　王维
八水环城八水邻，三风阴柳两风尘。
凉州一去凉州外，不向阳关以故人。

### 233 寻西山隐者不遇
西山隐者一樵渔，六国咸阳半帝墟。
案几春秋三界路，兴亡史记几王居。
下里巴人多夜雨，阳春白雪客心寒。
梅花三弄交河远，唱晚渔舟十八滩。
剑阁峥嵘崔鬼树，当关闭守一夫看。

豺狼猛虎青峰岭，壑石川流两岸观。
青泥望帝子规唱，尺素无成寄奉开。
此去天涯乡不问，长安十步半冠冕。
平生只可阴阳步，不必从人学玉兰。
始始终终终复始，行行路路路坤乾。

### 234古风，其十九
三清一世庵，半世两峰岚。
已叔卿云去，阳川一再三。

### 235将进酒　李白
千金半醉一平生，万语三音两地鸣。
暮雨朝云黄鹤舞，淮秦水色凤凰城。
知音不醒听天子，斗酒无名任纵横。
太白人中三两问，何须世上玉壶情。

### 236关山月　李白
一月挂天山，三江住玉颜。
东流何不止，共渡去无还。

### 237古朗月行　李白
一月挂天山，三星照小蛮。
瑶台明白兔，桂树玉门关。
后羿何不问，嫦娥几色颜。
人生常似可，去去不知还。

### 238玉阶怨　李白
五月万千衷，三春一半红。
深宫多少梦，晓月只梦。

### 239清平调（其一）　李白
华清水暖一芙蓉，俗淑梨园半色封。
虢国夫人何不见，瑶台玉影是龙踪。

### 240清平调（其三）　李白
芙蓉鲜玉舞霓裳，细雨轻云化羽王。
粉黛无施初出水，龙池月色夜沉香。

### 241静夜思　李白
明明一月光，淡淡半衷肠。
共坐何言语，同心几梦长。

### 242怨情　李白
三春淑女有三心，半树桃花半树荫。

不得相思凭得见，由知自己解衣襟。

### 243子夜吴歌冬歌
春风一剪刀，汉武半葡萄。
手足多温暖，心思满玉袍。

### 244长相思（其二）
云浮柳岸雨含烟，草碧春川杏色田。
赵瑟鸳鸯弦柱器，秦箫七孔玉声怜。
波横情注目，带断挂余年。
欲奏人心调，何须作曲传。

### 245秋浦歌（其二）
三春一柳杨，八月半秋霜。
但欲江湖水，何须不四方。

### 246永王东巡歌（其十一）
长安半日边，利禄一闲田。
谈笑人生处，芳华只可忘。

### 247峨眉山月歌　李白
江湖夜色几清光，蜀道山峰半栈肠。
九派江流九派浪，此波未落彼波阳。

### 248赠汪伦　李白
半在家乡半在云，一城弟子一城君。
南南北北终非是，去去来来自离分。

### 249闻王昌龄左迁龙标遥有此寄
一鸟惊梦半夜栖，三山驿路两山底。
当心月色黔阳北，共渡寒光过五溪。

### 250梦游天姥吟留别
海客一瀛洲，南洋几去笛。
银行成事业，木槿作春秋。
玉树东西岸，马来半岛楼。
吉隆坡上堂，雨色自沉浮。
百岁成林木，千年向九州。
周秦兴楚汉，不尽帝王侯。
十国书盟约，东西南北酬。
江山何不界，几度似鸿沟。
陆上资源老，水中煤代油。
京来家子继，必可势难休。
立此形成志，时时月日求。

沧沧云雨至，济济纵横流。
白鸟青天客，金门碧玉柔。
三生中外寄，七十不知怨。
华人多少代，至此逐思犹。

### 251黄鹤楼送孟浩然之广陵
黄鹤楼前汗水流，龟蛇山下十三州。
知音台上高山上，楚客心中欲去留。

### 252黄鹤楼送孟浩然之广陵
高山流水到扬州，三月琼花自去留。
一现惊春颜色好，箫声三到向秦楼。

### 253渡荆门送别
江声一半向东流，弟子三千向不休。
结业山河太白酒，平生意气帝王州。

### 254
仰天大笑不出门，白酒行程近黄昏。
少小须知天地阔，中年自持老人恩。

### 255宣州谢朓楼饯别校书叔云
一日风光一日流，半家灯火半家忧。
形成世界形成志，问遍江山问遍牛。
十地求荣天地阔，平生揽月十三州。
长安举步宣州问，此去文章作诸侯。

### 256把酒问月
后羿一婵娟，寒宫万岁田。
明光天下共，桂影月中园。
去者诚知去，怜人未可怜。
今时同醉赏，彼日又何年。

### 257陪侍郎叔游洞庭醉后
一月小姑秋，三湘碧水流。
千舟无处酒，万里有云游。

### 258夜泊牛渚怀古
当涂采石矶，渚月向星稀。
谢尚知时令，袁宏试甲衣。
高吟何不止，俯就待京畿。
供奉翰林少，原来树酒旗。

466

## 259 望天门山

天门石断楚江开，栈道随流递水来。
暗度陈仓天下计，蚕丛立蜀日月裁。

## 260 宿五松山下荀媪家

一夜五松山，三生两故颜。
桑田辛苦事，日月四时艰。
金台漂母饭，如今似这般。
长江十八弯，自此不知闲。

## 261 夜宿山寺

一寺半春秋，三峰百文楼。
瑶池声三近，只作上天求。

## 262 独坐敬亭山

一鸟敬亭山，千云采石还。
春风天外去，只可玉门关。

## 263 哭晁卿衡

晁衡半海东，渭水一英风。
举步寻天外，居心作色空。

## 264 菩萨蛮

人情漠漠人心叹，春风扑扑春花乱。
自古怨中愁，如今楼外楼。
船停杨柳岸，月挂云霄汉。
莫体一江流，空怀半日秋。

## 265 阙题 刘眘虚

溪边五柳读书堂，道里三春日月光。
曲经山深幽映水，闲江古渡小船房。
春秋论语千年话，史记隋唐五百王。
北斗文章成玉佩，东来紫气易风扬。

## 266 黄鹤楼 崔颢

蜀道陈仓七八谋，吴门楚水十三州。
草肆方成鹦鹉树，花心似雨作春秋。
三江九派千菱色，两鹤无忧一鹤忧。
汉口知音今古是，龟蛇不锁大江流。

## 267 长干曲（其二）

长干共一乡，九派寸三肠。
自此巫山侧，金陵作柳杨。

## 268 凉州词 王翰

长城内外一沙场，九曲黄河半柳杨。
永定秦皇和汉武，山东谁几喜良郎。

## 269

黄沙处处一凉州，白日扬扬半旧楼。
汉武葡萄成百姓，长城草木帝王愁。

## 270 桃花溪

隐隐云中一雨烟，幽幽草上半心田。
东风不锁无门月，碧玉轻声楚客船。

## 271 咏史

琵琶一曲声，汉武半阳城。
玉貌何师画，葡萄洛水情。
江山依妇淑，社稷靠陈平。
自古如今问，两施几步倾。

## 272 移家别湖上 亭戎昱

好是湖光岸柳亭，黄莺久与共山青。
如今别路移家去，处处随行欲不停。

## 273 营州歌

十里一人家，千年半豆瓜。
桑田阡陌客，小路到天涯。

## 274 塞上听吹笛

雪净云天白马还，山明野旷素新颜。
不是梅花何处落，随风一夜玉门关。

## 275 江南曲，选一

日暮半江流，帆扬一渡头。
归心何曲曲，怯意逐邻舟。

## 276 题长安壁主人

长安壁上主人非，洛水流中客不归。
结往交来何主客，功名利禄似鸣禽。

## 277 听弹琴

千年三断古今诗，万户无成格律词。
不得人间天下事，惊鸣世上自由时。

## 278 逢雪宿芙蓉山主人

但取自由身，风花雪月珍。
当寻天下路，莫问不归人。

## 279 秋日登吴公台上寺远眺

南朝一意北朝休，土地三山二水流。
野寺云峰依旧车，长江自古向江楼。

## 280 饯别王十一南游

万里一人心，千年半古今。
南洋烟雨阔，木槿色红深。
地载三生路，天空玉国荫。
飞机云海逐，独树已成林。

## 281 送李中丞归汉阳别业

罢战酒泉村，沙场到玉门。
天山明返照，老去恋黄昏

## 282 江州重别薛六 柳八二员外

滕王阁上弟兄多，紫禁城中间几何？
御史兴亡谁独立，河东日月慎风波。

## 283 望岳 杜甫

泰岳一王名，群山半壁城。
乾坤分两界，日月合阴晴。
独秀峰林外，天街草木荣。
扬声齐鲁向，俯首众山倾。

## 284 房兵曹胡马

白马独行空，江山作世雄
川原由主，来去有无中

## 285 丽人行

春秋多少见，日月一梦公。
草木原荒碧，乾坤有始终。
一心虢国二心秦，留下三心对丽身。
曲正四心人正笛，明黄自此作红尘。
华清池暖汤艳色，出水芙蓉玉粉均。
肌理浓香姿态记，江山赐此四夫人。
杨花落尽梨园车，自此唐家洗濯亲。
云幕椒房含元殿，黄门唱遍一天尊。
霓裳舞尽凤衣衫短，拿取玄宗挂冕巾。
世上须从世上丽，人间可以见人身。

注：云幕椒房亲：指外戚。云幕、椒房，皆汉宫殿名，为后妃所居。

赐名：指杨贵妃姐妹三人并封国夫人，大姐封韩国夫人，三姐封虢国夫人，八姐封秦国夫人。

## 286春望
自古几桑麻，春秋一国家。
东风云雨化，望尽浪淘沙。

## 287春日忆　李白
江东太白名，渭北少陵声。
庾信三司府，参军一照荣。
新清何俊逸，不及半诗城。
白发三千丈，床前只月明。

## 288前出塞（选一）
力挺一强弓，方英半世雄。
楼兰明月色，渭北洛城空。

## 289羌村（其二）
雅颂国家风，诗经日月工。
年年文字里，处处去来中。
百万英翻译，千章法国衷。
行成南北客，业绩以辛雄。

## 290曲江二首（其一）
龙门得志曲江红，跨甲披乡赐紫雄。
万点风情儿女望，千音上苑渭城空。

## 291哀王孙
君王一夜几沉浮，虢国三更独玉壶。
犹见延秋门外路，霖岭驿里雨云孤。
长安巷口胡旋舞，上苑花中紫禁无。
柔水温汤天下客，梨园犹唱满京都。
注：延秋门：唐宫西南门。唐玄宗便是从此门出逃的。

## 292哀江头
史记春秋五百年，隋唐秦汉一经天。
长城石磊三生界，水调歌头十地田。

## 293春宿左省
儒身日月忧，仕道去来求。
月傍云霄岸，人随雨水流。

风声催玉珂，竹影向春秋。
数向如何去，万户几莫愁。

## 294新安吏
一吏作新安，三军故羽残。
千家谁共战，万马自盘桓。
骨肉长城北，秦皇垒石栏。
青山林木少，汉武遗云端。
折戟沉沙处，王师固若难。
民家辛苦尽，不可再朝官。

## 295潼关吏
一吏守潼关，三更向士颜。
英雄长短见，壮举去来般。
士卒豪情在，将军镇史潜。
成仁何悔憾，誓首向终还。

## 296垂老别
成林老树根，独秀这黄昏。
投杖三军策，行成代子孙。
沉浮知日月，岁暮远天恩。
但得江山戎，和平满五蕴。

## 297佳人
绝代一佳人，秦州半自身。
柔姿天水色，品节照红尘。
日暮依修竹，辰明玉影怜。
幽居空谷艳，袖薄粉苏匀。

## 298梦李白（其一）
三更梦夜郎，一子未还乡。
太白惊天末，平生七尺阳。
文章成日月，醒醉帝王堂。
逐客知灵武，华清玉色香。

## 299天末怀　李白
秋风一叶横，太白半平生。
日月江山阔，文章土地情。
蚕丛开蜀道，楚辞自流明。
百转千四意，三身九脉成。

## 300蜀相
白帝城中半蜀人，空城月落一君臣。

茅庐未队出师表，赤壁东风作火津。
六出祁山天下事，三生尽瘁士心珍。
成成就就千军计，水水山山八卦轮。
何须隔岸长流水，不误江山可误身。

## 301江村同里小桥村一号
小桥流水一江村，碧玉舟头半月魂。
步入姑苏同里色，名成远近作黄昏。

## 302茅屋为秋风所破歌
半日秋风一日高，三山落叶两山毛。
孤房漏雨云烟屋，独玄寒溪向旧涛。
草木枯荣来去见，人间世业可翔翱。
居心应是含心客，不可留成汉葡萄。

## 303茅屋为秋风所破歌　杜甫
自古江山一士忧，书心四海半江流。
此身可取彼身去，我短君长作楚囚。

## 304江畔独步寻花七绝句
粉艳半春风，浮云露雨同。
桃红深浅色，似锦有无中。

## 305戏为六绝句
初唐四杰一风流，武一三裙半石榴。
可以齐果成旧步，宾王赐坐婉儿羞。

## 306江畔独步寻花七绝句　杜甫
晓露轻轻向柳萌，东风细细可知音。
桃花处处何无主，半色红红半色心。

## 307登楼
出师表里卧龙吟，白帝城中蜀道临。
玉垒浮云吴魏去，赤壁空城作古今。
登楼回顾东风客，火烧连营借箭林。
许述方成赢陆水，曹公未了四时音。

## 308
暮色半花船，江村一落帆。
阴晴何蜀客，日月星归年。

## 309别房太尉墓寄东山父母祖宗
行心一片云，驻足半孤坟。
竹泪千斑色，东山百度君。

爷娘何远近，子女作殷勤。
草木枯荣见，阴晴日月闻。
农家山水阔，只为苦耕耘。

### 310 绝句四首（其一）

处处黄莺十处啼，行行白鹭一行西。
峰峰瑞雪成春雨，路路香梅化玉泥。

### 311 丹青引赠曹将军霸

凌烟阁上一功臣，魏武人中子孙亲。
画马功成神气正，丹青学晋已夫人。
羲之笔墨风流采，富贵浮云引见真。
帝王花骢神似车，英姿飒爽逐麒麟。
英雄割据书生就，猛将声成傲玄身。
万古功名空天马去，千军一鼓像雷钧。
斯须九脉扬长去，一洗霜蹄自始频。
上苑惊闻工御赐，含春太什皆冠巾。
茂猗弟子韩幹继，八骏骅骝一派新。
世上寻常行路客，心中不比半精珍。
如今落魄江山外，屡貌何逢过去绅。
坎檩佳藏途不已，开元曹霸可各尊。

### 312 旅夜书怀

江楼不断向江流，日月乾坤逐日浮。
渡口行舟天地阔，文章著作十三州。

### 313 八阵图

奉节永安宫，平沙玉垒雄。
江流三国尽，八阵一石中。

### 314 秋兴八首（其二）

孤城落日斜，北斗照京华。
峡口三声泪，巫山半帝家。

### 315 秋兴八首（其四）

长安一陌阡，世界半壶悬。
故国关山北，鱼龙锁岁年。
王侯新主仆，第宅故人迁。
寂寞寒宫月，徘徊共话园。

### 316 秋兴八首（其六）

瞿塘峡谷一江流，十二峰中半玉秋。
宋玉唯心朝暮赋，巫山云雨几时休。

### 317 秋兴八首（其八）

一叶飘零半九州，三秋古木万千忧。
山河水调成今古，苦断长城子女愁。

### 318 咏怀古迹（其二）

宋玉风流一赋词，襄王神女半心知。
朝朝落落云生雨，去去来来几世诗。

### 319 咏怀古迹（其四）

白帝城中半蜀王，江陵水上一吴光。
丞相祠庙邻君主，后主声名几柳杨。

### 320 阁夜

阁夜清风一月明，三更鼓角半悲声。
千军塞外垂开战，半峡长川白帝城。
野草荒烟霜色冷，星河幕暗雾云横。
天涯几处夷歌曲，世事音书漫寂盟。

### 321

日日一花红，时时半国工。
南洋唯独秀，骤雨自西东。

### 322 登岳阳楼

风云天雨色，日月去来留。
俯首洞庭水，扬眉岳麓头。
乾坤吴楚客，草木十三州。
大小姑娘车，君山已莫愁。

### 323 江南逢李龟年

岐王宅第李龟年，一曲三声半雅弦。
力士身心荠菜苦，胡旋舞罢断桑田。

### 324 轮台歌奉送封大夫出师西征

西征一大夫，万勇半王都。
一将名天下，三军胜有无。
轮台生笔墨，蒙恬致扶苏。
五女烟山路，何须对玉壶。

### 325 寄左省杜拾遗

右省半人身，先行一笔钩。
分曹成趋步，列士月明珍。
漏断随天仗，香得任浥邻。
青云多紫气，拾遗谏书沦。

注：左省：即门下省和中书省。中书省内多植紫薇花，故又称紫薇省。

### 326 与高适薛据同登慈恩寺浮图

一望五陵空，千年半古风。
孤高奇景异，气象势疏同。
净理宗因果，人心意境雄。
一莲天地水，碧玉满关中。

注：武陵：西安西边、渭水北岸，有西汉惠、景、武、昭、五帝陵墓，即长陵、安陵、阳陵、茂陵、平陵，合称五陵。

### 327 碛中作

戈壁沙滩半始终，月牙湖色一鸣空。
敦煌莽人烟外，故阙依依日月中。

注：碛：戈壁沙漠。

### 328 春怨

牛羊下括满乾坤，草木枯荣一碧门。
后羿何心徒射日，清宫不锁玉无根。

### 329 华子岗

落日作松风，还家问子翁。
四光明远近，积翠是书童。

### 330 哥舒歌，西鄙人

汉武如何赐玉袍，秦皇未可取葡萄。
千家子弟千家问，十地长城十地膏。

### 331 石鱼湖上醉歌并序

一醉石鱼湖，三声大小姑。
洞庭天下水，岳麓日中珠。
夏水君山沼欲满，秋风玉叶浪涛苏。
巴丘四座青山客，月色当空对玉壶。

### 332 春陵行并序，元结

漫叟千门半道州，符牒二百一官求。
安人刺史无逃罪，静守河声水不流。
百姓桑田战后谋，长城甲戈遗公忧。
司责税赋湖南郡，郡土无荣乱未休。
族命单贫见，乡家误社侯。
朝餐多草叶，暮宿少床头。

不索心成止，难言筑故楼。
江山何不语，日月苦辛舟。
逶缓前贤宁，王城几度修。
县衙行诏令，子弟运酬谋。
孱弱何人顾，民风固责留。
倾听天下怨，老病度孤舟。
如今见草木，至此是春秋。

### 333赠阙下裴舍人　钱起
阙下舍人心，春中客上林。
京城南北座，紫禁柳杨荫。
二月梅花色，群芳自古今。
阳晴长短树，白首试知音。

### 334送僧归日本
上国往随缘，来途向若莲。
浮屠沧海远，济世法云田。
水月禅声寂，鱼龙自梵天。
青灯一指示，万里九歌传。

### 335春思（选一）　贾至
碧玉芊芊柳叶黄，梅花落落独枝扬。
何愁日月何愁寄，几度相思几度肠。

### 336初至巴陵与李十二白裴九同泛洞庭湖（选一）
巴陵历历渡秋河，岳麓纷纷向九歌。
太白声声山水向，裴迪处处吊嫦娥。

### 337寒食　韩翃
寒窗乞火五侯家，介子清明二月花。
草色初黄天下水，云烟雨水作帘纱。

### 338宿石邑山中
石邑山中翠鸟啼，苍山雾下雨云低。
秋河隔岸峰青落，晓月随园挂树西。

### 339同题仙游观
遇见五城楼，寻来一月秋。
山溪连树影，世外作丹丘。
劲草空坛静，疏松小涧幽。
香波生日色，近得汉宫候。

### 340酬程近秋夜即事见赠
空堂淡月华，木杵故人花。
节令心期待，时光欲曙霞。
长天人字雁，秀水岸平沙。
暮色星河现，牛郎织女家。

### 341云阳馆与韩绅宿别　司空曙
三生半别年，一度两山川。
乍觉疑非梦，幡然似酒泉。
孤灯浮夜雨，竹影照云田。
月半难园色，余情不可眠．

### 342江村即事
一在江村半车船，三心月色两心田。
嫦娥不解嫦娥怨，后羿还须后羿缘。

### 343喜外弟卢纶见宿
月挂半枝头，儿临一夜秋。
灯前今古路，舍下去来愁。
夜静知兄弟，荒居故友酬。
平生南北寄，世事作江楼。

### 344贼平后送人北归
战国一春秋，周秦半九州。
他乡南北向，故土去来谋。
木槿红胜火，南洋海稠流。
银行当彼此，不属帝王侯。

### 345寻陆鸿渐不遇　皎然
移门二月花，野陌半桑麻。
古寺三钟鼓，禅荫一日斜。
寻思香草色，报道故人家。
隐士山峰寄，归心著袈裟。

### 346拜新月　李端
月影半无声，春心一有形。
衣裙新拜乞，莫及故心情。

### 347听筝
何须曲上园，欲取意中怜。
素手芳心顾，红娘未续弦。

### 348闺情
七夕牛郎织女盟，孤心未许夜难晴。
何寻树下门前望，不得星河喜鹊声。

### 349闺情　李端
七夕人间一夜情，三身世上半阴晴。
忽闻喜鹊桥中云，应似红娘月下成。

### 350征人怨　柳中庸
敦煌此去玉门关，白雪阳春万里山。
下里巴人金甲没，沙鸣玉落月牙湾。

### 351小儿垂钓胡令能
村前小放牛，笛后意无休。
牧伴垂纶处，惊鱼不上钩。

### 352咏绣障
一步窈窕ми步娇，三春气节两春桥。
桑蚕雨里丝方吐，锁住云边绣柳条。

### 353囝顾况
无神一道知，闽史半思迟。
囝绝阳成木，郎随隔地时。
注：作者自注云："囝，音蹇。闽俗称子为囝，父为郎罢"。

### 354过山农家
小桥流水人声，碧玉船家多情。
二月桃花向阳，三心二意阴晴。

### 355宫词
不到潇湘向九歌，须闻竹泪万千多。
深宫月影婵娟问，几度牛郎可过河。

### 356题红叶　韩氏
御水半无流，清宫一日休。
藏娇三两处，小叶红心求。

### 357题洛苑梧叶
深宫一御沟，年年半月色流。
红心寄小叶，阴晴付水头。

### 358
莺啼一两声，树影万千城。

不须随心去，殷勤寄意盟。

### 359
一叶出深宫，三生落故衷。
难明知草木，只比作春虫。

### 360军城早秋 严武
金戈铁马作英雄，朔月边云书国忠。
射虎幽州天水将，沙场一战自由衷。

### 361
疆场郑国公，拾遗作边虫。
杜甫身名在，儒之一世衷。

### 362渔父　张志和
金华水色一龟龄，白鹭桃花半独宁。
采舟莲蓬新雨后，轻舟躲入故浮萍。

### 363题稚川山水　戴叔伦
东阳一径半芋亭，曲水三秋两岸青。
隅路张翰菰荬晚，鲈鱼只可脍莼丁。

### 364兰溪棹歌
半在兰溪一九歌，桃花色满十三河。
云烟雨雾轻舟岸，醉醒先生实话多。

### 365江乡故人偶集客舍
露草问寒虫，朝云伴始终。
风枝藏喜鹊，夜雨自长虹。
月挂西山树，星沉故国东。
何时相会处，羁旅客心同。

### 366塞上曲
汉武昆明一战船，葡萄上苑半婵娟。
藏娇屋外羊车去，承露金盘滴水圆。

### 367淮上喜会梁州故人
木渎水浒关，姑苏向小蛮。
何因归不去，不恐见红颜。
一别千年后，重逢百度斑。
浮云成雨后，阴晴月亮湾。

### 368初发扬子寄元大校书
凄凄一去亲，泛泛来人。

楚楚红颜水，幽幽粉素身。
悄悄藏玉色，落落大方颦。
意意何无止，心心已入春。

### 369夕次盱眙县
此在江苏彼在秦，不寻日月可寻邻。
波连岸芷洞庭水，两隔云山木渎人。
日落天光三界暮，帆平水色五湖津。
船归渡口心归宿，月向婵娟共泡尘。

### 370寄李儋　元锡
半雨急云半雨晴，四时尽与一时荣。
身多去病南洋岸，木槿红花马国城。
世事苍茫自纵横，银行业就致工精。
乾坤不锁知天明，日月方长合以明。

### 371寄李儋元锡　韦应物
三年一见半无还，九脉三江两岸山。
驿路长亭连远近，人心左右逐天颜。
阳澄八月思乡切，古道桑麻少日闲。
大漠何须多海市，东风不必玉门关。

### 372寄全椒山中道士
归来白石煮新泉，一半红颜问旧年。
叶落山空风月色，行踪步履好桑田。

### 373秋夜寄邱员外
行程半百年，驻步一南天。
木槿红花色，佳人国语缘。

### 374赋得暮雨送李曹
建业一钟声，金陵半夜明。
山光淮水落，月色海门生。
浦树含元气，秦人丰不成。
咸阳成一客，此去未央鸣。

### 375长安遇冯著
一客隐东方，三春持暖凉。
朝来云露重，暮去西黄粱。
灞水桥前柳，青丝镜外藏。
相逢呼不已，情别是衷肠。

### 376郡斋雨中与诸文士燕集
盘门一小桥，木渎半天霄。

雨细烟花重，云平碧玉条。
西施阶上曲，木渎意中消。
简朴成天下，桑田就业朝。

### 377
三春千碧玉，八月五湖潮。
处士文人近，居心彼望遥。
姑苏风月色，燕集作龙雕。
水秀藏娃馆，吴音大小乔。

### 378滁州西涧
怜香惜玉一风情，水色山光十地明。
草草花花非日月，云云雨雨是阴晴。

### 379东郊
三郎侍卫韦苏州，十地山川客九流。
吏舍终年清曙气，丝绸学院雨烟楼。
洞庭月色盘门锁，木渎西施碧玉愁。
古韵吴门终是客，忧心越语十三州。

### 380 中国加入东盟十国
中华十国盟，大马一云平。
木槿千红色，南洋半雨声。

### 381拾螺
田螺海外一姑娘，木槿花中半故乡。
四季同堂终始夏，三生共幸自炎凉。

### 382送杨氏女
举止已端庄，婚姻客殿堂。
悠悠去来事，楚楚嫁姑娘。
百岁千情与，三生一代王。
春秋多少易，父女著衷肠。

### 383吕今女与南洋事
感受生离苦，居闲落重长。
清词今古调，事业故重张。
木槿花红色，银行大马扬。
亚洲成就路，国色入南洋。

### 384调笑令
白马、白马，天原万里扬长，
独自行空日月，孤鸣自主高唐。
一路、一路，千年岁月村庄，

半步江山楚汉，始是杏李桃姜。

### 385塞下曲六首（其一） 卢纶
雕翎一箭呼，铁马半弓奴。
独立千军帐，归来十玉壶。

### 其二
白马草原风，孤裘玉帐红。
平明天水色，一将作飞雄。

### 其三
海市月牙湾，蜃楼十地颜。
沙鸣三战路，大雪满天山。

### 其四
鼓动一山川，摇旗半阵前。
功成先自主，胜利上琼筵。

### 386晚次鄂州
晚次鄂州城，人临汉口情。
知音流水去，做客自由横。
雨落潮江岸，云平渡口明。
三湘秋色近，九派一千鸣。

### 387送李端
世态一风尘，人生半客身。
临川天水岸，隔日始无邻。
少小孤情老，年时独立人。
寒云浮古道，暮雨寄天津。

### 388喜见外弟又言别 李益
一别半相逢，三生几鼓钟。
巴陵何蜀道，步履已无踪。
隔日忧心路，临情怨几重。
惊呼来去计，不语忆乡容。

### 389汴河曲
汴水一南流，隋炀半九州。
江都成日月，水调入春秋。

### 390汴河曲 李益
千年闻汴水，万里问长城。
日月阴晴客，乾坤草木荣。

### 391春夜闻笛
夜雨寒山半玉妃，残林叶落几回归。
交河一夜无穷雁，不待天明自北飞。

### 392夜上受降城闻笛
单于马下柳千行，受降城中月半霜。
草木枯荣何世界，长城内外是淮乡。

### 393江南曲
嫁与一瞿塘，寻来半月光。
巫山云雨后，峡谷柳低昂。

### 394江南曲 于鹄
荷塘叶蔽采莲船，暮色清风少女怜。
有伴成心人不语，藏身露体浴婵娟。

### 395巴女谣
织女牛郎一竹枝，今音古律半韵词。
高山流水阳春雪，下古巴人女眷诗。

### 396江南曲 于鹄
池荷半白萍，淑女一人身。
不敢分明语，心虚解带中。

### 397游子吟 孟郊
滴水一春晖，慈母半翠微。
荣荣原上草，处处覆身衣。
日日居心问，辛辛盼儿归。

### 398古别离
欲别结郎心，门前宿两禽。
风声闻旧语，柳叶作鸣琴。

### 399列女操
一树半梧桐，三生两始终。
鸳鸯知己妾，待待各由衷。

### 400登科后
长安一日曲江花，洛水三春上苑华。
此去龙门多少路，桃桃李李是人家。

### 401洛桥晚望
天津半结小冰花，渭水三秋素雪斜。
陌上先来无借处，红妆只与挂窗纱。

### 402游终南山
朝朝暮暮一冠晴，雨雨云云半带生。
木木林林人自正，途途路路可心平。

### 403观祈雨 李约
祈雨一桑条，临云半日遥。
朱门歌舞尽，犹恐二春消。

### 404从军行 陈羽
月笛闻声不见人，宣州落叶满河津。
寒山寺里钟依旧，瑞雪山中甲子身。

### 405城东春早 杨巨源
一世古今诗，三生日月知。
春花千万处，尽在去来时。

### 406题都城南庄
年年水色一门中，处处桃花半艳红。
诺许心田成子粒，含元二月问东风。

### 407玉台体 权德舆
春风解带裙，月色树郎君。
草木三声雨，清宫一片云。

### 408题破山寺后禅院 常建
禅心寺破山，日照语林关。
小径何来往，清溪朝暮颜。
空空云影去，色色雨丝还。
渡口知天意，余钟似等闲。

### 409宿王昌龄隐居
隐隐一孤云，幽幽半色分。
溪清临镜照，露重杏李裙。
草影花香客，淡定不寻君。

### 410节妇吟 张籍
夫夫妇妇半知音，妻妻子子一古今。
不解丝丝裙带意，谁知处处女儿心。

### 411秋思
去语万千重，来书一半踪。
长城无主立，汴水自开封。

### 412没蕃故人
八阵石头城，出师解甲行。
千军何半已，一夜已三声。

### 413新嫁娘词（选一） 王建
龙门一小鱼，紫气半诗书。
跃跃天下望，行行帝业居。

### 414雨过山村
雨里江村一两家，云中石路板桥斜。
烟烟雾雾分不出，妇妇姑姑带小花。

### 415赠李愬仆射（选一）
雪夜一先锋，三军帝业踪。
葡萄汉武市，火号上云龙。

### 416宫词（选一）
一百首宫词，三千女婉诗。
桃花贪结子，紫苑误春时。

### 417送友人 薛涛
半夜三更一夜长，十梦万里百梦乡。
辛辛苦苦黄粱客，暮暮朝朝望石梁。

### 418筹边楼
桃花雨色浣花溪，玉鸟云烟半不啼。
上蜀临川千百度，筹边节度自高低。

### 419山石 韩愈
吏部石山轻，昌黎寺竹城。
升堂问俗语，雨足古云倾。
以火僧言壁，勤心客舍英。
芭蕉栀子色，夜静月无声。
碧涧穷烟落，红花烂漫荣。
禅音何处处，杳杳去还生。
赤足当流问，峰明草木横。
人生如此是，日月始三更。

### 420八月十五日夜赠张功曹
纤云半卷雨天多，暮色三重雾晓河。
水息沙平声影去，星稀夜朗竹婆娑。
幽居默默藏身处，历社空空问九歌。
海气南洋千万里，州风北寒两三磨。

刺史参军名法改，官途数尽是坎坷。

### 421八月十五日夜赠张功曹 韩愈
八月寒宫十五圆，三更夜色五千年。
嫦娥不断人间问，织女纤云上下弦。

### 422谒衡岳庙遂宿岳寺题门楼
五岳四方中，三公一秋同。
江维千地主，柄假祝其雄。
绝顶云烟雨，天神日月通。
春秋非然许，草木是成风。
衡山天柱立，翠柏径灵宫。
庙令丹青笔，开阶玉彩虹。
蛮荒人不老，最吉事其衷。
将相何求久，侯王福禄工。
凌烟高阁画，夜寺吉知穷。
杲杲明辰曙，悠悠紫气东。

### 423听颖师弹琴
草木可扬长，阴晴作故乡。
三声三月日，一曲一衷肠。
勇士沙场解甲上，天高地阔守边疆。
楼兰日落交河晚，洛水咸阳渭邑梁。
百鸟凤求凰，千情半语堂。
知音台上许，汉口水中苍。
下里巴人黄鹤去，阳春白雪三弄堂。
龟蛇不锁江流水，只省琴弦作帝王。

### 424左迁至蓝关示侄孙湘
九味人生半左迁，三更月色一无眠。
蓝田玉色何因素，桂树寒宫久下弦。

### 425早春呈水部张十八员外
天津水气露花重，门下中书吏部钟。
草暗花明春色浅，云轻雨重柳烟浓。

### 426石鼓歌
石鼓相承甲骨文，行间字里颂周君。
宣王六国春秋去，一绕秦皇楚汉分。
大典明堂朝贺处，淮夷草莽姑苏客。
岐阳炙烤制衣裙，雨雪风尘白日醺。
大雁诗径小雅致，辞严义密备亲臣。
鸾翔凤舞蓁仙事，铁索金绳束民人。

跃水龙腾梭古鼎，儒生孔府补官中。
年深岂免羲娥易，孔子西行不入秦。
太庙功成相继续，呜都坐见一乾坤。
中朝节角官姿老，柄任无人顾子孙。
久远私佗砺取火，迁途感肯已黄昏。
何人收拾儒书士，彼此和平八代恩。
呜呜，辩可激昂论列事，悬河济泽致无痕。
蹉跎岁月方今日，荐诸文章于是根。
噫，三界，噫，五蕴。

### 427马来西亚
四季南洋一季中，三株木槿两株红。
两东南北取东异，冬夏春秋以夏同。

### 428刘禹锡
一曲竹枝词，千家碧玉诗。
留心山水问，注意女儿知。

### 429西塞山怀古
彭城梦得自中山，礼部尚书太子颜。
一半金陵天子问，千寻铁索石头湾。
六朝往事兴亡雨，十里秦淮几小蛮。
月色风流桃叶渡，嫦娥桂影玉人关。

### 430蜀先主庙
蜀汉半精英，东吴一箫荣。
雄分三国立，士作十功名。
赤壁东风雨，周郎草木盟。
丞相身犹在，白帝已无声。

### 431酬乐天扬州初逢席上见赠
织女浮云巧嫁妆，嫦娥叶雨作红娘。
银河两岸何桥渡，宋玉人间有暖凉。
十地乡音十地觅，千家故土万家肠。
三生楚楚三生客，一木戚戚一木杨。

### 432竹枝词二首（选一）
杨花处处柳条青，月色幽幽岸诸萍。
草木方成儿女梦，阴晴不与小桥听。

### 433秋词二首
十地飞鸿一字横，三清落雁半人生。
晴空只与云天上，自古衡阳是故城。

## 434

风风月月几重春,暮暮朝朝十度秦。
去去来来天地见,花花草草一人身。

## 435 竹枝词九首(其一)

水在金陵一石头,人居白下半风流。
牛郎织女银河岸,七夕人间几老牛。

## 436 其七

巫山峡谷一流峦,白帝空城半水滩。
望月三声神女叹,闲心十起百波澜。

## 437 其九

山中处处野桃花,月下明明故客家。
桂子悠悠何落去,寒宫楚楚几影斜。

## 438 浪淘沙(选二)

自古浪淘金,如今水色心。
侯王雕印鉴,不可作家音。

## 439

迁人不可作金沙,万潋千淘向日瑕。
莫道行程君不晓,风光照归自由家。

## 440 游玄都观

一日东风十日裁,三春草木半春开。
玄都观里桃花色,上苑丛中去又来。

## 441 再游玄都观

道士仙桃一度来,三清司马半天台。
刘朗只牧连州色,海外扶桑已不开。

## 442 石头城

钟山屹立石头城,建业秦淮水色明。
八月风潮江海怒,三秋桂子树难成。

## 443 乌衣巷

得月桥中玉影斜,秦淮水上客人家。
明朝已书清兵去,一月金陵二月花。

## 444 和乐天《春词》

三春两雀一枝头,九派千山半水流。
二月梅花三月色,红尘不尽满朱楼。

## 445 望洞庭

一问洞庭大小姑,三春日月去来茶。
私堆别意青螺女,此欲当心问念奴。

## 446 白居易

居易白香山,原中御草颜。
年年知天地,处处去来还。

## 447 观刈麦

时为周至县尉

岁岁一农桑,年年半帝王。
农夫三月苦,忍饿度青黄。
少小书孺子,冠官不用仓。
利禄多不止,清废有余粮。
世上难平事,心中刻马羊。

## 448 轻肥

意气一骄扬,官冠半晓光。
京原催税赋,紫绶作中堂。
历历江南道,辛辛子女肠。
农夫多少日,禁苑岁余芳。
暮暮朝朝读,天天地也尝。
英雄寻草芥,不助帝家王。

## 449 买花

苏州刺史肠,道路陌阡光。
栀子芳香客,寒山寺帝王。
人人何不悟,处处可张扬。
十户中人赋,佳少花半堂。
京都红百里,洛邑似莲塘。
汴水隋炀柳,含元色满堂。
低头长叹气,买卖不相当。
岁岁田翁老,年年献子娘。

## 450 上阳白发人

六国佳人一上阳,秦皇玉女半中肠。
羊车可误宫门路,豆蔻年华柳处香。

## 451 杜陵叟

十困一农夫,三心半五湖。
洞庭山上木,九陌碧姑苏。
刺史寻常客,龙门似有无。
香山居士问,考课见京都。
历历原上草,悠悠月下吴。
重回泾渭水,不舍杜陵奴。
户口租田户口惧,家家赋税家家呼。
文行里胥恩君著,恻隐之心对玉壶。
一贫,一富,一城,一乡。
一一男儿是佩儒,千千玉女几珍珠。
贪官污吏何不已,牒榜原来作帝帑。

## 452 卖炭翁

南山卖炭翁,采木一山穷。
苦苦伐薪树,辛辛有始终。
天寒心不暖,大雪未由衷。
日困黄衣使,文出侍故宫。
归来呼欲出,但作五湖雄。

## 453 长恨歌

长生殿上始无终,马嵬坡前尽落红。
夜雨霖铃灵武路,江山彼此不由衷。
胡旋舞罢知安史,四国佳城一女丰。
一笑倾人情所误,三臣故老已飞鸿。
玄孙剑舞浑天地,曹霸丹青画马虫。
玉笛岐王留侍夜,龟年一曲念奴风。
梨园至此华人颂,遂令青楼客作翁。
彩艳今心牛马及,红尘毕意事悟空。
人随月落难回色,碧落黄泉已不逢。
杏李三春云溃溃,梨花一树雨蒙蒙。
霓裳半断羽衣曲,雪貌花肤侍乃翁。
就枕推衣谁解带,花冠力士已作梦。
瑶池住有人寰处,驭气含情日月宫。
旧物还依还旧愿,银汉七夕织女同。

## 454 琵琶行并序

阴山汉客作琵琶,误入长安十万家。
但见梨园声色尽,明皇浴后玉妃花。
青春岁月情心重,豆蔻年华如瓜瓜。
玉女从来三界内,侯王自古半羊车。

## 455 赋得古原草送别

三春十地生,一岁半枯荣。
寸寸阳光色,柔柔碧玉明。

龙门云雨岸，渭巷日月城。
路近王孙客，心系紫禁情。

**456 大林寺桃花**
寺里满桃花，僧中一语华。
禅音可觅处，远近帝王家。

**457 暮江吟**
一道残阳半水中，三江暮色九江红。
南昌郡郡含元地，赣水流流月似马。

**458 望月有感**
自河南经乱，关内阻饥。兄弟离散，
各在一处。
因望月有感，聊书所怀。
寄上浮梁大兄、于潜七兄、
乌江十五兄，兼示符离及下邽弟妹。
一奶同胞一弟兄，半家日月半家城。
三春草木三春色，十地书生十地荣。
羁旅长亭寥落处，行程古道独精英。
田园贫顶农夫事，共度乡心是此生。

**459 问刘十九**
香风注玉壶，酒气向天都。
一曲梅花落，三春似有无。

**460 白居易**
十雁一人行，三湘半水城。
烟花云雨色，草木共枯荣。
父父母母教，兄兄弟弟情。
男儿成就处，女妹济世英。

**461 后宫词**
一日倾心半梦生，三宫六院两人情。
君王未老红颜老，只具香风待晓明。

**462 钱塘湖春行**
孤山寺雨要亭云，柳岸莺啼牧鹤君。
印社雨冷文化客，三潭一月入难分。

**463 与梦得沽酒闲饮且约后期**
一梦老酒一梦生，半得糊涂半得情。
七十难寻寻九十，此世兄彼世盟。

**464 池上**
浮萍落小娃，碧玉入人家。
扑跃成云雾，珍珠作雨花。

**465 忆江南**
南洋去，异国复重来。
岁岁时时为一季，此花未谢彼花开。
不似故人栽。

**466**
南洋回，户户小亭台。
国色红花名木槿，此洲胜似彼洲梅。
一半玉人腮。

**467 长相思**
汴水谋，长城谋，岁岁人人处处愁。
阴晴点点头。
水悠悠，城悠悠，一半钱塘一半楼。
塞外几春秋。

**468 悯农　李绅**
二月苦耕耘，三秋谷粒分。
王城多少仕，子女几衣裙。

**469**
东风一叶桑，夏雨半炎凉。
慢慢封蚕茧，丝丝锁束肠。

**470 登柳州城楼寄漳汀封连四州刺史**
柳宗元
岭树无林多少日，东风不雨大江流。
漳汀司马封连客，四户侯王柳柳州。

**471 酬曹侍御过象县见寄**
破额山前柳柳州，骚人水上莫君愁。
风花雪月曾依旧，春云夏雨日日流。

**472 与浩初上人同看山寄京华亲故**
共步上人山，同寻百粤蛮。
何心谁寄予，水色故乡湾。

**473 晨诣超师院读禅经**
处处一禅音，年年半古今。
僧书千百度，贝叶两三寻。
汲水知源理，清心问木林。
山深无足迹，净土有宗阴。

**474 溪居**
一柳江边一柳州，四王殿下四王侯。
江湖不远山林近，此处无忧彼莫愁。

**475 江雪**
鸟去一千山，云飞万百颜。
心中无杂念，世外有人闲。

**476 渔翁**
月下一渔翁，湾中半色空。
烟消灯火旧，影落小舟红。
渡口乡心近，激流作楚雄。
山山水水处，一曲大江东。

**477 溪居　柳宗元**
山光水影一溪流，石凳云门半月羞。
暮色苍茫天地合，来人束组不逢由。

**478 遣悲怀三首（其一）　元稹**
北海船中一镜开，鞍山月下天天台。
京城不度春卿业，贾效琴音去复来。

其二
睹物思人去复来，卿卿我我旧亭台。
东山草屋春赢子，一日夫妻百事回。

其三
七寸愁肠酒一杯，三春旧日路千回。
逢人可见孤身识，愿望寒宫色又来。

**479 闻乐天左降江州司马**
司马一江州，残灯半夜楼。
风中惊贬谪，月下祝孤舟。

**480 行宫**
落落古行宫，寥寥近柘虫。
幽幽荒井暗，草草半余红。

### 481 连昌宫词

连昌草木半宫墙，司马通州叙旧芳。
日日人中多少问，莺莺月下许红娘。
桃花簌簌丛深碧，玉树寥寥色柳杨。
老贺琵琶音已去，黄裳旧日念奴昌。
华清水暖汤泉色，半是芙蓉半是王。
力士身前知十步，贵妃玉体凤求凰。
龟兹复起胡旋舞，淑女平儿过晓堂。
逐赐杨家姐妹国，娇姿肆虐李三郎。
梨园曲尽一文章，太白吟诗作赋忙。
侍奉翰林由酒醉，如今虢府艺才光。
长安七百年前曲，渭邑三千弟子庄。
曹霸宫深何画马，公孙一剑大娘香。
姚崇宋璟两丞相，天宝开元半世皇。
李武唐年天下事，隋炀运水斗钱塘。
河东百姓知来去，玄武门前败者亡。
武盟榴裙谁记取，霖铃驿里之云长。
长生殿上一衷肠，七夕人间十柳杨。
礼得私情儿女事，何须努力刻君王。
去心容易来心幸，此曲低潮彼曲昂。
进取时时争日月，枯荣处处有黄粱。

注：杨氏诸姨：指杨贵妃的三个姐姐，分别被玄宗封为韩国、虢国、秦国夫人。斗风：形容车行快。

### 482 剑客 贾岛

主簿贾长江，蓬溪渡寒窗。
霜锋兽试取，剑刃几无双。

### 483 题李凝幽居

推敲半李凝，月树一香冰。
野色溪先度，移云客杜陵。
幽居须不问，宿鸟伴孤僧。
贾岛惊朝马，韩愈以字称。

### 484 寻隐者不遇

曲径见孤童，深山可乃翁。
云浮云落处，雨住雨行空。

### 485 寻隐者不遇 贾岛

日月一阴晴，溪泉半不声。
山林何是路，草木有无中。

### 486 宫词 张祜

人间多少问，天下去来还。
深宫何满子，故国玉门关。

### 487 赠内人

宫深月影玉人多，酒醉金迷度四磨。
暮色灯明何不止，红焰口岸救飞蛾。

### 488 集灵台（其一）

长生殿上集灵台，倩影汤中玉色开。
不染芙蓉牵挂力，瑶池欲得太真来。

### 其二

夫人虢国半韩秦，紫禁华清一太真。
帝浴汤中姿色尽，长生殿里满红尘。

### 489 题金陵渡

潮兴建业六朝楼，暮尽金陵二水流。
月月江江三渡口，星星火火半瓜州。

### 490 纵游淮南

男儿一竞逐潮头，淑女三身玉色羞。
到此何须山水尽，人生不可坐扬州。

### 491 春恩 皇甫冉

不过玉人关，层城汉苑山。
花枝招展处，日月换新颜。
燕语寻天地，莺歌作小蛮。

注：层城：传说为神仙所居之地，借指京城。

### 492 宫中词 朱庆馀

欲说两三情，还休一半声。
含心儿女事，未结去来盟。

### 493 近试上张水部

阴晴半越吴，日月向扶苏。草木寻天地，龙门是有无。

### 494 近试上张水部 朱庆馀

欲欲一妆城，闻闻半嫁声。
章章夫婿见，隐隐试身情。

### 495 长安秋夜 李德裕

万户千门上帝畿，含元上夜下天机。
玉漏金銮三朝令，晓月清霜半紫衣。

### 496 登崖州城作

人间日月满天涯，草木层城十万家。
海浪潮光天外水，南洋木槿大红花。

### 497 李凭箜篌引 李贺

弟子李箜篌，梨园御业休。
公孙无剑舞，力士念奴愁。
素女临霜误，湘娥泪不流。
巫山朝暮问，白帝早春秋。
石破天惊雨，云浮暮落楼。
蛟龙无动静，玉兔自窥求。
蜀树吴丝响，知音问世由。
桂子当心客，婵娟任九州。

注：湘娥：湘水女神，即娥皇、女英。素女：传说中霜神。

### 498 雁门太守行

取日十三州，挥光一半秋。
黄金台上客，易水诺中流。
楚汉淮天下，周秦战国休。
隋唐成汴水，提携玉龙囚。

注：黄金台：战国时燕赵王所筑。

### 499 南园（其一）

花丛碧玉开，水色小桥台。
日暮姑苏里，吴钩不用媒。

### 其五

男儿一诺求，素女十三州。
汴水东流去，凌烟阁上侯。

### 其六

字句作雕虫，文章入玉宫。
枯荣天地上，日月有无中。

注："长卿"句：指司马相如（字长卿）不得志时在故乡成都家徒四壁、穷窘不堪。牢落，牢骚。"曼倩"句：指东方朔（曼倩）靠诙谐取容、怵惕终身。

### 其七

四壁长卿一念空，三生曼倩半人同。
春秋冶子耶溪剑，越女从猿作白翁。

注：若耶溪水剑：春秋时欧冶子曾以溪底所出钢铸成利剑。溪在今浙江绍兴境内。猿公：相传剑术高明的老翁，曾以竹竿与越女比剑，后飞上树梢化为白猿。

### 500金铜仙人辞汉歌

刘郎半茂陵，露水一盘承。
桂树悬秋雨，关中结玉冰。
仙人临载泪，汉魏怯无凝。
晓迹咸阳道，沧桑已不凭。

注：①金童仙人辞汉：汉武帝刘彻为求长生，在长安建章宫前造神明台，上铸仙人，说受承露盘，取露水，和玉泻服食。魏明帝曹睿于景初元年派宫官从长安拆迁铜人至洛阳，后因铜人太重留在霸城。②茂陵：汉武帝陵墓。刘郎：刘彻。

### 501

刘郎百度茂陵中，露水三升去后空。
天若有情天亦老，咸阳大道各西东。

### 502致酒行

天荒地老半人生，水覆山形一石城。
少小中年天地客，窗寒月冷读书名。
雄鸡一唱三更鼓，夏至无长冬至行。
祝寿盟觞千万盏，龙门一跃上天荣。

### 503偶书　刘叉

日上扶桑十地遥，鸿飞一字半云霄。
铭言坐上成功诺，自此人间作柳条。

### 504忆扬州　徐凝

萧娘一夜半扬州，玉笛三声两色愁。
月暗灯明何不语，江楼只恨此江流。

### 505秋日赴阙题潼关驿楼许浑

玉叶自逍遥，秋枝肃柳条。
风云辞故里，日月满东辽。
树色榆关内，燕光北海桥。
东城汪魏巷，老去似渔樵。

### 506早秋

一叶下辽东，三秋上日中。
精英成玉露，化雨紫阳雄。
晓树朝天立，金河几度空。
衡阳南北向，里外自由衷。

### 507金陵怀古

玉树一半后庭花，陈宫后主六朝衙。
江豚逐浪成云雾，石燕飞天作雨花。

### 508途经秦始皇墓

临潼一路下河村，水势浮云上树根。
指鹿丞相何二世，兴衰胜败帝王门。

晚唐五代编

### 509过华清宫三首（其一）　杜牧

华清宫里一温汤，秀岭山中半柳杨。
虢国方来妃子色，芙蓉出水映东阳。

### 其二

虚臣辅璆琳，使探一忠心。
命运玄宗去，胡旋舞乱今。

### 510江南春

南朝半在雨烟中，古刹千音玉顶红。
水色山林多少寺，莺啼酒肆小桥东。

### 511山行

南洋大马百万家，骤雨惊雷海举沙。
国色天香三界外，木槿红于二月花。

### 512清明

清明半色杏花村，乞火三更进士门。
小路幽幽天下去，龙门不是帝王恩。

### 513九日齐山登高

池州一半杏花村，杜牧三千月日痕。
扫地清心尘世净，重阳旷达远黄昏。
登高不必求天下，古往今来见子孙。
插菊须从知彼此，中山独秀向乾坤。

### 514马诗（其四）

大马一天涯，红重木槿花。
行空初落下，似此作人家。

### 其五

大漠浪淘沙，清鸣向月牙。
蜃楼海市近，不是帝王家。
飞燕华夏色，马踏玉门花。

### 515将赴吴兴登乐游原

半问孤山半问僧，一心独语一心凝。
湖州几度长安夜，原上风云数五陵。

### 516赤壁

赤壁烟消问二乔，周郎借箭顾三泉。
东风自蜀东吴客，火烧连营一势遥。

### 517泊秦淮

秦淮水色过钟山，月半金陵酒半颜。
玉树后庭花犹唱，南朝后主玉人关。

注：秦淮：即秦淮河。因在秦代开凿钟山以疏淮水，故名。

### 518题乌江亭

一霸到乌江，群雄问国邦。
江东何不语，楚汉自无双。

### 519寄扬州韩绰判官

三千丽影万花苗，二十四桥百女娇。
瘦比西湖明月色，佳人处处调洞箫。

### 520秋夕

流萤已逝半来行，蜡烛风光一泪成。
七夕人中多少问，天河岸上两星明。

### 521赠别（其一）

江南自古女儿红，豆蔻枝头只向东。
碧玉三春芳草地，桃花二月自由衷。

### 其二

多情却似半无情，有意从心一怯声。
蜡烛成明流泪尽，扬州路上雨云城。

### 522遣怀

伴得江湖伴酒泉，行成淑女行婵娟。

同心共渡寒宫色，觉梦扬州醉醒眠。

### 523旅宿
烟云细雨半乡眠，旧事孤灯一隔年。
远梦舒心侵晓月，门前不系钓鱼船。

### 524金谷园
金谷园中半碧春，落花流水一香尘。
石崇绿珠千古话，得至来人自去人。

### 525金谷园　杜牧
一世半人身，三生十地春。
阴晴成草木，日月逐香尘。

### 526瑶瑟怨
寂寂瑟声孤，寥寥问念奴。
飞卿情可寄，雁影去江湖。
十二楼前玉，三千弟子壶。
玄机余恨在，道士自珍珠。
注：十二楼：道家称昆仑山有层城十二楼。

### 527商山早行
槲叶满商山，新春换故颜。
鸡声茅店月，驿子不知还。
注："槲叶"二句：槲叶：槲叶冬天仍留在枝头，次年春新枝发芽时才凋落。

### 528利州南渡
一剑士难求，三边半九州。
千山飞鸟去，万水自春秋。
曲岛苍茫树，烟云四面流。
江田沙草岸，白鹭五湖洲。

### 529送人东游
一水自东流，三江永不休。
刘邦成日月，霸主欲王侯。
落叶飞然逝，孤舟往返游。
天涯相见处，此意可重筹。

### 530利州南渡　温庭筠
三田一鹭飞，九陌半人归。
日暮何南渡，人间自是非。

### 531苏武庙
雁断古云边，羊归汉使田。
楼台非甲帐，李广月空悬。
胡姬犹有春心伴，不向秋声咒逝川。

### 532菩萨蛮
浮波半掩心怀好，香消十度人情早。
不是女儿娇，原来寻小桥。
姑姑和嫂嫂，不解何时老。
摇摆柳丝条，去来云雨潮。

### 533更漏子
一长亭，来去路，日月朝朝暮暮。
花色色，草青青，秋平何渭泾。
山色误，水色误，雨雨云云处处。
千曲曲，万声声，此心座右铭。

### 534梦江南
望夫石，只见大江流。
过尽千帆不回头，一曲阳春向莫愁。
只见水悠悠。

### 535陇西行　陈陶
斯人已去大江东，誓扫千山落叶红。
素女寒宫依桂树，年年岁岁故人同。

### 536金缕衣杜秋娘
自古人生一场空，行程万里半天雄。
书生乞火寒窗冷，庶子春心娶粉红。

### 537锦瑟　李商隐
牛牛李李半乾坤，去去来来一惆门。
怨怨恩恩何不济，朝朝暮暮小儿孙。
庄生一梦千秋尽，望帝三春万古魂。
瀚海明珠非有泪，蓝田玉暖见盘根。
注："庄生"句：庄生即庄周，此用庄周梦蝶典故。望帝：传说中古蜀国君主，死后魂魄化为杜鹃，春天悲啼不止。

### 538登乐游原
事事一乾坤，人人半至尊。
天天无旧事，日日有黄昏。

古道新云雨，荒原老树根。
长安回首望，向晚是心恩。

### 539夜雨寄北
阳春白雪古今诗，下里巴人日月词。
草木江山成素女，阴晴事业去来时。

### 540宿骆氏亭寄怀崔雍崔衮
月色孤寒隔故城，池塘独立持阴晴。
三秋素女何颜色，一片枯荷几雨声。

### 541风雨
风风雨雨半红尘，日日年年一晋秦。
月月星星相伴与，明明暗暗几亲邻。
枝枝叶叶成朝暮，茎茎根根自人身。
管管弦弦成彼此，无求禄禄是天津。

### 542蝉
高风亮节一蝉音，一退三声半古今。
再举轻身成旧路，层城彼此试人心。

### 543隋宫
声声水调入隋宫，曲曲长城济世穷。
水调长城何比似，朝宗代势几王风。

### 544寄令狐郎中
秦川一树半旌旗，洛水三流一帝畿。
司马相如曾是客，梁园汉武帝陵矶。
注：梁园：汉梁孝王刘武的园林。
旧宾客：指司马相如，它曾："客游梁，梁孝王令与诸同舍。"病相如：司马相如因患消渴病（糖尿病），被免去孝文园令，住在汉武帝的陵墓茂陵。

### 545无题二首（选一）
此处相思彼此空，兰台日月过飞鸿。
何须彩凤求凰语，为有灵犀一点通。

### 546无题四首（其一）
来无日月去无踪，夜有隐情夜有容。
一半相倾云雨岸，三春寄语顺随从。

### 其二
一寸相思十寸心，七情六欲半弦琴。
三春月下千芳就，二月花发万里音。

### 547 筹笔驿
空城一计到如今，晋帝三军退鼓筵。
一战明知多少卒，须成诸葛试知音。

### 548 隋宫
六国佳人一统王，三隋水调半钱塘。
江都北岸金陵秫，此首何须久抑扬。

### 549 落花
一度枯荣半落花，三春草木一人家。
年年月照千华社，日日波涛两岸沙。

### 550 北青萝
日落访孤僧，溪流向玉凝。
寒云对寺晚，古刹久无应。

### 551 为有
一度春风十度消，三重风语半姿娇。
如今柳叶何来去，不负香衾事早朝。

### 552 无题
半壁寒宫半缺圆，一年岁月一千天。
三千弟子相思处，十地风云夜雨前。
织锦丝中横纵络，耕耘田亩陌阡田。
人情只见深心度，不及阴晴百泉。

### 553 马嵬（选一）
海外花红百一州，江河自在四方流。
华清水色芙蓉在，木槿南洋日日羞。
只有心房儿女事，何须净地隐藏愁。
波峰浪底寻常度，尽在姿身祝白头。

### 554
四十州头又一州，三千玉女半心羞。
羊车欲晚深宫路，金屋藏娇几莫愁。
马嵬坡前灵武处，霖铃驿外雨云楼。
长生殿上瑶池女，不作明皇有自流。

### 555 春雨
红楼隔雨一云遥，碧玉春心半柳条。
瀚海南洋木槿色，阴晴连复逐高潮。

### 556 安定城楼
永定河边十九州，高城界里两三楼。
贾生不语长沙第，宋玉巫山楚客忧。
可忆江湖来去问，难言日月作东流。
黄昏汉口知音向，不在琴台在浪头。

### 557 瑶池
瑶池一半在人心，巧诞三千弟子寻。
宋玉赋尽朝暮事，云边雨下是知音。

### 558 嫦娥
共渡婵娟一古今，方圆缺别半人心。
嫦娥欲悔灵丹药，后羿无言九箭音。

### 559 贾生
一见人生半鬼神，三生帝业两生臣。
汨罗楚客忧何属，汉帝深宫始红尘。

### 560 嫦娥　李商隐
寒宫一古今，玉兔半人心。
桂子霜天落，嫦娥素玉音。

### 561 无题二首（其一）
婵娟晓度石榴裙，玉帝红颜紫禁君。
据意寻思千万合，拥心自问两三分。
阴晴处处风戚雨，日月时时气化云。
缺缺圆圆何所以，朝朝暮暮古今闻。

### 其二
东风半解莫愁衫，子夜三更化离谗。
此去舟山多少路，潮头注入白鸥函。

### 之二
相思一半是清狂，百度三千弟子肠。
比夜云倾斋注后，何求织女问牛郎。

### 562 凉思
客去一波平，蝉来半有声。
东风戏夏雨，北斗化云城。
梦数天涯路，移时远近情。
年年何许许，处处待莺啼。

### 563 韩碑
行军司马一碑城，虎罴纵横半肆声。
盖世功高朝列圣，平准将领载西明。
元衡师道京城刺，五十年余帝业倾。
未使天明裴度帅，至今日月有阴晴。
当仁不让悬相印，策划由忠自带兵。
礼尚贤名知己力，身先士卒作精英。
裴功愈来留今古，石刻金铭晓貔盟。
愿领君颜钟鼓立，灵鳌佩饰自枯荣。
汤盘孔鼎淳熙永，烜赫文章日月缨。
前后从前梁父典，凌烟阁上树上荆。
口角千流寻万本，金河磨历始终鸣。
山河照旧东去望，日月依然客从争。
呜呼，前去，后来，人心自可古今行。
注：汤盘孔鼎：商汤沐浴用的盘和孔子祖先正考父的鼎，均有铭文。烜赫：显耀。淳熙：正大光明。此指削平蕃镇的勋业将时代流传下来的。七十有二代：《史记.封禅书》，"古者封泰山、禅梁父者七十二家。" 封禅：古代帝王泰山祭告天地的大典。玉检：玉制的书函盖，此指封存封禅书的涵盖。

### 564 引水行　李群玉
山深一竹引清泉，岭密三春挂月弦。
百步高低峰壑路，千声不断到云烟。

### 565 黄陵庙
湘妃一泪两行春，碧玉三生半竹邻。
水远山长何日尽，人间处处浥红尘。

### 566 书院二小松
书堂二小松，细韵一流宗。
数节秋烟色，龙鳞陆木封。

### 567 宫词　薛逢
十二峰中一书中，巫山峡谷半红尘。
襄王不锁云中雨，宋玉难成赋外身。

### 568 江楼感旧　赵嘏
独上江楼问远天，寒宫似水色如泉。

同心共赏何时树，不得明年是否圆。

### 569楚江怀古（选一）马戴
猿啼岳麓楼，月照木兰舟。
广泽生寒水，苍山阻石流。
孤心谁寄予，独步见沉浮。
竟夜洞庭树，微光向楚丘。

### 570灞上秋居
灞上草原平，云中雁两声。
他乡霜叶树，暮色向阴晴。
四壁空天色，三村独地明。
何年如此问，共话万千行。

### 571官仓鼠　曹邺
平生一自然，处事半方圆。
顺势天下力，由来地上缘。
熊罴虫虎豹，雀鹊鹭鸳蚕。
不论何出处，年终始复年。

### 572山亭夏日　高骈
楼台倒影半池塘，水色浮云一雨光。
夏日莲蓬初结子，荷边碧玉露红娘。

### 573马嵬坡　郑畋
玉树后庭花，明皇日月家。
玄宗灵武问，四国女倾斜。

### 574赠伎云英　罗隐
十载无成十载名，云英似是掌中轻。
钟陵一醉千秋尽，不可樵渔不可名。

### 575自遣
自己形成自己人，故乡不惜故乡亲。
今朝有事今朝作，去日方长去日身。

### 576西施
红颜碧玉越时吴，口是心非满五湖。
木渎西施娃馆舞，范蠡意下几姑苏。

### 577金钱花
一树佳名半树芳，三春碧玉雨低杨。
无非此物金钱似，匝绕形成十叶芳。

### 578柳
灞水晴波点点尝，条条迢迢满风光。
花花絮絮争时节，左右长亭自少杨。

### 579西施　罗隐
佳人自古四精名，五霸从来一国倾。
不比红颜家内外，朝坤八九未枯荣。

### 580蜂
辛辛苦苦作中堂，暮暮朝朝取玉香。
去去来来花色好，先先后后尽蜂房。

### 581橡媪叹　皮日休
辛勤苦作一蓬门，暮雨晨云半树根。
九夏荷风莲作子，三冬腊月炭薪恩。
春秋草木阴晴敢，日月阴阳上下痕。
自古耕耘田舍上，何人不晓此乾坤。
止止行时成万里，朝朝去处是黄昏。

### 582汴河怀古
莫道隋炀半此河，钱塘至此一船歌。
长城是是非非战，水调声声处处波。

### 583新沙　陆龟蒙
半见新沙作小堤，一声鹈鸪向春啼。
鸡人不似官人教，税赋年年不可低。

### 584和袭美《春夕酒醒》
年年一事近江湖，处处三光问念奴。
半梦扬州明月里，十春草木满姑苏。

### 585
拙政园中取玉壶，洞庭山下杏花湖。
何须月色望天地，只到黄公旧酒垆。

### 586台城韦庄
六朝一度大江东，二水三山几飞鸿。
建邺城中多少寺，金陵月下雨云红。

### 587章台夜思
月色半章台，孤城一水开。
知音多少问，楚角九歌回。
夜瑟潇湘竹，残灯岳麓杯。
乡情梦里见，百度久徘徊。

### 588菩萨蛮
江南一半烟云雨，钟声七八寒山鼓。
十里帝王家，百年朝暮花。
姑苏芳草圃，吴越佳人舞。
勾践虎丘崖，西施颜似纱。

### 589思帝乡
一日游，东风半水楼。
陌陌阡阡杨柳，色风流。
只拟姿身相许，不知羞。
天下人间是，问莫愁。

### 590题菊花黄巢
一半帝王楼，三千日月休。
山东菏泽水，素女满枝头。

### 591不第后赋菊花
二月无非五月妆，百花胜似一花香。
曲江水色天街雨，紫气东来御漏长。

### 592咏田家　聂夷中
世事一田家，人心半豆瓜。
青黄楼不济，日月继桑麻。
子粒春秋迹，枯荣四时花。
耕耘辛苦作，朝暮去来霞。

### 593书边事　张乔
大漠一清秋，沙鸣十里游。
狂风惊玉笛，白日落黄州。

### 594焚书坑　章碣
竹帛相思日月居，关河故土去来余。
阴晴草木枯荣色，一世儒生苦读书。

### 595己亥岁　曹松
一事工成万事无，三生事倍半生孤。
诗书沧尽江山客，万里洞庭大小姑。

### 596溪上遇雨　崔道融
青云骤雨一时生，电闪雷鸣半壁惊。
隔辙随车三两步，倾江彼岸四方平。

### 597溪居即事
任意随心半玉环，桃花自古一红颜。

牛郎处处由牛向，急向桥边户不关。

## 之二
一半江湖不系船，三千日月女儿娟。
洞庭树上枇杷树，碧王情中久不眠。

### 598 深院　韩偓
凤于输莺两不声，江湖汴水半无平。
钱塘有雨云空问，栀枳花香月未明。

### 599 寒食夜
梨花雪色小桃红，乞火书窗日月空。
不是龙门争上下，书中碧王有无中。

### 600 已凉
九夏荷风一岸凉，于心子结半蓬杨。
莲花叶下红妆少，暮色塘中玉色狂。

### 601 效崔国辅体四首（其一）
独立问莲心，孤身向水深。
逢船随水去，碧叶是知音。

### 其二
婷婷玉立身，处处隐心人。
四壁空相许，三声误许春。

### 其三
一叶蔽姿身，手莲玉子珍。
蓬中去子粒，月下向心频。

### 其四
莫向采莲船，湖中不挂帆。
藏身荷叶下，沐浴取新鲜。

### 602 春怨　金昌绪
莺歌不悦春，日月自由人。
处处黄粱梦，桃花一晋秦。

### 603 春怨
五十年前一念空，三千月上半辽东。
书生只读榆关去，士子成心济世虫。

### 604 春宫怨　杜荀鹤
不可误婵娟，深宫度四年。
当心鹦鹉舌，月色未催眠。

### 605 山中寡妇
山中寡妇心，月下木成林。
野草随风倒，蓬门独自开。

### 606 再经胡城县
一民彼此一官成，半户兴亡半户兵。
不得边疆军士战，沙场不授将军名。

### 607 赠质上人
清风处处一红尘，细雨纷纷半晋秦。
梽钵当心何闭月，天竺只与上人邻。

### 608 小松
惊涛骇浪小松林，瑞雪霜风土地吟。
但待凌云天上立，直当岭后是人心。

### 609 淮上渔者　郑谷
独立白头翁，爬行甲子虫。
江边风雨客，一路致飞鸿。

### 610 席上贻歌者
一夜清歌满玉壶，三花烂漫江都。
洞庭四面姑苏水，月满楼台曲满夹。

### 611 春晚书山家屋壁　贯休
年年岁岁一衷肠，去去来来半飘香。
苦苦辛辛由自主，瓜瓜果果已先尝。

### 其二
一泽雨先晴，三山半碧城。
新声枝叶色，玉笋结初盟。
小径幽香细，中田陌水横。
蚕娘何不守，茧束以丝东。

### 612 孤雁　崔涂
一字自排空，三秋满塞留。
寒塘何落雨，荻叶不当风。
月色相随去，孤飞异曲衷。
千山南北路，半岁作飞鸿。

### 613 除夜有怀
独见一乡人，孤闻半许亲。
关心天地物，羁绊近红尘。
除夜连双岁，灯明向晓巾。
年声晴不止，岁月可留珍。

### 614 贫女　秦韬玉
月半一红娘，三声两曲肠。
千音何不止，万语已黄粱。
有意寻来去，成心作嫁妆。
阴晴同渡口，草木共扬长。
影影花香至，莺莺不过墙。

### 615 社日　王驾
社日年年玉壶香，含元处处雨云长。
春桑茧里心无尽，白玉丝中绕曲肠。

### 616 寄夫　陈玉兰
将到阳关妾在吴，男儿心短女人夫。
沙鸣十里惊天地，力士三声问念奴。

### 617 早梅　齐己
东林一寺城，古木半冬英。
独树寒心暖，孤身作玉荣。
群芳尤未醒，独傲古枝横。
素艳春先至，幽香已伴生。

### 618 白鹿洞　王贞白
庐山五老峰，白石一书宗。
孔子多少问，春秋日月容。

### 619 述国亡诗　花蕊夫人
后主男儿尽不声，深宫素女问降城。
三军解甲千军去，楚汉鸿沟误论兵。

### 620 寄人　张泌
柳下梅边一谢家，朱廊月里半栏斜。
相思未入相思梦，二月空开五月花。

### 621 杂诗　无名氏
一鸟空飞一鸟啼，半春草木半春萋。
杨花柳絮干村路，杏李桃红碧叶低。

### 622 杂诗
一年二月一年春，半色桃花半色人。
不见风流云雨问，自由总有自由身。

### 623 杂诗
永定河边永定人，古城月下古城春。
桑乾渡口桑乾渡，客里幽州已客身。

### 624 水调歌
丈夫只在丈夫中，陇上川流陇上红。
大漠沙鸣天地语，酒泉落日酒泉风。

### 625 菩萨蛮敦煌曲子词
长亭不尽长亭路，江河未止江河树。
雨色问三吴，云光知五湖。
人间寻觅天，天下何分付。
此去一姑苏，还来千里步。

### 626 鹊踏枝  冯延巳
月满天上人已静，几度徘徊几度省。
每夜惆怅树叶影，剩下红颜衣不整。
喜鹊一声梦来醒，晨风不住相思等。
一行人来雁归情，偏偏梦里云山顶。

### 627 谒金门
春又夏，处处叶枝低亚。
半见鸳鸯池水下，嫁时还不嫁。
日日心猿意马，处处不分真假。
十二峰中云雨雅，人间何独寡。

### 628 蝶恋花
一半人间云雨岸，去去来来、朝朝暮暮叹。
只有相思情不断，当须缺月梦里唤。
一半人生回首看，是是非非、草草花花散。
天上牛郎天下汗，鹊桥似在银河畔。

### 629 浣溪沙  李璟
一半相思一半愁，两三岁月两三秋。
风花雪月入红楼，杜宇声声声不尽。
丁香结结结中求，朝三暮四水空流。

### 630 浣溪沙
一叶扶苏一叶残，半船月色半船寒。
云云雨雨在云端，回首平生回首问。
南风暖气北风难，彼心已去此心宽。

### 631 相见欢  李煜
东楼一半西楼，玉人羞。
雪月风花天下，上心头。
朝暮暮，小路路，几思愁。
只恐烟云细雨，向空流。

### 632 虞美人
中秋十五圆时缺，十六人心别。
阳春白雪九歌愁，下里巴人半春秋。
昆仑山上千年节，天下谁豪杰。
江楼不住问江流，南北东西一水几悠悠。

### 633 浪淘沙
一半故人家，一半天涯，长亭一半去来华。
一半人间成败尽，一半桑麻。
一半树奇葩，一半红霞，潮汐一半浪淘沙。
一半平生天下路，一半参差。

### 634 浪淘沙
一半是非明，一半平生。
春秋一半自枯荣。
一半英雄成进退，一半阴晴。
一半去来鸣，一半精英。
纵横一半半纵横。
一半桑田沧海事，一半耕耘。

### 635 清平乐
朝朝暮暮，去去来来路。
汴水长城多少误。只与春秋分付。
吴门蜀道江湖，洞庭岳麓姑苏。
天下人间处处，行行止止疏途。

### 636 秦王李世民
一举河东李建成，三生百姓世民兄。
千军欲往人心在，正史当权向帝倾。

### 637 峨眉山月歌
一山月色一山秋，半水江青半水流。
竹影婆娑竹影梦，君心不可寄渝州。

### 638 京江送别图卷  明·沈周绘
城邑桥头一叶舟，三山渡口两春狄。
行人不去君无语，折柳枝平水不流。

# 二十五、唐鉴

[宋]范祖禹　撰　古文书籍

**1 2013 二月初三马来西亚**
独坐闲庭任雨声，新吟旧句读唐城。
今生日日闻天地，处世时时待白明。

**2 序**
高唐半壁一隋炀，汴水南流百世光。
塞北长城何甲葛，人间历尽几兴亡。

**3 唐鉴卷第一**
帝业兴亡半夏商，王侯进退一炎凉。
人间但见成还败，世上何须向客肠。

**4 高祖之一**
济世谋才一帝王，行臣节义半隋唐。
倾宫女色何天下，创业之君亦不常。

**5 高祖之二**
才情节士半昭陵，以义间名一寸冰。
发乱形声何应举，老谋深象慎积冰。

**6 高祖之三**
西河郡外几声名，野鸟鸢中半不荣。
戮弃飞廉民本意，秋毫建业作云城。
随风见草知流水，比干商客各以情。
按式丞忠先仰俯，行身创造儿时赢。

**7 高祖之四**
天生司牧一丞民，属籍宗盟半客津。
可密诚疏纳侮见，唐公作比作经纶。
咸阳逐鹿扶苏子，灞上降婴项羽邻。
楚汉相争知胜败，吕后商辛几世臣。
注：子婴，秦始皇长子扶苏的儿子。
公元前206年刘邦率军至灞上，秦王子婴投降。古代帝王赐给有功或有权势的大臣的9种物品。有车马、衣服、乐则、朱户、纳陛、虎贲、弓矢、铁钺、秬鬯。以使尊崇之极。

**8 高祖之五**
唐家东政九锡明，魏晋行朝一败成。
伪饰繁方欺迹历，须人应道始王荣。
三王所教虞禅帝，五霸无云自不盟。
素礼平心天下止，欺孤蔑寡几何行。

**9 高祖之六**
兴亡已效伊人疏，世代迁时故论余。
贵族诛夷方革毕，周服既命子孙如。
前唐始录隋家客，否国魏行世长锄。
日月当空天地上，江山胜似帝王虚。

**10 高祖之七**
妇女裙襦充伎衣，兴亡覆辙问言辞。
周流血气行身治，谏必方圆始终知。

**11 高祖之八**
娄敬一名疏，曹公半字余。
何成天子记，不及子孙书。

**12 高祖之九**
臣官进退帝王亲，赐宠忠奸秘悦人。
巧诡深消成必败，昭仪骤国是亡因。

**13 高祖之十**
诬夜卑天悖道行，其原老子自言轻。
商周契稷功德起，王莽何须以异名。

**14 高祖之十一**
萧先百姓献江陵，僭吕非唐复楚丞。
莫以成疏论败，南朝故国顺时膺。

**15 高祖之十二**
王珪不成魏征成，说举东宫络纳名。
祸乱何从息上切，其谋始得善终横。

**16 高祖之十三**
唐家一史魏征修，四子三公薄赋由。
建吉无成玄武去，秦王盖树始归谋。

**17 高祖之十四**
三公六省治中央，九寺宫监已府堂。
职同京州交开事，周宫主政作隋唐。

**18 高祖之十五**
百姓君田一叶舟，贫人不去富官酬。
相庸调法何相济，世上无向裕足流。

**19 高祖之十六**
无留太子魏征留，东宫义废惑臣修。
朱焕甲遗兄弟尽，何言彼此以情仇。

**20 高祖之十七**
裴矩百戏八千人，纳女匈奴半配亲。
去国还乡三易士，亡隋自是一佞臣。

**21 高祖之十八**
一世秦王半世民，三生兄弟两界身。
周公管蔡藩王比，象舜贤君可谓人。

**22 高祖之十九**
子纠桓公管仲名，杀兄弑弟义难成。
齐人以恶终仇尽，工魏东宫未宋情。

**23 高祖之二十**
弓刀布帛赐情兵，殿阁王侯教士成。
纳此何言天下过，穿池住苑几时营。

**24 高祖之二十一**
高祖群臣半太宗，轻徭薄赋吏廉容。
原君意本疏流治，孔子斯言窃凋龙。

### 25 高祖之二十二
七年高祖九年终，一子建成一子雄。
兴晋隋公唐往尽，半朝天下半朝空。

### 26 唐鉴卷第二
高祖九年太上皇，贞观一日晋隋炀。
世发建业何兄弟，玄武门中作帝王。
西河史记成先后，魏谏兴亡向栋梁。
镜鉴前朝天下问，是是非非一可唐。

### 27 太宗上之一 弓正矢自一箭成
人生自得一良弓，历世矢直半济穷。
力治情移邪不举，心平意正乃英雄。

### 28 太宗上之二
鉴垢不察明，隋流可浊清。
源源成引致，绳墨作直横。

### 29 太宗上之三
顺天递道比周秦，汤成何成革命因。
异取仁心无作得，修疏盖短易无津。

### 30 太宗上之四
兼听以政明，偏信暗常生。
三苗患尧清，四且骦兜诚。

### 31 太宗上之五
其七系之一苞桑，儆戒无虞半善堂。
忧患知深失励惧，根深蒂固是无汤。

### 32 太宗上之六
郵赦不良民，疏乎致小人。
推恩君以报，盖治太宗伦。

### 33 太宗上之七
隋才授任相求贤，仆射闻听日给权。
庶位临期书会予，饮承俊义苟长传。

### 34 太宗上之八
分官复职欲交修，上下相从任令流。
胥吏君明无过政，明闻敕责治心由。

### 35 太宗上之九
诸阙夏之亡，君臣过亦伤。
突阙天可汗，万岁已无疆。

### 36 太宗上之十
内外无分是半因，兴亡有别序三秦。
公卿左衽微成败，朵处荒服故人亲。

### 37 太宗上之十一
太子半东宫，朝廷一日空。
何乎听任事，处讼以年终。

### 38 太宗上之十二
帝业一苍穹，群人悦以雄。
直言虚已是，上好下臣工。

### 39 太宗上之十三
方勤苦苦而无功，志位陈陈且不穷。
逸治贤行其序以，察疑许保应分终。

### 40 太宗上之十四
秦斯去法九跻民，汉朵霸王半善臣。
五帝忧愁天下治，三王易化教邻亲。
威权独任高阳训，取给如途偃式尘。
宿卫昌黎南北定，衣冠性欲以安身。

### 41 太宗上之十五
封邦建国始循周，朵错州官帝子流。
爵位非贤何圣致，宗元牧伯后无求。
隋唐诈力成天下，舜禹私公问九州。
势令难唯方国灭，禅当讨伐几去留。

### 42 太宗上之十六
刑清民愿士服明，易象中孚信至生。
三覆一朝何论诈，千音半语作无城。

### 43 太宗上之十七
远交近攻几士声，绝域招来内附名。
摩敬兴师百姓弊，其行威德治世倾。

### 44 太宗上之十八
复清一封禅，须明半地天。
臣官王足天，百姓太宗年。
紫望房乔问，秦皇二世玄。
方明三戒官，佫惑帝王迁。

### 45 太宗上之十九
才人不是半才人，礼义无非礼义臣。
治国成家何正友，此时彼事是天津。
高阳八子齐明广，帝誉慈忠后代论。
易象兼行先创业，王王始治废偏尘。

### 46 太宗上之二十
利胁善知音，藩王试木林。
疾风知劲草，极荡识诚心。

### 47 太宗上之二十一
直言利国民，曲水久江津。
许壑明君处，闻思罪逸人。

### 48 太宗上之二十二
层观一日望昭陵，眛昧三生皆玉冰。
能格常思高祖献，厚考自毁见孤丞。

### 49 太宗上之二十三
因山一制陵，瓦木半孤灯。
庶盗息心处，高宗似过凝。

### 50 太宗上之二十四
刘恒能任一衣冠，俭爱恭民半贱寒。
富里知贫知守富，周公戒语省朝端。

### 51 太宗上之二十五
隋炀积翠池，睹苑诒谀知。
掩蔽群臣戒，兴亡日月迟。

### 52 太宗上之二十六 马周谏
西京府库富隋唐，洛口仓粮可密康。
世充资云何国治，东都布帛节余皇。

### 53 太宗上之二十七
创业方艰守业难，群雄并举力雄单。
周公象易思天下，草昧跻奢富贵残。

### 54 太宗上之二十八
百姓之贫一国忧，三朝故道九州谋。
贞观志业常思守，渐不党终几去留。

### 55 唐鉴卷第三
贞观一太宗，晋举半神龙。

洛口唐家守，秦王以国客。

### 56 太宗下之一
家乡半国天，党序一序原。
小子贤才学，名儒致品泉。

### 57 太宗下之二 高昌作郡是
忠方故不从，欲尽帝王城。
利割非明见，矜功见已名。

### 58 太宗下之三
父母其恩子妇情，妻夫故属道乎情。
先王制度成规矩，不必服从一礼成。

### 59 太宗下之四
疏陈唐史魏征名，治道疑重信所轻。
不败兼听知远近，谋亡大山巫阴晴。

### 60 太宗下之五 唐史魏征曰
篇篇一魏征，处处半唐名。
易易难生至，唯唯事莫轻。

### 61 太宗下之六 君芳面臣待夫芳而妇惰
由贤事始不弓亲，以逸疏芳可制身。
此惰随勤劳不止，功成业就信知人。

### 62 太宗下之七 供不可诈
一兵过辽东，三边任伐穷。
千山生草木，万径作归鸿。

### 63 太宗下之八
喜惧乐其忧，高低远近求。
阴晴知日月，俯仰未然谋。

### 64 太宗下之九
人无不过情，士可致其声。
患救亲贤王，伤庸自辅城。

### 65 太宗下之十
多疑少信秉公诚，老伪存真辩暗明。
史记君行天下见，斯修自己以心行。

### 66 太宗下之十一
无虞太子褚遂良，嫡庶疑危父母皇。
隐倚群方四皓立，言无不尽乃疾荒。

### 67 太宗下之十二
东园里季夏黄公，用里刘侯四皓同。
八十余年天地外，三朝汉祖去东风。

### 68 太宗下之十三
数郡萧秋既徒昌，鞭长莫及向朝堂。
千人岁调屯机武，碛道途穷酒掖凉。
勾践吴人尝胆苦，秦公霸域患宗芒。
强兵不若强民立，作国须心作帝王。

### 69 太宗下之十四
巧言令色顺从君，孔壬轩开忘父闻。
唯利驱从亲在外，悖道之心可伤纭。

### 70 太宗下之十五
奢侈造就一危亡，防渐当思半主堂。
谏正君明疾疢见，康强以劝未然防。

### 71 太宗下之十六
辐辏一心凝，厥中半执丞。
无须偏好在，入主以明灯。

### 72 太宗下之十七
修文偃武以德成，胜败兴亡向寸生。
莫以非知闻治过，行艰有道待枯荣。

### 73 太宗下之十八
监修国史一玄龄，管蔡周公半治青。
秉乘崔杼兄弟死，陈微不隐太宗铭。

### 74 太宗下之十九
轻行远举愚臣忧，玄幼成威待固谋。
猛将分兵三万众，藩屏制物半春秋。

### 75 太宗下之二十
长孙天忌高士廉唐俭杨师道岑文刘泊马周褚遂良
善避嫌疑应物灵，兴兵断事从丹青。
心明术达临难节，结党私营作骨铭。

鲜事和人于兽继，纯行道性自无屏。
文章富丽忠径远，敏速人贞附褚龄。

### 76 太宗下之二十一
拥长取短不兴兵，就近从遥莫建成。
此静泥潦攻不得，秦五远战必失荣。

### 77 太宗下之二十二
深居顶拱以思逞，扼腕兴兵搏虎名。
勇敢由终由始尽，形成自止是光明。

### 78 太宗下之二十三
功高五帝梁，地广一三王。
悔过时知持，思贤作欲长。

### 79 太宗下之二十四
虚名实弊列县州，布粟劳余入九流。
累德矜功中国道，隋炀不至始皇休。

### 80 太宗下之二十五
高朋半辽东，苏文一盖穷。
民人非御寇，进达密知宫。

### 81 太宗下之二十六
八月立曹王，三朝问莫荒。
宫妃元吉妇，兄弟几存亡。

### 82. 太宗下之二十七
四方似比四友身，一首思谋一志人。
蜀道辽东高丽句，中心腹胃溷轻邻。

### 83 太宗下之二十八
汉祖鲸彭狙诈名，才思世勤愚人生。
良臣岂得徘徊顾，不至家门去视轻。

### 84 太宗下之二十九 右太宗在位二十四年崩年五十三
玄武门前一帝唐，凌烟阁上半秦王。
杀兄弑弟居天子，妇道宫妃宿后娘。
善谏从贤矫揉厉，贞观业治武诚康。
师人不戒人师戒，八百年中作足强。

### 85 唐鉴卷第四
父母一人生，乾坤半俗城。

阴阳隋日月，草木任枯荣。

### 86 高宗之一
高示一世半唐周，武曌三朝两姓愁。
父子君臣天下向，昭陵不作献陵王。

### 87 高宗之二
初贤后佞半成王，孺子其朋享国名。
察道裕希行责已，惑昏悖谬治无平。

### 88 高宗之三
治厥孙谋翼子荣，直方谏纳不绝声。
高宗自问无陈语，退上何封享四平。

### 89 高宗之四
长孙无忌第昭仪，祈请无成厉色亡。
已尉敬宗相数劝，奸谋训诱以官辞。

### 90 高宗之五
李勣一言伤，中终半武唐。
秦王托幼子，大节误朝纲。

### 91 高宗之六
李勣始佞谋，伊周少主当。
赐隋群盗伐，不可辅先王。

### 92 高宗之七
佞奸秽禳敬宗陈，误道行星不善亲。
百姓高宗犬自比，矫诬诡诶乱朝臣。

### 93 高宗之八
黄门一侍郎，公敏半朝扬。
武后何言语，无忌褚遂良。

### 94 高宗之九
高勣一言明，唐家半世声。
周朝凭此立，武曌任空城。

### 95 高宗之十
尸住高宗太子弘，周唐掩迹帝王风。
明皇追谥宁王宪，不正人伦故事终。

### 96 高宗之十一
半世一高宗，三生半尺龙。

唐宗颜面尽，武否致何客。

### 97 中宗之一
（二〇一三蛇年头龙年尾春节）
有名木槿有名花，玉树南洋玉树斜。
彼去春来东海岸，此乡俱是故人家。

### 98 中宗之二
乾元殿毁作明堂，敬业扬州司马臣。
不似裴炎相语固，房州后子曰神皇。

### 99 中宗之三
万象神宫一姓周，千官幼造半唐流。
霍王元轨江都绪，此去岭南子女愁。
注：九月壬午，太后改国号曰周。

### 100 中宗之四
武氏周朝皆作王，天杀李社尽非唐。
圣神皇帝石榴色，七庙明堂祖配娘。

### 101 中宗之五
一后神龙五子张，男儿宇下半侯王。
易之末始冈休侍，女子原来任欲狂。

### 102 中宗之六 张东之
高显房州一半唐，皇家高武两三光。
神龙迎帝东宫圣，吴楚春秋不称王。

### 103 中宗之七
处士读书郎，三思任武王。
中宗亡自己，德泽谏臣唐。

### 104 中宗之八
易女后初六日长，阴柔制始必牵强。
金尼所往贞吉主，踯躅羸豕自独刚。
楚客钦融神色二，中宗梦悦可怏怏。
其身不保欲制处，韦后何言上社唐。

### 105 睿宗之一
西城帝女二隆昌，乞福则天一武王。
人伦应在先生礼，方士非言道姑娘。

### 106 睿宗之二
生生死死一阴阳，气气形形半隐藏。

去去来来何处所，陵陵墓墓作圆方。

### 107 唐鉴卷第五
明皇自以宦官亲，佩色衣绯若千身。
患虑威权奸而易，知寒应是履霜人。
注：姚崇为相，帝曰："朕任崇以庶政，大事当奏闻共议之，郎吏卑秩，乃五烦朕邪"

### 108 玄宗上之二
苦于求贤一智君，畴咨合略半臣分。
开元治秩成天下，以责功数武文。

### 109 玄宗上之三
世事半君臣，行成一谏人。
恩威咸怨怒，敢益作俗人。

### 110 玄宗上之四
一帐五王床，三生半弟娘。
玄宗天性胜，友爱素家梁。

### 111 玄宗上之五
一令半阴阳，千门百户肠。
枯荣知节度，彼此各圆方。

### 112 玄宗上之六
宋璟以心诚，两京贵幸生。
知贤良久处，达业自闻名。

### 113 玄宗上之七
灵荃半武功，宋璟一贤雄。
大乱之明欤，承相制以穷。

### 114 玄宗上之八
姚崇宋璟一相明，起送临轩半辅荣。
林甫宠情虽茂密，优师劣徒不同城。

### 115 玄宗上之九
皇家一宰相，帝位半君王。
节度秩人乱，何言统朔方。

### 116 玄宗上之十
帝子一言堂，三宋半视光。
无须文语处，寡治也无妨。

张说建议请招募壮士充宿卫,不问等色,
优为之制,兵农之分自此始矣。

### 117玄宗上之十一
自古兵农不可分,更番宿已张说寻。
无循易改田民养,后卒丁夫略尽君。

### 118玄宗下之十二《传》曰:"冀之北土,马之所生"
北土辛寒牝牡城,戍边骏养马威明。
夫荣制事春秋见,善法居求得欲行。

### 119玄宗下之十三
太子半君名,明皇一弟兄。
岐王宗庙近,礼法不可轻。
注:帝以生日,源乾曜、张说率百官上表,请以每岁八月五日为千秋节。

### 120玄宗下之十四
节气阴晴社主堂,春秋土地礼神光。
逢迈诏首骄心浸,异谓名臣几典当。

### 121玄宗下之十五
结党营私汉宦官,君房力士万机坛。
存亡所任失君道,省决章呈不慎宽。

### 122玄宗下之十六
太子半兴亡,江充一汉伤。
中原涂岸故,贾后谐朝堂。
践阼阶开处,申生大乱梁。
相言无异取,帝主旧时光。

### 123玄宗下之十七
仙客非才子流庭,谏臣北乱帝王铭。
纤祥女宠长生故,其心陷溺戒九龄。

### 124玄宗下之十八
雀巢爱树帝归功,仙客无才林甫同。
谗谄千门得志始,明皇一日子三穷。

### 125玄宗下之十九
文神武帝名,谀谄女天荣。
著世尊骄号,开元故事成。

### 126玄宗下之二十
瑞志言祥莫语荣,中庸罔象威其名。
诚形已得心神梦,术士之言巧乱行。

### 127玄宗下之二十一
俭让国家安,靖廉养守宽。
年年存积厚,事事结辛寒。

### 128玄宗下之二十二
王之所好下云天,谀谄奸罔或域年。
改得桃木灵宝县,神仙术士汉方悬。

### 129玄宗下之二十三
皋陶作士一知书,大理经纶半士余。
世次非如商故地,陇西狄道是唐初。

### 130玄宗下之二十五
明皇汉武自欺人,太室嵩山炼药津。
圣寿廷何左右,须收甲子是闻臣。

### 131玄宗下之二十六
纳依之妻向已公,明皇训女寿王同。
宫中潜内三纲绝,天下无双一色工。
注:王忠嗣可谓贤将矣黾勉奉诏予兵而复挠其谋,使谗人得以藉口,岂忠嗣思之未至邪。

### 132玄宗下之二十七
得得失失一将名,成成败败半士荣。
兴兴废废三世界,日日年年几阴晴。

### 133玄宗下之二十八
固住之谋一相成,胡人节度半独名。
明皇蔽灭求功尽,林甫其非制诏行。

### 134玄宗下之二十九
稼穑自艰难,勤劳土地寒。
民膏之血汗,节度始无端。

### 135玄宗下之三十
唐唐典礼不径名,谥吕繁多法不清。
欲显其亲浮不付,休符烈绩几枯荣。

### 136玄宗下之三十一
削平六国一秦王,汉武四夷半攘尝。
术士方言道教至,长生自取自身亡。

### 137玄宗下之三十二
明皇惑子信胡人,舆舁宫人厚赐身。
亵慢神明天乔主,禄山自此外红尘。

### 138玄宗下之三十三
公刘树芒厚民津,后稷农工泽被亲。
李悝平伞余者补,管仲五霸以齐津。
蒙荣必酷涂归去,不道其真逐害人。
倡导桑弘羊有令,寿昌各贵便平民。

### 139玄宗下之三十四
释老正文凝,谋诏似玉冰。
中书门下客,帝子御前灯。

### 140玄宗下之三十五
节度讨南诏,非相向里遥。
君门千万里,上下一堂消。

### 141玄宗下之三十六
深谋远虑一相臣,力士倾心半近亲。
百职无贤何任免,忠言逆耳任平身。

### 142玄宗下之三十七
一国赖忠贤,三边靠将权。
维人无竞克,苟训乱时天。

### 143玄宗下之三十八
输正一潼关,相邪半御颜。
安危何自族,得计以家山。

### 144玄宗下之三十九
社稷一君臣,庙主半师尊。
延秋门外去,幸蜀保谁人。

### 145玄宗下之四十
长安四十里咸阳,贵富三生半断肠。
朽索予临六马驭,北民自特此炎凉。

### 146玄宗下之四十一
田夫野老故人知,十里千宫几致迟。

陛下无听天下议，流矢白刃始如斯。

### 147 唐鉴卷第六
肃宗之一
教化尊廉耻正明，齐家治国利亲成。
潼关翰反灵武帝，肃位非王万事倾。

### 148 肃宗之二
朔方朝廷方勉名，君臣士子正骄荣。
其心险易成王路，草莽之中制度生。

### 149 肃宗之三
三军秩，二千牛，两将书生半不忧。
不必房琯殊职事，庭兰鼓骚致虚名。

### 150 肃宗之四
社稷丘墟幸蜀肠，宗堂帝位未荣光。
停壅奏投军情外，打子声闻胜于唐。

### 151 肃宗之五
不轨周秦不物名，尊贤误正莫庸横。
人君滥泛衣金紫，贵贱无分乱器城。

### 152 肃宗之六
一患无除半患生，三纲未立两纲横。
两京始得回纥掠，不是成功是乞荣。

### 153 肃宗之七
咸阳拜舞望贤宫，上索黄袍著帝同。
愤郁奸谋迁妇道，玄宗百姓肃宗穷。

### 154 肃宗之八
肃宗纳降史思明，爵命臣阴御侮名。
叛乱之人怀惧房，奸雄子败辱王城。

### 155 肃宗之九
难相统属治观军，将帅齐师辱国分。
宦制朝恩鱼莫立，上人莫复下人君。

### 156 肃宗之十
一乱无谋一乱成，半朝不信半朝倾。
藩臣背叛肃宗过，至此江淮落罪名。

### 157 肃宗之十一
四海半泫然，三生一地天。
明皇西内去，辅国帝方迁。

### 158 肃宗之十二
巫觋一肃宗，禳祈半无龙。
匹妇求神鬼，君臣不可封。

### 159 肃宗之十三
民迷一主昏，善恶半乾坤。
信伪难分辨，诬妄似不恩。

### 160 肃宗之十四
明皇自己忧，太子肃宗求。
辅国长生殿，王崩政不谋。

### 161 肃宗之十五
不得贤相一寝成，难谋逸信半国倾。
终生未见精明正，曲众收心计莫荣。

### 162 代宗之一
堂援一朝倾，降臣半正名。
功成人不就，宦得代宗更。

### 163 代宗之二
明径贡举各边天，士士桑田保第全。
政治先生天下事，相兼别议可求贤。

### 164 代宗之三
恩威不立信殊寒，下匕之情不保端。
环乱谗言疑惑至，由人得道示已宽。

### 165 代宗之四
人臣自保全，可泌万乘天。
一道非常轨，三朝可匿权。

### 166 代宗之五
玄党罢相权，挟君作位先。
王言天下尽，主势自倾年。

### 167 代宗之六
欲结其心一叛臣，公卿耻女半贤人。
吴齐列国知羞辱，令命难成作旧尘。

### 168 代宗之七
玩寇寺人成，拥君欠国萌。
多鱼于寒道，见获皆难荣。

### 169 代宗之八
杨绾俭生一清名，正己行端半治成。
孟子君仁仁国理，相风化草始枯荣。

### 170 代宗之九
户部韩滉判度支，朝廷不道荡然迟。
无偏有党明疏远，赏罚无平信忌知。

### 171 代宗之十
所任非人一政终，知仁见抽半官穷。
思荣烦秒梨园罢，烛理朝纲后世同。

### 172 代宗之十一
移文取货不群臣，宠宦其欲爱人。
代政谁忧何谓喜，知心未道守不伦。

### 173 德宗上之一
名廉始政而终贫，戒令无成政废偏。
刻薄诛求常意外，人君法罪未知全。

### 174 德宗上之二
儒文入侍雅登朝，赃败南衙宦武消。
腹地求贤噎废食，无明有暗政心摇。

### 175 德宗上之三
类聚一人群，朝廷半相分。
平章知歹尽，陬道不臣君。

### 176 德宗上之四
欲性养人亲，奸雄诈异身。
区之从乱去，取雅自修伦。

### 177 德宗上之五
苛政氏心暴敛臣，残功害士虐军人。
甘劳永逸何成主，戒虎求山作旧亲。

### 178 德宗上之六
疑重一生宗，务崇半宽容。
祐甫成相立，贞观笼棵松。

### 179 德宗上之七
刻录半天官，民疾一士寒。
求荣知媚上，得利欲云端。

## 唐鉴卷第七

### 180 德宗中之八
关播举荐可元平，断指直心自誓情。
希烈劳师服伪署，相非杞恶颜真卿。

### 181 德宗中之九
侵体半剥床，发居一日光。
横征暴敛废，切近灾时荒。

### 182 德宗中之十
贤人治国以医良，理脉察形视色伤。
陆贽知谋天下计，先民后国策邦昌。

### 183 德宗中之十一
民废一本摇，胜虑半兵消。
赏赐难相济，架陌几知朝。

### 184 德宗中之十二
周公立政戒成王，吕伋天兵虎贲强。
左右人君疑不定，公卿子弟力臣当。

### 185 德宗中之十三
贤人社稷生宗疏，卢杞相言险陕余。
漠谷关播行城角，行师信祸几何如。

### 186 德宗中之十四
樊系秦皇撰册文，忠何仰药逆已分。
臧婢妾获非知勇，不是贤臣不是君。

### 187 德宗中之十五
同汤共存亡，俱喘力期强。
克复家宗社，文王百里昌。

### 188 德宗中之十六
多殖货利名，盖世欲倾城。
所积为人主，何欺自己更。

### 189 德宗中之十七
人心道隔不朝纲，郡国迁播莫向荒。

黜赞成汤无过改，行情性误生宗堂。

### 190 德宗中之十八
性易小人难，情同欲治宽。
无知天子过，乱道生宗寒。

### 191 德宗中之十九
兵权国政宦官权，践祚艰难共他天。
晻昧奸邪疑莫耻，忠贞不渝生宗年。

### 192 德宗中之二十
陆贽廷龄半相城，千金募赏一言倾。
直邪恐惧维安女，转弃形从逆君名。

### 193 德宗中之二十一
纳诲一嘉谋，庶予半相求。
辅生台朝夕，姜公帝几修。

### 194 德宗中之二十二
精察而不明，善正误直情。
未悔心知处，行身误远盟。

### 195 德宗中之二十三
长子率师明，弟舆不吉成。
外将知天命，不御可功成。

### 196 德宗中之二十四
入户弃门前，行身致退先。
心思来去异，苟谏欲贤悬。

### 197 德宗中之二十五
山南复宦以唐倾，典禁军兵帝将横。
造祸鱼朝恩不懈，渐积朝亡生宗生。

### 198 德宗中之二十六
唐虞岳牧半谋朝，此事饮宣一金消。
韦皋少游兴相谏，忠贤不密议难遥。

### 199 德宗中之二十七
此处无全彼处残，关中廪断禁中寒。
何人一醉千人醉，不误江山半误官。

### 200 德宗中之二十八
三臣不得一臣贤，五味何须半味偏。

社稷无须浑谞赖，忠直得道镜明忘。
注：古之王者，唯任一相以治天下。

### 201 德宗中之二十九
休戚治乱一相专，司职分行半政权。
首辅功成稽古事，平章废置宰臣悬。

### 202 德宗中之三十
李处直诚一宰相，生宗感悟父母肠。
三江九脉连山水，四海一家是帝王。

## 唐鉴卷第八

### 203 德宗下之三十一
理穷性尽一天亡，顺正非人半帝昌。
运命士人何主宰，言从计许任平章。

### 204 德宗下之三十二
生宗心术以蔽终，恐爽无私向苍穹。
形迹拘泥事殊克，之明不吝克鲜同。

### 205 德宗下之三十三
劳心败事已恭卿，胜败用人取克成。
得主君明非自用，具师制命令诏行。

### 206 德宗下之三十四
丑正流言不视听，孤直独立未成铭。
无谋有举何同异，聚敛生财作移萍。

### 207 德宗下之三十五
政不君则一国亡，严明乱纪半唐堂。
生宗越序陵疱犯，上下相倾篡恶伤。

### 208 德宗下之三十六
帝爱猜疑忌事常，贤才司过问夫良。
君人有道生宗友，后世儒书几代尝。

### 209 德宗下之三十七
富国农桑一本扬，强民泉货半兴亡。
物轻残重田无取，谷帛杼柚作腹肠。

### 210 德宗下之三十八
赵憬封殖陆贽尝，延龄当道道臣伤。
人君外事夫奸住，耳目无光几助王。

### 211 德宗下之三十九
谏议一阳城，延英半帝倾。
仲舒疏上论，自取白麻行。

### 212 德宗下之四十
朝门尽宦官，国柄假人残。
易帝迁王近，台台省省寒。

### 213 德宗下之四十一
窘令从容聚敛难，民心货物市高残。
贪求盖险兴亡始，税外方圆用变宽。

### 214 德宗下之四十二
姑息半养奸，藩镇一王残。
自守当无怯，亡唐是宦官。
忠奸半不知，惑威一君迟。
所荐平章事，贤臣远向时。

### 215 德宗下之四十三
禁里一权倾，中书半御成。
贞元求党徒，不幸小人荣。

### 216 德宗下之四十四
一事半从身，三朝五代人。
初临初不举，末委末浮尘。

### 217 德宗下之四十五
官中市物城，绥靖本根生。
委任京师宦，唐家弊政倾。

### 218 德宗下之四十六
南仲不数委盈珍，宦信难言一下臣。
俱毁群臣王道去，终微掌密政安人。

### 219 德宗下之四十七
帐论纷然一宦军，锋镝末动半沉云。
安信朝王无道去，将帅当兵可交君。

### 220 德宗下之四十八
削平藩镇一朝初，挫勇宦官半不如。
怯畏其屈深必简，终夫始易几成余。

### 221 德宗下之四十九
货利一君王，埂阳半魏光。

其臣遽谏处，不免生宗亡。

### 222 德宗下之五十
君臣父子妇夫城，朋友弟兄五德情。
武勇文工天地上，规则土地治军兵。

### 223 德宗下之五十一
善正直言李绮坑，目心送械座无踪。
奸臣告举威风助，固主真权结骄容。

### 224 德宗下之五十二
东宫太子八王城，司马知之盖业名。
爵命人情金之产，其家以继子成荣。

### 225 德宗下之五十三
奉事阅贤人，知时伺岂真。
乾坤何主仆，将帅完君臣。

### 226 德宗下之五十四
成王玉玑命昭公，得已冢嫡太子同。
太保仲桓迎显位，宫中宦寺妇人雄。

### 227 德宗下之五十五
比政尤多委宦官，姑息藩镇任凶残。
心偏聚敛财旺市，果敢无明察任寒。

**唐鉴卷第九**

### 228 顺宗之一
国赋成权易象权，军心士意道夫忘。
咸随股各其成败，用事无人左右偏。

### 229 顺宗之二
雪望半成名，行径一世轻。
平章何所倚，处事致枯荣。

### 230 宪宗之一
威行藩须两河杨，法度宦官一利当。
聚敛姑息裁莫以，唐家始有杜黄裳。

### 231 宪宗之二
勤劳庶政一朝光，宰相贤才半世杨。
独治成功其上下，家是立国去来长。

### 232 宪宗之三
曲尽君臣上下情，言直谏度去来明。
人臣仆主成天子，治政听闻舜圣成。

### 233 宪宗之四
群臣进谏成，寡昧数卿荣。
自防多如此，贞观治世名。

### 234 宪宗之五
中书门下一平章，裴垍才中半柳杨。
举谏贤相心谏事，推心安辅理成王。

### 235 宪宗之六
中兴唐室宪宗堂，循默郑絪李藩光。
治正忠直相左右，平章租国作栋梁。

### 236 宪宗之七
忧先治事故无忧，进奉施民李降求。
减政从劳居易税，贤谋著道可君由。

### 237 宪宗之八
知奸可谓明，用道不知情。
始正非其过，君成是已荣。

### 238 宪宗之九
陛下群臣远虑明，深谋予算近时盟。
夷狄政事修先后，固悔难拔攘外城。

### 239 宪宗之十
群臣力谏宪宗朝，大将中官乱政消。
治事贤良多少屠，王师避祸举兵遥。

### 240 宪宗之十一
周公用得一成王，十乱武治事已当。
独作时人何作独，广治伊尹是商汤。

### 241 宪宗之十二
成汤帝乙小心堂，动必畏思翼翼良。
肆威私行民所土，贤君易谏是文王。

### 242 宪宗之十三
取禄偷安责宰臣，从君圣智用非人。
居心正谏思真纳，舍己公臣政事真。
注：李绛或久不谏。

**243宪宗之十四**
克圣一臣亲,容直半谏伦。
其承何不命,责纳是非人。

**244宪宗之十五**
成康文景一王城,纳垢藏奸半峻刑。
积恶无威天生主,知言正宪有知荣。

**245宪宗之十六**
知其取与善谋成,裴度倾身李降名。
府库三军心固定,宣诏魏博士兵营。

**246宪宗之十七**
君疑百如迟,用己一人思。
避故其臣与,长劳半不知。

**247宪宗之十八**
生舆居中论帝前,难明正固违王权。
君怍主列争相对,敢怀深谋向所田。

**248宪宗之十九**
李绛一贤臣,人君半策身。
用所知非用,足迹作知尘。

**249宪宗之二十**
耳目聪明白养贤,知君善用可咨权。
平章事理劳人许,裴度周爱以相年。

**250宪宗之二十一**
进退一常情,平章半御明。
中书弘靖罢,裴度理士英。

**251宪宗之二十二**
伐叛以刑明,柔服生知行。
唐仁民俗乐,裴度故其荣。

**252宪宗之二十三**
失易取其难,攻成克后寒。
兢兢则业业,士缜觅心宽。

**253宪宗之二十四**
闻鄘少愧风,见宦以官同。
忘义耻其身,承璀相位终。

**254宪宗之二十五**
裴度谓知言,平章事勉轩。
人心非曲久,水浸罢其源。

**255宪宗之二十六**
不胜一骄心,劳贤半古今。
中唐贤裴度,始未致何寻。

**256宪宗之二十七**
后世郡县由,先朝论诸侯。
擅兵主将守,刺鸣免城留。

**257宪宗之二十八**
所用非轻半圣明,贤察治乱一王英。
昭然可睹崔群论,复起分云易唐城。

**258宪宗之二十九**
金丹一道亡,故伐心半张。
讨道成中土,相非此戒王。

**259宪宗之三十**
道士宪宗情,穷谋子所明。
所弑除弘志,正事故其名。

**唐鉴卷第十**

**260穆宗之一**
党锢人中一党城,甘陵二部半讥名。
牛牛可可相争机,政乱朝伤节厉倾。

**261穆宗之二**
功谋以制小人名,弘简奸邪恶制生。
裴度先成元真取,宣王致业不中荣。

**262穆宗之三**
河南一相人,幽镇半替身。
治乱之何系,唐亡重欤尘。

**263敬宗之一**
绯衣裴度相人当,所分臣百计伤。
小子敬宗知厚待,冈原有咱居强。

**264敬宗之二**
二日之间易主王,三朝裴度上相当。

贤人似此无须主,生坏何知见旧堂。

**265文宗之一**
刘蕡对策宦官横,胁制天皇谏士伤。
草木枯荣非左右,人心顺逆是兴亡。

**266文宗之二**
五代一家乡,三朝半御堂。
唐宗何济泽,骨肉弟兄长。

**267文宗之三**
弑弟宦官成,朝廷力不横。
贤相须善任,外寇内宫倾。

**268文宗之四**
有志竟无才,非知莫庶猜。
宦官成党羽,主过郁君台。

**269文宗之五**
框机一主成,制事半君功。
危辱当先策,中发欲立生。

**270文宗之六**
政理群臣一伐当,忠良图本治功扬。
多门务政何言欲,谬匿疑之自不强。

**271武宗之一**
生裕斯相魏博城,朝廷臂指御心兵。
皇家得道咸天下,狙诈其行世事生。

**272武宗之二**
令侠皇闲仇士良,奢靡耳目宦官昌。
无暇顾事兴亡去,鼠辈新疏作帝王。

**273武宗之三**
贞夫一正绝么臣,术御其心易胜人。
智用劳中知守正,客诛不约草为亲。

**274武宗之四**
将帅禁军兵,相臣制阵营。
思谋观动静,内外协功成。

**275武宗之五**
生裕一相名,幽州半御情。

闻文恩厚镇，宰事武宗荣。

### 唐鉴卷第十一

### 276 宣宗之一
裴度先生生裕成，宪宗有道武宗名。
才优堂器相先后，崖州司户海上行。

### 277 宣宗之二
宣宗抉摘自聪明，小过大纲未及荣。
县令之才何制所，人君生哉似无成。

### 278 宣宗之三
知臣一道途，尧舜半畴姑。
金用询谋处，何疑司职苏。

### 279 宣宗之四
方士一唐亡，甘心半世荒。
贪生无所感，不道圣贤堂。

### 280 宣宗之五
闼阁平民细事生，群臣奏报宰相情。
延英不惰怡然处，秉政沾衣汗未轻。

### 281 宣宗之六
桓公易牙乱其生，太子宣宗未立成。
宦者非人无主正，其安惩祸似知明。

### 282 宣宗之七
用法无私以治明，如流事谏沈察清。
人思不及成汤去，小太宗朝恤祀情。

### 283 懿宗之一
贪功邀利半边臣，国患民非一寇身。
宦内南诏途万里，蛮夷始是近唐津。

### 284 懿宗之二
喜怒观优一乐声，兴亡佟暴半天倾。
从行立马昆明水，司扈咸阳作胜名。

### 285 僖宗之一
明皇一宦生，力士半官荣。
必慎从容欲，狎昵令孜行。

### 286 僖宗之二
盗贼图由率割生，商民割邑纣王明。
唐廷阉尹私盐病，暴赋黄巢重敛横。

### 287 僖宗之三
天文变易不召昌，社稷危疏莫谏良。
阉尹擅朝其位职，三孤可待纣王汤。

### 288 僖宗之四
岂弟子君人，民之父母亲。
危亡知社稷，寇难盖文臣。

### 289 僖宗之五
多难一体成，遐迩半同生。
善道昭图令，休戚自主荣。

### 290 僖宗之六
玉石乾溪俱焚声，行迁获罪执民成。
田麻系房官军败，猛火非兵戒岂明。

### 291 僖宗之七
克用黄巢一半兵，擅相封伐两三盟。
存亡不惩刑罚尽，励志其心不可明。

### 292 僖宗之八
休成主谏臣，治理向行身。
莫以墟名戒，当言八戒亲。

### 293 僖宗之九
怨在大家声，荣威小己情。
兴元难傲狠，克用肆京城。

### 294 僖宗之十
废主宦官成，私幺幼弱生。
行君无自主，宝策始天荣。

### 唐鉴卷第十二

### 295 昭宗之一
唐之一所亡，扁鹊半闻伤。
失政攻非外，庸医药必堂。

### 296 昭宗之二
不可小人功，门生积虑穷。

刑臣居敌致，永戒是亲同。

### 297 昭宗之三
平草一宰相，月度半唐梁。
庸鄘余朱朴，支南北国亡。

### 298 昭宗之四
途穷不辨臣，厥绪乱天真。
耳目如无及，何才用谏人。

### 299 昭宗之五
宦者予谋成，王君未劫情。
仇囚桓子末，劫废玄时盟。
注：崔胤请帝尽诛宦官。

### 300 昭宗之六
社稷一梁倾，昭宗半不成。
汴军闻鼓角，储待已空名。

### 301 昭宗之七
华州万岁勿呼成，割裂封疆信不生。
独镇兴王唐已去，王家至此竟城倾。
全志不可昭宗子，血柴天朝弑所更。
克用尤当社稷信，周微政令不行明。

### 302 昭宣帝之一
白马驿中一浊流，唐迁水上半千秋。
全忠异己相臣弃，自作由是马牛。
社稷成阴朱爱位，君臣已尽国难忧。
夫枢进退非公论，劫委东门取未休。

### 303 昭宣帝之二
无仁可国倾，有道未成名。
天下终非道，人情始是荣。

### 304 昭宣帝之三
化纠周公络邑迁，商民圣治络人田。
梁亡始魏庄宗尽，诸夏唐廷已不全。

### 305 昭宣帝之四
一子劝相亡，三宗问宰唐。
全忠梁养弑，帝位济阴王。

### 306 昭宣帝之五

天下一人心，朝中半尺阴。
全忠曹氏比，汉魏积亡音。

### 307 昭宣帝之六

隋唐四百年，政治五千天。
浊乱玄天下，人心帝主田。

### 308 昭宣帝之七

一鉴向如何，三宗任九歌。
千门成万户，半泽相心多。

### 309 春

梦里年年忆故乡，人前处处待衷肠。
少来不鲜分离苦，老去深知作爷娘。
小路条条通北国，中天事事理南洋。
三生志业三生韵，一寸心机一寸梁。